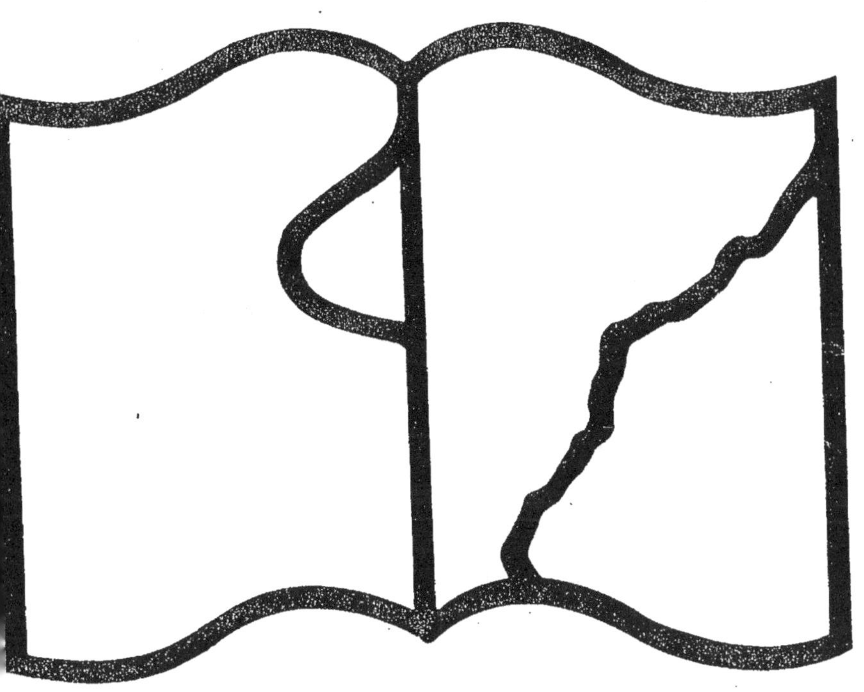

Texte détérioré — reliure défectueuse

NF Z 43-120-11

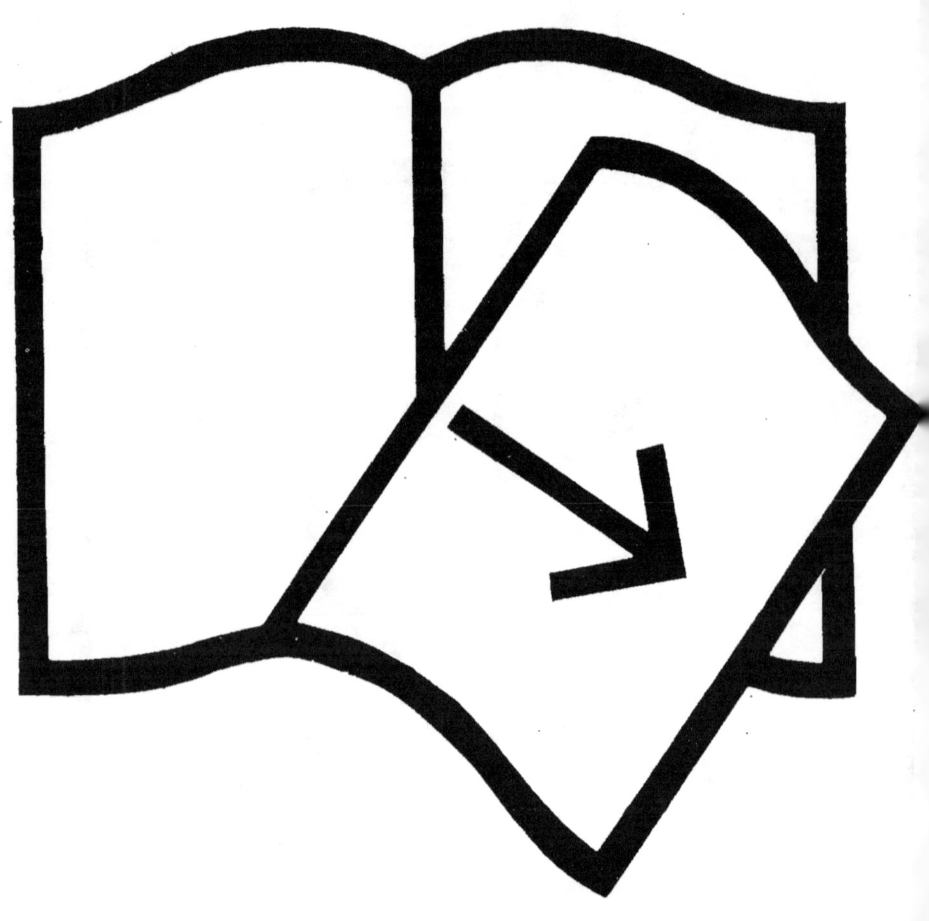

Documents manquants (pages, cahiers...)

NF Z 43-120-13

LES FILLES DE BRONZE

DRAME PARISIEN

Par Xavier DE MONTÉPIN

F. ROY, libraire-éditeur, rue Saint-Antoine, 185, Paris.

LES

FILLES DE BRONZE

DRAME PARISIEN

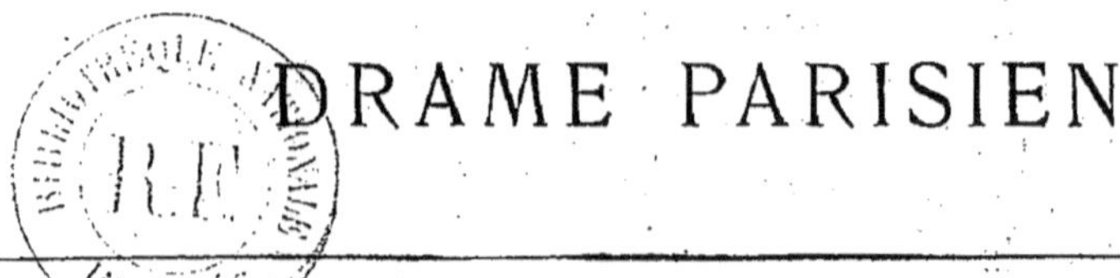

PREMIÈRE PARTIE

LA SŒUR AINÉE

I

Le 6 mars 1853 un cyclone formidable s'abattait sur la mer des Antilles, de la pointe Sud de Saint-Domingue à l'île de la Trinité, dévastant cette contrée fertile et pittoresque qui forme l'archipel Colombien, entre les deux continents de l'Amérique.

L'ouragan dura trois jours; des embarcations en grand nombre se perdirent corps et biens.

Parmi les navires éprouvés, mais non détruits par la tempête, se trouvait la *Dorade*, frégate française à vapeur, transportant à Cayenne un convoi de condamnés de droit commun et qui, après avoir touché à Saint-Domingue, avait été poussé par le cyclone vers Porto-Rico.

La *Dorade*, endommagée sérieusement, était venue réparer ses avaries dans la baie de Guayanila, sur la côte Sud de l'île de Porto-Rico faisant partie, comme on le sait, des îles du Vent ou grandes Antilles.

Les aubes de la machine ayant beaucoup souffert, le capitaine de la frégate ne pouvait songer à reprendre la mer avant cinq ou six jours.

En conséquence il avait fait jeter l'ancre à une lieue et demie du rivage et à une portée de canon d'un aviso français, immobilisé dans ces eaux depuis trois mois en attendant qu'un ordre du ministère vînt le tirer d'une inaction dont tout le monde, à son bord, ignorait le motif.

Cet aviso se nommait l'*Éclair*.

A bord de la *Dorade*, les condamnés étaient au nombre de soixante-cinq.

Soixante-cinq bandits, assassins ou voleurs de la pire espèce, dont on venait de purger la France.

Pendant la tempête, la plupart de ces hommes — écume des prisons cependant, terreur des bagnes — avaient été irréprochables.

Soit esprit de conservation personnelle, soit émulation toute instinctive à la vue des travaux surhumains accomplis par l'équipage, ils s'étaient montrés, dans le péril, aussi courageux, aussi dévoués que les matelots, et le navire leur devait en partie son salut.

Quelques-uns avaient eu le grand honneur de voir consigner leurs noms sur le registre du bord et d'être cités à l'ordre du jour lu publiquement sur le pont de la frégate.

Le capitaine, faisant dans la limite de son droit dérogation aux règlements, accordait à ceux-là une liberté relative et l'autorisation de descendre à la cantine.

Ils devaient toucher en outre, chaque jour, double ration de vin jusqu'à leur débarquement.

Ces privilégiés étaient cinq.

L'un d'eux s'appelait Jean Renaud.

Jean Renaud avait été cité en première ligne à l'ordre du jour comme ayant, au péril de sa vie, sauvé le capitaine que le mât de hune, brisé par la foudre, allait écraser en tombant.

Deux jours après l'apaisement complet de la tempête, et tandis qu'on travaillait sans relâche à la réparation des avaries, le capitaine Sannois, installé près de son bureau sur le fauteuil à bascule de sa cabine, se fit apporter le dossier de Jean Renaud et se mit à l'étudier.

Jean Renaud était en ce moment sur le pont, en compagnie d'un autre condamné; tous deux s'appuyaient aux bastingages, et de loin contemplaient la baie.

Les rampes verdoyantes de l'île, reposant sur des masses de rochers d'une blancheur crayeuse, attiraient les regards et surtout la pensée du premier des deux forçats.

Au sommet de la colline, au milieu des splendeurs d'une végétation luxuriante, on devinait les corps de logis, les toitures et les vérandahs d'une vaste habitation.

— Ah! — murmura le déporté dont les prunelles étincelèrent — si je pouvais arriver à cette île... Ce n'est plus terre française... je serais libre ! — Libre ! — répéta-t-il au bout d'une seconde en poussant un soupir.

A cette minute précise, un matelot appela :

— Jean Renaud... Eh! Jean Renaud...

Le condamné tressaillit et se retourna.

— Présent... — dit-il. — Que me voulez-vous?

— Je viens vous chercher...

— Pour me conduire?

— Chez le capitaine qui vous demande...

— Que me veut-il, le capitaine!

— Je n'en sais rien...

— Allez, je vous suis.

Et le forçat, précédé par le matelot, se dirigea vers la partie du navire où se trouvaient les habitations des officiers.

Jean Renaud était un solide gaillard, — ce que dans le langage populaire on appelle *un beau mâle.*

Sa taille au-dessus de la moyenne, ses épaules larges, ses membres bien découplés et qui ne manquaient point d'élégance, annonçaient une constitution exceptionnellement vigoureuse.

Sa chevelure sombre, très épaisse, crépue comme celle des nègres et mêlée déjà de nombreux fils d'argent, couronnait une tête intelligente, aux traits fortement accusés. — De grands yeux noirs étincelants, un teint mat et brun, donnaient à son visage un cachet oriental très accusé, et cependant il était Parisien, Parisien pur sang, originaire du faubourg Saint-Antoine.

L'expression de ses lèvres un peu fortes découvrant dans le sourire une double rangée de dents blanches, semblait habituellement railleuse.

L'ensemble de sa physionomie n'offrait rien de sinistre. — L'observateur le plus perspicace n'aurait pu deviner, à première vue, qu'un bandit de la pire espèce se cachait sous cette apparence bien plus sympathique que répulsive. — Il pouvait avoir quarante-deux ans.

Le matelot qui lui servait de guide frappa doucement à la porte de la cabine.

— Ouvrez! — dit le capitaine.

— Mon commandant, — fit le matelot, — voici le condamné Jean Renaud.

— Bien!... — Qu'il entre, et laisse-nous...

Le matelot s'effaça et, lorsque Jean Renaud eut franchi le seuil, referma la porte.

Le capitaine Sannois continuait à feuilleter les notes contenues dans une épaisse chemise de papier gris.

Le condamné avait fait deux pas en avant, et debout, le bonnet à la main, attendait en silence.

Son attente dura quelques secondes.

L'officier fronça les sourcils, son regard s'assombrit; il ferma d'un mouvement brusque le dossier qu'il venait de compulser, et se tourna vers le nouveau venu.

— Jean Renaud, — lui dit-il, — vous m'avez sauvé la vie... — Sans vous, j'étais infailliblement perdu... Le mât brisé par la tempête allait m'écraser dans sa chute. — Vous avez non seulement conservé à son pays et à son équipage un officier français, mais un mari à sa femme, un père à ses enfants... — Cet acte de courage et de dévouement mérite une récompense.

— Mon capitaine... — murmura Jean Renaud presque timidement.

— Oui, certes, il le mérite — poursuivit M. Sannois — et je voudrais vous prouver ma reconnaissance mieux que par une citation à l'ordre du jour, et par quelques autres menues faveurs ; malheureusement votre conduite antérieure paralyse d'une façon déplorable mes bonnes dispositions à votre égard... — Je viens d'étudier votre dossier... — Vous êtes un récidiviste signalé comme très dangereux. — Depuis l'âge de vingt ans vous avez passé la moitié de votre existence dans les prisons et dans les bagnes... — En face de ces notes écrasantes, que faire?... — J'aurais voulu pouvoir demander votre grâce... — Hélas ! vous m'en avez, vous-même, ôté le droit !

— Il est certain que je suis un chenapan, — répliqua Jean Renaud dont tout l'aplomb était revenu, — je ne mérite rien, je ne demande rien et je n'espère rien... — Sous une écorce de mauvais gueux il reste un peu de cœur, voilà tout... Vous étiez bon pour les transportés, mon capitaine... En vous sauvant, j'ai sauvé un brave homme... Ça suffit... C'est ma récompense...

— Non, morbleu ! Ça ne suffit pas ! — s'écria l'officier. — Je prétends vous payer ma dette et je vous la paierai... Il le faut... Mais comment?... Vous constituez un danger permanent pour la société ! Vous êtes en révolte ouverte contre elle... La police a peur de vous !... et ce n'est point sans raison...

M. Sannois rouvrit le dossier.

— Quels états de service !... — continua-t-il. — A peine majeur vous subissez une condamnation à cinq ans pour complicité de manœuvres abortives...

Jean Renaud baissa la tête. — Une faible rougeur colora ses joues brunes et il murmura d'une voix troublée :

— C'est vrai !... Ça a été le point le départ... Ça m'a jeté dans l'ornière d'où je ne suis plus sorti... et cependant, de tous mes actes mauvais c'était peut-être le moins coupable, ou du moins le plus inconscient... — Que voulez-vous?... j'étais amoureux de ma première maîtresse, amoureux à en perdre la tête, et je la perdais !... — Cette maîtresse, une sage-femme de Paris, prêtait son aide, comme le font tant d'autres, à des filles séduites qui voulaient supprimer la preuve vivante de leurs faiblesses... — J'ai été compromis dans une vilaine affaire... — J'ai défendu de mon mieux ma maîtresse... c'était naturel, n'est-ce pas ? — On m'a condamné comme complice... — Je l'étais sans doute, mais bien peu...

— Vous étiez clerc de notaire... intelligent... bien élevé... très instruit... — Vous connaissiez les lois et vous saviez où commençait le crime...

— Certes, je le savais ! Aussi, mon capitaine, je ne songe guère à m'excuser... et pourtant je pourrais invoquer des excuses...

— Lesquelles?

— J'avais vingt ans... j'étais orphelin... sans guide, sans conseils, dominé par une passion qui me rendait incapable de tout raisonnement, de toute résistance... — Je perdais dans mon affolement la notion du bien et du mal... — Ma maîtresse n'avait qu'un mot à dire, un geste à faire... j'obéissais sans discuter...

— Soit, mais il vous était possible encore, même après une faute, sinon d'effacer le passé, du moins de le racheter par l'expiation, par le repentir, par une conduite exemplaire...

— C'est vrai... — balbutia Jean Renaud.

— Au lieu de suivre cette voie, — poursuivit le capitaine, — vous vous évadiez au bout de deux ans et, six mois plus tard, on vous arrêtait pour vol qualifié. Le premier crime vous laissait quelques droits à l'indulgence... — Le second vous rangeait dans la catégorie des récidivistes, c'est-à-dire des endurcis, des incorrigibles... — Prétendez-vous invoquer encore des circonstances atténuantes?

— Je mourais de faim... il fallait vivre...

— Il fallait ne pas vous évader et, votre temps fini, si vous aviez paru digne d'intérêt l'administration aurait veillé sur vous... — Bref, on vous condamne à cinq ans de réclusion. — Une évasion nouvelle vous rend libre... — Un nouveau crime, une troisième arrestation, vous valent vingt ans de travaux forcés, — vous endossez à Toulon la casaque des forçats, mais le bagne ne sait pas mieux vous garder que la prison... — Une troisième évasion vous permet de mener en plein Paris une existence de travestissements, d'escroqueries, de rapines et de vols. — Vous prenez toutes les formes, vous changez chaque jour de visage et de nom, à la barbe de la police qui vous traque en vain!... — Quels crimes n'avez-vous pas commis, car à certains moments vous meniez train de prince et jetiez l'or par les fenêtres?...

Jean Renaud releva la tête.

— Je n'ai jamais assassiné... — dit-il. — Il n'y a point de sang sur mes mains...

— On ne vous impute aucun meurtre, en effet, — répliqua le capitaine, — aussi vous avez la vie sauve, mais vous venez d'être condamné à perpétuité... Encore une fois, en face de cet épouvantable dossier, demander votre grâce serait folie...

— On vous la refuserait, mon capitaine, c'est certain, et je crois qu'on aurait raison...

— Quoi qu'il en soit, — reprit l'officier, — je compte dès mon retour en France solliciter pour vous une commutation de peine, et je ne désespère pas de l'obtenir dans un temps donné, si votre conduite est satisfaisante. — En attendant, je consignerai sur votre dossier l'acte héroïque auquel je dois mon salut...

Je verrai le gouverneur en arrivant à Cayenne, et je le prierai de vous employer dans les bureaux, afin que la captivité soit moins lourde pour vous...

II

Jean Renaud passa la manche de sa veste sur ses yeux que mouillait une larme.

— Vous êtes bon, mon capitaine... — balbutia-t-il avec une émotion qui semblait réelle. — Je vous remercie de ce que vous avez l'intention de faire pour moi, et je vous jure que j'en suis reconnaissant...

— C'est entendu, — répliqua vivement l'officier, qui ne voulait pas risquer de s'attendrir lui-même. — Regardez le résultat de ma requête comme certain. — Maintenant, autre chose : — Possédez-vous quelques éléments de comptabilité?

— Oui, mon capitaine.

— Avez-vous une belle écriture?

— Je puis répondre affirmativement. A l'étude du notaire on me chargeait de toutes les expéditions qui demandaient des aptitudes calligraphiques spéciales.

— Tant mieux!... Vous ferez votre affaire dans les bureaux et, quand le gouverneur sera consulté au sujet de la commutation de peine, il donnera sans le moindre doute un avis favorable... — D'ici à notre débarquement je vous laisserai toute liberté sur le navire, et je tâcherai de vous rendre la vie facile... — Si vous désirez quelque chose, dites-le moi...

— Si j'osais, mon capitaine...

— Osez, puisque je vous le demande...

— Eh bien, je m'ennuie à bord... l'inaction complète me pèse horriblement, et mes réflexions ne sont pas gaies...

— Je le comprends, mais que puis-je y faire?...

— Si vous aviez la bonté de me prêter des livres, les heures passeraient vite, je n'aurais plus le temps de penser.

— N'est-ce que cela?...

— Eh! mon capitaine, c'est beaucoup.

— Je mets ma bibliothèque à votre disposition... — Vous y prendrez vous-même les ouvrages qui vous conviendront.

— Me laissera-t-on entrer dans la cabine en votre absence?

— Je donnerai à ce sujet les ordres nécessaires... — Mais, j'y songe... il y a mieux que cela à faire... — Je vous offre un travail intéressant et bien rétribué... — J'ai des notes de voyage à mettre au net... — Voulez-vous vous charger de cette besogne?

— Une évasion, mon capitaine? En pleine mer, ce serait difficile.

— De grand cœur, mon capitaine, pourvu que ce soit sans rétribution...

— Quoi, vous n'accepteriez rien de moi?...

— Pardon, mon capitaine... du tabac ou des cigares tant qu'il vous plaira, mais pas d'argent...

— Bien... bien.... c'est entendu... — Nous arrangerons ça... — Je vais coordonner mes notes... Je vous ferai appeler dans une heure pour vous donner quelques instructions, et vous vous mettrez à l'ouvrage...

— Où travaillerai-je, mon capitaine?

— Ici à côté, dans la bibliothèque... Personne ne vous y dérangera...

Une lueur insolite s'alluma sous les paupières du condamné, et s'éteignit presque aussitôt.

— Dans une heure... — répéta le commandant de la *Dorade*.

— Dans une heure, mon capitaine, et merci mille fois.

Puis Jean Renaud, le visage radieux, sortit de la cabine et remonta sur le pont.

— La bibliothèque m'est ouverte, — se disait-il, — et personne ne viendra m'y déranger!... — Allons, décidément, la chance est avec moi!

Il gagna l'avant de la frégate où plusieurs forçats se promenaient sous la surveillance de deux soldats de marine.

— Eh bien! — lui demanda Janillion, le condamné qui se trouvait en sa compagnie quand on était venu l'appeler, et qui n'avait pas quitté son poste près des bastingages. — Eh bien! camarade, le capitaine te faisait-il venir pour une chose de conséquence?

— Il a des écritures à me confier... — répliqua Jean Renaud.

— Des écritures!,.. Excusez!... — Secrétaire du capitaine!... — Un poste de confiance!... — Te voilà rangé dans la catégorie des favoris!... T'es capable de devenir huissier à Cayenne, ou même notaire...

— Qui sait? — dit Jean Renaud en riant. — Dans tous les cas, ce que je vais faire me distraira...

— Mes compliments, ma vieille!... — Je me recommande à ta protection et, si tu manges du poulet, garde-m'en une patte ou deux... C'est un morceau délicat que j'idolâtre...

Le condamné n'écoutait plus son interlocuteur, par la raison qu'en ce moment l'aviso l'*Éclair* attirait toute son attention.

Une des chaloupes du bord venait d'être mise à la mer, et cette chaloupe montée par quatre matelots, par un quartier-maître et par un officier de marine, se dirigeait vers le fond de la baie, c'est-à-dire vers la côte de Guayanila.

— Ah! ça! — fit Janillion, — que regardes-tu donc là?

Jean Renaud étendit la main et montra l'embarcation filant sur la mer unie comme une glace.

— Je regarde ce canot, — murmura-t-il, — et je me dis que les hommes qui le montent sont bigrement heureux... — Ils vont à terre!... C'est si bon la terre!!

Un matelot passait. Le déporté l'arrêta.

— Qu'est-ce que c'est que cette île? — lui demanda-t-il.

— Porto-Rico, une des Antilles, — répondit le matelot, — colonie espagnole, — On y récolte du tabac fameux et on y fabrique du sucre de première qualité. même que la mélasse est un régal à s'en licher les doigts... — Et le rhum!... — Quel rhum!... il vaut le Jamaïque, parole d'honneur!...

— A quelle distance sommes-nous de la terre, ici? — reprit Jean Renaud.

— A une lieue et demie, à peu près...

— Ce qu'on voit en face de nous, sur le plateau, au milieu des arbres, est-ce un village?

— Non, c'est l'habitation d'un planteur plus riche à lui tout seul qu'une douzaine de banquiers, à ce qu'il paraît... — Le village est plus à l'Est dans la campagne...

— Il se nomme?

— Guayanila... — Mais qu'est-ce que ça vous fait? Pourquoi me demandez-vous tout ça?...

— Pour rien... pour savoir... — Beau pays, foi de Jean Renaud...

— Ah! oui, beau pays! — s'écria le matelot, — et un peu plus agréable que Cayenne! Rapportez-vous-en à moi!

— Il paraît que vous connaissez l'île?

— J'y ai débarqué une fois il y a deux ans, pour charger des barriques d'eau...

— Et ça vous a plu?

— Je le crois fichtre bien que ça m'a plu!... un vrai paradis!...

— Y a-t-il des oranges, des citrons et des bananes? — demanda Jean Renaud, en riant.

— Comme il y a des pommes sur les pommiers en Normandie, qui est mon pays, étant né natif de Criquetot-Lesneval, proche Etretat.

— Si seulement on nous permettait d'aller en cueillir... — fit Janillion.

— C'est ça qui serait une idée pas drôle! — riposta le Normand. — Lâcher les loups dans la bergerie! plus souvent!

— Matelot, — reprit Jean Renaud, — croyez-vous que nous resterons long-temps en panne?

— Demain et après-demain, pour sûr, mais pas davantage... Les avaries de la frégate seront réparées après-demain soir et on lèvera l'ancre aussitôt... J'ai entendu le capitaine le dire au lieutenant...

— On partira la nuit, alors?

— C'est probable... ou plutôt c'est certain... — Cinq jours de retard, il faut les rattraper...

— Tant pis!

— A cause? — Qu'est-ce que ça peut bien vous faire, l'heure du départ?

— J'aurais voulu jouir du coup d'œil en passant devant les îles...

— Bah! vous vous figurerez que vous les avez vues, et ça reviendra au même.

Une heure s'était écoulée.

Un matelot vint pour la seconde fois chercher Jean Renaud qui se rendit auprès du capitaine.

Ce dernier l'attendait dans la bibliothèque et lui dit, en lui montrant une liasse de feuilles détachées, placées sur une table à côté d'un registre aux pages blanches :

— Voici les notes.... — Elles sont en ordre... — Il n'y a qu'à les transcrire sur ce registre, journée par journée...

— Bien, capitaine... — Je commence à l'instant.

Et le condamné s'assit.

— Après le repas du soir vous pourrez revenir travailler jusqu'à dix ou onze heures, — reprit le commandant de la *Dorade*... — J'ai donné l'ordre de vous accrocher un hamac dans la chambre des matelots... — Vous y serez plus à l'aise, et surtout plus libre... — Vous voyez que j'ai confiance en vous. — Ne me faites pas, par quelque infraction à la discipline du bord, regretter la liberté peut-être trop grande que je prends sur moi de vous accorder... — Je crois à mon influence sur vous... — Je me figure que, si je pouvais vous garder toujours auprès de moi, je vous ramènerais au bien malgré les souillures du passé...

Le condamné poussa un long soupir.

— Revenir au bien!... — répéta-t-il. — Ah! mon capitaine, si j'avais vécu jadis auprès de gens qui vous ressemblent, je n'aurais jamais failli!...

Le commandant de la frégate reprit après un silence :

— Et, surtout, pas de tentative d'évasion, hein?...

Jean Renaud tressaillit et ses joues pâlirent, mais il dompta aussitôt son trouble.

— Une évasion, mon capitaine? — répondit-il. — En pleine mer, ce serait difficile!

— Pas pour un bon nageur... — Nous ne sommes qu'à une lieue et demie de la terre...

Le condamné secoua la tête.

— Vous parlez d'un bon nageur, mon capitaine, — fit-il, — et je n'ai point de peine à vous croire... Mais n'y eût-il d'ici à la côte qu'une lieue, qu'une demi-lieue, que cinquante brasses même, ce serait encore trop pour moi... Je ne sais pas nager... — D'ailleurs cette manie d'évasion m'a bien passé... — A quoi ça sert-il de prendre la clef des champs? — On vous rattrape toujours... c'est fatal... — Quand j'étais jeune et plus près de Paris, c'était bon... — Mais si loin, non, là, vrai, ça ne me tente guère... S'il se présentait aujourd'hui une occasion, une vraie, je crois presque, foi de Jean Renaud, que je n'en profiterais pas...

— Et vous agiriez sagement! — répliqua l'officier. — Cela prouve que vous devenez raisonnable. — C'est un peu tard, mais mieux vaut tard que jamais!...

— Je vous quitte... — Travaillez, et bon courage!...

Le commandant de la *Dorade* sortit de la bibliothèque, laissant son protégé en face des notes de voyage et du registre sur lequel il devait les transcrire.

Quand l'officier eut refermé la porte derrière lui, Jean Renaud attendit quelques secondes dans un état d'immobilité complète et l'oreille au guet ; mais aussitôt que le bruit des pas eut cessé de se faire entendre il se leva, les prunelles étincelantes, le visage rayonnant d'une joie farouche, il s'élança vers le hublot par où la chambre prenait jour, et il jeta au dehors un rapide coup d'œil.

Ce hublot, ou fenêtre étroite de forme arrondie, était percé à l'arrière de la frégate et surplombait la mer de douze pieds environ.

— Oui... oui... j'avais raison, — murmura le déporté avec un sourire, — la chance me revient et mon étoile brille encore !... — Après-demain soir on lèvera l'ancre — il fera nuit... — tout me sera facile puisque je suis le maître de travailler ici jusqu'à dix ou onze heures. — Une lieue et demie de mer à la nage, qu'est-ce que c'est ?... Je faisais mieux que cela jadis, et je n'ai rien perdu de ma vigueur passée !

Jean Renaud respira longuement, comme un homme dont les épaules sont déchargées d'un poids écrasant, puis il reprit :

— Vous parliez tout à l'heure de votre dette de reconnaissance, capitaine Sannois... — La voilà payée ! — Vous me deviez la vie... Vous me donnez le moyen d'être libre. — Nous sommes quittes !... — Porto-Rico, terre espagnole, m'offre un asile sûr, et j'y vivrai tranquille en attendant qu'un navire anglais me conduise à Douvres d'où je passerai sans peine en France !... Et là, que de comptes à régler !

Ayant ainsi monologué, Jean Renaud reprit sa place et se mit au travail.

III

Nous laisserons le forçat transcrire de sa plus belle écriture les notes de voyage du capitaine Sannois, et nous rejoindrons le canot que nous avons vu se séparer de l'aviso l'*Éclair* et se diriger vers les plages sablonneuses de la baie de Guayanila.

Ce canot, nous le savons, était monté par quatre matelots et un quartier-maître.

Un officier tenait la barre.

Cet officier — un beau garçon de vingt-quatre ou vingt-cinq ans, aux cheveux blonds, à l'œil expressif, au sourire plein de franchise — se nommait Armand Dorsay.

Après avoir fait ses études maritimes au vaisseau-école de Brest, il avait reçu à vingt-deux ans sa commission d'enseigne à bord de l'*Éclair*.

Il était aimé de ses chefs et adoré de tout l'équipage.

Nous avons dit que depuis trois mois l'aviso stationnait en vue des côtes de Porto-Rico.

Les officiers profitaient de leurs loisirs pour descendre souvent à terre.

Ils s'étaient fait des amis de plusieurs Français fixés dans l'île, où les uns possédaient de vastes propriétés, et où les autres s'occupaient de commerce et d'industrie.

Le canot de l'*Éclair* allait renouveler la provision d'eau dans une petite rivière nommée la Guayanila, dont l'embouchure se trouve presque au centre de la plage, au-dessous de l'habitation dont nous avons parlé ; — en conséquence il transportait une demi-douzaine de barriques vides.

Les matelots manœuvraient leurs avirons avec une régularité irréprochable, mais sans se presser.

L'enseigne regarda sa montre et fit un geste d'impatience.

— Allons, mes enfants, — s'écria-t-il, — souquez dur ! Vous vous reposerez à terre !

L'effet de ces quelques paroles fut immédiat.

Les corps se penchèrent en avant, les mouvements des bras devinrent énergiques et rapides ; bref, le canot — (qui marchait déjà d'un fort joli train) — fila littéralement comme une flèche sur la mer tranquille, laissant derrière lui un léger sillon d'écume.

Cette vitesse instantanée calma l'impatience du jeune officier qui jeta un nouveau regard sur son chronomètre, — une superbe montre marine, — et sourit en constatant qu'il ne lui faudrait plus désormais que quelques minutes pour accoster la plage.

On devine que la *corvée* qu'il commandait n'était pas le seul but de son excursion à terre.

Depuis deux mois le jeune homme se voyait accueilli dans la famille d'un riche planteur d'origine française, Richard Bernier, père de trois filles et possesseur de la vaste habitation qui dominait la baie.

Or, Armand Dorsay aimait Cora, l'aînée des filles du planteur ; il l'aimait de toutes les forces d'un premier amour, éperdûment, jusqu'au délire et jusqu'à la folie ; — il l'aimait d'autant plus, qu'étant d'un naturel timide et réservé il concentrait en lui-même les flammes qui brûlaient son cœur, et s'efforçait de les cacher à tous les regards, même à ceux de la jeune fille, ce à quoi il ne réussissait que très imparfaitement.

Armand, ce jour-là, était de service.

Il disposait d'un laps de quatre heures pour aller à terre, faire remplir et charger les barriques et revenir à l'aviso, et il se promettait, pendant que ses matelots s'acquitteraient de leur besogne, de monter à l'habitation de Richard Bernier où sans doute il verrait Cora, son adorée Cora.

Ceci nous explique de façon surabondante l'impatience du jeune homme et son ardent désir d'arriver le plus tôt possible.

Enfin la distance fut franchie.

Les galets de la grève grincèrent sous la quille ferrée, à l'embouchure de la petite rivière.

On amarra solidement l'embarcation à un quartier de roche, et le lieutenant sauta à terre.

— Alain, — dit-il au quartier-maître, — je vais là-haut...

Tout en parlant il désignait de la main la maison du planteur, puis il continua :

— Vous avez deux heures à vous pour emplir les barriques... Une fois le chargement fait, laissez un homme en surveillance et venez me rejoindre à l'habitation avec les trois autres...

— Bien, mon officier...

— C'est compris ?

— Oui, mon officier, et nous ne flânerons pas, je vous le promets... — Il y a toujours là-haut, pour les marins de l'*Éclair*, une jolie goutte de tafia et un fin cigare... — Brave homme, monsieur Richard Bernier, bien brave homme ! ami du matelot !

Armand sourit, escalada l'éboulement d'une falaise en miniature et s'élança dans un petit chemin en zigzags, bordé d'orangers, de cotonniers et de citronniers, grimpant sur les flancs de la colline et conduisant à l'habitation d'une façon beaucoup plus directe, mais beaucoup plus ardue que la route carrossable.

Porto-Rico est la principale des îles des Antilles, et la mieux située de toutes ; son sol est admirablement fertile et son climat particulièrement salubre.

Elle se compose de douze districts...

C'est dans celui de Guayanila que se trouvaient les propriétés de Richard Bernier, réputé depuis longtemps le plus riche planteur de l'île, et dont la fortune colossale grandissait encore chaque jour par la culture de la canne à sucre, la récolte du café et du coton, l'élevage du bétail sur une échelle immense, etc., etc.

Les domaines du planteur, assurément plus vastes que certaines principautés allemandes, s'étendaient à plusieurs lieues autour de Guayanila. — On citait ses sucreries comme les mieux installées des Antilles, et son bétail comme le plus beau qui sortit de l'île.

Nous avons dit que Richard Bernier était d'origine française.

Il appartenait à une famille d'armateurs du Havre.

Dès sa jeunesse, les côtés tout à la fois pratiques et pittoresques des grandes exploitations d'outre-mer l'avaient prodigieusement séduit.

Aussitôt après la mort de sa mère, il quitta le Havre et vint s'établir à Porto-Rico.

Son patrimoine, à cette époque, atteignait à peu près le chiffre d'un million. — Il se promettait de décupler au moins ce chiffre.

Richard Bernier acheta des terres presque incultes, commença par des défrichements intelligents et, grâce à d'heureuses innovations agricoles, grâce surtout aux nouveaux procédés mécaniques qu'il introduisit dans ses sucreries, il se constitua rapidement une exploitation sans égale, et sa fortune atteignit des proportions au sujet desquelles nous serons bientôt édifiés.

Au moment où nous allons le présenter à nos lecteurs, il avait soixante-cinq ans, et depuis quarante ans il habitait l'île.

Sa demeure, construite sur le plateau de la colline et dominant la mer, offrait à l'intérieur non pas un luxe princier, qui n'était point dans les goûts du planteur richissime, mais du moins toutes les recherches du confortable le mieux compris.

Le parc, à peu près sans limites, descendait jusqu'à la baie.

A droite et à gauche de l'habitation proprement dite, s'élevaient des magasins ou plutôt des docks où s'entassaient les boucauts de sucre, les balles de tabac et de coton, les barils de rhum.

Plus loin se trouvaient les sucreries, les raffineries, vastes comme des villages, et les étables grandes comme des villes.

Plus loin encore s'étalaient les cases symétriquement rangées, formant la cité des esclaves entourée d'arbres séculaires et des admirables végétations des tropiques.

Richard Bernier occupait sur ses domaines cinq cents ouvriers libres et près de six mille esclaves.

Il importe de faire observer en passant que l'Espagne a été la dernière à suivre l'exemple donné par la France, l'Angleterre, la Suède et le Danemark.

L'affranchissement des nègres ne devait pas être proclamé avant 1873 dans les possessions espagnoles.

L'esclavage avait été aboli chez les Hollandais, en 1862. En Amérique et au Brésil, en 1871.

Entièrement absorbé par ses immenses affaires pendant sa première jeunesse, Richard Bernier ne s'était pas donné le temps d'aimer, dans la grande et belle acception du mot.

Les planteurs, personne ne l'ignore, trouvaient autour d'eux un véritable sérail de belles esclaves, et le plus souvent leurs amours n'étaient que des caprices.

Le colon français s'accommoda le mieux du monde de cette existence de sultan qui laissait son cœur libre et son indépendance intacte, constituant une distraction et jamais une entrave.

Plus tard, vers sa quarante-cinquième année, le besoin d'une affection qui ne fût pas purement sensuelle se faisant sentir, il se serait marié sans doute pour se créer une famille mais, précisément à cette époque, il s'éprit d'une jeune mulâtresse d'une grande beauté qui s'occupait aux travaux intérieurs de l'habitation, et elle devint sa favorite déclarée.

Cette mulâtresse s'appelait Noëmi.

Le lieutenant déchira l'enveloppe et présenta les épreuves à la jeune fille.

C'était une bonne et douce créature, pleine de tendresse et de dévouement, mais sans énergie, sans volonté, sans ambition, et n'ayant pas même la pensée de faire une tentative pour devenir la femme légitime du planteur.

Il est d'ailleurs plus que probable qu'une tentative de ce genre n'aurait point abouti, le mariage d'un Européen avec une fille de sang mêlé, une esclave, paraissant inadmissible à Richard Bernier comme à tous les planteurs, et ne pouvant manquer de soulever contre lui dans l'île un *tolle* général.

Nous devons ajouter qu'il éprouvait pour sa compagne une profonde affection.

qu'il l'entourait des plus grands égards, et qu'elle était bien véritablement la reine de la maison.

De sa liaison avec Noëmi le planteur avait eu trois filles : Cora, Carmen et Marie.

Une gouvernante anglaise, à demeure au logis pendant plusieurs années, et des professeurs de toute sorte appelés de la ville prochaine, avaient donné aux trois jeunes filles une éducation sérieuse et brillante à la fois.

Mesdemoiselles Bernier — on les nommait ainsi par habitude et par courtoisie — parlaient trois ou quatre langues ; — elles étaient bonnes musiciennes, dansaient avec une grâce exquise et peignaient agréablement l'aquarelle.

Nous prions nos lecteurs de nous accompagner dans la salle à manger de l'habitation ou le repas de midi réunissait la famille du planteur.

Cette salle à manger était une pièce immense, tendue de nattes chinoises aux couleurs éclatantes.

Aux quatre angles, au milieu de massifs de fleurs tropicales, une nappe d'eau pure jaillissait des fontaines et retombait avec un doux murmure dans des vasques de porcelaine du Japon.

Cinq fenêtres, hautes et larges, s'ouvraient sur le parc, dominant la baie de Guayanila et plus loin la haute mer.

Autour de la table, sept personnes étaient assises : — Richard Bernier, Noëmi et ses trois filles, le docteur Jocelyn, mulâtre de vingt-huit à trente ans, médecin de l'habitation, et M. Sigismond Leroy, notaire à Porto-Rico.

Le docteur Jocelyn avait fait ses études à Paris. — Chirurgien expérimenté, toxicologiste de premier ordre, il aimait passionnément sa profession. — Son front large, son visage aux traits corrects, ses grands yeux aux regards fermes et limpides, exprimaient l'intelligence et la loyauté.

Le notaire Sigismond Leroy était un Français, un Normand d'une soixantaine d'années, amené par le hasard à Porto-Rico où il s'était plu et où il avait acheté une étude.

Très lié au Havre jadis avec Richard Bernier, et prodigieusement heureux de le retrouver si loin de leur patrie commune, il s'occupait des affaires de son vieux camarade et le voyait le plus souvent possible.

Ses jours de visite à l'habitation de Guayanila étaient pour lui des jours de fête...

IV

A l'époque où commence notre récit, Cora venait d'atteindre sa vingt et unième année.

Carmen avait dix-huit ans, et Marie un peu plus de seize.

Cora passait, non sans raison, pour une merveille de beauté.

Sa chevelure d'un ton fauve, épaisse, soyeuse, et naturellement ondée, se tordait en une lourde masse au sommet de la tête et s'ébouriffait en mèches folles sur un front un peu bas, mais d'une coupe exquise.

Des yeux de velours et de flamme, de ceux qui font penser au péris de l'Orient, des yeux magiques, des yeux immenses — trop grands peut-être pour le visage auquel ils appartenaient — rayonnaient et flamboyaient sous des sourcils d'un noir bleuâtre qui semblaient tracés au pinceau.

Une double palissade de longs cils atténuait un peu l'éclat des prunelles, et le noyait pour ainsi dire dans une ombre transparente.

Le nez de forme légèrement aquiline avait ces narines passionnées et mobiles qui palpitent et qui se gonflent dans l'amour et dans la colère.

Les lèvres, un peu épaisses et d'un rouge de corail, formaient une opposition violente et charmante avec la pâleur mate d'un teint qui n'était ni celui d'une européenne, ni celui d'une créole. — Ce teint, d'une nuance presque indéfinissable, donnait à la physionomie toute entière un cachet d'étrangeté saisissant.

— L'épiderme velouté offrait en plein jour un ton de bronze clair, mais devenait aux lumières d'une blancheur faiblement dorée.

La coupe élégante et la ciselure fine du menton rappelaient la pureté de ces marbres que l'antiquité nous a transmis et que l'art contemporain ne saurait égaler ou du moins dépasser.

Cora était grande, svelte comme les nymphes de Jean Goujon, gracieuse en ses moindres mouvements.

Ses mains praticiennes, ses pieds étroits et cambrés, complétaient un vivant chef-d'œuvre.

La beauté de Carmen et de Marie ne le cédait en rien à celle de leur sœur aînée, mais ne s'imposait point à l'admiration d'une manière aussi impérieuse.

Le visage des deux jeunes filles offrait ce ton de bronze pâle que nous avons signalé chez Cora.

Celle-ci occupait à table la gauche de son père.

Noëmi se trouvait à droite.

Le notaire Sigismond Leroy était placé entre Carmen et Marie, en face du docteur voisin de Noëmi.

— Ainsi, mon vieux camarade, — disait Richard Bernier au notaire, — c'est absolument décidé, tu vas en France?

Sigismond Leroy poussa un soupir et répondit :

— Hélas ! il le faut bien... — J'ai reculé tant que j'ai pu, mais impossible de ne pas sauter !... — Ma sœur et moi nous avons à recueillir l'héritage assez considérable d'un parent éloigné, mort à Paris... — Il faut surveiller une liquidation compliquée, et ma sœur m'écrit que mon absence compromet ses intérêts... — Donc je pars, mais j'ai presque envie, parole d'honneur, de maudire l'héritage qui nécessite un déplacement si fâcheux...

— Combien de temps durera ton absence ? — reprit le planteur.

— Trois mois au moins... Quatre ou cinq au plus.

— Ah! monsieur Leroy, que vous êtes heureux! — fit Cora.

— Heureux de voyager, mademoiselle?

— Heureux d'aller en France. — Un pays que je ne connais pas et que je brûle de connaître! — Songez-y donc, je suis Française par mon père.

— Paris l'attire comme le miroir attire les alouettes sur nos plateaux de Normandie ! — s'écria Richard Bernier en riant. — Est-ce vrai, Cora?

— C'est vrai, père. — Je rêve souvent de voir Paris.

— Eh bien, mais, — dit Sigismond Leroy, — il me semble, mademoiselle, que c'est un rêve facile à réaliser...

— Pas déjà tant! — répliqua le maître du logis. — Te figures-tu qu'à mon âge je vais quitter mes chères plantations pour satisfaire un caprice de jeune fille? — Je suis convaincu que Cora éprouverait plus d'une déception là-bas... — N'est-il pas vrai, docteur Jocelyn? — Vous avez fait vos études à Paris; croyez-vous que la grande cité vaille les ombrages de notre île?

— Il y a du pour et du contre, monsieur Bernier, — répondit le médecin mulâtre. — Paris est la reine du monde, disent les Français, et ils n'ont pas tort; mais si j'admire cette capitale incontestée des sciences, des lettres et des arts, cette ville rayonnante, source de toute lumière, combien son pâle soleil, son ciel gris, ses rues boueuses, et les arbres chétifs de ses parcs étroits, me semblent inférieurs à l'astre flamboyant, à la coupole d'azur, aux horizons immenses et aux splendides végétations de nos contrées...

— Et combien vous avez raison, docteur ! — fit le colon en frappant ses mains l'une dans l'autre. — Es-tu convaincue, Cora?

La jeune fille secoua la tête.

Richard Bernier n'insista point pour modifier sa manière de voir et reprit en s'adressant à Sigismond Leroy :

— Et à qui laisseras-tu la direction de l'étude pendant ton voyage?

— A mon maître-clerc, naturellement. — Diego Silva est un jeune Espagnol fort instruit et plein de mérite ; il est au courant de mes affaires, il plaît aux clients et, selon toute apparence, sera mon successeur, car je lui donnerai le temps nécessaire pour payer ma charge. — Tu le connais d'ailleurs...

— Je l'ai vu deux ou trois fois et je trouve, comme toi, que c'est un charmant garçon. — As-tu pensé à ce que je t'ai demandé?

— Tout est prêt. — Nous en causerons après déjeuner.

En ce moment un domestique nègre en livrée de fantaisie franchit le seuil de la salle à manger et s'arrêta près de la porte, attendant une question.

— Qu'y a-t-il, Robinson? — lui demanda Richard Bernier.

— Maître, — répondit le nègre, — le commandeur des noirs, le señor Mercuzza, vient d'arriver à l'habitation et désire vous parler...

— Qu'il entre.

— Entrez, señor... — dit Robinson en se retournant, puis il s'effaça pour laisser passer le nouveau venu.

Le señor Mercuzza était un homme de quarante ans environ, long, maigre et sec, comme le sont souvent les Espagnols.

Jamais visage ne fut plus sinistre que le sien.

Un nez de dimensions surprenantes, arqué comme le bec d'un vautour, coupait en deux sa figure osseuse, aux pommettes saillantes recouvertes d'une peau bistrée et parcheminée.

Les prunelles grises de ses yeux bridés ne regardaient jamais en face.

Sa bouche aux lèvres minces semblait fendue par un coup de couteau.

L'ensemble de sa physionomie exprimait à la fois la bassesse, l'hypocrisie, et la cruauté lâche.

Mercuzza portait un costume complet de toile blanche, et tenait à la main son chapeau de paille aux larges bords.

— Vous avez voulu me voir sans retard... — lui dit Richard Bernier. — Avez-vous à m'apprendre quelque chose d'important?

— Señor, — répliqua l'Espagnol, — le contre-maître Jupiter n'étant point venu occuper son poste au moulin à sucre numéro 8, je me suis mis à sa recherche et je l'ai trouvé couché dans sa case qu'il n'a pas quittée ce matin...

Au moment de l'entrée du commandeur Cora avait tressailli, son front s'était plissé, en même temps qu'une expression de dégoût se peignait sur ses traits charmants.

Quand elle entendit Mercuzza prononcer le nom du nègre, un éclair jaillit de ses yeux.

— Jupiter est un courageux travailleur, — interrompit-elle d'une voix sèche, — s'il n'a point quitté sa case, c'est qu'il est malade...

— Il l'affirme, — reprit le commandeur, — mais je n'en crois rien.

— Êtes-vous apte, par hasard, à juger cette question, monsieur? — répliqua Cora d'un ton souverainement dédaigneux. — Au docteur Jocelyn seul appartient le droit de parler comme vous le faites, — il ira voir Jupiter et lui donnera les soins que son état réclame...

Le señor Mercuzza, voyant qu'aucun regard n'était fixé sur lui, haussa fort irrévérencieusement les épaules, et répondit :

— Eh ! señorita, ces esclaves sont tous les mêmes, paresseux et voleurs !... Une demi-douzaine de bons coups de fouet guérirait celui-là beaucoup mieux et beaucoup plus vite que les drogues du docteur Jocelyn...

Le commandeur n'avait point achevé, que la jeune fille était debout, pâle de colère.

— Le fouet ! — répéta-t-elle d'une voix sourde d'abord, qui sifflait en passant entre ses dents serrées, mais qui peu à peu s'éleva et devint éclatante, —

le fouet ! toujours le fouet ! — Vous êtes sans mémoire, ce me semble, monsieur Mercuzza ! — En vérité, vous oubliez trop que si vous commandez aux nègres vous obéissez à mon père, et que mon père a l'horreur de toute violence et de toute injustice ! — Il faut vous habituer, monsieur, quoi qu'il puisse vous en coûter d'ailleurs, à ne plus regarder les esclaves comme des chiens et à ne plus les traiter comme tels ! — Souvenez-vous que la France et l'Angleterre ont donné au monde le grand exemple de l'affranchissement des noirs. — Si l'esclavage existe encore dans les colonies espagnoles, l'acte qui doit y mettre un terme ne se fera plus attendre, soyez-en sûr ! — Jetez donc au feu votre fouet, avec l'attirail des supplices d'un temps de barbarie ! N'avilissez point des esclaves qui seront bientôt libres, et au lieu de les abaisser au niveau de la brute, élevez-les en leur apprenant qu'ils sont des hommes ! !

Le señor Mercuzza allait répondre.

Richard Bernier ne lui en laissa pas le temps :

— Ma fille s'exprime avec une vivacité peut-être excessive, commandeur, — dit-il, — mais, en principe, elle a raison... — Je n'admets de punitions corporelles que pour réprimer des faits très graves, par conséquent très rares, et encore, si des cas de ce genre se présentent, je prétends être consulté avant l'application de la peine. — Ne vous occupez plus de Jupiter... — Le docteur Jocelyn ira le visiter dans l'après-midi.

Mercuzza s'inclina silencieusement en dévorant sa rage.

Cora reprit :

— Mon père, je vous demande d'enlever Jupiter aux travaux de la sucrerie... il peut nous être plus utile ailleurs...

— Où donc ?

— Autrefois il était quartier-maître de nos embarcations de transport et de plaisance... — Il est hardi, intelligent, il sait bien son métier de matelot et de pilote... — Rétablissez-le dans son premier emploi...

— Mais, — fit observer le planteur, — n'est-ce pas Cuchillo qui, maintenant, occupe le poste dont tu parles ?

— Oui, mon père, mais Cuchillo est un Espagnol libre qui doit quitter l'habitation dans huit jours.

— Alors c'est entendu, Jupiter prendra sa place puisque tu le désires... — Vous aurez soin, commandeur, que la volonté de ma fille soit exécutée...

— Bien, señor ; — dit Mercuzza.

— Et n'oubliez plus, — reprit ironiquement Cora, — que si votre charge vous met dans la main le manche du fouet, mon père en supprime les lanières !

— Je m'en souviendrai, señorita, j'ai bonne mémoire... je n'oublie jamais rien... — répliqua le commandeur en jetant à son interlocutrice un regard de haine, puis il s'inclina jusqu'à terre, tourna sur ses talons et sortit de la salle à manger.

V

— Eh bien, mon vieux camarade, — dit Richard Bernier au notaire avec un sourire, en désignant Cora qui venait de se rasseoir, — crois-tu que la chère enfant soit de taille à me remplacer si je venais à disparaître ?...

— Certes, je le crois ! — répliqua Sigismond. — Mademoiselle est une maîtresse femme et je lui fais compliment de son énergie !... — Elle a traité selon ses mérites ce commandeur qui me paraît brutal...

— Plus que brutal, monsieur Leroy, — s'écria la jeune fille, — il est méchant comme un démon et cruel autant qu'un tigre... — S'il était maître absolu dans la plantation, il ferait périr nos esclaves sous le fouet...

— Vous le détestez cordialement, mademoiselle ?

— Je l'exècre et je le méprise.

— Vous vous ferez de lui un ennemi.

— Il l'est déjà, mais que m'importe et qu'ai-je à craindre ? — D'ailleurs son engagement avec mon père finit dans peu de mois, et j'espère bien qu'avant son départ nous trouverons un honnête homme pour le remplacer.

— Je l'espère aussi, — dit Richard Bernier, — mais ce ne sera pas facile. — Le métier de commandeur est pénible. — Il faut braver de grandes fatigues et savoir se montrer sévère...

— Soit ! J'admets qu'on soit sévère, mais avant tout il faut être juste, et le commandeur Mercuzza, pour satisfaire ses instincts farouches et malfaisants, traite les innocents comme des coupables...

— Nous lui donnerons un successeur, et c'est toi-même qui le choisirai...

— Merci, père...

Le nègre Robinson entra de nouveau.

Il portait plusieurs lettres sur un grand plat d'émail cloisonné.

— Le courrier vient d'arriver, maître, — fit-il. — Voici les dépêches...

— Mène le courrier à l'office et qu'on lui serve à déjeuner... — commanda Richard Bernier, en jetant un coup d'œil distrait sur les enveloppes.

L'une d'elles attira son attention.

— Une lettre de France... — dit-il. — Le timbre du Havre... tu permets ?...

— Pardieu ! je crois bien !... — répliqua Sigismond Leroy.

Le planteur déchira vivement l'enveloppe, déplia la feuille qu'elle contenait, lut les quelques lignes tracées sur cette feuille et fronça le sourcil.

— Une mauvaise nouvelle ? — demanda le notaire à qui ce jeu de physionomie n'avait point échappé.

— L'annonce d'une visite que je ne désirais pas. — Martial Dereyne me prévient qu'il arrivera prochainement à Porto-Rico...

— Martial Dereyne, l'armateur du Havre, votre neveu ?... — s'écria Cora.

— Ton cousin, oui, mon enfant... — Il m'écrit que d'importantes affaires l'appellent à Saint-Domingue, et que de Saint-Domingue il viendra me demander l'hospitalité pendant quelques jours à Guayanila...

Tout en disant ce qui précède, le planteur jetait un rapide coup d'œil à son ami Sigismond Leroy.

Ce dernier répondit par un signe de tête qui signifiait clairement :

— J'ai compris...

Cora reprit en souriant :

— Eh bien, moi, père, je suis enchantée de cette visite... Un parent, un Français, qui nous parlera de la France... de Paris peut-être... Que de bonnes heures nous passerons à l'écouter !

Et comme le front de Richard Bernier restait sombre, elle ajouta :

— Mais pourquoi donc paraissez-vous soucieux? — Est-ce que mon cousin Martial Dereyne, dont vous ne dites jamais rien, n'est pas un gentleman aimable?

— Il l'est beaucoup, au contraire...

— Eh bien, alors?

— Il l'est même beaucoup trop! — poursuivit le planteur. — J'ai toujours été, je suis encore un homme de travail, et mon neveu a la réputation d'être surtout un homme de plaisir, ce qu'on appelle en France un viveur, or les viveurs sont presque toujours fort charmants, mais fort dangereux.

— Il est riche?

— Il l'était du moins.

— Jeune?

— De caractère et de goûts, oui, mais il a cinquante ans passés, qu'il porte de façon très gaillarde à ce que m'ont écrit mes correspondants... — Marié de bonne heure il est resté veuf avec deux fils et une fille... — J'ai vu Martial Dereyne il y a six ans, lors de mon dernier voyage en France... — L'impression qu'il a produite sur moi n'était point favorable...

— Père, — demanda Carmen, — que lui reprochiez-vous?

— Ses allures qui ne sont pas celles de son âge ! son égoïsme qui lui fait rapporter tout à lui seul ; ses goût de luxe extravagant ; sa négligence indifférente à l'endroit de ses enfants ; son insouciance des affaires... — Il habitait Paris plus souvent que le Havre, et je trouvais en lui l'échantillon complet des habitudes brillantes et des mœurs corrompues de la grande ville... — Peut-être s'est-il modifié depuis lors, et je le souhaite sans l'espérer... — Vous le verrez d'ailleurs, vous le jugerez, et je me trompe fort si vous êtes beaucoup plus indulgentes que je ne le suis moi-même...

Richard Bernier s'interrompit en regardant la porte qui venait de s'ouvrir, et son visage s'illumina.

— Entrez, lieutenant ! — s'écria-t-il. — Entrez et soyez le bienvenu ! — Vous auriez dû arriver plus tôt... Vous auriez déjeuné avec nous...

— Salut au señor Reymundez, syndic des noirs.

Les joues brunes de Cora s'étaient colorées d'un rose vif ; ses grands yeux noirs étincelaient.

Armand Dorsay salua les convives assis autour de la table et répondit :

— Je suis de service aujourd'hui, monsieur Bernier... Je viens chercher de l'eau dans la rivière de Guayanila, et j'ai mis à profit une heure de liberté pour monter à l'habitation présenter mes respects à ces dames et vous serrer la main...

Et l'enseigne, tout en lançant sur Cora un regard furtif, serrait affectueusement la main du planteur.

— C'est une bonne pensée dont nous vous savons un gré infini… — répliqua ce dernier ; puis il ajouta : — Du moins vous nous resterez à dîner ?…

— Impossible hélas !

— Pourquoi ?

— Il faut que je ramène à bord de l'*Eclair* mon canot et mes hommes…

— Êtes-vous de service demain ? — reprit Richard Bernier.

— Non…

— Alors, on vous verra ?

— Je l'espère…

— Vous viendrez déjeuner et dîner ?…

— Si vous voulez bien me le permettre…

— Non seulement je vous le permets, mais je vous le demande formellement ! — N'êtes-vous pas l'ami de la maison ?…

— Comment vous remercier ?… — murmura le jeune officier…

— En ne me remerciant pas. — Sur ce, je vous laisse auprès de ces dames et j'emmène mon vieux camarade Sigismond Leroy. — Nous avons à causer d'affaires sérieuses. — Cora, mon enfant, fais prévenir Mendès, l'employé chargé de la correspondance, de se tenir prêt et de m'apporter, avant le départ du courrier, les lettres que je dois signer.

— Oui, père.

Richard Bernier serra de nouveau la main d'Armand Dorsay et quitta la salle à manger pour passer avec le notaire dans son cabinet.

Le repas était fini.

Noëmi et ses filles se levèrent de table.

Le lieutenant offrit son bras à la mère de son idole, et la conduisit dans le jardin où il l'installa sur un siège rustique, à l'ombre d'un groupe de palétuviers formant une voûte de verdure au milieu des massifs de fleurs aux nuances éclatantes et aux parfums pénétrants.

Les jeunes filles s'assirent à leur tour.

Armand seul demeura debout.

Au bout d'une ou deux secondes de silence Cora lui désigna une place à côté d'elle, et lui dit en souriant :

— Venez vous mettre là, et dites-moi pourquoi, pendant deux mortels jours, vous avez paru nous oublier de façon complète…

L'enseigne obéit avec empressement, mais avec trouble.

Si près de Cora ! !

Son cœur sautait dans sa poitrine, comme en sa cage un oiseau captif.

Il répliqua d'une voix que l'émotion rendait tremblante :

— Eh ! mademoiselle, je pensais sans cesse à cette maison où l'on me fait l'honneur et la joie de me recevoir en ami, mais les nécessités du service, bien mal d'accord avec mes désirs, me commandaient de rester en mer...

— Trois jours de service ! — fit la jeune fille d'un air incrédule.

— Hélas ! oui, mademoiselle... — Seulement cet esclavage relatif ne m'empêchait pas de suivre de loin, grâce à ma bonne lunette marine, votre promenade sur les mornes.

— Il a réponse à tout, ma sœur ! — dit Carmen en riant, — je crois qu'il faut lui pardonner.

— Soit, — répliqua Cora, — nous pardonnerons donc, mais à une condition...

— Laquelle ? — demanda vivement l'enseigne

— C'est que vous n'avez point oublié de nous apporter les épreuves des photographies pour lesquelles nous avons posé, l'autre semaine, devant votre objectif.

Armand triomphant s'écria :

— J'y ai pensé, mademoiselle, et les voici...

En même temps il tirait de sa poche un paquet de portraits-cartes enveloppés de papier de soie.

— Oh ! montrez !... — dit Cora. — Montrez vite ! !

Le lieutenant déchira l'enveloppe et présenta les épreuves à la jeune fille qui les saisit et les étala dans sa main comme un paquet de cartes à jouer.

Carmen et Marie s'étaient levées et s'appuyaient à droite et à gauche sur les épaules de Cora. — Rien ne se pouvait imaginer de plus ravissant que ce groupe.

— Merveilleux ! — s'écria Carmen, — et d'une ressemblance ! — Tiens, regarde, mère, on croirait nous voir sourire et nous entendre parler...

Noëmi admira.

Marie — la plus jeune des trois sœurs — reprit, avec une naïveté toute enfantine :

— Oui, oui, elles sont charmantes, mais M. Armand avait pris l'engagement formel de nous apporter sa photographie en même temps que les nôtres, et je ne la vois pas, sa photographie. — Je sais pourtant, de source certaine, que Cora la désire...

— Est-ce vrai, mademoiselle? — demanda vivement l'officier.

La jeune fille devint pourpre.

— Mais sans doute, — répondit-elle en s'efforçant de triompher de son embarras, — M. Dorsay est notre ami, et à ce titre son portrait doit prendre place dans celui de nos albums où nous n'admettons que des amis...

Cette réponse pouvait sembler banale, mais l'accent corrigeait la froideur des paroles.

— Demain j'apporterai la meilleure épreuve... — balbutia l'enseigne ivre de joie.

— En ce moment Alain, le quartier-maître, parut au détour d'une allée, accompagné de trois matelots.

— Mon officier, — dit-il en s'approchant et en faisant le salut militaire, — nous sommes parés... — les barriques sont dans le canot... — il ne nous reste qu'à embarquer...

— Nous partirons dans un quart d'heure... — fit Armand.

— Mettez à profit ce quart d'heure, mon ami! — s'écria Cora, — la chaleur vous accable. — Allez à l'office où Robinson vous fera rafraîchir.

— On connaît le chemin, mam'selle! — répliqua le quartier-maître. — On sait que c'est ici la maison de braves gens bien doux au petit monde! — C'est bon de boire quand on a soif, et ça nous semblera d'autant meilleur que nous boirons à votre santé, et d'un fameux cœur, allez, mam'selle!...

VI

Cora, ses sœurs, et Armand lui-même, sourirent de la galanterie naïve, mais profondément convaincue du quartier-maître.

Ce dernier reprit :

— Faut vous dire, mam'selle, que nous avons un camarade resté de garde auprès du canot, et qu'il aurait un fier chagrin de ne pas lamper comme nous une petite goutte en votre honneur.

— Eh bien! vous lui porterez sa part... — fit Cora en riant.

— Merci, mam'selle.

Et le quartier-maître radieux gagna l'habitation avec ses trois hommes.

Cora reprit, en s'adressant à l'enseigne :

— Il est bien convenu, n'est-ce pas, monsieur Armand, que vous arriverez demain pour l'heure du déjeuner?

— Je n'aurai garde d'y manquer, — répliqua vivement l'officier, — à moins...

Il s'interrompit.

— A moins? — répéta la jeune fille.

— A moins d'un obstacle imprévu...

— Peut-il s'en présenter un?

— Mon Dieu, mademoiselle, dans le métier de marin tout est possible...

— De quelle nature serait l'obstacle dont vous parlez!... — S'il était question de service, ne pourriez-vous obtenir une permission de votre capitaine?...

— Sans doute, s'il était question de service, mais à certains ordres on doit une obéissance passive, absolue, immédiate...

— De quels ordres parlez-vous? — demanda Cora presque tremblante.

— D'un ordre de départ, par exemple... — murmura l'enseigne. — Il ne s'agit, bien entendu, que d'une supposition...

L'aînée des trois sœurs devint pâle et chancela sur son siège rustique.

— Mon Dieu, qu'as-tu donc? — s'écria Carmen en s'élançant vers elle et en lui passant un bras autour de la taille pour la soutenir.

La quasi-défaillance de Cora ne dura qu'une seconde, et la jeune fille répondit en se raidissant contre son émotion :

— Ce n'est rien, ma chérie... la chaleur... un malaise passager... — Tu le vois, c'est passé déjà !

— Passé complètement?

— Oui...

— Bien vrai?

— Je te l'affirme...

Puis Cora reprit, d'une voix encore mal affermie :

— Enfin, monsieur Dorsay, si un ordre de départ vous arrivait à l'improviste, pourriez-vous obtenir de votre capitaine une heure pour venir nous faire vos adieux?

— Je le crois fermement, mademoiselle... Je puis même dire que j'en ai la certitude.

— Et vous ne partiriez pas sans nous voir?

— Ah! je vous le jure! — s'écria l'enseigne.

— Merci, monsieur Armand... j'y compte...

Et Cora eut un pâle sourire, en appuyant sa main sur son cœur pour en comprimer les battements.

Le quartier-maître Alain venait de reparaître avec ses hommes.

L'un d'eux portait, sous son bras gauche, une grosse bouteille clissée.

Cette bouteille renfermait la part du matelot de garde auprès de la chaloupe.

Le lieutenant se leva et balbutia :

— Vous le voyez, la consigne est impérieuse... il faut que je vous quitte.

Il prit congé de Noëmi, déposa un baiser timide sur la main de Cora, puis sur celles de Carmen et de Marie, et gagna le chemin de la baie en disant :

— A demain !

Il ajouta tout bas :

— Il me semble qu'elle m'aime... Est-ce une illusion?

Cora se demandait en même temps :

— M'aime-t-il autant que je l'aime?

* *
*

En quittant la salle à manger où il laissait Armand en compagnie de Noëmi et des jeunes filles, Richard Bernier s'était enfermé dans son cabinet avec son ami le notaire Sigismond Leroy.

Ses premières paroles furent celles-ci :

— C'est un charmant garçon que M. Dorsay. — Du jour où je l'ai vu pour la première fois je l'ai jugé... âme droite et loyale... cœur bien placé... nature d'élite... — C'est ton avis, n'est-ce pas?

— Sans doute... — répondit le notaire. — Il m'a semblé comprendre, — poursuivit-il, — que ce jeune homme venait souvent à l'habitation.

— Le plus souvent qu'il peut... toutes les fois qu'il est libre... — J'ai grand plaisir à le voir...

— Et ses fréquentes visites ne te causent aucune inquiétude?

— De l'inquiétude? à quel propos?

— Tu ne devines pas?

— Non, ma foi... pas du tout...

— Je vais donc mettre les points sur les I... — M. Dorsay a vingt-quatre ou vingt-cinq ans, et tes trois filles sont bien jolies... — Comprends-tu?

Richard Bernier se mit à rire :

— Je comprends que tu le supposes amoureux de Cora, de Carmen ou de Marie...

— Ce serait au moins vraisemblable, conviens-en...

— C'est vraisemblable, soit, mais ce n'est pas vrai...

— Tu le crois?

— J'en suis sûr. — Armand Dorsay, dans les conditions d'instabilité où il se trouve, a trop de bon sens pour se mettre l'amour en tête. — Il songe à son service et se préoccupe de son avancement beaucoup plus que des jolies personnes placées sur son chemin par le hasard. — C'est d'ailleurs un loyal garçon. — Je répondrais de son honneur comme du mien. — S'il aimait une de mes filles, il me le dirait avec franchise en me demandant sa main.

— La lui accorderais-tu?

— Je n'y ai jamais pensé mais, au fait, pourquoi pas? — Je le crois sans fortune, il est vrai, et moi je suis énormément riche... Ce ne serait point là un obstacle... Au contraire. — Si Armand Dorsay était épris de Cora ou d'une de ses sœurs, j'aurais la conviction que son amour est sincère et ne masque point un honteux calcul, pareil à celui qui conduit ici Martial Dereyne.

— Diablo, tu es dur pour ton neveu !

— Je ne suis que juste.

— Que supposes-tu donc?

— Je vais te le dire : — Dereyne est riche... il l'était du moins... mais ses ressources n'ont jamais été au niveau de ses prodigalités ce qui, fatalement et dans un temps donné, doit amener sa ruine, si elle n'est pas encore venue... — On m'a écrit, il y a quelques mois, qu'il cherchait un acquéreur pour sa maison du Havre, maison admirablement posée jadis et dont il aurait doublé facilement la valeur et les bénéfices, s'il n'avait passé à Paris la plus grande partie de son temps, menant la vie à grandes guides et semant l'argent à pleines mains... — Ou je me trompe fort, ou la gêne commence à se manifester... — (Je parle d'une gêne relative bien entendu !) — Dereyne connaît ma position. — Personne n'ignore au Havre combien mes affaires ont prospéré, — il me sait déjà vieux ; il me suppose usé par le travail ; il me croit sans autres héritiers que lui ; il guigne sournoisement l'heure de ma mort et il vient à Guayanila dans l'unique but de tirer de moi une bonne somme en avancement d'hoirie, et de s'assurer que, dans un prochain avenir, il touchera le reste de mes millions.

— Ce serait odieux ! — s'écria Sigismond Leroy.

— Parfaitement odieux, j'en conviens, mais tout naturel, étant donné le caractère de monsieur mon neveu... — Va ! je connais bien le personnage... — Il ne vient ici, je te le répète, que pour savoir combien il me reste de temps à vivre.

— Il doit savoir que tu as trois filles...

— Peut-être... Mais dans ce cas il sait aussi que ces filles sont les enfants de l'esclave Noëmi.

— Ce qui ne les empêchera point d'être bel et bien tes héritières quand tu les auras reconnues et affranchies. — Et, à ce propos, quelle impardonnable imprudence était la tienne ! — Tu adores tes enfants, tu respectes leur mère ; eh bien, si tu étais mort subitement, la mère et les filles étaient esclaves, et ta fortune entière allait à ton neveu ! — Qu'en dis-tu ?

— Je dis que tu me donnes le frisson.

— Heureusement j'étais là... J'ai gourmandé ton insouciance... je t'ai mis l'épée dans les reins, et un bon testament en faveur de Noëmi, de Cora, de Carmen et de Marie, testament dont mon étude sera dépositaire, anéantira pour jamais les cupides espérances de monsieur ton neveu.

— Tu as jeté les bases de cet acte ?

— Oui, et je les apporte... — Nous allons les examiner ensemble.

— Tu écriras ensuite et je signerai.

— Non pas ! — s'écria le notaire, — non pas ! Le testament doit être olographe, c'est-à-dire écrit entièrement de ta main... C'est la plus simple et la plus inattaquable de toutes les formes...

— Soit... tu dicteras et je tiendrai la plume...

— As-tu des feuilles de papier timbré ?

— Certainement non... j'ignorais que ce fût indispensable...

— Ce n'est pas indispensable, mais c'est correct... Ne t'inquiète point d'ailleurs... je dois en avoir dans mon portefeuille... Si j'en manquais, cela m'étonnerait fort...

Sigismond Leroy explora les flancs d'une vaste serviette de maroquin noir à son chiffre, déposée par lui sur le bureau de son hôte en arrivant

— Voilà notre affaire! — s'écria-t-il en en tirant des feuilles timbrées à l'écusson du royaume d'Espagne. — Je vais te lire le projet d'acte testamentaire...

— Ne faudrait-il pas nous occuper d'abord des actes d'affranchissement et de reconnaissance? — demanda Richard Bernier.

— Inutile... — Le testament renfermera tout. — Les lois espagnoles nous autorisent à agir ainsi, cela simplifie. — Ecoute maintenant, et pèse chaque mot. Tu feras ensuite tes observations s'il y a lieu.

Sigismond Leroy mit son pince-nez, prit un papier couvert d'écriture et lut à haute voix :

« Aujourd'hui, sain de corps et d'esprit, mais ne voulant pas me laisser surprendre par la mort dont l'heure est toujours incertaine, je recommande mon âme à Dieu, je le prie de m'accueillir en sa miséricorde, et par ce testament olographe, moi Paul-Emile-Richard Bernier, sujet français, né à Ingouville, aujourd'hui propriétaire à Guayanila, dans l'île de Porto-Rico colonie espagnole des Antilles,

« Premièrement : Je déclare reconnaître comme mes filles naturelles Cora, Carmen et Marie, qui jusqu'à ce jour ont illégalement porté mon nom,

« Deuxièmement : Je déclare affranchir Cora Carmen et Marie, mes filles naturelles-reconnues,

« Troisièmement : J'institue mes légataires universelles, à partage égal de mes biens, meubles ou immeubles, titres de rentes et créances à recouvrer, le tout estimé par moi à CINQUANTE MILLIONS, facilement réalisables, mes trois filles naturelles-reconnues, Cora, Carmen et Marie, à la charge par elles de servir une pension annuelle de trois cent mille francs à Noëmi, leur mère, que je déclare affranchir par le présent acte comme ses filles.

« Fait et signé à Guayanila, le huit mars mil huit cent cinquante-trois. »

Sigismond ôta son pince-nez et dit:

— Tu vois que c'est simple et complet. — Ça te convient-il ainsi?

VII

Richard Bernier répondit à la question de son vieil ami :

— Ça me convient admirablement.

— Aucune observation à faire? — reprit Sigismond.

— Aucune.

— Il est certain qu'on ne peut rien retrancher, mais on pourrait peut-être ajouter quelque chose...

— Quoi donc?

— Mais, par exemple, un legs d'un ou deux millions en faveur de ton neveu Martial Dereyne...

Le planteur bondit.

— Jamais de la vie! — s'écria-t-il. — Ni un million, ni cent mille francs, ni cent sous!

Cora regardait l'embarcation glisser sur les eaux calmes, avec un redoublement de vitesse.

— Parfait! — dit le notaire en riant. — En ne lui laissant rien, il aura juste ce qu'il mérite. — Prends une de ces feuilles de papier timbré et mets-toi là. — Je vais dicter. — Aie soin d'éviter les ratures, il faudrait recommencer tout. — A propos, qui nommes-tu ton exécuteur testamentaire?

— Toi, pardieu! et je vais le consigner dans l'acte.

Au bout de dix minutes le testament olographe était écrit, signé et relu.

— Faut-il le mettre sous enveloppe? — demanda Richard Bernier.

— Sans le moindre doute...

— C'est fait.

— Maintenant, trace sur l'enveloppe ces mots : — Pour être ouvert après ma mort. — Ecris mon adresse; contre-signe dans un des angles et ferme à la cire avec ton cachet. — C'est au mieux! — Nous sommes en règle et tu dois te sentir soulagé d'un grand poids?

— Ah! certes, oui! — répliqua le planteur. — Un devoir accompli, cela rend l'âme contente... — Me voilà tranquille désormais sur le sort de ceux que j'aime.

Richard Bernier tendit l'enveloppe au notaire qui la serra dans une case particulière de son portefeuille et reprit :

— Maintenant, une explication...

— A quel propos?

— Je connais le chiffre général de ta fortune, mais j'ai besoin d'avoir des renseignements précis sur la manière dont elle se compose...

— C'est bien simple... j'ai vingt-deux millions, espèces et titres de rentes, chez Médiana et Ribeira, les premiers banquiers de Porto-Rico.

— Maison sûre.

— Trois millions chez toi. — Maison plus sûre encore.

— Pas plus, — répondit Sigismond avec un sourire, — mais autant.

— Enfin mes propriétés de Guayanila, mon filon d'or, mes plantations de caféiers, de cannes à sucre, de tabac, mes esclaves, mes usines, et trois cent mille têtes de bétail... j'estime tout cela vingt-cinq millions.

— Quel est le chiffre de tes revenus annuels?

— Cinq millions... — plutôt plus que moins.

— C'est une fort agréable aisance! — Je vais prendre note de ces détails et je placerai cette note dans ma caisse à côté de ton testament...

— Je m'en rapporte à toi et je suis sûr que ta prudence ne sera jamais en défaut. — Quand comptes-tu partir?

— Demain matin j'irai à San German m'embarquer pour Cuba où j'ai quelques affaires à régler... — De là je ferai voile pour le Havre, comme on disait au temps où la vapeur n'existait pas encore...

En ce moment on frappa discrètement à l'huis du cabinet.

— Entrez... — dit le planteur.

La porte s'ouvrit et sur le seuil parut une jeune fille très belle et légèrement bronzée que Sigismond Leroy regarda avec un étonnement voisin de la stupeur.

— Qu'y a-t-il, Dolorès? — demanda M. Bernier.

— Monsieur Richard, — répondit la jeune fille, — le courrier est prêt à partir et souhaiterait vous voir.....

— Dis-lui que j'y vais, mon enfant.

— Bien, monsieur Richard.

Dolorès sortit.

A peine avait-elle refermé la porte que le locataire s'écria :

— Quelle est cette jeune fille ?

— Une orpheline, enfant d'un planteur espagnol dont les entreprises n'ont pas réussi, et qui est mort de chagrin il y a quelques mois...

— As-tu remarqué comme elle ressemble à Cora ?...

— Oui, sans doute... c'est son portrait vivant... Si elles s'habillaient de même l'illusion serait presque complète...

— Comment expliques-tu cette ressemblance prodigieuse ?

— De la façon la plus naturelle : — Judith, la mère de Dolorès, était sœur de Noëmi.

— Par conséquent Dolorès est cousine de tes filles...

— Naturellement... — A ce titre je devais m'intéresser à elle... — Je la recueillis après la mort de son père, et elle vit au milieu de nous sur un pied d'égalité complète... — Si tu ne l'as pas vue ce matin au déjeuner, c'est qu'elle avait quitté l'habitation de bonne heure pour aller visiter des malades à l'une des extrémités de mes domaines... — Dolorès et Cora sont les véritables sœurs de charité de la colonie.

— Tu parais l'apprécier beaucoup.

— Oui, beaucoup... — elle est douce et bonne... c'est un cœur d'or.

— Pourquoi donc, s'il en est ainsi, l'as-tu oubliée dans ton testament ?

— Parce qu'il était inutile d'y inscrire son nom. — Cora, Carmen et Marie l'aiment tendrement et leur appui ne lui manquera jamais.

— Est-elle affranchie ?

— Non... — à quoi bon ? — Elle ne se sait même pas esclave et ne s'inquiéterait guère, d'ailleurs, d'une simple formalité. — Viens, le courrier m'attend.

Les deux hommes quittèrent le cabinet et se rendirent dans un bureau affecté à la correspondance.

Les questions adressées par le courrier au planteur et les explications de ce dernier ne prirent que quelques minutes, et les dépêches partirent pour Guayanila, d'où le service postal régulier les dirigeait sur Porto-Rico.

Sigismond Leroy admirait l'ordre merveilleux qui régnait dans les dépendances de l'habitation et l'incessante activité déployée de toutes parts.

Une dizaine d'employés libres s'occupaient sans relâche à la tenue des livres.

Aux sucreries, les moulins tournaient jour et nuit sous l'effort des pompes à vapeur, innovation intelligente remplaçant le lourd travail des bœufs.

Dans les étables, les élèves magnifiques, prêts à être expédiés vers toutes les contrées de l'Europe, foulaient la litière épaisse et soigneusement entretenue.

Une provende abondante et saine remplissait les mangeoires et les rateliers.

Les magasins regorgeaient de balles de coton, de boucauts de tabac, de café et de sucre, et de barils de rhum et de tafia.

De tous côtés se croisaient de pesants chariots, attelés de quatre chevaux et chargés de cannes à sucre et de céréales.

La foule des serviteurs libres et des nègres esclaves allait et venait sans confusion, travaillant et chantant à la fois. Tous paraissaient heureux et l'étaient en effet.

Dans la campagne, aussi loin que pouvait s'étendre le regard, on apercevait des champs cultivés, les uns dépouillés déjà, les autres encore couverts d'une plantureuse végétation.

Sigismond Leroy pensait :

— L'homme peut tout ce qu'il veut quand il a pris pour devise ces mots : *Travail et Loyauté.*

Aussitôt après le repas du soir il fallut se séparer et le notaire, emportant sa précieuse serviette de chagrin noir, reprit à cheval le chemin de Porto-Rico, d'où il devait partir le lendemain au point du jour.

Quittons, nous aussi, l'habitation de Guayanila et regagnons la *Dorade*, capitaine Sannois.

On ne se coucha pas cette nuit-là à bord de la frégate.

Les ouvriers mécaniciens, éperonnés par la promesse d'une haute paye séduisante, firent preuve d'un infatigable zèle.

Le commandant les encourageait en partageant leur veille.

Jusqu'au lever de l'aube on vit le point lumineux de son cigare aller et venir du gaillard d'avant au gaillard d'arrière.

Quand parut le jour, les transportés, à qui leur conduite pendant la tempête avait valu des privilèges, parurent sur le pont.

Jean Renaud était du nombre.

Il salua respectueusement le capitaine.

Ce dernier lui fit signe de s'approcher et lui dit :

— J'ai vu de la lumière dans la bibliothèque longtemps après dix heures... vous vous êtes couché tard...

— Oui, mon commandant... — répliqua le forçat.

— Pourquoi?

— Je trouvais à mon travail un intérêt très vif... Je ne m'apercevais pas que le temps passait...

— Ce travail vous intéresse? — fit en souriant M. Sannois, flatté dans son amour-propre d'auteur. — Eh bien! c'est là une chose excellente! — Tant qu'il durera, vous ne vous ennuyerez plus.

Le chef mécanicien passait, noir de limaille de fer et de suie.

Le capitaine l'appela.

— Manuel, — lui demanda-t-il, — où en sommes-nous?...

— Tout marche, mon commandant... — Vers onze heures du matin nous aurons fini dans l'entrepont... — Il ne restera plus qu'à reboulonner la petite chaudière et à mettre une pièce à la cheminée.

— Quand aurez-vous terminé complètement? A quelle heure sera-t-il possible de lever l'ancre?

— A la tombée de la nuit, pour sûr et, s'il y avait du retard, il n'y en aurait guère...

— Bref, vous serez prêt entre huit et neuf heures du soir?

— Pour ça, mon capitaine, j'en réponds.

M. Sannois se frotta les mains.

— Enfin, nous allons appareiller! — murmura-t-il. — C'est heureux! Me suis-je fait du mauvais sang depuis cinq mortels jours!

Jean Renaud avait entendu.

Il baissa la tête pour cacher la flamme qui s'allumait sous ses paupières et il se dit :

— C'est pour ce soir!!

Le chef mécanicien continua sa route et le capitaine, fatigué de la nuit blanche passée sur le pont du navire, prit le chemin de sa cabine.

Tout à coup une rauque clameur sembla tomber du ciel.

Le matelot en vigie criait de son poste aérien :

— Une voile à nous, par tribord...

M. Sannois s'arrêta aussitôt et tous les regards se portèrent dans la direction indiquée.

Le navire signalé par la vigie émergeait comme un point noir dans les brumes lumineuses aux extrêmes confins de l'horizon.

A ce moment précis un petit nuage blanc couronna le point noir et, une seconde après, la brise de mer apporta jusqu'à la *Dorade* le bruit d'une détonation lointaine.

Le capitaine était prestement monté sur la dunette d'où, à l'aide de la jumelle marine dont il ne se séparait jamais, il examina le bâtiment qui s'avançait à toute vapeur vers la baie et grossissait à vue d'œil.

— Pavillon français! — dit-il; et il commanda : — Hissez le pavillon de poupe, et appuyez-le d'un coup de canon.

VIII

L'officier de quart avait précisé l'ordre, qui fut aussitôt exécuté.

Le pavillon monta majestueusement et déroula dans le ciel pur les couleurs de la France.

En même temps la *Dorade* tremblait dans sa membrure comme un fiévreux de la campagne de Rome.

Une des caronades de l'avant venait d'*appuyer le pavillon*.

A ces deux détonations se suivant de si près en succéda une troisième.

Elle partait de l'*Éclair* qui, de même que la frégate, hissait à son mât le pavillon national.

Officiers, matelots, soldats de marine et transportés, tout le monde était monté sur le pont et suivait du regard le navire dont on commençait à distinguer la forme et la grandeur.

— C'est un brick, — dit le capitaine, — et ce n'est point à nous qu'il en veut, mais à l'*Éclair*. — Il me paraît un marcheur de premier ordre. — Peut-être se chargera-t-il de porter une dépêche à Saint-Domingue. — Lieutenant Gerfaut, le canot major à la mer... — Nous allons à l'aviso.

Sur les navires de l'État, la façon rapide dont les ordres s'accomplissent tient du prodige.

Un coup de sifflet strident donna le signal

Dix hommes bondirent sur les bancs du canot major ; dix autres s'élancèrent aux palans ; l'embarcation descendit, toucha la mer et vint s'amarrer à tribord.

Cinq minutes après, le canot filait comme une mouette sous l'effort de vingt bras vigoureux.

Le brick venait de stopper à cinquante brasses de l'aviso.

Une embarcation vivement mise à flot conduisit un officier vers l'*Éclair*, dont l'état-major attendait avec une curiosité fébrile ce messager inattendu.

Jean Renaud, pendant une minute, avait suivi des yeux la manœuvre du brick, mais comme il n'attachait aucune importance à cette arrivée et que son esprit était ailleurs il quitta le pont, descendit à la bibliothèque et s'assit devant la table chargée de papiers.

— Ce soir ! — murmura-t-il de nouveau. — C'est pour ce soir ! — Le capitaine est pressé de partir... — Rien ne le retardera... — La *Dorade* et mes compagnons prendront la route de Cayenne... Je prendrai, moi, le chemin de la liberté... — Arriverai-je? — J'ai contre moi plus d'une chance, mais que m'importe? — *Le tout pour le tout !* C'est ma devise, et mieux vaut la mort que Cayenne !...

Puis il secoua la tête, sans doute afin de chasser les idées sombres qui venaient l'assaillir, et il se mit à la besogne.

Ce qui se passait en ce moment sur l'aviso l'*Éclair* était d'une importance capitale pour l'un des principaux personnages de notre récit, nous le saurons bientôt, mais il nous faut d'abord retourner à l'habitation où les travaux du matin suivaient leur cours habituel.

Le commandeur Mercuzza, debout dès la pointe du jour, avait déjà visité les ateliers, s'assurant que chacun se trouvait à son poste.

Cet homme faisait consciencieusement son service, non par intérêt pour le maître qu'il détestait, mais dans l'espérance de prendre en défaut quelque esclave et d'obtenir qu'une sévère punition fût infligée au délinquant.

Le señor commandeur aimait le mal pour le mal. — Les coups de fouet appliqués sur les épaules d'un nègre lui causaient un plaisir extrême. — Les grincements de dents provoqués par lui l'enchantaient, et le bruit des sanglots produisait à ses oreilles l'effet d'une musique délicieuse.

Comme il se rendait à une sucrerie située à une demi-lieue de l'habitation principale il vit de loin un cavalier, monté sur un assez beau cheval d'origine andalouse, se dirigeant de son côté.

Un sourire d'une expression singulière entr'ouvrit les lèvres minces de Mercuzza.

Le cavalier maintenait sa monture au petit pas et, tout en fumant un gros cigare, il regardait les terres admirablement cultivées dont la valeur augmentait chaque jour et qui toutes, aussi loin que la vue pouvait s'étendre, appartenaient à Richard Bernier.

Cet homme portait le costume de toile habituel dans les colonies tropicales, mais il le portait avec une certaine recherche et non sans quelque prétention à l'élégance. Il pouvait avoir quarante ans.

Son visage anguleux et cuivré offrait le type espagnol et n'avait rien de remarquable ni en beau, ni en laid.

Sa physionomie cependant n'était point insignifiante. — Elle exprimait la morgue, l'astuce et la cupidité.

Lorsque les deux personnages ne furent plus qu'à cinq pas l'un de l'autre Mercuzza ôta son chapeau de paille, s'inclina profondément devant le cavalier et dit :

— Salut au señor Reymundez, syndic des noirs...

Le nouveau venu répliqua, mais sans se découvrir et avec un léger salut de la main :

— Señor Mercuzza, je vous souhaite le bonjour... — Vous voilà dans l'exercice de vos fonctions et toujours le fouet à la main... — C'est bien, cela ! C'est très bien !

— Le fouet à la main... — répliqua le commandeur avec amertune. — Autant vaudrait tenir une tige de mimosa !... — Ah ! la main est solide et le manche aussi, mais la volonté du maître en immobilise les lanières !...

— Toujours faible, donc, le señor Richard Bernier ?

— Toujours, et plus que jamais !

— Alors, je n'aurai aucune plainte à recevoir à l'habitation ?...

— Aucune... — répondit Mercuzza en haussant les épaules. — Ici on traite les paresseux et les insoumis avec de la racine de guimauve et des rations de tafia !...

Le syndic des noirs haussa les épaules à son tour.

— Mauvais principes, señor Mercuzza ! — dit-il, — déplorables principes !...

— Oui, certes, et qui tôt ou tard amèneront un tel amollissement dans les mœurs des esclaves que la colonie manquera de bras pour le travail...

— Sans compter, — poursuivit le syndic, — que cela nous enlève de bien beaux bénéfices ! !

— Hélas ! — murmura le commandeur, puis il ajouta : — Irez-vous quand même à l'habitation ?

— C'est mon projet... — y trouverai-je le maître ?...

— Oui, en compagnie de ses trois filles auxquelles il me faut obéir, et qui ne sont après tout que des esclaves !... — Mon sang d'Espagnol et d'hidalgo bout dans mes veines à cette pensée ! !

— Esclaves, dites-vous ? — répéta le syndic des noirs. — En êtes-vous bien sûr ?

— Oui, pardieu ! j'en suis sûr !

— Le señor Bernier ne peut ignorer cependant que ses filles, nées d'une esclave, sont esclaves elles-mêmes. — Comment ne les a-t-il point affranchies ?

— Il a jugé sans doute que c'était inutile, n'ayant pas l'intention d'en faire des coupeuses de cannes à sucre, des vanneuses de cacao ou des cigarières.

— Certes, — répliqua le syndic, — tout est bien ainsi pour le moment, mais il y a l'avenir...

— L'avenir est long ! — M. Bernier est vigoureux comme un jeune homme... Il vivra cent ans et ça lui donnera le temps de mettre ses affaires en ordre.

— Bah ! — fit le syndic des noirs avec philosophie — La vigueur physique ne signifie rien... — On ne sait ni qui vit ni qui meurt...

Puis, sans transition, il demanda :

— Le dernier cyclone a-t-il produit ici beaucoup de dégats ?...

— Non, très peu... — Quelques caféiéres ont souffert, mais d'une façon presque insignifiante...

— Comment ! est-ce possible ?

— Nous sommes protégés par les mornes de l'Est...

— Ce señor Richard Bernier a véritablement un insolent bonheur... — Sa fortune est colossale...

— Je l'évalue à trente millions... — dit le commandeur.

— Et moi à un chiffre beaucoup plus élevé... Et ce millionnaire, ce Crésus, permet tout à ses nègres et les sèvre de coups de fouet, ce qui m'empêche de dresser des procès-verbaux et m'enlève le plus clair des profits de ma charge ! C'est positivement odieux !...

— Que voulez-vous ?... — Il fait de la philanthropie ! — s'écria Mercuzza d'un ton moqueur.

— Je vais voir cela, et lui parler sérieusement, car il est impossible que les choses continuent à se passer ainsi...

— Où vas-tu ? lui cria une sentinelle, en croisant la baïonnette.

— Vous n'obtiendrez rien...

— Qui sait ? — Au revoir, señor commandeur.

— Señor syndic, au revoir... — Tâchez de réussir... mon bras s'engourdit dans l'inaction...

Tout en prononçant ces derniers mots Mercuzza fit siffler son fouet dont la dure lanière coupa net une branche d'arbuste grosse comme un tuyau de pipe.

— Bah ! le poignet est encore solide ! — répliqua le syndic en riant.

Puis les deux hommes se saluèrent et se remirent en route dans des directions différentes, l'un poussant vers l'habitation et l'autre gagnant la campagne.

Dans les colonies espagnoles où l'esclavage existait encore, le personnage officiel appelé *Syndic des Noirs* jouissait d'une incontestable importance.

C'était une sorte de juge de paix chargé de recevoir les plaintes des esclaves qui avaient été punis ou fouettés par ordre de leurs maîtres, et qui trouvaient les coups trop nombreux ou le châtiment hors de proportion avec la faute.

Le syndic statuait sur la plainte, conciliait les choses s'il le jugeait convenable, ou condamnait à une amende plus ou moins forte le maître dont les sévérités lui semblaient excessives.

Ces fonctions avaient été instituées dans le but de donner un semblant de satisfaction aux esclaves qui, voyant de tous côtés leurs frères redevenus libres, menaçaient de ruiner les colonies espagnoles en se révoltant ou en s'évadant.

Somme toute, le résultat pouvait être bon en coupant court à d'effroyables injustices, à de hideuses cruautés, mais les syndics des noirs, choisis parmi des gens d'une moralité plus que douteuse, ne voyaient généralement dans leur charge qu'un moyen de s'enrichir.

Moyennant la remise d'un *pot de vin* dont le chiffre variait selon les circonstances, ils se rangeaient du côté du maître contre l'esclave, si bien fondée que fût d'ailleurs la plainte de ce dernier.

On comprend que le syndic des noirs de Guayanila se déclarât lésé dans ses intérêts par la mansuétude de Richard Bernier, qui n'admettait point sur ses domaines l'usage du fouet comme moyen de répression.

Une telle conduite semblait au fonctionnaire indélicate et inacceptable.

Le planteur se trouvait avec ses filles dans son cabinet de travail, et s'apprêtait à sortir pour son inspection du matin quand on vint lui annoncer que le syndic mettait pied à terre.

— Cet homme, ici! — s'écria M. Bernier. — Que peut-il me vouloir?

— Sans doute — murmura Carmen, — un esclave aura porté plainte contre vous.

— C'est invraisemblable! — répondit Cora. — Traités comme ils le sont à l'habitation, de quoi les nègres se plaindraient-ils?

— Tout est possible, — reprit le planteur. — Peut-être Mercuzza a-t-il trouvé bon de commettre quelque iniquité que nous ignorons...

— Peut-être en effet.

— Dans une minute, d'ailleurs, nous saurons à quoi nous en tenir. — Robinson, fais entrer le syndic des noirs.

— Oui, maître.

Un instant après Robinson introduisait le personnage que nous connaissons, et qui s'inclina devant le planteur et les jeunes filles avec une humilité de commande et une déférence hypocrite.

IX

Richard Bernier rendit froidement son salut au nouveau venu et fit signe à Robinson de lui avancer un siège.

Le syndic des noirs s'assit, un peu embarrassé malgré son impudence ordinaire, et attendit une question.

— Monsieur, — lui demanda le maître du logis, — à quel motif dois-je attribuer l'honneur tout à fait inespéré de votre visite?

— Je vous suis envoyé par le gouverneur de l'île, señor, et ma mission est assez délicate... — répondit le syndic.

— Quelque nègre a-t-il porté plainte contre mon père? — s'écria Cora.

— Non, mademoiselle... — M. Bernier fait profession d'une trop grande indulgence pour que jamais une plainte s'élève contre lui... — C'est un autre sujet qui m'amène.

— Expliquez-vous, monsieur, — reprit le planteur, — et veuillez aller droit au but. — Je me disposais à sortir et suis un peu pressé.

Le syndic s'inclina.

— Je n'aurai garde d'abuser de vos moments — répliqua-t-il, — et je vous promets d'être bref... — Tout le monde sait avec quelle bienveillance vous traitez les employés de votre habitation, et personne n'ignore que votre mansuétude à l'égard de vos esclaves est sans bornes... — On vous cite comme un philanthrope mettant généreusement en pratique les plus belles théories humanitaires... — L'administration de vos domaines est irréprochable, et M. le gouverneur se plaît à reconnaître que vous augmentez dans de sérieuses proportions les richesses de notre île...

Le syndic s'interrompit.

— Eh! bien, monsieur? — fit Richard Bernier, que ces coups d'encensoir en pleine figure mettaient à la gêne.

— Eh! bien, señor, cela est admirable assurément, mais toute médaille a son revers...

— Voyons le revers de celle-ci...

— J'y arrive : — Si vous étiez le seul grand propriétaire de la colonie, les observations que je vais avoir l'honneur de mettre sous vos yeux n'auraient pas lieu de se produire et je ne me permettrais point de les formuler, mais l'île de Porto-Rico possède cent planteurs qui ont des esclaves, et de très nombreux, puisqu'ils atteignent le chiffre de soixante-dix mille...

— Je sais cela, monsieur; mais je ne suppose pas que vous soyez venu me parler de mes confrères...

— C'est ce qui vous trompe, monsieur... — reprit vivement le syndic des noirs. — Ces planteurs, beaucoup moins débonnaires que vous pour leurs nègres, prétendent, et non sans raison, que l'excès de votre bonté cause un notable préjudice à leurs intérêts...

Richard Bernier haussa les épaules, en disant :

— C'est absurde?

— C'est inouï! — appuya Cora. — En quoi, s'il vous plaît, la manière d'agir de mon père peut-elle nuire aux intérêts des planteurs? — En quoi sa conduite les regarde-t-elle?

— L'exemple est pernicieux, señora. Les nègres des autres habitations savent que l'honorable señor Bernier est un père pour ses esclaves, qu'il leur épargne les longues fatigues et les travaux trop durs, qu'il les fait soigner au moindre malaise par un médecin spécial, qu'une infirmerie modèle les reçoit si ce malaise prend quelque gravité, qu'il les garde inactifs quand ils sont devenus incapables de rendre des services, et qu'il va même jusqu'à leur donner en toute propriété un morceau de terre et une case pour y finir leurs jours.

Cora se leva brusquement.

— C'est de l'humanité, cela, monsieur!! — s'écria-t-elle. — Mon père assure la paix et l'aisance à la vieillesse de bons serviteurs... N'est-ce pas naturel et juste, et qui donc oserait l'en blâmer?

— Personne assurément, señora... personne, en théorie... mais la réalité s'impose... — Les esclaves moins bien traités, moins favorisés par leurs maîtres, murmurent, se plaignent, se révoltent, et n'ont plus qu'une idée, celle de fuir, pour se réfugier dans les colonies libres de la France et de l'Angleterre...

— En vérité! — fit la jeune fille avec un sourire dédaigneux.

— En vérité, oui, señora.

— Eh bien, monsieur, — poursuivit Cora, — il me semble que le remède est à côté du mal...

— Comment cela?

— Oh! c'est bien simple! — Que les planteurs imitent mon père, et leurs esclaves imiteront les nôtres!... Ils aimeront le maître au lieu de le haïr!... Ils s'attacheront à la plantation au lieu de chercher à la fuir!... ils seront dociles et bons travailleurs, sachant qu'une petite part du fruit de leur travail doit leur revenir un jour! — Qui ne comprendrait cela, et quel homme est-ce donc que le gouverneur de Porto-Rico, s'il vous a donné l'ordre de venir engager mon père à faire mourir ses esclaves sous le fouet et sous le bâton!...

Le syndic des noirs attacha sur son interlocutrice un regard d'une expression indéfinissable, puis il se contraignit à sourire et répliqua :

— Le señor gouverneur serait bien douloureusement surpris, je vous l'affirme, de voir interpréter ainsi sa pensée! Il est ennemi de toute injustice et jamais homme ne fut moins cruel. Il souhaiterait seulement — et cela dans l'intérêt général — que le señor Richard Bernier fût plus sévère avec ses nègres.

— Eh! — répliqua violemment Cora, — la sévérité, lorsqu'elle est inutile, change de nom et s'appelle cruauté, monsieur ! — Quoi, c'est au moment où la France et l'Angleterre ont brisé les fers des esclaves en leur rendant ce bien suprême que Dieu donne à toute créature en la faisant naître : la liberté !... C'est à ce moment que vous venez proposer à mon père une chose lâche, infâme, un crime ! — l'heure est étrangement choisie !...

— Mais, encore une fois, vous n'êtes pas seuls... — balbutia le syndic.

Richard Bernier prit la parole à son tour.

— En voilà assez, — monsieur ! — fit-il d'un ton de dignité hautaine. — Je ne changerai rien à mes habitudes, mais je sais qu'elles nuisent aux profits de votre charge et que la brutalité des maîtres envers leurs esclaves constitue le plus clair de votre fortune... — Réduit à vos seuls appointements, vous feriez maigre chère... — Je vous dois donc une indemnité, et je ne songe pas à vous la refuser...

— C'est cela ! — dit Cora d'un ton de mépris suprême. — Faites votre compte, monsieur, et passez à la caisse... on vous paiera...

— Señora, vous m'insultez ! — s'écria le syndic.

— En vous offrant de l'argent ? — répliqua la jeune fille d'une voix moqueuse. — Depuis quand, s'il vous plaît, avez-vous l'habitude de regarder cela comme une insulte ?

Le syndic se leva, tremblant de fureur, pâle de rage.

— Je me souviendrai de l'accueil qui m'est fait dans cette maison ! — balbutia-t-il d'une voix à peine distincte.

— Puisse ce souvenir vous empêcher d'y remettre les pieds ! — répondit Cora.

— Je me souviendrai ! — répéta le louche personnage. — Soyez sûrs que je me souviendrai !...

Il lança un dernier regard à l'aînée des trois sœurs, sortit sans saluer, rejoignit son cheval qu'un nègre tenait en main près de la grande porte de l'habitation, se mit en selle d'un bond et s'éloigna au plus rapide galop, emportant dans son âme une implacable haine.

— Cora, ma mignonne, — dit le planteur, — tu l'as traité bien durement.

— Ai-je eu tort ! — Ai-je été maîtresse de moi ? — Cet homme est un misérable de la plus vile espèce.

— Sans doute, — répliqua Richard, en passant sa main sur son front chargé de nuages, — mais nous avons en lui désormais un ennemi.

— Que nous importe ? — Que peut-il contre nous ?

— Rien ! heureusement ! sans cela je croirais que sa visite doit nous porter malheur... — Chassons ces idées noires et songeons aux affaires. — Demain nous irons à la mine voir nos laveurs d'or. — Il faut s'occuper aujourd'hui de la cargaison de café qu'on doit envoyer à Saint-Jean-de-Porto-Rico pour l'*Astrolabe* en destination de Marseille... Quatre cents moutons seront en même temps dirigés sur Mayaguey. — Cora, tu surveilleras l'exécution de mes ordres.

— Oui, père.

— As-tu vu Jupiter ce matin ?

— Je suis allée tout exprès à l'infirmerie.

— Comment va-t-il ?

— Beaucoup mieux. — Le docteur Jocelyn a coupé le mal dans sa racine. — D'ici à trois ou quatre jours Jupiter sera sur pied et prendra la direction des barques qui doivent remonter la rivière pour le chargement de riz et de bestiaux.

— Bien, mon enfant. — Tu n'as pas oublié, je pense, que nous avons à déjeuner ce matin le lieutenant Dorsay ?

Un beau nuage pourpre s'étendit sur la pâleur bronzée des joues de Cora qui répondit vivement :

— Non... non... père, je ne l'ai pas oublié.

— On me préviendra de son arrivée, en piquant deux coups de cloche. — Je sors pour une heure, mais je ne m'éloignerai pas de l'habitation...

Richard Bernier, couvrant sa tête d'un immense chapeau en paille de Manille, quitta son cabinet. Cora le suivit pour aller diriger certains apprêts.

Carmen et Marie restèrent ensemble.

La veille, après le départ de l'enseigne Armand Dorsay, le visage de Cora s'était assombri, et sa physionomie mobile avait pris une expression d'inquiétude assez visible pour ne point échapper au regard affectueux de ses deux sœurs.

Elles n'avaient pas voulu la questionner à ce sujet, mais elles restaient l'une et l'autre sous une impression pénible.

Marie, la plus jeune des filles du planteur, était peu expansive par timidité, mais très aimante et particulièrement superstitieuse.

— Carmen, — fit-elle lorsque la sœur aînée les eut laissées seules, — je ne sais pourquoi, mais j'ai de fâcheux pressentiments... — Il me semble, comme à mon père, que la visite du syndic des noirs est de mauvais augure...

— Tu te trompes, chère petite, — répliqua doucement Carmen. — Mon père a dit au contraire que nous n'avions rien à craindre de lui.

L'enfant secoua la tête.

— Oui, il l'a dit, — murmura-t-elle, — mais j'ai bien vu qu'il n'était pas tranquille... et j'ai des raisons d'avoir peur.

— Lesquelles ?

— Le chiffre *neuf*, tu le sais comme moi, est un chiffre funeste pour quiconque appartient, si peu que ce soit, à la race nègre... — Or nous avons dans les veines, par ma mère, quelques gouttes de sang noir... — C'est aujourd'hui le *neuf* avril... — Cet homme se nomme *Reymundez*, donc son nom contient *neuf* lettres... — Ses dernières paroles ont été celles-ci : « *Je me souviendrai ! soyez sûrs que je me souviendrai !...* » — Cette phrase se compose de *neuf* mots !

— Tu vois, toujours le chiffre néfaste ! — Ce n'est pas tout ! — En entrant, le syndic des noirs a ôté son chapeau de la main gauche, signe funeste... — Pourquoi ris-tu ?

Carmen embrassa Marie sur le front et répliqua :

— Je ris de ta superstition, petite sœur ! ! — Que signifie tout cela ?

— Cela signifie beaucoup... — Quand une croyance est si fortement accréditée dans une race entière, elle ne saurait être absolument fausse... — La mauvaise chance est entrée dans notre maison avec cet homme... — il arrivera malheur à Cora.

Carmen tressaillit.

— Et pourquoi donc à Cora plutôt qu'à nous ? — s'écria-t-elle.

— Parce que le syndic des noirs l'a regardée la première en entrant, et qu'elle a eu son dernier regard...

— Eh ! mignonne, quel malheur pourrait la frapper entre mon père et nous ?...

— Le sais-je ? — J'ai des pressentiments, je te le répète, voilà tout... — Si je savais d'où viendra le danger nous ferions en sorte de le combattre, mais, hélas ! je l'ignore.

Carmen prit sa jeune sœur dans ses bras et l'appuya doucement contre sa poitrine, en murmurant à son oreille :

— Chère petite folle, chasse bien vite ces idées absurdes !... — J'aime Cora, tu le sais bien, autant qu'on puisse aimer... — Si je ne partage pas tes craintes, c'est donc qu'il n'y a rien à craindre...

X

Marie secoua la tête.

— Dieu fasse que mes terreurs soient chimériques, — reprit-elle au bout d'un instant ; — mais n'as-tu pas remarqué comme moi que Cora, depuis hier, semble inquiète et préoccupée ?

— Depuis la visite de M. Dorsay, c'est vrai, — répondit Carmen. — Qu'en veux-tu conclure, petite sœur ?

— Ceci : l'influence néfaste se faisait déjà sentir hier... — Cora et M. Dorsay sont menacés d'un malheur commun.

— Menacés d'un malheur commun ! — répéta Carmin stupéfaite. — Je ne te comprends pas... Explique-toi !

— J'ai peut-être tort de penser ce que je vais dire, mais je crois que M. Armand aime Cora, et que Cora n'est pas du tout insensible à son amour...

— Je ne verrais aucun mal à cela. — Le lieutenant est un gentleman dont mon père ne dédaignerait point l'alliance, car il paraît l'estimer beaucoup. —

Mais rien ne prouve que tes suppositions soient fondées. — Si notre sœur aimait M. Dorsay, pourquoi nous l'aurait-elle caché? — Cora est la franchise même et n'a jamais eu de secrets pour nous... — Enfin, en supposant que tu sois dans le vrai, une préoccupation passagère, une tristesse involontaire et peut-être sans cause, ne pourraient justifier tes pressentiments. — Donc encore une fois, ma mignonne, éloigne des chimères et cesse d'attacher une importance quelconque aux superstitions enfantines que notre bonne mère et ta nourrice ont mises dans ta jolie tête.

Marie allait répondre, mais Dolorès rejoignit les deux jeunes filles et la conversation changea de sujet. — Le temps passait.

Richard Bernier avait fini d'inspecter les plus proches dépendances de l'habitation et, quoique n'ayant point entendu les deux coups de cloche qui devaient le rappeler, il revint au logis.

Dans une cour intérieure il rencontra Cora.

— Eh! bien, — lui demanda-t-il, — le lieutenant?...

— Pas encore arrivé, père...

— L'heure du déjeuner est proche, cependant.

— Oui — répondit la jeune fille — et d'habitude M. Armand est exact...

— Un service imprévu le retient peut-être...

— Peut-être, et cependant, sachant que nous l'attendions ce matin, il aurait sollicité et obtenu de son capitaine une permission.

— C'est vrai...

— Voulez-vous, père, que nous descendions jusqu'aux Mornes... — L'attente nous semblera moins longue et nous verrons arriver le canot...

— Excellente idée... — Viens...

Le planteur offrit son bras à sa fille et tous deux se dirigèrent vers le parc où Carmen, Marie et Dolorès, que le docteur Jocelyn venait de rejoindre, les avaient précédés.

— Où donc allez-vous? — fit Carmen.

— Jusqu'à la plage, au devant de notre invité qui se met en retard... — répliqua Richard Bernier.

— Nous irons avec vous...

Et nos six personnages s'engagèrent dans les sentiers en pente, ombragés de grands arbres, qui formaient un réseau sur les flancs de la colline.

— Père, avez-vous votre longue-vue? — demanda Cora.

— Non, mais nous n'en aurons pas besoin pour distinguer de façon très nette un canot venant à terre... — D'ailleurs notre ami le docteur Jocelyn a des yeux d'aigle... — il nous servira de lunette d'approche.

— Tout à vos ordres! — répliqua le mulâtre.

Au détour d'un sentier on aperçut de loin Mercuzza, venant à la rencontre des promeneurs.

Elle laissa tomber sa tête brune sur l'épaule de l'enseigne.

— Voici le señor commandeur... — dit Cora en fronçant le sourcil.

— Qui certes aurait bien volontiers donné quelque chose pour me voir abonder dans le sens de son digne ami le syndic des noirs, — fit le planteur en riant.

Mercuzza avait fait halte, le chapeau à la main, pour laisser passer le maître et sa famille. — Il baissait hypocritement les yeux avec une expression d'humilité sournoise.

Richard Bernier lui adressa ces mots sans s'arrêter :

— Vous venez de la côte, commandeur ?

— Oui, señor... — J'ai passé l'inspection des esclaves et des barques à l'embouchure de la rivière...

— Tout est en ordre ?

— Oui, señor.

— Avez-vous signalé un canot venant du large et gagnant la baie ?

— Je ne saurais répondre à cette question, señor... — Mon attention ne s'est point dirigée du côté de la mer...

M. Bernier et ses filles marchaient toujours. — Mercuzza, interrogé par le maître, suivait à deux pas en arrière.

Le planteur reprit :

— Vous avez visité la grande caféière ?

— Oui, señor, et j'ai fait charger deux chariots qui doivent être rendus maintenant aux magasins de l'habitation...

Les promeneurs sortirent des sentiers ombragés et atteignirent les Mornes, du haut desquels on voyait la baie et, au-delà de la baie, la pleine mer.

La *Dorade* et l'*Eclair* avaient encore leurs pavillons déployés.

La frégate et l'aviso ressemblaient à ces minuscules petits navires que les enfants font voguer sur une cuvette.

Derrière eux un brick, fuyant à toute vapeur, s'enfonçait dans les brumes de l'horizon.

Le docteur Jocelyn désigna du doigt un point sur la surface brasillante de la baie.

— Une barque... — dit-il.

— Je vois... — répondit Cora. — Elle est bien loin encore... — Si c'est le canot de l'*Eclair* il lui faudra plus de vingt minutes pour arriver...

— Eh bien, asseyons-nous sur cette terrasse, — fit Richard Bernier, — et attendons avec patience...

— Señor, — demanda Mercuzza, — vous avez vu le syndic des noirs je pense ? — Je l'ai rencontré ce matin... il allait à l'habitation.

— Je l'ai vu, en effet... — répliqua le planteur... — C'est un triste personnage qui n'a pas dû s'éloigner satisfait du résultat de sa visite.

Le commandeur baissa la tête sans ajouter un mot, mais une flamme sombre s'alluma dans ses prunelles de chat-tigre.

Cora regardait l'embarcation glisser en laissant derrière elle un long sillage éblouissant, et grandir à vue d'œil.

Plus elle se rapprochait de la terre, plus la jeune fille sentait son cœur battre.

Bientôt il fut possible de distinguer les personnages qui se trouvaient à bord.

— M. Armand n'est pas seul, — s'écria Carmen, — et ce n'est point le canot dont il a l'habitude de se servir.

— C'est le canot-major, — répliqua le docteur Jocelyn, — et je vois trois officiers à l'arrière.

— Bravo ! — dit gaiement Richard Bernier, — M. Dorsay a eu l'heureuse idée d'amener avec lui le capitaine de l'*Eclair* et le premier lieutenant... des officiers distingués et des hommes charmants ! J'en suis ravi !

— En effet, mon père, — reprit Carmen, — ce sont eux, je les reconnais.

Cora gardait le silence.

Une émotion puissante, que jusqu'à ce jour et jusqu'à cette heure elle n'avait jamais éprouvée, s'emparait de tout son être.

Le canot-major glissait sur les eaux calmes avec un redoublement de vitesse.

Armand, ayant aperçu Richard Bernier et ses filles sur le Morne, avait signalé leur présence au capitaine.

Ce dernier s'était levé et saluait de la main, en même temps que l'enseigne et que le premier lieutenant.

Les jeunes filles se levèrent à leur tour et rendirent le salut en agitant leurs mouchoirs.

Cora fit un effort, redevint maîtresse d'elle-même et calme en apparence.

— Père, — dit-elle, — nous pourrions descendre jusqu'à la plage...

— Oui, certes, chère enfant, et nous allons le faire...

On prit un sentier conduisant à une ligne de rochers très bas, placés au-dessous des Mornes et formant une ceinture aux sables de la baie que les flots purs de la mer des Antilles caressaient par les temps calmes avec un petit clapotement doux et monotone.

Lorsqu'au contraire le vent soufflait en foudre, soulevant et poussant avec furie les vagues venues du large, ces rochers constituaient une véritable digue.

Les plus fortes lames se brisaient contre eux et ne parvenaient point à les franchir.

De distance en distance, des marches grossièrement taillées dans le granit, et des éboulements naturels, facilitaient l'escalade ou la descente de ces falaises en miniature.

Au moment où Richard Bernier, ses filles, Dolorès, le docteur Jocelyn et le commandeur Mercuzza arrivaient sur la plage, le canot-major abordait à l'embouchure de la rivière.

Les officiers débarquèrent rapidement et se dirigèrent vers le planteur qui leur tendait les mains avec un bon sourire.

— Soyez les bien accueillis, chers compatriotes, — leur dit-il, — surtout si vous me faites le plaisir de venir déjeuner avec nous...

— Cher monsieur Bernier, — répliqua le commandant de l'aviso en saluant les jeunes filles, — nous connaissons si bien l'ampleur de votre hospitalité qu'à peine avons-nous eu la crainte d'être indiscrets en accompagnant notre ami Dorsay, seul invité par vous...

— Non seulement vous n'êtes point indiscrets, mais vous nous comblez de joie ! — s'écria le planteur dont le visage radieux ne permettait point de suspecter la sincérité.

— Dans tous les cas, — reprit le capitaine, — vous ne pouviez manquer de nous voir aujourd'hui... — Nous avons été accueillis dans votre maison, depuis trois mois, avec une cordialité touchante dont le souvenir ne s'effacera pas... — Nous tenions à vous exprimer à la fois notre vive gratitude et nos regrets profonds au moment de notre départ...

Ce mot : *départ*, si complètement inattendu, produisit un effet de stupeur générale.

Tous les yeux se tournèrent vers le capitaine, comme pour solliciter de lui une explication.

Cora devint très pâle et regarda l'enseigne qui ne semblait pas moins troublé qu'elle.

Le señor Mercuzza, immobile à quelques pas en arrière, observait les deux jeunes gens. — Un méchant sourire crispait sa lèvre mince, tandis qu'il roulait machinalement la souple lanière autour du manche de son fouet de commandeur.

Richard Bernier rompit le silence.

— Vous parlez de départ, capitaine ! — s'écria-t-il. — Quittez-vous donc la baie de Guayanila ?

— Nous venons d'en recevoir l'ordre tout à l'heure, — répondit l'officier — et nous lèverons l'ancre demain matin, dès la pointe du jour...

Cora se sentit défaillir... — Un moment elle eut peur de perdre connaissance et se cramponna des deux mains au bras de son père.

Marie disait tout bas à l'oreille de Carmen :

— Commences-tu maintenant à croire que la visite du syndic des noirs annonçait un malheur ?...

Le señor Mercuzza continuait à sourire.

XI

Les regards de Carmen et ceux d'Armand Dorsay se croisaient toujours, affirmant une douleur muette et poignante.

Mercuzza murmura :

— Je ne m'étais pas trompé... ils s'aiment...

Le malaise de Cora était si visible que le docteur Jocelyn se rapprocha d'elle avec inquiétude.

— Vous souffrez, mademoiselle ?... — lui dit-il.

La jeune fille répondit d'une voix à peine distincte :

— Un peu... Mais ce n'est rien... — Depuis deux jours je suis sujette à de soudaines défaillances, qui ne durent d'ailleurs qu'un instant... — Tenez, docteur, c'est passé déjà...

Et Cora, dominant son émotion, contraignit son visage à redevenir calme et s'empressa d'ajouter en s'adressant aux officiers :

— C'est une triste nouvelle que vous nous apportez, messieurs, mais c'est une bonne pensée qui vous amène ici, et nous vous en sommes tous reconnaissants. — Pour la dernière fois soyez les bienvenus... — Le déjeuner nous attend... Venez.

Et, quittant le bras de son père pour prendre celui de Carmen, elle s'engagea d'un pas rapide dans le chemin conduisant à l'habitation.

Le coup qu'elle venait de recevoir était rude. — En vain elle se roidissait contre son angoisse. — Les sanglots l'étouffaient, — Elle eut la force de les comprimer, mais une larme se détacha de ses longs cils et roula sur sa joue.

Elle l'essuya du bout des doigts ; pas assez vite cependant pour la dissimuler à sa sœur.

— Ma chérie, — dit tout bas Carmen, en serrant la main tremblante de Cora, — tu souffres... Je le vois bien.

— Oui, c'est vrai... — balbutia Cora, — je souffre cruellement... il me semble que je vais mourir...

— Il faut nous arrêter... appeler le docteur.

— Non ! — reprit vivement la jeune fille. — Tais-toi ! tais-toi ! Pas un mot... pas un geste... — C'est déjà trop qu'on ait pu remarquer mon trouble tout à l'heure... — Cela va mieux... c'est fini...

— Mais pourquoi ce trouble, chère sœur ? Pourquoi cette souffrance ?

— En ce moment ne m'interroge pas... je t'apprendrai plus tard le secret de mon cœnr...

Carmen pensait :

— Elle aime le lieutenant et ce départ la brise... Marie avait deviné juste...

On atteignit l'habitation ; on gagna la salle à manger où, sur un signe de Cora, Robinson avait ajouté des couverts pour deux convives ; on se mit à table et la conversation, languissante d'abord, ne tarda guère à s'animer un peu.

— Capitaine, — demanda Richard Bernier, — faites-vous voile pour la France ou devez-vous croiser dans nos parages ?...

Le commandant de l'aviso répondit :

— Nous devons toucher à Saint-Domingue et de là nous rendre à Brest, et y rallier l'escadre prête à mettre à la voile pour une destination encore inconnnne.

— Ceci, malheureusement, nous fait craindre de ne vous revoir de longtemps et peut-être jamais... — reprit le planteur.

Cora pâlit de nouveau.

Armand, dont les lèvres tremblaient, prit vivement la parole.

— Ah ! monsieur Bernier, — s'écria-t-il avec un sourire contraint, — pourquoi donc employez-vous ce vilain mot : *Jamais!* Je ne l'accepte pas. — Dans l'existence des marins la part de l'imprévu est immense... Notre bonne étoile nous ramènera peut-être dans la mer des Antilles plus tôt que nous ne le croyons et que nous n'oserions l'espérer...

En disant ce qui précède l'enseigne avait les yeux fixés sur Cora, et son regard exprimait une tendresse sans bornes, une foi profonde en l'avenir.

La jeune fille le comprit et se sentit un peu ranimée.

— Dieu veuille qu'il en soit ainsi, monsieur Armand !... — répliqua le planteur. — Je bois, messieurs, à votre prochain retour, qui nous causera à tous autant de joie qu'aujourd'hui votre départ nous cause de regrets...

Les officiers firent raison au toast porté par Richard Bernier, et le déjeuner continua avec un entrain plus apparent que réel.

Cora elle-même semblait presque gaie, mais d'une gaîté nerveuse ou plutôt factice.

On quitta la salle à manger pour prendre le café et fumer sous une tente pittoresque disposée dans le parc à l'ombre d'arbres séculaires.

Les heures s'écoulèrent avec cette incompréhensible vitesse qui fait paraître si courtes les journées que termine une pénible séparation.

A l'horizon, le soleil baissait.

— Voici le moment des adieux,.. — dit le capitaine avec mélancolie. — Nous nous souviendrons que, loin de la France, nous avons trouvé dans la famille d'un Français la plus cordiale, la plus affectueuse hospitalité. — Nous espérons que l'absence n'effacera point de vos mémoires le souvenir de ceux qui penseront à vous toujours avec reconnaissance, et pour fixer ce souvenir je vous demande, cher monsieur Bernier, en mon nom et au nom de mes officiers, la permission d'offrir à mesdemoiselles vos filles les objets que voici...

Le capitaine tira de sa poche un petit écrin de chagrin noir et l'ouvrit. — Il contenait trois bagues d'argent, de forme bizarre, singulièrement oxydées.

— Ces anneaux, — continua-t-il, — n'ont d'autre valeur que celle attribuée par les archéologues aux reliques du temps jadis... — Ils ont été trouvés l'an passé, dans les fouilles de la Seine, auprès du Pont-au-Change. — Sur l'un d'eux on lit, ou plutôt on devine la date 1410... — Une superstition populaire affirme qu'ils portent bonheur à quiconque met le pied dans notre capitale... — Mesdemoiselles vos filles viendront peut-être un jour à Paris... La tradition, je l'espère, aura dit vrai, et les bagues d'argent leur porteront bonheur...

Richard Bernier, très ému, répondit qu'il faisait droi de tout son cœur à la requête du capitaine.

Chacun des officiers prit une bague, et les trois sœurs tendirent leurs mains gauches.

Armand s'approcha de Cora.

La jeune fille, en sentant l'anneau que tenait l'enseigne glisser doucement à son doigt, devint pourpre ; son cœur battit à coups pressés ; il lui sembla qu'une atmosphère de feu l'enveloppait ; — jamais sensation ne fut à la fois plus étrange et plus délicieuse.

Cora se disait tout bas.

— Dieu le veut... Je porte son anneau... — Je suis sa fiancée...

— Merci pour mes filles... Merci pour moi... — s'écria le planteur, qui cessait d'être maître de son attendrissement et dont le visage était inondé de larmes. — Ce souvenir matériel, venant de vous, nous est précieux, mais nous n'avions pas besoin de lui pour penser à vous...

Et il tendit ses bras aux trois officiers qu'il pressa l'un après l'autre sur sa poitrine.

Marie, profitant des immunités auxquelles lui donnaient droit sa grande jeunesse et sa physionomie enfantine, appuya l'une de ses mains sur le bras d'Armand et lui dit avec un geste de coquette menace :

— Seriez-vous oublieux, par hasard, monsieur Dorsay? — Vous nous aviez promis, hier, votre portrait... — Où est-il?

— Le voici, mademoiselle.... — répondit l'enseigne en souriant, mais d'un sourire plein de tristesse. — Pouvais-je oublier la demande si bienveillante qu'on m'avait fait l'honneur de m'adresser?

En même temps il prenait dans son portefeuille une carte photographique et la présentait à Marie, en ajoutant :

— Si cette image pouvait parler elle vous dirait, quand je serai bien loin, que mon âme et que ma pensée restent ici tout entières...

Ces paroles s'adressaient à la plus jeune des trois sœurs, mais Cora comprit bien que l'enseigne, en les prononçant, songeait à elle surtout, où plutôt à elle seule...

Sans prononcer un mot elle le remercia par un regard dont l'expression fit bondir son cœur.

— Et maintenant, — murmura le commandant de l'*Éclair*, — il faut partir... — Adieu...

— Nous vous reconduirons jusqu'à la plage, — dit vivement Richard Bernier, — et du moins nous passerons ainsi quelques instants de plus avec vous...

Noëmi, un peu souffrante, regagna l'habitation avec Dolorès après avoir une dernière fois serré les mains des officiers, et l'on se mit en route à travers le parc par petits groupes de deux ou trois personnes.

Le capitaine ouvrait la marche avec Carmen.

Marie et le premier lieutenant, le planteur et le docteur Jocelyn, venaient ensuite.

Armand Dorsay et Cora restaient de quelques pas en arrière.

Ils allaient l'un à côté de l'autre, silencieux, distraits en apparence, mais s'absorbant dans une pensée commune et sentant que leurs cœurs battaient à l'unisson.

Le bras de la jeune fille s'appuyait avec une molle langueur sur le bras de l'enseigne.

Armand, tout à coup, se pencha vers sa compagne et lui dit d'une voix basse et presque indistincte :

— Il est une chose au-dessus de mes forces, une chose impossible pour moi... c'est de partir sans vous avoir revue...

Cora tressaillit :

— Quoi... — balbutia-t-elle. — Vous voulez...

— Vous revoir, — poursuivit Armand, — et pour cela je serais prêt à tout... je briserais ma carrière... j'abandonnerais mon poste... je déserterais... — Il faut que je vous parle, mademoiselle, fût-ce au prix de ma vie...

— Me parler... — répéta la jeune fille, prise d'un tremblement soudain. — Mais comment?...

— Dans quelques heures, lorsque l'obscurité couvrira la baie, un des canots du bord me ramènera à terre et je vous attendrai sur la plage, au pied de ce rocher dont le sentier que nous suivons longe la base... — Viendrez-vous?

Cora tremblait de plus en plus.

— Monsieur Armand... — commença-t-elle.

L'enseigne ne lui laissa pas le temps d'achever.

— Si je vous inspire quelque sympathie, — reprit-il avec ardeur, — si vous me faites l'honneur de m'accorder quelque confiance, n'hésitez pas, mademoiselle... — Il y a là, pour moi, je vous le jure, une question de vie et de mort! — Ayez pitié, je vous en supplie! — Croyez en moi! Venez!...

La jeune fille allait répondre.

A ce moment, à deux pas d'elle, à l'angle d'un sentier qui se croisait avec le premier, apparut Mercuzza.

Le señor commandeur était-il aux aguets?

Avait-il entendu les paroles de l'enseigne?

— Silence!! — dit Cora vivement; et d'une voix faible comme un souffle elle ajouta : — Je viendrai...

Les yeux de Mercuzza épiaient la jeune fille. — Sans doute il devina les deux mots tombés de ses lèvres, car son visage prit une expression de brutale ironie.

Il salua très bas le couple qui passait devant lui, et disparut sans bruit dans le fourré.

Un quart d'heure plus tard le canot-major était déjà à une portée de fusil de la grève, emportant les officiers de *Éclair*, qui de loin envoyaient un dernier salut à Richard Bernier et à ses filles.

Cora debout, immobile et morne, suivait l'embarcation d'un œil fixe en appuyant la main sur son cœur.

Le forçat se mit à manger ou plutôt à dévorer comme dévore une bête fauve à jeun.

Dans sa pose à la fois tragique et gracieuse elle semblait une statue de bronze pâle, œuvre de quelque artiste inspiré.

— Si j'en avais douté, — se disait-elle tout bas, — je n'en douterais plus... J'aimerais mieux mourir que de vivre sans lui...

XII

Les ouvriers mécaniciens et charpentiers de la frégate *la Dorale* avaient redoublé de zèle et d'activité depuis le matin.

LIV. 8. F. ROY, éditeur.

8

Il ne restait plus trace des graves avaries causées par le cyclone.

La machine, soigneusement reboulonnée, était sous pression. — Les aubes remises à neuf pouvaient fonctionner sans encombre. — Bref, pour lever l'ancre on n'attendait plus que le signal du capitaine Sannois.

Les ténèbres étant profondes, les fanaux du bord venaient d'être allumés.

Le capitaine, entouré de son état-major, gravit l'escalier conduisant au gaillard d'arrière.

— Tout le monde sur le pont ! — commanda l'officier de service.

Un coup de sifflet retentit.

Les matelots et les soldats de marine se massèrent à bâbord.

Les déportés se rangèrent à tribord, sur deux rangs.

Le capitaine d'armes fit l'appel de l'équipage et des fusiliers.

Personne ne manquait.

Le commissaire du bord fit ensuite l'appel des condamnés, et le mot : *Présent !* fut répondu sur toute la ligne.

Alors retentit un nouveau coup de sifflet et les déportés, sous l'escorte d'un certain nombre de soldats de marine, regagnèrent leurs chambrées de l'entrepont.

Jean Renaud seul, au lieu de suivre ses compagnons, se dirigea vers le gaillard d'arrière.

— Où vas-tu ? — lui cria une sentinelle en croisant la baïonnette.

— Chez le commandant... — répondit le déporté.

— On ne passe pas...

— J'ai l'autorisation...

— Et moi j'ai ma consigne ! Au large, ou je fais feu !...

Jean Renaud pâle de colère ne reculait point, et sans doute il allait recevoir une balle dans la poitrine quand le capitaine, qui venait de reconnaître son protégé, intervint.

— Laissez passer cet homme... — il est libre sur le navire... — dit-il.

Puis il ajouta, en s'adressant au condamné :

— Allez à votre travail... — J'irai vous voir après l'appareillage...

Jean Renaud s'inclina et gagna l'escalier qui conduisait à la cabine du capitaine et à la bibliothèque.

— Qui prend le quart ? — demanda le commandant.

— Le lieutenant Mercier... — répondit le capitaine d'armes.

— Pare donc à lever l'ancre.

Un coup de sifflet vibrant, formant trois modulations bien distinctes, se fit entendre et appela tout le monde à son poste.

Les chaînes des ancres grincèrent sur le cabestan.

La vapeur s'échappait du piston de dégagement avec un bruit aigu.

Il ventait frais.

En conséquence on allait utiliser en même temps deux forces motrices, et joindre à la puissante action de la machine toute la voilure de la frégate.

Les matelots se multipliaient sur les vergues et dans les haubans.

Jean Renaud était descendu vivement à la bibliothèque.

Il ferma la porte derrière lui, prit une feuille de papier, et d'une main ferme traça ces mots :

« Capitaine,

« J'ai quarante-deux ans, mais je serais un vieillard si les années de prison comptaient double comme les années de campagne.

« Le passé me fait horreur, et ma mort seule peut racheter ma vie.

« A quoi bon vivre d'ailleurs, puisque, même avec votre protection, je ne puis espérer ma grâce ?

« Je suis profondément reconnaissant de ce que vous avez fait et voulu faire pour moi. Votre bienveillance a payé, et au delà, une dette qui n'existait que dans votre cœur. En vous sauvant j'accomplissais strictement un devoir d'humanité.

« Je n'ai pas le courage de subir à Cayenne une existence intolérable, car vous ne serez pas là pour me protéger.

« Je vous avais promis de ne point m'évader, mais le suicide n'est pas l'évasion.

« Quand la *Dorade* quittera la baie de Guayanila et que vous entrerez dans la cabine où je vous écris, je serai mort...

« Pardonnez-moi.

JEAN RENAUD. »

Le forçat, ayant achevé, relut sa lettre puis prêta l'oreille.

Les chaînes des ancres continuaient à grincer sur les cabestans, imprimant au navire un mouvement de trépidation.

La vapeur encore inactive grondait et mugissait comme pour témoigner son impatience.

Jean Renaud plaça son billet tout ouvert et bien en vue sur la table où il venait d'écrire.

Il se déshabilla ensuite et fit de ses vêtements un paquet très serré qu'il enveloppa dans une vareuse de caoutchouc et qu'il fixa sur sa tête avec deux courroies, puis il ouvrit le hublot qui donnait sur l'arrière du navire.

Un coup de sifflet se fit entendre, plus long, plus aigu que les précédents, et modulé d'une manière toute différente.

C'était le signal ou plutôt l'ordre du départ.

Les pistons commencèrent à fonctionner, les aubes des roues mordirent les vagues, les trépidations de la machine ébranlèrent la membrure du bâtiment.

Un violent coup de tangage fournit au forçat la preuve que la *Dorade* prenait son élan.

Il enjamba le rebord de la fenêtre, ferma les yeux et se laissa tomber dans le vide.

A cette minute précise un coup de canon retentit, répercuté par les nuages et par les collines de Guayanila comme le grondement sourd et prolongé d'un tonnerre lointain.

Jean Renaud, englouti pendant une seconde, venait de reparaître dans le sillage du bâtiment.

La *Dorade* était en marche pour Cayenne et l'officier de quart écrivait sur le *livre de loch*, ou journal du bord, ces mots :

« *Neuf heures quarante minutes du soir; — vent sud; — route nord-ouest; — toute voilure, vapeur entière; — beau temps, belle mer, bonne brise; — rien de nouveau.* »

*

* *

Au moment où Jean Renaud se laissait couler dans l'abîme, les pieds en avant, et où la *Dorade* annonçait son départ à l'aviso l'*Eclair* par un coup de canon, une forme féminine, enveloppée dans une longue mantille noire à la mode espagnole, sortait furtivement de l'habitation de Richard Bernier, étouffant le bruit déjà bien léger de ses pas et, se glissant à travers les massifs du parc, gagnait l'un des sentiers qui décrivaient de gracieux méandres sur les flancs de la colline et conduisaient aux sables de la baie tout près de l'embouchure de la petite rivière.

Cora — que nos lecteurs ont déjà devinée — était en proie à une agitation fiévreuse. — Sa marche rapide témoignait d'une extrême impatience d'arriver à son but.

Elle s'arrêtait cependant de seconde en seconde, inquiète, frissonnante, l'oreille au guet, afin de s'assurer qu'elle n'était point suivie.

Depuis quelques heures la jeune fille avait subi contre elle-même un terrible combat, et pris tour à tour des résolutions absolument contraires.

Tantôt elle repoussait bien loin l'idée d'aller au rendez-vous sollicité par le lieutenant et accordé par elle.

Tantôt il lui semblait odieux de manquer de parole au jeune homme dont l'amour et le dévouement étaient à elle tout entiers — elle n'en doutait pas — et de lui refuser la triste faveur d'un suprême adieu...

L'issue de ces combats et de ces irrésolutions était d'ailleurs inévitable et prévue d'avance.

La voix du cœur l'emportera toujours sur les arguments de la raison.

Il en fut ce soir-là comme de coutume et Cora, indécise jusqu'à la dernière minute mais seulement pour la forme, se mit en route dès qu'il lui sembla que l'heure de partir était venue.

En suivant dans l'obscurité les détours des sentiers qu'elle connaissait si bien, la fille du planteur tremblait d'une émotion facile à comprendre.

Elle se sentait coupable tout au moins d'imprudence en allant seule, au milieu des ténèbres, loin de l'habitation de son père, retrouver l'homme qu'elle aimait...

Qu'allait lui dire Armand ?

Que lui répondrait-elle?

Où la conduiraient enfin les aveux échangés et les engagements pris en ce jour sans lendemain, puisque, quelques heures plus tard, le lieutenant quitterait la baie de Guayanila pour n'y revenir jamais peut-être?

Il est certain que Cora n'admettait en aucune façon une séparation éternelle, mais il lui fallait bien s'avouer à elle-même que cette séparation pouvait être de longue durée.

Tout entière à ses pensées, s'absorbant dans la rêverie dont nous venons d'indiquer la nature, elle ne ralentit plus sa marche et cessa de prêter l'oreille, aussi n'entendit-elle point derrière elle les feuillages agités frémir, et les brindilles sèches craquer sur le sol foulées par un pied rapide.

Où elle venait de passer, quelqu'un passait.

A coup sûr elle était épiée et ne s'en doutait pas.

La jeune fille dépassa les Mornes, descendit la petite falaise par le chemin rocailleux que nous connaissons, arriva sur la grève près de l'embouchure de la rivière, s'arrêta et jeta autour d'elle un coup d'œil qui s'efforçait de sonder l'obscurité...

C'était bien l'endroit convenu, mais nul indice ne trahissait la présence du lieutenant; la solitude paraissait absolue; on n'entendait que le murmure faible et monotone du ressac, et le clapotement doux des eaux de la rivière.

Un bloc de roche, dont la masse n'avait rien d'imposant ni de pittoresque, tranchait comme une tache sombre sur la nappe grise du sable.

Cora se fit un siège de l'une des anfractuosités de ce roc, et de nouveau interrogea du regard l'immensité vide qui s'étendait devant elle.

Une ligne blanchâtre au niveau de l'horizon indiquait vaguement où finissait la mer, où commençait le ciel.

Quelques nuages d'un ton plombé, poussés par la brise nocturne, voilaient et découvraient tour à tour le disque naissant de la lune.

Quand sa lueur pâle argentait les flots, aucun point noir aperçu dans le lointain n'indiquait qu'un canot se dirigeât du côté de la plage, amenant l'homme attendu.

Le regard fixé sur l'espace avait une telle intensité que Cora, par instants, croyait voir des myriades de feux follets voltiger devant elle.

Fatiguée de cette attention soutenue elle ferma les yeux et concentra pour un moment dans son ouïe toute la puissance de ses organes.

Elle entendit soudain, ou du moins crut entendre, un bruit faible arriver jusqu'à elle, venant du large et glissant sur la crête des vagues.

Son attention violemment mise en éveil redoublait, mais une brise de terre s'éleva et le bruit s'éteignit.

Ne sachant si quelque décevante illusion venait de l'abuser, Cora ouvrit les yeux de nouveau.

Un nuage passait sur la lune, rendant les ténèbres complètes.

— Je m'étais trompée sans doute... — murmura la jeune fille. — Une inflexible consigne le retient à bord... — Il partira sans m'avoir revue, et je n'entendrai point tomber de ses lèvres cet aveu que j'ai deviné...

XIII

Cora tressaillit tout à coup.

Elle venait d'apercevoir au loin un point lumineux qui semblait danser sur la surface de la mer, paraissant et disparaissant, se penchant à droite, puis à gauche, comme un papillon qui voltige.

— Est-ce le falot d'une barque? — se demanda la fille du planteur. — Est-ce l'éclair d'une mouche-feu?

Le doute était possible en effet.

La mouche-feu, abondante sous le climat des Antilles, ne brille d'aucun éclat quand elle est posée, mais aussitôt qu'elle prend son vol une lueur phosphorescente se dégage de son corps.

L'incertitude, d'ailleurs, ne dura pas longtemps.

Le son cadencé que produisent les avirons en frappant les vagues, et le grincement des tolets de fer dans lesquels ils se meuvent, parvinrent aux oreilles de Cora.

— C'est lui... — murmura-t-elle avec un redoublement d'émotion.

Elle se dressa, suivant des yeux la petite étoile mobile, et si absorbée dans cette contemplation que le frôlement d'un corps humain qui se glissait comme un reptile sur la plate-forme du bloc de rocher passa complètement inaperçu pour elle.

Si pourtant la jeune fille avait levé la tête, elle aurait vu deux prunelles étincelantes fixées sur elle et épiant ses moindres mouvements.

Le señor Mercuzza faisait métier d'espion!

Bientôt, sous un rayon de lune, une tache noire presque imperceptible d'abord parut à l'horizon, grossit rapidement, et Cora put distinguer une yole conduite par deux rameurs et dont un officier tenait le gouvernail.

Cette yole entra dans la rivière et vint s'échouer à demi sur les galets.

La jeune fille attendait, charmée et tremblante à la fois.

Son cœur battait à rompre sa poitrine; — sa gorge était serrée; — ses lèvres sèches frémissaient; — une sorte de torpeur s'emparait de son être entier.

Elle vit, comme à travers un nuage, l'officier s'élancer d'un bond sur la rive et s'avancer vers elle.

Machinalement elle tendit les bras en avant, et ses mains rencontrèrent les mains d'Armand Dorsay.

A ce contact un frisson passa sur sa chair. — Le sentiment de la réalité lui revint, et en même temps sa pudeur de vierge.

Elle fit un pas en arrière, dégagea doucement ses mains et murmura :

— Vous m'avez suppliée de venir... je suis venue...

— Ah! — répondit Armand avec un trouble inexprimable, — je vous en remercie de toute mon âme, et votre présence me rend bien heureux car elle me donne le droit d'espérer... — J'ose du moins l'interpréter ainsi...

— Je suis venue, — reprit Cora, — parce que vous avez fait à ma confiance un appel que je ne pouvais repousser sans injure. — Vous m'avez affirmé qu'il existait pour vous une question de vie ou de mort dans l'entretien suprême que vous sollicitiez... — Je vous ai cru, et me voici... Qu'avez-vous à me dire?

— Des choses bien sérieuses, mademoiselle... — répliqua le lieutenant, — et daignez me pardonner si je vous parle de moi d'abord... — Mon père, qu'une douloureuse fatalité m'a enlevé trop tôt, m'avait appris la franchise et la loyauté. — L'ami bien cher qui m'a élevé a pu continuer l'œuvre commencée par mon père dont il avait l'âme noble et le cœur généreux... — il a fait de moi un honnête homme, je l'affirme sans orgueil et sans humilité... — J'ai vingt-quatre ans... — Jusqu'au jour où l'*Éclair* est venu mouiller dans la baie de Guayanila, jusqu'à l'heure où pour la première fois je vous ai vue, mademoiselle, j'ai vécu insouciant, me donnant tout entier aux rudes travaux d'une carrière que j'ai choisie et que j'aime, désireux de m'y distinguer et bornant mon ambition à y faire par mon zèle et par mon courage un chemin honorable...

Armand s'interrompit pendant une seconde, attendant sans doute un mot de Cora.

La jeune fille ne prononça point ce mot; — il reprit :

— Vous m'êtes apparue, mademoiselle, et brusquement tout a changé... — J'ai compris que jusqu'alors je n'avais pas vécu... — J'ai deviné que le travail n'était pas l'unique but de la vie... — Mes yeux se dessillaient... — J'aimais! pour la première fois, et pour toujours... — Mais hélas! ce beau rêve du bonheur entrevu n'était-il pas un rêve insensé?... — N'allais-je pas me heurter à d'insurmontables obstacles?... — Entre l'officier de marine obscur et pauvre et l'héritière d'une immense fortune n'y avait-il pas un abime? — Je me dis et je me répétai cela... — À quoi bon?... — Est-ce que la lutte est possible quand la passion s'impose?... — Le raisonnement a-t-il jamais triomphé de l'amour? — Il est des courants irrésistibles... De même que l'aiguille aimantée se tourne malgré tout vers le pôle, mon cœur s'élançait vers vous... — J'étais votre esclave... votre chose...

— Monsieur Armand... — balbutia la jeune fille.

— Laissez-moi continuer, je vous en supplie! — reprit l'enseigne. — Ne me condamnez pas à refermer mon cœur qui déborde... permettez-moi d'aller jusqu'au bout. — Admis depuis trois mois dans votre maison par la bienveillance de M. Bernier, il m'a semblé que votre estime se changeait peu à peu en sympathie, et que cette sympathie devenait à son tour un sentiment plus tendre... — J'aurais pu parler alors... — Je l'aurais voulu... je n'osais pas... — Je tremblais de m'être trompé... — La déception possible me faisait peur... — Mieux valait mille fois me taire en conservant le doute et l'espoir!... — Aujourd'hui le moment du silence est passé, puisque je pars... — Il faut qu'en m'éloignant je connaisse mon sort... — Cette nécessité vous explique la hardiesse de mes aveux et leur servira peut-être d'excuse... — Je vous aime de toute mon âme... — En me croyant aimé, étais-je le jouet d'une illusion?... — Du mot que vous allez prononcer dépend mon avenir... — Vais-je emporter en vous quittant une immense joie ou un désespoir inguérissable?... — Parlez, mademoiselle... J'attends mon arrêt...

Cora tremblait de tout son corps.

Cette défaillance physique ne l'empêcha point cependant de répondre sans hésiter, mais d'une voix faible comme un souffle :

— J'imiterai votre franchise, monsieur Armand... D'ailleurs je n'ai point à rougir de l'aveu que je vais vous faire... — Depuis longtemps déjà je me sentais aimée et j'en éprouvais une grande joie... — Partez heureux... — Si vous laissez ici votre cœur, vous emportez le mien...

— Est-ce vrai? Est-ce possible? Vous m'aimez! — s'écria le lieutenant saisi d'une sorte de délire, en attirant à lui Cora et en l'enveloppant d'une étreinte ardente et chaste à la fois.

— N'en doutez pas... — balbutia la jeune fille, — moi aussi, je vous aime... je vous aime de toute mon âme...

Elle laissa tomber sa tête brune sur l'épaule de l'enseigne enivré qui répéta :

— Vous m'aimez... et il faut partir!...

— Oui, — répondit Cora, — oui, il faut partir, mais un pressentiment m'annonce que nous ne serons pas longtemps séparés... — Vous reviendrez bientôt à Guayanila pour dire à mon père que vous m'aimez et pour lui demander ma main...

— L'oserai-je jamais?...

— Et pourquoi donc ne l'oseriez-vous pas?...

— Il est riche et je le suis si peu...

— Qu'importe cela?... — C'est justement parce que mon père est très riche qu'il ne songera point à s'occuper du plus ou moins de fortune de son gendre... — et puis, en votre absence, j'aurai parlé... — Mon père saura que je vous aime... — Il a pour vous la plus haute estime et vous l'a bien prouvé... — Il ne pourra qu'applaudir à mon choix...

— Dieu le veuille!

— Dieu le voudra, — fit Cora avec un sourire. — Ayez confiance.

— Mais, — reprit Armand, — si votre espoir d'un prompt retour ne se réalisait pas? si notre séparation devait se prolonger?

Il serra pour la seconde fois la main que lui tendait le planteur.

— Je vous répondrais : — Qu'importe, encore ? — La patience est facile quand on connaît le but et qu'on a la certitude de l'atteindre. — Certes nous souffrirons loin l'un de l'autre, mais vous ne douterez pas plus de moi que je ne douterai de vous... Vous saurez que je pense à vous, et j'attendrai en me disant : *Il m'aime !*

— Hélas ! malgré moi, je craindrai toujours.

— Quoi ?

— L'oubli.

— Est-ce que vous m'oublierez, vous?

— Ah! jamais ! vous le savez bien !

— Oui, je le sais, mais faites-moi l'honneur, à votre tour, de ne pas me croire oublieuse!... L'anneau que ce matin vous avez fait glisser à mon doigt est l'anneau de nos fiançailles... Je me suis dit cela en le recevant.. . — Il ne me quittera plus... Je suis votre fiancée... Je serai votre femme... — Quoi qu'il arrive je me garderai pour vous et, dussiez-vous ne revenir que dans dix ans, ou plus tard encore, je jure de vous attendre...

En ce moment un coup de sifflet très doux, qui semblait partir de l'embouchure de la rivière, traversa l'espace.

Cora tressaillit.

— Qu'est-ce que cela? — demanda-t-elle.

— Un signal de mes matelots...

— Que vous veulent-ils ?

— Ils m'avertissent que l'heure du départ est venue...

— Le départ.... — murmura la jeune fille en chancelant. — Déjà !...

— Chère bien-aimée, le devoir ordonne... Pour être digne de vous il faut lui obéir...

— Oui, vous avez raison... — Partez... Mais cet adieu me brise...

— Du courage...

— Il en faut beaucoup... — Je croyais en avoir... J'en aurai demain peut-être... Je n'en ai plus ce soir. — Enfin, adieu, Armand... Je vous aime...

— Cora, je vous adore... adieu.

Le lieutenant prit de nouveau Cora dans ses bras, il la serra passionnément contre sa poitrine et posa les lèvres sur ses cheveux soyeux.

Sous cette chaste caresse la jeune fille ferma les yeux en frissonnant d'amour.

— Adieu, chère âme de ma vie... — poursuivit l'officier, — adieu... et à toujours...

— A toujours... — répéta l'aînée des filles de Richard Bernier. — A toujours... à toujours !...

Armand lui donna un dernier baiser, dénoua son étreinte et s'élança vers l'embouchure de la rivière où l'attendaient la yole et les matelots.

Bientôt la frêle embarcation fut remise à flot, et le fanal attaché à son avant se dirigea vers la haute mer en dansant sur la crête des vagues comme un feu follet.

Immobile et muette Cora le suivit longtemps des yeux, puis elle cacha son visage dans ses mains et de grosses larmes coulèrent sur ses joues.

— Mon bonheur s'en va... — balbutia-t-elle d'une façon presque inconsciente.

— Reviendra-t-il?

Les prunelles fauves du señor Mercuzza ne brillaient plus au sommet du rocher.

L'espion avait abandonné son poste au moment où l'officier s'éloignait.

*
* *

Nous avons quitté Jean Renaud à la minute précise où, après son hardi plongeon, il reparaissait dans le sillage de la *Dorade*. — Il fut d'abord ballotté par le remous que déterminait le déplacement de la frégate. — Une sorte de tourbillon s'empara de lui et faillit le couler de nouveau mais, nageur de premier ordre, il lutta victorieusement contre ces forces combinées, qui s'affaiblissaient d'ailleurs à mesure que la *Dorade* s'éloignait.

Au bout de cinq minutes la mer était devenue paisible autour de lui, et le feu de poupe du navire rayonnait à une distance relativement considérable.

Le forçat évadé eut un sourire de triomphe farouche.

— Bon voyage pour Cayenne ! ! — dit-il presque à voix haute. — Et moi, en avant vers la rive et vers la liberté ! !

Un rayon de lune, blanchissant le sommet des collines de Guayanila, lui permettait de s'orienter.

Il se dirigea vers la baie en nageant avec lenteur, d'une façon méthodique et régulière, et par conséquent sans fatigue...

XIV

Depuis plus d'une heure Jean Renaud avait accompli son évasion.

La mer était calme, nous l'avons dit, mais l'espace à parcourir pouvait effrayer les plus hardis et décourager les plus robustes.

Le forçat ne se hâtait point et de temps à autre, pour se reposer et reprendre haleine, il se mettait sur le dos et faisait ce qu'on appelle vulgairement la *planche*, grande ressource des nageurs fatigués et prudents.

Les premiers symptômes de lassitude commençaient à se manifester.

De gros nuages cachaient la lune, rendant les ténèbres compactes. — La ligne d'horizon avait disparu. — Jean Renaud, perdant la notion du temps écoulé, ignorait à quelle distance il se trouvait de la terre ; il n'était même plus du tout certain d'être resté dans la ligne droite.

Une vague angoisse s'empara de lui.

— Il faut arriver... — pensa-t-il.

Et il accéléra ses mouvements.

C'était une imprudence.

Déjà ses membres n'avaient plus leur souplesse habituelle ; il éprouvait déjà dans les épaules et dans les articulations de sourds élancements avant-coureurs de la crampe.

Or la crampe, en mer et loin de tout secours, c'est la mort.

— Tonnerre du diable! — se dit le forçat avec rage. — Est-ce que je me serais échappé du navire pour me noyer comme un chien qui a une pierre au cou! C'est ça qui serait bête!... — Allons, Jean Renaud, sois homme!! — Du courage, mordieu!... Défends ta peau!...

Une surexcitation passagère lui fit croire qu'il venait de retrouver ses forces, mais cette illusion fut de courte durée.

Il s'épuisait, il le sentait bien... — Fournir une longue course, désormais, n'était plus possible, et rien ne lui venait annoncer que la rive fut proche...

Tout à coup une lueur scintillante frappa ses yeux troublés, en même temps qu'un bruit d'avirons arrivait à son oreille.

La lueur était celle d'un fanal.

Une yole montée par trois hommes allait passer à côté de lui.

Pour être sauvé il lui suffisait de le vouloir.

Il n'avait qu'à pousser un cri... — La yole viendrait à son secours et le recueillerait.

Déjà ses lèvres s'entr'ouvraient pour appeler...

La réflexion les rendit muettes...

— En quelles mains tomberais-je? — s'était demandé le forçat. — Cette embarcation gagnant la pleine mer appartient certainement à l'aviso mouillé près de la *Dorade*, et cet aviso est français... — Je n'aurais fait que changer de prison en attendant Cayenne... mieux vaut mourir tout de suite.

La yole qui ramenait à l'*Éclair* Armand Dorsay et les deux matelots était déjà bien loin, mais sa rencontre développa chez Jean Renaud un reste d'énergie en lui prouvant qu'il n'avait point dévié de sa route, puisque l'embarcation venait évidemment de quitter la grève.

Le forçat se remit à nager, mais sans régularité, sans précision, comme un baigneur novice qui, craignant de couler, multiplie des mouvements maladroits pour se soutenir. Sans doute il allait couler quand même lorsque tout à coup il poussa un cri étouffé, non de douleur mais de joie et d'espérance.

La lune, glissant entre deux nuages, venait de lui montrer, tout près, comme une ligne sombre et accidentée, la silhouette noire de quelques grands arbres se découpant sur le ciel.

Il redoubla d'ardeur, mais l'ardeur ne peut rien quand la force est à bout... — Ses bras endoloris battirent en vain l'eau jaillissante; ses jambes engourdies s'agitèrent sans le porter en avant; il n'avançait plus; il ne voyait plus...

Une seconde encore, et les lames passant sur sa tête l'étoufferaient.

L'instinct du salut survit à tout, même à l'espérance.

Au moment de disparaître sous le linceul humide prêt à le recouvrir, Jean

Renaud eut encore l'énergie de crier, ou plutôt de râler ces deux mots :

— A moi ! !

Une voix lui répondit :

— Courage ! ! Courage ! ! Vous arrivez !...

Galvanisé par cette voix, le fugitif se lança furieusement... — Une courte lame le saisit, le roula, et le laissa presque inanimé sur le sable.

Mais Jean Renaud, une fois hors de péril, n'était pas homme à s'évanouir comme une femmelette.

Après une seconde d'étourdissement il se dressa, respira de toute la force de ses poumons, défit le paquet de vêtements attaché sur sa tête et se mit en devoir de se rhabiller.

Sa toilette consistait en une chemise de laine, un pantalon, une vareuse et des espadrilles.

Elle ne fut pas longue.

Cora, debout au pied du rocher et presque invisible dans les ténèbres, reprit alors la parole :

— Qui êtes-vous, — demanda-t-elle, — et d'où venez-vous ?

Jean Renaud tressaillit.

Le désordre momentané de son esprit lui avait fait à peu près oublier qu'il n'était pas seul sur la plage.

— Qui que vous soyez, — balbutia-t-il d'une voix suppliante, — ayez pitié !... n'appelez pas... — Vous n'avez rien à craindre de moi...

— Je ne crains rien, ni personne... — répondit la jeune fille d'une voix ferme. — Je n'appellerai point et je ne refuse pas de vous venir en aide, mais je veux savoir, avant tout, qui vous êtes...

— Je suis un fugitif... — répliqua le transporté.

— C'est-à-dire que vous vous êtes évadé d'un navire ?...

— Oui.

— Ce navire ne pouvait être l'*Éclair*, — reprit Cora. — C'était donc la *Dorade*, qui vient d'appareiller...

— C'était la *Dorade*...

— Vous étiez prisonnier à bord ?

— Oui.

— Et vous vous êtes enfui pour éviter Cayenne ?

— Je ne puis le nier...

Cora sentit un petit frisson courir sur sa chair.

— La *Dorade*, — poursuivit-elle, — portait à la Guyane française un convoi de condamnés dangereux, des forçats, m'a-t-on dit, des voleurs et des assassins.., — Est-ce vrai ?

— C'est vrai.

— Êtes-vous un de ceux-là ?...

— Non.

— Qui donc êtes-vous ?...

Jean Renaud n'hésita pas un instant.

Il fallait s'assurer la protection de cette interlocutrice dont il ne pouvait distinguer les traits, mais qu'il devinait jeune et qu'il supposait riche, car sa manière d'interroger décelait l'habitude du commandement.

— Je suis un honnête homme... — répondit-il d'un ton assuré.

— Un honnête homme !... — répéta la jeune fille.

— Je le jure.

— Un condamné, pourtant ?

— Un condamné, c'est vrai... — Mais que prouve une condamnation ?

— Vous prétendez-vous victime d'une erreur judiciaire ?

— Non ! — Ce dont on m'accuse, je l'ai fait ! ! je le dis bien haut !... j'en suis fier !... — La haine d'un parti m'envoyait à Cayenne avec des voleurs et des assassins, mais je ne suis ni un voleur ni un assassin...

— Encore une fois, qu'êtes-vous donc ?

— Un condamné politique... — Démocrate et républicain, j'ai combattu le coup d'État de Décembre... j'ai été pris les armes à la main... on m'a jugé... on m'a déporté...

La jeune fille respira plus librement.

— Ici vous n'avez rien à craindre, — reprit-elle après un silence, — l'extradition en matière politique n'est pas admise à Porto-Rico, colonie espagnole.

— Je le sais, mais l'Espagne peut s'allier un jour à la France, et la haine du parti vainqueur peut venir me chercher jusqu'à Porto-Rico.

— Croyez-vous que ce soit possible ?

— Tout est possible, hélas !

— Quoi qu'il en soit vous êtes libre... Il faudra le faire savoir à votre famille.

— Je n'ai pas de famille, — murmura Jean Renaud d'une voix sourde.

— Quoi, seul au monde ?...

— Oui, seul... — J'ai porté le deuil de tous les miens... J'ai perdu tous ceux que j'aimais... — Je ne puis plus avoir aujourd'hui qu'une passion, celle de la liberté... — Ceci vous explique ma fuite... — En échappant à mes geôliers, j'avais quatre-vingt-dix-neuf chances contre une de ne point arriver vivant à terre, je le savais, et cependant entre la captivité et la mort probable je n'hésitai pas...

— Mais, — reprit Cora, — étant donné le succès possible de votre entreprise, qu'espériez-vous ?... Sur quoi comptiez-vous ?...

— Je comptais sur un hasard heureux... — J'espérais que la destinée, si dure jusqu'à présent, deviendrait plus clémente... — Je me disais qu'une bonne âme prendrait pitié de moi... me protégerait... m'aiderait à vivre... car je veux vivre...

— Pour vous venger ? — demanda la jeune fille.

— Non !... mon rêve politique est fini... — Depuis que j'ai vu des hommes que j'appelais mes amis, mes frères, en qui je croyais comme en moi-même et qui m'avaient poussé dans la bagarre, changer d'opinion, de conscience et de langage, pour obtenir des places, des titres, des rubans, le doute s'est emparé de moi et l'égoïsme a remplacé l'enthousiasme dans mon cœur... — Qu'ai-je à gagner à la forme du gouvernement ?... Que m'importent la République ou l'Empire ?... J'étais fou... je suis sage... — Assez et trop longtemps j'ai travaillé, combattu, lutté, souffert pour les autres... J'ai soif de vivre en paix et de m'appartenir...

— Qu'allez-vous faire à Porto-Rico ? — reprit Cora.

— Ce qu'il plaira à Dieu...

— Vous ne possédez aucune ressource ?...

— Je ne possède rien, non seulement ici mais en France...

— Vous ne connaissez personne dans la colonie ?

— Personne...

— Avez-vous quelque instruction ?

— Je puis répondre : — Oui, hardiment. — Outre ma langue maternelle, je parle l'espagnol, l'anglais et l'allemand...

— Aimez-vous le travail ?

— Oui.

— Si un emploi vous était offert l'accepteriez-vous, quel qu'il fût ?

— Ah ! certes, je l'accepterais, et avec quelle reconnaissance, Dieu le sait !

— Vous avez souffert, — poursuivit Cora, — donc vous compatiriez aux souffrances des autres et vous tenteriez de les soulager ?

— S'il m'était donné de le faire ce serait le bonheur pour moi.

— Eh bien ! demain peut-être, j'aurai quelque chose à vous proposer... — En ce moment vous devez être accablé de fatigue...

— Je suis brisé, c'est vrai.

— Depuis combien de temps êtes-vous en mer ?

— Depuis près de deux heures !...

— Vous souffrez de la faim, sans doute ?...

— Presque autant que de la fatigue...

— Suivez-moi donc.

— Où me conduisez-vous ?...

— A la maison de mon père... — Vous y trouverez la nourriture d'abord et le repos ensuite...

XV

Jean Renaud, stupéfait d'un accueil auquel il était si loin de s'attendre et bénissant son heureuse étoile, suivit la jeune fille à travers les détours du parc étagé sur la colline.

Les lueurs pâles de la lune tamisées par le feuillage des grands arbres lui permettaient d'admirer la forme élégante et svelte de sa conductrice.

— Elle est charitable et bonne... — se disait-il; — elle doit être belle...

Aucune parole ne fut échangée entre la jeune fille et l'évadé pendant le trajet.

Ils atteignirent l'espace découvert au milieu duquel s'élevait l'habitation, et Jean Renaud comprit qu'il allait franchir le seuil de cette vaste demeure, entrevue par lui depuis le pont de la *Dorade*, et appartenant au plus riche planteur de la colonie.

Cora ouvrit une porte qui donnait accès dans le vestibule éclairé par une lanterne de cuivre à huit pans suspendue au plafond.

Elle alluma une bougie, et se tournant vers son compagnon elle lui fit signe de la suivre encore.

Ebloui de sa beauté qu'il n'avait pas devinée si complète, Jean Renaud obéit silencieusement.

Richard Bernier, levé chaque jour avant le soleil, se mettait au lit de bonne heure. — Cora était donc certaine de ne pas rencontrer son père et de n'avoir à répondre à aucune question immédiate.

Quant aux esclaves chargés du service intérieur, nulle action de la jeune fille qu'ils adoraient ne pouvait leur sembler suspecte.

On arriva d'ailleurs à la salle à manger par un couloir désert.

Cora plaça sa lumière sur la table et dit :

— Asseyez-vous... je vais vous servir...

Jean Renaud, épuisé par les fatigues écrasantes qu'il venait de subir, se laissa tomber sur un siège.

Pendant une ou deux secondes la jeune fille demeura immobile, à trois pas de lui, le regardant en pleine lumière.

Au début de ce récit nous avons tracé du forçat un croquis rapide.

Une chevelure brune et crépue, — disions-nous, — couronnait sa tête intelligente, aux traits fortement accusés qu'éclairaient des yeux étincelants. — L'ensemble de sa physionomie, non seulement n'offrait rien de sinistre mais était sympathique.

Ceci posé, nos lecteurs comprendront sans peine que l'examen de Cora eut un résultat favorable, d'autant plus que l'épuisement et la souffrance physique,

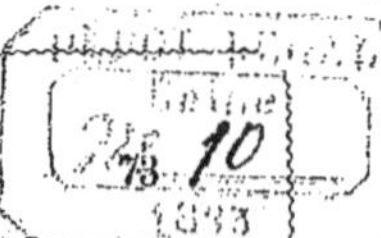
Les coups de fouet, appliqués sur les épaules d'un noir, lui causaient un plaisir extrême.

donnant à la figure de Jean Renaud une expression douloureuse et résignée, l'idéalisaient en quelque sorte.

— Il ne m'a point menti... — pensa la jeune fille. — C'est le visage d'un honnête homme qui a combattu pour une idée et qui a été vaincu... — Moi qui ne comprends rien aux crimes politiques, j'ai confiance en ce condamné...

Cora, ne voulant pas se faire aider par un serviteur, passa dans une office voisine de la salle à manger, ouvrit une armoire, y prit une volaille, un jambon,

du pain, une bouteille de vin, mit ces objets devant son hôte, et retourna chercher un verre, un couvert et deux ou trois assiettes.

— C'est un peu primitif... — dit-elle en souriant, — il faudra cependant vous
en contenter pour ce soir...

— Eh! madame, — balbutia Jean Renaud, avec l'accent d'une gratitude profonde, — c'est cent fois trop pour moi et votre bonté me rend confus.

Cora rougit légèrement.

— Appelez-moi *mademoiselle*... — répondit-elle, — je ne suis pas mariée...

— Merci donc, mademoiselle... Merci de toute mon âme!

Le forçat se mit ensuite à manger, ou plutôt à dévorer, comme dévore une
bête fauve à jeun depuis deux jours.

Cet appétit vorace semblait tout d'abord devoir être insatiable et fut néanmoins
apaisé bien vite...

La jeune fille s'en aperçut.

— Maintenant, — reprit-elle, — comment vous appelez-vous?

Le déporté s'attendait à cette question.

Donner son nom de JEAN RENAUD aurait été folie, le hasard pouvant d'un
jour à l'autre répandre le bruit dans la colonie que le forçat évadé Jean Renaud
était, non pas une victime de la politique, mais un condamné de droit commun.

Il avait en conséquence préparé sa réponse et ce fut sans hésiter qu'il répondit :

— *Michel Servan...*

Puis il ajouta :

— Je vous livre mon nom, mademoiselle, avec une confiance absolue, mais
je vous prie de vous souvenir que le répéter serait me perdre...

— Je le comprends, aussi soyez sans inquiétude ; — pour tout le monde ici,
sauf pour mon père et pour moi, vous vous appellerez seulement *Michel...* —
Voilà votre repas fini... venez... je vais être de nouveau votre guide...

La jeune fille conduisit le fugitif à une chambre située dans une partie lointaine de l'habitation.

Elle lui laissa de la lumière et lui dit en se retirant :

— Dormez d'un bon sommeil, mais avant de vous endormir remerciez Dieu!
— Il veille sur vous et il vous protège puisqu'il vous a conduit ici... — Demain
matin vous verrez mon père...

Puis elle referma la porte et regagna son appartement.

— Ah! — murmura Jean Renaud resté seul, — si cette enfant savait à quel
misérable souillé de crimes, à quel odieux bandit sa charité vient de donner asile,
elle ne dormirait pas cette nuit...

Après une seconde de réflexion il poursuivit :

— Eh! bien, elle aurait tort!... Je suis un gredin, c'est vrai, mais je ne suis
pas un lâche, et trahir l'hospitalité de cette maison serait l'acte d'un lâche!.. —
Ici je veux être honnête homme... je le veux, et je le serai...

Puis, sans même prendre le temps de se déshabiller, il se jeta sur le lit et, de même qu'il avait dévoré comme la bête fauve à jeun, il s'endormit du lourd sommeil de la bête fauve traquée tout le jour.

Un songe assez bizarre et fort peu vraisemblable visita ce sommeil.

Jean Renaud rêva que tout en lui se métamorphosait brusquement, son âme, ses aspirations, ses instincts...

Au contact d'une enfant confiante et belle, charitable et pure, il dépouillait la peau du bandit et devenait ce qu'il n'avait jamais été, ce que la veille encore il supposait ne devoir être jamais — un honnête homme!...

Quand le forçat rouvrit les yeux le soleil était déjà bien haut, et neuf heures du matin sonnaient aux horloges des ateliers.

Les mille bruits produits par les nombreux esclaves se livrant au travail autour de l'habitation n'avaient pu réveiller Jean Renaud.

Il se leva et vit avec surprise sur une chaise, au pied de son lit, un costume complet de toile blanche pareil à ceux que les colons portent d'habitude.

La veille au soir ce costume ne se trouvait pas là, donc il lui était destiné.

Le forçat s'en revêtit et, s'approchant de la fenêtre, prit plaisir à contempler la riche campagne qui s'étendait à perte de vue.

Un coup léger frappé à la porte de sa chambre vint le distraire de cette contemplation.

— Entrez! — fit-il.

La porte s'ouvrit, le nègre Robinson parut et dit en s'inclinant :

— Señor Michel, descendez, s'il vous plaît... maîtresse Cora vous attend...

Jean Renaud suivit le nègre, non sans trouble et sans émotion.

Qu'allait-on décider de lui?

Le maître du logis, le planteur archi-millionnaire ratifierait-il les projets formés par sa fille la veille au soir avec une si naïve et si touchante imprudence?

Cora, levée dès l'aube, avait gagné les Mornes et étudié l'horizon lointain avec une lunette marine du plus fort calibre.

Aucune voile, aucune vapeur, ne se détachaient sur l'azur du ciel.

L'aviso l'*Eclair* avait disparu depuis longtemps.

La jeune fille poussa un soupir et reprit le chemin de l'habitation.

Le déporté, conduit par Robinson, trouva sa protectrice dans un petit salon où elle l'attendait.

Il la salua respectueusement.

Elle lui rendit son salut et lui demanda, en accompagnant ses paroles d'un sourire plein de bienveillance :

— Avez-vous passé une bonne nuit dans la maison de mon père, monsieur?

— Oui, mademoiselle... — répondit Jean Renaud. — Pour la première fois depuis bien des mois j'avais l'esprit tranquille... — je me sentais en sûreté... — J'ai dormi longuement et profondément...

— Ces quelques heures de bon sommeil vous ont-elles rendu vos forces?...

— Je ne me souviens même plus de l'effroyable lassitude qui m'accablait hier...

— C'est au mieux... — Je vais vous conduire auprès de mon père...

— Lui avez-vous parlé de moi, mademoiselle? — fit Jean Renaud, dont l'émotion grandit et devint manifeste.

— Pas encore...

— Comment m'accueillera-t-il?...

— Soyez sans inquiétude... — Arrivant à lui sous mes auspices vous serez bien reçu... — Je lui expliquerai en votre présence tout ce qui vous concerne... — Je vous recommande seulement de ne pas m'interrompre...

— Je vous obéirai, mademoiselle.

— Venez...

Et Cora, traversant une partie des appartements du rez-de-chaussée, introduisit son protégé dans le cabinet de Richard Bernier.

Le planteur était de retour depuis un instant de sa tournée matinale.

Il compulsait des notes et vérifiait des comptes.

Le bruit de la porte qui s'ouvrait ne lui fit point interrompre son travail. — Il ne leva la tête qu'en sentant sur son front les lèvres de Cora.

— Bonjour, père, — lui dit la jeune fille.

— Bonjour, chérie, — répliqua-t-il.

Et il lui rendit son baiser.

— Père, — reprit Cora, — je ne suis pas seule...

Richard Bernier s'aperçut alors de la présence de Jean Renaud qui s'inclinait profondément devant lui.

Il le salua à son tour sans témoigner la moindre surprise, et il allait lui adresser la parole; Cora ne lui en laissa pas le temps.

— Père, dit-elle, — c'est moi qui ai amené M. Michel Servan que je vous présente... — Je m'intéresse beaucoup à lui, beaucoup, et je vais vous expliquer pourquoi...

Ce début singulier ne parut pas étonner le colon. — Il se contenta de jeter un coup d'œil investigateur sur l'homme, entièrement inconnu de lui, à qui sa fille s'intéressait si vivement.

Jean Renaud soutint d'un air calme le regard ferme et franc qui cherchait le sien.

— Père, — continua la jeune fille, — il faut me prêter toute votre attention...

— Parle, chère enfant... — Mais quelle physionomie sérieuse!

— Sérieuse comme le sont les choses dont j'ai à vous entretenir... — Vous avez confiance en moi, n'est-ce pas?

— Autant qu'en moi-même, tu le sais bien...

— Vous m'avez dit souvent que j'avais une raison plus mûre qu'on ne l'a d'habitude à mon âge...

— Je l'ai dit et je le répète...

— Et vous m'avez engagée cent fois à suivre ma première impulsion, en ajoutant que c'était la meilleure...

— C'est vrai... — Pour les natures franches et droites comme la tienne, le premier mouvement est le bon... — Je te conseillais d'ailleurs ce que j'ai fait moi-même toute ma vie... et je m'en suis toujours bien trouvé...

— Je suis heureuse et fière d'être ainsi d'accord avec vous... et maintenant je vais droit au fait...

XVI

— Il m'arrive souvent, — poursuivit Cora, — de parcourir le soir les sentiers du parc et de descendre jusqu'à la plage quand tout le monde repose dans l'habitation... — J'aime la solitude absolue, j'aime le grand silence des nuits étoilées... — Vous savez cela, mon père.

— Je le sais, — répliqua Richard Bernier en souriant, — et je ne l'approuve qu'à moitié...

La jeune fille ne releva point cette critique paternelle et continua :

— Hier au soir, un condamné politique, que la *Dorade* transportait à Cayenne, s'est évadé au moment où la frégate levait l'ancre après avoir réparé ses avaries, a traversé la baie à la nage, et est venu s'échouer à l'embouchure de la rivière...

Richard Bernier attacha de nouveau sur Jean Renaud un regard interrogateur, auquel Cora répondit :

— Oui, mon père, ce condamné, ce fugitif, c'est monsieur... — Épuisé de fatigue, aveuglé par les ténèbres, ne sachant à quelle distance se trouvait la côte, il allait périr... il appelait à l'aide... — Je lui ai crié : *Courage!*... — Ma voix lui a rendu l'énergie nécessaire pour un suprême effort... — Une fois à terre il m'a suppliée de ne point le perdre... — Il ne m'a rien caché de sa vie... — Vaincu dans la lutte des partis, fait prisonnier les armes à la main, condamné par un conseil de guerre à la déportation perpétuelle, il a mieux aimé jouer sa vie dans une évasion que d'aller subir à Cayenne le contact honteux des assassins et des voleurs... — Ce condamné est un compatriote, un Français... — Il m'a semblé que son crime n'était point de ceux qui laissent à qui les a commis une flétrissure ineffaçable... — Je lui ai promis un asile et votre protection... — Ai-je eu tort?

— Non, mon enfant, tu as bien fait... — répondit le planteur avec simplicité.

Puis il ajouta, en quittant son siège et en s'avançant vers le forçat :

— Une cause plaidée par ma fille est une cause gagnée, monsieur... — Certes vous avez été coupable, et la foi politique qu'on défend à coups de fusil est une foi mauvaise, mais je ne suis pas votre juge... — Vous êtes mon hôte, et mon hôte est sacré... — Voici ma main...

Jean Renaud, ému jusqu'aux larmes, remué jusqu'au fond de l'âme, saisit la main que lui tendait le planteur et la pressa dans les siennes avec effusion.

En ce moment il ne jouait pas la comédie de la reconnaissance... — il était sincère, absolument sincère.

— Monsieur, — balbutia-t-il, — je suis confus d'un pareil accueil... je ne le mérite pas... ma plus chère espérance est de m'en rendre digne. — J'accepte avec une gratitude profonde l'hospitalité et la protection que vous consentez à m'accorder... mais...

Il s'interrompit.

— Mais? — répéta Richard Bernier.

— Je connais la pensée de monsieur, — fit vivement Cora, — et je vais vous la dire... — M. Michel Servan ne veut pas être un hôte à votre charge... il désire prendre part à l'œuvre commune et sollicite sa part de travail...

— C'est cela! oui, c'est bien cela! — s'écria Jean Renaud. — Mademoiselle a rendu ma pensée cent fois mieux que je n'aurais su l'exprimer moi-même...

— Je vous approuve et je vous félicite... — répondit le planteur; — comme l'a dit un chansonnier de notre pays :

« Le travail, c'est la liberté!! »

Nous vous cherchons un emploi.

— Inutile de chercher, père.., — interrompit Cora. — L'emploi est trouvé déjà...

— En vérité, mignonne, et lequel?

— Vous vous souvenez qu'avant-hier nous songions à donner un successeur, ou plutôt un remplaçant au señor Mercuzza. — Son engagement avec vous expire dans quelques mois, et certes vous ne le renouvellerez pas.

— Je te comprends, mais crois-tu que les fonctions de commandeur plairaient à M. Michel Servan?

— Pourquoi non? — Monsieur a beaucoup souffert... il n'en sera que plus humain... — Il comprendra que l'autorité dont vous le rendrez dépositaire doit être paternelle et non pas tyrannique.

La jeune fille ajouta, en s'adressant à Jean Renaud :

— Le *commandeur* d'une habitation comme la nôtre a mission de surveiller et de contrôler le travail des esclaves, de réprimer leur indiscipline, de s'assurer si les plaintes qu'ils formulent sont fondées et leurs réclamations légitimes. Il est enfin chargé de punir... L'homme investi d'un tel pouvoir doit être intelligent et bon, il doit unir l'indulgence à la fermeté, il doit avoir l'horreur de l'injustice et de la barbarie.

— Cora dit vrai, — fit Richard Bernier à son tour. — Les nègres sont nos frères, hélas! déshérités. Ce sont des enfants qu'il faut aimer en les surveillant. Le rôle du commandeur, selon moi, est d'éviter des souffrances à ceux qui travaillent, tout en faisant la part des intérêts du maître. Entre le patron et l'esclave il doit être un intermédiaire protecteur, prêt à soutenir mais non à frapper. C'est là une mission sainte et non un emploi de garde-chiourme. — Il ne me faut pas un bourreau, il me faut un homme de cœur. — Voulez-vous être cet homme?

Jean Renaud écoutait le planteur avec une émotion grandissante et, tout en l'écoutant, il se disait :

— Ainsi, c'est vrai, il y a véritablement des gens humains sur cette terre!... — Par quels chemins funestes ai-je mené ma vie pour n'en avoir jamais rencontré?... — J'ai suivi la route du mal semée de crimes, de lâchetés, d'infamies, et ces gens-là n'y vont jamais... jamais...

Richard Bernier répéta:

— Voulez-vous être cet homme ?

— Si je le veux ! — répondit le déporté; — N'en doutez pas, monsieur. — En m'associant de cœur et d'âme à votre œuvre, en réalisant votre pensée, je vous prouverai ma reconnaissance! — Vous m'offrez un moyen de mériter vos bienfaits, je l'accepte.

Deux grosses larmes roulaient sur les joues bronzées du forçat.

Il serra pour la seconde fois la main que lui tendait le planteur.

Ce dernier reprit :

— Allons, je le vois, en dépit de la politique et de ses entraînements funestes vous êtes un brave cœur et nous nous comprenons à merveille ... — Reste à régler la question des appointements... — Une somme de cinq cents francs par mois vous semble-t-elle suffisante?

— C'est beaucoup trop, monsieur.

— Non pas. — C'est ce que touche le señor Mercuzza. — Vous aurez dans l'une des annexes de l'habitation un logement convenable, et vous prendrez vos repas à ma table en qualité de compatriote et d'ancienne connaissance, car je dirai que je vous connais depuis longtemps déjà. — Vous avez certainement besoin d'une avance. Vous en fixerez vous-même le chiffre et mon caissier aura l'ordre de vous la compter. — Autre chose : — Vous ne prendrez officiellement le titre de commandeur qu'à l'expiration du traité de Mercuzza; jusque-là vous serez commandeur-adjoint; vos fonctions commenceront aujourd'hui même, et vous vous mettrez au courant de tout ce qu'il importe de savoir pour les bien remplir. Je vais faire une tournée dans quelques-uns de mes domaines qui ont un peu souffert de la dernière tempête. — Vous commencerez votre apprentissage en m'accompagnant. — Montez-vous à cheval?

— Oui, monsieur, et je suis bon cavalier...

— C'est au mieux...

— Mon père, — dit en ce moment Cora, — M. Servan a reçu une éducation très complète... — Outre sa langue maternelle, il parle l'espagnol, l'anglais et l'allemand.

— Ah! ça, mais, — s'écria Richard Bernier en riant, — c'est un trésor que m'envoie ma bonne étoile! — M. Servan me sera prodigieusement utile!

— Oui, père, — reprit la jeune fille. — Mais il faut vous souvenir que monsieur est proscrit et que son nom doit rester inconnu de tout le monde.

— C'est juste... — Quels sont les prénoms de monsieur?

— Michel-Louis... — répliqua Jean Renaud...

— Eh! bien, nous vous appellerons *Louis-Michel*, ou tout simplement *Michel*... — Je suis prêt à me porter votre garant auprès des autorités de la colonie, peu tracassières du reste... — Donc vous pourrez vivre ici dans la plus complète sécurité.

— Merci encore!... Merci mille fois!...

— Un seul homme d'ailleurs pourrait vous adresser des questions indiscrètes, — reprit Richard Bernier, — c'est celui que vous remplacerez dans quelques mois, le commandeur Mercuzza, un Espagnol cruel et fourbe... — Vos rapports avec lui seront continuels... — Il sait bien son métier, quoiqu'il l'exerce d'une façon qui ne me convient pas... Profitez des leçons de son expérience, mais ne vous livrez guère et défiez-vous...

— Je m'en souviendrai...

— Je vais vous présenter l'un à l'autre.

Le planteur frappa sur un timbre.

Robinson entra aussitôt.

— Le señor Mercuzza est-il à l'habitation? — lui demanda Richard.

— Oui, maître... — je viens de le voir traverser la cour...

— Va lui dire que je désire lui parler.

Le nègre sortit : — au bout de quelques minutes Mercuzza franchit le seuil du cabinet et salua, avec l'humilité hypocrite et sournoise dont il avait l'habitude, les trois personnes qui s'y trouvaient.

Il se redressa ensuite et son œil fauve se fixa curieusement sur Jean Renaud qui, de son côté, l'examinait avec attention et se disait tout bas :

— Mauvaise figure! une tête du bagne!... et je m'y connais...

— Señor Mercuzza, — fit le maître du logis, — l'agrandissement de mes propriétés rend votre métier très pénible... — Un seul homme ne peut suffire à la tâche qui vous incombe pour quelques mois encore... — J'ai songé à vous donner un adjoint qui diminuera vos fatigues et sera chargé spécialement de faire respecter la discipline, tandis que vous inspecterez les travaux... — Vous constaterez les fautes des esclaves, il aura mission de punir...— A partir d'aujourd'hui

On entendit un grand bruit de chevaux arrivant au galop.

la peine du fouet est abolie dans mes domaines... — Sauf en des cas très rares, dont je serai seul juge, il est absolument interdit de frapper un esclave...

Le commandeur regarda Cora qui souriait.

— Vous serez obéi, señor, — répondit-il ensuite. — Peut-être aurez-vous à vous repentir d'une décision qui, lorsqu'elle sera connue, rendra les nègres paresseux et mutins. — Quand la répression n'existe plus, la discipline me semble impossible, mais vous êtes le maître et je m'en lave les mains.

— C'est convenu, — reprit Richard Bernier, puis il ajouta en désignant Jean Renaud : — La personne que je place auprès de vous pour partager vos labeurs et pour alléger vos fatigues, n'est autre que monsieur. — Monsieur est un compatriote, un Français, que je connais depuis de longues années et que j'estime beaucoup. Il se nomme Louis-Michel Servan.

Le señor Mercuzza s'inclina devant le coadjuteur imposé, dans lequel il voyait non-seulement son rival mais son successeur à bref délai, et se demanda :

— D'où sort-il, ce compatriote du maître? — Quand et comment est-il arrivé à l'habitation?

— Monsieur Mercuzza, — dit Jean Renaud au commandeur, — de ce que nous venons d'entendre il résulte que M. Bernier entend qu'à l'avenir ses esclaves soient traités comme des hommes... — L'avez-vous compris ainsi?

— Oui... — répliqua l'Espagnol, d'un ton rogue ; — mais je maintiens mon affirmation de tout à l'heure, le résultat sera déplorable... — Les nègres sont des êtres d'ordre inférieur... — On ne les plie au devoir que par la crainte du châtiment.

Cora frappa du pied.

— Quand on ne veut point se donner la peine de les guider dans la bonne voie, — s'écria-t-elle, — et quand on n'a pas conscience de son devoir soi-même !

Mercuzza eut un sourire indéfinissable.

— Le devoir ! — répéta-t-il avec ironie. — Je connais le mien, et certaines personnes, qui se targuent hautement de faire le leur, jouent une comédie honteuse afin de conserver un prestige menteur, mais leurs actes sont si peu d'accord avec leurs discours qu'il suffirait d'un mot pour effacer le prestige, briser le piédestal, anéantir l'estime usurpée, et mettre à sa place un froid mépris.

L'Espagnol avait-il donc surpris l'entrevue nocturne de Cora et d'Armand Dorsay? — Ses paroles insultantes n'en fournissaient-elles pas la preuve sans réplique?

La jeune fille le comprit ainsi. — Elle pâlit d'abord, puis ses joues s'empourprèrent, mais elle se dit que Mercuzza venait sans doute de parler au hasard. — Elle baissa la tête et garda le silence.

Il suffit d'un regard à Jean Renaud pour deviner l'implacable haine vouée par le commandeur à la fille aînée de son maître.

XVII

Quinze jours s'étaient écoulés depuis l'évasion du forçat et son installation sous le pseudonyme de *Michel Servan* dans le logis du planteur.

Ces quinze jours avaient suffi à Jean Renaud pour se mettre au courant de ses fonctions nouvelles et pour conquérir la sympathie de ceux au milieu desquels il allait vivre désormais.

Richard Bernier appréciait la vivacité de son intelligence, la rectitude de son esprit, son infatigable activité, et se félicitait chaudement de lui avoir accordé sa confiance.

Autant les nègres et les travailleurs libres exécraient Mercuzza, autant ils aimaient le nouveau venu.

Les observations courtoises, les sages conseils, les reproches toujours empreints de modération qu'il leur adressait, obtenaient des résultats infiniment meilleurs que les brutalités de l'Espagnol, ses menaces et ses éclats de colère. — Au bout d'un temps si court la présence de Jean Renaud portait déjà ses fruits.

Cora éprouvait une joie vive en écoutant l'éloge mérité de l'homme qui lui devait tout.

Le sentiment amical et confiant qu'elle ressentait pour lui grandissait; Jean Renaud le voyait bien, et la reconnaissance dont son âme était pleine devenait une tendresse paternelle, un dévouement sans bornes.

Ce condamné, ce récidiviste, effroi de la police parisienne, ce forçat, terreur des bagnes, se sentait revivre, ou plutôt renaître, dans cette maison ou l'honneur était enraciné comme le sont les chênes dans le granit breton.

Il se demandait parfois, avec une sorte de stupeur, par quelle fatalité, par quelle méprise du sort, il avait mené si longtemps l'existence d'un gredin de la pire espèce, lui qui maintenant ne comprenait plus la vie hors d'un milieu honnête.

Le passé lui faisait horreur... — Le récidiviste endurci devenait un homme nouveau.

Pour opérer cette transformation miraculeuse, qu'avait-il fallu? Un bon accueil, une main tendue, la confiance d'un vieillard, l'affection d'une jeune fille.

Combien de sauvetages de ce genre deviendraient possibles si la société le voulait sincèrement !

Épreuve dangereuse à tenter, nous dira-t-on.

Dangereuse, c'est vrai, — mais si le risque est grand, la récompense est belle.

Dans les hasards de sa vie criminelle Jean Renaud s'était incarné sous toutes les formes, même sous celle d'un *dandy* ou d'un *lion*, comme on disait à cette époque.

Il avait, en ses jours d'opulence mal acquise, gaspillé avec une superbe désinvolture des liasses de billets de banque, et joué le rôle de riche étranger dans les endroits où l'on s'amuse. — Il montait à cheval comme un jockey anglais, tirait l'épée mieux qu'un maître d'armes, et faisait mouche au pistolet onze fois sur douze.

Cora, très curieuse de tous les sports, voulut prendre de lui des leçons.

Elle était déjà bonne écuyère et tirait un peu le pistolet. — Il lui apprit à tenir un fleuret et la félicita de ses progrès rapides.

Richard Bernier, qui la laissait faire, lui disait parfois en riant :

— Si quelqu'un t'insultait, ma chérie, tu n'aurais besoin de personne pour te défendre ; mais, au milieu de ces exercices virils, prends garde de devenir un peu trop un homme...

Au lieu de répondre la jeune fille embrassait son père avec une grâce toute féminine, — et c'était en effet la meilleure des réponses.

Il faudrait bien se garder de croire que Cora, dans ces occupations nouvelles, perdit le souvenir d'Armand Dorsay. — La bague d'argent — la bague des fiançailles — ne quittait point son doigt annulaire.

Elle n'avait pas le cœur oublieux... — Ce cœur s'était donné tout entier, et pour toujours.

Elle attendait le retour de l'officier de marine... — Elle l'attendait confiante, mais impatiente et, pour ne se point absorber dans une pensée unique, elle étudiait l'escrime et maniait le pistolet avec une fiévreuse animation.

Un matin, au moment où la famille du planteur, Jean Renaud et le docteur mulâtre, se trouvaient réunis dans la salle à manger, on entendit par les fenêtres ouvertes un grand bruit de chevaux arrivant au galop.

Le fait n'ayant rien d'anormal personne ne s'en préoccupa, mais au bout d'une ou deux minutes le nègre Robinson entra vivement dans la vaste pièce en s'écriant :

— C'est le neveu du maître... — Il vient d'arriver... — Il me suit...

En même temps Martial Dereyne, l'armateur du Havre, paraissait sur le seuil.

Nous avons assisté à l'entretien du planteur avec Sigismond Leroy, le notaire de Porto-Rico, et nous savons que, pour des motifs très sérieux, la visite du neveu ne pouvait être agréable à l'oncle.

Richard Bernier n'en était pas moins résolu à mettre en pratique, dans toute leur étendue, les devoirs de l'hospitalité.

En conséquence, sans rien laisser voir sur son visage de ce qui se passait dans son âme, il quitta la table, fit quelques pas à la rencontre du voyageur et lui tendit la main en disant :

— Mon cher Martial, sois le bienvenu sous mon toit.

L'armateur serra d'abord la main de son hôte puis, paraissant céder à un entraînement irrésistible, il se jeta dans ses bras et l'étreignit avec une effusion dont Richard se sentit touché.

En même temps il balbutiait :

— Ah ! mon oncle... mon cher oncle... mon excellent oncle, que je suis heureux de vous voir et de vous embrasser !

— Sa tendresse semble sincère... — se dit le planteur. — Peut-être l'avais-je
mal jugé et vaut-il mieux que je ne croyais.

Martial reprit :

— Faites-moi l'honneur et la joie, je vous en prie, mon oncle, de me présenter à votre famille... qui est la mienne...

Nous savons que l'armateur du Havre avait cinquante ans bien sonnés, mais
c'est tout au plus s'il paraissait en avoir quarante, tant sa taille haute et mince
gardait de souplesse juvénile.

Ses cheveux épais, d'un châtain-clair, auxquels se mêlaient à peine quelques
fils d'argent, dessinaient cinq pointes sur un front bien modelé quoique un peu
bas.

Les favoris longs, lustrés et parfumés comme une chevelure de femme,
encadraient le visage rasé soigneusement. — L'épiderme, d'une blancheur
mate, ne trahissait que par d'imperceptibles rides les fatigues de la vie à outrance.

Les yeux en amandes, aux paupières molles, étaient d'un bleu pâle ou
plutôt d'un gris d'acier. — Un monocle, enchâssé dans l'arcade sourcilière
droite, prouvait ou du moins semblait prouver que Martial Dereyne avait la vue
basse.

Les lèvres d'un dessin correct découvraient en souriant des dents éblouissantes.

L'ensemble agréable et distingué que nous venons de décrire était celui d'un
gentleman accompli; et cependant les traits de l'armateur ne commandaient
point la sympathie.

Le regard manquait de franchise ; — les prunelles couleur d'acier offraient
une expression tantôt moqueuse et tantôt presque cruelle. — Les lignes de la
bouche décelaient des appétits sensuels et libertins.

L'armateur poussait aussi loin que possible les raffinements de l'élégance.

Au moment où nous venons de le présenter à nos lecteurs son costume de
voyage, d'une coquetterie rare, semblait sorti depuis une heure à peine des ateliers d'un tailleur parisien en vogue.

L'étoffe de haute fantaisie et la coupe savante de sa jaquette et de son gilet
commandaient l'admiration.

Le col large de sa chemise se rabattait sur un étroit ruban de satin bleu
saphir et découvrait le cou.

Ses bottes molles de cuir verni à éperons d'argent montaient jusqu'aux
genoux.

Il portait des gants gris perle à quatre boutons, et tenait de la main gauche
un chapeau de paille de Manille et une fine cravache à pommeau de corail
rose.

Richard Bernier prit son neveu par le bras et le conduisit auprès de la
table.

Tous les convives s'étaient levés.

— Mon cher Martial, — dit le planteur, — voici Noëmi, la compagne de ma vie, et voici mes filles bien-aimées, Cora, Carmen et Marie... — Elles savent que tu es mon neveu... donc je n'ai point à te présenter. — Cette jeune fille est Dolorès, l'enfant d'un ami que j'ai perdu et la parente de mes filles... Voici le docteur Jocelyn, un homme distingué sous tous les rapports, et de plus un peu Parisien car il a fait ses études à Paris... Voici enfin M. Michel Servan, un Français, mon utile collaborateur.

A mesure que le maître du logis nommait les personnes présentes, Martial Dereyne les saluait en souriant.

Mais dès le premier moment Cora s'était emparée de toute son attention.

L'aînée des trois sœurs exerçait sur lui une attraction violente. — La beauté singulière et capiteuse de la jeune fille, si dissemblable de toutes les beautés qu'il avait rencontrées jusqu'à ce jour, faisait entrevoir à ce corrompu, à ce blasé, un monde de sensations nouvelles.

Il baissa les yeux pour cacher l'éclair trop significatif qui jaillissait de ses paupières.

— Mon cher oncle, — dit-il ensuite, — permettez-moi de vous exprimer bien franchement mon enthousiasme... — Depuis que j'ai franchi les limites de vos domaines je suis sous le charme... j'admire... et voici qu'il me faut admirer plus encore... — Ah! vous êtes un homme heureux!... — Votre maison est un palais magique dont mes cousines sont les fées?

Le planteur rayonnait en écoutant son neveu, et n'avait garde de trouver l'hyperbole un peu forte.

— Et toi tu es un flatteur à langue dorée! — répliqua-t-il avec un bon rire épanoui. — Mais comme il m'est agréable de t'entendre parler ainsi, et comme au fond tu viens d'exprimer ma pensée, j'aime mieux t'approuver que de te contredire... — Pour le quart d'heure trêve aux compliments, et assieds-toi.

Tandis que Robinson avançait un siège à Martial Dereyne, Cora s'empressait de le débarrasser de son chapeau et de sa cravache.

— Merci, cousine, — fit-il en prenant la main de la jeune fille et en appuyant cette main contre ses lèvres un peu plus longtemps qu'il n'aurait fallu.

— Tu viens de Porto-Rico à cheval? — reprit le planteur.

— Oui, cher oncle.

— Tu dois être mort de fatigue.

— Pas tout à fait, je vous assure.

— Les montures de louage ont cependant de bien pauvres allures.

— Je le sais, aussi j'ai fait la route sur un cheval à moi, une jolie et vaillante bête achetée tout exprès, et qui vient de votre haras m'a-t-on dit!

— C'est probable en effet... — répliqua Richard Bernier radieux. — Mes élèves sont fort estimés.

— Celui-là est de premier ordre... — Les chevaux des deux serviteurs d'occasion qui m'accompagnaient avec les valises ne pouvaient le suivre, même de loin, et j'étais forcé, tous les quarts d'heure, de faire halte pour les attendre.

— Au moins, tu as faim ?...

— Oh ! pour cela, oui ! faim et soif... — Une faim de chasseur et une soif à l'avenant.

— Nous avions presque fini, mais on va te servir... — Il faudra te contenter pour ce matin d'un pâté d'outardes, de dorades au piment, d'un cuissot de sanglier à la gelée, de quelques légumes et de fruits... — Tu arroseras de Château-Larose et de vin de Champagne frappé ce menu trop modeste, et tu garderas pour le dîner ce qui te restera d'appétit...

— Peste ! mon oncle, — s'écria l'armateur en riant, — comment donc faites-vous les choses quant vos menus ne sont pas modestes ?...

XVIII

Martial Dereyne, gourmet émérite, et d'ailleurs très affamé, attaqua vigoureusement le pâté d'outardes et vida trois fois de suite son verre rempli de Château-Larose.

— Exquis, ce vin ! — s'écria-t-il. — Les caves du Café Anglais n'en renferment point de pareil. — Mes compliments, cher oncle.

— Je suis enchanté qu'il te plaise, — répliqua le planteur, — et très heureux qu'appelé par tes affaires à Saint-Domingue, tu aies eu la bonne pensée de venir nous voir à Guayanila... — Rien ne t'empêchera, je l'espère, de nous faire une visite un peu longue...

— Je ne voudrais pas devenir importun...

— Tu ne saurais l'être... — Un proche parent ne l'est jamais...

— Je puis disposer de quinze jours ou trois semaines...

— Je compte te garder au moins un mois...

— Alors, cher oncle, va pour un mois, et je vous assure que ce temps, près de vous, me semblera trop court...

En prononçant ces derniers mots Martial Dereyne jetait à la dérobée sur l'aînée des trois sœurs un regard étincelant.

Robinson venait de placer sur la table une bouteille de vin de Champagne dans un rafraichissoir d'argent ciselé.

— Me laissera-t-on boire seul le plus français des vins de France ? — demanda l'armateur. — Ne me ferez-vous pas raison ?

— Puisque vous le désirez, mon cousin, — répondit Cora, — nous romprons ce matin avec nos habitudes de sobriété pour vous souhaiter la bienvenue.

Et elle ajouta, en s'adressant au domestique noir :

— Robinson, apporte des coupes.

Une minute plus tard, le vin couleur d'ambre pétillait dans le cristal de Murano pointillé d'or.

Martial Dereyne se leva.

— Mon oncle, — dit-il, — je bois à vous... au bonheur de vous voir vaillant comme un jeune homme... — Je bois à votre prospérité croissante... je bois surtout à la joie de votre foyer sous la forme charmante de mes belles cousines...,

L'armateur, en terminant ce toast, s'inclina devant Cora avec un nouveau et brûlant regard, et vida sa coupe d'un seul trait.

Tous les convives suivirent son exemple, puis Richard reprit :

— Je ne t'ai pas encore demandé des nouvelles de ta famille, mais ta gaîté me prouve que les nouvelles sont bonnes...

— Excellentes, cher oncle... Amélie, que vous avez vue toute petite, est bonne à marier et peut passer je crois, même auprès de mes adorables cousines, pour une très jolie personne. — Georges est un garçon plein d'avenir, et je suis enchanté de Léopold, le plus jeune... — je vous donnerai plus tard, si vous le désirez, force détails à leur sujet.

— Et les affaires?...

— Mon Dieu, je ne me plaindrais pas, si mon absurde métier d'armateur ne me contraignait à passer chaque année pas mal de temps au Havre que je ne puis souffrir... Ah! l'ennuyeuse ville!! ...

— Tu n'aimes que Paris... — fit le planteur en riant.

— J'en conviens, car à Paris seulement je me sens dans mon atmosphère et je respire à pleins poumons...

— Viveur incorrigible!!

— Pourquoi pas? — Ce titre de *viveur* je l'accepte, je le revendique... le but de l'existence n'est-il pas de vivre le mieux possible?

— Ceci pourrait se discuter...

— Discutons, cher oncle... discutons tant qu'il vous plaira... Je suis truffé d'arguments victorieux.

— Inutile ! — J'ai d'avance la certitude qu'aucun de nous ne convertirait l'autre... — Mais, pour en revenir à ce que nous disions tout à l'heure, sauf tes aspirations parisiennes incomplètement satisfaites, tu en es content?...

— Au point de vue pécuniaire, à peu près... — Je jouirais d'une aisance assez capitonnée si mes goûts étaient plus modestes... — Bref, je joins les deux bouts, mais ma très humble situation ne ressemble guère à la vôtre! — Quel chemin vous avez parcouru, cher oncle, depuis votre départ de France ! — Quelles entreprises et quels résultats!... — Tout vous a réussi ! Vous possédiez un talisman! Ce que vous touchiez se changeait en or !... L'un de mes valets de louage me parlait de vous, ce matin, en venant de Porto-Rico... — Il paraît que vous êtes devenu le marquis de Carabas de la colonie, que vous ne savez pas

Le nègre s'agenouilla devant Cora, les mains étendues, les yeux pleins de larmes.

vous-même le compte de vos millions, tant ils sont nombreux, que vous pourriez à vous seul approvisionner le Havre de sucre, de café, de coton, de tabac, de rhum, de moutons et de bœufs, et suffire par vos élèves à la remonte de l'armée française, sans compter des mines d'or et des esclaves par milliers... — Le bruit public ajoute que vous vous élargissez sans relâche, et que d'un jour à l'autre vous posséderez l'île entière... — Bravo, mon oncle !...

— On exagère un peu, — répliqua le planteur en souriant, — mais il est positif que mon travail et mes efforts m'ont rendu possesseur d'une fortune assez ronde... — J'en suis heureux, surtout pour mes filles...

Martial Dereyne sentit un petit frisson courir sur sa chair.

— Ah! mes cousines auront de royales dots! — s'écria-t-il. — Elles n'ont qu'à vouloir pour épouser des princes...

Cora se mit à rire.

— Des princes! — répéta-t-elle. — Eh! de grâce, mon cher cousin, laissons les princes aux princesses! — Nous ne souhaitons rien de semblable et nos ambitions sont plus humbles... Notre bien-aimé père est le plus loyal des hommes, le plus courageux des travailleurs... Nous ne demanderons à nos maris que d'être travailleurs, courageux et loyaux.

— C'est-à-dire parfaits, ma cousine... — répliqua l'armateur avec une intonation vaguement ironique... — C'est l'oiseau bleu... le merle blanc... -

— Bah! — répondit la jeune fille. — Ça se trouve... en cherchant un peu...

Le déjeuner de Martial Dereyne était achevé.

— Ne ferais-tu pas bien de te reposer maintenant?... — demanda Richard Bernier à son neveu.

— Je dormirai volontiers une couple d'heures, cher oncle, et ensuite, si vous le voulez bien, nous visiterons votre parc...

— Je vais te conduire moi-même à ta chambre où tu trouveras tes bagages...

— A tantôt, mes belles cousines...

— A tantôt, cousin...

Martial Dereyne se trouvait à côté de Cora.

Il prit la main de la jeune fille, et pour la seconde fois depuis son arrivée il appuya ses lèvres sur le bout des doigts effilés.

Noëmi, les trois sœurs, et Dolorès, quittèrent la salle à manger.

Jean Renaud et le docteur Jocelyn y restèrent les derniers.

— Que pensez-vous du neveu du patron, M. Michel? — demanda le médecin.

— Et vous, docteur?...

— Parlez le premier... Je vous dirai ensuite si nous sommes d'accord...

— Eh! bien, mon impression est mauvaise... Je puis assurément me tromper, mais je crois que M. Martial Dereyne est une nature hypocrite et sournoise... un homme dont il faut se méfier... Ou je me trompe fort, ou j'ai entendu parler de lui en France, et d'une façon qui ne l'honorait point...

— Je l'ai jugé comme vous, — répliqua Jocelyn, — et je serais surpris si l'opinion de M. Bernier n'était pas conforme à la nôtre...

— Tant mieux... Il sera sur ses gardes...

— Autre chose, — reprit le docteur noir. — J'ai vu Jupiter ce matin...

— Comment va-t-il?

— Il est guéri ! — Je l'ai autorisé à se remettre au travail... Il a dû descendre à la rivière prendre le commandement des barques qui vont charger du riz dans les terres basses.

— Merci, docteur.

Et les deux hommes s'éloignèrent chacun de leur côté.

Richard Bernier avait conduit son neveu à l'appartement qu'il lui destinait.

— Tu m'as promis quelques détails sur tes enfants, peux-tu me les donner tout de suite ? — lui dit-il, tandis que l'armateur débouclait une valise de maroquin rouge, en tirait son nécessaire de toilette, et rangeait sur une des tables de la chambre à coucher les ustensiles de vermeil et d'ivoire.

— Parfaitement, cher oncle, et merci de l'intérêt que vous témoignez à vos petits-neveux, — répliqua Martial. — Je vous ai dit qu'Amélie était bonne à marier. Il est probable que son mariage aura lieu dès mon retour en France.

— Tu as un mari en vue ?

— Oui, un charmant garçon, élégant, riche et titré, un gentleman du high-life, le comte de Lasseny. — Tout est convenu, et je considère la chose comme certaine. Les deux amoureux roucoulent à faire envie à des tourtereaux. Ils seront heureux et pourront mener un assez joli train de maison.

— Je te félicite.

— Mon fils aîné, Georges, vient d'acheter un tiers de charge d'agent de change. Ça l'occupe et ça lui rapporte... — Quant à Léopold, il achève son droit et passe d'excellents examens...

— Tu comptes faire de lui un avocat ?

— Non pas !... Il y a trop de concurrence dans cette partie-là !... — Quand on n'a ni beaucoup de talent, ni beaucoup de veine, on n'arrive à rien... — à moins de se lancer dans la politique... il est vrai qu'alors le talent devient inutile... la veine suffit. — Léopold fera son stage et entrera chez un notaire dont, un peu plus tard, il achètera l'étude... Être notaire à Paris, c'est une situation...

— J'approuve fort un projet si sage, mais le mariage de ta fille et l'établissement de tes deux fils vont te coûter des sommes folles ?

— En aucune façon... — Ma femme était riche... — Mes enfants ont hérité de leur mère... — Ils possèdent chacun quatre cent mille francs dont ils jouissent, sauf Léopold qui est mineur... — Sa fortune est placée solidement, et j'en toucherai l'usufruit jusqu'au jour où je lui rendrai mes comptes.

— Une fois tes enfants casés, tu vas te trouver bien seul... — reprit le planteur. — Tu songeras peut-être à te remarier...

— Jamais de la vie ! — s'écria Martial Dereyne. — La récidive en pareil cas serait impardonnable ! — A quoi servirait donc l'expérience ?... — Ma première femme était une excellente créature... — Qui sait ce que serait la seconde ?... — Je ne suis point d'ailleurs un homme de ménage ; j'aime par dessus tout la liberté complète... — Voici mon plan : — Je vais chercher un associé solide en qui je puisse avoir confiance; je lui donnerai pleins pouvoirs, je le laisserai gouverner seul la maison du Havre, et je m'installerai définitivement à Paris.

— Ton rêve!...

— Mon rêve, comme vous dites fort bien, mon oncle, et ce rêve, à moins d'événements imprévus, je le réaliserai...

— Et tu mèneras la vie de plaisir...

— J'y compte bien...

— Tu es d'âge cependant à travailler encore... à grossir notablement ta fortune. — Je suis ton aîné de quinze ans, moi, et je ne songe guère à me reposer...

— D'accord, mais tout le monde n'a pas votre courage, et à aucun prix, moi qui vous parle, je ne continuerais à subir la chaîne d'un labeur incessant et surtout à m'expatrier, comme vous l'avez fait, sans esprit de retour...

— Chacun a ses idées... — Arrange ton existence à ta guise et sois heureux à ta manière... — Je te quitte, repose-toi... Nous nous retrouverons dans l'après-midi.

— A tantôt, cher oncle, et merci de nouveau, merci cent fois de votre aimable accueil et de votre affectueuse hospitalité...

Richard Bernier sortit de la chambre.

L'armateur plongea son visage à deux ou trois reprises dans une immense cuvette anglaise remplie d'eau fraîche.

Il se déshabilla ensuite et se jeta sur son lit mais, quoiqu'il fût accablé de fatigue et qu'il se sentît la tête lourde, l'ouragan de pensées confuses qui s'entre-choquaient dans son cerveau ne permit point d'abord au sommeil de venir lui fermer les yeux.

XIX

— Me voici dans la place!... — murmurait Martial Dereyne en se tournant sur sa couche avec une agitation fébrile. — On m'a reçu de fort bonne grâce, je n'en disconviens point, mais que conclure de cet accueil?... Absolument rien... — C'est l'hospitalité large, souriante et banale, que tout planteur accorde au premier venu, et qu'il ne pourrait par conséquent refuser à son neveu... — Je le savais riche, mon cher oncle, mais je ne soupçonnais guère l'énormité de sa fortune... — Trente millions et peut-être plus, m'a-t-on dit à Porte-Rico!... — C'est à donner le vertige! — Et de ces millions je n'aurai pas une obole, moi son proche parent, moi le fils de sa sœur, puisqu'il a pris soin de m'apprendre que c'est uniquement pour ses filles qu'il se trouve heureux d'être riche...

Martial s'interrompit pendant un instant, le front plissé, le regard sombre, puis il reprit :

— Ses filles!... Les enfants d'une esclave!... — A elles une pluie d'or dont pas une goutte ne tomberait sur moi l'héritier légitime! — Et je me laisserais dépouiller sans résistance!! — Allons donc, ce serait absurde et je ne suis pas si naïf! — Je veux que le diable m'emporte si mon voyage à Guayanila ne me remet à flot, ce dont j'ai grand besoin! — Comment m'y prendre pour capter mon oncle? — Comment engager la lutte contre les trois bâtardes? — J'ai affaire à forte partie, car elles sont jolies à ravir mes cousines de la main gauche... — Cora surtout est éblouissante, et son intelligence égale sa beauté!... — Étrange créature!... Elle a mis dans mon âme un sentiment complexe... Je la déteste et je la désire... — Je vois en elle un obstacle à briser, et son teint pâle, ses yeux noirs, ses lèvres rouges me tournent la tête! j'ai baisé deux fois sa main et je sens encore sur mes lèvres le parfum de sa chair... Ah! ce serait une maîtresse adorable si ce n'était pas une ennemie... — Qui sait? Peut-être, en la dominant... Mais est-ce possible? — Sur quel terrain suis-je ici? — Dans quelles eaux vais-je naviguer? — Si je connaissais seulement les mœurs intimes de ces gens-là... Si je savais quels sont les côtés forts et les côtés faibles de la place... — Qui donc pourrait me renseigner?

L'armateur réfléchit, cherchant à résoudre le problème qu'il venait de se poser.

Ce médecin mulâtre et cet homme de confiance qu'on admet à la table de famille doivent être dévoués au maître... — se répondit-il au bout d'une seconde. — Mon instinct m'avertit qu'en m'adressant à eux je ferais fausse route, mais j'ai vu dans la cour, en descendant de cheval, un grand diable maigre et bistré, tournure d'Espagnol, morgue d'hidalgo, mine de bandit. — Je saurai qui il est... Ce doit être un gredin, nous pourrons nous entendre...

Satisfait de la perspective qui s'ouvrait devant lui, et succombant enfin à la fatigue, Martial Dereyne s'endormit profondément, ne se réveilla qu'au bout de deux heures, fit sa toilette et quitta sa chambre.

Après le déjeuner Cora était descendue, comme de coutume, exercer sa surveillance et donner des ordres dans les dépendances de l'habitation; — son père, nous le savons, aimait à la voir se charger de ces soins — puis elle avait regagné l'appartement du premier étage, où ses sœurs et Dolorès travaillaient et causaient.

Au moment de son entrée, la conversation des jeunes filles était plus animée que de coutume.

— Vous parlez de notre cousin Martial Dereyne, je le parierais, — fit Cora en souriant.

— Tu gagnerais ton pari... — répliqua Marie. — C'est vrai, nous parlions de lui.

— Et, — continua Carmen — nous nous réjouissions de son arrivée, qui va certainement amener quelques distractions dans notre existence un peu monotone... — Depuis que l'*Eclair* a quitté la baie avec ses officiers, nous ne voyons que les planteurs nos voisins, gens des plus honorables mais des moins amusants.

En entendant prononcer le nom de l'*Eclair*, Cora tressaillit et la pâleur bronzée de ses joues se teinta de pourpre.

L'*Eclair*, pour elle, c'était Armand Dorsay son fiancé.

— Et toi, sœur, — demanda Carmen, — es-tu contente de cette visite?...

— Oui et non... — répondit Cora. — Mon cousin ne me plaît qu'à moitié, mais je suis bien aise d'étudier en sa personne un échantillon de ces Parisiens que tout le monde s'accorde à déclarer charmants...

— Trouves-tu qu'il le soit?

— Je ne sais pas encore... — Il a de l'élégance et du brillant, cela saute aux yeux, mais il me semble manquer de franchise, et son habitude de prodiguer les compliments à tout propos est intolérable... — Et puis il a cinquante ans passés et il se donne des allures de jeune homme, ce qui me porte sur les nerfs...

— Mais, — fit observer Marie, — il a vraiment l'air jeune...

— Beaucoup trop ! — répliqua vivement Cora, — je suis d'avis qu'il faut savoir vieillir... — Un fabuliste a dit, La Fontaine. je crois :

> « Qui n'a pas l'esprit de son âge
> « De son âge a tout le malheur ! »

— Mon père t'a prévenue contre son neveu... — reprit Carmen. — Tu es sévère !

— En aucune façon, chère mignonne... — Je réserve mon jugement et, quand je connaîtrai mieux notre cousin, je serai très heureuse de lui rendre justice... — Mais c'est assez nous occuper de lui... — Je vais à l'infirmerie visiter nos malades... — M'accompagnerez-vous?

Les deux jeunes filles répondirent affirmativement et se levèrent pour suivre Cora.

Sur le seuil de l'habitation elles se trouvèrent en face d'un nègre de haute stature, aux cheveux grisonnants, à la figure intelligente et douce.

— C'est toi, mon brave Jupiter... — fit Cora en allant à lui.

— Oui, maîtresse, — répondit d'une voix émue le nègre en s'inclinant.

— Te voilà complètement guéri...

— Complètement, oui, maîtresse... — Le docteur Jocelyn m'a permis ce matin de quitter l'infirmerie et de me remettre au travail, mais avant d'aller prendre le commandement des barques j'ai voulu venir vous témoigner ma reconnaissance...

— Ta reconnaissance? — répéta la jeune fille, — et de quoi?

— De m'avoir épargné les coups de fouet du señor Mercuzza qui m'accusait de paresse; de m'avoir fait soigner à l'infirmerie; et, enfin, de m'avoir enlevé aux moulins à sucre pour me rendre mon ancien poste.

— Tout cela était juste.

— Oui, maîtresse, mais être juste, en ce monde, c'est être bon. — Sans vous le pauvre Jupiter, malade, affaibli, défaillant, aurait dû travailler malgré ses souffrances et mourir à la peine sous les lanières du commandeur. — Vous avez eu pitié, et je vous remercie de tout mon cœur, de toute mon âme, je vous remercie à mains jointes, à deux genoux...

Le nègre en effet s'agenouillait devant Cora, les mains étendues, les yeux pleins de larmes, puis il reprit avec une animation croissante :

— Jupiter vous doit la vie... sa vie vous appartient. — Commandez-lui de mourir pour vous ! vous verrez s'il hésite !

— Relève-toi, mon ami, — dit Cora très émue à son tour. — Je puis compter sur ton affection, je le sais, j'en suis sûre, je ne l'oublierai pas.

Elle tendit au nègre une main qu'il appuya respectueusement contre ses lèvres, puis contre son cœur, et il s'éloigna.

Martial Dereyne, qui venait de quitter sa chambre et de sortir de l'habitation, s'était approché des jeunes filles pendant la scène touchante que nous avons décrite.

— Vive Dieu !... Mes compliments, belle cousine !... — s'écria-t-il. — Vous êtes le Saint-Vincent de Paul de la colonie !...

— Je suis l'amie des travailleurs, mon cousin, — répondit Cora, — et surtout des travailleurs qui souffrent... — Une cruauté stupide, un châtiment immérité menaçaient ce pauvre homme... — en le préservant de l'un et de l'autre je n'ai fait que mon devoir...

— Vous marchez sur les traces du *petit manteau bleu*, cousine !

— Le petit manteau bleu, dont je connais l'histoire, était un honnête homme, un homme de cœur... — Heureux celui qui peut lui ressembler de loin !

Puis, changeant brusquement de conversation, la jeune fille demanda :

— Avez-vous bien dormi, cousin, sous le toit de mon père ?

— J'ai sommeillé deux heures... juste ce qu'il fallait pour ne plus me souvenir de ma fatigue au réveil.

— Alors, voulez-vous me suivre ?

— Je vous suivrais au bout du monde !

— Je ne vous conduirai pas si loin que ça... — fit Cora en souriant.

— Où irons-nous ?

— Visiter l'infirmerie où l'on soigne nos esclaves malades...

— On soigne donc ces gens-là ?

— Le mieux que l'on peut, mon cousin... Ce sont des hommes...

— Vous voulez dire des nègres, ce qui est bien différent...

— En quoi, s'il vous plaît ?

— Ces gens-là, dont l'intelligence atteint tout au plus le niveau de l'instinct des bêtes de somme, sont votre propriété, votre chose... Vous avez sur eux droit de vie et de mort...

— Le droit de vie que nous avons sur eux consiste à les faire vivre le plus longtemps possible... — Je vois d'ailleurs, cousin, que vous vous entendriez à merveille avec le señor Mercuzza...

— Qu'est-ce que le señor Mercuzza?

— Le commandeur des noirs... Il prétend, comme vous, que les nègres ne sont pas des hommes...

Martial comprit qu'il se nuisait dans l'esprit de Cora et reprit vivement :

— Il a tort, puisqu'il est d'un avis contraire au vôtre...

— Mais vous-même, il me semble...

— Moi je me range à votre opinion — poursuivit l'armateur. — Vous n'avez qu'à vouloir, chère cousine, vous n'avez qu'à parler, pour me convertir sur tous les points...

— Sincèrement?

— Parole d'honneur...

— Alors, j'essayerai peut-être, — fit la jeune fille d'un ton railleur, — mais je crois que la besogne sera rude!

Martial comprit à merveille l'épigramme et se garda bien de la relever.

— En attendant, — fit-il avec un sourire, — le futur converti vous offre son bras pour aller visiter votre Hôtel-Dieu en miniature.

Cora posa sa main sur le bras de son cousin et le conduisit du côté de l'infirmerie.

Les bâtiments du petit hospice s'élevaient dans le parc, sur le versant de la colline, à une demi-heure de marche de l'habitation, au milieu d'une clairière entourée de grands arbres.

Ils se composaient d'un rez-de-chaussée et d'un premier étage, dont les fenêtres largement ouvertes laissaient entrer à flots l'air et la lumière.

Cora franchit le seuil avec Martial Dereyne.

Carmen et Marie les suivirent.

Les salles du rez-de-chaussée, admirablement tenues et d'une propreté minutieuse, étaient affectées aux malades du sexe fort.

Les femmes occupaient le premier étage.

Au moment de l'entrée des trois sœurs on entendit s'élever un murmure de bienvenue, et les mains des malades se tendirent vers les jeunes filles avec des gestes affectueux, pour les remercier de leur visite.

De petits cris de joie, des exclamations de tendresse, des protestations de gratitude, s'échappaient de toutes les lèvres.

Cora très émue, les yeux humides, avait pour chacun une parole d'encouragement qui, sur ces natures primitives et presqu'enfantines, agissait avec autant d'efficacité que les ordonnances du docteur.

Il y avait là quelque chose de si touchant, et de si saisissant à la fois que Dereyne — à qui le cœur, nous le savons, faisait absolument défaut — se sentit presque remué malgré lui.

— N'êtes-vous pas le neveu de señor Richard Bernier ?

La jeune fille devina ce qui se passait dans l'esprit de son compagnon.

— Eh bien, cousin, — lui demanda-t-elle à voix basse, — commencez-vous à croire que ces pauvres gens sont des hommes et non des brutes, et leur accordez-vous l'instinct de la reconnaissance ?

Martial s'inclina, en répliquant :

— Dois-je vous répéter, chère cousine, que je suis converti ? — Mais il faut être riche comme mon oncle, — ajouta-t-il, — pour ne calculer rien et pratiquer la charité sur une si vaste échelle.

— Vous vous trompez, — répondit Cora, — la charité a la main toujours ouverte et ne calcule jamais... — Le bien qu'on sème autour de soi ne saurait appauvrir, et fait pardonner la richesse...

XX

Au sortir de l'infirmerie, l'aînée des filles du planteur conduisit Martial Dereyne dans les ateliers, dans les magasins pareils à des docks, dans les étables et dans les écuries d'élevage.

L'activité régnait partout.

Partout les nègres et les ouvriers libres travaillaient en chantant. — Les visages étaient joyeux. On se sentait dans une atmosphère de bonheur paisible où l'accomplissement du devoir devenait un plaisir.

En parcourant cette ruche industrieuse l'armateur faisait bonne contenance et formulait une admiration sans bornes, mais une immense jalousie s'emparait de son âme et la dominait de plus en plus.

— Que de richesses! — se disait-il. — Et tout cela devrait m'appartenir un jour, puisque je suis l'héritier légitime! — une telle fortune ferait de moi le roi du monde! — Comment briser l'obstacle qui me sépare des millions de mon oncle?...

Un coup de cloche se fit entendre, annonçant le dîner.

Les trois sœurs et leur cousin reprirent le chemin de l'habitation.

Quoique très simple dans ses goûts, Richard Bernier aimait à déployer quelque faste quand il avait un hôte à sa table.

Le repas fut servi avec un grand luxe de vaisselle et d'argenterie, et le cuisinier noir du planteur fit preuve d'un talent de premier ordre.

Martial s'était promis de ne rien négliger pour plaire à tout le monde. — Il se tint parole et se montra causeur aimable et conteur amusant.

Il eut soin de mettre une sourdine à sa verve ultra-parisienne et de dissimuler adroitement les côtés trop excentriques de ses allures de viveur. — Il ne dépassa point les bornes d'une originalité de bon goût et d'un élégant scepticisme.

Cora, d'ailleurs, contribua singulièrement à le faire briller en lui donnant la réplique avec beaucoup d'esprit et d'à-propos.

Le succès du nouveau venu fut complet.

Richard Bernier se réconciliait, in petto, de plus en plus avec lui, et se reprochait l'extrême sévérité de ses premiers jugements.

— Martial, — se disait-il, — me semble au fond moins vicieux que fanfaron de vice... — Son scepticisme n'est qu'un trompe-l'œil... — Il y a de l'étoffe en lui, et j'en ferais un homme s'il restait quelque temps auprès de nous.

L'opinion de Cora se modifiait dans le même sens que celle de son père.

— C'est la vie de Paris qui gâte mon cousin... — pensait-elle. — C'est la mode là-bas, paraît-il, de ne croire à rien qu'au plaisir... — il suit la mode pour ses idées comme il la suit pour ses gilets... Voilà tout.

Bref, on se sépara plus tard que de coutume, et la soirée avait semblé courte.

Cora, restée seule dans sa chambre, poussa le verrou intérieur afin de n'être point surprise, ouvrit un petit coffret de jade dont elle portait la clef microscopique à sa chaîne de montre, tira de ce coffret un portrait-carte et, s'asseyant près de la lumière, elle contempla longuement ce portrait avec une expression de profonde tendresse.

C'était la photographie du lieutement Dorsay qu'elle regardait ainsi.

— Cher Armand, cher fiancé, — balbutia-t-elle, — j'ai juré de t'aimer toujours et de n'être qu'à toi... — A travers les espaces qui nous séparent j'envoie mon âme visiter la tienne, et te dire qu'entre l'oubli de mon serment et la mort je choisirais la mort...

Après avoir prononcé d'une façon presque distincte ces paroles qu'elle répétait chaque soir, la jeune fille appuya ses lèvres sur le portrait, puis la précieuse image reprit sa place dans le coffret de jade.

Martial Dereyne, lui aussi, avait regagné son appartement mais, noctambule par goût et par habitude, habitué aux séances fiévreuses du baccarat et aux longues veilles des soupers galants dans les cabarets à la mode, il ne songeait ni à se coucher, ni à dormir.

L'effet de fascination produit par Cora, nous ne dirons par sur son cœur, mais sur son cerveau, s'accentuait.

Le souvenir des grand yeux noirs et des lèvres rouges de l'aînée des trois sœurs lui calcinait le sang.

Son imagination travaillait ; ses artères battaient avec force ; ses nerfs se tendaient à se rompre.

Aucune des amoureuses fantaisies de sa jeunesse et de son âge mûr n'avait jamais atteint — il le croyait du moins — une pareille intensité.

Il venait d'allumer un cigare et, s'accoudant au balcon qui dominait le parc éclairé par la lune, il se demandait :

— Quel est le point vulnérable de cette splendide créature ? Quelle rouerie transcendante faut-il mettre en usage pour dominer son esprit, m'emparer de son cœur et troubler ses sens ? Comment mener à bonne fin une conquête si difficile ?

Et, ne pouvant résoudre ces problèmes, il tomba peu à peu dans une rêverie profonde où se heurtaient mille pensées confuses, inspiréss les unes par l'envie, les autres par la passion.

Un bruit, faible encore, se fit entendre à quelque distance et le rappela brusquement à lui-même.

Il prêta l'oreille.

Ce bruit provenait d'un pas régulier foulant le sable d'une allée et se rapprochant de l'habitation.

Bientôt Martial Dereyne distingua dans l'obscurité transparente la silhouette anguleuse d'un homme de haute taille.

— C'est mon grand diable d'Espagnol à mauvaise figure ! — se dit-il. — Quel peut être le but de sa promenade nocturne ?

Mercuzza — car en effet c'était bien lui — allait passer sous le balcon.

Il leva la tête, vit l'armateur et le salua.

— Bonsoir, señor... — fit-il en ralentissant le pas.

— Bonsoir, monsieur... — répondit Dereyne.

— Vous respirez l'air frais de la nuit?... — reprit l'Espagnol.

— Oui, je ne puis dormir...

— Vous n'êtes pas souffrant j'espère ?

— En aucune façon... — Mais j'ai l'habitude de me coucher tard, et je suis agité ce soir.

— Une promenade sous les étoiles, caressé par la brise de mer, calmerait peut-être cette agitation.

— Peut-être en effet, et j'y ai pensé déjà mais, connaissant fort mal le parc, j'ai peur de m'égarer, la nuit, dans les nombreux sentiers couverts qui se croisent autour de l'habitation de mon oncle.

— En ce moment, señor, je fais une ronde... Si cela vous convient j'aurai l'honneur de vous servir de guide.

Martial pensa :

— Voilà l'occasion de lier connaissance avec cet homme et de le questionner adroitement...

Puis, tout haut, il répondit :

— Je vous remercie et j'accepte... — Seulement je voudrais ne réveiller personne en sortant de ma chambre...

— C'est facile, señor... Le cabinet de toilette de votre appartement communique par un escalier dérobé avec la porte qui se trouve en face de moi.

— C'est bien... je descends...

Et l'armateur quitta la fenêtre.

— Ces Français sont bavards et se livrent volontiers... — se dit l'Espagnol. —Il ne se défie pas de moi... En causant avec lui je découvrirai sans doute ce que j'ai tant d'intérêt à savoir... Si mes prévisions à ce sujet n'étaient point fondées j'en serais bien surpris, car je crois qu'il m'a suffi de le voir pour le juger...

Chacun des deux honorables personnages dont les relations allaient commencer devinait dans l'autre un gredin, et nous savons déjà qu'ils ne se trompaient ni l'un ni l'autre.

Dereyne ouvrit depuis l'intérieur la porte de sortie et se trouva près de Mercuzza.

— Où voulez-vous aller, señor ? — demanda ce dernier.

— C'est à vous de décider cela, puisque vous devez me servir de guide... — répliqua l'armateur.

— Eh bien ! nous allons descendre jusqu'à la rivière, en passant par les Mornes qui dominent la baie. — Les rayons de la lune argentent au loin les flots et vous aurez un coup d'œil magique.

— Je vous suis.

L'Espagnol et le Français se mirent en marche silencieusement d'abord.

Martial Dereyne tira de sa poche un étui en cuir de Russie, l'ouvrit et le tendit à son compagnon en lui disant :

— Vous fumez, je pense...

— La cigarette, oui ,señor.

— Acceptez un de ces *brévas*... — ils sont exquis...

— Mille grâces, señor, c'est pour vous obéir...

Et l'Espagnol alluma son cigare à celui de Martial.

Ce dernier reprit :

— Vous m'avez dit, je crois, monsieur, que vous faisiez une ronde...

— Oui, señor... — Mes fonctions m'y obligent...

— Quelles fonctions ?

— Celles de commandeur...

— Apprenez-moi, je vous prie, en quoi elles consistent...

Mercuzza répondit :

— Elles consistent, en ce moment, à m'assurer que tout est calme, et qu'aucun nègre n'a quitté sa case pour venir marauder dans les jardins.

— Y a-t-il longtemps que vous êtes attaché à la maison de mon oncle?... — poursuivit Dereyne.

— Quatre ans et quelques mois... — Mon engagement avec le señor Richard Bernier était de cinq années.

— A son expiration vous le renouvellerez sans doute ?

Mercuzza secoua la tête.

— Non, señor... — répondit-il. — Non certainement.

— Et, pourquoi ?

— Je suis en disgrâce...

— A quel propos ? Qu'avez-vous fait pour démériter ?

— Mon devoir, rien que mon devoir, mais j'ai des ennemis, ou plutôt une ennemie.

— M{::}{::} Cora, peut-être ?

— Précisément et, grâce à elle, nous ne sommes plus d'accord, votre oncle et moi, sur la façon de conduire les esclaves...

— Vous trouvez, je suppose, qu'on les traite avec trop de douceur ?

— Oui, señor, on en fait des paresseux en les ménageant outre mesure, et des orgueilleux en leur persuadant qu'ils sont des hommes et non des bêtes de somme... — Or le nègre est pareil au chien de chasse ou de garde... — il a besoin d'être fustigé pour devenir un serviteur utile... — sans cela on n'obtient de lui rien qui vaille.

— Il me semble que vous devez avoir raison, mais mon oncle, possesseur d'une fortune immense, se soucie peu de la somme de travail plus ou moins grande que peuvent fournir les esclaves.

— C'est vrai... Je crois pourtant que le señor patron se montrerait plus soucieux de ses intérêts s'il n'était sous la domination absolue de sa fille aînée... — Il ne voit que par ses yeux, n'entend que par ses oreilles, et se laisse entraîner par elle à la mise en pratique de toutes sortes de creuses théories philanthropiques et humanitaires...

Mercuzza s'interrompit, pour reprendre presque aussitôt :

— Pardon, señor... Vous êtes le neveu du patron et j'ai grand'peur d'avoir parlé trop librement...

— Du tout! j'adore la franchise! — s'écria Martial. — Vous exprimez d'ailleurs des idées qui me paraissent justes... — Quoi qu'il en soit, vous n'êtes point en faveur auprès de Mlle Cora...

— Elle me déteste et ne perd aucune occasion de m'en donner la preuve... — Je suis un hidalgo de vieille roche, señor, quoiqu'aujourd'hui déchu!... Mes ancêtres possédaient un fief dans l'Estramadure... Eh! bien, l'on m'abreuve d'humiliations!...

— Que m'apprenez-vous, et de quelles humiliations s'agit-il?

— On ne m'admet point à la table du señor Bernier, et l'on y fait asseoir chaque jour le docteur mulâtre, et un certain Français venu récemment je ne sais d'où, qu'on m'a imposé comme adjoint et qui n'est par le fait que mon subordonné! — Est-ce juste cela, señor?

— Non certes, et mon oncle a grand tort de froisser sans motif un coopérateur ancien et dévoué tel que vous! — C'est très mal! c'est impardonnable!...

XXI

L'Espagnol regarda, non sans quelque défiance, son interlocuteur. — Il s'étonnait de le voir abonder dans son sens d'une façon si complète et si chaleureuse.

Martial Dereyne poursuivit:

— Je suis loin de partager certaines idées de mon oncle, et j'ai combattu ses théories avec une franchise dont il n'a point paru me savoir mauvais gré, mais qui n'a fait sur lui aucune impression. — La philanthropie lui tourne littéralement la tête...

— Ce n'est pas la philanthropie, señor... — répliqua le commandeur.

— Qu'est-ce donc?

— C'est l'orgueil... Je prétends que l'orgueil est le mobile de toutes ses actions! — S'il donne des dots aux nègres qui se marient, s'il concède un coin de terre aux nègres qui vieillissent, s'il installe à grands frais une infirmerie où les noirs sont soignés comme des blancs, c'est pour faire parler de lui dans la colonie, c'est afin qu'un concert de voix laudatives s'élève de toutes parts, exaltant son humanité... — J'affirme que tel est le but de la fille et du père... — Je ne suis point un vil flatteur, moi, aussi je déplais, on me tient à l'écart et l'on me traite en paria!...

Dereyne se félicitait d'entendre le commandeur parler ainsi.

— Cet homme est l'ennemi de mon oncle et de sa famille, — pensait-il, — je ferai de lui mon allié...

Puis, tout haut:

— Vous avez peut-être raison, — dit-il.

— J'ai raison certainement, señor...

— Mon oncle est très riche, n'est-ce pas?

— Au delà de toute croyance...

— A combien estimez-vous sa fortune?

— A trente ou trente-cinq millions...

— Tant que cela! — s'écria Martial.

— Tout au moins... Ce chiffre grossirait encore si l'on cessait de ménager les esclaves, et si l'on remplaçait la philanthropie par une sévérité exemplaire...

— Savez-vous bien, monsieur le commandeur, que vous parlez d'une fortune royale!!

— Dont vous aurez probablement la jouissance un jour, — répliqua l'Espagnol du ton le plus naturel.

Dereyne jugea convenable de jouer la surprise.

— Moi! — s'écria-t-il.

— Sans doute...

— Et à quel titre?

— N'êtes-vous pas le neveu de señor Richard Bernier?

— Son neveu, oui, et son unique héritier s'il n'avait pas d'enfants, mais vous paraissez oublier qu'il a trois filles, et que leurs droits priment les miens...

— Leurs droits! — répéta le commandeur avec une expression méprisante. — Elles n'en ont aucun...

— Je ne comprends pas...

— C'est cependant bien simple... — Filles d'esclave, elles sont esclaves... — Ainsi le veut la loi du pays...

— Ne sont-elles donc pas reconnues, et par cela même affranchies?...

— Ni reconnues, ni affranchies...

— Vous en êtes certain?...

— Oui... — L'acte de reconnaissance et d'affranchissement, s'il existait, serait connu, le señor Bernier n'ayant aucun motif pour le cacher...

— Ce que mon oncle n'a pas fait, il peut le faire...

— Certes... — Mais les vieillards se croient éternels... — Il peut mourir avant d'avoir pris ses mesures.

En disant ce qui précède, Mercuzza regardait son compagnon dont un rayon de lune éclairait le visage.

L'expression d'espérance cupide et d'infernale joie rayonnant sur ce visage lui révéla ce qu'il voulait savoir.

— De telle sorte... — continua-t-il.

Il s'interrompit.

— De telle sorte?... — répéta Martial Dereyne.

— Que si votre oncle venait à mourir sans avoir régularisé la situation de ses filles, — acheva le commandeur, — vous seriez l'unique possesseur de ces richesses, qu'à bon droit vous appelez royales... — Avec de si nombreux millions l'impossible n'existe pas... — On peut réaliser ses rêves, quels qu'ils soient! — On est le maître du monde!... — A vous tout cela, señor, et ce sera justice!... — Vous êtes de race pure... — Vous représentez la vraie famille... — C'est dans vos mains que doit arriver l'héritage, et non dans celles de ces bâtardes au teint bronzé dont l'aïeul était un nègre et dont la mère est une esclave...

Le señor Mercuzza prouvait une habileté diabolique en aiguillonnant les mauvais instincts de Martial Dereyne, en enflammant son imagination par un mirage de jouissances incendiaires, en faisant monter à la surface de son âme la boue qui fermentait au fond.

L'effet attendu se produisait.

L'armateur ne voyait plus désormais que le but éblouissant, et pour l'atteindre tous les moyens lui semblaient bons.

— Vous êtes un homme intelligent, monsieur Mercuzza, — murmura-t-il au bout d'un instant, d'une voix émue, — et vous semblez animé à mon égard des meilleures intentions.

— N'est-ce pas naturel? — répliqua l'Espagnol. — Le sentiment des droits de la famille est très développé chez moi... — Dès votre arrivée à l'habitation vous m'avez inspiré, señor, en votre qualité d'héritier légitime, la plus vive sympathie.

— J'en suis reconnaissant... — vous en aurez la preuve.

— J'y compte bien! — se dit Mercuzza.

— Mais pour hériter, — poursuivit Martial, — il faudrait que mon oncle mourût sans avoir reconnu et affranchi ses filles...

— Sans doute...

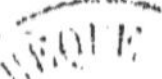

— Si vous voulez faire un tour du côté de la baie, offrez-moi votre bras...

— Or, mon oncle est jeune encore... relativement du moins... et c'est de plus un homme robuste... ce qu'on appelle un gaillard solide...

— Cela ne prouve rien... — La mort est un visiteur fantasque... — On l'appelle, elle fuit... On ne l'attend pas, elle arrive... — Tel croit pouvoir compter sur un long avenir, et dans deux jours n'existera plus...

— C'est vrai, mais je souhaite sincèrement qu'il n'en soit point ainsi pour mon oncle... — Malgré tous ses défauts, je l'aime...

— J'en suis convaincu, señor, — répondit Mercuzza du ton le plus sérieux, — et moi je ne lui veux aucun mal.

Les deux promeneurs nocturnes échangèrent un coup d'œil pareil à celui des augures romains, mais ils eurent assez d'empire sur eux-mêmes pour ne point rire en se regardant.

Après une minute de silence, Dereyne reprit :

— Si, contre toute prévision, mon oncle était surpris par la mort — ce qu'à Dieu ne plaise ! — je n'abandonnerais certainement pas mes cousines de la main gauche... — Elles me semblent dignes du plus vif intérêt — l'aînée surtout — elle est si belle ! elle est splendide !

— Splendide !... — répéta l'Espagnol comme un écho.

— Vous qui semblez observateur et qui la connaissez depuis longtemps, quel jugement portez-vous sur elle ? — demanda Martial.

— C'est ma pensée toute entière que vous voulez savoir, señor ?

— Oui.

— Eh bien ! cette jeune fille, dont le moral ressemble à celui de son père, ne vit, elle aussi, que pour l'orgueil.

— Jusqu'à présent, oui, je l'admets... Mais elle a vingt ans à peine... l'amour peut modifier sa nature.

Mercuzza eut un haussement d'épaules fort irrévérencieux.

— L'amour, — répliqua-t-il, — sera pour elle, d'abord, une fantaisie romanesque. — Peut-être fera-t-elle un serment d'éternel amour à celui, quel qu'il soit, qui le premier lui aura dit : *Je t'aime !* mais elle reconnaîtra vite son erreur et se retournera vers l'homme qui flattera son orgueil en mettant à ses pieds la fortune, les plaisirs du luxe, et les joies de la vanité. — Si les filles de Richard Bernier perdaient l'héritage de leur père, l'aînée se donnerait corps et âme en échange de quelques millions, non pour les millions eux-mêmes, mais pour ne pas déchoir à ses propres yeux et pour garder aux yeux du monde l'auréole de la richesse...

— Vous me garantissez le portrait ressemblant ?

— Sur ma foi d'hidalgo, oui, señor.

— Et les sœurs de Cora ?

— Deux enfants sans volonté qui sont les très humbles servantes de la hautaine créature... — Ce qu'elle voudra, elles le voudront...

Dereyne se plongea dans une rêverie profonde.

Complètement dupe des adroits mensonges de l'Espagnol il commençait à croire que, si la fortune de son oncle tombait entre ses mains, il lui deviendrait possible et facile de se faire aimer de Cora.

Au bout de trois secondes sa résolution était prise.

Il releva la tête.

— Quels sont vos appointements ici ? — demanda-t-il.

Le commandeur formula un chiffre exagéré.

— Maigre salaire pour une si dure existence! ! — répliqua Martial. — Vous étiez fait pour mieux que cela...

— Les occasions m'ont manqué, señor... — murmura l'Espagnol. — J'avais l'activité, le bon vouloir et, j'ose le dire, l'intelligence... — Si le hasard m'était venu en aide, j'aurais fait fortune comme un autre...

— Il vous reste l'avenir... — Vous êtes jeune encore...

— Je n'ai pas quarante ans.

— La chance peut tourner d'un moment à l'autre... — Avez-vous quelques aptitudes spéciales ?

— Le commerce me plairait fort, si je possédais des capitaux... — Avant de venir exercer à Guyanila le plus pénible de tous les métiers, j'ai travaillé en Espagne chez un armateur... — J'occupais un emploi de confiance dans ses bureaux...

Mercuzza se garda bien d'ajouter qu'il avait perdu cet emploi en abusant de la confiance de son patron.

— Mon cher commandeur, — reprit Dereyne, — vous m'êtes absolument sympathique... Il me serait agréable de réparer l'injustice du sort à votre égard... — Je compte passer ici quinze jours ou trois semaines...

— Si peu ! — s'écria l'Espagnol.

— A moins que des circonstances impossibles à prévoir ne m'y retiennent plus longtemps... — continua Martial. — Quoi qu'il en soit, nous causerons plus d'une fois avant mon départ... et, qui sait? votre fortune future sera peut-être la conséquence de notre entretien de ce soir...

— Que saint Jacques de Compostelle et Notre-Dame d'Atocha vous entendent, señor ! — Si vous m'accordez votre protection, vous n'obligerez pas un ingrat...

— Je l'espère et j'en suis convaincu... mais notre promenade nocturne a duré près d'une heure... je me sens rafraîchi, et je crois que maintenant je pourrai dormir...

— Vous reconduirai-je à l'habitation, señor?

— S'il vous plaît.

Un quart d'heure plus tard les deux hommes se retrouvaient auprès de la porte de sortie communiquant avec l'escalier dérobé.

— Bonne nuit, monsieur Mercuzza... — dit Martial en tendant la main à l'Espagnol.

Ce dernier la prit avec force démonstrations de respect, et la serra dévotement en répliquant :

— Señor Dereyne, bonne nuit...

Dereyne remonta dans sa chambre et le commandeur s'éloigna.

Ils étaient l'un et l'autre enchantés des résultats de l'entrevue.

Ces honnêtes gens avaient en eux tout ce qu'il fallait pour se comprendre et, quoique aucune parole significative n'eût été prononcée, le pacte était conclu pour l'œuvre de ténèbres...

XXII

Nous savons déjà que Richard Bernier pratiquait grandement l'hospitalité ; en conséquence, voulant rendre le séjour de Guayanila agréable à son neveu, il organisa, dès le lendemain de l'arrivée de ce dernier, des promenades en mer et des excursions dans l'île.

Un yacht à vapeur, charmant et merveilleusement installé, permettait de longer les côtes sans se préoccuper des vents contraires.

Les excursions au milieu des campagnes pittoresques de Porto-Rico se faisaient à cheval.

Martial Dereyne, habile et élégant cavalier, y trouvait un plaisir d'autant plus vif que ces promenades lui permettaient de se montrer très assidu et très empressé auprès de Cora, avec une galanterie de bon goût que les liens de famille rendaient naturelle.

Sa passion pour la jeune fille — (si le désir sensuel qu'éprouve un libertin sans cœur peut s'appeler passion) — grandissait dans cette intimité quotidienne, mais il n'avait garde de se trahir par des paroles imprudentes ; — il temporisait, attendant pour se déclarer une occasion favorable.

Jean Renaud accompagnait le planteur, ses filles et son neveu, dans leurs pérégrinations lointaines.

Il était Parisien, il avait une terrible expérience de la vie et connaissait surtout les côtés mauvais de l'humanité. — Il surprit au passage certains regards d'une expression particulière jetés sur Cora par l'armateur, et ce qui se passait dans l'esprit de ce dernier n'eut plus rien de secret pour lui.

Devait-il prévenir la jeune fille et la mettre ainsi sur ses gardes ? — Il se posa cette question et la résolut dans le sens négatif.

A quoi bon souiller cette âme candide par la révélation d'un sentiment impur ?

Sans doute Martial Dereyne, ne pouvant sans folie espérer le succès, ne se hasarderait point à parler.

Et puis enfin Cora, énergique et résolue, saurait à coup sûr se défendre, si contre toute vraisemblance elle était attaquée.

Jean Renaud garda le silence, mais se promit de veiller sur sa jeune protectrice.

Un matin — huit jours après son installation à Guayanila — l'armateur, levé dès le point du jour contre sa coutume, se promenait dans le parc en fumant un cigare.

Il entendit tout à coup, se succédant à intervalles égaux, plusieurs détonations semblables à celles qui se produisent dans un tir au pistolet.

Déjà, les jours précédents, des bruits du même genre avaient frappé son oreille mais sans attirer son attention.

— Je vais savoir ce que c'est... — pensa-t-il en se dirigeant du côté où résonnaient les coups de feu.

Au bout de cinq minutes il arrivait en face d'un pavillon rustique construit en bambous et suivi d'une longue galerie couverte que terminait un autre pavillon.

Une détonation nouvelle retentit et la voix de Cora, joyeuse et vibrante, cria :

— Touché !...

— Ah ! çà, mais, — se dit l'armateur stupéfait, — c'est ma cousine qui s'amuse à casser des têtes de pipes comme une cocotte au tir de l'avenue d'Antin !... — Elle a du sang de Parisienne dans les veines, cette fille aux yeux de velours !... — Quelle maîtresse à mener au Bois dans un duc gros bleu, rechampi de blanc, attelé de chevaux noirs pomponnés de rouge !... — Quel chic et quel succès !... — Il faut que cela soit !... Je le veux... et cela sera !...

La porte du pavillon était entre-bâillée.

Martial la poussa, franchit le seuil et se trouva en présence de Cora qui tenait un pistolet de tir à la main.

— Comment, c'est vous, cousin ! — fit-elle en souriant. — Déjà debout ?...

— Depuis longtemps, ma belle cousine... — Je me promenais sous vos grands arbres... un bruit insolite, aiguillonnant ma curiosité, m'a guidé jusqu'ici... j'ai entendu votre voix, je suis entré et me voilà.

— Vous avez bien fait de venir. — S'il vous est agréable de percer quelques jeux de cartes, je vous donnerai l'exemple...

— Je le suivrai de grand cœur... — répondit Dereyne en examinant l'endroit dans lequel il se trouvait.

C'était une salle parquetée, entourée de sièges rustiques.

Contre les murailles tendues de nattes se voyaient accrochés des fleurets, des plastrons, des masques d'escrime.

— Nous sommes dans une salle d'armes ! — s'écria Martial en riant.

— Positivement, cousin... — répliqua la jeune fille, — et voici mon maître...

En même temps elle désignait Jean Renaud qui, tenant un pistolet qu'il venait de charger, attendait immobile.

— Ah ! — fit Dereyne avec une intonation moqueuse. — M. Michel est professeur ?...

— Simple amateur... — répondit Jean Renaud.

— Non pas ! non pas ! — reprit Cora, — professeur émérite et tout à fait de première force !

— Alors, ma chère cousine, sous la direction de monsieur vous apprenez à manier le pistolet...

— Oui, cousin... — J'avais déjà pratiqué un peu avec mon père et le docteur Jocelyn, mais la méthode de M. Michel est bien supérieure, et j'en profite... — Êtes-vous fort au pistolet, cousin?

— A peu près comme tout le monde, mais je préfère l'arme à longue portée, la carabine ou le rifle américain...

— Alors je vous promets pour un de ces jours, pour demain peut-être, une chasse où vous pourrez déployer votre adresse...

— Une chasse? — répéta Martial.

— Oui, très pittoresque, très curieuse, très émouvante...

— Et que chasserons-nous?...

— Les mélas...

— Excusez mon ignorance en matière d'histoire naturelle. — Qu'est-ce que c'est que les mélas?

— Des chats sauvages que quelques naturalistes ont appelés panthères noires, et que d'autres classent dans la variété des léopards; le mélas est de la grosseur d'une panthère, à laquelle il ressemble beaucoup; son pelage est d'un noir mat sur lequel se détachent des zones également noires, mais lustrées.

— Les mélas sont-ils dangereux?

— Effroyablement. — M. Michel m'annonçait tout à l'heure qu'une bande de ces félins dévastait nos troupeaux à cinq ou six lieues d'ici.

— Comment chasse-t-on le mélas, ma cousine?

— La nuit, à l'affût.

Dereyne tressaillit malgré lui.

— Ce sera prodigieusement amusant, — poursuivit Cora, et vous aurez l'occasion de manier à votre aise le rifle, votre arme favorite.

— Je ferai de mon mieux... — répondit Dereyne avec un sourire singulier; — en attendant reprenez, je vous en prie, vos exercices de tir...

— Oui, mais à condition que vous les partagerez...

— Bien volontiers... — Seulement, je vous le répète, ce n'est point au pistolet qu'il faut me juger.

— C'est convenu.

Jean Renaud tendit à Martial une arme chargée.

— A vous, cousin... — dit Cora.

— Quel est le but?

— Cette carte que vous voyez là-bas, sur la plaque, au bout de la galerie couverte. — Le point noir est un *as de trèfle*... — Il faut, pour que le coup soit bon, que la balle englobe exactement le trèfle...

— Ah! diable! — murmura Dereyne.

— Allez... allez, cousin! — s'il est vrai, — (mais je n'en crois rien) — que vous ayez besoin d'indulgence, vous pouvez compter sur la nôtre.

L'armateur leva lentement son arme, ajusta longuement et pressa la détente.

La balle vint frapper la carte à un centimètre et demi de la couronne qui entoure le trèfle.

— Le coup n'est pas absolument mauvais, — dit Jean Renaud, — mais vous aviez raison d'affirmer que vous êtes peu sûr de vous-même au pistolet... — Que serait-ce dans un duel, l'émotion aidant?

— A mon tour! — s'écria la jeune fille.

Elle prit une arme et visa la carte.

Sa balle effleura les deux feuilles supérieures du trèfle, sans cependant sortir de la couronne.

— Bravo! — fit Martial Dereyne en battant des mains avec enthousiasme. — Ah! bravo!! c'est merveilleux!...

— Eh! non, monsieur, c'est médiocre... — interrompit Jean Renaud. — Mademoiselle tire mieux que cela... — Elle a voulu se surpasser, et le désir du succès a troublé son coup d'œil...

— C'est absolument vrai... — répondit Cora. — La présence de mon cousin est cause de mon erreur...

— Combien je le regrette, belle cousine...

— Ne regrettez rien... — reprit l'ex-forçat. — Ceci démontre à mademoiselle combien j'ai raison de soutenir qu'on n'est un tireur de premier ordre qu'à la condition d'être impassible... — Pour avoir la certitude d'envoyer sa balle droit au but, que ce but soit un carton dans un tir ou un homme dans un duel, il faut posséder un empire absolu, non seulement sur ses nerfs mais sur sa volonté.

— Et, — demanda Martial avec ironie, — cet empire absolu dont vous parlez, vous le possédez sans doute?...

— Je le crois, du moins.

— Je serais curieux d'en juger.

Pour toute réponse Jean Renaud prit un pistolet.

— Je veux, dit-il, — que ma balle ne s'écarte pas d'un millimètre du point central du trèfle.

Il fit feu presque sans viser et sa balle toucha la carte juste à l'endroit désigné d'avance.

— Tudieu! — s'écria Martial étourdi, — quelle précision! — Mais en face d'un adversaire en feriez-vous autant?

— Oui, monsieur, car sur le terrain comme ici mon impassibilité serait complète...

— En êtes-vous certain?

— Je l'ai prouvé...

—Peste ! murmura l'armateur, — il ne ferait pas bon se battre avec vous !

Sans répondre à cette phrase Jean Renaud poursuivit :

— Et mademoiselle Cora, dont le coup d'œil est merveilleusement juste, n'aura plus rien à apprendre de moi quand elle sera maîtresse de ses nerfs. C'est à cela surtout qu'elle doit s'appliquer.

— A quoi bon ? — fit observer Martial Dereyne — Les femmes ne vont point sur le terrain.

— Eh ! mon cousin, — répliqua la jeune fille, — il n'y a pas de duels qu'avec les créatures humaines ! Comptez-vous pour rien les tigres, les mélas, les jaguars et les serpents ? Ceux-là sont de rudes adversaires... Je veux être capable de les affronter victorieusement... et j'y arriverai.

— Que n'êtes-vous Parisienne, chère cousine ! — fit l'armateur avec exaltation. — Vous auriez un succès monstre au tir aux pigeons du bois de Boulogne ! Vous deviendriez le prétexte de paris fabuleux !... Les chroniqueurs des journaux du high-life parleraient de vous au plus bel endroit de leurs racontars mondains !

— Bref, en quinze jours, vous seriez une étoile de première grandeur !

Cora sourit.

— Ne me donnez pas d'inutiles regrets, cousin, — répondit-elle, — et laissez-moi me contenter d'être ce que je suis ici, une nébuleuse bien modeste...

Les yeux de Martial s'étaient fixés sur les masques et les fleurets pendus à la muraille.

— Maniez-vous aussi l'épée ? — demanda-t-il.

— Oui... Un peu...

— Mademoiselle est déjà d'une jolie force, — dit Jean Renaud.

— Ah ! çà, mais, belle cousine, vous êtes un prodige, savez-vous !... Une femme unique au monde ! !

— Trève de compliments, cousin, je ne les aime pas et, si vous voulez faire un tour du côté de la baie, offrez-moi votre bras...

XXIII

— Offrez-moi votre bras... — avait dit la jeune fille.

L'armateur ne se fit point prier pour accepter cette offre qui comblait ses secrets désirs.

Il quitta la galerie de tir avec sa cousine.

Jean Renaud, par discrétion, ne les suivit pas, quoiqu'il ne vît point d'un bon œil le tête-à-tête de Martial Dereyne et de Cora, mais ce tête-à-tête, dans les conditions où il se présentait ce jour-là, ne pouvait être dangereux.

La matinée était fraîche et belle — à peine si quelques nuages floconneux tachaient de blanc l'azur du ciel.

— A mon tour, s'écria la jeune fille. Elle prit une arme et visa la carte.

Une faible brise de mer, soufflant à travers les arbres qui la saturaient de leurs parfums, faisaient voltiger les boucles de la chevelure soyeuse éparse sur les épaules de Cora.

Parfois une de ces boucles effleurait la joue de Martial. — Ce léger contact lui donnait la sensation d'une caresse et faisait courir un frisson sur sa chair en même temps qu'un torrent de lave dans ses veines.

L'armateur et sa compagne allaient s'engager dans la partie la plus boisée du parc.

Le señor Mercuzza, qui se dirigeait vers l'habitation pour prendre les ordres de Richard Bernier, les aperçut de loin.

Une flamme brilla sous sa paupière bistrée, — une sorte de rictus crispa ses lèvres minces.

Au lieu de continuer sa route il tourna sur lui-même et prit un sentier qui coupait au court et devait le conduire aux Mornes avant que les deux promeneurs y fussent arrivés.

Que voulez-vous? — l'espionnage était dans la nature du señor Mercuzza.

— Il est bon de savoir les choses que tout le monde ignore... — se disait-il souvent. — Un peu plus tôt ou un peu plus tard, on en tire un profit certain.

Et il agissait en conséquence.

Martial Dereyne, pour la première fois depuis son arrivée à l'habitation, se trouvait seul avec la fille aînée de son oncle, et se promettait bien de mettre à profit l'occasion offerte par le hasard ou par sa bonne étoile. — Il se jurait de parler d'une façon si claire qu'il fût impossible à Cora de ne le point comprendre.

Mais, l'oserait-il?

Ce respect vague et pour ainsi dire inconscient qu'inspire la candeur parfaite au libertin le plus endurci n'arrêterait-il pas ses paroles dans sa gorge?

Il marchait la tête un peu basse, sentant la main de la jeune fille appuyée sur son bras.

Son cœur battait à coups rapides.

Ce fut Cora qui rompit le silence.

— Comme vous voilà muet, cousin ! — dit-elle avec un sourire d'où l'ironie n'était point exempte. — A quoi pensez-vous ?

Ces mots si simples rendirent à Martial Dereyne sa hardiesse habituelle.

Il se souvint du jugement porté par le señor Mercuzza sur l'aînée des trois sœurs; il se persuada que cette question : *A quoi pensez-vous?* — avait pour but de provoquer un aveu peut-être désiré, et il répondit, en regardant Cora avec une expression brûlante :

— A quoi je pense? — vous le savez bien... — je pense à vous...

— Vous me trouvez bizarre, n'est-ce pas, avec mes goûts de tir au pistolet, d'équitation et d'escrime?...

— Je vous trouve idéale ! je vous trouve adorable !...

— Prenez garde, cousin... — fit la jeune fille en riant, — voilà que vous redevenez complimenteur, et les compliments, je vous l'ai dit vingt fois, me portent sur les nerfs.

— Est-ce ma faute si vous prenez pour une flatterie le langage de mon cœur?...

— Alors que votre cœur se taise !...

Ce début n'avait rien d'encourageant.

Martial se mordit les lèvres et redevint silencieux.

Les promeneurs avaient suivi le sentier accidenté que nous connaissons et qui aboutissait non loin de l'embouchure de la rivière.

Après avoir dépassé les Mornes et la petite falaise ils arrivèrent sur la plage, à l'endroit même où Cora et Armand Dorsay, au moment de la séparation, s'étaient juré de s'aimer toujours.

Tout près d'eux se trouvait le bloc de rocher séparé de la falaise par un éboulement et couvert de hautes herbes et de broussailles.

Mercuzza, avec son flair d'espion et sa souplesse de reptile, s'était glissé parmi ces broussailles comme il l'avait déjà fait le soir des adieux.

Étendu sur le ventre et sa tête d'oiseau de proie dépassant à peine l'arête granitique qui surplombait le chemin, il pourrait entendre ce que diraient l'armateur et Cora en passant près de lui.

L'Espagnol éprouva tout d'abord un vif désappointement.

Ceux qu'il épiait marchaient avec lenteur sans échanger une parole.

Heureusement pour lui ils s'arrêtèrent tout près du rocher.

Cora étendit la main vers les rives de l'île qui formaient un amphithéâtre de verdure au-delà duquel l'immensité de la mer des Caraïbes brasillait sous les feux du soleil.

— Cousin, — fit-elle ensuite, — que pensez-vous de cet horizon?

Martial saisit l'occasion aux cheveux.

— C'est assurément beau... — répliqua-t-il d'une voix émue, — mais quand vous êtes auprès de moi je ne puis penser qu'à vous... je ne puis voir que vous... je ne puis admirer que vous.

— Encore des compliments! — s'écria la jeune fille avec un geste de menace moitié plaisant, moitié sérieux. — Prenez garde, cousin, nous allons nous fâcher!...

— Me condamnez-vous au silence?...

— En aucune façon... Parlez-moi de tout, sauf de moi...

— C'est impossible! — reprit Dereyne d'un ton passionné. — Est-ce que je puis ne pas vous dire que tout en vous me trouble, me séduit, m'enivre, et qu'enfin vous réalisez le rêve de ma vie, un idéal si charmant, si complet, que jusqu'au jour où vous m'êtes apparue je doutais de son existence...

— Est-ce la coutume des Parisiens de dire ces choses aux jeunes filles? — demanda Cora en riant.

— Ne me raillez pas, je vous en supplie, — poursuivit Martial, — et écoutez-moi... Dès la première minute de mon arrivée, je me suis senti guidé vers vous par une attraction irrésistible que je n'attribuais d'abord qu'à votre beauté radieuse, à votre jeunesse en fleur, mais dont j'ai mieux compris les motifs à mesure que je vous connaissais davantage... — Parmi les créatures d'élite qui sont l'honneur de votre sexe, vous êtes une exception! Vous brillez auprès de vos sœurs comme une vierge de Raphaël à côté de tableaux signés de noms illustres... — Vous avez l'esprit qui domine et l'originalité qui captive... — Dieu vous a créée pour être reine, pour commander d'un geste ou d'un regard et pour être obéie à genoux... — Votre place n'est point ici, dans ce coin de terre isolé, au milieu de grossiers planteurs et d'esclaves stupides... — Votre place est en France, à Paris...

— A Paris... — répéta la jeune fille.

— A Paris qui vous attend pour vous acclamer... — continua l'armateur avec feu. — N'est-ce pas votre royaume futur? — Paris, la ville enchanteresse de tous les luxes et de tous les plaisirs!! — Paris, la cité magique où piaffent les chevaux à cocardes qui conduisent au Bois les filles d'Ève dans des voitures dignes des fées!! — Paris, enfin, Paris, le paradis des femmes!!

Cora fixa sur Martial Dereyne son regard ferme et limpide, et lui dit en souriant :

— On vous a parlé, cousin, de mon faible pour ce grand Paris que je ne connais pas... — Vous voulez me tenter...

— Je veux vous montrer les degrés du trône où vous serez assise un jour... — répondit Martial. — De même que les fleurs des tropiques éclipsent par leurs couleurs vives et par leurs enivrants parfums les fleurs de nos climats d'Europe, de même vous éclipserez les pâles beautés blondes dont Paris est fier aujourd'hui, mais qu'il oubliera demain pour vous admirer... car Paris sera demain à vos pieds comme j'y suis déjà... Paris vous adorera comme je vous adore!!

Et pour joindre l'éloquence du geste à l'éloquence de la parole, Dereyne prit une des mains de Cora et voulut la porter à ses lèvres.

La jeune fille retira sa main vivement, mais sans colère, et répliqua avec un accent indéfinissable :

— Ah! çà, mais, cousin, c'est une déclaration que vous m'adressez là...

— Eh bien, oui, — répliqua l'armateur en brûlant ses vaisseaux, — je vous aime de toutes les forces de mon âme, et je ferai de vous, si vous y consentez, la plus brillante, la mieux obéie, la plus heureuse des femmes!... Prononcez mon arrêt...

Cora répondit en riant :

— Je serais au désespoir de vous blesser, cousin, soyez-en sûr, mais il m'est difficile de prendre au sérieux ce qui se passe en ce moment... — Vous prétendez m'aimer, et rien n'est plus flatteur... — Vous demandez ma main, et cette demande m'honore, mais vous oubliez, ce me semble, que vous êtes père de famille et que votre fille — (un peu moins jeune que moi, m'a-t-on dit) — n'attend pour se marier que votre retour en France... — Est-ce que l'idée de lui donner une belle-mère de mon âge ne vous paraît pas singulière? — Moi je la trouve d'une gaîté folle, et je crois que mon père serait de mon avis si vous lui soumettiez le cas... — Restons cousins et bons amis, croyez-moi, et regagnons l'habitation...

— Cora, — poursuivit Martial, stupéfait de l'erreur de la jeune fille qui croyait à une demande en mariage, très irrité de la façon dont elle accueillait cette demande, mais plus que jamais brûlé de furieux désirs, — vous êtes cruelle... Vous êtes sans pitié... Vous joignez la raillerie au dédain... et pourtant je vous aime...

— Soyez tranquille, cousin, ça passera — dit ironiquement la créole, — c'est l'effet du climat... Le soleil brûlant de nos contrées échauffe les cerveaux européens... Mais le mal n'est pas dangereux et l'on en guérit vite...

— Je ne guérirai pas!... Je ne veux pas guérir...

— Bah! la guérison viendra malgré vous...

— Cora, je vous adore!... Il faut m'aimer!... Il le faut!... Je le veux!...

Et l'armateur, ne se possédant plus, prit sa cousine dans ses bras sans s'inquiéter de sa résistance, la pressa contre sa poitrine et voulut appuyer ses lèvres sur ses cheveux épars.

Paralysée d'abord par une agression si brutale et si peu prévue, la jeune fille se débattit bientôt, rompit d'un mouvement brusque l'étreinte qui la tenait captive, et repoussa Martial Dereyne avec tant de force nerveuse qu'il recula chancelant.

Elle était devenue très pâle, mais elle avait aux lèvres un sourire moqueur.

— Cousin, — dit-elle d'un ton froid et tranchant comme la lame d'un couteau, — ceci serait une insulte odieuse si ce n'était un acte de folie!... Il faut choisir... je choisis la folie... Décidément le soleil de Porto-Rico vous a donné la fièvre... — Vous avez besoin d'un médecin...

Martial comprit quelle faute énorme il venait de commettre par imprudence, et combien les suites de cette faute deviendraient graves si la jeune fille se plaignait à son père.

Richard Bernier, instruit de ce qui venait d'avoir lieu, serait dans son droit d'hôte et dans son devoir de père en chassant de sa maison son insolent neveu, et certes il ne manquerait pas de le faire.

L'armateur tendit vers Cora ses mains suppliantes en balbutiant :

— Pardonnez-moi... je vous en conjure, pardonnez-moi.

— Je n'ai rien à vous pardonner, — répliqua la créole. — Vous êtes coupable d'un transport au cerveau, voilà tout... Ça regarde le docteur Jocelyn, il vous administrera de la quinine et vous rendra votre bon sens... Attendez le, cousin, je vais vous l'envoyer... Ayez confiance en lui, c'est un très habile homme...

— Restez, au nom du ciel!... — reprit Martial Dereyne. — Restez et écoutez-moi...

— Je n'ai rien à entendre... je ne suis pas médecin...

Et la jeune fille, bondissant vers la falaise, disparut.

L'armateur ne songea même pas à la suivre, et pendant quelques secondes resta cloué au sol, la tête basse, les yeux fixes, les poings crispés,

Tout à coup il frappa du pied, en même temps qu'un feu sinistre s'allumait dans ses prunelles.

— Esclave, bâtarde, fille d'esclave, — murmura-t-il d'une voix sourde, — tu as compris que je t'offrais mon nom et tu l'as refusé... et tu me railles ! — Il me faut ma revanche... une revanche éclatante ! Je veux l'avoir et je l'aurai !

XXIV

Après ce monologue court et rageur, Martial Dereyne reprit le chemin de l'habitation.

Au moment où il allait gravir le sentier des falaises, il se trouva en face de l'honorable Mercuzza dont il nous paraît superflu d'expliquer la présence en ce lieu.

— Bonjour, señor ! — lui dit l'Espagnol.

— Bonjour, commandeur... — répliqua brusquement Martial, qui n'était pas en train de causer et qui se disposait à passer outre.

Ceci ne faisait point l'affaire de Mercuzza.

Il reprit :

— Vous semblez irrité, señor... Vous serait-il arrivé quelque chose de fâcheux ?

— Que vous importe ?...

— Il m'importe beaucoup, señor... Ce qui vous touche m'intéresse car je suis à vous corps et âme... — Je ne me permettrai plus d'ailleurs de vous questionner... — Ce serait inutile... — Je sais tout.

— Que savez-vous ? — Demanda l'armateur très surpris.

— Tout, vous dis-je ! — Je me trouvais par hasard, oh ! bien par hasard, derrière une roche, à quelques pas de vous, pendant votre entretien avec la fille aînée du patron... — J'ai l'oreille fine et je ne perdais pas un seul mot... — Vous avez été vif, señor... un peu plus vif peut-être qu'il n'aurait fallu, et la belle Cora s'est montrée, à mon profond étonnement, très dédaigneuse d'un mérite éclatant comme le vôtre !...

— Ah ! — murmura Dereyne. — Cette fille insolente mérite un châtiment !...

— Et vous voudriez le lui infliger à votre façon car, ou je me trompe beaucoup, ou vous l'aimez encore malgré son insolence.

— Je ne sais si je l'aime, mais plus que jamais je la désire.

— Caramba !... C'est naturel... — La colère et le dépit jettent en pareil cas de l'huile sur le feu et le font flamber plus fort... L'incendie grandira toujours...

— Pour l'éteindre, il n'est qu'un moyen.

— Lequel?

— La possession.

— Et si la possession est impossible ! — demanda Martial.

L'Espagnol haussa les épaules en répliquant :

— Rien n'est impossible à qui sait vouloir...

— Croyez-vous donc que j'obtiendrai tôt ou tard le cœur de Cora?

— Son cœur, non !...

— Pourquoi?

— Parce qu'il ne lui appartient plus...

— Elle a un amant? — s'écria l'armateur.

— Elle a un amoureux, ce qui n'est pas du tout la même chose... — Elle aime un jeune Français, un officier de marine, l'enseigne Armand Dorsay, dont le navire a repris la mer un peu avant votre arrivée à Guayanila.

— Et mon oncle approuve cet amour?

— Il ne l'approuve pas ; il l'ignore.

— Vous en êtes certain?...

— Oui...

— C'est bon à savoir... — Ce jeune homme est riche?...

— Il est pauvre, et peut-être, en courtisant la fille, songe-t-il surtout à la fortune du père... — Ce qu'il vous faut, à vous, c'est à la fois la fortune et la fille. — Héritier de votre oncle, vous n'aurez plus de rival ! L'esclave Cora vous appartiendra comme le reste, et la volonté du maître brise la résistance et foule aux pieds l'orgueil d'une esclave !

— Tentateur ! — murmura Dereyne.

— J'ai dit que je vous étais dévoué... — Je le prouve... — Je vous montre la route qui conduit à la réalisation de vos rêves...—Hésitez-vous à la suivre?...

— Non...

— Quand viendra le moment d'agir, reculerez-vous?

— Jamais !... Tout me pousse en avant ! — Mais l'occasion?...

— Elle ne se fera pas attendre... — Comptez sur moi...

Les deux hommes se séparèrent, et l'armateur reprit lentement sa route interrompue par la rencontre de Mercuzza.

Il n'était encore qu'au milieu du parc quand un coup de cloche annonçant le déjeuner lui fit hâter le pas.

Cora, le sourire aux lèvres, attendait sous la vérandah de l'habitation.

— Je vois avec plaisir, — dit-elle, — que vous êtes remis complètement... — Plus de fièvre, n'est-ce pas, et la tête est redevenue calme? Mes compliments, cousin, et venez vite... On n'attend que nous...

Puis elle gagna la salle à manger, précédant l'armateur que cette raillerie nouvelle, bien inoffensive assurément, exaspérait de plus en plus.

Il alla serrer la main de son oncle, salua les jeunes filles et leur mère, et prit à table sa place habituelle.

— Que faisons-nous aujourd'hui? — demanda Richard Bernier; — a-t-on projeté quelque partie?

— Cher oncle, — répondit Martial Dereyne, — ma cousine Cora m'a promis ce matin le plaisir très vif d'une chasse de nuit...

— La chasse aux mélas, c'est vrai... — fit Cora.

— Excellente idée, — s'écria le planteur, — mais où trouverons-nous des mélas?

— Près de la ferme du Morne-Rouge, monsieur Bernier... — répliqua Jean Renaud.

Et il expliqua que plusieurs couples de ces félins dévastaient, depuis deux nuits, les parcs à bestiaux voisins de la forêt.

— Si vous voulez, père, — reprit Cora, — nous partirons à cheval vers midi... — Nous ferons une promenade en forêt, nous dînerons à l'hacienda du Morne-Rouge, où des provisions auront été envoyées d'avance, et nous nous embusquerons à la tombée de la nuit pour attendre notre gibier...

— Tout cela me paraît bien combiné, — dit le planteur.

— Alors vous approuvez?

— J'approuve...

— Le señor Mercuzza nous accompagnera... — Il connaît à fond la chasse aux mélas et il est excellent tireur, je dois lui rendre cette justice...

— Donne tes ordres, ma chérie... et surveille le choix des carabines.

— Oui, père...

— Est-ce que vous nous accompagnerez à l'affût, ma cousine?...— demanda l'armateur.

— Je n'y manquerais pas pour un empire! — C'est une chasse qui m'amuse beaucoup...

— Cependant, s'il y a du danger...

— Eh! cousin, que voulez-vous que ça me fasse? — Je n'ai peur de quoi que ce soit, vous le savez bien...

La jeune fille se tourna vers le médecin mulâtre et lui dit :

— Vous viendrez avec nous, docteur Jocelyn... S'il survenait quelque accident, votre présence serait nécessaire...

— J'irai, mademoiselle...

— Quant à M. Michel, mon professeur de tir, il verra que je suis plus calme en envoyant une balle aux étrangleurs nocturnes d'agneaux et de brebis qu'en tirant sur un carton.

—J'applaudirai certainement votre adresse, mademoiselle, — répondit Jean Renaud en s'inclinant.

Le planteur reprit :

Carmen et Marie prirent les devants au galop de leurs chevaux en poussant des cris de joie.

— Carmen et Marie, qui n'ont point les goûts de Diane chasseresse, resteront à l'habitation du Morne-Rouge si elles le désirent... Noëmi ne sera point seule et Dolorès lui tiendra compagnie.

Noëmi, presque toujours silencieuse, prit la parole en ce moment.

— Mon ami, — dit-elle à Richard d'une voix douce mais un peu faible, — ce projet de chasse nocturne me cause de vives inquiétudes... — Si vous vouliez être très bon pour moi, vous y renonceriez.

— A quel propos vos inquiétudes, chère amie? — demanda le planteur.

— Je ne sais... — Il s'agit d'un pressentiment vague... Laissez aller votre neveu sous la conduite de Cora, du docteur Jocelyn, de M. Michel et du commandeur, et demeurez ici.

Richard sourit.

— Si vous me donniez une raison sérieuse, — répondit-il, — je pourrais céder, mais il serait absurde de me priver d'un vif plaisir à propos de ce que vous appelez vous-même un pressentiment vague.

— Richard, je vous en prie...

— Bonne Noëmi, n'insistez pas...

La créole, habituée depuis longtemps à une obéissance à peu près passive, baissa la tête et se tut.

Martial Dereyne avait froncé le sourcil en entendant Noëmi dissuader de son mieux le planteur de prendre part à la partie nocturne.

Cette tentative ayant échoué, son visage se rasséréna.

L'armateur, pour des motifs que nous ne tarderons point à connaître, attachait une importance capitale à la présence de son oncle au Morne-Rouge pendant la chasse.

Tout étant convenu, le déjeuner s'acheva sans incident nouveau.

Cora quitta la salle à manger la première et descendit donner des ordres.

Un chariot léger, chargé de carabines, de munitions de chasse et de provisions de bouche, partit sous la conduite du nègre Jupiter.

Une dizaine de chevaux, choisis parmi les plus brillants élèves du planteur, furent sellés, et vers une heure de l'après-midi la petite caravane, suivie de deux valets, se mit en marche vers la ferme du Morne-Rouge située, nous le savons, à cinq ou six lieues de l'habitation de Guayanila.

Le commandeur Mercuzza marchait en tête et servait de guide.

Les autres venaient ensuite, par petits groupes et causant.

Martial Dereyne était très animé.

Cora semblait avoir perdu le souvenir de la scène du matin.

Elle faisait admirer à son cousin les plantations magnifiques et les champs bien cultivés qui se déroulaient à perte de vue à droite et à gauche de la route.

— Tout cela est à mon père... — disait-elle.

Sans le savoir et sans le vouloir elle surexcitait ainsi la jalousie haineuse et toujours en éveil de Martial.

La chaleur étant lourde, on allait au pas des montures.

Il fallut près de trois heures pour arriver à l'habitation, où tout était déjà préparé par les soins de Jupiter et du fermier.

Mercuzza et Jean Renaud, sans s'arrêter à la ferme, continuèrent leur route pour relever les brisées des panthères noires, et pour prendre les dispositions relatives à la chasse nocturne.

— Mon cousin Martial ne connaît pas les forêts presque vierges de nos contrées... — dit Cora. — La chaleur devient supportable... je propose de mettre à profit le temps qui nous sépare du dîner pour explorer à cheval les avenues récemment ouvertes dans nos bois dix fois séculaires.

La proposition fut accueillie avec enthousiasme, sauf par Richard Bernier qui voulait visiter des travaux importants commencés sur ses terres, et qui garda le docteur Jocelyn avec lui.

Cora, ses sœurs et Martial Dereyne s'enfoncèrent donc sous la voûte de la forêt, tandis que Jean Renaud et le commandeur gagnaient les berges de la rivière par un chemin courant à travers la campagne.

Carmen et Marie prirent les devants au galop de leurs chevaux, en poussant des cris de joie à la vue des fleurs étranges, des lianes gigantesques, des troncs d'arbres énormes, pareils aux colonnes d'un palais de Titans, et des oiseaux féeriques qui portaient sur leurs ailes tout un écrin de pierres précieuses.

Cora laissa ses sœurs s'éloigner.

Elle était devenue très sérieuse et semblait vouloir rester seule avec Martial Dereyne, au grand étonnement de ce dernier.

— Cousin, — lui dit-elle tout à coup, — je suis contente de notre isolement relatif... Je souhaite avoir une explication avec vous.

— A quel sujet, ma belle cousine? — demanda l'armateur non sans une contrainte manifeste.

— Au sujet de notre conversation... un peu orageuse... de ce matin...

Dereyne s'inclina silencieusement...

XXV

— J'ai réfléchi depuis ce matin, — poursuivit Cora; — je désire qu'il n'existe entre nous ni malentendu, ni motif de rancune réciproque et de dissentiments. — Nous avons eu des torts l'un et l'autre... — Je ne viens pas vous reprocher les vôtres, que vous regrettez j'en suis sûr, et je vais confesser les miens...

Martial regarda la jeune fille avec étonnement.

Elle parlait du ton le plus simple et d'une manière presque affectueuse.

A quel propos ce changement complet d'attitude et de quels torts cette orgueilleuse allait-elle s'accuser?

Cora reprit :

— Peut-être vous ai-je blessé en accueillant d'une façon un peu railleuse l'aveu d'un sentiment auquel j'étais loin de m'attendre, et dont toute autre jeune fille aurait était fière à ma place, car on ne saurait voir en vous une médiocre conquête!... Vous ne paraissez point votre âge; vous êtes élégant, plein d'esprit; rien ne vous manque de ce qui peut plaire — et je crois, entre nous, que vous le savez trop. — Vous avez donc le droit absolu de vouloir être pris au sérieux quand vous parlez d'amour... Au lieu de rire, comme une enfant, d'une recherche très flatteuse, j'aurais dû vous arrêter dès les premiers mots par la confidence un peu tardive que vous allez entendre, et qui vous prouvera tout au moins ma pleine confiance en votre loyauté... Mon cœur n'est pas libre...

— C'est vrai, — répliqua Martial Dereyne avec amertume, — vous l'avez donné à un officier de marine sans fortune et peut-être sans avenir... à l'enseigne Armand Dorsay...

Cora devint pâle comme une morte.

— Comment savez-vous cela? — s'écria-t-elle stupéfaite.

— Ceci importe peu, — reprit l'armateur, — je le sais, voilà tout... Et je sais aussi que votre père ignore ce tendre échange de deux cœurs et ne se doute point des nocturnes entrevues de sa fille avec le bel Armand!...

Une teinte d'un rouge vif remplaça la pâleur sur les joues brunes de Cora qui répondit au bout d'une seconde, avec une dignité incomparable :

— La leçon que je reçois est dure, mais elle est méritée!... — Oui, je suis coupable d'avoir gardé le silence vis-à-vis de mon père, et d'autant plus coupable que, n'ayant à rougir de rien, je n'avais rien à cacher... — Je n'aurai pas longtemps d'ailleurs à me reprocher cette faute... — Demain mon père saura tout, et il m'approuvera car il sait ce que vaut l'enseigne Armand Dorsay... — Quant à vous, mon cousin, qui n'avez pas reculé devant la honte d'acheter les délations d'un serviteur ou d'un esclave... Quant à vous qui connaissiez le secret de mon cœur et qui malgré cela osiez me parler d'amour, votre conduite est indigne d'un galant homme et d'un homme d'honneur... Tenez-vous le pour dit!!

Martial Dereyne voulut répliquer.

Il n'en eut pas le temps.

La jeune fille frappa d'un vigoureux coup de cravache son cheval qui bondit, et elle le lança au plus rapide galop sur les traces de Carmen et de Marie qu'elle rejoignit bientôt.

L'armateur ne tenta même point de la suivre.

— Ceci sera compté avec le reste! — murmura-t-il en jetant à la fugitive un regard d'une expression sinistre.

Un peu avant l'heure du dîner, tout le monde était réuni à l'habitation du Morne-Rouge.

Le señor Mercuzza et Jean Renaud venaient d'arriver et firent leur rapport au planteur et à Cora.

Il résultait des traces relevées sur le terrain, que deux couples de mélas venaient chaque soir se désaltérer sur une grève caillouteuse située au milieu broussailles, sur la rive opposée du cours d'eau qui séparait en cet endroit la des forêt etles terres de Richard Bernier.

On aurait donc à combattre bon nombre d'ennemis.

Généralement le mélas n'attaque point l'homme sans provocation, à moins qu'il ne soit affamé, mais lorsqu'il se sent attaqué lui-même il ne recule jamais, se défend furieusement jusqu'à son dernier souffle, et devient un adversaire d'autant plus dangereux que sa vigueur est prodigieuse et sa souplesse incomparable.

Dans les circonstances particulières de l'affût qui se préparait les chances de péril ne semblaient pas grandes, la rivière devant former une barrière naturelle entre les chasseurs et le gibier.

La rive droite du cours d'eau — du côté de l'habitation — offrait une situation exceptionnellement favorable.

Bordée par la forêt et semée d'énormes blocs de granit rouge, cette rive s'étageait comme un promontoire et fournissait aux tireurs des postes commodes et sûrs.

Il importait néanmoins de prendre des précautions minutieuses et de ne point laisser éventer par les panthères noires la présence des chasseurs; — il fut convenu que les tireurs s'installeraient derrière les rochers à bonne distance les uns des autres.

On décida en outre que huit ou dix nègres, habitués au maniement de la carabine, viendraient contribuer au succès de la chasse nocturne.

Avant le dîner on distribua les armes et les munitions.

Martial Dereyne examina minutieusement et en connaisseur le rifle américain à percussion centrale qui lui fut confié, en fit jouer la batterie, s'assura que la détente était souple, et se déclara satisfait.

On se mit à table ensuite, et pendant toute la durée du repas la conversation ne roula guère que sur les péripéties des différentes chasses auxquelles Richard Bernier avait assisté depuis qu'il habitait l'île de Porto-Rico.

Disons en passant que le señor Mercuzza — très expert en matière cynégétique — avait envoyé des nègres dans la forêt couper une grande quantité de *valérianes doubles*, et qu'il s'était fait conduire en canot sur l'autre rive afin de joncher de tiges de valériane les passées des mélas et les abords du petit abreuvoir.

Parmi les variétés assez nombreuses de valérianes, il en est une qu'on nomme vulgairement en France : *l'herbe aux chats*, à cause de ses propriétés singulières.

L'odeur forte et *sui generis* de la valériane coupée exerce sur tous les individus de la race féline une irrésistible attraction — les tigres, les panthères, les mélas et le chat lui-même :

> Ce tigre apprivoisé qui se souvient des jungles,

se roulent pendant des heures entières, dans les affolements d'un voluptueux délire, sur les tiges desséchées de la valériane.

Les industriels qui fournissent aux guinguettes de bas étage des environs de Paris des *lapins de gouttières* le savent bien, et font de la valériane un appât pour leur *gibier*.

L'idée du señor Mercuzza était doublement pratique car, en même temps que le parfum aphrodisiaque de la plante retiendrait au même endroit les mélas enivrés, il les empêcherait de sentir les effluves humaines que le moindre souffle d'air porterait de leur côté.

La nuit tombait.

Le moment était venu de se rendre aux postes d'affût.

Il fallait à peu près une demi-heure pour gagner le bord de l'eau. — On se mit donc en route en laissant Carmen et Marie à l'habitation.

La troupe se composait de Richard Bernier, de Córa, de Martial Dereyne, de Jean Renaud, du commandeur Mercuzza, du docteur Jocelyn, du fermier, de son fils aîné, et de huit nègres tireurs.

Quatre autres esclaves avaient mission de stationner avec une barque sur la rivière, à deux cents pas du lieu de l'affût, afin de repêcher, s'il y avait lieu, les cadavres de mélas emportés par le courant et que l'on tenait à conserver pour la fourrure qui est précieuse.

Une fois sur la rive, les chasseurs traversèrent le taillis formé de jeunes pousses de cotonniers sauvages qui précédait l'entrée en forêt et s'étendait autour du morne rocheux dont nous avons parlé.

Le chemin était difficile. — On marchait lentement et en silence. — A peine si, de temps à autre, Cora échangeait quelques mots avec son père.

Martial Dereyne les suivait pas à pas.

On arriva.

La lune ne se levait point encore, mais les nuits des tropiques ne sont jamais bien sombres. — Un vague crépuscule permettait, sinon de distinguer du moins de deviner la forme des objets.

La troupe fit halte.

Tout le monde vint se ranger auprès du planteur qui jeta autour de lui un coup d'œil rapide.

On avait atteint la crête du promontoire dominant la rivière. — De là on apercevait sur la rive opposée, formant une sorte de tache blanche large de huit ou dix mètres, une petite grève de sable fin piquetée çà et là de paillettes d'or.

Derrière cette grève s'étendait un espace couvert de mousse, de broussailles peu élevées, et semé de massifs de cotonniers.

A gauche, la forêt et ses abîmes de sombre verdure. — A droite et en face, de luxuriantes plantations de cannes à sucre dont une faible brise venant de l'île faisait onduler le sommet

— Les mélas vont se trouver sous le vent à nous... — murmura Richard Bernier ; — c'est fâcheux...

— Señor, — répondit Mercuzza, — j'ai fait répandre des gerbées de valériane aux environs de la grève sablonneuse, sur la mousse et sur les broussailles...

— Vous avez eu raison, mais cela suffira-t-il pour empêcher les mélas de nous éventer et de se tenir sur leurs gardes?

— Il faudra bien qu'ils viennent à leur abreuvoir habituel... — Au-dessus et au-dessous la rivière est bordée de rochers à pic, impraticables pour eux...

— Êtes-vous certain qu'il ne se trouve dans la forêt, de notre côté, aucun couple de panthères noires?

— Je n'en ai pas relevé la moindre trace, señor, mais je n'affirme rien... — Sous bois le sol est couvert de feuilles sèches qui ne décèlent point les foulées.

— Il faudra, dans tous les cas, nous tenir sur nos gardes et nous faire couvrir par quelques bons tireurs... — Ce sera l'emploi des nègres...

— Distribuez les places, père... — dit Cora.

— Tu resteras près de moi, ma chérie, avec ton cousin... — répliqua Richard Bernier.

— Mon oncle, — s'écria Dereyne, — je réclame de vous, pour mes débuts, un poste d'honneur. Vous êtes trop hospitalier pour me le refuser...

— Aussi ne refuserai-je point... — Señor Mercuzza, — poursuivit le planteur, — placez M. Dereyne à cinquante pas d'ici, à gauche, sur la pente de l'amphithéâtre d'où il pourra surveiller à la fois la grève et la forêt. — Vous prendrez position à vingt pas de lui. — A votre gauche, Tiburcio, avec trois nègres, à vingt pas de distance les uns des autres. — Jupiter, le fils de Tiburcio et deux nègres dans les rochers... — Le docteur Jocelyn et M. Michel à ma droite, à quarante pas l'un de l'autre... — Prenez vos positions tout de suite, et du silence! — Ne tirez que lorsque les mélas seront bien en vue, et visez longuement pour tirer à coup sûr...

— Señor, — demanda le commandeur, — ne vaudrait-il pas mieux que le signal du premier coup de feu fût donné par vous?

— Ce signal effaroucherait les panthères et les ferait fuir.

— Enivrées par les valérianes, elles ne l'entendront même pas.

— Vous avez raison. — Un léger coup de sifflet indiquera le moment d'ouvrir le feu. — Beaucoup de sang-froid surtout, et gare aux imprudences. — Dans la nuit, quand les tireurs sont nombreux, un malheur est bien vite arrivé.

— Bah! — répliqua Martial Dereyne. — Les accidents de chasse sont moins fréquents qu'on ne le croit...

On se sépara pour aller prendre les postes désignés.

Mercuzza conduisait l'armateur.

Il compta cinquante pas et s'arrêta.

— Vous allez rester ici, señor. — lui dit-il; — l'endroit est bien choisi, regardez...

De la main il désignait la rivière dont les eaux limpides coulaient au-dessous du Morne Rouge avec un murmure monotone, et la grève de sable blanc ou les mélas devaient venir se désaltérer.

XXVI

Martial Dereyne écoutait à peine Mercuzza et ne regardait pas la grève sablonneuse.

Son attention se fixait tout entière sur la silhouette du planteur debout à cinquante pas de lui, presque dans la ligne de tir, et se découpant d'une façon très nette sur le massif de la forêt.

Cette silhouette disparut brusquement.

Richard Bernier venait de s'effacer le long d'un bloc de granit rouge qui semblait noir dans les demi-ténèbres.

Cora, placée de l'autre côté de ce bloc, n'était point visible pour l'armateur, mais il continuait à distinguer vaguement la forme du vieillard accroupi sur la mousse.

— Étes-vous content de votre poste? — demanda Mercuzza.

— Enchanté, — répondit Martial d'une voix un peu tremblante.

— Je vais prendre le mien à vingt pas d'ici... Attendez le signal et visez bien...

— Je ferai de mon mieux...

L'Espagnol se glissait dans les hautes herbes.

Il ne perdait pas de vue l'armateur; ce dernier, de son côté, fixait les yeux avec une étrange obstination sur la tache indécise que formait le corps de Richard Bernier.

La lune émergeait à l'horizon, nous l'avons dit, et bientôt son disque, pareil à un bouclier d'argent bruni, inonda la cime des arbres de traînées de lumière blanche, qui ne tardèrent point à descendre jusqu'à mi-côte de la vallée étroite où coulait la Guayanila.

Les chasseurs retenaient leur souffle.

Un silence profond régnait autour d'eux. — Les plantations et la forêt semblaient n'abriter aucun être vivant.

Plus d'un quart d'heure s'était écoulé déjà, et pas un bruit ne venait troubler ce grand repos de la nature endormie.

Tout à coup, dans les profondeurs des champs de cannes à sucre, un rauquement formidable éclata.

Ce rauquement fit tressaillir les chasseurs et surexcita leur attention.

Cinq minutes passèrent encore, puis un second rugissement se fit entendre, mais celui-ci partait de la forêt.

Les mélas signalaient leur présence de deux côtés différents.

— Mes compliments, señor ! voilà un coup de feu qui vaut quarante millions !...

Les uns se trouvaient sur la rive opposée de la Guayanila.

Les autres — (ceux que Mercuzza n'avait pas prévus) — arrivaient par les bois.

La situation changeait absolument de face.

Il ne s'agissait plus d'attaquer et l'on allait, selon toute apparence, avoir à se défendre.

Le planteur, qui ne craignait rien pour lui-même, se sentit inquiet pour sa fille.

— Cora, — demanda-t-il en élevant un peu la voix, — tu es là?

— Oui, père... — répondit la chasseresse de l'autre côté du bloc de granit.

— Tu as entendu?

— Parfaitement...

— Et tu as compris?

— J'ai compris que nous allons avoir une visite qu'on n'attendait point...

— C'est cela même... Il s'agit par conséquent de nous tenir sur la défensive...

— Croyez-vous que les mélas nous attaqueront?...

— C'est possible, sinon probable, car la soif les rend farouches et nous barrons pour eux le chemin de la rivière...

— Eh bien, père, apprêtons-nous à les bien recevoir...

La jeune fille achevait à peine ces derniers mots quand deux nouveaux rugissements retentirent, plus rapprochés, suivis de miaulements rauques attestant que deux couples de panthères noires se trouvaient à une faible distance...

On allait donc avoir bon nombre d'ennemis à combattre.

La situation devenait d'autant plus critique que sur un terrain couvert de broussailles et de blocs rocailleux les panthères pouvaient, sans être vues, arriver tout près des chasseurs.

— Que faire? — se demandait Richard Bernier, — et comment préserver Cora de tout péril?...

Avant qu'il ait eu le temps de répondre, Mercuzza, qui venait de ramper sans bruit à travers les hautes herbes, se dressa devant lui et demanda :

— Señor, que décidez-vous?...

— Il y a deux partis à prendre, — répondit le planteur, — battre en retraite...

— Le temps nous manque, — interrompit l'Espagnol, — nous serions poursuivis...

— Ou faire face aux panthères... — acheva Richard Bernier.

— Il existe une troisième solution, señor, et plus pratique, je crois, que les deux premières...

— Laquelle?

— Empêcher les mélas d'approcher, ou tout au moins les contraindre à faire un long détour pour arriver à leur abreuvoir.

— Et le moyen?

— Un feu allumé sur la lisière du bois. — Les mélas ont peur de la flamme, et justement j'ai remarqué à cent pas du Morne, un amas de broussailles sèches... vous le verriez d'ici s'il faisait jour.

— Ne risquera-t-on pas d'incendier la forêt?

— Non, señor... — Le vent vient de terre... — Je n'attends que votre approbation pour agir...

Le planteur hésitait encore, mais de nouveaux rugissements éclatèrent, plus terribles que les premiers, éveillant de toute part de sinistres échos.

Le retard n'était plus possible.

— Faites ! — dit Richard.

Mercuzza bondit et disparut.

Il gagna l'endroit où se trouvaient postés Tiburcio, le fermier du Morne-Rouge, son fils et quelques nègres. — Il donna un ordre et aussitôt l'un des esclaves, allumant une torche résineuse, s'élança dans la direction indiquée.

Deux ou trois secondes plus tard, de grandes flammes jaillissaient du monceau de broussailles et de bois désséché, et répandaient une lueur rouge quasi-fantastisque sur les arceaux mystérieux de la forêt.

Des miaulements effarés, des grondements sourds se firent entendre, témoignant plus d'effroi que de colère, et ne tardèrent point à s'affaiblir et à se perdre dans l'éloignement.

Mercuzza reparut alors auprès de M. Bernier.

— Mon moyen était bon, señor, — fit-il, — l'ennemi est en déroute...

— Il peut revenir...

— Pas cette nuit... Les mélas vont gagner la rivière à plus d'une lieue d'ici pour se désaltérer dans un endroit que je connais... — Le danger a disparu et nous pouvons nous remettre à l'affût, car le feu qui s'éteint ne nous trahira pas...

L'Espagnol disait vrai.

De l'autre côté de la Guayanila, tout un concert de rugissements s'éleva, annonçant l'approche des mélas.

Martial Dereyne, un instant effaryé par un péril sérieux que son inexpérience exagérait encore, reprit tout son sang-froid dès qu'il eut la preuve que les panthères noires, chassées par des clartés insolites, battaient prudemment en retraite.

L'agitation passagère qui venait de régner sur le Morne-Rouge fit place à un silence absolu.

Grâce à ce silence les chasseurs ne tardèrent pas à entendre le bruit, bien léger cependant, produit par les panthères qui frôlaient les buissons et broyaient les herbes sèches en se rendant à leur abreuvoir habituel.

La lune n'était pas encore assez haut dans le ciel pour laiser tomber ses rayons jusque sur la grève où Mercuzza avait fait étendre des jonchées de valérianes.

Ce fond ténébreux paraissait d'autant plus obscur qu'une lumière relativement vive brillait immédiatement au-dessus.

Au bout de cinq minutes les chasseurs entrevirent, sur la pente éclairée du vallon, quatre corps élancés, tantôt bondissant et tantôt rampant, dont l'aspect causait au plus brave un petit frisson involontaire.

Les quatre panthères présentaient en s'avançant huit points lumineux, huit globes de feu toujours en mouvement, semblables aux énormes lucioles que la brise des nuits agite sur le feuillage des arbres des tropiques.

Soudain éclatèrent des miaulements de joie, des glapissements de volupté.

La senteur forte de la valériane arrivait aux mélas et leur causait une sorte d'ivresse.

Un instant les deux couples firent halte d'un commun accord, s'étirant, s'allongeant comme des couleuvres, et battant de leurs queues leurs flancs évidés qui résonnaient sous le choc.

Puis, avec de nouveaux rugissements d'une expression bizarre, ils s'élancèrent sur les jonchées de valériane.

Alors se produisit une scène étrange et presque indescriptible.

Les quatre félins se roulaient sur l'herbe aphrodisiaque en poussant des cris interrompus, tantôt étouffés comme une plainte, tantôt stridents comme un appel... Ils bondissaient à d'incroyables hauteurs, pirouettant furieusement à la façon des clowns dans les hippodromes, et retombant pour se rouler de nouveau avec des éclats de voix de chats amoureux rôdant sur les gouttières.

C'était un spectacle inouï ; — les couples se mordaient, luttaient, s'entrelaçaient en rugissant de nouveau, mais ces rugissements n'avaient rien de menaçant ni de féroce ; ils étaient éteints comme des râles ou langoureux comme des soupirs...

Peu à peu l'agitation nerveuse des bêtes affolées s'épuisa par sa violence même.

Les félins aplatis, haletants, restèrent immobiles pendant quelques secondes, puis on les vit ramper lentement vers la rivière, la gueule entr'ouverte, la langue pendante, les prunelles en feu...

La lune, montant vers le zénith, éclairait le dénouement de cette scène.

Les quatre panthères noires se détachaient sur la grève comme quatre taches d'encre sur un drap blanc.

Toutes les carabines étaient épaulées.

Les chasseurs n'attendaient, pour ouvrir le feu, que le signal de Richard Bernier.

Ce dernier ajustait une des panthères et tenait entre ses dents un sifflet d'ivoire dont il tira soudain une modulation aiguë.

Vingt coups de feu éclatèrent à la fois.

Immédiatement après, un cri humain, cri déchirant, cri d'agonie, répondit à cette détonation formidable, et domina le rauquement suprême des panthères blessées mortellement...

Le planteur, qui s'était dressé en pressant la détente de sa carabine, tourna sur lui-même et s'abattit de toute sa hauteur, la face contre terre...

Martial Dereyne, les épaules appuyées au tronc d'un palétuvier, serrant son rifle de la main gauche et essuyant de la main droite son front baigné de sueur, regardait d'un œil hagard la place où venait de tomber son oncle.

Ses lèvres tremblantes bégayaient, peut-être à son insu, ces mots :

— J'ai visé juste...

Au même instant un frisson passa sur sa chair et le secoua de la nuque aux talons.

Une main lui touchait le bras.

Une voix, étouffée à dessein, murmurait près de son oreille :

— Mes compliments, señor ! Voilà un coup de feu qui vaut quarante millions !

L'armateur se retourna, glacé d'effroi mais menaçant.

L'Espagnol — souriant comme il savait sourire — se trouvait à côté de lui.

Martial essaya de répondre.

— Pas un mot maintenant, — dit Mercuzza en lui coupant sans façon la parole, — et venez avec moi, señor ! hâtez-vous !

Puis, le saisissant par le bras, il l'entraîna vers le lieu où Richard gisait sans mouvement.

Cora, Jean Renaud et le docteur Jocelyn entouraient déjà le corps inanimé du planteur.

XXVII

— Mon père, mon bon père, blessé !... blessé à mort peut-être ! — s'écriait la jeune fille folle d'épouvante. — Secourez-le, docteur !... sauvez-le !

— De la lumière ! — commanda le médecin mulâtre. — De la lumière ! — vite !

Presque aussitôt deux ou trois torches, allumées à la hâte, jetèrent leurs clartés rouges sur le corps sanglant de Richard Bernier.

En ce moment Martial arrivait, conduit par Mercuzza.

Il se laissa tomber à genoux, avec l'apparence du plus violent désespoir, en balbutiant :

— Cher oncle, vous ne mourrez pas !... Je donnerais ma vie pour prolonger la vôtre !

— Qui donc a frappé le maître ? — demanda Jean Renaud d'une voix sourde.

— Une balle égarée, señor... — répondit Tiburcio à l'esprit duquel l'idée d'un crime ne se présentait pas.

— Ah ! c'est horrible !... — reprit Cora qu'étouffaient les sanglots et qui se tordait les mains. — Mon père, entendez-moi !... mon père, répondez-moi !...

— Du calme, mademoiselle, je vous en supplie, — fit le docteur Jocelyn en écartant doucement la jeune fille. — Ce ne sont pas des larmes qu'il faut au maître, ce sont des secours... — Laissez-moi donc m'assurer avant tout de la gravité de la blessure...

Et il se pencha vers le corps.

Le planteur râlait.

Ses paupières battaient sur le globe des yeux dont on ne voyait plus que le blanc.

Une écume rougeâtre mouillait ses lèvres frémissantes.

Jocelyn le souleva dans ses bras, l'appuya contre le bloc de granit puis, avec l'aide de Jean Renaud et de Mercuzza, parvint à le déshabiller et à découvrir la plaie.

La balle conique, formant un trou à peine visible, était entrée dans la partie supérieure des reins, au-dessous de l'omoplate gauche, pour sortir au milieu de la poitrine.

Jocelyn pâlit.

La blessure lui semblait mortelle et l'était en effet.

Il posa la main sur le cœur et le sentit battre faiblement.

Cora balbutia :

— Vous vous taisez, docteur... Vous ne cherchez même pas à me rassurer... Mon père est mort...

— Du courage, mademoiselle... — répondit Jocelyn, les yeux baignés de larmes.

— Mon père est mort !! — répéta la jeune fille. — Ah ! Dieu est sans pitié !!...

— Mort ! — s'écria Dereyne, — C'est impossible ! — Mon oncle est vivant, n'est-ce pas, docteur ?... dites-nous donc qu'il est vivant !!

— Le dernier souffle de vie n'est point encore éteint... — murmura le médecin.

— Mais alors, on peut le sauver peut-être... — poursuivit Martial.

Jocelyn secoua la tête.

— Docteur... docteur... — s'écria Cora suffoquée par les larmes et qui sentait sa tête s'égarer et ses forces près de la trahir, — faites un miracle ! sauvez-le !!

Le médecin noir se tourna vers l'Espagnol et donna l'ordre de préparer un brancard pour transporter M. Bernier à la ferme.

Les nègres se mirent à l'œuvre aussitôt et en moins de dix minutes ils eurent confectionné, avec des tiges de bambous et des lianes, une sorte de civière sur laquelle on étendit le planteur, puis le convoi sinistre, éclairé par des torches, se mit en mouvement.

Un silence profond régnait, interrompu seulement par le bruit des sanglots et par les gémissements de Cora.

Martial Dereyne marchait à côté de sa cousine.

La tristesse empreinte sur son visage ne permettait point de soupçonner le rôle qu'il venait de jouer dans ce terrible drame.

De minute en minute il essuyait ses yeux.

Le théâtre de la chasse à l'affût, terminée par une si lugubre catastrophe, était vide désormais.

Sur la grève de sable blanc, de l'autre côté de la rivière, on voyait, étendus et déjà raides, les cadavres des quatre panthères.

A la ferme du Morne-Rouge, Carmen et Marie attendaient avec impatience le retour de leur père et de Cora.

Les échos de la forêt avaient apporté jusqu'à elles, dans le grand silence de la nuit, le bruit lointain des détonations.

La chasse étant finie, les deux jeunes filles s'étonnaient que le cortège des chasseurs n'arrivât pas plus vite.

Accoudées l'une auprès de l'autre sur la balustrade d'une vérandah rustique, elles interrogeaient vainement du regard le sentier plein d'ombre par où la petite troupe devait revenir.

Enfin le reflet vacillant des torches apparut sur les lisières de la forêt, annonçant l'approche du groupe attendu.

Peu à peu les lueurs devinrent plus vives, et les figures de ce groupe confus d'abord se dessinèrent nettement.

Carmen et Marie distinguèrent un brancard porté par des nègres et entouré de chasseurs dont l'attitude désolée offrait une signification trop claire.

A l'aspect de ce brancard, elles échangèrent un regard plein d'angoisse.

La même effroyable pensée leur venait à toutes deux :

— Il y a un malheur... — dit Carmen.

— Je frissonne... — balbutia Marie, qui tremblait en effet de tous ses membres.

Carmen reprit :

— Qui donc ce malheur a-t-il frappé?... Je vois Cora...

— Cora pleure... — répliqua Marie — et je ne vois pas mon père...

Les jeunes filles, saisies des plus noirs pressentiments, quittèrent la vérandah et s'élancèrent hors de la ferme.

Elles en franchissaient le seuil au moment où les nègres, faisant halte, déposaient à terre le brancard.

Cora, à l'aspect de ses sœurs, chancela de nouveau ; il fallut la soutenir.

— Mon père?... Où est mon père ? — crièrent à la fois les deux enfants.

Pour toute réponse Cora, que les sanglots suffoquaient, désigna la civière et son fardeau sanglant.

Carmen et Marie tombèrent à genoux en poussant des plaintes déchirantes.

En face de ce tableau navrant l'âme la plus dure, le cœur le plus insensible se seraient fondus.

Les pleurs coulaient de tous les yeux.

Martial Dereyne, immobile, le visage morne et livide, semblait pétrifié par la douleur.

Sur un signe de Jocelyn les nègres, soulevant de nouveau le brancard, le portèrent dans la grande salle de la ferme.

M. Bernier râlait toujours, mais plus faiblement.

On le déposa sur un lit et le docteur examina pour la seconde fois sa blessure.

Tout le monde était debout autour de cette couche d'agonie, en face de ce vieillard qui avait été juste et bon, et dont la vie désormais ne tenait qu'à un fil prêt à se rompre.

Cora, Carmen et Marie, anéanties par un désespoir plus facile à comprendre qu'à décrire, priaient Dieu pour leur père.

Martial rompit le silence lugubre qui régnait dans la salle basse.

— Docteur, — demanda-il d'une voix sourde, quand l'examen du médecin lui parut terminé, — il reste de l'espoir, n'est-ce pas?

— Hélas, monsieur, — répondit Jocelyn, — à quoi servirait de vous abuser par un mensonge! — Je vous dois la vérité tout entière, si cruelle qu'elle soit... — La mort arrive, et nulle puissance humaine ne saurait la retarder d'une minute.

Cora, prise d'une sorte de délire se leva d'un bond.

— Vous êtes aveugle, — s'écria-t-elle, — et votre science n'est qu'un vain mot! Quoi, mon père qui tout à l'heure était près de nous, joyeux et plein de vie, serait au moment de s'étendre, muet et glacé, dans une tombe! Non, non, c'est impossible et je ne vous crois pas!!

— Du courage, mademoiselle, — balbutia Jean Renaud, — du courage!

Le moribond fit un mouvement. — Ses lèvres s'agitèrent.

— Vous voyez bien que j'avais raison, — reprit rapidement Cora, — il va revivre.

Et saisissant les deux mains du vieillard, elle ajouta:

— N'est-ce pas que tu me vois, mon père? N'est-ce pas que tu m'entends?

Le contact des mains de sa fille galvanisa l'agonisant.

Il parut retrouver ses forces... Ses yeux à demi clos s'agrandirent... Il fit un effort pour se soulever... Des sons inarticulés s'échappèrent de sa bouche entr'ouverte, qui voulait prononcer un nom et n'y parvenait pas.

Cette quasi-résurrection n'eut que la durée d'un éclair.

Richard Bernier poussa un long soupir. Sa tête roula d'une épaule à l'autre; il retomba en arrière sur l'oreiller...

Il était mort.

— Prions pour le juste qui n'est plus! — dit le médecin noir en fermant les yeux du planteur.

Cora voulut rester seule auprès du cadavre de son père.

Ce fut alors une scène de désolation inouïe.

On n'entendait dans la chambre que des cris, des sanglots, des gémissements, puis, peu à peu, aux manifestations de cette bruyante douleur succéda un silence religieux, coupé de sourdes plaintes.

Carmen et Marie furent arrachées malgré leur résistance au spectacle de la mort; — Cora voulut rester seule auprès du cadavre de son père et, par respect pour cette volonté filiale, tout le monde se retira.

Jean Renaud et le docteur Jocelyn, au chevet même de la couche mortuaire, avaient échangé un coup d'œil rapide.

Ces deux hommes sentaient le besoin de se communiquer leurs pensées.

Ils sortirent ensemble de la salle basse et gagnèrent un endroit découvert où nulle créature humaine ne pourrait les épier, et nulle oreille surprendre leurs paroles.

— Monsieur Michel, — dit le docteur noir en s'arrêtant, — je suis épouvanté non seulement de la mort foudroyante de M. Bernier, mais encore des conséquences que cette mort doit infailliblement produire...

— Expliquez-vous, docteur... — murmura Jean Renaud.

— Le coup qui frappe les trois sœurs est d'autant plus terrible qu'il est inattendu... — poursuivit le médecin mulâtre. — Le désespoir de ces jeunes filles va pendant quelques jours les empêcher de penser à l'avenir, et je ne vois personne autour d'elles qui puisse s'occuper de leurs intérêts.

— Moi aussi je songe à cela, docteur, — répliqua Jean Renaud, — mais autre chose encore me préoccupe, et il est une question qu'avant tout je voudrais résoudre.

— Laquelle ?

— Celle-ci : De quelle arme est sortie la mort ?

— Ne croyez-vous point à la maladresse de l'un des chasseurs ? — demanda vivement Jocelyn.

— Je n'y crois pas, — répondit Jean Renaud avec l'accent d'une conviction profonde.

Le médecin tressaillit.

L'évadé de la *Dorade* poursuivit :

— Et vous n'y croyez pas plus que moi, vous, docteur !

— Avez-vous bien réfléchi ? — demanda Jocelyn au bout d'une seconde.

— Oui.

— Vous êtes-vous rendu compte que douze ou quinze tireurs étaient échelonnés sur le terrain formant amphithéâtre ? — M. Bernier, au moment où il donnait le signal et faisait feu lui-même, a commis l'imprudence de se lever, plaçant ainsi son corps dans la trajectoire des balles... — Vous savez tout cela ?

— Je sais tout cela.

— Pourquoi donc alors n'admettez-vous pas une maladresse, au moins aussi probable qu'un crime ? Pourquoi ne supposez-vous pas qu'il n'y a au fond de cette tragédie qu'une fatalité ?

— Cela, docteur, — répondit Jean Renaud, — il faut le dire bien haut, quant à présent du moins... — Il faut le dire et le répéter... Mais il ne faut pas le croire, et vous ne le croyez pas...

XXVIII

— Ou je comprends mal, — reprit le médecin mulâtre après un instant de silence, — ou vos paroles indiquent un soupçon...

— Vous me comprenez bien... — répondit Jean Renaud.

— Vous accusez ?

— J'accuse... — M. Bernier a été assassiné, j'en ai la conviction...

— Ce serait monstrueux !

— Sans doute, mais les monstres ne sont pas rares...

— Et, selon vous, quel serait l'infâme ?

— Permettez-moi de ne nommer personne... — En ce moment les preuves me manquent...

— Espérez-vous en avoir bientôt ?

— Je l'espère... je ferai tout pour cela et, quand mes présomptions seront devenues des certitudes, ce qui peut-être ne tardera guère, je parlerai... — Maintenant, docteur, éclairez-moi, je vous en prie, sur la situation de Mlles Bernier... Je suis admis depuis trop peu de temps dans cette famille pour me rendre compte des conséquences que la mort du père peut et doit entraîner relativement à l'avenir des filles...

— Ces conséquences sont effrayantes... — Mlles Bernier, aux termes des lois espagnoles qui régissent la colonie, suivent la condition de leur mère.. — Or, Noëmi étant esclave, elles sont esclaves...

— M. Bernier ne les a-t-il point reconnues ?

— Je ne le crois pas... et c'est l'opinion générale...

— Elles portaient son nom, cependant...

— Oui, mais par tolérance et sans aucun droit...

— Elles n'héritent pas moins de lui, je suppose ?

— Si elles ne sont ni reconnues, ni affranchies, elles n'héritent de rien !...

— Est-ce possible ? — s'écria Jean Renaud stupéfait.

— C'est la loi.

— M. Bernier n'a-t-il pu leur léguer sa fortune par testament ?

— Sans doute, en les reconnaissant et en les affranchissant par le même acte... — Mais cet acte existe-t-il ?

— Vous en doutez ?...

— Beaucoup...

— Comment le meilleur des hommes et le plus tendre des pères aurait-il à ce point oublié les intérêts de ses filles et perdu leur avenir ?

— Les vieillards, convaincus qu'il leur reste de longs jours à vivre, remettent trop souvent au lendemain les affaires les plus graves, et le lendemain leur manque ! — Il est une chose cependant qui me donne un peu d'espoir... —

Sigismond Leroy, le notaire de Porto-Rico en qui M. Bernier avait toute confiance, est venu à l'habitation il y a quelques semaines, à la veille de partir
pour un voyage en France... Il a eu un long entretien avec son client, qui
était en même temps son ami... — Peut-être lui a-t-il ouvert les yeux sur le
danger de son insouciance...

— Comment s'en assurer?

— En allant à Porto-Rico, à l'étude de Sigismond Leroy, dépositaire d'une
partie de la fortune de M. Bernier, et sans doute aussi de son testament, si ce
testament existe...

— Le notaire est absent, m'avez-vous dit...

— Oui, mais son maître clerc, Diego Silva, le remplace... — C'est un garçon
plein d'intelligence qui m'est personnellement connu... — Il accueillerait favo-
rablement notre démarche...

— Cette démarche, — répliqua Jean Renaud, — rien ne nous autorise à la faire.

— Je ne suis pas de votre avis, et je trouve dans notre dévouement aux filles
de M. Bernier une autorisation suffisante...

— Je penserais comme vous, docteur, sans une circonstance dont vous ne
parlez pas et qui rend notre situation absolument fausse...

— Quelle circonstance?

— La présence ici d'un proche parent... — Une seule personne a le droit
d'intervenir dans les affaires de famille... — C'est le propre neveu de notre
regretté patron... C'est M. Martial Dereyne...

— Martial Dereyne! — répéta le médecin noir avec stupeur; et, perdant son
empire habituel sur lui-même, il ajouta : — Ce n'est donc pas lui que vous
soupçonnez?

— Plus bas, monsieur Jocelyn, plus bas! — fit vivement Jean Renaud. —
Une parole imprudente suffirait pour tout perdre... — Oui, vous m'avez deviné,
je soupçonne Martial Dereyne d'avoir assassiné son oncle, et ce que vous venez
de m'apprendre confirme mes soupçons puisque, si par malheur les dispositions
de M. Bernier ne sont pas en règle, cet homme devient l'unique héritier d'une
immense fortune!... Il avait donc un immense intérêt à commettre le crime... —
Oui, nous irons à Porto-Rico... mais il faut jouer serré... — Il ne faut pas que
Martial Dereyne se doute qu'on l'accuse et qu'on a l'œil sur lui... — Il importe
de lui inspirer une confiance entière... une sécurité absolue!...

— Et comment?

— En allant à lui, en paraissant le croire tout dévoué aux filles de son oncle,
et en lui demandant conseil.

— Il se défiera...

— En aucune façon. — Rien de plus naturel que notre démarche, puisqu'il
représente la famille légitime... — Quelle que soit d'ailleurs son hypocrisie, je
saurai bien démêler dans ses paroles ce qu'il pense de la situation...

— Voyons-le donc...

— Nous le verrons demain...— Maintenant, docteur, croyez-moi, rentrons... — il ne faut pas que notre absence puisse être commentée.

Et les deux hommes regagnèrent la ferme du Morne-Rouge, où Cora priait et pleurait auprès du cadavre de son père.

Tandis que s'échangeaient entre Jean Renaud et le docteur Jocelyn les paroles que nous venons de rapporter, Martial Dereyne et Mercuzza s'étaient dirigés vers la rivière, et côte à côte se promenaient sur la berge.

— Eh bien ! señor, vous voilà quarante fois millionnaire... — dit tout à coup l'Espagnol à l'oreille de Dereyne.

— Silence, au nom du ciel ! — fit ce dernier. — Prenez garde ! on pourrait vous entendre.

— Qui donc? — Le murmure de l'eau qui coule domine le bruit de ma voix. — Ah ! sans la prudence qui me contraint à parler tout bas, mon enthousiasme é·laterait. — Je suis si heureux de votre fortune !

— Je le comprends, — répliqua Dereyne, — car cette fortune est liée à la vôtre...

— Señor, je n'en doute point, connaissant vos grandes qualités ! — La générosité de votre âme n'a d'égale que la justesse de votre coup d'œil... — Vous êtes un hidalgo libéral et un incomparable tireur...

Martial tressaillit et balbutia :

— A quoi bon parler de ces choses?... Vous n'avez rien à me rappeler... Nous ne nous quitterons plus...

— Quoiqu'il arrive?

— Quoiqu'il arrive...

— Merci, señor... Je me regarde désormais comme un autre vous-même, et en cette qualité je me permets de vous donner un conseil...

— Lequel ?...

— Celui de vous informer au plus vite si le notaire de feu votre oncle n'est dépositaire d'aucun testament.

— Un testament... — répéta Martial avec trouble. — Vous m'avez dit qu'il n'en existait pas !

— Je vous ai dit que je le croyais, et je le crois encore, mais une certitude vaut mieux qu'une probabilité.

— Nous aviserons.

— Avisons au plus vite. — En l'absence du notaire nous nous adresserons à Diego Silva, son maître clerc, un compatriote à moi.

— Quelle est la réputation de ce Diego Silva ? — demanda l'armateur.

— Il passe pour avoir quelques préjugés, — répondit Mercuzza, — mais c'est un jeune homme... il est pauvre... il aime les vins d'Espagne et les belles filles... L'espoir d'une fortune immédiate le déterminerait peut-être à rendre un service délicat. — Voulez-vous me charger de traiter l'affaire avec lui, señor, et me donner carte blanche?

— Oui.

— Vous approuverez ce que j'aurai fait? vous tiendrez ce que j'aurai promis?

— Je m'y engage solennellement.

— Alors, tout ira bien... — Je vais me reposer deux heures et je partirai pour la ville au point du jour.

Les complices regagnèrent la ferme où Mercuzza s'étendit sur une natte et ne tarda point à s'endormir.

L'armateur du Havre aurait bien voulu en faire autant, mais à peine le sommeil fermait-il ses paupières qu'un rêve étrange, toujours le même, venait l'obséder.

Il se voyait foulant la berge d'une rivière où des flots de sang coulaient sur des monceaux d'or, et pour s'emparer de l'or il fallait entrer dans le sang...

Sans hésiter il s'élançait... — L'or fuyait devant lui... — Autour de lui le sang montait, atteignant ses genoux d'abord, puis ses hanches, puis sa poitrine qu'il dépassait bientôt, et submergeant sa bouche...

Martial essayait vainement de se soustraire à la marée sanglante. — Ses membres paralysés refusaient d'obéir. — Il tentait d'appeler à l'aide. — Ses lèvres restaient muettes.

Alors commençait l'agonie, et le misérable baigné d'une sueur froide s'éveillait en sursaut, pour se rendormir un instant après et recommencer un songe pareil.

Enfin arriva le jour; — les funèbres visions disparurent, chassés par les premières clartés de l'aube.

Le señor Mercuzza était depuis longtemps déjà en route pour Porto-Rico.

Martial Dereyne, défait comme après une nuit d'orgie, baigna dans l'eau fraîche sa figure et ses mains, quitta sa chambre et descendit fumer un cigare au grand air.

Le médecin mulâtre et Jean Renaud l'aperçurent, et se dirigèrent de son côté pour mettre à exécution le plan combiné la veille au soir.

L'armateur s'empressa de donner à son visage fatigué et à ses yeux rougis une expression de tristesse profonde.

— Ah! docteur, — s'écria-t-il en faisant quelques pas au devant des deux hommes, — si vous veniez me dire que Dieu a fait un miracle... ou plutôt que nous avions désespéré trop vite et que mon oncle bien-aimé est vivant encore... comme je vous bénirais!

— Hélas! monsieur, — répondit Jocelyn, — nous ne sommes plus au temps des miracles! Quand Dieu a condamné à mort une de ses créatures, le jugement est sans appel! Votre oncle vénéré ne saurait revivre...

Martial essuya ses paupières en poussant un long soupir.

Le docteur noir continua :

— Nous venons prendre vos ordres, monsieur...

Martial joua l'étonnement.

Ce misérable n'osait jeter le masque si vite, relever la tête et parler en maître.

— Mes ordres ! — s'écria-t-il. — Ce n'est point à moi à donner des ordres... — Adressez-vous à la fille aînée de mon oncle...

— Mᫎᵉ Cora est dans les larmes, monsieur, — répliqua Jean Renaud. — La violence de son désespoir ne lui permettrait ni de nous écouter, ni de nous répondre en ce moment... — Vous représentez la famille, et c'est à cause de cela que nous nous adressons à vous...

— Dans ces conditions, disposez de moi... — Qu'avez-vous à me demander?

— N'êtes-vous point d'avis, monsieur, qu'il faut, sans le moindre retard, transporter le corps du maître à l'habitation de Guayanila où les derniers honneurs lui seront rendus?

— Certes! — répondit Dereyne..

Jean Renaud poursuivit :

— Les chemins à travers la campagne sont difficiles, vous le savez, et ralentiraient plus que de raison la marche du lugubre cortège... — J'ai pris sur moi de faire préparer des barques, qui descendront rapidement la rivière... — L'une emportera la dépouille mortelle de M. Bernier, et vous suivrez dans une autre avec les filles de votre oncle... — Approuvez-vous ces dispositions?

— Absolument.

— Alors, ce sera fait ainsi...

— Est-ce tout ce que vous aviez à me demander?

— Non, monsieur... — Il me reste à vous entretenir d'autre chose...

— De quoi s'agit-il?

— De la mort même de M. Bernier et de ses conséquences... — répondit Jean Renaud d'une voix ferme, en regardant bien en face Martial Dereyne.

Ce dernier, si maître de lui-même qu'il fût d'habitude, sentit un frisson courir sur sa chair en entendant ces mots, et la pâleur de son visage augmenta; — mais son trouble manifeste pouvait et devait être mis sur le compte du chagrin.

XXIX

— La mort de mon cher oncle, — dit Martial Dereyne d'une voix que l'émotion rendait tremblante, — résulte d'une fatalité terrible. — Je ne me consolerai jamais d'en avoir été la cause indirecte, car sans ma présence à Guayanila la chasse de la nuit dernière n'aurait pas eu lieu... Cela du moins me semble probable...

Jean Renaud poursuivit :

— Cette catastrophe que vous pleurez comme nous, place les filles de M. Bernier dans une situation déplorable...

— Certes! — murmura Dereyne. — Voilà les pauvres enfants orphelines, et c'est le plus grand de tous les malheurs.

— Le plus grand, oui... mais ce n'est pas le seul...

L'armateur prit une physionomie étonnée.

— Que voulez-vous dire? — demanda-t-il.

— Les filles de votre oncle, vous le savez, monsieur, sont nées d'une esclave.

— L'esclave Noëmi... je le sais...

— Or, d'après les lois espagnoles, elles sont esclaves elles-mêmes, à moins qu'un acte spécial ne les ait affranchies...

— En effet, mais mon oncle adorait ses filles... Il a dû se préoccuper de leur avenir, et ses affaires sont certainement en règle...

— Ne pensez-vous pas qu'il serait bon de s'en assurer au plus tôt?

— De quelle façon?

— En questionnant le notaire de la famille ou son fondé de pouvoirs. — Le testament, s'il existe, doit se trouver entre leurs mains...

Quoique ne s'attendant nullement à cette mise en demeure, Martial n'hésita pas. — Il sentait bien que la moindre hésitation pourrait le trahir.

— C'est mon avis, — répondit-il, — et je vous remercie de m'avoir fait comprendre que j'avais à remplir ici un devoir d'honnête homme et de parent dévoué... — La position des filles de mon oncle est fausse en effet... — il importe qu'elle cesse de l'être... — une démarche auprès du notaire peut tout éclaircir... — j'approuve cette démarche...

— Jugez-vous à propos de nous en charger, le docteur Jocelyn et moi?

— Parfaitement.

— Merci, monsieur... — Demain nous irons à Porto-Rico...

— Demain, soit... — fit l'armateur, en ajoutant tout bas : — Le commandeur vous aura devancés... Ce soir il verra Diego Silva...

Jean Renaud poursuivit :

— Dans les circonstances graves, il faut tout prévoir... — Si M. Bernier, croyant pouvoir compter sur de longues années de vie, n'avait point affranchi ses filles?

— Eh bien? — demanda Martial.

— Vous êtes son plus proche parent... vous seriez son seul héritier ..

— La loi le veut ainsi.

— Sans doute, mais vous parliez tout à l'heure de vos devoirs d'honnête homme et de parent dévoué... — L'application stricte de la loi vous paraîtrait

Les deux embarcations glissèrent rapidement sur les eaux transparentes de la Guayanila.

inique et cruelle, n'est-ce pas, monsieur ?... Vous n'useriez point de vos droits pour dépouiller les jeunes filles qui par le sang sont vos proches parentes ?...

Cette nouvelle question parut à Dereyne un peu trop impérative.

— Ceci, monsieur, ne regarde que moi... — répliqua-t-il sèchement. — J'ai bien voulu, tout à l'heure, accepter vos conseils, mais je ne vous autorise point à me tracer une ligne de conduite... — Allez demain chez le notaire de mon oncle. — Lorsque nous saurons quelle situation sa mort a faite aux filles de l'esclave Noëmi, j'agirai, et ma conscience sera mon seul guide...

— C'est bien, monsieur.

— Quant à présent, — continua Martial, — faites tout préparer pour le départ...

Jean Renaud et Jocelyn s'inclinèrent, et le neveu de Richard Bernier leur tourna le dos, indiquant ainsi que l'entretien était terminé.

Les deux hommes reprirent le chemin de la ferme.

— Que pensez-vous de tout cela? — demanda le médecin noir, au bout d'un instant.

— Si j'avais pu douter, je ne douterais plus ! ! — répondit Jean Renaud. — Martial Dereyne est l'assassin de son oncle ! !

*
* *

Carmen et Marie, après une nuit passée dans les pleurs, étaient venues retrouver Cora, et toutes les trois priaient ensemble auprès du cadavre de leur père.

Jocelyn et l'évadé de la Dorade franchirent le seuil de la salle basse et, après s'être agenouillés un instant au chevet du lit, apprirent aux jeunes filles qu'on allait transporter à Guayanila la dépouille mortelle du planteur.

— Fasse le ciel que ma pauvre mère ne perde pas la raison en voyant revenir mort celui qui s'éloignait hier plein de vie ! — balbutia Cora.

Le visage de Richard Bernier offrait une expression de calme si grand qu'on aurait pu croire le vieillard endormi d'un profond sommeil.

Les trois sœurs appuyèrent successivement leurs lèvres sur ses joues pâles, puis des nègres entrèrent, la tête nue, les yeux noyés de larmes.

Le cadavre fut placé sur le brancard ; on le recouvrit d'un grand morceau d'étoffe noire et l'on prit le chemin de la rivière où deux barques attendaient.

Les esclaves et les travailleurs libres, prévenus de la catastrophe, formaient la haie sur le passage de celui qui avait été pour eux un maître doux et juste, et la consternation peinte sur leurs figures témoignait de la perte irréparable qu'ils venaient de faire.

De toutes parts s'élevaient des sanglots et des adieux naïfs et déchirants.

Les porteurs déposèrent le brancard au milieu de la première barque, montée par le nègre Jupiter et ses quatre rameurs.

Les filles de Richard Bernier, Martial Dereyne, Jean Renaud et le docteur Jocelyn, prirent place dans la seconde chaloupe.

Mercuzza avait disparu dès le point du jour avec le plus rapide des chevaux de l'habitation.

On détacha les amarres, et les deux embarcations, entraînées par le courant qui rendait presque inutile l'emploi des rames, glissèrent rapidement sur les eaux transparentes de la Guayanila.

Les mauvaises nouvelles, personne ne l'ignore, se propagent avec la rapidité de l'étincelle électrique.

Dès le matin, le bruit de la mort tragique du planteur vint foudroyer la malheureuse Noëmi, dont la douleur poignante égalait celle de ses filles.

— Oh! mes pressentiments !... mes pressentiments !... — s'écriait-elle en se tordant les mains.

Presque en même temps on apprit qu'une barque ramenait le corps.

Brisée par un coup si cruel, Noëmi, malgré sa faiblesse, voulut aller au devant du funèbre cortège.

Soutenue d'un côté par Dolorès et de l'autre par Robinson, entourée de serviteurs et d'esclaves, elle traversa le parc et descendit jusqu'à la grève.

Lorsqu'apparut l'embarcation qui lui ramenait son bien-aimé Richard, immobile à jamais et muet pour toujours, elle sembla devenir folle, poussant des cris inarticulés, s'arrachant les cheveux et se meurtrissant la poitrine.

Un concert de plaintes et de gémissements se fit entendre et ne discontinua point pendant le transport du cadavre à l'habitation, où une chapelle ardente fut improvisée sous la direction du desservant espagnol de l'église de Guayanila.

La riche maison, pleine de joie la veille encore, retentissait maintenant de lamentations et de sanglots.

Les chaleurs torrides du climat de Porto-Rico ne permettaient pas de remettre au lendemain la cérémonie funèbre, l'embaumement n'ayant pu être pratiqué en temps utile.

Le soir même, la terre fertilisée par son travail devait recevoir la dépouille de l'homme qui n'avait vécu que pour semer autour de lui des bienfaits, et qu'un crime odieux venait d'anéantir en pleine maturité.

De tous côtés on vint rendre les suprêmes devoirs au planteur, que tous aimaient, que tous estimaient.

Une foule immense conduisit le juste à sa dernière demeure.

En face de ces témoignages éclatants et irrécusables de la sympathie universelle, Martial Dereyne se demanda avec quelque inquiétude :

— Ces gens-là ne me regarderont-ils point comme un misérable lorsque, fort de mon droit, je déposséderai la famille illégitime et je prendrai sa place?

Mais que pouvaient des considérations de ce genre sur la nature perverse de l'armateur?

La fièvre de la possession, l'ardent désir des jouissances sans bornes que permet la richesse illimitée, brûlaient le sang de ses veines et donnaient le vertige à son cerveau.

Que lui importait, en somme, l'opinion du monde?

On le mépriserait peut-être mais, à coup sûr, on n'oserait pas lui témoigner en face ce mépris...

Il s'imposerait par ses millions.

— Avec de l'or, — pensait-il, — on achète tout, même les témoignages d'un respect menteur... — et Martial était homme à se contenter de l'apparence.

Le jour de l'enterrement, un peu après la tombée de la nuit le señor Mercuzza, montant un cheval blanc d'écume et épuisé de fatigue, arriva tout poudreux et se rendit aussitôt à la chambre de Dereyne où il s'enferma avec lui.

L'entretien des deux hommes fut de courte durée.

Quand ils se séparèrent ils avaient, l'un comme l'autre, le visage rayonnant.

Le señor Mercuzza, sans doute, venait d'apporter de bonnes nouvelles.

Noëmi et ses filles s'étaient retirées dans l'appartement de Cora. — La mère et les trois sœurs ne voulaient voir personne et s'abandonnaient aux premiers transports de leur incurable désespoir.

Le lendemain matin, le juge de paix du canton de Guayanila arriva de très bonne heure à l'habitation avec son greffier et les témoins requis par la loi.

Il opéra des recherches minutieuses parmi les papiers de Richard Bernier, constata, non sans surprise, que rien n'indiquait l'existence d'un testament, et posa les scellés dont Martial Dereyne, en sa qualité de proche parent, fut constitué gardien.

Aussitôt que le résultat négatif de l'enquête du magistrat fut connu, Jean Renaud et le docteur Jocelyn se mirent en route pour Porto-Rico.

Il leur restait l'espoir que les dispositions suprêmes du planteur étaient déposées à l'étude de Sigismond Leroy.

Le médecin mulâtre et son compagnon ne revinrent qu'à la nuit close.

La première personne rencontrée par Jean Renaud fut le nègre Robinson, à qui il demanda où se trouvait Martial Dereyne.

Il lui fut répondu que M. Dereyne, immédiatement après le repas du soir, était sorti en compagnie du señor Mercuzza.

— Inséparables !... — pensa Jean Renaud. — Et c'est tout naturel, étant faits l'un pour l'autre !...

Sans perdre une minute il se rendit à l'appartement de Cora et frappa discrètement à la porte.

Ce fut Dolorès qui vint lui ouvrir.

— Je désirerais parler à Mlle Cora... — dit Jean Renaud à la jeune fille.

— C'est impossible, monsieur Michel...

— Pourquoi?

— Ma cousine est dans les larmes et ne peut voir personne...

— Veuillez lui dire, mademoiselle, que je la supplie de faire une exception en ma faveur... — J'ai à l'entretenir de chose graves, qu'elle doit connaître sans retard...

L'accent de Jean Renaud était persuasif.

Dolorès alla s'acquitter de sa mission et reparut au bout d'un instant.

— Venez... — fit-elle.

Jean Renaud la suivit et pénétra derrière elle dans une vaste pièce à peine éclairée où se trouvaient Cora, ses sœurs et Noëmi.

Cora, depuis deux jours, était bien changée. — Les larmes avaient marbré son visage de tons bleuâtres et entouré ses paupières d'un cercle de bistre. — Son attitude exprimait un profond abattement. — Cette âme de bronze semblait brisée par le chagrin.

XXX

L'aînée des trois sœurs se leva en voyant entrer Jean Renaud, et vint à lui.

— Vous avez insisté pour être admis auprès de moi, mon ami... — dit-elle d'une voix dont les cordes graves, trempées par les larmes, n'avaient plus leur sonorité habituelle. — Je connais votre dévouement et votre affection pour nous et je vous ai reçu, quoique bien résolue à n'accueillir personne, sous quelque prétexte que ce soit... — Vous avez, paraît-il, d'importantes communications à me faire...

— Bien importantes en effet, mademoiselle, et bien graves... — répliqua Jean Renaud avec émotion et les yeux mouillés.

— A quel sujet?

— Au sujet de votre avenir et de l'avenir de votre mère et de vos sœurs...

— Ah! mon ami, l'avenir en ce moment ne nous occupe guère...

— Il y faut penser, néanmoins, mademoiselle...

— Il sera temps plus tard...

— Vous vous trompez, hélas! — Remettre d'une heure serait folie!...

— Pourquoi?...

— Parce que vous ignorez tout, et que vous devez tout savoir... — Vous êtes en ce moment à la discrétion de M. Martial Dereyne...

Une sensation d'angoisse étreignit le cœur de Cora.

— Expliquez-vous... — dit-elle, — je ne comprends pas...

— J'arrive de Porto-Rico où le docteur Jocelyn est venu avec moi...

— Qu'alliez-vous faire à Porto-Rico?

— Demander au notaire Sigismond Leroy s'il avait dans les mains un testament de votre père...

— Mais, — répondit la jeune fille, — M. Leroy, appelé en France par ses affaires de famille, est absent depuis quelques semaines et Jocelyn ne devait pas l'ignorer... — Son retour aura lieu dans deux mois au plus tôt...

— M. Leroy ne reviendra jamais! — fit Jean Renaud d'une voix sourde.

— Que dites-vous? — s'écria Cora. — Pourquoi ne reviendrait-il pas?

— Il est mort!...

— Mort! — répétèrent à la fois la mère et les filles consternées.

— On venait d'en recevoir la nouvelle à Porto-Rico, — continua l'ex-forçat. — Le navire sur lequel le notaire avait pris passage a sombré, victime d'un abordage, en vue de Philadelphie, et le journal qui contient le triste récit porte M. Leroy sur la liste des morts...

— Lui aussi! — balbutia Cora; — lui aussi!... frappé subitement... dans toute sa force... Comme mon père!...

— Du courage, mademoiselle... — reprit Jean Renaud. — Je ravive votre désespoir en vous annonçant une nouvelle catastrophe, mais c'est mon devoir, devoir terrible, car il va vous mettre face à face avec des inquiétudes et des douleurs que vous ne prévoyez pas...

— Allez jusqu'au bout, mon ami... nous aurons la force de vous entendre...

Le déporté continua.

— M. Leroy, en quittant Porto-Rico, avait délégué ses pouvoirs à son maître-clerc, un jeune Espagnol nommé Diego Silva, très au courant des affaires de son patron...

— Vous l'avez vu? vous lui avez parlé?

— Oui, mademoiselle...

— Eh bien?

— Eh bien! Diego Silva m'a donné l'assurance positive qu'il n'existait dans les casiers de l'étude aucun testament de M. Bernier...

— Est-ce possible? — répliqua la jeune fille. — Lors de sa dernière visite à l'habitation, Sigismond Leroy s'est entretenu longuement avec mon pauvre père, et j'ai la ferme croyance qu'ils s'occupaient ensemble de nos intérêts de famille...

— Cela semble probable en effet, mais de cet entretien il ne reste nulle trace écrite.

— Qu'importe? — balbutia Noëmi. — A quoi bon un testament? — Je ne réclame rien, moi, je n'ai besoin de rien... et mes filles n'en posséderont pas moins l'héritage de leur père que personne ne peut leur disputer...

Jean Renaud regarda la pauvre femme avec stupeur.

Une ignorance si complète des conséquences de sa position le bouleversait.

— Pardonnez-moi de vous interroger, — dit-il à Noëmi. — Un motif impérieux m'y contraint : — Avez-vous été affranchie?

— Jamais, et je n'y tenais guère. — L'affection de mon cher Richard m'avait faite son égale, cela me suffisait.

— Connaissez-vous les lois espagnoles?

Noëmi secoua la tête.

— Eh! bien, madame, — reprit Jean Renaud, — voici la vérité : — Filles d'esclave, vos filles sont esclaves et n'héritent point de la fortune de leur père, si elles n'ont été par lui affranchies et reconnues.

— Et, s'écria Cora que ce mot *d'esclaves* terrifiait, — mon père n'a pas signé d'affranchissement et de reconnaissance?

— J'en ai peur... — Il comptait sur l'avenir... l'avenir lui a manqué.

— Mais alors vous aviez raison, — reprit la jeune fille, — notre situation est effrayante! — C'est la ruine et la misère pour ma mère et pour nous... — Le fisc s'emparera de cette fortune que nous croyons la nôtre!

— Le fisc n'a rien à voir dans l'héritage, mademoiselle, puisqu'il existe un héritier légitime... — répondit Jean Renaud.

— Un héritier légitime?... — répéta l'aînée des trois sœurs.

— Sans doute... — M. Martial Dereyne, le neveu de votre père...

— S'il en est ainsi. — fit vivement Carmen, — nous n'avons rien à craindre... — Mon cousin est un galant homme qui ne songera point à nous dépouiller...

— N'espérez pas cela, mademoiselle... — répondit le déporté avec feu. — N'espérez rien de lui!... Dès son arrivée dans cette maison j'ai jugé Martial Dereyne!... C'est un fourbe... C'est un lâche... C'est pis encore peut-être!... Il jalousait l'immense fortune de son oncle... Il est heureux de la catastrophe qui nous désespère... Il sait déjà, à l'heure où je vous parle, qu'il n'existe aucun testament, car son nouvel ami, son confident, le señor Mercuzza, m'avait précédé à l'étude du notaire de Porto-Rico... — Il triomphe, et se regarde comme le maître ici, le seul maître...

— Ce serait infâme... — murmura Noëmi tremblante.

— Infâme, oui, mais cela est.

— Votre dévouement à nos intérêts vous égare sans doute, mon ami, — dit Cora, — et vous fait envisager sous de trop sombres couleurs le caractère de mon cousin Dereyne... — Moi aussi, pour d'autres motifs que les vôtres, je le juge sévèrement, mais néanmoins je le crois incapable de s'emparer d'un bien qui est à nous, et de nous réduire à la misère.

— Dieu veuille que je me trompe, mademoiselle... — Avec quelle joie je reconnaîtrais mon erreur et je ferais amende honorable!

— Je vais d'ailleurs savoir aujourd'hui même à quoi m'en tenir... — poursuivit la jeune fille. — M. Dereyne est-il à l'habitation?

— Quand je suis arrivé, mademoiselle, il était dans le parc avec le commandeur Mercuzza.

— Veuillez guetter son retour, et lui dire que je vais l'attendre dans le cabinet de mon père et que je le prie de m'y rejoindre...

— Oui, mademoiselle, et puisse Dieu vous venir en aide pour émouvoir cette âme insensible...

Jean Renaud sortit et se mit à la recherche de Martial Dereyne.

L'armateur du Havre et le señor Mercuzza avaient passé la soirée à visiter les ateliers, les moulins à sucre, les raffineries, pour se bien rendre compte de l'impression produite par la mort du planteur sur les esclaves et les ouvriers libres, et maintenant ils s'entretenaient à cœur ouvert, en loyaux associés, des remarques qu'ils avaient faites.

— En somme, tout va bien... — disait l'armateur. — Chacun est à son poste... — Le travail marche comme si mon oncle était encore vivant... — Que le maître se nomme Richard Bernier ou Martial Deréyne, cela importe peu et ces gens-là n'en ont nul souci...

— Assurément, señor, — répliquait Mercuzza, — vous n'aurez aucune velléité de révolte parmi les nègres, aussi longtemps que vous ne changerez rien aux règles établies dans la plantation... — Mais attaquez-vous — (comme c'est votre droit et votre devoir) — aux absurdes libertés dont les esclaves ont pris l'habitude, et les moutons deviendront des loups... — Que l'aînée des filles de votre oncle dise un mot pour les ameuter, et les loups deviendront des tigres...

— Il doit y avoir quelque moyen d'empêcher cela, — fit Martial.

— J'en connais un.

— Lequel?

— Avoir pour soi les ouvriers libres.

— Et comment?

— Les Espagnols travaillant ici ont toujours détesté les nègres qui, faisant beaucoup de besogne et n'étant pas payés, les empêchent d'obtenir une augmentation de salaire. — Ils sont en outre d'avis, comme moi, que les esclaves jouissent de prérogatives et d'immunités déplorables. — La sollicitude égale dont on entoure les noirs et les blancs leur paraît surtout scandaleuse. — Rien de plus facile, vous le comprenez, señor, que d'exploiter cette rivalité. — Augmentez, ne fût-ce que dans une proportion minime, le salaire des Espagnols, et châtiez vigoureusement les esclaves. — Les ouvriers libres prendront parti pour vous à la première tentative de mutinerie et écraseront la révolte dans l'œuf, car s'ils sont moins nombreux ils seront bien armés; ce qui fera pencher en leur faveur le plateau de la balance.

— Vous devez avoir raison...

— Señor, j'ai raison certainement...

— Eh bien, fixez vous-même le chiffre de l'augmentation de salaire, et qu'une affiche posée dans les ateliers annonce aux ouvriers, dès demain, ce supplément de paie.

— A merveille, señor... — Vous prenez là le parti le plus sage... — Maintenant permettez-moi de vous demander quels sont vos projets relativement à l'esclave Noëmi et aux filles de votre oncle...

— Je ne sais pas encore... je me déciderai plus tard... — répondit Martial avec une hésitation manifeste.

— Señor, il est ici deux personnes dont je vous conseille de vous défier... — reprit Mercuzza. — D'abord ce Français qu'on m'avait imposé comme adjoint et qui devait être mon successeur, puis le docteur Jocelyn...

La jeune fille se dressa d'un bond, foudroyant son interlocuteur d'un regard de mépris.

— Ce mulâtre vous semble dangereux?

— Oui, car il fait profession d'un dévouement sans bornes à l'endroit des trois sœurs et de leur mère...

— Est-il affranchi?

— Malheureusement oui... — Il est libre, mais à vos gages, et vous pouvez lui intimer l'ordre de quitter l'habitation quand bon vous semblera.

— J'aviserai... — Quant au Français Michel, il m'est suspect comme à vous et je me débarrasserai bientôt de lui...

— Silence, señor... le voici...

Jean Renaud s'approchait en effet de Martial et de Mercuzza.

Le feu du cigare de l'armateur lui avait signalé la présence des deux hommes dans l'allée sombre.

— Vous voilà de retour de Porto-Rico, monsieur Michel? — lui demanda Dereyne.

— Comme vous voyez, monsieur.

— Vous êtes allé à l'étude du notaire Sigismond Leroy?

— C'était l'unique but de mon voyage.

— Et, — reprit Martial qui jugeait à propos de paraître ne rien savoir, — m'apportez-vous la nouvelle qu'il existe dans cette étude un testament de mon oncle?

En face de cette audacieuse fourberie Jean Renaud ne perdit point son sang-froid.

— Ce n'est pas moi qui répondrai à cette question, monsieur... — fit-il.

— Pourquoi donc?

— Parce que Mlle Cora, votre cousine, voudra bien se charger de ce soin.

— Vous l'avez vue? — s'écria l'armateur.

— Je la quitte à l'instant... Je viens vous trouver de sa part... j'ai mission de vous annoncer qu'elle vous attend dans le cabinet de feu son père et vous prie de venir l'y rejoindre sans retard...

— Ah! elle m'attend ! ! — répéta Dereyne d'un ton indéfinissable. — Je suis un trop galant homme pour faire attendre une jolie femme! Ce serait la première fois de ma vie ! ! — Je me rends à ses ordres... Señor Mercuzza, au revoir...

Et Martial prit à grands pas le chemin de l'habitation.

Jean Renaud le suivit, mais d'une allure plus lente.

Mercuzza, demeuré seul, se frotta les mains en murmurant :

— Décidément je crois que ma fortune est faite...

XXXI

Aussitôt après son entrevue avec Jean Renaud, Cora s'était rendue dans le cabinet de son père pour y attendre Martial Dereyne.

En franchissant le seuil de cette pièce où Richard Bernier avait passé tant d'heures calmes et douces, partagées entre le travail et les longues causeries avec ses filles bien-aimées, l'aînée des trois sœurs ne put contenir une explosion de pleurs et de sanglots.

Il lui fallut toute la force de caractère dont elle était amplement douée pour ne pas fuir un lieu dont la seule vue évoquait en son âme des souvenirs à la fois si touchants et si tristes.

Mais l'entretien provoqué par elle exigeait un calme absolu.

Elle domina son trouble ; elle se raidit contre le chagrin ; elle essuya ses larmes, et parvint à se donner sinon la réalité, du moins l'apparence du sang-froid.

Après avoir allumé les bougies d'un candélabre placé sur le bureau de son père, elle s'assit, et la tête renversée en arrière, les yeux à demi-clos, le regard vague, elle s'absorba dans une rêverie profonde et douloureuse.

Au bout d'un quart d'heure on frappa doucement à la porte.

La jeune fille tressaillit et sentit les battements de son cœur se ralentir.

Le moment décisif était arrivé.

— Entrez... — dit-elle.

La porte s'ouvrit.

Dereyne parut.

Le misérable avait su se composer une physionomie qui faisait grand honneur à son talent de comédien.

Son visage exprimait la tristesse la plus profonde, l'intérêt le plus vif l'émotion la plus sympathique.

Il s'avança vivement vers Cora.

— Vous avez désiré me voir, chère cousine... — fit-il, — me voici.

— Merci de cet empressement... — répondit la jeune fille en serrant, non sans une répulsion instinctive, la main que l'armateur lui tendait, puis elle ajouta : — Vous avez vu Michel ?

— C'est lui qui m'a prévenu que vous m'attendiez...

— Vous a-t-il rendu compte de son voyage à Porto-Rico ?

— Non, et vous devez, m'a-t-il dit, m'en apprendre les résultats... — J'espère de toute mon âme qu'ils sont conformes à nos désirs...

— Mon cousin, — reprit Cora, — j'ai à vous parler de choses sérieuses, et je vous prie de vouloir bien m'accorder quelques instants...

— Disposez absolument de moi, chère cousine... — je suis trop heureux de me mettre à votre disposition...

Martial prit un siège et s'assit.

— Vous avez assez connu mon père pour l'apprécier... — commença la jeune fille. — Vous savez qu'il était le meilleur des hommes...

— Certes ! — s'écria l'armateur. — Aussi les regrets que laisse après lui mon oncle vénéré sont universels. — Le temps pourra les affaiblir, mais ne les effacera jamais...

— Mon père aimait sa famille plus que tout au monde... — poursuivit Cora. — La fortune, à ses yeux, ne venait qu'en seconde ligne... — C'était pour nous, rien que pour nous, qu'il travaillait depuis tant d'années... Pour nous qu' se plaisait à grossir le chiffre de ses richesses... — Il aurait sacrifié sa vie sans regret pour assurer notre bonheur, mais il croyait à son étoile, il comptait sur un long avenir, il n'admettait pas qu'il pût être foudroyé à l'improviste, il remettait au lendemain l'accomplissement de ses projets les plus chers... — Je vous dis cela, mon cousin, pour vous faire comprendre qu'il ne faut point blâmer mon père, qu'il faut au contraire l'excuser, s'il s'est laissé surprendre par la mort sans avoir régularisé la situation de sa famille, comme il devait et comme il voulait le faire...

Cora s'interrompit.

— Dois-je conclure de vos paroles, belle cousine, — demanda Martial, — que mon oncle a négligé d'écrire un testament ?...

— J'ai tout lieu de le croire... — murmura la jeune fille.

— Pour en être certain, — reprit l'armateur, — il faudrait en recevoir l'assurance de la bouche même du notaire... et je sais que M. Sigismond Leroy ne se trouve pas en ce moment à Porto-Rico...

— Il n'y reviendra jamais... — répondit Cora.

— Pourquoi donc ? — Est-il en fuite ?

— Il est mort.

— Mort ! — s'écria Martial en jouant la surprise. — Est-ce possible ?...

— Ce n'est que trop positif !... — Il a péri dans un naufrage en vue de Philadelphie... — la nouvelle de ce malheur est officielle...

— Mais un testament de mon oncle peut exister dans les archives de l'étude.

— Le maître clerc de M. Leroy affirme le contraire, et vous vous trouvez, mon cousin, l'unique héritier de la grande fortune de mon père...

Martial Dereyne, fermant à demi ses paupières, jeta sur l'aînée des trois sœurs un regard à la fois cruel et voluptueux, le regard du chat-tigre altéré de sang et d'amour.

Puis d'une voix mielleuse, dont les notes caressantes sonnaient faux, il reprit :

— Peut-être suis-je en effet l'unique héritier selon la loi... mais il y a dans la vie autre chose que les questions légales, et vous n'en êtes pas moins la fille de mon oncle...

Cora poursuivit :

— Je vous crois homme de cœur, mon cousin, je vous crois parent dévoué, aussi je viens à vous sans hésitation et je vous dis avec confiance : — Je ne demande rien pour moi, mais j'ai une mère et j'ai deux sœurs habituées à une existence facile et large... Le courage et la force leur manqueraient pour supporter les privations qu'impose la misère... — Les biens dont vous allez être possesseur sont immenses... Distrayez de ces richesses une faible part qui ne vous appauvrira point, et qui suffira pour assurer à ma mère et à mes sœurs une vie modeste mais tranquille... — Voilà ce que je viens implorer pour elles...

Voilà, mon cousin, ce que j'attends de votre générosité... — Me le refuserez-vous ?

Cora se tut, en joignant les mains avec un geste suppliant, et ses sanglots éclatèrent sans qu'il lui fût possible de les retenir.

Martial la regardait toujours, et la trouvait plus belle et plus désirable que jamais dans son désespoir.

Il se sentait des envies furieuses de sécher avec ses lèvres les larmes qui roulaient comme des perles sur ses joues pâles et bronzées.

Cependant il se contint et demanda d'un ton mielleux :

— Vous me parlez de votre mère et de vos sœurs... Pourquoi ne pas me parler de vous ?

Étonnée de cette question, Cora tourna les yeux vers son interlocuteur et surprit le regard dont nous avons signalé l'expression inquiétante.

La lueur sinistre jaillissant de ces prunelles couleur d'acier lui causa un insoutenable malaise.

Elle quitta son siège et répondit, avec une fermeté plus apparente que réelle :

— Je n'ai besoin de rien, je vous l'ai déjà dit... La force et le courage ne me manqueront jamais, à moi... — S'il faut travailler pour gagner ma vie, je suis prête...

Martial haussa les épaules, appela sur ses lèvres un sourire hypocrite et reprit, de sa même voix caressante et fausse :

— Comment me jugez-vous donc?... — Croyez-vous réellement que, seul héritier des biens de mon oncle parce qu'il a négligé d'écrire un testament, je m'emparerai de cette fortune et je ne songerai pas à la partager avec vous ?

— Ai-je le droit d'attendre de vous une générorité si grande ? — murmura la jeune fille stupéfaite... — Dieu m'est témoin que je ne songe point à provoquer un tel partage !...

— Mais, moi, je songe à vous l'offrir... — répliqua l'armateur.

— Vous feriez cela, cousin !... — s'écria Cora.

— Certes, je le ferais... je suis prêt à le faire... Cela dépend de vous, belle cousine... de vous seule...

— Comment ?

— Reprenez votre place et causons...

— Je vous écoute...

— D'abord, donnez-moi votre main...

— A quoi bon?...

— Je vous en prie... vous m'écouterez mieux...

— Soit... la voici...

Et Cora, vaguement tremblante, mais n'osant blesser un parent qui peut-être allait se montrer loyal et généreux, abandonna ses doigts glacés à l'homme dont la main l'avait faite orpheline.

— Oui, c'est vrai, — commença Dereyne, — je suis, de par la loi, l'unique héritier de mon oncle... — J'aurais dès aujourd'hui le droit de parler en maître et d'imposer mes volontés... — Certes je n'avais pas désiré cette fortune dont me séparait une barrière infranchissable en apparence... Le hasard me la donne... je ne la refuserai pas, et je sais déjà quel usage je me promets d'en faire... — Oui, tout est à moi, Cora, et je mets tout à vos pieds... — Pour disposer de mes richesses à votre guise, librement et sans contrôle, vous n'aurez qu'un mot à dire... un seul...'

La jeune fille retira sa main si vivement que que Martial ne put ni la conserver entre les siennes, ni s'en emparer de nouveau, puis elle demanda :

— Quel est ce mot que je dois dire ?

— Ne le devinez-vous pas ?

Cora fit un signe négatif.

— Je m'adresse à votre mémoire, belle cousine... — poursuivit l'armateur. — Vous souvenez-vous d'une conversation un peu vive... un peu orageuse même, dont la plage de la Guayanila fut le théâtre, un matin... il y a trois jours ?

— Pourquoi me demandez-vous cela ?... — dit la jeune fille avec hauteur.

— Pourquoi ? — reprit Martial d'une voix ardente et saccadée, car maintenant il laissait un libre cours à la passion sensuelle qui le dominait. — Pourquoi ? — répéta-t-il. — Parce que les sentiments que je vous exprimais ce jour-là n'ont pas changé... — Le feu qu'allumaient vos regards n'est point éteint !... il a grandi... il brûle et me consume !... — Je vous aimais, et je vous adore... je vous adore avec frénésie, avec ivresse, avec emportement !... Je veux que vous soyez heureuse entre toutes les femmes, mais il faut pour cela que vous soyez à moi !...

— Je vous ai déjà dit que c'était impossible !... — répliqua la jeune fille.

— Ce qui l'était alors ne l'est plus à présent... — Les circonstances ont changé !... — Vous étiez riche et maîtresse ici... Vous aviez droit de refus et presque d'insolence... Vous en avez même abusé ! — Aujourd'hui c'est moi qui suis riche et c'est moi qui suis maître !...

— Les circonstances ont changé, c'est vrai, — répondit Cora, — mais mon cœur est toujours le même... — Ai-je manqué de franchise ?... vous ai-je caché ce qui se passait en moi ? — J'aime un officier de marine, Armand Dorsay, vous le savez bien...

L'armateur haussa les épaules.

— Qu'importe cela ? — s'écria-t-il.

— Oubliez-vous que je me suis engagée à lui ? Il est mon fiancé devant Dieu.

— Qu'importe encore ?

— Épouseriez-vous une jeune fille dont la pensée d'un autre remplit le cœur tout entier ?

Martial eut un éclat de rire cynique.

— Belle cousine, — reprit-il, — nous ne nous comprenons plus. — Votre orgueil vous aveugle aujourd'hui comme il vous aveuglait il y a trois jours, quand vous repoussiez avec arrogance une offre que je ne songeais point à vous faire... — Il ne saurait, je vous assure, être question de mariage entre nous... — Je mets à vos pieds, je le répète, l'immense fortune que m'envoie mon heureuse étoile, j'y mets aussi mon cœur, mais je n'ai jamais dit que j'y mettais mon nom..

— Je vous écoute sans vous comprendre... — répliqua l'aînée des trois sœurs. — Vous affirmez que l'orgueil m'aveugle, et je ne me savais pas orgueilleuse... — Vous me parlez de votre amour, et vous ajoutez qu'entre nous un mariage est impossible... — Que me proposez-vous donc?...

— De faire de vous la plus heureuse des créatures comme vous en êtes la plus séduisante... — Abandonnez-vous à moi, Cora, et je me charge de votre bonheur, et je vous promets une existence de luxe et de plaisir... — Vous aurez la richesse et le pouvoir... une richesse sans bornes, un pouvoir illimité. — Vous serez souveraine, et moi, votre sujet docile, j'obéirai à tous vos caprices.

— A quel titre pourrais-je accepter? — N'étant pas votre femme, que serais-je?

— Ma maîtresse adorée...

La jeune fille se dressa d'un bond, et la tête haute, les bras croisés sur la poitrine, foudroyant son interlocuteur d'un regard de mépris suprême, elle répondit :

— Monsieur Martial Dereyne, vous êtes un lâche!... Taisez-vous!...

XXXII

La brève réponse de Cora, frappant l'armateur en plein visage comme un coup de cravache, le fit pâlir d'abord.

Pendant une ou deux secondes il fut tout près de laisser le champ libre à la colère qui grondait en lui, mais la réflexion le calma pour un instant.

— Quand on est le maître absolu, — se dit-il, — on peut être patient... — on a le droit de se montrer bon prince.

Et il sourit.

Ce sourire exaspéra la jeune fille.

— Vous êtes un lâche!... — répéta-t-elle.

— Ce sont des mots, ma belle cousine, et rien que des mots... — répliqua Dereyne. — Les injures d'une jolie bouche, pas plus que le soufflet d'une jolie main, ne blessent un galant homme...

— Ce misérable ose s'appeler un galant homme! — reprit Cora dont l'irritation grandissait en face du sang-froid de Martial. — Un galant homme, lui, qui s'est assis à notre foyer où des mains loyales se tendaient pour serrer la sienne, et qui paie l'hospitalité par la trahison, par le mépris! — Une effroyable fatalité creuse une tombe à côté de lui, et sur cette tombe à peine close il insulte une mémoire chère et sacrée, il propose à la fille de son hôte, de son parent, un marché monstrueux... Il offre de payer sa honte avec cette fortune que le hasard aveugle a jetée dans ses mains!... Quel bandit souillé de crimes, quel échappé du bagne atteindrait au niveau de cette infamie?... — Tout à l'heure je vous ai dit de vous taire!... Maintenant je vous ordonne de sortir !...

Martial répondit à cet ordre par un nouvel éclat de rire.

— Sortez! mais sortez donc! — poursuivit Cora en marchant sur lui menaçante.

L'armateur n'avait plus que l'apparence du calme.

L'immense, l'écrasant dédain de la jeune fille suscitait dans son âme un ouragan ; il parvint cependant à se contenir encore, et il répondit avec un accent plutôt railleur que furieux :

— Il me semble, belle cousine, que vous intervertissez les rôles et que vous êtes oublieuse jusqu'au bout... — Souvenez-vous des faits accomplis!... Dans la pièce où nous sommes, aussi bien que dans l'habitation toute entière, je suis chez moi... — J'y reste donc et j'y resterai tant qu'il me plaira... — J'ai seul le droit de commander ici... — Ce n'est pas moi qui dois recevoir des ordres de vous... — C'est vous qui devez m'obéir.

— Vous obéir! — s'écria Cora. — Jamais!

— Vous supposez-vous libre, par hasard? — reprit Martial. — Vous croyez-vous toujours maîtresse? — Il importe d'abaisser votre orgueil et de mettre à néant vos illusions... — Votre père ne vous a ni reconnue ni affranchie, Cora!... — C'est dur, j'en conviens, mais c'est ainsi! — Fille d'esclave, esclave vous-même, vous faites partie de la fortune dont je suis héritier... — Vous êtes une parcelle de mon bien, une chose absolument à moi dont je puis disposer à ma guise... — Vous n'avez pas voulu m'écouter quand je parlais en amant qui supplie... — Il faudra bien m'entendre quand j'ordonnerai en maître, sinon le fouet du commandeur rendra docile l'esclave rebelle!...

Martial Dereyne venait de dévoiler sans pudeur, par ces dernières paroles, sa hideuse nature.

Ce qu'il menaçait de faire, à coup sûr il le ferait.

Cora le comprit.

D'un seul regard elle envisagea l'avenir que lui réservait cet homme, ce monstre, et elle frissonna d'épouvante.

Cependant elle répliqua, avec une apparence de défi :

— Vous triomphez trop tôt... — Vous ne serez vraiment le maître que le jour où la loi vous aura mis en possession de la fortune de mon père... et, d'ici là, un miracle peut s'accomplir...

Il s'était embusqué dans le bouquet d'arbres d'où il pouvait épier le nègre et le docteur.

— N'y comptez pas! — répondit Dereyne. — Héritier légitime et gardien des scellés je suis le maître dès à présent, et je le ferai voir en réduisant à l'obéissance quiconque essayerait de me résister!... — Ou vous serez à moi, ou vous irez, vous, vos sœurs et votre mère, grossir le nombre des esclaves qui travaillent aux plantations et aux moulins, sous le fouet du commandeur Mercuzza.

— Et vous osez dire que vous m'aimez! — s'écria la jeune fille.

— Je vous aime et je vous l'ai prouvé par des offres splendides auxquelles vous n'aviez aucun droit... — En présence de vos dédains, mon amour change de nature... — Il était enrubanné, enguirlandé, fleuri, comme un Cupidon de vieux saxe, et fertile en jolis soupirs, en madrigaux coquets, en galanteries délicates... — Cette églogue parisienne se transforme par votre faute en passion des tropiques, sauvage, violente et brutale... — Vos menaces et vos colères attisent le feu qui me consume!... — Lionne en courroux, vous me semblez plus belle... — Je suis enivré comme le tigre quand il entend rugir sa tigresse ! ! Je vous veux et je vous aurai ! ! — Quoi qu'il advienne vous serez à moi, soit en maîtresse fière et rayonnante, soit en esclave qu'on traîne à la couche du maître... — C'est à vous de choisir... — Réfléchissez... — Je vous donne trois jours...

Et Dereyne sortit du cabinet où l'entretien venait d'avoir lieu.

Dès qu'il eut refermé la porte derrière lui, Cora se laissa tomber à genoux, affolée, désespérée ; puis, tendant les mains vers une photographie de Richard Bernier suspendue à la muraille, elle balbutia :

— Oh! mon père... Mon père... Si vous ne me protégez pas... si vous ne venez pas à mon aide, je suis perdue...

Elle fondit en larmes, elle éclata en sanglots, se frappant la poitrine et se tordant les bras.

L'énergie de Cora, ébranlée déjà par le coup terrible qu'elle avait reçu, s'anéantissait complètement en face de la passion bestiale et de la cruauté froide et menaçante de Martial Dereyne.

Cette crise de douleur fut de longue durée.

La jeune fille pleura et pria pendant plus d'une heure puis, soulagée par ses larmes mêmes, elle reprit un peu de force et de résolution, elle se releva, et séchant ses pleurs, apaisant ses sanglots, elle alla retrouver Carmen, Marie et Noémi, qui commençaient à trouver son absence bien longue et qui s'inquiétaient.

L'altération du visage de Cora était effrayante. — Carmen, en la voyant, s'écria :

— Sœur, tu as pleuré !

— Oui.

— Tu souffres ?

— Cruellement...

— Un nouveau malheur nous menace ?

— Le plus effroyable de tous les malheurs...

— Que s'est-il donc passé ?... que t'a dit mon cousin Martial ?

Cora eut un frisson de dégoût.

— Ne me parle plus de cet homme ! — s'écria-t-elle. — C'est un misérable, c'est un lâche, c'est un infâme !... — Pour nous préserver de lui, il ne nous reste qu'une ressource...

— Laquelle?

— Abandonner cette maison... fuir ce pays...

— Abandonner ce pays qui est le nôtre... cette maison qui est à nous... — balbutia Noëmi.

— Hélas! rien n'est à nous, ma mère!... — Non seulement nous sommes dépouillées de tout, mais nous ne nous appartenons plus nous-mêmes... — Il faut fuir au plus vite, je vous le répète, sinon nous sommes perdues...

— Fuir! — répéta Carmen. — Comment? et où aller?...

— Je crois au dévouement de Jupiter, — répondit Cora. — Il nous fournira une embarcation... nous réunirons nos bijoux, les quelques pièces d'or que chacune de nous possède et, Dieu aidant, nous gagnerons la Martinique dont soixante lieues tout au plus nous séparent... — Là est le salut... — Mais il importe de paraître calmes... — Notre projet ne peut réussir que si Martial Dereyne ne le soupçonne point, et pour le mettre à exécution nous n'avons que trois jours...

Noëmi sanglotait.

— Oh! mon Richard, — disait-elle d'une voix brisée par les larmes, — pourquoi ne suis-je pas morte avant toi, puisqu'il fallait abandonner cette demeure où nous avons vécu l'un pour l'autre, où nos enfants sont nées, où j'espérais mourir?

Les jeunes filles entourèrent Noëmi de leurs bras caressants.

— Mère chérie, — murmura Carmen, — ne pleure pas, tu nous fais trop de mal !

— Mère, — ajouta l'aînée des trois sœurs, — pour soutenir la lutte que je vais entreprendre il faut beaucoup de force et beaucoup de courage, et je n'en aurai plus si je te vois pleurer...

— Mes larmes coulent malgré moi... — répliqua Noëmi; — nous sommes maudites...

— Non, ma mère... Dieu nous frappe mais peut nous relever... — Ayons confiance en lui... implorons-le avec une foi ardente... il nous protégera, car il est notre unique espoir...

En ce moment on frappa doucement à la porte.

— Qui peut venir? — balbutia Marie.

— Il faut voir... — répondit Cora. — Ouvre, petite sœur...

Marie obéit.

Jean Renaud et le docteur Jocelyn étaient sur le seuil.

— Entrez, — leur dit Cora, — et soyez les bien venus.

— Eh! bien, mademoiselle? — fit le médecin noir.

— Eh! bien, docteur, — répliqua la jeune fille, — les plus sinistres prévisions sont dépassées, et nous allons chercher le salut dans la fuite...

— Que vous a dit cet homme, mademoiselle? — demanda Jean Renaud.

— Il m'a proposé un marché infâme! — Il m'a offert la liberté et la fortune en échange de la honte... — il prétend m'imposer son amour révoltant et veut que je sois sa maîtresse! — Voilà ce qu'il a dit!

Une exclamation d'horreur accueillit ces paroles.

— Sa maîtresse!! toi!! — répéta Noëmi dont les joues bronzées pâlirent.

— Oui, ma mère, et si je n'obéis pas à ses ordres en esclave docile, nous sommes menacées, vous, mes sœurs et moi-même, du travail des plantations et du fouet du commandeur!...

— Et vous n'avez pas tué cet homme!... — murmura Jean Renaud d'une voix qui sifflait entre ses dents serrées.

— Pourquoi l'aurais-je tué ?

— Le misérable vous insultait!...

— On n'insulte pas une esclave, et je suis une esclave, une parcelle de son bien, une chose absolument à lui, dont il peut disposer à sa guise!... il me l'a dit!...

— Mais, — reprit Jean Renaud, — ici comme partout il y a des tribunaux, des juges.

— Juges et tribunaux sont impuissants contre la loi, et cet homme a la loi pour lui... — il est le maître, — il est dans son droit.

L'évadé de la *Dorade* ne pouvait plus se contenir.

— Le droit du crime!... le droit de l'assassinat!... — s'écria-t-il.

Cora lui saisit les mains et d'une voix haletante demanda :

— Que dites-vous?...

— Je dis que ce monstre a tué votre père pour voler votre fortune et pour vous posséder vous-même!

— Des preuves! — poursuivit Cora, — des preuves!

— Ah! si j'en avais, mademoiselle, ce lâche n'aurait pas osé vous insulter !... Je n'ai que des présomptions, mais elles équivalent à des certitudes et le dernier mot n'est pas dit! J'aurai les preuves qu'il me faut.

— Comment?

— Je n'en sais rien, mais je les aurai... — J'attends tout de l'avenir...

La jeune fille haussa les épaules.

— Est-ce que l'avenir existe pour nous? — répliqua-t-elle. — Un doute effroyable, une fureur impuissante, un crime impuni, le triomphe du mal, voilà le présent! — Rien! Rien!... Nous ne pouvons rien!... — Il ne nous reste que la fuite, et pour la fuite nous n'avons que trois jours!...

Le docteur mulâtre intervint.

— Les nègres vous adorent, mademoiselle... — fit-il. — Dites un mot... ils se soulèveront contre l'assassin qui, non content de vous dépouiller vous insulte, et ils l'écraseront...

— Prouvez-moi que Martial Dereyne est l'assassin de mon père — répliqua l'aînée des trois sœurs, — et je dirai ce mot... — La loi du talion est une loi juste : *OEil pour œil! Dent pour dent ! Sang pour sang !* — Mais tant qu'il reste un doute, je ne veux pas de sang! — Mieux vaut la fuite... — Elle est d'ailleurs facile... — L'un de vous ira trouver Jupiter qui nous est absolument dévoué... — Il lui donnera l'ordre d'appareiller le yacht demain soir à la nuit tombée... — Nous nous embarquerons entre onze heures et minuit... — Aucune poursuite ne sera possible et, quand nous serons en lieu sûr, le produit de la vente du yacht nous permettra d'attendre les événements...

— Ce sera fait, mademoiselle... — dit Jocelyn.

XXXIII

Le médecin noir poursuivit :

— Je dois tout à votre famille, mademoiselle... — J'étais esclave, votre père m'a rendu libre... — Je ne savais rien, je n'étais apte qu'au travail manuel, il m'a donné la science comme il m'avait donné la liberté... — Grâce à lui je puis être utile à mes semblables... — Je suis reconnaissant et je connais mes devoirs... — Si vous le permettez je ne vous quitterai pas... — Où vous irez, j'irai...

— Merci, docteur... — répliqua la jeune fille très émue, — j'accepte...

— Moi aussi, mademoiselle, je vous suivrai... — s'écria Jean Renaud.

— Hélas! mon ami, c'est impossible.

— Impossible! — Pourquoi?

— C'est dans une colonie française que nous irons chercher un asile, — murmura l'aînée des trois sœurs en s'approchant de l'ex-forçat pour n'être entendue que de lui — et vous êtes proscrit.

Jean Renaud baissa la tête, mais il la releva presque aussitôt :

— Quoi qu'il en puisse résulter pour moi, je vous suivrai partout! — répliqua-t-il d'une voix ferme. — Je veux payer ma dette, fût-ce au prix de ma vie !

Cora saisit les mains des deux hommes dont le dévouement apportait un peu de consolation dans son désespoir et les serra avec effusion.

— Surtout, mes amis, — reprit-elle, — n'oubliez pas de prévenir Jupiter, et qu'à l'heure convenue nous puissions nous embarquer.

Le docteur noir et Jean Renaud se retirèrent.

Après avoir embrassé sa mère et ses sœurs, Cora s'enferma dans sa chambre et se jeta sur son lit.

Sa force était à bout ; quelques heures de sommeil pouvaient seules lui rendre l'énergie physique dont elle allait avoir un si grand besoin.

Le lendemain, au point du jour, le docteur noir se rendit à l'infirmerie, puis, quand il eut passé la revue des malades, il prit à travers le parc le chemin des mornes et gagna l'embouchure de la rivière où Jupiter faisait charger des balles de coton et des sacs de café sur des péniches en destination de San-Germano.

Jocelyn l'appela.

Le nègre, quittant son poste aussitôt, accourut.

— J'ai à causer avec toi, Jupiter... — lui dit le médecin.

— Señor docteur, je vous écoute... — Parlez.

— Quittons d'abord cette plage découverte où le vent emporte la voix... — Ce que je veux t'apprendre ne doit être connu que de toi...

— Eh ! bien, señor, venez par ici...

Jupiter se dirigea vers un groupe de bananiers qu'entouraient des arbustes formant un massif très touffu.

Jocelyn le suivit dans ce fourré où ils se trouvaient à l'abri des regards curieux, et aussi, — croyaient-ils, — des oreilles indiscrètes.

— Parlez maintenant, señor docteur, — fit le nègre.

— Tu es dévoué aux filles du maître, n'est-ce pas, Jupiter ? — commença le médecin, en homme qui formule une affirmation bien plus qu'il ne pose une question.

— Pour les filles du maître le pauvre esclave donnerait son sang... — répondit Jupiter. — Est-ce que vous en doutez ?

— Non... aussi je n'hésite point à m'adresser à toi quand il s'agit de leur venir en aide...

— Leur venir en aide ? — répéta le nègre étonné.

— Oui.

— Je suis prêt... mais que puis-je ?

— Tu peux beaucoup... Noëmi et ses filles, qu'un grand malheur vient de frapper et que menacent des malheurs plus grands encore peut-être, sont obligées de quitter secrètement la colonie...

Jupiter parut stupéfait.

— Pourquoi ? — murmura-t-il. — Ici tout est à elles.

— Tout devrait être à elles, mais le nouveau venu, le neveu du maître, s'empare du bien des orphelines.

— C'est donc un voleur, ce señor Martial Dereyne ?

— C'est un misérable, c'est un voleur, et pis encore, mais il a la loi pour lui.

— Ah ! le démon !

— Bref, les trois sœurs et leur mère ne peuvent rester ni à l'habitation, ni dans l'île. Il faut fuir, et les filles du maître comptent sur toi.

— La vie de Jupiter est à elles...

— Combien te faut-il d'hommes pour manœuvrer le yacht ?

— Quatre.

— Es-tu certain de trouver, parmi les noirs habitués a la manœuvre, quatre hommes parfaitement sûrs ?

— S'il en fallait dix, j'en trouverais dix... — s'il en fallait vingt, j'en trouverais vingt...

— Et tu répondrais d'eux...

— Comme de moi... oui, señor docteur... — Comptez sur eux autant que sur moi-même...

— C'est bien... Je suis tranquille.

— Quand voulez-vous que le yacht soit paré ?

— Ce soir, un peu avant onze heures... Un canot, conduit par deux rameurs sous tes ordres, attendra à l'embouchure de la rivière la mère et les filles pour les conduire au yacht... Michel et moi nous les accompagnerons, et tu lèveras l'ancre aussitôt.

— Vers quel pays nous dirigerons-nous ?...

— Vers la Martinique...

— Señor docteur... tout sera prêt... et personne n'aura de soupçons, car Jupiter ne s'en rapportera qu'à lui seul...

— A ce soir donc...

— A ce soir.

Les deux hommes quittèrent le massif de bananiers et se séparèrent.

A peine avaient-ils fait vingt pas, chacun dans une direction différente, que le señor Mercuzza, écartant les branchages d'un buisson touffu qui lui servait de cachette au centre même du fourré, redressa sa haute taille comme un diable à surprise qui sort de sa boîte, et suivit du regard le nègre et le docteur, en hochant sa tête de méduse sous les grandes ailes de son chapeau de paille, et en se frottant joyeusement les mains.

La présence du señor commandeur en ce lieu, étant données les habitudes du personnage, ne doit point surprendre nos lecteurs et s'explique facilement.

Fidèle à ses instincts d'espion émérite, et supposant qu'après la scène de la veille au soir entre Martial Dereyne et Cora un complot quelconque devait se tramer, Mercuzza s'était mis dès le point du jour sur la piste du docteur noir.

L'ayant vu se diriger vers la baie au sortir de l'infirmerie, et soupçonnant quelque motif suspect à cette démarche si simple en apparence, il avait pris les devants par un sentier direct, et à tout hasard s'était embusqué dans le bouquet d'arbres d'où il pouvait épier ce qui se passerait sur la plage.

Le hasard l'ayant bien servi, les précautions prises par Jocelyn et Jupiter venaient de tourner contre eux.

L'âme damnée de Martial Dereyne n'ignorait désormais aucun détail du projet de fuite qui, le soir même, devait recevoir son exécution.

Mercuzza attendit que les deux interlocuteurs fussent à bonne distance, puis il abandonna son poste et regagna le parc où l'avait devancé Jocelyn.

Près des moulins à sucre ce dernier rencontra Jean Renaud, qui lui prit le bras et lui dit à l'oreille :

— Ma parole d'honneur, cet homme est un démon incarné !

— De quel homme parlez-vous ? — demanda le docteur noir.

— De Martial Dereyne, parbleu !

— Nous sommes d'accord sur l'épithète, mais qu'a-t-il fait de nouveau pour la mériter ?

— Il a prévu qu'un mot de Mlle Cora suffirait à provoquer une révolte des esclaves, ainsi que vous l'affirmiez hier au soir, et il a pris ses mesures avec une habileté diabolique, sinon pour la rendre impossible du moins pour la rendre inutile...

— Et comment ?...

— En faisant afficher ce matin dans tous les ateliers qu'à partir d'aujourd'hui les travailleurs libres recevraient un notable supplément de paye ; et ce n'est pas tout, au moment où je vous parle on distribue aux Espagnols des carabines et des revolvers dont ils n'hésiteraient pas, le cas échéant, à se servir contre les nègres qu'ils détestent.

— Les nègres sont cent fois plus nombreux...

— Sans doute, mais ce n'est pas toujours le nombre qui fait la force. — Que peuvent les esclaves désarmés contre les balles qui trouent leurs poitrines nues ?

— Vous disiez vrai, — murmura le docteur en poussant un soupir. — Cet homme est un démon ! — Heureusement nos mesures sont prises, et ce soir les filles de Richard Bernier n'auront plus à redouter de nouveaux outrages.

— Vous avez vu Jupiter ?

— Je le quitte à l'instant.

— Tout est convenu avec lui ?

— Tout.

— Aucune trahison n'est à craindre ?...

— Ni trahison, ni indiscrétion... — Je réponds du succès.

— Dieu veuille que vous ne vous trompiez pas ! — murmura Jean Renaud.

— On croirait que vous doutez...

— Je ne doute pas, mais malgré moi je tremble... et jusqu'à la dernière minute je tremblerai... — Quel prophète de malheur aurait osé prédire ce que, depuis moins d'une semaine, nous avons vu se passer ici ?

— Le mauvais sort se lasse à la fin... — répondit le docteur noir.

Jean Renaud répéta :

— Dieu le veuille !...

. . . .

Martial Dereyne avait accordé trois jours à Cora.

Quoique aiguillonné par la passion brutale qui le dévorait, il ne voulait point

— A moi, ma mère, à mon secours, s'écria-t-elle.

brusquer les choses, bien persuadé que la réflexion jetterait l'orpheline dans ses bras.

En conséquence il ne se présenta pas chez elle et donna des ordres pour que la mère et les jeunes filles fussent servies et obéies comme de coutume.

La journée se passa sans amener d'incidents qu'il soit utile de relater dans notre récit.

Dès le matin Cora, profitant de la liberté complète, — en apparence, du moins, — que lui laissait Martial Dereyne, s'était occupée de préparer tout pour la fuite prochaine.

Quelques rouleaux de louis, constituant les économies des trois sœurs, avaient été réunis par elle aux bijoux de jeunes filles donnés par leur père et entassés dans un petit sac de cuir de Russie à fermoirs de vermeil.

On s'étonnera sans doute de voir des sommes si humbles et des bijoux presque sans valeur entre les mains de ces enfants à qui semblait promise une énorme fortune.

Rien de plus naturel en réalité.

Richard Bernier, prévenant les désirs de ses filles, leur ouvrait son coffre-fort où elles pouvaient puiser sans compter.

Elles n'y puisaient guère pour elles-mêmes, n'ayant pas de besoins, encore moins de caprices, et consacrant presque tout leur argent à des œuvres de bien-faisance...

La valeur minime des bijoux s'explique aussi facilement.

Le planteur aurait trouvé de mauvais goût d'offrir à Noëmi, à Cora et à ses sœurs, de riches parures, peu en rapport avec la simplicité de leurs habitudes et qu'elles n'auraient eu d'ailleurs aucune occasion de porter.

Bref, l'or et les joyaux représentaient ensemble à peine une vingtaine de mille francs.

Le petit yacht à vapeur, aménagé de façon luxueuse, pourrait se vendre à Saint-Domingue et produirait une somme à peu près égale.

— Grâce à ces quarante mille francs, — se disait Cora, — nous serons momentanément à l'abri du besoin... — Quant à l'avenir, Dieu y pourvoira...

Elle ajoutait tout bas, avec un sourire mélancolique :

— Armand Dorsay s'épouvantait d'aimer une trop riche héritière... — Il craignait que les millions de mon père ne fussent un obstacle entre nous... — Ses inquiétudes n'auront plus de raison d'être... — S'il veut toujours faire de moi sa femme, il m'épousera sans dot! !

Et elle appuyait contre ses lèvres l'anneau des fiançailles — la bague d'argent trouvée dans les fouilles de la Seine...

XXXIV

A dix heures du soir les trois sœurs et Dolorès, en costume de deuil, étaient réunies dans l'appartement de Noëmi, attendant le signal du départ qui devait être donné par le docteur Jocelyn.

On avait jugé prudent d'éteindre les lumières.

Tout semblait profondément endormi dans cette partie de l'habitation.

Un peu avant onze heures le hululement faible et doux d'un oiseau de nuit se fit entendre à une faible distance des fenêtres entr'ouvertes.

C'était le signal convenu.

Le médecin mulâtre avertissait les fugitives qu'il était temps de se diriger vers la baie où une barque les attendait pour les conduire au yacht.

— Venez, ma mère... venez, mes sœurs... — dit Cora d'une voix très basse.

Elle ouvrit la porte avec précaution et passa la première.

Noëmi et les jeunes filles la suivirent, étouffant le bruit de leurs pas dans les couloirs et les escaliers sombres.

Toutes avaient le cœur gros et les larmes aux yeux en abandonnant cette demeure pleine de chers souvenirs, cette maison bénie qu'elles croyaient ne devoir jamais quitter, et d'où les chassait un misérable.

Au moment de franchir le seuil, Noëmi se laissa tomber à genoux.

— Adieu, Richard... — murmura-t-elle, — adieu, mon bien-aimé Richard...

Ses sanglots éclataient. — Elle dut appuyer son mouchoir sur sa bouche pour les étouffer...

Les jeunes filles pleuraient silencieusement.

Jocelyn s'approcha.

— Au nom du ciel, — dit-il, — ne perdons pas de temps ! Il faut profiter de la marée pour gagner le yacht, car à son bord seulement vous serez en sûreté.

Les fugitives se mirent en marche et s'engagèrent dans l'allée sinueuse qui du plateau de la colline conduisait à la baie.

Le docteur noir formait l'arrière-garde, l'oreille attentive, afin de s'assurer que nul indice n'annonçait une poursuite.

Jean Renaud faisait le guet non loin des falaises basses qui dominent la grève.

La petite troupe avait parcouru, sans encombre et sans alarme, la moitié de la distance à franchir.

Soudain le bruit d'une course rapide glaça d'épouvante tous les cœurs.

Ce bruit venait de la plage et grandissait de seconde en seconde.

Les femmes ralentirent leur marche.

Presque en même temps Jean Renaud haletant leur barra le passage.

— Qu'y a-t-il? — demanda Cora.

— En arrière... — Vite en arrière... — répondit-il d'une voix haletante. — Regagnez l'habitation sans perdre une seconde...

— Pourquoi ?

— Nous sommes trahis...

— Vous en êtes sûr ?

— Trop sûr !... — Mercuzza garde le pied des falaises avec une bande d'Espagnols armés jusqu'aux dents... — J'ai failli donner tête baissée dans leur embuscade ! — Impossible cette nuit d'arriver au canot... — Retournez sur vos pas...

— Il a raison... — fit le docteur Jocelyn ; — à quoi bon se faire prendre en flagrant délit d'évasion... — on vous reprocherait cette tentative comme un crime.

— Soit ! — mumura l'aînée des trois sœurs avec un découragement immense. — Rentrons puisqu'il le faut... et que notre sort s'accomplisse...

Puis les fugitives reprirent le chemin du logis, le désespoir dans l'âme.

Depuis la mort de Richard Bernier elles ne devaient plus compter que sur l'aide de Dieu, et Dieu semblait les abandonner...

Jean Rénaud avait dit vrai.

Le señor Mercuzza, embusqué au pied des falaises, attendait avec une fiévreuse impatience le moment où les *esclaves rebelles* — (il les nommait ainsi) — tomberaient dans le piège tendu par lui.

Nous savons qu'il devait attendre en vain.

De son côté Jupiter, doué comme tous les nèges d'une finesse d'ouïe incomparable, avait, depuis le canot, entendu parler sur la plage et reconnu la voix de Mercuzza donnant des ordres aux Espagnols.

Voyant l'entreprise manquée Jupiter, au lieu d'atterrir, retourna au yacht, éteignit le feu de la machine et ensuite, ramant sans bruit, ramena l'embarcation à sa place habituelle au milieu de la flottille des embarcations de la rivière, puis enfin regagna sa case, où il se coucha après avoir parlé à plusieurs de ses compagnons, se créant ainsi un alibi sérieux et presque indiscutable.

Le temps passait.

L'impatience fébrile du señor Mercuzza se changeait peu à peu en un désappointement énorme, mêlé d'irritation naissante.

Cette irritation grandissait à mesure que s'écoulaient les heures.

— J'avais cependant bien entendu ! — se disait l'Espagnol. — C'était positivement pour cette nuit ! — On a deviné sans doute que j'étais sur mes gardes, et la fuite est remise à quelque autre soir... — Par saint Jacques de Compostelle, il sera trop tard !

Vers deux heures et demie, l'aube naissante blanchit le ciel à l'Orient.

Mercuzza donna l'ordre à ses hommes de regagner leurs *hattes*, et furieux et maugréant, rentra lui-même.

La veille, se croyant sûr de mener à bien son entreprise, et voulant prouver à la fois beaucoup de zèle et beaucoup d'adresse en mettant la main sur les fugitives et en les ramenant à l'habitation, il n'avait rien dit à Martial Dereyne de l'évasion projetée.

— Seul j'aurai tout prévu, — se disait-il, — et tout exécuté ! Donc, à moi seul tout l'honneur !

Dégrisé par l'insuccès, il résolut d'avertir le maître, mais en s'attribuant le mérite — naturellement — d'avoir fait échouer à force de vigilance un plan si bien conçu.

Dans la matinée il mit son projet à exécution et raconta les choses à son associé futur.

Martial Dereyne fronça le sourcil. — Une lueur fauve s'alluma dans ses prunelles couleur d'acier, en même temps qu'un mauvais sourire contractait ses lèvres minces.

— Señor Mercuzza, — dit-il quand le commandeur eut achevé son récit, — vous avez fait acte d'allié fidèle et vigilant... — Ma gratitude vous est acquise... — Je vais déjeuner et je vous invite...

— Je suis reconnaissant de cet honneur, señor, et j'acquerrai sans doute de nouveaux titres à votre confiance en me permettant de vous dire que je crois urgent de prendre un parti...

— Je le crois comme vous.

— Que comptez-vous faire?

— Je vais réfléchir et j'aviserai... mais d'abord, déjeunons.

Les deux misérables s'attablèrent.

Martial Dereyne donna l'ordre d'apporter du vin de Champagne dont il vida, pour sa part, deux bouteilles.

Buveur émérite, il avait la tête solide. — Ces libations réitérées semblaient laisser son sang-froid intact; la coloration ardente de ses joues décelait seule un commencement d'ivresse.

Trois ou quatre petits verres de rhum, absorbés coup sur coup, rendirent cette coloration de plus en plus caractéristique.

— Aux affaires sérieuses, maintenant! — s'écria-t-il en allumant un cigare. — Señor commandeur, allez, je vous prie, prévenir de ma part la belle Cora qu'ayant quelque chose à lui dire je vais me rendre auprès d'elle, et que je désire la trouver seule... — Vous viendrez, s'il vous plaît, m'apporter sa réponse... — Vous lui ferez comprendre au besoin que je n'admettrais pas un refus...

Mercuzza s'empressa d'obéir et reparut au bout d'un instant.

— Eh bien? — demanda Martial.

— Eh bien, señor, vous êtes attendu...

— Quelle est la physionomie de Cora?...

— Impénétrable, mais point avenante... — La belle esclave a l'air un peu farouche...

— Bah! — répliqua Dereyne en riant. — Je me charge de l'humaniser...

Il quitta son siège.

Le commandeur s'attendait presque à le voir tituber, mais ce fut d'un pas très ferme qu'il se dirigea vers l'appartement de Cora.

Cet appartement se composait d'un vestibule, d'un petit salon, et d'une chambre à coucher suivie d'un cabinet de toilette.

La jeune fille attendait dans le salon.

Elle était debout au milieu de la pièce, la tête haute, l'attitude glaciale, le regard méprisant.

— Vous m'avez fait prévenir, monsieur, — dit-elle, — que vous aviez à me parler, et je vous reçois pour éviter quelque violence de votre part, mais en vous présentant aujourd'hui chez moi vous manquez à votre parole...

— En quoi, s'il vous plaît? — fit Martial d'un ton moqueur.

— Vous m'aviez accordé trois jours...

— C'est vrai, mais vous avez pris soin d'annuler vous-même l'engagement...

— Comment cela?

— En essayant de fuir...

Cora tressaillit.

— Niez-vous le fait? — poursuivit Dereyne.

La jeune fille haussa les épaules.

— Pour le nier il faudrait mentir, — répliqua-t-elle, — et je ne mens jamais! — Oui, c'est vrai, j'ai voulu fuir la honte que vous prétendez m'infliger... — J'ai voulu vous éviter un crime de plus...

— Un crime!... — répéta l'armateur en ricanant. — Vous seule, cette nuit, en commettiez un!...

— Moi!... — s'écria Cora.

— Vous-même, parbleu!! — Prenez donc l'habitude de voir les choses comme elles sont!! Mettez-vous dans l'esprit que vous êtes esclave, que vous m'appartenez, que j'ai sur vous tous les droits d'un maître sur sa chose, qu'en vous évadant cette nuit vous me causiez un préjudice, et que vous méritez d'être châtiée comme on châtie les nègres marrons et les esclaves fugitives...

— Châtiez-moi donc! — répondit hautainement Cora. — Vous figurez-vous par hasard que je vais demander grâce? — Vous m'avez déjà menacée du fouet!... Où est votre bourreau?... — J'attends!...

La teinte pourpre du visage de Martial devint violette, prouvant ainsi que la colère se joignait aux fumées du vin.

Néanmoins il reprit, d'une voix un peu saccadée mais presque calme encore :

— Ne me bravez pas, je vous le conseille, et prenez garde de m'irriter!... — Malheur à vous si votre insolent orgueil me faisait oublier que vous êtes belle et que je vous aime?... — Soyez à moi, vous serez libre et riche... sinon l'amant qu'on dédaigne cédera la place au maître qu'on outrage, et ce maître sera sans pitié!...

— Ah! — s'écria Cora, — je me ris de votre colère et ne veux pas de votre pitié! Je suis une esclave, dites-vous? Soit! Traitez-moi donc en esclave révoltée, car je me révolte! — Toutes les souffrances, tous les supplices, je les réclame... je les provoque! J'accepte tout... Je me soumets à tout, sauf à vous entendre me parler de votre infâme amour! Oh! cela, non, jamais!

Martial ne se contenait plus qu'à peine.

— Prenez garde! — répéta-t-il.

— A quoi? — Je vous défie!... — Je suis prête à mourir...

— Avant de me répondre réfléchissez encore.

— Ma réponse, la voilà: — Vous me faites horreur !

— Pour la dernière fois, je vous offre la fortune et la liberté.

— Riche et libre avec la honte! — La mort vaut mieux.

— Vous m'appartiendrez, cependant! — poursuivit Dereyne écumant de rage. — Vous m'appartiendrez, je le jure !

— Jamais !...

— Vous m'appartiendrez, que vous y consentiez ou non !...

— Oserez-vous employer la violence contre moi ?...

— J'oserai tout!... Je suis le maître et je suis le plus fort!...

— Ah! misérable !...

— Je vous veux !... Je vous aurai !...

Et l'armateur, rendu furieux par une double ivresse, se rua sur la jeune fille comme un tigre sur sa proie, l'enlaça brusquement, lui noua ses bras autour de la taille et entreprit de paralyser sa résistance...

XXXV

Cora se débattait comme une lionne mais Dereyne, au risque de briser le corps souple et charmant qu'il tenait dans ses bras, resserrait de plus en plus son étreinte.

La jeune fille, perdant le souffle, se sentait près de défaillir.

Quelques secondes encore et son odieux agresseur l'aurait en son pouvoir, inanimée, vaincue...

— Ma mère, à mon secours !... — cria-t-elle d'une voix étranglée, — à mon secours, mes sœurs !...

Noëmi, Carmen et Marie attendaient, haletantes, dans la chambre voisine.

L'appel désespéré de Cora leur fit comprendre ce qui se passait.

Carmen la première ouvrit la porte et s'élança, suivie de sa mère et de Marie.

— Arrière !... — commanda Martial Dereyne.

Mais les trois femmes bondirent sur lui.

En même temps Cora, par un suprême effort, réussit à se dégager.

— Sauve-toi, mon enfant... — balbutia Noëmi, — sauve-toi... cache-toi... cet homme te tuerait...

Mais Cora ne songeait guère à fuir.

Elle reprit haleine puis, livide, les joues marbrées de taches rouges, les yeux injectés de sang, elle revint à Martial que contenaient Noëmi et ses filles.

— Lâche! — lui cria-t-elle, — infâme et lâche!

En même temps elle lui crachait par deux fois au visage.

Martial poussa un rugissement.

D'un furieux mouvement d'épaules il rompit les nœuds vivants qui tentaient de le maîtriser.

Il passa ses deux mains sur sa figure comme pour effacer la trace de l'outrage qu'il avait subi, et d'une voix lente et sourde il dit :

— Femmes, vous venez de prononcer votre arrêt... — Esclaves, vous serez traitées en esclaves!... — Malheur à vous, Cora!

— Je vous défie, bandit!... — répliqua la jeune fille.

Dereyne étendit la main vers la porte.

— Sortez! — commanda-t-il. — Justice sera faite!

— Reste, mon enfant... — balbutia Noëmi effarée. — Reste avec nous.

— Sortez! — répéta Martial impérieusement.

— Priez pour moi, ma mère... — dit Cora.

Et calme, la tête haute, un sourire méprisant aux lèvres, elle quitta le petit salon.

L'armateur marcha derrière elle.

Noëmi et ses filles tombèrent à genoux, élevant leurs mains vers le Ciel qui semblait les abandonner.

Cora longea la galerie qui desservait le premier étage ; elle descendit le grand escalier et sortit de l'habitation.

Dans la cour intérieure elle s'arrêta et, se retournant vers Martial Dereyne qui la suivait toujours elle reprit :

— Vous avez parlé de justice... — Appelez votre commandeur!

— C'est ce que je vais faire, pour vous obéir... — répondit ironiquement Martial.

Il approcha de ses lèvres un petit sifflet d'or qu'il portait à sa chaîne de montre, et il en tira un son prolongé.

Mercuzza n'était pas loin.

Il se doutait que l'entrevue du maître et de Cora amènerait des incidents nouveaux, intéressants pour lui, et il attendait.

Au signal convenu, il accourut.

— Señor commandeur, — lui dit Martial, — je veux que les ouvriers libres et les esclaves qui travaillent aux alentours de l'habitation se rassemblent à l'instant ici!...

— Bien, señor...

Mercuzza s'approcha d'une cloche suspendue entre deux montants de bois peints en rouge, et mit cette cloche en branle à trois reprises différentes.

Lorsque retentissait une sonnerie de ce genre, les esclaves quittaient aussi-

Noémie leva ses mains vers le ciel qui semblait les abandonner

tôt leurs ateliers pour se rendre dans la cour où quelque communication importante devait leur être faite.

Dereyne vint alors se placer en face de Cora, les bras croisés sur la poitrine, les yeux étincelants, les lèvres blanches.

— Vous allez apprendre ce qu'il en coûte de m'insulter... — fit-il.

La jeune fille haussa les épaules.

— Imprudente et folle, — poursuivit l'armateur, — vous osez lutter contre moi !

— C'est lutter contre le démon, je le sais... — répondit Cora. — Je lutterai cependant jusqu'au bout.

— Vous serez brisée !...

— J'attends...

— Réfléchissez, Cora !... — Je puis pardonner encore... je puis oublier...

— Et moi je n'oublie pas que vous êtes infâme !...

— Je me souviendrai donc, et c'est vous qui l'aurez voulu...

Les dernières vibrations de la cloche agitée par Mercuzza s'éteignaient.

Les travailleurs libres et les esclaves sortaient en foule des ateliers voisins et se dirigeaient par petits groupes vers le centre de la cour où se trouvaient Cora, Dereyne et Mercuzza.

— Formez le cercle... — leur cria ce dernier ; — le maître vous parlera tout à l'heure.

Il avait dit à voix basse quelques mots à l'un des Espagnols qu'il honorait d'une confiance particulière, et qui s'était éloigné vivement avec une douzaine de ses compatriotes.

Bientôt les nègres, au nombre de deux cents environ, et une centaine d'ouvriers libres, se trouvaient réunis, formant un grand cercle.

Tous étaient silencieux.

Les esclaves courbaient la tête devant Cora, en témoignage de soumission et de respect.

L'attitude des ouvriers libres exprimait la curiosité la plus vive.

Quelques minutes s'écoulèrent, puis les Espagnols reparurent.

Partis douze, ils revenaient trente, armés de carabines et de revolvers.

Ils s'ouvrirent un passage à coups de coude dans la foule des esclaves et vinrent prendre place au premier rang du cercle.

Dereyne et Mercuzza échangèrent un regard dont la signification était claire et que Cora surprit au passage.

Les deux misérables, méditant quelque infamie et craignant une révolte des nègres, prenaient leurs précautions.

La jeune fille eut un sourire de mépris pour ces lâches.

— Señor Mercuzza, — commanda Dereyne, — amenez ici maintenant, et sous bonne garde, l'esclave Noëmi et ses filles Carmen et Marie... — Si elles refusent d'obéir, qu'on les contraigne... — Si elles refusent de marcher, qu'on les traîne...

— Oui, señor...

Et le commandeur, suivi de trois hommes armés, s'élança vers l'habitation.

En entendant les paroles de Martial, Cora avait frissonné.

— Que voulez-vous de mes sœurs et de ma mère ? — s'écria-t-elle.

— Leur demander le chemin de votre cœur... — répondit cyniquement Martial.

— Vous savez bien que vous ne le trouverez jamais !...

— Nous verrons...

Les noirs, pris d'une vague angoisse, s'interrogeaient les uns les autres... — Un souffle de terreur passait sur la foule d'où s'élevait un sourd murmure.

Dereyne entendit ce murmure et le réprima par un geste impérieux accompagné d'un regard menaçant.

Le silence se rétablit aussitôt.

— Place ! — ordonna le commandeur, revenant avec les trois femmes que les Espagnols contraignaient brutalement à presser le pas, et qui furent conduites au milieu du cercle où Cora leur tendit les bras.

— Que nous veut-on? — demanda Noëmi.

Martial ne lui répondit point.

Il se tourna vers la foule et dit d'une voix vibrante :

— Esclaves qui m'écoutez, vous savez déjà que par la mort de mon oncle, Richard Bernier, je suis devenu votre maître... — Ici tout m'appartient, même ces femmes qu'il n'a point affranchies et qui font partie de l'héritage. — Je leur offrais dans ma bonté les moyens de continuer à vivre, comme elles avaient toujours vécu, d'une existence oisive et molle... — Elles ont accueilli mes offres généreuses par le dédain, par l'insulte, par le mépris ! — Elles ont lassé ma bienveillance ! — Je dois et je veux faire un exemple ! — Ces femmes, qui sont des esclaves, vont quitter l'habitation pour revêtir le costume des esclaves dont elles partageront désormais les travaux... Qu'on les conduise aux caféières, qu'on leur assigne une *hatte*, qu'on les dépouille de ces vêtements qui ne sont point ceux de leur caste, et que sans perdre une heure elles se mettent au travail... — Allez, señor commandeur, tenez la main à ce que mes ordres soient exécutés !...

— Je n'aurais garde d'y manquer, señor... — répondit l'Espagnol en se dirigeant vers les femmes éplorées.

Cora, frémissante, se jeta devant sa mère et s'écria :

— N'avancez pas !

Puis s'adressant à son tour à la foule, elle ajouta :

— Une catastrophe foudroyante, inexpliquée jusqu'à cette heure, mais trop facilement explicable peut-être, est venue frapper mon père... — A peine ce juste était-il dans la tombe que M. Martial Dereyne, son parent le plus proche, oubliant les liens du sang qui nous attachent à lui, et non content de nous dépouiller sans pitié, a tenté de me flétrir dans ce que j'ai de plus cher au monde, mon honneur de jeune fille et ma pudeur de vierge ! — Repoussé avec indignation, cet homme veut se venger non seulement de moi, mais des miens ! — il prétend nous contraindre au travail des esclaves qui, pour ma mère et pour mes sœurs, serait la mort certaine après une longue agonie... — Peut-être pourrions-nous obéir à la loi, mais ce n'est point la loi qui nous condamne, c'est la haine et c'est la colère !... — Nous n'obéirons pas !...

Martial, impassible en apparence, avait laissé parler Cora sans l'interrompre.

Quand elle eut achevé il reprit, en se tournant vers Mercuzza :

— Ces esclaves ont fait hier une tentative d'évasion qui sans votre vigilance, señor commandeur, aurait certainement abouti... — Aujourd'hui elles refusent le travail... — Quelle punition doit leur être infligée?...

— La peine du fouet, señor... — répondit l'Espagnol, — le *Code noir*[1] le veut ainsi...

— Eh! bien, je vous livre les coupables... — Faites votre devoir...

Les nègres, nous le savons, adoraient Cora et toute la famille du planteur.

Des rumeurs indignées s'élevèrent de la foule.

— Silence! — commanda Mercuzza d'une voix tonnante. — La rébellion est punie de mort, vous ne l'ignorez pas!... — Un mot, un geste, un cri et ces hommes déchargeront leurs armes sur vous !...

En même temps les Espagnols, faisant volte-face, épaulaient leurs carabines.

L'épouvante fut plus forte que l'indignation.

Un silence profond s'établit.

— Par laquelle faut-il commencer, señor ? — demanda le commandeur.

— Par l'esclave Noëmi... — répliqua Dereyne.

Mercuzza, avec un sourire farouche, posa sa rude main sur l'épaule de la victime désignée.

Cora bondit vers Martial.

— Non, — balbutia-t-elle avec effarement, — ce n'est pas vrai... ce n'est pas possible!... Non, si cruel que vous soyez, vous ne laisserez point s'accomplir cette monstrueuse injustice !... Vous ne livrerez pas ma mère au fouet de votre bourreau !... Elle ne vous a rien fait, ma mère... — Comme mes sœurs, elle est innocente ! — C'est moi qui vous ai dédaigné, insulté, craché au visage !... C'est de moi qu'il faut vous venger, de moi seule ! — Ordonnez qu'on me frappe... ordonnez qu'on me tue... soit! Mais grâce pour ma mère, grâce pour mes sœurs !!...

Carmen et Marie, tombant à genoux et tendant leurs mains vers l'armateur qui choisissait dans son porte-cigares un *regalia de la Reina*, répétèrent avec des sanglots :

— Grâce pour ma mère !...

Cora, s'agenouillant aussi, joignit à leurs voix sa voix suppliante.

---

1. Le *Code noir*, ainsi nommé parce qu'il traitait exclusivement des délits et des crimes commis par les nègres, des mesures répressives et des punitions.

Martial Dereyne alluma lentement son cigare ; puis se penchant vers l'aînée des trois sœurs il lui dit à l'oreille :

— Il dépend de toi de sauver ta mère... — Veux-tu?...

XXXVI

Cora se leva brusquement.

Ses yeux étaient hagards, ses dents s'entrechoquaient.

— Ah ! l'infâme !... — murmura-t-elle en reculant, — l'infâme !...

Noémi avait compris, ou plutôt deviné, le marché révoltant proposé par Dereyne.

— Ne cède pas, ma fille ! — dit-elle. — Je ne veux pas du salut à ce prix !... — J'ai vécu longtemps déjà... celui que j'aimais plus que ma vie est dans la tombe... Il m'importe peu de mourir...

En ce moment Jocelyn arrivait dans la cour, accompagné de Jean Renaud.

— Qui parle de mourir? — demanda le docteur.

Les deux hommes se frayèrent un passage à travers les rangs pressés des nègres et parvinrent à l'espace laissé libre au milieu du cercle.

Ils apparurent à Cora comme des sauveurs.

Elle s'élança vers eux en s'écriant :

— Défendez ma mère ! !

— Quel danger la menace? — reprit le docteur noir.

— Cet homme veut la faire fouetter par son bourreau... — répliqua la jeune fille en désignant du geste Dereyne et Mercuzza.

— Que se passe-t-il donc ici, monsieur? — fit Jocelyn en se tournant vers l'armateur.

Ce dernier aurait voulu garder un silence dédaigneux — il n'en eut pas le courage, — le mulâtre lui en imposait.

— Ce qui se passe? — dit-il avec contrainte. — Vous allez le savoir... — Ces femmes sont mes esclaves...

— Selon la loi, peut-être, — interrompit Jocelyn, — mais selon la nature ce sont vos proches parentes...

— Elles sont mes esclaves et rien que mes esclaves ! — répliqua l'armateur. — Elles ont voulu fuir, elles refusent le travail... j'use de mon droit, je les châtie !...

Jean Renaud s'approcha de Martial, et le touchant presque de la poitrine, les yeux dans les yeux, il lui dit :

— Voulez-vous savoir ce que je pense de vous, monsieur Dereyne?

— Votre opinion m'importe peu... Je vous dispense de me la faire connaître.

— Vous la connaîtrez, cependant ; la voici : — Vous êtes un lâche...

L'évadé de la *Dorade* ajouta d'une voix plus basse, que l'armateur seul pouvait entendre :

— Et vous êtes un assassin !

Martial devint affreusement pâle mais ne sourcilla pas, et son regard ne se baissa point.

— Vous faites partie du personnel de ma maison, — répliqua-t-il avec une feinte assurance qu'un tremblement imperceptible démentait, — vous êtes à ma solde, vous dépendez de moi... — Je ne puis vous infliger le châtiment physique que mériterait votre insolence, mais j'ai le droit de vous chasser, et j'en use... — Allez vous faire payer l'arriéré de vos gages et hors d'ici !... — Que je ne vous rencontre pas ce soir sur mon passage !

Jean Renaud allait répliquer, et l'expression de son visage annonçait que sa réponse serait terrible.

— Au nom du ciel pas un mot ! — balbutia l'aînée des trois sœurs. — Par affection pour moi, taisez-vous et obéissez...

Incapable de résister à une prière de Cora, Jean Renaud courba la tête en disant d'un ton calme :

— Je suis prêt à rendre mes comptes et à quitter l'habitation...

Puis il se perdit dans la foule, mais sans s'éloigner.

Martial Dereyne, tout fier de cette facile victoire, reprit avec une insolence voulue :

— Quant à vous, monsieur le docteur, vous étiez l'ami très intime du subalterne que je viens de chasser. Je ne vous empêche pas de le suivre dans sa retraite, et même je vous y engage car vos services me deviennent inutiles.

— Je resterai cependant, monsieur... — répondit Jocelyn.

— Malgré moi ! — fit Martial stupéfait.

— Malgré vous, oui, monsieur.

— Dans ma maison ?

— Non, monsieur, que Dieu m'en garde ! J'apprécie mal l'honneur d'être logé sous votre toit, mais je trouverai facilement un asile au village voisin. — Je suis médecin, c'est-à-dire le serviteur et l'ami de ceux qui souffrent, et partout où il y a des malades je suis à ma place.

L'impatience gagnait l'armateur.

— Allez au village ou allez au diable, — reprit-il, — cela m'importe peu, mais retirez-vous...

— Non, monsieur, je ne me retirerai pas...

— Même si j'ordonne ?

— Même en ce cas, oui, monsieur... — Je prévois des exécutions odieuses...

— Le fouet de votre bourreau va creuser des plaies saignantes... — Je dois être là pour fermer ces plaies !... — Votre rôle est de torturer, le mien est de soulager... — Je suis à mon poste... — Je reste !

Jocelyn achevait à peine ces mots qu'une clameur mêlée d'enthousiasme et de colère s'échappait des poitrines haletantes des nègres et s'envolait dans l'espace.

L'enthousiasme s'adressait au médecin noir.

La colère menaçait Martial Dereyne.

Un geste de Jocelyn aurait suffi. — Sans hésitation et sans crainte les esclaves se seraient rués sur l'héritier du planteur.

Ponr la seconde fois les Espagnols épaulèrent les carabines dont Mercuzza les avait armés.

Cora reprit la parole afin d'éviter une collision imminente.

— Silence, frères ! — commanda-t-elle de nouveau. — Pas de révolte et pas de cris ! — Le nouveau maître que la fatalité nous donne sera bien contraint de faire halte aujourd'hui dans ses projets cruels... — On ne peut nous condamner et exécuter la sentence sans nous avoir entendues... — J'en appelle au syndic des noirs...

— Oui... Oui... le syndic des noirs !... — hurlèrent les esclaves, oubliant dans leur versatilité d'enfants que le personnage eu question ne s'était jamais montré soucieux de leurs intérêts — au contraire.

Cora n'ignorait point cela, mais elle voulait gagner du temps,

Elle n'en gagna guère car à cette minute précise, par un de ces hasards dont il ne faudrait point s'étonner outre mesure et qui sont fréquents dans la vie, le señor Reymundez ,venu pour présenter ses respectueux hommages au nouveau propriétaire des plus riches plantations de la colonie, apparaissait à l'entrée de la cour sur son grand cheval efflanqué.

Un sourire diabolique éclaira la physionomie sinistre de Mercuzza.

— On fait appel au syndic des noirs, — s'écria-t-il, — le voici...

Il ajouta d'une voix retentissante :

— Laissez passer le syndic des noirs !

Les esclaves s'écartèrent aussitôt et Reymundez, descendu de sa monture, arriva jusqu'au centre de la cour entre une double haie de fronts inclinés.

— On réclamait ma présence, señor? — demanda-t-il à Martial Dereyne en le saluant très bas.

— Oui, señor, — répondit l'armateur — et vous allez statuer de façon souveraine sur l'application d'un châtiment que je crois juste.

— Qui donc ici doit-on châtier ?

Cora, sortant du groupe et désignant sa mère et ses sœurs, répliqua :

— Nous, monsieur...

— Les filles du maître ! — murmura le syndic étonné.

— Le seul maître, c'est moi ! — reprit Martial avec hauteur. — Ces filles sont esclaves...

— Très bien! — fit Reymundez en jetant sur Cora un regard chargé de haine. — Je connaissais la mort du señor Richard Bernier, mais j'ignorais qu'il n'avait ni reconnu, ni affranchi ses bâtardes... — Etrange oubli d'un homme qui témoignait aux nègres esclaves plus de sollicitude affectueuse et plus de bienveillance qu'aux travailleurs de race blanche!... — Je me suis permis quelquefois de lui adresser à ce sujet des remontrances fort opportunes, mais il n'en tenait aucun compte, ayant je crois la tête un peu faible, et se laissant mener par l'aînée de ses filles... — Mes opinions cependant étaient sages...

— Il ne s'agit pas de vos opinions, monsieur! — interrompit Cora. — Il s'agit de savoir si nous méritons d'être punies...

Le syndic se tourna vers Martial.

— Que reprochez-vous à ces esclaves? — dit-il.

— Une tentative d'évasion d'abord... — Elles ont essayé de quitter la colonie...

— Est-ce vrai? — demanda Reymundez à Cora.

— C'est vrai... Nous avons voulu fuir la honte...

— Vous n'en aviez pas le droit... — Vous appartenez à votre maître... — En prenant la fuite vous le dépouillez d'une part de son bien... C'est un vol...

— Ma raison se refuse à admettre l'esclavage...

— Les lois du pays vous l'imposent.

— Le pays a des lois barbares!...

— Il est interdit aux esclaves de les discuter... ils ne peuvent que s'y soumettre... — Bref, vous ne niez point la tentative d'évasion... — Qu'avez-vous à dire pour votre défense?...

— J'ai à dire que cet homme, mon parent, devenu mon maître, m'a lâchement insultée en me proposant un marché infâme... — La fuite seule pouvait me soustraire à ses outrages, donc la fuite était légitime...

Reymundez haussa les épaules.

— On n'insulte pas une esclave! — répliqua-t-il dédaigneusement. — Les procédés du maître à votre égard ne pouvaient, quels qu'ils fussent, constituer un outrage... — Vous êtes sa propriété, vous êtes sa chose... il peut faire de vous ce que bon lui semble, et votre devoir strict est une obéissance absolue...

— En conséquence je ne saurais admettre aucune circonstance atténuante... — Quel est le second grief? — ajouta le syndic en s'adressant à Martial Dereyne.

— Le refus de travail... — répondit ce dernier.

— Rébellion complète, alors! — s'écria Reymundez. — Un des plus graves délits qui se puissent produire! — La répression doit être immédiate, et je condamne les coupables à un châtiment exemplaire...

Jean Renaud, qui depuis l'arrivée de Reymundez se labourait la poitrine avec ses ongles, ne put se contenir plus longtemps.

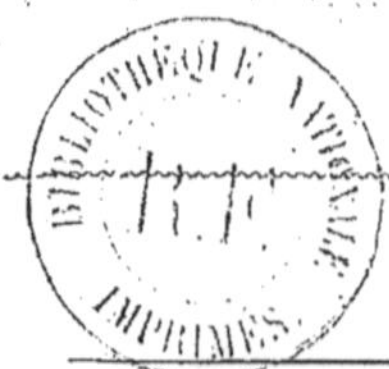

Cora, s'agenouillant aussi, joignit à la leur sa voix suppliante.

Il poussa un cri de rage et, jouant vigoureusement des coudes pour écarter les nègres derrière lesquels il s'était placé, il bondit dans le cercle et s'arrêta en face du syndic, prêt à lui lancer en plein visage son poing vigoureux capable d'assommer un bœuf.

Le señor Reymundez ne parut point ému de cette agression imminente, et demanda avec un complet sang-froid :

— Qu'avez-vous à me dire, señor ?

Jean Renaud avait été au moment d'écraser cet homme dans un élan de colère folle.

En face du calme absolu de Reymundez, sa présence d'esprit lui revint.

Il songea qu'à coup sûr son intervention serait inutile, et qu'elle constituait une imprudence inouïe dans la situation difficile et exceptionnelle où il se trouvait.

Forçat évadé, portant un faux nom, n'ayant aucun moyen d'établir son individualité d'emprunt, ne pouvant expliquer d'une façon correcte ou du moins vraisemblable la manière dont il était arrivé dans l'île, n'ayant plus la protection de Richard Bernier qui le rendait fort, et se sachant entouré d'ennemis, il se perdrait infailliblement par un acte de violence inutile.

Mieux valait rester libre et se réserver pour l'avenir...

En conséquence il abaissa son bras menaçant.

— Êtes-vous le défenseur officieux de ces esclaves? — reprit le syndic. — Je vous écouterai volontiers...

— C'est un subalterne insolent que je viens de chasser... — répliqua Martial Dereyne.

— N'importe... — S'il croit devoir parler en faveur des coupables, qu'il parle...

— Je voulais dire, monsieur, — murmura Jean Renaud, — que mesdemoiselles Bernier sont aimées de tous... Que la mort de leur père vient de les frapper cruellement... Que la position qui leur est faite par cette perte inattendue est épouvantable, et qu'une si grande infortune pourrait éveiller dans votre cœur un sentiment de pitié et d'indulgence...

— La loi n'admet ni la pitié ni l'indulgence, señor... — répondit Reymundez. — Je représente la loi, et mon premier devoir est de la faire respecter !...

— N'existe-t-il donc pour ces malheureuses femmes aucun moyen d'échapper à la honte du châtiment? — reprit Jean Renaud.

— Il en existe un seul.

— Lequel?

— Ces esclaves peuvent, à prix d'argent, racheter leur liberté...

— Ne puis-je refuser de la leur vendre? — demanda tout bas et vivement Martial Dereyne au syndic des noirs.

— Non, — répondit de même ce dernier, — mais vous pouvez fixer à votre guise la somme du rachat.

L'armateur triomphant s'écria :

— Je veux trois cent mille francs des trois sœurs... — Quant à la mère, sa valeur est nulle... elle passera donc par-dessus le marché.

— Vous avez entendu? — demanda le syndic.

— C'est bien, monsieur... — dit Cora. — Cet homme nous a volé les millions de mon père... nous sommes pauvres... Faites de nous ce que vous voudrez...

XXXVII

Martial avait hâte d'en finir.

— J'avais prononcé contre ces esclaves la peine de la flagellation... — reprit-il. — Monsieur le syndic des noirs, confirmez-vous ma sentence?

— Oui, señor, — répliqua Reymundez. — L'esclave Noëmi recevra quinze coups de fouet... chacune de ses filles en recevra dix...

Un cri de désespoir s'échappa des lèvres des trois sœurs.

— Mais c'est monstrueux! — dit Cora. — C'est la mort que que vous infligez à ma mère! — Elle ne survivra pas, vous le savez bien, à la torture ordonnée par vous!...

— Tuez-nous, — fit Carmen à son tour, — mais pitié pour ma mère...

— Pitié pour ma mère!... — ajouta Marie que les sanglots étouffaient.

— Obéissez! — commanda Dereyne.

Mercuzza donna un ordre.

Deux Espagnols, ses lieutenants habituels, s'approchèrent des femmes dont ils domptèrent facilement la résistance, et leur lièrent les mains derrière le dos.

Les nègres témoins de cette scène avaient la rage dans le cœur, mais ils restaient immobiles et mornes.

Le syndic des noirs était là, représentant à leurs yeux la justice, et la justice les effrayait. — Ils savaient trop bien que la moindre tentative de révolte amènerait pour eux une mort immédiate.

Le docteur Jocelyn se meurtrissait la poitrine. — Jean Renaud sentait une sueur froide mouiller la racine de ses cheveux.

Tous ces dévouements comprenaient leur impuissance.

En face des carabines et des revolvers des séides de Mercuzza, que pouvaient des hommes sans armes?

Le commandeur fit un geste.

Les vêtements de Noëmi furent arrachés, découvrant les épaules et le buste.

Cora se laissa tomber aux genoux de Martial.

— Grâce... — balbutia-t-elle. — Au nom du ciel, au nom de votre mère, au nom de vos enfants, grâce!...

Martial se pencha vers elle, et pour la seconde fois, lui dit :

— Je ferai grâce si tu veux... — Veux-tu?...

— Jamais!... — répliqua la jeune fille en se relevant. — Ah! vous aurez été sans pitié!... — Un jour viendra peut-être où l'on sera sans pitié pour vous!...

L'armateur répondit par un ricanement.

Mercuzza caressait avec amour les lanières du fouet de commandeur dont il ne se séparait jamais, et dont il avait déploré si souvent l'oisiveté pendant la vie de Richard Bernier.

Il fit tournoyer l'instrument de supplice qui fendit l'air en sifflant, et s'abattit avec un bruit mat sur la chair de la malheureuse femme où il laissa des empreintes livides.

Noëmi ne poussa pas un cri, mais elle devint d'une pâleur verdâtre ; une contraction nerveuse souleva les coins de sa bouche ; ses yeux semblèrent s'agrandir dans leurs orbites.

Au second coup, une rosée couleur de pourpre perla sur les meurtrissures violettes.

Au troisième, le sang jaillit éclaboussant les mains de l'exécuteur et le visage des jeunes filles agenouillées autour de leur mère.

La poitrine haletante de Noëmi se soulevait avec les mouvements saccadés d'un soufflet de forge. — Ses lèvres restaient muettes, mais son visage exprimait une souffrance indicible.

A partir du cinquième coup, les lanières impitoyables frappèrent une boue sanglante faite de chair broyée...

Au dixième coup, Noëmi poussa un sourd gémissement. — Une convulsion tordit ses membres. — Elle s'abattit sans connaissance.

— Assez ! — fit le syndic des noirs.

Mercuzza releva son fouet, non sans regret.

Il aurait voulu frapper jusqu'au bout, dût-il frapper sur un cadavre.

Le docteur Jocelyn se pencha vers le corps inanimé et il interrogea l'artère.

— Monsieur Martial Dereyne, — dit-il ensuite en regardant l'armateur bien en face, — si vous aviez l'intention de tuer cette femme, je crois que vous avez réussi... — Monsieur Martial Dereyne, je vous plains !...

Martial, pour toute réponse, haussa les épaules.

En voyant tomber sa mère, Cora s'était dressée, frémissante, les yeux pleins à la fois de larmes et d'éclairs.

— Continue, lâche !... — cria-t-elle. — Les filles après la mère !... — Dieu veille !... — Malheur à toi, bourreau !... Malheur à tous les tiens !...

Dereyne sentit un petit frisson effleurer son épiderme, mais il sourit de sa faiblesse.

Que lui importaient les vaines menaces de cette folle ?

— A moi ! — reprit Cora, — c'est mon tour !...

— Non... — répliqua Martial. — tu viendras la dernière...

— Pourquoi ? — Je suis l'aînée...

— Cela me plaît ainsi...

Les aides de Mercuzza s'étaient emparés de Carmen et dépouillaient la jeune fille qui, moins stoïque que Noëmi, poussait des cris déchirants.

Le commandeur leva son fouet et le laissa retomber...

Abrégeons le récit d'une scène hideuse.

Au cinquième coup Carmen perdit connaissance, et pour la seconde fois le syndic des noirs commanda d'arrêter le supplice.

Marie, la plus faible des trois sœurs, fit preuve d'une étrange force d'âme. — La pauvre enfant montra le courage des martyrs, et ne fit pas entendre une plainte. — Lorsque les lanières sanglantes eurent déchiré quatre fois sa chair, elle s'évanouit...

— Enfin, — cria Cora, — c'est à moi!

Elle voulait souffrir, elle voulait mourir, mais une indicible révolte s'empara de son âme quand elle sentit des mains brutales lui arracher ses vêtements, et quand, en face d'une foule, elle se vit nue jusqu'à la ceinture, n'ayant pas même ses mains pour faire un voile à sa pudeur...

Martial Dereyne dévorait du regard ce torse merveilleux, ces épaules fluides, ces bras exquis, ce jeune sein de vierge et de déesse.

Les bouillonnements de la luxure inassouvie lui montaient au cerveau. — La passion bestiale remplaçait la colère dans cette âme de boue.

Mercuzza, indifférent et farouche devant cette fleur de beauté sublime, se préparait à commencer son œuvre de sang.

— Arrêtez! — dit l'armateur d'une voix frémissante. — Je fais grâce!...

Cora, prête pour la torture, ressentit une immense épouvante en entendant ces mots.

— Non!... — s'écria-t-elle en délire, — non, pas de grâce!... je n'en veux pas!... — Je t'ai insulté, misérable!... — Je t'ai dit que tu étais un voleur et un assassin!... — Je t'ai craché au visage!... — Souviens-toi!... — Venge-toi!... — Pas de grâce!...

— Je fais grâce! — répéta Martial. — Qu'on remette à cette esclave ses vêtements, qu'on lui délie les mains, qu'on la conduise dans son appartement, et qu'elle y soit gardée à vue. — Señor Mercuzza, vous me répondez d'elle...

— Oui, señor, — répondit le commandeur en souriant.

Il commençait à comprendre les projets du maître et il se sentait réjoui.

Deux Espagnols dont il était sûr furent chargés par lui d'emmener de force la jeune fille et de veiller sur elle.

Quelques nègres, obéissant à Jocelyn, apportèrent des brancards sur lesquels on plaça Noëmi, Carmen et Marie sans connaissance, et on transporta la mère et les filles à l'infirmerie.

Avant de les suivre le docteur noir s'approcha de Jean Renaud et lui dit tout bas :

— Quoi qu'il arrive, il ne faut pas quitter l'habitation ou ses alentours... — Nous devons tous deux veiller sur Cora. — En ce moment elle est plus en péril qu'elle ne l'a jamais été...

— Je le sais bien, — répliqua Jean Renaud, — et vous pouvez compter sur moi...

Tout était fini.

La foule des esclaves s'écoula silencieusement, le regard sombre, la haine et la colère au cœur.

Les ouvriers libres espagnols ne cachaient point leur allégresse; — ils applaudissaient tout haut la sévérité du syndic des noirs et l'énergie du nouveau maître.

Le señor Reymundez quitta l'habitation, fort enchanté du début de ses relations avec Martial Dereyne.

Il emportait une agréable somme de deux cent cinquante louis, offerte par l'héritier de Richard Bernier.

Tout en reprenant, sur son grand cheval efflanqué, le chemin de Guayanila, il pensait :

— Pour peu que ce digne Français ait souvent besoin de moi, ma fortune est faite!... — Béni soit l'heureux accident qui nous a si fort à propos débarrassés de l'oncle... — Il m'est un peu suspect, cet accident, mais, dit *la sagesse des nations : — Qui veut la fin veut les moyens!...* or, pour hériter, il fallait que la succession fût ouverte, et Martial Dereyne s'est chargé de l'ouvrir à son profit!

Mercuzza de son côté murmurait avec une joie farouche, tandis que ses Espagnols emmenaient Cora :

— Esclave et fille d'esclave, quand tu te croyais maîtresse ici pour toujours tu me mettais dans ton estime au-dessous des nègres! Tu me prodiguais les humiliations et les mépris! — Ma vengeance marche bon train, et le señor Martial Dereyne, mon digne associé, se chargera bientôt de la rendre plus complète encore! — Il m'a promis une fortune, le señor Dereyne, et je le mets au défi de me manquer de parole, car je le tiens et il le sait!

Une heure après les scènes hideuses auxquelles nous venons d'assister, l'armateur, seul dans la pièce qui avait été le cabinet de travail de son oncle, songeait aux événements accomplis depuis quelques jours. — Le sourire du triomphe, écartant ses lèvres minces, découvrait ses dents blanches et pointues comme celles d'un loup.

Tout lui réussissait.

Il était désormais le seul maître de richesses si colossales que toute une existence de prodigalités folles ne parviendrait point à les amoindrir, et Cora, la dédaigneuse fille dont la beauté le rendait fou, allait devenir sa proie.

La porte du cabinet, s'ouvrant brusquement, interrompit ce radieux mirage.

Mercuzza franchit le seuil.

La physionomie patibulaire du misérable exprimait un certain trouble.

— Qu'y a-t-il, commandeur? — demanda Dereyne.

— Señor, répondit Mercuzza, — j'arrive de l'infirmerie...

— Eh bien?

— J'ai eu, paraît-il, la main un peu lourde... Oh! sans le vouloir, car au fond je suis plein d'humanité... Bref, Noëmi vient de mourir...

— N'est-ce que cela? — répliqua Martial avec insouciance. — C'était une esclave sans valeur... — Qu'on l'enterre et qu'on n'en parle plus.

— Il faut en parler, señor, au contraire; les conséquences de ce fait peuvent êtres graves si la justice en est avisée par la plainte de quelque nègre, et si le tribunal de Porto-Rico s'avise d'évoquer l'affaire.

— N'ai-je donc pas droit de vie et de mort sur mes esclaves? — s'écria l'armateur.

— C'est un droit contesté, señor... — Le tribunal admet volontiers qu'on châtie les nègres, mais non qu'on les fasse périr sous le fouet... Vous pouvez être condamné à une grosse amende, peut-être même à de la prison...

— N'est-il aucun moyen d'éviter ces ennuis?

— Je n'en vois qu'un seul : — Rédiger un procès-verbal de l'exécution et le faire signer au syndic des noirs qui attestera, comme témoin, que la peine a été appliquée avec une modération digne d'éloges.

— Rédigez vous-même cet acte... montez à cheval et courez à Guayanila chez le syndic... — Vous lui remettrez ces cent louis en échange de sa signature.

— Señor, regardez la chose comme faite...

— A votre retour venez me trouver sur-le-champ... — Nous avons à causer.

— Bien, señor... — Je ne perdrai pas une minute...

Et Mercuzza quitta le cabinet.

XXXVIII

Noëmi, — ainsi que Mercuzza venait de l'apprendre à Dereyne, — avait rendu le dernier soupir presque en arrivant à l'infirmerie.

Le corps déchiré par le fouet du commandeur, l'âme brisée par le désespoir, la malheureuse femme était morte sans avoir repris connaissance.

Carmen et Marie, plus vigoureuses et moins profondément atteintes, éprouvaient de cruelles souffrances, mais leur vie ne se trouvait point en péril.

Un petit nombre de jours devait suffire pour amener leurs blessures en pleine voie de guérison.

Le docteur Jocelyn, quoiqu'il eût la certitude d'arriver promptement à ce résultat, se promettait de prolonger leur convalescence afin de les soustraire le plus longtemps possible au travail que Martial Dereyne ne manquerait pas de leur imposer.

Jean Renaud, sachant par le médecin noir que Noëmi avait cessé de vivre, voulut voir une dernière fois le visage de la pauvre femme lâchement assassinée.

En présence de ce cadavre sanglant, l'évadé de *la Dorade* pleura comme il aurait pleuré devant le corps de sa mère.

— Si Dieu est juste, — murmura-t-il d'une voix sourde, — tant de crimes ne resteront pas impunis!... Le jour de la vengeance arrivera tôt ou tard!...

— Hélas! mon ami, — répondit le docteur Jocelyn, — avant de demander à Dieu la vengeance pour les morts, demandons-lui le salut des vivants... — Supplions-le d'arracher les trois sœurs à la haine de leur infâme cousin... — Ce misérable va continuer son œuvre de démon! — La soudaine pitié dont il a semblé pris pour la fille aînée de Richard Bernier m'épouvante... — Que prépare-t-il contre elle?

— Il l'aime d'un amour de fauve, — répliqua Jean Renaud, — ou plutôt il la désire brutalement, car il est incapable d'aimer.

— Espère-t-il la vaincre par la douleur? — reprit le médecin noir.

— Il l'espérerait en vain... — L'âme de Cora est d'un métal pur et solide... elle ne peut faillir... et les faits accomplis viennent de la tremper plus fortement encore pour la résistance et pour la lutte.

— A coup sûr Martial Dereyne médite un nouveau crime.

— Je le crois comme vous. — Quel parti prendre?

— Il faudrait voir Cora et lui conseiller de se tenir jour et nuit sur ses gardes...

— Laissera-t-on l'un de nous arriver jusqu'à elle?

— Non, certes... — Mais on peut trouver peut-être un moyen de déjouer la surveillance, et ce moyen nous allons le chercher...

***

Nous avons vu les Espagnols de Mercuzza entraîner la jeune fille malgré l'énergie de ses efforts.

La pauvre enfant ne voulait pas se séparer de sa mère mourante et de ses sœurs évanouies, mais elle avait dû céder à la violence et regagner son appartement.

A peine dans sa chambre, une réaction prévue et inévitable se produisit.

A l'exaspération nerveuse une prostration complète, un abattement absolu, succédèrent sans transition.

Les nerfs surexcités se détendirent.

La force morale fit défaut, en même temps que s'anéantissait la force physique.

Cora perdit connaissance.

Heureusement elle ne se trouvait pas livrée tout à fait seule aux affidés du commandeur.

En traversant le petit salon, Dolorès aperçut les deux Espagnols étendus dans des fauteuils à bascule

Dolorès était là. — Elle enleva les vêtements de sa cousine, la coucha et veilla près d'elle.

Rejoignons Martial Dereyne.

Deux heures suffirent à Mercuzza pour aller s'entendre avec le syndic des noirs et revenir à l'habitation.

— Señor, — dit-il à l'armateur en lui remettant le procès-verbal bien et dûment approuvé et signé par Reymundez, — le señor syndic est touché de votre gracieux envoi, il vous présente ses plus humbles respects et vous prie de disposer de lui en toute occasion...

— Au même prix? — demanda Martial en riant.

— Bien entendu! — fit Mercuzza. — Le dévouement ne se paye jamais trop cher!... Señor, — ajouta-t-il, — vous m'avez dit, au moment de mon départ, que nous aurions à causer à mon retour.

— Oui... Je veux vous parler de Cora...

Le commandeur devint particulièrement attentif.

— Vous connaissez aussi bien que moi le caractère résolu et l'indomptable énergie de cette fille rebelle... — poursuivit Dereyne. — Êtes-vous certain qu'aucune tentative d'évasion n'est à craindre de sa part?

— Absolument, señor.

— Quelles précautions avez-vous jugé convenable de prendre?

— Deux hommes sûrs sont installés dans le petit salon qui précède sa chambre. — Deux autres, non moins sûrs, montent la garde dans le jardin, sous sa fenêtre... — Pour s'échapper il lui faudrait des ailes.

— Qui lui portera sa nourriture?

— La femme d'un de mes Espagnols... une petite brune accorte et gentille pour qui j'ai des bontés et dont je puis répondre...

— Faites en sorte que personne, et sous quelque prétexte que ce soit, ne communique avec la prisonnière...

— Pas même la cousine Dolorès?

— Je n'admets aucune exception...

— Mais si l'esclave Cora, se prétendant malade, demandait à voir le docteur Jocelyn?

— On lui répondrait que le docteur Jocelyn n'est plus à l'habitation...

— Si cependant le mal était sérieux?

— Vous iriez vous-même chercher un médecin à Guayanila.

— Señor, c'est entendu.

Un instant de silence suivit ces derniers mots, puis Dereyne reprit, mais d'une voix basse, en se penchant vers le commandeur :

— Maintenant, autre chose.

— A vos ordres, señor.

— Vous habitez l'île depuis longtemps?

— Depuis plusieurs années.

— Le climat des Antilles est fécond, m'a-t-on dit, en plantes vénéneuses... — Les unes donnent la mort... les autres donnent le sommeil... — Connaissez-vous ces plantes?

— Je ne les connais pas, mais je sais qu'elles existent...

— Peut-on les trouver sur mes domaines?

— Sans doute... Certains nègres ont fait une étude spéciale de ce que les savants appellent la toxicologie végétale... Ils vous apporteront, si vous le voulez, la collection complète des plantes en question...

— Il ne m'en faudrait qu'une... — murmura Martial.

— Renfermant un poison subtil? — demanda le commandeur.

— Non, mais un puissant narcotique, sans péril pour la vie et produisant pendant quelques heures un sommeil pareil à la mort... — Je payerais ce narcotique deux cents louis...

— Il suffit, señor, vous aurez cette plante avant peu, je vous le promets...

— Assurez-vous que la dose ne peut être mortelle...

— Soyez tranquille, señor, les jours de l'esclave Cora ne seront point en danger...

— Ah! vous avez compris...

— Oui, par Saint-Jacques de Compostelle, j'ai compris et j'approuve!... et j'aimerais à voir le lendemain, au moment du réveil, le visage de l'orgueilleuse fille!... Ce serait ma vengeance à moi... mais la vôtre est meilleure et, caramba! je vous l'envie, car l'esclave est bien belle...

Les deux complices échangèrent un sourire cynique et se séparèrent enchantés l'un de l'autre.

Lorsque Cora revint à elle-même après un long évanouissement, elle se souleva à demi, promena sur les objets familiers qui l'entouraient un regard vague, presque égaré, puis elle passa les mains sur son front avec ce geste qu'au théâtre on prête à la folie naissante...

Un grand travail se faisait dans son esprit; — elle s'efforçait de dégager sa mémoire des nuages épaissis autour d'elle; — elle interrogeait ses souvenirs et les interrogeait en vain.

Peu à peu cependant une lueur faible d'abord, puis plus vive, brilla dans les ténèbres...

Alors ses prunelles s'assombrirent; — un long sanglot monta de son cœur à ses lèvres qui murmurèrent ces deux mots :

— Ma mère...

Puis la jeune fille laissa retomber sa tête sur l'oreiller, et ses larmes coulèrent comme une pluie d'orage.

Dolorès lui prit la main et sentit une pression légère répondre à la sienne, mais Cora ne prononça pas une parole, ne fit pas un mouvement, et ses larmes demeurèrent intarissables.

Deux heures environ s'écoulèrent ainsi. — Dolorès, silencieuse, était assise auprès du lit.

La porte s'ouvrit tout à coup.

Le commandeur entra brutalement.

Dolorès, tremblante, quitta son siège.

— Que voulez-vous, señor? — demanda-t-elle avec inquiétude, car la physionomie du nouveau venu n'annonçait rien de bon.

— Je viens vous relever de votre service... — répondit Mercuzza,

— Ce n'est pas un service que je fais ici... — murmura la jeune fille... — Je ne suis point une servante... — Je veille auprès de ma cousine par affection et par dévouement...

— C'est fort bien, mais il faut partir...

— Partir! — répéta Dolorès.

— Tout de suite et sans répliquer...

— Pourquoi?

— Personne ne doit rester dans cette chambre...

— Vous voyez bien que ma cousine est malade... Il est impossible de la laisser seule.

— Si elle a besoin de quelqu'un ou de quelque chose, il lui suffira d'appeler... — On veille dans la chambre voisine... on s'empressera de la servir...

— Ne pourrais-je au moins la visiter de temps en temps?

— C'est interdit par la consigne...

— Oh! ma pauvre Cora, que vas-tu devenir?... — balbutia Dolorès, dont les pleurs inondaient le visage.

Et elle sortit en jetant un regard d'adieu sur la jeune fille qui ne semblait point avoir entendu les paroles échangées devant elle.

Cependant elle ne dormait pas, mais une sorte de lourde torpeur paralysait son intelligence.

Les mots arrivaient à son oreille comme un bruit et n'offraient à son esprit aucun sens...

En traversant le petit salon Dolorès aperçut deux hommes de mauvaise mine étendus dans des fauteuils à bascule, buvant force tafia et fumant force cigarettes. C'étaient les Espagnols de Mercuzza.

Ce dernier leur dit, en désignant la porte de Cora :

— Fermez cette chambre à clef, vous autres?... — N'oubliez pas que personne n'y doit entrer, et surtout que personne ne doit en sortir!... — La gratification promise est à ce prix!...

— Señor, soyez sans crainte... — répliqua l'un des drôles. — Une souris essayerait en vain de tromper notre vigilance...

En entendant les recommandations du commandeur, Dolorès frissonna.

Elle ne pouvait plus en douter, Cora était prisonnière!

Quelle effrayante destinée allait être la sienne, seule au pouvoir de ces bandits?

Et Dolorès, tremblant pour elle-même, courut s'enfermer dans sa chambre.

Mercuzza descendit au jardin où il s'assura que deux hommes, sentinelles toujours en éveil, faisaient faction sous les fenêtres de Cora.

Il leur rappela brièvement la consigne et s'éloigna pour rejoindre Martial Dereyne.

XXXIX

A l'engourdissement physique et moral dont nous avons parlé succéda un sommeil lourd et profond, pareil à la catalepsie et qui se prolongea presque jusqu'au soir.

Ce sommeil fut réparateur.

En se réveillant Cora continuait, il est vrai, à éprouver une extrême lassitude; ses membres restaient endoloris; mais la torpeur de son cerveau se dissipait; sa pensée redevenait lucide; l'épouvantable drame dont sa mère et ses sœurs avaient été victimes se déroulait de nouveau devant elle avec un terrible cachet de réalité.

Il lui semblait revoir Noëmi tombant sanglante sous les lanières du fouet qui tailladait sa chair... — Elle croyait entendre les cris déchirants de Carmen... — Elle se retrouvait demi-nue en face de cette foule effarée dont les regards s'attachaient sur elle.

Elle devint pourpre de honte et de colère... — Des lueurs fauves s'allumèrent dans ses prunelles.

La vision rétrospective continuait, lui montrant Mercuzza prêt à frapper et Martial Dereyne s'écriant : — *Arrêtez, je fais grâce !*

— Pourquoi donc ce misérable m'a-t-il épargnée? — se demanda Cora.

Elle s'élança hors de son lit et s'habilla rapidement.

— Je veux savoir ce que ma mère et mes sœurs sont devenues... — murmurait-elle. — Je veux savoir ce que cet homme a décidé de moi...

Aussitôt vêtue, elle se dirigea vers la porte de sa chambre et tenta de l'ouvrir.

Ce fut en vain.

— Enfermée !... — se dit-elle. — Que signifie cela ?...

Et elle heurta de ses poings délicats les panneaux de bois d'érable.

— Que voulez-vous? — demanda la voix rude de l'un des Espagnols montant la garde dans le petit salon.

— Je veux sortir...

— Impossible.

— Suis-je donc prisonnière?

— Comme un oiseau en cage, oui, la belle...

— Par quel ordre?

— Par l'ordre du maître.

Cora frissonna.

La voix reprit :

— Mais si vous avez besoin de n'importe quoi, vous n'avez qu'à le dire... on vous apportera ce que vous voudrez... — A votre place je demanderais du rhum...

La jeune fille, sans répondre, courut à la fenêtre et l'ouvrit.

Les deux hommes qui veillaient au dehors levèrent la tête, et l'un d'eux cria :

— Fermez la fenêtre, c'est la consigne... et dépêchez-vous, nous avons des ordres...

En même temps il faisait le geste d'épauler sa carabine.

Cora revint à la porte et l'ébranla de nouveau.

— Qu'y a-t-il encore? — reprit l'Espagnol d'un ton de mauvaise humeur manifeste.

— Je veux parler au maître...

— Impossible... le maître est absent.

La jeune fille se tordit les bras.

— Mon Dieu, — balbutia-t-elle avec désespoir, — cet homme ne m'a-t-il épargnée que pour m'imposer des angoisses pires que la mort?... — Personne ne me viendra donc en aide? — Mon Dieu... Dieu tout-puissant, Dieu de bonté, Dieu de justice, vous voyez que ma souffrance est au-dessus de mes forces... Protégez-moi, mon Dieu... Secourez-moi, car je succombe...

Tandis que cette prière ardente s'exhalait de son âme, Cora s'était prosternée aux pieds d'un Christ d'ivoire suspendu dans un cadre de velours rouge à la tenture de sa chambre.

Elle plongea sa tête dans ses mains et pleura pendant quelques minutes avec une indicible amertume.

Ses lèvres remuaient encore, mais n'articulaient plus aucun son.

Tout à coup elle se releva, et d'un mouvement brusque essuya son visage baigné de larmes.

Elle s'était retrempée dans la prière. — Une énergie nouvelle succédait à son découragement passager.

— Du calme et du sang-froid!... — se dit-elle. — Assez d'inutiles sanglots! — Rien ne me prouve que la situation soit désespérée... — Il est impossible qu'on prétende me garder indéfiniment prisonnière... — Le docteur Jocelyn est auprès de ma mère, de Carmen et de Marie... il leur prodigue ses soins... il m'apportera de leurs nouvelles... — Dans ses mystérieux desseins Dieu permet au méchant l'apparence du triomphe, mais il ne laisse jamais le crime impuni... — Dieu me rendra ma mère et mes sœurs, martyrisées par un misérable... — L'heure de la justice et de la vengeance sonnera... Je veux être forte pour l'attendre...

En ce moment Cora entendit grincer la clef dans la serrure de sa chambre.

Le cœur de la jeune fille cessa de battre.

— Est-ce lui qui vient ? — se demanda-t-elle. — Lui, l'infâme ?

Et, la tête haute, les yeux étincelants, elle attendit.

La porte s'ouvrit.

La personne qui franchit le seuil n'était point Martial Dereyne mais une femme de vingt-cinq à trente ans, très brune, assez jolie sous son costume espagnol, et dont la physionomie exprimait un mélange bizarre d'effronterie et d'embarras.

Cora la connaissait de vue.

C'était la femme d'un ouvrier libre.

Elle portait un grand plateau chargé de mets et de tous les accessoires d'un repas.

— Le dîner de la señora... — dit-elle en posant ce plateau sur une table.

— Qui vous a donné l'ordre de me servir ? — demanda la jeune fille.

— Le maître... — répliqua l'Espagnole.

Puis, sans attendre une autre question, elle sortit de la chambre dont la porte se referma derrière elle, et la clef grinça de nouveau dans la serrure.

Le crépuscule succédait au jour.

Cora alluma une bougie et s'approcha de la table.

Elle n'avait pas faim mais, comprenant la nécessité de soutenir ses forces, elle prit quelques cuillerées de bouillon, un peu de pain, un fruit, et but une gorgée de vin de Xérès.

Ensuite elle éleva son âme à Dieu, se jeta sur son lit puis, brisée de fatigue, s'endormit d'un lourd sommeil qui se prolongea jusqu'au matin.

Un rayon de soleil l'éveilla.

Elle courut à la fenêtre, écarta les rideaux et regarda au dehors.

Deux hommes continuaient à monter la garde dans l'allée du parc. — Donc la jeune fille était toujours prisonnière.

Vers neuf heures, la porte s'ouvrit.

La femme espagnole venait chercher les restes du repas de la veille et apportait le déjeuner.

— J'attends les ordres de la señora... — dit-elle.

— Je n'en ai pas à vous donner, — fit Cora, — mais je désire savoir comment vont aujourd'hui ma mère et mes sœurs.

— Je l'ignore, — répliqua l'Espagnole, — et si je le savais je ne pourrais vous l'apprendre... — il m'est défendu de répondre à vos questions.

— Pourquoi ?

— Je ne sais pas...

— Je voudrais voir M. Dereyne.

— Le maître est absent.

— Je voudrais parler au docteur Jocelyn.

— Le docteur a quitté l'habitation.

— Pour longtemps ?

— Pour toujours.

— Vous en êtes sûre ?

— Oui, señora...

Cette nouvelle fut un coup terrible pour la jeune fille.

Le docteur noir était parti pour ne plus revenir...

Qui donc alors donnerait à Noëmi, à Carmen, à Marie, les soins que nécessitaient leurs blessures ?

Qui donc empêcherait leurs plaies saignantes de s'envenimer ?...

Cora se laissa tomber sur un siège, le cœur gonflé d'amertume et de rage impuissante.

L'Espagnole se retira, en souriant à la dérobée.

Mille pensées confuses se heurtaient dans le cerveau de la prisonnière.

— Il me semble que je vais devenir folle... — se disait-elle par instants, — et peut-être que la folie serait un bonheur pour moi !

Au bout d'une heure elle se leva machinalement, se dirigea vers la fenêtre et l'ouvrit.

Les sentinelles lui crièrent, comme la veille, de la refermer.

Elle ne leur obéit pas cette fois et, sans s'inquiéter des carabines qui la menaçaient, mais dont les Espagnols avaient en réalité l'ordre de ne point faire usage, elle laissa ses regards errer sur les pelouses gazonnées, sur les massifs d'arbustes et de fleurs qui entouraient l'habitation et s'étendaient jusqu'aux verdoyantes futaies du parc.

Cora ne voyait rien de tout cela, ou plutôt ne regardait rien... Elle rêvait aux jours d'autrefois... au passé si proche encore dont elle se trouvait séparée par un abîme... et, sans qu'elle en eût conscience, de grosses larmes coulant une à une de ses yeux roulaient sur ses joues où elle ne les essuyait pas.

Un glas funèbre l'arracha soudain aux rêveries sombres dont nous venons d'indiquer la nature.

Elle écouta.

La brise de mer apportait à ses oreilles attentives les sons brisés et mélancoliques d'un glas de mort.

La cloche de la petite église du hameau de Guayanila tintait, sinistre et monotone.

Bientôt à cette voix de bronze se mêlèrent des voix humaines affaiblies par la distance et psalmodiant les versets du *De profundis*.

La jeune fille, le cœur serré, interrogeait l'horizon.

Au loin, sous les grands arbres et comme dans un songe, elle vit passer un humble cortège.

Le vénérable curé de Guayanila, un crucifix d'ébène à la main, marchait en tête.

Cora poussa un cri de rage, saisit un couteau et frappa l'armateur qui se débattait en hurlant d'effroi.

A la suite venaient des nègres portant sur une civière un cercueil recouvert d'un drap noir.

Et enfin, derrière ce cercueil, Cora reconnut Michel Servan et le docteur Jocelyn, la tête basse, entourés d'esclaves en larmes.

Que signifiait cela ? — Pourquoi donc l'Espagnole venait-elle d'affirmer que ce docteur avait quitté l'habitation pour toujours ?

La jeune fille sentit son sang se glacer dans ses veines.

Elle pensa à sa mère, à Carmen, à Marie, mais elle s'efforça d'éloigner de son esprit cette terreur instinctive.

— Non, — se dit-elle, — ce ne peut pas être un des miens qu'on emporte au champ du repos. — Dieu n'infligerait pas cette torture nouvelle à mon pauvre cœur déchiré !... — Oh ! ma mère, ma mère, ce n'est pas toi qui passes couchée dans ce cercueil ! — Ce n'est pas toi, Carmen... ce n'est pas toi, Marie ! — Toutes trois vous êtes vivantes, et je pourrai vous embrasser encore.

En murmurant ce qui précède Cora se penchait au dehors.

— Retirez-vous et fermez cette fenêtre ! — cria l'une des sentinelles avec un juron.

La jeune fille obéit. — Le cortège funèbre venait de disparaître ; rien n'attirait plus son attention au dehors.

Elle se précipita sur la porte dont elle ébranla les panneaux.

La clef tourna dans la serrure. — La femme espagnole chargée d'apporter les repas de la prisonnière parut et demanda :

— Pourquoi tout ce bruit, señora ? Que voulez-vous ?

— Quelqu'un est mort dans les dépendances de l'habitation ? — fit Cora haletante.

— Oui, señora....

— Qui donc ?

— Une esclave...

— Son nom... — Dites-moi son nom...

— Je l'ignore...

Puis, sans attendre une nouvelle question, l'Espagnole se retira en refermant la porte derrière elle.

<h2 style="text-align:center">XL</h2>

Une esclave était morte ; une esclave dont l'Espagnole prétendait ignorer le nom.

Le fait n'avait rien d'anormal et la réponse rien de particulièrement alarmant, mais elle laissait subsister l'incertitude et, dans la disposition morale où se trouvait Cora, l'incertitude était le pire des supplices.

La pauvre enfant ne put prendre aucune nourriture. — Assise, inerte et sombre, les bras pendants, la tête inclinée, elle ne pleurait pas, mais la fixité de son regard et l'expression de son visage disaient son désespoir.

Ce qu'elle souffrit pendant de longues heures on peut le deviner, aucune plume ne saurait le décrire.

En vain elle faisait appel à tout le courage, à toute l'énergie de sa vaillante nature ; l'angoisse dominait son âme et paralysait sa volonté. — Elle se sentait vaincue.

Jean Renaud et le docteur Jocelyn éprouvaient de leur côté un découragement sans bornes.

Leurs tentatives pour se mettre en rapport avec la prisonnière échouaient successivement.

Ils avaient compté sur Dolorès, et nous savons que la jeune fille ne pouvait plus franchir le seuil de la chambre de sa cousine.

Déjouer la surveillance des affidés de Mercuzza était impossible.

Bref, ces deux dévouements, réduits à l'impuissance, se voyaient désormais contraints à ne compter que sur le hasard...

Carmen et Marie éprouvaient un mieux sensible, grâce aux soins habiles du docteur à qui Martial Dereyne, malgré ses menaces, n'avait pas osé interdire l'entrée de l'infirmerie, mais il fallait au moins une semaine pour compléter la cicatrisation des blessures des deux jeunes filles.

La journée s'écoula tout entière sans que Cora sortît de la torpeur douloureuse où l'avait plongée la vue du convoi funèbre passant au loin sous les arbres du parc.

L'Espagnole vint, plus tard que de coutume, apporter le repas du soir.

Sur le plateau se trouvait, entre le vin de Xérès et l'eau pure, une carafe de limonade glacée.

Cora n'avait aucun appétit, quoiqu'elle n'eût rien mangé le matin, mais la fièvre qui brûlait ses veines lui donnait une soif ardente.

Elle but avidement plusieurs verres de la boisson froide puis, un peu soulagée, elle s'approcha de la fenêtre.

La nuit succédait au crépuscule.

A l'horizon la lune se levait, baignant de sa lueur argentée les cimes des vieux arbres et donnant à l'ensemble du paysage un aspect à la fois doux et mélancolique.

Un grand silence régnait autour de l'habitation, coupé seulement à temps égaux par les pas des deux hommes montant la garde sous la croisée.

Cora se sentait la tête pesante et les yeux pleins de sable.

Il lui semblait que ses jambes n'avaient plus la force de supporter le poids de son corps. — Elle voyait, ainsi que dans un rêve, les objets inanimés se mouvoir en prenant des formes bizarres.

Elle quitta la fenêtre, se déshabilla lentement, revint auprès de la petite table et, comme elle avait soif encore, voulut achever le contenu de la carafe.

Une soudaine défaillance s'empara de tout son être.

Le verre qu'elle venait de porter à ses lèvres lui échappa encore à demi plein, et se brisa dans sa chute.

Elle n'eut que le temps de se traîner jusqu'à son lit, sur lequel elle s'abattit terrassée par le sommeil.

Alors une chose étrange se passa...

La jeune fille entendit ou crut entendre la porte s'ouvrir et se refermer ; un pas furtif foula le tapis ; puis elle sentit s'abattre sur elle le plus hideux des cauchemars.

Un fantôme de la nuit, un démon à visage d'homme, se glissait près d'elle et l'enveloppait de ses bras.

Elle voulait se dégager... — Une puissance mystérieuse paralysait ses efforts.

Elle voulait crier d'horreur, appeler à son aide... — Elle ne pouvait pas...

Cela dura longtemps, puis la torpeur cataleptique reprit le dessus, l'engourdissement redevint complet. — Cora cessa de souffrir !

Quand elle rouvrit les yeux, la clarté grise de l'aube naissante remplaçait les ténèbres de la nuit.

Sa pensée flottait confuse dans sa tête endolorie. —Elle n'était pas sûre encore de ne plus dormir et de ne plus rêver, tant le souvenir du monstrueux cauchemar demeurait distinct et pour ainsi dire palpable...

La jeune fille fit un mouvement pour se soulever...

Un frisson d'agonie la secoua de la nuque aux talons... — Sa main étendue venait de toucher le corps d'un homme...

Cet homme, ce monstre, cet infâme, était Martial Dereyne endormi...

L'assassin de Richard Bernier, le meurtrier de Noëmi, n'avait point reculé devant un crime sans nom !

Une lueur horrible traversa comme un éclair l'esprit de Cora qui comprit tout.

Elle poussa un cri de rage, s'élança hors du lit, bondit jusqu'à la petite table où près des mets intacts du repas de la veille se trouvait un couteau, saisit ce couteau, revint sur ses pas, et trois fois de suite frappa l'armateur qui se débattait en hurlant d'effroi.

Le sang jaillit.

Cora voulait frapper encore, mais elle était brisée ; ses forces la trahirent ; elle tourna sur elle-même sans lâcher l'arme vengeresse, et s'abattit privée de connaissance, tandis que Martial s'enfuyait, laissant une traînée rouge derrière lui et criant d'une voix rauque :

— L'esclave a voulu tuer son maître ! — L'esclave, avant ce soir, mourra sous le fouet du bourreau !...

Et il se réfugia dans son appartement où Mercuzza, aussitôt prévenu, vint panser ses blessures qui n'offraient par malheur aucune gravité.

La lame arrondie, flexible et médiocrement tranchante du couteau de table dont s'était servi Cora, n'avait pu qu'entamer les chairs sur une longueur de quelques centimètres.

Les coupures peu profondes n'atteignaient ni un muscle, ni un nerf. — Quelques bandes de diachylon devaient amener promptement leur guérison complète.

Le misérable en était quitte pour la peur, mais la tentative de meurtre n'en existait pas moins et, cette tentative, il jurait que Cora la payerait de sa vie.

Mercuzza faisait chorus avec lui.

— L'esclave Cora, — dit-il, — mérite assurément la mort, ne fût-ce que pour avoir apprécié si mal le très grand honneur que son maître daignait lui faire ! — Qu'avez-vous décidé ?

— A midi, — répliqua Martial, — les nègres de l'habitation, tenus en respect par les travailleurs libres le revolver au poing, se rassembleront dans la grande cour... C'est là que le supplice aura lieu...

— A merveille, — reprit Mercuzza, — je vais envoyer un exprès au syndic des noirs pour l'inviter à se rendre ici sans perdre une minute... — La tentative d'assassinat étant indiscutable, il prononcera lui-même la condamnation, il assistera à l'exécution, et tout se passera selon les règles.

Tandis que se disaient ces choses dans la chambre à coucher de Martial Dereyne, un cavalier monté sur un cheval de race et parti dès le point du jour de Porto-Rico, suivait au plus rapide galop la route sinueuse et mal entretenue conduisant à Guayanila.

Ce cavalier, dont les bords rabattus d'un large chapeau de paille de Manille cachaient le visage, semblait vouloir donner des ailes à sa monture.

Quoique le train du vaillant animal fût presque fantastique, il ne cessait de l'exciter de la voix, il lui labourait le ventre de coups d'éperons, il lui cerclait les flancs de coups de cravache.

Arriver au but de sa course dans le plus bref délai paraissait être pour lui une question de vie ou de mort.

. . . .

L'évanouissement de Cora dura plus d'une heure.

Quand la jeune fille revint à elle-même, sa main serrait toujours le couteau dont la lame émoussée avait trahi sa soif de vengeance.

Elle se leva lentement, promena ses yeux hagards sur les objets qui l'entouraient, regarda l'arme tachée de sang et vit sur le tapis une longue traînée rouge qui se continuait jusqu'à la porte.

Le souvenir du terrible drame lui revint aussitôt — Un éclair fauve jaillit de ses prunelles. — Une sorte de rictus souleva ses lèvres blanches.

— Ai-je tué ce misérable ?... — murmura-t-elle. — S'il est mort, je veux bien mourir !... S'il est vivant, il faut que justice se fasse et que j'achève ce que j'ai commencé !...

Elle rattacha sur sa tête les masses de sa chevelure en désordre, se couvrit des premiers vêtements qui lui tombèrent sous la main, saisit son arme, se dirigea vers la porte, voulut l'ouvrir et la trouva fermée.

— Cela devait être... — reprit-elle. — J'attendrai. — Un peu plus tôt ou un peu plus tard il faudra bien qu'on vienne, et malheur à qui voudra m'empêcher de passer !... Malheur à qui se placera entre ce lâche et moi !

Puis elle s'assit, ramassée sur elle-même comme une panthère qui va bondir.

Onze heures du matin sonnaient à l'horloge de l'habitation.

Martial Dereyne, très pâle car il avait perdu beaucoup de sang, mais réconforté par un déjeuner copieux et par une bouteille de vieux vin de Madère, causait avec Mercuzza dans le cabinet de travail de feu son oncle, et l'un de ses coudes appuyés sur un bureau chargé de papiers.

Les deux misérables prenaient un plaisir de tigres à régler les détails de l'exécution qui devait avoir lieu une heure plus tard.

Le bruit du galop d'un cheval, galop impétueux mais irrégulier comme si ce cheval était épuisé de fatigue, vint frapper leurs oreilles et arrêter les paroles sur leurs lèvres.

— Serait-ce déjà le syndic des noirs?... — dit Mercuzza en quittant son siège et en s'approchant de l'une des fenêtres.

Il vit un cavalier — qui n'était pas le syndic des noirs — arrêter net devant les marches du perron sa monture haletante, baignée de sueur, les flancs coupés, les naseaux frémissants.

Ce cavalier, poudreux comme on l'est après une longue course à fond de train, mit pied à terre, jeta ses rênes à un nègre et souleva les bords du chapeau de paille de Manille qui protégeait sa figure contre les rayons du soleil.

Le commandeur devint livide et recula terrifié.

— Qu'avez-vous? — lui demanda vivement Martial surpris et déjà inquiet. — D'où vient votre trouble?... — Qui donc est là?...

Les dents de Mercuzza claquaient.

— Qui donc est là? — répéta Dereyne.

— Sigismond Leroy... — balbutia l'Espagnol.

— Le notaire! — s'écria Martial frissonnant à son tour.

— En personne...

— On le disait mort!

— Il ne l'était pas, puisque le voilà, et sa visite ne présage rien de bon.

— Si Diégo Silva vous avait trompé... — reprit l'armateur d'une voix à peine distincte. — S'il existait un testament de mon oncle...

— De par tous les diables de l'enfer, — répondit Mercuzza — notre situation serait mauvaise...

— Que faire?

— Ne pas attendre que l'orage éclate, si nous entendons le tonnerre gronder à l'horizon... — A tout hasard je vais préparer la fuite... — S'il vous paraît indispensable de disparaître, venez me rejoindre aux écuries... — Vous m'y trouverez avec deux chevaux sellés et bridés. — Avant qu'on songe à nous poursuivre, nous serons loin... — N'oubliez pas d'avoir de l'argent dans vos poches...

On frappait à l'une des portes du cabinet de travail.

Mercuzza sortit vivement par une autre issue.

— Entrez... — dit Martial Dereyne en s'efforçant de reprendre son sang-
froid.

XLI

Le nègre Robinson ouvrit la porte et s'effaça pour laisser entrer le visiteur.

Ce visiteur était en effet Sigismond Leroy que Martial, nous le savons, voyait
pour la première fois.

Le notaire s'inclina.

— C'est à M. Dereyne, je suppose, que j'ai l'honneur de parler?... — dit-il.

L'armateur, redevenu maître de lui-même, avait résolu de faire bonne contenance jusqu'au bout, aussi répliqua-t-il d'un ton presque calme :

— Oui, monsieur, je suis Martial Dereyne.

Et il salua à son tour le nouveau venu.

Ce dernier reprit :

— Mon nom vous est connu certainement, monsieur, — je m'appelle Sigismond Leroy.

Martial fit un geste de surprise d'un naturel parfait, en s'écriant :

— Le notaire de Porto-Rico!

— Lui-même... et je vois bien que ma présence vous étonne.

— Énormément, je l'avoue... — Les journaux de Philadelphie avaient annoncé votre mort dans un naufrage, et l'authenticité de cette nouvelle semblait
indiscutable...

— Je comprends qu'un tel bruit se soit accrédité. — J'ai failli périr, en effet,
mais j'ai été sauvé contre toute espérance...

— Je vous en félicite sincèrement... — interrompit Martial.

Sigismond Leroy salua et poursuivit :

— Forcé par ce naufrage de remettre mon voyage en France à une autre
époque, je suis arrivé hier au soir à Porto-Rico, où le bruit de ma résurrection
ne m'avait point devancé et où tout le monde me regardait comme un revenant.

Un plus long échange de banalités devenait impossible et Martial Dereyne fut
contraint d'aborder la question brûlante.

— Vous aviez appris sans doute la perte douloureuse que nous avons subie...
— reprit-il en donnant à son visage une expression mélancolique.

— Oui, monsieur, et j'ai pleuré la mort déplorable du vieil ami dont je possédais toute la confiance, mais en même temps j'ai béni la Providence qui, faisant un miracle pour mon salut, me permettait d'apporter à la compagne et aux
filles de Richard Bernier la fortune et la liberté...

Ces mots tombèrent comme un coup de massue sur le crâne de Martial.

— Mon oncle a laissé un testament?... — balbutia-t-il d'une voix sourde,
tandis que sa pâleur augmentait.

— Oui, monsieur, et ce testament olographe, écrit sous ma dictée, contient un acte de reconnaissance et d'affranchissement. — Mesdemoiselles Bernier héritent donc, sans contestation possible, des biens immenses de leur père...

— Ce testament, — demanda Martial, — vous l'avez apporté?

— Oui, monsieur...

L'armateur jeta furtivement les yeux autour de lui.

Il était seul avec Sigismond Leroy dans la vaste pièce.

La pensée de se débarrasser à la fois du notaire et du testament lui traversa l'esprit.

Il ouvrit l'un des tiroirs du bureau sur lequel il était accoudé et saisit un petit revolver à crosse d'ivoire.

Certes, en ce moment, la vie de Sigismond Leroy ne tenait qu'à un fil...

Mais la porte tourna sur ses gonds et le nègre Robinson parut, apportant un plateau chargé de rafraîchissements pour le notaire.

L'occasion était manquée. — Martial referma le tiroir.

Sigismond but une gorgée d'orangeade.

— Vous aviez mis peut-être un peu trop de hâte, monsieur, à prendre possession de l'héritage de votre oncle... — dit-il ensuite.

— Vous vous trompez! — répliqua Dereyne. — J'avais le droit et le devoir, aucun testament n'étant produit, d'administrer provisoirement la fortune, en ma double qualité d'héritier légitime et de gardien des scellés.

— Quoi qu'il en soit, — poursuivit le notaire — j'arrive à temps pour empêcher une grande injustice, et vous devez, monsieur, vous en féliciter comme moi.

— Certes, monsieur, j'en suis très heureux...

— Veuillez, je vous prie, faire prévenir mesdemoiselles Bernier et leur mère que je suis ici, et que j'ai le plus vif désir de leur présenter mes hommages...

Malgré son empire sur lui-même Martial tremblait de tous son corps.

— Ignorez-vous donc, — murmura-t-il, — que Noëmi est morte?...

— Elle aussi!! — s'écria douloureusement Sigismond. — Pauvre femme ! Elle n'a pu survivre à celui qu'elle avait tant aimé!!

Après un silence il ajouta :

— Mais ses filles sont vivantes, et je voudrais les voir.

A cette minute précise une rumeur sourde se fit entendre au dehors.

Martial quitta son siège, s'approcha d'une fenêtre et vit une troupe de nègres se dirigeant vers l'habitation.

A leur tête se trouvaient Jean Renaud, le docteur Jocelyn et Jupiter.

Instruits par Robinson de l'arrivée du notaire qu'on croyait mort, les trois hommes avaient deviné qu'un grand revirement allait s'accomplir.

— Tout est perdu... — pensa Martial Dereyne, et il reprit à haute voix : —

Le navire qui, de Cuba, me transportait en France fut presque coupé en deux.

Je vais chercher moi-même mesdemoiselles Bernier... — Je veux être le premier à leur annoncer la bonne nouvelle...

Puis il sortit en toute hâte, comme était sorti Mercuzza.

Sigismond Leroy ne fut pas longtemps seul.

La porte du cabinet s'ouvrit violemment.

Jean Renaud, Jocelyn et Jupiter parurent.

Derrière eux se pressaient les nègres.

— Ah ! ça, docteur, — demanda le notaire, — que se passe-t-il donc ?

— Au nom du ciel, monsieur, répondez-moi d'abord... — s'écria Jocelyn. — Richard Bernier, notre bien-aimé patron, avait-il fait un testament ?

— Oui, docteur.

— Avait-il affranchi Noëmi et ses filles ?

— Oui, docteur...

Jocelyn se frappa la poitrine.

— Justice de Dieu ! — fit-il. — Vous arrivez trop tard !...

— Trop tard ! — répéta Sigismond. — Pourquoi trop tard ?...

— Parce que Noëmi est morte assassinée, comme avant elle Richard Bernier ! Carmen et Marie, après leur mère, ont été flagellées, et Cora...

Jocelyn ne put achever.

Celle dont il venait de prononcer le nom franchissait le seuil, livide et les mains rouges de sang.

Robinson, accompagné de cinq ou six nègres, venait de la délivrer en brisant la porte de la chambre.

— Cora, — dit-elle d'un ton sinistre, — Cora ne vivra plus, désormais, que pour la vengeance...

Puis elle se laissa tomber dans les bras de Sigismond Leroy, où elle éclata en sanglots.

— Cet homme, ce misérable, cet infâme, où est-il ? — cria Jean Renaud. — Qu'on le cherche, qu'on l'arrête et qu'on l'amène ici...

Un employé de l'habitation se fraya un passage à travers la foule des nègres.

— Est-ce de Martial Dereyne que vous parlez ? — fit-il.

— Oui.

— Eh bien ! il vient de partir avec le commandeur Mercuzza, montés tous deux sur les plus rapides étalons des écuries d'élevage...

— A cheval aussi, nous ! — reprit Jean Renaud. — Il faut les poursuivre et les rejoindre.

Cora, dont les sanglots venaient de s'éteindre, fit un geste impérieux.

— Laissez-le fuir !... — commanda-t-elle.

— Fuir ! — répéta Jean Renaud stupéfait.

— Je le veux ainsi...

— Mais cet homme est le bourreau de vos sœurs, le vôtre...

— Je le sais..

— Il est l'assassin de votre père !... Depuis longtemps j'en ai la certitude...

— Je sais aussi cela...

— Il a tué votre mère...

— Ma mère... — balbutia la jeune fille suffoquée de nouveau par les larmes. — Ai-je bien entendu ? ai-je bien compris ? Ma mère est morte ?

— Des suites de ses blessures... oui.

Cora poussa un cri de fureur.

— Morte, ma mère! — fit-elle ensuite. — Morte, assassinée par lui, comme mon père!

— Il faut le poursuivre, n'est-ce pas?

— Non! cent fois non!... il faut le laisser fuir...

— Mais la vengeance...

— C'est à la vengeance que je songe! — interrompit Cora. — Elle serait incomplète ici, car ce n'est pas lui seul qui doit être frappé! — Pour payer l'effroyable dette, il faut plus que du sang!

La jeune fille se tourna vers le notaire et brusquement lui dit :

— Nous sommes affranchies, n'est-ce pas?

— Oui, mademoiselle, affranchies et riches... — Votre père avait fait un testament et sa fortune vous appartient...

— Eh bien, fortune et liberté, j'en fais serment devant Dieu, ne me serviront qu'à marcher droit à mon but. — J'ai pleuré... supplié... mes larmes sont taries... — Je ne suis plus une jeune fille, je ne suis plus une femme, je suis la Vengeance!

Cora, en prononçant ces mots, était terrible, presque effrayante.

Ceux qui l'entouraient sentirent un frisson courir sur leur chair en la regardant, en l'écoutant.

— Du calme, mademoiselle, du calme, je vous en supplie... — murmura Sigismond Leroy.

— J'en aurai, mon ami, et du courage aussi! répliqua la jeune fille. — Docteur, — ajouta-t-elle en s'adressant à Jocelyn, — où sont mes sœurs?

— A l'infirmerie, mademoiselle.

— En danger?

— Non, grâce au ciel, et même en pleine voie de guérison...

— Conduisez-moi près d'elles... Je veux les voir et les embrasser... — Vous me mènerez ensuite à la tombe de ma mère...

Le petit groupe, auquel Dolorès était venue se joindre, sortit du cabinet pour aller à l'infirmerie, et de là au cimetière où Noëmi dormait son dernier sommeil.

Martial et Mercuzza étaient déjà loin sur la route de Porto-Rico.

Avant de se rendre aux écuries où l'Espagnol sellait deux chevaux choisis parmi les plus rapides, Dereyne avait eu soin de passer par les bureaux, d'ouvrir la caisse dont il possédait une double clef, et d'entasser dans ses poches autant d'or et de billets de banque qu'elles en pouvaient contenir.

Ainsi lesté, l'armateur rejoignit Mercuzza.

— Votre présence, señor, m'annonce que tout va mal, — murmura ce dernier.

— Tout va si mal qu'il ne nous reste qu'à partir au plus vite. — Il est prudent d'avoir une très forte avance, car on nous poursuivra certainement dès qu'on saura notre départ...

— En selle, alors !... — s'écria le commandeur.

— En selle... — répéta Martial.

— Avez-vous de l'argent, señor ?

— Je viens de faire un emprunt à la caisse...

— La somme est-elle ronde ?

— J'ai puisé sans compter...

— Tout ira bien ! En route !

Les deux hommes éperonnèrent leurs montures et filèrent comme des boulets, en ayant soin de suivre des sentiers couverts pour gagner la grande route de Guayanila à Porto-Rico.

Ils avaient soulevé autour d'eux un tel ouragan de haines qu'ils redoutaient la vengeance des nègres presque autant que celle de Cora.

XLII

Le soir de ce même jour Cora et Dolorès, Sigismond Leroy, Jean Renaud et le docteur noir étaient réunis auprès des lits jumeaux où reposaient Carmen et Marie.

Les deux jeunes filles, malgré leurs souffrances encore cuisantes, avaient voulu quitter l'infirmerie et reprendre possession de leur appartement.

— Comment se fait-il, — demanda Cora au notaire, — que les employés de votre étude aient affirmé au docteur Jocelyn et à M. Michel Servan qu'il n'existait, à leur connaissance, aucun testament de mon pauvre père ?...

— Hélas, mademoiselle... — répliqua Sigismond Leroy avec une profonde humilité, c'est ma faute... c'est ma très grande faute !... — Une distraction que mon âge et ma profession rendent doublement inexcusable, et que je me reprocherai sans cesse, a causé tout le mal. — En arrivant chez moi, à une heure très avancée de la nuit, la veille de mon départ, j'ai serré mon portefeuille dans ma caisse, et je suis parti le lendemain au point du jour en oubliant d'apprendre à Diego Silva, mon maître-clerc, qu'une case secrète de ce portefeuille renfermait le testament écrit sous ma dictée et rapporté par moi de Guayanila... — Pardonnez-moi, mademoiselle... Pardonnez-moi, je vous en supplie, car moi je ne me pardonnerai pas !...

Pour toute réponse Cora prit les mains du notaire et les pressa entre les siennes d'une façon affectueuse et cordiale.

— Heureusement encore, — poursuivit Sigismond, — que j'ai eu le malheur, ou plutôt le bonheur, d'être arrêté en route par un événement funeste.

— Le naufrage dans lequel, disait-on, vous aviez péri ? — fit la jeune fille.

— Oui, mademoiselle, mais ce n'était pas, à proprement parler, un naufrage...
— Le navire qui de Cuba me transportait en France fut abordé et presque coupé en deux, en vue de Philadelphie, par un steamer américain dont le pilote était ivre... — Il coula sur-le-champ... Des bateaux pêcheurs sauvèrent un petit nombre de passagers... — Je fus recueilli, moi, par la chaloupe d'un aviso français et, comme j'étais séparé de mes compagnons d'infortune, on inscrivit mon nom, par erreur, sur la liste des morts... La catastrophe me semblait de fâcheux augure... — D'ailleurs, mes malles se trouvant au fond de la mer, il ne me restait ni argent ni vêtements pour continuer mon voyage... — Je pris passage à bord d'un paquebot espagnol ; j'arrivai hier au soir à Porto-Rico ; j'appris la fin désolante de votre père et la démarche faite à mon étude... Aussi, dès ce matin, je montai à cheval pour venir ici, le cœur désolé, l'âme assaillie de sombres pressentiments... — Hélas ! ces pressentiments n'étaient que trop fondés !...

Après un silence, Cora reprit :

— C'est un *aviso* français, disiez-vous, qui vous a recueilli ?...

— Oui, mademoiselle... — Un aviso qui, après avoir stationné dans la baie de Guayanila pendant trois mois, avait reçu l'ordre d'appareiller pour se rendre à Brest et, arrêté en route par un contre-ordre, venait attendre en vue de Philadelphie des instructions nouvelles...

— Et, — demanda la jeune fille dont la physionomie exprimait une émotion profonde, — comment se nomme cet aviso ?

— *L'Éclair*... — répondit Sigismond Leroy. — J'ai retrouvé à son bord un jeune officier avec lequel j'avais eu le plaisir de me rencontrer ici lors de ma dernière visite à votre pauvre père...

— Armand Dorsay... — murmura Cora devenue livide et dont les lèvres tremblèrent.

— Oui, mademoiselle, c'est bien cela.

La jeune fille baissa la tête.

Son front se plissa ; — ses narines se contractèrent ; — elle ferma les yeux comme pour ne pas voir quelque tableau hideux ou effrayant qui se présentait à son esprit.

L'image exécrée de Martial Dereyne se plaçait entre elle et le souvenir du lieutenant.

Elle s'efforçait de chasser cette image et n'y parvenait point.

Cependant, au bout de huit ou dix secondes, elle dompta son émotion et reprit :

— M. Dorsay vous a-t-il parlé de nous ?

— Oui, mademoiselle. — répliqua Sigismond, — et en des termes qui prouvaient toute sa reconnaissance de l'accueil bienveillant qu'il recevait ici... — J'éprouve pour ce jeune enseigne beaucoup d'estime et la plus vive sympathie...

— Les officiers de *l'Éclair* font-ils des conjectures relativement à leur destination future ?...

— Sans doute, mademoiselle...

— Et lesquelles?

— Ils s'attendent à recevoir l'ordre d'aller surveiller les côtes de la Guyane française, où doivent être expédiés plusieurs convois de condamnés politiques.

Cora en savait assez. — Elle ne questionna plus.

Il se faisait tard. — Carmen et Marie avaient besoin de calme et de repos; — Cora n'était pas moins épuisée que ses sœurs; — Sigismond Leroy devait repartir pour Porto-Rico le lendemain de grand matin, afin de s'occuper des affaires de la succession.

On se sépara.

Sur le seuil de l'habitation Jean Renaud et Jocelyn trouvèrent Jupiter qui les attendait.

— Monsieur le docteur, — fit-il, — il y a là un esclave qui demande à vous parler, à vous et à M. Servan...

— Que nous veut-il?

— Il prétend avoir quelque chose à vous apprendre...

— Quoi?

— Il ne veut le dire qu'à vous...

— Quel est cet esclave?...

— Adonis...

— Qu'il vienne... Nous l'écouterons...

Jupiter approcha deux doigts de sa bouche et fit entendre une sorte de sifflement modulé d'une façon bizarre.

Presque aussitôt une figure noire se dessina dans l'obscurité et vint s'incliner devant Jean Renaud et Jocelyn.

Ce dernier lui demanda :

— Es-tu malade, Adonis?

— Non, maître...

— As-tu commis quelque faute et crains-tu d'être puni?...

— Non, maître...

— Viens-tu nous faire une confidence?

— Oui, maître...

— Eh bien, parle...

— Je parlerai, maître... mais d'abord je voudrais savoir si c'est bien vrai que le señor Dereyne et le señor Mercuzza sont partis de l'habitation...

— C'est bien vrai, ils sont partis...

— Ils ne reviendront pas?

— Jamais.

— Et les filles du maître que nous aimons et qui nous aiment sont les maîtresses ici?...

— Maîtresses comme l'était leur père!...

— Alors, je puis tout dire !... — s'écria le nègre Adonis d'un ton presque joyeux.

— Tu le peux et je t'y engage... — De quoi s'agit-il ?

— De la mort du maître...

— Tu sais quelque chose ?... — demanda Jean Renaud vivement.

— Je sais beaucoup... — J'étais au Morne-Rouge avec les tireurs le soir de la chasse aux mélas... — Le maître n'est pas mort victime d'un accident... — Il a été assassiné...

— J'en étais sûr... — murmura Jocelyn.

— Assassiné... — reprit Jean Renaud. — Par qui ?

— Par son neveu, le señor Dereyne...

— Comment le sais-tu ?

— J'étais à dix pas du señor Dereyne quand il a épaulé son rifle... Je l'ai vu viser avec soin et presser la détente... J'ai vu le patron tomber...

— Est-tu certain qu'il est tombé sous le feu de son neveu ?

— J'en ai la preuve...

— Donne la vite !...

— Le señor Mercuzza s'est approché du señor Dereyne, lui a mis la main sur l'épaule, et j'ai entendu ces mots : — *Mes compliments, senor... Voilà une balle qui vaut quarante millions...*

— Ah ! — s'écria Jocelyn. — La preuve est indiscutable en effet !... — Pourquoi n'as-tu pas dit cela plus tôt ?...

— J'avais peur... — balbutia le nègre Adonis.

— De quoi ?

— Du commandeur et du señor Dereyne... — Ils étaient les maîtres ici... les seuls maîtres... Ils faisaient fouetter la femme et les filles du défunt patron... Qu'auraient-ils fait à un pauvre esclave, si le pauvre esclave avait parlé !...

— C'est juste... — Va, mon ami, et vis en paix ; tu n'as plus rien à craindre...

Jocelyn mit quelque monnaie dans la main d'Adonis qui s'éloigna rassuré et satisfait.

— Eh bien ! docteur, — demanda Jean Renaud, — avais-je raison d'accuser Martial Dereyne et d'affirmer que, tôt ou tard, j'aurais la preuve de son crime ?

— Vous aviez raison, la preuve est venue trop tard, par malheur ! Et cependant, sans l'obstination insensée de mademoiselle Cora, il serait temps encore peut-être d'arrêter à Porto-Rico Dereyne et Mercuzza avant qu'ils aient trouvé moyen de quitter l'île...

— Docteur, ne souhaitez point cela ! — répliqua l'évadé de *la Dorade.*

— Pourquoi ? — Voulez-vous donc l'impunité pour ces misérables ?...

— Je veux le châtiment, docteur, mais un châtiment digne des crimes, et tel que la justice humaine n'en a point inscrit dans ses Codes...

Je ne vous comprends pas...

— Avez-vous entendu Cora s'écrier : — « *J'ai pleuré ! supplié... Je n'ai rien obtenu !... — Mes larmes sont taries. Je ne suis plus une jeune fille, je ne suis plus une femme, je suis la Vengeance !* »

— Oui, j'ai entendu, et j'ai frissonné comme vous.

— Ce n'étaient pas de vaines paroles, croyez-le bien, docteur !... — Ce que je rêve, vous le savez maintenant, ce n'est point la justice légale, c'est la vengeance de Cora Bernier !...

*
* *

Un mois presque jour pour jour après le retour imprévu et providentiel de Sigismond Leroy, les orphelines furent envoyées en possession de l'héritage de leur père...

Les frais de succession payés au fisc, la fortune des trois sœurs atteignit la somme colossale de cinquante et un millions cinq cent mille francs.

Carmen et Marie étaient guéries complètement, mais l'épiderme satiné de leurs épaules gardait encore de longues traces d'un rose vif qui pâlissait et s'effaçait peu à peu.

C'étaient les cicatrices des blessures faites par le fouet du commandeur.

Les travaux habituels se continuaient dans la plantation avec le zèle accoutumé.

Cora, prise d'une fièvre de mouvement, se multipliait. — Elle était partout à la fois, ordonnant tout, surveillant tout.

L'adoration que les nègres n'avaient jamais cessé de manifester pour elle redoublait.

Jean Renaud, son principal auxiliaire, recueillait, lui aussi, une large part de la sympathie générale.

L'aînée des trois sœurs paraissait la même qu'autrefois ; — elle était cependant bien changée, au physique comme au moral.

Malgré son sang-froid de commande, malgré son calme auquel un indifférent pouvait se laisser prendre, ses prunelles brillaient sans cesse du feu sombre qu'allume la fièvre... — Son admirable visage avait pris des lignes rigides... — Elle ne souriait jamais... — L'expression de sa physionomie offrait quelque chose de tragique...

C'est qu'une pensée unique, incessante, hantait jour et nuit l'esprit de l'orpheline.

Au milieu des mille occupations qui semblaient l'absorber, elle ne songeait qu'à sa vengeance.

Mais le moment de se mettre à l'œuvre n'était pas encore venu...

Disons en passant que Martial Dereyne et le commandeur Mercuzza, favorisés par le hasard, avaient pris passage dès leur arrivée à Porto-Rico sur un clipper

— Voici un chèque de trois cent mille francs, dit-elle, en tendant l'enveloppe à Jupiter.

américain dont la machine chauffait et qui, deux heures plus tard, les emportait vers l'Angleterre...

XLIII

Les jours succédaient aux jours, et jamais une parole ayant trait au passé ne s'échappait des lèvres de Cora.

Jean Renaud et le docteur Jocelyn commençaient à trouver étranges son inaction et son silence.

— Il est impossible qu'elle ait oublié ! — se disaient-ils. — Que prépare-t-elle donc ?...

Trois mois environ après les événements terribles accomplis à l'habitation de Guayanila, la jeune fille reçut une lettre timbrée du Havre et dont l'enveloppe portait cette mention : *Personnelle*.

Cette lettre était signée par un honorable banquier d'Ingouville, qui avait été pendant de longues années le correspondant de Richard Bernier.

Elle contenait les lignes suivantes :

« Mademoiselle,

« J'ai pris une part immense au malheur inattendu qui vous frappe, et j'ai versé des larmes sincères sur la catastrophe qui vous prive d'un père, et moi d'un vieil ami... — Toutes mes sympathies vous sont acquises ; j'espère que vous n'en doutez pas...

« Je m'empresse de vous donner les renseignements que vous m'avez fait l'honneur de me demander.

« L'armateur Martial Dereyne, dont certains bruits fâcheux avaient ébranlé le crédit, s'était éloigné de notre ville. — Le but de son voyage étant inconnu, beaucoup de gens considéraient son départ comme une fuite.

« Il n'en était rien. — Monsieur Dereyne a reparu au Havre, et sa situation de fortune paraît avantageusement modifiée, grâce à son association récente avec un espagnol fort riche, ou qui du moins passe pour tel.

« Cet espagnol se nomme Juan de Funcal.

« En ce moment il dirige seul la maison, car Martial Dereyne vient d'aller se fixer à Paris où l'attirent ses habitudes de plaisir et ses goûts de luxe, et où d'ailleurs se trouvent ses enfants.

« Des sommes assez importantes étaient dues par monsieur Dereyne aux constructeurs de notre ville.

« Ces sommes ont été payées et de nouveaux navires sont en construction sur les chantiers pour le compte de la nouvelle raison sociale : *Dereyne et de Funcal*.

« Quatre navires appartenant aux deux associés, et chargés de marchandises d'une valeur considérable, viennent de partir pour les destinations suivantes :

« *Le petit Havre. — Haïti.*
« *Le Tancarville. — La Trinité.*
« *Le François Ier. — Philadelphie.*
« *Le Morlaisien. — La Guyane française.*

« Si les traversées de ces navires sont heureuses, la fortune de ces associés prendra certainement un rapide essor.

« Quant à la vie privée de Martial Dereyne, elle a toujours été et elle est encore entourée d'un tel mystère qu'il m'est impossible de répondre aux questions que vous m'adressez à ce sujet.

« Croyez, mademoiselle, que je serai très heureux de me mettre à vos ordres en toute occasion, et veuillez agréer l'assurance de mon profond respect et de mon entier dévouement. »

Cora relut deux fois cette lettre.

— Il est à Paris... — murmura-t-elle ensuite. — C'est à Paris qu'il faut aller chercher ce misérable... — Eh bien ! soit !

Au bout d'une seconde, elle ajouta :

— Quel est cet associé, ce Juan de Funcal ?... — Où a-t-il rencontré cet homme, son prête-nom, sans doute ?... Nous le saurons au Havre... — Quatre navires en route, chargés de marchandises précieuses... Toute sa fortune, peut-être... — C'est bien...

Après ce court monologue, la jeune fille frappa sur un timbre.

Robinson parut.

— Maîtresse m'appelle ? — demanda-t-il.

— Va me chercher Jupiter, et qu'il vienne me parler sur-le-champ... — S'il est aux embarcations, envoie Toby le prévenir...

— Oui, maîtresse...

Robinson sortit, et une demi-heure plus tard vint annoncer que Jupiter était là, attendant ses ordres.

— Qu'il entre.

Le nègre franchit le seuil et s'inclina devant la jeune fille.

— Jupiter, — lui dit-elle, — j'ai besoin de ton dévouement et de ta discrétion...

— Maîtresse, tout mon sang est à vous... Vous n'en doutez pas...

— Je n'en doute pas, et je compte absolument sur toi... — Tu as navigué, je le sais, et tu connais la mer et la manœuvre...

— Comme un marin de profession, oui, maîtresse.

— Saurais-tu diriger un navire et commander à un équipage pour un voyage de long cours ?

— Maîtresse, j'en réponds...

— Quelles sont les embarcations les plus maniables et les plus rapides ?

— Les petits vapeurs américains, établis sur le modèle des grands clippers transatlantiques... — Légers, solides, et d'un faible tirant d'eau, ils tiennent bien la mer, filent comme des mouettes, et dans les gros temps se comportent mieux qu'un lourd paquebot.

— Peut-on trouver à acquérir un de ces vapeurs sans aller jusqu'en Amérique ?

— On le peut, maîtresse.

— Où ?

— A Cuba.

— Tu en es sûr ?

— Oui, maîtresse...

— Aujourd'hui même tu partiras avec le yacht pour Cuba. — Choisis ton équipage parmi les nègres dont les aptitudes te sont connues...

— Oui, maîtresse.

La jeune fille prit un livre de chèques, en détacha une feuille, traça sur cette feuille un chiffre et quelques lignes, signa et mit sous une enveloppe portant cette adresse :

> « *Messieurs Lopez et Ramon,*
> « *banquiers,*
> « *à Cuba.* »

— Voici un chèque de trois cent mille francs, — dit-elle en tendant l'enveloppe à Jupiter. — Tu n'auras qu'à te présenter chez nos banquiers, et on tiendra la somme à ta disposition.

— Bien, maîtresse...

Le nègre, qui ne semblait nullement surpris de la confiance de Cora, mit le chèque dans sa poche et poursuivit :

— Je serai parti dans deux heures...

— Je t'attends ici dans quinze jours...

— Il ne m'en faudra pas plus de dix.

— Le but de ton voyage doit être un secret pour tout le monde...

— Maîtresse, je serai muet...

— Va, maintenant, et que Dieu te conduise et te ramène...

Jupiter alla tout préparer pour son départ immédiat, et Cora écrivit une longue lettre à Sigismond Leroy et fit remettre cette lettre au courrier de Porto-Rico.

Le nègre tint parole.

« — *Il ne me faudra pas plus de dix jours...* » — avait-il dit.

En effet, dans la soirée du dixième jour, le yacht rentrait dans la baie de Guayanila, remorqué par un joli sloop à vapeur peint en noir et blanc et fendant les vagues avec une rapidité vertigineuse.

Jean Renaud et Jocelyn échangèrent un regard significatif.

Ils ne doutaient point que le sloop ramené par Jupiter ne dût jouer un rôle dans les événements futurs.

Cora paya un juste tribut d'admiration au charmant navire, mais continua à garder le silence sur ses projets.

Le lendemain, un exprès apporta de Porto-Rico un paquet cacheté envoyé par Sigismond Leroy.

Ce paquet contenait des lettres de crédit sur plusieurs maisons de banque de Paris, d'Angleterre, d'Amérique, d'Espagne, etc.

Ces crédits représentaient des sommes énormes.

Aux lettres se trouvaient joints des passeports dont aucun, — chose singulière, — n'était fait au nom de Mlle Bernier.

La jeune fille étudia tout cela et, pour la première fois depuis le drame effroyable dont l'assassinat de Richard Bernier au Morne-Rouge avait été le premier acte, son visage prit une expression de joie étrange.

Jean Renaud s'en aperçut et dit tout bas au docteur noir, en lui serrant la main :

— Regardez les yeux de Cora... — Je savais bien qu'elle n'oubliait point... — L'heure de la vengeance approche...

Le lendemain matin, les deux hommes se promenaient ensemble sur les falaises basses dominant l'embouchure de la petite rivière où le yacht, le sloop à vapeur et les autres embarcations, étaient amarrés.

Un coup de canon tiré au large les fit tressaillir.

Leurs regards interrogèrent l'horizon et ils virent un navire immobile à une lieue et demie de la côte, juste à l'endroit où quelques mois auparavant l'aviso l'*Éclair* se trouvait stationnaire.

Ni le docteur, ni Jean Renaud n'avaient de lunette d'approche, et leur vue ne portait pas assez loin pour leur permettre de distinguer ce qui se passait à bord de ce navire, mais son immobilité complète leur fit supposer qu'il venait de jeter l'ancre et de prendre un poste d'observation en vue de l'île de Porto-Rico.

L'évadé de *la Dorade* et son compagnon échafaudaient à ce sujet des conjectures dont aucune n'approchait de la vérité, quand Robinson vint les rejoindre et leur dit que Mlle Cora les attendait dans le cabinet de son père.

Ils ne perdirent pas une minute pour aller la rejoindre.

Cora se trouvait en compagnie de ses sœurs, de Dolorès et de Jupiter. — Elle accueillit d'un geste affectueux les nouveaux venus et donna l'ordre à Robinson d'entrer avec eux et de refermer la porte derrière lui.

Pendant une ou deux secondes la jeune fille, les yeux baissés, parut se recueillir, puis relevant la tête et promenant son regard sur ceux qui l'entouraient, elle dit d'une voix lente et grave :

— Depuis trois mois, mes amis, vous vous êtes demandé plus d'une fois si j'avais oublié mon serment et si les crimes commis dans cette demeure resteraient impunis?... — Oh! ne niez pas!... je lisais dans vos âmes... vous doutiez, et en face de mon silence et de mon inaction ce doute était permis... — Je n'oubliais pas, cependant, je ne pardonnais pas, je n'hésitais pas... j'attendais... — Pour frapper sûrement il me fallait des armes qui sont à présent dans mes mains... — L'heure de la vengeance, ou plutôt l'heure de la justice est enfin venue...

Ces derniers mots furent prononcés avec une telle ardeur de haine qu'un frisson passa sur la chair des auditeurs de Cora.

La jeune fille poursuivit :

— J'irai droit au but que vous connaissez. — Aucun obstacle ne pourra ni m'arrêter, ni me ralentir, mais j'ai besoin de sentir autour de moi d'absolus dévouements qui se fassent les exécuteurs muets et dociles de mes volontés...

— En comptant sur vous tous, ai-je eu tort?... — Êtes-vous prêts à me suivre jusqu'au bout dans mon œuvre sainte et terrible ?...

— Nous vous suivrons! — répondirent à la fois Jean Renaud, Jocelyn, Jupiter et Robinson.

— Je suis à vous! — reprit Jocelyn. — J'ai vu votre père assassiné, votre mère morte sous le fouet qui devait ensuite déchirer vos sœurs!... — Je veux ma part de votre vengeance !

— Vous avez fait de moi un homme nouveau! — dit Jean Renaud à son tour. — C'est bien le moins que celui qui vous doit tout risque sa vie pour votre service. — Je suis à vous !

Jupiter et Robinson étaient tombés aux genoux de Cora.

Ils avaient pris ses deux mains et les baisaient en balbutiant :

— Nous sommes à vous, maîtresse! à vous, jusqu'à la mort!

XLIV

— Relevez-vous, mes amis... — dit Cora d'une voix émue. — Du haut du ciel les martyrs que nous pleurons ont entendu votre réponse... — En leur nom je vous remercie!...

Elle essuya ses yeux humides et reprit au bout d'une seconde :

— Dans trois jours nous partirons pour combattre le bon combat...

— Quel sera le théâtre de la lutte? — demanda Jocelyn.

— La France, puisque c'est en France que se trouvent Dereyne et sa famille.

— La France!... — s'écria Jean Renaud. — Le Havre!... Paris!... — Mais alors je ne puis vous accompagner, mademoiselle, non que je ne sois prêt à faire à votre cause le sacrifice de ma liberté et celui de mon existence, mais ma présence à vos côtés serait un péril pour vous...

— Vous connaissez à fond la vie de Paris, — répondit Cora, — et c'est sur vous que je compte le plus...

— Oubliez-vous la condamnation que j'ai subie?... — Oubliez-vous que je suis un évadé?... — Je serais reconnu, arrêté, il faudrait expliquer mon rôle auprès de vous... — Comment le faire sans compromettre le succès de vos projets?... sans vous compromettre vous-même?...

— Rassurez-vous... — répliqua la jeune fille. — Je prévoyais votre objection et je vais y répondre : — Grâce à la science du docteur, le danger que vous signalez n'existera pas...

Jean Renaud, stupéfait, regarda Jocelyn.

— Je me charge en effet de vous rendre méconnaissable... — fit ce dernier en souriant...

— Méconnaissable !... — répéta l'ex-forçat...

— Oui... — poursuivit le docteur noir. — Par un procédé très simple, — (une poignée de certaines herbes de ce pays infusées dans un bain), — je changerai la nuance de votre épiderme et je ferai de vous un mulâtre... — En même temps je décolorerai votre chevelure, et j'affirme que votre meilleur ami, ou le plus retors des policiers, passerait à côté de vous sans vous reconnaître quand vous aurez un teint de bronze et des cheveux blancs comme la neige... — Soyez certain d'ailleurs que vous ne resterez pas toujours ainsi, car je possède le moyen de rendre en trois jours à votre peau sa couleur naturelle...

— Vous voyagerez avec nous sous le nom de *Doménico Séballa*, mulâtre archi-millionnaire... — reprit Cora. — L'un de nos passeports vous désigne ainsi...

— Je suis prêt, — dit Jean Renaud, — et je promets une obéissance aveugle.

— J'étais bien sûre de pouvoir compter sur vous.

— Ainsi nous allons quitter l'île? — demanda Carmen.

— Dans trois jours, je le répète.

— Mais, — continua la jeune fille, — Martial Dereyne n'est pas le seul coupable... Mercuzza, son âme damnée, et Reymundez, le syndic des noirs, ont été complices de l'assassinat de notre mère...

— Ah! sois tranquille ! — répondit l'aînée des trois sœurs avec un sourire farouche. — Ni le commandeur, ni le syndic ne resteront impunis!... — Ils subiront aussi la peine du talion, mais c'est à Paris seulement que je combattrai face à face le grand criminel !...

— Cora ! chère Cora ! — murmura Dolorès, — tu vas risquer ta vie...

— Que m'importe la vie pourvu que justice soit faite !... — Je ne crains rien d'ailleurs, nous sommes protégées par nos talismans...

— De quels talismans parles-tu?

— Des anneaux oxydés trouvés dans les fouilles de la Seine et passés à nos doigts par les officiers de *l'Éclair*, le jour de leur départ... — Ils nous l'ont dit, ces anneaux portent bonheur à quiconque, pour la première fois, foule le sol parisien.

— Je n'ai pas d'anneau d'argent, moi, — fit Dolorès, — il m'arrivera malheur à Paris...

— Tais-toi, chérie !... — dit vivement Cora en embrassant sa cousine. — Tout ceci n'est que superstition pure... — Chasse bien vite ces idées folles, ou tu me ferais regretter d'avoir accueilli ton dévouement...

— Je ne regrette pas de te l'avoir offert, et tu comprends mal ma pensée, — répliqua Dolorès. — Mon sang et ma vie sont à toi, mais j'ai peur de mourir avant que ton œuvre ne soit accomplie...

— Rassure-toi, mignonne, tu verras la vengeance, je te le promets...

— Dieu le veuille...

— Demain, — reprit Cora, — Sigismond Leroy nous enverra un homme intelligent et sûr, dont il répond comme de lui-même et qui se chargera de gérer les propriétés pendant notre absence... — M. Michel Servan et moi nous le mettrons au fait en une demi-journée... — Tout marche ici par la force d'impulsion acquise, et la machine fonctionnerait seule longtemps encore sans secousses et sans arrêt brusque... — Docteur, je vous donnerai tantôt des instructions particulières... — Robinson, ce soir, tu viendras chercher mes ordres... — Jupiter, demain, tu prendras la mer... — Après-demain nous gagnerons Porto-Rico où nous passerons vingt-quatre heures; j'ai à conférer longuement avec Sigismond Leroy... — Le jour suivant nous nous embarquerons, et Dieu nous conduira...

Ces paroles terminèrent l'entretien...

Carmen, Marie et Dolorès regagnèrent leur appartement. — Les hommes se rendirent aux occupations quotidiennes qui les réclamaient, et Cora restée seule dans le cabinet s'agenouilla devant le portrait de son père.

Elle priait depuis cinq minutes avec ardeur quand on frappa doucement à la porte.

— Entrez... — dit-elle en se levant.

La porte s'ouvrit.

Armand Dorsay était sur le seuil.

Cora ne poussa pas un cri, mais son visage devint livide et prit une expression d'angoisse effrayante.

— Armand... — balbutia-t-elle, — Armand... c'est vous!!! — Pourquoi êtes-vous venu? Quelle fatalité vous amène?

— Ce n'est pas la fatalité... — répondit le jeune homme. — Je vous aime plus que jamais... je vous sais orpheline... je viens partager votre deuil et vous offrir de vous appuyer sur un cœur qui vous appartient et sur un bras qui est à vous...

Armand marchait vers sa fiancée.

Elle recula avec un geste d'épouvante.

— N'avancez pas!... — répliqua-t-elle. — Fuyez-moi!... Fuyez cette demeure!...

— Fuir! — répéta l'enseigne, stupéfait d'un tel accueil. — Vous m'ordonnez de fuir!...

— Il le faut!

— Pourquoi le faut-il?

— Pourquoi? — reprit Cora avec une sorte de délire. — Parce que je ne suis plus la jeune fille que vous avez aimée!... parce que cette maison est celle du crime et de la honte!...

— Au nom du ciel, Cora, chère Cora, calmez-vous! — s'écria l'officier. — Votre exaltation me fait peur...

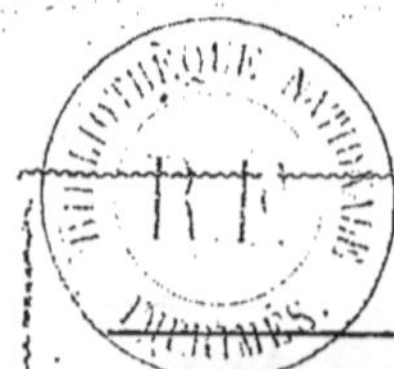

Jean Renaud franchit le seuil et se trouva en face d'un grillage percé d'un guichet mobile.

— Ce n'est pas de l'exaltation, c'est du désespoir...

— Que s'est-il donc passé?

— Des choses sans nom!...

— Ne puis-je les connaître?...

— Vous le pouvez et vous le devez, car l'infamie d'un monstre a creusé entre nous un abîme infranchissable...

— Ah! je ne vous crois pas!... — interrompit Armand. — Rien au monde ne peut nous séparer, et mon amour est plus fort que tout !...

— Attendez... Vous allez savoir... Mais en m'écoutant détournez les yeux...
Ne me regardez pas rougir...

La jeune fille commença l'effroyable récit, et sanglotant, haletante,
s'interrompant quand la voix lui manquait, quand le courage lui faisait défaut,
elle alla jusqu'au bout...

Armand, pleurant de rage et de douleur, l'écoutait. — Il lui semblait sentir
sa tête s'égarer.

— Et cet homme vit encore !!! — balbutia-t-il lorsque Cora eut dit le dernier
mot.

— J'ai voulu le tuer... je n'ai pas pu... — J'ai frappé de toutes mes forces...
Mon arme était trop faible...

— Ce que vous n'avez pu faire, je le ferai, moi, je le jure ! — s'écria
l'officier. — Mon épée ne trahira pas ma main !

— Votre épée ! — répliqua l'orpheline en haussant les épaules. — Armand,
vous êtes fou !... — Est-ce qu'on fait à un tel misérable l'honneur de se battre
avec lui ! — Est-ce qu'on croise le fer avec un assassin ?

— Il vous faut une vengeance, cependant !!!

— Ah ! soyez tranquille, elle ne me manquera pas !!! — dit la jeune fille
d'un ton farouche.

— Nous la trouverons ensemble...

— Non ! — répondit froidement Cora.

— Vous refusez mon aide ?

— Il le faut, et vous allez comprendre pourquoi... — Cet homme a tué mon
père et fait mourir ma mère !... — Il a jeté Carmen et Marie sous le fouet de
son bourreau !... — Il a flétri mes rêves d'amour en flétrissant mon honneur !...
— Il m'a frappée dans ma tendresse filiale, dans ma tendresse de sœur, dans
ma tendresse de fiancée, dans ma pudeur de vierge !... — C'est contre moi qu'il
a fait cela !... c'est à moi seule qu'appartient la vengeance ! — Je la veux inouïe,
autant que les forfaits accomplis !... — Autour de moi le misérable a tout
brisé !!... — Autour de lui, j'entasserai les débris !... — Je le frapperai dans son
honneur et dans l'honneur des siens, dans sa fortune, dans ses affections, dans
sa famille, avant de le frapper dans sa vie !... — Quiconque, de près ou de loin,
touche à Martial Dereyne est condamné d'avance. — Pour moi cette race est hors
la loi !... Tout est permis contre elle et tout est légitime !...

La jeune fille avait prononcé ces paroles d'une voix faible d'abord mais qui,
peu à peu, s'était animée jusqu'à devenir éclatante.

Armand ploya les genoux et tendit ses mains suppliantes à la tragique enfant.

— Cela est juste, — balbutia-t-il, — et vous avez cent fois raison ; mais
songez que cet homme, en s'attaquant à vous, m'atteignait en plein cœur !... —
Au nom de mon amour, plus vivant que jamais, laissez-moi ma part de
vengeance !

Cora secoua la tête.

— Ne me demandez pas cela... — répliqua-t-elle. — Il m'en coûte d'accueillir par un refus votre requête généreuse, mais je dois, je veux agir seule!!! — Si légitime et si sainte que soit mon œuvre, les moyens employés pour arriver au but ressembleront souvent à des crimes... — Il ne faut pas que vous soyez complice!

— Cependant...

— J'ai dit : — *Non!*... — N'insistez plus!... C'est Non!!!

Armand comprit que la résolution de l'orpheline était inébranlable.

— Vous allez partir?... — fit-il.

— Dans deux jours...

— Où irez-vous?

— En France...

— Pour longtemps?

— Dieu le sait... Moi je ne le sais pas...

— Vous reverrai-je, au moins?

— Quand je serai vengée...

Après un court silence, la jeune fille ajouta :

— Partez, maintenant... Partez, je vous en supplie... Votre présence ravive mes douleurs et j'ai besoin de tout mon courage...

Armand, sans répondre un mot, prit les mains de Cora, les appuya contre ses lèvres, les couvrit de baisers et de larmes, puis s'éloigna le cœur brisé et rejoignit le canot qui l'attendait à l'embouchure de la rivière pour le conduire à l'aviso, car le commandant de l'*Éclair* avait reçu l'ordre de stationner de nouveau dans la baie de Guayanila.

Le surlendemain, au moment où les trois sœurs, leur cousine Dolorès et leurs compagnons dévoués allaient partir pour Porto-Rico, Robinson s'approcha de Cora :

— Maîtresse, — lui dit-il, — le señor Reymundez ne commettra plus d'injustice... — Un serpent corail, le reptile le plus dangereux de nos climats, s'est introduit dans sa chambre, on ne sait comment, et l'a piqué au bras cette nuit... — On a trouvé le syndic des noirs mort ce matin, et déjà tout bleu...

— Tu es un bon serviteur, Robinson! — répondit la jeune fille.

Une étincelle fugitive s'alluma dans ses prunelles sombres.

— C'est le premier... — murmura-t-elle. — C'était le moins coupable... — Aux autres maintenant!...

XLV

Quelques semaines après les événements qui terminent le précédent chapitre, le *Neptune*, steamer français des Messageries impériales, venant des Antilles, arrivait en rade du Havre, faisait les signaux d'usage pour demander un pilote, passait à toute vapeur devant la fameuse tour de François Ier, si pittoresque et qui n'existe plus aujourd'hui, et mettait à terre une soixantaine de passagers pris sur différents points du littoral de l'Atlantique.

Parmi ces voyageurs de nationalités multiples se trouvaient trois femmes vêtues de grand deuil, strictement voilées, et dont la tournure élégante attirait l'attention malgré la sévère simplicité de leurs costumes.

Ces trois femmes étaient accompagnées d'un jeune homme pâle et légèrement bronzé, portant des vêtements noirs sous un *twed* couleur gris de fer, et paraissant âgé de vingt-deux ou vingt-trois ans tout au plus.

Deux mulâtres venaient ensuite, se donnant le bras.

L'un pouvait avoir une trentaine d'années, l'autre soixante, à en juger du moins par sa chevelure blanche comme la neige ; mais sa taille haute et droite, ses larges épaules bien effacées, enfin l'élasticité de sa marche prouvaient qu'il n'avait rien perdu de sa vigueur.

Derrière ces deux groupes marchaient une dizaine de domestiques nègres en livrée de deuil, portant de menus colis.

Un autre nègre, en habit noir et en cravate blanche, — tenue correcte de valet de chambre de bonne maison, — était resté sur le pont du steamer, auprès des bagages qui devaient subir la visite de la douane.

Cinq minutes après avoir quitté le navire, les personnages dont nous venons de photographier l'aspect général entraient à l'*Hôtel de l'Amirauté* situé sur le grand quai.

Des ordres avaient été donnés d'avance.

Le maître d'hôtel attendait sous les armes et conduisit nos voyageurs au vaste appartement du premier étage, retenu pour eux et dont les fenêtres s'ouvraient sur les bassins, en face du quai d'embarquement des bateaux à destination de Southampton, de Caen, de Trouville, d'Honfleur et de Rouen.

Les dispositions prises d'avance permettaient aux maîtres et aux domestiques de loger au même étage et rendaient les communications faciles.

Nos lecteurs ont déjà reconnu Cora sous son costume d'homme, et deviné Carmen, Marie et Dolorès, Jean Renaud et le docteur Jocelyn.

Le nègre surveillant les malles à bord du *Neptune* n'était autre que Robinson.

Les nouveaux venus s'attablèrent devant un déjeuner qui faisait honneur au cuisinier de l'hôtel.

Le majordome de l'établissement parut ensuite et sollicita respectueusement la remise des passe-ports afin d'inscrire les noms de ses hôtes sur les registres, ainsi que l'exigeaient les règlements de police.

Cette inscription fut faite de la manière suivante :

« LIONET WARTON, *âgé de vingt-deux ans, sujet anglais, venant de Calcutta, voyageant avec ses trois cousines* LAURA, MARY, PERLY WARTON.

« LE DOCTEUR JOÉ SIMMEL, *trente ans, médecin de la famille Warton.* »

« DOMÉNICO SÉBALLA, *cinquante-cinq ans, sujet espagnol, originaire de Cawpore.*

« ROBINSON, *valet de chambre, et les serviteurs nègres formant la suite de la famille Warton.* »

Il nous paraît à peu près superflu d'expliquer que le nom de *Laura* s'appliquait à Carmen, celui de *Mary* à Marie et celui de *Perly* à leur cousine Dolorès.

Cora, sous le pseudonyme de *Lionel Warton* et sous les habits de gentleman qu'elle portait avec une grâce exquise et une parfaite désinvolture, était absolument transformée et ne ressemblait pas du tout à une jolie femme travestie, mais à un charmant jeune homme.

Elle avait fait sans hésiter le sacrifice partiel d'un ornement dont elle pouvait jadis s'enorgueillir à bon droit.

Ses magnifiques cheveux, réduits aux proportions d'une chevelure masculine, couronnaient maintenant son front de boucles courtes aux reflets fauves.

Les lignes sérieuses et presque sévères du visage, la sveltesse des formes amaigries par les angoisses et les chagrins, éloignaient toute idée de déguisement.

Rien, absolument rien, ne trahissait son sexe. — Elle pouvait affronter sans inquiétude les regards de ses ennemis.

Jocelyn, devenu *Joé Simmel*, n'avait point entrepris de changer son apparence habituelle. Cependant sa barbe crépue, qu'il laissait pousser, modifiait sa figure.

Quant à Jean Renaud — *Doménico Séballa* — la métamorphose était absolue. Son teint de mulâtre presque nègre et ses cheveux d'une blancheur d'argent faisaient de lui un personnage entièrement nouveau qui ne rappelait par aucun point l'évadé de *la Dorade*. — En se regardant dans une glace il ne se reconnaissait pas lui-même.

Le voyage avait été pénible.

Cora et Jean Renaud remirent au jour suivant les démarches qu'ils se proposaient de faire au Havre, avant de se diriger vers Paris, et chacun regagna sa chambre afin d'y prendre quelques heures d'un repos nécessaire.

Le lendemain vers onze heures du matin Jean Renaud, après avoir donné des soins minutieux à sa toilette — toilette de gentleman quelque peu excentrique — prit les instructions de Cora et sortit de l'hôtel.

Une fois dans la rue il s'adressa à un ouvrier du port et le pria de lui indiquer la maison de l'armateur Martial Dereyne.

— Sur le quai d'Orléans, au n°***— répondit l'ouvrier. — Monsieur Dereyne occupe la maison tout entière ; les bureaux et les magasins sont au rez-de-chaussée...

Jean Renaud — que nous continuerons à nommer de cette façon pour la plus grande clarté de notre récit — prit la direction indiquée et atteignit son but en moins de cinq minutes.

La maison de l'armateur était vaste et de construction déjà ancienne.

Elle n'avait que deux étages, mais d'immenses magasins entouraient sa cour et renfermaient des marchandises de toute nature venant des quatre coins du monde ou prêtes à y être expédiées.

Nous connaissons l'emploi du rez-de-chaussée.

Les appartements du premier étage étaient affectés à la résidence du maître. — Divers employés et les domestiques occupaient le second.

A droite de la haute et large porte cochère, aux bornes cerclées de fer et cicatrisées par les roues des lourds camions, se trouvaient les bureaux des enregistrements et des expéditions.

A gauche le bureau particulier de l'armateur et le cabinet du caissier.

Une inscription, sur une plaque de cuivre, indiquait la destination de cette dernière pièce.

Jean Renaud en franchit le seuil et se trouva en face d'un grillage garni d'une étoffe verte et percé d'un guichet mobile.

Derrière le grillage, et sa figure arrivant à peine à la hauteur du guichet, un tout petit homme chauve était assis, les lunettes sur le nez et lisant un journal qui paraissait l'intéresser beaucoup, car ce fut du ton maussade habituel aux personnes qu'on dérange mal à propos, qu'il demanda :

— Vous désirez, monsieur ?

— Parler à M. Martial Dereyne.

— M. Dereyne n'est point au Havre en ce moment.

— Ah ! — fit Jean Renaud qui savait à merveille l'absence de l'armateur, mais qui jugeait utile de paraître étonné.

Le caissier reprit :

— Est-ce pour affaire personnelle ou pour affaires relatives à la maison que vous souhaitez voir M. Dereyne ?

— Pour affaires relatives à la maison, et je suppose qu'en son absence M. Dereyne a laissé ici un représentant...

— Mieux qu'un représentant, monsieur... un associé, un autre lui-même...

— J'ignorais que M. Dereyne eût un associé...

— Il en a un, monsieur, mais depuis peu de temps...

— Et cet associé se nomme ?

— Funcal, monsieur, Juan de Funcal...

— Eh bien ! au lieu de voir M. Dereyne, je verrai M. Funcal.

— Très bien... — Prenez alors la peine de revenir dans l'après-midi...

— Pourquoi revenir ?... — M. de Funcal est-il sorti ?...

— Non, monsieur, mais il est en affaires... — Il donne à déjeuner à des constructeurs qui travaillent pour notre maison... — Il serait donc inopportun de le déranger en ce moment... du moins je le crois...

— Vous croyez mal... — répliqua sèchement Jean Renaud. — J'ai à dire à l'associé de votre patron des choses qui ne souffrent aucun retard... — J'insiste pour lui parler sur-le-champ... — Veuillez le faire prévenir...

— Mais, monsieur... — commença le caissier.

— Veuillez le faire prévenir !... — répéta Jean Renaud d'un ton si impérieux que son interlocuteur, renonçant à toute velléité de résistance, balbutia :

— Qui faut-il annoncer, monsieur?

— Le représentant de la maison Brown, Sydney et Co, de la Trinité...

Le caissier salua.

Il saisit un cornet acoustique qui pendait à portée de sa main, souffla dans ce cornet avec force, l'approcha de son oreille, écouta pendant le quart d'une seconde, puis porta de nouveau l'orifice à ses lèvres.

Jean Renaud l'entendit prononcer cette phrase :

— Un représentant de la maison Brown, Sidney et Cº, de la Trinité.

La réponse fut presque immédiate.

Le caissier se leva.

— Monsieur de Funcal descend, — dit-il. — Suivez-moi, monsieur...

Il quitta l'abri de son treillage, ouvrit une porte latérale et fit entrer le visiteur dans un petit salon d'attente qui précédait le cabinet de l'armateur.

— Veuillez prendre patience un instant... — poursuivit-il. — Avant cinq minutes M. de Funcal vous recevra.

Et, après s'être incliné poliment, il regagna sa caisse.

— Quel peut être ce Juan de Funcal ? — se demanda Jean Renaud resté seul. — D'où sort cet associé venu si à propos ?...

A peine achevait-il de se poser cette double question que la porte du petit salon s'ouvrit et qu'un personnage apparut dans l'encadrement de cette porte.

Tout autre que Jean Renaud aurait manifesté sa surprise, ou plutôt sa stupeur, par une exclamation imprudente, mais l'évadé de *la Dorade* était maître de lui-même au point d'imposer à son visage l'impassibilité lorsque l'émotion la plus violente bouleversait son être entier.

Jamais cependant stupeur ne fut plus légitime.

Le prétendu Juan de Funcal, l'associé de Martial Dereyne, n'était autre que le señor Mercuzza. — Nos lecteurs l'ont deviné déjà, mais Jean Renaud ne pouvait s'en douter.

L'ex-commandeur des nègres, depuis qu'il occupait dans le commerce du Havre une position considérable, avait modifié très avantageusement son extérieur en donnant à sa personne des soins méticuleux qui jadis n'entraient pas dans ses habitudes.

Chaque matin un coiffeur venait friser au petit fer les mèches de sa chevelure rebelle, qu'une raie médiane partageait ensuite coquettement en deux masses égales.

De longs favoris d'agent de change, roulés et parfumés, encadraient le visage d'oiseau de proie du señor Mercuzza dont la maigreur invraisemblable pouvait à la rigueur passer pour de la distinction.

L'Espagnol portait une toilette du matin qui par son *sans façon* voulu trahissait certaines prétentions à l'originalité dans l'élégance.

Cette toilette consistait en un *complet* de drap léger, gris poussière, quadrillé de blanc, de bleu, de noir et de rose.

Le col de la chemise se rabattait sur un ruban de foulard écossais aux mêmes couleurs. — Trois scarabées de corail rose boutonnaient le plastron. Les larges pieds plats de Mercuzza étaient chaussés de bas de soie gris rayés de rose, et de petits souliers vernis décolletés à grosses bouffettes.

Une rosette multicolore, représentant des ordres de haute fantaisie, illustrait une des boutonnières du veston de l'ex-commandeur des nègres.

Somme toute, le señor Mercuzza n'était point déplacé — (du moins comme apparence) — dans son rôle de chef de maison.

Il suffit à Jean Renaud d'un coup d'œil pour se rendre compte des choses que nous venons de longuement décrire.

XLVI

Mercuzza, après s'être incliné, regarda son visiteur avec une attention soupçonneuse, mais dans ce mulâtre aux cheveux blancs il était matériellement impossible de reconnaître le prétendu *Michel Servan* de Guayanila.

— Veuillez entrer dans mon cabinet, monsieur, — dit-il d'un ton guttural qu'il exagérait à dessein, — et pardonnez-moi de vous avoir fait attendre quelques minutes... — J'étais en affaires.

Jean Renaud salua.

— C'est à monsieur Juan de Funcal que j'ai l'honneur de parler? — demandat-il en franchissant le seuil d'une pièce assez vaste et meublée avec un luxe sérieux.

— Oui, monsieur.

— L'associé de M. Dereyne?

— Oui, monsieur, chargé seul, en ce moment du moins, des affaires

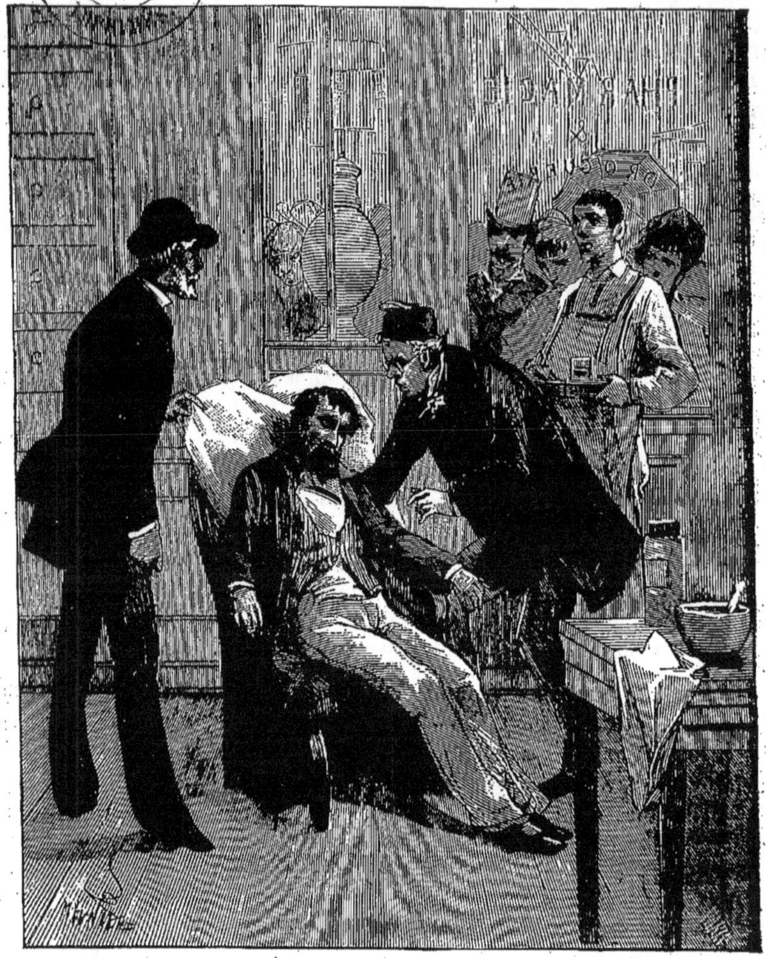

On installait dans une pharmacie le blessé complètement évanoui.

de la maison. — Et vous êtes, vous, monsieur, le représentant de la maison Brown, Sydney et Cᵒ, de la Trinité?

— Oui, monsieur, Doménico Séballa, pour vous servir. — Arrivé au Havre hier au soir, je viens toucher à votre caisse deux traites créées par ma maison et acceptées par M. Martial Dereyne il y a quatre mois.

Depuis que Jean Renaud parlait, Mercuzza, les sourcils froncés, fouillait les replis de sa mémoire et se demandait :

— Je suis sûr de connaître cette voix... — Où donc l'ai-je entendue?...

Et il examinait de nouveau son interlocuteur avec un redoublement d'attention, mais cet examen ne servait qu'à dérouter ses souvenirs et lui prouvait qu'il était dupe de quelque similitude d'organe.

— Deux traites acceptées par mon associé? — répéta-t-il.

— Oui, monsieur.

— Quelle en est l'importance?

— L'une est de soixante mille francs, l'autre de quatre-vingt mille... — Total, cent quarante mille francs.

En entendant formuler ce chiffre, Mercuzza tressaillit légèrement et un nuage passa sur son front.

Néanmoins il fit bonne contenance.

— Eh bien! monsieur, — dit-il, — mon caissier a dû faire honneur à la signature de M. Dereyne, quoiqu'il ne fût point avisé qu'on la présenterait aujourd'hui...

— Les traites dont il s'agit sont dans mon portefeuille... je me serais bien gardé, monsieur, de les présenter sans vous prévenir... — répliqua Jean Renaud.

— Pourquoi donc?

— Lorsqu'il s'agit d'une somme aussi forte, les maisons les plus solides, prises à l'improviste, peuvent se trouver dans un embarras momentané...

Le señor Mercuzza jugea l'occasion bonne pour se dresser sur ses ergots d'hidalgo.

— La maison Dereyne et Juan de Funcal ne saurait être en aucun cas prise au dépourvu, fit-il avec morgue. — La somme, d'ailleurs, n'est qu'une bagatelle, et je vous engage, monsieur, à prendre la peine de passer à la caisse, si toutefois vous n'avez pas autre chose à me dire...

— Malheureusement, monsieur, j'ai autre chose à vous dire, — reprit Jean Renaud.

— Malheureusement? — s'écria l'Espagnol inquiet. — Pourquoi malheureusement?

— Parce que la nouvelle que je vous apporte est mauvaise...

Mercuzza pâlit.

— Expliquez-vous, monsieur... — reprit-il ensuite. — De quoi s'agit-il?

— D'une chose fort grave... d'un coup terrible pour votre maison.

— Eh! caramba! parlez, monsieur! parlez donc! — Vous voyez bien que vous me faites mourir avec vos ménagements!

— Vous avez un navire en route pour la Trinité, — continua Jean Renaud, — et un autre pour la Guyane française...

— Oui, monsieur, le *Tancarville* et le *Morlaisien*... tous deux chargés de marchandises d'une grande valeur et devant rapporter au Havre des indigos et des cafés...

Le faux mulâtre riva son regard sur le visage anxieux de l'Espagnol, et reprit d'une voix lente et grave :

— Armez-vous de courage, monsieur... — Les deux navires dont vous parlez sont perdus.

Mercuzza se leva tout effaré.

— Le *Tancarville* et le *Morlaisien* perdus ! — balbutia-t-il.

— Hélas, oui !

— Et comment ?

— Détruits en pleine mer par un incendie.

L'Espagnol chancela — de grosses gouttes de sueur perlaient sur son front.

— C'est impossible !... — dit-il en bégayant, — impossible !... impossible.

— Il m'en coûte beaucoup de vous contredire, monsieur, — reprit Jean Renaud, — mais ce double sinistre n'est que trop positif... je vous en donne ma parole d'honneur.

— Eh ! monsieur, je ne doute pas de votre bonne foi, mais vous avez été abusé sans doute par des récits menteurs.

Jean Renaud secoua la tête.

L'ex-commandeur poursuivit :

— Une si funeste nouvelle m'aurait été transmise par les capitaines des deux navires...

— Les capitaines ont écrit certainement, et soyez convaincu que leurs lettres vous parviendront d'un moment à l'autre...

— Enfin, monsieur, je ne vous crois pas... je ne veux pas vous croire...

En ce moment on frappa deux petits coups à la porte du cabinet.

— Entrez ! — commanda l'Espagnol.

Un employé se présenta et fut accueilli par cette question, faite d'un ton presque brutal :

— Que voulez-vous ? Qu'apportez-vous ?...

— Deux lettres pour monsieur Dereyne... — répondit l'employé.

— Donnez...

— Qui sait, — dit Jean Renaud avec un accent indéfinissable, — c'est peut-être la confirmation de ma triste nouvelle qui vous arrive...

L'employé sortit.

Mercuzza saisit d'une main tremblante les enveloppes couvertes de timbres multicolores, et les ouvrit fiévreusement l'une après l'autre.

Jean Renaud étudiait curieusement le visage et l'attitude de l'ex-commandeur.

Il le vit devenir pâle comme un mort en lisant les deux lettres. — Une ride profonde se creusa entre ses sourcils. — Il se mordit les lèvres jusqu'au sang et retomba sur le siège qu'il venait de quitter.

— Vous aviez raison, monsieur... — balbutia-t-il d'une voix sourde ; — les deux navires n'existent plus...

— Je prends une part très vive à cette catastrophe... — fit le faux mulâtre avec une émotion si bien imitée que le plus clairvoyant devait en être dupe. — C'est une perte fort grande.

— Fort grande, en effet... — répondit Mercuzza, — mais, — ajouta-t-il en se maîtrisant aussitôt, — si rude que soit le coup il ne saurait abattre une maison comme la nôtre... Nous avons deux autres navires en mer, deux dans les bassins où on les charge, quatre en construction dans les chantiers... Nous avons des marchandises, de l'argent et du crédit... — La brèche faite à notre fortune sera réparée dans quelques mois... — Je vais viser vos traites, monsieur... — Présentez-les à la caisse, elles seront payées...

— Je n'en doutais pas, mais je suis heureux de constater *de visu* la puissante vitalité de la maison Dereyne et Compagnie.

— Je vous demande, — reprit Mercuzza, — de garder le silence jusqu'à nouvel ordre sur le double sinistre que j'ai connu par vous.

— Comptez sur ma discrétion, monsieur...

Jean Renaud sortit en disant :

— Décidément le nègre Jupiter a fait de bonne besogne !... — Ce gredin de Mercuzza joue son rôle à merveille, et tout autre que moi se laisserait prendre à son assurance, mais la première blessure n'en est pas moins profonde, et la seconde sera mortelle.

Il se présenta à la caisse où, en échange de ses traites, on lui compta cent quarante mille francs en billets de banque, puis il quitta la maison de l'armateur et se dirigea par les quais vers la rue de Paris.

Chemin faisant, il pensait :

— L'association de Martial Dereyne et de Juan de Funcal est le juste salaire de la complicité du señor Mercuzza ! Les comptes de ces misérables se règleront ensemble !

L'ex-commandeur était littéralement étourdi du choc qu'il venait de recevoir, et, lorsque la présence d'un témoin importun ne le contraignit plus à se dominer, son abattement devint manifeste.

Deux navires incendiés presque en même temps, cela dépassait en effet toute prévision, toute vraisemblance.

— Plus de quinze cent mille francs !... — se disait-il en froissant les lettres avec une sorte de rage. — Deux vaisseaux presque neufs avec leur cargaison !... — Encore une catastrophe pareille, et ce sera la ruine irrémédiable... — Déjà le bruit du sinistre va causer un grand préjudice à notre crédit... — Pour peu que la solvabilité de la maison semble devenir douteuse, les constructeurs inquiets demanderont des acomptes !... — Comment les leur donner ?... — La situation n'est pas désespérée cependant, grâce aux fonds rapportés de Guayanila... — Les deux navires qui vont chercher aux Indes orientales un chargement d'ivoire nous rapporteront des bénéfices énormes, mais il faut sauver le crédit, et j'y travaillerai de mon mieux jusqu'au bout... — Je me suis juré de mourir dans la peau d'un millionnaire ! Je ferai tout pour me tenir parole...

Mercuzza but un grand verre d'eau fraîche, se regarda dans un miroir et, calme en apparence, rejoignit les constructeurs assis à sa table dans la luxueuse salle à manger du premier étage.

Jean Renaud suivait lentement le trottoir de la rue de Paris et s'arrêtait devant chaque magasin de coquillages, de chinoiseries, de perroquets, de singes, d'ivoires de Dieppe, de curiosités exotiques, ni plus ni moins qu'un Parisien flâneur.

On a l'habitude au Havre de voir circuler des types divers appartenant à toutes les nationalités du globe.

Personne n'accordait donc la moindre attention à ce mulâtre aux larges épaules et aux cheveux blancs.

L'évadé de la *Dorade* fut frappé tout à coup de la démarche singulière et des allures bizarres d'un pauvre diable qui marchait à trois ou quatre pas devant lui.

Nous disons *pauvre diable* car ce personnage, à en juger par ses vêtements élimés et graisseux, son chapeau blanchi et bossué, les semelles feuilletées de ses souliers, devait être arrivé au dernier degré de la misère.

Il allait d'un pas inégal, et par moment il décrivait des zigzags sur le trottoir comme un homme dont l'équilibre est plus qu'incertain.

— Le gaillard est dans les vignes... — pensa Jean Renaud. — Il me semble que cette tournure, ce dos voûté, ce long cou, ces cheveux d'un blond filasse ne me sont pas inconnus... — Je voudrais jeter un coup d'œil sur la figure pour savoir si je me trompe...

La conséquence de ce désir fut de lui faire hâter le pas dans le but de devancer le quidam.

Mais ce dernier, comme s'il devinait l'intention de Jean Renaud, quitta tout à coup le trottoir et s'engagea sur la chaussée pour traverser la rue.

Sa marche était de plus en plus chancelante, — il paraissait se soutenir à peine.

En ce moment une victoria attelée de deux chevaux vigoureux sortit au grand trot d'une voie latérale et s'engagea dans la rue de Paris, dont le personnage qui nous occupe foulait le pavé.

Il restait d'ailleurs à ce promeneur singulier plus que le temps nécessaire pour se mettre à l'abri.

Il n'en fit rien et ne parut même pas comprendre qu'une voiture conduite à vive allure se dirigeait vers lui.

— Rangez-vous donc ! tonnerre du diable !... Rangez-vous ! — cria le cocher, quand il n'exista plus qu'un intervalle de deux mètres à peine entre la tête de ses chevaux et les épaules du piéton sourd ou distrait.

Ce dernier, au lieu de prendre son élan, fit halte avec un effarement visible.

Le cocher, ne pouvant désormais arrêter son attelage, prit le parti de le jeter sur la gauche; mais à ce moment précis l'inconnu obliquait brusquement du même côté. — Le bout ferré du timon l'atteignit juste entre les deux épaules et le jeta la face contre terre.

Les témoins de cette scène émouvante poussaient des cris d'effroi; le malheureux allait être infailliblement écrasé, et personne n'admettait qu'il fût possible de lui porter secours d'une façon utile.

Jean Renaud, lui, en jugeait autrement.

Il s'élança, saisit les deux chevaux par le mors et, grâce à sa vigueur herculéenne, les fit ployer sur leurs jarrets et les contraignit à reculer.

Ce tour de force accompli avec un grand courage et un sang-froid complet, il revint à l'homme qui gisait inanimé sur le pavé, le prit dans ses bras, avisa une pharmacie de l'autre côté de la rue, et l'y transporta suivi d'une trentaine de badauds dont le nombre ne tarda guère à grossir car les passants, voyant un groupe, s'arrêtaient à leur tour pour questionner et faisaient la boule de neige...

XLVII

Tandis qu'on installait sur un fauteuil dans la pharmacie le blessé complètement évanoui, la foule des curieux entourait la voiture cause de l'accident.

C'était une victoria de louage fort élégante, comme on en trouve au Havre et dans toutes les villes où les riches étrangers se donnent rendez-vous et amènent avec eux des habitudes de luxe.

Le cocher portait une livrée de fantaisie, un chapeau à cocarde et des bottes à revers.

Sur les coussins de la voiture se prélassait une femme qui pouvait approcher du cap néfaste de la quarantaine, mais qui paraissait n'avoir que vingt-huit ou trente ans, grâce aux artifices ingénieux d'un intelligent maquillage.

Grande et brune, avec des yeux noirs naturellement très vifs et dont une légère couche de *coheul* sous les paupières avivait encore l'éclat, cette personne devait passer pour jolie, pour attrayante surtout, mais si sa beauté sensuelle attirait le désir elle n'inspirait point la sympathie.

Son front trop bas, ses lèvres épaisses et d'un rouge violent, exprimaient l'entêtement et les passions brutales.

Elle semblait admirablement bien faite sous sa toilette ultra tapageuse aux couleurs violentes et heurtées. — Son corsage plantureux servait de reposoir à toute une orfèvrerie trop riche pour être de bon goût. — Ses boutons d'oreilles en diamants valaient une grosse somme, et ses bracelets étagés montaient presque jusqu'au coude.

Ajoutons — détail typique — qu'elle portait des bagues sur ses gants...

Le premier venu, pour peu qu'il fût observateur, l'aurait rangée sans hésitation dans la catégorie des déclassées aventureuses attirées au Havre par les régates, et surtout par l'espoir trop souvent déçu d'y rencontrer un de ces Brésiliens ou de ces Nababs que les vaudevillistes ont rendus légendaires.

Au moment où le timon de sa voiture renversait le pauvre diable, et surtout en voyant le faux mulâtre se jeter à la tête des chevaux au risque d'être brisé, cette personne avait eu grand' peur.

Quand elle comprit que les deux hommes étaient hors de péril, un soupir de soulagement s'échappa de sa poitrine rebondie; elle respira longuement les sels anglais contenus dans un petit flacon de cristal; elle interrogea une glace ovale microscopique enchâssée dans la monture de son éventail puis, contente de sa figure, elle descendit, traversa la foule entassée sur le trottoir et pénétra dans la pharmacie en répandant autour d'elle une violente odeur de bouquet du Jockey-Club et de Mousseline, — deux parfums à la mode en 1853.

— J'espère, monsieur, — dit-elle au pharmacien qui se multipliait pour prouver son zèle, — j'espère que ce pauvre homme n'est point grièvement blessé?

— Je l'espère aussi, madame. — J'ajouterai même que j'ai tout lieu de le croire.

— Cependant il a perdu connaissance.

— L'évanouissement me paraît résulter de la frayeur. — Je ne constate aucune fracture... Rassurez-vous donc, madame... rassurez-vous.

— Ah! monsieur, vous m'ôtez un fameux poids de dessus les épaules!

Lorsque la dame en toilette tapageuse avait franchi le seuil, Jean Renaud, penché sur l'homme évanoui, ne s'était point tourné vers elle.

En l'entendant parler il releva la tête, et ses yeux étudièrent le visage maquillé dans lequel il cherchait évidemment à retrouver des traits connus.

La dame vint à lui et lui tendit une main petite, mais trop courte et trop grasse, gantée de paille et, nous l'avons dit, constellée de bagues sur les gants.

— Ah monsieur! — s'écria-t-elle, — je ne sais, parole d'honneur, comment vous remercier! Sans vous, sans votre courage, ce malheureux serait mort sans doute, et moi, cause bien innocente de cet accident, je ne m'en serais consolée jamais... oh! non! jamais! jamais! Je pèche par excès de sensibilité...

Jean Renaud serra du bout des doigts la main qu'on lui tendait.

Il regardait toujours son interlocutrice.

A coup sûr un grand travail se faisait dans sa mémoire.

— Mon Dieu, madame, — répondit-il, — j'ai fait ce que tout autre aurait fait à ma place...

— Bien peu l'auraient tenté... — répliqua vivement la sensible personne, — et pour y réussir il fallait joindre la force la plus rare au sang-froid le plus merveilleux, à l'audace la plus téméraire... — Ah! monsieur, laissez-moi vous témoigner encore mon impérissable gratitude...

— Encore une fois, madame, j'ai fait mon devoir, rien de plus...

— Ah! cent fois plus, mille fois plus! — Vous êtes un héros de modestie!...

Jean Renaud s'inclina, en se demandant de nouveau :

— Où et quand ai-je vu cette poupée qui paraît un peu folle?

La dame reprit :

— Connaissez-vous ce pauvre homme sauvé par vous?

— Non, madame... — Je suis au Havre depuis vingt-quatre heures à peine, j'y viens pour la première fois et je n'y connais personne.

— Comptez-vous rester pendant quelques moments auprès de celui qui vous doit la vie?

— Je ne le quitterai pas avant qu'il ait repris ses sens...

— Je voudrais faire comme vous, monsieur, et je le devrais peut-être, mais ce funeste accident m'a mise fort en retard et je suis attendue pour une affaire pressée... — Je vais donc m'éloigner, mais d'abord je voudrais réclamer de vous un service.

— A vos ordres, madame.

— S'il faut s'en rapporter à l'état de délabrement de son costume, votre protégé n'est pas riche...

— Il paraît même très pauvre.

— Eh bien ! monsieur, chargez-vous de lui remettre ceci...

Et la dame tira d'un élégant porte-monnaie en cuir de Russie un billet de cent francs qu'elle tendit à Jean Renaud.

— Merci pour lui, madame... — dit-il en prenant le billet. — Je m'acquitterai volontiers de cette commission charitable et je joindrai mon offrande à la vôtre, car évidemment ce pauvre diable a grand besoin qu'on lui vienne en aide...

— Je passerai quelques jours au Havre... — ajouta l'inconnue. — Dites à votre protégé de venir me trouver... — Je tâcherai de lui être utile... — Voici ma carte qui lui apprendra mon nom... — Je loge à l'*Hôtel d'Angleterre*...

— Tout sera fait selon vos désirs, madame...

L'élégante personne présenta sa carte à Jean Renaud, salua et regagna la voiture que les badauds continuaient à entourer.

Le faux mulâtre jeta vivement les yeux sur le carton-porcelaine et fit un geste de surprise en lisant ce nom :

« ROSE BONCHAMP »

— J'étais bien sûr que j'avais déjà vu cette figure-là ! — murmura-t-il entre

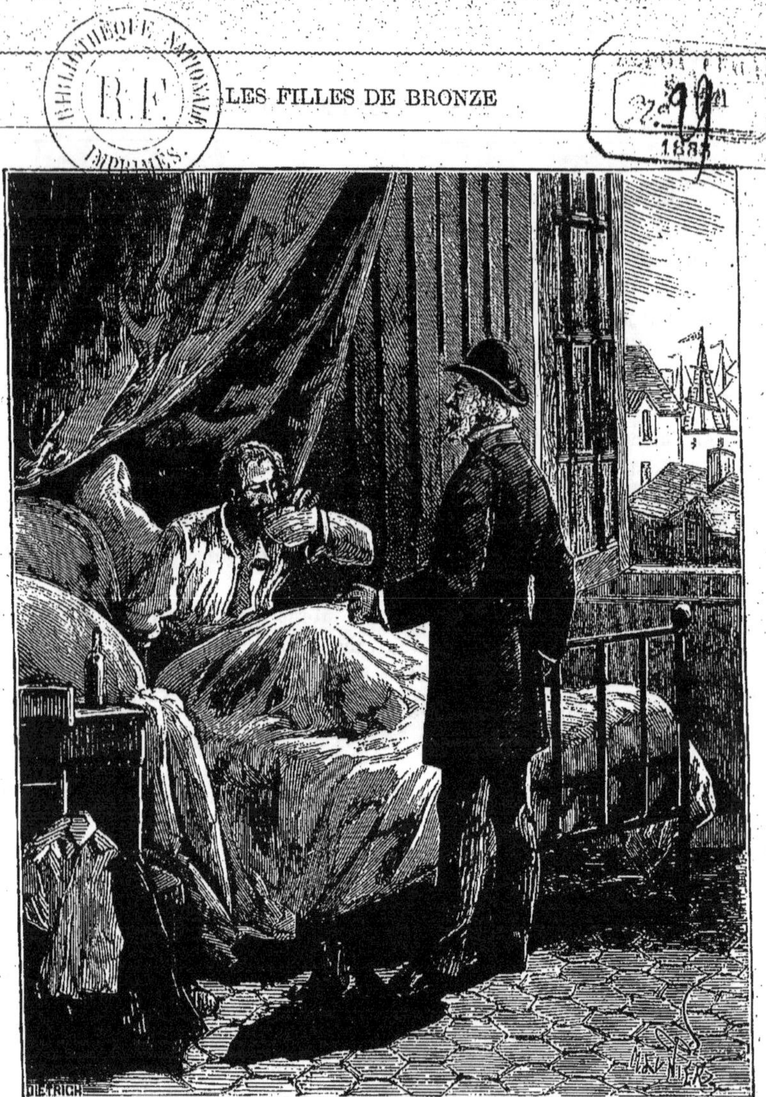

Le faux maltôtre demanda un bol de bouillon que son protégé avala d'un trait.

ses dents. — Rose Bonchamp et moi nous sommes de vieilles connaissances!...
— Quel motif la conduit ici? — Si je ne me suis pas trompé tout à l'heure, c'est aujourd'hui le jour des rencontres étranges...

Cependant le pauvre diable ne revenait pas à lui-même malgré les soins assidus qu'on lui prodiguait.

La durée de son évanouissement commençait à causer quelque surprise au pharmacien.

— Voilà une syncope bien persistante! — dit-il tout à coup.

— Êtes-vous inquiet? — demanda Jean Renaud.

— Dame! un peu...

— Que craignez-vous? vous avez constaté vous-même qu'il n'existait aucune fracture.

— Je crains une lésion interne.

— Ne pensez-vous pas qu'il serait bon de consulter un médecin?

— Je pense que c'est indispensable. — Justement nous en avons un sous la main, c'est-à-dire dans la maison voisine... je vais l'envoyer chercher.

Un des aides se préparait à sortir pour s'acquitter de cette mission lorsqu'un homme d'une soixantaine d'années, de figure intelligente et sympathique, et portant un minuscule ruban rouge à la boutonnière, entra dans la pharmacie.

— Qu'est-ce qui se passe? — s'écria-t-il. — Pourquoi tout ce monde?... — Un accident?

— Oui, docteur, — répliqua le patron, — et vous arrivez fort à propos... On allait chez vous... Voyez ce pauvre homme...

— Que lui est-il arrivé?

— Il a été renversé par une voiture et son évanouissement dure depuis vingt minutes...

— Qu'avez-vous fait pour l'en tirer?

— Je lui ai mis sous les narines un flacon d'alcali volatil et on lui a mouillé les tempes avec de l'eau fraîche... — Ça n'a produit aucun résultat.

— Il n'a rien de cassé?

— Non, docteur.

— Glissez-lui quelques gouttes d'éther entre les dents, je vous prie...

— Oui, docteur...

Tandis que le médecin se débarrassait de ses gants, de sa canne et de son chapeau, le pharmacien avait versé une petite dose d'éther dans une cuiller à café, et avec le secours de son élève il avait introduit cette cuiller dans la bouche du patient.

L'effet produit fut immédiat.

Le pauvre diable fit un léger mouvement.

— Ça va déjà mieux... — dit le docteur. — Frictionnez-lui les tempes et le creux de l'estomac avec de l'éther...

Jean Renaud aidait le pharmacien.

Il déboutonna la vieille redingote et le gilet que portait l'inconnu, il ôta la cravate, écarta la chemise et mit la poitrine à découvert.

Ceci fait, il tressaillit violemment et murmura :

— Allons... je ne m'étais pas trompé.

Sur la maigre poitrine de l'homme, au-dessous du sein gauche, on apercevait un de ces tatouages bleus chers aux marins, aux soldats d'artillerie, et surtout aux habitués des maisons centrales qui fournissent ainsi contre eux-mêmes des armes formidables, lorsque la police a quelque intérêt à prouver leur identité.

Le tatouage assez compliqué de l'inconnu représentait un cœur enflammé percé d'une flèche et d'un poignard, et placé sur une sorte d'autel.

Au-dessous se voyaient en gros caractères les initiales :

R. B.

Et plus bas ces cinq mots, suivis d'une demi-douzaine de points d'exclamation :

POUR LA VIE, QUAND MÊME!!!

— Oui, certes, la rencontre est étrange! — poursuivit Jean Renaud, — c'est le cas ou jamais de dire : — *Le vrai peut quelquefois n'être pas vraisemblable!*

Les frictions d'éther opérées sur les tempes et sur le creux de l'estomac ranimaient de plus en plus l'homme au tatouage.

Il respira fortement à deux ou trois reprises, ouvrit les yeux et regarda avec un étonnement manifeste les choses et les gens qui l'entouraient.

— Où suis-je? — demanda-t-il d'une voix faible.

— Dans une pharmacie, mon ami... — répondit le docteur.

— Pourquoi donc ça?

— Parce que vous avez failli être écrasé par une voiture... — fit à son tour le pharmacien.

— Oui, oui... je me rappelle à présent, j'ai reçu un grand coup dans le dos... Je suis tombé et ensuite... ensuite... je ne sais plus...

— Vous aviez perdu connaissance... Vous alliez être foulé aux pieds des chevaux... Monsieur que voilà s'est jeté devant l'attelage, au péril de ses jours, et vous a sauvé... — reprit le pharmacien en désignant le faux mulâtre.

— Ah! merci, monsieur! merci! — balbutia l'homme au tatouage en s'adressant à ce dernier avec émotion.

— C'est bon, c'est bon, — répliqua brusquement Jean Renaud, — vous me devez la vie, c'est entendu... — N'en parlons plus?

— Comment vous trouvez-vous? — demanda le docteur.

— Faible, monsieur... très faible.

— Pourriez-vous, malgré cette faiblesse, vous mettre debout?

— Je crois que oui.

— Essayez.

L'inconnu se dressa sur ses jambes en effet, mais non sans peine. — L'expérience n'en était pas moins concluante. — Il n'existait ni fracture extérieure, ni lésion interne.

Le médecin poursuivit :

— Éprouvez-vous quelque douleur?

— Oui, monsieur, une douleur sourde entre les épaules.

— Le coup de timon... — Ce ne sera rien... — Rasseyez-vous.

XLVIII

L'homme au tatouage se laissa retomber sur le fauteuil.

— Demeurez-vous loin d'ici?... — demanda le médecin.

— Monsieur, je ne demeure nulle part.

— Comment cela?

— Je suis arrivé au Havre ce matin, par le chemin de fer, et je n'ai pas encore eu le temps de m'occuper d'un gîte...

— Il vous en faut un pourtant, et le plus tôt possible, car je vous engage fort à vous mettre au lit pendant quelques heures...

— Je vais chercher... — murmura l'inconnu sans la moindre conviction.

Jean Renaud intervint.

— Ce soin me regarde... — dit-il. — Je me charge de tout, et si vous rédigez une ordonnance, monsieur le docteur, je vous promets qu'elle sera suivie de point en point...

Le pauvre diable fixa Jean Renaud avec un étonnement profond. — Il ne pouvait s'expliquer pourquoi ce mulâtre, qu'il n'avait jamais vu, lui témoignait un intérêt si vif.

Le médecin traça sur un carré de papier la formule d'une potion que le pharmacien se mit en devoir de préparer, puis il reprit, en s'adressant à l'inconnu bizarre :

— Vous boirez, de quart d'heure en quart d'heure, une cuillerée de la potion qu'on va vous remettre, et je pense qu'avant ce soir la douleur qui se manifeste entre les épaules aura disparu... — Si je me trompais à cet égard, et si mes soins vous étaient nécessaires, vous m'enverriez prévenir... — je me nomme le docteur Fauvel et j'habite la maison voisine.

— Docteur, — fit Jean Renaud, — connaissez-vous, tout près d'ici, quelque hôtel où je puisse conduire ce brave homme?

— L'hôtel du *Coq-Chantant* est à vingt pas, en remontant la rue...

— C'est que, — balbutia le pauvre diable avec un embarras manifeste; — ça coûte cher dans un hôtel... — Je compte bien recevoir de l'argent au Havre, il m'en est dû... Mais pour le quart d'heure... Ah! dame, pour le quart d'heure, les toiles se touchent...

— Voici d'abord cent francs qui vous appartiennent... — répliqua le faux mulâtre en montrant le billet de banque donné par Rose Bonchamp.

— A moi, monsieur, cent francs ! — s'écria l'inconnu. — Mais non... vous vous trompez...

— Je ne me trompe pas... — La dame dont la voiture a failli vous écraser a laissé pour vous cette petite somme...

— Si c'est comme ça, monsieur, merci ! — Il y a donc encore de bons cœurs sur la terre !...

Le pharmacien avait terminé la potion et cacheté la bouteille qu'il tendit à Jean Renaud.

— Combien vous dois-je, messieurs ? — demanda ce dernier.

— Rien... — répondit le docteur Fauvel.

— Pas un sou... — appuya le pharmacien.

L'évadé de la *Dorade* comprit le sentiment qui faisait agir ces braves gens ; il les salua sans insister, aida l'inconnu à quitter son siège, lui recommanda de s'appuyer sur lui, au besoin même de se cramponner à son bras, et le remorqua jusqu'à l'hôtel du *Coq-Chantant*, établissement de quatrième ordre mais néanmoins fort bien tenu.

Là, il l'installa dans une petite chambre très propre qui coûtait vingt sous par jour ; il déboucha la bouteille contenant la potion, et il s'apprêtait à en verser une première dose dans une cuiller, selon l'ordonnance.

Son protégé l'arrêta du geste.

— Qu'y a-t-il ? — s'écria Jean Renaud. — Voulez-vous, oui ou non, vous conformer aux prescriptions du médecin ?

— Oui, monsieur, certainement oui... — Mais vous avez été si bon pour moi que je crois pouvoir vous parler en toute franchise...

— Vous le pouvez, et je vous y engage...

— Eh ! bien, monsieur, j'avais économisé mes derniers sous pour payer mon voyage en troisième classe... — Il ne me restait rien... — Savez-vous pourquoi, tout à l'heure, j'ai failli me faire écraser ? Savez-vous pourquoi je ne voyais plus... je n'entendais plus... je chancelais à chaque pavé ?... C'est que ma tête était vide et mon ventre creux... Depuis deux jours je n'ai pas mangé...

— Ah ! mon Dieu ! — s'écria Jean Renaud, — moi qui vous croyais ivre en vous voyant trembler sur vos jambes !

— Ce n'était pas l'ivresse, monsieur... c'était la faim... et comme en ce moment je sens mon cœur chavirer de nouveau et que tout danse autour de moi, il me semble qu'un peu de soupe me ferait plus de bien que n'importe quelle drogue.

— Vous avez cent fois raison !... — dit le faux mulâtre en se hâtant de demander un bol de bouillon que son protégé avala d'un trait, ce qui parut lui procurer un soulagement immédiat car il laissa retomber sa tête sur l'oreiller en poussant un soupir de béatitude.

— Je vois que ça va mieux, et j'en suis ravi... — reprit Jean Renaud. —

Dans une demi-heure vous prendrez une cuillerée de potion et vous continuerez de quart d'heure en quart d'heure... — Quand vous aurez vidé la bouteille, tâchez de dormir... — Je reviendrai ce soir chercher de vos nouvelles...

— Oh! monsieur, — murmura l'homme au tatouage, — qu'ai-je donc fait pour mériter votre compassion?

— Vous n'avez rien fait, mon ami, mais vous ferez peut-être beaucoup...

— Moi, monsieur?...

— Vous-même...

— Et, comment?

— Vous le saurez ce soir... — On va sans doute vous demander votre nom pour l'inscrire sur le registre de l'hôtel... — Avez-vous des papiers en règle?

— Oui, monsieur... — J'ai un passeport...

— C'est tout ce qu'il faut... — A ce soir donc.

— A ce soir, monsieur...

Jean Renaud quitta la chambre et l'auberge et se dirigea vers l'*Hôtel de l'Amirauté* pour y rejoindre Cora et ses sœurs.

Chemin faisant il se disait :

— Dieu est avec nous! — Ce n'est pas le hasard qui met cet homme sur mon chemin, c'est la Providence!

Cora l'attendait, toujours vêtue du costume masculin que lui imposait son rôle.

— Eh bien! — lui demanda-t-elle, — y a-t-il du nouveau?

— Il y en a, mademoiselle, et beaucoup...

— Les deux traites ont-elles été payées?

— A présentation, oui.

— Par l'infâme Dereyne?

— Non... — Ainsi que vous en aviez été prévenue, ce misérable n'est point au Havre en ce moment... — Mais j'ai vu son associé.

— Juan de Funçal?

— Juan de Funcal en personne... — répondit Jean Renaud avec un sourire.

— Vous lui avez annoncé l'incendie des deux navires, le *Tancarville* et le *Morlaisien*?

— C'était le but de ma visite...

— Quel effet a produit sur lui cette nouvelle?

— Un effet foudroyant... — Songez qu'il s'agit de près de deux millions, et que le bruit de cette perte va porter un coup mortel au crédit de la maison.

— C'est bien! — Frappons dans sa fortune d'abord l'assassin de mon père, de ma mère et de mes sœurs...

— Et frappons en même temps Juan de Funcal! — s'écria Jean Renaud.

— Je voudrais l'épargner, au contraire... — répliqua la jeune fille. — Il n'a rien fait contre nous, celui-là! — J'ignorais jusqu'à son nom...

— Et si le nom qu'il porte n'était pas le sien? — reprit le faux mulâtre.

— Que dites-vous?

— Si ce nom de Funcal cachait un scélérat?

— Je cherche vainement à vous comprendre... — murmura l'aînée des trois sœurs.

Jean Renaud poursuivit :

— Si ce scélérat était votre ennemi? l'ennemi acharné de tous les vôtres? Enfin, si cet ennemi se nommait Mercuzza?

— Le commandeur des nègres!!! — s'écria la jeune fille frissonnant de tout son corps. — Est-ce possible?.

— C'est possible et certain... — Je vous dis que je l'ai vu! Je vous dis que je lui ai parlé!!!

Cora joignit les mains.

— Ah! justice de Dieu! — balbutia-t-elle. — Vous réunissez ces deux monstres pour nous les livrer ensemble!!! — Nous les frapperons l'un après l'autre, comme ils nous ont frappés!...

— Et, — reprit Jean Renaud, — si nous avions besoin d'une preuve nouvelle de la complicité de Mercuzza dans l'assassinat de votre père, ce qui se passe ici nous fournirait cette preuve... — Pour payer le silence de son complice, Martial Dereyne en a fait son associé...

— Ceci va modifier mes plans... — dit Cora d'une voix froide.

— D'autres choses, peut-être, les modifieront encore plus... — répliqua Jean Renaud.

— Quelles sont ces choses?...

— Ne m'interrogez pas maintenant, je vous en prie... Avant ce soir je pourrai vous répondre... ou plutôt c'est un autre qui vous répondra...

— Soit... — j'attendrai...

Dans l'après-midi de ce même jour, Cora et Jean Renaud ou pour mieux dire Lionel Warton et Doménico Séballa, montèrent dans une voiture de louage retenue pour eux, et se firent conduire à la maison de banque Janille et Compagnie.

Cette maison, l'une des plus importantes et des plus honorables du Havre, possédait des comptoirs dans presque tous les pays du monde.

Son chef, M. Janille, un beau vieillard de soixante-huit ans, plein de sève et d'activité, ne songeait point au repos quoiqu'il fût énormément riche, et s'occupait des affaires comme un jeune homme.

Ce fut à son cabinet qu'un garçon de bureau conduisit les visiteurs.

— A quel motif dois-je l'honneur de vous recevoir, messieurs? — leur demanda le banquier.

Ce fut Cora qui répondit :

— Je suis arrivé au Havre hier, monsieur, avec mes cousines et le señor Doménico Séballa, mon parent, que voici... — J'arrive de Calcutta et je suis porteur d'une lettre de crédit sur votre maison... — Voici une carte qui vous apprendra mon nom...

M. Janille jeta les yeux sur cette carte.

— *Lionel Warton...* — lut-il à haute voix. — Très bien, monsieur... La lettre que vous avez à me remettre est signée de Robert Brigton, mon correspondant de Calcutta, n'est-ce pas, et votre oncle je crois?...

— Oui, monsieur...

— Avis m'a été donné déjà de cette ouverture de crédit et de votre prochaine arrivée...

— Et voici la lettre de votre correspondant... — reprit Cora en présentant au banquier un large pli dont il brisa le cachet et dont il parcourut des yeux le contenu.

— Tout est parfaitement régulier... — fit-il ensuite, — monsieur Warton, ma caisse vous est ouverte... Le crédit est de deux millions... — Désirez-vous toucher partie de cette somme ou la somme entière?

— Ni l'un ni l'autre, monsieur... — Je n'ai pas besoin de capitaux, aujourd'hui du moins... — Le but de ma visite est de vous demander non des fonds, mais un renseignement...

— A quel sujet?

— J'ai entre les mains une traite, payable dans quelques jours, sur la maison Martial Déreyne et Compagnie...

— Quel est le chiffre de cette traite?

— Environ trois cent mille francs.

— Eh ! bien ?

— Eh ! bien, monsieur, serai-je payé?

— N'en doutez pas... — La maison Dereyne est solide...

— Aujourd'hui, c'est possible... Mais le sera-t-elle encore quand la perte qu'elle vient de subir sera connue sur la place du Havre ?

— Une perte ! — répéta M. Janille. — De quelle perte parlez-vous ?

— Deux navires de la maison Dereyne, le *Tancarville* et le *Morlaisien*, viennent d'être incendiés en mer.

Le banquier fit un geste d'incrédulité et s'écria :

— Incendiés tous deux !... — C'est impossible !...

Jean Renaud prit la parole.

— C'est si peu impossible, — dit-il, — que ce matin, en ma présence, M. de Funcal a reçu deux lettres lui confirmant le double sinistre que je venais de lui apprendre...

— Vous me vengeriez d'elle et de lui ! bien vrai ? — demanda-t-il.

XLIX

M. Janille semblait atterré.

— Une perte de près de deux millions ! ! — murmura-t-il.

— Est-ce la ruine ? — demanda Jean Renaud.

— La ruine, non, mais le coup est rude...

— Quelle est au juste selon vous, monsieur, la situation de la maison Dereyne ? — fit Cora.

Le banquier hocha la tête sans répondre.

— Ma question est-elle indiscrète ? — poursuivit le pseudo-Lionel Warton.

— Indiscrète, non... — Mais elle me met dans un embarras que vous allez comprendre... — MM Dereyne et de Funcal sont mes clients... or, le devoir professionnel m'impose la plus stricte réserve en ce qui les concerne.

— C'est trop juste... — Vous pouvez cependant m'apprendre — (je le crois du moins) — si vous connaissez depuis longtemps M. de Funcal ?

— Je le connais depuis fort peu de temps... — répondit le banquier. — Il est arrivé au Havre en compagnie de M. Dereyne qui venait de faire un voyage aux Antilles... — Dereyne nous l'a présenté au cercle comme un Espagnol de bonne famille, fort riche et fort intelligent, désireux d'occuper ses loisirs et d'utiliser ses capitaux en devenant son associé... — Naturellement nous l'avons bien accueilli et nous ne mettons point en doute son honorabilité, mais nous ne savons sur son compte que ce que M. Dereyne nous a dit lui-même... — Sa confiance en M. de Funcal est d'ailleurs indiscutable, puisqu'il le laisse ici seul administrateur et maître de toutes choses...

— M. Dereyne est absent ?

— Il est à Paris.

— Près de sa famille ?

— Oui, monsieur.

— N'a-t-il pas deux enfants ?

— Il en a trois : deux fils et une fille... — L'aîné vient d'acheter une part d'agent de change avec les capitaux provenant de l'héritage de sa mère... — Le cadet achève son droit...

— Et Mlle Dereyne ?

— Ne porte plus ce nom depuis un mois... — Elle vient d'épouser le fils de la comtesse de Lasseny...

Jean Renaud fit un mouvement brusque.

— Le fils de la comtesse de Lasseny ! — s'écria-t-il. — C'est bien ce nom que vous avez prononcé, monsieur ?

— Mais, sans doute... — dit le banquier surpris:— Est-ce que vous connaissez la comtesse ?

— De réputation, oui, monsieur, et depuis longtemps, mais j'ignorais qu'elle eût un fils.

— Elle en a un cependant, et ce fils, le comte de Lasseny, est devenu le mari de Mlle Amélie Dereyne, la fille de mon client.

Jean Renaud, après avoir lancé un coup d'œil furtif à Cora, tira de sa poche un agenda qu'il ouvrit et sur lequel il traça quelques mots au crayon.

— M. Dereyne habite sans doute avec ses enfants ?... — demanda Lionel Warton tandis que le faux mulâtre écrivait.

Le banquier sourit.

— Non, non, monsieur, — répliqua-t-il, — ce serait gênant pour lui... — Martial Dereyne, quoiqu'il ait dépassé la cinquantaine, est un viveur dans toute la force du terme... — Il a besoin que rien n'entrave sa liberté d'allures. — Il vit de son côté et ses enfants du leur... Assurément c'est un homme aimable, mais c'est un père de famille un peu trop fantaisiste.

— Enfin, monsieur, — reprit Jean Renaud, — je souhaite que la perte de deux de ses navires ne détruise point le crédit de la maison Dereyne.

— Elle ne fera que l'ébranler... à moins que...

Le banquier s'interrompit.

— A moins que ? — répéta Jean Renaud.

— A moins que les constructeurs qui travaillent pour Dereyne et de Funcal ne prennent l'alarme, et qu'au lieu d'accorder de longs termes ils n'exigent de l'argent comptant...

— Ce qu'ils ne manqueront pas de faire, s'ils ont quelque prudence... — murmura le faux mulâtre.

— Moi, — dit Cora, — j'irai voir demain M. de Funcal, et tâcher de m'entendre avec lui au sujet de ma traite de trois cent mille francs.

Les visiteurs, ayant dit ce qu'ils voulaient dire et sachant ce qu'ils voulaient savoir, allaient quitter leurs sièges.

Un garçon de bureau entra.

— Qu'y a-t-il ? — demanda M. Janille.

— Monsieur, c'est Mme Rose Bonchamp qui désire parler à monsieur...

Jean Renaud eut peine à contenir un geste de surprise.

— Nous vous laissons, monsieur... — fit Cora.

Le faux mulâtre lui glissa vivement dans l'oreille ces mots :

— Restons... — il le faut...

En même temps M. Janille disait :

— Je vous en prie, ne vous dérangez pas... — Mme Bonchamp est une cliente que je vais expédier en cinq minutes... — Faites entrer... — ajouta-t-il.

Quelques secondes plus tard la personne dont nos lecteurs ont fait la connaissance dans la rue de Paris franchissait le seuil avec un grand froufrou de volants et remplissait le cabinet des parfums combinés de l'eau de Mousseline et du bouquet du Jockey-Club.

— Pardon, mille fois pardon, cher banquier... — s'écria-t-elle en minaudant agréablement. — Vous avez du monde... j'arrive mal à propos... je vous dérange peut-être... — J'ai insisté pour vous voir tout de suite... — Mes instants sont comptés !... Que voulez-vous, un monde d'affaires ! c'est à n'en plus finir...

Elle se tourna vers Cora et Jean Renaud, les salua de l'éventail et continua :

— Excusez-moi, messieurs... j'ai forcé la consigne... vous devez avoir une piètre idée de mon savoir vivre, mais le cas était urgent... positivement urgent.

Après avoir regardé plus attentivement le faux mulâtre Mᵐᵉ Bonchamp poursuivit, avec un redoublement de volubilité :

— Eh mais ! je ne me trompe pas ! ! Mon héros de ce matin ! enchantée de cette rencontre... enchantée, parole d'honneur !

Jean Renaud s'inclina.

— Vous vous connaissez ? — demanda M. Janille.

— Si nous nous connaissons ? ah! je le crois bien !... — répondit Rose Bonchamp. — Mon cher banquier, vous voyez en monsieur un phénomène de force et de courage ! Monsieur a sous mes yeux, au péril de sa vie, sauvé celle d'un pauvre diable que mes chevaux avaient renversé et qu'ils allaient certainement fouler aux pieds... — A propos, comment va-t-il, ce brave homme ?

— Aussi bien que possible... — répliqua Jean Renaud. — Il en a été, à très peu de chose près, quitte pour la peur.

— Allons, tant mieux... — Je vous remercie encore une fois, monsieur, bien sincèrement... — Un homme écrasé, c'est affreux !... J'en serais tombée malade... — j'ai trop de cœur ! — Mais je ne veux pas interrompre indéfiniment votre conférence... — Je n'ai que deux mots à vous dire, mon cher banquier, et je me sauve.

— Depuis quand êtes-vous au Havre ? — demanda M. Janille.

— Je suis arrivée hier soir...

— Resterez-vous longtemps ici ?

— Huit ou dix jours... — peut-être moins...

— Martial Dereyne vous accompagne ?

En entendant ces mots Jean Renaud et Cora échangèrent de nouveau un regard expressif.

— Non, grâce à Dieu, il ne m'accompagne pas ! — répondit Rose Bonchamp. — Il est resté à Paris, et j'en suis fort ravie, car j'ai besoin d'un peu de liberté...

— Vous habiterez sans doute votre petite maison d'Ingouville ?...

— Certainement non !...— Elle me déplaît au-delà du possible, cette villa !... J'y mourrais de tristesse...

— Pourquoi la gardez-vous, alors?

— C'est ce que je me suis demandé, et je viens de donner à mon notaire l'ordre de la mettre en vente...

— C'est toujours Berthelin qui est votre notaire ?

— Toujours.

— Où êtes-vous descendue ?

— A l'hôtel d'Angleterre.

— Comptez-vous aller voir monsieur de Funcal ?

— Ma foi, non... — Je n'ai rien à lui dire, à cet Espagnol ! — d'ailleurs il est vraiment trop laid...

— Et vous désirez de moi, chère madame ?

— Votre visa sur ce chèque de dix mille francs signé par Martial...

En même temps Rose Bonchamp tendait un papier de couleur orange au banquier qui, sans même y jeter les yeux, répondit :

— Vous n'avez pas besoin de mon visa pour toucher... — Il suffira de présenter le chèque...

— Je m'en doutais un peu, mais je tenais à vous serrer la main... Bref, je puis passer à la caisse.

— Parfaitement...

— J'y vais de ce pas...

L'excentrique personne se leva et, s'adressant à Jean Renaud, poursuivit :

— Si votre protégé a besoin de moi, n'oubliez pas, monsieur, que je vous ai donné mon adresse tout exprès pour lui.

— Je ne l'oublierai pas, madame.

— Messieurs, je suis votre servante... — Mon cher banquier, au revoir... à bientôt...

Et Rose Bonchamp, qui était rentrée comme une trombe, sortit comme un tourbillon.

— Quelle est donc cette dame? — demanda Cora, quand la visiteuse eut quitté le cabinet.

— Une amie de Martial Dereyne... sa plus ancienne amie... — répliqua le banquier.

— Elle n'est plus tout à fait jeune... — reprit le pseudo-Lionel Warton.

— Aussi je ne crois pas que Dereyne en soit très épris, mais il tient à elle par la force de l'habitude... Elle possède sur lui une influence singulière, indestructible, et les favorites de passage ne parviennent point à la détrôner... Elle était femme de charge chez l'armateur du vivant de sa femme...

— Elle est toujours jolie... — fit observer Jean Renaud.

— La gaillarde le sait bien... Elle a spéculé sur sa beauté et la spéculation était bonne... — Rose Bonchamp est riche... — Une grande partie de la fortune de Martial Dereyne a passé dans ses mains... — Aujourd'hui encore elle lui coûte de l'argent... Il ne peut rien lui refuser.

Ces mots terminèrent l'entretien.

Cora et Jean Renaud se levèrent et, après avoir remercié le banquier de son gracieux accueil, prirent congé de lui et se retirèrent.

Dès qu'ils furent remontés dans la voiture qui les attendait, la jeune fille demanda :

— Cette femme singulière... la maîtresse attitrée de notre ennemi... ne peut-elle nous servir?

— Je me suis déjà posé cette question... — répliqua Jean Renaud. — Un autre que moi se chargera d'y répondre.

— Qui donc?

— L'homme que les chevaux de Rose Bonchamp allaient fouler aux pieds et que j'ai sauvé...

— Vous savez quel est cet homme?

— Parfaitement...

— Vous vous proposez de l'interroger?

— Oui.

— Bientôt?

— Dans un quart d'heure, si vous voulez.

— Et en ma présence?

— Certes!

— Où le trouverons-nous?

— A l'auberge où je l'ai conduit ce matin après son accident.

— Allons...

Jean Renaud donna une indication au cocher, et cinq minutes plus tard la voiture s'arrêtait devant l'hôtel du *Coq-Chantant*.

Cet établissement — (de quatrième catégorie, nous l'avons dit) — ressemblait à ceux du même ordre qui abondent dans les villes maritimes et n'ont rien de commun avec les luxueux caravansérails destinés aux voyageurs riches et aux baigneurs aristocratiques.

Le rez-de-chaussée formait deux salles, moitié restaurant, moitié café. — Les matelots, les pilotes, les marins du port, y venaient prendre leurs repas et y revenaient le soir jouer aux cartes et fumer en buvant de l'eau-de-vie de cidre.

La maîtresse de la maison, veuve et âgée de cinquante ans, la mère Valin — (une luronne qui n'avait pas froid aux yeux, disaient ses clients) — savait à merveille que la tranquillité et la propreté attirent et retiennent les chalands. — Elle faisait seule la police de sa maison, n'y souffrait point de querelles, et veillait à ce que tout fût lavé, essuyé, brossé, astiqué, comme sur un navire de l'État ou dans le logis d'une ménagère hollandaise.

L

Tant que durait le jour, un couloir ouvrant sur la rue permettait de monter aux chambres de l'auberge sans traverser les salles du rez-de-chaussée.

Dès que tombait la nuit, la porte de ce couloir était close aux verrous et chaque locataire devait, pour venir prendre son bougeoir et sa clef, passer devant le comptoir où trônait la mère Valin.

Il faisait grand jour encore quand les deux visiteurs arrivèrent au *Coq-Chantant.*

Jean Renaud, précédant Cora, s'engagea dans le couloir un peu sombre, monta jusqu'au deuxième étage, suivit un corridor et s'arrêta devant une porte dont il avait noté soigneusement le numéro dans sa mémoire.

C'était le numéro 18.

L'évadé de la *Dorade* voulut mettre la main sur la clef qu'il se souvenait avoir laissée en dehors à la serrure; il ne la trouva pas.

Il frappa.

Personne à l'intérieur ne donna signe de vie.

Il frappa de nouveau.

Même silence.

— Votre protégé serait-il parti?... — murmura la jeune fille métamorphosée en Lionel Warton.

— Ce serait jouer de malheur! — répliqua Jean Renaud. — Je compte énormément sur cet homme qu'un hasard providentiel m'a permis de rencontrer!

Tout en parlant le faux mulâtre heurta le panneau pour la troisième fois, mais sans plus de résultat.

— Quel parti prendre? — demanda Cora.

— Questionner la maîtresse de la maison... — Descendons...

Nos deux personnages gagnèrent le rez-de-chaussée et pénétrèrent dans la première salle où se trouvait le comptoir.

La mère Valin était dans un isolement complet, l'heure où les consommateurs affluaient autour des tables n'ayant point encore sonné.

Jean Renaud entra.

Cora resta sur le seuil.

En voyant le mulâtre à cheveux blancs qui lui avait amené un locataire et qu'elle reconnut du premier coup d'œil, la digne aubergiste lui sourit et fit quelques pas à sa rencontre.

— Peut-être bien, monsieur, — lui dit-elle, — vous cherchez le particulier qui est venu ici ce matin avec vous.

— Oui, madame.

— Peut-être bien vous venez de sa chambre? — reprit la veuve.

— En effet, et je ne l'ai point trouvé, à mon grand étonnement, car après la terrible secousse qu'il a reçue je le croyais hors d'état de se lever si vite. — Savez-vous où il est, madame?

— Il est là... dans la salle du fond...

— Mais pourquoi donc a-t-il quitté sa chambre?

— Il avait fait un bon somme, m'a-t-il dit, et, se sentant gaillard mais à demi mort de faim, il s'est habillé, il est descendu, et il dîne, ou plutôt il dînait, car il doit avoir à peu près fini... — Désirez-vous le voir?

— Oui, madame... Est-il seul?

— Tout seul en ce moment... et je vais...

La mère Valin se disposait à aller chercher son pensionnaire.

Jean Renaud l'arrêta du geste.

— Inutile de vous déranger, madame, — dit-il, — nous allons le rejoindre...

— A votre aise...

Le faux mulâtre fit un signe à Cora qui le suivit aussitôt, puis tous les deux entrèrent dans la salle du fond.

L'homme au tatouage avait en effet terminé le repas fort modeste qu'il s'était fait servir, et les coudes sur la table, soutenant des deux mains son pâle et maigre visage, il fumait tranquillement une cigarette.

La brusque apparition de son sauveteur accompagné d'un jeune homme élégant le fit tressaillir; — ses traits blafards exprimèrent en même temps la joie et l'inquiétude.

— Ah! c'est vous, monsieur... — dit-il.

— On croirait que ma présence vous étonne... — répliqua Jean Renaud. — Vous étiez averti cependant que je reviendrais...

— Oui, mais je ne vous attendais pas si tôt...

— Et moi, je suis stupéfait de vous trouver debout...

L'inconnu répéta ce que la mère Valin venait d'apprendre à Jean Renaud, qui répondit :

— Vous avez fort bien fait de reprendre des forces, car nous avons à causer longuement...

— Vous m'avez annoncé ça ce matin... — murmura le pauvre diable, — et même ça m'intrigue bigrement...

— Pourquoi?

— Vous ne me connaissez pas... Je ne vous connais pas davantage... — Qu'est-ce que nous pouvons avoir à nous dire? — Je me casse la tête à tâcher de le deviner...

— Et vous n'en venez point à bout?

— Ma foi, non.

— Vous devez être surpris, je le comprends, mais votre surprise sera courte. — J'ai quelques questions à vous poser... — Y répondrez-vous franchement?

— Pourquoi pas? — Interrogez-moi tant qu'il vous plaira.

Cora intervint.

— Prenez garde, mon ami... — dit-elle à Jean Renaud. — L'endroit me semble mal choisi pour un entretien sérieux... — Il peut arriver des importuns d'un moment à l'autre...

— C'est juste, — murmura le faux mulâtre, — ici nous serions interrompus.

— A travers les lames des persiennes, je voyais tout l'intérieur.

Il ajouta en s'adressant à l'homme au tatouage :

— Conduisez-nous à votre chambre.

Le pauvre diable obéit sans répliquer, mais il commençait à ressentir une vague inquiétude en voyant le mystère dont son protecteur s'entourait.

Une fois dans la chambre, Jean Renaud ferma la porte en dedans à double tour et mit la clef dans sa poche.

L'inquiétude de l'inconnu se changeait rapidement en épouvante.

— Ah! ça, mais, — balbutia-t-il, — que me voulez-vous donc et pourquoi nous enfermez-vous ainsi?

— Rassurez-vous, mon ami, — dit Cora, — nos précautions prouvent simplement que nous ne voulons pas être épiés... — Vous n'avez rien à craindre.

— Au contraire, — ajouta l'évadé de la *Dorade* — et si vous avez eu dans votre vie une minute de chance, c'est ce matin quand nous nous sommes rencontrés. — Vous en aurez bientôt la preuve. — Asseyez-vous et causons. — Les cloisons sont minces, ayons soin de ne pas parler trop haut.

L'inconnu se laissa tomber sur une chaise. — En face de lui s'installèrent Cora et Jean Renaud.

Ce dernier reprit :

— Vous avez promis tout à l'heure de me répondre avec franchise...

— Et je tiendrai parole...

— Nous allons voir... — Comment vous appelez-vous ?

— *Charles Métayer*...

— Premier mensonge..... — fit Jean Renaud.

— Hein ? — Vous dites ?...

— Je dis, continua Jean Renaud, — que vous ne vous nommez pas Charles Métayer, mais *Pierre Landry*... — Est-ce vrai ?

— Eh bien ! oui, c'est vrai... — murmura l'homme au tatouage, stupéfait d'être ainsi connu par ce mulâtre qu'il était sûr de n'avoir jamais vu.

Jean Renaud poursuivit :

— Et vous sortez du bagne de Brest.

Pierre Landry frissonna de tout son corps en entendant ces mots, mais il n'essaya pas de nier et baissa la tête.

Cora ne put contenir un geste de dégoût ; une répulsion indicible se peignit sur son visage.

L'évadé de la *Dorade* se pencha vers elle et lui dit à l'oreille :

— Soyez calme... — C'est dans les bas fonds où rampent le vice et le crime que nous trouverons les auxiliaires dont nous avons besoin...

— Je sors du bagne, j'en conviens... — balbutia Pierre Landry, — mais comment le savez-vous ?

— Je sais bien autre chose... — Je n'ignore rien de ce qui vous concerne... — Vous êtes originaire de Sainte-Adresse.

— Oui...

— Vous étiez employé comme garçon de bureau chez un armateur du Havre.

— C'est vrai...

— Cet armateur avait pour maîtresse une fort belle fille, remplissant dans sa maison les fonctions de femme de charge.

Pierre Landry fit un signe affirmatif.

— Vous aimiez cette fille, poursuivit le faux mulâtre, — et comme elle ne vous aimait pas et qu'elle en aimait un autre, ou tout au moins qu'elle se livrait à un autre, la jalousie vous dévorait.

— Ah! oui, — murmura Pierre avec une expression d'amertume poignante, — ah! oui, je l'aimais....

Jean Renaud continua :

— Un jour ou plutôt une nuit, il y a de cela neuf ans, vous vous introduisites avec effraction dans la chambre de cette fille, pour vous emparer d'un papier que vous considériez comme très important... — On vous prit en flagrant délit, on vous fit passer en cour d'assises et on vous condamna à dix ans de travaux forcés... — Tout cela est-il exact?

— Tout cela est exact...

— La femme que vous aimiez, la maîtresse de l'armateur, se nommait Rose Bonchamp...

Ce fut au tour de Cora de tressaillir.

Pierre releva la tête et ce fut avec un étonnement mêlé d'épouvante qu'il regarda son interlocuteur.

Celui-ci reprit :

— Votre passion pour Rose Bonchamp, loin de s'éteindre avait grandi, mêlée de haine et de colère. — Le souvenir de cette créature qui ne vous avait jamais témoigné que du dédain s'attachait à vous comme la tunique de Déjanire et vous brûlait la chair, vous calcinait les os jusqu'aux moelles! — Vous l'adoriez et vous la maudissiez en même temps. — Vous ne pensiez qu'à elle, vous ne parliez que d'elle au bagne où un forçat, votre compagnon de chaîne pendant quelques jours, vous tatoua sur la poitrine, au-dessous du sein gauche, un R et un B, les deux initiales du nom de Rose Bonchamp, accompagnant un cœur enflammé, percé d'une flèche et d'un poignard et surmontant ces mots : *Pour la vie, quand même!*... — Ce tatouage est là.

Et Jean Renaud touchait du bout du doigt la maigre poitrine de l'ex-forçat, puis il continua :

— Quant à l'armateur, à qui la jolie femme de charge donnait ou vendait ses faveurs, il se nommait Martial Dereyne.

Cora s'attendait si bien à entendre prononcer ce nom que pas un muscle de sa figure ne bougea.

— Ah! çà, mais vous êtes donc le diable!...— s'écria Pierre Landry effaré. — Je n'ai confié mon secret qu'à un seul homme... mon compagnon de chaîne au bagne... — Comment avez-vous appris tout cela?

— Peu importe comment je l'ai appris. — Je le sais, voilà l'essentiel, mais il est d'autres choses que j'ignore et que je veux savoir.

— Lesquelles?

— D'abord ce que vous venez faire au Havre.

— Me venger ! — répondit l'ex-forçat sans hésitation.

— De qui ?

— De Rose Bonchamp qui m'a méprisé... de Martial Dereyne qui m'a fait condamner...

— Ce n'est pas vrai ! — interrompit Jean Renaud.

— Comment ?

— Vous venez ici pour vous faire payer le silence que vous gardez depuis plus de neuf ans.

— Mais...

— Ne niez pas... ce serait inutile... — Vous avez dans les mains un papier qui doit être taché de sang, car il contient la preuve d'un crime...

LI

— Ce crime — s'écria Pierre Landry, — ce n'est pas moi qui l'ai commis...

Parlez plus bas... — répliqua Jean Renaud... — Personne ne vous accuse... — D'ailleurs il ne s'agit point du crime... il s'agit du papier... — Ce papier représente une grosse somme, je le sais...

— Mais, je vous affirme... — commença Pierre.

— Vous l'avez dit vous-même à votre camarade de chaîne, — interrompit le faux mulâtre, — et vous venez au Havre pour essayer d'en tirer parti, mais vous vous heurterez contre des obstacles infranchissables... — Vous aurez pour adversaires des gens riches et puissants, et vous, pauvre forçat à peine sorti du bagne, vous serez brisé dans la lutte...

L'attitude de Pierre Landry, sa pâleur croissante, un long soupir exhalé de sa poitrine, prouvèrent jusqu'à l'évidence que ce langage faisait sur lui une sérieuse impression.

Le faux mulâtre continua :

— Mais une arme, inutile et dangereuse pour vous-même dans vos mains, peut devenir formidable entre les miennes... — Eh bien ! si vous ne vous illusionnez pas sur la valeur de ce papier, je vous le paierai cher...

— Je ne l'ai plus... — balbutia Pierre indécis et méfiant.

— Vous l'avez encore et il me le faut, et avec lui l'histoire qui s'y rattache... l'histoire du crime pour lequel Martial Dereyne et Rose Bonchamp ont été complices...

Pierre offrait le spectacle d'un effarement complet... — Des gouttes de sueur perlaient à la racine de ses cheveux... — Ses yeux roulaient dans leurs orbites.

Il sentait bien que toute résistance serait inutile, et cependant il aurait voulu ne pas livrer son secret à ces inconnus qui prétendaient l'acheter

Jean Renaud, devinant ce qui se passait en lui, continua :

— Vous vous êtes évadé du bagne.

— Ah ! pour cela, non, je le jure ! ! — interrompit Pierre avec un accent dont la sincérité n'était point suspecte.

— Comment donc êtes-vous libre ?

— Je viens d'être gracié en récompense de ma bonne conduite.

— Soit ! je veux bien vous croire, mais en vous graciant on vous a certainement assigné une résidence, et cette résidence n'était pas, ne pouvait pas être le Havre. — Donc il me suffirait d'un mot pour vous faire arrêter comme forçat en rupture de ban... On vous coffrerait de nouveau, et adieu vos rêves dorés.

— Je ne vous ai jamais fait de mal... — balbutia Pierre. — Pourquoi songez-vous à me perdre ?...

— J'y songe si peu que, si vous vous entendez avec moi, je m'engage à vous mettre à l'abri de toute poursuite ; je vous rendrai riche et je vous vengerai de Rose Bonchamp et de Martial Dereyne.

Les yeux ternis de l'ancien garçon de bureau devinrent étincelants.

— Vous me vengeriez d'elle et de lui, bien vrai ? — demanda-t-il.

— Aussi vrai que je me nomme Doménico Séballa, oui...

— Vous leur feriez du mal à tous deux, surtout à lui ?

— Surtout à lui... oui... beaucoup de mal...

— Eh bien ! je cède... — Je vais vous raconter d'abord ce que vous voulez savoir, et ensuite je vous vendrai le papier si vous me l'achetez ce qu'il vaut... et il vaut beaucoup.

— Soyez tranquille, je ne marchanderai pas !

— Écoutez-moi donc... — J'étais, vous le savez, garçon de bureau, et Rose femme de charge dans la maison de Martial Dereyne... J'avais neuf ans de moins, je n'avais point encore passé par le bagne, et les jolies filles ne me trouvaient pas plus mal qu'un autre... — Je m'étais pris pour Rose d'une passion folle... — Elle me faisait perdre la tête... — Plus je la voyais froide avec moi, plus elle accueillait mes galanteries par des rebuffades, plus je devenais enragé d'amour... — Je me demandais la cause de son aversion, car non seulement elle ne m'aimait point, mais encore elle semblait me détester et ne perdait pas une occasion de me tourner en ridicule... — On est bête quand on est amoureux, et je me figurais toujours qu'à la longue, à force de tendresse, je triompherais de la répulsion de Rose et que je l'amènerais à m'aimer un peu...

Pierre Landry s'interrompit pendant une ou deux secondes, sans doute pour mettre de l'ordre dans ses idées, puis il reprit :

— Nous habitions au Havre la grande maison du quai d'Orléans, où sont les bureaux et les magasins... — La connaissez-vous ?

— Je la connais... — répondit Jean Renaud.

— Un soir je m'aperçus que Rose Bonchamp possédait une clef de la petite porte ; elle s'en servait pour sortir vers les onze heures et ne rentrait que bien avant dans la nuit. — A partir de cette découverte je fis le guet, et j'acquis la certitude que ce manège se renouvelait plusieurs fois par semaine...

« Vous pensez bien que je devins jaloux comme un tigre...

« Rose devait rejoindre un amant dans la ville, impossible d'en douter, mais je voulais savoir positivement à quoi m'en tenir et je ne dis rien...

« En ce temps-là j'aurais soupçonné tout le monde plutôt que Martial Dereyne dont la femme, qui vivait encore, était belle et bonne comme les anges...

« Je me glissai hors de la maison avant onze heures du soir. — Je me cachai dans l'embrasure d'une porte ; j'attendis ; je vis Rose sortir, et je la suivis...

« Martial Dereyne possédait à Ingouville une villa au milieu d'un grand jardin planté de vieux arbres.

« C'est là que se rendait Rose Bouchamp... — Elle préférait le patron à l'employé... — M. Dereyne était son amant, et trois ou quatre fois par semaine lui donnait rendez-vous à la villa. — Cela crevait les yeux, n'est-il pas vrai ? — Et cependant j'essayai de douter encore. — Je ne voulais croire que quand j'aurais vu... — C'est inimaginable comme l'amour rend bête !

« Un jour, le patron se trouvait dans les magasins au moment de l'arrivée du courrier... Je lui remis moi-même une lettre portant le timbre de Paris... — Il fronça le sourcil en la recevant — (sans doute il reconnaissait l'écriture), — il ouvrit cette lettre séance tenante et son contenu sembla le préoccuper beaucoup, car après l'avoir lue il se mit à marcher vivement, de long en large, en faisant des gestes de contrariété et en marmottant entre ses dents des paroles que je ne pouvais entendre...

« Je ne voulais pas avoir l'air d'épier le patron... — je me dissimulai derrière une pile de ballots.

« Rose entra dans le magasin sous un prétexte quelconque.

« Elle crut que Martial Dereyne était seul et s'approcha de lui... — Ils causèrent très vivement et à demi-voix ; cependant les mots : *villa d'Ingouville, onze heures* et *souper*, arrivèrent distinctement jusqu'à mon oreille...

« Un instant après Rose sortit, et Martial Dereyne ne tarda guère à la suivre.

« Il y avait un rendez-vous donné pour le soir, c'était clair, mais existait-il un rapport quelconque entre ce rendez-vous et la lettre venue de Paris ?

« La jalousie et la curiosité me travaillaient à la fois. — Je me dis :

« — Moi aussi, j'irai ce soir à la villa d'Ingouville.

« Et je me tins parole.

« A dix heures du soir j'arrivais.

— Comment avez-vous pénétré dans le jardin ? — demanda Jean Renaud.

— En escaladant le mur d'enceinte, — répondit Pierre Landry. — Je me blottis au milieu de touffes d'arbustes bordant la pelouse, tout près des fenêtres du rez-de-chaussée, et j'attendis.

« La nuit n'était pas très sombre dans l'espace découvert autour de la maison, quoi qu'il n'y eût point de lune.

« Au moment où la demie après dix heures sonnait à l'église d'Ingouville, j'entendis ouvrir la porte du jardin et Rose parut, portant à son bras un assez grand panier.

« Martial Dereyne ne l'accompagnait pas.

« Elle passa, sans se douter de ma présence, tout près des arbustes qui me cachaient et elle entra dans la maison.

« La journée avait été chaude ; il y avait de l'orage au loin ; la chaleur était suffocante, malgré la brise de mer qui commençait à souffler.

« Rose alluma les bougies de la salle à manger, puis elle ouvrit les fenêtres pour donner de l'air, et elle ferma les persiennes, mais sans les fixer avec le crochet.

« Je m'approchai doucement ; — à travers les lames des persiennes je voyais tout l'intérieur.

« Rose allait et venait dans la salle à manger, mettant la nappe, disposant deux couverts, tirant de son panier un pâté, un poulet froid, un homard et des petits pains, et les plaçant en bon ordre sur la table.

« Elle prit dans un placard des conserves de fruits et des gâteaux secs pour le dessert, — ensuite elle descendit à la cave, d'où elle rapporta du vin de Bordeaux, du vin de Champagne et des bouteilles de liqueur.

« Tout en trottinant de ci, de là, elle semblait joyeuse, et elle chantonnait du bout des lèvres une chanson de matelots...

« Je la trouvais plus jolie que jamais... sa voix me mordait au cœur... — J'étais ivre de jalousie et enfiévré d'amour... — J'avais le délire... — Il me prenait des envies furieuses d'ouvrir une persienne, de sauter par la fenêtre, de saisir la coquine dans mes bras, de la dévorer de caresses et de l'étrangler après.

« J'allais probablement succomber à la tentation quand j'entendis ouvrir la porte qui donnait sur la rue...

« Je me jetai derrière les arbustes et je vis passer Martial Dereyne.

« Rose avait entendu comme moi...

« Elle vint à la rencontre de son amant jusqu'au seuil et le fit entrer.

« Je repris mon poste près de la fenêtre et je regardai de nouveau...

« L'armateur et Rose se tenaient enlacés, et ils s'embrassaient...

« Je devais m'y attendre et cependant, comme on dit, mon sang ne fit qu'un tour ; un nuage passa sur mes yeux ; je vis rouge ; l'idée me vint de les tuer tous les deux... »

Pierre Landry s'interrompit et parut s'absorber dans l'amertume de ce souvenir.

— Et ensuite ? — fit Jean Renaud.

Le narrateur continua :

— Martial Dereyne se tourna vers la table.

« — Voilà, — dit-il, — un petit repas qui a bonne mine...

« — Soupons-nous tout de suite ? — demanda Rose.

« — Non, — répliqua l'armateur, — et ce n'est pas avec toi, ma fille, que je souperai ce soir...

« Il la tutoyait !

« C'était naturel... c'était forcé... mais ça me donna un nouveau coup...

« Rose reprit :

« — Vous attendez quelqu'un ?

« — Oui.

« — Qui donc ?

« — Un de mes amis... — J'ai reçu une lettre de lui ce matin... — Il vient de Paris exprès pour me voir.

« — Et il arrivera si tard ?...

« — Il arrivera à l'heure qu'il m'indique... — Il est l'exactitude incarnée...

« — Pourquoi ne le recevez-vous pas à votre maison du quai?

« — Parce qu'il m'a prié de le recevoir ici... — Il veut être vu le moins possible...

« — Pourquoi n'allez-vous pas au-devant de lui ?

« — Parce que je tiens beaucoup à ce qu'on ne nous rencontre point ensemble...

« — Ah ! çà, mais, — s'écria Rose, — c'est donc un malfaiteur, un évadé des galères, votre ami !...

« — Non ma fille, mais c'est un politique exalté, un maniaque qui rêve je ne sais quelle forme idéale de gouvernement populaire... — Il croit à la République et se fourre jusqu'au cou dans les complots des fous qui veulent la ramener en France. — Nous sommes liés ensemble depuis notre enfance et j'évite de le froisser, mais j'ai la conviction qu'il finira mal un jour ou l'autre...

« — Ça lui apprendra à se mêler de ce qui ne le regarde pas... — Est-il riche, votre ami?

« — Il doit avoir une trentaine de mille livres de rente...

« — Avec ça il ferait bien mieux de vivre en paix et de laisser le gouvernement tranquille!... — Enfin, chacun son idée...

« En ce moment la conversation, dont je ne perdais pas un mot fut interrompue par un coup de sonnette retentissant à la porte du jardin.

« — Le voici... — dit Martial Dereyne, — je vais lui ouvrir...

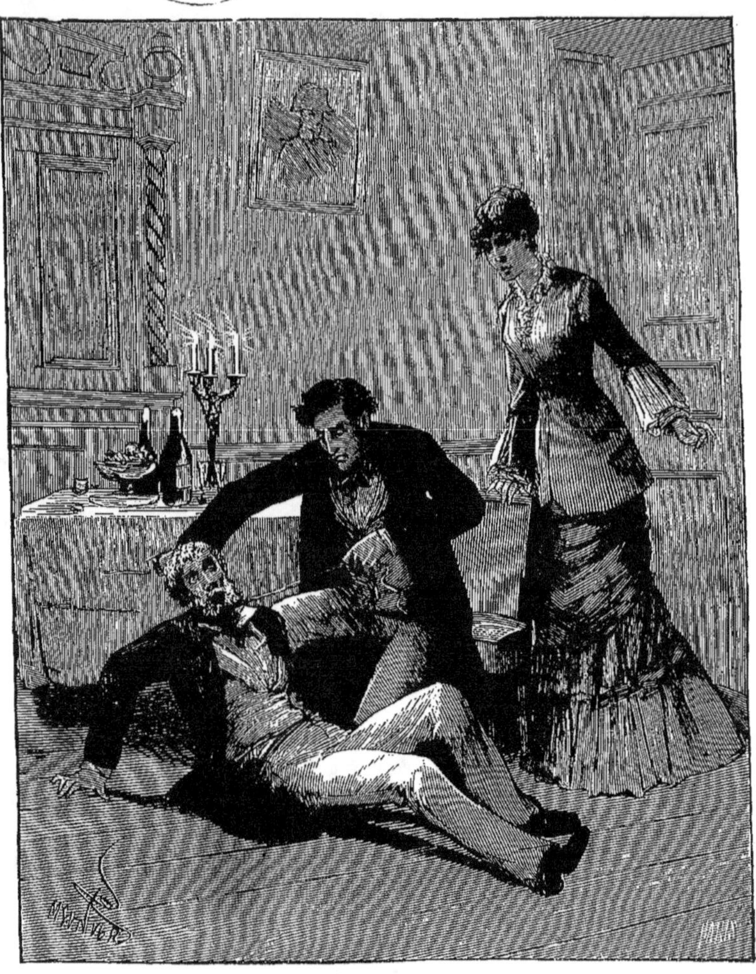

Il lui enroula ce cordon autour du cou et serra de toutes ses forces.

LII

— Lé patron sortit de la villa, — poursuivit Pierre Landry, — il passa de
nouveau à quatre pas de moi, et je le vis revenir au bout d'une minute accompagné d'un homme de trente ans à peu près, grand, bien bâti, blond et portant
toute sa barbe.

« Quand il fut dans la salle à manger les bougies éclairèrent son visage un peu pâle, dont l'expression me parut douce et triste.

« Le nouveau venu ne réalisait point du tout l'idée que jusqu'à ce jour je m'étais faite d'un conspirateur.

« — Nous ne sommes pas seuls... — dit-il en voyant Rose qui l'accueillait avec une belle révérence.

« — Je te présente Mme Bonchamp!... — répliqua Martial Dereyne. — Elle remplit dans ma maison des fonctions de confiance... — C'est une personne tout à fait sûre et tu peux parler devant elle à cœur ouvert. — Sa présence m'était indispensable pour mettre en ordre le modeste souper qui t'attend et que je vais partager avec toi.

« — Tu as pensé à tout, et je t'en sais gré, car je meurs de faim... — fit l'ami du patron en souriant.

« — Les deux hommes se mirent à table.

« Rose, debout derrière eux, les servit.

« Ça devait la contrarier ferme, orgueilleuse comme elle l'était, mais elle n'en laissait rien voir.

« — J'ai reçu ce matin ta lettre, — dit Martial Dereyne, — lettre mystérieuse s'il en fut, et qui m'a beaucoup intrigué en ne me disant pas un mot du but de ta visite...

« — Ce but est bien simple... — Je viens te demander un service que tu peux seul me rendre, car je n'ai qu'en toi seul une confiance absolue...

« — Je suis à ta disposition, tu le sais.

« — Certes, je le sais, et la meilleure preuve c'est que me voici...

« — Parle, je t'écoute...

« — On se figure en province que tout est tranquille à Paris, — commença le visiteur, — et tu partages vraisemblablement l'opinion générale...

« — Dame, il me semble...

« — Eh bien, mon cher ami, tu te trompes... — Je suis trop loyal pour prononcer des noms, même avec toi dont je suis sûr, mais je puis te dire qu'une révolution se prépare, révolution d'autant plus terrible qu'elle sera inattendue... — Les sociétés secrètes sont sous les armes, prêtes à marcher au premier signal... — La mine est chargée, elle éclatera d'un moment à l'autre... — Avant un mois, avant quinze jours peut-être, le peuple de Paris aura brisé le trône du roi Louis-Philippe et proclamé la République... — Tu doutes du succès?...

« — Beaucoup, je l'avoue.

« — Cela doit être, car tu ne connais ni nos moyens d'action, ni l'état véritable de l'esprit public... — La France endormie sera réveillée par un coup de foudre, tu verras!... — Mais il ne s'agit pas du triomphe de mes idées politiques... Mes amis et moi nous allons jouer notre vie dans une lutte formidable, et je te jure que nous ne nous ménagerons guère ; mais j'ai un fils, et je ne veux pas, si je suis tué sur une barricade, que cet enfant puisse être dépouillé... — C'est pour cela que j'ai compté sur toi.

« — Que puis-je faire?

« — Devenir le dépositaire de ma fortune...

« — Comment?

« — J'ai réalisé tout ce que je possédais, un peu plus de six cent mille francs. — Je garderai quelques rouleaux d'or pour les nécessités quotidiennes, et je te remettrai le reste...

« — Tu as six cent mille francs sur toi ! — s'écria Martial Dereyne.

« — Oui... en billets de banque... — Si je sors sain et sauf de la bagarre, je viendrai te les réclamer... — Si au contraire je reçois une balle dans la tête ou dans la poitrine, les journaux t'apprendront ma mort, car je suis un des chefs. — Tu iras à Paris, aux Batignolles, à la pension Bénistan — elle est bien connue — où se trouve mon cher fils Armand... — Tu te présenteras à lui comme le meilleur ami de son père, tu lui laisseras continuer ses études et, dès qu'elles seront terminées, tu lui remettras sa fortune que tu auras fait valoir jusqu'à ce moment avec ton habileté et ta prudence habituelles... — Voilà le service que j'attends de toi... Tu me le rendras sans hésiter, n'est-ce pas?...

« Le patron ne répondit pas tout de suite.

« Il avait les yeux baissés, mais entre les paupières demi-closes il me semblait voir étinceler ses prunelles.

« — Pourquoi ce silence? — demanda le visiteur. — Tu acceptes?...

« — J'accepte, — fit enfin Martial Dereyne, — mais à contre-cœur...

« — Pourquoi ?

« — L'idée d'avoir dans les mains une grosse somme qui ne m'appartient point, m'inquiète...

« — Que peux-tu craindre?... — Tes affaires sont florissantes?

« — Oui, sans doute... — Tout ce que j'entreprends réussit... l'argent afflue...

« — Tu vois donc que la fortune dont tu seras le dépositaire ne court aucun risque... — Ta probité, d'ailleurs, et ta délicatesse seraient des garanties plus que suffisantes... — Je compte bien en outre, — ajouta l'étranger en souriant, — te redemander moi-même ces capitaux avant qu'un mois se soit écoulé...

« — C'est la plus chère de mes espérances...

« — Je vais donc, tout à l'heure, te donner six cent mille francs...

« — Rien ne presse...

« — Comment, rien ne presse?...

« — Il sera temps demain.

« — Demain, je serai loin. — On m'attend à Paris. — C'est à grand'peine que j'ai trouvé quelques heures pour venir au Havre. — Avant le point du jour je partirai.

« Le souper continua.

« Le visiteur racontait avec une verve entraînante les espérances du parti républicain, puis il abandonnait la politique pour parler de son fils Armand en des termes où la tendresse paternelle arrivait jusqu'à l'exaltation.

« Martial Dereyne buvait sec.

« Rose avait l'attention de remplir sans cesse le verre que le visiteur vidait sans relâche.

« Immobile et le front appuyé aux lames de la persienne, dont l'entre-bâillement me permettait de tout voir et de tout entendre, j'étais haletant... — Il me semblait que quelque chose d'extraordinaire et de terrible allait se passer sous mes yeux... »

Pierre Landry s'interrompit.

Jean Renaud et Cora comprenaient d'autant mieux la sensation que ces dernières paroles venaient d'indiquer, qu'ils en éprouvaient eux-mêmes, en ce moment, une semblable.

Le récit naïf, mais évidemment sincère du pauvre diable, leur faisait passer un petit frisson sur l'épiderme et leur mettait aux tempes des gouttes de sueur.

L'évadé de la *Dorade* avait hâte d'arriver au dénouement.

— Et après? et après? — demanda-t-il. — Abrégez, mon garçon... — Qu'arriva-t-il?

— J'abrège... — répondit Pierre Landry. — M. Raymond — (j'ai su son nom depuis, et vous verrez bientôt comment) — altéré sans doute par la chaleur orageuse et lourde, continuait de faire honneur à la cave de mon patron. — Il s'animait sans en avoir conscience; mais si sa langue devenait pâteuse, son esprit restait lucide comme s'il n'avait bu que de l'eau...

« Le souper touchait à sa fin.

« Vous ai-je dit que l'ami du patron avait en bandoulière une sacoche de cuir, fermée par une petite serrure?

« Il prit une clef dans son porte-monnaie, il ouvrit la sacoche, il en tira six liasses de billets de banque et les mit sur la table. — Ça tenait si peu de place que je pensai à part moi : « — *Comment c'est ça six cent mille francs!... Ça ne fait pas d'effet!...* » Ils y étaient pourtant...

« — Compte... — dit M. Raymond.

« — A quoi bon?

« — Tu me feras plaisir... — Il faut savoir ce que tu reçois, que diable!

« Martial Dereyne feuilleta les liasses, rapidement et d'une main fiévreuse.

« Derrière lui, Rose Bonchamp regardait les billets d'un œil singulier.

« — Le compte y est... — fit le patron.

« — Maintenant, — reprit M. Raymond, — voici un papier sur lequel tu trouveras toutes les indications concernant mon fils... — Aie bien soin de ce papier, il te serait indispensable si tu ne devais plus me revoir.

« — Sois tranquille... — Je vais te faire un reçu des six cent mille francs...

« — Entre gens comme nous ce reçu serait inutile, mais il s'agit des intérêts de mon fils, et tu peux mourir.

« — Madame Bonchamp, — dit le patron, — donnez-moi, je vous prie, ce qu'il faut pour écrire.

« Rose sortit de la salle à manger, où elle revint bientôt avec un buvard, un encrier et une plume.

« Le buvard renfermait du papier à lettres portant l'entête de la maison du Havre.

« Martial Dereyne écrivit quelques lignes, signa, puis rendit la feuille à son visiteur qui la parcourut du regard, la plia en quatre et la glissa dans son porte-feuille, qu'il remit dans sa poche de côté en s'écriant :

« — Me voilà soulagé d'un grand poids !! — Je partirai d'ici l'esprit calme... Tu es un véritable ami... — Je bois à ta santé !

« — Et moi, — fit le patron, — je porte celle de ton fils...

« Les bouteilles se vidaient comme par enchantement... — Rose avait dû redescendre à la cave.

« M. Raymond commençait à bégayer, et de pâle qu'il était en arrivant, devenait rouge comme une tomate.

— « En voilà assez... — balbutia-t-il. — Il faut être sage... — Ton vin est bon, mais il finirait par me jouer un mauvais tour...

« — Plus qu'un toast, — dit Martial Dereyne, — et je te défie de refuser celui-là !...

« — Lequel ?

« — Nous allons boire à la République de tes rêves...

« — Ah ! je le crois bien que je veux boire... et debout... et dans un grand verre... et plutôt deux fois qu'une ! — répliqua le conspirateur enthousiaste.

« Je regardais Rose...

« Je la vis prendre sur le buffet deux bouteilles, l'une de vin de Champagne, l'autre d'un liquide qui ressemblait à de l'eau de roche...

« Elle versa du champagne à Martial Dereyne et remplit de liquide incolore le plus grand verre de M. Raymond.

« Le brave homme se leva.

« — A la République ! — s'écria-t-il. — Je bois à elle !...

« Il avala d'un seul trait jusqu'à la dernière goutte le contenu de son verre, et tournant sur lui-même, les bras raidis, le visage décomposé, les yeux hagards, il s'abattit, littéralement foudroyé, et une fois par terre il ne bougea plus...

« Il me sembla que le contre-coup de sa lourde chute m'atteignait.

« Martial Dereyne se pencha vers son hôte pendant une seconde, et se releva très pâle en s'écriant :

« — Mais il est mort !...

« — S'il ne l'est pas, il n'en vaut guère mieux... — répondit Rose avec un sourire qui me glaça le sang dans les veines.

« — Que lui as-tu versé?... — reprit Dereyne.

« — Un quart de litre de bon vieux kirsch de la Forêt-Noire, pas autre chose.

« — Il en fallait moins pour lui donner une congestion... — le savais-tu?

« — Parbleu !

« — Pourquoi donc as-tu fait cela?...

« Rose tendit la main vers les liasses de billets de banque restés sur la table.

« — Tu me demandes pourquoi j'ai fait cela ? — repliqua-t-elle en tutoyant son maître à son tour. — Mon dieu, tout simplement pour que ton ami ne réclame jamais les six cent mille francs que voilà...

« — C'est vrai — murmura le patron d'une voix très basse, — ces six cent mille francs sont à moi...

« — Tu veux dire qu'ils sont à nous ! — interrompit Rose, — et je devrais, en bonne justice, en avoir la plus grosse part.

« Le patron allait répondre... — il n'en eut pas le temps.

« Un tressaillement léger secouait les membres de M. Raymond... — Ses paupières battaient... ses mains s'agitaient... »

LIII

« Rose et Martial Dereyne se regardèrent effarés.

« — Il revient à lui... — balbutia le patron, — il est vivant... — la dose n'était pas assez forte !...

« — Affaire manquée... — répondit Rose. — C'est six cent mille francs perdus...

« — Perdus! — répéta Martial d'une voix rauque. — Jamais!!!

« — Que veux-tu faire?...

« — Tu vas voir...

« Le patron s'approcha brusquement de la fenêtre dont la persienne me séparait de lui.

« Il arracha le cordon de tirage qui servait à ouvrir et à fermer les rideaux puis, revenant auprès de M. Raymond, il lui enroula ce cordon autour du cou et serra de toutes ses forces...

« Le moribond ranimé par la souffrance eut un soubresaut violent, il ouvrit les yeux et les fixa sur son meurtrier avec une expression que je n'oublierai jamais... — Ses lèvres tremblaient.— il voulait parler sans doute, demander grâce, appeler à l'aide, mais le cordon achevait son œuvre... — M. Raymond ne put articuler un mot ; — sa langue gonflée sortit de sa bouche, et le cadavre étranglé retomba sur le dos... »

Cora, livide d'horreur, interrompit Pierre Landry :

— Vous avez vu cela, — dit-elle avec indignation, — et vous n'êtes point intervenu pour empêcher le crime!... — Vous n'avez pas crié !... Vous ne vous êtes pas élancé au secours du malheureux qu'on assassinait ! — C'est lâche et c'est infâme !...

— Mon jeune monsieur, — répliqua Pierre, — j'avais toutes sortes de raisons pour ne pas trahir ma présence...

— Lesquelles ?...

— D'abord Martial Dereyne, voyant que je savais tout, aurait voulu sans le moindre doute supprimer en ma personne un témoin dangereux, et comme il était plus fort que moi j'aurais, selon toute apparence, partagé le sort de M. Raymond... — Le crime en outre était aux trois quarts consommé... — En ne le dénonçant point je m'en rendais complice. — Or, je ne voulais pas livrer à la justice, et envoyer à l'échafaud, Rose Bonchamp que j'aimais encore, malgré tout...

Un moment de silence suivit ces paroles, puis Jean Renaud engagea le narrateur à continuer.

Pierre reprit docilement :

— C'était bien fini, cette fois. — Rose murmura :

« — Les six cent mille francs sont à nous. — Qu'allons nous faire du corps ?

« — Nous en débarrasser, pardieu ! — répondit Dereyne.

« — Bien entendu, mais comment?

« — Personne au Havre ne connaissait Raymond... personne ne l'a vu... tout le monde ignore qu'il devait venir en secret chez moi. — Rien de plus facile que de le faire disparaître à jamais en l'enterrant au fond du jardin, au milieu d'un fourré, sous un vieux sycomore.

« — C'est facile en effet...

« — A nous deux, — poursuivit le patron, — nous creuserons une fosse en moins d'une heure, mais il faut des outils...

« — Il y a des bêches et des pioches dans le pavillon rustique... — répliqua Rose.

« — Eh bien, allons...

« — Une minute donc !... Réglons nos comptes...

« Et Rose désignait les liasses...

« — Prends ta part tout de suite... — dit le patron.

« — Je ne veux pas de billets de banque...

« — Que veux-tu donc?

« — Laisser dans ta maison cet argent que tu feras valoir, et dont tu me serviras les intérêts à six pour cent...

« — C'est entendu... — Dix-huit mille francs de rentes... — Te voilà riche, ma fille !...

« — Ainsi nous sommes d'accord ?

« — Parfaitement.

« — Signe-moi donc une reconnaissance.

« — Te défies-tu de moi ?...

« — Non pas, on ne sait ni qui vit, ni qui meurt... — Ton ami le disait, et ne savait pas si bien dire...

« Dereyne sans répliquer prit une feuille de papier, écrivit la reconnaissance demandée, la signa et la tendit à Rose qui la lut, la plia et la glissa dans son corset.

« Le patron ouvrit ensuite un placard, y plaça les six liasses, ferma ce placard à double tour et retira la clef.

« — Maintenant, allons... — fit Rose Bonchamp.

« Le maître et la servante quittèrent la salle à manger après avoir éteint les bougies à l'exception d'une seule, sortirent de la maison et gagnèrent la partie la plus couverte du jardin, celle qui se termine à la falaise d'Ingouville.

« Tandis qu'ils s'éloignaient, une lueur soudaine me traversa l'esprit ; — je souhaitais ardemment me venger du patron et de la femme de charge ; le hasard plaçait la vengeance à portée de ma main...

« Pour mettre mon projet à exécution deux ou trois minutes devaient me suffire, et j'avais une heure devant moi...

« J'attendis que le bruit des pas eût cessé de se faire entendre dans les allées sinueuses ; —je tirai à moi l'une des persiennes qui, n'étant point accrochée, céda sans résistance ; j'escaladai l'appui de la fenêtre et je me trouvai dans la pièce où le corps inanimé de M. Raymond gisait sur le plancher avec la corde au cou...

« Je m'agenouillai près du cadavre, et je vous assure qu'il fallait pour cela un certain courage...

« La figure était devenue noire comme de l'encre... Les yeux ouverts et injectés de sang paraissaient me regarder.

« Je glissai ma main sous le revers gauche de la redingote, j'y pris le portefeuille, j'en tirai le reçu des six cent mille francs remboursables à la première réquisition, signé par Martial Dereyne à son ami, je remis le portefeuille dans la poche du mort, je sortis de la salle à manger par la fenêtre comme j'y étais entré, je repoussai la persienne, je retournai me blottir dans les touffes d'arbustes qui déjà m'avaient donné asile, et j'attendis...

« J'avais dans les mains la preuve du vol et de l'assassinat, écrite par le voleur et par l'assassin... — je tenais le patron.

Le cadavre roulait lourdement au fond du trou préparé pour le recevoir...

« Au bout d'un temps qui me parut effroyablement long, mais qui ne dut pas excéder une heure, Martial et Rose, ayant achevé la première moitié du travail funèbre, revinrent à la villa.

« Je me postai de nouveau derrière la persienne.

« Les deux complices semblaient épuisés de fatigue ; — leurs vêtements étaient souillés de terre et la sueur coulait sur leurs fronts.

« — Je n'en puis plus... — murmura Rose en se laissant tomber sur un siège.

« — C'est comme moi... — répliqua Dereyne, — mais le plus fort est fait.

« — Je meurs de soif.

« — Moi aussi. — Buvons...

« Ils débouchèrent une bouteille de vin de Champagne et burent à pleins verres, à côté du cadavre de leur victime.

« — Maintenant, — reprit le patron, — il s'agit d'installer feu mon ami dans sa dernière demeure...

« — Avant de l'enterrer, — dit Rose, — reprends-lui ton reçu...

« — C'est juste... — il a mis ce reçu dans son portefeuille, n'est-ce pas ?

« — Oui...

« Je sentis à cette minute une terrible palpitation de cœur... — Je me demandai ce que le patron allait dire en ne trouvant pas ce qu'il cherchait... — Je me figurai son épouvante, sa terreur et ses angoisses...

« Dereyne fouilla le mort comme je l'avais fouillé avant lui et mit le portefeuille dans sa poche sans l'avoir ouvert, en disant :

« — Finissons-en d'abord. — Je brûlerai le reçu plus tard... Je vais soulever le corps par les épaules... prends-le par les pieds, et en route...

« La chose fut faite ainsi ; les complices sortirent de la maison avec leur fardeau et gagnèrent l'endroit où ils avaient creusé une tombe, et que je connaissais bien...

« Je me déchaussai pour ne produire aucun bruit sur le sable et je les suivis. — Je pouvais le faire sans imprudence, car l'épaisseur du feuillage rendait l'obscurité complète.

« Sous le vieux sycomore les complices firent halte.

« J'étais à dix pas, tout au plus.

« Je ne voyais rien, mais j'entendais les brèves paroles échangées entre eux.

« Un bruit sourd frappa mon oreille... — le cadavre roulait lourdement au fond du trou préparé pour le recevoir...

« Il ne s'agissait désormais que d'entasser dans ce trou béant la terre qu'on en avait tirée...

« Au bout d'une demi-heure de travail acharné ce fut fini.

« — En voilà assez pour cette nuit... — dit le patron. — Reporte les outils dans le pavillon rustique... — Je viendrai demain, au point du jour, effacer la trace de nos pas et semer des feuilles sèches et des débris de branches mortes sur la terre fraîchement remuée, et j'aurai soin que qui que ce soit, avant cinq ou six mois, ne pénètre dans ce jardin...

« Rose obéit et, un instant après, elle regagnait la salle à manger où l'avait précédée Dereyne.

« — Il s'agit maintenant de brûler le reçu... — fit ce dernier en ouvrant le portefeuille et en éparpillant sur la table les papiers qu'il contenait.

« Naturellement sa recherche fut vaine.

« — Tonnerre du diable ! — s'écria-t-il en devenant pâle, — où est donc ce papier maudit ?... Impossible de le trouver !

« — Ne vas-tu pas te faire du mauvais sang pour cela ? — demanda Rose.

« — Il me semble qu'il y a de quoi !...

« — Eh ! non, mon cher, il n'y a pas de quoi ! — Une chose sûre et positive, c'est qu'on ne l'a point volé...

« — D'accord, mais où est-il, puisque Raymond, tu l'as vu comme moi, l'a serré dans son portefeuille...

« — Nous avions cru le voir... nous nous étions trompés... — Ton reçu est certainement dans la poche du mort et enterré avec lui.

« — Qu'il y reste donc !... — Personne n'ira le chercher là, et le courage me manque pour une exhumation inutile...

« J'en savais assez...

« Je quittai la villa d'Ingouville, non plus cette fois en escaladant le mur mais tout simplement par la porte et, aussitôt rentré dans mon gîte, j'eus soin de coudre le précieux papier entre l'étoffe et la doublure du collet de mon vêtement... — C'était une cachette introuvable...

« Le lendemain une ambition nouvelle se logea dans ma cervelle et l'obséda sans relâche.

« La reconnaissance de trois cent mille francs, donnée par le patron à sa maîtresse, me paraissait établir jusqu'à l'évidence la complicité de cette dernière, surtout rapprochée du reçu de six cent mille qui portait la même date...

« Je voulus m'emparer de cette reconnaissance qui mettrait Rose Bonchamp à ma discrétion.

« Je m'introduisis avec effraction et escalade dans la chambre de la femme de charge... — Pris en flagrant délit, je passai aux assises et je fus condamné à dix ans de travaux forcés...

« Vous en savez maintenant aussi long que moi... »

Pierre Landry se tut et essuya son front que mouillaient quelques gouttes de sueur, car il était très faible encore.

— Comment se fait-il, — lui demanda Jean Renaud, — que vous ayez attendu neuf ans sans rien dire, sans dénoncer les misérables pour qui votre haine devait grandir chaque jour, car c'est par le fait de leur crime que vous étiez au bagne ?

— J'aurais attendu plus encore !... — répondit Pierre, — j'avais bâti des projets sans fin !... — La vengeance pure et simple ne me rapportait rien. — J'exécrais Rose Bonchamp, mais je la désirais toujours et plus que jamais... — Je rêvais la fortune... — Je voulais être riche, posséder Rose et tenir Martial Dereyne sous mes pieds...

— Et vous comprenez maintenant que c'est impossible ?...

— Je commence... — La partie à jouer m'épouvante... — C'est la lutte du pot de terre contre le pot de fer, vous l'avez dit... Je serai vaincu... je serai brisé...

— Eh bien, cette partie, — répliqua Jean Renaud, — nous la jouerons à votre place, et cette lutte qui vous effraye nous l'entamerons à votre profit...

LIV

Après quelques secondes de silence et de réflexion, Pierre Landry reprit :

— Assurément voilà des paroles séduisantes et de belles promesses, mais pour entamer la lutte il vous faut le reçu de six cent mille francs signé par Martial Dereyne.

— Il est certain que sans ce reçu nous ne pouvons rien... — répondit l'évadé de la *Dorade*.

— En conséquence, vous me demandez de vous le vendre ?

— Oui.

— Combien m'en offrez-vous ?

— Combien l'estimez-vous ? — répliqua Jean Renaud. — Ou plutôt à quel prix consentez-vous à nous le céder ?

— Je veux toucher la moitié de ce qu'il vous rapportera...

— Il ne nous rapportera pas un sou...

— Comment ?... — N'avez-vous donc point l'intention d'en faire usage ?

— Nous en ferons usage, mais dans un but de vengeance et non de spéculation. — L'argent restitué par Martial Dereyne ira jusqu'au dernier sou à l'héritier de Raymond assassiné...

— Cependant il faut que je vive... — balbutia Pierre Landry.

Cora prit la parole.

— Nous vous proposons, — dit-elle, — une somme de vingt mille francs comptant, et une rente de cinq cents francs par mois...

— Quand les vingt mille francs me seraient-ils payés ?

— Tout de suite.

Cora fit un signe.

Jean Renaud tira de sa poche une liasse de billets de banque et se mit en devoir d'en compter vingt.

Pierre regardait avec une convoitise indicible les précieux chiffons dont le froufrou chatouillait délicieusement son oreille.

— J'ai confiance ! — dit-il tout à coup. — En échange de ces *fafiots garatés*, je vous donnerai le papier en question...

— Marché conclu.

L'ex-amoureux de Rose Bonchamp exhiba un vieux portefeuille notablement crasseux. — Il l'ouvrit et tira de l'une de ses cases une enveloppe jaunie par le temps.

Cette enveloppe renfermait le reçu, singulièrement fripé, mais en somme parfaitement lisible.

Cora le saisit, tandis que Jean Renaud tendait les billets de banque à Pierre.

Elle y jeta les yeux et s'écria :

— Voici la preuve du crime commis !... Il s'agit maintenant de retrouver le fils de la victime...

— Nous le retrouverons... — fit Jean Renaud... — A présent, Pierre, — continua-t-il en préparant un carnet de chagrin noir et un porte-crayon d'argent — vous allez me donner quelques renseignements supplémentaires, qu'il faut que j'inscrive...

— Que voulez-vous savoir?...

— En quelle année s'est passé le lugubre drame dont nous venons d'entendre le récit ?...

— En 1844, à la date indiquée par le reçu...

— Le 20 mai 1844?

— Oui...

— Le nom de l'homme assassiné ?

— Raymond...

— Son prénom?

— Laurent. — Tout cela est sur le reçu...

— Le nom de son fils?

— Armand...

— En pension aux Batignolles, je crois !

— Oui, et le maître de pension s'appelait Bénistan...

— Jean Renaud avait écrit.

Il continua :

— La villa d'Ingouville existe-t-elle encore?

— Oui... — Je m'en suis assuré ce matin en arrivant... — Quand je suis tombé de fatigue et de faim, j'en venais.

— Est-elle habitée?

— Non.

— Appartient-elle toujours à Martial Dereyne?

— Je ne sais pas...

Cora intervint.

— Cette maison, — dit-elle, — pourrait bien être la villa dont parlait la personne que nous avons vue tantôt chez M. Janille...

— C'est possible, en effet, — répliqua Jean Renaud, — c'est même probable...

— Et, dans ce cas, elle serait à vendre... — Il faudrait s'en assurer.

— Je m'en charge; nous saurons aujourd'hui même à quoi nous en tenir à ce sujet... — Mais je n'en ai pas tout à fait fini avec Pierre Landry... Sous quel nom voyagez-vous, mon garçon?

— Sous celui de Charles Métayer...

— Avec un passeport en règle?

— Oui.

— Vrai ou faux?

— Tout ce qu'il y a de plus vrai...

— Comment en êtes-vous possesseur?

— Il appartient à un de mes cousins, du même âge que moi et qui me ressemble... son signalement peut passer pour le mien...

— C'est parfait. — Vous ne craignez point d'être reconnu au Havre?

— Certainement non... — Neuf années au bagne, ça rend un homme méconnaissable...

— Ayez cependant de la prudence. — Montrez-vous le moins possible.

— Je ne me montrerai même pas du tout. La chose du monde qu'en ce moment je désire le plus, c'est de me reposer.

— Descendez prendre vos repas aux heures où les salles sont à peu près désertes, et sortez peu de la maison jusqu'à nouvel ordre.

— C'est convenu...

— Il est possible que demain j'aie besoin de vous. — Si cela était, je viendrais vous prendre.

— Vous me trouveriez tout à votre disposition.

— A demain donc, Pierre...

— A demain, messieurs...

Cora et Jean Renaud quittèrent l'auberge et regagnèrent la voiture qui les attendait.

— Vous avez bien fait, mademoiselle, de me ramener en France... — dit le faux mulâtre à la jeune fille. — Je crois que, grâce à moi, vos rêves de vengeance seront amplement réalisés.

— Je le crois comme vous, — répliqua Lionel Warton, — mais, je vous en prie, éclaircissez pour moi des mystères qui me mettent l'esprit à la gêne... — Comment connaissez-vous cet homme, ce forçat? Comment savez-vous toutes ces choses qui le concernent?

— Êtes-vous convaincue que ces choses nous seront utiles? — fit Jean Renaud.

— Oui, certes !...

— Trouvez-vous quelque chose de suspect dans ma façon d'agir?...

— Vous ne me demandez pas cela sérieusement...

— Eh! bien, mademoiselle, faites-moi l'honneur de ne pas m'interroger... quant à présent du moins... — Il me faudrait vous répéter ce que j'ai déjà dit à Pierre : — *Je sais bien d'autres choses encore!*

— Sur la comtesse de Lasseny, peut-être, dont le fils vient d'épouser la fille du misérable Dereyne? — s'écria l'aînée des trois sœurs.

Jean Renaud tourna vers Cora Bernier son regard investigateur.

— Qui vous fait supposer cela? — murmura-t-il.

— L'étonnement que vous avez témoigné chez le banquier Janille en entendant prononcer le nom de cette comtesse...

— Ah! vous avez remarqué cela!... — Eh bien, vous ne vous êtes pas trompée... — Je sais beaucoup de choses concernant Mme de Lasseny... — Je vous dirai ce qu'est cette femme; vous avez le droit et le devoir de la connaître à fond, puisque son alliance avec la famille de Martial Dereyne la rend justiciable de votre vengeance... — Mais, avant que je parle, permettez-moi de vous adresser une prière...

— Une prière, à moi?

— Oui, mademoiselle... très humble et très fervente...

— Laquelle?

— Vous me croyez tout dévoué à votre personne et à votre cause, n'est-ce pas?

Cora prit vivement la main du faux mulâtre et, la pressant avec effusion, s'écria :

— Oui, je le crois! oui, j'en suis sûre! — Je n'ai jamais douté de vous. — La confiance que dès la première heure vous m'avez inspirée n'a fait que grandir, et pouvait-il en être autrement quand j'ai reçu de vous tant de preuves d'un attachement profond et d'un dévouement sans bornes?

— Merci de me parler ainsi, mademoiselle... — répondit Jean Renaud. — Je paye de mon mieux ma dette de reconnaissance et, quoi que je fasse, je serai toujours votre débiteur... — Vous me rendez justice et pourtant tout à l'heure, en face de Pierre Landry, j'ai surpris vos yeux fixés sur moi avec une expression de défiance manifeste, tandis que je révélais à ce misérable certains faits mystérieux qu'un ancien forçat seul pouvait connaître.

— Vous vous êtes trompé, — répliqua vivement Cora, — il n'y avait pas de défiance dans mon regard, il n'y avait que de la stupeur... — Je ne pouvais comprendre que vous fussiez possesseur de ces secrets de honte et d'infamie, mais je ne vous soupçonnais pas!! — De quoi d'ailleurs vous aurais-je soupçonné?

Jean Renaud reprit d'une voix grave :

— J'ai vécu beaucoup, mademoiselle, et les hasards de mon existence m'ont conduit partout, quelquefois près des sommets, souvent au fond des abîmes... — J'ai côtoyé bien des infamies, j'ai coudoyé bien des misérables, et plus d'un soldat de cette armée du vice et du crime peut devenir pour nos desseins un auxiliaire inconscient et docile... — J'exerce sur ces hommes perdus une domination absolue, — (vous venez d'en avoir la preuve) — et voici pourquoi : Je les connais tous, je les tiens par leur passé, eux qui ne peuvent me reconnaître et qui ne savent rien du mien!... — Comment ces choses étranges sont-elles devenues possibles?? Je ne puis vous le dire et il vous importe peu de le savoir, pourvu qu'en toute occasion vous trouviez en moi un ami respectueux, un serviteur fidèle, un séide que rien n'épouvante et que rien n'arrête? — Donc, je vous le répète, ne m'interrogez pas; vous m'interrogeriez en vain... — J'ai voulu vous suivre en France et vous accompagner à Paris, parce que je vous voyais souffrir et que vos larmes tombaient sur mon cœur comme les larmes d'une fille sur le cœur de son père... Je partageais votre soif de vengeance et je sentais que seul je pourrais vous donner les moyens de l'assouvir... — Je suis votre force!!

— Ayez confiance en moi, mademoiselle, une confiance aveugle et que jamais, quoi qu'il arrive, un doute n'effleure votre pensée... — Voilà la prière que je vous adresse... Voilà la grâce que je sollicite de vous... Exaucerez-vous cette prière?... m'accorderez-vous cette grâce?

— Mon ami, — répondit Cora, — quoi que vous fassiez désormais, je vous le promets, je vous le jure, je trouverai que vous avez bien fait... — Jamais une question, jamais un doute! — J'ai foi en vous! — S'il existe une faute dans votre passé que je ne veux pas connaître, votre sublime dévouement la rachète et l'efface..

Le faux mulâtre prit la main de Cora pour la porter à ses lèvres, et la jeune fille sentit une larme brûlante tomber sur cette main.

— Michel Servan, — murmura-t-elle, — vous êtes un honnête homme...

Jean Renaud releva la tête; il essuya ses paupières; — son visage bronzé s'illumina de joie et d'orgueil.

Cora venait de lui dire : — *Vous êtes un honnête homme!* — il se sentait réhabilité à ses propres yeux.

— Et maintenant, — reprit en souriant le pseudo Lionel Warton — qu'est-ce que la comtesse de Lasseny?

— La comtesse de Lasseny, — répliqua Renaud, — est une de ces créatures qui n'ont de la femme que le sexe et la beauté, et qui, nées dans la boue, exaspérées par la bassesse de leur origine, veulent monter à tout prix et par tous les moyens! une nature pervertie presque dès le berceau... un composé d'astuce et d'hypocrisie, de bassesse et d'orgueil...

— Un monstre, alors?

— Un monstre comme il y en a tant, oui... — Une âme diabolique sous une forme d'ange...

LV

Jean Renaud continua :

— Blanche Hervieux, — (c'est le nom de famille de celle qui porte aujourd'hui le titre de comtesse de Lasseny) — avait été aimée, toute jeune fille, ou plutôt

Un jour, elle fit la rencontre d'un viveur déjà sur le retour...

adorée par un honnête homme qui ne demandait qu'à l'épouser, car il croya
l'avoir séduite...

« Peut-être était-il en effet son premier amant, mais à coup sûr elle s'éta
livrée à lui par entraînement des sens, par dépravation, et non par amour...
une telle créature ne pouvait aimer, car pour aimer il faut un cœur...

« L'amant de Blanche Hervieux, un beau garçon âgé de vingt-cinq ans
peine, ne possédait qu'une fortune insuffisante pour satisfaire les goûts

dépense et de luxe de sa maîtresse, aussi, chaque fois qu'il lui demandait de devenir sa femme, elle lui répondait : « — Plus tard... »

« Elle ne voulait pas d'un mari pauvre.

« Un jour — huit ou dix mois après le début de sa liaison — elle fit la rencontre d'un viveur déjà sur le retour, passablement usé, portant perruque et râtelier postiche, mais millionnaire et titré.

« Ce débauché hors d'âge se nommait le comte Roger de Lasseny.

« Blanche Hervieux continuait à travailler dans le magasin de modes où son amant l'avait connue.

« M. de Lasseny se prit de caprice pour elle, et comme il était généreux avec les jolies femmes il lui fit des offres superbes.

« Blanche les déclina, non par vertu mais par ambition, joua le rôle de rosière, sut rougir à propos, baissa les yeux quand il le fallait, et se montra absolument intraitable...

« Ce manège habile changea bien vite en passion le caprice du vieux libertin

« C'est là-dessus que Blanche avait compté. — Le plan conçu par sa rouerie obtint un succès complet.

« M. de Lasseny, convaincu que le mariage seul pouvait lui donner la possession de sa chaste idole, offrit sa main, son titre et sa fortune.

« Blanche accepta, mais à la condition qu'elle irait d'abord passer quelques semaines en Bretagne, auprès de vieux parents dont elle voulait obtenir le consentement et la bénédiction, — et que le comte ne l'accompagnerait pas.

« Amoureux, par conséquent dominé, il se soumit.

« Dès le lendemain Blanche écrivait à son premier amant qu'elle ne le reverrait jamais et partait, non pour la Bretagne, mais pour s'installer à Vincennes chez une sage-femme.

« La future comtesse de Lasseny était grosse, et fort avancée dans sa grossesse qu'elle avait trouvé moyen de dissimuler jusque-là. — Elle voulait, avant le mariage, faire disparaître son enfant... »

Cora ne put retenir un geste de dégoût.

— Eh ! mademoiselle, — dit Jean Renaud, — ces choses-là se voient tous les jours... — Le vice a d'effroyables audaces...

« La sage-femme choisie par Blanche Hervieux était aussi discrète que peu scrupuleuse... — Elle se nommait Claire Bonchamp.

— Claire Bonchamp ! — répéta Lionel Warton avec une surprise facile à comprendre.

— Oui, mademoiselle, la propre sœur de Rose Bonchamp, maîtresse et complice de Martial Dereyne... — Vous voyez comment tout s'enchaîne ! — La sage-femme fit des prodiges pour amener un avortement, elle ne réussit qu'à provoquer une délivrance avant terme...

« L'enfant vint au monde à sept mois ; c'était un garçon chétif, n'ayant que le souffle, mais vivant.

« Blanche Hervieux se dit que cette preuve de sa faute pourrait être gênante un jour. — Elle fit à Claire Bonchamp une confidence très complète et offrit de lui payer, immédiatement après son mariage, une somme de vingt mille francs, si elle consentait à supprimer la petite créature qui venait de naître.

— Et la sage-femme ne refusa point ? — s'écria Cora.

— Non, mademoiselle... — répondit Jean Renaud.

— Ah ! c'est infâme.

— Oui, parbleu, c'est infâme... mais Claire Bonchamp ne regardait point à une infamie de plus ou de moins, pourvu que cette infamie fût lucrative.

« Deux mois plus tard Blanche Hervieux marchait à l'autel, pâle et charmante, les yeux baissés, et portant le voile des vierges et la couronne de fleurs d'oranger...

« Le comte de Lasseny rayonnait... — Cette enfant si chaste et si pure allait enfin lui appartenir !!!

— Et, — demanda vivement Cora, — qu'était devenu l'enfant ?

— Il vivait... — repliqua le faux mulâtre. — Claire Bonchamp avait un amant qui ne valait pas grand'chose, mais enfin qui valait un peu mieux qu'elle, et qui de plus était intelligent et connaissait le Code... — Il fit comprendre à la sage-femme qu'elle allait jouer avec sa tête en commettant un crime inutile... — il lui prouva que pour toucher la prime promise il lui suffirait de présenter à sa pensionnaire un enfant mort de mort naturelle, — ce qu'elle fit, — et enfin il la contraignit à déposer le fils de Blanche Hervieux dans le tour des Enfants-Trouvés, ce qui eut lieu...

Cora reprit :

— Existe-t-il une preuve de cette naissance ?

— Oui, mademoiselle, et la meilleure de toutes...

— Laquelle ?

— La sage-femme, — toujours d'après les conseils de son amant, — avant de porter l'enfant à la maison de la rue d'Enfer l'avait fait inscrire sur les registres de l'état civil de Vincennes sous le nom de Jacques Hervieux, né de Blanche Hervieux et de père inconnu...

— Pourquoi père inconnu ?

— Je vous ai dit que ce père était un honnête homme ; on ne pouvait sans son consentement se servir de son nom.

— Connaissez-vous ce nom ?

— Je ne le connais pas, mais si l'on avait intérêt à le savoir ce serait peut-être possible...

— Par qui ?

— Par la sage-femme...

— Vit-elle toujours?

— Je l'ignore, mais Rose Bonchamp, sa sœur, doit le savoir et nous le dira...

— Et, si l'enfant de Blanche Hervieux existe encore, on pourra le retrouver comme on aura retrouvé son père?...

— Parfaitement... — Un papier indiquant les initiales de son nom et la date de sa naissance était cousu sur le maillot qui l'enveloppait. — L'administration de l'hospice des Enfants-Trouvés donnerait tous les renseignements nécessaires.

— Et le fils légitime de la comtesse de Lasseny vient d'épouser la fille de l'infâme Dereyne ! — s'écria Cora. — Dans cette famille, autour de cette famille, partout le crime et la honte ! — Quelles armes pour la vengeance !...

— Quand cette vengeance atteindra celle qui fut Blanche Hervieux j'en réclamerai ma part ! — dit Jean Renaud avec une expression presque farouche.

— Vous, mon ami ! — fit la jeune fille étonnée.

— Oui, mademoiselle.

— Mais, quel motif?...

— Il y a un vieux compte à régler entre Mme de Lasseny et moi...

— La comtesse est veuve, n'est-ce pas?

— Oui, et j'en suis heureux... — Nous n'avons point à frapper le mari qui, si peu intéressant qu'il fût d'ailleurs, était la victime et non le complice de sa femme... — Ne pensez-vous pas qu'il serait nécessaire d'arriver à Paris le plus tôt possible?...

— Croyez-vous que tout sera prêt au château de Saint-Ouen pour notre installation ? — demanda l'aînée des trois sœurs.

— La personne chargée de la surveillance des travaux est active et sûre... — on peut compter sur elle absolument... — L'ordre était donné de marcher grand train, sans s'inquiéter de la dépense... — Tout doit être en bonne voie... — Peut-être cependant, comme il nous reste d'importantes affaires à terminer ici, serait-il sage d'envoyer en avant le docteur Jocelyn...

— Jocelyn partira dès ce soir... — répondit Cora.

Immédiatement après le dîner qui réunit les trois sœurs, leur cousine Dolorès, le médecin mulâtre et Jean Renaud, ces deux derniers eurent avec Cora un long entretien confidentiel.

Jocelyn reçut des instructions, mit dans sa valise de voyage une forte liasse de billets de banque, et prit place, à neuf heures précises, dans l'express du Havre à Paris.

En même temps Jean Renaud se rendait au siège de l'administration du journal le *Courrier du Havre*.

Cora s'enferma dans sa chambre et, avant de se débarrasser de ses vêtements d'homme, elle tira de son portefeuille le reçu de six cent mille francs signé par Martial Dereyne à Laurent Raymond, neuf années auparavant.

En touchant et en dépliant ce papier jauni, la jeune fille eut un frisson.

Elle se rappelait tous les détails du récit de Pierre Landry ; — elle assistait par l'imagination au sinistre drame de la villa d'Ingouville ; il lui semblait être témoin de l'assassinat commis par deux misérables en des circonstances exceptionnellement monstrueuses.

Sa pensée revenait ensuite à Jean Renaud qui, nous le savons, se cachait pour elle sous le pseudonyme de Michel Servan et depuis l'arrivée au Havre prenait à ses yeux une physionomie toute nouvelle.

Elle se demandait avec un involontaire effroi quel pouvait être cet homme qui connaissait tant de monde, possédait tant de secrets étranges, et dont la force mystérieuse devenait pour elle un tout puissant levier...

En face des preuves irrécusables de son dévouement elle ne pouvait douter de lui, mais elle devinait bien qu'il avait de graves raisons pour épaissir les ténèbres autour de son passé.

Ce passé nos lecteurs n'ignorent pas qu'il était effroyable.

Jean Renaud avait vécu presque sans cesse dans les prisons et dans les bagnes, exerçant par son intelligence et par son énergie une énorme influence sur les bandits qui l'entouraient, recherchant leur confiance, provoquant leurs confidences, avec le vague espoir d'en tirer parti tôt ou tard.

Cet espoir devait se réaliser, non pour le plus grand profit de quelque entreprise criminelle, ainsi que Jean Renaud le supposait jadis, mais pour le triomphe de la plus juste des causes, de la plus légitime des vengeances...

Cora ouvrit un petit coffret d'argent qui renfermait déjà certains papiers de grande importance, elle y serra le reçu de Martial Dereyne ; puis, après avoir prié Dieu pour les êtres chéris dont une tombe gardait à Guayanila les dépouilles mortelles, et pensé longuement à Armand Dorsay qu'elle aimait plus que jamais et dont l'abîme infranchissable creusé par un crime la séparait, elle se coucha, brisée de fatigue, et ne tarda point à s'endormir.

Le lendemain matin l'ex-commandeur Mercuzza, devenu le señor Juan de Funcal, personnage de *haute respectabilité*, comme disent les Anglais, sonna son valet de chambre en s'éveillant et se fit apporter les journaux dans son lit.

Le premier dont il rompit la bande fut le *Courrier du Havre*.

Selon la coutume des armateurs et des commerçants des villes maritimes il alla droit à cette partie du journal indiquant les entrées et les sorties des navires et relatant les sinistres.

Deux lignes lui sautèrent littéralement aux yeux.

Ces deux lignes annonçaient la perte des navires le *Tancarville* et le *Morlaisien* appartenant à la maison Dereyne et de Funcal.

Cette annonce absolument insolite — (car avant d'en admettre l'insertion on aurait dû vérifier auprès de lui l'exactitude du renseignement) — le fit bondir sur ses oreillers.

Il avait échafaudé la veille un plan très adroit pour parer au coup dangereux qu'une grosse perte devait infailliblement porter au crédit de la maison.

Il comptait, ce jour même, amener les constructeurs à ratifier par écrit leur engagement verbal d'échelonner selon sa convenance les paiements des sommes dues pour les quatre navires en ce moment sur les chantiers et dont la livraison ne pouvait tarder.

Ce plan croulait, miné par la base.

Le double sinistre étant ébruité il devenait probable, pour ne pas dire certain, que les constructeurs, cessant de croire à la solidité de la maison Dereyne et Compagnie, ne voudraient plus entendre parler de longues échéances et ne livreraient les navires que contre argent comptant ou contre des garanties du premier ordre.

Nous avons entendu M. Janille, l'un des plus riches banquiers du Havre, annoncer à Lionel Warton et à Doménico Séballa que les choses se passeraient vraisemblablement ainsi.

C'était la ruine à bref délai.

LVI

Les constructeurs avaient lu, comme Mercuzza, les deux lignes du *Courrier du Havre*.

Leur premier soin fut de se réunir pour aviser au parti à prendre.

En face de leurs intérêts menacés ils furent immédiatement d'accord et, au moment où sonnaient dix heures du matin, ils se rendirent ensemble chez l'associé de Martial Dereyne et se firent annoncer.

Le señor Mercuzza s'attendait à leur visite ; il ordonna de les introduire dans son cabinet.

Il avait résolu de faire bonne contenance, quoiqu'il ne s'illusionnât guère sur le résultat probable de l'entretien.

Les visiteurs s'étaient composé des visages de circonstance, — les figures en deuil de gens invités à un enterrement, et qui assistent dans la maison mortuaire à la levée du corps.

Ils donnèrent à l'ex-commandeur des nègres des poignées de main mélancoliques, puis l'un d'eux prit la parole au nom de ses collègues :

— Cher monsieur de Funcal, — dit-il d'une voix émue, — vous vous doutez de ce qui nous amène... — Nous connaissons depuis une heure la fatale nouvelle et nous venons vous apporter l'expression de nos sympathies et de la part très grande que nous prenons au malheur qui vous frappe.

Mercuzza rendit les poignées de main, puis il répliqua d'un ton presque dégagé :

— Je ne doutais point de vos précieuses sympathies, messieurs, et je suis reconnaissant de votre hâte à me les témoigner...

— Quand on pense, — reprit le constructeur, — qu'hier nous déjeunions si joyeusement avec vous ! — Vous ne saviez donc rien ?

— Non, messieurs... — C'est dans la soirée seulement que j'ai eu connaissance du double sinistre...

— La maison Dereyne et Compagnie reçoit un coup terrible. — Vous perdez une somme énorme.

— La somme est importante en effet, — répondit Mercuzza, — mais, grâce au ciel, la maison Dereyne peut subir sans être ébranlée une perte plus considérable encore...

— Il vous reste de gros capitaux disponibles ?

— Sinon des capitaux liquides, au moins leur équivalent facilement réalisable. — Nos deux navires : le *Petit-Havre* et le *François Ier*, vont nous rapporter des cargaisons d'ivoire qui suffiront à combler le déficit...

— Et si ces navires se perdaient en mer ?

Mercuzza sourit.

— Vous conviendrez que c'est peu vraisemblable... — dit-il.

— Assurément, mais qui pouvait prévoir la perte du *Tancarville* et du *Morlaisien ?*... quand la déveine se met de la partie, tout est possible en fait de malheurs...

A cela il n'y avait rien à répondre.

Mercuzza se contenta de s'incliner.

— Ne pensez-vous pas, cher monsieur de Funcal, — poursuivit le constructeur, — qu'il serait à propos de nous entendre au sujet des quatre navires qui sont sur les chantiers ?...

L'associé de Martial Dereyne jugea convenable de jouer la surprise.

— Nous entendre ! — répéta-t-il.

— Sans doute.

— Nous étions hier parfaitement d'accord...

— Hier, oui, mais il faut savoir si nous le sommes encore aujourd'hui...

— Expliquez-vous, monsieur, je ne vous comprends pas...

— Vous êtes trop intelligent, cher monsieur de Funcal, pour ne pas excuser notre franchise... — Les affaires sont les affaires... — Il avait été convenu verbalement que nous accorderions de longs délais à la maison Dereyne et Compagnie pour acquitter les engagements pris envers nous.

— Cela est convenu, et des gens d'honneur n'ont que leur parole.

— Nous sommes des gens d'honneur, mais nous sommes aussi des commerçants et des pères de famille... — Nous avons des commanditaires... —

D'énormes intérêts sont engagés dans notre industrie... — Nous ne pouvons courir à des pertes sinon probables du moins admissibles... — Il n'y a rien d'écrit, et la situation de la maison Dereyne et Compagnie n'est plus du tout aujourd'hui ce que nous supposions qu'elle était hier.

— C'est-à-dire que vous nous croyez ruinés?...

— Ruinés, non, mais fort compromis...

— Messieurs, c'est une erreur...

— Tant mieux... cent fois tant mieux! mille fois tant mieux!... Nous ne demandons qu'à vous croire... seulement, pour être tout à fait rassurés, il nous faudrait des preuves...

— Quelles preuves puis-je vous donner?

— En pareille matière il n'en est qu'une qui soit concluante... — Si la maison Dereyne est solide encore, si son crédit subsiste, il doit vous être facile de trouver des capitaux... Votre banquier, connaissant vos affaires, vous ouvrira sa caisse à première réquisition... — En cas de refus de sa part, nous ne pourrions avoir une confiance qu'il ne partagerait pas...

— Concluez, messieurs! — fit Mercuzza d'un ton sec. — Où voulez-vous en venir?...

— A ceci : Nous ne doutons point de votre honorabilité, mais votre solvabilité nous inquiète... — En conséquence, nous ne vous livrerons que contre argent comptant les navires qui sont sur nos chantiers, et nous exigerons le paiement immédiat des sommes qui nous restent dues.

— Vous aurez tort, messieurs... — dit en ce moment une voix ferme, sur le seuil de la porte entr'ouverte.

Tous les regards se tournèrent vers cette porte.

Un jeune homme, type achevé de la plus correcte élégance, en franchit le seuil, salua avec une grâce cavalière et fit quelques pas dans le cabinet.

En voyant ce jeune homme Mercuzza pâlit. — Il fut pris d'un tremblement convulsif et des gouttes de sueur froide mouillèrent les racines de ses cheveux.

A mesure que Cora — (car c'était elle) — s'avançait vers lui, la terreur du misérable augmentait. — Il chancelait sur ses jambes; il était obligé de s'appuyer sur le bord de son bureau pour ne pas tomber.

Les constructeurs se demandaient quel était ce visiteur inattendu dont la présence semblait agiter si vivement l'associé de Martial Dereyne.

La jeune fille, voyant l'épouvante de Mercuzza, résolut d'y mettre un terme.

— Je vous demande pardon, monsieur de Funcal, — dit-elle, — d'un manque de convenance involontaire... — N'ayant trouvé personne dans la première pièce pour vous passer ma carte, je me suis permis de m'introduire moi-même. — Je me félicite d'ailleurs de mon indiscrétion, puisqu'en me mettant au fait de ce qui se passe elle va me permettre de vous être utile...

L'ex-commandeur des nègres avait repris un peu de calme, grâce à un

Tous les regards se portèrent vers cette porte entr'ouverte.

vigoureux effort sur lui-même, mais sa figure décomposée trahissait la violence de son trouble intérieur. — Il dévorait du regard Cora dont la voix bruissait encore à son oreille.

— Ce visage... cette voix... — murmurait-il. — C'est étrange.

Cora avait tiré de sa poche un délicieux petit portefeuille en ivoire ciselé.

Elle y prit une carte de visite et la tendit à l'Espagnol en disant :

— Permettez-moi, monsieur, de me présenter à vous... — Lionel Warton,

neveu de M. Robert Brigton, banquier à Calcutta et correspondant de votre
maison...

Mercuzza poussa un soupir de soulagement.

— Vous êtes le neveu de Robert Brigton ! ! — s'écria-t-il.

— Parfaitement...

— Soyez donc le bienvenu, monsieur, et veuillez m'apprendre ce qui vous
amène...

— Mon but unique était de vous présenter une traite de trois cent mille
francs, acceptée par M. Dereyne... mais mes intentions sont modifiées... — Mon
oncle fait des affaires depuis vingt ans avec votre associé et tient en très haute
estime la maison Dereyne. — Le hasard m'a permis d'entendre ces messieurs
vous menacer d'une rigueur que je ne puis comprendre... — Vous venez de subir
une perte sérieuse, il est vrai, mais cette perte ne doit point vous empêcher de
rester au premier rang parmi les notables commerçants du Havre...

Les constructeurs, stupéfaits d'une intervention si brusque et si peu prévue,
se demandaient tout bas l'un à l'autre :

— Est-ce un complice, ce petit jeune homme?...

Mercuzza commençait à se remettre.

Le nom de Robert Brigton lui semblait rassurant. — Il se disait qu'il venait
d'être le jouet d'une vague ressemblance, et que peut-être cette ressemblance
n'existait que dans son imagination inquiète.

Qui sait si son étoile ne lui envoyait pas au moment le plus opportun un
secours inespéré?

— Je vous remercie de ce que vous venez de me dire, monsieur Warton...
— fit-il. — Je suis heureux que vous ne partagiez point des inquiétudes
chimériques...

— Je suis loin de les partager, — répondit Cora, — et je crois qu'il me suffira
de quelques mots pour rassurer ces messieurs...

— On ne rassure pas les gens avec des paroles... — s'écria l'un des
constructeurs, — et peut-être tiendriez-vous un tout autre langage si vous aviez
des fonds engagés, et sans doute compromis, dans les affaires de M. de Funcal!...

Le pseudo-Lionel Warton regarda bien en face celui qui venait de parler, et
répliqua :

— Je croyais avoir dit que j'étais porteur d'une traite de trois cent mille
francs sur la maison Dereyne...

— Vous l'avez dit en effet, mais vous ne l'avez pas prouvé...

— L'observation est impertinente... — Il ne me convient point cependant de
m'en formaliser... — Voici la traite... — Reconnaissez-vous la signature?...

— Vous êtes créancier, soit... — Que faut-il en conclure? — Tout simplement
que vous cherchez à nous amadouer pour sauver vos capitaux, et gardez-vous
de prendre ceci en mauvaise part, car à votre place j'en ferais autant...

— Trêve de phrases inutiles, messieurs, — interrompit Cora, — je promettais tout à l'heure de vous rassurer... Je vais le faire...

— Et comment?

— J'ai sur la maison Janille un crédit de deux millions... — J'offre non seulement de solder ce qui vous reste dû, mais encore de garantir le paiement des sommes que vous aurez à toucher en livrant les navires, — si toutefois cet arrangement convient à M. de Funcal...

— Il nous convient beaucoup, à nous! — s'écrièrent les constructeurs avec enthousiasme.

— Monsieur, — balbutia Mercuzza, — je ne sais comment vous témoigner ma reconnaissance...

— Vous ne m'en devez aucune... — Je fais une affaire et je la crois bonne... — je viens passer quelques années en France... je me propose d'y placer, dans le haut commerce et dans la grande industrie, une partie de ma fortune qui est considérable... — J'ai confiance en la maison Dereyne et j'ouvre à M. de Funcal un crédit d'un million, à la condition expresse que cette somme sera employée tout entière à payer les navires en construction... — Ces messieurs n'auront donc, pour toucher leur argent, qu'à présenter à la caisse de M. Janille des chèques signés par eux et visés par M. de Funcal. — Cela vous va-t-il, messieurs?

Les constructeurs, radieux, s'inclinèrent affirmativement.

— Ainsi, — demanda l'Espagnol, — vous devenez mon commanditaire?...

— Nullement... — Je ne commandite pas... je prête un million, voilà tout...

— Peu importe la forme de votre intervention... vous rendez un service immense à mon associé et à moi!

Et Mercuzza tendit la main à Cora qui, sans paraître voir ce mouvement, reprit :

— La situation peut se régulariser séance tenante... — Je vais écrire ici même une lettre à M. Janille, constatant le crédit que je vous ouvre. — Vous porterez cette lettre vous-même en compagnie de ces messieurs et, aussitôt que le million sera inscrit à votre avoir sur les livres de notre banquier commun, vous me ferez une reconnaissance de treize cent mille francs.

— Treize cent mille francs? — répéta l'Espagnol. — Pourquoi treize cent mille francs?

— Parce que je vous remettrai comme argent la traite signée par votre associé. — La somme totale sera remboursable à ma volonté, en vous prévenant un mois d'avance; elle portera intérêt cinq pour cent.

— Et quelle part réclamerez-vous dans les bénéfices de la maison?

— Aucune.

— Ceci, monsieur, est le comble de la générosité! — Pourquoi Martial De-

reyne n'est-il pas au Havre! — Il serait heureux de vous remercier lui-même...
Mais je vais lui écrire et sa reconnaissance égalera la mienne.

— Je compte me présenter chez M. Dereyne à Paris, — répondit Cora. — J'ai
à le voir de la part de mon oncle...

— Dès demain il sera prévenu par moi de votre visite...

— Je vous en saurai gré... — Faites-moi place à votre bureau, je vous prie,
monsieur de Funcal, je vais signer la lettre de crédit.

LVII

A l'heure même où se passait, dans la maison du quai d'Orléans, la scène
que nous venons de placer sous les yeux de nos lecteurs, Jean Renaud se présentait à l'Hôtel d'Angleterre, faisait remettre sa carte à Mme Rose Bonchamp
et sollicitait une audience.

Rose, conservant au Havre ses habitudes de Paris, se couchait fort tard et se
levait plus tard encore.

Or, il était à peine dix heures et demie, et l'ex-femme de charge de Martial
Dereyne venait seulement de quitter son lit et attendait son coiffeur, ou plutôt
le coiffeur de l'hôtel.

Elle jeta les yeux sur la carte que sa femme de chambre lui présentait.

— *Doménico Séballa...* — dit-elle. — Connais pas!... Qu'est-ce que c'est que
ce monsieur qui se présente avant qu'on ait les yeux ouverts?

— Madame, c'est un mulâtre... — Il a des cheveux blancs, mais il est bel
homme tout de même... — très bien tenu... l'air riche et comme il faut...

— Je sais... je sais... le sauveteur d'hier matin... — s'écria Rose. — Peste,
il semble pressé de me voir... J'aurais fait sa conquête que je n'en serais point
surprise... parole d'honneur!

— Que faut-il lui répondre?

— Que je le recevrai... — Priez-le d'attendre un instant... — Revenez mettre un peu d'ordre dans mes cheveux et me passer un peignoir... — Ah! donnez-
moi d'abord ma boîte à veloutine et ma houppe... — Très bien... Dépêchez-
vous...

Cinq minutes plus tard Rose Bonchamp, enveloppée dans un peignoir de
cachemire blanc ponctué de nœuds de rubans cerise, et son épaisse chevelure
négligemment tordue sur le haut de la tête, donnait l'ordre d'introduire le visiteur
dans le petit salon attenant à sa chambre à coucher, et le rejoignait après avoir
pris le temps d'estomper d'une légère touche de coheul le bord interne de ses
paupières.

— Excusez-moi, cher monsieur Séballa, de vous recevoir en un pareil négligé... — fit-elle en minaudant, — c'est absolument incorrect, mais vous me prenez au saut du lit et je n'ai pas voulu retarder le plaisir de vous voir.

— J'en suis touché, chère madame, — répliqua Jean Renaud, — cependant permettez-moi de vous dire que votre coquetterie de jolie femme trouve son compte dans la hâte même de votre gracieux accueil. — Cet adorable négligé vous rend plus belle encore... — Vous êtes éblouissante de fraîcheur!... Un astre à son lever!...

— Monsieur Séballa, vous êtes galant!

— Non, madame, je suis sincère... — Ignorant l'art de dissimuler, je ne cache point mon admiration... — Je dis ce que je pense en toute occasion et je vous déclare irrésistible, au risque de vous déplaire...

— Oh! vous ne me déplaisez pas... — Moi aussi j'aime la franchise... mais j'ai peine à croire que vous soyez venu simplement pour marivauder si matin.

— En effet, chère madame... — L'aveu de mon admiration n'est qu'un hors-d'œuvre imposé par les circonstances. — J'ai à vous entretenir d'autre chose.

— S'agirait-il du pauvre diable que j'ai failli écraser?

— Non, madame... — Ce pauvre diable va le mieux du monde et se félicite d'un accident qui devait finalement si bien tourner pour lui...

— Alors, le but de votre visite est une énigme...

— Dont je vais vous donner le mot.

— J'attends...

— Hier, mon jeune Lionel Warton et moi, nous avons eu le plaisir de nous rencontrer avec vous dans le cabinet de M. Janille.

— Parfaitement...

— Après votre départ, on a parlé de vous...

— Et, — s'écria Rose en riant, — on en a dit beaucoup de mal?

— Vous ne le pensez pas!

— Mais si... mais si... parole d'honneur!

— Eh bien, madame, c'est précisément le contraire qui s'est produit... — M. Janille a fait l'éloge des nombreuses qualités qu'il reconnaît en vous, et surtout de votre cœur excellent... — j'avais la preuve qu'il ne s'abusait point à cet égard...

— Vous m'intriguez beaucoup beaucoup... — quelle est cette preuve?...

— Mais, votre aumône si large d'hier matin...

— Bah! cinq louis... — une bagatelle... — Je lui devais bien cela, à ce malheureux renversé par ma voiture...

— Vous joignez la modestie à la charité, madame! — Combien d'autres femmes, à votre place, ne seraient même pas descendues de voiture!

— Toujours des compliments!

— Toujours la même franchise, madame... — J'arrive au but : — Vous avez dit quelques mots d'une maison de campagne dont vous désirez vous défaire

— Ah! oui, ma villa d'Ingouville... — Elle me coûte de l'entretien et ne me rapporte pas un sou.

— M. Janille, questionné par moi, m'a répondu que c'était une propriété charmante...

— Oh! mon Dieu, c'est assez propret... Il y a de beaux arbres...

— Cette maison appartenait autrefois à M. Dereyne, n'est-ce pas?

— Oui, mais elle est à moi maintenant, bien à moi... — M. Dereyne me l'a vendue, ou plutôt nous avons fait un échange... — Est-ce que, par hasard, vous avez envie de l'acheter?...

— Peut-être.

— Pour vous?...

— Non, mais un de mes amis, qui doit bientôt arriver en France, m'a chargé de lui trouver une maison de campagne aux environs du Havre, en me donnant carte blanche pour traiter en son nom...

— Alors vous achèteriez en vue de votre ami?...

— Si vos conditions sont acceptables, oui...

— Connaissez-vous la villa?

— Par la description de M. Janille seulement...

— Eh bien! allez la voir...

— Je viens justement solliciter de vous un permis de visiter...

— Vous n'en avez pas besoin... — J'ai à mes gages un brave homme qui va tous les jours soigner le jardin, de dix heures du matin à quatre heures du soir... — Il ouvre à tout le monde et vous fera voir la maison de la cave au grenier... — Je vous préviens d'avance que si votre ami veut quelque chose de *très chic*, ça ne fera pas son affaire... — C'est un peu vieillot... C'est bonhomme et bourgeois en diable, mais très habitable en somme, et construit solidement... — On n'en verra pas la fin!!

— Les goûts de mon ami sont fort simples...

— Alors, ça fera bien son affaire car, encore une fois, c'est à la bonne franquette... — boiseries grises, parquets à l'ancienne mode, mais des caves superbes, et des persiennes à toutes les fenêtres...

— Ah! il y a des persiennes?

— En très bon état, oui... — Visitez, cher monsieur, et, si la villa vous convient, allez chez mon notaire Berthelin, rue de la Bourse, un homme charmant. — Il a le plan, les titres et mes pleins pouvoirs... — Vous vous arrangerez avec lui...

— Encore une question, chère madame...

— Faites.

— Combien voulez-vous vendre?

— Cinquante mille francs.

— Est-ce le dernier prix?

— Ça ne me regarde pas... — Voyez mon notaire... Les affaires d'argent, voyez-vous, ça m'agace... — Je n'y entends absolument rien... — Je me laisserais tondre la laine sur le dos comme un pauvre mouton... — Berthelin est très arrangeant, mais enfin il sait son métier, et son métier est de défendre mes intérêts... — Maintenant, cher monsieur, pardonnez-moi... je ne vous renvoie pas... Oh! grand Dieu, non mais...

— Mais vous me priez de m'en aller... — fit Jean Renaud en souriant.

— Mon Dieu, oui... — On m'attend quelque part pour déjeuner, et je ne suis ni coiffée, ni habillée... — Oh! sans cela, croyez-le bien, votre visite me semblerait trop courte, et je ne vous laisserais point partir... — Au revoir, cher monsieur Séballa...

— Au revoir, chère madame... et à bientôt, j'espère...

— Je l'espère aussi, parbleu!... — Comptez-vous aller à Paris?

— Oui.

— Quand?

— Dans quelques jours...

— Bravo!... nous nous rencontrerons... — A Paris on se rencontre toujours... au théâtre... au Bois... dans tous les endroits où vont les gens chics! — Nous deviendrons bons amis...

— J'y compte, et j'en serai très fier et très heureux...

— N'oubliez pas mon notaire... Berthelin... rue de la Bourse...

— Je passerai dès aujourd'hui chez lui...

Jean Renaud baisa la main tiède et parfumée que Rose Bonchamp lui tendait, et se retira.

Tandis qu'il descendait l'escalier, la maîtresse de Martial Deréyne se disait à elle-même :

— Il est très bien, ce mulâtre... très bien... très bien... très bien... parole d'honneur! J'aurai grand plaisir à le revoir... et si je lui plaisais... il ne me déplaît pas... eh! eh!

En quittant l'hôtel d'Angleterre, le faux mulâtre se rendit rue de la Bourse chez le notaire Berthelin, et conclut l'acquisition de la villa d'Ingouville pour la somme de quarante-cinq mille francs payés comptant.

Il fut convenu que les actes seraient signés le soir même, et séance tenante on lui remit les clefs de la propriété.

Ce marché conclu il regagna l'hôtel de l'Amirauté où Cora, revenue de chez Mercuzza-Funcal, l'attendait, et il lui rendit compte de ce qu'il venait de faire.

— Très bien! — dit la jeune fille, — tout marche!

— Mademoiselle, — reprit Jean Renaud, — il nous faut un gardien dans cette maison...

— Sans doute.

— Je vous propose d'y placer Pierre Landry... — De cette façon nous l'aurons sous la main.

— L'idée est excellente... — Je l'approuve...

— Alors, aujourd'hui même, nous l'installerons.

En effet le même jour, vers six heures du soir, Cora et Jean Renaud se rendirent en voiture fermée à l'auberge du *Coq-Chantant*, prirent avec eux l'ex-forçat et gagnèrent Ingouville.

— Où me conduisez-vous? — demanda Pierre Landry.

— A la villa des Falaises... — répondit l'évadé de la *Dorade*. — On dirait que cela vous inquiète? — ajouta-t-il en voyant le visage effaré du pauvre diable exprimer une émotion violente.

— Cela me remue... cela me fait presque peur... — répondit Pierre. — Je sais bien que je n'ai rien à craindre... mais songez que je ne suis point entré dans la villa depuis la nuit où se sont passées les choses terribles dont le souvenir me donne le frisson...

On arriva.

Le jardinier payé par Rose Bonchamp était parti depuis plus d'une heure, mais nous savons que Jean Renaud avait les clefs.

Au moment où la porte du jardin tourna sur ses gonds et où il fallut en franchir le seuil, Pierre Landry devint pâle comme un mort.

— Du courage! — murmura Jean Renaud à son oreille. — Ce sont les coupables qui doivent trembler, et non pas vous...

— Je le sais bien... — répondit Pierre, — mais que voulez-vous, c'est plus fort que moi... — Je crois revoir ce que j'ai vu... il me semble que c'était hier...

On gagna par une allée circulaire la petite pelouse qui séparait la maison de la partie boisée du jardin.

Un massif d'arbustes touffus se trouvait au bord de cette pelouse.

Pierre le désigna du geste.

— C'est là derrière que je me suis caché pour attendre l'heure... — balbutia-t-il.

Il s'approcha de l'une des persiennes fermées, et il reprit :

— C'est par là que je regardais dans la salle à manger...

— Maintenant, — dit Jean Renaud, — conduisez-nous à l'endroit où se trouve le cadavre.

L'ex-garçon de bureau tremblait sur ses jambes presque autant que la veille au matin, lorsqu'il avait — pour nous servir de ses expressions — la tête vide et le ventre creux.

Néanmoins il prit les devants et s'engagea dans une allée droite que l'épaisseur de la verdure rendait sombre, même en plein midi.

Il la suivit jusqu'à son extrémité, c'est-à-dire jusqu'au point où elle tournait à angle droit tout près d'une muraille naturelle formée par la falaise.

— C'est là qu'ils ont enterré Laurent Raymond, — dit Pierre d'une voix sourde.

Là, à dix pas d'un banc de pierre et au centre d'un taillis presque impénétrable, s'élevait un sycomore gigantesque âgé de plus d'un siècle et demi.

— C'est là qu'ils ont enterré Laurent Raymond, — dit Pierre d'une voix sourde.

— Laurent Raymond, tu seras vengé! — s'écria Jean Rénaud.

Et la fille de Richard Bernier répéta :

— Tu seras vengé !

LVIII

— Maintenant, — reprit Jean Renaud après un silence, — visitons la maison...

Nos trois personnages franchirent le seuil du rez-de-chaussée, traversèrent un vestibule assez vaste servant de cage à l'escalier qui conduisait au premier étage, et pénétrèrent dans la salle à manger où, neuf années auparavant, le crime avait été commis.

Pierre Landry ouvrit les persiennes.

— Voyez, — dit-il en désignant les rideaux de l'une des fenêtres, — le cordon de tirage manque... — on ne l'a jamais remplacé.

— Qu'en ont-ils fait après le meurtre ? — demanda Cora.

— On le retrouverait sans doute enroulé au cou de la victime...

Le salon aux boiseries grises, aux glaces verdâtres et piquées, était absolument vulgaire.

Les chambres du premier étage n'offraient de remarquable que la vue magnifique qui se déroulait sous les regards depuis leurs croisées.

On dominait de là l'embouchure de la Seine, le Havre et ses bassins, et l'immensité de la mer se confondant avec le ciel dans un lointain bleuâtre.

Cora, dont l'esprit était ailleurs, n'accorda qu'une attention distraite à ce splendide panorama.

Les visiteurs regagnèrent le rez-de-chaussée.

— Où se trouve l'entrée des caves ? — demanda Lionel Warton.

— Dans le vestibule... — répondit Pierre.

— Il faut y descendre....

— Je vais vous conduire.

L'ancien garçon de bureau de Martial Dereyne alla prendre un flambeau sur la cheminée du salon, alluma la bougie, ouvrit une porte placée sous la cage de l'escalier et servit de guide.

Rose Bonchamp n'avait point exagéré la beauté des caves.

Il y en avait quatre, occupant toute l'étendue du sous-sol.

Elles ne renfermaient que des barriques moisies et des bouteilles vides.

— De ces quatre caves il faudra n'en faire qu'une seule... — dit Cora. — Est-ce facile ?

— Je ne crois pas, monsieur... — répliqua Pierre.

— Pourquoi ?

— Parce qu'elles sont séparées par des gros murs, et que ces gros murs vont jusqu'au toit... — En démolissant, on risquerait de faire crouler la maison.

— Bah ! — fit Jean Renaud. — Quand on ne regarde point à la dépense, tout est possible... — On établira des supports étayés par des colonnes massives..

— Alors dès demain mettez les ouvriers à l'œuvre, — reprit Cora ; — je désire que cela marche très vite...

— Nous chargerons Pierre de surveiller les travaux, — ajouta le faux mulâtre, — et nous lui donnerons la consigne de ne point épargner les gratifications pour hâter la besogne...

— Je le ferai bien volontiers... — répondit l'ex-amoureux de Rose Bonchamp.

— Si l'on vous demande quel est le but du nouveau propriétaire en faisant ces bouleversements, vous direz aux curieux que vous n'en savez rien...

— Et ce sera la vérité, car le diable m'emporte si je comprends goutte à vos intentions...

— Vous quitterez l'auberge du *Coq-Chantant* pour habiter ici...

— Comme vous voudrez, monsieur... — Quand faudra-t-il m'installer ?

— Dès ce soir... — Voici les clefs... — Choisissez la chambre qui vous conviendra le mieux, achetez ce qui vous sera nécessaire. — On vous remboursera vos dépenses, — agissez enfin comme si vous étiez le maître de la maison...

— C'est convenu...

— Il ne manque pas au Havre de magasins de confections... — Allez demain matin acheter des vêtements convenables, car votre costume est peu d'accord avec votre position nouvelle.

— Soyez tranquille, monsieur, demain je serai méconnaissable...

Cora et Jean Renaud regagnèrent la voiture qui les avait amenés et se firent conduire à l'Hôtel de l'Amirauté.

Mercuzza-Funcal s'y était présenté une heure auparavant et avait laissé sous enveloppe, à l'adresse de Lionel Warton, une reconnaissance de treize cent mille francs, rédigée sur papier timbré dans les formes convenues.

Le lendemain, de bonne heure, Jean Renaud, — ou plutôt Doménico Séballa, — se mit en quête d'un architecte qu'il conduisit à la villa d'Ingouville et à qui il expliqua les vues du nouveau propriétaire.

L'architecte s'entendit, séance tenante, avec son entrepreneur ; — une somme assez ronde fut payée d'avance, et avant midi les ouvriers se mettaient à l'œuvre.

Disons en passant que Pierre, habillé de neuf, rasé de près, les cheveux coupés, avait repris presque bonne mine malgré sa maigreur déplorable, et que rien n'empêchait de supposer qu'en engraissant un peu il ressemblerait à tout le monde.

Personne au Havre n'ignorait plus la perte énorme subie par la maison Dereyne et Compagnie, mais on avait appris en même temps qu'un riche étranger mettait des capitaux considérables à la disposition du señor Juan de Funcal, et le crédit des deux associés, loin de péricliter, grandissait.

C'était ce que voulait Cora.

Le soir de ce même jour, la jeune fille reçut une dépêche adressée à Lionel Warton et signée *Joë Simnel*. — On se souvient que le médecin mulâtre avait adopté ce pseudonyme.

Jocelyn télégraphiait que l'appropriation du château de Saint-Ouen marchait lentement, que des retards regrettables se produisaient, et il réclamait l'assistance du señor Doménico Séballa.

Rien ne retenait en ce moment Jean Renaud au Havre.

Il fut convenu qu'il se mettrait en route dès le lendemain pour Paris.

L'idée de voir la grande ville, tout en souriant à l'évadé de la *Dorade*, lui causait néanmoins une vague inquiétude.

Il se savait méconnaissable avec son teint couleur de bronze et ses cheveux blancs comme la neige, mais il savait aussi que certains héros du bagne, et quelques-uns des agents de la police secrète, possèdent l'étonnante faculté de reconnaître un homme, non à son visage mais à son regard, l'œil étant la seule partie de lui-même que l'homme ne puisse modifier, quel que soit son talent de grime.

Il n'hésita point cependant et, audacieux pour le bien comme il l'avait jadis été pour le mal, il partit.

*
* *

Tous les Parisiens connaissent le domaine historique de Saint-Ouen.

Au milieu d'un parc splendide où des arbres quatre fois centenaires ombragent de vastes pelouses, s'élève un château qui n'offre rien de bien caractéristique au point de vue architectural, mais dont la position est magnifique.

D'un côté ce château domine les futaies.

De l'autre il commande les deux bras de la Seine, coulant entre des rives verdoyantes et enlaçant l'île de Gennevilliers.

Le parc de Saint-Ouen est le dernier débris des grands bois qui couvraient la côte nord-ouest de Montmartre, depuis le Château-Rouge jusqu'aux berges de la rivière, et qui faisaient partie du domaine de la belle Gabrielle, maîtresse bien-aimée du Béarnais de galante et royale mémoire.

Ces bois morcelés disparurent successivement, sauf les quelques hectares qui constituent aujourd'hui le parc de Saint-Ouen dans lequel, sous la Régence, on édifia l'habitation qu'on voit encore.

Les traditions populaires affirment que Philippe d'Orléans passa de joyeuses nuits à Saint-Ouen en compagnie de ses roués et de ses maîtresses.

Plus tard le château fut offert par le roi Louis XVIII à Mme du Cayla.

Depuis cette époque il changea maintes fois de maîtres et fut souvent inhabité.

Les gardiens seuls erraient sous les vieux arbres où le bon roi Henry IV chantait amoureusement :

> Charmante Gabrielle,
> Féru de mille dards,
> Quand la gloire m'appelle
> Dedans les champs de Mars,
> Cruelle départie,
>   Malheureux jour !
> Que ne suis-je sans vie,
>   Ou sans amour !

Comment expliquer un tel dédain pour une propriété merveilleuse et pleine de souvenirs ?

Il se peut justifier, croyons-nous, par l'entourage actuel de ce domaine princier ; par les hautes cheminées des fabriques vomissant jour et nuit des fumées noires et infectes ; par le voisinage de toute une population de maraîchers et de bateliers ; et surtout par la création des docks de Saint-Ouen, absolument incompatibles avec les convenances d'une demeure aristocratique.

A l'époque où se passe notre récit cet entourage n'existait pas, ou du moins n'existait que dans une proportion très restreinte.

L'avenue de Saint-Ouen et la route de la Révolte, qui se rejoignent presque en face de la grille monumentale du château, étaient à peu près désertes ; on n'y voyait point, comme aujourd'hui, bon nombre de masures d'un aspect sinistre, qui ressemblent à des coupe-gorges beaucoup plus qu'à d'honnêtes demeures habitées par d'honnêtes gens.

En 1853, une maison, une seule — auberge ou cabaret comme on voudra — se dressait au coin de la rue qui se greffe sur la route de la Révolte et conduit à l'intérieur du village de Saint-Ouen en longeant la muraille du parc, muraille qui d'ailleurs n'existe que de ce côté, car de l'autre un saut-de-loup large et profond défend la propriété contre l'invasion des curieux.

Un rond-point se trouve à l'entrée du parc.

Une grille en fer forgé, d'un fort beau travail, permet de voir ce rond-point et se continue sur toute la largeur du parc du côté de la route.

Depuis dix ans, le château était désert.

On se figurera sans peine quelle dut être la surprise des naturels de Saint-Ouen lorsqu'ils virent un beau matin une armée d'ouvriers envahir la maison et commencer du faîte aux caves à remettre tout à neuf.

On sablait les allées ; — on émondait les arbres trop touffus ; — on rectifiait les contours des pelouses ; — on créait des corbeilles de fleurs rares ; — on érigeait des socles sur lesquels on plaçait des statues.

La grande terrasse du bord de l'eau, ombragée de tilleuls magnifiques, était pourvue d'une balustrade neuve à l'italienne, en pierre sculptée.

Le saut-de-loup, curé, nettoyé, dégagé des ronces et des plantes parasites qui l'obstruaient, perdait sa physionomie sauvage et lamentable.

Les quatres façades du château, entièrement grattées, semblaient construites de la veille.

A l'intérieur les menuisiers et les peintres avaient achevé leur œuvre. Maintenant des tapissiers artistes enfantaient des merveilles, posant des tentures des Gobelins et des tapis d'Orient.

Tout se transformait mais, faute de l'œil du maître, le travail ne marchait pas assez vite au gré du docteur noir qui devinait et partageait l'impatience de Cora Bernier.

Jocelyn comprit que la présence de Michel Servan, l'homme d'action par excellence, était nécessaire pour activer tout, et il expédia au Havre la dépêche dont nous avons parlé.

Jean Renaud arriva le lendemain.

Le choix du château de Saint-Ouen pour l'habitation de Cora et de ses sœurs, ou plutôt de Lionel Warton et de ses cousines, dénotait un grand tact chez Jocelyn, instigateur de ce choix.

Le médecin mulâtre connaissait bien Paris, où il avait vécu pendant plusieurs années.

Il n'ignorait pas que l'excentricité commande l'attention des Parisiens, gens de beaucoup d'esprit mais badauds par nature.

Or, rien n'était plus excentrique que d'organiser une installation luxueuse dans le coin le plus dédaigné des environs de la grande ville.

En outre, personne au monde ne pourrait espionner le quartier général de Cora, si bien caché dans cette solitude.

Jean Renaud prit en main le bâton de commandant et, sous sa direction, les derniers travaux s'exécutèrent avec une fièvreuse rapidité.

Le château était vaste.

Les appartements des trois sœurs et de leur cousine Dolorès occupaient le premier étage.

Jean Renaud et Jocelyn avaient élu domicile au second, et dans une des pièces on venait d'installer pour le docteur noir un laboratoire de chimie où pourraient avoir lieu les expériences les plus hardies et les opérations les plus compliquées.

Les domestiques d'intérieur devaient habiter les combles du château, et les gens d'écurie les communs placés dans le parc.

LIX

Le rez-de-chaussée se composait d'un immense vestibule, de trois vastes salons qu'on pouvait réunir en enlevant des cloisons mobiles, d'un autre salon plus petit, d'une salle à manger de proportions imposantes, d'un fumoir et d'une salle de billard.

Ces différentes pièces se recommandaient bien moins par la richesse de leurs ameublements que par les merveilles artistiques dont elles offraient une profusion peu commune.

Vieille orfèvrerie, tableaux de maîtres anciens et modernes, tapisseries splendides, statues de marbre et de bronze, vieilles porcelaines de Sèvres et de Saxe, de Chine et du Japon, émaux de Limoges, émaux cloisonnés, et mille autres objets de haute curiosité, charmaient les regards et commandaient l'admiration.

Les écuries, bâties à neuf près de la muraille qui clôturait le parc du côté de Saint-Ouen, étaient aménagées à l'anglaise. — Huit carrossiers de demi-sang et quatre chevaux de selle y piaffaient sur la litière épaisse.

Six boxes restaient libres, destinés à recevoir les chevaux de course, car Lionel Warton se proposait de faire courir.

Une dizaine de voitures attendaient dans les remises et sous leur housse de toile, l'arrivée des maîtres. — Ces voitures, sortant des ateliers de Kellner, le carrossier hors ligne de l'avenue Malakoff, étaient des chefs-d'œuvre d'élégance sobre et de distinction.

Avons-nous besoin d'affirmer à nos lecteurs que nos bonnes gens du village de Saint-Ouen étaient singulièrement éblouis.

— C'est un grand seigneur des pays lointains qui va venir ici... — disaient les uns.

— Un nabab... — affirmaient les autres.

— Un prince...

— Un fils de roi...

Et les langues allaient leur train, et les cent trompettes de la renommée faisaient un tapage effroyable dans les environs, au sujet des futurs habitants du château restauré.

On commençait à s'en occuper même à Paris, et plusieurs journaux, à l'affût de toute primeur, donnaient, relativement aux richissimes étrangers qu'on attendait, les nouvelles les plus controuvées et les plus contradictoires.

Huit jours après l'arrivée de Jean Renaud, les travaux touchaient à leur fin; les derniers ouvriers doraient la grille en face du rond-point.

Jocelyn, n'ayant plus rien à surveiller, s'était rendu nombre de fois à Paris pour y visiter les savants médecins qui avaient été ses professeurs.

L'un d'eux occupait la position considérable de médecin en chef des prisons du département de la Seine.

Il connaissait la science profonde et les aptitudes spéciales de son ancien élève et, n'étant point au fait de sa position actuelle, il lui proposa de l'attacher comme médecin suppléant à la clinique de la grande et de la petite Roquette.

Jocelyn, qui se réservait de consulter Cora, n'accepta ni ne refusa.

— Je vous demande une semaine pour réfléchir et, quelle que soit ma décision, je vous prie de croire à ma profonde reconnaissance... — dit-il.

Le soir même il instruisit Jean Renaud de l'offre qui lui était faite.

— Il faut accepter! — s'écria l'évadé de la *Dorade*. — Il faut accepter cent fois pour une! — Avoir son entrée à toute heure et sa part d'influence dans les prisons de Paris, c'est un notable atout dans notre jeu, c'est une chance inespérée que jamais, selon moi, nous n'aurions pu payer trop cher! — Acceptez! acceptez!

— Rien ne presse, — répliqua Jocelyn en souriant, — j'ai huit jours devant moi.

Jean Renaud, tout en exerçant à Saint-Ouen une surveillance incessante, avait trouvé le temps de se renseigner sur les agissements de Martial Dereyne et de sa famille, et de prendre des notes qui devaient être mises sous les yeux de Cora.

Il avait en outre loué dans un quartier élégant de Paris un petit hôtel destiné à devenir pour Lionel Warton une sorte de pied à terre, un logis de célibataire, et à prouver aux Parisiens que le jeune homme, tout en étant le tuteur de ses cousines, mènerait volontiers, en dehors de leur intérieur chaste et respecté, la vie joyeuse d'un beau garçon cinquante ou soixante fois millionnaire.

Ce petit hôtel était situé rue de Londres.

Le matin du septième jour, Jean Renaud expédia au Havre une dépêche qui ne contenait que ces trois mots :

« *Tout est prêt.* »

La réponse ne se fit pas attendre.

Elle était ainsi conçue :

« *Nous arriverons ce soir à neuf heures.* »

En conséquence, à huit heures moins un quart deux voitures sortaient du parc de Saint-Ouen et se dirigeaient vers la gare de la rue d'Amsterdam.

L'une de ces voitures était un landau conduit par un cocher mulâtre à cheveux blancs ayant à côté de lui sur le siège un valet de pied nègre.

Un grand break-omnibus venait ensuite.

A dix heures, les deux voitures rentrèrent à Saint-Ouen.

Le landau amenait les trois sœurs et leur cousine Dolorès.

Le break transportait les bagages, sous la surveillance de Robinson, et les serviteurs noirs qui, depuis Guayanila, accompagnaient mesdemoiselles Bernier.

Dans cette victoria se trouvait Rose Bonchamp en toilette plus tapageuse que jamais.

Cora voulut, avant de se reposer, visiter la maison aux flambeaux, et complimenta chaudement Jocelyn et Jean Renaud, les ordonnateurs de tant de merveilles.

— C'est bien ce que j'avais rêvé... — dit-elle. — De l'ombre et du silence qui peuvent d'un moment à l'autre se remplir de bruit et d'éclat... — Je vous félicite et je vous remercie.

Les deux hommes s'inclinèrent.

— Maintenant, — reprit la jeune fille en s'adressant à Jean Renaud, — j'ai quelques questions à vous adresser, mon ami.

— J'y répondrai de mon mieux.

Et l'évadé de la *Dorade* tira de sa poche l'agenda sur lequel il prenait ses notes.

— Rose Bonchamp ? — demanda le pseudo-Lionel Warton.

— Revenue à Paris depuis deux jours.

— L'infâme Dereyne ?

— Ne songe qu'à mener joyeuse vie.

— Il demeure ?

— Rue du Rocher.

— Occupe-t-il un petit appartement ou un hôtel ?

— Un hôtel particulier.

— Isolé ?

— Du côté droit seulement.

— Vous ferez en sorte de savoir si la maison qui le touche à gauche est à vendre ou à louer.

— Je le saurai demain.

— L'ex-Blanche Hervieux, comtesse de Lasseny ?

— Voyage avec son fils et sa belle-fille qui passent en Italie leur lune de miel. — On attend leur retour d'un moment à l'autre.

— Georges Dereyne, l'associé d'agent de change ?

— Un assez triste sujet... — Libertin comme son père et joueur effréné. — Il consacre au jeu tout le temps qu'il ne donne pas aux actrices des petits théâtres et aux rigolboches de *Mabille* et du *Château des fleurs*. — Il joue à son cercle, il joue à la Bourse, il parie aux courses.

— Est-il heureux au jeu ?

— Rarement... — Huit fois sur dix il perd...

— Léopold Dereyne, le plus jeune des fils ?

— Une exception dans la famille, jusqu'à présent... — Il fait son droit et passe pour un garçon studieux...— Comme il ne possède pas encore la libre disposition de ses revenus ses habitudes sont modestes, faute d'argent peut-être... — Il habite le quartier Latin, mais son frère Georges l'invite de temps à autre à partager ses soupers et ses parties de plaisir...

— Les deux frères ont-ils des maîtresses attitrées ?

— On ne leur en connaît pas, pour le moment du moins...

— Merci de ces détails. — C'est à peu près tout ce que je voulais savoir... — Autre chose : — Vous êtes-vous souvenu que mes sœurs et ma cousine doivent étonner par leur élégance ce Paris qui, dit-on, ne s'étonne de rien, et avez-vous pris des mesures en conséquence ?

— Oui, mademoiselle... — Demain le couturier en vogue, — un homme illustre qui ne se dérange pas pour les princesses et qui invite ses clientes les plus aristocratiques à des lunchs dont sa maison de campagne est le théâtre, — sera ici, en personne, et à vos ordres... — C'est à coup de billets de banque que j'ai obtenu ce résultat quasi-miraculeux... — Cela se saura dans le monde de la haute vie.

— C'est bien. — Je désire que le bruit public exagère encore la fortune énorme de Lionel Warton et de ses cousines...

— L'exagération sera difficile, mademoiselle... Vous êtes si riches ! Mais le bruit public, quand il s'en mêle, est capable de tout.

Le lendemain le couturier célèbre, et une foule d'autres fournisseurs de moins considérable importance, se succédèrent au château de Saint-Ouen, et se retirèrent émerveillés de la transformation quasi-féerique du vieil édifice.

Il n'en fallait pas tant pour mettre en campagne les reporters de tous les journaux à *informations* mondaines.

Dieu sait ce que l'installation princière du jeune nabab de Calcutta et des belles étrangères que personne ne connaissait encore, fournit de *copie* aux chroniqueurs de high-life.

Pendant huit jours, du faubourg Montmartre à la Madeleine, on ne s'occupa guère d'autre chose.

La curiosité parisienne, quand elle arrive à son paroxysme, devient fiévreuse et épidémique.

Sur les boulevards, aux clubs, à la Bourse, aux foyers des théâtres, lorsqu'on entendait ces questions :

— Les avez-vous vues ?

— Quand les verra-t-on ?

On pouvait jurer hardiment qu'il s'agissait de mesdemoiselles Warton.

D'un moment à l'autre, — on n'en pouvait douter, — elles devaient faire leur apparition soit au bois de Boulogne, soit dans une avant-scène.

Partout on guettait, partout on attendait leur présence.

Elles étaient la *great attraction* du moment.

La foule augmentait aux Champs-Élysées. — Les recettes de certains théâtres montaient.

Rien d'ailleurs de bien étonnant à cela, étant donnée la badauderie proverbiale des Parisiens.

Ne voit-on pas la foule envahir le bureau de location d'une salle quelconque, lorsqu'on suppose, à tort ou à raison, que des ambassadeurs de la Cochinchine ou de la Mongolie honoreront ladite salle de leur auguste présence ?

Enfin les commandes furent livrées, les préparatifs achevés, et Cora décida que le lendemain, pour la première fois, les hôtes mystérieux du château de Saint-Ouen feraient leur apparition à Paris.

En effet le jour suivant, à deux heures de l'après-midi, une calèche découverte à huit ressorts, admirablement attelée, quittait le parc et s'engageait sur la grande route.

Dans cette calèche se trouvaient Carmen, Marie et Dolorès, portant des toilettes exquises qui mettaient merveilleusement en valeur l'originale beauté des deux sœurs et de leur cousine.

Lionel Warton et Doménico Séballa, en tenue ultra correcte et montés sur des cobs irlandais, remplissaient l'office d'écuyers d'honneur à la portière droite et à la portière gauche de la voiture.

Le cocher et les deux valets de pied, tous les trois du plus beau noir, étaient en grande livrée.

L'équipage suivit la route de Saint-Ouen jusqu'à la rue de Clichy, descendit cette rue, prit celle de la Chaussée-d'Antin, et déboucha sur le boulevard qu'il remonta dans la direction de la Madeleine.

Il faisait un temps magnifique.

Les trottoirs du boulevard et ceux de la rue Royale étaient couverts d'une foule de promeneurs qui se rendaient au bois de Boulogne et suivaient de l'œil au passage le défilé si brillant et si mouvementé des voitures de maître, parmi lesquelles faisaient tache quelques fiacres honteux.

La calèche à huit ressorts, ses nègres, son attelage merveilleux, et surtout les trois jeunes filles, produisirent une vive sensation dans ce défilé.

Tout le monde reconnaissait, — (sans les avoir jamais vues), — les belles étrangères dont s'occupait Paris...

LX

En 1853 les travaux qui ont métamorphosé le bois de Boulogne en un merveilleux parc étaient à peine commencés.

Le *tour du lac*, cette promenade classique du high-life et de la haute cocotterie, n'existait pas encore.

Quelques voitures traversaient le bois rapidement pour aller à *Madrid* fort à la mode à cette époque.

Un certain nombre d'équipages de douairières suivaient avec une lenteur mélancolique l'allée des Acacias, très en faveur aujourd'hui dans le monde aristocratique désireux de se soustraire à la promiscuité galante qui règne sur la rive gauche du lac.

Mais les Champs-Élysées étaient le véritable lieu du rendez-vous des grandes élégances, comme le Cours-la-Reine l'avait été jadis.

Les voitures montaient de la place de la Concorde à l'Arc-de-Triomphe, sur deux ou trois rangs les jours ordinaires, sur cinq ou six les jours de foule, tournaient généralement avant d'atteindre le rond-point de l'Étoile coupé par les grilles de l'octroi, et redescendaient jusqu'aux fameux chevaux de Marly pour remonter encore, et indéfiniment ainsi.

Un *tour du lac* en ligne droite et sans lac.

L'effet produit sur les boulevards par l'équipage des châtelaines de Saint-Ouen se continua aux Champs-Élysées.

La calèche des jeunes filles tenant la corde, c'est-à-dire faisant partie de la file des voitures longeant la contre-allée couverte de promeneurs, se trouvait le point de mire de tous les regards.

Les sœurs de Cora et leur cousine obtenaient un succès fou.

L'admiration des hommes était unanime.

Les femmes critiquaient bien un peu, mais sans conviction, et par respect pour le principe qui ne permet point à une fille d'Ève de trouver une autre fille d'Ève absolument jolie.

— Elles ne sont pas mal, mon Dieu, je le veux bien, — disait tout haut à ses fidèles une belle dame fort entourée et dont les jugements avaient force de loi, — mais vous conviendrez volontiers que leur teint est au moins bizarre.

— Bizarre, oui, mais charmant! — répondit un enthousiaste, — Il va bien avec leurs yeux noirs !

— Ça dépend des goûts, — reprit la dame, — j'ai la faiblesse d'adorer les visages couleur de rose, et quand je regarde ces personnes, — agréables du reste, — il me semble que je les vois à travers des lunettes teintées de bistre.

Un artiste s'écria :

— Ce n'est pas du bistre, chère madame, c'est du bronze clair... — Mesdemoiselles Warton offrent *la patine* de certains bronzes d'art d'un prix inestimable...

— Alors, appelez mesdemoiselles Warton les *filles de bronze...*

Le mot faisait image... — il plut, on le répéta de proche en proche, et pour être connu de tout Paris il ne lui manqua, le soir même, que d'être reproduit et consacré par les petits journaux — ce qui ne se fit attendre que jusqu'au lendemain.

Au moment où la calèche découverte, arrivée à la barrière de l'Étoile, tournait pour reprendre la file descendante, le cocher dut faire halte un instant afin de laisser passer une victoria qui venait de l'avenue de Neuilly et se dirigeait vers l'avenue Dauphine.

Dans cette victoria se trouvait Rose Bonchamp, en toilette plus tapageuse que jamais, à côté d'un homme élégant, mais déjà mûr, qui fumait d'un air ennuyé.

Ce fumeur était Martial Dereyne.

En passant à côté de la calèche Rose aperçut Cora et Jean Renaud, ou pour mieux dire Lionel Warton et Doménico Séballa, et leur envoya du bout des doigts un petit salut accompagné d'un sourire épanoui.

Dereyne leva machinalement les yeux sur les cavaliers à qui s'adressaient le sourire et le salut de sa compagne.

Son regard croisa le regard de l'aînée des trois sœurs. — Il devint livide et tout son corps frissonna d'épouvante.

Cora détourna la tête.

La calèche s'était remise en marche. — Les deux voitures s'éloignaient dans des sens différents.

— Vous connaissez ce jeune homme ? — balbutia Martial Dereyne d'une voix si tremblante et tellement changée que Rose le regarda et, le trouvant pâle et défait, s'écria au lieu de répondre :

— Ah ! çà, qu'est-ce que vous avez donc ? — Est-ce que vous devenez jaloux ? — Ça serait commencer bigrement tard !

— Je vous ai demandé si vous connaissiez ce jeune homme?... — reprit Dereyne.

— Je le connais sans le connaître... — Je l'ai rencontré avec ce mulâtre d'un certain âge, mais si bel homme, qui l'accompagne...

— Où et quand l'avez-vous rencontré ?

— Il y a une quinzaine de jours, au Havre...

— Au Havre... — répéta Dereyne...

— Oui, au Havre, chez notre banquier Janille...

— Vous savez son nom?

— Je sais leur nom à tous les deux... — le vieux mulâtre bel homme s'appelle Doménico Séballa, et c'est un particulier crânement chic.

— Eh ! que m'importe ce mulâtre ?? — fit l'armateur avec impatience. — C'est du jeune que je vous parle...

— Eh ! bien, le jeune, qui n'est pas moins chic que le vieux et qui a des lingots à n'en savoir que faire, se nomme Lionel Warton...

— Lionel Warton qui a versé plus d'un million dans les mains de Funcal ?... — murmura Dereyne stupéfait. — Celui qui doit venir me voir?...

— Je ne sais pas s'il doit venir vous voir, mais c'est lui...

— C'est étrange !...

— Qu'est-ce qui est étrange ?...

— Rien... une ressemblance.

— Lionel Warton ressemble à quelqu'un ?...

— Oui...

— A qui?

— A une personne que vous ne connaissez pas.

— Une femme, j'en suis sûre...

— Vous vous trompez...

Rose fit un geste d'insouciance et demanda :

— Avez-vous vu, dans la calèche, les dames qu'il accompagne?

— Je n'ai vu que lui.

— Eh bien! vous y avez perdu, mon cher! — Ce sont trois jeunes filles un peu trop brunes peut-être, mais bigrement jolies tout de même!

Martial tressaillit de nouveau.

— Trois... — bégaya-t-il. — Elles sont trois...

— Oui... mais, qu'est-ce qui se passe? voilà que ça vous reprend! vous êtes tout pâle... — Êtes-vous malade?

— Un malaise d'un instant qui se dissipe déjà... — Vous êtes sûre qu'elles étaient trois?...

— Parbleu, si j'en suis sûre?... — J'ai de bons yeux, allez!!... — Mais puisque vous ne les avez point vues, qu'est-ce que ça peut vous faire?...

Dereyne ne répondit pas.

C'est à peine s'il entendait les paroles de Rose.

— Il me semble que je dors et que je fais un mauvais rêve... — pensait-il.

Pendant ce temps Cora disait à Jean Renaud :

— C'était lui...

— Avec Rose Bonchamp, oui... — Ses yeux ont rencontré vos yeux... — Je l'ai vu trembler et pâlir...

— M'aurait-il reconnue?

— Sous ce déguisement, c'est impossible...

— Vous avez constaté cependant son trouble et sa pâleur...

— Il croit sans doute à quelque ressemblance fortuite, mais vous lui êtes apparue comme une vivante image de Cora Bernier, sa victime...

— Un tel homme est incapable de regretter et de se repentir...

— Il ne se repent pas... il ne regrette pas... — il a peur...

— Enfin il se peut qu'il devine, ou plutôt qu'il soupçonne, et alors il sera sur ses gardes... — Je ne veux pas lui laisser le temps de la défiance...

— Que ferez-vous?

— Je mettrai à exécution sans retard le projet que j'ai conçu et dont je vous ai parlé...

Jean Renaud eut aux lèvres un sourire de connaisseur émérite.

— Si vous réussissez, — dit-il, — ce sera un beau premier acte à la tragédie de votre vengeance.

Cora étendit sa cravache vers la grande ville étincelant dans le lointain sous les feux du soleil.

— Aussi vrai qu'il n'y a pas dans Paris un autre misérable aussi lâche et aussi infâme que Martial Dereyne, — murmura-t-elle, — je réussirai!

*
* *

Le docteur noir, devenu Joë Simnel d'autant plus facilement que personne à Paris ne lui avait jamais connu de nom de famille, et que *Joë* pouvait passer pour l'abréviation de *Jocelyn*, ne restait point inactif.

Cora, dans un but qui sera prochainement expliqué, se proposait d'ouvrir les salons du château de Saint-Ouen, et d'y attirer par l'attrait du plaisir le dessus du panier des *viveurs* de bonne compagnie.

Or, l'entreprise était moins facile à mener à bien qu'elle n'en avait l'air à première vue.

Il fallait, avant tout, se garer de deux écueils.

Il importait de ne donner aucune prise à des bruits calomnieux, de rendre impossibles les méchants propos, et d'empêcher de dire et de croire que la famille Warton était une bande d'aventuriers, venus on ne sait d'où, étalant un grand luxe pour jeter de la poudre aux yeux, mettre en coupe réglée les naïfs, et disparaître ensuite en laissant un passif énorme sur la place de Paris abasourdi.

Il n'importait pas moins d'éviter de se rendre ridicule en jetant à la tête des gens des invitations que rien ne motiverait, et qui par cela même sembleraient suspectes.

Voici par quelles mesures Cora trouva moyen de louvoyer entre les récifs dont nous venons de signaler l'existence.

La jeune fille s'était fait ouvrir, sous son pseudonyme masculin, un crédit de six millions sur une maison de banque tout à fait de premier ordre.

Lionel Warton, reçu par le chef de cette maison avec les égards qui sont dus au possesseur d'une lettre de crédit de telle importance, lui parla de son intention de mener la haute vie, de dépenser beaucoup d'argent, de donner des fêtes, de faire courir, et le pria de venir déjeuner en famille au château de Saint-Ouen remis à neuf.

Poussé par la curiosité, le banquier accepta l'invitation pour le lendemain.

Il fut ébloui et naturellement, le soir, à l'Opéra, puis à son cercle, il raconta ce qu'il avait vu.

Il n'en fallait pas plus, et l'immense fortune de Lionel Warton était désormais indiscutable.

Restait la seconde difficulté.

Le docteur Jocelyn se chargea de la résoudre.

Parmi les jeunes gens qu'il avait connus d'une façon plus particulièrement intime à l'époque où il faisait ses études médicales, quelques-uns étaient devenus des étoiles de fort jolie grandeur dans la littérature dramatique, dans le journalisme et dans les arts.

Il renoua ses relations avec eux et, leur ayant laissé les meilleurs souvenirs, il fut cordialement accueilli.

Nous n'avons pas besoin d'affirmer qu'il se gardait de parler le premier des châtelaines de Saint-Ouen, des *filles de bronze*, mais comme elles étaient à

Cora leur tendit la main en répondant : — Vous êtes les amis de mon cher docteur, donc vous êtes les miens.

l'ordre du jour on ne manquait point de s'en entretenir devant lui, et il écoutait en souriant.

— Vous avez l'air de les connaître, cher docteur... — lui disait-on alors.

— J'ai l'honneur d'être le médecin particulier de la famille Warton, — répondait-il, — et j'habite le château de Saint-Ouen.

— Alors donnez-nous des détails... — Parlez-nous de ces merveilleuses et excentriques demoiselles Warton...

— Il n'y a rien à en dire... — Ce sont de charmantes jeunes filles, parfaitement élevées, très simples, pas du tout excentriques, et ne tirant aucune vanité de leur immense fortune... — Leur cousin Lionel Warton, qui veut bien m'appeler son ami, se propose de recevoir l'élite du monde artistique et littéraire... — Si cela vous est agréable je vous ferai adresser des invitations auxquelles vous avez tous les droits possibles...

Et les interlocuteurs de Jocelyn acceptaient avec enthousiasme.

LXI

Parmi ces anciens amis devenus *quelque chose*, il en était deux que le docteur noir distinguait spécialement.

L'un se nommait Octave Richard et rédigeait avec beaucoup d'esprit la *Chronique parisienne* dans un journal très répandu. — Il faisait profession de grande élégance, donnait à sa toilette de tels soins qu'il ressemblait vaguement à une gravure de modes, et *posait pour les femmes*, comme on dit dans l'argot des boulevardiers.

Fort aimable malgré ce petit travers, et plein d'esprit quand il oubliait d'être prétentieux.

L'autre, Lambert Massol, était un brave et charmant garçon, cœur excellent, gaieté franche, verve inépuisable, auteur dramatique applaudi déjà, et qui devait avoir de grands succès avant de mourir jeune encore et regretté de tous.

Jocelyn causait avec eux, vers quatre heures du soir, en face du café Riche, le jour même où nous avons vu Cora, ses sœurs et sa cousine débuter aux Champs-Élysées.

Il venait de leur apprendre quelle position il occupait à Saint-Ouen et de leur promettre des invitations.

Octave Richard — flairant pour sa prochaine chronique un racontar mondain de haut goût et entièrement inédit, une *primeur* — s'écria :

— C'est très bien, cher docteur, mais ça ne suffit pas! — A une grande fête où les notabilités de toute sorte se coudoieront, nous serons noyés dans la foule... nous jouerons le rôle de nébuleuses obscurcies par le rayonnement d'astres d'un plus fort calibre... — Ça manquera d'aperçus intimes et d'appréciations personnelles sur la famille Warton... — Ne pourriez-vous, ami véritable, nous ménager l'honneur d'une présentation qui ne servirait qu'à nous?...

— Parfaitement... — répondit Jocelyn.

— Vrai? — demanda Lambert Massol.

— Sans doute... — et même je vais faire mieux...

— Quoi donc?

— Je vous emmène dîner au château de Saint-Ouen...

— Quand ?

— Tout de suite.

— Docteur, vous vous moquez de nous ! !

— Parole d'honneur, je parle sérieusement... et ne craignez pas d'être indiscrets... — Lionel Warton et ses cousines, sachant que vous êtes de mes amis, vous accueilleront avec le plus grand plaisir et la plus franche cordialité...

Octave Richard et Lambert Massol se regardèrent.

— Ma foi, j'ai bien envie d'accepter... — fit le premier.

— Et moi j'accepte... — ajouta le second. — Nous demeurons à deux pas, lui, rue Le Peletier, moi, rue du Helder... — Le temps de mettre une cravate blanche et d'endosser le *sifflet* de rigueur, et nous sommes à vous...

— J'entre au café Riche où je vous attends... — répondit Jocelyn.

Vingt minutes plus tard les deux amis, cachant leurs toilettes de soirée sous de légers pardessus, rejoignaient le docteur.

— Prenons un fiacre, — dit Lambert, — et tâchons de tomber sur un cheval qui marche.

— Inutile... — répliqua le mulâtre — Lionel Warton met à mes ordres une de ses voitures... — Elle stationne près de Tortoni...

— Peste ! quel chic!... — s'écria le journaliste.

— Et, — poursuivit Jocelyn, — cette voiture vous ramènera ce soir à Paris...

Les trois jeunes gens s'installèrent dans un coupé Clarence attelé d'un stepper de haute taille qui prit à une rapide allure la route de Saint-Ouen.

— Ainsi, — demanda chemin faisant Lambert Massol, — ce seigneur suzerain de tant de millions est peu poseur et bon garçon ?

— Vous en jugerez...

— Intelligent ?

— Je ne crois pas qu'on puisse l'être davantage.

— Instruit ?

— Beaucoup plus que les gens du monde ne le sont d'habitude... — Il a tout étudié...

— Même la médecine ?

— Même la médecine, et la physique, et la chimie...

Octave Richard se dit à lui-même :

— Quelle jolie chronique à faire sur ce jeune nabab qui rendrait des points aux vieux professeurs de la Sorbonne !

Avant six heures, on était arrivé ; — la grille du parc s'ouvrit. — La voiture suivit l'avenue, décrivit une courbe savante et fit halte devant le perron.

Un valet de pied nègre, de tournure imposante, attendait dans le vestibule.

— M. Lionel et ses cousines sont-ils de retour ? lui demanda Jocelyn

— Oui, señor docteur, et le señor Doménico Séballa aussi...

— Venez... — dit le docteur noir aux Parisiens. — Je vous annoncerai moi-même... — Les choses se passent ici sans la moindre étiquette...

Et il les introduisit dans le moins grand des quatre salons.

Cora et Jean Renaud s'y trouvaient.

Tous deux se levèrent et le pseudo-Lionel Warton fit quelques pas au-devant des nouveaux venus.

Jocelyn lui présenta ses compagnons, l'un comme un journaliste en vogue, l'autre comme un auteur dramatique des plus distingués, et il ajouta :

— Je sollicite pour eux votre amitié, car ils sont de mes bons amis...

Cora leur tendit la main en répondant :

— Vous êtes les amis de mon cher docteur, donc vous êtes les miens... La maison est à vous... — il est bien entendu que vous nous restez à dîner...

Les deux jeunes gens, mis à leur aise par la grâce parfaite de leur hôte, répondirent qu'ils s'estimaient heureux d'avoir cédé aux instances du docteur, puisqu'un si charmant accueil leur était réservé.

Cora frappa sur un timbre. — Un nègre parut. — Elle lui donna l'ordre en espagnol de prévenir mesdemoiselles Warton.

— Vous parlez l'espagnol, monsieur... — fit Lambert Massol.

— Je parle un peu toutes les langues... — répliqua Cora en souriant, j'ai beaucoup voyagé...

Les deux Parisiens, — point du tout novices cependant en fait de luxe, — éprouvaient une sorte d'éblouissement en face des merveilles artistiques qui les entouraient.

Cet éblouissement changea de nature lorsque Carmen, Marie et Dolorès entrèrent, portant les toilettes qui venaient de produire une sensation vive aux Champs-Elysées parmi les femmes les plus élégantes de Paris, mais l'auteur dramatique et le journaliste ne se piquaient pas de timidité et l'admiration ne les réduisit point au silence.

Un majestueux maître d'hôtel annonça le dîner et deux valets de pied ouvrirent au grand large les portes de la salle à manger.

— Peste ! — se dit Octave Richard en jetant les yeux sur la table, — si tel est l'ordinaire de la maison, qu'est-il donc les jours de gala ?

Les hôtes de Cora firent honneur à la bonne chère, aux grands vins, et payèrent leur écot par une énorme dépense d'esprit et de gaîté.

Les jeunes filles les interrogeaient sur mille détails de la vie parisienne, et se montraient surtout curieuses des choses du théâtre qu'elles ne connaissaient pas, n'ayant jamais mis les pieds dans une salle de spectacle.

Lambert les renseignait de la façon la plus pittoresque et la plus amusante.

— Je souhaiterais fort assister à une première représentation... — s'écria Carmen.

— Il y en a une demain aux Variétés... — répondit Octave Richard.

— Lionel, voulez-vous nous y conduire?... — demanda la jeune fille.

— Très volontiers, cousine...

— Pardon... pardon... — interrompit Lambert. — Je crois, cher monsieur, que ce sera difficile...

— Pourquoi donc?

— Il s'agit d'une grande pièce dont on parle beaucoup... — Tout est loué depuis huit jours... — Les marchands de billets eux-mêmes n'ont plus rien... — Vous ne trouverez pas de loge.

— Croyez-vous?

— J'en suis sûr...

Cora sourit.

— Bah! — répliqua-t-elle, — en y mettant le prix... —Combien ça coûte-t-il, une avant-scène, en location?

— Quatre-vingt-dix ou cent francs...

— Eh bien! je la paierai mille, voilà tout.

Lambert sourit à son tour.

— Vous m'en direz tant! — répliqua-t-il. — Mais. vous conviendrez que le procédé n'est pas absolument à la portée de toutes les bourses...

— Serez-vous aux Variétés demain, messieurs? — reprit Cora en s'adressant au journaliste et à l'auteur dramatique.

— Nous y serons par devoir professionnel.

— Eh bien, je compte que vous viendrez nous serrer la main dans la loge en question...

La soirée passa rapidement.

A onze heures, la voiture qui avait amené les deux jeunes gens les attendait pour les reconduire.

Lionel Warton, le docteur noir et Doménico Séballa les accompagnèrent jusqu'au perron.

— N'oubliez pas le chemin du château de Saint-Ouen, — leur dit Lionel, — et souvenez-vous que vos amis, si vous nous faites l'honneur de nous les amener, y seront bien reçus.

Octave Richard et Lambert Massol étaient littéralement sous le charme.

En arrivant à Paris ils montèrent à leur cercle, où ils furent entourés dès qu'on sut qu'ils venaient de Saint-Ouen et qu'ils avaient dîné avec les *filles de bronze*.

Les questions se croisaient de telle sorte qu'ils ne savaient auquel entendre.

Enfin, lorsqu'un peu d'ordre se fut rétabli dans ce désordre, ils répondirent que le vieux château restauré était présentement la huitième merveille du monde; que les jeunes reines de ce séjour enchanté ressemblaient aux visions paradisiaques peuplant les rêves des fumeurs d'opium; que Lionel Warton et ses cousines parlaient douze langues, possédaient au bas mot une centaine de millions liquides, sans compter des mines d'or et de diamants, et n'en restaient pas moins, malgré cet entassement de richesses, tout aussi *bons garçons* que de simples mortels; enfin, qu'on les verrait le lendemain aux Variétés dans une loge payée mille écus.

Richard et Massol ajoutèrent que le château de Saint-Ouen deviendrait le théâtre de fêtes splendides et que, — grâce à leur influence personnelle, — quelques membres du cercle pourraient recevoir des invitations.

*
* *

Le lendemain, dès huit heures du soir, la salle des Variétés regorgeait littéralement de monde.

Ce public spécial qu'on appelle *tout Paris* et qui se compose de journalistes, de millionnaires, de viveurs, de membres des clubs élégants, de femmes à la mode, de femmes galantes et de comédiennes, s'était donné rendez-vous à la première représentation des *Mirlitons diaboliques*, grand vaudeville fantastique de deux auteurs habitués au succès.

On disait la pièce amusante, les décors charmants, la mise en scène très réussie.

On savait que le personnel féminin du théâtre, — personnel nombreux et choisi, — devait exhiber des costumes de la plus piquante transparence.

Aussi les moindres places avaient fait prime, depuis huit jours, à la bourse des billets.

Une seule avant-scène du premier étage et cinq ou six fauteuils étaient encore inoccupés.

Octave Richard et Lambert Massol se trouvaient à l'orchestre, tout près de ces fauteuils.

Le *lever du rideau* était joué depuis longtemps. — L'entr'acte précédant la grande pièce allait finir. — Déjà les musiciens reprenaient leurs places.

Le murmure des conversations particulières ressemblait au bourdonnement d'une gigantesque ruche d'abeilles.

A l'orchestre, au balcon, dans les loges, on s'occupait des filles de bronze.

Partout on demandait :

— Viendront-elles ?

— Ce n'est pas douteux, — répondait-on, — le jeune nabab a fait acheter six mille francs la loge que le banquier*** avait louée pour sa maîtresse.

— L'avant-scène du côté droit probablement ?

— Vous pouvez même dire certainement, tout le reste étant occupé.

Le régisseur allait, d'une minute à l'autre, frapper les trois coups... — Le chef d'orchestre apprêtait son archet.

L'avant-scène restait toujours vide.

LXII

Octave et Lambert, debout et tournant le dos à la scène, lorgnaient dans la salle.

Lambert salua de la main deux jeunes gens que le placeur venait d'introduire à l'orchestre.

— Tiens, — dit Octave, — c'est Georges Dereyne, l'associé d'agent de change, et son frère Léopold... — Ils ne manquent pas une première...

Les fils de l'armateur du Havre gagnaient non sans peine leurs fauteuils, qui se trouvaient immédiatement derrière ceux de l'auteur dramatique et du journaliste.

Georges Dereyne avait vingt-cinq ans.

C'était un beau garçon dans toute la force du terme.

Une chevelure brune naturellement ondée couronnait son visage au teint pâle, aux traits réguliers, qu'encadraient de longs favoris soyeux.

Sa tournure distinguée, son élégance simple, n'offraient aucune prise à la critique.

Léopold, âgé de dix-neuf à vingt ans, pâle et joli garçon comme son frère, avait les cheveux blonds et les yeux bleus. — De fines moustaches naissantes, ombrageant sa lèvre supérieure, corrigeaient l'expression un peu trop féminine de cette charmante figure.

Sa toilette rivalisait de correction avec celle de Georges.

Des poignées de main furent échangées.

En même temps, mais du côté opposé, Jean Renaud et le docteur Jocelyn entraient à l'orchestre et s'installaient.

L'arrivée de deux mulâtres en tenue de soirée — habit noir, gilet en cœur et cravate blanche — aurait sans doute attiré l'attention si, à cette minute précise, la porte de l'avant-scène du premier étage ne se fût ouverte.

Les filles de bronze firent leur apparition, tenant chacune un gros bouquet de roses blanches, et s'assirent sur le devant de la loge.

Un petit murmure courut dans la salle.

— Les voilà... — se disait-on de bouche à oreille.

Cinq cents jumelles se tournèrent à la fois vers les jeunes filles, qui ne semblaient point s'apercevoir qu'elles devenaient le but de tous les regards.

Cora, ou plutôt Lionel Warton, debout derrière elles, promenait ses yeux sur l'orchestre.

Il aperçut Lambert Massol et Octave Richard qui le saluaient avec empressement, et il répondit par un geste amical, accompagné d'un sourire.

Le journaliste et l'auteur dramatique étaient gonflés d'orgueil.

— Tout le monde voit que nous les connaissons... — pensaient-ils.

Georges Dereyne se pencha vers Massol.

— Quel est donc ce jeune homme que vous venez de saluer ? — lui demanda-t-il.

— Quel jeune homme ?...

— Ce joli garçon pâle, debout derrière ces ravissantes personnes un peu brunes, dans l'avant-scène du premier étage...

— Comment ! vous ne le savez pas ?... — s'écria Lambert, triomphant de son incontestable supériorité.

— Non, puisque je vous prie de me l'apprendre.

— Eh bien ! très cher, c'est mon ami Lionel Warton, le châtelain de Saint-Ouen... un nabab indien, mais Français et même Parisien jusqu'au bout des ongles... — Il parle douze langues et possède deux ou trois cents millions... — il est le cousin et le tuteur des trois adorables jeunes filles qu'il accompagne, Mlles Laura, Mary et Perly Warton.

— Laquelle des trois nommez-vous Laura ?

— Celle qui se trouve entre les deux autres... — répondit Lambert en désignant Carmen, qui portait — nos lecteurs doivent s'en souvenir — le pseudonyme de Laura.

— C'est une étourdissante créature !

— Et, — demanda Léopold à son tour en rougissant légèrement, — comment s'appelle la plus jeune, celle qui occupe le coin de droite.

— Mary...

— Quelle tête idéale !... — C'est une madone !...

— Une madone brune ! — ajouta Georges Dereyne en riant. — Charmante assurément, mais Mlle Laura, selon moi, l'emporte de beaucoup sur elle...

— Je suis d'un autre avis... — répliqua Léopold.

— C'est ton droit... — les opinions sont libres...

Le rideau s'était levé.

On commençait le premier acte ; le silence s'établit dans la salle.

Georges et Léopold n'écoutèrent pas un mot de la pièce.

Leurs jumelles demeuraient braquées sur l'avant-scène.

Le frère aîné regardait Carmen, et le plus jeune contemplait Marie.

La toile tomba.

Octave Richard et Lambert Massol se précipitèrent hors de l'orchestre et gravirent l'escalier conduisant à la galerie.

Ils avaient hâte d'établir publiquement leurs droits et leurs privilèges, en allant visiter les hôtes de la fameuse loge dont toute la salle s'occupait.

Devant la porte de l'avant-scène un nègre magnifique, en grande livrée, montait la garde d'un air très digne.

Lambert frappa discrètement.

Jocelyn, occupé d'une expérience, activait un feu allumé sous des creusets et des cornues.

Lionel ouvrit aux deux jeunes gens qui, après lui avoir serré la main, présentèrent à Mlles Warton leurs respectueux hommages, et engagèrent une conversation à bâtons rompus qui dura dix minutes.

— N'irez-vous pas faire un tour au foyer? — demanda Lambert.

— Pendant le prochain entr'acte... répondit Cora.

En regagnant sa place Octave Richard dit aux deux Dereyne :

— Si vous désirez voir de plus près Mlles Warton, je vous préviens qu'elles iront au foyer tout à l'heure, en compagnie de leur cousin.

Le second acte terminé, Cora sortit de l'avant-scène avec Carmen et Marie. Dolorès, très timide, préféra rester dans la loge.

A peine le pseudo-Lionel Warton et les deux sœurs avaient-ils franchi le seuil du foyer qu'une foule curieuse se pressait sur leur passage.

On voulait admirer la beauté des *filles de bronze* et contempler ce jeune prince ou nabab indien qui possédait cinq cents millions !

Le journaliste et l'auteur dramatique les rejoignirent, et tous les cinq s'arrêtèrent un instant pour causer.

Un cercle presque indiscret se forma autour d'eux.

Au premier rang de ce cercle se trouvaient Georges et Léopold Dereyne.

Le regard de Carmen rencontra celui de Georges, en même temps que les yeux de Marie s'arrêtaient par hasard sur les yeux de Léopold.

Les prunelles noires du fils aîné de Martial brillaient de la flamme hardie et presque insolente que la vue d'une jolie femme allume chez un libertin.

Instinctivement Carmen se sentit offensée et détourna la tête.

Il n'en fut point de même pour Marie.

Les grands yeux bleus, tendres et doux de l'étudiant exercèrent sur elle à son insu une attraction puissante. — Pour la première fois de sa vie elle éprouvait un trouble vague dont elle ne devinait point la nature. — Une sorte de frémissement passait dans tout son être et faisait refluer à son cœur le sang de ses veines.

Elle voulut ouvrir brusquement son éventail pour voiler sa figure qui pâlissait un peu.

Son geste fut mal calculé et l'éventail, s'échappant de sa main, tomba sur le parquet.

Cinq ou six hommes se penchèrent, mais Léopold les avait devancés, et déjà il présentait le bijou d'ivoire et de dentelle à la jeune fille en s'inclinant avec respect devant elle.

— Merci, monsieur, — balbutia Marie d'une voix à peine distincte en prenant l'éventail, un chef-d'œuvre de l'artiste favori des hautes élégances, du prince des éventaillistes sans lequel une corbeille de mariage n'est pas complète, d'Ernest Kées enfin.

Les doigts de Léopold avaient effleuré la main gantée de la jeune fille.

Ces deux enfants ressentirent à la fois une sorte de commotion vague, et les battements de leurs cœurs se précipitèrent.

La sonnette du foyer retentit, annonçant la fin de l'entr'acte.

Les groupes se dispersèrent rapidement.

— Connaissez-vous ce gentleman d'une si gracieuse politesse qui vient de ramasser l'éventail de ma cousine ? — demanda Cora à Octave Richard, qui répondit :

— Parfaitement bien, cher monsieur... c'est Léopold Dereyne, le plus jeune fils d'un très riche armateur du Havre ; le beau garçon brun auquel il donne le bras est son frère aîné, Georges Dereyne, associé d'agent de change et l'un de nos viveurs les plus réussis...

Cora ne s'attendait point à entendre ce nom de Dereyne

Son front se plissa, ses mains se crispèrent, tandis que ses yeux prenaient une expression presque cruelle.

Elle domina cette émotion et répliqua d'une voix très calme :

— Ah ! ces messieurs sont fils de l'armateur du Havre... — Je les trouve charmants tous deux...

Puis elle rejoignit son avant-scène avec ses sœurs.

Un peu avant la fin du troisième acte le pseudo-Lionel Warton entr'ouvrait la porte de la loge, et donnait l'ordre au grand nègre stationnant dans le couloir de faire avancer la voiture.

Cinq minutes plus tard les filles de bronze et le jeune nabab quittaient le théâtre, au grand désappointement des lorgnettes de l'orchestre, et regagnaient le château de Saint-Ouen.

Le lendemain Jean Renaud partit de très bonne heure pour Paris.

On se souvient que Cora l'avait chargé de savoir si l'on pourrait louer ou acheter l'immeuble contigu à l'hôtel que Martial Dereyne habitait rue du Rocher.

Il allait s'acquitter de sa mission.

Au moment où il montait dans un élégant phaéton qu'il conduisait lui-même, Cora gravit l'escalier conduisant au second étage du château, et ouvrit la porte du laboratoire de chimie installé pour le docteur noir.

Jocelyn, occupé d'une expérience, activait un feu de charbon allumé sous des creusets et des cornues.

— C'est vous, mademoiselle... — fit-il, sans quitter du regard ses creusets.

— C'est moi, — répondit la jeune fille, — mais, je vous en prie, perdez l'habitude de m'appeler *mademoiselle*, même dans le tête-à-tête... — Je ne suis plus Cora Bernier, je suis Lionel Warton... — Veillez sur vous !

— J'y veillerai, maître.

— C'est tout ce qu'il faut... — Nous avons à causer sérieusement...

— Vous avez besoin de moi ?

— Oui.

— Commandez... — De quoi s'agit-il ?

— A Guayanila, quand nous nous livrions ensemble à des études botaniques, vous m'avez dit quelques mots d'une découverte faite par vous en mélangeant les sucs de diverses plantes des tropiques...

— J'ai tenté de nombreux essais et plusieurs ont réussi... — Quel est celui dont vous voulez parler ?...

— Je veux parler d'un toxique dont l'absorption par un être vivant amène m'avez-vous dit, non la mort, mais la paralysie du corps, en laissant le cerveau intact...

— Je me souviens... — Quiconque a pris une dose du toxique en question ne peut plus faire un mouvement ni prononcer une parole, mais continue à voir, à penser, à comprendre, à vivre enfin... — les sensations morales existent, mais quelque effort que tente le patient pour exprimer ce qu'il éprouve, la tentative est vaine... — le corps, garrotté par la paralysie, reste inerte, impuissant comme un cadavre... — c'est la vie dans la mort...

— Vous êtes certain de ce résultat?

— Certain.

— Quelle est la base de votre certitude?

— J'ai expérimenté sur des animaux d'abord, puis sur un nègre qui, sachant ce que je voulais faire, s'est livré à moi pour l'expérience.

— Et ce nègre est resté paralysé?

— Non pas... — En même temps que je trouvais le toxique, je trouvais son antidote... — Est-ce cette découverte que vous avez l'intention d'utiliser, maître?

— Oui.

— Eh bien, c'est facile...

— Combien faut-il de doses pour amener la paralysie complète?

— Une seule, et très faible... — Trois ou quatre gouttes suffisent pour condamner un homme, pendant un laps de temps assez long, à l'inertie la plus absolue...

LXIII

— Trois ou quatre gouttes?... — répéta Lionel Warton. — C'est suffisant?

— Oui, — répondit Jocelyn, — et jamais plus, dans aucun cas...

— Pourquoi?

— Parce qu'une dose plus forte tuerait le patient...

— Mais alors, au bout de quelques jours ou de quelques semaines, la paralysie doit cesser?...

— Sans doute, à moins qu'on n'ait le soin de verser en temps utile une nouvelle dose...

— Qu'appelez-vous : *en temps utile?* — Quel est le laps de rigueur?

— Environ six semaines.

— La paralysie est-elle immédiate?

— Le toxique agit, à peu de chose près, comme l'apoplexie foudroyante...

— L'antidote ramène-t-il promptement les facultés anéanties?

— Son effet se produit, ou du moins commence au bout de deux heures, mais c'est seulement par degrés que le corps retrouve toute sa souplesse et toute son énergie...

— Vos calculs peuvent-ils vous tromper?

— Non, ils me donnent une certitude absolue et mathématique.

— Les médecins, vos confrères, mis en présence d'une paralysie de votre façon, pourraient-ils en deviner la véritable cause?

— Je mets le plus habile au défi de la soupçonner...

— Jocelyn, il me faut ce soir même une dose de votre poison...

— Vous n'attendrez pas à ce soir... — vous l'aurez tout de suite...

— Mais, comment se fait-il?...

— Que j'aie préparé d'avance un toxique dont j'ignorais que vous auriez besoin?

— Oui.

— Je voulais le soumettre à l'action d'un réactif... — J'ai là, dans ce même but d'expériences scientifiques, des compositions de diverses sortes... — Voyez...

Jocelyn ouvrit un placard qui renfermait, alignés sur une des planches, une douzaine de petits flacons de cristal portant des étiquettes minuscules.

Il en prit un.

— Voici ce que vous me demandez... — dit-il en le présentant à Cora.

Ce flacon était à demi plein d'un liquide transparent qui ressemblait à de la chartreuse verte.

Il ajouta :

— Surtout, maître, quatre gouttes au plus... — N'ayez pas la main lourde, sinon, je vous le répète, ce n'est point la paralysie qui viendrait, c'est la mort...

— J'y veillerai... — L'antidote est-il prêt?

— Non...

— Il me le faudra cependant.

— Vous l'aurez après-demain.

— Cher docteur, je compte sur vous !

Et la jeune fille, emportant le flacon, sortit du laboratoire.

Ce même jour, vers onze heures du matin, on s'occupait de Lionel Warton et des filles de bronze rue du Rocher, dans le petit hôtel qu'habitait l'armateur du Havre.

Georges Dereyne était venu demander à déjeuner à son père, et en attendant le repas il lui racontait par le menu la soirée de la veille aux Variétés.

— Ainsi, — demanda Martial, — tu as vu ce prétendu nabab?

— Je l'ai vu.

— Tu lui as parlé?

— Non, mais je l'ai entendu causer avec Richard et Massol, que tu connais.

— Quel homme est-ce?

— Un tout jeune gentleman qui paraît fort aimable et très bien élevé... —

Le bruit public affirme qu'il parle une douzaine de langues... — Il n'a pas le moindre accent... — N'était son teint couleur de bronze clair, je l'aurais pris pour un Parisien...

— Un article de journal que j'ai lu tout à l'heure, et qui je crois est signé d'Octave Richard, donne pour certain que Lionel Warton est originaire de Calcutta, — reprit Martial Dereyne, — et cela doit être, car il existe des liens de parenté entre la famille Warton et les Brigton et C°, qui sont encore à cette heure mes correspondants...

— Ah! çà, mais, — s'écria Georges, — ce Lionel serait-il le Warton qui vient de mettre plus d'un million dans votre maison du Havre ?

— C'est probable, pour ne pas dire certain... — Juan de Funcal, mon associé, m'annonçait la très prochaine visite de ce richissime étranger... — Il n'est pas venu...

— Il viendra... et, si c'est lui, cent fois tant mieux !

— Pourquoi tant mieux?

— Parce que, entre lui et moi, la connaissance serait bientôt faite...

— Quel intérêt te pousse à désirer connaître ce Lionel Warton... — Est-ce que tu comptes lui emprunter de l'argent?

— Si j'en avais besoin je lui en emprunterais parfaitement... — Mais mon désir de me lier avec lui vient d'un autre motif.

— M'y voici : — Ce capitaliste exceptionnel remue des sommes folles... il doit jouer à la Bourse, acheter et vendre sur une échelle énorme... — cela te ferait un client hors ligne...

— Je ne le dédaigne point comme client, mais tu fais fausse route...

— Alors, mets-moi dans le bon chemin...

— Lionel Warton n'est pas seul à Paris...

— Ah! ah!...

— Lionel Warton a trois cousines étonnamment jolies...

Martial se mit à rire.

— Il y a des cotillons sous roche ! — fit-il, — tout s'explique!... — c'est bien le cas de dire que bon chien chasse de race!... — l'une des belles cousines t'a tourné la tête, hein?

— Ma parole d'honneur, ça me fait cet effet-là...

— Ont-elles aussi des millions, ces cousines-là?

— Autant que leur cousin, à ce qu'il paraît...

— Mais alors, dis donc, ta *toquade* se présenterait comme une opération de premier ordre... — Renseignements pris et vérifications faites, il pourrait y avoir un bon mariage bien sérieux au bout d'une intrigue agréablement romanesque...

— J'y ai pensé... — Nous verrons plus tard... Quant à présent je suis sous le charme, et je n'y suis pas seul...

— Bah! qui donc?

— Léopold.

— Amoureux aussi ?

— Parfaitement...

— De la même ?

— Non, de la plus jeune.

Martial Dereyne réfléchit pendant quelques secondes.

— Tu dis qu'elles sont trois ? — reprit-il ensuite d'un air soucieux.

— Oui.

— Brunes de teint toutes les trois ?

— Si brunes qu'on les a surnommées les *filles de bronze*.

— Parlant le français ?

— Comme vous et moi.

— Sais-tu leurs noms ?

— Laura, Mary, Perly.

— Et tu es certain qu'elles arrivent de Calcutta ?

— Et qu'elles y sont nées... — Ça ne fait pas l'ombre d'un doute...

— Tout cela est singulier... — murmura l'armateur à demi-voix.

— Qu'est-ce qui est singulier ? — demanda Georges.

Martial, au lieu de répondre à son fils, se mit à marcher de long en large dans le salon, en se disant tout bas :

— Je n'ai pu me faire illusion... — Ce jeune homme des Champs-Élysées avait bien le visage et le regard de Cora Bernier... — Cora Bernier à Paris ? Sous un déguisement masculin ?... — Il y a d'étranges ressemblances...

Georges regardait son père avec étonnement et cherchait en vain la cause de sa visible préoccupation.

L'armateur releva la tête

— Où demeure ce Lionel Warton ? — demanda-t-il.

— Au château de Saint-Ouen...

— S'il ne vient pas, j'irai... — Je veux le voir... — D'ailleurs je lui dois une visite...

Au moment où Martial Dereyne achevait ces paroles, son valet de chambre entrait dans le salon.

— Une carte pour monsieur... — dit-il en présentant un carton porcelaine sur un plateau d'argent.

L'armateur jeta les yeux sur la carte apportée par le valet, et s'écria :

— M. Lionel Warton !

— Très curieux !... — murmura Georges. — Quand on parle du soleil...

— Ce visiteur est là ? — reprit Martial.

— Oui, monsieur ; — je lui ai répondu que j'ignorais si monsieur pourrait le recevoir ce matin... — Dans le cas où monsieur ne serait pas visible, il désire savoir à quelle heure monsieur le recevrait.

— Faites entrer… — dit Georges vivement sans attendre la réponse de son père.

Le valet de chambre sortit, et une seconde plus tard annonça :

— M. Lionel Warton.

Cora franchit le seuil, l'œil calme, la physionomie souriante.

Elle portait une redingote noire, un pantalon gris perle, des gants de couleur foncée, et tenait de sa main gauche son stick et son chapeau.

En pénétrant dans la demeure du misérable qui avait fait tant de mal aux siens et à elle-même, l'aînée des trois sœurs s'était sentie frissonner de haine, de colère et de dégoût, mais la conscience du terrible rôle qu'elle venait jouer lui donna la force d'imposer silence à l'ouragan qui grondait au fond de son âme, de composer son visage et d'appeler un sourire sur ses lèvres.

L'armateur, à sa vue, était devenu livide, — il chancelait, — ses yeux exprimaient l'égarement, — son attitude était celle d'un homme frappé de la foudre.

Cora vit Georges et se félicita de la présence du jeune viveur puis, s'inclinant devant Martial, elle dit :

— Monsieur Dereyne, je pense ?

L'armateur garda le silence.

— Ce n'est pas seulement sa figure… — pensait-il, — c'est aussi sa voix.

— Qu'avez-vous donc, mon père ? — fit Georges vivement. — Pourquoi ne répondez-vous poin' à M. Warton ?

— Que se passe-t-il, monsieur Dereyne ? — reprit Cora. — On croirait que je vous effraye ! — Vous deviez cependant vous attendre à ma visite que votre associé, M. de Funcal, vous a certainement annoncée… — Est-ce à ma présence que je dois attribuer ce trouble ? — Aurais-je, sans le savoir, quelque rapport avec la tête de Méduse ?

Martial commençait à comprendre que s'il était le jouet d'une illusion — (chose fort admissible après tout) — il se plaçait vis-à-vis de son fils et du neveu de Robert Brigton dans une situation effroyablement fausse dont nulle explication plausible ne pourrait le sortir à son honneur.

Si, au contraire, il avait en face de lui sa victime, Cora Bernier, il s'agissait non de trembler mais de lutter, et de faire bravement tête à l'orage.

Cette fille, après tout — (si c'était elle) — ne pouvait rien contre lui, dans cette bonne ville de Paris où les commissaires de police ont mission, dans chaque quartier, de protéger les honnêtes gens.

Un suprême effort de volonté le remit en possession de son sang-froid, et il balbutia :

— Pardonnez-moi, monsieur Warton, une émotion que je n'ai pu cacher tant elle me dominait tout entier… — Vous êtes le vivant portrait d'une personne qui m'était chère… et qui n'est plus…

— Qui donc ? — demanda Georges curieusement.

Un étrange sourire éclaira son visage quand elle le vit reposer sur la table le verre vide.

— Une femme que tu n'as pas connue...

— Vous n'avez nul besoin de vous excuser, monsieur... — répondit Cora du ton le plus simple. — C'est à moi de regretter que mon visage ait réveillé chez vous de douloureux souvenirs...

— C'est fini...— dit Martial avec un sourire un peu contraint...— J'attendais en effet votre visite, monsieur Warton, et je l'aurais prévenue, comme c'était mon devoir et mon désir, mais je ne savais où vous chercher, et tout à l'heure seulement je viens d'apprendre par mon fils que vous avez fixé votre résidence au château de Saint-Ouen... — Je m'y serais rendu dès ce soir... — J'ai des remerciements à vous adresser...

— Des remerciements ! — répéta Cora. — A quel propos ?

— A propos de la confiance que vous avez bien voulu témoigner à la maison Dereyne en y versant une somme importante...

— Eh ! monsieur, quoi de plus naturel ? — Voulant faire un bon placement je ne pouvais mieux choisir... — Je suis chargé pour vous d'une lettre de Robert Brigton, mon oncle, votre correspondant à Calcutta...

Et Cora, tirant de son portefeuille une enveloppe cachetée, la tendit à l'armateur qui la prit d'une main que son agitation nerveuse rendait un peu tremblante...

LXIV

Martial Dereyne ouvrit l'enveloppe, en tira la lettre qu'elle contenait et la lut, ou du moins parut la lire car sa pensée était ailleurs.

— Non, — se disait-il mentalement, — ce ne peut être Cora Bernier... — Mercuzza l'aurait reconnue et m'aurait averti... — Je suis le jouet d'une ressemblance...

S'étant ainsi rassuré lui-même à demi, il parcourut les quelques lignes qu'il avait sous les yeux.

— Monsieur votre oncle, — fit-il ensuite à haute voix, — m'engage à vous servir de guide dans les placements de fonds que vous avez l'intention d'opérer en France... — Je m'occupe peu d'affaires à Paris, mais je vous présente mon fils Georges, associé d'agent de change... — Son éloge serait déplacé dans ma bouche ; — je puis vous affirmer cependant qu'il connaît sur le bout du doigt le monde financier, et je crois que vous ne sauriez avoir un conseiller plus expérimenté.

Le pseudo-Lionel se tourna vers Georges et répondit en le saluant :

— Je vous demanderai certainement vos bons avis, monsieur, et je serai heureux de les suivre... — Mais si je ne me trompe, — ajouta-t-il, — j'ai eu le plaisir de vous rencontrer hier soir au théâtre des Variétés...

— Vous ne vous trompez pas, monsieur, j'y étais avec mon frère Léopold?

— Votre frère serait-il ce jeune homme qui a relevé avec un si gracieux empressement l'éventail de ma cousine Mary ?

— Lui-même...

— Il m'a plu beaucoup et j'espère bien faire avec lui, en même temps qu'avec vous, plus ample connaissance...

Georges rayonnant s'inclina.

— On affirme, monsieur, — dit-il, — que vous avez réalisé des merveilles au château de Saint-Ouen...

— On exagère sans doute... — répliqua Lionel en souriant, — du reste vous en jugerez par vos propres yeux, et je désire que ce soit bientôt...

— Comptez sur notre très prochaine visite, puisque vous êtes assez bon pour l'autoriser...

— Nous aurons, mes fils et moi, l'honneur d'aller vous voir ensemble... — fit Martial Dereyne dont les doutes, ébranlés fortement, n'étaient néanmoins pas encore absolument dissipés, mais qui se proposait de trouver un moyen sûr de les éclaircir.

A cette minute précise le valet de chambre, une serviette sous le bras, ouvrit la porte du salon et annonça :

— Monsieur est servi.

— Avez-vous déjeuné, monsieur Warton? — demanda Martial.

— Non, monsieur, pas encore.

— Dans ce cas vous nous ferez le plaisir, n'est-ce pas, à mon fils et à moi, de partager avec nous sans façon un déjeuner modeste?

Cora parut hésiter.

— Acceptez, je vous en prie... — dit Georges vivement.

— Eh! bien, j'accepte...

— Je vous montre le chemin... — reprit Martial.

La salle à manger était vaste, meublée richement, et le déjeuner, quoi qu'en eût dit l'armateur, n'avait rien de modeste.

Au moment de s'asseoir à la table de l'assassin de son père, du meurtrier de sa mère et du bourreau de son honneur, Cora sentit un nouveau frisson de révolte effleurer son épiderme.

Mais cette fois encore elle se dompta et, glissant deux de ses doigts dans la poche de son gilet où ils palpèrent un petit flacon de cristal, elle eut aux lèvres un singulier sourire.

La conversation s'engagea puis, après avoir effleuré divers sujets, elle arriva aux opérations financières.

— Jouez-vous beaucoup à la Bourse? — demanda Cora à Georges.

— Je ne joue pas, monsieur, je spécule... — répondit le jeune homme.

— Je croyais que c'était la même chose...

— Nullement. — Le spéculateur, quand il agit avec prudence et qu'il puise ses renseignements à bonne source, ne court que certains risques. — La perte du joueur, au contraire, peut être illimitée...

— Mais, en revanche, le joueur éprouve des émotions délicieuses... — s'écria le pseudo-nabab.

— Ces émotions, on peut les trouver ailleurs qu'à la Bourse...

— Où donc?

— Sur le turf, par exemple.

— Faites-vous courir, monsieur Georges?

— Non, monsieur... — C'est un luxe trop cher pour moi... — Je me contente de parier...

— Êtes-vous heureux?

— Souvent, car je suis connaisseur en ce qui touche aux choses du turf...

— J'ai l'intention d'avoir une écurie de course... — reprit Cora, — cinq ou six chevaux seulement, mais de premier ordre...

— Chevaux de steeple-chases ou de courses plates?

— De courses plates... — J'espère que vous gagnerez de l'argent en pariant pour mes couleurs... — J'ai envoyé mes ordres en Angleterre, et les chevaux doivent être en route... — Vous les verrez à Saint-Ouen... Je vous compte, messieurs, ainsi que M. Léopold, au nombre de mes invités pour la fête d'installation que je donnerai prochainement... — N'est-ce pas ce qu'en France on appelle *pendre la crémaillère?*

— Oui, monsieur, et nous acceptons avec empressement et reconnaissance...

— Je vous en remercie, mais gardez-vous d'attendre jusque-là pour venir me voir... — Arrivez sans façon à l'heure du déjeuner comme j'ai fait aujourd'hui, ou à celle du dîner... — Je vous présenterai à mes cousines...

— Mlles Warton sont d'adorables jeunes filles! — s'écria Georges Dereyne avec conviction.

— N'est-ce pas?

— Une surtout.

— Laquelle?

— Mlle Laura. — Elle est incontestablement la plus jolie. — Est-ce votre opinion, monsieur Lionel?

— Je ne saurais avoir aucune opinion à cet égard. — Ce sont mes cousines. — Je dois vous dire cependant que tout le monde n'est pas de votre avis. — Beaucoup de gens préfèrent Mary à sa sœur aînée.

— Léopold est du nombre de ceux-là... — fit Georges en souriant.

— Songeriez-vous déjà à marier Mlles Warton? — demanda l'armateur.

— Oui et non, cela dépend d'elles... — Je prétends ne me réserver que le droit de conseil relativement à leurs mariages. Elles seront absolument libres de choisir, et la grande fortune qu'elles possèdent leur permettra d'épouser qui elles aimeront, même si les élus sont relativement pauvres.

Les yeux de Georges étincelèrent.

— On dit Mlles Warton très riches? — reprit Martial.

— Chacune d'elles a six millions de dot.

Le père et le fils échangèrent un coup d'œil.

Le valet de chambre reparut de nouveau, tenant une petite enveloppe d'apparence coquette d'où s'échappait un violent parfum de bouquet de Chantilly.

Martial étendit la main pour la prendre.

— C'est pour monsieur Georges... — dit le domestique.

— Pour moi ! ! — s'écria le jeune homme. — C'est singulier ! !

— Cette lettre vient d'être apportée par le groom de monsieur, qui savait que monsieur déjeunait ici... — continua le valet de chambre ; — il paraît que c'est très pressé... — on attend la réponse chez monsieur...

— Puisque c'est si pressé je vous demande la permission de lire... — fit l'associé d'agent de change en coupant la partie supérieure de l'enveloppe et en extirpant la feuille de papier glacé avec chiffre et devise qu'elle renfermait.

Le billet n'était pas long.

Il contenait les lignes suivantes :

« Figurez-vous, mon petit Georges, que j'ai chez moi un affreux huissier mal vêtu, qui veut de l'argent et qui prétend, si je ne lui en donne pas, ne point s'en aller sans avoir saisi mes meubles...

« C'est d'autant plus ridicule qu'il s'agit d'une bagatelle, mais on a taillé un bac, hier soir, chez Cora Taupin et j'ai eu une déveine monstre...

« Vous êtes trop gentleman pour laisser dans l'embarras une jolie femme avec qui vous marivaudez de temps en temps...

« Donc, envoyez-moi deux mille francs par ma femme de chambre et vous serez un homme incomparable.

« Bien entendu qu'il s'agit d'un prêt.

« Je vous rembourserai quand vous voudrez, et comme vous voudrez...

« Merci d'avance, mon bon petit Georges, et toute à vous.

« Ketty Bijou. »

L'associé d'agent de change mit la lettre dans sa poche.

— C'est un de mes amis, — dit-il ensuite, — qui s'est fait décaver au cercle et qui s'adresse à moi pour le paiement d'une dette de jeu... Je tiens à l'obliger et je n'ai que de l'or dans mon porte-monnaie... — Mon père, vous plairait-il de mettre à ma disposition deux mille francs en billets de banque? je vous les renverrai tantôt.

— Parfaitement... — répliqua Martial. — Monsieur Warton voudra bien nous permettre de le laisser seul un instant...

— Si vous vous gêniez à cause de moi je me croirais importun, — fit Cora, — et je ne reviendrais plus...

Le père et le fils quittèrent ensemble la salle à manger.

A peine venaient-ils de refermer la porte derrière eux que l'aînée des trois sœurs tira de la poche de son gilet le flacon de cristal donné par le docteur Jocelyn.

Elle le déboucha vivement et versa quatre gouttes de son contenu dans le verre à demi plein de l'armateur. — Elle reprit sa place ensuite et le flacon disparut.

Au bout de deux minutes Martial rentra, et son fils le suivit de près.

Tous deux s'excusèrent de nouveau de leur courte absence.

— Est-ce la première fois que vous venez en France, monsieur Warton ? — reprit l'armateur.

— Oui, monsieur...

— Comptez-vous y faire un long séjour ?

— Je ne saurais répondre d'une façon précise à cette question... Mon voyage a un but autre que le plaisir et, quand j'aurai atteint ce but, il est possible que je m'éloigne brusquement...

— Espérons qu'il n'en sera rien, — dit Georges, — et que les distractions parisiennes vous décideront à devenir complètement Parisien...

— Nous ferons ce qui dépendra de nous pour vous rendre agréable la vie de Paris... — ajouta Martial Dereyne en portant son verre à ses lèvres.

Cora le dévorait des yeux.

Un étrange sourire éclaira son visage quand elle le vit reposer sur la table le verre vide, et à partir de ce moment elle ne cessa de le regarder à la dérobée.

Georges renoua l'entretien.

— Avez-vous positivement l'intention de placer des fonds à Paris, monsieur Warton ? — demanda-t-il.

— Positivement.

— Dans l'industrie et le commerce ?

— Non... — Il me suffit d'avoir confié treize cent mille francs à la maison Dereyne et de Funcal... — Je compte acheter des valeurs de premier ordre, des actions de chemins de fer, de la Banque, du Crédit Foncier et d'autres entreprises non moins solides...

— Il est certain que ce sont là des placements de tout repos et qui permettent à un grand capitaliste comme vous de spéculer sur la hausse et la baisse sans aucune chance de perte... — Quelles sommes vous proposez-vous de consacrer à ces acquisitions ?

— Deux ou trois millions, je pense, peut-être plus... — J'aurai le plaisir, d'ailleurs, d'aller en causer avec vous...

— Je serai toujours à vos ordres...

— Où sont vos bureaux ?

— Rue de la Chaussée-d'Antin, n° 14.

— Dès demain vous aurez ma visite.

— Mon cher nouveau client, permettez-moi de boire à nos bonnes relations futures... — dit Georges Dereyne en s'apprêtant à remplir le verre de Cora et celui que son père lui tendait.

Mais tout à coup il s'arrêta, surpris, effrayé.

Martial venait de pousser un gémissement sourd, et son œil fixe et dilaté, sa poitrine haletante, trahissaient une soudaine et effroyable souffrance.

Son bras levé paraissait raide comme une barre de fer.

Il voulait parler ; sa langue ne pouvait articuler aucun son ; ses lèvres mêmes ne remuaient plus.

Le verre fragile se brisa entre ses doigts crispés ; — son corps se renversa sur le dossier de sa chaise.

LXV

Le faux nabab, très calme en apparence, suivait du regard les symptômes que nous venons de décrire et qui se succédaient avec une inconcevable rapidité.

La stupeur et l'épouvante se lisaient sur le visage de Georges.

— Mon père, — s'écria le jeune homme, — qu'avez-vous ? — Mais voyez donc, monsieur Lionel !... Voyez donc !... que signifie cela ?...

— Je ne le comprends pas plus que vous... — répondit Cora. — Est-ce que M. Dereyne est sujet à ces crises ?

— Mais non... c'est la première fois...

Georges avait quitté sa place. — Il saisit les mains de Martial et les trouva froides comme du marbre.

— Mon père, mon père, — reprit-il, — m'entendez-vous ?... — Parlez-moi ! Répondez-moi ! Dites-moi ce que vous avez !...

L'armateur ne pouvait répondre.

Ses yeux seuls prouvaient qu'il n'était pas mort... — Ils vibraient en quelque sorte sous les paupières, étincelants d'intelligence.

Georges perdait la tête. — Il frappa violemment et à plusieurs reprises sur un timbre.

Le valet de chambre accourut.

— Un médecin ! vite un médecin... — lui cria le jeune homme. — Ne perdez pas une minute... courez... — mon père est très mal....

— Oh ! mon Dieu !... oh ! mon Dieu ! — balbutia le valet de chambre, — qu'arrive-t-il donc à monsieur ?...

— C'est le médecin qui nous l'apprendra... — Allez !... hâtez-vous !

Le valet de chambre sortit effaré.

— Ce mal soudain, cet anéantissement foudroyant confondent ma raison !...
— dit Lionel.

— Et la mienne ! — répliqua Georges. — L'inertie du corps est complète,
et cependant mon père semble nous voir... nous entendre... nous comprendre...

Il se pencha vers Martial, et approchant ses lèvres de son oreille il murmura :

— Souffrez-vous ? puis-je faire quelque chose pour vous soulager ?

Même immobilité, même silence.

Les paupières battirent plus vivement, mais ce langage muet était incompréhensible.

Georges mouilla une serviette et l'appuya sur les tempes de son père.

Le contact de l'eau fraîche ne produisit aucun effet.

— Le vinaigre agirait plus efficacement peut-être... — dit Cora — essayez ;

Le jeune homme suivit ce conseil et n'obtint qu'un résultat négatif.

En ce moment le valet de chambre rentra, avec le médecin habituel de Martial Dereyne.

Le docteur salua sommairement, s'approcha du malade et demanda :

— Ah ! çà, que se passe-t-il donc ? — Est-ce que c'est vraiment grave ?

Cora détourna la tête pour cacher un sourire d'une expression indéfinissable.

— Ce qui se passe ? — répéta Georges, — Dieu veuille, docteur, que vous
puissiez le comprendre... — Mon père déjeunait tranquillement avec nous... —
Le mal est arrivé comme un coup de foudre.

Le médecin prit les mains de Martial.

— Glacées... — dit-il avec une surprise manifeste.

Il appuya deux de ses doigts sur l'artère et continua :

— Le pouls est rapide et irrégulier... — le malade me paraît sans connaissance...

— Non !... non !... Mon père vous voit et vous entend ! — s'écria Georges.

— Croyez-vous ?

— Regardez ses yeux... — Si ses lèvres sont muettes, ses yeux parlent.

Les paupières de Martial palpitaient, comme pour répondre affirmativement.

— Hum ! — fit le docteur. — C'est bizarre ! ! — M. Dereyne a-t-il reçu ce
matin quelque mauvaise nouvelle ? — A-t-il ressenti quelque contrariété vive ?

— Je ne crois pas... — il m'en aurait parlé....

— S'est-il mis dans une violente colère à la suite d'une discussion ? — poursuivit le médecin.

— Cela me paraît peu probable...

Le valet de chambre prit la parole.

— Je me permets d'affirmer à ces messieurs qu'il n'y a rien eu du tout... —
fit-il ; — mon maître s'est levé paisiblement à son heure habituelle... — il était
de bonne humeur... — Il n'a reçu aucune lettre, et personne n'est venu le voir
avant l'arrivée de M. Georges...

Le petit vieux tira de la poche de son gilet une tabatière qu'il présenta tout ouverte à son interlocuteur.

Tout en prêtant l'oreille à ces diverses réponses, le docteur auscultait Martial Dereyne.

Il lui pinça fortement la chair en plusieurs endroits.

Il prit dans sa trousse un instrument de chirurgie effilé comme une aiguille et pratiqua diverses piqûres.

Martial ne fit aucun mouvement et ne tressaillit même pas.

Évidemment toute sensibilité physique avait disparu; le malade ne percevait aucune sensation.

Le médecin hocha la tête à deux ou trois reprises.

— Eh bien ? — demanda Georges.

— Eh bien, monsieur, c'est une paralysie...

— Une paralysie ! ! — s'écria le jeune homme.

— Oui, monsieur, accompagnée de certains phénomènes assez rares. — Le cerveau est intact ; l'intelligence et la volonté survivent, mais le corps n'obéit plus... — Monsieur votre père voit et entend, mais il lui serait impossible de parler, ou de mouvoir un seul de ses doigts...

— Cet état se prolongera-t-il ?

— Un charlatan ferait étalage de science et se donnerait des airs de prophète, — moi je vous réponds franchement que je n'en sais rien.

— Enfin la guérison n'est pas impossible ?...

— Impossible, non, mais très difficile.

— Ne tenterez-vous rien d'immédiat ?

— Je tenterai beaucoup.

— Que faut-il faire, tout d'abord ?

— Transporter le malade sur son lit.

— Je vais prendre mon père par les épaules et le valet de chambre lui soutiendra les jambes.

— Il vaut infiniment mieux ne pas le déranger et soulever son fauteuil, — répliqua le médecin. — Ce sera d'ailleurs plus facile...

— C'est juste...

Georges et le domestique, accompagnés du médecin, opérèrent la translation de Martial Dereyne.

Cora les suivit.

Elle avait besoin de savoir ce qu'ordonnerait l'homme de science.

On déshabilla l'armateur et on le coucha.

Le médecin écrivit ensuite une ordonnance.

— Portez cela chez le pharmacien, — dit-il au valet de chambre ; — il préparera un liniment avec lequel on frictionnera le malade trois fois par jour, pendant une demi-heure chaque fois...

— Et c'est tout ? — demanda Georges.

— Pour le moment, oui, monsieur.

— Docteur, au nom du ciel, hâtez la guérison de mon père ! Songez-y donc, c'est affreux ! — Il nous voit, il nous entend, et ne peut nous parler...

— Estimons-nous heureux qu'il entende et qu'il voie... — répondit le médecin. — La paralysie aurait pu être plus complète encore...

— Triste consolation, docteur !

— Je vous la donne pour ce qu'elle vaut, mais enfin c'en est une... — il n'existe aucun danger immédiat... C'est énorme... — Je vous quitte...

— Quand reviendrez-vous ?

— Ce soir...

Et le médecin se retira.

Georges resta seul avec Cora dans la chambre du paralysé.

— Vous assistez à un triste spectacle, monsieur Warton... — dit-il.

— Croyez que je prends une part bien grande au coup si terrible et si imprévu qui frappe votre famille... — répondit Cora. — On croirait, en vérité, que ma présence a porté malheur à cette maison.

En prononçant ces paroles avec un accent ému, le prétendu Lionel Warton avait regardé fixement Martial Dereyne.

Le misérable ne pouvait tressaillir, mais ses prunelles exprimèrent une indicible angoisse et ses paupières s'abaissèrent ; — tous ses doutes lui revenaient.

Le valet de chambre rentra.

— Je retournerai chercher le médicament, monsieur, — dit-il à Georges ;— il ne sera prêt que dans une heure au plus tôt.

— C'est bien ; — vous avez compris les prescriptions du médecin?

— Oh! oui, monsieur... — Elles sont faciles à exécuter.

— Je suis obligé de me rendre à la Bourse où j'ai des rendez-vous... — Ma présence ici serait d'ailleurs inutile en ce moment, mais vous ne pouvez suffire sans aide aux soins à donner... Mon père doit avoir jour et nuit quelqu'un auprès de lui... — Prenez une garde... — N'est-ce pas, mon père?

Les paupières de Martial se mirent à battre et son regard s'assombrit.

— M. Dereyne ne semble pas approuver votre idée... — dit Cora. — Peut-être lui serait-il désagréable de voir introduire dans sa maison une personne inconnue...

— Peut-être en effet... — Et cependant il faut quelqu'un pour aider Baptiste.

— Mme Rose Bonchamp doit venir tantôt... — dit le valet de chambre. — Elle est très dévouée à monsieur et me donnerait de bon cœur un coup de main.

Les yeux de Martial étincelèrent.

Cora reprit :

— Evidemment monsieur votre père désire les soins de la personne dont on vient de parler.

— Ah ! — murmura Georges avec une sourde colère. — Cette femme ! toujours cette femme !

— Je ne sais qui elle est, — poursuivit Cora, — mais vous n'ignorez point qu'il importe, avant tout, de ne pas contrarier les malades.

— Qu'elle vienne donc, et qu'elle reste si elle veut... — D'ailleurs mon père est chez lui et peut recevoir qui bon lui semble. — Au revoir, mon père... — A bientôt. — En sortant de la Bourse, je passerai ici.

— Au revoir, monsieur Dereyne... — fit à son tour Cora en s'approchant de l'armateur. — Je reviendrai bientôt moi-même prendre de vos nouvelles, car votre situation m'inspire un intérêt profond.

Et elle sortit en compagnie de Georges.

— Avez-vous votre voiture en bas ? — demanda-t-elle au jeune homme.

— Non... — Je vais prendre un coupé de régie.

— Inutile... —j'ai mon phaéton et j'aurai le plaisir de vous conduire à la Bourse...

— J'accepte volontiers...

Georges et Cora montèrent dans l'élégant phaéton attelé de deux chevaux de race.

Cora reprit :

— Entre jeunes gens tout peut se dire... Apprenez-moi donc quelle est cette dame Rose Bonchamp dont votre père paraît souhaiter si vivement la présence...

— Un fléau pour nous ! — répondit Georges.

— Une maîtresse sans doute ?

— Oui et, ce qu'il y a de pis, une vieille maîtresse... — Mon père étant veuf mène la vie de garçon, et je trouve tout simple qu'il se soit cru jusqu'à ce jour plus jeune que son âge, mais je déplore une liaison dont l'origine se perd dans la nuit du passé... — Rose Bonchamp, autrefois femme de charge de la maison, est une dangereuse créature, belle encore, très rouée, très habile, qui mène mon père par le bout du nez...

— Elle possède donc sur lui une grande influence ?...

— Une influence énorme, inexplicable, incompréhensible ! — Elle le domine absolument... — elle se moque de lui, elle l'exploite, elle le trompe... — il le sait et ne peut se passer d'elle... — elle a déjà notablement compromis sa fortune... — elle finira par le ruiner tout à fait... ·

— Ah ! diable !... et moi qui viens de verser treize cent mille francs dans les mains de M. de Funcal ! !

Georges se mordit les lèvres en se reprochant d'avoir trop parlé.

— Soyez sans inquiétude, — répliqua-t-il vivement, — vos fonds sont en sûreté... — mon père ne s'occupe plus de la maison du Havre... — c'est son associé qui mène tout, et je le crois très habile...

— Vous me rassurez... — Nous voici à la Bourse... — je vous laisse...

L'associé d'agent de change descendit de voiture.

— Merci de m'avoir amené, cher monsieur Warton, — dit-il en serrant la main de Cora ; —souvenez-vous que vous m'avez promis de venir me voir demain.

— Comptez sur moi, comme de mon côté je compte sur votre prochaine visite au château de Saint-Ouen.

— Je n'aurai garde de l'oublier... —J'ai grande hâte d'être présenté par vous à Mlle Laura Warton et à ses sœurs... — Me permettrez-vous d'amener mon frère Léopold?

— Non seulement je vous le permets mais je vous en prie...

Georges Dereyne gravit les degrés de la Bourse, et Cora reprit le chemin de Saint-Ouen.

— Allons, — se disait-elle en souriant, — je n'ai pas perdu ma journée ! !

LXVI

En descendant de voiture devant le perron du château, Cora vit de loin ses deux sœurs.

Carmen et Marie se promenaient à pas lents sous la voûte de verdure des tilleuls séculaires.

La physionomie de Carmen était plus animée que de coutume, grâce au souvenir de la soirée de la veille. — La vie de Paris, ce mouvement, ces plaisirs dont jusqu'alors elle ne s'était fait aucune idée, amusaient la jeune fille, et par instants lui faisaient presque oublier la tragédie de Guayanila.

Marie, au contraire, avait une ombre sur le front, et ses grands yeux tendres et candides exprimaient la mélancolie

Cora rejoignit les promeneuses.

— Tout va bien ! — leur dit-elle avec une expression de sombre triomphe. — Tout va bien, mes chéries, et le succès passe mon espérance !

— Qu'y a-t-il donc ? — demanda Carmen.

— Un événement imprévu, d'une importance capitale ! Un triomphe que les plus habiles machinations n'auraient peut-être pas obtenu et qui nous est acquis sans combat ! — Ah! le Dieu des vengeances est avec nous! il nous guide, il nous protège !

— Ceci est une énigme, — dit Carmen, — et je voudrais en savoir le mot...

— Ce mot, le voilà, mes sœurs : — Il vous a suffi de vous montrer pour vaincre! Deux hommes vous ont vues hier et sont épris de vous aujourd'hui !

— Deux hommes?... — balbutia Marie.

— Allons, — fit Carmen en secouant la tête, — tu veux rire...

— Rire ! — répéta Cora d'une voix triste. — Ah! chère enfant, quelle parole viens-tu de prononcer?... — Est-ce que je peux rire, moi dont l'âme est en deuil, moi dont le cœur est brisé pour toujours ? — J'ai mis un masque sur mon visage, et si parfois ce masque est souriant c'est que le rôle que je me suis imposé l'exige !...

Carmen se jeta dans les bras de sa sœur en murmurant :

— J'ai eu tort... — Pardonne-moi.

Cora répondit par un baiser et poursuivit :

— Oui, deux hommes, deux jeunes gens, vous aiment... — Or, s'il l'avait fallu, j'aurais donné la moitié de mon sang pour faire naître cet amour, et vous allez le comprendre : — Ces deux hommes s'appellent Georges et Léopold Dereyne... — Georges, qui couvrait Carmen de regards enflammés au foyer du théâtre... Léopold, qui relevait l'éventail de Marie...

Marie, en entendant prononcer le nom de Léopold avait baissé la tête, et successivement elle était devenue très rouge puis très pâle... — Son cœur battait à l'étouffer.

— Comment sais-tu cela ? — demanda Carmen.

— J'ai vu ce matin Georges Dereyne, celui qui est amoureux de toi...

— Il t'a dit qu'il m'aimait et que son frère aimait notre sœur ?

— Il ne me l'a pas dit, mais il me l'a fait clairement comprendre... — Cet amour naissant grandira, car vous ferez tout pour l'encourager, et vous dominerez par lui les fils de l'assassin de notre père, du bourreau de notre mère ! !

— Par cet amour vous en ferez vos esclaves, et vous les conduirez où nous voulons qu'ils aillent, au désespoir, à la ruine, à la honte !...

En parlant ainsi Cora s'était animée.

Ses narines palpitaient ; ses yeux lançaient de fauves éclairs, tandis que de son stick elle décapitait les fleurs qui se trouvaient à portée de sa main.

Sous son costume irréprochable de gentleman, elle était à la fois superbe et effrayante.

A chaque parole de la terrible vengeresse, Marie sentait grandir sa douloureuse émotion

— Tu me fais peur... — balbutia-t-elle d'une voix à peine distincte.

— Peur ! — répliqua Cora haletante. — Que crains-tu donc?

— Que tu ne sois cruelle...

— Je le suis... je veux l'être ! C'est mon droit ! C'est justice !... — Les bourreaux n'ont ni hésité, ni reculé... — Les filles des victimes n'hésiteront point et ne reculeront pas ! — Nous irons jusqu'au bout !

— Ainsi, — reprit Marie qui puisait dans un sentiment nouveau, dont elle ignorait la nature, la force de discuter les volontés de Cora, — ainsi nous laisserons ces jeunes gens nous aimer, et nous feindrons de leur rendre amour pour amour...

— Oui.

— Mais ce sera mentir !... ce sera tromper !...

— Martial Dereyne n'a-t-il pas trompé et menti ?...

— Ses fils sont innocents...

— Qu'importe ? Ils souffriront ! — Nulle souffrance ne nous a été épargnée, à nous, et cependant nous étions innocentes ! — Œil pour œil ! dent pour dent !

— Il faut un fleuve de larmes pour payer les larmes versées ! — Il faut un ruisseau de sang pour payer le sang répandu !... — Sur les tombes de Guayanila nous avons juré d'être sans pitié pour la vengeance. — Tenons notre serment!

Marie tremblait, essuyant silencieusement ses larmes.

Une sourde révolte grondait au fond de son âme.

— Est-ce la faute de Léopold, — se demandait-elle, — s'il a le malheur d'être fils de Martial Dereyne?

*
* *

Le drame formidable machiné pour la vengeance des filles de Richard Bernier offrait une trame multiple.

Les fils épars et nombreux qui se rattachaient à cette trame devaient, à un moment donné, se trouver tous dans la main de Cora.

Jean Renaud travaillait à les réunir.

Il était allé rue du Rocher prendre des renseignements au sujet de l'acquisition ou de la location du petit hôtel contigu à celui qu'habitait Martial Dereyne.

Cet hôtel se trouvait à vendre, seulement la locataire avait un bail d'un an.

Une femme de chambre donna l'adresse du notaire chargé de la vente, et laissa entendre à Jean Renaud que, moyennant une indemnité sérieuse, la locataire, — (qui était une personne galante dont les affaires périclitaient), — consentirait à s'en aller tout de suite.

Le faux mulâtre se rendit chez l'officier ministériel qui mit à sa disposition, pour lui faire visiter l'immeuble, un clerc de son étude avec lequel il retourna rue du Rocher.

Comme il y arrivait il vit un domestique, dont la physionomie exprimait l'effarement, entrer dans la maison de Dereyne en compagnie d'un monsieur décoré, au visage glabre. — Ce monsieur devait être un médecin.

— Bon! — pensa Jean Renaud. — Lionel Warton a réussi.

Et il franchit le seuil de l'hôtel voisin.

C'était une construction médiocre, n'ayant qu'un étage sur rez-de-chaussée et des mansardes.

La distribution intérieure laissait beaucoup à désirer; mais pour l'usage auquel on le destinait cela importait peu...

La maîtresse du logis, — une grosse blonde assez fraîche, — se mit avec infiniment de complaisance à la disposition des visiteurs.

— J'achèterais, — dit Jean Renaud, — si madame voulait me céder le reste de son bail.

— J'ai quelque envie d'aller faire un tour à l'étranger, — répliqua la blonde locataire, — et je décamperai, mais à deux conditions.

— Lesquelles?

— La première, c'est que vous me donnerez une indemnité de deux cents louis...

— Accordé.

— La seconde, c'est que vous m'achèterez mon mobilier...

— Combien voulez-vous le vendre?...

— Quinze mille francs.

— C'est entendu... — Signons la convention tout de suite... — Voilà cinq mille francs d'arrhes... — je vous apporterai le reste demain. — Faites vos malles...

— Peste, monsieur, vous êtes rond en affaires! — s'écria la petite dame, regrettant fort de n'avoir pas demandé vingt mille francs d'un mobilier qui en valait tout au plus dix mille.

Une heure après, tout était conclu avec le notaire. — Le prix d'acquisition devait être versé le lendemain.

Jean Renaud alla déjeuner au café Anglais, remonta en voiture et donna l'ordre de le conduire rue d'Enfer, à l'hospice des Enfants-Trouvés.

Beaucoup de nos contemporains ont vu dans son intégrité ce grand bâtiment sombre dont aujourd'hui l'aspect est bien changé.

Un plus grand nombre ne le connaissent que par un décor du théâtre de la Porte-Saint-Martin et par une scène émouvante de *Marie-Jeanne*, ce drame célèbre du grand dramaturge et de l'homme charmant qui s'appelle Adolphe d'Ennery.

Disons aussi que dans *Marie-Jeanne* Mme Dorval se montrait sublime.

Au milieu de la sinistre façade existait une sorte de vestibule de forme arrondie.

Au point central de ce vestibule on voyait un guichet toujours ouvert pour les femmes et les filles que la misère ou la honte contraignaient à se séparer du fruit de leurs entrailles.

Sans ce guichet légendaire, combien plus effrayant encore aurait été le nombre des infanticides, ce crime hideux parmi les plus lâches!!

A droite du *tour*, aujourd'hui muré, se trouvait une porte grise à laquelle sonna Jean Renaud.

La porte s'ouvrit et un gardien parut sur le seuil.

— Que voulez-vous, monsieur? — demanda-t-il au faux mulâtre.

— Je désirerais un renseignement.

— Relatif à quoi?

— A un enfant déposé ici il y a vingt et quelques années...

— Entrez, monsieur, — répondit le gardien en s'effaçant pour laisser passer le visiteur, — et adressez-vous, dans la cour à main gauche, au bureau spécial où vous trouverez un employé dont la mission est de vous satisfaire.

Jean Renaud suivit les indications données.

Il ne chercha pas longtemps.

Au-dessus d'une porte vitrée, sur une planche de bois peinte en blanc, se lisait en grosses lettres noires ce mot: RENSEIGNEMENTS.

Le faux mulâtre reçut le carnet et lut les vingt-trois noms.

La porte vitrée tourna sur ses gonds et le faux mulâtre entra dans le bureau.

Un vieux petit homme de soixante-huit à soixante-dix ans, vêtu d'une longue houppelande de couleur marron et coiffé d'une calotte grecque en velours jadis noir d'où s'échappaient quelques mèches de cheveux grisâtres et frisottants, était assis derrière une table en bois blanc maculée d'encre et tailladée de coups de canif.

Ce petit vieux avait une bonne figure toute ridée et toute ratatinée.

Il portait des lunettes à branches d'acier qu'il relevait habituellement sur son front quand il ne lisait ou n'écrivait pas.

Son regard semblait alors indécis et clignotant comme celui d'un oiseau de nuit mis soudainement en face des rayons éclatants du jour.

Jean Renaud salua.

Le petit vieux releva ses lunettes et rendit le salut avec une exquise poli-tesse.

— Monsieur désire? — fit-il ensuite.

Le faux mulâtre répondit, comme il l'avait déjà fait au gardien :

— Je désire un renseignement...

— Aux ordres de monsieur, si c'est en mon pouvoir... — Il s'agit?

— D'un enfant déposé dans le tour de l'hospice il y a vingt-cinq ans...

Le bureaucrate tira de la poche de son gilet une tabatière en argent guilloché qu'il présenta tout ouverte à son interlocuteur, en accompagnant ce geste de la question sacramentelle :

— Monsieur en use-t-il?

— Jamais... merci.

Le petit vieux se bourra le nez de tabac avec un bruit de trompette, remit sa boîte dans sa poche et reprit :

— Nous disons donc vingt-cinq ans?

— Oui, monsieur.

— C'est un peu vague. — Monsieur a-t-il la date précise?

— Parfaitement, — répliqua Jean Renaud, — le dépôt fut opéré le 29 décembre de l'année 1828.

— 29 décembre 1828... — très bien... — que monsieur prenne la peine de s'asseoir... — Dans quelques minutes j'aurai l'honneur de formuler une réponse congruante à la demande qu'il vient de m'adresser.

LXVII

Le bureaucrate quitta son fauteuil garni d'un rond hygiénique, et se dirigea vers un casier chargé de registres in-folio.

Le dos de chacun de ces registres portait, sur sa reliure de basane verte, un millésime différent et des indications manuscrites.

— 1828... 1828... 1828... — murmurait le petit vieux, dont les lunettes occu-paient maintenant leur position normale et qui passait en revue les volumes.

Il en choisit un, le posa sur la table, l'ouvrit et tourna lentement les feuillets pour arriver à la date indiquée par le visiteur.

— Vingt-neuf décembre... — dit-il en s'asseyant et en désignant du bout du doigt la date qu'il venait de lire, — Nous y voilà... — De quel sexe était l'enfant déposé?

— Du sexe masculin...

— Un garçon... très bien.. — Justement la journée commence par un garçon... — Minuit vingt-cinq minutes, un enfant mâle portant au cou un petit collier de faux corail soutenant une médaille de la vierge en argent... — Est-ce cela?

— Non...

— Monsieur en est sûr?

— Absolument sûr.

— Existait-il, à la connaissance de monsieur, quelque signe particulier, une marque ou indication quelconque, pouvant faciliter plus tard la reconnaissance de l'enfant?

— Oui. — Les deux initiales J. H. et la date 29 décembre 1828 étaient tracées sur un papier cousu dans un coin des langes...

— La chose alors ira toute seule si les détails fournis par monsieur sont exacts.

— Ils le sont.

— Je n'ai nulle raison pour en douter, mais enfin on aurait pu mal renseigner monsieur, volontairement ou involontairement.

Et le bonhomme, ajustant de nouveau ses lunettes, consulta les colonnes sur lesquelles étaient inscrites les entrées du 29 décembre 1828.

— Ah! s'écria-t-il tout à coup, en discontinuant ses recherches, — cette fois, nous y voici !...

— Vous avez trouvé?

— Oui, monsieur... — *Euréka!* comme disait Archimède, un ancien très connu.

Et le petit vieux lut à haute voix :

— « 29 décembre 1828. — Trois heures quarante-sept minutes du matin. — Temps affreux. — Neige abondante. — Grand vent. — Le gardien entend le bruit du tourniquet et recueille un enfant bien constitué, du sexe masculin. — Langes très propres mais sans valeur. — Sur ces langes un papier cousu. — Sur ce papier les lettres J. H. et cette date : 29 décembre 1828. »

— C'est cela! — dit Jean Renaud, enchanté du résultat des investigations — c'est bien cela!!

Le bureaucrate reprit :

— L'enfant, le même jour, fut baptisé sous les noms de Jacques-Henry, *que les initiales paraissaient indiquer.*

— *Jacques!* — pensa le faux mulâtre. — On a donné à cet enfant un nom qui justement lui appartenait!

Puis il demanda :

— Voudrez-vous bien maintenant m'apprendre ce que l'enfant est devenu?

— Le registre va nous le dire.

Et l'employé continua :

— *Confié jusqu'à l'âge de huit ans à une nourrice de Nancray-sur-Mance, département de la Haute-Marne. — A huit ans, ramené à Paris. — Mis en apprentissage chez un menuisier de Montrouge. — Caractère doux. — Intelligence développée. — Promettait de devenir un bon sujet. — Mort d'une fièvre pernicieuse à quinze ans.*

— Mort! — s'écria Jean Renaud avec un désappointement énorme.

— Oui, monsieur, le 20 octobre 1843.

— Et vous êtes certain, monsieur, qu'il n'y a pas d'erreur?...

Le petit vieux releva ses lunettes sur son front et sourit en répliquant :

— Non, monsieur, il n'y a jamais d'erreur... il ne peut y avoir d'erreur... — Monsieur lui-même, en y réfléchissant, comprendra qu'une erreur est impossible... — Je regrette beaucoup, puisque monsieur s'intéressait à l'enfant, que nos recherches nous aient donné un fâcheux résultat.

— Je vous remercie, monsieur, de votre obligeance, et je vous demande pardon du dérangement que je vous ai causé.

— Aucun dérangement, monsieur, aucun!... distraction plutôt. — Je suis d'ailleurs à la disposition du public, par conséquent aux ordres de monsieur...

Jean Renaud salua l'employé et sortit du bureau, puis de l'hospice.

Il remonta en voiture.

— Où va monsieur? — lui demanda le cocher.

— Aux Batignolles...

— A quel endroit des Batignolles?

— Je ne sais pas... — Quand nous y serons, je m'informerai.

Le cocher fouetta son cheval.

— Mort! il est mort! — murmura le faux mulâtre chemin faisant, — il n'existe plus ce vivant fantôme que je voulais jeter dans les bras de Blanche Hervieux, comtesse de Lasseny! — Disparue la preuve du crime! — Le crime n'en est pas moins positif et facile à prouver, mais la mort de cet enfant paralyse ma force et l'anéantit presque! — Comment dire au père, si nous le retrouvons : « — *Vous avez eu un fils de Blanche Hervieux, mais ce fils est mort!!* » Que lui importera la naissance d'un être qui n'est plus?? — Et nous serons impuissants contre cette femme!! — Allons, c'est une fatalité!!

Après un silence, il ajouta :

— Est-ce la déveine qui commence?... — Serai-je plus heureux pour le fils de Raymond, cette autre victime de Martial Dereyne?... — Dieu le veuille!...

Arrivé au boulevard de Clichy, en dehors des barrières qui à cette époque n'étaient pas encore reculées jusqu'aux fortifications, le cocher fit halte.

— Nous voilà aux Batignolles, monsieur... — dit-il. — Présentement il faudrait tâcher de savoir où nous allons; sans cela nous n'aurons pas beaucoup de chance d'arriver...

— Connaissez-vous une pension de jeunes gens dans les Batignolles?

— Je sais qu'il y en a des flottes... — J'en connais de vue quelques-unes, mais quant à leurs noms, j'en ignore... — Il y en a une rue des Dames...

— Conduisez-moi d'abord à celle-là...

Le cocher remit en marche son véhicule et l'arrêta devant une grande maison de bonne apparence.

Sur la façade un large écriteau portait ces indications :

INSTITUTION DE JEUNES GENS

PRÉPARATION AU BACCALAURÉAT

— Monsieur, nous y sommes... — fit le cocher.

Jean Renaud descendit, entra chez le concierge et lui demanda :

— Comment s'appelle le directeur de l'institution, je vous prie?

— M. Lhéritier, docteur ès-lettres.

— Existe-t-il aux Batignolles un instituteur du nom de Bénistan?

— Il a existé autrefois, monsieur.

— Il est retiré?

— Il est mort.

— Celui-là aussi! — pensa le faux mulâtre. — Allons, la déveine s'accentue!

— Mais, — poursuivit le concierge, — feu M. Bénistan a un remplaçant, M. Berton, et si c'est pour un élève de son prédécesseur, il pourra vous répondre.

— Où demeure M. Berton?

— Rue Saint-Étienne, un peu plus loin que la brasserie.

— Merci du renseignement, monsieur...

— Il n'y a pas de quoi.

Jean Renaud regagna la voiture, donna l'adresse au cocher, et cinq minutes plus tard il sonnait à la porte de l'ex-institution Bénistan.

Un domestique vint lui ouvrir.

— Je voudrais parler à M. Berton... — dit-il à ce domestique.

— Monsieur est sorti, mais madame est là, et c'est toujours à elle qu'on s'adresse en l'absence de monsieur...

— Prévenez madame, je vous prie, qu'un étranger souhaiterait s'entretenir un instant avec elle.

— Monsieur veut-il me dire son nom?

— Voici ma carte.

— Je vais montrer le chemin à monsieur...

L'évadé de la *Dorade* suivit le domestique qui l'introduisit dans un parloir ou salon d'attente fort bien meublé, garni de cadres contenant des aquarelles et des dessins au crayon noir et à l'estompe, œuvres des élèves de la maison, et le laissa seul.

Un instant après Mme Berton entrait.

Elle était jeune encore et pouvait passer pour jolie, mais elle portait des lunettes bleues qui ne l'avantageaient point.

— Ma visite vous semblera peut-être importune, madame, — lui dit Jean Renaud, — mais c'est un motif sérieux qui m'amène.

— Parlez, monsieur. — De quoi s'agit-il?

— Je venais demander à M. Berton s'il pouvait me donner quelques renseignements au sujet d'un ancien élève de cette institution, à l'époque où M. Bénistan la dirigeait... — Mais, d'abord, combien y a-t-il de temps que votre mari est à la tête du pensionnat?

— Huit ans, monsieur... — Nous avons acheté l'établissement à la veuve de M. Bénistan, et nous avions bien des chances de nous y ruiner, car la pension périclitait d'une façon inquiétante... — Il fallait la relever et, grâce à Dieu, nous avons réussi... — Notre prédécesseur, déjà vieux et infirme, laissait tout aller à la débandade... — les pensionnaires disparaissaient les uns après les autres...

— Vous souvenez-vous d'avoir eu, parmi ces pensionnaires, un jeune homme du nom d'Armand Raymond?

— Armand Raymond? — répéta la femme de l'instituteur.

— Oui.

Mme Berton baissa la tête comme pour consulter sa mémoire.

— Ce jeune homme était-il interne ou externe? — demanda-t-elle ensuite.

— Interne.

— Le nom d'Armand Raymond n'éveille en moi aucun souvenir... — Il me semble que je ne l'ai jamais entendu prononcer...

— Êtes-vous certaine que vos souvenirs ne sont point infidèles?

— Non, pas absolument certaine... — Mais, à défaut de ma mémoire, j'ai le livre d'entrées et de sorties... — C'est moi qui suis chargée de le tenir à jour et nous allons, si vous voulez, le consulter ensemble...

— Je vous en prie, madame, et j'en serai très reconnaissant.

Mme Berton prit dans une bibliothèque un carnet relié et l'ouvrit.

— Voici, — dit-elle, — le livre de notre première année. — Il renferme les noms des élèves dont nous avons hérité de l'institution Bénistan. — Ces élèves n'étaient pas nombreux ! — Voyez, monsieur, vingt-trois en tout ! — Nous en avons aujourd'hui plus de cent cinquante !...

— Je vous en fais mes compliments, madame.

— Veuillez jeter vous-même les yeux sur la liste...

Le faux mulâtre reçut le carnet des mains de l'institutrice et lut les vingt-trois noms.

Celui d'Armand Raymond ne s'y trouvait pas.

Une expression de vive contrariété se peignit sur le visage sombre de Jean Renaud.

— En vérité, — s'écria-t-il, — c'est jouer de malheur !... — J'avais le plus grand intérêt à retrouver les traces de cet enfant.

— Je regrette bien vivement, monsieur, de ne pouvoir mieux vous renseigner.

— N'avez-vous pas conservé, par hasard, les anciens livres de votre prédécesseur ?

— Non, monsieur... — Ce fatras de papiers mal tenus ne pouvait nous servir à rien... tout a été brûlé.

— Aucun de vos professeurs actuels n'était-il employé chez M. Bénistan ?

— Aucun. — Nous avons fait maison nette...

Jean Renaud se leva.

— Pardonnez-moi, madame, — fit-il, — d'avoir abusé de votre temps, et croyez à ma vive gratitude pour votre bienveillant accueil...

Mme Berton répondit quelques mots polis ; — l'évadé de la *Dorade* quitta le pensionnat, remonta en voiture et donna l'ordre de le conduire à Saint-Ouen.

— La déveine ! — murmurait-il chemin faisant. — La déveine !!

LXVIII

Un moment après le départ de Jean Renaud, M. Berton, le directeur du pensionnat, revint de ses courses dans Paris.

— Rien de nouveau, chère amie ? — demanda-t-il à sa femme en l'embrassant.

— Pardon, — répondit-elle. — Si tu étais rentré cinq minutes plus tôt, tu aurais trouvé ici un monsieur très distingué... un mulâtre...

— Que voulait-il ?

— Des renseignements sur un jeune garçon qui, paraît-il, a été en pension chez notre prédécesseur...

— Comment s'appelait cet élève ?

— Armand Raymond.

— Armand Raymond... — répéta l'instituteur, — parfaitement.

— Tu connais ce nom?...

— Très bien...

— Comment cela? — j'ai consulté le livre de notre première année... cet enfant ne s'y trouve point inscrit.

— C'est qu'il avait déjà quitté la pension, mais deux années avant la mort de M. Bénistan j'ai remplacé pendant quelques jours un professeur malade, et j'avais dans ma classe un enfant nommé Armand Raymond, qu'on appelait aussi Raymond-Dorsay, je ne sais pourquoi, peut-être à cause du nom de sa mère.

— Il était intelligent, travailleur et très doux, cet enfant! Son père avait la réputation de s'occuper beaucoup de politique et passait pour un exalté. — Il venait souvent voir le gamin avec un de ses amis, M. Fernand Strény...

— Tu es sûr que tes souvenirs sont exacts?...

— D'une exactitude de chronomètre! — répliqua M. Berton en riant.

— Il est bien fâcheux alors que tu ne te sois pas trouvé là pour répondre à ce monsieur, qui paraissait si désireux d'être renseigné.

— Je l'aurais renseigné fort mal puisque j'ignore ce qu'est devenu l'enfant.

— Il aurait été bien aise de savoir que tu l'avais connu.

— Peut-être reviendra-t-il?

— C'est peu probable. — Il est parti découragé.

— Il n'a pas laissé son adresse?

— Voici sa carte.

— *Doménico Séballa,* — lut M. Berton. — Nulle indication de domicile... — Impossible de lui écrire... — Ça ne nous regarde pas, après tout... — Je vais donner un coup d'œil aux salles d'étude...

*
* *

Jean Renaud rentra, la tête basse, au château de Saint-Ouen.

— Je vois à votre air soucieux que quelque chose va mal, mon ami, — lui dit Cora.

— C'est vrai.

— Qu'y a-t-il?

— Je viens d'échouer deux fois de suite.

Et le faux mulâtre raconta brièvement son double insuccès à l'hospice des Enfants-Trouvés et au pensionnat des Batignolles.

— Tranquillisez-vous... — répondit la jeune fille après l'avoir entendu. — Le mal peut se réparer... — Nous retrouverons le fils de la comtesse de Lasseny, ou plutôt de Blanche Hervieux.

— Mais il est mort! — s'écria Jean Renaud.

— Il ne souffre pas... dit le pseudo Lionel Warton.

— Nous le ferons revivre... — Quant au fils de Laurent Raymond, sa trace est perdue ; qu'importe ? Il est des moyens d'investigation puissants et nous les mettrons en œuvre...

— Cela, je le comprends et je l'admets... — L'enfant, devenu jeune homme, est vivant encore sans doute... — Mais l'autre ?... — Que comptez-vous faire ?

— Je vous le dirai plus tard... — Parlez-moi de la rue du Rocher... — Avez-vous pu louer ou acheter l'hôtel voisin ?

— J'ai acheté... — Nous aurons les clefs demain.

— C'est bien ; nous le visiterons ensemble.

— Et Martial Dereyne? — demanda Jean Renaud.

— Garrotté par la paralysie et plus impuissant qu'un cadavre !... — répondit Cora avec un sourire de triomphe. — Il fallait agir vite... — Le misérable me reconnaissait.

— Sous ce déguisement? Avec ces allures masculines?... Est-ce possible?...

— C'est plus que possible, c'est certain...— Peut-être doutait-il encore, mais sa conviction aurait été bientôt complète... — Les lignes de mon visage, l'expression de mon regard, me trahissaient sans doute, et son instinct lui révélait en moi sa mortelle, son implacable ennemie !...

— Me permettez-vous de vous demander comment se sont passées les choses?

Cora se fit narratrice à son tour.

Lorsqu'elle eut achevé, le faux mulâtre dit :

— Je souhaiterais voir Rose Bonchamp...

— Qui vous en empêche?...

— Je ne voudrais ni aller chez elle, ni me présenter chez Dereyne où je n'ai nulle raison pour être admis...

— Dans quelques jours nous donnerons une fête au château... — Je vais m'entendre avec MM. Octave Richard et Lambert Massol au sujet des invitations. — Rose Bonchamp en recevra une...

Le lendemain Cora se rendit chez l'agent de change dont Georges Dereyne était l'associé.

Elle remit au fils de l'armateur un chèque de cinq cent mille francs payable à vue et le chargea d'acheter pour son compte des actions du chemin de fer du Nord et du Paris-Lyon-Méditerranée ; puis à la causerie d'affaires succéda une conversation presque intime où Lionel Warton parla de ses cousines Laura et Mary, en des termes très encourageants pour Georges et pour Léopold.

De cette conversation semblait résulter — d'une façon vague, il est vrai, mais cependant appréciable — que les jeunes gens, quand ils demanderaient la permission de présenter leurs hommages aux jolies millionnaires, ne seraient point accueillis avec défaveur.

En quittant les bureaux de l'agent de change, Cora se rendit rue du Rocher où Jean Renaud l'attendait sur le seuil de l'immeuble acheté la veille et dont la blonde locataire venait de partir en emportant ses malles.

Le pseudo-Lionel Warton, en compagnie du faux mulâtre, visita l'hôtel dans tous ses détails et prescrivit certains travaux qui devaient être exécutés promptement et secrètement.

Il semblait difficile de compter sur la discrétion absolue des ouvriers parisiens, auxquels d'ailleurs on ne pouvait recommander le silence.

On décida que deux des nègres venus de Guayanila, connaissant à fond le métier de maçon et celui de serrurier, mais en revanche ne sachant pas un mot de français, seraient chargés seuls de mener à bien sans retard les travaux en question.

La porte cochère donnait accès dans une petite cour où Jean Renaud ferait déposer, à l'abri des regards curieux, les matériaux nécessaires.

Le faux mulâtre alla s'occuper des achats indispensables et Cora, le laissant s'éloigner seul, sonna chez Martial Dereyne.

La veille — après le départ de Georges Dereyne et de Lionel Warton — le valet de chambre avait consciencieusement administré à l'armateur, sous forme de frictions, le médicament ordonné par le médecin.

Nos lecteurs savent déjà que ce médicament — étant donnée la nature toute particulière de la paralysie — ne devait et ne pouvait produire aucun effet.

Rose Bonchamp était attendue.

A l'heure dite elle arriva, et poussa tout d'abord des cris de Mélusine en voyant Martial Dereyne inerte, sans parole, et beaucoup plus semblable à un mort qu'à un vivant.

Elle se calma peu à peu et, pour se former une opinion, attendit le retour du médecin.

Ce dernier ne lui cacha point qu'une guérison complète lui semblait impossible, mais il affirma qu'un mieux relatif pouvait se produire, et que dans tous les cas rien n'empêchait l'existence du malade de se prolonger quelque temps encore... pas très longtemps... — ajouta-t-il à l'oreille de Rose.

Celle-ci était une femme essentiellement pratique.

Ses intérêts d'argent — — nous ne l'ignorons pas — se trouvaient unis étroitement aux intérêts de Dereyne.

Elle comprit qu'elle risquait de tout perdre, — (même ce qui ne lui appartenait point, mais ce dont elle comptait bien s'emparer) — si elle laissait la famille contre-balancer son influence et *jeter le grappin* sur le moribond, ce que sans doute elle tenterait de faire.

En conséquence elle résolut d'élire domicile auprès de son amant, de l'emprisonner dans sa sollicitude incessante et ses soins de toutes les heures, et de mettre sur le compte du dévouement les manœuvres de la cupidité.

Sans retarder jusqu'au lendemain l'exécution de son projet elle envoya prévenir qu'elle ne rentrerait pas chez elle, fit prendre du linge et des vêtements et s'installa dans la chambre contiguë à celle de l'armateur.

Le masque immobile de Martial Dereyne semblait exprimer une sorte de joie tandis que l'installation s'opérait.

Le misérable se sentait en effet réconforté par la présence de cette femme, de cette complice, de cette vieille maîtresse dont il subissait la tyrannie, mais qui était en somme la seule créature ayant des motifs sérieux pour ne point le laisser mourir...

Rose lui parlait continuellement.

Il la comprenait, mais il ne pouvait se faire comprendre, d'où résultait une violente irritation nerveuse pour cette garde-malade d'un nouveau genre qui, ne s'accommodant point d'un mutisme absolu, se mettait l'imagination à la torture en cherchant quelque moyen de changer le monologue en dialogue — — dialogue muet, bien entendu, de la part de Martial.

Son esprit tendu finit par combiner un rudiment de plan que nous ne tarderons point à connaître.

Le même jour, — après la Bourse, — Georges revint voir son père.

Léopold l'accompagnait.

L'associé d'agent de change rapportait les deux mille francs empruntés le matin pour Mlle Ketty Bijou.

Les jeunes gens appuyèrent leurs lèvres sur le front glacé du paralytique, échangèrent quelques froides paroles avec Rose Bonchamp, qu'ils exécraient et qui le leur rendait amplement, et se retirèrent.

— Tu sais — dit Georges à son frère en descendant l'escalier — tu sais que la situation est très grave...

— Il est certain que mon pauvre père me semble bien malade... — répliqua Léopold. — J'en ai le cœur serré...

— Naturellement... — C'est d'un bon fils, et je suis logé à la même enseigne, mais c'est de l'avenir de notre fortune que je te parle en ce moment... — Nous courons grand risque de perdre ce que légitimement nous devions espérer...

— D'où vient ce risque?

— De Rose Bonchamp... — La drôlesse ne va plus quitter mon père. — Elle l'a toujours dominé, et dans l'état d'impuissance absolue où il se trouve elle le domine plus que jamais... — Les maladies sont capricieuses... — Que mon père recouvre pour un quart d'heure la faculté de mouvoir sa main droite — (ne me dis pas que c'est impossible... tout est possible!) — Rose Bonchamp en profitera pour lui mettre une plume entre les doigts et lui faire endosser et signer tout ce qu'elle voudra. — Je parierais cent mille francs contre cent sous qu'elle y pense déjà.

— Pouvons-nous l'empêcher?

— Je l'espère...

— Comment?

— En provoquant la réunion d'un conseil de famille qui chargera l'un de nous de veiller sur les intérêts pécuniaires de mon père dont on prononcera l'interdiction au besoin, et surtout en écrivant à mon beau-frère, le comte de Lasseny, de ramener sa femme au plus vite. — Quand notre sœur Amélie sera de retour à Paris, il faudra bien que la demoiselle Rose Bonchamp lui cède la place. — Les plus vulgaires convenances l'exigeront impérieusement.

— Te charges-tu d'écrire?

— Oui.

— Fais-le donc.

— Ma lettre partira par le courrier du soir.

Georges Dereyne rentra chez lui et écrivit en effet au jeune comte Gontran de Lasseny, qui se trouvait à Venise avec Amélie Dereyne et la comtesse douairière, ex-Blanche Hervieux, sa mère... — Il le mettait au courant de la situation et lui demandait de revenir le plus tôt possible.

LXIX

Georges et Léopold, malgré les préoccupations très graves résultant pour eux du coup terrible qui venait de frapper leur père, ne cessaient de penser à Carmen et à Marie Bernier, ou plutôt à Laura et à Mary Warton.

Le fils aîné de l'armateur avait subi l'attraction puissante de Carmen. — La beauté originale de la jeune fille parlait à ses sens et troublait son cerveau plus qu'aucune de ses maîtresses de hasard ne l'avait fait jusqu'à ce jour, mais il songeait surtout aux millions de la dot, et rêvait de conquérir à la fois une délicieuse femme et une fortune magnifique.

Léopold lui, bien différent de son frère, ne se préoccupait aucunement des richesses de Mary.

L'enfant lui était apparue comme une figure céleste entrevue dans un rêve et qu'il ne devait plus oublier. — Dès la première minute il l'avait aimée, et il se sentait sûr de l'aimer jusqu'à son dernier souffle.

Se croyant assez riche pour deux, peu lui aurait importé qu'elle fût pauvre... — Peut-être même aurait-il préféré qu'elle ne possédât rien, afin de lui donner tout.

Léopold et Georges, si dissemblables d'esprit et de cœur, attendaient avec une impatience égale le moment de se présenter au château de Saint-Ouen.

Rejoignons Cora, que nous avons quittée au moment où elle sonnait à la porte de l'armateur.

— Comment va M. Dereyne aujourd'hui? — demanda-t-elle au domestique qui vint lui ouvrir et qui répondit :

— Hélas! monsieur, aucun changement favorable ne s'est produit dans l'état de mon pauvre maître, et le médecin ne nous laisse point espérer une amélioration prochaine...

— M. Dereyne n'est pas seul?

— Oh! non, monsieur... — Mme Rose Bonchamp lui tient compagnie...

— Puis-je le voir?

Le valet de chambre hésita.

La consigne était de ne recevoir personne, mais le visiteur avait déjeuné la

veille à la table de son maître... — Peut-être convenait-il de faire une exception
en sa faveur...

Dans le doute, il prit un terme moyen.

— Que monsieur se donne la peine de passer au salon... — dit-il. — Je vais
prévenir madame.

Un moment plus tard Rose entra, très coquettement vêtue d'une robe de
chambre couleur havane, surchargée de nœuds de rubans.

— Eh! mais, — s'écria-t-elle avec une physionomie joyeuse, — c'est ce
cher monsieur Lionel Warton!... — Enchantée, parole d'honneur!... Enchantée!
enchantée!...

Joignant l'action aux paroles, elle pressa vigoureusement les doigts fins et
effilés de Cora, puis elle reprit :

— Quel bon vent vous amène?...

— Peut-être savez-vous que j'assistais hier au foudroyant accident de
M. Dereyne?...

— Ma foi non... — Je savais qu'une tierce personne déjeunait avec Georges
et son père, mais j'ignorais que ce fût vous.

— C'était moi... — Je n'ai pas besoin de vous dire que je prends une part
bien vive à ce malheur impossible à prévoir... et je viens chercher des nouvelles...

Rose Bonchamp s'efforça de donner une expression mélancolique à son visage
savamment maquillé, et répondit en modifiant le timbre de sa voix :

— Pas fameuses, les nouvelles... — Ni mieux, ni pis... — Une chose sûre
c'est que s'il en revient, le pauvre cher homme, ça sera bigrement long...

— S'il en revient, madame, ce sera grâce à vos soins... — Vous jouez auprès
de M. Dereyne le rôle angélique d'une sœur de charité... — C'est beau, ce que
vous faites, et je vous félicite sincèrement!

Rose se rengorgea.

— Il est certain, — dit-elle — que j'ai quelque mérite, car ce n'est pas drôle
à mon âge d'être garde-malade? — Que voulez-vous, j'ai trop de cœur! — Je
me suis dit que ce pauvre homme, étendu dans son lit comme une souche et
incapable de demander ce dont il a besoin, serait bien mal soigné si je ne
restais auprès de lui, et je suis restée... — Voilà toute l'affaire...

— Admirable, madame, admirable!

Rose minauda.

— Monsieur Warton, vous me flattez! — dit-elle en se tortillant agréablement.

— Je dis ce que je pense... — Je suis ému...

— Trop bon et trop aimable, en vérité! beaucoup trop! beaucoup trop!

— Pourrais-je, sans être importun, faire une courte visite à M. Dereyne? Je
souhaiterais lui donner moi-même l'assurance de l'intérêt que son état m'inspire.

— Mais, comment donc!... rien de plus facile. — Votre visite ne peut que faire du bien à notre malade... — Elle le distraira un peu... — Vous comprenez qu'il doit s'ennuyer, raide comme un glaçon et muet comme une carpe... — Mettez-vous à sa place!...

Rose ouvrit la porte de la chambre voisine et introduisit Cora, ou pour mieux dire Lionel Warton.

En le voyant entrer, les yeux de Martial Dereyne n'exprimèrent aucune épouvante.

Depuis la veille, dans sa longue insomnie, dans son immobilité silencieuse, le paralytique avait réfléchi, et de ses réflexions résultait pour lui la quasi-certitude que Cora Bernier et Lionel Warton ne pouvaient être une même personne.

En conséquence il se sentait presque complètement rassuré.

Cora s'avança vers le lit.

Les bras de l'armateur reposaient sur la couverture.

La jeune fille, triomphant de sa répulsion et de son dégoût comme elle en aurait triomphé pour toucher, s'il l'avait fallu, la peau froide et visqueuse d'un reptile, appuya sa main sur l'avant-bras de Martial et trouva la chair aussi glacée que la veille.

— Monsieur Dereyne — demanda-t-elle — souffrez-vous?

Les prunelles de Martial parurent répondre négativement.

— Il ne souffre pas... — dit le pseudo-Lionel Warton.

— Vous le comprenez donc?? — s'écria Rose stupéfaite.

— Je crois que oui...

— Comment faites-vous?

— Je lis dans son regard.

— Eh bien! vous avez de la chance! Moi j'ai beau faire, je n'y lis rien du tout, et ça me met dans des rages folles et dans des chagrins mortels, car enfin, voyons, n'est-ce pas désolant?... — Je lui parle... je le questionne... il m'entend... il me comprend... il veut me répondre... il me répond peut-être avec ses yeux blancs, mais bernique!... je n'y vois goutte!... — Enfin figurez-vous, monsieur Warton, que je me mets depuis hier l'esprit à la torture pour inventer un moyen de connaître les pensées de Martial.

— Et, avez-vous trouvé?... — demanda vivement Cora

— J'ai trouvé quelque chose, mais pas grand'chose...

— Enfin, quoi?

— J'avais imaginé qu'avec un alphabet découpé je pourrais, en lui mettant les lettres sous les yeux et en les touchant du doigt une à une, composer les mots qu'il pense...

— Eh bien?...

— Eh bien! je n'ai point abouti.

— C'est que peut-être vous n'aviez pas pris le bon moyen...

— En connaissez-vous un autre?

— Non, mais on peut chercher...

— Dans quelle voie ?

— Dans celle où vous êtes...

— Ah ! bah !...

— Et vous verrez que nous trouverons.

— Dieu le veuille !

Martial Dereyne écoutait avec une attention avide.

Cora se rapprocha de lui.

— Il vous serait agréable — lui dit-elle — de pouvoir faire comprendre à Mme Rose Bonchamp ce que vous désirez et ce que vous pensez ?

Les paupières du paralytique s'abaissèrent à plusieurs reprises.

Il était impossible de s'y méprendre. — Cela voulait dire : Oui !

— Eh ! mais — reprit Cora — M. Dereyne vient de trancher lui-même la question pour toutes les réponses simplement affirmatives et négatives... — J'ajouterai qu'aucune erreur n'est à craindre.

— Expliquez-vous, monsieur Warton, s'il vous plaît.

— Ça ne sera ni long ni difficile... A l'interrogation que je viens de lui adresser, M. Dereyne a répondu : Oui, en abaissant plusieurs fois les paupières.

— Vous l'avez vu ?

— Parbleu !

— Vous l'avez compris ?.

— Certainement, puisqu'il ne pouvait pas répondre autre chose.

— Eh bien, qu'il soit arrêté entre vous que toute réponse affirmative se traduira de cette façon... — Est-ce convenu ?

Martial ferma trois fois les yeux.

— Maintenant — poursuivit Cora — pour dire : Non, il suffira à M. Dereyne de tenir ses yeux ouverts et ses paupières immobiles...

— C'est parfait — reprit Rose — et je m'en souviendrai... — Par malheur ça ne s'applique qu'aux choses les plus simples : — *Veux-tu ?* — *Ne veux-tu pas ?* — Mais supposons que Martial désire me demander n'importe quoi, ou me répondre par une explication... Ni vu, ni connu, plus personne !... — Voilà la difficulté... la voilà !...

— Hélas ! oui...

— Et c'est pour cela que j'avais fait acheter par Baptiste cet alphabet découpé....

En disant ce qui précède Rose Bonchamp ouvrait une boîte de carton ornée d'une lithographie enluminée de couleurs vives et représentant un groupe de jolis marmots animés d'une émulation prodigieuse à l'endroit du BA, BÉ, BI, BO, BU...

Cette boîte contenait des petits morceaux de bois de sapin taillés en carrés de deux centimètres environ.

— Bonsoir, mon petit homme, répondit l'ex-femme de charge.

Chacun de ces carrés portait une des lettres de l'alphabet.

Rose les étala sur la table.

— Ça n'est bon à rien... — murmura-t-elle.

— Ça serait excellent — dit Cora — si le malade ayant, si peu que ce soit, l'usage de ses mains, pouvait assembler les caractères et construire des mots... — malheureusement la paralysie rend votre jeu de patience inutile.

— Que chercher? qu'inventer? qu'essayer? — s'écria Rose.

— Votre idée, quoique incomplète, vient de m'en inspirer une autre plus pratique...

— Laquelle?

— Il doit y avoir un dictionnaire, ici

— Un dictionnaire? — répéta l'ancienne femme de charge qui connaissait le mot mais ne connaissait pas l'objet, n'ayant jamais eu l'occasion de s'en servir.

Cora, devinant l'ignorance de Rose, se tourna vers Dereyne et répéta sa question.

Les yeux du paralytique se fermèrent à deux reprises.

— Il y en a un — reprit Cora — mais ou?...

Elle promena ses regards autour de la chambre.

Une bibliothèque vitrée occupait un des angles.

La jeune fille poursuivit :

— Est-il dans la bibliothèque?

— Oui... — répondirent les paupières en s'abaissant.

— Bien...

Cora se dirigea vers la bibliothèque, y trouva le gros volume et l'apporta près du lit de Martial.

— C'est ça le dictionnaire? — demanda Rose.

— C'est parfaitement ça, et je vais vous montrer comment, grâce à ce livre, vous pourrez causer à votre aise avec M. Dereyne, sans grande fatigue pour lui, et comprendre ses moindres désirs.

— Et ça est dans ce bouquin?

— Oui...

Rose regarda Lionel Warton avec stupeur, mais en même temps avec une admiration qu'elle ne cherchait point à dissimuler.

— Ah! sapristi! — se disait-elle tout bas — c'est un rude malin le petit jeune homme!...

LXX

— Maintenant — reprit Cora — nous allons commencer l'expérience.

Puis, se tournant vers Martial Dereyne, elle lui demanda :

— Avez-vous besoin de quelque chose?

Les yeux du paralytique répondirent affirmativement.

— La chose que vous désirez commence-t-elle par un A?

Les yeux ne se fermèrent point.

— Par un B?

Les paupières firent signe que oui.

Cora poursuivit, très lentement et les regards fixés sur Martial :

— B. A. — B. E. — B. I. — B. O.

Les paupières s'abaissèrent.

Cora ouvrit le dictionnaire et lut à haute voix la colonne des mots commençant par les lettres B. O.

Quand elle fut arrivée au mot : *boire* les paupières s'abaissèrent de nouveau.

— Vous voulez boire?

Un clignement affirmatif répondit.

— Eh bien! madame — dit Cora à Rose Bonchamp — le moyen d'arriver à comprendre le malade existait, vous le voyez, et nous l'avons trouvé.

— C'est-à-dire, vous l'avez trouvé, — répliqua Rose — et je vous en remercie bien sincèrement... — Vous venez de nous rendre un fier service!!

Elle s'empressa d'apporter à l'armateur un verre de limonade ; ensuite elle arrangea les oreillers sous ses épaules avec un grand luxe de sollicitude et de vives démonstrations d'intérêt.

Cora, pendant ce temps, examinait la chambre dans tous ses détails, et son regard s'arrêtait spécialement sur la bibliothèque, placée nous le savons dans un angle, et adossée à la muraille qui séparait l'hôtel habité par Dereyne de celui que Jean Renaud venait d'acquérir.

— Ne trouvez-vous pas — demanda-t-elle à Rose — que cette pièce est un peu sombre?... sombre surtout pour un malade...

— Ah! — répondit l'ancienne femme de charge — j'en ai déjà fait la remarque...

— Ne pourrait-on transporter M. Dereyne dans une autre chambre plus lumineuse et mieux aérée?

— Il y a la chambre à côté qui prend jour sur la rue...

— N'hésitez pas, alors, je vous en donne le conseil. — M. Dereyne, étendu dans son fauteuil auprès de la fenêtre ouverte, entendra du moins les bruits du dehors. — Ce sera pour lui une distraction... — N'est-ce pas, monsieur, que vous désirez changer de chambre?

La réponse muette fut affirmative.

— Il approuve mon idée... — reprit Cora.

— Avant une heure le transbordement sera fait... — répliqua Rose.

Cora prit son chapeau et son stick et s'approcha du lit.

— Monsieur Dereyne — dit-elle — je reviendrai bientôt vous voir... — Cela vous sera-t-il agréable?

Les paupières du paralytique s'abaissèrent.

Le faux Lionel Warton sortit de la chambre accompagné de Rose, qui, se prodiguant en actions de grâces, voulut l'accompagner jusqu'à la porte extérieure et s'empressa, aussitôt après, de faire transporter l'armateur dans la chambre donnant sur la rue.

Le soir même, divers matériaux à l'usage des maçons et des serruriers furent déposés dans la cour de l'hôtel voisin, et dès le lendemain, sur les indications de Cora et sous la surveillance de Jean Renaud, deux nègres amenés de Saint-

Ouen en voiture fermée commencèrent, au premier étage, un travail de patience dont nos lecteurs connaîtront plus tard la nature et le résultat.

En donnant à Rose Bonchamp le moyen de correspondre avec Martial Dereyne, la vengeresse avait un but qui nous sera bientôt connu, mais elle était trop intelligente pour se dissimuler qu'elle créait un péril sérieux.

Seulement, connaissant ce péril, elle se réservait de le combattre en temps utile et de l'annihiler complètement.

L'armateur, nous l'avons dit, était rassuré d'une façon à peu près complète, et ne croyait presque plus à l'identité de Lionel Warton et de Cora Bernier.

Il lui restait néanmoins une vague défiance, une inquiétude involontaire. — Par moments il se figurait que ces *filles de bronze* dont s'occupait Paris devaient être les trois sœurs de l'habitation de Guayanila puis, un quart d'heure plus tard, cette supposition lui semblait d'autant plus absurde qu'elle n'expliquait pointl'individualité de Lionel Warton, puisque Mlles Bernier n'avaient pas de frère.

Quoi qu'il en fût ces doutes, si mal fondés qu'il les supposât, le préoccupaient péniblement, et il résolut d'essayer de les éclaircir.

— Mon cher Martial, — dit Rose tout à coup dans la soirée de ce même jour, — nous ne saurions trop nous féliciter des bons résultats de la visite de ce jeune M. Lionel Warton... — c'est votre avis, n'est-ce pas?

Le jeu des paupières indiqua que telle était en effet l'opinion de Martial. Rose poursuivit :

— Je n'ai jamais rencontré gentleman plus accompli... — Et vous?

Même réponse affirmative.

— Il est charmant! charmant! charmant! — continua Rose. — Je comprendrais fort bien qu'une femme en devint folle!... — Ce n'est pas pour moi que je dis ça, certainement... mais si j'avais le cœur libre... Eh! eh!... — Le connaissiez-vous, ce jeune étranger, avant la visite qu'il vous a faite? — L'aviez-vous rencontré dans vos lointains voyages?

Les yeux du malade ne se fermèrent point.

— Vous ne le connaissiez pas, mais c'est le fils d'un de vos amis!

L'œil répondit négativement.

— C'est juste, ce n'est pas le fils, c'est le neveu, je crois? — Est-ce que je me trompe?

Les paupières restèrent immobiles, indiquant que Rose ne se trompait pas, puis elles se mirent à battre d'une façon rapide et désordonnée dont l'ex-femme de charge devina le sens.

— Vous avez quelque chose à me dire? — demanda-t-elle, — et il faut nous servir du dictionnaire?

Clignement affirmatif.

— Parfait! — continua Rose. — Nous allons procéder... — C'est un peu long, mais ça fait passer le temps.

Elle prit le gros volume, une feuille de papier et un crayon puis, conformément à la leçon donnée par Lionel Warton, elle passa en revue l'une après l'autre les lettres de l'alphabet.

Au moment où elle énonçait la lettre J, les yeux du paralytique se fermèrent.

Il en fut de même pour la lettre E, et Rose traça au crayon les deux caractères constituant le mot. *Je.*

Nous nous garderons de la suivre pas à pas dans le travail minutieux et fatigant que les excitations de la curiosité lui donnèrent le courage de pousser jusqu'au bout.

Au bout d'une heure Rose avait tracé, — sous la muette dictée du paralytique, — les phrases suivantes :

« *Je veux des renseignements positifs sur Lionel Warton. — Écrire à Calcutta.*
« *— Écrire aussi à Porto-Rico. — Savoir si les demoiselles Bernier ont quitté la*
« *colonie. — Se hâter. — »*

Rose Bonchamp ne comprenait absolument rien au désir exprimé par Martial.

— Ils vous faut des renseignements positifs ! — Vous vous défiez donc de Lionel Warton ? — demanda-t-elle.

— Non, — répondit l'œil immobile.

— Enfin, vous voulez en savoir sur son compte plus que vous n'en savez ?

— Oui.

— Tout de suite ?...

— Oui.

— Cela presse beaucoup ?

— Oui.

— Eh bien ! on écrira, c'est facile. — Mais à qui faut-il écrire ?

La réponse à cette question nécessitait de nouveau l'emploi du dictionnaire.

Rose y recourut et aligna lentement les mots suivants, cherchés lettre par lettre pour les noms propres.

« *Pour Lionel Warton : à Robert Brigton, banquier à Calcutta. — Pour mes-*
« *demoiselles Bernier : à Reymundez, syndic des noirs, à Guayanila, île de Porto-*
« *Rico.* »

L'ancienne femme de charge relut tout haut les phrases qu'elle venait de tracer.

— Est-ce bien cela ? — fit-elle ensuite.

— Oui.

— Avez-vous autre chose à me dire ?

— Oui.

L'opération recommencée pour la troisième fois donna ce résultat.

« *Savoir ce que fait à Paris Lionel Warton.* »

— Ça — s'écria Rose — ça ira tout seul, et ça sera conduit de main de maître... — J'ai à ma disposition une personne intelligente, **un** vrai singe pour la malice, qui saura mieux nous renseigner qu'une demi-douzaine d'agents de la sûreté... — Ça vous intrigue, hein? — Non, non, vous ne le connaissez pas... — C'est un homme d'affaires très roublard, qui s'occupe de mes petits intérêts... — Il se nomme Mattifet... Je lui ferai écrire les lettres et je lui donnerai l'ordre de surveiller Lionel Warton.,. — Là, êtes-vous content?

L'œil répondit : *Oui.*

Rose continua :

— Ah! çà, mais, vous avez donc un intérêt sérieux à vous mettre au courant de ce qui concerne ce Lionel Warton et ces demoiselles Bernier?...

— Oui.

— Un intérêt d'argent?

Martial Dereyne, à son retour en France, avait tenu secret le drame effroyable de Guayanila, et voulait cacher cette hideuse histoire à Rose comme à tout le monde.

Aussi les paupières s'abaissèrent affirmativement.

— Il s'agit de grosses sommes? — reprit Rose, dont la cupidité s'éveillait.

— Oui.

— De grosses sommes qui, peut-être, sont compromises à l'heure qu'il est?...

— Oui.

— Mais, en se dépêchant, on pourra les sauver?

— Oui.

— Soyez paisible... on ne perdra pas une minute pour veiller au grain, et dès aujourd'hui je verrai Mattifet...

Vers huit heures du soir, en effet, Rose quitta le petit hôtel de la rue du Rocher en recommandant au valet de chambre de bien soigner son maître et en annonçant qu'elle ne tarderait pas à rentrer.

En 1853 existait à Montmartre, dans la rue des Abbesses, une maison de chétive apparence s'élevant au fond d'un petit jardin clos du côté de la rue par une muraille assez haute dont le crépissage gris s'écaillait par place, ce qui lui donnait un aspect lépreux.

Cette muraille, solide encore malgré sa vétusté, offrait à son point central une porte pleine munie d'un *judas* grillé permettant de voir de l'intérieur ce qui se passait au dehors.

Au-dessus de la porte, un panonceau de cuivre doré portait ces mots :

AFFAIRES LITIGIEUSES. — CONTENTIEUX.
Achats de créances et de droits successifs. — Escompte. — Recouvrements.

Là se trouvait le quartier général de René Mattifet, l'homme de confiance dont nous avons entendu Rose Bonchamp parler à Martial Dereyne.

Une étroite allée sablée, ou plutôt empierrée, coupant le jardin en deux, conduisait de la porte de la rue à la porte de l'habitation.

A droite et à gauche de l'allée on voyait des carrés de légumes bordés de fleurs communes, et, contre les murs, quelques espaliers rongés par la mousse.

Le rez-de-chaussée de la maison renfermait une salle à manger et une cuisine, outre le cabinet de l'homme d'affaires, pièce assez vaste mais d'apparence sordide, mal meublée et pourvue d'un coffre-fort en fer et de casiers bourrés de papiers poudreux.

Au premier étage, un salon dont on ne franchissait jamais le seuil, et deux chambres à coucher. — Au second, trois mansardes.

René Mattifet n'avait point de domestique à demeure. — Une femme de ménage, ancienne cuisinière de bonne maison, suffisait à nettoyer — (ou plutôt à ne pas nettoyer) — le logis, et à préparer le déjeuner et le dîner de l'homme d'affaires.

LXXI

Un fiacre s'arrêta vers neuf heures du soir devant la maison de la rue des Abbesses, et Rose Bonchamp en descendit.

Elle sonna deux fois de suite.

On entendit un pas lourd et traînant fouler les cailloux de l'allée droite, le judas s'ouvrit, une voix de femme demanda :

— Qui est là?

— C'est moi, mère Barbier... — dit Rose — Ouvrez vite.

La porte tourna sur ses gonds et la visiteuse entra dans le jardin.

— Mattifet est là? — reprit-elle.

— Oui, madame — répliqua la femme de ménage — dans la salle à manger... il dîne

— Si tard !...

— Monsieur a eu beaucoup d'affaires aujourd'hui...

Rose traversa rapidement le jardin et entra dans une salle à manger fort simple où René Mattifet était attablé devant un excellent repas.

Une bouteille de Saint-Julien et une de Pomard flanquaient son couvert à droite et à gauche, et prouvaient que les crus de la Bourgogne et ceux de la Gironde jouissaient auprès de lui d'une faveur égale.

— Tiens, c'est toi ! — s'écria-t-il en voyant entrer Rose. — Que le diable m'emporte si je t'attendais à cette heure !

— Bonsoir, mon petit homme... — répondit l'ex-femme de charge... — Je n'ai pas pu venir plus tôt et ma visite sera courte...

En disant ce qui précède Mme Bonchamp campa un vigoureux baiser sur la joue droite de Mattifet.

Réné Mattifet — l'ami de cœur de Rose — ne réalisait en aucune façon le type si connu de l'homme de loi interlope, du prêteur à la petite semaine, généralement crasseux et d'apparence plus que suspecte.

C'était un beau gars de trente-quatre à trente-cinq ans, vigoureux, bien bâti, très soigneux de sa personne et de sa tenue. — Il avait le teint brun et coloré, des yeux noirs, des cheveux noirs, une magnifique barbe fauve en éventail, et trente-deux dents éblouissantes.

A ces avantages extérieurs il joignait une physionomie ouverte, un air *bon enfant* dont il était impossible de se défier.

Les gens qui connaissaient René Mattifet seulement de vue ne pouvaient manquer de le prendre pour le meilleur garçon du monde.

Rose Bonchamp raffolait de lui.

Il se laissait aimer avec une condescendance toute sultanesque.

La visiteuse ôta son chapeau et son camail et les posa sur une chaise.

— Ah çà ! chère madame — dit Mattifet d'un ton railleur — qu'est-ce que vous devenez ?... — Voici deux jours qu'on ne vous a vue !... — Je commençais à croire qu'on ne vous verrait plus !

— Ne me gronde pas, mon petit homme... — répliqua Rose — Tu sais bien que mon idée fixe est de venir... — Je ne me sens vivre qu'auprès de toi, mon René !... Tu es si beau !

Mattifet passa — non sans fatuité — sa main blanche et fine dans ses cheveux et demanda :

— Alors, il y a du nouveau ?

— Ah ! je crois bien !

— Qu'est-ce que c'est ?

— Figure-toi que je suis garde-malade, et que je consacre mon existence à étudier le dictionnaire du nommé Napoléon Landais.

— Ne sachant point deviner les énigmes, je sollicite le mot de celle-là.

— Le voici...

Et Rose mit rapidement Mattifet au courant de la situation.

— Si bien, ma pauvre amie, — répondit l'homme d'affaires en riant, après l'avoir écoutée — que je te vois en passe de veiller indéfiniment sur cet infirme...

— Ce n'est pas drôle, mais mes intérêts l'exigent, ou plutôt les nôtres... — Nos intérêts sont communs puisque tu dois m'épouser un peu plus tard... — Car tu m'épouseras, n'est-ce pas ?

— Parbleu !!

— Aussi je me sacrifie...

— Veux-tu un bon conseil ?

— Certes !...

Lionel ganté et éperonné faisait seller deux chevaux d'une grande valeur.

—Fais-toi rembourser les trois cent mille francs que te doit Martial Dereyne,
et ensuite envoie-le promener...

— Ah! mais non! — s'écria Rose. — C'est ça qui serait une bêtise!

— Pourquoi donc?

— Dereyne est riche encore, j'en suis sûre... — Si je lâchais pied, ses enfants
jetteraient leur dévolu sur son héritage, et je compte bien tout avoir...

— Réussiras-tu?

— Qui ne tente rien, n'a rien...

— Peut-être as-tu raison... — mais quand il s'agira de prendre quelque résolution importante, n'agis pas sans me consulter...

— Sois paisible !

— Partageras-tu mon frugal repas ?

— Non, j'ai dîné... — Je viens te parler d'affaires...

— Ah ! ah ! de quoi s'agit-il ?

— En premier lieu d'écrire deux lettres dont je t'indiquerai le sens...

— Pour ton compte ?

— Non, pour le compte de Martial Dereyne...

— Et, ensuite ?

— De nous avoir des renseignements sur les faits et gestes, sur les allées et venues, sur les tenants et aboutissants, enfin sur l'identité d'un personnage qui se trouve en ce moment à Paris et qui nous cause, à ce qu'il paraît, quelque tintouin...

— Causons de cela d'abord... — Quand j'aurai fini de dîner j'écrirai les lettres... — Quel est le personnage qu'on veut mettre en surveillance ?

— Un jeune et joli garçon, mais pas du tout dans ton genre... — il est je ne sais combien de fois millionnaire... — ça, c'est authentique... — Il se nomme ou prétend se nommer Lionel Warton... — il se dit originaire de Calcutta et neveu du banquier Robert Brigton, correspondant de Martial... — Il habite le château de Saint-Ouen, où il mène un train de prince avec ses trois cousines dont on parle beaucoup à Paris et qu'on appelle les *filles de bronze*... — Or il s'agit de savoir s'il est bien Lionel Warton, et si les trois cousines sont bien ses trois cousines...

— Mais c'est une affaire de police, cela !

— Les affaires de police sont ton triomphe...

— Paiera-t-on largement ?

— Puisque c'est moi qui tiens les clefs de la caisse !...

— Quel motif pousse Dereyne à faire *filer* ce Lionel Warton ?

— Des intérêts d'argent...

— Hum ! hum !...

— Ça ne te paraît pas clair !

— Non... il doit y avoir autre chose... — S'il ne s'agissait que d'argent le plus simple serait de s'adresser à Robert Brigton.

— Justement l'une des deux lettres que je vais te prier de rédiger est pour lui...

— Bien,.. — j'ai fini de dîner, et je suis à tes ordres... — Passons dans mon cabinet...

Une heure après les deux lettres, destinées l'une au banquier de Calcutta, l'autre à Reymundez, syndic des noirs à Guayanila, étaient écrites d'une belle écriture commerciale, et Rose les emportait rue du Rocher pour les lire à Martial.

Le paralytique les approuva, et le lendemain matin le valet de chambre les mit à la poste.

En quittant l'armateur, après l'expérience du dictionnaire, Cora, ou plutôt Lionel Warton, s'était rendu à la Bourse dans le but unique d'y rencontrer Georges Dereyne, ce qui ne manqua point d'arriver.

Une conversation de quelques minutes s'engagea entre les jeunes gens, et le pseudo-nabab trouva moyen de dire, comme par hasard, qu'il se proposait d'aller le soir même à la Comédie-Française avec ses cousines.

Le résultat de ces paroles était prévu.

Avant le lever du rideau Georges et son frère Léopold occupaient des fauteuils d'orchestre et ne perdaient pas de vue les loges, dont quelques-unes étaient vides.

On allait jouer le *Duc Job*.

Au moment où l'orchestre, — (il existait encore à cette époque), — commençait l'ouverture, les filles de bronze et leur prétendu cousin s'installèrent dans une loge de face.

Cora, du premier coup d'œil, aperçut les deux frères qui risquaient de se donner un torticolis en regardant sans cesse derrière eux.

Carmen, tout entière au spectacle qui la charmait, ne s'occupait ni de la salle, ni des spectateurs, et ne vit personne, mais Marie, dont une sorte de courant magnétique attirait le regard dans la direction de Léopold, reconnut le jeune homme qui rivait ses yeux sur elle.

Son cœur se mit à battre violemment; la plus vive rougeur envahit son doux visage brun, et nous prenons volontiers sur nous d'affirmer qu'elle n'écouta pas un mot de la pièce, admirablement jouée cependant.

Lionel Warton sortit après l'acte.

Les deux frères, en le voyant se lever, quittèrent aussitôt leurs places et montèrent au foyer où celui qu'ils cherchaient les avait précédés.

— Comment, messieurs, vous êtes ici ! — fit Lionel d'un ton de surprise parfaitement naturel.

— Il serait étonnant que nous n'y fussions pas, cher monsieur — répliqua Georges — puisque nous savions que vous deviez y venir avec mesdemoiselles Warton.

— C'est de la quintessence de galanterie ! — dit Lionel en souriant. — On a grandement raison d'affirmer que les Parisiens sont les plus aimables gens du monde... — Eh bien ! si vous voulez, je vais profiter de l'occasion pour vous présenter à mes cousines...

— Nous allions vous le demander, — répondit Georges. — Vous prévenez notre plus vif désir.

— Venez donc...

Les deux frères suivirent Lionel.

L'aîné ne perdait rien de sa superbe assurance habituelle. — Quoiqu'i ressentît quelque émotion son habitude du monde lui permettait de la dissimuler et lui donnait un aplomb vainqueur.

Léopold, très pâle, tremblait comme un coupable qui va paraître devant ses juges, et quelques gouttes de sueur mouillaient la racine de ses cheveux blonds.

Lionel fit un signe à l'ouvreuse, passa le premier et dit aux jeunes filles qui se retournaient au bruit de la porte ouverte :

— Mes chères cousines, je vous présente MM. Georges et Léopold Dereyne, de nouveaux amis pour qui je vous demande votre bienveillance.

— Vous savez bien, Lionel, que vos amis seront nos amis... — répondit Carmen en souriant, et en lançant à Georges un regard de timide coquetterie.

Marie et Dolorès s'inclinèrent en silence. — La première n'avait plus une goutte de sang dans les veines... — elle n'osait lever les yeux sur Léopold et de vagues bourdonnements remplissaient ses oreilles.

Après la présentation une causerie banale s'établit entre trois de nos personnages, Lionel, Georges et Carmen, car Dolorès n'avait rien à dire, et ni Marie, ni Léopold, ne se sentaient capables de prononcer une parole.

Leur mutisme n'en était pas moins significatif ; — sans se parler ils se comprenaient.

La visite des deux frères ne pouvait dépasser la durée de l'entr'acte. — Ils se levèrent pour prendre congé quand les musiciens reparurent à l'orchestre.

— Maintenant que la connaissance est faite — leur dit Lionel — j'espère que nous aurons bientôt le plaisir de vous voir au château de Saint-Ouen, et que nous vous y verrons souvent...

— Nous profiterons le plus souvent possible de votre gracieuse invitation, — répliqua Georges — malheureusement je suis très absorbé par les affaires, mais Léopold est libre... il a le droit de manquer ses cours...

— Monsieur Léopold — demanda Lionel — voulez-vous me donner quelques-unes de vos heures de liberté ?

— Certes — balbutia le jeune homme — j'en serai trop heureux...

— Eh ! bien, venez me prendre à Saint-Ouen demain matin... — Nous ferons une promenade à cheval et nous irons ensuite au tir casser une douzaine de poupées... — Est-ce convenu ?...

— C'est convenu.

— A demain donc, monsieur Léopold.

— Et vous, monsieur Georges — fit Carmen avec un irrésistible regard — à bientôt

Le rideau se levait.

Les deux frères regagnèrent leurs fauteuils.

LXXII

— Il me semble que nos affaires marchent assez rondement... train express... grande vitesse !... — murmura Georges dans le couloir, à l'oreille de son frère...

En même temps, et dès que la porte de la loge se fut refermée, Cora dit à ses sœurs :

— Tout va bien ! — Ces deux hommes seront vos esclaves, et vous les conduirez, par l'amour, aux abîmes !...

Les yeux de Carmen étincelèrent.

Marie poussa un profond soupir.

Le lendemain matin, à neuf heures, Léopold descendant d'une voiture de louage sonnait à la grille du château de Saint-Ouen et le concierge, prévenu de la visite du jeune homme, le laissait passer.

Un grand valet de pied nègre montait la garde sur le perron.

— M. Lionel Warton ?... — lui demanda Léopold.

— M. Warton est aux écuries... — Je vais conduire monsieur...

Lionel, ganté et éperonné, une cigarette aux lèvres, une cravache sous le bras, faisait seller sous ses yeux deux chevaux d'une grande valeur.

— Je vous attendais, cher monsieur, — dit-il à Léopold avec le plus gracieux sourire, en lui tendant la main, — je savais que vous ne tarderiez point à arriver, aussi je hâtais les préparatifs de notre départ.

— Comment se portent mesdemoiselles Warton ? — balbutia Léopold qu'une insurmontable timidité paralysait en présence de Lionel.

— Je suppose que mes cousines vont à merveille... — répliqua ce dernier. — Je ne les ai pas vues ce matin... — Je fais seller pour vous *Lady Mab*... c'est une jument fort douce, mais un peu vive... — Êtes-vous bon cavalier ?

— J'ai monté plus d'une fois des chevaux difficiles... — répondit le jeune homme.

Et d'un seul élan il se mit en selle sans toucher les étriers.

— Bravo ! — s'écria Cora qui suivit, avec la même légèreté et le même succès, l'exemple de Léopold.

Les jeunes gens prirent au galop de chasse le chemin du bois de Boulogne par la route de la Révolte.

Derrière eux, et montés sur des cobs de six mille francs chacun, venaient deux grooms en culottes de peau, en bottes à revers, et sanglés dans leurs courtes redingotes que serrait au-dessus des hanches un ceinturon de cuir fauve.

Avant de s'engager dans l'avenue de tilleuls séculaires conduisant à la grille, Léopold avait jeté un coup d'œil furtif sur le château où celle qu'il adorait dormait sans doute encore.

Tout en effet semblait reposer au premier étage du logis monumental, toutes les fenêtres étaient closes, mais Marie, les pieds nus sur le tapis de sa chambre, et le cœur palpitant, avait de sa petite main tremblante écarté les plis d'un rideau, et regardait s'éloigner celui qu'elle connaissait à peine et qui s'était si vite emparé de son âme.

La promenade au Bois de Boulogne dura plus d'une heure et demie.

Léopold, gêné d'abord et intimidé, avait senti peu à peu la glace se fondre et devenait aussi expansif qu'il avait été réservé d'abord.

Cora, voulant se rendre compte de sa nature, étudier son caractère, le faisait causer, le questionnait sur son enfance, sur ses études, sur ses goûts, sur ses plaisirs.

Elle ne tarda guère à s'apercevoir qu'il avait l'âme la plus franche et la plus loyale, l'esprit le plus droit, le sens le plus juste.

— Allons, — se dit-elle, — ce jeune homme est une exception dans sa famille... — Tant pis! — Je le regrette, mais la condamnation prononcée contre tous doit s'exécuter... — Il est innocent, je le sais, mais qu'importe?... — Carmen et Marie n'avaient commis aucune faute, et le fouet du commandeur n'en a pas moins déchiré leurs épaules, et c'est le père de Léopold qui commandait ce supplice infâme! — Non! non! point de pitié pour le fils du bourreau!

Les regards du pseudo-Lionel offraient une expression menaçante et sinistre tandis que ces pensées traversaient son esprit.

Si Léopold avait en ce moment levé les yeux sur son compagnon, il aurait frissonné.

En revenant du Bois on fit halte, avenue d'Antin, au tir de Gastine Renette.

Une exclamation joyeuse accueillit les nouveaux venus au moment de leur entrée.

Les deux inséparables, Octave Richard et Lambert Massol, se trouvaient au tir, où d'ailleurs ils venaient presque tous les matins et où se donnaient rendez-vous bon nombre de jeunes gens appartenant à l'aristocratie de tous les mondes.

Le journaliste et le vaudevilliste saisirent cette occasion de présenter à leurs anciens amis leur ami nouveau Lionel Warton, puis ce dernier prit un pistolet et se mit à faire mouche sur mouche avec une adresse incomparable.

Cora Bernier avait profité des leçons de Jean Renaud!

Des paris s'engagèrent — Lionel les gagna tous et fut contraint, à son grand regret, d'empocher une centaine de louis.

— L'eau va toujours à la rivière!... — s'écria Lambert Massol. — Mon ami Warton me fait l'effet du baron de Rothschild gagnant cent écus à la bouillotte...

— Avez-vous déjeuné, messieurs? — demanda Lionel aux inséparables.

— A onze heures et demie, jamais! — répondit Octave Richard.

— Alors je vous emmène au *Moulin-Rouge* avec M. Léopold Dereyne, et je vous préviens que vous m'affligeriez beaucoup en déclinant mon invitation...

Le vaudevilliste et le journaliste ne songeaient pas du tout à la décliner.

Le déjeuner fut gai, comme l'est presque toujours un repas de jeunes gens.

— Eh bien! — fit tout à coup Lambert Massol, en dégustant des queues d'écrevisses à la Nantua. — Eh bien! et cette fameuse fête au château de Saint-

Ouen dont il doit être question dans les annales de la vie parisienne, est-ce qu'on n'en parle plus ?...

— On en parle au contraire... — répliqua Lionel. — Elle aura lieu d'aujourd'hui en huit; seulement ce ne sera qu'un début, une sorte de répétition générale, une réunion choisie mais peu nombreuse... cinquante ou soixante personnes, pas davantage. — Je compte m'entendre avec vous, messieurs, au sujet des invitations.

— Nous sommes à vos ordres ! — s'écrièrent les inséparables très flattés.

Lambert Massol ajouta :

— Comptez-vous admettre les dames artistes ?

— Parfaitement... — Nous autres étrangers nous ne sommes point exclusifs, mais par convenance, — (mes cousines étant des jeunes filles) — les artistes désignées par vous ne doivent être à aucun point de vue des femmes équivoques.

— Cela va de soi — reprit Massol — et nous vous offrirons le dessus du panier.

A deux heures on se sépara.

— Venez à Saint-Ouen le plus souvent possible... — dit Cora à Léopold — j'ai grand plaisir à vous voir...

— Je crains d'être importun...

— Vous ne pouvez pas l'être...

— A demain, alors...

— A demain...

Le jour suivant, à huit heures du soir, Léopold et son frère Georges arrivèrent au château et furent accueillis avec une bienveillance marquée.

On fit de la musique, on causa, on se promena sur la terrasse qui dominait la Seine et l'île de Gennevilliers. — Les heures passèrent rapidement et les deux frères ne quittèrent Saint-Ouen qu'à minuit, Georges très joyeux, Léopold triste et rêveur.

C'est que Carmen, ou plutôt Laura, s'était montrée coquette et presque tendre avec le frère aîné, tandis qu'au contraire Marie n'avait témoigné à Léopold qu'une réserve glaciale.

Pourquoi cette réserve, pourquoi cette froideur puisqu'elle aimait?

Quiconque a fait une étude un peu sérieuse des mystères du cœur féminin répondra sans hésiter que la jeune fille était ainsi, justement parce qu'elle aimait.

Connaissant les projets de sa sœur aînée, ne voulant point s'en rendre complice, et ne voulant pas non plus entraver leur succès, la pauvre enfant se raidissait de tout son pouvoir contre le sentiment nouveau qui remplissait son âme.

Sachant que Léopold en se donnant à elle attirait sur lui-même un grand péril, elle voulait le sauver de ce péril et décourager son naissant amour par une apparente indifférence.

Elle se sacrifiait sans hésiter, avec un héroïsme ingénu.

Le surlendemain quand Léopold, obéissant comme tous les amoureux à l'impérieux besoin de se rapprocher de son idole, revint à Saint-Ouen, elle se prétendit souffrante et refusa de descendre au salon.

Deux ou trois jours s'écoulèrent sans amener le moindre changement dans la situation de nos personnages.

Chaque après midi Cora envoyait chercher des nouvelles de Martial Dereyne dont l'état était identique.

L'armateur attendait avec impatience que les renseignements pris par René Mattifet, et surtout les réponses aux lettres écrites à Calcutta et à Guayanila, vinssent le rassurer complètement au sujet de l'identité de Lionel Warton et de ses cousines.

Le troisième jour, Lionel se présenta en personne rue du Rocher.

Rose, qui le trouvait charmant et qui déclarait absurdes les défiances de Martial, le reçut à bras ouverts.

— Comme vous devenez rare, monsieur Warton ! — s'écria-t-elle. — Je suis sûre que notre pauvre malade serait heureux de vous voir plus souvent.

— Il faut m'excuser, chère madame ; — répondit Lionel — je suis très occupé des préparatifs d'une petite fête que je vais offrir à mes amis ; cela me prend presque tout mon temps.

— Une petite fête ? — répéta Rose en dressant l'oreille comme un cheval d'escadron au son de la trompette.

— Oui... une réunion sans grand apparat... une sorte de festival champêtre. — Cinquante à soixante personnes tout au plus... — Combien je regrette que la maladie passagère de M. Dereyne me prive du plaisir de le compter au nombre de mes invités.

— M. Dereyne le regrettera bien plus vivement encore... — répliqua Rose qui mourait d'envie de demander une invitation mais qui — pour des motifs faciles à deviner — n'osait manifester son désir.

— Mais j'y songe — reprit Lionel en lançant à l'ex-femme de charge un regard qui lui fit battre le cœur sous le corset chargé de contenir sa luxuriante poitrine — aucun motif, ce me semble, ne peut vous empêcher, chère madame, d'assister à cette fête... — Vous en serez un des ornements, et vous distrairez le lendemain M. Dereyne en lui en contant les détails.

Rose Bonchamp sourit de plaisir.

Elle était invitée. — Rien ne l'empêchait plus désormais de se faire prier, ce qui lui paraissait de bon goût.

— Vous êtes assurément fort aimable, cher monsieur Warton, — répliqua-t-elle en minaudant. — Toutefois je ne sais si je puis accepter.

— Pourquoi donc ?

— J'ai des devoirs à remplir, de grands devoirs.

— Lesquels ?

Enfermée dans sa chambre, le visage inondé de larmes, elle priait...

— Ceux qui résultent de la mission de dévouement que je me suis imposée et dont je m'acquitte de mon mieux...

— Ah! — s'écria Lionel — vous êtes un ange ! un ange doublé d'une jolie femme, personne ne l'ignore.

Rose prit ce compliment hyperbolique pour argent comptant, minauda de plus belle et poursuivit :

— Non... vraiment non... Non, je vous assure... Je ne puis abandonner ce cher malade toute une soirée et toute une nuit...

— Le valet de chambre vous remplacera...

— Ce n'est pas la même chose...

— Assurément, mais ce garçon paraît fort attaché à son maître. Je le crois capable de vous suppléer sans inconvénient pendant quelques heures, et je suis convaincu que M. Dereyne serait enchanté de vous voir prendre un peu de plaisir...

— Croyez-vous?

— Demandez-le lui...

Rose s'empressa de poser au paralytique cette question :

— Seriez-vous content, Martial, si j'acceptais la gracieuse invitation de M. Lionel?

Les paupières de l'armateur s'abaissèrent trois fois de suite.

La réponse était affirmative...

DEUXIÈME PARTIE

LA COMTESSE AMÉLIE

I

Les paupières du paralytique avaient répondu de façon affirmative.

— Vous le voyez, chère madame, — dit Lionel, — M. Dereyne n'est point égoïste, il consent...

— Alors je n'hésite plus, — répliqua Rose enchantée, et renonçant à *poser* davantage pour l'abnégation et le dévouement, — j'accepte avec enthousiasme..

— Je me promets de passer une soirée charmante, et j'ai le plus vif désir de voir de près mesdemoiselles Warton dont tout le monde vante la beauté... — je les ai entre-vues aux Champs-Élysées et je suis de l'avis de tout le monde...

— Merci pour mes cousines...

— Quand aura lieu la fête?

— Samedi prochain...

— Dans quatre jours... — Bon!... j'aurai le temps de songer à ma toilette.

— La soirée sera précédée d'un dîner d'une vingtaine de personnes dont vous ferez partie... — On se mettra à table à sept heures précises...

— Comptez sur mon exactitude, cher monsieur... — Ne vous verra-t-on plus d'ici-là?

— J'aurai fort peu de temps à moi mais, si je ne puis venir, j'enverrai... — Je tiens à être rassuré jour par jour sur l'état de M. Dereyne... — A propos, a-t-on des nouvelles de M. de Funcal?

Ces paroles s'adressaient au paralytique. — Ce fut Rose qui répondit :

— Nous en avons, et de fort bonnes... — Martial a reçu ce matin une lettre du Havre annonçant le départ d'un navire qui rapportera d'Haïti une cargaison d'indigo vendue d'avance à un prix avantageux. — En outre, M. de Funcal a des commandes pour plusieurs centaines de mille francs...

— Voilà qui m'enchante! — s'écria Lionel. — Personne ne s'intéresse plus que moi à la prospérité de la maison Dereyne et de Funcal...

En sortant de l'hôtel de la rue du Rocher, Lionel Warton se vit en face de Jean Renaud qui se promenait de long en large sur le trottoir et qui lui dit :

— Maître, je vous attendais...

— Où en sont nos travaux?..

— Achevés de ce matin... — Tout est prêt..

— Bien...

— Et Dereyne?

— L'état du misérable ne varie point... — Jocelyn ne s'était pas trompé...

— Vous avez vu Rose Bonchamp?

— Oui, et je l'ai invitée, si pénible qu'il me paraisse de mettre, ne fût-ce qu'une fois, une pareille créature en contact avec mes sœurs... — Elle viendra samedi à Saint-Ouen où vous la questionnerez à votre aise...

— Ah! — murmura Jean Renaud, — je saurai par elle ce qu'il faut que je sache...

Martial Dereyne, aussitôt après le départ de Cora, avait agité ses paupières vivement et à plusieurs reprises.

C'était le signe convenu pour indiquer qu'il fallait recourir au dictionnaire.

Rose prit aussitôt le volume.

Nous n'entrerons point dans le détail monotone du travail nécessité par cet étrange mode de causerie.

Il nous suffira de dire qu'au bout d'un quart d'heure l'ex-femme de charge avait écrit mot par mot, la phrase suivante :

Vous avez bien fait d'accepter l'invitation, pour tout voir et me rendre compte de tout. »

L'imagination de Rose se mit à travailler.

A coup sûr il ne s'agissait pas seulement de curiosité mais d'espionnage.

Dereyne comptait se servir d'elle, comme il se servait déjà de René Mattifet, pour surveiller Lionel Warton.

Quel était le véritable motif de cette surveillance que des intérêts d'argent ne suffisaient point à justifier? — Rose brûlait du désir de le connaître.

— Ainsi, — demanda-t-elle, — ma présence au château de Saint-Ouen vous est nécessaire?

— Oui... — répondirent les paupières.

— Lionel et ses cousines vous préoccupent toujours?

— Oui.

— Il faut causer beaucoup avec elles?... les faire parler?

— Oui.

— Y aura-t-il quelque chose de particulier à leur dire?...

— Oui.

— Quoi?...

Mais à cette question Martial ne pouvait répondre de vive voix. . — Il fallait de nouveau se servir du dictionnaire.

Rose le fit, et sous la dictée du muet elle traça cette phrase bizarre qui pour elle n'offrait aucun sens :

« *Prononcez devant Lionel et ses cousines ce nom : Armand Dorsay, et ces mots Guayanila, et commandeur et syndic des noirs; observez en même temps.* »

— C'est bien, — fit Rose, — on observera, mais je veux bien que le diable m'emporte si je comprends goutte à tout ceci !... — qu'est-ce que ça signifie, ces manigances-là?

A ce moment le valet de chambre entra :

— Madame, — lui dit-il, — il y a dans le vestibule un monsieur qui voudrait parler à madame...

— Un monsieur! — répéta Rose — qu'est-ce que ce monsieur?... — d'où vient-il? — que veut-il?

— Il vient de Montmartre et il apporte une réponse à madame...

— Bon, j'y suis... c'est Mattifet...

L'ex-femme de charge ajouta, en s'adressant à Martial :

— Faut-il le recevoir ici?

— Oui... — dit l'œil du paralytique.

— Faites entrer... — commanda Rose.

Deux secondes plus tard l'homme d'affaires de la rue des Abbesses franchissait le seuil.

Il était — pour me servir d'une expression vulgaire mais qui fait image — *tiré à quatre épingles*, et semblait la fidèle copie d'une illustration de journal de mode.

Un monocle s'enchâssait dans l'arcade sourcilière de son œil gauche; il portait des gants gris perle et un jonc à pomme de vermeil.

Il s'inclina devant le paralytique, puis devant Rose avec laquelle il échangea un regard significatif.

— Vous nous apportez des renseignements, monsieur Mattifet? — demanda l'ex-femme de charge.

— Oui, madame...

— Veuillez vous asseoir...

L'homme d'affaires prit un siège, s'installa près du lit et examina Martial Dereyne.

Cet examen lui causa une satisfaction intime, exprimée par un sourire contenu.

L'armateur lui paraissait très bas; — il n'avait plus évidemment que quelques jours à vivre, et les débris de sa fortune passeraient dans les mains de Rose, par conséquent dans les siennes à lui, Mattifet.

— Nous attendons... — dit Rose.

— Monsieur Dereyne peut-il m'entendre?

— Parfaitement et, s'il a une question quelconque à vous adresser, je me charge de traduire sa pensée fidèlement.

— Vous avez bien voulu me charger, madame, d'investigations relatives à un gentleman étranger du nom de Lionel Warton, et à ses cousines...

— Vous avez fait des démarches?

— Nombreuses et compliquées...

— Quel en a été le résultat?

— Je dois tout d'abord vous apprendre à quelle source sûre j'ai puisé... — Il existe des rapports-secrets entre moi et diverses personnes attachées à la préfecture de police... — Les principaux agents de la sûreté sont à ma dévotion... — J'ai mis tout ce monde en mouvement...

— Eh bien?

— Eh bien, il résulte des rapports qui m'ont été remis que — (jusqu'à preuve contraire) — Lionel Warton est originaire de Calcutta, âgé de vingt-cinq ans et neveu de Robert Brigton, banquier... — Mlles Laura, Mary et Perly Warton sont bien ses cousines, étant filles du frère de son père. — Leurs passeports en règle ont été visés au consulat. — La fortune de Lionel Warton est immense. — Son crédit sur la maison*'** atteint le chiffre de plusieurs millions. — Son parent Doménico Séballa est un riche mulâtre du Nizam. — L'installation de tout ce monde au château de Saint-Ouen est fastueuse sans ostentation, et l'existence de Lionel Warton et de ses cousines n'offre rien de mystérieux, par conséquent rien de suspect. — Voilà des renseignements dont je garantis l'authenticité.

Les yeux de Martial étincelaient.

Il semblait au paralytique qu'un poids énorme pesant sur sa poitrine venait d'être enlevé. — Il respira de façon bruyante.

— Nul doute, — reprit Mattifet, — que les réponses aux lettres adressées par moi à Calcutta et à Guayanila ne confirment ces informations...

— N'avez-vous pas autre chose à nous apprendre? — demanda Rose.

— Pardonnez-moi, madame... — MM. Georges et Léopold Dereyne, les fils de monsieur, sont devenus les visiteurs intimes du châtelain de Saint-Ouen... — M. Léopold surtout est l'inséparable de Lionel Warton...

— Ah! ah! — fit l'ex-femme de charge.

— On prétend que les deux frères sont très épris de Mlles Laura et Mary Warton, et l'on ajoute que cet amour pourrait bien les conduire à de riches mariages... — Mais je suis simplement ici l'écho du bruit public.

— Le bruit ne me paraît point bête! — s'écria Rose. — Que ces messieurs épousent des héritières et touchent des millions de dot, tant mieux!... — ils ne songeront plus alors à dépouiller leur père, ce qu'ils feraient certainement s'ils le pouvaient...

— Il ne faut jamais supposer le mal... — dit Mattifet d'un ton dogmatique.

— Êtes-vous satisfait des communications de monsieur, mon ami? — demanda Rose à Martial.

— Oui.

— Il ne vous reste plus de doute sur l'identité de Lionel Warton?

— Non.

— Vos intérêts se trouvent sauvegardés?

— Oui.

— Tout est donc pour le mieux... — Avez-vous quelque question à adresser à M. Mattifet?

— Non.

— Alors, je prie monsieur de vouloir bien fixer le chiffre de ses honoraires.

— Mes honoraires seront peu de chose, — répondit l'ami de cœur de Rose. — Je fais entrer en ligne de compte le plaisir de rendre service, mais les gens qu'il me faut employer sont de nature cupide et ne se dérangent qu'à bon escient... — Il m'a fallu faire des avances... d'assez fortes avances... — Bref, je me crois modeste en demandant deux mille francs.

Le regard de Rose consulta Martial.

Le paralytique cligna les paupières affirmativement.

L'ex-femme de charge ouvrit un meuble, y prit deux billets de banque et les présenta en souriant à René Mattifet.

Ce dernier les reçut d'un air de suprême indifférence et les glissa dans un ravissant portefeuille de cuir de Russie garni en argent, — cadeau de Rose.

— Dois-je continuer à faire surveiller Lionel Warton? — demanda-t-il ensuite.

Les paupières de Martial restèrent immobiles.

— M. Dereyne trouve que c'est inutile... — dit Rose. — Donc, arrêtez les frais, et prévenez-nous dès que les réponses à vos lettres seront arrivées...

— Soyez tranquille, madame... — Aussitôt dans mes mains je les apporterai...

René Mattifet quitta son siège, salua le paralytique et se retira.

Rose voulut le reconduire jusqu'à l'escalier.

Dans le vestibule il s'arrêta et dit à demi-voix :

— Tu avais raison, ma chère... — Entre Martial Dereyne et ce Lionel Warton il doit y avoir autre chose qu'une question d'argent pure et simple...

— Autre chose, oui... J'en suis convaincue... mais quelle chose?...

— Nous le saurons peut-être bientôt..

— Comment l'apprendras-tu?

— Comme on apprend ce que l'on veut savoir... en se donnant du mal... en cherchant...

— Alors tu chercheras?

— Oui, parbleu! Martial Dereyne arrête les frais... — Je vais travailler pour mon propre compte...

II

Le samedi, jour de la première fête donnée par Lionel Warton au château de Saint-Ouen, était arrivé.

Il faisait un temps splendide.

Depuis le matin de nombreux ouvriers venus de Paris s'occupaient des préparatifs, non dans l'habitation où tout était complet, mais dans le parc.

Le soir, les grandes avenues et la terrasse qui dominait la Seine devant être éclairées à *giorno,* on mettait en place, non les vulgaires lanternes chinoises des illuminations, ni les classiques godets multicolores des réjouissances municipales, mais des lustres en verre de Venise chargés de bougies transparentes.

On disposait au milieu des massifs d'innombrables statues dont chacune soutenait un lampadaire.

Certaines allées sinueuses et écartées devaient à dessein rester obscures.

Carmen et Dolorès songeaient à leurs toilettes, et quoique les sombres souvenirs de la tragédie de Guyanila ne fussent point effacés, elles se réjouissaient comme des enfants du plaisir promis.

Marie seule était triste, — plus triste encore ce jour-là que de coutume.

Enfermée dans sa chambre et le visage inondé de larmes, elle priait, agenouillée devant un Christ d'ivoire...

Aux pieds du Dieu fait homme, mort sur la croix pour le salut des hommes, la plus jeune sœur de Cora avait placé deux photographies, celle de Noëmi et celle de Richard Bernier, les victimes de Martial Dereyne.

— O ma mère, ma mère, — balbutiait la jeune fille en étouffant ses sanglots, — regarde-moi, écoute-moi, conseille-moi... et toi, mon père bien-aimé, sois le soutien de ta chère Marie, qui souffre et qui t'appelle à son aide... — J'ai fait sur votre tombe un serment solennel... j'ai juré de venir en aide à Cora pour vous venger tous deux !... Et voilà qu'aujourd'hui mon serment m'épouvante, et j'hésite à tenir la parole donnée... — Soutenez-moi... pardonnez-moi... je ne savais pas !... — Je croyais mon cœur tout à la vengeance... j'ignorais qu'un autre sentiment pût s'emparer de lui... j'étais sans défiance... et mon cœur ne m'appartient plus, et celui qui l'a pris est un homme que je dois haïr !... C'est le fils de votre bourreau !...

Marie s'interrompit, et pendant quelques secondes il lui fallut laisser éclater les sanglots qui la suffoquaient.

Lorsqu'elle eut reconquis un calme relatif, elle poursuivit :

— Mon âme est pleine de trouble et d'effroi !... J'ai librement accepté ma part de l'œuvre commune, de l'œuvre sainte... Je voudrais marcher en avant, et je sens bien que je vais trébucher au premier pas... — Je voudrais ne point

Les jeunes filles venaient d'achever leur toilette.

faiblir et mon courage m'abandonne, et je sais pourtant que la faiblesse est une
trahison ! — Je l'aime, celui qu'on m'a chargée de perdre ! — Je l'aime, celui
qu'il me faut conduire au déshonneur !... — Je serai criminelle envers vous si
je n'obéis pas... — Je serai infâme envers lui si j'obéis... — D'un côté comme de
l'autre, la honte ! — Où est le devoir ? — O mon père, ô ma mère, entendez-moi,
conseillez-moi et montrez-moi la route !...

Et Marie se tordait les mains en invoquant les deux victimes qui ne pouvaient, hélas ! lui répondre.

Longtemps, — pendant des heures, — elle resta prosternée et suppliante.

Enfin ses larmes se tarirent, elle essuya ses yeux et se releva, fortifiée sinon consolée.

Un rayon de lumière avait brillé dans les ténèbres de sa pensée. — Elle venait de prendre un parti.

Disons en passant que le docteur Jocelyn n'était point au château et ne devait pas assister à la fête.

Cora désirait éviter que Rose Bonchamp pût parler à Martial Dereyne d'un médecin mulâtre attaché à la famille Warton.

En conséquence Jocelyn devait passer vingt-quatre heures à Paris, où il avait un pied-à-terre rue du Colysée.

Disons encore que le docteur noir d'après les conseils de Cora — (d'accord en cela avec Jean Renaud) — s'était fait attacher, en qualité de médecin suppléant, à la clinique de la grande et de la petite Roquette, ainsi que le lui offrait son ancien professeur devenu médecin en chef des prisons de la Seine.

Nous savons qu'un dîner de vingt-quatre personnes devait précéder la réception.

Dès six heures du soir Cora — ou plutôt Lionel — arborait l'habit noir, la cravate blanche, le gilet en cœur et le camélia à la boutonnière. — Le gardénia n'était pas encore de mode à cette époque.

Les jeunes filles venaient d'achever leurs toilettes.

— Vous êtes charmantes, chères sœurs, — dit Cora à Carmen et à Marie, — et vous ne sauriez échouer dans la lourde tâche qui vous incombe!... — Oui, bien lourde, car il va falloir tromper, mentir, jouer une comédie qui répugne à votre droiture! — Pour vous donner force et courage pensez aux deux martyrs que nous devons venger!

Carmen répondit, avec un sourire effrayant pour Georges Dereyne :

— Je suis sûre de mon rôle, et je te promets de le jouer en grande artiste!

Marie baissa la tête et garda le silence.

Cora rejoignit Jean Renaud.

— Comptez-vous réussir ce soir à faire parler Rose Bonchamp? — lui demanda-t-elle.

— Je l'espère, — répliqua l'évadé de la *Dorade*.

— Alors demain nous songerons à la famille de Lasseny.

— Maître, me permettez-vous de vous donner un conseil?

— Certes!

— Eh bien! mon instinct me dit que Rose Bonchamp — d'une façon peut-être inconsciente — vient ici ce soir espionner pour le compte de Martial Dereyne...

— C'est aussi ma conviction... — Le misérable a consenti de trop bonne grâce à se priver de sa garde-malade... — Il devait avoir une arrière-pensée.

— Vous êtes de mon avis, tant mieux. — Dans tous les cas, soyez sur vos gardes... — Veillez sur vous-même sans relâche... — N'oubliez pas enfin qu'une parole imprudente, un tressaillement involontaire, suffiraient peut-être pour vous trahir...

— Je serai de marbre...

— C'est ce qu'il faut.

— Vous n'avez rien appris relativement au fils de Laurent Raymond ?

— Rien...

— Nous aviserons...

— Y a-t-il une consigne pour ce soir ?

— Celle-ci : — Engager une partie quelconque avec Georges Dereyne — (il est joueur, ce sera facile) — et jouer gros jeu... — Carmen se chargera de nous l'amener dans le petit salon, et la vue des cartes fera le reste.

— Georges Dereyne devra-t-il gagner ?

— Non pas... — Il faut qu'il perde... — Le jeu est au nombre des moyens sur lesquels je compte pour lui créer de grands embarras...

— Les cartes ne suffiront pas... — Un bonheur trop soutenu éveillerait des soupçons, et nous ne devons pas être soupçonnés.

— J'ai d'autres cordes à mon arc... — Les courses, par exemple... — Gagnez ce soir une vingtaine de mille francs à Georges Dereyne, et offrez de lui donner demain ou après-demain sa revanche...

— Ici ?

— Non; mais à mon petit hôtel de la rue de Londres où j'inviterai quelques jeunes gens avec lui, et où désormais on se réunira le soir plusieurs fois par semaine... — Nous avons affaire à un joueur et à un amoureux, donc nous le tenons doublement... — Je veux qu'avant un mois il ne sache plus où donner de la tête et cherche des usuriers...

Jean Renaud se mit à rire.

— Nous nous chargerons de lui en fournir... — répliqua-t-il.

Cora reprit :

— Au jeu, vous êtes sûr de vous ?

— Comme je le suis l'épée à la main...

— Et personne ne peut s'apercevoir de votre... habileté ?

— Personne... — Robert Houdin lui-même n'y verrait que du feu...

— Mais comment êtes-vous arrivé à ce degré... d'adresse ?

— Maître, — murmura Jean Renaud, — vous m'avez promis d'avoir confiance et de ne m'interroger jamais...

— C'est vrai... j'ai confiance et je me tais...

A six heures et demie Lambert Massol et Octave Richard, se considérant comme les plus intimes amis de la maison, arrivèrent ensemble et les premiers.

Rose Bonchamp, en toilette fort riche mais plus éclatante que véritablement élégante, les suivit de fort près.

En somme elle faisait beaucoup d'effet et pouvait hardiment cacher dix ou douze ans de son âge sans que son visage et sa tournure vinssent lui infliger un démenti.

Lionel alla gracieusement au-devant d'elle et lui donna son bras pour entrer dans les salons encore déserts.

Le journaliste et le vaudevilliste se précipitèrent à sa rencontre.

— Eh ! chère madame, que devenez-vous ? — s'écria Octave Richard. — On ne vous rencontre nulle part !... Sans cette toilette délicieuse qui me rassure, je me demanderais si vous avez pris le voile...

— Presque... — répliqua Lionel. — Mme Bonchamp s'est faite sœur de charité...

— Et garde-malade de Martial Dereyne, je le savais... — ajouta Lambert Massol. — C'est magnifique !! C'est digne du prix Monthyon !!

— Ce pauvre Dereyne est-il donc si bas ? — reprit Octave.

— Oh ! tout ce qu'il y a de plus bas... — Effrayant, messieurs, effrayant ! — Figurez-vous un bonhomme du cabinet des figures de cire... — il n'y a que l'œil de vivant...

— Brrr ! — fit Massol, — ça donne froid dans le dos ! Quelle situation dramatique ! J'en parlerai à d'Ennery.

Jean Renaud s'approcha.

Rose lui tendit vivement la main.

— Monsieur Doménico Séballa ! — dit-elle, — enchantée de vous voir !... enchantée !... enchantée !... — Quand bien même je vivrais cent ans, je n'oublierais jamais notre première rencontre... — Était-elle assez originale, hein ! cette rencontre ?... — Tudieu ! quelle poigne ! — Et vous allez bien, cher sauveteur des gens que j'écrase ?

— Je vais le mieux du monde, belle dame...

Rose Bonchamp se haussa sur la pointe des pieds pour lui demander à l'oreille :

— Messieurs Georges et Léopold Dereyne doivent-ils dîner ici ?

— Oui, chère madame.

— Ils ne sont pas encore arrivés ?

— Non, chère madame...

— Merci.

Rose prit Lambert par le bras et l'entraîna de quelques pas à l'écart.

— Vous êtes un ami... Renseignez-moi un peu... — lui dit-elle.

— A quel propos ?...

— A propos du genre de la maison... — Je ne voudrais pas avoir l'air d'une dinde, quoique je ne dédaigne point cette volaille quand elle est amplement truffée... — *La fait-on ici à la grande pose ?* — Dans ce cas, je me tiendrais sur mon *quant-à-soi.* — J'aurais de l'étiquette tout comme une autre.

— Plus qu'une autre, je n'en doute pas ! — répliqua Lambert en ayant peine à garder son sérieux. — Mais ne déballez point l'étiquette... ce serait inutile... — Lionel Warton laisse à ses hôtes — (dans la limite des convenances, bien entendu) — une complète liberté d'allures.

— Bon, ça me va !... je déteste les gens pincés, quoique je sois comme il faut naturellement...

— Ça se voit ! — dit Octave qui s'était approché des deux causeurs.

— Nous nous sommes occupés des invitations... — reprit Lambert. — Les artistes seront en majorité... Lionel Warton, quoique nabab indien, est Parisien jusqu'au bout des ongles...

— Et les jeunes cousines ?...

— Adorables, les jeunes cousines...

— Ni prudes, ni bégueules ?. — demanda Rose.

— Ni l'un ni l'autre.

— Genre un peu cocotte alors ?

— Pas davantage... — Simples et naturelles, jolies comme des anges, je ne sais combien de fois millionnaires et, avec cela, aussi bonnes filles que vous et moi.

— Peste ! — s'écria Mᵐᵉ Bonchamp, — proclamez tout de suite que ce sont des merveilles !...

— Mais je le proclame très volontiers, et vous allez en juger... — Les voici...

III

Carmen, Marie et Dolorès, vêtues toutes trois de robes d'une nuance paille très claire qui s'harmonisait bien avec la pâleur faiblement bronzée de leur teint, franchirent le seuil au milieu d'un murmure d'admiration que justifiait amplement leur beauté.

Sans exagération d'assurance et sans affectation de timidité elles s'avançaient gracieuses ; — l'encens des louanges brûlant autour d'elles ne semblait point leur porter à la tête.

La prodigieuse ressemblance de Dolorès et de son cousin Lionel surprit tout le monde, mais s'expliquait par la parenté.

Marie et Carmen jetèrent un coup d'œil investigateur sur les invités déjà nombreux.

Georges et Léopold n'avaient point encore paru.

— Eh bien ! — demanda tout bas Lambert Massol à Rose. — Comment les trouvez-vous ?

— Ah ! sapristi ! les jolies créatures ! — répliqua l'ex-femme de charge, — et quel chic !... — Rien à critiquer !... — Je voudrais être homme pour leur faire la cour, parole d'honneur !...

— A toutes les trois ?... — dit le vaudevilliste en riant.

— Tiens, pourquoi pas ? — Si j'étais du sexe fort je serais un homme à conquêtes, un bourreau des cœurs, un vrai Gil-Blas...

— Faublas, chère madame... — interrompit Octave Richard.

— Est-ce que ça n'est pas la même chose?

— Nombre de gens l'affirment.

— Enfin vous m'avez comprise, et ça me suffit... — On prétend que les fils de Martial Dereyne sont toqués de ces demoiselles... — Savez-vous si c'est vrai ?

— Je sais que le bruit en court.

— Nous les verrons papillonner autour d'elles. — Ça sera drôle. — Rien ne m'amuse comme le manège des amoureux... — Je me mets à leur place. — Je partage leurs grandes joies et leurs petits chagrins...

— Ça prouve que vous avez du cœur.

— Du cœur?— j'en ai trop...— Présentez-moi donc à mesdemoiselles Warton.

Présenter Rose Bonchamp — (dont la présence à Saint-Ouen les étonnait beaucoup) — ne paraissait une tâche enviable ni au journaliste ni à l'auteur dramatique ; aussi ce dernier répondit :

— C'est au maître de la maison qu'appartient cet honneur... — Adressez-vous à lui, chère madame.

Rose allait se mettre à la recherche de Lionel, mais son attention fut distraite par l'arrivée de Georges et de Léopold.

Les fils de l'armateur connaissaient à peu près tous les invités.

Ils traversèrent les groupes en disant des : *bonjour*, saluèrent Lionel Warton et Doménico Séballa, et se dirigèrent vers les jeunes filles.

Carmen, souriante et triomphante, tendit la main à Georges.

Marie, pâle et les yeux baissés, n'eut pas la force de refuser la sienne à Léopold.

Rose, qui ne perdait pas de vue les nouveaux venus, donna un coup de coude à Octave Richard en lui glissant ces mots dans l'oreille :

— Le fils aîné et la grande cousine sont bons amis, ça saute aux yeux ; mais on dirait qu'avec la petite ça ne bat que d'une aile... — Je ne lui crois pas un fort béguin, à la petite, pour le joli blond... — Il est gentil pourtant... — Je le déteste moins que son frère...

Mme Bonchamp n'eut pas le temps de formuler de nouvelles observations dénotant chez elle une perspicacité peu commune.

On était au complet pour le dîner ; — vingt-quatre personnes en tout, dix-huit hommes et six femmes, les trois cousines, l'aimable Rose, une jeune fille que son beau talent de peintre commençait à rendre célèbre, et une artiste lyrique aussi connue par ses succès au théâtre que par ses vertus à la ville.

Les valets ouvrirent à deux battants les portes de la salle à manger, et le maître d'hôtel prononça l'annonce sacramentelle.

Georges et Léopold offrirent leurs bras à Carmen et à Marie.

Rose, se cramponnant à Lambert Massol, lui dit :

— Je ne vous lâche pas, mon cher... — Je vous campe à table à côté de moi, et nous rirons tout le temps comme des petites folles !....

— J'en accepte l'augure ! — répliqua Lambert, en se promettant d'étudier à fond sa voisine et d'en faire un type réjouissant pour son prochain vaudeville.

Nous ne nous étendrons point sur le coup d'œil féerique offert par la salle à manger.

Quand on sème l'or à pleines mains, et quand on le sème avec intelligence, on réalise des prodiges.

Le luxe, sous ses formes diverses, avait dit son dernier mot, mais personne ne s'en étonnait, car tout le monde en arrivant au château de Saint-Ouen s'attendait à des merveilles.

Les merveilles attendues se produisaient. — Rien de plus simple.

A table seulement, Georges et Léopold s'aperçurent de la présence de Rose.

Un premier mouvement de surprise leur fit froncer le sourcil à tous deux, mais ils réfléchirent que Lionel, en invitant Mme Bonchamp, avait voulu certainement faire plaisir à leur père et l'impression pénible s'effaça.

Assis d'ailleurs auprès de Carmen et de Marie, ils ne pouvaient se laisser longtemps distraire de ce voisinage adorable.

Dès le premier service — chose rare ! — le repas fut gai, et sous l'excitation des grands vins la gaîté ne tarda guère à devenir presque bruyante.

La majorité des convives se composait de gens d'esprit, aussi les mots piquants, les vives reparties, se croisaient d'un bout de la table à l'autre comme des volants chassés de raquette en raquette.

Rose Bonchamp, buvant à plein verre le vin de Moselle mousseux frappé, et l'incomparable Saint-Péray du coteau de Hongrie, parlait, toutes les cinq minutes, un peu plus haut qu'il n'aurait fallu, malgré les : *Chut !* réitérés de Massol.

Elle décida tout à coup que le moment était venu de tenter l'expérience à laquelle Martial Dereyne attachait un si grand prix.

Les circonstances rendaient sa tentative facile.

Après avoir regardé l'un après l'autre les noirs en livrée de gala qui faisaient le service, elle dit d'une voix assez forte pour dominer le bruit des conversations particulières :

— Monsieur Lionel...

— Chère madame ?

— Une question...

— Autant de questions qu'il vous plaira.

Le silence s'établit.

Rose reprit :

— Est-ce que ces moricauds superbes — aussi beaux hommes que les cent-gardes, parole d'honneur! — sont des esclaves?

Le maître du logis échangea un coup d'œil avec Jean Renaud et répondit :

— Non, chère madame...

— Que sont-ils donc?

— Des serviteurs. — Esclaves, ils ne l'ont jamais été; d'ailleurs ils ne le seraient plus. — La France est terre libre, et quiconque en a touché le sol est affranchi.

— Mais vous avez des esclaves dans votre pays?

— Non, chère madame. — A Calcutta l'esclavage n'existe plus.

— Tiens ! vous êtes donc de Calcutta, monsieur Lionel?

— L'ignoriez-vous?

— Je vous croyais de Guayanila.

Pas un muscle du visage de Lionel ne tressaillit.

Les trois cousines étaient livides, mais Rose ne songeait point à les regarder.

— Vous vous trompiez, chère madame... — répliqua le pseudo-nabab en souriant... — Je ne connais que de nom la bourgade de Guayanila, et de ma vie je n'ai mis les pieds dans l'île de Porto-Rico...

— Bref, — reprit Rose, — vos grands valets à frimousse d'ébène n'ont rien à craindre du commandeur des nègres et du syndic des noirs?

— Absolument rien..

— Je les en félicite...

— Soyez bien convaincue qu'ils s'en félicitent encore plus que vous... — Mais qui donc vous a mise au fait de ces détails de mœurs locales?...

— Un jeune homme que j'ai rencontré au Havre... un officier de marine qui, si j'ai bonne mémoire, se nomme Armand Dorsay.

— Armand Dorsay... — répéta froidement Cora, — c'est la première fois que j'entends ce nom... — Avez-vous autre chose à me demander, chère madame?

— Ma foi non... — je sais ce que je voulais savoir.

Lionel se remit à causer avec Octave Richard, tandis que Rose se disait tout bas :

— Décidément, ce vieux fou de Martial bat la breloque et rêve tout éveillé! — Qu'il ne s'avise plus de me rompre la tête avec ses lubies...

Le dîner touchait à sa fin.

Le café servi dans des tasses de vieux sèvres pâte tendre, accompagné de toutes les variétés connues de liqueurs, avait remplacé le dessert mis au pillage.

La musique de deux orchestres placés, l'un dans une pièce voisine de la salle à manger et l'autre dans le parc, commençait à se faire entendre.

Lionel offrit son bras à sa voisine de droite, et les valets de pied ouvrirent les portes des salons que remplissaient déjà les invités venus pour la fête.

Carmen, toujours au bras de son cavalier, s'engagea dans l'une des allées obscures.

Il était dix heures du soir.

Jean Renaud s'approcha du châtelain de Saint-Ouen.

— Vous voyez que j'avais raison... — lui dit-il. — Cette Rose Bonchamp est l'espion de Martial Dereyne...

— Oui, mais son peu d'intelligence et son parfait contentement d'elle-même l'empêchent d'être dangereuse... — Surveillez-la pourtant...

— Comptez sur moi...

Une douzaine de jeunes femmes appartenant au monde artistique étaient arrivées.

Les danses s'organisaient et promettaient d'être bien vite animées et joyeuses. Quelques hommes, assidus courtisans de la dame de pique, se dirigeaient vers le salon de jeu, malgré les séductions d'une valse entraînante.

Georges et Carmen, Léopold et Marie, glissaient déjà parmi les couples enlacés.

Jean Renaud rejoignit Rose Bonchamp, dont une considérable absorption de petits verres de liqueurs des îles empourprait le visage.

Il lui passa sans façon le bras autour de la taille.

— Eh bien ! eh bien ! que faites-vous, monsieur Séballa ? — s'écria-t-elle avec une mine effarouchée, — qu'est-ce que c'est qu'un pareil genre ?...

— C'est mon invitation à la valse... — répliqua le faux mulâtre.

— Il fallait donc le dire tout de suite... — J'ai cru que vous alliez me manquer de respect...

— Jamais en public, belle dame... — En tête-à-tête, quand vous voudrez...

— Nous en reparlerons...

— Le plus tôt possible, n'est-ce pas ? — En attendant, valsons...

— Ça me va...

Et le nouveau couple fit au milieu du tourbillon une entrée triomphale.

Lionel gagna le petit salon.

Les parties de bouillotte et d'écarté s'engageaient.

Un gentleman fort riche, bien connu à la Bourse et dans les cercles élégants, venait de s'asseoir et de poser devant lui son portefeuille bourré de billets de banque.

— Si vous le permettez, monsieur, — lui dit Lionel, — je me mettrai dans votre jeu...

Le gentleman s'inclina.

— Pour quelle somme, monsieur Warton ? — demanda-t-il.

— Pour la somme que vous voudrez... cinquante louis ou cent mille francs... — Je suis votre associé, voilà le principal... — Nous ferons nos comptes ensuite, après le gain ou après la perte...

La valse venait de finir. — Les derniers accords de l'orchestre résonnaient encore sous les hauts plafonds. — Les cavaliers ramenaient à leurs places les danseuses essoufflées.

— Désirez-vous vous asseoir, mademoiselle ? — demanda Georges à Carmen.

— Non... — répondit la jeune fille, — Ces mille bougies incendient l'atmosphère... — On étouffe... — Le temps est splendide dehors... Allons faire un tour dans le parc.

— Ne craignez-vous point ce brusque passage d'une lourde chaleur à la fraîcheur du soir ?...

Carmen secoua négativement la tête, puis elle réfléchit, appela du geste un des nègres superbes que Rose Bonchamp comparait à des cent-gardes, et lui dit quelques mots en espagnol.

Le nègre disparut et revint presque aussitôt, apportant une sortie de bal.

— Maintenant, monsieur, — reprit-elle, — venez...

— Elle me ménage un tête-à-tête !... — pensa Georges, gonflé de joie et d'orgueil. — Impossible d'indiquer plus clairement qu'elle attend un aveu...

IV

Carmen, appuyée au bras de Georges, suivit lentement la longue avenue des tilleuls que les mille bougies roses des lustres de Venise éclairaient comme en plein jour.

Ils atteignirent ainsi la terrasse du bord de l'eau où déjà, sous les marronniers séculaires, quelques invités se promenaient en fumant leurs cigares.

La jeune fille semblait rêveuse et ne répondait guère que par monosyllabes au marivaudage un peu banal du fils aîné de Martial Dereyne.

Georges n'avait point du tout en ce moment son aplomb ordinaire. — L'habitude de parler aux femmes honnêtes lui faisant défaut, pour la première fois de sa vie il éprouvait une sorte de timidité qui, jointe à son émotion très réelle, paralysait sur ses lèvres l'expression de sa pensée. — En outre, le mutisme presque absolu de Carmen le déconcertait.

Sorti du château avec des allures de triomphateur, il se conduisait maintenant comme un écolier.

On entendait dans le lointain la musique des orchestres.

Carmen parut triompher tout à coup de ses absorbantes préoccupations.

Elle quitta la terrasse et, toujours au bras de son cavalier, s'engagea dans l'une des allées relativement obscures qui décrivaient sous les futaies des courbes élégantes.

— Ne vous semble-t-il pas comme à moi, monsieur Georges, — dit-elle, — qu'au sortir de tout ce bruit, de tout ce mouvement, on a besoin d'un peu de solitude ?

— De solitude à deux surtout, mademoiselle... c'est absolument mon avis... — répliqua l'associé d'agent de change, — et permettez-moi de vous dire combien je suis reconnaissant...

— De quoi donc ? — interrompit la jeune fille avec une apparente naïveté dont Georges fut la dupe.

— Mais, — balbutia-t-il, — de ce que, recherchant la solitude, vous ne me jugez point indigne de partager pour un instant la vôtre, ce qui me rend le plus heureux des hommes.

— Le plus heureux des hommes ! — répéta la sœur de Cora d'un ton presque ironique. — Je n'en crois pas un mot...

— Vous doutez de ce bonheur ? — s'écria Georges.

— Très bien... — et j'ai pour cela de bonnes raisons...

— Lesquelles?...

— Si ma présence vous semblait si précieuse, vous viendriez ici plus souvent.
— M. Léopold, votre frère, y vient presque chaque jour, et ma sœur Mary, je
vous assure, ne songe pas à s'en plaindre...

— Eh! mademoiselle, n'accusez que ma discrétion... — Je crains d'être
importun...

— Comment le seriez-vous? — n'êtes-vous pas l'ami de mon cousin Lionel?...

— Sans doute, mais suis-je aussi le vôtre?...

— Pourquoi non?...

— Je puis donc espérer votre amitié?...

— Il dépend de vous de la conquérir... — Soyez moins rare... — A ce prix
seulement je serai votre amie...

— Prenez garde... vous allez me rendre ambitieux...

— Je n'y vois aucun mal... — L'amitié sincère est un sentiment très doux.

— Il en est un autre plus doux encore...

— Que vous nommez?...

— L'amour...

Carmen eut un éclat de rire délicieusement modulé.

— Est-ce une déclaration, monsieur Georges? — demanda-t-elle d'un ton
narquois.

— C'est un aveu, que j'aurais voulu retenir encore, et qui malgré moi
m'échappe...

— Vous prétendez m'aimer?

— Je vous aime de toute mon âme...

— En vérité! — Et depuis quand?

— Depuis le jour où pour la première fois je vous ai vue... — Un regard a
suffi pour faire de moi votre esclave...

— On affirme que tous les hommes disent cela à toutes les femmes...

— Me soupçonnez-vous de mensonge?

— Le crime ne serait pas grand puisque c'est, paraît-il, un mensonge obligatoire...

— Je dis la vérité, mademoiselle!... — Je vous jure que mon cœur est à
vous... à vous tout entier... à vous pour toujours...

— Vous semblez de bonne foi... et cependant j'ai grand'peine à vous croire...

— Ne doutez point, je vous en supplie!...

— Mais vous me connaissez à peine...

— Qu'importe? — N'admettez-vous pas que l'amour, aussi bien que l'admiration, puisse naître subitement en face d'un chef-d'œuvre... que ce chef-d'œuvre soit un tableau, une statue ou une femme?

— Ceci, je l'admets.

— Eh bien, vous êtes ce chef-d'œuvre...

— Cela, je ne l'admets plus!...

— Par excès de modestie.

— Vous avez réponse à tout...

— La vérité s'impose!

— Que voulez-vous conclure?

— Qu'il m'était impossible de vous voir et de ne pas vous adorer...

— Soit! — Adorez-moi donc, puisqu'il vous est interdit de faire autrement...

— Vous me le permettez?

— Le moyen de vous en empêcher, je vous prie?

— Mais mon amour pourrait vous déplaire... Vous déplaît-il?

— La question est un peu brusque...

— Je vous conjure d'y répondre...

— Eh bien, s'il est sincère il ne me déplaît pas...

— Me permettez-vous de vous en parler?...

— Si je vous le défends, m'obéirez-vous?

— Non.

— Voilà de la franchise! — dit Carmen en riant. — Je vous le permets donc, mais uniquement pour vous éviter une désobéissance... — Vous n'avez plus rien à me demander, je suppose...

— Pardonnez-moi... J'ai quelque chose encore...

— Vous êtes insatiable! — Voyons, de quoi s'agit-il?

— D'une question à vous adresser et d'une réponse à obtenir... — Répondrez-vous?

— Peut-être... Parlez d'abord, nous verrons ensuite... Quelle est votre question?

— Celle-ci : M'aimerez-vous un jour?

— Je n'en sais absolument rien...

— Interrogez votre cœur...

— C'est inutile... il se tairait... — Mon cœur ne parle pas si vite...

— Enfin, puis-je espérer?

— L'espérance est toujours permise... — Je vous dis pour l'amour ce que je vous disais tout à l'heure pour l'amitié... il faut le conquérir... — Faites-vous aimer...

— Réussirai-je?...

— Je l'ignore moi-même... mais à votre place j'essayerais...

— Vous me le conseillez?

— Sans doute...

Rien de plus vague à coup sûr que ces paroles, mais rien de plus encourageant que le ton dont elles furent prononcées.

Aussi Georges Dereyne s'écria-t-il avec enthousiasme :

— Ah! mademoiselle, vous êtes un ange!...

— Un ange qui, ne pouvant s'abriter sous ses ailes, commence à trouver la brise du soir un peu fraîche... — répliqua la jeune fille en souriant.

— Désirez-vous rentrer?

— Oui... — Reconduisez-moi, je vous prie... — Nous irons faire un tour dans le salon de jeu...

— Seriez-vous joueuse, par hasard, mademoiselle?

— Si je l'étais, me blâmeriez-vous?

— Non, car vos défauts mêmes me sembleraient charmants...

— Rassurez-vous, je n'ai pas celui-là... — je le laisse à vous autres hommes à qui toutes les passions sont permises... mais j'aime à voir tomber les cartes... je me plais au cliquetis de l'or, au froufrou des billets de banque allant de l'un à l'autre... enfin je comprends l'amour du jeu...

— Venez donc et, puisqu'il le faut, abrégeons ce tête-à-tête qui me semblait pourtant adorable...

— Et qui finirait par un rhume... — interrompit Carmen avec un nouvel éclat de rire. — Je vous saurai gré de m'y soustraire.

Les jeunes gens reprirent, appuyés l'un sur l'autre, le chemin de l'avenue des tilleuls vivement éclairée.

Un peu avant de se retrouver en pleine lumière, ils croisèrent deux promeneurs de sexe différent, qui pénétraient à leur tour dans l'allée sombre.

Malgré l'obscurité relative Carmen reconnut Jean Renaud — ou le mulâtre Doménico Séballa — tandis que Georges reconnaissait Rose Bonchamp.

Rose en effet, après une valse suivie d'un quadrille, avait manifesté le désir d'admirer les illuminations du parc.

Jean Renaud, profitant d'une fantaisie qu'il aurait fait naître au besoin, offrit son bras à l'ex-femme de charge, sortit avec elle du salon et la conduisit sur la terrasse qui dominait la Seine.

Rose poussait à chaque pas des exclamations admiratives.

— Mais c'est superbe!... — répétait-elle. — C'est splendide!... C'est incomparable!... — Quand on pense que je ne soupçonnais point l'existence de cette propriété féerique!... — Ah! M. Lionel Warton est un homme bigrement heureux!... — Qui diable a déniché pour lui cette merveille?

— Moi, chère madame... — répondit Jean Renaud.

— Vous connaissiez le château de Saint-Ouen?

— Depuis longtemps.

— Vous avez donc habité déjà Paris, cher monsieur Séballa?

— J'y ai fait mes études, et depuis cette époque lointaine j'y suis revenu plus d'une fois, pour de longs séjours.

Jean Renaud, nous le savons, se proposait d'interroger Rose au sujet de certaines choses du passé.

Il l'entraîna doucement vers l'allée couverte, où il s'engagea avec elle.

— Vous aimez Paris?... — lui demanda Mme Bonchamp.

— Beaucoup... — répliqua-t-il en soupirant avec affectation.

— Ah! mon Dieu, — dit Rose, — comme vous soupirez!! — Est-ce que ce mot : Paris, évoque pour vous des souvenirs tristes?...

— De joyeux et de tristes... oui...

— D'amour, n'est-ce pas?...

— Oui, c'est vrai, d'amour surtout...

— Eh bien! ça ne me surprend point... — Vous êtes très bel homme, cher monsieur Séballa, et je vous trouve la physionomie passionnée... — je suis sûre que vous en avez eu, de ces aventures! — Vous en avez eu des masses! — Une ribambelle de femmes, hein? — Des intrigues à n'en plus finir?...

— J'ai été aimé, peut-être... — J'ai aimé, certainement... — Et à ce propos, chère madame, j'ai une question à vous adresser...

— Une question, à moi?... A propos de vos amours d'autrefois? — s'écria Rose.

— Oui.

— Vous plaisantez!

— Pas le moins du monde.

— Alors, vous m'intriguez terriblement...

— Vous trouverez dans une minute la chose toute naturelle...

— Ah! ah!... Enfin, allez-y!...

— Votre nom de famille est bien celui sous lequel je vous connais? — demanda Jean Renaud. — Vous vous nommez bien Rose Bonchamp?

— Sans doute, et vous en avez eu la preuve par l'acte de vente de la villa d'Ingouville que vous m'avez achetée dernièrement... — Chez le notaire les noms de fantaisie ne sont pas de mise...

— Aussi, — reprit le faux mulâtre, — la question que je viens d'avoir l'honneur de vous poser n'est-elle que le prélude, le point de départ, d'un interrogatoire en règle...

— Un interrogatoire? — répéta Rose, un peu surprise, presque effrayée, et riant d'un rire faux pour cacher son inquiétude. — Est-ce que vous êtes juge d'instruction, cher monsieur?...

— Peut-être bien... — répondit-il en riant aussi, puis il ajouta : — Vous avez une sœur?...

Rose tressaillit.

— Une sœur! — s'écria-t-elle.

— Oui, — poursuivit Jean Renaud avec le plus grand calme, — une sœur qui s'appelle Claire Bonchamp.

— C'est vrai, — répondit Rose en fronçant le sourcil, — j'ai une sœur, et le nom de *Claire* est en effet son nom de baptême.

V

Le faux mulâtre continua :

— Votre sœur exerçait la profession de sage-femme, et son établissement se trouvait à Vincennes...

Rose, stupéfaite, se demandait où Doménico Séballa voulait en venir en la questionnant ainsi au sujet d'une sœur dont elle croyait l'existence ignorée du monde entier.

Elle ne pouvait le deviner, mais elle n'osait pas refuser de répondre.

— Vos renseignements sont exacts... — dit-elle. — Claire habitait Vincennes, et elle était sage-femme...

— Elle avait fondé sa maison à une époque où vous étiez bien jeune encore, chère madame...

— Oh ! oui, bien jeune... — répliqua Rose en minaudant, — tout à fait une petite fille...

— Votre sœur ne fut-elle pas, quelques années plus tard, impliquée dans une affaire d'infanticide ?

— Je ne sais... — balbutia Rose, que cette question embarrassait étrangement.

— Rappelez vos souvenirs...

— Mais que vous importe cela ?... en quoi cela peut-il vous intéresser ?...

— Cela m'importe fort et m'intéresse beaucoup, pour de bonnes raisons que vous connaîtrez tout à l'heure. — Claire Bonchamp, reconnue coupable, fut condamnée à dix ans de réclusion pour complicité d'infanticide...

— Mais, monsieur, — dit Rose vivement, — puisque vous savez aussi bien que moi la malheureuse histoire de ma sœur, je n'ai pas besoin de vous l'apprendre. — Je n'ai rien à vous dire, sinon que Claire était innocente.

— Innocente ? — répéta Jean Renaud. — Le croyez-vous ?

— J'en ai la conviction.

— La condamnation, dans ce cas, aurait été d'une effrayante injustice...

— Effrayante, oui.

— Claire a été défendue cependant...

— Mal défendue. — Il y avait contre elle des charges accablantes... On n'a pas su faire jaillir la lumière.

— Pauvre fille... — murmura le faux mulâtre d'une voix émue.

— Vous la plaignez ?

— Qu'elle le mérite ou non, je la plains.

Jean Renaud ajouta, après un silence :

— Claire Bonchamp existe-t-elle encore ?

— Je le crois.

— Suis-je donc indigne d'être aimé de vous?... s'écria Léopold.

— Vous n'en êtes pas sûre?

— Non. — Depuis fort longtemps je ne l'ai pas vue et n'ai point entendu parler d'elle.

— Comment cela se fait-il?

— Quelques mois après sa sortie de prison elle m'écrivit... — J'étais au Havre... — Elle me demandait des secours. — Je vins à Paris... — Claire vivait avec un repris de justice, son ancien amant, homme dangereux qui devait, sans le moindre doute, la perdre de nouveau... — Je lui fis à cet égard des représentations fort sages... — Elle les prit mal et se mit en colère... — La discussion dégénéra en scène violente, car ma sœur avait un caractère indomptable... — Une brouille définitive s'ensuivit... — Je donnai de l'argent à Claire et je ne la revis plus... — Depuis cette époque je n'ai pas entendu parler d'elle, je vous le répète...

— Cet homme dangereux dont vous parlez, cet ancien amant, ce repris de justice, vous savez son nom ?

— Oui... — C'était un forçat libéré qui s'appelait Remy Chomin.

— Remy Chomin!... — répéta Jean Renaud en tressaillant.

— Un bandit de la pire espèce... l'effroi de la police et la terreur des bagnes... — Vous comprenez à merveille, cher monsieur Séballa, qu'entre une femme posée comme je le suis et la maîtresse d'un pareil bandit tout rapport devenait impossible.

— Certes ! — répondit le faux mulâtre en souriant d'une façon étrange.

L'allée était obscure ; Rose ne vit pas le sourire de son compagnon.

— Après l'arrestation de votre sœur, — reprit Jean Renaud, — que devint l'établissement de Vincennes ?

— Il fut vendu par autorité de justice.

— Et, après cette vente, aucune plainte nouvelle ne fut formulée ?

— Aucune.

— Claire avait donc eu soin de faire disparaître de chez elle tous les papiers qui pouvaient la compromettre, car elle n'en était pas à son coup d'essai...

— Qu'en savez-vous ?... — demanda Rose avec une expression de terreur.

— J'ai connu Claire autrefois... il y a de longues années... à une époque où sa beauté faisait sensation...

— Vous l'avez aimée peut-être ?...

— Peut-être... — J'étais pauvre alors... — Aujourd'hui je suis riche... très riche... — Je m'intéresse à votre sœur malgré son passé sinistre, et si je la retrouvais je ferais pour elle ce que jadis je ne pouvais faire...

— Je regrette alors vivement mon impuissance à vous renseigner... — Je vous ai dit tout ce que je sais.

— Mais peut-être pourriez-vous me donner quelque indice de nature à me mettre sur la voie.

— Hélas ! non.

— Où demeurait Claire lors de votre dernière entrevue ?

— A Montrouge, dans un garni du plus bas étage.

— Le nom de la rue ?

— Je l'ai oublié.

— En retournant à Montrouge, en parcourant l'une après l'autre toutes les rues, retrouveriez-vous ce garni ?

— J'en doute beaucoup, ou plutôt j'ai la certitude du contraire. — J'y suis allée la nuit, en voiture, et la maison ressemblait à toutes les autres. — Mais vous avez à votre disposition, ce me semble, un moyen sûr de retrouver Claire.

— Lequel ?

— Adressez-vous à la Préfecture de police... — Vous aurez là des indications positives...

— J'y pensais.

— Seulement prenez garde de compromettre la pauvre créature, et surtout que mon nom ne soit point prononcé... — Je ne suis pas fière de ma sœur... Vous comprenez ça...

— A merveille... — Soyez tranquille, chère madame, je serai prudent...

Tout en causant, les deux promeneurs avaient fait beaucoup de chemin dans le parc.

Ils se trouvaient en ce moment près des massifs qui bordaient le saut-de-loup du côté de la route de la Révolte.

— Ah çà ! mais, — s'écria Rose, — nous voici au bout du monde !... — On n'entend presque plus la musique des orchestres...

— Il est certain que nous sommes loin du château... — Désirez-vous vous en rapprocher ? — répliqua Jean Renaud.

— Ma foi, oui... — Cet isolement et ces ténèbres, c'est bon pour cinq minutes ; mais je rentrerai dans les lumières et dans le bruit de la fête avec enthousiasme...

— Pardonnez-moi, chère madame, de vous avoir éloignée du plaisir pendant une demi-heure, et d'avoir évoqué des souvenirs qui vous ont peut-être attristée...

— Attristée ! ! — répéta Rose, — oh ! pas le moins du monde... — Ma sœur et moi nous n'avons jamais pu nous entendre... — Nos caractères ne *cordaient* point ensemble... — Elle a fait fi de mes bons conseils... — Ça lui a mal réussi... — Tant pis pour elle... Ça ne me regarde ni peu ni beaucoup... — Ce qui ne m'empêche pas de la plaindre, cette pauvre Claire...

— Vous avez si bon cœur ! — fit Jean Renaud ironiquement.

— Trop de cœur ! cher monsieur Séballa, trop de cœur !... — C'est ce que je me répète tous les jours... mais impossible de m'en corriger...

Le faux mulâtre et l'ex-femme de charge regagnèrent l'avenue des tilleuls et reprirent le chemin du château en causant de choses indifférentes.

A l'entrée des salons ils se séparèrent.

Rose Bonchamp se mit en quête d'un danseur de bonne volonté pour la prochaine redowa, et Jean Renaud se dirigea vers la salle de jeu.

Retournons d'une demi-heure en arrière.

Tandis qu'avait lieu l'entretien auquel nous venons de faire assister nos lecteurs, voici ce qui se passait, ou plutôt ce qui se disait, dans une allée sombre et lointaine.

Léopold Dereyne, après avoir fait valser Marie, et Dieu sait avec quelle ivresse,

avait sollicité d'une voix émue la faveur d'admirer en sa compagnie les illuminations du parc.

Il voulait, comme son frère Georges, se ménager un tête-à-tête.

La jeune fille répondit par un acquiescement muet et se laissa conduire,
tremblante mais résolue, car, nos lecteurs doivent s'en souvenir, elle avait pris
un parti qu'elle croyait irrévocable.

Les deux enfants marchèrent d'abord sans échanger un mot.

Marie s'appuyait le moins possible sur le bras de son compagnon, mais, si
léger que fût ce contact, elle sentait battre le cœur de Léopold, et chacun des
battements retentissait au fond de son âme.

L'étudiant en droit éprouvait un trouble pareil à celui de Georges auprès de
Carmen, quoique les motifs de ce trouble fussent d'une nature bien différente.

L'émotion, la timidité, la violence de son naïf amour, le paralysaient.

Il avait mille choses à dire ; — la nuit, la solitude, lui venaient complai-
samment en aide, et il ne trouvait pas une parole...

Marie la première rompit le silence par une question enfantine en apparence,
mais qui devait la conduire à son but.

— Quel âge avez-vous, monsieur Léopold ? — demanda-t-elle.

— Pas tout à fait vingt ans, mademoiselle... — murmura l'étudiant.

Le son de sa propre voix résonnant à son oreille dissipa sa défaillance et
lui rendit le libre usage de ses facultés morales.

Il se sentait désormais capable de parler.

— J'en ai, moi, un peu plus de seize... — reprit Marie. — Nous sommes
bien jeunes tous les deux, et nous avons devant nous sans doute beaucoup de
temps à souffrir des peines, des chagrins, des douleurs de la vie...

— Les chagrins... les douleurs de la vie... — répéta Léopold stupéfait —
mais vous ne les connaissez pas... vous ne les connaîtrez jamais... ils ne sauraient vous atteindre...

— Pourquoi donc ?

— Pour toutes les raisons du monde... — Une bonne fée vous a servi de
marraine au moment de votre naissance, comme aux princesses des contes
bleus... — Vous avez seize ans, la beauté d'un ange et la fortune d'une reine...
— Le tissu de votre existence est fait de joies et d'enchantements... — Votre
présent est couleur de rose... votre avenir est radieux... — Autour de vous
chacun s'incline... — Il vous suffit de vouloir pour que vos désirs et vos caprices
soient réalisés à l'instant... — D'où viendraient les chagrins que vous semblez
prévoir ?

— Croyez-vous donc que je suis heureuse ? — demanda Marie. — Croyez-
vous que je n'ai jamais souffert ?

— Je le crois.

— Si je vous disais que vous vous trompez ?...

— Je le croirais, car vous ne pouvez mentir, et je vous supplierais de me faire connaître vos peines... — Mon ardent désir serait d'en avoir une part; j'essayerais de les soulager... — Mais c'est une supposition, n'est-ce pas? — Votre bonheur est sans nuages?

— Non, — répondit Marie d'une voix brisée, — non, ce n'est pas une supposition, je suis malheureuse... bien malheureuse...

Elle se laissa tomber sur un banc de gazon; — les sanglots que depuis un instant elle essayait en vain de contenir éclatèrent.

Léopold, douloureusement étonné, s'assit près d'elle et lui prit les mains.

Elle les retira doucement... — Ses sanglots s'apaisèrent, mais de grosses larmes continuèrent à rouler sur ses joues.

— Au nom du ciel, — s'écria le jeune homme avec exaltation, — ayez confiance en moi comme si j'étais votre frère aîné! — Dites-moi qui vous fait souffrir ainsi...

— Personne... — balbutia Marie.

— Cependant, vous pleurez...

— J'ai peur.

— Que craignez-vous?

— L'avenir... ou plutôt j'ai peur de vous et j'ai peur aussi de moi...

— Comment? je ne vous comprends pas.

— C'est tout au plus si je me comprends moi-même et je ne saurais m'expliquer... — Un pressentiment sombre m'obsède. — Il me semble que nous devons mutuellement nous porter malheur...

— Que dites-vous, mademoiselle? — interrompit Léopold.

— Il me semble, — continua Marie, — il me semble que l'un par l'autre nous devons souffrir si nous ne brisons pas, tandis qu'il en est temps encore, le lien mystérieux et funeste qui nous enchaîne l'un à l'autre...

VI

— Ai-je bien entendu, ai-je bien compris vos paroles, mademoiselle?... — reprit le jeune fils de Martial Dereyne avec un élan de passion plus facile à comprendre qu'à décrire. — Elles me conduisent aux sommets pour me laisser retomber dans les abîmes!... — En constatant vous-même l'existence d'un lien qui nous enchaîne l'un à l'autre, vous venez de me faire un enivrant aveu que j'aurais payé de ma vie, mais vous avez dit en même temps que mon amour vous ferait souffrir, ce qui serait pour moi le comble du malheur...

— Hélas! — murmura la jeune fille, — je n'ai pas dit que je souffrirais seule...

— Ah! vous avez raison, une première blessure m'est déjà faite par vous!... — Pourquoi douter de l'avenir que j'entrevois si beau?... — Pourquoi ne point chasser des craintes chimériques?

— Le devoir m'en empêche...

— Mary, chère Mary, si vous m'aimez, le devoir ne peut vous défendre de laisser votre âme venir librement à la mienne! — Je vous appartiens tout entier! — A vous est mon premier et mon unique amour!... — N'avez-vous pas le droit de chercher sur mon cœur un asile contre les tristesses de la vie? — N'avez-vous pas le droit de prendre le bonheur où il se trouve?... — Quel devoir enfin vous interdit de mettre avec confiance votre main dans ma main loyale?... — Expliquez-vous, je vous en supplie... Je vous le demande à genoux...

— J'ai dit : *le devoir*... — balbutia Mary, — peut-être aurais-je mieux fait de dire : *la raison*...

— Quoi! la froide raison!! — s'écria Léopold. — Pouvez-vous raisonner avec votre cœur, et s'il vous conduit vers moi, espérez-vous lui prouver qu'il a tort? Suis-je donc indigne d'être aimé de vous?...

— Je n'ai pas dit cela!... — fit vivement Mary.

— Rougissez-vous d'un entraînement involontaire?

— Vous savez bien que non...

— Eh bien! alors, — reprit l'étudiant avec la logique inflexible des amoureux, — pourquoi résistez-vous à cet entraînement? pourquoi craignez-vous qu'il nous soit fatal?

— Parce que nous sommes trop jeunes pour nous engager à jamais, — répondit avec une hésitation pleine de trouble la pauvre enfant qui ne pouvait dévoiler les vrais motifs de sa résolution. — Ne nous repentirions-nous pas, dans un prochain avenir, d'avoir écouté les conseils d'une passion née si promptement, à un âge où l'erreur est si facile?...

— Craignez-vous donc de voir mon amour s'éteindre un jour? — demanda Léopold impétueusement.

— Le vôtre... ou peut-être le mien... — répliqua Mary d'une voix faible comme un souffle.

— Ah! vous vous calomniez! — Je suis sûr de moi-même!... — Vous n'êtes point de celles qui changent, et reprennent leur cœur après l'avoir donné... et vous m'avez donné le vôtre... — Oh! ne le niez pas...

— Je ne nie rien... — balbutia l'enfant. — Oui, c'est vrai, j'ai senti naître en moi un sentiment indéfinissable... — Vous l'appelez *amour* et le mot me fait peur... — Ce sentiment m'épouvanterait moins si vous l'aviez autrement nommé, car je sais que l'amour est l'origine de bien des hontes, de bien des fautes, de bien des douleurs...

— Notre amour n'a rien de commun avec celui dont vous parlez... — interrompit Léopold.

— Qui sait? — reprit Mary. — Enfin, je viens vous dire : — Une sympathie vive nous unit... Ne luttons point contre elle... — Soyons amis, mais rien qu'amis, franchement et sans arrière-pensée... — Si vous y consentez, je vous tends la main... Scellez le pacte en y mettant la vôtre...

Léopold secoua la tête.

— Amis, et rien qu'amis, — répéta-t-il, — c'est impossible...

— Il faut que cela soit, cependant...

— Encore une fois, pourquoi le faut-il?

— A la même question, je fais la même réponse : — Parce que notre amour nous serait fatal à tous deux.

— Eh bien! qu'importe? — Souffrir pour vous... mourir pour vous... ce serait encore du bonheur... — Si vos pressentiments doivent se réaliser, laissez-moi faire à vos pieds le sacrifice de ma vie...

— Je ne l'accepte pas! je le repousse de toutes mes forces! — s'écria la jeune fille épouvantée d'une telle exaltation. — Je veux que vous viviez heureux, et pour cela il faut quitter Paris jusqu'au jour où moi-même j'aurai quitté la France... il faut vous éloigner... ne plus me revoir...

— Vous me chassez!... — murmura Léopold. — Ah! vous ne m'aimez pas...

— C'est peut-être parce que je vous aime que je vous conseille de partir... — répondit Mary tremblante.

— Mais c'est insensé, ce que vous me dites, mademoiselle!... — Quelle femme bannit de sa présence, et sans autre motif qu'un pressentiment vague, l'homme auquel appartient son cœur? — Je refuse d'obéir... — Je vous aimerai malgré vous!...

— Vous m'aimerez alors de loin et en silence... — Vous ne chercherez point à me voir...

— Je vous verrai le plus souvent possible... — Je ferai naître les occasions de vous répéter que je vous aime...

— Ah! — soupira tristement Mary, — vous voyez bien que j'avais raison... — Vous voyez bien que par vous je vais souffrir...

Ces paroles, et surtout le douloureux accent qui les accompagnait, causèrent à Léopold une émotion profonde et opérèrent dans ses pensées un revirement subit.

— Pardonnez-moi, mademoiselle, — dit-il en étendant vers Mary ses mains jointes, — pardonnez-moi, je vous en supplie... — Quoi que vous m'ordonniez de faire, je le ferai, je vous le jure...

— Eh bien! monsieur Léopold, — reprit la jeune fille, — s'il vous est trop pénible de quitter Paris, restez donc, car je ne veux pas abuser de votre soumission. — Continuez à venir à Saint-Ouen, mais que vos visites soient très rares et, quand nous serons en face l'un de l'autre, parlez-moi comme vous parleriez à votre sœur; tâchez enfin de ne voir en moi qu'une amie... une amie bien dévouée... — Travaillez sans relâche... devenez un homme sérieux... un homme utile... — Évitez les entraînements du plaisir!... — Vivez en dehors du monde où l'on s'amuse... — Fuyez le tourbillon où votre frère Georges aime à vous entraîner... — Dans cette existence calme et recueillie sera le salut pour vous, et je vous conjure à mon tour de suivre la voie que je vous indique, car en vous en écartant vous seriez perdu...

L'accent de Mary était grave et suppliant à la fois. — On sentait sous ses paroles une conviction absolue.

Léopold étonné demanda :

— Il y a donc autour de moi des périls ?

— S'il n'y en a pas encore, ils peuvent venir...

— De qui viendraient-ils ?

Mary garda le silence.

— D'un homme qui vous aime, sans doute ? — reprit Léopold dont une jalousie soudaine envahit la pensée.

Mary secoua la tête.

— Personne ne m'aime... — répondit-elle.

— Vous me le jurez ?

— Je vous l'affirme... — Entre vous et moi il n'y a point de rival... il n'y en aura jamais, et peut-être — (si vous m'obéissez) — un jour viendra-t-il où je vous dirai : — Vous pouvez m'aimer sans crainte !

Une lueur d'espérance, même vague et lointaine, suffit aux amoureux bien épris, — surtout quand ces amoureux sont très jeunes et inexpérimentés.

Léopold, rasséréné brusquement, s'écria :

— Eh bien ! oui, votre volonté sera faite... — J'imposerai silence à mon cœur... — Je chercherai dans l'étude non l'oubli mais le calme... Je travaillerai sans relâche en vous aimant de loin et, quand je vous verrai parfois, mes lèvres resteront muettes et mes yeux seuls vous diront mon amour... — Serez-vous contente ainsi ?

— Oui... — Donnez-moi votre main...

Léopold saisit la main que la jeune fille lui tendait ; il la pressa contre son cœur qui battait à se rompre, puis il l'effleura de ses lèvres.

Pauvre Mary !...

De la meilleure foi du monde la candide enfant croyait avoir trouvé le moyen de changer en amitié fraternelle l'amour de Léopold !...

En ce moment plusieurs invités, cherchant la fraîcheur sous les grands arbres, s'engagèrent dans l'allée sombre qui conduisait au banc de verdure.

Les deux jeunes gens se levèrent en entendant les voix joyeuses s'approcher et, silencieux comme au départ, reprirent le chemin du château.

A l'entrée des salons ils se séparèrent.

Léopold se mit en quête de son frère.

Il le trouva bientôt dans la salle de jeu où le baccarat, la bouillotte et l'écarté avaient attiré bon nombre de jeunes gens.

Georges Dereyne était assis à une table d'écarté en face du faux mulâtre Doménico Séballa.

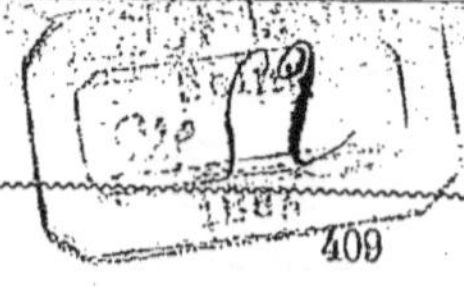

— On croirait que je vous porte malheur, dit Carmen en riant.

Carmen, appuyée au dossier de la chaise de Georges, regardait le jeu, et de temps à autre plongeait son visage dans le magnifique bouquet de roses-thé qu'elle tenait à la main.

L'associé d'agent de change essuyait de seconde en seconde son front baigné de sueur, et jetait ses cartes d'une main fiévreuse.

Il ne perdait pas de très grosses sommes mais il perdait sans cesse, et cette déveine constante l'énervait.

— En vérité, monsieur Georges, on croirait que je vous porte malheur! — dit Carmen en riant. — Je me garderai bien à l'avenir de rester près de vous quand vous serez au jeu...

— Eh ! l'ami Georges ne se plaint pas... — s'écria Lambert Massol. — Il sait bien qu'on ne peut avoir tous les bonheurs à la fois...

— Sinon le proverbe serait menteur... — ajouta Octave Richard, — et les proverbes n'ont pas le droit de mentir, étant, comme chacun sait, *la sagesse des nations !*

Les deux joueurs se trouvaient à égalité ; chacun d'eux avait marqué quatre points.

Georges venait de donner.

Jean Renaud abattit son jeu.

— Le roi... — fit-il. — Cher monsieur, vous avez encore perdu... C'est très curieux ! — Continuons-nous ?

— Non, merci... — répondit Georges en se levant. — En voilà assez pour ce soir... Ma chance est décidément trop mauvaise...

— Perds-tu beaucoup ? — demanda Léopold à son frère.

— Une bagatelle... vingt-cinq mille francs.

— Cher monsieur Dereyne, — dit Jean Renaud, — lorsqu'il vous plaira de prendre votre revanche, faites-moi signe... — je serai tout à vos ordres...

— Mais, dès demain si vous le voulez bien, cher monsieur Séballa... — répliqua Georges.

Cora intervint.

— Je demande la parole... — dit-elle.

— La parole est à notre ami Lionel Warton... — fit Lambert Massol.

Le pseudo-nabab continua :

— Si vous n'y voyez pas d'inconvénients, retardez d'un jour la revanche... — Je vous invite tous, messieurs les joueurs, à passer la soirée d'après-demain à mon petit hôtel de la rue de Londres... — Nous ne serons que des hommes... — On soupera entre onze heures et minuit, puis on cartonnera jusqu'au matin... — Vous acceptez, je pense ?...

La réponse générale fut affirmative.

Lionel Warton reprit, en s'adressant au frère de Georges :

— Je compte sur vous, mon cher Léopold...

Marie venait d'entrer dans la salle de jeu ; elle fit au jeune homme un signe de tête qui signifiait clairement :

— Refusez...

Léopold ne vit pas ce signe.

Néanmoins, comme il avait promis à la jeune fille de vivre dans la retraite à l'écart des entraînements mondains, il se consultait avant de répondre.

— Je vous préviens qu'un refus de votre part me désobligerait fort, et que je le tiendrais pour un crime de lèse-amitié... — poursuivit Lionel en souriant.

Après ces paroles, Léopold ne pouvait plus hésiter.

Il répondit donc, mais à contre-cœur :

— Je n'aurai garde de commettre un tel crime... — Vous pouvez compter sur moi...

Marie poussa un soupir.

— Si je l'abandonne, il est perdu !... — se dit-elle. — Comment m'y prendre pour le sauver sans trahir Cora ?...

VII

Le temps avait passé rapidement.

Quatre heures du matin sonnaient à l'horloge du château, et les bougies des lustres de Venise suspendus dans le parc s'éteignaient l'une après l'autre.

Les derniers invités disparaissaient à la mode anglaise, c'est-à-dire sans prendre congé du maître du logis.

Rose Bonchamp était partie depuis pas mal de temps déjà, entraînant avec elle Octave Richard et Lambert Massol, sous le fallacieux prétexte qu'elle mourrait de frayeur à cette heure nocturne entre Saint-Ouen et Paris, mais en réalité pour s'entendre dire des gaudrioles de verte allure, tout le long du chemin, par ses joyeux compagnons.

Avant de s'éloigner elle avait glissé dans l'oreille de Jean Renaud ces mots :

— Si vous avez des nouvelles de Claire, faites-les moi connaître...

— J'aurai le plaisir, chère madame, de vous les porter moi-même.

Et Rose partit, absolument convaincue que Doménico Séballa avait été jadis l'amant ou tout au moins l'amoureux de sa sœur.

Bientôt la grille du parc se referma derrière la voiture du dernier invité.

La solitude était redevenue complète.

Carmen, Marie et Dolorès regagnèrent leurs appartements, et Cora se trouva seule avec Jean Renaud dans un des salons.

— Rose a-t-elle parlé ? — demanda la jeune fille au faux mulâtre.

— Oui, maître..

— Vous a-t-elle donné des renseignements utiles ?

— Un seul, mais de grande importance, et dès demain je me mettrai en quête sur la piste que je tiens d'elle...

— Savez-vous si Jocelyn est de retour au château ?

— Oui, arrivé à deux heures du matin, il est monté droit à son laboratoire.

— Nous avons à causer avec lui. — Priez-le de ne point retourner à Paris demain, ou plutôt aujourd'hui avant de m'avoir vu.

— Ce sera fait, maître...

— Maintenant, ami, je vous quitte... — Je vais prendre un peu de repos et je vous conseille d'en faire autant...

Jean Renaud sourit.

— Du repos? — répliqua-t-il. — A quoi bon? La fatigue n'existe pas pour moi...

Le docteur noir, prévenu du désir de Cora, attendit dans son appartement au lieu de partir de bonne heure pour assister à la Roquette à la visite du matin.

Un peu avant neuf heures la jeune fille et l'évadé de la *Dorade* entrèrent chez lui.

— Mes amis, — dit la vengeresse aux deux hommes, — l'œuvre à laquelle vous vous êtes courageusement associés marche au gré de nos désirs. — Au Havre, tout est préparé... — A Paris, Martial Dereyne se trouve dans nos mains, garrotté, impuissant, comme le condamné à mort aux mains de l'exécuteur... — Georges est follement épris de Carmen, Léopold aime éperdument Marie... — Nous tenons aussi ceux-là, et nous les conduirons un peu plus tôt ou un peu plus tard où je veux qu'ils arrivent... C'est une question de temps, mais le succès ne peut nous échapper... — Reste la famille de Lasseny... — La jeune comtesse, étant fille de Martial, est une victime désignée comme les autres, mais j'ai réfléchi depuis quelques heures... Notre vengeance, pour rester juste, ne doit pas s'égarer... Il me répugne de frapper la mère... — M'approuvez-vous?

— Maître, — répliqua Jean Renaud, — vous savez si mon dévouement est absolu et s'il est désintéressé...

— Certes, je le sais!...

— Eh bien! si vous avez en moi non seulement un bon serviteur, mais un séide, sans autre volonté que la vôtre, prêt à tout pour vous obéir, — et si vous en êtes convaincu, — accordez-moi une récompense...

— Laquelle?...

— Abandonnez-moi cette femme à qui vous voulez faire grâce... Abandonnez-moi Blanche Hervieux, comtesse de Lasseny...

— A vous?... — s'écria la jeune fille.

— Oui, à moi!... Je vous ai laissé entrevoir qu'il y avait dans le passé un secret de haine entre moi et cette femme... A moi comme à vous, maître, il faut une vengeance, et cette vengeance, je vous le jure, ne sera pas moins juste que la vôtre!...

— Soit! — répondit Cora. — Je vous abandonne Blanche Hervieux, comtesse de Lasseny, et je serai avec vous contre elle, comme vous êtes avec moi contre les assassins de Guayanila...

— Merci, maître... — fit simplement Jean Renaud.

Cora reprit :

— Le comte et la comtesse de Lasseny, et la mère du jeune comte, avertis par Georges Dereyne qui veut provoquer la réunion d'un conseil de famille en vue de l'interdiction de son père, vont revenir à Paris sans perdre un instant... ils sont peut-être en route déjà... — Tenons-nous prêts...

— Que faut-il faire? — demanda le faux mulâtre.

— Vous m'avez dit que le fils de Blanche Hervieux avait été inscrit sur les registres de l'état civil avant d'être porté à l'hospice des Enfants-Trouvés?

— Oui...

— Vous êtes-vous procuré cet acte de naissance ?

— Je l'ai fait relever à la mairie de Vincennes... — Il est en ma possession.

— Les témoins qui ont signé cet acte vivent-ils encore ?

— L'un d'eux est mort ; — l'autre existe, et il habite toujours Vincennes...

— Bien...

— Mais à quoi cela peut-il nous servir? — poursuivit Jean Renaud.

— A prouver au père — si nous le retrouvons — le crime de sa maîtresse...

— Que lui importera ce crime puisque l'enfant est mort?

Cora eut un sourire étrange et répéta :

— L'enfant est mort! — Lequel ?

Jean Renaud regarda la jeune fille avec étonnement.

— Il n'y en avait qu'un, — dit-il, — vous le savez bien...

Le pseudo-Lionel Warton sourit de nouveau et répliqua :

— Pour la première fois, mon ami, votre intelligence est en défaut...

— Comment ?

— L'enfant de l'hospice est mort, je vous l'accorde ; mais rien ne prouvait que cet enfant fût le fils de Blanche Hervieux... — Les initiales et la date inscrites sur le papier cousu à ses langes constituaient un renseignement sans valeur pour tout autre que pour vous et pour la sage-femme.

— C'est vrai...

— L'acte de naissance de Jacques Hervieux existe à la mairie de Vincennes.

— C'est toujours vrai...

— Donc, rien, rien absolument, ne démontre que le fils de Blanche Hervieux né le 29 décembre 1828, soit mort... — Donc, n'étant point mort légalement, rien ne l'empêche de vivre, ou plutôt de revivre... — et il revivra...

Jean Renaud et Jocelyn échangèrent un regard.

— Il faut qu'il revive ! — poursuivit Cora. — La résurrection soudaine de l'enfant abandonné sera pour la mère infâme le plus terrible des coups de foudre...

— Elle ne voudra pas croire... elle voudra lutter... — Il y aura procès et scandale, et la vengeance que vous rêvez vous viendra par ce fils.

— Ah ! vous avez cent fois raison !... s'écria Jean Renaud. — Mais le moyen?...

— Pardieu ! le moyen est trouvé ! — répondit Jocelyn. — Il s'agit de prendre un vivant et de le mettre dans la peau du mort...

— Ah ! — fit Cora, — vous m'avez comprise !...

— Moi aussi je vous comprends, maître... — répliqua le faux mulâtre. — Certes, l'idée est ingénieuse, mais sa réalisation offre des dangers...

— Lesquels ?

— On ne peut se fier à un homme choisi dans les bas-fonds pour jouer un pareil rôle...

— On peut se fier à lui, si son intérêt est de se taire...

Jean Renaud secoua la tête.

— Un intérêt d'argent ne suffira point ! — reprit-il. — L'homme, devenu votre confident, votre complice, abusera de sa position contre vous...

— Je n'aurai ni confident, ni complice, — répondit la jeune fille, — mais un esclave qui, s'il voulait trahir, ne le pourrait pas...

— Expliquez-vous, maître...

— Supposons que le docteur Jocelyn, médecin adjoint de la Roquette, ait parmi ses malades un misérable, un condamné, de l'âge à peu près qu'aurait aujourd'hui le fils de Blanche Hervieux...

— Eh bien ?

— Eh bien ! supposons que le docteur fasse prendre à cet homme une potion, et le plonge dans un sommeil léthargique semblable à la mort... — Ne me dites pas que c'est impossible... Cela s'est fait cent fois...

— C'est possible et facile... — interrompit Jocelyn.

Cora poursuivit :

— Les infirmiers prennent la mort apparente pour la mort réelle... — Le docteur constate le décès... — On enterre le condamné... — La nuit suivante nous le déterrons... — Croyez-vous que cet homme ne serait pas un indiscutable Jacques Hervieux, et pour nous le plus discret des esclaves ?... — Sans compter qu'une trahison rouvrirait devant lui les portes de la prison ou du bagne, on lui prouverait, son acte mortuaire à la main, qu'il n'est plus vivant...

— C'est un trait de génie ! — s'écria Jean Renaud.

— L'idée est admirable en effet, — appuya Jocelyn, — et plus pratique qu'elle n'en a l'air.

— Seulement, — reprit Cora, — il faudrait avoir sous la main, dans l'infirmerie de la Roquette, un condamné de vingt-quatre ou vingt-cinq ans environ...

— Le hasard nous vient merveilleusement en aide, — répondit le docteur noir, — j'ai l'homme qu'il nous faut...

— Malade ?

— Oui.

— Dangereusement ?

— Très dangereusement, mais je ne désespère pas de le tirer d'affaire...

— Vous êtes certain de l'endormir assez longtemps pour que l'inhumation ait lieu et que nous le trouvions vivant encore quand nous irons le déterrer ?

— Je lui donnerai trois jours de léthargie.

— Cet homme a-t-il une famille ? — demanda la vengeresse.

— Je l'ignore, mais aujourd'hui même je le saurai...

— Prenez garde, — dit Jean Renaud, — vous allez vous heurter contre un obstacle...

— De quelle nature ?

— Si votre malade n'est point réclamé par les siens après le décès constaté, on portera son corps à l'amphithéâtre de dissection pour les études des élèves...
— Je sais que c'est l'usage.

— Je le sais aussi, — répliqua Jocelyn, — mais ma position et mon influence me mettront à même d'obtenir une exception...

Cora reprit :

— A quoi cet homme est-il condamné?

— A dix ans de travaux forcés.

— Quel est son crime?

— Un vol qualifié.

— Pour quelle maladie le traitez-vous?

— Pour une pleurésie.

— La terrible épreuve à laquelle vous le soumettrez ne rendra-t-elle pas son état plus grave ?

— Elle ne pourra qu'augmenter au contraire les chances de guérison, en enrayant momentanément les fonctions de l'organisme...

— Allez donc, cher docteur, et revenez le plus vite possible... — Vous comprenez notre impatience...

— Avant ce soir, maître, vous saurez à quoi vous en tenir...

Une voiture tout attelée attendait Jocelyn qui partit pour Paris.

— Si l'homme est trouvé, — s'écria Jean Renaud, — je me charge de lui faire si bien la leçon que le plus habile des agents de la Préfecture de police ne pourra contester son identité.

Une heure après son départ de Saint-Ouen, le docteur noir arrivait à la prison de la Roquette dont la porte s'ouvrait devant lui.

Il traversa rapidement le grand préau et gagna l'infirmerie, située au premier étage d'un corps de logis séparé par une cour des bâtiments cellulaires.

— Le médecin en chef a-t-il passé la visite? — demanda-t-il à l'un des gardiens spécialement chargés de la surveillance de l'infirmerie.

— Oui, monsieur le docteur... Elle est terminée depuis plus d'une heure...
— Le médecin en chef était étonné de votre absence...

— Il n'a rien laissé pour moi ?...

— Je ne crois pas, monsieur le docteur... mais le pharmacien vous renseignera mieux que je ne le puis faire...

Jocelyn descendit au laboratoire qui se trouvait au rez-de-chaussée.

Le pharmacien préparait avec son aide des médicaments, et manipulait des drogues.

— Ah! c'est vous, docteur, — dit-il, en serrant la main du jeune mulâtre, —

vous arrivez fort à propos... — Le médecin en chef vous prie de ne manquer, sous aucun prétexte, à la visite de ce soir... — Une affaire personnelle et pressante l'obligeant à s'absenter pendant quelques jours, il compte sur vous pour le suppléer et il vous fera lui-même ses recommandations...

— Je vais être seul maître ici... — pensa le docteur noir ; — tout va bien !... Puis il répondit à haute voix :

— J'attendrai les instructions et les ordres du médecin en chef.

VIII

— Ce n'est pas tout, docteur, — reprit le pharmacien — et je répète que vous arrivez fort à propos... — Blancheton va plus mal...

Jocelyn tressaillit.

— Blancheton ? — s'écria-t-il. — Le numéro 7... — le condamné qui a une pleurésie ?

— Oui.

— Eh bien ?

— Le médecin en chef a commandé une potion dont voici la formule écrite de sa main, mais il a eu certainement une distraction en l'écrivant... — J'ai consulté le Codex... — la formule n'est pas complète ; je n'ose prendre sur moi de la compléter, et je compte sur vous pour cela...

— Donnez-moi l'ordonnance, je vous prie...

— La voici.

Jocelyn y jeta les yeux.

— C'est à dessein, — dit-il ensuite, — que le médecin en chef s'est écarté des prescriptions du Codex... — Il n'y a ni oubli ni distraction. — Vous pouvez préparer le médicament en toute sécurité. Je vais voir le numéro 7.

— Je vous rejoindrai tout à l'heure... — J'ai des ventouses à lui poser... Je monterai la potion en même temps...

Jocelyn regagna l'infirmerie.

Le gardien auquel il avait parlé un instant auparavant lui ouvrit la porte toujours fermée à double tour.

— Il paraît que l'état du numéro 7 s'est aggravé... — dit le mulâtre à l'infirmier de service.

— Ah ! sapristi oui, monsieur le docteur... — répliqua ce dernier. — Il n'est pas gaillard ce matin, Blancheton, et je crois que le voilà quitte de ses dix ans de travaux forcés...

Jocelyn pénétra dans la vaste salle où ne se trouvaient pas moins de cinquante-sept lits rangés comme dans les hôpitaux.

— Tiens ! — murmura l'un des malades, — voici la *boîte à cirage.*

Le gardien lui ouvrit la porte toujours fermée à double tour.

C'est ainsi que les détenus surnommaient le docteur noir, qu'ils aimaient d'ailleurs beaucoup, car il se montrait avec eux infiniment plus doux que le médecin en chef, lequel les traitait durement, quoiqu'il fût au fond le meilleur des hommes.

Le mulâtre éprouvait une vive inquiétude.

Blancheton était le détenu dont il avait parlé à Cora et à Jean Renaud comme paraissant réunir les conditions nécessaires pour entrer dans la peau de Jacques Hervieux.

Si Blancheton mourait, comment le remplacer?

Ce serait difficile — impossible peut-être, — dans tous les cas très long.

Jocelyn se dirigea vers le lit qui portait le numéro 7.

En le voyant s'approcher, le malade eut un sourire de vague satisfaction.

La boîte à cirage — sans qu'il sût au juste pourquoi — lui inspirait plus de confiance que n'importe quel autre médecin.

— Eh bien ! garçon, ça ne va donc pas mieux ? — lui demanda le docteur noir.

Blancheton répondit d'une voix brisée qu'accompagnait une petite toux sèche de fort mauvais augure :

— Ça ne va pas du tout... — J'ai filé plus de la moitié de ma corde... — Je crois bien que je vais, d'une heure à l'autre, *casser ma pipe...*

Jocelyn prit le poignet du malade et posa deux doigts sur l'artère.

La peau était brûlante, le pouls dur et précipité.

— Respirez fort, — commanda le médecin en appuyant son oreille sur le côté gauche de Blancheton.

Celui-ci obéit, puis balbutia :

— J'ai ma feuille de route, hein, docteur? — Je suis *ratiboisé?*

— Mais non... — La fièvre est plus forte qu'hier, et la pleurésie suit sa marche... — c'est normal. — Rien n'est désespéré...

— Vrai? bien vrai? — reprit le condamné avec un éclair dans les yeux.

— Je vous affirme que c'est ma conviction.

— Et vous me tirerez de ce mauvais pas?

— J'y compte...

Blancheton poussa un soupir de soulagement; — l'expression d'une joie profonde illumina son visage maigre dont la fièvre empourprait les pommettes.

— Vous tenez donc beaucoup à la vie? — reprit Jocelyn.

— Si j'y tiens !... Ah ! oui, par exemple !... — Ça n'est pas qu'elle soit bien régalante, l'existence, quand on a devant soi dix ans de boulet à tirer... — Mais je suis jeune et ça passe vite, dix ans ! ! — Et puis enfin on vit, même au bagne, et mieux vaut se régaler des gourganes de Toulon ou de Brest, que de consommer les pissenlits par la racine...

— Et on peut revoir sa famille... — ajouta le docteur noir.

— Oh! quant à la famille, je m'en fiche...

— Vous en avez une, cependant?

— Si peu ! — J'ai perdu papa que j'avais cinq ans... — Maman est morte que j'en avais huit... — c'est tout au plus si je me souviens d'eux...

— Pas d'autres parents?

— Des cousins et des cousines de très loin que je n'ai seulement jamais vus... — C'est de braves gens un peu bêtes, à ce qu'on dit... — ils ne seraient pas fiers de moi.

— Quel âge avez-vous?

— Vingt-cinq ans.

— Est-ce votre première condamnation que vous allez subir?

— Ma première à dix ans, mais j'ai déjà tiré trois *longes* en deux fois...

— Incorrigible, alors?...

— Qu'est-ce que vous voulez, docteur?... quand on n'a pas de rentes, il faut manger tout de même...

— On travaille...

Blancheton eut un éclat de rire qui s'éteignit dans un accès de toux.

Ensuite il murmura de sa voix rauque et brisée :

— Du travail? — Merci, il n'en faut pas ! — On lui dit : *Zut!* au travail. — C'est ma manière de voir...

— Alors, en sortant du bagne, vous recommencerez?

— Bédame, oui... — A moins qu'il ne me vienne des rentes...

— On vous arrêtera de nouveau... on vous condamnera...

— Qu'est-ce que vous voulez que j'y fasse? — Au petit bonheur!... la chance peut venir...

En ce moment le pharmacien entra dans l'infirmerie, apportant la potion.

— Je poserai moi-même les ventouses, — lui dit Jocelyn...

— Ah! vous allez me charcuter ! — balbutia le malade avec une intonation craintive.

Le docteur noir lui posa le doigt sur le côté gauche de la poitrine, au-dessous du cœur, et répondit :

— Je vais vous ôter la douleur que vous avez là...

— Allons, tant mieux, car ça me fait bigrement mal chaque fois que je respire... — C'est comme un cent d'aiguilles qui piqueraient toutes à la fois.

— Dans cinq minutes il n'y paraîtra plus.

— Vrai? — Quelle chance ! Allons-y gaiement... — Docteur de mon cœur, vous êtes un *zig !*

L'infirmier avait préparé tout ce qu'il fallait pour poser des ventouses scarifiées.

L'opération fut faite en un clin d'œil.

Jocelyn versa ensuite une cuillerée de potion au condamné, qui éprouva un soulagement immédiat et laissa retomber sa tête sur l'oreiller en murmurant :

— Je ne m'en dédis pas... C'est un vrai zig, la boîte à cirage !

Immobile au chevet du lit, le docteur noir examinait avec attention son malade, tout en supputant les chances de succès du projet qui nous est connu.

Blancheton était un grand garçon maigre, aux cheveux frisottants d'un blond roux, aux pommettes saillantes, à l'épiderme blafard piqueté de taches de rousseur.

Sa figure, presque imberbe à l'exception de moustaches de chat rougeâtres et hérissées, lui donnait l'air très jeune. — Ses lèvres épaisses et pâles découvraient des dents blanches, assez mal rangées.

Les yeux, très rapprochés du nez et dont les paupières semblaient meurtries, offraient des prunelles d'un bleu de faïence.

On ne pouvait dire qu'il fût laid — les filles de barrières devaient même le trouver joli homme ; — mais, pour emprunter une expression au langage populaire, *il marquait mal.*

La pancarte placée au chevet du lit — sorte de feuille matricule — indiquait que Blancheton, né à Tours, avait vingt-cinq ans, et qu'il était récidiviste.

— Ni père, ni mère, et des parents éloignés dont il n'est pas connu... — pensa Jocelyn... — C'est bien ce qu'il nous faut...

Il fit prendre au malade une seconde cuillérée de potion et s'apprêta à sortir.

— Vous partez, docteur? — demanda le condamné d'une voix très affaiblie.

— Oui, mon garçon... — Pour le moment vous n'avez plus besoin de moi.

— Reviendrez-vous?...

— A la visite de tantôt, sans doute...

— A la bonne heure... — Ça me fa't du bien de vous voir... — Vous m'avez presque guéri... je vais dormir.

Et le pauvre diable ferma les yeux.

Jocelyn quitta l'infirmerie avec le pharmacien.

— Eh bien! docteur, — demanda ce dernier, — comment trouvez-vous Blancheton?

— Très mal.

— Ah! vous aussi?.

— La pleurésie gagne... — Nos ventouses ont produit un soulagement momentané, mais ne sauraient obtenir de résultat sérieux... — Blancheton est un homme mort...

— Un forçat de moins !... — Ça ne sera pas une grande perte pour la société... — N'oubliez pas que le médecin en chef compte sur vous à trois heures.

— Je n'aurai garde d'y manquer...

Le docteur noir quitta la Roquette, remonta en voiture et dit au cocher :

— A Saint-Ouen... — vite... — Laissez filer Lowe...

L'irlandais Lowe, trotteur hors ligne, ne demandait qu'à brûler le pavé.

Au bout de trois quarts d'heure Jocelyn mettait pied à terre devant le perron.

La cloche du château sonna le déjeuner.

— Eh bien! docteur, — fit Cora, — vous avez vu l'homme?...

— Oui, maître, et je suis d'avis que nous ne pourrions trouver mieux...

— Comment va-t-il?

— Tout le monde le regarde comme perdu ; j'accrédite de mon mieux cette conviction, mais je le crois sauvé... et nous aurons un Jacques Hervieux dans des conditions d'isolement exceptionnellement favorables.

On allait se mettre à table.

Un groom venu de Paris apporta pour mesdemoiselles *Laura* et *Mary* deux bouquets magnifiques, accompagnés des cartes de Georges Dereyne et de son jeune frère.

— Chères *cousines*, — leur dit Cora en appuyant sur le mot *cousines*, — voilà le tribut de vos esclaves...

Carmen sourit.

— Mon Dieu, — pensa Marie en poussant un soupir, — Léopold ne fera pas ce qu'il m'avait juré de faire...

On déjeuna.

Le temps pressait Jocelyn qui devait être de retour à la Roquette avant trois heures, pour la visite.

En sortant de table il gagna son laboratoire et retira d'un coffret d'acier une petite boîte de cristal montée en or, dans laquelle se trouvaient une douzaine de globules grisâtres presque pareils aux préparations des médecins homéopathes.

Il mit cette boîte dans sa poche et reprit le chemin de la grande Roquette où il arrivait à trois heures moins cinq minutes.

A la porte de la prison il trouva le médecin en chef, qui lui-même descendait de sa voiture et qui s'écria :

— Ah ! ah ! vous voilà donc, déserteur !

— Cette épithète ne saurait m'être appliquée, cher maître... — répliqua Jocelyn. — Retenu ce matin par une affaire urgente et imprévue, je suis venu quand même ; — j'ai appris que vous désiriez me voir et que vous aviez une communication à me faire...

— Oui, mon cher enfant... — Forcé de quitter Paris pendant quelques jours, je veux vous prier de me suppléer ici...

— Je le ferai de mon mieux.

— Oh ! je sais que vous le ferez à merveille... — Vous serez maître absolu, et le service marchera bien... — Mais ce n'est pas tout... j'ai un service à vous demander...

— Disposez de moi, cher maître.

— Je viens d'apprendre qu'une personne qui compte au nombre de mes meilleures clientes allait revenir à Paris après une assez longue absence... — Je désirerais vous voir me remplacer auprès de cette personne, si par hasard elle réclamait les soins d'un médecin pendant mon absence...

— Eh bien ! c'est facile... — Donnez des ordres chez vous afin qu'on me prévienne, le cas échéant.

— Je ferai mieux ! — Je pars demain... — Ce soir j'écrirai un mot à la comtesse Blanche de Lasseny...

Jocelyn fit un mouvement de surprise.

IX

— Vous connaissez Mme de Lasseny? — demanda le médecin en chef à qui le mouvement de Jocelyn n'avait point échappé.

— De nom, voilà tout... — répondit le docteur noir.

— La comtesse est une femme charmante... — Elle vient de passer quelque temps en Italie, à Venise, avec son fils et sa belle-fille... deux enfants nouvellement mariés...

Jocelyn se félicitait d'un hasard qui, le mettant en rapport avec l'ex-Blanche Hervieux et la fille de Martial Dereyne, pourrait servir sans doute les projets de Cora.

Le médecin en chef reprit :

— C'est entendu, n'est-ce pas? — Je vais écrire à la comtesse pour la prier de s'adresser à vous en mon absence...

— C'est entendu, cher maître, et comptez sur mon zèle...

— Je dois vous prévenir que Mme de Lasseny est une femme très nerveuse, impressionnable à l'excès, et qui s'exagère volontiers la gravité de la moindre indisposition...

— Je ferai mon profit du renseignement.

— Vous demeurez toujours rue du Colysée?

— Toujours.

Après ce court entretien les deux hommes de science montèrent à l'infirmerie où ils étaient attendus.

Il s'agissait d'une contre-visite, c'est-à-dire que les médecins devaient s'occuper exclusivement des malades dont l'état exigeait une surveillance spéciale et des soins particuliers.

Le médecin en chef, quoique sa parole dure et ses allures un peu brutales le rendissent l'effroi des détenus, était au fond le meilleur homme du monde, nous l'avons déjà dit, mais l'habitude du service des prisons et le contact permanent d'une foule de scélérats très peu dignes d'intérêt, avaient revêtu d'une rude écorce la réelle bonté de son cœur.

On s'arrêta pendant quelques minutes devant le lit du numéro 2, un jeune homme atteint d'une pneumonie aiguë qui laissait peu d'espoir; ensuite on passa au numéro 7.

Blancheton dormait.

— A-t-on posé les ventouses que j'ai ordonnées? — demanda le médecin en chef à l'infirmier.

— Je les lui ai posées moi-même, — dit Jocelyn, — puis je lui ai donné deux cuillerées de potion.

— Quel a été l'effet?

— Un grand soulagement, suivi d'un sommeil irrésistible

— Et depuis ce moment il dort?

Cette question s'adressait à l'infirmier dont la réponse fut affirmative.

— Il serait bon d'assister au réveil de cet homme... — reprit le vieux médecin.

— Je serai là, cher maître... — fit le docteur noir. — Que pensez-vous du malade ?

— Son état est grave... — Le pauvre diable se trouve à coup sûr entre la vie et la mort, mais c'est au moment du réveil qu'il sera possible de voir de quel côté sont les chances?... — Est-ce votre avis ?

— Absolument.

La contre-visite fut achevée en moins d'un quart d'heure.

— Vous m'avez bien compris, — dit le médecin en chef à Jocelyn sur le seuil de l'infirmerie, — pendant mon absence, vous serez maître absolu... — Je vais annoncer mon départ au directeur. — Quant à la comtesse de Lasseny, souvenez-vous de mes instructions...

— Je n'oublierai rien...

Les deux hommes échangèrent une poignée de main et se séparèrent.

Le médecin en chef se rendit chez le directeur.

Le docteur noir rentra dans la vaste salle et s'approcha de nouveau du lit numéro 7.

Blancheton dormait toujours.

Jocelyn prit un livre qui se trouvait sur la table et l'ouvrit machinalement.

Ce livre sortait de la bibliothèque de la prison, bibliothèque fondée par l'abbé Croze, le vénérable aumônier dont la vie est une longue suite d'actes de charité et de dévouement.

Le mulâtre s'assit et lut quelques lignes avec distraction, car sa pensée était ailleurs.

Tout en tournant les pages il levait de seconde en seconde les yeux sur le malade.

Le sommeil de Blancheton était agité, sa respiration pénible, sifflante ; — l'agitation redoubla brusquement ; — une surexcitation délirante s'empara du malheureux ; — ses bras sortirent du lit et se projetèrent en avant d'une façon désordonnée. — A coup sûr il luttait, dans un effroyable cauchemar, contre des agresseurs invisibles. — Des gémissements inarticulés, des cris interrompus s'échappaient de ses lèvres. — Jocelyn se leva, ferma son livre, et suivit avec un immense intérêt les péripéties de ce rêve, ou plutôt de cette fiévreuse hallucination, dont la violence devait infailliblement amener le réveil.

En effet, au bout de quelques secondes tout le corps de Blancheton se mit à trembler. — Les bras retombèrent inertes sur le lit. — Les yeux s'ouvrirent, mais ils ne voyaient rien et leur regard exprimait la terreur.

Jocelyn prit une des mains du malade.

A ce contact Blancheton tressaillit et se tourna vers le jeune médecin d'un air égaré.

— Souffrez-vous? — lui demanda le mulâtre.

— Oui docteur.,. J'ai souffert beaucoup... beaucoup... — répondit-il d'une voix à peine distincte. — Je faisais un rêve affreux...

— Quel rêve?...

— Je me débattais contre des hommes qui voulaient m'enterrer vivant... — Ils étaient les plus forts... on clouait sur moi le cercueil...

Et le numéro 7 se remit à trembler, tandis que de grosses gouttes de sueur coulaient sur son visage blafard aux pommettes couleur de brique.

— Ne parlez pas, — dit le mulâtre, — cela vous fatigue... — Je vais vous soulager...

Le moment d'agir était venu.

Jocelyn tira de sa poche la petite boîte de cristal, l'ouvrit et la posa près de lui.

Il prit ensuite une cuillère, la remplit à demi de potion et y plaça l'un des globules grisâtres, puis il la présenta à Blancheton qui balbutia :

— Qu'est-ce que vous me donnez, docteur?...

— C'est la vie...

Le malade but avidement.

— Maintenant, dormez, — reprit Jocelyn, — je reviendrai bientôt vous voir.

— Et je ne mourrai pas?...

— Je vous le promets...

— Merci, docteur.

Jocelyn quitta la grande salle en disant à l'infirmier :

— Je descends à la pharmacie... — s'il survenait quelque chose d'anormal, venez me prévenir.

— C'est entendu, docteur... — Le numéro 7 est-il réveillé?

— Oui.

— Comment va-t-il?

— Très mal... — Je le crois perdu...

Le pharmacien travaillait dans le laboratoire.

— Voulez-vous mettre pour un instant votre cabinet à ma disposition? — lui demanda le mulâtre. — J'ai quelques observations à rédiger...

— Mais comment donc, docteur! vous êtes chez vous...

— Mille grâces...

Le cabinet du pharmacien contenait une bibliothèque assez bien garnie de livres scientifiques.

Jocelyn choisit un traité de chimie et se mit à le consulter, tout en prenant des notes sur une demi-feuille de papier.

Le père Lahire assujettit le couvercle avec une douzaine de longs clous à grosses têtes.

Ces notes prises, il fit un calcul long et compliqué dans lequel s'absorba son attention tout entière.

— Aucune erreur n'est possible... — murmura-t-il ensuite en voyant le résultat des chiffres qu'il venait de tracer.

Il tira sa montre, regarda les aiguilles et continua :

— La crise commencera dans une demi-heure et durera de douze à quinze minutes... — Au bout de ce temps la léthargie sera complète... — Elle se prolongera trois jours... — L'enterrement pourra avoir lieu demain soir... — Nous aurons à lutter contre plus d'un obstacle, mais nous en triompherons.

Après ce court monologue il se mit à lire et il attendit.

Au bout de vingt-huit minutes il regarda de nouveau sa montre et ferma son livre.

Quatre minutes s'écoulèrent encore et l'infirmier entra vivement.

— Docteur, — dit-il, — vous m'avez chargé de vous prévenir s'il se passait là-haut quelque chose d'anormal...

— Eh bien !

— Eh bien ! le numéro 7 se meurt... l'agonie est commencée...

— Je savais qu'il était au plus mal... — Allons voir.

Et Jocelyn monta, avec l'infirmier et le pharmacien.

Blancheton, le visage décomposé, se tordait dans des convulsions effrayantes en poussant des cris de douleur qui faisaient passer un frisson sur la chair.

— C'est singulier, — murmura le pharmacien à l'oreille du docteur, — on ne croirait pas que le pauvre diable succombe à sa pleurésie... on croirait qu'il meurt empoisonné.

— J'ai vu nombre d'agonies semblables dans lesquelles le poison n'entrait pour rien... — répondit Jocelyn ; — d'ailleurs la potion préparée par vous ne renfermait aucun toxique...

Au bout de dix minutes de soubresauts quasi-tétaniques la crise s'apaisa, et la respiration, qui semblait sortir d'un soufflet de forge, devint lente et parut au moment de cesser tout à fait.

— C'est la fin... — dit l'infirmier.

— Pas encore... — répliqua le docteur noir.

En effet Blancheton se dressa d'un seul bond, jeta ses bras en avant comme pour chasser la mort qu'il voyait s'approcher, poussa un dernier cri, rauque et lamentable, retomba de tout son long sur le lit comme une masse, et demeura immobile, inerte, les yeux ouverts et vitreux.

Jocelyn palpa le corps, appuya son oreille à l'endroit du cœur et écouta pendant deux secondes.

Puis, se relevant, il abaissa les paupières sur les yeux, et d'une voix calme prononça ces mots :

— Les extrémités sont déjà froides... le cœur ne bat plus... c'est fini...

L'infirmier détacha la feuille matricule placée à la tête du lit.

— Signez-vous la pancarte, monsieur le docteur ? — demanda-t-il.

— Tout à l'heure, dans le bureau de la pharmacie.

— Faut-il porter tout de suite le corps à l'amphithéâtre ?

— Oui, et je vais descendre avec vous...

L'infirmier et l'un de ses aides, se plaçant l'un aux pieds, l'autre à la tête du lit, roulèrent les draps avec la rapidité d'exécution qui résulte de l'habitude, placèrent le cadavre sur leurs épaules et prirent le chemin de l'amphithéâtre.

Jocelyn les suivit.

— Eh! père Lahire, — dit l'infirmier à un petit vieillard préposé à la surveillance de la salle de dissection, — voici un gaillard qui vient d'obtenir une commutation de peine...

— Pour combien de temps en avait-il ? — demanda le petit vieux.

— Pour dix ans.

— Gracié à perpétuité... — ça vaut mieux pour lui...

Les deux hommes laissèrent tomber sur une dalle le corps déjà raide, qui produisit un bruit sourd en touchant le marbre.

— Vous n'avez plus besoin de nous, monsieur le docteur ? — fit l'infirmier.

— Non, merci... — Vous pouvez remonter.

— Monsieur le docteur, — fit le père Lahire, — est-ce que vous allez disséquer aujourd'hui ce particulier ?

— Non, mon brave... — je suis descendu pour vous donner l'ordre de mettre tout de suite le corps en bière car, en raison de la nature de la maladie, la décomposition sera prompte...

— Suffit... — ça sera bientôt fait... — le temps de lui ôter sa chemise avant qu'il soit tout à fait froid...

— Est-ce indispensable ?

— C'est le règlement, monsieur le docteur... et je ne connais que ma consigne...

— Faites donc...

En un clin d'œil le père Lahire mit à nu le long corps maigre de Blancheton.

— Maintenant, — continua-t-il, — je vais l'entourer de sciure de bois pour éviter les filtrations, et puis ça lui tiendra bien chaud...

X

Dans un angle de la salle de dissection se trouvait un amas de bières en bois de sapin, de celles qu'on fabrique à la grosse pour les enterrements de dernière classe.

Le père Lahire en prit une, la posa sur une dalle et la garnit d'une épaisse couche de sciure de bois, enduite d'une dissolution chimique propre à neutraliser les gaz et les liquides provenant de la décomposition du corps.

Tandis qu'il se livrait à ce travail, Jocelyn s'approcha du cadavre entièrement dépouillé et appuya pendant une seconde le doigt indicateur de sa main droite sur l'une des artères du cou.

Le résultat de cette expérience fut satisfaisant, car une expression de joie vive illumina son visage sombre.

Pour tout le monde Blancheton était mort; — pour le docteur seul il restait vivant.

Le petit vieux tira d'un placard une serpillière, espèce de toile grossière d'un tissu très lâche, et il en fit un linceul.

— Maintenant, dans la boîte ! — dit-il avec un ricanement qui paraissait bizarre en un tel lieu. — Mais ça ne sera point facile à moi tout seul, quoique le gaillard ne pèse pas bien lourd... — Je suis moins vigoureux qu'à vingt ans... Eh ! eh !

— Je vais vous aider... — fit Jocelyn.

— Vous, monsieur le docteur !

— Oui... — Allez...

— Ça n'est pas de refus, mais c'est bien de l'honneur que vous me faites...

Le mulâtre souleva le corps par les épaules, le père Lahire en fit autant du côté des pieds, et ils l'étendirent dans la bière.

— Le voilà dans sa dernière chemise... — reprit le petit vieux, — elle ne lui coûtera pas cher de blanchissage, celle-là !... — il s'agit à présent de le caler...

Et joignant l'action aux paroles il entassa dans les vides, autour du cadavre, une nouvelle couche de sciure de bois.

— Faut-il fermer la bière ? — demanda-t-il ensuite.

— Vous le pouvez.

Le père Lahire posa le couvercle et l'assujettit avec une douzaine de longs clous à grosses têtes.

— C'est fait... — reprit-il, — et proprement, je m'en vante...

Jocelyn remonta, écrivit sur la pancarte du lit numéro 7, au-dessous du nom de Blancheton, le mot : mort, inscrivit la date et signa, puis il porta cette pièce au greffe de la prison.

— Un décès à enregistrer... — dit-il au greffier. — Celui de Blancheton.

— Ah ! oui, un mauvais drôle, condamné à dix ans de travaux forcés...

— Lui-même...

— Bon voyage ! — C'est un de moins. — Il en reste bien assez de son acabit...

— Quand sera-t-il enterré ?

— Demain à quatre heures.

Jocelyn reprit le chemin de Saint-Ouen où il se savait attendu avec impatience.

Cora et Jean Renaud se trouvaient ensemble et le questionnèrent du regard.

— Tout est fini... — répondit-il à cette interrogation muette.

— Et vous avez réussi ? — fit vivement Cora.

— Jusqu'à présent, oui, maître.

— L'enterrement aura lieu demain ?

— Demain, à quatre heures.

— Où conduira-t-on le corps ?

— Où on conduit habituellement la dépouille des détenus morts dans les prisons de Paris... — à la fosse commune du Père-Lachaise.

— Le reste me regarde, — dit Jean Renaud.

— Je vous accompagnerai, — reprit Jocelyn, — car, pour rendre toute erreur impossible, il faudra que je vous indique le numéro de la plaque qui sera clouée demain sur son cercueil...

*
* *

Léopold Dereyne, en regagnant Paris en compagnie de Georges après la fête du château de Saint-Ouen, n'avait fait à son frère aucune confidence relative à l'entretien qu'il venait d'avoir avec Mary Warton.

Il voulait garder pour lui seul la souffrance et l'inquiétude que faisaient naître en son âme les paroles de la jeune fille.

Rentré dans son modeste logis d'étudiant, il se jeta sur son lit; mais ce fut en vain qu'il appela le sommeil.

L'une après l'autre il se répétait chacune des phrases de Mary, se demandant avec angoisse quel en était le sens véritable et à quelle cause réelle il devait attribuer les terreurs de l'enfant qu'il aimait...

Mille pensées confuses assiégeaient son esprit, et en dépit de ses efforts il ne parvenait point à mettre un peu d'ordre dans ce chaos.

Par moments — s'acharnant à trouver une solution possible et vraisemblable — il admettait l'existence d'un rival, malgré les dénégations de la jeune fille.

Ce rival, à coup sûr elle ne l'aimait pas, mais à coup sûr elle le craignait, et c'est de lui sans doute que viendrait le danger dont Mary parlait en termes d'autant plus inquiétants qu'ils étaient plus vagues.

Comment savoir si cette supposition était conforme à la vérité? — Comment deviner ce rival, déjouer ses projets, le rendre incapable de nuire?

Léopold se posait ces problèmes, et naturellement ne pouvait les résoudre.

A huit heures du matin il se leva sans avoir fermé l'œil un instant.

Mary lui avait ordonné le travail.

Il voulut obéir; — il se rendit à l'École de droit; — il entra dans la salle où professait le célèbre Duranton et il s'efforça d'écouter et de prendre des notes, mais les paroles du professeur n'arrivaient à ses oreilles que comme un murmure indistinct; il ne comprenait pas, ou plutôt il n'entendait pas.

Son esprit, son intelligence, son cœur, son être tout entier étaient au château de Saint-Ouen...

Il quitta brusquement le cours.

— Impossible de travailler, — se dit-il, — et d'ailleurs à quoi bon? — Ai-je besoin de revêtir la robe d'avocat et de passer ma vie dans les repaires poudreux de la chicane? — Je suis riche aussi, moi... riche d'une fortune modeste il est vrai, mais suffisante avec la simplicité de mes goûts. — Ma part de l'héritage maternel est chez un notaire. — A ma majorité, dans seize mois, j'aurai quatre cent mille francs. — Seize mois, c'est bien long, mais rien n'empêche mon père d'avancer l'époque où je jouirai d'une aisance qui m'appartient. — Il me serait possible alors de disposer de tout mon temps, de ne plus quitter Lionel Warton, qui paraît admirablement disposé pour moi. — Je gagnerais entièrement ses bonnes grâces... — Je lui ferais la confidence de mon amour pour sa cousine... il approuverait mes projets d'avenir et Mary, me voyant protégé par lui, n'aurait plus de prétexte pour s'abandonner comme elle le faisait hier à des craintes chimériques... — Dès aujourd'hui je verrai mon père et je le supplierai de consentir à mon émancipation. — Pourquoi me refuserait-il? — Je suis raisonnable et sérieux, il le sait bien, et il sait aussi que je ne gaspillerais point une fortune dont j'aurais quelques mois plus tôt la libre possession...

Léopold rentra chez lui afin de s'habiller, et ressortit pour aller voir son frère Georges.

Il le rencontra sur le boulevard, près du passage de l'Opéra.

Georges venait d'acheter un bouquet de dix louis et se disposait à l'envoyer par son groom, avec sa carte, à Laura Warton.

— C'est une galanterie de bon goût et je te conseille de suivre mon exemple, — dit-il à Léopold, qui ne se le fit point répéter.

Les deux bouquets partirent ensemble; nous avons vu les jeunes filles les recevoir, Carmen en souriant, Marie en poussant un soupir.

Georges invita son frère à déjeuner au *Café Anglais*, puis le quitta pour aller à la Bourse.

Léopold prit lentement le chemin de la rue du Rocher et sonna d'une main émue à la porte de l'hôtel qu'habitait Martial Dereyne.

— Comment va mon père aujourd'hui? — demanda-t-il au valet de chambre qui vint lui ouvrir.

— Toujours de même, monsieur, malheureusement... — il ne se produit aucune modification favorable dans son état.

— Puis-je le voir?

— Mais certainement, monsieur...

— Mᵐᵉ Rose Bonchamp est-elle auprès de lui?

— Oui, monsieur... — Ah! depuis que mon maître est malade, elle ne quitte guère la maison... — C'est une personne bien dévouée.

Léopold fit un geste de dépit.

— Parler devant cette créature, — pensa-t-il, — c'est odieux et ce sera difficile...

Il fut au moment de rebrousser chemin, mais il réfléchit que la situation serait la même le lendemain, le surlendemain, indéfiniment, et qu'en conséquence s'il ne parlait pas ce jour-là il ne parlerait jamais. — Dès lors, pourquoi battre en retraite?

Donc il résolut de passer outre.

— Annoncez ma visite à mon père, — dit-il au domestique en gagnant le premier étage.

Martial Dereyne était étendu dans un grand fauteuil près de la fenêtre entr'ouverte.

Ses jambes paralysées reposaient comme celles d'un goutteux sur un amas de coussins; — les accotoirs du fauteuil soutenaient ses bras inertes.

Les prunelles de l'armateur, luisant d'un éclat bizarre au fond des orbites, éclairaient le visage morne.

Le valet de chambre entra.

Rose, en négligé coquet, pelotonnée dans une chauffeuse auprès du malade, lisait un roman nouveau et s'interrompait de temps en temps pour sourire à sa propre image que reflétait un miroir à main posé sur ses genoux.

Le valet de chambre ouvrit la porte.

— Qu'y a-t-il? — lui demanda l'ex-femme de charge.

— Madame, c'est un des fils de monsieur...

— Lequel?

— M. Léopold.

— Que veut-il?

— Voir monsieur.

Rose se tourna vers le paralytique.

— Mon ami, — fit-elle, — vous avez entendu... — Voulez-vous recevoir votre fils?

Les paupières se baissèrent affirmativement.

— Bien... — reprit Rose. — Introduisez M. Léopold...

Le jeune homme franchit le seuil et, sans saluer la prétentieuse et coquette garde-malade, alla droit à Martial qu'il embrassa sur les deux joues en lui disant :

— Bonjour, mon père... — Je viens d'apprendre avec un grand chagrin que vous étiez à peu de chose près dans le même état, mais vous ne souffrez pas, je l'espère...

— M. Dereyne ne souffre aucunement, grâce au Ciel!... — répondit Rose. — Le docteur est venu ce matin et nous donne l'espoir d'une amélioration très prochaine...

Feindre de ne point entendre était impossible.

Léopold fit à son interlocutrice, pour toute réponse, un signe de tête qu'elle était libre d'interpréter à sa fantaisie.

Il exécrait et il méprisait cette femme, maîtresse avouée de son père et abusant sans pudeur de son influence néfaste; — il maudissait surtout sa présence au moment d'un entretien qu'il aurait voulu rendre intime et absolument confidentiel, mais il ne pouvait lui intimer l'ordre de sortir, et en outre il ne se dissimulait point que sans elle il lui serait impossible, sinon de se faire entendre du paralytique, du moins de comprendre ses réponses, Rose ayant le privilège, par des moyens connus d'elle seule, de traduire les pensées de Martial Dereyne.

L'amie de cœur de René Mattifet sachant cela se sentait inexpugnable, aussi dit-elle avec une ironie tout au plus déguisée :

— Asseyez-vous donc, monsieur Léopold. — Notre cher malade est enchanté de vous voir... enchanté... enchanté... — Il me charge de vous en faire part...

Le jeune homme prit un siège, hésita pendant une ou deux secondes puis, se décidant tout à coup, murmura :

— Je suis venu, mon père, pour vous embrasser d'abord, et ensuite pour vous parler d'une chose très sérieuse, à laquelle j'attache une grande importance...

Rose intervint.

— Peut-être eût-il été convenable, — dit-elle, — d'attendre pour cela le complet et prochain rétablissement de votre père... Néanmoins, puisque cet avis n'est point le vôtre et que sans doute vos motifs sont urgents, vous pouvez vous expliquer... — M. Dereyne a l'oreille bonne, l'intelligence nette, et je me charge de vous traduire mot pour mot ce qu'il jugera convenable de vous répondre... — N'est-ce pas, monsieur Dereyne?...

Les paupières s'abaissèrent.

Rose ajouta :

— Quand votre père ferme les yeux, ça veut dire : *Oui*... — Quand il les laisse ouverts ça signifie : *Non*... — Basez-vous là-dessus, et maintenant allez...

XI

Léopold prit son courage à deux mains, comme on dit vulgairement, et commença d'une voix que l'émotion rendait tremblante :

— Depuis que nous avons eu la douleur de perdre ma mère, je vous ai peu coûté, n'est-ce pas, mon père?

Le jeune homme s'arrêta :

Rose, en entendant ce préambule, jeta sur Martial Dereyne un rapide coup d'œil qui signifiait :

— Nous y voici... — Il va parler d'argent.

Les prunelles du paralytique étincelaient.

Léopold reprit :

— Et si je crois vous avoir coûté peu, c'est que vous avez dans les mains les revenus des quatre cent mille francs qui sont ma part de l'héritage maternel...

— M. Dereyne sait cela aussi bien que vous... interrompit Rose.

— Quatre cent mille francs rapportent au minimum vingt mille francs, — continua Léopold sans s'inquiéter de cette interruption, — et il est clair comme le jour que les frais de mon éducation, joints à la pension que vous me servez, n'ont jamais atteint ce chiffre...

Jean Renaud cherchait l'endroit le plus favorable pour une escalade.

Rose regarda de nouveau Martial, comme pour l'interroger, parut lire dans ses yeux et répondit :

— Vos capitaux sont en sûreté chez le notaire de la famille, et M. Dereyne, votre tuteur naturel, vous rendra ses comptes le jour où vous serez majeur. — Ai-je traduit fidèlement votre pensée, monsieur Dereyne ?

Les prunelles du paralytique s'abaissèrent de façon affirmative.

— Mon père, — poursuivit Léopold, — c'est précisément de l'époque de ma majorité que je viens vous entretenir...

— Comment cela? — demanda Rose. — Cette époque est connue. — On sait à quelle date vous aurez vos vingt et un ans, puisqu'il s'en faut de quatre mois que vous n'en ayez vingt.

— L'état dans lequel vous vous trouvez, mon père, — balbutia Léopold avec un redoublement d'embarras, — me cause un chagrin profond, mais me force à songer à l'avenir...

— Ah çà! — s'écria l'ex-femme de charge, — est-ce que vous venez ici, par hasard, dans le but d'inquiéter votre père? — Ça serait joli! — L'état de M. Dereyne, personne ne l'ignore et le docteur le répétait ce matin, n'est point grave et ne sera que momentané.

Ces interruptions perpétuelles, indiscutablement malveillantes, irritaient Léopold quoiqu'il se fût promis de rester calme en face de l'insolente drôlesse; aussi répondit-il vivement :

— Me laisserez-vous m'expliquer, madame?

— Il me semble que je ne vous en empêche pas...

— C'est à mon père que je parle et non à vous.

— Et même vous abusez de la patience de M. Dereyne... — Enfin ça le regarde. Continuez.

— Ne croyez-vous pas, mon père, — reprit le jeune homme, — que, quoique mineur encore, je serais capable d'administrer ma fortune moi-même et de l'administrer sagement?

— A la bonne heure! — fit Rose. — Voilà une question nettement posée... — Vous réclamez votre émancipation...

— Je ne la réclame pas, je la sollicite respectueusement...

— Eh bien! cette fois, avant de vous répondre, je n'ai pas besoin d'interroger les regards de M. Dereyne...

— Pourquoi donc?

— Parce que sa volonté m'est connue... — Aujourd'hui même votre père, faisant usage des moyens de communication qui existent entre lui et moi, me parlait de ses enfants et de vous en particulier, et je lui demandais s'il ne jugerait pas convenable de se débarrasser des soins de vos intérêts en vous émancipant. — Sa réponse fut catégorique... — la voici : — « *Léopold n'a point achevé ses études; il n'est pas reçu avocat... — s'il se trouvait libre possesseur d'une grosse somme, il ne travaillerait plus, il subirait les entraînements de son âge et risquerait de dissiper sa fortune... — Ma faiblesse ferait de moi le complice de ses folies... Je refuse absolument de l'émanciper. — Il ne touchera sa part d'héritage qu'à l'heure fixée par la loi.* »

Léopold était devenu pâle. Il se leva brusquement.

— Et ce sont là, madame, les expressions de mon père? — demanda-t-il.

— Textuelles, monsieur... — Ai-je été votre fidèle interprète, monsieur Dereyne?

Les paupières de Martial répondirent : *Oui*.

— Eh ! madame, — poursuivit Léopold avec colère, — tout ceci n'est que jonglerie !... il est matériellement impossible que vous lisiez de longues phrases dans les prunelles d'un paralytique !...

— Vous avez la preuve du contraire... — Si les intentions de M. Dereyne étaient conformes à vos désirs vous ne m'accuseriez point de jonglerie... Heureusement pour vous, votre père a l'esprit ferme et la raison solide, et vous protégera contre vous-même...

— Je ne suis plus un enfant !

— Non, mais vous êtes un mineur...

— Qu'importe, si je suis capable...

— Avez-vous terminé vos études ?

— Non, mais je les terminerai.

— Et vous avez besoin de quatre cent mille francs, sans doute, pour payer vos inscriptions ? — fit Rose ironiquement.

— Cela ne vous regarde pas, madame !

— Très bien... — je me le tiens pour dit et ne répondrai plus... — Arrangez-vous sans mon aide avec M. Dereyne.

Et Rose fit mine de reprendre son roman, tandis que les yeux de Martial lançaient sur Léopold un regard furibond.

— Ah ! madame, — s'écria le jeune homme exaspéré, — vous abusez odieusement de la position que mon père vous a laissée prendre auprès de lui !

Rose s'efforça de donner à son visage une expression de dignité hautaine, et répliqua d'un ton majestueux :

— Je devrais dédaigner de telles attaques... Si j'y réponds, c'est bien moins pour moi que pour celui qui nous entend et que votre langage afflige ! — Ma position ici est celle d'une amie sincère... — Je la dois au dévouement absolu que m'inspire votre père et qu'il n'a pas trouvé chez ses enfants ! — Je suis une étrangère, soit, mais cette étrangère lui prodigue des soins qu'il attendrait vainement de vous. — Ma position, monsieur, je la dois à de longues années d'affection réciproque, basée de part et d'autre sur la plus haute estime, et je la garderai jusqu'au jour où votre père me fera comprendre que ma présence lui est à charge. — Je doute que ce jour soit proche. Quant à vous, monsieur...

L'ex-femme de charge s'interrompit et regarda le paralytique, comme pour l'interroger de nouveau, puis, au bout d'une ou deux secondes, elle poursuivit :

— Quant à vous, monsieur, votre père n'ayant plus rien à écouter et plus rien à vous dire vous prie de lui rendre sans retard, en quittant sa maison, un repos nécessaire, trop longtemps troublé par votre visite.

Léopold livide, tremblant de tout son corps, se tint debout en face du vieillard et, les yeux fixés sur ses yeux, lui dit :

— Ainsi, mon père, c'est bien votre pensée que cette femme vient de traduire?

Les paupières de Martial s'abaissèrent dix fois de suite avec violence.

— Vous me chassez?

Même réponse.

— Et vous ne voulez plus me revoir?...

Les paupières battirent de nouveau, et plus vivement encore.

— Alors, adieu, mon père... — Je continue à vous aimer tendrement, malgré tout, et je vous plains de toute mon âme d'être tombé dans de telles mains!...

Puis Léopold sortit de la chambre, le cœur gonflé, les yeux pleins de larmes.

— Bon voyage!... — s'écria Rose lorsque la porte se fut refermée derrière lui. — En voilà un raseur inconvenant!...

Elle ajouta en s'adressant à Martial :

— Eh bien ! avais-je raison?

— Oui, — répondirent les yeux.

— Vous vous figuriez que votre plus jeune fils était meilleur que l'autre... — Vous êtes fixé maintenant... — Ils se valent. — Est-ce vrai?

— Oui.

— Non contents d'attendre avec impatience votre héritage, ils voudraient vous dépouiller vivant...

— Oui.

— Mais, mon cher Martial, quoique vous soyez loin de rendre l'âme, et que vous ayez devant vous de longues années de vie et de santé, je crois que pour votre tranquillité personnelle il importe de suivre mes conseils et de mettre vos affaires en ordre... — C'est-il votre avis?

— Oui.

— Donc il faut demander la liquidation de votre maison du Havre dont vous aviez résolu d'ailleurs de ne plus vous occuper. — Votre associé, M. de Funcal, vous désintéressera et restera le seul maître... Ça vous donnera la paix, ça vous mettra de l'argent comptant dans les mains, et ça me permettra de toucher les trois cent mille francs qui me reviennent de l'affaire Laurent Raymond...

Au moment où Rose prononçait ce nom, une sorte de frisson courut sur la chair inerte du paralytique.

Une expression d'indicible terreur se peignit dans son regard.

Il abaissa ses paupières, non pour répondre mais pour ne plus voir l'image de son ami assassiné par lui.

Rose s'aperçut de l'impression produite.

— Allons, allons, — fit-elle, — pas de bêtises ! Est-ce qu'il va vous prendre une faiblesse? Et à quel propos, s'il vous plaît? — Ce qui est passé est passé...

— L'homme d'Ingouville ne reviendra pas. — Souvenez-vous de la chanson :

Quant on est mort, c'est pour longtemps !
Dit un vieil adage
Fort sage...

et occupons-nous de choses sérieuses. — Vous m'avez aimée autrefois beaucoup ?

Les yeux s'était rouverts. — Ils répondirent affirmativement.

— Et vous m'aimez encore un peu, hein, Martial ?

— Oui.

— Or, vos enfants me haïssent et vous abandonnent... — Donc vous avez le droit et même le devoir de ne penser qu'à nous... — Arrangeons-nous une agréable aisance... un petit nid bien capitonné de papier Garat. — Vous voilà malade. — Vous guérirez, mais vous serez moins gaillard qu'autrefois, comptez là-dessus. — De mon côté, quoique bien jeune encore, je ne suis plus tout à fait dans mon printemps... — Je ne vous quitterai jamais et j'aurai soin de vous comme de la prunelle de mes yeux, mais il faut assurer l'avenir... — Croyez-moi, liquidez. — Est-ce convenu ?

— Oui... — firent les paupières.

— Alors, puisque c'est convenu, ne perdons pas de temps... — *Le temps est de l'argent !* disent les Anglais, gens pratiques et qui comprennent bien la vie... — Faut-il écrire à M. de Funcal ?

— Oui.

— Faut-il érire aujourd'hui même ?

— Oui.

— Faut-il lui dire de venir à Paris et d'apporter les comptes ?

— Oui.

— Alors je mets la main à la plume et je m'improvise votre secrétaire.

Rose prit une feuille de papier à lettre et traça les lignes suivantes, que nous reproduisons en supprimant les fautes d'ortographe :

« Mon cher Monsieur de Funcal,

« Faites en sorte de venir à Paris le plus tôt possible, et apportez avec vous les livres de commerce de la maison Dereyne et Cie. — Pour des motifs qui vous seront connus, il importe de se rendre très exactement compte de la situation.

« Recevez, mon cher Monsieur de Funcal, l'assurance de mes meilleurs sentiments.

« *Pour M. Martial Dereyne empêché :*

« Rose Bonchamp. »

Elle relut tout haut la lettre qu'elle venait d'achever.

— Est-ce bien ça ? — demanda-t-elle.

Les yeux du paralytique répondirent affirmativement.

— Alors il ne reste qu'à l'expédier.

Rose mit la feuille sous enveloppe, écrivit l'adresse et envoya le valet de chambre porter le tout à la poste.

— Allons, — se dit-elle ensuite avec une expression de triomphe, — je suis la maîtresse ici désormais... la seule maîtresse... — j'en profiterai !... — René Mattifet, cet amour d'homme, sera content de moi !

XII

Dans la soirée de ce même jour Léopold alla voir son frère et lui raconta par le menu la scène dont l'hôtel de la rue du Rocher avait été le théâtre.

Georges Dereyne — nous le savons déjà — regardait comme désastreuse l'installation de Rose Bonchamp auprès du malade; aussi s'écria-t-il :

— Cette misérable créature domine absolument mon père. — Elle fera de lui tout ce qu'elle voudra ! — Heureusement ma sœur et mon beau-frère seront bientôt de retour à Paris.

Léopold avait l'âme profondément triste.

Le beau rêve qu'il caressait depuis la veille s'était évanoui. — Il retombait en pleine réalité, c'est-à-dire dans son humble situation d'étudiant, pourvu d'une pension très modeste habituellement écornée d'avance.

Qu'allait-il faire ? — Comment se maintenir, le gousset vide, sur un pied d'élégante intimité avec Lionel Warton? — Comment envoyer des fleurs à Mary? — Comment prendre des voitures pour se rendre au château de Saint-Ouen? — Ces dépenses, et bien d'autres du même genre, quoique sans importance en réalité, dépassaient cependant de beaucoup les ressources de son budget...

Faire des dettes ?...

Il y songea, mais il réfléchit bien vite que son âge était un obstacle insurmontable, les usuriers les plus aventureux refusant généralement de traiter avec les mineurs.

Bien décidé à se rendre le lendemain soir à l'invitation de Lionel, il se décida à demander à Georges de lui prêter cinquante louis, ce que le frère aîné fit d'ailleurs de fort bonne grâce.

En rentrant chez lui Léopold trouva une lettre arrivée dans la soirée.

Cette lettre ne renfermait que ces mots :

« *Si vous allez demain rue de Londres, ne jouez pas.* »

Le papier ne portait aucun chiffre. — L'écriture était déguisée.

Le jeune homme, néanmoins, n'eut pas un instant de doute.

— C'est de Mary ! — s'écria-t-il rayonnant de joie. — Elle m'aime, je n'en puis douter, puisqu'elle s'intéresse à moi ! — J'irai certainement à la soirée de Lionel, mais j'obéirai à Mary... je ne jouerai pas...

Le soleil du lendemain se leva derrière un rideau de nuages ne permettant point à ses rayons d'arriver jusqu'à la terre.

C'était une de ces matinées sombres et lugubres qui donnent le spleen aux fils d'Albion.

À huit heures, une pluie fine et froide se mit à tomber.

Jean Renaud quitta Saint-Ouen avec le docteur Jocelyn qui se rendait à la Roquette pour la première visite, mais il ne l'accompagna pas jusqu'au bout et se fit arrêter en face du Père-Lachaise.

Là il se dirigea du côté de la barrière de Montreuil, en homme qui connaît son Paris sur le bout du doigt, et s'engagea dans une ruelle longeant un des côtés du champ de repos, et aboutissant à cette époque à des terrains vagues qui depuis ont été achetés par l'État et réunis au cimetière.

A l'époque où se passèrent les faits que nous racontons, tout le versant qui fait face à Vincennes et que l'on découvre depuis le point le plus élevé du Père-Lachaise était à peine bâti.

On n'y voyait que des constructions en planches ; des chantiers d'entrepreneurs de maçonnerie faisant du monument funéraire une spécialité ; des jardins où l'on cultivait des fleurs que les vivants achetaient pour les offrir aux morts ; et enfin quelques cabarets.

En gravissant les buttes placées derrière ces jardins et ces maisons, on arrivait aux murailles du cimetière, vieille enceinte croulante dont la perspective d'un agrandissement prochain faisait regarder la restauration comme inutile.

De nombreuses brèches couvertes de lierre permettaient aux rôdeurs de barrières et à des bandits de toute sorte de s'introduire la nuit dans l'enceinte, sans passer par les grilles où s'exerçait l'inutile surveillance des gardiens.

La pluie continuait à tomber, glaciale et pénétrante.

Jean Renaud, sans s'inquiéter de la boue gluante au milieu de laquelle il pataugeait, ni de l'eau qui mouillait ses vêtements, explorait la partie supérieure des buttes, longeait la muraille et cherchait l'endroit le plus favorable pour une escalade.

Arrivé au bout, c'est-à-dire à l'angle que formait un mur neuf appuyé sur le vieux, il fit halte et promena ses regards autour de lui.

Un chemin, ou plutôt un sentier mal tracé, mais cependant praticable, attira son attention.

Ce chemin conduisait à une route sur les bords de laquelle ne s'élevait aucune habitation. — Cette route elle-même aboutissait au boulevard extérieur.

Le faux mulâtre avait vu ce qu'il voulait voir au dehors.

Il ne lui restait désormais qu'à inspecter l'intérieur du cimetière.

Le temps restait sombre et menaçant, mais la pluie ne tombait plus.

Jean Renaud refit en sens inverse le chemin qu'il venait de parcourir, de manière à se retrouver à son point de départ.

Il entra dans une de ces guinguettes où les croque-morts se donnent rendez-vous ; il commanda un repas frugal composé d'une omelette et d'un beafsteack arrosés d'une bouteille de *vin de Bordeaux* dont les coteaux de Suresnes ou d'Argenteuil auraient pu revendiquer à bon droit la paternité.

Restauré tant bien que mal, et à peu près séché, le faux mulâtre paya sa dépense, se fit brosser par un décrotteur du coin de la rue de la Roquette, et se dirigea vers la grille du cimetière.

Il la franchit et demanda à l'un des gardiens :

— Pourriez-vous me dire, monsieur, où se trouvent en ce moment les fosses communes ?

— Parfaitement. — Vous allez monter tout droit. — Vous passerez derrière la chapelle. — Une fois là un de mes camarades, ou un ouvrier quelconque, vous indiquera l'endroit que vous voulez voir.

— Merci, monsieur.

Jean Renaud gravit l'allée conduisant à la chapelle du Père-Lachaise.

Arrivé là il se retourna pour regarder Paris étalé à ses pieds. — De lourdes masses de nuages opaques donnaient à la grande ville un aspect singulièrement lugubre.

L'évadé de *la Dorade* se remit en marche.

Il passa derrière la chapelle et suivit la grande allée qui mène à la pyramide.

Tout en marchant il jetait des regards distraits sur les tombes qui se dressaient à droite et à gauche en longues files.

Brusquement, il fit halte.

Il venait de lire par hasard, au fronton d'un monument funéraire, ces trois mots appliqués sur le marbre en lettres de bronze :

FAMILLE DE LASSENY

La porte du monument était ouverte.

Une femme de service nettoyait à l'intérieur.

Jean Renaud s'approcha d'elle.

— Madame, — lui demanda-t-il, — c'est bien ici que repose le comte Roger de Lasseny ?...

— Mort depuis une vingtaine d'années, oui, monsieur.

— Connaissez-vous sa veuve ?

— Non, monsieur... — Elle ne vient jamais...

— Et son fils ?...

— Je le connais ; il vient quelquefois, lui...

— Avez-vous des rapports personnels avec la famille de Lasseny ?

— Non, monsieur... — C'est le gardien chef qui me paye pour l'entretien du monument...

Le nouveau venu était d'une maigreur indescriptible.

— Dites-moi, je vous prie, madame, où sont les fosses communes...

— Vous leur tournez le dos... — Il faut rebrousser chemin et prendre le premier sentier à gauche.

Jean Renaud remercia, et suivit l'indication de la bonne femme après avoir jeté un dernier regard au tombeau.

— Singulier caprice de la destinée!... — murmura-t-il tout en s'éloignant. — Il y a cent à parier contre un que ce forçat, déterré par nous la nuit prochaine, viendra dormir un jour dans ces caveaux de marbre édifiés par l'orgueil des Lasseny!... — Il y retrouvera Blanche Hervieux!...

Et un sourire erra sur les lèvres du faux mulâtre.

En moins de trois ou quatre minutes il eut gagné l'emplacement des fosses communes.

Deux larges tranchées s'ouvraient, béantes.

De chaque côté, au sommet de ces tranchées, s'amoncelait la terre prête à recouvrir les cercueils des indigents à qui leurs parents ou leurs amis ne pouvaient payer un tombeau.

Le remblai des fosses ne se faisait qu'au fur et à mesure.

Deux fossoyeurs y travaillaient.

Les bières enfouies dans la journée n'étaient recouvertes que de quarante centimètres de terre environ.

Le lendemain seulement les fossoyeurs nivelaient le sol.

— C'est bien ici la fosse commune? — dit Jean Renaud en s'adressant à l'un d'eux.

— C'est bien ici, oui, monsieur...

L'évadé de *la Dorade* s'était avancé et se penchait sur l'excavation.

On voyait encore une bière non complètement enfouie dans le sol, et portant un écusson de fer blanc. — Cet écusson indiquait la place que le cercueil devait occuper.

Le faux mulâtre jeta un coup d'œil autour de lui.

Il se trouvait à trente pas environ du mur qu'il avait longé à l'extérieur du cimetière, et à vingt-cinq mètres d'une brèche obstruée à demi par les rameaux touffus du lierre.

Après avoir gravé dans sa mémoire par un examen attentif ces détails topographiques, il prit une allée en pente qui le conduisit au rond-point dont la tombe de Casimir Périer occupe le centre.

Il appuya vers la droite, regagna la route qu'il avait suivie d'abord pour monter à la chapelle, sortit du cimetière et entra dans un magasin d'emblèmes religieux et funéraires.

— Que désire monsieur? — lui demanda une vieille femme chargée de la vente.

— Je voudrais une croix...

— Riche ou simple?

— Tout ce qu'il y a de plus simple...

— En bois noir, alors?

— Oui.

— Avec inscription?

— Le nom seulement.

— Ni prénom? ni dates de la naissance et du décès?

Jean Renaud secoua négativement la tête.

— Monsieur veut-il me donner ce nom? — reprit la vieille femme.

— Je vais vous l'écrire.

— Voici du papier et une plume...

Jean Renaud écrivit : BLANCHETON.

— *Blancheton*... — répéta la vieille. — Très bien... — Pour quelle heure faudra-t-il cela à monsieur?

— Pour quatre heures.

— Ce sera prêt. — Faudra-t-il porter la croix au cimetière?

— Non, je la prendrai en passant avec le corbillard. — Combien vous dois-je?

— Faudra-t-il joindre une couronne à la croix?

— Non.

— Alors c'est quatre francs.

Le faux mulâtre paya et regarda sa montre. — Elle indiquait trois heures; il lui restait encore une heure à attendre.

Il descendit la rue de la Roquette et s'installa dans un petit café borgne d'où il pouvait voir la prison.

A quatre heures moins vingt minutes un corbillard des pauvres fit halte devant la grande porte de la geôle.

Un des employés des pompes funèbres qui l'accompagnaient sonna. — La porte s'ouvrit et le char funèbre entra dans une cour intérieure.

Il reparut au bout de dix minutes, chargé de son lugubre fardeau.

Jean Renaud quitta le café borgne et, devançant le corbillard, se rendit au magasin où on lui livra la croix de bois noir commandée par lui une heure auparavant; puis, au moment où le triste convoi passa devant la porte, il sortit et se plaça derrière la voiture.

Un des croque-morts l'avait remarqué.

Il donna un coup de coude à son compagnon qui demanda :

— Qu'est-ce que c'est?

— Un particulier qui suit...

— Un parent sans doute qui n'aura pas voulu qu'on le voie sortir de là-bas...

— Le particulier est couleur de suie... Est-ce que le défunt était nègre?

— Quant à ça, je n'en sais rien, mais le moricaud lâchera peut-être la pièce...

— On peut lui en donner l'idée... — Vas-y, ma vieille, et part à deux...

XIII

Le croque-mort quittant la tête du convoi s'approcha de Jean Renaud, son chapeau à la main.

— Monsieur est un parent, sans doute? — lui demanda-t-il avec cette obséquiosité qui sollicite un pourboire.

— Non, — répliqua le faux mulâtre.

— Un ami, alors ?

— Pas davantage.

— Enfin, monsieur connaissait le défunt?

— C'est probable, puisque je l'accompagne au cimetière.

— Nous allons à la fosse commune ?

— Oui.

— Ah ! monsieur, notre état est bien dur... — Nous avons eu du mal... le pauvre homme était lourd... il pesait comme un sac de plomb !...

Le faux mulâtre tressaillit.

Le corps maigre et fluet du condamné ne pouvait être une charge pesante.

Jocelyn avait-il commis une erreur? — N'était-ce pas Blancheton qu'on menait en ce moment à sa demeure dernière?

Jean Renaud se dit tout cela en moins de temps que nous n'en avons mis à l'écrire, mais il se rasséréna presque aussitôt; le mobile du croque-mort lui parut évident et il s'empressa de répondre :

— Soyez tranquille... Je ne vous oublierai pas...

Le but était atteint—l'employé des pompes funèbres salua jusqu'à terre et reprit :

— Monsieur est bien bon... — Donnez-moi cette croix, monsieur, s'il vous plaît... Elle vous gêne... Je la porterai...

— C'est inutile...

— Comme monsieur voudra...

Le croque-mort rejoignit ses collègues et leur dit tout bas :

— L'affaire est dans le sac... — Le moricaud lâchera la pièce

On franchit le seuil du cimetière et l'on fit à pas lents de longs détours pour arriver aux fosses communes.

Enfin le corbillard s'arrêta.

Les employés soulevèrent le cercueil à l'aide de leurs lanières de cuir et le transportèrent près des fossoyeurs qui le glissèrent dans la tranchée ouverte et le recouvrirent de quelques pelletées de terre puis, sur la demande de Jean Renaud, l'un d'eux planta la croix de bois noir dans ce terrain mouvant.

— Pourrait-on facilement reconnaître la bière, monsieur, — fit le faux mulâtre, — si dans quelques jours on achetait un terrain et s'il fallait procéder à une exhumation?

— Très bien, monsieur... — D'abord la croix indique la place, et puis une plaque clouée sur le cercueil porte le numéro d'ordre... — Impossible de se tromper.

— Merci du renseignement.

Les croque-morts s'approchèrent, et celui qui avait déjà parlé glissa dans l'oreille de Jean Renaud ces mots :

— Monsieur a promis de penser à nous.

L'évadé de *la Dorade* lui donna dix francs et reçut en échange un nouveau salut plus humble encore que le premier.

Il allait s'éloigner quand il entendit ces paroles échangées entre les fossoyeurs :

— Allons, camarade, c'est le dernier pour aujourd'hui... — Rangeons nos outils et filons...

— Nous ne déboulons pas encore un peu de terre?

— Ma foi, non... — V'là la pluie qui recommence. — Ça sera pour demain... — Sois paisible, ma vieille, les oiseaux ne s'envoleront pas...

Et les deux hommes, rassemblant leurs pelles et leurs pioches, les portèrent dans une sorte de guérite faite en planches de sapin grossièrement assemblées et dont la porte n'avait point de serrure, mais un loquet essentiellement primitif.

Jean Renaud prit bonne note de la situation de cette guérite adossée au mur, et se hâta de quitter le cimetière et d'aller rejoindre Jocelyn qui l'attendait, dans une voiture aux stores baissés, à l'angle de la rue du Chemin-Vert.

Il monta dans le coupé.

— Puisque vous voilà, tout est fini?... — lui dit le docteur noir.

— Oui, et la besogne sera plus facile que je n'osais l'espérer d'abord... — J'ai fait placer sur la fosse une croix qui nous indiquera l'endroit précis... — Vous avez le numéro de la plaque?

— Oui, c'est le numéro 1599.

Jean Renaud écrivit ce chiffre sur une page blanche de son portefeuille et donna l'ordre au cocher de regagner Saint-Ouen et de marcher bon train.

Le temps au lieu de s'éclaircir s'était assombri de plus en plus et, selon les prévisions des fossoyeurs, la pluie s'était remise à tomber.

Les deux hommes répondirent aux questions de Cora relatives aux faits accomplis et aux mesures prises dans la journée puis, immédiatement après le dîner, c'est-à-dire vers neuf heures, ils se rendirent aux écuries.

Un landau à quatre places attendait, attelé de chevaux noir.

Jocelyn ouvrit la portière et jeta un coup d'œil à l'intérieur.

Sur la banquette se trouvaient des couvertures de laine, des fourrures, et de plus une sacoche de cuir renfermant des lingots de plomb.

— Tout est-il en ordre, docteur? — demanda Jean Renaud.

— Tout...

— Alors, partons.

Le cocher nègre, abrité contre la pluie par un ample carrick, était sur le siège, les guides et le fouet à la main.

Jean Renaud, couvert d'un waterproof imperméable, s'installa près de lui pour donner les indications nécessaires.

Jocelyn fit monter dans la voiture deux serviteurs nègres vêtus de noir.

— Au cimetière du Père-Lachaise, en suivant le boulevard extérieur... — commanda Jean Renaud au cocher — et du train!...

Au moment précis où le landau sortait du parc de Saint-Ouen, un homme à mine plus que suspecte, vêtu d'une façon lamentable, coiffé d'un chapeau à haute forme rougi par les années, cassé comme un gibus; chaussé de bottes dont les semelles feuilletées aspiraient et dégorgeaient la boue à chaque pas, entrait chez un marchand de vin du boulevard de Montreuil, s'attablait dans le coin le plus sombre de la salle et commandait une *chopine* et deux verres.

Il était seul cependant, mais à la façon dont son regard interrogeait de seconde en seconde la porte donnant sur le boulevard, on devinait sans peine qu'il attendait quelqu'un.

Ce client de vilaine apparence avait dû être beau garçon jadis, à une époque plus ou moins reculée, mais son visage flétri, avachi, ravagé par le vice et la misère, ses paupières gonflées, sa lèvre inférieure tombante, ne permettaient pas de lui assigner un âge.

Il pouvait n'avoir que quarante-cinq ans; —il pouvait dépasser la soixantaine.

Dans tous les cas, c'était à coup sûr un de ces particuliers qu'il est malsain de rencontrer le soir en un lieu écarté, quand on n'a pas une canne à épée à la main, ou un révolver dans sa poche.

Depuis dix minutes ou environ il attendait, quand il vit la porte s'entre-bâiller.

Par l'ouverture passa la moitié d'un corps surmonté d'une petite figure bizarre, absolument imberbe mais déjà ridée, à laquelle deux longues mèches de cheveux blonds, tortillés en tire-bouchons et s'échappant d'une casquette graisseuse, donnaient un caractère tout particulier.

Le premier arrivé reconnut d'un coup d'œil ce visage à la fois enfantin et vieillot.

Il fit un signe.

Le vieux gamin aux tire-bouchons ouvrit la porte tout à fait et franchit le seuil en se dandinant.

— T'es déjà là, mon petit père?... — dit-il d'une voix grasseyante et canaille, — fidèle au rendez-vous!...

— Tu vois, — répliqua l'autre, — et ton verre t'attendait... Avale-moi ça, *le Gosse!...*

— A ta santé, Remy Chomin !

— Chut, donc!... Faut pas crier comme ça les noms sur les toits...

— Mais il n'y a personne que nous...

— Il y a le *mastroquet...*

— Il dort...

— Ou fait semblant.

— Suffit ! on mettra une sourdine à son grelot.

Le nouveau venu était d'une maigreur imdescriptible. —Sa blouse blanchâtre, mouillée par la pluie, se collait sur ses omoplates en saillie.

Il avait environ vingt-deux ans et devait à sa grande jeunesse ce surnom : *le Gosse*, qui dans l'argot parisien signifie *le moutard*.

Les deux hommes s'installèrent en face l'un de l'autre et mirent leurs coudes sur la table.

Leurs visages se touchaient presque. — Leurs haleines se mêlaient, — (déplorable mélange!!) — ils pouvaient se parler de bouche à oreille.

— Tu m'as fait dire de venir ici, et me v'la, tu vois... — commença le plus vieux des interlocuteurs. — Est-ce que t'as une affaire à me proposer?

— Ça t'irait, hein?

— Dame!... les eaux sont basses... les toiles se touchent... — Le métier devient d'un dur! — Le bourgeois se méfie, il n'y a pas à dire... Il se paie des serrures de sûreté, ce gueux de bourgeois, et alors faut effractionner, ce qui complique la chose...

— Eh bien! y aurait un coup à mitonner par ici, sans danger qu'un portier grincheux ou qu'un locataire récalcitrant se mette en travers de l'opération...

— Par ici? vrai?

— Aussi vrai que tu t'appelles Remy Chomin de ton nom, et moi Eustache Charpentier, surnommé le Gosse à cause de ma jeune âge. — Nous pouvons nous faire cette nuit pas mal de jaunets si tu veux...

— Où ça?

— Dans l'jardin des *ad patres*...

— Au Père-Lachaise?

— Un peu, mon neveu.

— Est-ce qu'on a mis en terre un particulier qu'avait son porte-monnaie sur lui?

— S'agit pas de ça... — C'est autre chose... — Hier j'ai été me balader dans le cimetière... — J'avais des idée pas gaies et je voulais me distraire un brin... — Tout en me baladant j'ai vu un caveau ous'qu'il y avait des chandeliers d'argent, en vrai argent, je m'y connais, et pas mal d'autres bibelots qu'ont du prix... On en tirerait au moins deux cents *balles* chez le recéleur...

— Oui, mais il y a une grille devant, j'imagine...

— Ça n'empêche rien... — il ne s'agit que de faire jouer la serrure... ça ne serait pas la mer à boire... — J'ai mon trousseau de clefs dans ma poche et une pince, en cas que les clefs n'ouvriraient point la baraque...

— Il a de la malice, ce Gosse, comme un *cheval de retour!* — murmura Remy Chomin avec admiration. — Mais comment entrer dans le Père-Lachaise? — Les portes sont fermées le soir...

Le jeune bandit haussa les épaules.

— Est-ce qu'on passe par les portes? — répliqua-t-il. — Je sais un éboulement au mur... sur les buttes... — C'est commode comme un escalier..

— Je me suis laissé dire qu'on faisait des rondes de nuit...

— Eh! non, bêta! — C'est pas comme à la Roquette... Aucune chance d'évasion... — Dès six heures on verrouille les grilles, et les gardiens vont à leurs affaires ou dorment sur les deux oreilles.

— Retrouverais-tu l'endroit?

— J'irais les yeux fermés...

— Eh bien! ça va... — Quand pourrons-nous travailler?

— Tout de suite... — Paye la chopine et filons...

— Tu es sûr que le recéleur prendra ça?

— Le père Biju? Parbleu! Il est averti, — il attend la camelotte... — Une heure après les objets seront fondus, et ni vu ni connu...

— Alors, en route...

Remy Chomin jeta sur la table une pièce de vingt sous dont on lui rendit la monnaie, et sortit du cabaret avec son jeune compagnon.

Il pleuvait toujours.

Le Gosse prit une rue sur la gauche, — celle que Jean Renaud avait suivie dans la journée, — et les deux bandits s'engagèrent dans les terrains vagues situés derrière le cimetière.

La terre glaise délayée glissait sous leurs pieds et rendait leur marche lente et difficile.

Enfin ils atteignirent la muraille d'enceinte, la côtoyèrent pendant quelques minutes et arrivèrent auprès de la brèche couverte de lierre remarquée par Jean Renaud.

Le Gosse s'arrêta.

— V'là le grand escalier, — fit-il, — je passe le premier... — je te tiendrai la main pour t'aider.

— Un instant... — murmura Remy Chomin. — Écoute...

— Quoi donc?

— Il me semble que j'entends marcher là-bas...

Et il désignait le chemin par lequel Jean Renaud avait rejoint la route conduisant au boulevard extérieur.

XIV

Le Gosse, déjà en train d'escalader la brèche, s'arrêta et prêta l'oreille.

— Dieu de Dieu! mon pauvre vieux, deviens-tu assez *taffeur!* — dit-il ensuite. — Qui veux-tu qui se promène par ce chien de temps dans les terrains vagues? — Il n'y a pas une seule maison de ce côté-là! — Allons, viens...

Le récidiviste dont nous avons entendu prononcer le nom par Rose Bonchamp à propos de sa sœur Claire, l'ex-sage-femme de Vincennes, ne se sentait qu'à demi rassuré.

Il ne voulait pas battre en retraite néanmoins, et renoncer à l'heureuse chance d'un butin sérieux conquis sans grand péril. — En conséquence, il prit la main que lui tendait le Gosse, grimpa sur les pierres tombées, atteignit le

Le paquet que portait le grand avait tout l'air d'un cadavre.

sommet de l'éboulement, et sauta dans le cimetière où son jeune compagnon le suivit.

Remy Chomin ne s'était point trompé en croyant entendre marcher du côté des terrains vagues.

Un groupe composé de quatre hommes se dirigeait en effet vers le cimetière et, malgré les précautions prises par eux pour éviter tout bruit, ils ne pouvaient empêcher le clapotement de leurs pieds dans les flaques d'eau.

Les rôdeurs nocturnes, — nos lecteurs l'ont deviné — n'étaient autres que Jean Renaud, Jocelyn et les deux nègres.

Ces derniers portaient les couvertures de laine, les fourrures, et la sacoche de cuir contenant des lingots de plomb.

On avait laissé la voiture sur le boulevard extérieur, à la porte d'une maison d'assez bonne apparence pour qu'une ronde de police ne s'étonnât point de voir en un tel lieu un luxueux équipage.

Le maître de cet équipage pouvait, sans invraisemblance flagrante, se trouver dans la maison.

Jean Renaud, connaissant la route aussi bien que s'il l'avait déjà parcourue dix fois, servait de guide et marchait le premier.

A son tour il arriva près de la brèche que Remy Chomin et le Gosse venaient de franchir, et il la gravit légèrement.

Jocelyn et les nègres passèrent après lui.

Il alla droit à l'espèce de guérite où les fossoyeurs avaient déposé leurs outils puis, tirant des profondeurs de son pardessus une petite lanterne sourde, il en écarta les volets et fit jaillir un rayon lumineux.

Le docteur noir chargea les pelles et les pioches sur son épaule.

Jean Renaud referma les volets de la lanterne, se remit en marche, atteignit les tranchées des fosses communes et y descendit.

Ses compagnons en firent autant. — Un nouveau filet de lumière lui montra que rien n'était changé depuis son départ; — seulement une partie des amas de terre s'était éboulée sous l'action incessante de la pluie et couvrait d'une couche épaisse les derniers cercueils mis en place.

On voyait cependant encore la croix de bois noir portant le nom du condamné de la Roquette.

Le faux mulâtre euleva cette croix et dit à voix basse aux nègres :

— C'est là qu'il faut creuser sans lumière et sans bruit.

Les deux hommes se mirent à l'œuvre aussitôt, et commencèrent à fouiller la terre amoncelée sur la bière de bois blanc.

L'imagination ne saurait rien inventer de plus sinistre que le muet travail de ces noirs plongés jusqu'à mi-corps dans la tranchée des fosses communes.

Au milieu du grand silence de la nuit on n'entendait que le bruit sourd des pelles retournant la glaise humide.

Jean Renaud, la main droite appuyée sur l'épaule de Jocelyn, attendait avec impatience.

Son attente ne fut pas de longue durée.

Au bout d'un peu moins de dix minutes, le cercueil apporté de la Roquette à quatre heures était à découvert.

Pour la troisième fois le faux mulâtre dévoila l'âme de sa lanterne, se pencha sur le cercueil, fit tomber avec sa main la terre adhérente à la plaque de fer-blanc, et lut le numéro inscrit sur cette plaque.

— 1599... — dit-il ensuite. — C'est bien cela...

Ensuite, s'adressant à Jocelyn, il lui demanda :

— Que faut-il faire maintenant?

— Déclouer la bière et l'ouvrir... — répliqua le docteur.

Un des nègres était muni d'une forte pince.

Il en glissa le biseau entre le couvercle et la première planche du cercueil, opéra plusieurs pesées à divers endroits, et mit bientôt à découvert le corps de Blancheton.

Jocelyn avait disposé sur le sol de l'allée voisine les couvertures de laine.

Sur un ordre de Jean Renaud les nègres apportèrent le prétendu cadavre qui fut roulé comme une momie dans les tissus épais et chauds.

— Placez la sacoche pleine de plomb au fond de la bière, — commanda le faux mulâtre, — et refermez solidement le couvercle.

Ce fut vite fait et les deux nègres jetèrent de nouveau un amas de terre sur le cercueil vide, effaçant ainsi toute trace de l'étrange expédition qui venait d'avoir lieu.

Jean Renaud remit la croix de bois noir à sa première place.

— En route, maintenant... — dit-il.

Il se baissa, et chargeant sans aide le corps sur ses épaules grâce à sa force herculéenne, il reprit d'un pas ferme le chemin de la brèche.

Jocelyn, muni de la lanterne sourde, accompagna les nègres jusqu'à la guérite où les outils furent replacés, puis ils rejoignirent Jean Renaud.

Tandis que se passaient ces choses à la tranchée des fosses communes, Remy Chomin et le Gosse se glissaient au milieu des tombes.

Le jeune bandit s'était vanté de conduire son compagnon les yeux fermés au caveau de famille renfermant les orfèvreries qui, nous le savons, enflammaient leurs convoitises, mais, soit que la nuit fût trop profonde, soit que la mémoire lui fît défaut, le Gosse avait donné trop à droite d'abord, puis trop à gauche, et ce ne fut qu'après de longues recherches, beaucoup de pas perdus, et d'innombrables terreurs de Remy Chomin, que les deux hommes arrivèrent enfin à leur but.

— Présentement je me reconnais... — dit le voleur imberbe. — C'est là...

— Mieux vaut tard que jamais! — Fais jouer la pince, et vite !

— Non... la pince en dernier...

— A cause?

— Le fer sur le fer, ça grince et ça s'entend de loin... Essayons d'abord des fausses clefs...

Et le Gosse tira de sa poche un trousseau très complet.

— Va falloir travailler à l'aveuglette, — murmura Remy Chomin, — ça nous fera perdre du temps.

— Patience, donc, ma vieille! — Nous ne sommes pas à l'heure... — As-tu un rendez-vous avec ta bonne amie? — Elle attendra, voilà tout... — Rien ne pose un homme, vois-tu, comme de faire attendre les femmes... — Ah !

— Quoi donc?

— En v'là une qui pourrait bien être de calibre...

Tout en disant ça qui précède, le Gosse avait tâté du bout des doigts plusieurs clefs, et il en introduisait une dans la serrure.

La clef joua. — Le pêne mordit la gâche. — Un faible craquement retentit et la porte tourna sur ses gonds.

— Là! qu'est-ce que je disais? — reprit le Gosse. — Avais-je raison? — Maintenant nous sommes chez nous... — Baisse-toi pour ne pas t'accrocher la tête; allume une chimique sur le fond de ta culotte, et confectionne un abat-jour avec tes deux mains.

Remy Chomin s'empressa d'obéir. — Une flamme brillante mais passagère éclaira l'intérieur du caveau funèbre disposé comme une chapelle.

Les flambeaux d'argent, un crucifix du même métal et d'autres objets précieux étincelèrent.

— Qu'est-ce que tu dis de ça? — demanda le jeune voleur.

— La devanture d'un orfèvre, parole! Ça serait malheureux de laisser de si belles choses se détériorer à l'humidité. — Mais nous ne pouvons pas les emporter au bout de nos doigts.

— Attends un peu... j'ai notre affaire.

Et le Gosse dénoua un sac qu'il avait roulé autour de son corps, sous sa blouse.

— Tu penses à tout! — murmura Remy Chomin émerveillé.

— Parbleu! Coule-moi ça dans la boîte en toile, et ne fais pas de bruit.

Un instant après, les produits du vol sacrilège étaient soigneusement empaquetés.

— Présentement, referme la porte, — continua le Gosse en mettant le paquet sur son épaule — et filons... — Nous voilà lestés!... — Quelle noce, mon pauvre vieux, quand le recéleur aura *aboulé les noyaux!*

Les deux misérables s'éloignèrent du monument dévalisé par eux.

Ils ne passèrent pas cette fois au milieu des tombes comme en arrivant. — Ils prirent l'allée qui les conduisait directement à la brèche.

Le Gosse marchait le premier, avec une allure de triomphateur.

Soudain il s'arrêta, bondit de côté, et s'accroupit derrière une pierre tombale.

Remy Chomin suivit son exemple.

Il était effaré, — ses dents claquaient, et c'est d'une voix à peine distincte qu'il balbutia :

— Quoi? qu'est-ce que c'est?

— Regarde... — répondit le Gosse, et du geste il désigna quatre personnes, ou plutôt quatre ombres, qui se dirigeaient vers l'éboulement.

— De la police, peut-être?

— Eh! non... — On dirait qu'il y en a un qui porte un gros paquet sur le dos.

— Des collègues à nous, alors?

— Chut! tais-toi!

Jean Renaud venait de s'arrêter devant la brèche.

— Pourrez-vous grimper avec votre fardeau? — lui demanda Jocelyn.

— Parfaitement, mais il faut m'éclairer afin que je voie où poser mes pieds... sans cela je risquerais de trébucher...

Jocelyn ouvrit les volets de la lanterne.

Un rayon s'en échappa et mit pendant un instant le groupe en pleine lumière.

— Des nègres!... — fit le Gosse stupéfait.

— Eh! non... des finauds qui se sont barbouillé la figure avec de la suie pour ne pas pouvoir être reconnus...

— Je te dis, moi, que c'est des vrais nègres! — Je m'y connais... J'ai fréquenté celui qu'a son portrait chez l'horloger du boulevard Saint-Denis avec une pendule dans le ventre...

Dès que Jean Renand eut franchi la brèche, Jocelyn referma la lanterne et gravit l'éboulement à son tour, suivi des deux noirs.

A peine avaient-ils disparu que le Gosse et Remy Chomin s'élancèrent, mais arrivés au mur ils ne virent rien et n'entendirent que des pas sourds.

— Décidément qu'est-ce que ça peut bien être, ces paroissiens-là? — reprit le vieux bandit.

— Le paquet que portait le plus grand m'avait tout l'air d'un cadavre...

— Un cadavre qu'ils auraient déterré, alors?

— Dame! ça s'est fait plus d'une fois.

— Si on les filait?

— Pas de bêtises... — Ça doit être des malins et des gens calés... des gens de la haute. — Ne nous y frottons pas... — D'ailleurs qu'est-ce que ça nous rapporterait?

— Eh! eh! on pourrait faire un peu de chantage...

— Qand on a des antécédents, c'est trop dangereux... — Escaladons, et chez le recéleur *illico!*

Les deux bandits joignirent l'action aux paroles et se perdirent dans les ténèbres.

Jean Renaud marchait toujours sans se hâter, mais sans ralentir son allure.

Quand il ne fut plus qu'à cinquante pas du boulevard extérieur, reconnaissable à la silhouette noire des grands arbres qui le bordaient, il fit halte et dit à l'un des nègres :

— Harry, courez à la voiture et ramenez-la ici...

Le nègre prit sa course.

Au bout de cinq minutes on entendit le pas des chevaux, le roulement des roues, et l'on vit étinceler les réflecteurs des larges lanternes.

Jocelyn ouvrit la portière et Jean Renaud installa le corps dans le fond après l'avoir enveloppé de fourrures.

Le médecin prit place à côté de lui, — les deux nègres s'assirent sur la banquette du devant.

Jean Renaud remonta sur le siège et dit au cocher :

— Rue du Colysée... chez le docteur...

XV

Le cocher rendit la main à ses chevaux qui partirent à un trot de cinq lieues à l'heure.

Le landau suivait le boulevard de Montreuil au moment où le Gosse et Remy Chomin y arrivaient eux-mêmes.

Remy regarda la voiture.

Elle passait en ce moment sous un réverbère, car les becs de gaz n'existaient pas encore dans ces quartiers perdus.

Le vieux bandit aperçut Jean Renaud, ou plutôt Domenico Séballa, à côté du cocher.

— Ce sont les nègres de là-haut ! — s'écria-t-il.

— En v'là un berlingot huppé ! — répliqua le Gosse. — Je te disais bien que c'étaient des riches ! — Mais qu'est-ce qu'ils pouvaient emporter?

— Ça, moucheron, c'est leur affaire... — Chacun pour soi...

— Et le réceleur pour tous ! — fit le Gosse en riant.

Les chevaux continuaient à marcher grand train.

Soudain Jean Renaud se frappa le front, geste signifiant de façon très claire qu'on s'aperçoit d'un oubli regrettable ou d'une erreur fâcheuse.

En même temps il toucha le bras du cocher.

Le landau s'arrêta brusquement, et le faux mulâtre se pencha vers la portière.

Jocelyn, surpris, avança la tête et demanda :

— Qu'y a-t-il donc?

— Il y a que nous sommes des fous.

— Comment cela?

— Nous avons oublié que pour ariver rue du Colysée il fallait franchir la barrière, qu'on visiterait la voiture et que nous serions pris.

— C'est vrai... — Que faire?

— Allons au château de Saint-Ouen... — Nous déposerons l'homme dans votre appartement... — Une fois qu'il sera vêtu comme tout le monde, nous le conduirons chez vous...

— Vous avez raison, rien n'est plus simple...

— A Saint-Ouen... — dit Jean Renaud au cocher.

La voiture roula de nouveau, en suivant les boulevards extérieurs.

Minuit sonnait au moment où elle arrivait devant le château.

Jean Renaud prit le corps et le transporta au second étage dans la chambre à coucher de Jocelyn.

Là on le débarrassa des fourrures, des couvertures et de la serpillière qui l'enveloppaient, et on l'étendit sur le lit même du docteur.

Les membres étaient glacés, mais n'offraient pas complètement la rigidité cadavérique.

Le médecin mulâtre posa l'extrémité du doigt indicateur de la main droite sur l'artère du cou, ainsi qu'il l'avait fait la veille à la Roquette, dans la salle de dissection.

Au bout d'une ou deux secondes le pli creusé entre ses sourcils s'effaça, et il dit à haute voix :

— Cet homme est vivant!

*
* *

Tandis que ces choses se passaient au château de Saint-Ouen, une quinzaine de jeunes gens parmi lesquels se trouvaient Georges et Léopold Dereyne, Lambert Massol et Octave Richard, achevaient de souper, rue de Londres, dans la salle à manger du petit hôtel loué par Lionel Warton et où nous savons que le pseudo-nabab se proposait de donner plusieurs fois par semaine des soirées de jeu tout à fait intimes.

Les deux fils de Martial, arrivés ensemble vers dix heures, avaient été particulièrement bien accueillis par le maître de la maison.

— Nous espérions vous voir aujourd'hui à Saint-Ouen, mon cher Léopold... — dit Lionel à l'étudiant d'un ton de bienveillant reproche... — Pourquoi donc n'êtes-vous pas venu ?

Le jeune homme balbutia quelques mots relatifs à sa crainte d'être importun.

— Importun ! — répéta Lionel. — Vous ne pouvez l'être, et je crois que ma cousine Mary vous aurait su gré de n'en pas douter...

Léopold rougit, soupira tour à tour, et ne répondit pas.

Il ne savait comment concilier les avances très encourageantes de Lionel Warton, et les paroles de Mary qui lui commandaient l'abstention.

— Si elle m'aimait comme je l'aime, — se disait-il, — elle ne m'interdirait point de lui parler d'un amour que son cousin protège... — Cette intimité de chaque jour, qui me rendrait heureux et que m'offre Lionel, Mary me défend de l'accepter... — Pourquoi ?

A la question ainsi posée il cherchait une réponse, et naturellement il n'en trouvait aucune.

En sortant de table on passa dans un salon assez vaste transformé en salle de jeu.

— Est-ce que le señor Domenico Séballa ne viendra pas ? — demanda Georges à Lionel, qui répondit :

— Il viendra certainement plus tard. — Il soupe au Café Anglais avec des compatriotes qu'il quittera vers deux heures pour nous rejoindre, il me l'a promis. — Avez-vous quelque chose à lui dire?

— Rien de particulier, mais il a bien voulu me promettre une revanche.

— Qu'il sera très enchanté de vous donner. — En attendant, je suis à votre disposition. — M'acceptez-vous pour adversaire?

— Certes!

Une dizaine de jeunes gens, fort animés par le vin de Champagne, organisèrent un baccarat.

Lionel et Georges Dereyne s'assirent à une table d'écarté, et chacun d'eux posa devant lui quelques rouleaux d'or et bon nombre de billets de banque.

Léopold, debout derrière la table ronde divisée en douze compartiments égaux, et palpant du bout des doigts dans sa poche les cinquante louis prêtés par son frère, se promettait d'obéir religieusement à l'injonction du mystérieux billet reçu la veille au soir et qu'il attribuait à Mary.

Il regardait jouer, mais il ne jouait pas.

Peu à peu, à force de voir l'or et les soyeux chiffons circuler sous ses yeux et grossir tour à tour la masse du banquier ou celles des pontes, selon les caprices du hasard, sa résolution faiblit.

— Si je gagnais, pourtant... — se dit-il. — Si je doublais, si je triplais, si je quadruplais les mille francs qui sont aujourd'hui toute ma fortune... — Une heureuse chance me mettrait à flot pour bien des semaines, et je pourrais envoyer chaque jour des bouquets à Mary... — Elle ne saurait pas que je les paye avec l'argent du jeu...

Juste à ce moment le banquier était en déveine.

S'il tirait à quatre il amenait un six. — S'il avait deux figures il en amenait une troisième.

Les pontes, à chaque coup, se partageaient ses dépouilles.

La tentation devint trop forte.

Léopold jeta cinq louis sur un des tableaux...

. . . .

Lionel Warton et Georges Dereyne achevaient leur dixième partie d'écarté.

Le pseudo-nabab les avaient perdues toutes les dix. — L'associé d'agent de change gagnait vingt mille francs, et rayonnait, malgré ses efforts pour conserver une impassibilité de bon goût.

— Vous vouliez une revanche, cher monsieur Georges, — lui dit Lionel en riant, — il me semble que je vous la donne très complète et que vos affaires vont assez bien...

— Assurément, — répondit le fils aîné de Martial, — mais ce n'est pas vous, cher monsieur Lionel, que je voudrais dévaliser ainsi... c'est mon vainqueur de l'autre nuit... — Je le mettrais à sec avec un plaisir...

Jean Renaud franchit le seuil et glissa dans le tronc des pauvres les quarante billets de mille francs.

— Justement le voici, et comme je n'ai rien à vous refuser je lui cède la place... — Faites-lui rendre gorge... — je vous applaudirai des deux mains...

Jean Renaud — ou plutôt Doménico Séballa — venait d'entrer en effet, superbe avec son teint de bronze et ses cheveux blancs comme la neige; admirablement correct dans sa tenue de soirée, le camélia à la boutonnière et le chapeau claque sous le bras.

Assurément il ne ressemblait guère au mulâtre ruisselant d'eau et crotté jusqu'à l'échine qui deux heures auparavant portait sur ses épaules, dans les boues du Père-Lachaise, un cadavre arraché de la fosse commune.

Un hourra général l'accueillit.

Il donna des poignées de main à droite et à gauche et, appelé par un signe de Cora, il s'approcha de la table d'écarté.

— Qui gagne ici? — demanda-t-il.

— Monsieur Georges Dereyne... — répondit le pseudo-Lionel Warton. — Je ne suis pas de force à lutter plus longtemps et je vous prie de me remplacer... — Vous lui devez d'ailleurs une revanche, mais tenez-vous bien, je vous le conseille, sinon vous serez vite à sec... — Notre ami est en veine...

— Tant mieux! — répliqua Jean Renaud. — J'avais honte, l'autre nuit, de mon insolent bonheur, et je ne demande qu'à rendre gorge.

Le faux mulâtre s'assit à la place qu'abandonnait Cora.

— Quel est votre enjeu, cher monsieur? — demanda-t-il.

— Cinq mille francs, si vous voulez, — répondit Georges confiant dans son étoile.

— Parfaitement...

Une nouvelle partie commença.

Georges Dereyne la gagna comme les précédentes.

Le succès lui tournait la tête.

— Vous plaît-il de doubler l'enjeu? — fit-il.

— J'allais vous le proposer...

Abrégeons.

Jean Renaud commandait à la fortune, nos lecteurs le savent, donc les péripéties de la lutte engagée seraient sans intérêt pour eux.

A cinq heures et demie du matin, au moment où paraissait le jour et où les invités de Lionel quittaient l'hôtel de la rue de Londres, Georges, pâle, défait, le visage contracté, perdait non seulement les vingt mille francs gagnés à son hôte, mais quarante mille francs apportés par lui.

Léopold de son côté, ayant ponté toute la nuit avec des fortunes diverses, ne possédait plus que vingt louis, s'accablait de reproches et se maudissait de tout son cœur.

Un quart d'heure après le départ des jeunes gens, Cora et Jean Renaud montèrent dans le coupé qui les attendait à la porte.

Cora dit au cocher :

— A Saint-Ouen... — Passez par la rue de Clichy et arrêtez-vous devant l'église de la Trinité...

L'église de la Trinité, — aujourd'hui l'une des plus belles de Paris, — n'était guère à cette époque qu'une humble chapelle.

La voiture fit halte devant son porche modeste.

Jean Renaud descendit, franchit le seuil, s'inclina devant l'autel, glissa dans le tronc des pauvres les quarante billets de mille francs *conquis* sur Georges Dereyne, puis il rejoignit la vengeresse et le coupé se remit en marche.

En arrivant au château Cora et Jean Renaud gagnèrent le second étage où se trouvait Jocelyn.

Le docteur noir, assis dans un large fauteuil au chevet de Blancheton, et succombant à la fatigue, s'était endormi profondément.

Le bruit de la porte qui s'ouvrait l'éveilla brusquement.

Il se leva en voyant Cora.

— Eh bien? — lui demanda cette dernière.

— Eh bien ! maître, regardez...

Il désignait du geste le corps inerte étendu sur le lit.

La jeune fille s'approcha et examina longuement le visage de l'homme dont le sommeil léthargique semblait faire un cadavre.

— Figure triviale où le vice a mis son empreinte... — dit-elle ensuite. — Ce misérable peut avoir quelque intelligence, mais à coup sûr il manque absolument d'énergie... Il doit être aussi incapable de résister à une volonté ferme qu'il l'était de lutter contre ses mauvais instincts... — Est-ce votre avis, docteur?

— Absolument, maître, — répliqua Jocelyn. — Vous le jugez comme je l'ai jugé moi-même, et cette coïncidence prouve que nous avons tous deux raison...

— Juqu'à quel moment dormira-t-il?

— Jusqu'à quatre heures demain.

— Vous ne craignez pas pour sa vie?

— Je suis certain de le sauver...

— Pouvez-vous, sans danger pour lui, le transporter à Paris, rue du Colysée?

— Oui.

— Il faudra donc le faire aujourd'hui même... Sa présence à Saint-Ouen serait compromettante.

— Avant ce soir il sera chez moi.

Cora étendit la main vers le corps.

— Ainsi, — reprit-elle, — voilà le fils de Blanche Hervieux, comtesse de Lasseny... — Nous avons l'enfant... — Il nous faut le père...

— A moins qu'il ne soit mort, nous l'aurons, je vous le promets... — répondit Jean Renaud.

XVI

Jean Renaud avait une organisation exceptionnellement vigoureuse. — Aucune fatigue ne l'abattait; — il pouvait au besoin se passer de sommeil.

Les dernièreres paroles de Cora : — *Nous avons l'enfant, il nous faut le père*, et la réponse faite par lui à ces paroles: — *S'il n'est pas mort, nous l'aurons, je vous le promets*, ne lui permirent point, après sa double expédition de la veille suivie d'une nuit blanche, de goûter une heure de repos.

Il se posait incessamment cette question :

— Comment découvrir le nom de cet homme ? Comment trouver sa piste ?

Une seule personne — Claire Bonchamp, l'ex-sage-femme de Vincennes — pouvait le guider dans ces recherches, ou plutôt lui rendre possible de les commencer.

Où était Claire ?

Remy Chomin le savait sans doute et pourrait le dire ; mais où était Remy Chomin ?

L'évadé de *la Dorade* ne se doutait guère que le soir précédent, au cimetière du Père-Lachaise, il avait passé tout près du bandit, son ancien compagnon de maison centrale.

Il ignorait si le misérable était libre, ou s'il subissait soit dans quelque prison, soit même au bagne, une détention nouvelle.

A force de réfléchir au moyen de saisir un fil conducteur, à force de remuer des idées, il entrevit une lueur, vague et presque imperceptible d'abord, mais qui pouvait devenir un fanal.

En conséquence, vers neuf heures du matin, il s'habilla d'une façon très simple et partit pour Paris à pied afin de se dégourdir les jambes.

Nos lecteurs ignorent probablement que de toutes les *souricières* où se font prendre les récidivistes et les condamnés en rupture de ban, il en est une dont l'attraction est fatale et pour ainsi dire irrésistible.

Cette souricière, c'est la Cour d'assises.

Par une bizarre anomalie, l'enceinte où se rend la justice et qui devrait causer aux malfaiteurs une insurmontable épouvante, agit sur eux à la façon de l'aimant sur le fer.

Ils sont avides d'assister à ces débats où défilent devant eux leur professeurs, leurs émules et leurs élèves.

Ils portent un intérêt passionné aux péripéties des drames du crime. — Ils suivent aux assises un cours complet de droit criminel. — Ils applaudissent aux *trucs* ingénieux employés par les accusés pour dépister la justice, et se promettent d'en faire usage à leur tour en les perfectionnant.

Bref, une fraction notable du public des séances à émotion se compose de voleurs, — la police le sait à merveille et en fait son profit.

Jean Renaud connaissait bien le tempérament de ceux au milieu desquels il avait si longtemps vécu et, avant d'explorer certains cabarets borgnes qui sont de véritables repaires de bandits et dont on tolère l'existence dans le but unique d'y jeter de temps à autre un coup de filet, il résolut d'aller faire un tour à la Cour d'assises, certain d'y rencontrer quelque gredin de sa connaissance qui ne le reconnaîtrait pas et le renseignerait peut-être au sujet de Remy Chomin.

Arrivé à la barrière de Clichy il prit un fiacre et se fit conduire au café bien connu des plaideurs et des avocats qui se trouvait en face du Palais de Justice.

Il y déjeuna tout en lisant la *Gazette des Tribunaux* pour se renseigner à l'avance.

Le hasard faisait bien les choses et le servait à souhait.

On jugeait depuis la veille une bande de *roulottiers* dont les noms lui étaient familiers ; — ce procès ne pouvait manquer d'attirer dans l'auditoire bon nombre d'amis des prévenus.

Jean Renaud gagna la salle des Pas-Perdus et se dirigea en habitué vers l'escalier conduisant à la salle des assises.

On faisait queue déjà, comme au théâtre, en attendant l'ouverture des portes.

L'ex-forçat jeta les yeux sur la foule qui se pressait en piétinant d'impatience. — Il examina sommairement ces visages hâves et flétris, dont quelques-uns portaient l'empreinte du vice et du crime. — Il y avait là toute une collection de faces patibulaires dignes de l'attention d'un physiologiste. — Mais Jean Renaud n'était pas venu pour étudier. — Ce n'était point la première fois, d'ailleurs, qu'il voyait la plupart de ces bandits.

L'un d'eux — un grand gaillard assez proprement vêtu et de moins mauvaise mine que les autres — éveilla plus particulièrement ses souvenirs qui devinrent bientôt nets et précis.

— Voilà mon affaire... — se dit-il, — je suis certain de ne pas me tromper... C'est un voleur de profession camarade de Remy Chomin... — Par lui j'apprendrai ce que j'ai intérêt à savoir... — Comment lui parler ?

Il était onze heures moins quelques minutes.

Les portes allaient s'ouvrir.

Jean Renaud, au lieu de grossir le nombre des derniers venus et de prendre la file, rebroussa chemin et vint se mettre en faction près de l'entrée réservée aux avocats, et au personnel en sous-ordre de la justice.

Plusieurs personnes entrèrent successivement sans que le faux mulâtre leur adressât la parole.

Il guettait une figure qui fût à sa convenance.

Cette figure se montra tout à coup sur les épaules d'un homme de quarante à quarante-cinq ans, de physionomie bienveillante et souriante. — Sa robe et sa toque le désignaient comme greffier. — Il se disposait à franchir le seuil.

Jean Renaud le salua et fit deux pas vers lui.

Le greffier voyant ce mulâtre, dont la tournure et la mise annonçaient un homme du monde, manifester l'intention de lui parler, s'arrêta.

— Que puis-je pour vous, monsieur ? — lui demanda-t-il poliment.

— Vous pouvez beaucoup, monsieur... — Je suis étranger et de passage à Paris où mon séjour ne se prolongera guère... — Je désirerais assister à une séance de la Cour d'assises, sans être obligé d'attendre au milieu d'un public un peu mêlé... — Auriez-vous la bonté de me dire à qui je dois m'adresser pour obtenir cette faveur ?...

Le greffier répondit en souriant :

— Je suis de service aujourd'hui, monsieur, par conséquent à même de satisfaire votre curiosité... heureux de vous être agréable...

Jean Renaud remercia de façon chaleureuse.

— Veuillez me suivre, monsieur... — reprit le greffier complaisant.

Puis, poussant la double porte qui fermait le passage réservé et derrière laquelle stationnait un garde municipal, il gravit un escalier de quelques marches et fit pénétrer son compagnon dans la salle des assises.

— Maintenant, monsieur, — lui dit-il, — placez-vous où bon vous semblera.

Le faux mulâtre témoigna pour la seconde fois sa vive gratitude et le greffier se rendit à son poste.

Un certain nombre de personnes, favorisées comme venait de l'être Jean Renaud, avaient envahi en partie les bancs les plus rapprochés de l'enceinte où devait siéger la Cour.

L'évadé de *la Dorade*, au lieu d'imiter leur exemple s'éloigna du prétoire, s'installa tout à côté de la porte encore close sur la première place du premier banc, ferma les yeux et passa son mouchoir sur son front que mouillait une sueur froide.

C'est qu'en franchissant le seuil redoutable il venait d'éprouver une émotion poignante et de se sentir remué jusque dans les profondeurs de son être physique et moral.

Sa pensée évoquait un tableau sinistre.

Dans cette même enceinte où l'image du divin Crucifié, du souverain Juge, planait au-dessus du tribunal, il se revoyait assis sur la sellette des accusés, entre deux gendarmes qui surveillaient ses moindres mouvements.

Devant lui, les jurés... —à sa droite, les juges... — à sa gauche, le ministère public...

Il lui semblait entendre retentir encore le réquisitoire foudroyant qui passait en revue ses actes et sollicitait contre lui, au nom de la loi et de la société, une répression digne des crimes commis.

Le jury répondait : *Oui*, à l'unanimité sur toutes les questions, sans admettre de circonstances atténuantes.

La Cour prononçait la peine des travaux forcés à perpétuité.

— Cet homme, ce condamné, ce misérable, — murmura Jean Renaud, — c'était moi... C'est encore moi... et cependant je suis bien sûr de n'être plus le même...

L'évadé de *la Dorade* réagit violemment contre l'épouvante qui l'oppressait. — Il fit appel à toute son énergie. — Il triompha de la double défaillance de sa chair et de son âme et, relevant la tête, il promena autour de lui un regard calme désormais.

En ce moment on ouvrait les portes de la salle et les gardes municipaux avaient peine à contenir la foule qui, comme un flot boueux envahissant l'enceinte, subissait la poussée forminable des gens restés dehors et voulant envahir à leur tour.

Jean Renaud regardait avec attention chacun de ceux qui passaient à côté de lui.

Au bout de quelques secondes il reconut le grand gaillard dont nous avons parlé.

Il lui prit le bras.

L'individu fit halte, regarda le faux mulâtre, crut à quelque erreur, et bousculé par ceux qui le suivaient, tenta de dégager son bras et de continuer son chemin.

— Asseyez-vous à côté de moi... — lui dit Jean Renaud d'une voix basse mais impérieuse.

L'homme ainsi interpellé pâlit.

Il savait par expérience que les agents de la sûreté prenaient toutes les formes. — La teinte bistrée du visage de son interlocuteur pouvait être un déguisement. — Il n'avait pas la conscience nette ; il eut peur, et la peur paralysa chez lui toute velléité de résistance.

N'osant faire un pas en avant, ce qui l'aurait constitué en état de rébellion contre le policier auquel il croyait avoir affaire, il se laissa tomber plutôt qu'il ne s'assit à l'endroit indiqué.

— Qu'est-ce que vous me voulez? — balbutia-t-il.

— Causer avec vous...

— De quoi?

— Je vous le dirai tout à l'heure... — Laissons passer la foule...

Le grand gaillard n'était rien moins qu'à son aise ; — le tremblement de ses mains en fournissait la preuve.

Jean Renaud devina le motif de son agitation et lui glissa dans l'oreille ces mots :

— Rassurez-vous, mon cher... — Vous n'avez rien à craindre. — Je ne suis pas de la rue de Jérusalem.

Et, comme l'autre le regardait d'un air anxieux et incrédule, il ajouta :

— *Cinq et trois font huit...*

Ces quelques mots, qui paraissaient entièrement dénués de sens, firent sur le prisonnier de Jean Renaud un effet soudain et prodigieux.

Il reprit instantanément son aplomb et répondit :

— *Et trois font onze...*

L'évadé de *la Dorade* venait de prononcer un mot de passe qui lui donnait droit à toute la confiance de son compagnon improvisé.

— Comme ça, vous en êtes? — poursuivit ce dernier.

Ce à quoi le faux mulâtre réplia :

— *Je ne débouche pas les bouteilles, mais je conduis à la cave.*

Dans le langage convenu des voleurs cette phrase signifiait : — *Je ne pratique pas le vol moi-même, mais je suis l'allié des voleurs, celui qui donne des indications.*

La salle des assises était bondée de monde.

L'audience allait commencer.

— Tenez-vous beaucoup à voir juger Paloque et Sarlande? — demanda Jean Renaud.

— Ma foi, non... — J'étais venu ici comme on va n'importe où... pour tuer le temps... et si vous avez besoin de moi...

— J'en ai besoin.

— Alors, sortons ensemble.

— Sortez le premier, et allez m'attendre au coin de la rue aux Fèves.

— Au *Lapin-Blanc?*

— Oui, au *Lapin-Blanc.*

— Y aura-t-il quelque chose à gagner?...

— Avec moi, toujours...

— Bon, j'y vais.

— Je vous rejoindrai dans cinq minutes.

Le grand gaillard quitta la salle d'audience ; au bout d'un instant, l'évadé de *la Dorade* prit à son tour le chemin de la rue aux Fèves qu'Eugène Sue a rendue célèbre.

XVII

Le cabaret du *Lapin-Blanc,* qui n'existe plus aujourd'hui mais dont le nom restera légendaire, était un bouge immonde. — Les repris de justice composaient presque exclusivement sa clientèle.

Cependant bon nombre de chiffonniers — (fort honnêtes gens pour la plupart) — y faisaient, comme aussi chez Paul Niquet aux Halles, d'assez fréquentes stations, sans souci de la société étrange qu'ils coudoyaient sans s'y mêler.

Pour arriver au cabaret il fallait traverser d'abord une petite cour fétide, mal pavée et boueuse par tous les temps.

L'intérieur du bouge se composait de deux salles d'inégale grandeur, fort mal éclairées l'une et l'autre par des fenêtres garnies de barreaux de fer et prenant jour sur un boyau étroit.

Une issue mystérieuse, connue seulement des plus intimes habitués de l'établissement, leur permettait d'échapper à la police, qui de temps à autre opérait au *Lapin-Blanc* des razzias nocturnes.

En entrant dans la grande salle on voyait à gauche un comptoir. — Derrière ce comptoir une glace habituée à refléter des visages patibulaires. — Au-dessus de cette glace un *brevet d'ivrogne,* œuvre comique d'un voleur bel esprit.

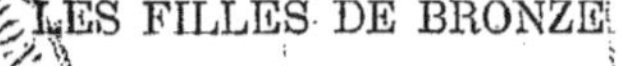

Jean Renaud laissa Chérubin en tête-à-tête avec la bouteille cachet vert dont il avait déjà vidé la moitié.

Tout autour de la pièce, des tables et des bancs.

Au milieu, un énorme poêle en fonte.

La petite salle, sorte de *cabinet de société*, ne contenait qu'une seule table.

Les murailles, jadis blanchies à la chaux, étaient maintenant couleur de suie et disparaissaient par endroits sous de vieilles affiches enluminées, apportées par les chiffonniers et formant un musée grotesque.

La fumée des quinquets, que dans les plus beaux jours on allumait dès quatre heures du soir, avait rendu les solives du plafond noires comme de l'encre.

Tout cela puait la misère abjecte, la débauche et le crime.

Au moment où le grand gaillard qui venait de quitter Jean Renaud à la Cour d'assises franchissait le seuil de ce bouge sinistre, quatre hommes assis à une table, dans un angle, fumaient leurs pipes sans échanger une parole, et buvaient d'amples gorgées d'eau-de-vie de grain colorée par une addition de mélasse.

La maîtresse de la maison était au comptoir et tricotait un bas de laine.

— Tiens, vous voilà, Chérubin, — dit-elle au nouveau venu, — je vous croyais *à la Comédie*.

— J'y étais, la petite mère, j'avais pris mon billet moins cher qu'au bureau... — Mais j'ai rencontré un *habit noir* qui m'a dit qu'il avait à me parler d'affaires...

Les quatre buveurs silencieux levèrent la tête.

— Un habit noir? — répéta la dame de comptoir.

— Oui, la petite mère... — Un moricaud... — un de la *haute pègre* qui va venir me retrouver ici.

— Vous le connaissez, ce moricaud?

— Je ne l'avais jamais tant vu qu'aujourd'hui.

— Tu n'amènes pas une *mouche* dans l'établissement, toi, j'imagine? — demanda l'un des buveurs.

— Une mouche ! plus souvent ! — s'écria Chérubin avec indignation. — Est-ce que j'ai le galbe d'un particulier qu'a des accointances avec la police? — Faudrait voir à tourner sept fois sa langue dans sa bouche avant de lâcher une sottise. — Je réponds du moricaud.

— Mais puisque tu ne le connais pas...

— Il a dit le mot de passe... — Et puis on ne me met point dedans... j'ai le flair. — Servez-moi une fiole, la petite mère.

— Une fiole ! — Vous avez donc dévalisé un notaire ou un *argent* de change?

— C'est mon noir de fumée qui payera. — Le voici.

La porte venait de s'ouvrir.

Jean Renaud entra.

Chérubin s'empressa d'aller à sa rencontre, tandis que les buveurs et la dame du comptoir l'étudiaient avec une défiance visible et un mécontentement manifeste.

L'évadé de *la Dorade* se connaissait en physionomies. — Il ne s'illusionna point sur l'effet que produisait sa présence, et un vague sourire se dessina sur ses lèvres.

— Une bouteille, — dit-il à la maîtresse de l'établissement, — et servez-moi dans le *salon des Ministres*.

En entendant ces mots : *salon des Ministres*, les buveurs échangèrent un regard.

La dame du comptoir se leva.

— Une bouteille *cachet rouge?* — demanda-t-elle.

— Non... une bouteille *cachet vert.*

La demande et la réponse constituaient un nouveau mot de passe.

Les fidèles habitués du *Lapin-Blanc*, les voleurs émérites, les récidivistes, les forçats en rupture de ban, l'élite du gibier de Cour d'assises enfin, en avaient seuls la clef.

La glace était rompue. — La confiance renaissait. — Il devenait positif qu'on n'avait rien à craindre de ce mulâtre si bien vêtu.

La dame du comptoir daigna sourire de son air le plus gracieux.

— Vous servirez deux fioles pareilles sur la table de ces messieurs, — continua Jean Renaud en désignant les quatre buveurs ; — je paie ma bienvenue.

— Compris, camarade... — Nous les viderons à votre santé.

Le faux mulâtre et Chérubin entrèrent dans le cabinet baptisé du nom bizarre de *salon des Ministres.* .

La maîtresse de l'établissement les servit, puis elle revint apporter deux bouteilles cachetées sur la table de ses clients.

— Qu'est-ce que c'est que ce paroissien-là? — demanda l'un des hommes.

— Je n'en sais rien. — Je ne l'ai jamais vu ici...

— Ni ici, ni ailleurs. — Il est assez reconnaissable...

— Ça doit être un *allumeur*, mes enfants, et de la haute.

Allumeur, dans le langage des voleurs — (langage dont nous nous servirons le moins possible, quoiqu'il offre à coup sûr un côté pittoresque) — désigne un personnage bien placé, ayant des relations parmi les gens riches, n'opérant pas lui-même mais donnant d'utiles renseignements lorsque se présente l'occasion de tenter un bon coup.

— Qu'il soit ce qu'il voudra; — répliqua la dame de comptoir, — je vous garantis que c'est *un bon.*

Dans le salon des Ministres la conversation s'engagea sans retard.

— Je n'aime pas les paroles inutiles, — dit Jean Renaud, — j'ai l'habitude d'aller droit au but... Je vais donc vous expliquer tout de suite ce que j'attends de vous, ami Chérubin...

Le voleur fit un haut le corps.

— Vous savez mon nom! — s'écria-t-il stupéfait.

— Vous en avez la preuve...

— Mais moi, je ne vous connais pas...

— C'est probable...

— Et vous venez me proposer une affaire?

— Non... je viens vous demander un renseignement...

— Voilà tout?...

— Soyez paisible... — Ça sera bien payé... — Ça vaudra mieux pour vous que n'importe quel *vol au bonjour.*

— Vous connaissez mon truc?...

— Il paraît.

— Enfin, ce renseignement?...

— D'abord, combien y a-t-il de temps que vous êtes sorti de Melun?

Chérubin marchait de surprise en surprise. — Comment ce mulâtre était-il au courant de tout ce qui le concernait?

— Cinq mois... — murmura-t-il.

— Depuis quand êtes-vous revenu à Paris?

— Tout de suite en sortant de la Centrale.

— Quand avez-vous vu Remy Chomin pour la dernière fois?

— Remy Chomin! — vous le connaissez aussi?

— Ne questionnez pas et répondez.

— Je le vois assez souvent.

— Il est donc à Paris?

— Oui.

— Il n'a pas peur d'être pincé?

— Bah! c'est un malin... — Il se fait des têtes comme un acteur...

— Je sais cela... — Vient-il ici?

— Pas depuis huit jours.

— Pourquoi?

— Il y a eu une descente de police... — il a été pris d'une venette... — Et puis, pour le quart d'heure, je le crois dans la débine...

— J'ai besoin de le voir... — Il faut me le trouver...

— Si c'est pour une affaire, donnez-moi la préférence... Je suis aussi malin que lui, et beaucoup moins *taffeur*.

— Ce n'est pas une affaire... — Je veux lui parler, voilà tout.

— Je peux vous indiquer un endroit où vous le trouverez à coup sûr.

— Et cet endroit?

— C'est *la Fanchonnette*, au coin de la rue de Paris, à Belleville. — Tous les soirs, vers cinq heures, il y prend son bitter. — Il fréquente les hauts quartiers...

— C'est bon. — Voici pour le renseignement.

— Un louis! merci, mon prince! — Vous n'avez pas autre chose à me demander... au même prix?

— Non, pas aujourd'hui.

— Enfin, si ça se rencontrait, je suis tous les soirs au *Lapin-Blanc*... — C'est ici mes galeries...

— Je m'en souviendrai...

— Si je voyais notre homme avant vous, faudrait-il le prévenir que vous le cherchez?

— Inutile... — Il ne me connaît pas.

— Ah! un mot encore... — J'allais oublier le principal... — Quand vous irez là-haut, à Belleville, ne demandez pas Remy Chomin... demandez *Chavassu*... C'est sa nouvelle étiquette...

Jean Renaud paya la dépense et sortit du *Lapin-Blanc*, laissant Chérubin en tête-à-tête avec la bouteille au cachet vert dont il avait déjà vidé la moitié.

Vers cinq heures du soir le faux mulâtre se rendit à Belleville, et descendant de voiture à l'entrée de la rue de Paris gagna pédestrement la maison que Remy Chomin honorait de sa clientèle.

Le cabaret de *la Fanchonnette* n'avait point du tout une apparence sinistre.

Il possédait un jardin assez vaste, garni de tonnelles rustiques fréquentées par une foule de gens de toutes sortes, faisant des métiers de toute nature.

L'évadé de *la Dorade* entra dans la première salle et s'approcha du comptoir d'étain qu'entouraient une demi-douzaine de consommateurs buvant du vin frelaté dans des verres assez épais pour ne jamais se casser en tombant.

— Monsieur désire? — lui demanda brusquement le patron, un gros homme en manches de chemise, en tablier bleu, et à figure de bouledogue.

— Je désire savoir, — repliqua Jean Renaud, — si le nommé Chavassu se trouve en ce moment chez vous.

Le marchand de vin regarda son interlocuteur dans le blanc des yeux, et d'un ton rogue et presque hostile s'écria :

— Vous dites ?...

Jean Renaud répéta sa question et obtint cette réponse :

— Chavassu... — Sais pas...

— Il vient ici, cependant?...

— Sais pas...

— On m'a donné comme certain qu'il prenait tous les jours son bitter à cinq heures... Or, il est cinq heures dix minutes...

— Sais pas...

Le faux mulâtre fronça le sourcil et fut au moment de se mette en colère, mais il réfléchit bien vite que le laconisme exagéré du patron de *la Fanchonnette* n'était au fond que de la discrétion, aussi reprit-il:

— C'est fâcheux... — J'aurais voulu lui parler dans son intérêt... — J'ai de l'argent à lui remettre.

— Vrai ?

— Voici les jaunets...

Et Jean Renaud fit sauter trois ou quatre louis dans le creux de sa main.

— Ah çà ! — dit le marchand de vin, — connaissez-vous Chavassu ?

— Je le connais.

— Eh bien ! allez au jardin, et *voyez voir*... — il y est peut-être...

Le jardin se trouvait derrière la grande salle dont une porte vitrée le séparait.

Jean Renaud s'y rendit.

Presque toutes les tonnelles étaient vides, mais sous la plus grande, celle du fond, plusieurs personnes causaient à haute voix.

Le visiteur se dirigea de ce côté et s'arrêta près de l'ouverture.

Une dizaine de gaillards d'âges différents et de mauvaise mine uniforme étaient assis autour d'une table sur laquelle se trouvait une rangée de litres à moitié vides.

Deux de ces individus, l'un déjà vieux, l'autre imberbe, faisaient une partie de piquet sur un morceau de tapis, crasseux comme les cartes dont ils se servaient et qui ne glissaient pas sous les doigts sans résistance.

Ces deux joueurs étaient Remy Chomin et le Gosse.

Remy Chomin, levant les yeux par hasard, vit Jean Renaud et fit un mouvement de surprise.

— Un nègre... — dit-il bas et rapidement au Gosse, en se penchant vers lui.

Le jeune voleur se retourna d'un mouvement brusque vers le nouveau venu, et le contempla la bouche béante.

Tous les regards d'ailleurs se fixaient sur Jean Renaud.

— Qu'est-ce que ça signifie et de quoi qu'il retourne? — poursuivit Remy Chomin.

— Ça serait-il un des nègres de la nuit dernière? — murmura le Gosse.

— On ne peut pas savoir...

— J'ai dans ma folle idée que je le reconnais et qu'il était, boulevard de Montreuil, sur le siège du berlingot... — Attention, ma vieille, le moricaud doit venir ici pour nous...

Jean Renaud fit un pas en avant et salua.

Personne ne lui rendit son salut.

XVIII

Jean Renaud sourit et salua de nouveau.

— Monsieur Chavassu, s'il vous plaît? — dit-il ensuite.

Personne ne répondit, mais quelques chuchotements s'échangèrent.

— M. Chavassu n'est-il point parmi vous, messieurs? — continua Jean Renaud.

— Chavassu? — Connais pas... — grommela Remy Chomin.

— En êtes-vous bien sûr?

— Parbleu!...

— Vous m'étonnez!!

— Pourquoi?

— Parce que Chavassu, c'est vous...

Une rumeur hostile courut autour de la table.

— Moi!! — s'écria Remy Chomin.

— Parfaitement.

— Ah! par exemple, je la trouve forte! — En voilà un gêneur, qui vient se jeter en travers de notre partie comme un caniche dans un jeu de boules !! — Voyons, monsieur le mal blanchi, vous avez envie de rire un brin ; ça n'est pas défendu ; nous prenons la chose en bons enfants que nous sommes, mais présentement fichez-nous la paix, sinon ça pourrait mal tourner.

— Pardonnez-moi si je vous dérange, messieurs, — reprit l'évadé de *la Dorade*, — mais j'ai besoin de parler à M. Chavassu.

— Est-il rasoir, ce pékin en cuir verni! — dit le Gosse de sa voix grasseyante et canaille. — Puisqu'on vous répète qu'on ne connaît pas M. Chavassu.

— Je répète, moi, que le voilà!

Et Jean Renaud appuya la main sur les épaules de Remy Chomin.

Tous les buveurs se levèrent, menaçants.

L'un d'eux, — un grand diable taillé en Hercule des foires, — s'approcha du nouveau venu, le toisa de haut en bas et de bas en haut, puis, prenant la posture d'un tireur de savate, lui dit :

— Ça va finir, hein, malin ?... Voulez-vous que je vous fasse sortir plus vite que vous n'êtes entré ?

— Vous?

— Un peu, mon neveu...

— Essayez...

Le grand diable leva son poing nerveux, capable d'assommer un bœuf, et le laissa retomber en prenant pour objectif la tête de Jean Renaud.

Celui-ci évita le coup, saisit son adversaire par les flancs, le souleva et l'envoya rouler à dix pas de lui.

Une clameur rauque se fit entendre ; les buveurs mirent le couteau à la main.

Jean Renaud, sans reculer, tira de sa poche un révolver.

— C'est donc comme ça que ça se joue ! — dit-il ensuite. — Eh bien ! nous allons rire ! — un pas, un geste, et je fais feu. — Quant à toi, — continua-t-il en s'adressant au grand diable qui s'était relevé et marchait sur lui, écumant de rage, — quant à toi, Marc Ribot surnommé l'*Alcide*, si tu ne veux pas recevoir une balle dans la tête, tiens-toi tranquille et demande à Remy Chomin s'il s'appelle Chavassu...

En entendant prononcer ces mots par cet interlocuteur inconnu, les bandits s'arrêtèrent stupéfiés.

Le faux mulâtre continua :

— Pas de finasseries avec moi! — je vous connais tous, toi Langlade, toi Percier, toi Poulet, et vous aussi Vidal et Chalumeau, et je n'aurais qu'un mot à dire pour vous expédier à Mazas...

— Pincés! — murmura mélancoliquement le Gosse. — Il y a de la police à toutes les portes, bien sûr.

— Il n'y a rien du tout aux portes, jeune idiot... — répliqua Jean Renaud. — Vous êtes des maladroits, car je suis un ami... — Donc, rasseyez-vous tranquillement et laissez-moi causer avec Chavassu.

Remy Chomin donna un coup de coude au Gosse.

— Qu'est-ce que ça peut être que ce coco-là? — lui demanda tout bas le voleur imberbe.

— Que le diable me patafiole si je m'en doute, mais nous allons bien voir...

Les buveurs, ahuris par la scène qui venait de se passer sous leurs yeux et très peu rassurés, n'avaient pas repris leurs places; — après avoir rapidement achevé les bouteilles ils filaient prudemment l'un après l'autre, laissant Remy Chomin et le Gosse avec Jean Renaud.

— Ah çà! décidément, qu'est-ce que vous me voulez, vous? — demanda tout à coup Remy Chomin. — Vous savez qui je suis, c'est bon... mais moi je ne vous connais pas... — Et d'abord, qui que vous êtes?...

— Un mulâtre, vous le voyez... — répliqua l'évadé de *la Dorade*.

— Et après?

— Peu vous importe... — Vous n'avez pas besoin d'en savoir plus long.

— Eh! eh! — fit en ricanant le vieux bandit, — peut-être bien cependant que j'en sais plus long, et que je pourrais vous dégoiser ce que vous avez fait... il n'y a pas longtemps...

Jean Renaud regarda fixement Remy Chomin.

— Que signifie cela? — dit-il.

— Rien du tout... — répliqua vivement le Gosse, — ça ne signifie rien... — Vous voyez bien que le vieux plaisante et qu'il veut faire l'entendu... Et puisque monsieur le noir de fumée a besoin de tailler une bavette avec toi, — continua-t-il en s'adressant à Remy Chomin, — faut l'écouter avec componction et recueillement... — Monsieur est bien couvert... Monsieur a des frusques reluisantes... on ne peut que gagner à sa conversation, bien sûr... — Donnez-vous la peine de vous asseoir...

Et le Gosse avança trois chaises.

— C'est à Remy seul que j'ai affaire... — dit Jean Renaud.

— Le petit n'est pas de trop, — répliqua le vieux bandit — lui et moi c'est la même chose... — Il est mon élève et mon ami... — J'ai pour lui le cœur d'un père. — Nous n'avons pas de secrets l'un pour l'autre... — Allez-y carrément.

— Soit... — fit l'évadé de *la Dorade* en s'asseyant.

— Peut-on vous offrir un verre de n'importe quoi? — demanda Remy Chomin.

L'évadé de la *Dorade* s'approcha du comptoir qu'entouraient une demi-douzaine de consommateurs.

— Merci.

— C'est pour avoir l'avantage de trinquer avec vous et pour que le temps paraisse moins long.

— Je n'ai que quelques mots à vous dire.

— Je suis tout ouïes.

— Nous boirons vos paroles... à défaut d'autre chose, — ajouta le Gosse.

— Il y a quelques années, — commença Jean Renaud, — vous viviez dans l'intimité d'une sage-femme dont l'établissement se trouvait à Vincennes.

Remy Chomin, qui ne cessait d'étudier le visage du faux mulâtre, fit un geste de surprise.

— Comment savez-vous cela? — s'écria-t-il.

— Je le sais, voilà tout... — Le fait est-il vrai?

— Oui.

— Cette sage-femme se nommait Claire Bonchamp...

— Parfaitement. et vous pouvez ajouter que c'était une belle créature...

— A cette époque Claire Bonchamp fut condamnée, pour complicité d'infanticide, à dix ans de réclusion...

— Hélas!...

— Après avoir subi sa peine, elle obtint l'autorisation de venir à Paris... — Vous sortiez de Poissy, où vous aviez fait cinq ans pour vol qualifié...

— Après? — dit Remy brusquement.

— Nom d'un pétard! — s'écria le Gosse, — vous pouvez vous vanter d'en savoir un peu long! Est-ce que vous avez sur vous, par hasard, les dossiers de la Préfecture?

Sans s'inquiéter de l'interruption, Jean Renaud continua:

— En sortant de prison vous avez revu Claire Bonchamp.

— Possible...

— J'ai besoin de savoir ce qu'elle est devenue.

— Pourquoi faire? — demanda Remy Chomin d'un ton goguenard.

— Parce qu'il faut que je la voie...

— Vous lui portez de l'intérêt?

— Beaucoup...

— C'est pour son bien que vous la cherchez?

— C'est pour son bien, je vous l'affirme; ainsi vous pouvez sans scrupule me dire où je la trouverai...

— Et, si je vous le dis, combien que vous me donnerez pour ça? — Vous savez, les temps sont durs. — Quand on veut gagner honnêtement sa pauvre vie, il faut faire argent de tout.

— Je vous donnerai mille francs.

— Ça, c'est gentil! — s'écria le Gosse.

— Où sont-ils, les mille francs?

— Les voici... — dit Jean Renaud en tirant de sa poche un billet de banque.

— Et je les aurai en échange de l'adresse?

— Oui.

— Eh bien! Claire est à l'Hôtel-Dieu.

— Malade?

— Très malade, la pauvre fille... — J'irai la voir demain jeudi. — Vous savez, c'est le jour des visites, — et j'ai bien peur de la trouver encore plus bas que la dernière fois...

— Tenez, voilà votre argent...

Remy Chomin empocha le billet de banque avec une satisfaction manifeste et murmura :

— Allons, pour un bon nègre, vous êtes un bon nègre! — C'est plaisir de traiter les affaires avec vous...

— Voulez-vous gagner séance tenante le double de cette somme? — reprit Jean Renaud.

Les yeux de Remy Chomin pétillèrent de convoitise.

— Est-ce que ça se demande? — répliqua-t-il. — Qu'est-ce qu'il faudra faire pour cela ?

— Répondre franchement aux questions que je vais vous adresser.

— Soyez paisible, on videra son sac.

— Claire Bonchamp était communicative. — Vous étiez son ami...intime... — Elle a dû vous mettre au courant de tout ce qui se passait et s'était passé dans son établissement dont vous teniez les livres.

— J'avais une belle écriture dans ce temps-là!... — Oui, la pauvre Claire m'a raconté pas mal de choses... — Mais c'est périmé tout ça...

— Claire vous a parlé sans doute d'une certaine Blanche Hervieux qui était accouchée chez elle ?

— Blanche Hervieux... très bien... Il paraît que c'était une bigrement jolie fille!...

— Vous souvenez-vous que cette fille avait donné une grosse somme à Claire pour faire disparaître l'enfant qui venait de naître...

— Oui, je me rappelle cela à merveille. — Si j'ai bonne mémoire, c'était en 1829 ou 1830.

— Il a oublié la date... — pensa Jean Renaud, — tant mieux...

Remy Chomin poursuivit :

— On fit inscrire le moutard à la mairie comme fils de Blanche Hervieux et de père inconnu...

— Et ensuite ?

— Ah! dame, ensuite, on l'envoya en nourrice à la campagne...

— Savez-vous en quel endroit?

— Ma foi, non... — Je ne tenais guère à le savoir... — Claire m'a dit seulement que c'était aux environs de Paris.

L'évadé de *la Dorade* respira.

Claire Bonchamp avait menti à Remy Chomin.

Ce dernier reprit d'un ton d'insouciance affectée, en rivant ses yeux sur les yeux du faux mulâtre :

— Son ami chéri en ce temps-là était un ci-devant clerc de notaire... Un *monsieur* tout à fait... Un homme superbe... Ah! le beau garçon! Il s'appelait Jean Renaud.

— Vous l'avez connu? — demanda l'ex-forçat.

— Je me suis trouvé avec lui dans une maison centrale.

— Le reconnaîtriez-vous?

— Eh! eh! on ne sait pas... quoiqu'il ait dû changer pas mal... — mais je ne le reverrai probablement jamais... — il est loin ..

— Où donc?

— A Cayenne... condamné à perpétuité... et l'on ne revient pas de Cayenne...

Pour la seconde fois Jean Renaud respira librement.

Remy Chomin poursuivit :

— Il avait manigancé toute l'affaire, ce gaillard-là...

— Dans quel but?

— Il espérait sons doute faire *chanter* un jour la demoiselle Blanche Hervieux, devenue comtesse ou marquise, et très riche, par un mariage...

— Ce n'était pas mal imaginé, savez-vous...

— Parbleu! — Jean Renaud pouvait rendre des points, et beaucoup, à n'importe qui, et gagner la partie tout de même contre le plus malin!...

XIV

L'évadé de *la Dorade* poursuivit :

— Claire Bonchamp vous a-t-elle dit le nom de l'enfant de Blanche Hervieux?

— Peut-être bien... C'est assez probable... — répondit Remy Chomin, — mais je l'ai oublié... — vous comprenez, pour moi ça n'avait pas d'importance... — Je me souviens pourtant que Claire possédait une bague, une alliance, dans laquelle se trouvaient gravés les noms du monsieur et de la donzelle.

— D'où lui venait cette bague?

— Blanche Hervieux la renvoyait à son amant avec une lettre où elle lui disait qu'elle ne l'aimait plus et qu'elle ne le reverrait jamais... — Claire avait gardé le tout... — La bague lui plaisait... elle la porte encore à son doigt...

— Vous en êtes sûr? — s'écria Jean Renaud dont les yeux étincelèrent.

— Pour ça, oui... — Elle refusait de la mettre *au clou*, même dans les moments de forte dèche...

— Et la lettre adressée au père?

— Ah! la lettre, elle est restée avec les autres papiers de Claire dans l'établissement de Vincennes après l'arrestation...

— C'est invraisemblable...

— Pourquoi?

— Aucun des papiers dont vous parlez n'a figuré au procès, donc la police n'avait rien trouvé... — Claire prenait note, jour par jour, de ce qui se passait chez elle, et la justice aurait fait son profit de ce document.

— Ah çà! mais, dites donc, — murmura Remy Chomin stupéfait, — savez-vous que vous êtes mieux renseigné que moi!...

Jean Renaud, sans répondre à cette observation, poursuivit :

— Êtes-vous sûr que Claire Bonchamp n'a point détruit ces papiers?

— Elle n'en a pas eu le temps.

— Que pensez-vous qu'ils soient devenus?

— Je pense qu'ils sont restés dans le tiroir secret du meuble où Claire les serrait d'habitude.

— Et ce secrétaire?

— Tiens! tiens! tiens! vous savez donc que c'était un secrétaire?

— Je le devine.

— C'est très malin de deviner ça! très malin! très malin! — Eh bien! le secrétaire a été vendu comme tout le reste, par autorité de justice, à une brave femme qui a pris la suite des affaires de la maison d'accouchement, et qui ne se doute probablement pas qu'elle a chez elle ces paperasses...

— Il me semble étrange que Claire Bonchamp, une fois libre, n'ait rien fait pour rentrer en possession des papiers dont il s'agit...

— C'est ça qui aurait été une bêtise... — En cas d'insuccès ça donnait l'éveil... — Mieux valait laisser tout dormir...

— Alors vous ne savez pas autre chose?

— Je sais ce que je viens de vous dire, voilà tout...

— Et Claire Bonchamp, gravement malade, se trouve à l'Hôtel-Dieu?

— Salle Saint-Vincent-de-Paul, numéro 22... — les deux cocottes...

— Merci... — Voilà vos deux mille francs...

Jean Renaud mit les billet de banque dans la main du vieux voleur dont l'ahurissement joyeux ne saurait se décrire, et quitta le cabaret de *la Fanchonnette*.

Le Gosse, en proie à une sorte de délire, ébaucha un *cavalier seul* de la nature la plus pittoresque.

Remy Chomin palpait les billets d'une main frémissante.

Ce qui venait de se passer lui faisait l'effet d'un rêve.

Tout d'un coup le Gosse interrompit sa petite manifestation chorégraphique et devint songeur.

— Tonnerre du diable! — s'écria-t-il en donnant un coup du poing sur la table.

— A qui en as-tu? — demanda Remy Chomin. — Qu'est-ce qui te prend?

— Il me prend que nous sommes des galapiats, des crétins, des idiots !...

— A cause?

— A cause, ma vieille, que tu viens de vendre trois mille francs, à ce pot à cirage, un joli petit secret qui va lui rapporter cent mille francs peut-être...

— Et comment? — murmura le vieux bandit devenu rêveur à son tour.

— Où donc que t'as mis ta jugeotte? — Le moricaud va faire chanter la ci-devant Blanche Hervieux, devenue comtesse ou marquise...

— Comtesse de Lasseny... — interrompit Remy Chomin, — je me souviens du nom...

— Or nous aurions très bien pu agir pour notre compte, — poursuivit le Gosse, — encaisser les bénéfices... et ils seront gros, les bénéfices... — Veux-tu que je te dise mon idée, ma vieille?

— Dis ton idée...

— Eh bien! m'est avis que le moricaud est un des nègres que nous avons vus la nuit dernière au Père-Lachaise d'abord, ensuite en carrosse à trente-six ressorts, que toute cette manigance doit se rapporter à l'enfant de Blanche Hervieux, et que ce noir de fumée...

— Ce noir de fumée, — interrompit Remy Chomin en posant la main sur l'épaule du Gosse, — en sait trop long sur tout le monde, et connaît trop bien mes tenants et mes aboutissants pour que je ne le connaisse pas un peu plus que ça n'en a l'air... — J'ai mon idée aussi, moi, et si je me trompais ça m'étonnerait bien...

— Ton idée, au sujet du nègre?

— Oui.

— Jabotte! — qu'est-ce que tu crois?

— Que le moricaud n'est autre que l'ancien amant de Claire Bonchamp, le fameux Jean Renaud...

— Lui! — un nègre!

— Savoir s'il est bon teint... — Il me semblait le reconnaître sous son jus de réglisse.

— Mais Jean Renaud est à Cayenne...

— On en revient...

— Évadé, alors?

— On n'a jamais pu le tenir, ce roublard-là!

— Possible, mais qu'il soit ce qu'il voudra, la chose certaine c'est qu'il ira voir l'ex-sage-femme demain, à l'Hôtel-Dieu... — Il lui demandera le nom du père et l'endroit où on a porté l'enfant. Il lui prendra peut-être la bague...

— Ça me paraît positif...

— Eh bien! ma vieille — poursuivit le Gosse, avec animation, — ça n'est pas tout de se lever matin, faut arriver à l'heure...

— Tu médites de manigancer quelque chose?

— Oui... — viens dîner... — je te raconterai ça en face d'un *balthazar* à tout casser, une épaule de mouton farcie, une oie rôtie et du champagne, du vrai champagne qui fait: *pan!* et qui mousse, car nous allons nous offrir ça!... — Et, demain matin, en avant le magasin de confection de la *Jolie Fer-*

mière... — Habit bleu à boutons reluisants, gilet de cachemire à palmes, souliers vernis, col cassé, et un tuyau de cheminée en soie, des gants vernis et un lorgnon... — Nous aurons l'air de milords anglais... — Je te paye un *perroquet vert*, je rédige la carte du balthazar, et ce soir au théâtre de Belleville, ous'qu'on joue les *Bohémiens de Paris.* — Noce complète!...

*
* *

Le lendemain était un jeudi, jour où l'on n'avait pas besoin de permission spéciale pour visiter les malades à l'Hôtel-Dieu.

Un peu avant l'heure réglementaire Jean Renaud attendait, en fumant un cigare sur la place du Parvis-Notre-Dame.

Son attente fut courte... — il put bientôt pénétrer dans l'hôpital.

— La salle Saint-Vincent-de-Paul? — demanda-t-il à un surveillant.

On la lui indiqua... — Il monta au premier étage.

Une sœur de charité sortait de la salle au moment où il allait en franchir le seuil.

— Me permettez-vous, ma sœur, de vous demander un renseignement? — lui dit-il d'un ton respectueux.

La religieuse répondit affirmativement. — Jean Renaud continua :

— Je viens voir pour la première fois une pauvre femme dangereusement malade... — Auriez-vous l'extrême bienveillance de m'indiquer où se trouve son lit ? — Elle se nomme Claire Bonchamp.

— Claire Bonchamp... — répéta la religieuse avec émotion. — C'est la première fois que vous venez la voir, monsieur... Ce sera sans doute aussi la dernière...

— Pourquoi cela, ma sœur?

— La pauvre Claire Bonchamp va paraître devant Dieu...

— Elle est à l'agonie ?

— Oui, monsieur, et n'a plus que quelques instants à vivre... — Connaissant son état, elle a fait appeler hier un de nos aumôniers... — Elle voulait se réconcilier avec le Juge suprême... — Elle a pleuré beaucoup et reçu avec une grande piété les derniers sacrements... — Depuis deux heures elle n'a plus sa tête... — d'une minute à l'autre on attend son dernier souffle... — Venez, monsieur, je vais vous conduire auprès d'elle.

La sœur de charité rentra dans la salle et guida le faux mulâtre jusqu'au lit de Claire.

Une autre religieuse, assise au chevet, lisait à demi-voix la prière des agonisants.

Claire râlait.

Ses deux mains faisaient ce geste machinal auquel il est impossible de méprendre et qui annonce la mort prochaine : — elles cherchaient à ramener sur sa poitrine une couverture imaginaire...

Une émotion violente prit Jean Renaud à la gorge et lui serra le cœur.

— Pauvre Claire... — balbutia-t-il, — pauvre Claire !...

Au bout d'une ou deux secondes il se souvint du motif qui l'amenait à l'Hôtel-Dieu, et son regard interrogea les mains de l'ex-sage-femme.

Une bague d'or brillait au doigt annulaire de la main gauche.

— C'est l'alliance... — pensa Jean Renaud, — Claire ne peut plus parler, mais l'alliance parlera pour elle...

Il s'agenouilla près du lit comme pour prier...

Il prit la main de la mourante, il la sentit se tordre dans une sorte de convulsion nerveuse, et les ongles crispés égratignèrent son épiderme.

L'évadé de *la Dorade* ne lâcha pas prise.

Il voulait retirer du doigt de Claire Bonchamp l'anneau de Blanche Hervieux, mais il ne tarda point à se convaincre que c'était une tâche impossible.

La bague s'était incrustée pour ainsi dire dans la chair gonflée outre mesure.

— Pour l'enlever il aurait fallu couper le doigt.

La déception fut rude.

Jean Renaud sentit la main qu'il tenait se crisper, se raidir, en même temps qu'un souffle passait sur son visage incliné.

La sœur de charité, qui lisait au chevet du lit les prières des agonisants, se leva :

— C'est fini, monsieur... — dit-elle, — la pauvre femme est morte...

En même temps elle abaissait les paupières sur les prunelles désormais sans regard, rentrait les bras de Claire Bonchamp sous la couverture, et plaçait un crucifix sur la poitrine du cadavre.

Puis elle décrocha la pancarte indicatrice.

Jean Renaud comprit qu'il devait se retirer.

Il se leva, jeta un dernier coup d'œil sur le visage livide et décomposé qui jadis avait été si beau, essuya ses paupières humides, salua profondément la religieuse, sortit de la salle Saint-Vincent-de-Paul et se rendit au cabinet du directeur.

Ce dernier lui désigna du geste un siège, et l'interrogea du regard.

— Monsieur, — lui dit le faux mulâtre, — je viens d'assister aux derniers moments d'une femme que j'ai connue jadis... — je crois qu'il ne lui reste pas de famille et que personne au monde ne s'intéresse à elle... — je voudrais pour cette pauvre morte un service et un enterrement convenables, dont je ferai les frais...

— C'est facile, monsieur, mais vous ne pourrez rien commander et moi rien approuver, avant la constatation officielle du décès... — C'est une formalité absolument obligatoire...

Le Gosse, en proie à une sorte de délire, ébaucha un cavalier seul de la nature la plus pittoresque.

— Bien, monsieur... — Que devrai-je faire ?

— Vous devrez revenir demain... Vous reconnaîtrez le corps... Vous exprimerez vos intentions et on s'y conformera... — Toutefois il ne tient qu'à vous de descendre dès à présent à l'amphithéâtre et d'avertir le garçon principal que vous réclamerez le corps, afin qu'il ne soit point livré aux études médicales... — Vous vous entendrez en outre avec lui pour le linceul qui devra servir à l'ensevelissement.

— Pousseriez-vous l'obligeance, monsieur, jusqu'à me faire conduire à l'amphithéâtre?

— Parfaitement.

Le directeur sonna un gardien, lui donna l'ordre de guider le visiteur et reprit :

— A demain, monsieur...

— A demain, et croyez à toute ma gratitude.

Jean Renaud n'avait pas parlé de la bague.

Il savait que les règlements s'opposent d'une façon absolue à ce qu'aucun bijou soit remis aux parents ou aux amis après le décès, mais il ne s'en inquiétait point.

Son plan était fait.

Il suivit silencieusement le gardien.

XX

Jean Renaud et son guide entrèrent à l'amphithéâtre.

— Pierre, — dit le gardien à un grand garçon vêtu comme les infirmiers et portant un tablier de toile à bavette, et à poche sur le devant, — monsieur le directeur m'a chargé de vous amener monsieur, pour un décès...

— Un décès d'hier, sans doute?... — demanda le garçon d'amphithéâtre. — Quel nom?

— La personne dont il s'agit est morte tout à l'heure à la salle Saint-Vincent-de-Paul, — répliqua le faux mulâtre; — vous ne devez point avoir reçu le corps...

En ce moment deux infirmiers parurent, portant une civière recouverte d'un grand drap.

La forme rigide d'un cadavre se dessinait sous la blancheur du tissu.

L'un des infirmiers tendit un bulletin à Pierre.

— Voilà sans doute le corps qui m'arrive... — reprit-il, et il lut à haute voix :

— *Claire Bonchamp.* — Est-ce cela?

— C'est cela, oui.

Les infirmiers déposèrent la dépouille mortelle de l'ex-sage-femme dans une sorte de bière fixe en tôle que refermait un couvercle mobile, et quittèrent l'amphithéâtre.

Resté seul avec Jean Renaud, Pierre écarta le drap qui servait de linceul provisoire, découvrit la morte et demanda :

— Reconnaissez-vous la personne décédée?

Le faux mulâtre s'approcha.

— Je la reconnais, — murmura-t-il, après avoir regardé tour à tour le visage et la main gauche où brillait toujours l'anneau d'or.

Puis il ajouta :

— Je tiendrais beaucoup à posséder comme souvenir la bague que cette pauvre femme porte à son doigt, et je la payerais volontiers dix fois ce qu'elle vaut.

— Il m'est impossible de vous satisfaire, monsieur, — répondit Pierre, — ce bijou est devenu la propriété de l'hospice. — L'administration connaît certainement son existence. Si on ne l'a pas retiré déjà, c'est que le gonflement du doigt ne l'a point permis, mais les élèves chirurgiens se serviront du scalpel pour l'enlever, me le remettront, et j'en ferai le dépôt au greffe. — C'est réglementaire.

— Un corps réclamé ne passe point à la salle de dissection, — répliqua Jean Renaud.

— C'est juste. — Je ne pensais plus à cela. — L'alliance restera donc au doigt et sera enterrée avec la morte.

Le faux mulâtre regarda fixement le garçon d'amphithéâtre et reprit, en appuyant sur chaque mot.

— Même si j'offrais de vous la payer au centuple ?

Pierre ne baissa pas les yeux.

— L'offre est tentante... — répondit-il ; — mais en l'acceptant je risquerais de perdre ma place...

— Et si je vous indemnisais largement de cette perte possible?...

— Dame ! je chercherais un moyen.

— Eh bien ! cherchez...

Le grand garçon réfléchit pendant un instant et répondit :

— Voici ce que j'imagine : — Le corps étant réclamé, personne n'a le droit d'y toucher. Cependant le directeur peut ordonner de prendre l'anneau quand même...

— Ne le céderait-il pas ?

— Non, monsieur... il ne le pourrait pas... — les bijoux provenant de défunts sont vendus aux enchères, une fois l'an, au profit de la maison...

— Quand aura lieu cette vente ?

— Dans onze mois... — on a vendu le mois dernier...

— C'est trop tard... — se dit Jean Renaud.

Pierre continua:

— Sur l'ordre du directeur, c'est un chirurgien qui se chargerait de retirer l'anneau, mais si j'avais entre les mains une bague à peu près pareille je la porterais au greffe, et je vous donnerais celle que vous voulez avoir... — De cette façon ma conscience n'aurait rien à me reprocher...

— L'idée est excellente... — Voici cent francs pour acheter l'alliance.

— C'est trop, monsieur… elle en coûtera vingt-cinq à peine…

— Vous garderez le reste comme acompte sur la somme que vous touche-rez en me remettant la bague. — Quand les médecins viendront-ils visiter le corps?

— Demain matin, à neuf heures.

— Veillez donc à ce que la substitution s'accomplisse… et demain, en échange de l'anneau, je vous remettrai cinq mille francs… — Trouvez-vous que ce soit assez?

— Ah! monsieur, vous êtes généreux comme un prince, car enfin je ne risque pas grand'chose…

— A demain… — Je viendrai de bonne heure…

— Pas avant la visite du médecin, cependant…

— Soyez tranquille…

Et Jean Renaud quitta l'amphithéâtre, puis l'Hôtel-Dieu, avec la certitude absolue de posséder le lendemain l'anneau de Blanche Hervieux.

Dix minutes après son départ deux hommes se présentèrent à l'hospice, montèrent à la salle Saint-Vincent-de-Paul et se dirigèrent vers le lit nu-méro 22.

Ces deux hommes — un vieux et un jeune — étaient vêtus proprement et ressemblaient à deux bons bourgeois.

Nos lecteurs ont deviné sans peine Remy Chomin et le Gosse.

En arrivant auprès du lit qu'avait occupé l'ex-sage-femme, Remy poussa une sourde exclamation.

— Qu'est-ce que tu as? — demanda le Gosse.

— Plus personne!… — Claire est défunte!

— On l'aura peut-être changée de place…

— C'est une chose qui ne se fait pas… — Du reste, nous allons savoir…

Et s'approchant d'une infirmière, il lui dit:

— S'il vous plaît, madame, pourriez-vous m'apprendre si la malade du nu-méro 22 est morte?…

— Oui, monsieur… — la pauvre femme a rendu son âme à Dieu…

— Il y a longtemps?

— Une heure à peine…

— Personne n'était venu la voir aujourd'hui?

— Pardon, monsieur, un mulâtre…

— Lui a-t-il parlé?

— Elle n'avait plus la connaissance… elle râlait… — Ce digne monsieur paraissait très affligé… — On vient de descendre le corps à l'amphithéâtre.

— Bien des merci, madame…

L'infirmière s'éloigna.

— Flambés! — murmura le Gosse. — V'là c'que c'est de nous être attardés à manger des escargots et des tripes à la mode de Caen... — Tu n'en finissais pas !

— Une sourdine à ton grelot, et viens avec moi...

— T'as une idée ?

— Parbleure !

Les deux gredins quittèrent la salle Saint-Vincent-de-Paul, descendirent au rez-de-chaussée et Remy Chomin, qui connaissait l'intérieur de l'Hôtel-Dieu comme celui des diverses prisons de Paris, prit sans hésiter les couloirs et l'escalier conduisant à l'amphithéâtre.

— Où me mènes-tu ? — fit le Gosse, étonné de ces détours.

— A l'endroit où on découpe les défunts pour voir de quoi ils sont morts.

— Que désirez-vous, messieurs ? — leur demanda Pierre, qui se trouva sur le seuil de l'amphithéâtre, et qui songeait tout joyeux à l'emploi des cinq mille francs promis par Jean Renaud.

— Nous avons l'intention de reconnaître et de réclamer le corps d'une personne qui vient de trépasser... — répondit Remy Chomin.

— Aujourd'hui même ?

— Aujourd'hui.

— Son nom ?

— Claire Bonchamp.

Pierre fit un geste de surprise et répliqua :

— On vous a devancés, messieurs... — la réclamation est faite...

— Ah ! tant pis... tant pis... Ça nous prive... C'était une bonne action... — Mais nous jetterions tout de même avec plaisir un dernier regard attendri sur la pauvre défunte... — Ça se peut, hein ?...

— Ce n'est pas l'usage...

— Une fois n'est point coutume... — Voici pour votre complaisance.

Et Remy Chomin glissa une pièce de cent sous dans la main du garçon qui, passant à travers les mailles élastiques du réglement, les introduisit dans l'amphithéâtre.

— Comme ça fait des frais, toutes ces choses là ! — pensait mélancoliquement le Gosse. — Enfin si cela rapporte...

Remy Chomin s'approcha du cadavre que Pierre n'avait pas songé à recouvrir de son linceul après le départ de Jean Renaud... — L'alliance brillait au doigt annulaire de la main gauche.

— C'est bien elle... c'est la pauvre Claire... — murmura le bandit avec une certaine émotion.

— Attendris-toi, ma vieille ! — se dit le Gosse. — Vas-y d'une larme ou deux !

— Puisque le corps est réclamé, — reprit Remy Chomin, — les carabins n'auront pas le droit de le tailler avec leurs outils ?

— Non, monsieur, un corps réclamé est sacré... à moins de certains cas particuliers et très rares où l'intérêt de la science, et quelquefois celui de la justice, passent avant les intérêts de la famille.

— Et ce n'est pas le cas aujourd'hui?

— Oh! non.

— A quelle heure les médecins donnent-ils le permis d'inhumation?

— A neuf heures du matin...

— Et quand se fera l'enterrement?

— Demain, dans la journée...

— Le corps restera donc ici toute la nuit?

— Oui, monsieur.

Tout en adressant à Pierre les nombreuses questions qui précèdent, Chomin promenait ses regards autour de lui comme s'il voulait graver dans sa mémoire la topographie du lieu sinistre où il se trouvait.

L'amphithéâtre de l'Hôtel-Dieu était éclairé par deux fenêtres garnies de barreaux et prenant jour sur le bras de Seine qui longe l'île de la Cité.

— Grand merci, monsieur, pour vos renseignements... — dit-il; — et toi, pauvre Claire, adieu, ou plutôt au revoir, à bientôt, dans un monde meilleur...

Puis, appuyant son mouchoir sur ses yeux avec un geste emprunté aux drames du boulevard, il sortit de la funèbre salle.

Le Gosse le suivit et, quand ils se trouvèrent isolés dans un couloir lui demanda :

— Eh bien! et la bague?

— Sois paisible, petit!... — Le nègre, vrai ou faux, ne la tient pas encore...

Les Parisiens n'ont point perdu le souvenir des bâtiments de l'ancien hôpital qui s'élevait sur la place du Parvis-Notre-Dame et dont les derrières donnaient sur la rivière.

Deux ans à peine se sont écoulés depuis que les pioches des démolisseurs en ont anéanti les derniers vestiges, et que les malades occupent les salles immenses et bien aérées du nouvel Hôtel-Dieu.

En 1853, le petit bras de Seine n'était pas encore canalisé.

Au lieu du quai solidement construit qu'on voit à présent, une large berge s'étendait sur la rive gauche de ce bras. — Sur la rive droite, des arcades noires et basses servaient de contreforts à l'hospice.

Sous ces arcades s'ouvraient les fenêtres des cuisines, de l'amphithéâtre et de divers communs.

Ces fenêtres étaient munies, non seulement de barreaux solides mais d'un treillage en fil de fer.

Pendant l'été, au moment où les eaux sont basses, la Seine, coulant sans bruit sur son lit de sable fin, laissait à nu les assises du bâtiment et, en avant de ces assises, un terre-plein caillouteux maintenu par des pieux en chêne dont la mousse verdâtre attestait le grand âge.

Cet endroit — on s'en souvient peut-être — était particulièrement hanté, jour et nuit, par cette catégorie de maniaques inoffensifs qu'on appelle pêcheurs à la ligne.

La place — disaient-ils — était exceptionnellement bonne. — On y prenait de merveilleuses fritures, et parfois même quelque barbillon égaré ou quelque carpe étourdie.

Une demi-douzaine de bateaux plats s'y trouvaient en permanence.

Ce jour-là, la température avait été lourde.

Un vent de sud-ouest roulait depuis le matin de gros nuages plombés sur le ciel brumeux ; — la Seine moutonnait ; — la nuit devait être mauvaise pour les pêcheurs.

Cependant, vers les sept heures du soir, une barque partie de la pointe des bains Henri IV situés derrière la statue du Béarnais, remontait le petit bras de Seine et venait s'amarrer à l'un des anneaux scellés dans les arcades dont nous parlions un peu plus haut.

<h2 style="text-align:center">XXI</h2>

Le bateau de pêche qui nous occupe était monté par deux hommes portant des blouses sur leurs vêtements, et coiffés de chapeaux de canotiers à fonds pointus et à larges bords retombant sur le visage.

On reconnaît en ces deux hommes Remy Chomin et le Gosse.

Remy Chomin, tirant d'une sorte de gibecière un petit sac de toile, se mit à amorcer consciencieusement, en pêcheur émérite, un endroit qu'il avait sondé d'abord avec sa gaffe.

Pendant ce temps le Gosse, descendu à terre, se promenait de long en large en fumant sa pipe sur le soubassement mis à découvert par les basses eaux au-dessous des fenêtres dont nous avons relevé le détail.

Au bout de dix minutes le bandit imberbe fut rappelé par son compagnon. — Il sauta dans le bateau et lâcha l'amarre. — Remy Chomin donna un coup de gaffe, et l'embarcation descendit lentement entraînée par un courant très faible.

La nuit venait.

Paris s'éclairait de tous côtés.

Les flots noirs de la Seine reflétaient avec des scintillements et des miroitements bizarres les feux des becs de gaz alignés le long des quais et sur les ponts.

Huit heures, neuf heures, dix heures sonnèrent successivement aux clochers de la grande ville.

Pas une étoile au ciel ; — de violentes rafales soufflaient par intermittences ; — de larges gouttes de pluie commençaient à tomber en crépitant sur les pavés poudreux, avant-coureurs d'un orage qu'on entendait gronder au loin.

Le bateau que nous avons vu s'éloigner glissa de nouveau silencieusement au milieu des ténèbres compactes, et vint s'amarrer pour la seconde fois à l'anneau scellé dans l'arcade.

Remy Chomin et le Gosse mirent pied à terre.

Ils portaient des lignes qu'ils placèrent à l'endroit amorcé, en les assujettissant à l'aide de gros cailloux, mais au lieu de surveiller les bouchons flottants comme auraient fait des pêcheurs sérieux, ils parcoururent le terre-plein dans toute son étendue afin de se bien assurer qu'ils étaient seuls, et revinrent à leur point de départ.

— Personne… — murmura le Gosse.

— Eh ! qui diable veux-tu qui nous dérange par un temps pareil ?… — répliqua Remy Chomin.

La pluie redoublait en effet, et le vent s'engouffrait sous les ponts avec un bruit sinistre.

Les deux bandits remontèrent jusqu'à la longue arête de granit qui régnait tout le long du bâtiment.

Là, ils se trouvaient abrités par les arcades.

Remy Chomin ôta ses chaussures.

— Tu es certain de ne pas te tromper de fenêtre ? — demanda le Gosse.

— Certain… — j'ai compté les ouvertures depuis l'angle… — Celles de l'amphithéâtre sont la cinquième et la sixième… — Nous sommes sous la cinquième.

— Bon.

— As-tu la bougie ? — reprit Remy Chomin.

— Parbleu !

— La boîte de chimiques ?

— Première qualité, numéro un, oui, ma vieille.

— La petite scie ?

— Voici.

— La pince coupante ?

— Voilà.

— La fiole à huile ?

— Yes, sir…

— La boule de poix ?…

— Ya, mein herr…

— Le couteau catalan ?

— C'est la pauvre Claire, murmura le bandit avec une certaine émotion.

— Si, signor...

A mesure que Remy Chomin faisait l'appel, le Gosse lui passait les objets désignés que le vieux bandit mettait les uns après les autres dans une vaste poche pratiquée sous sa blouse.

— Présentement, — poursuivit-il, — l'escalier...

Le Gosse appuya ses reins à la muraille, joignit ses deux mains à la hauteur de ces cuisses, et Remy Chomin, se servant de ce marchepied improvisé, se hissa jusqu'à une large corniche placée sous les fenêtres et s'assit sur cette corniche.

— Ça y est-il ? — demanda le voleur imberbe.

— Oui... — Méfiance, et l'oreille au guet !

— As pas peur.... ça me connaît.

Le Gosse s'accroupit commodément, se fit de ses deux mains un cornet acoustique et écouta si aucun bruit suspect n'annonçait l'approche d'un péril quelconque.

Le tonnerre grondait en se rapprochant.

De grands éclairs illuminaient le ciel pendant la centième partie d'une seconde, faisant paraître ensuite l'obscurité plus profonde.

Remy Chomin, perché sur la corniche, étala devant lui quelques-uns des outils d'effraction apportés par le Gosse.

Il détacha d'abord avec la pince coupante un grand carré du treillage qui défendait les barreaux de la fenêtre.

Prenant ensuite une scie lilliputienne en acier, il attaqua l'un de ces barreaux.

L'acier mordit le fer avec un bruit *sui generis* facilement perceptible, même au milieu du fracas de la tourmente.

— Méfiance, là-haut ! Ça grince, ma vieille ! — dit le Gosse en se retournant et en faisant un porte-voix de ses mains.

Le bandit émérite tira de la poche de sa blouse le petit flacon d'huile, le déboucha et versa quelques gouttes de son contenu sur la partie entamée du barreau.

Il se remit ensuite à la besogne et la scie ne produisit plus aucun bruit.

Le travail fut long et fatigant.

Enfin, au bout d'une heure, le barreau se détacha, laissant libre un espace plus que suffisant pour le passage d'un corps.

— Ouf ! — fit Remy Chomin dont le visage ruisselait de sueur.

Le Gosse quitta son poste d'observation et vint sous l'arcade.

— C'est donc fini ? — demanda-t-il.

— Oui, et pas sans peine...

— Alors il ne te reste plus qu'à entailler une vitre et à te servir de la boule de poix pour empêcher les morceaux de tomber...

Remy Chomin enfonça l'un de ses bras avec précaution dans l'ouverture, puis il répondit :

— Inutile... — la fenêtre est ouverte... — j'en étais sûr d'avance... faut bien de l'air là-dedans... — Ils comptent sur les barreaux pour garder la boutique...

Et le vieux voleur eut un éclat de rire silencieux.

— V'là le moment solennel... — ajouta-il au bout d'une minute... — j'entre dans la souricière... — fais bonne guette...

— Vas-y de confiance... — on ouvre l'œil et l'oreille.

Remy s'accrocha des deux mains au rebord intérieur de la croisée et se laissa glisser dans l'amphithéâtre où nous le suivrons.

Il fit craquer une allumette chimique, alluma la bougie dont il s'était muni et vit en face de lui les cercueils fixes en tôle dans lesquels on dépose provisoirement les morts, et dont les couvercles bombés, maintenus d'un côté par des charnières, se soulèvent ainsi que la partie supérieure d'une cassette.

Chacun des cercueils occupés portait un nom inscrit sur une fiche de carton.

Remy Chomin, prudent comme un chef d'éclaireurs qui redoute une embuscade, s'occupa tout d'abord de s'assurer que la porte communiquant avec l'intérieur de l'hospice était solidement close.

— Bouclée à double tour... — se dit-il en examinant la serrure. — Si on venait du dehors, ce qui n'est guère à croire, j'entendrais le bruit des pas et j'aurais le temps de me *sylphider* avant qu'on ouvre... — Rien à craindre.

Il se dirigea vers les bières de tôle et les passa en revue l'une après l'autre, étudiant les inscriptions.

A la quatrième, il s'arrêta.

— *Claire Bonckamp*... — murmura-t-il. — Nous y sommes.

Et il souleva le couvercle.

Au dehors la tempête était dans toute sa force.

Le vent soufflait en foudre ; le tonnerre grondait ; les cataractes du ciel s'écroulaient dans la Seine et sur les berges avec un bruit lugubre ; la flamme de la bougie vacillait et semblait prête à s'éteindre.

Remy Chomin impassible — (les vivants seuls lui faisaient peur) — se pencha vers le cercueil ouvert, écarta le suaire et découvrit la partie supérieure du corps de la morte.

Le bras gauche était ramené sur la poitrine. — L'alliance de Blanche Hervieux n'avait point quitté le doigt annulaire.

— Voilà qui va bien... — pensa le bandit.

Il posa sa bougie sur le couvercle du cercueil, souleva la main raidie, et de quelques traits de scie — la même dont il s'était servi pour détacher le barreau — trancha net le doigt du cadavre.

Cette œuvre sacrilège accomplie, il arracha la bague, rejeta le doigt sur le corps, rajusta les plis du suaire, referma la bière et se dirigea vers la fenêtre.

Une rafale de vent éteignit la bougie désormais inutile ; — il ne s'en inquiéta guère et se mit en devoir d'opérer une escalade beaucoup plus facile de l'intérieur que depuis le dehors.

Quelques secondes plus tard il était sur la berge à côté du Gosse.

— As-tu la machinette ? — lui demanda ce dernier.

— Parbleure! et si nous ne pouvons nous en servir nous-mêmes, nous la ferons payer cher au pot de cirage.

Puis Remy Chomin et le Gosse, remontant dans leur bateau, disparurent.

*
* *

Le lendemain, de bonne heure, Jean Renaud vint remplir à l'Hôtel-Dieu les formalités voulues par les règlements, et consigner l'argent nécessaire pour l'enterrement de Claire Bonchamp.

Après une station assez longue dans les bureaux il se dirigea vers l'amphithéâtre dont il connaissait le chemin.

Pierre l'attendait.

— Ah! monsieur, — dit-il au faux mulâtre, — nous avons de la chance. — Les médecins ont donné le *bon à inhumer* sans examiner le corps. — J'ai acheté une alliance pour remplacer celle que vous voulez avoir. — Regardez... elle est toute pareille.

— Faisons vite, mon ami, je vous prie, — murmura le faux mulâtre.

Pierre découvrit le cadavre de Claire Bonchamp, écarta le suaire, souleva la main et poussa un cri.

— Qu'y a-t-il? — demanda Jean Renaud.

— Ce qu'il y a?... — répondit l'employé tremblant. — Il y a qu'on a pénétré ici cette nuit...

— Par où ??

Pierre se tourna de tous les côtés.

— Par là! — s'écria-t-il en montrant la fenêtre où manquait un barreau — j'aurais dû le voir tout ce suite...

— Et, naturellement, on a volé l'anneau?...

— Oui monsieur... en coupant le doigt...

Et Pierre montrait la main mutilée de Claire.

Jean Renaud fronça le sourcil. — Néanmoins, ce fut d'un ton calme qu'il demanda :

— Est-il venu quelqu'un hier, après mon départ, réclamer le corps?

— Oui monsieur, deux hommes...

— Un vieux et un jeune, n'est-ce pas?

— C'est bien ça... — Vous savez qui c'est ?

— Parfaitement.

— Il faut les dénoncer, les faire arrêter...

— Il faut vous taire... — interrompit l'évadé de la *Dorade*. — Il faut que personne ne sache ce qui s'est passé cette nuit... — Vous donnerez au greffe l'anneau que vous avez acheté... — Vous ferez disparaître secrètement les traces de l'effraction commise... — Je me charge, moi, des voleurs...

— J'espère bien, monsieur, que vous ne me soupçonnez pas, — balbutia Pierre. — Je suis innocent de tout cela, je vous le jure !

— J'en suis convaincu, mon ami, et la preuve c'est que voici l'argent promis hier...

Et Jean Renaud tendit des billets de banque au gardien qui repoussa la main du visiteur en disant :

— Ah ! pour cela, non, monsieur... je ne les ai point gagnés.

— Et je veux, moi, que vous acceptiez... je le veux absolument... — Prenez donc et pas un mot de plus... — A quelle heure le service ?

— A dix heures, monsieur..

— C'est bien...

A l'heure dite, Jean Renaud revenait à l'Hôtel-Dieu et suivait seul jusqu'au cimetière le cercueil de Claire Bonchamp, comme déjà il avait suivi seul le convoi de Blancheton.

Le soir de ce même jour, Jocelyn amenait à Paris et installait chez lui, toujours inanimé, le prétendu mort qui devait rentrer dans la vie sous le nom de Jacques Hervieux, fils de Blanche Hervieux, comtesse de Lasseny.

XXII

Le pied-à-terre du docteur noir, rue du Colysée, était un petit appartement de garçon à l'entresol d'une maison neuve.

Cet appartement se composait d'une antichambre grande comme la main, d'un salon pouvant servir de salle à manger, et d'une chambre à coucher.

Jocelyn avait meublé ces deux pièces de la manière la plus simple.

Dans le salon un grand divan, une bibliothèque pleine de livres de science, deux fauteuils, une table ronde sur laquelle se trouvaient une lampe et tout ce qu'il faut pour écrire.

Dans la chambre à coucher un lit de fer à rideaux d'algérienne, une toilette-commode, un grand fauteuil à la Voltaire, deux chaises, une pendule en marbre sans ornements, et trois ou quatre gravures accrochées aux murailles.

Un étudiant de famille riche, venu à Paris pour faire son droit et touchant une pension mensuelle assez ronde, aurait dédaigné sans aucun doute ce mobilier dépourvu d'élégance.

Le médecin mulâtre s'en arrangeait à merveille.

Nous devons ajouter qu'il ne couchait rue du Colysée que lorsque, retenu très tard à Paris, il ne voulait pas retourner au château de Saint-Ouen.

Le lendemain des événements que nous venons de raconter et vers les quatre heures de l'après-midi, Jocelyn, debout dans sa chambre à coucher, regardait tantôt le cadran de la pendule et tantôt Blancheton étendu sur le lit.

Depuis la veille le condamné de la Roquette n'avait pas fait un mouvement.

Le corps raidi s'allongeait sous la couverture, les mains jointes sur la poitrine, les pieds formant saillie.

La face livide et terreuse, les lèvres blanches, les narines pincées, les paupières closes laissant deviner sous leur demi-transparence le globe de l'œil, ne permettaient pas de supposer qu'une étincelle de vie animât ce corps inerte.

Sauf la décomposition cadavérique, tous les symptômes de la mort se trouvaient réunis.

Jocelyn fronçait le sourcil et une expression d'inquiétude se lisait sur son visage.

Le moment assigné par lui — d'après des calculs qu'il croyait sûrs — au réveil, ou plutôt à la résurrection du bandit, était passé depuis un quart d'heure, et rien n'annonçait que cette résurrection fût proche ni même qu'elle fût possible.

Le docteur noir s'était-il donc trompé?

La nature appauvrie de Blancheton, minée en outre par une maladie presque mortelle, n'avait-elle pu résister à la terrible épreuve?

Le globule donné à l'agonisant renfermait-il non la catalepsie, mais la mort?

Jocelyn se posait ces questions et, comme il ne pouvait y répondre, ses inquiétudes se changeaient rapidement en craintes sérieuses.

Un quart d'heure encore s'écoula.

Le mulâtre, d'une main fiévreuse, écarta la couverture, entr'ouvrit la chemise, mit à nu la poitrine osseuse, appuya son oreille sur le cœur et écouta pendant deux ou trois secondes.

Quand il se releva son visage s'était rasséréné et un sourire effleurait ses lèvres.

Il venait d'entendre battre le cœur.

Au bout de cinq minutes un tressaillement faible agita les membres de Blancheton.

La poitrine se gonfla à trois ou quatre reprises avec le bruit caractéristique d'un soufflet qui se remplit d'air.

Un long soupir s'échappa de la gorge. —Les mains croisées se séparèrent. — Les paupières frissonnèrent comme les ailes d'un papillon à peine échappé de sa chrysalide, et qui veut pour la première fois prendre son vol...

Jocelyn se jeta derrière un des rideaux du lit.

Là il cessait d'être en vue, mais il pouvait voir dans la glace tous les mouvements du ressuscité.

Blancheton se souleva sur ses coudes; — ses paupières s'entr'ouvrirent; — il tourna la tête à droite et à gauche avec une raideur d'automate.

L'expression de ses yeux était singulière. Il semblait regarder sans voir, comme un somnambule endormi du sommeil magnétique.

La pendule sonna quatre heures.

Les sonorités métalliques du timbre attirèrent l'attention du jeune homme; — il pencha la tête du côté d'où venait le bruit; — il regarda fixement la cheminée, la pendule, puis la glace dans laquelle se reflétait une partie de la chambre.

Ce qu'il voyait n'éveillait dans son esprit aucun souvenir, et par cela même lui causait une indicible surprise.

Il ferma les yeux, il les rouvrit, et comme les mêmes objets se présentaient avec obstination, il murmura d'une voix rauque mais cependant distincte :

— Quel drôle de rêve !...

En ce moment Jocelyn quitta l'abri des rideaux, fit deux pas dans la chambre et se plaça devant le lit en pleine lumière.

Blancheton ne parut pas étonné.

— Tiens, — dit-il, — la boîte à cirage !

A coup sûr il croyait parler tout bas.

— Comment allez-vous, mon garçon? — lui demanda Jocelyn.

Le jeune bandit fit un mouvement brusque.

— Docteur, — reprit-il de sa même voix rauque et sifflante, — si c'était un effet de votre bonté de me pincer le bras.

— Vous pincer ! — Pourquoi?

— Pour m'éveiller...

— Inutile... Vous ne dormez pas...

— Vrai?

— La preuve, c'est que vous me parlez, que je vous réponds, et que vous entendez ma réponse...

— Au fait, c'est juste... mais pourtant...

Blancheton s'interrompit :

— Mais pourtant? — répéta Jocelyn avec un accent interrogatif.

— Si, comme vous dites, je ne dors pas, je rêve donc tout éveillé...

— Vous ne rêvez point...

— Alors, pendant que je dormais, il s'est passé quelque chose à quoi je ne comprends goutte...

— Combien de temps croyez-vous avoir dormi?

— Que sais-je?... Une heure peut-être.

— D'un sommeil lourd?

— Ah ! oui, par exemple, lourd et sans rêves...

— Comment ce sommeil a-t-il commencé?... — Souvenez-vous...

Blancheton interrogea sa mémoire troublée.

— Je me souviens, — balbutia-t-il ensuite, — je me souviens que j'ai souffert

comme st j'avais dans le bocal un litre d'arsenic... — Mes membres se
tordaient... — Quelque chose qui ressemblait à du plomb fondu coulait dans mes
os et faisait craquer mes nerfs... — Ensuite j'ai reçu sur le crâne un coup de
masse et j'ai cru que j'avais mon compte...

— Souffrez-vous maintenant?

— Non.

— Cette douleur aiguë que vous éprouviez au côté gauche?

— Disparue...

— Ce feu qui vous brûlait la poitrine et la gorge?...

— Éteint... — Seulement tout danse autour de moi, et je suis si faible que
je ne pourrais pas lever ma main à la hauteur de ma tête... et puis j'ai, comme
on dit, la *berlue*... je vois trouble... Je vous reconnais bien, vous, docteur, mais
je ne reconnais pas l'infirmerie de la Roquette, et il me semble voir un endroit
que je n'ai jamais vu.

— Ce que vous prenez pour une illusion est la réalité.

— Je ne suis plus à l'infirmerie?...

— Non.

— Où suis-je donc?

— Vous le saurez plus tard.

— Pourquoi pas tout de suite?...

— Parce qu'en ce moment votre tête est trop faible pour comprendre mes
explications. — Il vous faut du calme... du repos... du sommeil... et je vais
vous donner tout cela...

Jocelyn prit sur la table de nuit un verre à demi plein d'un liquide incolore.

— Buvez... — ajouta-t-il en approchant ce verre des lèvres de Blanchelon.

Le jeune homme obéit passivement.

Presque aussitôt sa tête fatiguée retomba sur l'oreiller; — ses yeux se fermèrent.

Il dormait.

.   .   .   .

Laissons s'écouler un intervalle de quinze jours ou trois semaines.

Jean Renaud explorait vainement les bas-fonds des quartiers excentriques
pour retrouver Remy Chomin et le Gosse.

Les deux gredins étaient introuvables.

Le faux mulâtre ne se décourageait pas néanmoins et poursuivait activement
ses recherches, comptant un peu sur le hasard et beaucoup sur sa persévérance.

La comtesse douairière de Lasseny avait écrit à Georges Dereyne qu'elle
abrégerait son séjour à Venise et que dans une semaine elle serait à Paris avec
son fils et sa belle-fille.

Une lettre de Mercuzza-Funcal à son associé annonçait son arrivée prochaine avec des comptes en règle.

Remy Chomin et le Gosse, remontant dans leur bateau, disparurent.

L'Espagnol ajoutait en post-criptum qu'il venait de recevoir d'excellentes nouvelles des deux navires le *François Ier* et le *Petit-Havre* dont le retour ne se ferait pas attendre.

Georges continuait à jouer, et le chiffre de ses pertes grossissait d'une façon effrayante.

Par instants en face de ce chiffre il réfléchissait, il prenait la résolution de s'arrêter dans cette voie funeste, mais Lionel Warton et Doménico Séballa l'entraînaient à de nouvelles parties, et ses beaux projets de sagesse s'évanouissaient devant les cartes.

A quoi bon d'ailleurs se préoccuper des résultats de cette déveine persistante? — se disait-il pour se rassurer ou plutôt pour s'étourdir. — N'allait-il pas se trouver bientôt à la tête d'une fortune énorme lorsque, Carmen étant devenue sa femme, il enfermerait dans sa caisse les millions de la dot?

Il n'avait adressé cependant jusqu'à cette heure aucune demande officielle à Carmen et à Lionel Warton, mais il se croyait sûr d'être aimé, la jeune fille encourageant cette croyance par ses coquetteries, et d'un autre côté l'attitude significative de Lionel à son égard semblant lui prouver jusqu'à l'évidence que ses ouvertures matrimoniales étaient attendues et seraient bien accueillies.

Chaque après-midi il venait au château de Saint-Ouen faire sa cour à Carmen, et à chacune de ses visites il lui semblait que la jeune fille s'attachait à lui de plus en plus.

Lionel le retenait habituellement à dîner, ce qui lui permettait de se dire :

— Me voici presque de la famille... — Quel autre qu'un parent futur serait admis dans cette intimité? — Quelle autre qu'une fiancée accepterait mes bouquets, et le soir en détacherait une fleur pour la porter à son corsage ou dans ses cheveux?...

Tout cela était d'heureux augure, tout cela promettait un succès certain, et néanmoins Georges hésitait à brûler ses vaisseaux tant une déception, improbable mais possible, l'épouvantait.

La beauté de Carmen l'affolait, en même temps que le chiffre de sa dot lui tournait la tête.

Il ne savait lequel il aimait le mieux, de la jeune fille ou des millions, mais il se sentait d'autant plus incapable de renoncer à l'une, et aux autres par conséquent, que sa fortune se vaporisait comme un brouillard aux premiers rayons du soleil, les emprunts qu'il contractait depuis quelque temps pour subvenir à ses dépenses de toute nature et payer ses dettes de jeu représentant une somme au moins égale à la valeur de son tiers dans la charge d'agent de change.

Le mariage manqué équivalait donc à la ruine.

De là les hésitations de Georges.

Ces hésitations fatiguaient et agaçaient Lionel qui résolut d'y couper court en contraignant le fils de Martial Dereyne à franchir le Rubicon.

Rien n'était plus facile d'ailleurs que d'arriver à ce but, et nos lecteurs vont en avoir la preuve.

XXIII

Par une belle après-midi d'automne Lionel Warton, revenant de Paris vers cinq heures du soir et mettant pied à terre au perron du château, aperçut de loin dans le parc Georges Dereyne et Carmen, ou plutôt Laura.

Les deux jeunes gens se promenaient à pas lents sous le couvert d'une allée de tilleuls dont le feuillage épais commençait à se teinter de jaune et de pourpre.

Ils marchaient tout près l'un de l'autre et, à la manière dont l'associé d'agent de change se penchait vers sa compagne qui l'écoutait avec un sourire, on devinait qu'il devait égrener à son oreille tout un chapelet de choses très tendres.

— Voici l'occasion attendue, — pensa Lionel, — je n'en pourrais souhaiter une meilleure.

Et il se dirigea vers le couple qu'il ne tarda guère à rejoindre.

— J'arrive mal à propos sans doute, au beau milieu d'un entretien intéressant... — fit-il après avoir serré la main de Dereyne.

— Vous ne sauriez arriver mal à propos, cousin, — répliqua la jeune fille, — mais j'avoue que l'entretien était plein d'intérêt...

— Que vous disait donc ce cher Georges?...

— Mon Dieu, tout simplement qu'il m'adore...

— Et vous lui répondiez?...

— Qu'il me semblait fort doux de me l'entendre dire, et qu'il ne me déplaisait point de le croire...

— Ainsi, ce marivaudage est sérieux?

— Très sérieux, je vous assure...

— Vous êtes d'accord avec notre ami? — poursuivit Lionel.

— Il me semble que oui... — répliqua Carmen en minaudant.

— Vous vous aimez?

— Il ne faut jurer de rien, mais je crois que c'est bien possible...

— Alors, à quand le mariage?....

Georges Dereyne tressaillit; son visage s'empourpra de joie.

Le pas difficile était franchi! — les obstacles que le jeune homme craignait de trouver sur son chemin n'existaient point!...

— Quoi, — s'écria-t-il avec une émotion sincère en pressant les deux mains de Lionel Warton, — quoi, vous consentez?...

— A votre mariage avec ma cousine Laura? — interrompit le pseudo-nabab. — Mais sans nul doute... — Est-ce que vous en doutiez?...

— J'osais à peine, je l'avoue, croire à tant de bonheur...

— Vous aviez grand tort, mon cher Georges... — D'abord mes cousines sont libres, absolument libres, et je regarde comme une sinécure les fonctions de tuteur dont je suis investi... — Mon consentement était donc de minime importance... — Comment d'ailleurs vous l'aurais-je refusé?... — N'appartenez-vous pas à une famille honorable entre toutes? — N'êtes-vous pas le fils d'un gentleman pour qui je professe des sentiments d'une nature exceptionnelle?... — N'êtes-vous pas vous-même entouré de la haute estime que vous méritez par votre intelligence hors ligne, par vos brillantes aptitudes et par votre passé sans tache?... — Non seulement vous ne couriez nul risque d'essuyer un refus, mais entre vingt prétendants à la main de ma cousine c'est vous que j'aurais choisi!... Et je conclus en répétant : — A quand le mariage?...

Carmen, jouant son rôle à merveille dans cette comédie dont le scénario avait été tracé par Cora et qui devait un jour ou l'autre tourner au drame, jugea convenable de baisser les yeux et d'imposer une expression de pudeur candide à son visage brun étincelant de coquetterie.

— Oh! rien ne presse... — balbutia-t-elle, — nous avons tout le temps de penser à cela.

Georges fit un geste de protestation.

Il allait répondre. — Lionel lui coupa la parole en s'écriant :

— Non pas, cousine! — Je désapprouve absolument d'inutiles retards. — Quand une chose est décidée, plus vite elle se fait, mieux ça vaut! — Pourquoi laisser attendre Georges qui vous aime? Pourquoi ne point hâter un bonheur que vous partagerez avec lui?

— Ah! cher Lionel, — dit avec entraînement le fils de Martial, — quel admirable avocat vous auriez été, et comme vous plaidez bien ma cause!...

— Cousin, — soupira Carmen en se composant une charmante attitude de résignation, — je ferai ce que vous voudrez, et je m'en rapporte à vous pour choisir le jour où j'échangerai ma liberté de jeune fille contre des chaînes qui, dit-on, sont parfois bien lourdes...

— Mais qui seront de fleurs avec moi, chère adorée! — répliqua Georges.

— Bien vrai?

— Je vous le jure.

— Et toujours? toujours? toujours?

— Aussi longtemps que mes yeux resteront ouverts pour vous voir, et que mon cœur battra pour vous aimer... c'est-à-dire jusqu'à mon dernier souffle!

Lionel Warton se mit à rire.

— Très joli, tout cela!! — s'écria-t-il. — Ce marivaudage est charmant, mais vous êtes jeunes l'un et l'autre et rien ne vous empêchera de roucouler pendant toute une longue vie... — Présentement il faut s'occuper de choses graves... Je rentre dans mes fonctions de tuteur puisque j'aurai des comptes à vous rendre, et je vous prie, ma chère cousine, de me laisser pour un instant seul avec Georges... — Nous avons à causer d'affaires...

Carmen sourit sans répondre, ébaucha une révérence démi-cérémonieuse et demi-comique, puis tournant sur ses talons s'enfuit ou plutôt s'envola du côté du château avec la grâce d'une nymphe et la légèreté d'une hirondelle.

En entendant ces mots : — *Nous avons à causer d'affaires*, Georges avait tressailli et une inquiétude motivée s'était emparée de son esprit.

Les affaires — (en d'autres termes les questions d'intérêt) — n'allaient-elles pas tenir l'emploi du caillou qui suffit pour arrêter dans sa marche le char triomphal ?...

Lionel attendit que Carmen se fût éloignée et, frappant sur l'épaule de Georges, il lui dit d'un ton plein de bonhomie :

— Maintenant, causons à cœur ouvert...

— J'y suis tout disposé... — murmura le fils de Martial.

— Vous savez que ma cousine est fort riche...

— Hélas ! je ne le sais que trop !...

— A quel propos cette expression de regret ?...

— A ce propos que la fortune de Mlle Warton est le tourment de ma vie... Elle trouble le sommeil de mes nuits... Elle arrêtait la parole sur mes lèvres chaque fois que j'ouvrais la bouche pour demander la main de Laura...

— Ah ! bah ! et pourquoi donc?

— J'avais peur d'être mal jugé... — Je tremblais que mon ardent amour ne parût une spéculation misérable... — Et, Dieu le sait, j'aimerais Laura plus encore si elle était moins millionnaire !

— Quel enfantillage ! — répliqua Lionel. — Combien vos inquiétudes étaient déplacées ! — Nous vous connaissons et nous vous apprécions trop pour que le doute à votre égard soit possible ! — D'ailleurs, vous aussi, vous êtes riche...

— Je ne suis pas absolument pauvre, mais ma fortune est une goutte d'eau à côté de celle de Laura.

— Enfin, que possédez-vous au juste?

— Sans compter ce qui doit me revenir à la mort de mon père, par conséquent le plus tard possible, et que je crois pouvoir évaluer à un demi-million, j'ai quatre cent mille francs placés dans une charge d'agent de change, qui me rapportent annuellement quinze pour cent, soit environ soixante mille francs.

— C'est bien peu de chose en effet... — fit Lionel Warton. — En vous voyant dépenser largement, je vous croyais plus à votre aise...

Georges sentit une sueur froide mouiller la racine de ses cheveux.

— La modestie de cette situation serait-elle un obstacle ?... — balbutia-t-il.

— En aucune façon... — répondit Lionel. — Pour qui nous prenez-vous, et que nous importe cela ?... — L'honneur d'une alliance avec votre famille nous touche seul... — Laura d'ailleurs est assez riche pour deux... — Vous ai-je dit qu'elle apporte à son mari une dot de six millions?

— Vous l'avez dit à mon père en ma présence...

— Ces six millions, en des mains habiles et expérimentées comme les vôtres, rapporteront beaucoup, n'est-ce-pas?...

— Je l'espère... — je puis même l'affirmer...

— Il est entendu, mon cher Georges, que je n'admettrai dans le contrat de mariage aucune de ces clauses restrictives qui semblent mettre en suspicion le moins riche des deux époux et sont une source d'humiliations pour lui... — J'ai pleine confiance en vous, moi! — Vous épouserez ma cousine sous le régime de la communauté et vous aurez la pleine et libre disposition de ses capitaux... — Votre intérêt comme le sien n'est-il pas de les faire fructifier? — Je suis sûr que vous vous en acquitterez à merveille...

Le fils de Martial sentit une immense joie envahir tout son être.

Six millions dans sa caisse!... — Six millions dont il pourrait disposer à sa guise et sans contrôle!...

Avec une telle somme il se sentait capable de faire sauter les banques de tous les kursaals de l'Europe!..

La réalité dépassait ses rêves!...

Il fit sur lui-même un violent effort afin de cacher une ivresse qui pouvait le trahir, et ce fut d'une voix relativement calme, quoique un peu tremblante, qu'il dit à Lionel en lui serrant de nouveau les mains:

— Je vous remercie de me juger ainsi... je vous en remercie du fond du cœur... — Vous aurez la preuve que votre confiance est bien placée.

Lionel, le sourire aux lèvres, se laissa longuement étreindre les mains, puis il reprit:

— Profitons de notre tête-à-tête, mon cher Georges, pour entrer dans quelques détails, si vous le voulez bien...

— Je suis à vos ordres... — De quoi s'agit-il?

— Oh! de choses tout à fait intimes... — Vous occupez, rue de la Chaussée-d'Antin, un entresol confortable, un entresol très suffisant pour vous, mais dont votre femme, avec ses habitudes de luxe, ne saurait s'accommoder...

— Je comprends cela et je vais dès demain me mettre en quête d'un grand appartement...

— Halte-là! — dit Lionel. — Vous faites fausse route!... — Ce n'est point un appartement qu'il faut à Laura, cet appartement fût-il au premier étage de la plus belle et de la plus vaste maison du boulevard de la Madeleine ou de la rue de la Paix... — Elle s'y trouverait quand même à l'étroit et n'y pourrait pas respirer... — Vous devez recevoir ma cousine dans un petit hôtel à vous, dont elle sera par conséquent la maîtresse absolue... — J'en sais un à vendre, rue du Cirque, fort convenable et pas trop cher... — On en demande, je crois, quatre cent mille francs tout au plus... — Allez le voir et achetez-le.

— Mais... — commença George.

— Ne m'interrompez pas, je vous prie... — dit vivement Lionel. — Si vous avez à formuler quelques objections, vous me les soumettrez tout à l'heure... — Je continue... — Le nid est trouvé, mais ce n'est pas tout... Il faut maintenant songer au duvet dont on le garnira... — La question, du reste, est facile à résoudre... — Un mobilier d'une centaine de mille francs... le strict nécessaire ! — Pour une première installation, je vous assure qu'il n'en faut pas plus... — Autre chose... — Songeons à la corbeille... — Le monde parisien où vous vivez ignore le chiffre de votre fortune... — D'ailleurs, étant dans les affaires, vous avez pu grossir beaucoup ce chiffre... — Vous épousez une femme riche, votre amour-propre exige que vous agissiez grandement... — Faites les choses en millionnaire... — Mettez dans la corbeille pour deux cent mille francs de bijoux et de dentelles... — Ce sera du meilleur effet. — Êtes-vous de mon avis ?

Georges, qui depuis quelques minutes écoutait Lionel avec une sorte de stupeur, répondit :

— J'en serais à coup sûr si j'étais millionnaire. — Malheureusement je ne le suis pas, et les dépenses dont il s'agit excèdent de beaucoup le total de mon humble fortune...

— Est-ce cela qui vous préoccupe? — fit le pseudo-nabab en riant.

— Mais il me semble qu'il y a de quoi...

— Il vous semble mal...

— Cependant...

— Attendez donc. — J'ai oublié de vous parler d'un projet que j'ai conçu et dont je vous prie de ne rien dire, vous seul et moi devant le connaître. — Ma fortune, vous le savez peut-être, est si considérable qu'auprès de moi mes cousines sont pauvres. Eh bien ! je me propose de vous offrir en témoignagne de sympathie, le jour de la signature du contrat, la bagatelle d'un million, à l'insu de tout le monde, de votre femme elle-même. — Ce million suffira pour payer l'hôtel, la corbeille et l'ameublement... — Vous pouvez donc, vous le voyez, dépenser sans compter...

XXIV

Tandis que Georges accablait Lionel de protestations de gratitude, Carmen qui n'avait point regagné le château montra sa jolie tête brune à l'angle d'une charmille.

Un signe de son prétendu cousin la fit accourir.

— Eh bien? — demanda-t-elle curieusement.

— Eh bien ! cousine, — répondit Lionel, — Georges et moi nous sommes d'accord sur tous les points... — A partir d'aujourd'hui il est votre fiancé; — le mariage aura lieu dès qu'une installation digne de vous sera prête à vous recevoir, ce qui ne tardera guère, car avec l'argent on remplace à Paris tous les talismans des contes bleus qui charmaient notre enfance... — Votre hôtel sera situé rue du Cirque, à deux pas des Champs-Elysées. Je sais que vous aimez ce quartier.

— Je l'adore.

— Désormais tout dépend de Georges. — Il vous prouvera l'impatience de son amour en faisant des prodiges pour gagner du temps.

— Ah! j'en ferai, je vous le jure! — s'écria l'associé d'agent de change avec exaltation.

Il dîna à Saint-Ouen. — Le soir, quand il regagna Paris, il était littéralement enivré par la perspective de posséder à bref délai une femme dont la beauté troublante agissait sur lui comme un philtre, et d'échanger en même temps sa position plus que compromise contre l'existence capitonnée d'un homme sept fois millionnaire.

L'idée qu'il allait se heurter contre de sérieux embarras ne lui venait pas à l'esprit, ou du moins il la chassait aussitôt.

Les quatre cent mille francs de l'héritage maternel étant vaporisés, il se trouvait hors d'état de faire face aux dépenses qui devaient précéder son mariage, tels que l'acompte à donner sur l'acquisition de l'hôtel, les frais d'actes, les frais d'enregistrement, l'achat des bijoux et des dentelles de la corbeille, etc.

Mais qu'importait cela?

Personne ne le savait ruiné, donc on ne lui refuserait point un crédit nécessaire, et d'ailleurs le gentleman qui va posséder sept millions trouve toujours à Paris de complaisants bailleurs de fonds, surtout quand ce gentleman accepte sans discussion le chiffre des intérêts.

S'il le fallait absolument Georges s'adresserait aux usuriers et payerait cinquante pour cent de prime — le taux des mineurs.

Il boucherait ce trou en même temps que tous les autres et ce serait sa dernière folie.

Tandis que le fils aîné de Martial vivait en plein mirage et voyait l'avenir à travers un prisme couleur de rose; tandis que Carmen, jouant avec une verve inépuisable le rôle imposé par Cora, redoublait de coquetteries et de séductions qu'autorisait son prochain mariage, Léopold et Marie, loin de partager l'apparente allégresse qui régnait au château de Saint-Ouen, devenaient de plus en plus tristes et sombres.

Trois ou quatre fois ils s'étaient revus mais, en présence de la réserve et de l'attitude glaciale de *Mary*, l'étudiant sentait un découragement sans bornes envahir son âme.

La contrainte de la jeune fille lui paraissant incompréhensible et inexpliplicable, il commençait à croire qu'il n'était pas aimé...

— Profitons de notre tête-à-tête, mon cher, pour entrer dans quelques détails.

Nos lecteurs savent combien son erreur était grande!...

Ces deux enfants souffraient l'un par l'autre d'autant plus qu'ils s'efforçaient de cacher leurs souffrances à tous les regards.

Marie pâlissait à vue d'œil... — Un cercle bleuâtre estompait le contour de ses paupières délicates, attestant ses nuits d'insomnie.

Cora, inquiète d'un changement dont elle ne soupçonnait point la cause, lui avait demandé à diverses reprises :

— Chère mignonne, qu'as-tu donc?

— Je n'ai rien, petite sœur... — répondait invariablement la jeune fille avec un sourire.

— Bien vrai?

— Je te l'affirme...

Et Marie retenait ses larmes pour ne les laisser couler que lorsqu'elle était seule.

Un jour, vers les deux heures de l'après-midi, Cora, ou plutôt Lionel Warton, se préparait à monter à cheval.

La grille du parc s'ouvrit; — un landau de grande remise, fort bien attelé ma foi, avec cocher et valet de pied en livrées de fantaisie, suivit la longue avenue et vint s'arrêter devant le perron.

De ce landau descendit Rose Bonchamp, supérieurement maquillée et en toilette ultra-tapageuse.

Elle avait gravi déjà trois ou quatre marches, et la traîne gigantesque de sa robe s'étalait encore sur le marchepied de la voiture.

Robinson introduisit la visiteuse dans l'un des salons et alla porter sa carte au maître du logis.

— Ah! — pensa ce dernier en jetant les yeux sur le carton-porcelaine parfumé à outrance, — voilà qui doit annoncer quelque chose de nouveau, car assurément la coquine ne vient pas à Saint-Ouen sans un sérieux motif.

Il descendit.

Rose l'accueillit avec un large sourire et lui tendit sa main éblouissante de bagues qu'elle portait, nous le savons, sur ses gants.

— Soyez la bienvenue, cent fois et cent fois encore, chère madame! — dit Lionel. — Comment le cher malade à qui vous prodiguez vos soins touchants va-t-il aujourd'hui?

— M. Dereyne ne va pas plus mal... — répliqua l'ex-femme de charge. — Il ne va pas mieux non plus, du reste, mais enfin il peut se passer de moi pendant quelques heures...

— Et vous profitez de ces quelques heures pour venir me voir! — Croyez à toute ma reconnaissance!

— Votre reconnaissance! — répéta Rose. — Cher monsieur, vous ne m'en devez aucune...

— Ah! bah! et pourquoi donc?

— Le but de ma visite est intéressé...

— Je m'en doutais... — pensa Lionel, et tout haut il ajouta : — Aurais-je le bonheur de pouvoir vous être utile?

— Vous avez ce bonheur...

— Disposez de moi. — De quoi s'agit-il?

— Je vais vous le dire, mais d'abord donnez-moi des nouvelles de vos charmantes cousines.

— Mes cousines vont à merveille.... — Elles seront touchées de ce gracieux souvenir...

— Et mon ami intime, mon incomparable valseur, ce mulâtre si aimable et si bel homme dont j'oublie toujours le nom?

— Doménico Séballa? — demanda Lionel.

— Doménico Séballá, c'est bien ça... — Toujours superbe et toujours gaillard, hein?

— Toujours et plus que jamais...

— Je l'aurais parié... — Coulé en bronze, cet être magnifique!... On n'en verra pas la fin...

— J'en accepte pour lui l'augure... — fit Lionel en souriant.

— N'aurai-je pas le plaisir de lui serrer la main?

— Il est à Paris...

— Je le regrette...

— Et lui ne pourra se consoler d'une absence si malencontreuse...

— Flatteur!... Je n'en crois pas un mot... mais trêve de compliments et revenons à nos moutons... — Le but de ma visite est de vous parler des affaires de Martial...

Lionel feignit l'étonnement.

— En quoi les affaires de M. Dereyne peuvent-elles me regarder? — demanda-t-il. — Je le comprends mal...

— Vous allez le comprendre tout de suite... — Je dois vous dire d'abord que Martial est enchanté...

— J'en suis ravi, mais d'où vient son enchantement?

— Figurez-vous qu'il avait peur de vous...

— Peur de moi! — répéta Lionel.

— Positivement...

— A quel propos?

— C'est toute une histoire...

— Ne pouvez-vous me la raconter?

— En gros, oui; mais je ne la sais pas en détail car Martial est très cachottier et, même quand il pouvait parler, il ne disait que ce qu'il voulait perdre... — Toujours est-il qu'il se forgeait sur votre compte les idées les plus saugrenues...

— Il vous prenait pour un ennemi à lui, venu en France dans l'intention de lui jouer quelque mauvais tour...

— Mais c'était de la folie pure! — s'écria Lionel.

— Entre nous, ça m'a toujours fait cet effet-là... — Bref, aujourd'hui Martial est rassuré... — Il a reçu des réponses...

— Des réponses à quoi?

— Aux lettres écrites par son ordre...

— A qui?

— A un banquier de Calcutta et à un certain Reymundez, syndic des noirs, à Guayanila...

— Miséricorde!! — dit Lionel en riant, — et que faisait-il demander à ces gens-là?...

— Au banquier de Calcutta des renseignements sur vous et sur vos cousines... — Au syndic des noirs, si la famille Bernier n'avait pas quitté ses domaines de l'île de Porto-Rico...

— Et les braves gens ont répondu?...

— De la façon la plus catégorique et la plus satisfaisante... Le syndic Reymundez est mort, paraît-il, mais la lettre de son successeur ne laisse rien à désirer... — les demoiselles Bernier n'ont point bougé de là-bas, et vous êtes bien le neveu de votre oncle...

Une flamme fugitive brilla dans les yeux de Cora.

La jeune fille, convaincue que Martial Dereyne aurait des soupçons et chercherait à les éclaircir, avait pris ses mesures au moment de quitter Porto-Rico.

Grâce aux démarches de Sigismond Leroy, le successeur du syndic Reymundez était un homme dévoué, sur lequel on pouvait compter absolument et qui savait ce qu'il devait répondre s'il arrivait d'Europe une demande d'informations.

Rose Bonchamp reprit :

— Ce n'est pas tout... — Mattifet a pleinement confirmé les renseignements venus d'outre-mer...

— Qu'est-ce que Mattifet? — demanda Lionel.

— Un homme très habile et bigrement aimable!... — Si le gouvernement avait la bonne idée de le nommer préfet de police, les choses iraient un peu mieux, je vous en fiche mon billet! — Ah! c'est un malin, Mattifet! Vous devriez le charger de vos affaires...

— Une recommandation de vous, chère madame, est toute-puissante, mais c'est un parti pris chez moi de ne m'en rapporter qu'à mes propres yeux... .

— Vous avez peut-être raison, ce qui n'empêche pas que Mattifet damerait le pion à n'importe qui... — Impossible de lui cacher un secret!... — Il aurait à ses ordres la brigade de sûreté qu'il n'en découvrirait pas plus long!... Nous avons su par lui le joli projet de Georges Dereyne et de son frère Léopold...

Lionel dressa l'oreille.

— De quel projet parlez-vous? — fit-il vivement.

— Il paraît que ces messieurs ne vous en ont rien dit...

— Rien...

— Je comprends qu'ils n'en soient pas fiers!... — Voici ce que c'est : —

Sous prétexte que leur père est paralysé ils veulent le faire interdire, à seule fin de mettre de son vivant la main sur sa fortune, et ils ont écrit à leur sœur Amélie, la nouvelle comtesse de Lasseny, de revenir *illico*... — Ils attendent l'arrivée à Paris du mari et de la femme pour provoquer la réunion d'un conseil de famille qui demandera l'interdiction... — Que pensez-vous de cela, monsieur Lionel ?

— Je ne saurais approuver une telle conduite ! — M. Dereyne conserve la plénitude de son intelligence malgré l'état fâcheux dans lequel il se trouve, et demeure capable d'exprimer très clairement ses volontés relatives à l'administration de sa fortune...

— Aussi, — répliqua Rose Bonchamp, — nous avons résolu d'établir une contre-mine, et nous comptons sur vous pour nous donner un bon coup de main...

— Sur moi ! — répéta Lionel.

— Oui, parbleu ! — continua l'ex-femme de charge. — Et vous refuserez d'autant moins de nous venir en aide qu'il y va de vos intérêts aussi bien que de ceux de Martial et des miens, je me charge de vous le prouver en dix paroles...

— Je vous écoute, chère madame, et, pour peu que la preuve soit faite, je me mettrai de grand cœur à vos ordres...

XXV

Rose Bonchamp poursuivit :

— Si la fortune de Martial Dereyne, représentée par quelques liasses de billets de banque, se trouvait dans ses mains, ou mieux encore dans les mains d'une personne de confiance, la machination de ses fils n'aurait plus de raison d'être, n'est-ce pas ?

— C'est évident... — répondit Lionel.

— Pour arriver à ce résultat il faut liquider, et nous allons le faire dans le plus bref délai... — Nous avons écrit à M. de Funcal de venir à Paris et d'apporter les comptes... L'association sera dissoute et M. de Funcal restera le seul maître de la maison du Havre en désintéressant Martial Dereyne... — Est-ce clair ?

— Parfaitement clair...

— Or vous êtes créancier de MM. Dereyne et de Funcal, cher monsieur Lionel, puisque vous avez avancé treize cent mille francs sur la signature sociale... — Votre droit est donc d'intervenir dans la liquidation, et votre intérêt est de ne l'entraver en rien, afin d'assurer le prompt remboursement de votre créance... — Êtes-vous convaincu ?

— Oui.

— Nous pouvons vous regarder comme notre allié?

— Sans aucun doute... — De quelle manière se fera la liquidation?

— De la manière la plus légale et la plus inattaquable... par devant notaire...

— Ne craignez-vous pas que la situation physique de M. Dereyne ne soit un obstacle à l'intervention d'un notaire, car enfin, pour qu'un acte soit régulier et valable, il faut avant tout que l'officier ministériel ait la certitude qu'il a bien compris et bien interprété la pensée de celui qui dicte cet acte...

— J'ai eu peur de cela, comme vous, — répliqua Rose Bonchamp, — mais c'était une fausse alerte... — j'ai fait venir notre notaire habituel, je lui ai expliqué comment je m'y prenais, grâce à vous, pour soutenir avec Martial de longues conversations à l'aide du jeu des paupières pour les *oui* et *non*, et du dictionnaire pour le reste... — Bref, la machine a fonctionné devant lui... — Il a dit que c'était très suffisant, mais que pour augmenter encore la régularité de l'acte il se ferait assister par un de ses confrères... — Vous voyez, cher monsieur, que les choses se passeront dans toutes les règles... — C'est mon intérêt d'ailleurs autant que le vôtre... — Je suis comme vous créancière de la maison...

— D'une grosse somme? — demanda Lionel.

— De trois cent mille francs...

Le pseudo-nabab sentit un petit frisson courir sur sa chair en entendant énoncer ce chiffre.

Les dernières paroles de Rose Bonchamp évoquaient sous ses yeux le drame sinistre de la villa d'Ingouville...

Il lui semblait voir, étendu sur le parquet, le cadavre de Laurent Raymond, tandis que Martial Dereyne signait à sa complice une reconnaissance de la moitié de l'argent volé...

Cette émotion ne dura qu'une seconde.

— Comptez sur moi... — dit-il.

— Vous ne parlerez de rien à Georges ou à Léopold?

— Je vous le promets.

— Dès qu'arrivera M. de Funcal je ferai prévenir le notaire et je vous enverrai une dépêche...

— Vous me verrez accourir à votre premier appel...

— Vous êtes charmant!... Eh bien! soyez-le plus encore...

— Pour cela, que faut-il faire?

— N'attendez pas ma dépêche, et venez passer un quart d'heure rue du Rocher le plus tôt possible... — Martial sera ravi de vous voir, maintenant qu'il n'a plus peur de vous... — Parole d'honneur, vous lui ferez un plaisir énorme...

— J'irai dès aujourd'hui...

— Alors je me sauve et vais vous attendre auprès du pauvre homme, à qui j'annoncerai votre visite...

Rose Bonchamp — reconduite jusqu'au perron par le maître du logis — regagna son landau de louage et reprit le chemin de Paris.

Tandis que la voiture roulait rapidement, de ravissantes pensées berçaient l'ex-femme de charge et lui faisaient paraître douce et unie la route cahoteuse et mal entretenue.

— Je vais donc enfin être riche! — se disait-elle avec délices. — Rien ne m'empêchera de *lâcher* le vieil infirme qui m'obsède, et d'enrichir René Mattifet... — Devenir Mme Mattifet, quel rêve!... et ce rêve va se réaliser!... — Ah! je suis venue au monde sous une bien belle étoile!... Tout me réussit!... tout absolument!

Lionel se disposait à sortir à cheval, nous le savons, au moment de l'arrivée de Rose Bonchamp à Saint-Ouen.

Il changea ses dispositions, donna l'ordre d'atteler un phaéton, partit pour Paris à son tour et fit halte, rue du Rocher, à la porte du petit hôtel habité par l'armateur.

Le valet de chambre prévenu de sa visite l'introduisit aussitôt dans la chambre de Martial Dereyne.

Le pseudo-nabab n'avait pas vu le paralytique depuis plusieurs jours.

Il lui sembla que le corps inerte reprenait un peu de vitalité, et que par conséquent l'effet produit par les quatre gouttes du docteur Jocelyn diminuait.

Ces modifications dans l'état général du malade étaient d'ailleurs imperceptibles pour tout autre que pour Lionel.

A peine avait-il franchi le seuil que Rose Bonchamp s'écria :

— Si vous n'aviez dû venir, cher monsieur, je vous aurais écrit... — Figurez-vous qu'une dépêche du Havre est arrivée pendant mon absence... — Notre associé, M. de M. Funcal, sera ce soir à Paris... — Rendez-vous général ici, demain, à deux heures précises, avec les notaires... — La porte sera fermée pour tout le monde, excepté pour vous.

— Je ne me ferai point attendre.

Lionel adressait à Martial quelques phrases banales de condoléance, lorsque le bruit d'une discussion se fit entendre dans la pièce voisine.

Rose se leva pour aller voir qui se permettait de parler haut si près d'un malade à qui le plus grand calme était nécessaire.

Elle n'eut pas le temps de gagner l'antichambre.

La porte s'ouvrit avec violence et Georges Dereyne entra, le visage rouge de colère.

— Puisque vous commandez ici, madame... — dit-il à l'ex-femme de charge, — prenez la peine, je vous prie, d'expliquer à votre valet qu'aucune consigne ne peut et ne doit empêcher des enfants d'arriver jusqu'à leur père! — Si par hasard il ne le comprenait pas, je me verrais forcé de le mettre à la porte!

Puis, sans laisser à Rose le temps de répondre, il ajouta en s'adressant à Martial :

— Mon père, je vous annonce la visite de ma sœur... — Arrivée d'Italie ce matin même, Amélie n'a pas voulu remettre à demain le bonheur de vous embrasser... Sa belle-mère et son mari l'accompagnent...

En même temps la jeune comtesse de Lasseny franchit le seuil, suivie de l'ex-Blanche Hervieux et de son fils Gontran de Lasseny.

Amélie ne fit qu'un bond jusqu'au fauteuil sur lequel Martial Dereyne était assis, ou plutôt étendu.

Elle entoura le malade de ses deux bras et couvrit son front de baisers, en balbutiant avec une sensibilité factice plutôt qu'avec une émotion réelle :

— Mon père.. mon pauvre père... vous avez été frappé d'une façon bien soudaine et bien cruelle!... — Mon Dieu!... mon Dieu!... quand je vous quittais si plein de force et de santé, qui m'aurait dit que je vous retrouverais en ce fâcheux état!...

Et la jeune femme, exhibant un mouchoir armorié garni de point d'Alençon, tamponna délicatement ses paupières pour faire croire à l'existence de larmes chimériques.

La douairière et son fils avaient salué Dereyne en tournant le dos à Rose Bonchamp qu'ils reconnaissaient à merveille.

Les prunelles d'acier de Martial brillèrent d'un éclat très vif en se fixant sur Amélie qu'il préférait à Georges et à Léopold.

— Enfin, — demanda le jeune comte à son beau-frère, — que disent les médecins?

— Ils se déclarent impuissants... — répliqua Georges. — Ils laissent agir la nature et, tout en affirmant que le danger n'existe pas, ils annoncent que la guérison sera lente...

Lionel Warton — qui s'était tenu à l'écart jusqu'à ce moment — intervint.

— Je crois, — dit-il, — que les médecins se trompent, ou que du moins ils exagèrent... — Ou je m'abuse beaucoup, ou M. Dereyne ne tardera point à recouvrer la parole et l'usage de ses membres...

Tous les regards se dirigèrent vers celui qui venait de parler.

— Mon émotion était si grande en entrant que je ne vous avais pas vu, cher Lionel... — s'écria Georges en serrant la main de son cousin futur. — Permettez-moi de vous présenter à Mme la comtesse Amélie de Lasseny, ma sœur, à Mme la comtesse Blanche de Lasseny, sa belle-mère, et de vous présenter mon beau-frère... — Mesdames, M. Lionel Warton, l'ami de mon père et le mien... — Cher Lionel, M. le comte Gontran de Lasseny...

Le pseudo-nabab s'inclina :

— Je comptais bien, mesdames, — dit-il, — solliciter l'honneur de vous

La porte s'ouvrit avec violence et Georges Dereyne entra le visage rouge de colère.

être présenté ; je suis heureux que le hasard de cette rencontre ait permis à mon ami Georges de le faire aujourd'hui...

— Ami de Georges, vous serez le nôtre... — fit Gontran de Lasseny en tendant la main à Lionel.

— Et vous n'oubliez pas, je l'espère, monsieur Warton, que notre maison vous sera toujours ouverte... — ajouta vivement Amélie.

— Je n'aurai garde, madame... — répliqua Lionel en s'inclinant de nouveau devant la fille de Martial Dereyne.

La jeune comtesse avait vingt ans.

Il eût été difficile de rencontre une femme plus jolie, plus gracieuse, plus séduisante, mais sa beauté bizarre offrait quelque chose d'inquiétant.

Grande et mince, sculptée en plein marbre comme les nymphes de Jean Goujon ou les déesses de Coustou, le visage délicieusement ovale, le teint d'une pâleur dorée, les lèvres de corail humide, les dents éblouissantes, Amélie Dereyne offrait l'alliance assez rare d'une splendide chevelure d'un ton de cuivre rouge et de prunelles d'un vert très sombre qu'abritaient des sourcils noirs.

L'effet de ce contraste, que nombre de femmes à la mode doivent ou plutôt devaient à l'emploi des teintures anglaises et des préparations chimiques, semblait à première vue le résultat d'un savant *maquillage*, d'autant plus qu'une teinte de bistre estompait le contour de ses paupières et, comme le *coheul* oriental, donnait à son regard une expression troublante.

Malgré l'indiscutable distinction de sa figure, et quoique son épiderme délicat fût vierge même de poudre de riz, la jeune comtesse avait des airs de cocotte, surtout à cause de l'étrange regard dont nous avons parlé.

Amélie par instants tenait les yeux baissés avec une modestie de pensionnaire, puis tout à coup les longs cils qui jetaient leur ombre sur ses joues s'agitaient pris d'un frisson, se séparaient lentement, laissaient jaillir un rayon de flamme, et se refermaient plus lentement encore, à moins que le regard devenu fixe en touchant son but ne prît une incroyable intensité d'ardeur.

Les narines alors se dilataient frémissantes ; — les lèvres pourpres, laissant voir l'éclair nacré des dents, se retroussaient en un sourire voluptueux et cruel à la fois.

La comtesse Amélie de Lasseny ressemblait en ces moments à une jeune Érigone, ou à ces belles courtisanes romaines du temps de la décadence qui se donnaient aux gladiateurs et les faisaient égorger ensuite.

Gontran de Lasseny, son mari, était un homme de vingt-trois à vingt-quatre ans, mais paraissait un peu plus âgé à cause de l'expression de fatigue empreinte sur son visage aux traits fins, très séduisant malgré sa pâleur maladive.

De haute taille et de tournure aristocratique, le comte avait des cheveux d'un blond fauve, des yeux bleus, des moustaches longues et soyeuses, de jolies mains et des pieds charmants.

Son ensemble réalisait un type accompli de gentilhomme d'une élégance simple et d'une correction irréprochable.

Il jetait à la dérobée sur sa femme de longs coups d'œil où se lisait une passion fiévreuse et qui, pour un observateur émérite, expliquaient de façon surabondante la pâleur et la fatigue du jeune homme.

Chose singulière ! Amélie, malgré les instincts sensuels que tout en elle trahissait, ne répondait point à ces regards, ou du moins ne les cherchait pas. —

Les yeux de la comtesse ne disaient rien au comte ; — il est vrai qu'en ce moment son attention était ailleurs...

Ses prunelles attachées obstinément sur Lionel Warton lançaient des feux voilés. — Elle rougissait et pâlissait tour à tour, et semblait sous le charme de la voix du pseudo-nabab.

La comtesse douairière, — ex-Blanche-Hervieux, — cachait son âge avec un soin jaloux et peut-être n'avait-elle pas tort, car malgré la présence de son fils elle faisait positivement illusion.

Même en la regardant de près on ne lui pouvait donner plus de trente-six ou trente-sept ans, et beaucoup de femmes plus jeunes se seraient parées orgueilleusement des restes superbes de sa beauté célèbre jadis...

XXVI

Un certain nombre de banalités s'échangèrent relativement à l'état de Martial Dereyne et aux probabilités d'une guérison plus ou moins prompte et plus ou moins complète.

Puis au bout de dix minutes Amélie de Lasseny, qui s'était assise à côté du grand fauteuil de Martial, se leva, appuya ses lèvres sur le front du paralytique et dit, après avoir approché son lorgnon de ses yeux et toisé dédaigneusement Rose Bonchamp :

— Adieu, mon père... — Je reviendrai bientôt vous voir, et ma visite sera plus longue que celle d'aujourd'hui si j'ai le bonheur de vous trouver seul...

La jeune comtesse s'arrêta devant Lionel et reprit, en accompagnant ses paroles d'un regard enivrant et d'un adorable sourire :

— Nous comptons sur vous, monsieur... — Vous nous avez promis de venir et nous allons vous attendre avec impatience... — N'est-ce pas, Gontran ?

— Certes ! — appuya le comte.

— Souvenez-vous, — poursuivit Amélie, — que je serai chez moi tous les jours, de six à sept, en revenant du Bois...

— Je ne suis pas assez mon ennemi pour l'oublier... — répondit Lionel.

— A bientôt, donc...

— A bientôt, madame...

Amélie déganta sa main droite et la lui tendit.

Lionel effleura de ses lèvres cette main fine et parfumée.

La jeune comtesse tressaillit visiblement et ses yeux se noyèrent sous ses paupières frissonnantes.

Le pseudo-nabab poursuivit :

— Permettez-moi d'avoir l'honneur de vous offrir mon bras pour vous conduire à votre voiture...

— Ne restez-vous point auprès de mon père?... — murmura la fille de Martial d'une voix troublée.

— Ma visite touchait à son terme quand vous êtes arrivée...

Lionel salua le paralytique, fit à Rose un signe équivalent à ces mots : — « *Comptez sur moi demain* » et présenta son bras à Mme de Lasseny, qui s'appuya sur lui avec la *morbidezza* la plus provocante. ...

Une calèche découverte d'un grand style attendait devant l'hôtel, à côté du phaéton de Lionel.

Amélie et la comtesse douairière s'installèrent au fond.

Le comte prit place en face d'elles.

— Tu ne nous accompagnes pas, Georges? — demanda la jeune femme à son frère.

— Non... — J'ai affaire à la Bourse et mon ami Lionel voudra bien m'y conduire...

— J'allais vous le proposer...

De nouvelles poignées de mains furent échangées. — Amélie jeta au pseudo-nabab un dernier regard incendiaire et la calèche s'éloigna.

Georges monta dans le phaéton à côté de Lionel.

— Savez-vous, mon cher ami, — lui dit ce dernier, — que madame votre sœur est positivement adorable...

— Oui, pardieu, je le sais... et elle le sait aussi bien que vous et que moi, je vous le garantis... — La chère enfant est un peu coquette.

— Elle a l'orgueil de sa beauté, et je l'approuve de toutes mes forces. — J'ai rencontré dans mes voyages de merveilleusement jolies femmes... — Je n'en ai jamais vu d'aussi séduisantes ..

— Demain je la rendrai joyeuse pour toute la journée en lui répétant vos paroles, — fit Georges en riant, — et j'aurai soin d'affirmer que votre enthousiasme est sincère...

— Vous ne mentirez point... vous resterez même encore au-dessous de la vérité.

— Il est certain qu'Amélie est une personne exquise.. — Moi, son frère, je ne lui connais qu'un défaut...

— Lequel?

— Celui de mal apprécier son mari qui me semble un charmant garçon.

— Charmant, distingué, sympathique, c'est mon avis... — Et vous croyez que Mme de Lasseny ne l'aime pas?...

— Elle le dit à qui veut l'entendre... elle le dit même beaucoup trop...

— Pourquoi l'a-t-elle épousé, alors?...

— Pourquoi? — Parce qu'il est comte, et que ça lui faisait plaisir de s'appeler comtesse. — Et puis le mariage était superbe... — Vous connaissez la fortune modeste de ma sœur... — Gontran de Lasseny est quatre ou cinq fois plus riche...

— Il paraît très épris de sa femme, lui...

— Il en est fou ; il en perd la tête ; il se jetterait dans le feu ou dans l'eau pour satisfaire le moindre de ses caprices... — Ah! le cher garçon mériterait d'être mieux aimé !...

— S'aperçoit-il de la froideur de Mme la comtesse ?

— J'espère bien que non... — Il en souffrirait trop... — Et puis — (entre célibataires comme nous on peut tout se dire) — avez-vous remarqué les yeux d'Amélie ?

— Ils sont très beaux... répliqua Lionel.

— Ils sont plus que beaux, — reprit Georges, — ils sont bavards et disent beaucoup de choses charmantes!!! — Je ne serais nullement surpris qu'à certaines heures, les bougies éteintes, la statue devînt femme aux bras de son mari...

Lionel ne répondit que par un sourire.

On allait arriver à la Bourse.

Georges demanda des nouvelles de Laura et de ses sœurs, annonça qu'il irait le soir au château de Saint-Ouen, qu'il devait signer le lendemain l'acte d'acquisition de l'hôtel de la rue du Cirque, puis il se jeta dans la mêlée des faiseurs d'affaires, des courtiers marrons et des tripoteurs, dont les uns le saluaient respectueusement et dont les autres le suivaient d'un regard ironique.

Les premiers le croyaient riche encore.

Les derniers le savaient un peu plus que ruiné.

*
* *

Le lendemain, à deux heures cinq minutes, Lionel Warton, ou plutôt Cora Bernier, descendait de son phaéton rue du Rocher.

La jeune fille éprouvait une émotion violente.

Il lui fallait envelopper son cœur d'un triple airain pour se donner la force et le courage d'affronter l'entrevue qui se préparait.

Pour la première fois depuis les péripéties sanglantes de la tragédie de Guayanila elle allait voir réunis les deux misérables, les deux complices, les deux bourreaux : Martial Dereyne et Mercuzza.

— Il le faut, — murmura-t-elle, — j'irai jusqu'au bout!

Elle imposa silence à l'ouragan de haine et d'horreur qui grondait dans son âme.

Elle composa son visage, et ce fut avec une physionomie calme et presque souriante qu'elle franchit le seuil de la chambre du paralytique.

Rose Bonchamp attendait auprès de la porte.

— Maintenant, — dit-elle au domestique d'une voix impérieuse, — souve nez-vous de la consigne... — S'il se présente n'importe qui, laissez sonner, laissez frapper, n'ouvrez à quiconque ! — à quiconque, vous entendez bien.

— Madame peut être tranquille... — Je monte dans ma chambre et je m'enferme. — On démolirait la maison sans que je bouge.

Les deux notaires et Mercuzza Funcal avaient précédé Lionel.

Le *grand livre* de la maison Dereyne et Cie se trouvait tout ouvert sur une table près du fauteuil de Martial.

— Messieurs, — dit Rose Bonchamp, — vous connaissez déjà le but de cette réunion à laquelle M. Lionel Warton et moi nous devons assister en notre qualité, sinon d'associés, du moins d'intéressés dans la maison du Havre. — M. Dereyne, dont l'état exige un repos d'esprit complet, désire se retirer des affaires... — Il est prêt à mettre en son lieu et place M. de Funcal, si M. de Funcal se trouve en état de le désintéresser... — Veuillez examiner les écritures, fort peu compliquées d'ailleurs, et vous rendre compte de la situation.

Il résulta de l'examen auquel se livrèrent aussitôt les notaires, assistés de Lionel Warton pour qui la comptabilité n'avait pas de secrets — (on se souvient que Cora, obéissant aux désirs de son père, surveillait et contrôlait la tenue des livres à l'habitation de Guayanila) — il résulta, disons-nous, que la situation était indécise.

La perte des deux navires *le Tancarville* et *le Morlaisien* aurait amené l'écroulement de la maison sans l'intervention inattendue et quasi-providentielle de Lionel Warton.

Ce désastre évité, l'heureux retour du *Petit Havre* et du *François Ier* qui se dirigeaient vers la France, et les opérations futures des quatre navires en charge dans les bassins, pouvaient non seulement conjurer la ruine mais devenir le point de départ d'une nouvelle ère de prospérité.

Le fonds social avait certainement une valeur importante.

Nous nous garderons d'aborder des questions de chiffres qui seraient sans intérêt pour nos lecteurs, et dont nous serions en outre parfaitement incapables de nous tirer, faute des connaissances spéciales les plus élémentaires.

Il fut décidé que M. de Funcal, restant devoir seul treize cent mille francs à Lionel Warton, serait substitué à tous les droits de son associé, en payant à cet associé une somme de six cent mille francs, et une autre de trois cent mille à Mme Rose Bonchamp.

— Je consens à traiter dans ces conditions, — dit Mercuzza-Funcal, — mais je ne payerai qu'après l'arrivée du *François Ier* et du *Petit-Havre.*

Martial Dereyne, interrogé par les notaires, répondit qu'il voulait un paiement immédiat.

Rose Bonchamp formula la même prétention.

— Alors, — s'écria M. de Funcal, — la transaction est impossible...

— Je la trouve au contraire parfaitement possible... — répliqua Lionel Warton.

— Et comment? — Je n'ai pas neuf cent mille francs en caisse et, si solide que soit mon crédit, j'avoue qu'il me serait impossible de les trouver au Havre en quarante-huit heures, et même en huit jours...

— Qu'importe?

— Comment, qu'importe?

— Monsieur de Funcal, — poursuivit Lionel, — une fois déjà je suis intervenu dans vos affaires au moment où, à la suite d'un double sinistre, tout vous semblait perdu et l'était en effet... — La confiance que votre honorabilité personnelle m'inspirait alors n'a point diminué, et je vous offre d'intervenir de nouveau...

L'Espagnol devint pâle de surprise et de joie.

— De quelle manière?... — balbutia-t-il.

— Mon Dieu! de la manière la plus simple... — Ces messieurs vont rédiger l'acte de cession que nous signerons tous comme témoins, et qu'ils signeront eux-mêmes en présence de M. Dereyne et avec son consentement dûment constaté... — Je vais, moi, désintéresser à l'instant M. Dereyne et Mᵐᵉ Rose Bonchamp et devenir, non votre associé, mais l'unique créancier de votre maison...

— Et comment vous couvrirai-je des sommes nouvelles que vous avancerez? — demanda Funcal. — Quelles garanties exigerez-vous?

— Aucune. — Vous allez créer neuf traites à mon ordre, de cent mille francs chacune, et je m'en contorai...

— Payables à quelles échéances?

— A vue...

— A vue!... — répéta l'Espagnol. — Mais ces traites présentées à l'improviste pourraient faire crouler ma maison...

— Sans doute... — répondit Lionel en souriant, — seulement cette supposition, vous en conviendrez, manque assurément de vraisemblance!... Mon intérêt est de vous soutenir et non de vous perdre, cela saute aux yeux! — Si j'avais voulu votre ruine il m'aurait suffi, pour qu'elle fût complète, de ne pas vous prêter treize cent mille francs, ce qui était facile... — Vous allez aujourd'hui me devoir deux millions deux cent mille francs... — Soyez sûr que je me garderai de les compromettre... — D'ailleurs c'est à prendre ou à laisser... — Acceptez-vous?

Mercuzza-Funcal réfléchit qu'il fallait céder vite, sinon ce millionnaire pourrait changer d'avis.

— J'accepte... — dit-il.

— Alors tout est convenu... — l'acte mentionnera le paiement fait par moi à M. Martial Dereyne et vaudra comme quittance...

Lionel poursuivit, en s'adressant à Rose Bonchamp :

— Vous devez, madame, posséder un reçu des trois cent mille francs versés par vous dans la maison de M. Dereyne?...

Rose tira de sa poche un portefeuille, l'ouvrit, exhiba le papier signé par Martial à la villa d'Ingouville pendant la nuit du 20 mai 1844, et dit :

— Voici ce reçu...

XXVII

La vue du papier jauni exhibé par Rose Bonchamp mit une lueur fauve dans les prunelles de Lionel Warton.

Il se tourna successivement vers le paralytique et vers l'ex-femme de charge et demanda :

— Acceptez-vous comme argent comptant deux chèques à vue et au porteur, signés de moi ?...

— Parfaitement, — répondit Rose après avoir consulté Martial du regard.

— Dans ce cas, — reprit Lionel, — veuillez, madame, donner l'ordre au valet de chambre de prendre une voiture, d'aller au timbre, et d'en rapporter neuf papiers timbrés à billets, de cent mille francs chacun... — Il ne les trouvera que là... — Pendant son absence MM. les notaires prépareront l'acte ; à son retour M. de Funcal signera les traites, je signerai les chèques, et cette affaire sera terminée.

Une heure après en effet tout était fini, et le reçu de trois cent mille francs, remis neuf années auparavant par Martial Dereyne à Rose Bonchamp, avait passé dans les mains de Lionel en échange d'un chèque de la même importance.

— Monsieur de Funcal, — dit alors le pseudo-nabab à l'ex-commandeur des noirs, — vous voilà désormais seul maître de la maison Dereyne...

— Grâce à vous, cher monsieur Warton... — interrompit Mercuzza rayonnant.

— Grâce à moi, j'en conviens...

— Comment exprimer ma gratitude pour la confiance que vous me témoignez... soyez sûr que ma reconnaissance est sans bornes !...

— Vous ne m'en devez aucune... — La confiance ne se commande pas... — Je crois savoir ce que vous valez et j'agis en conséquence... — Je suis heureux de ce que j'ai fait, et je compte faire plus encore... beaucoup plus... vous en aurez bientôt la preuve... — Oh ! ne me remerciez pas... Je travaille pour moi en travaillant pour vous...

Les notaires étaient partis.

Mercuzza-Funcal, qui désirait retourner au Havre par le premier train et qui voyait approcher l'heure de ce train, prit congé.

Lionel à son tour se retira, après avoir dit à Martial :

— Le complet repos d'esprit dont vous allez jouir sera pour vous, j'en suis

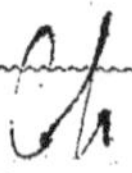

Rose désigna le chèque de six cent mille francs qui se trouvait sur la table

convaincu, cher monsieur, le meilleur des remèdes, et avancera notablement l'époque de votre guérison...

Le paralytique et Rose restèrent seuls.

Rose désigna le chèque de six cent mille francs, à vue et au porteur, signé par Lionel et qui se trouvait sur la table.

— Faut-il serrer ce chiffon de papier qui vaut un gros argent? — demanda-t-elle.

Les paupières de Martial répondirent affirmativement.

L'ex-femme de charge ouvrit le secrétaire, plaça le chèque dans un portefeuille qui contenait déjà quelques billets de banque, remit ce portefeuille à sa place et referma le meuble.

Elle revint s'asseoir ensuite et, regardant le malade bien en face, elle lui dit :

— Vos enfants doivent-ils savoir que vous êtes en possession d'une forte somme?

— Non... — répondit le regard de Dereyne.

— Ce n'est donc pas l'un de vos fils que vous chargerez d'aller toucher le montant du chèque?

— Non.

— Alors ce sera moi?

— Oui.

— Faudra-t-il aller toucher bientôt?

— Oui.

Rose regarda la pendule.

Quatre heures étaient près de sonner.

— Aujourd'hui — reprit l'ex-femme de charge, — il serait trop tard, toutes les caisses ferment à quatre heures... J'irai demain.

Les paupières du paralytique approuvèrent.

— Quand j'aurai touché, — poursuivit Rose, — vous transformerez certainement ces capitaux en actions, en titres de rentes?

— Oui.

— Immédiatement?

— Non.

— Vous voulez réfléchir, vous donner le temps de trouver un placement avantageux?

— Oui.

— Est-ce M. Lionel Warton que vous chargerez d'opérer ce placement?...

— Non.

— Votre notaire?...

— Non.

— Vous me demanderez donc de m'en occuper moi-même?...

— Oui.

Rose respira.

— Je le ferai pour vous être agréable, — dit-elle. — Dans l'état où je vous vois le courage me manque pour vous rien refuser... Je ne songe qu'à me dévouer, tandis que l'idée fixe des vôtres est de vous déposséder... — Heureusement pour vous je suis là, car en vérité je me demande ce que vous deviendriez sans moi... Ah ! mon pauvre Martial, si je venais à vous manquer je vous plaindrais fort ! ! ! — Vous comprenez cela, n'est-ce pas ?

Les paupières du paralytique firent avec vivacité une réponse affirmative.

Le lendemain, un peu avant deux heures, Mme Bonchamp revêtit une de ces toilettes voyantes dont elle avait le secret, envoya chercher une voiture, glissa dans son corsage un mignon portefeuille contenant les deux chèques, prit de la main gauche un élégant petit sac en cuir de Russie, embrassa Dereyne sur le front, recommanda au valet de chambre de ne pas le quitter d'une minute et de le distraire en lui lisant à haute voix les journaux, et se rendit rue Laffitte, à la maison de banque sur laquelle les chèques étaient tirés.

En descendant de voiture elle ne s'aperçut point qu'un jeune homme, debout et immobile à l'entrée de la porte cochère comme s'il attendait quelqu'un, la regardait avec attention et la suivait sans affectation.

Ce jeune homme, imberbe, très maigre et d'un blond d'albinos, était vêtu proprement, mais n'affichait aucune prétention à l'élégance.

Son apparence neutre et sans cachet était celle d'un petit employé modeste ou d'un second clerc d'huissier.

Le personnage en question entra sur les talons de Rose Bonchamp dans la vaste salle où se trouvaient les guichets des différentes caisses et, s'approchant de l'un des huissiers, lui demanda un renseignement, ce qui lui permit de surveiller du coin de l'œil les démarches de la maîtresse de Martial Dereyne.

Il vit le caissier des chèques lui compter neuf cent mille francs. — Il la vit mettre les liasses de billets de banque dans son sac à main, quitter la grande salle et regagner sa voiture.

Naturellement il la suivit de nouveau et, s'installant à la façon des gamins derrière le coupé de louage, il se fit véhiculer jusqu'à la rue du Rocher où Rose paya son cocher et entra dans l'hôtel sans se douter de la manœuvre de l'inconnu.

Ce dernier alluma un cigare d'un sou et se promena de long en large pendant plus d'une heure sur le trottoir qui faisait face à l'hôtel.

Sa persévérance fut récompensée.

Une bruyante querelle entre deux charretiers s'étant produite dans la rue, Rose écarta les rideaux et se montra tête nue derrière les vitres de l'une des fenêtres du premier étage.

Donc c'était bien là que demeurait la dame aux neuf cent mille francs.

L'inconnu entra chez un marchand de vins, se fit servir une bouteille de Chablis, engagea le patron de l'établissement à trinquer avec lui et tout en buvant se mit à causer...

Causer, en un telle occurrence — (nos lecteurs l'ont déjà compris) — signifie *questionner*.

. . . .

Voici ce qui se passait le même jour au château de Saint-Ouen.

La vengeresse expliquait à Jocelyn que la veille elle avait cru reconnaître à certains indices une modification dans l'état d'inertie complète de Martial Dereyne.

L'ex-armateur était loin encore de recouvrer la liberté de ses mouvements, mais les liens de la paralysie enchaînant ses membres se relâchaient.

— Maître, — répondit le docteur noir, — c'était prévu et inévitable... — — L'influence du toxique diminue... — Le moment approche où cette influence deviendra nulle... — Voulez-vous que Martial Dereyne reste dans l'état où il se trouve?

— Certes je le veux!...

— Alors, il est indispensable de lui verser une nouvelle dose...

— Je la verserai...

— Il faudrait que ce fût bientôt...

— Ce sera dès aujourd'hui.

— Vous avez conservé le flacon?

— Oui. — Michel Servan et moi nous agirons cette nuit. — Le misérable Dereyne a sans cesse auprès de lui une carafe de limonade, et Rose Bonchamp le fait boire d'heure en heure... — C'est dans cette limonade qu'il absorbera le toxique...

— A merveille, — répliqua Jocelyn, — mais pourrez-vous, la nuit, arriver jusqu'à sa chambre sans donner l'éveil?...

Cora eut un sourire aux lèvres.

— Nous le pourrons, — dit-elle, — tout est prévu... Soyez tranquille.

La jeune fille, s'adressant à Jean Renaud, poursuivit :

— Autre chose : — J'ai vu la famille de Lasseny, et je crois qu'il va se produire un incident imprévu et bizarre dont je vous parlerai quand il en sera temps, et qui servira merveilleusement nos projets... — Avez-vous découvert le nom de l'amant de Blanche Hervieux?

— Non... — Mes deux hommes sont introuvables... — J'ai peur qu'ils n'aient quitté Paris pour se dérober à mes recherches.

— Vous êtes-vous occupé de ces papiers qui, selon vous, doivent être restés dans un tiroir inconnu du secrétaire de Claire Bonchamp, la sage-femme?

— Pas encore.

— On ne doit rien négliger, songez-y.

—Vous avez raison, maître... — J'irai à Vincennes et j'achèterai ce vieux meuble, au poids de l'or s'il le faut...

Depuis le vol nocturne commis par eux dans la salle de dissection de l'Hôtel-Dieu, Remy Chomin et le Gosse avaient la conviction que le nègre mystérieux fouillait et faisait fouiller Paris pour retrouver leurs traces.

Or, ce nègre leur inspirait un singulier effroi.

Non seulement ils vivaient à l'écart, ne fréquentant plus les endroits où d'habitude on était certain de les rencontrer, mais ils avaient changé de quartier.

Ils habitaient maintenant ensemble au Marais, rue du Pas-de-la-Mule, une chambre louée par eux en payant un terme d'avance, et garnie de quelques meubles indispensables achetés au Temple : un lit de fer, deux chaises, une table de bois blanc et un fourneau de cuisine.

Cette location, dont le Gosse avait eu l'idée, les mettait dans une certaine mesure à l'abri de la police.

Ils n'avaient plus à craindre en effet les descentes nocturnes opérées fréquemment dans les garnis où les voleurs, tout en se cachant sous de faux noms, ne sont point en sûreté.

Là, grâce à l'argent de Jean Renaud, ils vivaient tranquilles, caressant l'idée de *travailler en grand*, comme disait le Gosse, et de terminer leur carrière de bandits par un coup de fortune.

Le modeste logement qu'ils occupaient était situé au quatrième étage de l'une de ces vieilles constructions, si nombreuses au Marais, devenues maisons de produit après avoir été hôtels aristocratiques.

Le Gosse et Remy Chomin possédaient une garde-robe suffisante pour être toujours bien tenus.

Le concierge de l'immeuble voyait en eux de petits rentiers honnêtes et leur aurait sans hésitation confié les clefs de sa loge.

Il était cinq heures du soir.

Remy Chomin, seul au logis, surveillait une plantureuse soupe aux choux mijotant à petit feu dans un poêlon de terre.

Il attendait le Gosse qui flânait sur le pavé de Paris à la recherche de l'affaire gigantesque entrevue dans ses rêves.

Depuis son installation rue du Pas-de-la-Mule le Gosse regardait avec un profond dédain, comme indignes d'un homme tel que lui, les vols *à la tire*, *au bonjour* et *à l'étalage*.

Tout en surveillant la soupe aux choux, Remy Chomin, qui ne dédaignait point la littérature, lisait un volume illustré des *Crimes célèbres* d'Alexandre Dumas, *cueilli* par le Gosse à la devanture d'une librairie.

Le vieux voleur tressaillit et leva la tête.

Une clef grinçait dans la serrure...

XXVIII

La porte s'ouvrit et le Gosse entra dans la chambre, le chapeau sur l'oreille et la figure radieuse.

Ces symptômes d'allégresse n'échappèrent pas à Remy Chomin.

— Je te vois la mine d'un *propiétaire* qui sort de toucher ses loyers, — dit-il. — Est-ce que tu viens de décrocher en route un porte-monnaie bien garni ?

— Ça ne serait rien... — répliqua le Gosse.

— Il y a mieux que ça?

— Oui, mon vieux...

— Qu'est-ce que c'est?

— Devine!...

— Je donne ma langue aux chats... — Raconte...

— Je t'ai dit souvent qu'un jour où l'autre nous serions riches... — commença le Gosse.

— Tu me l'as dit, mais j'attends encore...

— Présentement tu n'attendras plus longtemps... — Cette nuit nous aurons à nous neuf cent mille francs en billets de banque...

— Neuf cent mille francs! — répéta Remy Chomin stupéfait.

— Un million moins quelques décimes, oui, mon vieux! — Je crois que nous serons à notre aise.

Et le Gosse, jetant son chapeau en l'air et le rattrapant sur sa tête à la volée, ainsi que le font les clowns, ébaucha joyeusement un pas de caractère.

— Voyons, voyons, — dit Remy Chomin, — un peu de calme, si c'est possible... — Ne cabriole pas comme un dindon qui se brûle les pattes... — Tu me fais l'effet d'un homme dont la jugeotte déménage... — Assieds-toi et explique les affaires bien gentiment...

Le Gosse se laissa tomber sur une chaise, roula une cigarette, l'alluma, aspira quelques gorgées de fumée blanche qu'il rendit par le nez et dit :

— Questionne... — On te répondra...

— Qu'est-ce que c'est que les neuf cent mille francs dont tu parles?

— Un magot qu'on est allé toucher tantôt, rue Laffitte, à la caisse de la maison ***.

— Qui est-ce qui touchait?

— Une dame que je filais... Un beau brin de femme... Majeure par exemple, oh! ça, oui... mais appétissante tout de même...

— Où a-t-elle porté le magot?

— Rue du Rocher...

— Dans une maison à locataires?

— Non, dans un hôtel particulier.

— Habité par qui?

— Par la dame majeure en question, par un paralytique qui ne peut remuer ni pieds ni pattes, par un domestique mâle et par une cuisinière... — Le domestique et la cuisinière couchent au deuxième étage... — Ah! je me suis bigrement renseigné...

— Et tu es sûr que le magot est encore là?...

— Parbleu ! — Il n'en sortira que demain matin, au plus tôt... — C'est pour cela qu'il faut lui dire deux mots cette nuit...

— Comment entrer dans l'hôtel ? — Ça sera difficile...

— Bah ! ce n'est pas la mer à boire... — J'ai étudié les êtres... — il y a tout à côté une maison en construction dont on bouche le soir l'entrée avec des planches, et que personne ne garde... — Rien de plus facile, depuis là, que d'escalader le mur de la cour, d'autant que c'est rempli d'échelles... — Les fenêtres de la cuisine donnent sur la cour.

— Elles seront fermées...

— Je me charge de les ouvrir... — Et une fois dans la baraque, allez donc ! Gare au magot !...

— Mais l'hôtel est habité par quatre personnes, dont deux femmes, et les femmes ça a l'oreille fine, ca prend peur et ça crie...

— Eh bien ! quoi ? — Tant pis pour elles... — On les fait taire avec un joli nœud de cravate autour du cou...

Remy Chomin frissonna de tout son corps.

— Les étrangler ! — murmura-t-il.

— Pas pour notre plaisir, bien sûr... — Mais si on ne peut pas faire autrement, dame ! faudra se décider.

— L'échafaud... — continua Remy Chomin.

— Ma vieille, — dit froidement le Gosse, — pour neuf cent mille francs, et même pour la moitié, on peut risquer sa peau... — l'enjeu en vaut la peine ! et puis pourquoi que tu te forges des idées noires ? — Moi je vois l'affaire en douceur, à la bonne franquette, à la papa, sans éveiller quiconque, par conséquent sans bruit, sans cris, sans étranglements, sans coups de couteau... — On profite du premier sommeil des personnes... On arrive... on entre... on monte... on cherche le meuble où se trouve la pie au nid... on soulève les chiffons de mille... on redescend... on sort... on rentre chez soi... on a des rentes... on se fait honnête homme, et l'on est très considéré... — Voilà comme ça se joue. — Qu'en dis-tu ?

Remy Chomin se grattait la tête.

Il réfléchissait, et pendant quelques minutes il garda le silence.

— Pas de voisins d'un côté, — fit-il ensuite, — mais de l'autre ?...

— Un hôtel particulier qui n'est pas habité...

— Bref, on pourra *travailler* à l'aise ?

— Comme chez soi.

— Ça me décide... J'accepte l'affaire... — Allons-y.

Et Remy Chonin, dont un soudain enthousiasme remplaçait le calme prudent, se leva et fit mine de quitter la chambre.

— Pas tant de précipitation ! — s'écria le Gosse en riant. — Partir maintenant ne servirait qu'à nous faire remarquer dans le quartier, ce qu'il ne faut pas... — Nous allons commencer par dire deux mots à cette soupe aux choux qui embaume... — Nous irons au cabaret voisin absorber un joli mazagran ave chacun son petit verre de vrai cognac... — Nous reviendrons ici faire une toilette de circonstance, chercher nos outils qui ne sont ni bien lourds ni bien embarrassants et, à minuit quelques minutes, nous irons taquiner les serrures de la rue du Rocher...

— Quelle heure est-il ? — demanda Remy Chomin.

Le Gosse tira de son gousset une montre d'argent payée par lui le même prix que le volume des *Crimes célèbres*.

— Cinq heures et demie, — répondit-il. — Nous avons le temps d'aller prendre un léger bitter avant notre dîner...

— Ça va... — je passe un paletot et nous filons...

— Es-tu sorti tantôt ?

— Non... — je deviens casanier, tu sais... — la lecture charme mes loisirs... et puis j'ai toujours peur de rencontrer des camarades qui me filent et qui vendent notre adresse au nègre vrai ou faux...

— Eh bien ! je ne suis pas comme toi... — Je voudrais le rencontrer, ce bonhomme en cuir verni.

— Tu voudrais le rencontrer ! — Après le tour que nous lui avons joué, ce serait se jeter dans la gueule du loup...

— Bah ! il ne m'avalerait pas sans s'y reprendre à deux fois. — La bague cueillie au doigt de la morte ne nous sert à rien puisque ta comtesse est absente.

— Elle reviendra... Je l'attends...

— Les affaires qui traînent tournent toujours mal... — Le nègre nous avait payés comme un milord un simple renseignement... — Il nous achèterait la bague un bon prix, et il se débrouillerait ensuite avec la comtesse, puisque c'est à elle qu'il en veut...

— Possible, mais ça ne me dit rien... — le nègre m'inquiète..! — J'ai dans ma folle idée qu'il pourrait bien nous faire arriver du chagrin... — Évitons-le, c'est le plus sage, et laissons dormir l'alliance...

Les deux gredins quittèrent leur logement.

Nous ne les suivrons pas et nous les retrouverons un peu avant minuit aux environs de la gare Saint-Lazare, s'acheminant vers la rue du Rocher qu'ils atteignirent bientôt.

— Prenons le trottoir de droite... — dit le Gosse. — Nous passerons d'abord devant la maison sans nous arrêter... histoire de te faire faire connaissance avec l'immeuble...

Ils montèrent la rue en causant, comme des ouvriers attardés qui regagnent la barrière...

Au bout de cinq minutes le Gosse ralentit le pas.

— C'est là... — fit-il. — Attention.

Et il désignait l'hôtel de Martial Dereyne, bordé d'un côté par la maison en

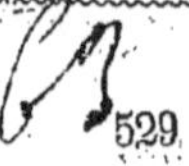

La porte s'ouvrit et le Gosse entra la figure radieuse.

construction dont les échafaudages se profilaient sur le ciel, et de l'autre par le petit hôtel inhabité.

Tous les volets de celui-ci étaient hermétiquement clos.

Une faible lumière se devinait, au contraire, derrière les vitres de la chambre à coucher de Martial.

— Il y a du monde pas endormi... — murmura le vieux voleur.

— Savoir... — répliqua le Gosse. — Ça doit être la veilleuse du paralysé...

— D'ailleurs nous avons du temps devant nous... — Profitons de ce que personne ne passe, et faufilons-nous dans le chantier...

Les bandits écartèrent une des planches de la clôture improvisée et disparurent au milieu des échafaudages après avoir replacé la planche.

Il étaient là depuis dix minutes, préparant l'escalade et combinant un plan d'effraction quand deux hommes, l'un de haute taille, l'autre beaucoup plus petit et paraissant très jeune, montèrent à leur tour la rue du Rocher et firent halte devant l'hôtel acheté par Doménico Séballa pour Lionel Warton.

L'homme de haute taille tira de sa poche une clef qu'il introduisit dans la serrure.

La porte tourna sans bruit sur ses gonds.

Les deux personnages entrèrent et la porte se referma.

A ce moment précis Remy Chomin et le Gosse appuyaient une échelle contre le mur, s'asseyaient sur le chaperon, changeaient l'échelle de côté et descendaient dans la cour de l'hôtel Dereyne.

La fenêtre de la cuisine donnait sur cette cour, au rez-de-chaussée.

Le temps étant très doux, la cuisinière avait négligé de la fermer complètement. — Elle s'ouvrit sous la pression lorsque le Gosse étendit la main pour se rendre compte de l'épaisseur du verre à découper.

— Sapristi ! — murmura le jeune coquin. — En voilà une chance ! — C'est ça qui simplifie la besogne !

— Parfait! — dit Remy Chomin. — Il s'agit, avant d'aller plus loin, de reconnaître les êtres... — Tu as la lanterne ?

— La voici.

Et le Gosse tira d'une poche pratiquée sous sa blouse une très petite lanterne sourde toute allumée.

Il l'entr'ouvrit; — le rayon lumineux qui s'en échappa fit étinceler des cuivres des casseroles.

— Mazette! — murmura le Gosse, — c'est un peu reluisant, ici ! — On voit que le paralysé n'a pas monté comme nous son ménage à la boutique à treize...

— Assez causé! — commanda Remy Chomin. — A la besogne !

Les deux hommes franchirent l'appui de la fenêtre et entrèrent.

Le Gosse se dirigea vers la porte conduisant à l'intérieur de l'hôtel et mit la main sur le bouton.

— Aïe ! — fit-il, — fermée en dehors !

— Oui, mais la serrure est en dedans... — Quatre vis à ôter...

— Et à remettre quand nous partirons, car il ne faudra pas laisser de traces, si c'est possible... — En trouvant tout en ordre on accusera les domestiques, et la police ne s'occupera pas de nous...

— C'est ma foi vrai ! — répliqua Remy Chomin enchanté... — Il est plein d'esprit, ce petit!

Avec la pointe de son couteau le Gosse se mit à dévisser les vis à têtes rondes de la serrure.

Rejoignons pendant ce temps les deux personnages que nous avons vus s'introduire dans l'hôtel contigu.

Nos lecteurs ont deviné déjà Jean Renaud et Cora Bernier.

Sur une table du vestibule se trouvait un flambeau.

L'évadé de *la Dorade* alluma la bougie et précéda son compagnon au premier étage.

Ils traversèrent une antichambre, un salon, un boudoir, et arrivèrent dans une pièce assez vaste qui avait été la chambre à coucher de l'ex-locataire du petit hôtel.

XXIX

Au fond de cette pièce, — que le mur mitoyen séparait de l'hôtel habité par Martial Dereyne, — se trouvait une grande glace dont le cadre doré descendait presque jusqu'au parquet, et devant laquelle la blonde cocotte parachevait d'habitude l'œuvre compliquée de sa toilette.

Jean Renaud s'en approchant pressa fortement l'un des ornements du cadre.

La glace aussitôt tourna sur des gonds invisibles, démasquant une ouverture fermée par une cloison de briques parfaitement solide en apparence.

Au point central se trouvait un bouton d'acier.

L'évadé de *la Dorade* pesa sur ce bouton, ainsi qu'il venait de le faire sur l'ornement du cadre.

La cloison tourna sans bruit comme une porte dont on pousse le battant devant soi.

C'était bien une porte en effet, une porte secrète pratiquée derrière la bibliothèque de la chambre habitée par Dereyne précédemment, et faisant, lorsqu'elle s'ouvrait, pivoter cette bibliothèque qui la cachait à tous les regards.

Les deux nègres, dont l'un était serrurier et l'autre maçon, avaient en quinze jours exécuté ce mécanisme ingénieux sous la direction de Jean Renaud.

— Maître, — dit ce dernier après avoir prêté l'oreille pendant une ou deux secondes, — on n'entend rien... — vous pouvez passer...

Cora fit trois pas en avant et se trouva dans l'hôtel de l'ex-armateur.

La porte de la chambre de Martial était en face d'elle.

— Je veille... — ajouta Jean Renaud après avoir placé sa bougie dans un placard pour en atténuer le trop vif éclat.

Et il se posta sur le seuil de l'issue mystérieuse, un révolver à la main.

Cora, marchant avec précaution, étouffant le bruit de ses pas qu'assourdissait encore la moquette du tapis, atteignit la porte conduisant chez Martial et fit lentement tourner le bouton qui ne résista point.

La porte s'ouvrit.

Une pâle lueur éclaira la pièce que la jeune fille venait de traverser.

Cette lueur provenait d'une veilleuse cachée sous son globe d'albâtre.

La vengeresse tira de sa poche le petit flacon de cristal contenant la liqueur verte composée par le docteur Jocelyn, et se dirigea sur la pointe des pieds vers le lit de Martial placé dans la paroi qui se trouvait à sa gauche.

Jean Renaud ne la voyait plus.

De grands rideaux de brocatelle rouge drapaient le lit et l'enveloppaient d'une ombre épaisse qu'on eût dit sanglante.

Cora, s'arrêtant près du chevet, écouta.

Dereyne dormait d'un sommeil profond, — sa respiration égale et bruyante ne permettait point d'en douter.

Cora, soulevant de la main gauche un des rideaux, se pencha vers le paralytique étendu sur le dos dans son lit, rigide comme un cadavre et les yeux fermés.

Elle contempla le misérable pendant un instant.

Une flamme jaillit de ses prunelles ; ses lèvres se crispèrent ; ses sourcils contractés se rejoignirent.

En une seconde elle revit dans tous ses détails l'effroyable tragédie de Guayanila.

La haine et le dégoût atteignant leur paroxysme lui causèrent une sorte d'affolement. — Elle eut la tentation d'étrangler l'infâme de ses propres mains et de lui crier :

— Regarde-moi... Reconnais-moi... et meurs...

Mais cet affolement n'eut que la durée de l'éclair.

— Cet homme n'a pas assez souffert... — murmura-t-elle, — il faut attendre encore...

Elle laissa retomber le rideau et déboucha le petit flacon.

Sur la table de nuit, à côté du lit, se trouvaient un verre plein et une carafe dont on avait à peine entamé le contenu.

La jeune fille versa dans la carafe trois gouttes du toxique, et une seulement dans le verre.

Il était impossible que l'effet attendu ne se produisît pas car Rose Bonchamp le matin, deux fois dans l'après-midi, et le soir, faisait boire à Martial Dereyne un verre de limonade.

Au moment où la quatrième goutte tombait du flacon de cristal, Jean Renaud tressaillit et fit un pas vers la chambre qui précédait celle de Dereyne.

Son oreille venait de percevoir un bruit léger dont il ne devinait pas la nature.

Une seconde s'écoula.

Le bruit ne se renouvelait point.

— C'était une illusion... — se dit-il.

Non, l'évadé de *la Dorade* avait bien entendu.

Une porte latérale venait de s'ouvrir dans la partie de la chambre que la bibliothèque lui cachait, et par l'entre-bâillement de cette porte se glissait la tête sinistre de Remy Chomin.

En voyant une traînée de lumière pâle couler sur le tapis, le vieux scélérat s'était arrêté.

Le Gosse qui se trouvait à deux pas en arrière lui dit à l'oreille, d'une voix faible comme un souffle :

— As pas peur... — Je t'avais prévenu... — C'est la veilleuse du paralysé... — Va donc! Aucun danger qu'il crie, cet homme, puisqu'il est muet comme une carpe...

Remy Chomin rassuré gagna le milieu de la pièce à pas de loup.

Jean Renaud aperçut alors dans la pénombre une forme humaine, et tressaillit pour la seconde fois.

L'apparition n'était point Cora, et ne pouvait être Rose Bonchamp, qui donc était-ce?

Il eut d'ailleurs à peine le temps de se poser cette question.

Cora sortait de la chambre de Martial et refermait la porte.

La lueur de la veilleuse disparut, mais si faible que fussent les clartés venant de la rue par les deux fenêtres, elles empêchaient les ténèbres d'être compactes et Jean Renaud put voir, ou plutôt deviner, un homme tenant un couteau s'élancer vers Cora et lever le bras sur elle...

Avant que le bras levé fût descendu l'homme était saisi par derrière, irrésistiblement soulevé, et Jean Renaud, lui mettant la main sur la bouche et franchissant la porte secrète, l'emportait dans l'hôtel contigu.

Cora le suivit en refermant la porte derrière elle.

Le Gosse, effaré, avait pris la fuite.

Ce que nous venons de raconter s'était accompli dans l'ombre, en moins d'une seconde, sans un bruit, sans un cri.

Sous la puissante étreinte qui l'enlaçait, sous la main robuste qui lui fermai la bouche, Remy Chomin râlait, étouffé à demi.

— Maître, — dit Jean Renaud, — voulez-vous nous éclairer?...

En entendant cette voix, le vieux scélérat sentit un frisson d'agonie effleure son épiderme.

Cora, ne comprenant rien à ce qui se passait, prit le bougeoir dans le placar où l'avait mis Jean Renaud, et le plaça sur la cheminée.

Les visages des deux hommes se trouvèrent en pleine lumière.

L'évadé de la *Dorade* lâcha son prisonnier.

— J'en étais sûr... — pensa le voleur. — C'est lui... c'est le nègre... je suis perdu ! ! !

— Remy Chomin ! — s'écria Jean Renaud avec autant de joie que de surprise, — ah ! mon gaillard, la rencontre est heureuse et vient fort à propos pour m'éviter la peine de vous donner plus longtemps la chasse !

Le lâche gredin balbutia :

— Vous me tenez et vous êtes le plus fort... — Ne me faites pas de mal...

Le faux mulâtre haussa les épaules.

— Non seulement je ne vous ferai pas de mal, — répliqua-t-il, — mais il dépend de vous d'être libre...

— Libre ? — répéta Remy Chomin d'un air incrédule.

— Parfaitement, quoiqu'à coup sûr vous ne le méritiez guère... — Vous veniez ici pour voler et, si je ne vous avais arrêté le bras tout juste à temps, vous alliez commettre un assassinat... — Votre digne complice vous accompagnait. — Maintenant que je vous tiens il sera facile de le retrouver... — Je n'aurais qu'à ouvrir une fenêtre et à crier à l'aide... — Dans dix minutes vous seriez au poste et dans une heure au dépôt...

— Et vous ne ferez pas cela ?... — demanda le voleur.

— Non ; je vous répète que vous serez libre si vous le voulez... — Il suffira pour cela de me donner la bague volée par vous sur le cadavre de Claire Bonchamp dans l'amphithéâtre de l'Hôtel-Dieu...

— Comment, — dit Cora stupéfaite, — c'est cet homme ?

— Lui-même... — Sa mine n'est point trompeuse et tient tout ce qu'elle promet... — Pourquoi avez-vous volé cette bague ?...

— Pour avoir un souvenir de Claire... — balbutia Remy Chomin.

— Allons donc !... — Il ne faut pas me conter cela, à moi !...

— Cependant...

— Vous vouliez, — interrompit Jean Renaud, — vous vouliez la vendre à une autre personne après vous être fait payer par moi...

— Ah ! pour ça, non, par exemple !...

— Vous comptiez, grâce à cette bague, organiser un *chantage*...

— Jamais ! jamais de la vie ! je vous en donne ma parole d'honneur !

Si grave que fût la situation, Cora ne put s'empêcher de sourire en entendant un pareil bandit parler de son honneur.

Jean Renaud reprit :

— Soit ! — Je ne discuterai pas avec vous. — Vos projets m'importent peu... — Où est la bague ?

— Chez moi...

— Où demeurez-vous ?

— Rue du Pas-de-la-Mule, au Marais.

— Vous allez me conduire à votre logis et vous me remettrez l'alliance...
— Il me la faut cette nuit...

— Venez donc... Je vous obéirai... puisque je ne puis faire autrement...

Cora prit Jean Renaud à part :

— Vous accompagnerez cet homme... — lui dit-elle à l'oreille avec inquiétude. — Prenez garde... — il peut vous attirer dans un guet-apens.

L'évadé de *la Dorade* répondit tout haut :

— Le danger n'existe pas... — il n'a plus d'armes et j'ai mon révolver... — il est lâche et je suis hardi... — Tout l'avantage est de mon côté...

— Ah ! vous n'avez rien à craindre... — murmura Remy Chomin, — je serai doux comme un mouton...

Le faux mulâtre à son tour se pencha vers Lionel Warton et lui dit à voix basse :

— J'aurai besoin de la voiture pour une heure ou une heure et demie... — Consentez-vous à m'attendre ici ?...

— Sans aucun doute... — Allez donc, et soyez prudent...

— Passez devant moi, — commanda Jean Renaud à Remy Chomin, — et n'oubliez pas qu'à la moindre tentative de fuite je crierais au voleur et je vous ferais arrêter...

Le vieux coquin, honteux comme un renard pris au piège, obéit silencieusement en baissant la tête.

Cora, le bougeoir à la main, éclaira les deux hommes jusqu'au bas de l'escalier et referma derrière eux la porte de l'hôtel.

Ils descendirent la rue du Rocher.

Chemin faisant Remy Chomin murmurait :

— Quelle aventure !... — En voilà une affaire qui tourne bigrement mal !... Qu'est-ce que le Gosse a pu devenir ? — S'est-il fait pincer de son côté, par hasard ?

Au coin de la rue stationnait la voiture dont Jean Renaud venait de parler à Cora, — un coupé très simple, attelé d'un cheval de premier ordre.

Le faux mulâtre poussa Remy Chomin dans ce coupé, s'assit près de lui et donna l'adresse.

En une demi-heure le trotteur irlandais arrivait rue du Pas-de-la-Mule et faisait halte devant la maison désignée qui n'avait pas de portier.

Remy Chomin descendit de voiture, et fouillant sous sa blouse en tira deux objets : un passe-partout et un rat-de-cave.

Avec le passe-partout il ouvrit la porte de l'allée étroite et puante.

Il alluma le rat-de-cave et précéda son compagnon dans l'escalier dont les marches boueuses vacillaient sous les pieds.

Au cinquième étage il s'arrêta.

— Nous y sommes... — fit-il en se retournant.

— C'est là qu'est votre chambre?

— Oui.

Jean Renaud, de la main droite, caressait dans sa poche la crosse de son révolver.

XXX

Remy Chomin introduisit une clef dans la serrure et voulut ouvrir.

La porte, verrouillée à l'intérieur, résista.

— Qu'y a-t-il? — demanda Jean Renaud.

— Le Gosse est là... — répondit le bandit. — Il a poussé le verrou...

— Eh bien! faites-vous reconnaître, et depêchez-vous, je suis pressé...

Remy Chomin frappa trois petits coups contre le panneau, en toussant à trois reprises.

C'était le signal convenu entre les deux complices.

On entendit marcher dans la chambre.

— Est-ce toi, vieux? — fit une voix haletante.

— Eh! oui, pardieu, c'est moi. — Ouvre vite...

Le verrou grinça. — La porte tourna sur ses gonds.

— Je n'espérais plus te revoir, j'ai couru comme un dératé, et je ficelais mon petit baluchon pour me donner de l'air... — commença le Gosse. — Raconte-moi donc...

Il allait continuer. — La parole expira sur ses lèvres quand derrière Remy Chomin il vit Jean Renaud, un révolver à la main.

— Le nègre... — balbutia-t-il avec effarement...

— Eh bien! oui, le nègre... — Il nous tient. — J'ai promis... Il faut s'exécuter.

Le faux mulâtre franchit le seuil et referma la porte derrière lui.

— Allons, — dit-il, — la bague. — J'attends.

— Je vais vous la donner.

Remy Chomin ouvrit un placard... — Il y prit un vieux portefeuille et tira de ce portefeuille l'alliance volée au cadavre de Claire Bonchamp et soigneusement enveloppée dans un morceau de journal.

Jean Renaud tendit la main.

Le voleur émérite n'avança point la sienne. — Il voulait faire une suprême tentative pour tirer parti de la position.

— Voici l'objet, — fit-il, — et je vais vous le remettre, mais vous me permettrez bien auparavant de vous dire deux mots...

— Ces deux mots, je les devine... — Vous allez me demander de l'argent.

Jean Renaud put voir un homme tenant un couteau s'élancer vers Cora.

Le Gosse approuva du geste et Remy Chomin poursuivit en souriant :

— Il est certain, monsieur, que cette bague est pour vous un objet de valeur... Vos démarches le prouvent... — Nous avons eu beaucoup de peine à nous en emparer... nous avons couru même un danger sérieux...

— Sans compter que nous avons fait des frais *conséquentes*... — Ça nous a coûté les yeux de la tête... — appuya le Gosse... — Vous nous devez une indemnité, bien sûr...

La cupidité des deux misérables et leur cynisme naïf amusaient Jean Renaud.

— Ne vous ai-je point indemnisés largement, — reprit-il, — en ne vous faisant pas arrêter pour vol de nuit, avec effraction et escalade, et tentative d'assassinat?

— Certes, ça, c'est gentil... — poursuivit Remy Chomin. — Ça prouve que vous êtes un cœur d'or et que vous avez eu pitié de pauvres malheureux égarés par un moment d'erreur... Notre sort est entre vos mains... — L'argent que vous nous avez donné nous a servi à payer nos dettes... — nous n'avons plus le sou... c'est pour ça que nous tâchions cette nuit de sortir du pétrin... — un bon mouvement... — montrez-vous généreux...

— La bague, sans condition... — commanda Jean Renaud.

— Si vous ne nous avez pas livrés à la police, c'est que vous aviez besoin de nous... — continua le bandit sans se déconcerter. — Payez ce besoin-là.

Nos lecteurs savent combien Jean Renaud prodiguait volontiers les billets de banque que Cora mettait sans compter à sa disposition, mais il refusait absolument d'admettre que l'on tentât de lui faire la loi.

Aussi répondit-il d'un ton menaçant, en jouant avec son révolver :

— Si vous ne me donnez à l'instant cette bague, je l'aurai de force.

— Laissez donc tranquille votre joujou... — s'écria le Gosse enhardi par l'aplomb de Remy Chomin. — Plus souvent que vous éveillerez toute la maison à pareille heure en faisant du tapage!... — On arriverait au bruit... — On nous arrêterait tous ensemble... — Nous n'avons pas notre langue dans notre poche, nous jaboterions très bien... le juge d'instruction vous demanderait d'abord à quel usage vous destinez la bague, ensuite ce que vous alliez faire, certaine nuit, au Père-Lachaise...

Jean Renaud ne sourcilla pas.

— Et enfin, — reprit le Gosse, — quel genre de colis vous emportiez, avec trois autres moricauds, par la brèche du mur qui donne du côté de Montreuil...

— Quelle étonnante histoire me racontez-vous là, mon drôle? — répliqua le faux mulâtre d'un ton calme. — Je flaire une menace sous vos paroles... et je la dédaigne... — D'un mot je puis vous envoyer au bagne, et nul soupçon ne saurait m'atteindre... Je suis connu...

— Sous un nom que vous n'avez peut-être pas toujours porté, — dit Remy Chomin à son tour.

Malgré tout son empire sur lui-même, Jean Renaud tressaillit.

Les dernières paroles du bandit venaient d'atteindre le défaut de la cuirasse.

— Évidemment le misérable avait, sinon des certitudes, du moins des soupçons sur sa véritable personnalité.

— Trêve de plaisanteries! — commanda-t-il en faisant bonne contenance. — Donnez-moi l'alliance et rapportez-vous-en à moi pour le reste... Vous vous en trouverez bien...

Remy Chomin comprit que son adversaire, prêt à céder, réclamait seulement les honneurs de la guerre.

— Au petit bonheur! — répondit-il. — J'ai confiance. — Voici l'objet.

Le faux mulâtre déplia le fragment de journal et mit l'anneau d'or dans une case de son porte-monnaie.

En même temps il en tira deux billets de mille francs et les tendit à Remy Chomin.

— Merci, mon prince!... — s'écria ce dernier. — C'est un plaisir de traiter avec Votre Excellence...

— N'essayez pas à l'avenir de vous attaquer à moi, — ajouta Jean Renaud en gagnant la porte, — il vous en cuirait.

— Soyez paisible, monseigneur, on sera aussi discret que vous.

L'évadé de *la Dorade* sortit de la chambre.

— Eh bien! il a *casqué* tout de même, le pot à cirage... — murmura le Gosse.

— Oui, — répliqua Remy Chomin en haussant les épaules, — mais il nous fait perdre les neuf cent mille francs de la rue du Rocher, et il nous payera ça bien cher.

— Et comment?

— Je saurai quelle peau blanche couvre sa peau de mulâtre et quel visage cache son masque... — Je le soupçonne déjà!... — Quand j'en serai sûr je le tiendrai mieux qu'il ne me tient, et alors nous réglerons nos comptes!... — A nous deux, monsieur le faux nègre!

— A nous trois!... — dit le Gosse. — Quand tu le mettras en gibelotte, j'en veux ma part! — Mais le plus sûr, d'abord, c'est de déménager...

— Dès le *patron-minette*, nous enlèverons notre mobilier.

Jean Renaud, après avoir descendu l'escalier sans encombre, grâce aux clartés fugitives d'une demi-douzaine d'allumettes-bougies, ouvrit la porte de l'allée, remonta en voiture, et donna l'ordre de le conduire à l'angle de la rue du Rocher.

Tandis que le coupé roulait rapidement dans les voies désertes le faux mulâtre se disait :

— Remy Chomin en sait trop long... — Ce misérable me devine... — S'il devient dangereux, tant pis pour lui...

Une pensée soudaine traversant son cerveau le fit bondir.

— Quelle imprudence! — murmura-t-il. — J'ai pris la bague sans l'examiner... sans l'ouvrir... — Si cet homme m'avait trompé... — si l'alliance que j'emporte n'était pas celle de Blanche Hervieux... — je serais de nouveau sa dupe, et cette fois comment le retrouver car il va disparaître!...

La réflexion le rassura bien vite en lui démontrant que Remy Chomin, qui certes ne s'attendait guère à sa rencontre dans l'hôtel du paralytique, n'avait pu d'avance opérer une substitution sans but appréciable.

Le coupé s'arrêta.

On était à l'endroit désigné.

Jean Renaud mit pied à terre et gagna rapidement l'hôtel où Cora l'attendait.

— Il y a plus d'une heure et demie que vous êtes parti, mon ami, — lui dit la jeune fille, — je commençais à être inquiète.

— Je n'avais rien à craindre, — répliqua Jean Renaud, — mais ces gredins n'en finissaient pas... — Je dis : *Ces gredins*, car nous avons trouvé le complice au gîte où il s'était réfugié en s'enfuyant.

— Eh bien?

— L'homme n'avait point menti... — Voici l'alliance...

— Avez-vous lu les noms?...

— Le temps m'a manqué...

Cora saisit la bague, l'ouvrit, approcha de la lumière les deux moitiés et lut à haute voix :

« *Fernand Strény*. — *Blanche Hervieux*, 24 janvier 1827... »

— Fernand Strény! — répéta Jean Renaud. — C'est bien le nom que j'avais oublié... — Avec ce nom et les papiers cachés dans le secrétaire de la sage-femme, nous mettrons quand il nous plaira la comtesse de Lasseny sous nos pieds !...

Après un instant de silence l'évadé de *la Dorade* ajouta :

— Maître, la nuit est presque finie... Nous n'avons plus rien à faire ici. — Vous plaît-il de retourner au château?

Cora répondit affirmativement et rejoignit la voiture avec Jean Renaud.

*
* *

Georges et Léopold Dereyne venaient presque chaque jour à Saint-Ouen, nous le savons, mais les deux frères étaient accueillis de façon bien différente, sinon par Lionel qui leur témoignait une égale bienveillance, du moins par Carmen et Marie, ou plutôt par Laura et Mary Warton.

Laura prodiguait à Georges les agaceries capiteuses d'une coquetterie presque tendre.

Mary au contraire, poussant la réserve jusqu'à la roideur, élevait une barrière de glace entre elle et Léopold, et le plus souvent même, prétextant quelque malaise imprévu, refusait de quitter son appartement lorsque le plus jeune fils de Martial Dereyne était là.

Ceci causait au pauvre enfant un si profond chagrin que parfois il était tenté de mettre Lionel Warton dans la confidence de ses douleurs, et de solliciter son appui.

Mais au moment de parler il se souvenait des paroles énigmatiques de la jeune fille, de l'engagement qu'elle avait sollicité et obtenu de lui, et la crainte de la froisser ou de l'irriter lui fermait la bouche.

Il souffrait beaucoup, maigrissait et pâlissait à vue d'œil, et toute occupation sérieuse devenait absolument impossible pour lui.

Le changement de Léopold ne passait point inaperçu de Mary. — La chère mignonne n'en devinait que trop bien la cause et, ne pouvant ni rassurer ni consoler celui qu'elle aimait, elle s'enfermait chez elle afin d'y pleurer librement dans le silence et dans la solitude...

Un beau jour Georges Dereyne, qu'on n'attendait que pour le dîner, arriva vers deux heures dans une voiture très élégante admirablement attelée.

La joie se peignait sur son visage.

— Vous rayonnez comme un astre! — lui dit Carmen en riant. — Que vous arrive-t-il d'heureux?

— Il m'arrive le plus grand des bonheurs, chère Laura... — répondit l'associé d'agent de change.

— Peut-on savoir quel est ce bonheur?

— J'ai l'espoir qu'il se passera désormais bien peu de temps avant que vous m'apparteniez...

— Et sur quoi basez-vous ce bel espoir, s'il vous plaît? — demanda Carmen avec une jolie moue accompagnée d'un sourire provoquant.

— Sur ce que le nid qui doit abriter nos amours est achevé, et je le crois presque digne de vous...

— Et ce nid?...

— N'est autre qu'un charmant petit hôtel de la rue du Cirque... — Lionel m'en avait dit deux mots... — Je l'ai acheté il y a juste une semaine; des tapissiers artistes ont mis ce temps à profit pour réaliser des prodiges... tout est prêt depuis ce matin... les voitures sont sous les remises, les chevaux dans les écuries, et je viens vous prier de faire à votre domaine futur l'honneur de le visiter aujourd'hui...

— Pourquoi non? — répondit Laura. — Je suis fille d'Ève et par conséquent curieuse... — Les paradis inconnus me tentent...

Lionel entrait dans le salon.

Laura lui fit signe d'approcher.

— Devinez un peu, cousin, — lui dit-elle, — ce que M. Georges me propose... — Mais vous n'y réussiriez point... Inutile donc de vous intriguer plus longtemps... — M. Georges veut m'enlever...

XXXI

— Vous enlever!... — répéta Lionel en riant.

— Parfaitement bien... Dans la voiture neuve, attelée de chevaux neufs, que vous pouvez d'ici voir au bas du perron où elle stationne pour l'enlèvement...

Le pseudo-nabab s'approcha d'une fenêtre et regarda la calèche à huit ressorts, dont l'attelage demi-sang piaffait sous la main savante d'un cocher anglais.

— Tout cela est d'une correction parfaite et d'un grand style ! — dit-il ensuite. — Mes compliments, mon cher Georges ! — Où donc ce galant équipage doit-il conduire ma cousine?...

— Rue du Cirque... — répliqua l'associé d'agent de change.

— L'hôtel est achevé?

— Oui... — Depuis huit jours on travaille du matin au soir et du soir au matin à sa toilette intérieure, et je brûle de savoir si mademoiselle Laura lui fera l'honneur de le trouver à son gré...

— Bravo ! — s'écria Lionel. — Une telle hâte est la preuve sans réplique de votre amour... — Je comprends et j'approuve... Partons...

— Vous nous accompagnerez?

— Oui, certes ! — Assurément je ne laisserai pas ma cousine se compromettre en un tête-à-tête. — Et puis je suis curieux aussi, moi...

Cinq minutes après ces paroles échangées nos trois personnages partaient ensemble pour Paris.

On arriva rue du Cirque.

Le petit hôtel — que nous nous garderons bien de décrire — était une merveille.

L'ameublement luxueux, les tableaux, les objets d'art, représentaient une somme bien supérieure à la totalité du capital de Georges — quand ce capital existait encore.

Carmen parut satisfaite, mais non point éblouie.

— Tout est fort bien, tout est parfait, — dit Cora, — et je vous félicite de nouveau...

La vengeresse pensait en même temps :

— De tout cela, rien n'est payé... rien, ou du moins bien peu de chose... — Je n'aurais jamais cru que Georges Dereyne parviendrait à se faire ouvrir d'aussi larges crédits... — Évidemment il exploite auprès des fournisseurs les millions de la dot, et compte les exploiter encore pour les dépenses de la corbeille. — Il est temps d'y mettre ordre...

Elle reprit à haute voix :

— Tant de zèle mérite une récompense, mon cher Georges... — Vous faire trop longtemps languir, épris comme vous l'êtes, serait un crime... — Bientôt nous signerons le contrat...

Georges témoigna son enthousiasme et sa reconnaissance en serrant à dix reprises la main de Lionel, et en couvrant de baisers celle que Laura lui abandonnait en souriant.

— Puis-je dès à présent annoncer mon mariage de façon officielle? — demanda-t-il ensuite.

— Attendez quelques jours encore, je vous prie... — répondit Lionel.

— Pourquoi? — fit le jeune homme avec inquiétude. — Admettez-vous donc qu'il puisse surgir des obstacles ?...

— Non assurément, mais il me semble plus convenable d'être le premier à parler du mariage de ma cousine... et soyez certain que je saisirai une très prochaine occasion de le faire... — Comment se porte Mme la comtesse de Lasseny, votre sœur? — ajouta-t-il pour changer le cours de l'entretien.

— Ma sœur se porte le mieux du monde, — répliqua Georges, — je l'ai vue hier, et j'ai même, à son sujet, des excuses à vous adresser...

— Des excuses, à moi! — s'écria Lionel.

— Oui. — Ma sœur et mon beau-frère m'avaient chargé pour vous de leurs plus affectueux compliments d'abord, et ensuite d'une commission dont je ne songeais point à m'acquitter car, lorsque je suis près de Mlle Laura, je ne songe plus à rien... qu'à elle...

— Ceci est d'une galanterie qui plaide votre cause et vous fait excuser d'avance... Mais cette commission?...

— C'est tout simplement de vous rappeler votre gracieuse promesse d'une visite à bref délai... promesse que vous oubliez beaucoup trop au gré d'Amélie.

— Je reconnais humblement mes torts et je les réparerai dès aujourd'hui.

Le soir en effet Lionel se rendit à l'hôtel de Lasseny qu'habitaient la comtesse douairière et le jeune ménage.

Il ne trouva personne et laissa des cartes pour le comte et les deux dames.

Le jour suivant, tandis que Lionel était à Paris, Gontran de Lasseny se présenta au château de Saint-Ouen. — Il ne demanda point mesdemoiselles Warton auxquelles il n'avait pas été présenté et remit pour Lionel, outre sa carte, une invitation à venir prendre une tasse de thé, le lendemain soir, à l'hôtel de la rue Saint-Dominique où devaient se réunir quelques intimes.

Le pseudo-nabab trouva l'invitation à son retour. — Il écrivit aussitôt qu'il acceptait et fit monter à cheval un groom qui porta cette réponse à son adresse.

Au moment de l'installation des trois sœurs, Jean Renaud, ou plutôt Doménico Séballa, s'était rendu à l'administration des postes pour demander que toute lettre adressée à *Monsieur Lionel Warton, à Paris*, fût immédiatement expédiée au château de Saint-Ouen.

Aucune missive n'était arrivée jusqu'alors mais le lendemain, tandis que

Lionel s'habillait pour se rendre à la réception de Mmes de Lasseny, le facteur apporta une large enveloppe revêtue de timbres étrangers et fermée par un énorme cachet de cire rouge offrant l'empreinte d'une piastre espagnole.

L'écriture de la suscription était bizarre et presque illisible.

Lionel déchira vivement cette enveloppe et déplia fiévreusement la feuille de papier qu'elle contenait.

La même main inexpérimentée avait tracé d'une écriture semblable à celle de l'adresse les lignes suivantes :

« *Les ordres du maître sont exécutés. — Les deux navires :* LE FRANÇOIS Ier *et* LE PETIT-HAVRE *ne reviendront pas; le coq rouge a changé dans leurs haubans. — Le sloop* LE VENGEUR *va faire route pour la France. — Jupiter et son équipage de noirs attendront des instructions nouvelles au Havre, à l'hôtel du* Bras-Noir, *ainsi que l'a ordonné le maître.* »

Lionel lut deux fois de suite cette courte lettre, qui pour tout autre que lui aurait semblé parfaitement énigmatique.

Tandis qu'il lisait une expression de joie farouche se peignait sur son visage pâle et bronzé.

Quand il eut achevé il frappa sur un timbre.

Robinson se présenta.

— Doménico Séballa est-il au château? — lui demanda Lionel.

— Oui, maître.

— Va lui dire que je le prie de venir me trouver...

Robinson se hâta d'obéir.

Cinq minutes plus tard Jean Renaud entrait dans la chambre.

— Vous me demandez, maître? — fit-il.

— Oui, mon ami.

— Y a-t-il du nouveau?

— Lisez...

Et Lionel tendit au faux mulâtre le mystérieux billet.

Une lueur fauve s'alluma dans ses prunelles, comme un instant avant dans celles de Cora.

— Tout marche! — s'écria-t-il.

— Ah! je suis bien servie! — murmura la vengeresse triomphante. — J'ai des amis fidèles!

— Qu'allez-vous faire?

— Dans peu de jours nous partirons, vous et moi, pour le Havre, et nous réglerons le dernier compte de l'un des assassins!... — Quand le misérable aura subi sa peine il me semble que je trouverai des forces nouvelles pour continuer notre œuvre.

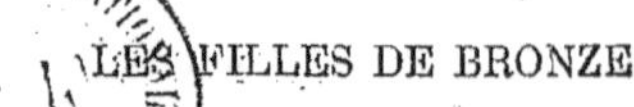

Lionel tendit au faux mulâtre le mystérieux billet.

— Œuvre terrible et sainte !... — ajouta Jean Renaud. — Et ma vengeance, à moi ?

— Elle approche... — Votre tour va venir...

— Merci, maître...

— Donnez l'ordre, je vous prie, de faire avancer ma voiture... — Je vais à Paris... — Je passe la soirée chez Blanche Hervieux, comtesse de Lasseny...

*
* *

L'hôtel de Lasseny, situé, nous le savons, dans le quartier aristocratique par excellence, rue Saint-Dominique, était une demeure seigneuriale construite vers la fin du règne de Louis XIII par l'un des ancêtres du comte actuel Gontran de Lasseny, un de ces édifices immenses où le luxe s'étalait à l'aise dans un milieu grandiose.

Un seul de ses salons occupait plus d'espace qu'un petit hôtel moderne tout entier.

La haute porte cochère dont l'écusson de Lasseny, sculpté dans le granit, ornait la clef de voûte, donnait accès dans une vaste cour flanquée à droite et à gauche de deux pavillons où les services étaient installés.

Au fond de la cour un escalier en fer à cheval et à double rampe conduisait aux appartements de réception que précédait un vestibule immense tendu de tapisseries des Flandres.

Trois salons en enfilade aux plafonds peints à fresque, une salle de billard, une salle à manger où quarante convives pouvaient s'asseoir à l'aise, une salle de billard et un fumoir occupaient ce rez-de-chaussée.

Derrière l'hôtel se trouvait un jardin d'un demi-hectare, planté d'arbres séculaires et s'étendant jusqu'à la rue parallèle à la rue Saint-Dominique.

Les portes vitrées du dernier salon s'ouvraient sur la merveille de cette splendide demeure, un jardin d'hiver de proportions peu communes dont la coupole vitrée n'avait pas moins de quinze mètres de hauteur.

Au fond de ce palais de cristal on avait installé un tir de salon parmi les arbustes exotiques et les végétations luxuriantes.

Une fontaine d'où l'eau jaillissait pour retomber dans une vasque de marbre rouge occupait le point central du jardin d'hiver.

Des sentiers bordés de gazon décrivaient de gracieuses sinuosités au milieu des fleurs tropicales s'épanouissant de toutes parts avec une richesse de tons à faire pâmer d'aise un coloriste.

Les Andiantes et les Danaées, les Vollisnéries dont les élégantes corolles se penchaient amoureusement les unes vers les autres, les Pontedéries aux épis couleur d'azur, les Butômes aux ombelles d'un blanc nacré, se miraient dans le ruisseau transparent qu'alimentait le trop plein de la vasque.

Là se trouvait un résumé de la flore de tous les pays.

Aux branches de bananiers s'accrochaient les Antharies aux feuilles immenses, les Alstrœmeria de l'Amérique équatoriale, les Orchidées quasi fantastiques, papillons et fleurs en même temps.

Le Pandanus de Java, palmier par l'aspect général, ananas par les feuilles, y répandait des senteurs exquises et voluptueuses comme les parfums d'une chevelure de femme.

Les frêles panicules bleues de la Dianella australienne s'y dressaient auprès des épis roses de l'Hénolia américain, des Haémanthès, ces fleurs de sang du Cap, et des Superbes du Malabar dont les corolles solitaires aux reflets changeants passaient du jaune vifs au rouge feu.

Les Linaigrettes balançaient leurs panaches gris aux houppes soyeuses parmi les Anthériques orangées, les Phalyngiums pourpres et les hautes pyramides fleuries des Agaves.

Le Rhus toxicodendrum ou Sumac enlaçait de ses sarments laiteux les troncs des mancenilliers, dont le feuillage d'un vert pâle était constellé de fruits roses.

La Spigélia vénéneuse du Brésil rampait sur les bordures gazonnées.

Les émanations capiteuses de la flore des zones torrides saturaient l'atmosphère tiède du jardin d'hiver, qu'éclairaient les girandoles soutenues par des nymphes de marbre blanc à demi-cachées dans les massifs.

Vers dix heures du soir, quoiqu'il s'agît non d'un raout mais d'une simple réception, plus de cent personnes peuplaient déjà les salons illuminés où les valets de pied en culottes courtes, en habits à la française vert et or, circulaient avec des plateaux chargés de rafraîchissements.

La comtesse douairière de Lasseny n'avait que la jouissance de l'hôtel dont nous venons de tracer un croquis rapide et qui, faisant partie de l'héritage paternel, appartenait à Gontran, le mari d'Amélie Dereyne.

L'ex-Blanche Hervieux recevait beaucoup, mais il faudrait bien se garder de croire que la société la plus aristocratique de Paris peuplât ses salons.

L'élite du monde patricien, la *crème* du noble faubourg, n'avait jamais pardonné au feu comte de Lasseny une mésalliance accomplie dans des conditions particulièrement suspectes.

Les habitués de la maison appartenaient donc pour la plupart au monde politique, au monde financier et industriel, et au monde artiste.

Les déclassés, nous devons le dire, étaient rigoureusement exclus, mais en revanche les fils des croisés brillaient par leur absence.

La comtesse douairière, blessée dans son amour-propre par l'exclusion dont elle se voyait l'objet, avait toujours espéré que le mariage de son fils avec une fille de grande maison mettrait fin à cette sorte d'ostracisme.

Malheureusement pour la réalisation de ce rêve Gontran s'était épris d'Amélie Dereyne, et son mariage, auquel sa mère qui l'adorait n'avait point consenti sans beaucoup de peine, constituait en réalité une seconde mésalliance que Blanche, oubliant son passé, ne pardonnait point à sa belle-fille.

XXXII

Amélie Dereyne savait à merveille qu'elle n'entendrait point annoncer dans les salons de sa belle-mère les noms retentissants inscrits à toutes les pages de l'histoire de France.

Elle en prenait philosophiquement son parti, quoiqu'elle fût vaine et ambitieuse, mais il lui suffisait de s'entendre appeler : *Madame la comtesse* et de voir sur les panneaux de sa voiture, sur ses bijoux, sur son argenterie, la couronne aux neuf perles.

La douairière et la jeune femme vivaient, ou du moins semblaient vivre en bonne intelligence, se prodiguant les plus doux sourires et les paroles les plus affectueuses.

Au fond elles se détestaient et ne faisaient patte de velours qu'afin de cacher leurs griffes.

Le temps paraissait au beau fixe, mais pour que le ciel devînt noir, pour qu'on entendît gronder l'orage, le moindre incident devait suffire.

Gontran de Lasseny, quoiqu'il aimât follement, peut-être parce qu'il aimait follement, avait subi mainte déception presque aussitôt après son mariage.

Très intelligent, très observateur, il s'était aperçu bien vite qu'Amélie l'avait épousé par orgueil, rien que par orgueil, ne l'aimait qu'à certaines heures, et le reste du temps éprouvait pour lui une glaciale indifférence qu'elle ne cherchait même point à cacher.

Le comte souffrit cruellement de cette découverte, mais il ne se découragea pas.

— Amélie est bien jeune, — se dit-il, — à son âge le mal n'a pas de racines profondes, et tout est réparable... — C'est à moi d'atténuer avec douceur et patience les côtés défectueux de sa nature... — A force de tendresse je saurai la contraindre un jour à m'aimer...

Nous ne tarderons point à savoir si cette espérance devait se réaliser.

Au moment où nous introduisons nos lecteurs à l'hôtel de la rue Saint-Dominique la jolie comtesse trônait, l'éventail à la main et le sourire aux lèvres, dans le premier des trois salons, au milieu d'un cercle de jeunes gens qui lui faisaient une cour assidue, — discrète encore et respectueuse il est vrai, — et, prévoyant qu'un peu plus tôt ou un peu plus tard la séduisante femme deviendrait accessible, tenaient à se mettre sur les rangs et à prendre date.

Amélie, chez qui la coquetterie transcendante était chose d'instinct, ne les encourageait point mais n'avait garde de les décourager, et chacun recevait à tour de rôle un sourire ou une œillade.

Tout cela, sans être bien grave, n'avait rien de rassurant pour le pauvre mari.

La comtesse portait une toilette exquise mais trop habillée, ou plutôt trop déshabillée pour une réception presque intime.

Sa robe de faille, d'un rose très pâle, était décolletée en carré par devant et par derrière avec une étonnante audace, découvrant la moitié d'une gorge idéale et des épaules de marbre vivant.

Pas un bijou, pas même un cercle d'or, ne cachait une parcelle de l'épiderme velouté des bras nus.

La soyeuse chevelure blonde, négligemment relevée sur le sommet de la tête, formait une masse lourde qu'un peigne d'ivoire avait peine à retenir.

Deux longues boucles s'échappant de cette masse se coulaient, comme des serpents cuivrés, l'un sur la gorge, l'autre sur les épaules, et descendaient jusqu'à la ceinture.

Ainsi vêtue, avec sa taille mince et souple et ses formes arrondies, Amélie de Lasseny était merveilleusement séduisante et superlativement capiteuse.

Gontran, contemplant de loin sa femme, éprouvait une admiration mêlée d'effroi. — Une vague angoisse lui serrait le cœur.

Il trouvait Amélie trop belle, et surtout trop dévoilée.

Si elle se montrait ainsi à des indifférents, que resterait-il à lui, le mari?

On annonça MM. Georges et Léopold Dereyne.

Georges avait sa physionomie habituelle, un peu plus animée et joyeuse peut-être.

Léopold était très pâle.

Il savait par son frère que Gontran de Lasseny avait invité Lionel Warton, et il espérait que les cousines du châtelain de Saint-Ouen se trouvaient comprises dans l'invitation...

Ne se trompait-il pas?

Viendraient-elles?

Allait-il voir entrer sa bien-aimée Mary? — Pourrait-il échanger quelques mots avec l'étrange enfant qui devenait de plus en plus pour lui une énigme vivante?

Dans le doute — et selon l'invariable habitude des amoureux — il se mettait l'esprit à la torture.

Amélie rompit le cercle de courtisans qui l'entouraient, fit quelques pas au-devant de ses frères et leur tendit ses mains mignonnes.

Le visage décomposé de Léopold attira son attention.

— Pourquoi cette physionomie de l'autre monde? — demanda-t-elle à l'étudiant. — Qu'est-ce que tu as, gamin?

Léopold rougit comme une jeune fille devant qui l'on parle d'amour.

— Je n'ai rien, petite sœur... — balbutia-t-il.

— Tu sais que je ne te crois pas... — reprit la comtesse. — Tout à l'heure tu étais plus blanc qu'un lys, et maintenant te voilà pourpre... — Je suis sûre que tu souffres...

— Eh bien! oui, c'est vrai, je souffre un peu, mais c'est un malaise passager.

— Rien de grave, bien vrai?

— Je te l'affirme...

— A la bonne heure... — j'étais presque inquiète...

— Je sais ce qu'il a, moi! — dit Georges en riant.

— Qu'est-ce que c'est? — fit Amélie curieusement.

— Il est amoureux.

— A son âge? — s'écria la comtesse avec un rire sonore. — Peste, quel enfant précoce!... — Me voilà rassurée tout à fait... — Ça lui passera...

Léopold ne répondit pas et redevint d'une pâleur mortelle en entendant sa sœur plaisanter un amour qui désormais était toute sa vie.

En ce moment entraient deux jeunes femmes, amies de pension d'Amélie, qui pour les accueillir s'éloigna de ses frères.

— Est-ce vrai que tu connais le nabab, le prince indien? — demanda l'une des nouvelles venues après de véhémentes embrassades.

— Quel nabab? quel prince indien? — fit la comtesse étonnée de cette question.

— Celui dont la chronique mondaine s'occupe exclusivement... Le gentleman accompli qui jongle avec des millions et qui possède des mines d'or et de diamants dans les plus mystérieux pays du monde...

— Encore une fois, qui donc?

— Lionel Warton...

Un faible nuage rose colora la paleur dorée d'Amélie qui répondit :

— Je le connais... — mon frère Georges me l'a présenté l'autre jour...

— Est-il aussi charmant qu'on l'affirme?...

— Il m'a paru fort bien...

— Viendra-t-il ce soir?...

— Je le pense...

— Avec ses belles cousines, *les filles de bronze?*...

— Assurément non...

— Pourquoi?

— Pour la meilleure de toutes les raisons... — Ne connaissant pas Mlles Warton je ne pouvais les inviter...

— Mais tu les recevras plus tard?

— Quand elles m'auront été présentées, ce n'est pas douteux...

— Sais-tu que ton frère Georges — (s'il faut en croire le bruit public) — est passionnément amoureux de l'aînée des belles cousines?

— C'est possible, mais je l'ignore...

— On ajoute que cette passion finira par un mariage.

— Georges ne m'en a point parlé.

— Mlles Warton sont d'ailleurs des partis superbes, — continua l'amie si bien renseignée. — Chacune d'elles apportera six millions, le jour des noces, au mari qu'elle aura choisi...

— Six millions ! — répéta la comtesse étonnée.

— Tout autant... c'est authentique...

— Je souhaiterais alors à mon frère de signer le contrat ce soir... — Une jolie femme et trois cent mille livres de rentes, c'est un beau rêve !

— Un rêve qu'il fera quand il le voudra... — répliqua l'intarissable amie.

La porte du premier salon s'ouvrit et le valet de chambre, faisant fonctions d'huissier, annonça :

— M. Lionel Warton...

Les yeux de toutes les filles d'Ève prirent aussitôt la même direction et le prétendu nabab fit son entrée avec une aisance et une grâce incomparables sous les feux croisés des regards féminins.

La toilette de soirée lui allait mieux encore que le veston ou la redingote.

L'habit noir, si difficile à bien porter, mettait en relief l'élégance exquise de sa taille ; — le col de la chemise, rabattu sur une étroite cravate blanche, laissait voir une partie de son cou d'une forme incomparablement pure.

Lionel était si séduisant que plus d'un cœur de femme se mit à battre un peu plus vite qu'il n'aurait fallu.

Amélie de Lasseny crut sentir un nuage de feu l'envelopper ; cette sensation fut âcre et voluptueuse à la fois, comme le fameux baiser de Julie.

Georges arrêta Lionel au passage, lui prit le bras et le conduisit auprès de sa sœur qui le reçut avec un sourire à ranimer un mort, et un regard à damner saint Antoine de pudique mémoire.

Elle lui tendit une main fiévreuse et lui dit d'une voix troublée :

— Merci, monsieur, merci cent fois, d'avoir accepté gracieusement une invitation à trop bref délai... — C'est agir en ami véritable, et vous êtes le nôtre, n'est-ce pas ?

— Votre ami très passionné, oui certes, madame ! — répondit Lionel en appuyant ses lèvres sur l'avant-bras d'Amélie, un peu au-dessus du gant à six boutons qui dessinait sa main fine et longue et son poignet délicieusement modelé.

Sous la pression de cette bouche charmante la jeune femme vibra comme une harpe dont un doigt délicat effleure les cordes tendues.

Le corps exquis de la comtesse dégageait en ce moment une telle électricité amoureuse que Lionel, s'il eût été véritablement un homme, en aurait ressenti le choc.

Gontran de Lasseny vint serrer la main du nouveau venu qui lui demanda :

— N'aurai-je pas l'honneur de présenter mes respects à Mme la comtesse, votre mère ?

— La voici... — répondit le mari d'Amélie.

La douairière, vêtue avec une coquetterie peut-être un peu trop juvénile mais qui n'avait cependant rien d'exagéré ni de ridicule, paraissait ce soir-là très belle encore, même à côté de l'éclatante beauté de sa bru.

Elle reçut les hommages de Lionel de l'air de gracieuse condescendance d'une souveraine bienveillante.

Personne — à moins de connaître les secrets du passé — n'aurait pu croire que cette fleur imposante et superbe avait grandi dans un bourbier et, le sachant, c'est tout au plus si l'on aurait osé s'en souvenir, tant la tournure patricienne et les façons aristocratiques de la douairière rendaient invraisemblable une telle origine.

Un jeune homme s'approcha de Georges.

— Tous mes compliments, très cher ! — dit-il au fils de Martial qui répliqua en riant :

— Je les accepte de confiance, mais à quel propos, s'il vous plaît, me les adressez-vous ?...

— Au sujet du charmant hôtel que vous avez acheté rue du Cirque et dont vous venez de faire un palais...

— Qui vous a dit cela ? — demanda Georges d'un air contraint.

— Mon tapissier, qui est aussi le vôtre... A-t-il menti ?...

L'associé d'agent de change, hésitant, regarda Lionel Warton avant de répondre.

<h2 style="text-align:center">XXXIII</h2>

Lionel, comprenant à merveille le regard interrogateur de Georges Dereyno, répliqua :

— Au point où nous en sommes la discrétion n'est plus de mise, mon cher Georges, et nulle occasion meilleure ne peut se présenter de mettre votre famille et vos amis au courant de ce qui se passe.

Puis, s'adressant aux nombreux auditeurs que ce début intriguait beaucoup, il poursuivit :

— M. Dereyne achète un hôtel parce qu'il se marie... — Il épouse ma cousine Laura Warton, et je suis heureux d'ajouter que cette union, où toutes les convenances se trouvent d'ailleurs réunies, est en même temps un mariage d'inclination... chose rare et charmante qui promet aux époux futurs un long avenir de bonheur...

— L'amour dans le mariage !... — murmura la jeune comtesse à l'oreille de Lionel, tandis que les amis de la maison félicitaient chaudement Georges, — c'est un beau rêve... mais ce n'est qu'un rêve...

— Croyez-vous ? — demanda Lionel.

Lionel mit en joue tout en parlant... la fleur tomba.

— J'en suis sûre... — Un mari est un maître imposé par la loi... — On n'aime pas longtemps son maître... — Le cœur a soif d'indépendance et veut se donner sans réserve à celui qu'il choisit en toute liberté...

Après avoir formulé cette étrange théorie, accompagnée d'un long regard d'une expression indéfinissable, Amélie, changeant brusquement de ton, poursuivit :

— Ainsi, monsieur Lionel, vous allez être un peu mon cousin...

— Le regrettez-vous, madame ?...

— Je m'en réjouis, au contraire... — Non que j'attache la moindre importance à un lien de famille illusoire, mais cette situation nouvelle vous fera forcément entrer dans l'intimité de notre vie... — Vous serez pour moi mieux qu'un parent...

— Un ami, n'est-ce pas ?

— Un ami... — répéta lentement Amélie en attachant sur les yeux de Lionel ses yeux si beaux d'où jaillissait une flamme voluptueuse à travers la double palissade des longs cils. — Un ami... oui... vous serez mon ami...

Et l'intonation molle et caressante de sa voix modifiait étrangement le sens de ce dernier mot.

Gontran se rapprocha d'Amélie et de Lionel.

Quelques invités le suivirent, curieux d'entendre causer ce jeune homme beau comme une femme et dont tout le monde s'occupait.

— Étiez-vous déjà venu en France ? — lui demanda le comte.

— Jamais...

— On ne le croirait pas...

— Pourquoi ?...

— Parce que vous êtes Parisien autant qu'on le puisse être...

Lionel sourit.

— Je prends ceci pour un compliment, — fit-il, — et je vous en remercie...

— Vous avez voyagé beaucoup ?

— Presque depuis mon enfance.

— Seul ?

— Avec un parent qui me servait de guide et de mentor, et qui est certainement un des hommes les plus remarquables que je connaisse... — Je n'ai jamais eu d'autre professeur et c'est à lui que je dois de parler six ou sept langues...

— Vous a-t-il accompagné à Paris ?

— Il ne me quitte jamais... — Doménico Séballa (c'est ainsi qu'il se nomme) s'est absolument consacré à moi et m'aime comme si j'étais son fils...

— Il doit être fier de son élève ! — s'écria Gontran.

— Doménico n'est fier que de mon affection, et il la possède toute entière... — Je vous demanderai la permission de vous le présenter...

— Nous serons heureux de le recevoir... — répliqua la douairière, ex-Blanche Hervieux.

— Avez-vous couru des dangers dans vos longs voyages, monsieur Lionel ? — demanda la comtesse Amélie.

— De très grands, et j'en suis toujours sorti sain et sauf grâce à Doménico Séballa... — Il a développé mes aptitudes aux exercices du corps... Il m'a fait des nerfs et des muscles d'acier et m'a rendu familiers tous les sports... — Il a été mon unique maître d'équitation, de natation, d'escrime, de tir au pistolet...

— On affirme, monsieur Warton, que vous êtes un tireur absolument de première force... — dit un jeune homme. — Je tiens le fait de plusieurs de mes amis qui se sont trouvés avec vous cher Gastinne Renette.

— Mon Dieu ! monsieur, vous le savez, on exagère toujours un peu, mais enfin j'abats généralement au vol dix hirondelles sur dix balles...

— Au pistolet ?

— Oui, monsieur...

— C'est prodigieux !... Prodigieux vraiment ! ! — fit le jeune homme d'un on d'incrédulité polie.

— Quand il vous plaira d'en avoir la preuve; je serai à vos ordres... — répliqua Lionel en souriant.

— Ce sera tout de suite si vous voulez... — dit Gontran.

— Comment ?... dans votre hôtel ?

— Parfaitement bien... — Les hirondelles nous feront défaut, c'est vrai, mais nous avons le tir... — un tir de salon très suffisant pour l'expérience dont il s'agit.

— Je suis prêt à la tenter... — répliqua Lionel, puis il ajouta en s'adressant à la fille de Martial Dereyne : — Me ferez-vous l'honneur, madame la comtesse, d'assister à cette épreuve?...

— Oui, certes ! — répondit Amélie, — et j'y prendrai le plus vif intérêt...

— Veuillez donc accepter mon bras...

La jeune femme, s'appuyant sur le bras que lui tendait Lionel, se pencha vers son cavalier avec un abandon voluptueux, et trouva moyen de lui faire sentir la pression de son buste souple et palpitant.

— Où me conduisez-vous? — lui demanda le pseudo-nabab.

— Nous allons au jardin d'hiver...

Gontran de Lasseny marchait le premier.

Amélie et Lionel venaient ensuite, précédant les amis de la maison qu'enchantait la perspective d'une distraction inattendue.

Le cœur d'Amélie battait si fort que Lionel en percevait directement les pulsations fiévreuses.

Il tourna son regard vers sa jolie compagne qui le dévorait des yeux avec une sorte d'ivresse.

Un souvenir classique traversa son esprit, et ce vers fameux vint à ses lèvres :

C'est Vénus tout entière à sa proie attachée ! !

On s'engagea dans le jardin d'hiver dont Lionel admira les dimensions superbes, et l'on atteignit la galerie de tir que des lampes munies de puissants réflecteurs éclairaient comme en plein jour.

Deux valets de pieds préparaient les pistolet de salon.

— Vous voyez d'ici le but?... — demanda Gontran.

— C'est une carte fixée sur la plaque noircie... l'as de carreau, si je ne me trompe.

— Oui, l'as de carreau...

— Il s'agit, n'est-ce pas, de percer le carreau à son point central ?...

— Sans doute...

— Eh bien, c'est un jeu d'enfant...

— Mais non ! Mais non ! — s'écria le comte.

— Vous allez voir...

Lionel prit un pistolet, et sans presque ajuster fit feu.

La petite balle conique perça un trou rond juste au milieu de l'a .

Les spectateurs battirent des mains.

— Je vous en supplie, — dit Lionel, — ne m'applaudissez pas pour si peu de chose... ça n'en vaut vraiment pas la peine. Je vais vous montrer mieux que cela...

Et, tirant quatre balles consécutives, il les envoya l'une après l'autre aux quatre angles de l'as qu'elles effleurèrent sans l'entamer.

— Ah ! monsieur, c'est admirable !... — s'écria, avec conviction cette fois, le jeune homme qui d'abord avait paru vaguement incrédule. — Mais auriez-vous le même sang-froid, par conséquent la même adresse, s'il fallait faire feu sur un être vivant?

— Vous allez en juger... — répondit Lionel, qui s'adressant à Gontran lui dit : — Faites-moi le plaisir, mon cher comte, de donner l'ordre à un de vos gens d'aller chercher mon nègre Toby qui doit se trouver dans le vestibule.

Sur un signe de M. de Lasseny un des valets de pied quitta la galerie de tir où il reparut au bout de trois minutes avec Toby.

Lionel dit quelques mots en espagnol à ce dernier, qui s'inclina.

— Donnez-moi, je vous prie, un pistolet déchargé et une feuille de papier à cigarettes reprit — le pseudo-nabab.

Il appliqua sur la bouche du pistolet vide la feuille mince, après l'avoir mouillée, et il en détacha les côtés délicatement, de telle sorte que le canon offrait à son orifice un disque blanc de la largeur d'une pièce de dix francs en or.

— Prends cette arme, — commanda Lionel, toujours en espagnol, — va le placer auprès de la plaque, fais le geste de me viser avec ton pistolet et reste immobile...

— Oui, maître.

Et le nègre, obéissant de l'air le plus calme, alla s'adosser à la plaque de tôle noircie, leva le bras et prit l'attitude indiquée.

Le disque de papier, se trouvant à la hauteur de sa tête, tranchait sur la peau sombre comme une tache blanche à peine visible.

Lionel arma son pistolet.

— Qu'allez-vous faire ? — s'écria Gontran très intrigué, car il ne pouvait pas ou plutôt ne voulait pas comprendre.

— La chose du monde la plus simple... — répliqua le prétendu nabab. — Je vais envoyer une balle dans le pistolet que tient mon nègre, en trouant le papier mais sans toucher la bague du canon.

— C'est impossible !...

— J'espère vous démontrer le contraire...

Les spectateurs sentaient un petit frison courir sur leur épiderme.

— Songez-y donc ! — reprit Gontran de Lasseny. — Il suffirait d'un écart d'un millimètre pour tuer cet homme !...

Lionel sourit.

— Toby, — demanda-t-il en français, — as-tu peur ?

— Non maître...

— Alors ne bouge plus, je vise...

Et, levant son pistolet, il ajusta lentement.

Un silence absolu, témoignant d'une angoisse générale, régnait dans la galerie de tir et dans le jardin d'hiver.

Toutes les poitrines étaient oppressées, — la sueur perlait sur tous les fronts, — les femmes appuyaient leurs mains gantées sur leurs paupières pour ne pas voir.

Seule Amélie de Lasseny, la tête haute, le front rayonnant, les yeux noyés d'amour, comtemplait Lionel avec une extase qui ressemblait à de l'adoration.

Gontran, lui, regardait sa femme.

Il surprit la nappe de feu qui jaillissait de ses prunelles et ne s'adressait point à lui.

Lionel pressa la détente.

Une faible détonation se fit entendre, presque étouffée par des cris féminins, et tout le monde se pencha pour connaître plus vite le résultat de ce coup hardi.

Toby, immobile et impassible, continuait à tenir son arme haute mais on ne voyait plus à la bouche du pistolet qu'une bague blanche au lieu d'un disque.

La balle de Lionel avait troué le frêle papier et pénétré dans le canon.

Une clameur admirative s'éleva et les applaudissements éclatèrent.

Amélie était folle d'enthousiasme.

— Monsieur Warton, — dit-elle au bout d'un instant, — j'ai quelque chose à solliciter de vous...

— Je suis à vos ordres, madame...

— Eh bien ! détachez pour moi, d'un coup de pistolet, un de ces fruits charmants.

Elle désignait les petites pommes roses pendant aux branches d'un arbre touffu.

Lionel secoua la tête et répliqua :

— Un de ces fruits, madame, et pour vous ! — Non, certes !...

— Pourquoi ?

— Parce qu'il renferme un poison mortel...

— Quel est donc cet arbre ? — demanda la comtesse.

— C'est un mancenillier...

— Un mancenillier !... —répéta la jeune femme. — L'arbre qui tue dans leur sommeil ceux qui s'endorment sous son feuillage...

— Ceci, madame, appartient au domaine de la légende, — répondit Lionel en souriant. — L'ombre du mancenillier n'a jamais tué personne, mais le suc laiteux qui lui sert de sève et coule abondamment d'une incision fait à ses rameaux est un toxique d'une effrayante énergie dont l'antidote n'existe guère... — Le fruit, quoique très dangereux lui-même, l'est assurément moins que la sève.

XXXIV

Tout le monde écoutait Lionel avec curiosité, mais la curiosité d'Amélie ne ressemblait pas à celle de tout le monde, et le visage de la jeune femme prenait une expression singulière.

Lionel s'en aperçut ; il regarda tour à tour la comtesse et Goutran ; un sourire glissa sur ses lèvres.

— Ce mancenillier, du reste, — poursuivit-il, — n'est pas le seul arbre ou arbuste vénéneux que vous possédiez dans cette collection rare des produits de la flore universelle... — Voici le *rhus toxicodendrum* de l'Amérique septentrionale qui renferme un poison violent... — l'*euphorbe*, non moins redoutable... — la *spigelie* ou *spigelia* qui pousse naturellement au Brésil et à la Guyane et qu'on cultive aux Antilles... — Certains botanistes l'appellent *Brinvillière*, et ces savants pourraient avoir raison quand ils affirment que Sainte-Croix, l'amant et le complice de la marquise de Brinvilliers, en tirait *la poudre de succession*.

Lionel, promenant ses yeux autour de lui, ajouta :

— J'en vois d'autres encore, et très nombreux, mais je crois sage de m'abstenir d'une énumération fatigante et inutile...

Amélie avait suivi du regard le doigt de Lionel Warton qui touchait chaque plante vénéneuse à mesure qu'il la nommait.

La flamme de ses prunelles devenait de plus en plus sombre, surtout quand sa jolie tête se tournait vers son mari.

— En vérité vous êtes un puits de science, cher monsieur !!! — s'écria ce dernier. — Comment savez-vous toutes ces choses ?...

— Aux environs de Calcutta, — répondit Lionel, — j'ai failli mourir empoisonné...

— Par un crime? — demanda vivement Amélie...

— Non, madame, par une imprudence... — J'avais gardé pendant quelques minutes entre mes lèvres la fleur d'un arbuste dont j'ignorais le nom et les propriétés malfaisantes... — On ne m'a sauvé que par miracle... — A partir de cette époque j'ai voulu savoir, et sous la direction de mon parent Doménico Séballa, à qui rien n'est étranger, j'ai étudié sérieusement la botanique, et surtout la flore meurtrière des tropiques... — Je vous assure que c'est du plus haut intérêt... — Essayez cette étude, mesdames, et vous verrez combien j'ai raison...

Il s'interrompit en souriant, puis il reprit sur un autre ton :

— Mais j'oublie que madame de Lasseny m'a fait l'honneur de me demander de satisfaire un de ses caprices.

— C'est vrai... — murmura la comtesse en appuyant par un geste involontaire la main sur son cœur comme pour en comprimer les battements.

— Voyez-vous, là-bas, — continua Lionel, — voyez-vous ces fleurs charmantes se balançant sous un souffle invisible?... Leur parfum capiteux récèle la mort lorsqu'elles sont réunies en grand nombre dans une chambre close. — On leur a donné le nom de *Danaées* pour faire allusion peut-être aux filles de Danaüs qui tuèrent leurs maris la première nuit de leurs noces. — Je vais cueillir pour Mme de Lasseny, non point un fruit du mancenillier mais une de ces fleurs...

Lionel depuis quelques secondes avait repris un pistolet de salon.

Il mit en joue tout en parlant.

Le coup partit.

La fleur tomba.

Le pseudo-nabab s'élança pour la ramasser, et la présentant à la jeune comtesse dit d'une voix émue :

— Je suis heureux, madame, d'avoir pu vous obéir...

Il ajouta tout bas :

— Et je le serais bien plus encore si l'occasion se présentait de vous prouver combien je suis absolument à vous.

— Qui sait? — répondit Amélie en enveloppant Lionel d'un regard incendiaire. — Qui sait? — Tout est possible. — L'occasion viendra peut-être...

En mettant à son corsage la fleur de Danaée, elle pensait :

— Vous m'avez déjà rendu ce soir un grand service... Vous m'avez appris des choses que j'ignorais et qui me serviront...

— Maintenant, madame, — poursuivit Lionel, — je vais avoir l'honneur de prendre congé de vous.

— Vous partez ! — s'écria la comtesse dont les sourcils bruns se rapprochè-rent. — Vous partez ! ! déjà !... Mais il est onze heures à peine...

— Il le faut...

— Pardonnez-moi, — je vais être très indiscrète... — Pourquoi le faut-il ?

— Parce que je suis esclave de ma parole...

— Et vous avez promis ?

— J'ai promis...

— Un rendez-vous, alors ?

— Un rendez-vous, oui, madame.

Les narines d'Amélie se contractèrent. — Un éclair jaillit de ses yeux. — Son cœur, qu'une jalousie fauve envahissait, se serra.

— Allez donc, puisqu'on vous attend... — répliqua-t-elle d'une voix trem-blante.

Puis, sans transition, elle ajouta :

— Si cependant je vous suppliais de rester ?

— Hélas ! madame, je serais contraint de vous répondre par un refus... et vous allez le comprendre...

— J'en doute... — fit Amélie d'un ton plein d'amertume.

— Attendez pour juger, je vous en prie, madame... — J'ai gagné au jeu, la nuit dernière, une grosse somme, et j'ai promis à mon adversaire de lui donner sa revanche ce soir... — Ai-je le droit de manquer à cet engagement ?

L'oppression de la comtesse se dissipa comme par magie ; — la contraction de ses sourcils disparut ; — son visage devint radieux.

— Ainsi, — demanda-t-elle avec un sourire qui découvrit ses petites dents d'ivoire, — ainsi c'est un homme ?...

— Oui, madame...

— Alors c'est vous qui avez raison... — l'engagement pris dans de telles conditions est obligatoire, je le reconnais, et tout en regrettant votre trop prompt départ je ne vous retiens plus... — Mais nous nous reverrons avant peu, n'est-ce pas ?

— Si vous daignez me le permettre...

— Vous savez bien que je vous le permets... — murmura la comtesse en accompagnant ces paroles d'un regard éloquent.

— A bientôt, monsieur Lionel... — dit Gontran de Lasseny à son tour.

— A bientôt, monsieur le comte, et croyez que je suis profondément touché de votre gracieux accueil.

Le pseudo-nabab alla saluer la comtesse douairière avec une grande affec-tation de respect.

Il serra les mains de Georges et de Léopold et se retira, laissant sous le charme les hôtes de Gontran.

L'armateur questionna l'un de ces vieux matelots qui passent leur vie sur la jetée.

Amélie le suivit des yeux jusqu'au moment où la porte du premier salon se referma derrière lui. Elle pensait :

— Ainsi, je l'aime !... c'est donc ça, l'amour !... Ah! je suis mordue au cœur! — Qu'un obstacle surgisse entre Lionel et moi et, quel qu'il soit, je briserai l'obstacle. — Je ne m'appartiens plus !... — Si Lionel tout à l'heure m'avait commandé de le suivre, je l'aurais suivi, je le sens... — Pourquoi suis-je mariée?...

Lionel, en s'éloignant, se disait :

— Cette femme est la digne fille de son père... — Deux fois de suite j'ai lu dans son regard qu'elle songe à commettre un crime.

Lorsque la vengeresse, un peu après minuit, rentra au château de Saint-Ouen, ses sœurs s'étaient retirées depuis longtemps ainsi que Dolorès.

Elle regagna son appartement.

Sur la table de sa chambre à coucher se trouvait une dépêche apportée dans la soirée.

Elle déchira l'enveloppe et lut :

« *Paris, du Havre,*

« *Arrivés aujourd'hui à bon port. — Le sloop amarré à quai. — Descendus hôtel du* Bras-Noir. *— Attendons ordres du maître.*

« Jup. »

— Bien ! — fit Cora presque à voix haute.

Elle brûla la dépêche, quitta son costume masculin, se mit au lit et voulut dormir, mais le sommeil ne ferma point ses paupières cette nuit-là.

Elle se leva de très bonne heure, s'habilla et chargea Robinson de prévenir Jean Renaud, ou plutôt Michel Servan, qu'elle désirait lui parler.

Le faux mulâtre ne se fit point attendre...

— Jupiter et les noirs, — lui dit-elle, — sont arrivés hier au Havre.

— Qu'allons-nous faire, maître?

— Partir pour le Havre où ils nous attendent.

— Aujourd'hui?

— Ce soir. — Jocelyn a-t-il couché au château ?

— Oui, maître.

— Priez-le de descendre au salon dans une heure... — Je vais prévenir mes sœurs et ma cousine... — Veillez aussi, mon ami, à ce que les domestiques nègres venus avec nous de Guayanila s'y trouvent réunis.

— Ils y seront, maître.

— Merci.

Une heure après, toutes les personnes convoquées par Cora attendaient au lieu désigné.

La jeune fille entra, vêtue comme d'habitude en homme. — Une sorte de joie farouche éclairait son visage sombre.

— Mes sœurs, mes amis, — dit-elle, — nous allons atteindre la première étape du chemin que nous parcourons ensemble... — Ce soir, Michel Servan et moi nous partons...

— Ne vous accompagnerons-nous pas ? — demanda vivement Carmen.

— Non, vous restez ici sous la garde du docteur, mais il est probable que vous viendrez bientôt me rejoindre... — Si j'ai besoin de votre présence, Jocelyn recevra une dépêche...

Lionel continua, en s'adressant aux domestiques nègres :

— Quant à vous, mes amis, dans le cas où quelqu'un vous interrogerait, souvenez-vous de répondre que Mlles Warton sont parties avec moi et que vous ignorez le but de notre voyage et la durée de notre absence... — Est-ce compris?

— C'est compris, maître, — répondit Robinson, — et comprendre c'est obéir...

— Bien... — Je compte sur vous... — Allez, mes amis...

Les nègres s'inclinèrent et sortirent.

Le pseudo-nabab poursuivit :

— Vous, mes sœurs, et toi, Dolorès, ne mettez plus les pieds dans le parc... ne vous montrez point aux fenêtres... qu'aucune lumière ne brille le soir sans que les rideaux soient abaissés sur les contrevents clos. — Ce sera fort ennuyeux, je le sais, mais c'est indispensable... Tout le monde doit croire le château absolument inhabité...

— Nous obéirons, — dit Carmen, — mais tu sais que Georges Dereyne, et sans doute aussi Léopold, ne manqueront pas de se présenter...

— Certes, je l'ai prévu, et c'est pour eux surtout qu'est donnée la consigne... — Il importe qu'ils soient convaincus de notre absence à tous. — L'inquiétude de ce mystérieux départ éperonnera leur amour.

— Où donc vas-tu sans nous, ma sœur? — balbutia Marie, frissonnant à la pensée de quelque drame prochain.

— Au Havre... L'heure est venue... L'un des assassins de notre père... l'un des bourreaux de notre mère, va payer sa dette !

.   .   .   .

Le même soir Lionel Warton et Doménico Séballa se faisaient conduire à la gare de la rue Saint-Lazare où ils prenaient un train de grande vitesse.

Dès la tombée de la nuit on avait fermé les volets intérieurs de toutes les fenêtres du château de Saint-Ouen; la large façade restait sombre comme celle d'une demeure abandonnée.

Aucun bruit ne se faisait entendre sous les ombrages du parc désert. — Les coups de pieds des chevaux oisifs s'agitant dans leurs boxes coupaient seuls par instants le grand silence.

Les volontés de Lionel étaient exécutées à la lettre.

XXXV

A onze heures et demie Lionel Warton et Doménico Séballa arrivaient au Havre, quittaient la gare, portant chacun à la main un petit sac de voyage, et prenaient lentement à pied le chemin de la villa d'Ingouville.

Pierre Landry, prévenu par dépêche de l'arrivée du maître, faisait le guet dans le jardin auprès de la porte qu'il ouvrit avant même que le faux mulâtre eût posé la main sur le bouton de la sonnette.

L'ancien amoureux de Rose Bonchamp n'était plus reconnaissable. — Une expression de calme profond, de béatitude infinie, se lisait sur son visage reposé.

Sans souci du présent, sans inquiétude pour l'avenir, se montrant le moins possible au dehors, attendant avec patience la vengeance promise, se couchant de bonne heure, faisant la grasse matinée, ne se laissant manquer de rien, il prenait de l'embonpoint — (chose que personne n'aurait cru possible) — et s'acquittait d'ailleurs à merveille de ses fonctions de gardien fidèle, entretenant de façon irréprochable le jardin et la villa.

Lionel lui en fit ses compliments puis se retira dans la chambre préparée pour lui, tandis que Jean Renaud en faisait autant de son côté.

Le lendemain matin, Pierre Landry reçut l'ordre de se rendre à la gare pour y recevoir une voiture, un cheval, un domestique nègre, arrivant par un train omnibus, et pour leur indiquer le chemin de la villa des Falaises.

Il devait en revenant rapporter les provisions nécessaires et préparer lui-même un repas très simple, Lionel Warton ne voulant pas sortir de la maison d'Ingouville.

Après le déjeuner, dont quelques côtelettes et un homard firent tous les frais, Jean Renaud, en costume de voyage et portant en bandoulière une élégante sacoche de cuir de Russie, gagna la ville, se rendit successivement à l'hôtel du *Bras-Noir* où il causa longuement avec Jupiter, puis chez le banquier Janille, chez un juif nommé Mosès Graft qui prêtait à gros intérêts sur consignation de marchandises aux négociants gênés, et dans deux ou trois autres officines du même genre.

Voyons ce qui se passait à peu près à la même heure dans l'ex-maison Dereyne et de Funcal, appartenant depuis quelques jours au seul Mercuzza-Funcal.

C'était un jour d'échéance.

Le caissier se trouvait à son poste et son visage exprimait une sérénité complète.

Le ci-devant commandeur des noirs avait réuni la veille, non sans quelque peine, la somme nécessaire pour faire face aux engagements pris, et toutes les traites devaient être payées à présentation.

Mercuzza, seul dans son cabinet, se frottait les mains et souriait.

Quoiqu'il fût momentanément très gêné, il voyait l'avenir en beau

Cette échéance franchie, c'était le salut, croyait-il, c'était la richesse à bref délai, car les deux navires *le Petit-Havre* et *le François Ier* devaient arriver d'un moment à l'autre avec des cargaisons d'une grande valeur.

Peut-être, avant que la journée fût finie, entreraient-ils dans les bassins.

Le crédit chancelant de la maison Juan de Funcal se raffermirait aussitôt; il deviendrait possible d'entreprendre des spéculations grandioses, de s'acquitter envers Lionel Warton et, pour peu que la chance heureuse s'en mêlât, d'entasser des millions et de se trouver à la tête du commerce havrais.

Le señor Mercuzza rêvait de devenir non seulement un homme riche, mais un homme considéré.

Son ambition, quelques mois auparavant, se serait contentée de beaucoup moins.

Une cinquantaine de mille francs à dépenser en crapuleuses débauches aurait suffi pour le rendre fou de joie — du moins jusqu'à la vaporisation du dernier billet de banque.

Maintenant il se prenait au sérieux ; — il ne se souciait plus d'une somme plus ou moins ronde à jeter par les fenêtres ; — il lui fallait une fortune solide et bien assise, qui lui permît d'épouser la fille de quelque riche éleveur de la vallée d'Auge, d'encaisser une grosse dot, de procréer de petits héritiers du beau nom de Funcal, enfin de faire souche d'honnêtes gens !

Déjà l'ex-commandeur des noirs se voyait négociant de premier ordre, père de famille, jouissant de l'estime universelle et convaincu qu'il la méritait.

Un garçon de bureau, frappant à la porte de son cabinet, le tira du beau rêve qu'il faisait tout éveillé.

— Entrez... — dit-il, et il ajouta, quand le garçon de bureau eut franchi le seuil : — Que voulez-vous?...

— Monsieur, — répondit l'employé, — c'est un étranger qui est en bas et qui désire vous voir.

— Cet étranger a-t-il dit son nom?

— Monsieur, voici sa carte.

Mercuzza-Funcal prit le carré de carton-porcelaine que lui tendait le garçon de bureau, et lut :

DOMÉNICO SÉBALLA

Représentant de la maison Brown, Sydney et Co, de la Trinité.

L'Espagnol tressaillit.

Ce nom de Doménico Séballa, qu'il était sûr d'avoir entendu déjà prononcer, et les mots : *Représentant de la maison Brown,* lui rappelaient un mauvais souvenir.

Il demanda :

— Cet étranger est-il un mulâtre?

— Oui, monsieur... un mulâtre à cheveux blancs...

— C'est bien lui... — pensa l'ex-commandeur.

— Recevrez-vous ce monsieur? — reprit le garçon de bureau.

— Oui... — Faites-le monter...

Resté seul pendant quelques secondes, l'Espagnol murmura :

— La maison Dereyne et de Funcal ne doit plus un sou à la maison Brown. — Je n'ai donc rien à craindre de ce côté... — Le représentant de ces messieurs vient, selon toute apparence, me faire des offres de service... Peut-être même se propose-t-il de me confier des fonds...

Cette idée fit sourire Mercuzza qui prisait très haut les témoignages de confiance attestant son crédit et sa bonne renommée.

Jean Renaud entra dans le cabinet, salua l'armateur avec sa courtoisie habituelle, et lui dit :

— Je suis heureux, monsieur, de vous trouver en bonne santé... mais peut-être ne vous souvenez-vous pas de moi, ce qui n'aurait rien d'étonnant car vous ne m'avez vu qu'une seule fois et pendant quelques minutes...

— Pardon, monsieur, — interrompit Mercuzza en indiquant de la main un siège au visiteur, — je me souviens de vous à merveille. — Vous êtes venu, il y a six semaines ou deux mois, toucher cent quarante mille francs représentés par deux traites souscrites au profit de la maison Brown et Sydney par mon ex-associé Martial Dereyne.

— C'est parfaitement cela, monsieur...

— Et, — poursuivit Mercuzza, — vous avez été le premier à m'annoncer un grand désastre qui frappait la maison...

— L'incendie des deux navires... — Votre mémoire vous sert à merveille... — Ah! le coup était rude et vous avez dû maudire le porteur de ces mauvaises nouvelles !

— Pourquoi donc? — Maudit-on la poste ou le télégraphe quands ils annoncent un malheur? — Vous avez joué le rôle d'une lettre ou d'une dépêche, voilà tout... — Le mal est d'ailleurs aujourd'hui réparé complètement... — A quoi bon se souvenir et surtout s'affliger d'une blessure guérie ?...

— Vous avez cent fois raison, monsieur, et je vous applaudis de joindre tant de philosophie à tant de prospérité. — J'éprouve, soyez-en sûr, une joie vive de votre heureuse fortune...

— Je n'en doute pas et je vous en remercie... — Puis-je espérer, — ajouta l'Espagnol en souriant, — que vous ne venez point aujourd'hui m'annoncer quelque catastrophe ?

— Que Dieu m'en garde !...

— Et me permettez-vous de vous demander le motif d'une visite qui m'est fort agréable, mais à laquelle je ne pouvais m'attendre...

— Ce motif est bien simple, — répondit Jean Renaud. — Je suis porteur de traites créées par vous, et j'ai trouvé convenable d'avoir l'honneur de vous en avertir avant de présenter ces traites à votre caissier...

— Des traites créées par moi ! — s'écria Mercuzza. — Mais, monsieur, c'est impossible ! absolument impossible ! ! ! — Je ne dois rien à la maison Brown et Sydney !...

— Aussi cette maison ne vous réclame rien...

— Alors, monsieur, vous avez été dupe d'un faussaire !... — Quelle somme représentent ces traites dont j'ignorais l'existence, et de qui les tenez-vous ?

— La somme est de neuf cent mille francs, et je tiens les traites d'un de mes compatriotes, M. Lionel Warton, qui lui-même les tenait de vous...

Mercuzza devint pâle comme un mort. — Une angoisse inouïe s'emparait de lui, mettait à ses tempes des gouttes de sueur.

— Lionel Warton... — balbutia-t-il effaré. — Vous avez dans les mains les traites souscrites à Lionel Warton !...

— Mais sans doute... — Quoi d'étonnant à cela ? — Ayant un paiemment à faire à la Trinité, M. Warton me les a remises hier en échange d'un chèque à vue de neuf cent mille francs sur la maison Brown et Sydney... — Vos traites étant également à vue, je les ai prises comme argent comptant... — Je ne comprends pas ce qui vous surprend dans une transaction si naturelle.

— Eh! monsieur, — répliqua l'ex-commandeur des noirs avec amertume, — j'ai bien lieu d'être surpris, Lionel Warton m'ayant promis, positivement promis, qu'il ne mettrait pas ces valeurs en circulation...

— Avait-il pris cet engagement?

— Je vous l'affirme sur mon honneur!

— Il l'aura sans doute oublié, car il est homme de parole... — Est-ce que ce paiement vous gêne?...

— Il ne me gênerait pas en tout autre occurrence, — répondit l'Espagnol avec un aplomb dont une seconde plus tôt il semblait incapable, — mais c'était aujourd'hui jour d'échéance, ma caisse s'est vidée ce matin et, pris à l'impro- viste, j'éprouverais quelque embarras, il faut bien l'avouer, si Lionel Warton exigeait un paiement immédiat.

— Eh! monsieur, — s'écria Jean Renaud, — Lionel Warton n'exige abso- lument rien... — L'honneur de votre signature est seul en cause ici...

— Je le comprends et je m'exprimais mal... — se hâta de dire Mercuzza; — mais, monsieur, mettez-vous à ma place... Pouvais-je deviner qu'on présenterait ces traites aujourd'hui? — Cent fois non!... — Cela semblait plus qu'impro- bable, cela paraissait impossible!... — Est-ce la coutume d'un homme jouissant de son bon sens d'agir à l'encontre de ses propres intérêts, et c'est ce que fait en ce moment Lionel Warton!... — Jugez-en! — Ce jeune gentleman a dans ma maison des capitaux considérables, plus de deux millions... — Ma chute anéantirait ses créances et, si riche que l'on soit, on ne perd pas de gaîté de cœur une si grosse somme... — Lionel Warton sait à merveille qu'il sera remboursé dès que les navires que j'attends rentreront au port, car leurs cargaisons sont vendues d'avance. — C'est pour cela qu'il a promis d'attendre, de garder mes traites en portefeuille, et s'il ne l'a pas fait c'est par suite d'une erreur ou d'un oubli dont les conséquences, désastreuses pour moi, seraient très graves pour lui-même...

Mercuzza se tut, épiant d'un regard oblique sur le visage bronzé de son auditeur l'impression qu'il venait de produire.

Jean Renaud répondit :

— Mon Dieu! monsieur de Funcal, vos raisonnements me paraissent très logiques... — Vraisemblablement, à votre place, je parlerais comme vous le faites, mais je vous prie de remarquer qu'en tout ceci mon rôle est strictement passif... — Les mobiles qui font agir M. Lionel Warton ne me regardent pas... — Il a reçu de moi une valeur en échange de laquelle il m'a remis des traites dont je dois opérer l'encaissement pour couvrir ma maison... — Puis-je passer à la caisse? — Serai-je payé?

— Aujourd'hui, non... — répliqua l'Espagnol. — Et je vous supplie de m'accorder un très court délai.

— Je le voudrais, monsieur, je n'en ai pas le droit... — Songez que je représente ici les intérêts de MM. Brown et Sydney... — Je ne puis vous accorder que ce que vous accorde la loi... — Les traites seront chez l'huissier pour être protestées faute de paiement, demain à midi. — Donc il vous reste vingt-quatre heures...

XXXVI

— L'huissier!... Un protêt!... — s'écria Mercuzza-Funcal. — C'est le déshonneur!

— Pardon, monsieur, — répliqua sentencieusement Jean Renaud, — ce qui fait une tache à l'honneur commercial, ce n'est pas le protêt, c'est le refus de paiement.

— Eh! monsieur, je ne refuse point de payer... Je paierai, je vous le jure... Mais je sollicite un peu de temps...

— Que je vous refuse, à mon grand regret.

— Mais pourquoi?

— Pour conserver le recours de MM. Brown et Sydney contre M. Lionel Warton...

— De mauvais bruits à mon sujet !... s'écria l'Espagnol. Lesquels ?

A cela, il n'y avait rien à répondre.

Mercuzza baissa la tête un instant, comme assommé par un coup de masse ;
puis, se raccrochant à un espoir soudain, il demanda vivement :

— C'est à Paris que M. Warton vous a remis ces traites ?

— Oui, monsieur.

— Quand ?

— Hier.

— Pouvez-vous me donner son adresse?

— Il habite le château de Saint-Ouen.

— Merci, monsieur.

— Je me retire. — Demain à onze heures et demie les traites vous seront présentées de nouveau, et j'espère qu'alors vous serez en mesure.

Mercuzza répondit à peine. — Assis à son bureau il écrivait d'une main fiévreuse, et il ne songea même pas à reconduire le fondé de pouvoirs de la maison Brown, Sidney et C°.

Jean Renaud, un étrange sourire aux lèvres, salua silencieusement et quitta le cabinet de l'armateur.

Ce dernier, — quand il eut tracé les dernières lignes d'une longue dépêche adressée à Lionel Warton, au château de Saint-Ouen, — frappa sur un timbre et dit à l'employé qui se présenta :

— Au télégraphe! Vite! ne perdez pas une seconde.

L'employé sortit en toute hâte.

Mercuzza resté seul se mit à marcher rapidement, de long en large, allant et revenant comme une bête fauve dans sa cage.

Tout en marchant il balbutiait :

— Avant deux heures j'aurai la réponse... — Elle sera favorable... — L'intérêt de Lionel Warton est de me soutenir et non de me perdre... — Mais pourquoi ces traites sont-elles sorties de ses mains?... — C'est incompréhensible... inexplicable... effrayant...

Après une courte interruption il reprit, en se frappant le front :

— Eh quoi! l'échafaudage de fortune si savamment édifié s'écroulerait ainsi!! — Il suffirait d'une heure pour anéantir tous mes rêves... tous mes espoirs!... — Non... non... c'est impossible... Je sortirai de là... mais comment? — Ah! si les navires arrivaient!! — Qui sait?... en ce moment ils arrivent peut-être...

Cette supposition, quoiqu'elle ne reposât sur rien, suffit pour galvaniser Mercuzza.

Il prit son chapeau, quitta son cabinet, puis la maison, et se dirigea vers le port.

Deux hommes, embossés dans l'allée d'une maison, vingt pas plus loin, épiaient sa sortie.

L'un était Jean Renaud, l'autre un matelot nègre en pantalon large de coutil rayé, en chemise rouge, en vareuse de drap bleu avec des ancres brodées au collet.

Le ruban de son petit chapeau de cuir verni portait en lettres blanches ce nom : *le Vengeur*.

L'ex-associé de Martial Dereyne, absorbé dans sa préoccupation, passa devant eux sans les remarquer.

— Jupiter, — dit le faux mulâtre au matelot, — tu connais ce particulier qui marche comme les autres courent?

— Oui, señor, je l'ai reconnu quoiqu'il ait fait peau neuve depuis son départ de Guayanila... — C'est un des pires gredins que la terre ait portés... C'est Mercuzza, le commandeur des noirs...

— Il se nomme ici Juan de Funcal et serait en passe de faire une grande fortune si nous n'étions là pour l'en empêcher, et surtout si Dieu n'était pas juste.

— Mais Dieu est juste, señor... — répliqua Jupiter.

— En ce moment, — reprit Jean Renaud, — en ce moment le misérable sent le terrain qu'il croyait solide trembler et s'effondrer sous ses pieds. — Tu vas le suivre de loin et ne plus le perdre de vue. — Peut-être, quand il lui sera bien prouvé que tout est perdu, essayera-t-il de fuir en emportant une poignée de billets de banque, épave du grand naufrage. — Il faut rendre sa fuite impossible. — Si tu le voyais se disposer à monter sur un navire en partance, ou à prendre le chemin de fer, arrête-le.

— S'il résiste?

— Étrangle-le. — Mais qu'il ne parte pas!

— Bien, señor, je l'étranglerai.

— Ce sera d'ailleurs inutile, — poursuivit Jean Renaud, — il suffirait, pour le rendre docile et souple, de lui dire à l'oreille son nom de MERCUZZA accompagné de ces trois mots : COMMISSAIRE DE POLICE. — Et maintenant, en chasse, Jupiter!...

Le nègre fit un signe de tête prouvant qu'il avait compris et s'éloigna sur la trace de l'armateur, assez lentement pour ne pas le rejoindre, assez vite pour ne point le perdre de vue.

Ils atteignirent ainsi la jetée, l'un derrière l'autre.

On signalait en rade l'arrivée de deux navires de commerce faisant les signaux d'usage pour demander des pilotes.

Mercuzza-Funcal sentit son cœur se dilater soudain et son pâle visage s'empourpra.

— C'est *le Petit-Havre* et *le François I*[er] ! — se dit-il. — Je suis sauvé!

Cette illusion ne dura qu'un instant.

L'armateur questionna l'un de ces vieux matelots qui passent leur vie sur la jetée, armés d'une lunette marine et étudiant l'horizon.

Le matelot répondit que les deux navires appartenaient à la maison Goldsmith et Pauwel.

Un pilote venant du large, interrogé à son tour, affirma qu'aucune autre embarcation importante n'était en vue.

Un immense découragement s'empara de l'Espagnol. — Il s'efforça pourtant de prendre le dessus et murmura, mais sans ajouter foi à ses propres paroles :

— Ils arriveront ce soir ou cette nuit!

Mercuzza-Funcal revint sur ses pas, entra dans un café pour tuer le temps, se fit servir un verre d'absinthe qu'il avala d'un trait, prit un journal afin de se donner une contenance, et le parcourut machinalement des yeux sans en déchiffrer une seule ligne.

Sa pensée était ailleurs.

Chose étrange ! cet homme que nous avons vu complice d'un assassinat, cet homme coupable de tant d'infamies, souillé de tant de crimes, perdait la tête en présence de la faillite imminente.

Ce n'est pas la honte qui lui faisait peur... — Que lui importait une tache sur un nom volé ? — Ce qui le désespérait, c'était la crainte de se trouver d'un moment à l'autre sans ressources !... C'était l'épouvante de n'être plus rien après avoir été un moment quelque chose, et de retomber dens la boue d'où il sortait...

Une heure s'écoula, puis une demie.

L'Espagnol se leva brusquement, jeta sur la table du café une pièce d'argent dont il ne réclama point la monnaie, et regagna sa demeure presqu'en courant, toujours suivi à distance par Jupiter.

Sa première question en entrant dans le bureau du caissier fut celle-ci :

— Est-il arrivé une dépêche ?

— Oui, monsieur...

— Donnez...

Il monta dans son cabinet, déchira l'enveloppe et lut :

« Le Havre, de Paris.

« *Monsieur Lionel Warton, mon maître, a quitté ce matin le château de Saint-* « *Ouen. — Ne sais pas où il est, ni quand il reviendra.*

« *L'Intendant,*
« Rob. »

Mercuzza, dont la pâleur devenait de plus en plus livide, froissa dans ses doigts crispés le papier bleu de l'administration des télégraphes, et se dit presque à voix haute :

— De ce côté, rien à attendre ! — Lionel Warton est absent, ou bien il a dicté la réponse que voici... — Dans un cas comme dans l'autre, compter sur lui serait folie... — Que faire ?...

L'Espagnol se laissa tomber dans le grand fauteuil où il s'asseyait d'habitude pour travailler, appuya ses coudes sur son bureau, plongea sa tête entre ses mains, et répéta dix fois de suite, d'une façon monotone et quasi inconsciente :

— Que faire ?... mon Dieu ! que faire ?

Peu à peu les ténèbres de son esprit troublé s'éclairèrent d'une lueur vague ; — un ordre relatif s'établit dans le chaos de sa pensée.

— Je n'ai qu'un parti à prendre, — se répondit-il, — réaliser sans perdre un instant ce que la maison possède encore de ressources et, quand il me sera prouvé que rien ne peut conjurer l'écroulement, disparaître, ce viatique en poche...

Sa résolution arrêtée, il frappa sur le timbre et dit au garçon de bureau qui vint prendre ses ordres :

— Envoyez-moi le caissier...

Ce dernier apparut presque aussitôt avec une figure inquiète.

— Est-ce qu'il se passe quelque chose de fâcheux, monsieur? — demanda-t-il.

— Oui et non, — répliqua l'Espagnol; — on m'avise que demain une traite tirée à vue sur moi, et que je n'attendais pas si tôt, sera présentée...

— La caisse est vide, monsieur... — murmura le caissier.

— Je le sais, mais on peut, sinon la remplir, du moins se mettre en mesure de parer le coup... — Vous avez des valeurs négociables en portefeuille.

— Quelques-unes, mais pas beaucoup.

— Pour quel chiffre?

— Vingt-cinq mille francs à peine...

— Je les endosserai. — Fournissez trois traites à quatre-vingt-dix jours, de cinq mille francs chacune, sur nos correspondants d'Haïti, de Philadelphie et de la Trinité, et apportez-les à ma signature... — Préparez un bordereau du tout et envoyez à l'escompte chez Janille, qui remettra les fonds aujourd'hui même, ou au plus tard demain matin.

— J'y vais, monsieur.

— Ah! une question encore... — Quelle somme représentent les marchandises que vous avez actuellement en magasin ?

— Environ cent cinquante mille francs.

— Sur consignation de ces marchandises, Mosès Graft prêtera bien cinquante pour cent, n'est-ce pas ?

— Ce n'est pas douteux.

— Eh bien ! soixante-quinze mille et quarante font cent quinze mille, somme plus que suffisante pour faire honneur à la traite inopportune qui n'est que de cent mille... — Apportez-moi, en même temps que les valeurs, un état détaillé des marchandises...

— Bien, monsieur...

Le caissier sortit pour exécuter les ordres qu'il venait de recevoir, et Mercuzza resté seul murmura :

— Certes, j'espérais tout autre chose, mais enfin, cent quinze mille francs, joints aux quelques billets de banque de ma bourse particulière, constituent un pis-aller fort acceptable. — Je cesserai d'être Juan de Funcal, notable commerçant du Havre, mais je ne redeviendrai pas non plus Mercuzza, commandeur de nègres à Guayanila, et peut-être, avec cet argent, trouverai-je moyen de m'enrichir ailleurs...

Dix minutes plus tard, le caissier apportait les valeurs et l'état des marchandises.

Un garçon de recette prenait aussitôt le chemin de la maison de banque Janille et Compagnie, et Mercuzza-Funcal se dirigeait vers le logis de Mosès Graft, honnête Israélite que la spécialité des prêts sur consignation avait rendu millionnaire en quelques années.

XXXVII

Mosès Graft demeurait, rue de Paris, dans une maison de modeste apparence dont il occupait le second étage.

Ses vastes magasins, sortes de docks encombrés de marchandises de la nature la plus disparate, cafés, cotons, sucres, rhums et tafias, bois des îles, porcelaines et curiosités de la Chine, du Japon et des Indes, etc., etc., se trouvaient près de la gare du chemin de fer.

— Monsieur Graft est-il chez lui? — demanda Mercuzza-Funcal au portier, qui répondit :

— Non, monsieur... — Il est à Honfleur, pour affaires.

— Depuis quand?

— Il est parti après son déjeuner...

— Reviendra-t-il ce soir?

— Je ne crois pas. — Sa bonne ne l'attend que demain matin.

L'Espagnol ne voulait point remettre au lendemain.

Il se rendit chez les autres négociants qui faisaient, quoique sur une moins grande échelle, des opérations analogues à celles de Mosès Graft, mais un malin hasard semblait prendre à tâche d'entraver, ou pour mieux dire de paralyser ses démarches.

L'un des prêteurs sur consignation venait de partir pour Dieppe, un autre pour Fécamp; — le troisième fit répondre que, sérieusement indisposé, il ne pouvait recevoir personne.

Nos lecteurs doivent se souvenir que Jean Renaud, sous le pseudonyme de Doménico Séballa, s'était présenté le matin même dans ces diverses maisons. — Peut-être ses visites successives n'étaient-elles point étrangères aux déconvenues successives de Mercuzza.

Ce dernier, en proie à un découragement profond, prit de nouveau le chemin de la jetée.

L'apparition d'aucun navire n'était signalée au large.

Il retourna chez lui la tête basse et le cœur serré.

— Est-on revenu de chez M. Janille ? — demanda-t-il au caissier.

— Oui, monsieur.

— On a rapporté l'argent ?

— L'argent, non, mais les valeurs... — M. Janille refuse de les prendre...

Mercuzza fit un haut-le-corps et s'écria :

— Il refuse?... — Sous quel prétexte?...

— M. Janille n'en a donné aucun... il n'a pas même jeté les yeux sur le bordereau, et il a dit que, son intention étant de ne plus traiter à l'avenir avec la maison Funcal, il vous enverrait demain votre compte...

— Pourquoi cette rupture injurieuse?... — balbutia l'Espagnol atterré.

— Je ne sais pas, monsieur, — répliqua le caissier, — mais si demain on présente la traite dont vous m'avez parlé, je suis hors d'état d'y faire honneur....

— C'est bien... J'aviserai...

Mercuzza regagna son appartement en proie à une angoisse qu'il est plus aisé de comprendre que de décrire.

Il ne toucha pas au dîner qu'on lui servit et il s'enferma dans sa chambre.

Sa nuit fut horrible.

L'effondrement se faisait autour de lui, il le voyait bien. — La déclaration brutale du banquier Janille prouvait l'anéantissement de son crédit. — Le lendemain il ne pourrait payer les traites de Lionel Warton et, dès qu'un huissier aurait franchi le seuil de sa maison, sa chute serait un fait accompli. L'arrivée tardive des deux navires attendus ne le sauverait plus et même, la fatalité s'en mêlant, il se trouverait dans l'impossibilité de réunir le petit capital indispensable pour sa fuite.

Ainsi les rêves dorés de l'ex-commandeur aboutissaient à la faillite honteuse, et qui sait si cette faillite n'amènerait pas une enquête sur le passé, sur l'identité du failli? — Alors le misérable, affublé d'un faux nom, aurait pour dernier asile quelque geôle et peut-être le bagne...

Dès huit heures du matin Mercuzza courut à la jetée et s'informa.

Le résultat de ses informations fut négatif comme la veille. — Aucun navire en vue dont le signalement pût se rapporter soit au *François Ier*, soit au *Petit-Havre*.

Il alla de nouveau chez Mosès Graft.

— Monsieur est revenu hier soir... — lui dit le portier, — il est chez lui, vous pouvez monter...

Mercuzza gravit rapidement l'escalier. — Une servante lui ouvrit la porte et l'introduisit dans le cabinet de l'Israélite.

Mosès était un homme de cinquante ans environ, petit, gros, avec de rares cheveux frisottants, d'un blond pâle, et des yeux d'un bleu de faïence. — Vêtu d'un long paletot graisseux et coiffé d'une toque de fourrure qu'il portait en toute saison, il offrait le type de certains des Juifs allemands qui suivaient les armées ennemies en 1870, et achetaient à vil prix aux soldats prussiens les dépouilles françaises.

Mosès accueillit le visiteur poliment, mais avec un sourire énigmatique, et il entama l'entretien par ces mots :

— Bonjour, monsieur de Funcal... — Mon portier m'a dit que vous étiez venu hier soir, et vous revoilà ce matin... — Il paraît que vous avez grand besoin de moi, et que ça presse...

— J'ai grand besoin de vous et ça presse... — répliqua l'Espagnol.

— Ça ne m'étonne pas... — Quand on ne sait plus où aller, on vient ici. — De quoi est-il question?

— D'une affaire...

— Bien entendu... mais quelle affaire?

— Un prêt sur consignation.

— Quelle somme demandez-vous?

— Soixante-quinze mille francs.

— Quelles garanties offrez-vous?

— Des marchandises d'une valeur de cent cinquante mille.

— S'agit-il de matières d'or et d'argent?

— Non, mais de sucres, de cotons, de cafés, de rhums, de...

— Inutile de continuer, — interrompit Mosès Graft, — je ne traiterai pas avec vous...

— Pourquoi?

— Parce que j'aime, quand je traite, n'avoir affaire qu'à mon emprunteur.

— Eh bien! n'est-ce point le cas?...

— Aujourd'hui, oui, mais demain, qui sait?...

— Il m'est impossible de vous comprendre...

— Depuis hier au soir il court de mauvais bruits...

— De mauvais bruits à mon sujet!... — s'écria l'Espagnol. — Lesquels?

— Je n'ai pas mission de vous les répéter... vous les connaîtrez toujours assez vite...

— Mais ils sont faux!...

— Tant mieux pour vous.

— Je me fais fort, — quels qu'ils soient, — de vous démontrer qu'ils ne méritent aucune créance et que vous pouvez traiter avec moi sans la moindre inquiétude.

— Inutile de vous donner cette peine. — Je refuse l'affaire...

— Cependant...

— N'insistez pas... — Quand j'ai dit : *Non!* c'est : *non!* — Au plaisir de vous revoir, monsieur de Funcal, je suis très occupé...

Et Mosès Graft conduisit doucement son visiteur du côté de la porte.

L'Espagnol descendit l'escalier et sortit de la maison en titubant comme un homme ivre.

Le dernier espoir de réaliser un capital quelconque s'évanouissait en présence de ces mauvais bruits répandus, dont parlait le Juif sans vouloir en dire plus long.

Un coup de feu retentit et une balle siffla au-dessus de la tête de l'étudiant.

Quels pouvaient être ces bruits?

Mercuzza ne parvenait point à se l'expliquer, mais devinait vaguement qu'ils étaient relatifs aux navires attardés.

Tandis qu'anéanti au physique aussi bien qu'au moral, et se sentant incapable de tenter de nouvelles démarches, il se dirigeait vers sa maison, Jean Renaud se rendait au télégraphe et expédiait une dépêche portant cette adresse : — *Docteur Joë Simnel, au château de Saint-Ouen, près Paris.*

La demie après onze heures sonnait aux horloges du Havre au moment où le faux mulâtre franchissait le seuil de la maison du quai d'Orléans.

Il fut introduit sur-le-champ près de l'armateur.

Ce dernier, étendu plutôt qu'assis dans son grand fauteuil de bureau, montrait un visage bouleversé.

C'est à peine s'il eut la force de se lever pour accueillir son visiteur.

— Monsieur de Funcal, — lui dit Jean Renaud, — je vous avais promis de revenir, et je tiens parole... — Êtes-vous en mesure?

— Non, monsieur... — répliqua l'Espagnol d'une voix à peine distincte, car sa bouche était sèche comme après une nuit d'orgie. — Non, je ne suis pas en mesure, et si vos dispositions sont toujours les mêmes, si vous me refusez du temps, vous voyez en moi un homme absolument perdu.

— N'aviez-vous pas l'intention, hier, de télégraphier à M. Lionel Warton?... — reprit Jean Renaud.

— Je l'ai fait.

— Eh bien?

— L'intendant m'a répondu que son maître venait de quitter Saint-Ouen pour une destination inconnue... — Mais accordez-moi un délai, je partirai à l'instant pour Paris, je trouverai moyen de suivre les traces de Lionel Warton, je le rejoindrai, et j'ai la certitude de l'intéresser à ma situation, d'obtenir de lui mon salut.

Le faux mulâtre parut réfléchir pendant un instant.

— Il me répugne d'être impitoyable au moment où un nouveau et terrible malheur fond sur votre maison... — répondit-il ensuite.

Mercuzza-Funcal regarda Jean Renaud d'un air hébété et répéta :

— Un nouveau malheur. — Quel malheur?

— Quoi, vous ignorez?

— J'ignore tout...

— Je vais donc être, pour la seconde fois, un messager de mauvaises nouvelles... — Un sloop de Philadelphie, monté par un équipage noir, est arrivé au Havre depuis quarante-huit heures, et les matelots de ce sloop affirment que deux navires français, *le Petit-Havre* et *le François Ier*, ont péri par le feu dans la mer des Antilles...

— Mensonge!... mensonge!... — s'écria l'Espagnol que l'épouvante galvanisait.

— Ils ajoutent, — poursuivit Jean Renaud, — (et ceci ne permet guère de mettre en doute leur véracité) — ils ajoutent que les équipages des navires incendiés ont été sauvés par eux, et qu'un clipper transatlantique doit rapatrier ces équipages après avoir touché à Philadelphie...

Mercuzza, qui s'était levé brusquement, se laissa retomber sur son siège en balbutiant :

— Allons, la fatalité s'en mêle ! — Ces bruits auxquels faisait allusion Mosès Graft, les voilà donc !...

On pouvait le croire assommé par un coup si rude. — Il n'en fut rien. — La foudre, en tombant sur lui, parut au contraire le galvaniser. — Au bout d'une ou deux secondes il reprit, avec une fiévreuse énergie :

— Eh bien! même en admettant comme vraie l'effroyable, l'invraisemblable catastrophe que vous m'annoncez, je me sens de force à lutter encore, je me sens capable de terrasser la fortune contraire, si Lionel Warton, mon seul créancier important, veut me tendre la main au lieu de me pousser dans l'abîme. — Accordez-moi trois jours, monsieur Séballa, rien que trois jours, et avant que la dernière heure du troisième jour soit écoulée, j'aurai rejoint Lionel Warton, je vous le jure, et j'aurai obtenu qu'il retire de vos mains les traites que vous tenez de lui.

— Je vous accorde vingt-quatre heures, — dit Jean Renaud.

— Ce n'est pas assez ! — Impossible en vingt-quatre heures d'aller à Paris et de suivre la piste de Lionel Warton ! — Je ne puis rien...

— Vous pouvez tout...

— Comment?

— J'ai reçu ce matin une lettre de celui que vous voulez voir...

— Il vous parle de moi? — demanda vivement l'Espagnol.

— Il ne m'en dit pas un mot, mais il m'annonce qu'il arrivera ce soir au Havre.

— A quelle heure?

— Je ne sais...

— Où descendra-t-il?

— Je l'ignore, mais comme il viendra me voir en descendant du chemin de fer, je vous ferai prévenir aussitôt, afin que vous tentiez la démarche dont le succès vous semble certain...

— Et, d'ici là, aucune poursuite ne sera exercée contre moi? — demanda Mercuzza-Funcal?

— Aucune, vous pouvez y compter... C'est demain seulement que les traites seront protestées s'il y a lieu. — J'engage ma responsabilité pour vous, monsieur de Funcal... Je me compromets... — Remerciez-moi...,

XXXVIII

Tandis qu'avaient lieu au Havre les choses que nous venons de mettre sous les yeux de nos lecteurs, voici ce qui se passait à Paris, ou plutôt à Saint-Ouen.

Le lendemain du jour où Cora et Jean Renaud avaient pris le train du Havre, Georges se présentait au château dans l'après-midi avec son bouquet quotidien, et Robinson, fidèle à la consigne reçue, lui annonçait le brusque départ de la famille Warton.

La stupeur de l'associé d'agent de change se devine sans peine.

Lionel ne lui avait parlé de rien, à lui le fiancé officiel de Paula !...

C'était au moins bizarre ! — Que se passait-il donc?...

— Partis ! — s'écria-t-il. — Partis, tous?

— Oui, monsieur... — répondit Robinson.

— Quand?

— Hier au soir.

— Pour aller où ?

— M. Lionel n'a pas l'habitude de me rendre des comptes.

— Mais Doménico Séballa, le parent de votre maître, ne l'a point accompagné?

— Pardonnez-moi...

— Puis-je parler du moins au docteur Joë Simnel?

— Le docteur ne quitte jamais la famille.

— L'absence de M. Lionel et de ses cousines doit-elle être longue ?

— On ne me l'a pas dit.

Georges, voyant l'impossibilité de tirer un renseignement quelconque de ce serviteur qui ne savait rien, ou qui avait l'ordre de se taire, reprit le chemin de Paris, très désappointé, et surtout fort inquiet.

Il se demandait avec effroi si cet inexplicable départ ne cachait point un projet de rupture.

Or, nous savons quelles conséquences écrasantes entraînerait fatalement la rupture de son mariage.

Quelqu'amoureux qu'il fût de Paula Warton, il était encore bien autrement épris des millions de la dot.

Si ces millions — qu'il considérait déjà comme son bien — venaient à lui manquer, il se trouverait sans ressources et n'aurait aucun moyen de se relever.

La misère absolue, la froide misère en habit noir, remplacerait les radieux mirages qui l'éblouissaient depuis quelque temps...

Il rentra chez lui, la tête absolument à l'envers.

Le soir de ce même jour Léopold vint à son tour à Saint-Ouen.

L'étudiant, après avoir entendu, chez la comtesse de Lasseny, sa sœur, Lionel Warton annoncer le prochain mariage de Georges et de Paula, avait pris une résolution.

Puisque Lionel acceptait l'alliance de son frère, pourquoi repousserait-il la sienne?

Ce raisonnement, d'une logique inattaquable, le décidait à formuler nettement sa demande.

Il prévoyait bien quelque objection basée sur sa trop grande jeunesse, mais peu lui importait. — Que Mary lui fût non pas donnée mais promise, qu'on lui permît l'espoir et, désormais certain d'un avenir de bonheur, il attendrait avec patience, dût-il attendre pendant plus d'une année.

C'est à force de se répéter ces choses qu'il avait résolu de se déclarer à Lionel et de solliciter la main de sa cousine.

Il arrivait surexcité, prêt à tout, comme un poltron qui s'est monté la tête et devient fanfaron.

D'une main fiévreuse, il sonna à la grille.

La cloche résonna lugubrement et ses vibrations s'éteignirent dans la grande avenue dont les feuillages commençaient à jaunir.

Personne ne venait.

Léopold, impatienté, sonna de nouveau.

Enfin, au bout de cinq minutes, apparut Robinson tenant une petite lanterne. A travers les barreaux il examina le visiteur et le reconnut.

— Ah! c'est vous, monsieur Léopold... — dit-il.

— Moi-même... — Ouvrez vite, Robinson.

Le nègre, au lieu d'ouvrir, demanda :

— Vous n'avez donc pas vu monsieur votre frère?

— Non... — Pourquoi?

— Parce qu'il est venu dans l'après-midi, et il vous aurait évité la peine de vous déranger... Il n'y a personne au château.

— Personne!!! — répéta Léopold stupéfait.

Puis, à son tour, il entama la série des questions adressées au domestique noir par Georges Dereyne quelques heures auparavant, et il obtint des réponses identiques.

Il s'éloignait la tête basse, à pied (ayant renvoyé la voiture qui l'avait amené), mais au bout de cent pas il se ravisa tout à coup et fit halte.

La créature humaine — homme ou femme — passionnément éprise, possède à de certains moments un instinct de divination, une sorte de seconde vue mystérieuse, — nous en pourrions citer d'innombrables exemples.

On a vu des amants souffrir tout à coup et sans motif appréciable dans leur corps ou dans leur âme, quand la maîtresse dont ils étaient séparés éprouvait à l'improviste une violente douleur physique ou morale.

On a vu des femmes frappées mortellement au cœur, à la minute précise où sur un champ de bataille leur mari ou leur fiancé tombait mort.

L'âme de Léopold venait de recevoir une révélation soudaine.

— On me trompe... — murmura le jeune homme. — Ce prétendu départ est un mensonge... — il se peut que Lionel Warton ait quitté Saint-Ouon, mais à coup sûr il n'a point emmené Mary... — Celle que j'aime est au château... Je sens sa présence, et je suis sûr de ne point m'abuser... — il faut que je la voie... — je veux la voir... — je la verrai...

Il revint sur ses pas, mais au lieu d'aller jusqu'à la grille et de s'y heurter contre une consigne inflexible, il quitta la grande route en arrivant à l'angle du parc, longea le mur d'enceinte et arriva sur la berge de la Seine dominée par la splendide terrasse dont nous avons à plus d'une reprise entretenu nos lecteurs.

De là le jeune homme entrevoyait vaguement, dans les ténèbres, la masse sombre du château.

Il lui sembla qu'un pâle rayon lumineux s'échappait des vitres d'une fenêtre de l'étage le plus élevé.

Son attention redoubla, mais la lueur avait déjà disparu, et pouvait venir d'ailleurs d'une chambre de domestique.

Léopold se remit en marche, côtoya les contreforts de la terrasse et atteignit l'endroit où un saut-de-loup servait de clôture.

Il descendit, ou plutôt il sauta dans le fossé profond et le suivit, cherchant un endroit où l'escalade fût possible ; — sa recherche fut bientôt couronnée de succès.

Des lierres, dont les tiges tordues comme des reptiles avaient la grosseur du bras d'un enfant, revêtaient une partie de la muraille interne du saut-de-loup.

L'étudiant se servit de ces lierres comme d'une échelle et se trouva dans le parc au milieu des massifs.

La lune se levait à l'horizon ; l'obscurité cessait d'être compacte ; le jeune homme s'orienta sans peine et s'engagea dans une allée qui devait le conduire au château.

Un bruit de pas frappa son oreille.

Il s'arrêta, l'œil au guet, et ne vit personne ; mais on l'avait entendu marcher car une voix cria :

— Qui va là ?

Léopold se garda bien de répondre et retint son souffle.

— Qui va là ? — répéta la voix.

Même silence.

Un coup de feu tiré au jugé retentit, et une balle siffla dans les rameaux à dix centimètres au-dessus de la tête de l'étudiant qui, jugeant inutile d'affronter plus longtemps la mort par une absurde fanfaronnade, fit un bond en arrière, se glissa dans les fourrés qui protégèrent sa retraite et regagna le saut-de-loup où il disparut.

— On fait bonne garde, — se dit-il, — c'est qu'il y a quelque chose à garder !... — A quoi serviraient des sentinelles autour d'une maison déserte?... — Mary et ses sœurs sont au château, j'en suis de plus en plus sûr, et je ferai en sorte d'en avoir demain la preuve...

Léopold regagna pédestrement Paris où il passa une nuit fort agitée.

Le lendemain, attiré à Saint-Ouen par un aimant irrésistible — auquel d'ailleurs il ne tentait pas de résister — il rôdait dès onze heures du matin aux environs du parc.

Les fenêtres du château demeuraient closes et les contrevents fermés. —

Aucun bruit, aucun mouvement ne se manifestaient de l'autre côté des hautes murailles couronnées de verdure.

Vers midi le jeune homme vit un employé du télégraphe, reconnaissable à son képi, au collet bleu de sa tunique et au sac de cuir qu'il portait en bandoulière, s'arrêter à la grille et sonner.

Robinson parlementa avec lui, ouvrit la grille pour le laisser passer, puis la referma, et les deux hommes se dirigèrent ensemble vers le château.

— Allons, — murmura Léopold, — je ne me trompais point... — On reçoit des dépêches, donc il y a des maîtres au logis... — Je n'aurai pas perdu mon temps...

Après s'être fait ce raisonnement d'une logique assez discutable, il alla se poster à cent pas de la grille et il attendit.

Au bout de dix minutes l'employé du télégraphe reparut, se dirigeant de son côté.

L'étudiant l'arrêta.

— Monsieur, — lui dit-il, — vous venez du château de Saint-Ouen?

— Oui, monsieur...

— Porter une dépêche?

— Naturellement, puisque je suis facteur du télégraphe.

— Je croyais, — reprit Léopold, — que M. Lionel Warton, le maître de la maison était en voyage...

— Lionel Warton... — répéta l'employé, connais pas...

— A qui donc la dépêche était-elle adressée?

— Mais, monsieur... — murmura l'employé en regardant avec défiance le questionneur, qui s'empressa d'ajouter :

— Ma curiosité est très innocente, croyez-le bien... — Faites-moi le plaisir d'accepter ceci pour boire à ma santé...

Et il glissait une pièce de cent sous dans la main du facteur.

— Merci, monsieur... — dit celui-ci en soulevant son képi, — la dépêche était adressée au docteur Joë Simnel...

— Et cette dépêche venait?

— Du Havre, je crois... — Je ne l'ai pas lue, mais j'étais dans le bureau avec l'employé qui la transcrivait, et il me semble qu'il a parlé du Havre.

— Voilà tout ce que je voulais savoir.

Le facteur continua sa route.

— Je suis fixé... — pensa Léopold. — Le valet de chambre noir m'a dit hier que le docteur Joë Simnel ne se séparait jamais de la famille Warton... — Il ne mentait pas... — La famille Warton est ici... — Lionel seul a quitté le château... Mais pourquoi tout ce mystère? — Il y a là quelque chose de suspect qui m'inquiète... — Mary et ses sœurs doivent-elles s'éloigner à leur tour?... — Ah! je le saurai!!! — Perdre Mary!!! j'aimerais mieux mourir...

L'étudiant entra dans le cabaret de mine piteuse situé au point d'intersection de la route de Saint-Ouen et de la route de la Révolte.

Il demanda une bouteille de bière et il s'installa à une petite table près de la fenêtre aux vitres poudreuses.

De là il surveillait la grille. — Personne ne pouvait entrer dans le parc ou en sortir sans qu'il le vît.

Cette longue faction fut d'abord infructueuse. — Les heures s'écoulaient lentes et monotones. — Rien d'insolite ne se produisait.

Vers cinq heures un petit fiacre, venant de Saint-Denis et regagnant Paris, s'arrêta devant le cabaret. — Le cocher, sans descendre de son siège, se fit servir un verre de vin, puis il se remit en route au pas de son cheval fatigué...

XXXIX

Un instant après un valet de pied se montra derrière la grille qu'il ouvrit à deux battants.

— Une voiture va partir... — se dit Léopold en jetant une pièce de vingt sous au cabaretier pour payer sa bière ; puis il se leva et se tint debout près de la fenêtre.

Presqu'en même temps un landau attelé de deux chevaux vigoureux sortit du parc au grand trot, et prenant à droite s'engagea sur la route qui conduit à la barrière Clichy.

Une petite main baissa le store de la portière de gauche, mais pas assez vite pour empêcher Léopold de reconnaître Dolorès, assise sur la banquette du devant, près du docteur noir.

Robinson était sur le siège, à côté du cocher.

L'étudiant s'élança hors du cabaret.

— Elles quittent le château !... — murmura-t-il. — Que signifie ce départ précipité qui ressemble à une fuite, au surlendemain du jour où Lionel déclarait publiquement mon frère fiancé officiel de Laura Warton ?... — Ah ! j'aurai le mot de cette énigme... — Je les suivrai jusqu'à Paris... — Je saurai où elles vont...

Le landau filait de toute la vitesse de son attelage.

Léopold, les coudes au corps, ménageant son haleine, se mit à courir.

Pendant cinq minutes il lui fut possible de conserver à peu près sa distance ; mais un homme, quelles que soient sa jeunesse et son ardeur, ne saurait lutter bien longtemps contre les jarrets d'acier des chevaux de race à grandes allures.

Bientôt l'étudiant, aveuglé par la sueur qui coulait de son front, les flancs coupés, la poitrine haletante, sentit que la respiration allait lui manquer.

Il ne s'arrêta pas cependant, décidé à risquer sa vie plutôt que de renoncer

— Grâce ! Monsieur, ne me livrez pas !... Je ne vous ai rien fait.

à son dessein, mais ses forces le trahirent tout à fait. — Il était près de tomber sur la route, épuisé, sans connaissance, quand à dix pas de lui il aperçut le fiacre qui retournait vide à Paris.

L'espoir renaissant le galvanisa et lui permit d'atteindre le véhicule numéroté dans lequel il prit place, en disant au cocher d'une voix à peine distincte :

— Vingt francs pour vous si vous suivez la voiture qui vient de nous dépasser.

— La voiture aux moricauds!... — Elle file d'un rude train, mais enfin on tâchera... — Hue, Coco!

Ces derniers mots, soulignés par un coup de fouet énergiquement appliqué sur les flancs de *Coco*, produisirent un effet immédiat.

La pauvre bête, usée, surmenée, n'en était pas moins, malgré son apparence lamentable, un vieux reste de cheval anglais. — Elle avait du cœur et partit à un trot qu'on ne pouvait raisonnablement attendre de ses jambes arquées et de ses tendons endoloris.

Le landau gagnait du terrain cependant, grâce à l'immense supériorité de son attelage, mais il n'en gagnait pas beaucoup et ne cessait point d'être en vue.

A la barrière un embarras de voitures l'immobilisa pendant quelques secondes et permit de s'en rapprocher beaucoup, mais quand il repartit l'impatience des chevaux de sang doubla la vitesse de leur train et le landau disparut après s'être engagé sur la pente rapide de la rue d'Amsterdam.

— Bourgeois, — cria le cocher en se retournant, — je ne vois plus le berlingot aux moricauds, mais ce n'est pas ma faute... — J'ai fait l'impossible... — Coco en crèvera peut-être.

— Oui... oui... — répondit Léopold, — vous avez gagné votre argent... — A la gare... vite, à la gare !...

Tandis que le fiacre descendait la pente à son tour, mais assez lentement, car *Coco* n'en pouvait plus, l'étudiant se penchait à la portière de gauche, attentif, regardant toutes les voitures qui croisaient la sienne.

Bien lui en prit, car à la hauteur de la maison qui fait le coin de la rue de Londres il vit le landau remonter la rue au pas, vide et les stores levés.

Robinson n'était plus sur le siège.

Les suppositions de Léopold se changèrent aussitôt en certitudes.

Le landau retournait à Saint-Ouen après avoir conduit à la gare mesdemoiselles Warton, Joë Simnel et Robinson.

Où allaient-ils?

Léopold n'eut pas un instant d'hésitation à ce sujet.

Évidemment ils allaient au Havre, puisque la dépêche arrivée le matin même venait du Havre où sans le moindre doute les appelait Lionel.

Le jeune homme ouvrit avec une vague inquiétude son porte-monnaie, mais il se rassura vite en voyant qu'il contenait cent vingt francs.

— C'est plus qu'il ne me faut... — pensa-t-il. — Une fois au Havre, si Mary s'embarque et si je dois m'embarquer pour la suivre, M. de Funcal, l'ex-associé de mon père, ne refusera pas de mettre à ma disposition tout l'argent dont j'aurai besoin...

Le fiacre s'arrêta.

— Bourgeois, — dit le cocher, — nous sommes à la gare... — faut-il aller plus loin?...

Il donna les vingt francs promis, courut au guichet, prit un billet de première classe pour le Havre et s'élança dans la salle d'attente avec l'espoir d'y retrouver les fugitives.

Cet espoir fut déçu.

Aucun visage de connaissance ne frappa les regards de Léopold.

— Monsieur, — demanda-t-il à l'employé qui vérifiait les *tickets* à l'entrée de la salle, — n'avez-vous pas vu tout à l'heure trois jeunes filles très jolies et très brunes, accompagnées par un mulâtre et par un domestique noir?...

— Pardon, monsieur, j'ai vu ces personnes il y a quelques minutes... — répondit l'employé. — Elles n'ont fait que traverser la salle d'attente pour gagner un wagon retenu d'avance... — Rien ne vous empêche de les rejoindre... — Voilà qu'on ouvre...

— Merci, monsieur...

Les portes de la salle d'attente glissaient en effet sur les rainures pratiquées *ad hoc.*

Léopold s'empressa de gagner le quai d'embarquement et il suivit la file des wagons.

Vers le milieu du train il vit un compartiment dont les stores de soie bleue étaient hermétiquement fermés et dont la caisse portait un écriteau sur lequel on lisait ce mot : RÉSERVÉ.

— Elles sont là ! — pensa Léopold. — D'ici au Havre il se produira bien un incident qui me permettra de faire comprendre à Mary que je la suis, et que je la suivrai s'il le faut jusqu'au bout du monde...

En monologuant ainsi l'étudiant demeurait immobile devant le wagon qu'un rideau jaloux fermait à ses yeux.

— Messieurs les voyageurs, en voiture ! — cria l'employé qui fermait les portières.

Léopold prit place dans le compartiment voisin de la caisse réservée.

Il ne se doutait pas que l'un des stores de cette caisse s'était soulevé d'une façon presqu'imperceptible et qu'un regard curieux, — celui de Jocelyn, — s'était fixé sur lui.

— Nous sommes suivis... — murmura le docteur noir.

— Par qui donc?... — demanda Carmen.

— Par Léopold Dereyne... — Il est dans le train...

Marie devint pourpre.

— Sais-tu, mignonne, qu'il t'adore véritablement, celui-là ! — poursuivit Carmen. — Je le trouve sympathique, ce jeune homme... —Il est fâcheux qu'il soit fils de son père et que ton devoir te défende de l'aimer et t'ordonne de le haïr !

La plus jeune sœur de Cora baissa la tête sans répondre.

Une angoisse profonde s'emparait de son âme. Elle tremblait que Léopold, en la suivant au Havre, ne se jetât tête baissée dans quelque péril inconnu et inévitable.

Le train partit pour ne s'arrêter qu'aux grandes stations.

A chaque halte Léopold descendait, espérant toujours que la vigilance du docteur noir serait un instant en défaut, et qu'un store mal assujetti lui permettrait d'entrevoir sa bien-aimée, ou tout au moins d'entendre sa voix.

Il l'espéra vainement.

Le compartiment réservé demeura clos et silencieux.

A onze heures et demie le train arrivait au Havre.

L'étudiant se plaça en face du wagon en se disant : — Il faudra bien qu'elles descendent.

Et il attendit.

Quelques minutes s'écoulèrent.

Tous les voyageurs avaient quitté le quai. — Léopold était encore là et le wagon ne s'ouvrait pas.

— Qu'attendez-vous, monsieur ? — lui demanda le chef de train en venant à lui.

— J'attends que les personnes qui sont dans ce wagon descendent.

— Alors, vous attendrez longtemps... — Ces personnes ont changé de compartiment à Malaunay...

— Vous en êtes certain ? — s'écria l'étudiant stupéfait.

— Voyez plutôt !

Et le chef de train, ouvrant la portière, montra le compartiment vide.

L'évidence s'imposait.

Léopold ne put se dissimuler qu'il venait de se laisser jouer comme un enfant, car à coup sûr le docteur noir s'était aperçu de sa poursuite et avait pris aussitôt des mesures pour la rendre inutile.

Très irrité et très désolé, il quitta la gare, erra dans les rues de la ville pendant une partie de la nuit, et ce ne fut guère avant trois heures du matin qu'épuisé de fatigue il se décida à sonner à la porte d'un hôtel et à demander un lit, remettant au lendemain des recherches qui n'avaient désormais aucune chance d'aboutir, — il ne s'illusionnait point à cet égard.

Rejoignons Mercuzza-Funcal.

L'ex-associé de Martial Dereyne avait passé une journée épouvantable. — Son unique espoir de salut était dans les mains de Lionel Warton qui, s'il fallait en croire Doménico Séballa, devait arriver au Havre d'un moment à l'autre ; mais le temps s'écoulait et aucun message ne venait lui fixer l'heure et le lieu d'un rendez-vous, aussi son angoisse grandissait-elle de minute en minute.

L'évadé de *la Dorade*, après avoir quitté l'armateur, avait remis à un huissier les neuf traites de cent mille francs chacune en lui disant :

— Si demain à midi vous n'avez reçu de moi aucun avis contraire, vous signifierez le protêt et vous assignerez en déclaration de faillite.

Neuf heures, dix heures sonnèrent...

L'Espagnol attendait toujours, seul dans son cabinet et dans sa maison, car il avait autorisé ses domestiques, assez peu nombreux d'ailleurs, à faire de leur soirée ce que bon leur semblerait.

Enfin il entendit résonner le timbre du vestibule ; il courut lui-même ouvrir et se trouva en face d'un inconnu, habillé comme un garçon d'hôtel et qui n'était autre que Pierre Landry.

L'ex-amoureux de Rose Bonchamp tenait une lettre à la main.

— M. Juan de Funcal ? — demanda-t-il.

— C'est moi...

— Une lettre pour vous, monsieur...

— De quelle part ?

— Je ne sais pas... — On m'a chargé d'une commission, je m'en acquitte, voilà tout...

— Donnez...

Mercuzza prit la lettre et Pierre Landry se retira.

L'Espagnol regagna en toute hâte son cabinet, déchira fiévreusement l'enveloppe qui devait contenir l'assurance de son salut ou de sa condamnation sans appel, et lut ce qui suit :

« Mon maître vient d'arriver ; — il attendra le señor Juan de Funcal, à minuit, à la villa d'Ingouville qui appartenait en dernier lieu à Mme Rose Bonchamp, après avoir appartenu à M. Martial Dereyne.

« Le señor Juan de Funcal sera introduit en présentant cette lettre ; — il est prié de venir seul et à pied, mon maître ne voulant pas que sa présence au Havre soit connue. »

Ce billet laconique était signé :

« ROB. »

XL

La figure décomposée de Mercuzza prit une expression radieuse.

— Je suis sauvé ! — murmura le misérable. — Lionel Warton a plus de deux millions engagés dans ma maison... — Il est matériellement impossible qu'il ne me soutienne pas...

Et son esprit se mit à bâtir des châteaux en Espagne au sujet du résultat de l'entrevue qui deviendrait peut-être le point de départ d'une ère de prospérité !

Onze heures du soir sonnaient. — La course était longue du quai d'Orléans à la Villa des Falaises et demandait plus de trois quarts d'heure à un homme à pied.

L'Espagnol prit son chapeau, alluma un cigare et se mit en route.

A minuit précis il agitait la chaînette de la cloche qui devait annoncer un visiteur.

Pierre Landry, dont on ne pouvait distinguer les traits dans l'obscurité, ouvrit la porte.

— M. Lionel Warton? — lui demanda Mercuzza.

— Vous avez une lettre d'introduction?

— La voici...

L'Espagnol tendit le billet signé *Rob* à Pierre Landry qui le prit, le mit dans sa poche et dit:

— Entrez, monsieur.

Mercuzza-Funcal pénétra dans le jardin.

L'ancien forçat, après avoir refermé la porte derrière lui, continua:

— Suivez-moi, je vais vous conduire.

Et il s'engagea le premier dans l'allée sombre.

L'ex-associé de Martial Dereyne était trop péoccupé de sa situation personnelle, de ses craintes et de ses espérances, pour remarquer tout ce qu'il y avait d'étrange, d'anormal et de suspect dans les précautions multipliées dont s'entourait celui qu'il venait voir, et ce fut d'un pas délibéré qu'il marcha sur les traces de son guide.

Ce dernier franchit le seuil de la villa, traversa le vestibule à peine éclairé, puis la salle à manger tout à fait sombre, et dit, en reculant pour laisser le passage libre:

— M. Lionel Warton est là... — Entrez, monsieur.

Mercuzza s'empressa d'obéir et vit en face de lui Lionel, debout auprès d'une table sur laquelle se trouvaient un journal, une enveloppe scellée d'un large cachet rouge, un candélabre à quatre bougies, et un révolver à crosse d'ébène tout armé.

L'Espagnol marcha vivement et la main tendue vers son hôte qui, sans paraître s'apercevoir de ce mouvement, dit à Pierre Landry:

— Qu'on ne vienne que si j'appelle.

— Oui, maître...

L'ex-associé de Martial Dereyne s'attendait à trouver Lionel Warton le sourire aux lèvres.

La physionomie glaciale du jeune homme, l'expression indéfinissable de son regard, lui causèrent une surprise mêlée de terreur.

Il s'arrêta, toublé, hésitant, ne sachant plus comment entamer l'entretien.

Lionel prit le premier la parole.

— Vous avez désiré me voir aujourd'hui même, — monsieur, — fit-il d'une voix brève et sèche. — Quoique mes instants soient comptés, j'ai bien voulu vous donner satisfaction, mais ne perdons pas de temps... — De quoi s'agit-il?

— Parlez... — J'écoute...

Mercuzza-Funcal, comptant sur une réception toute différente, avait préparé des réponses aux questions qui lui semblaient probables.

La manière dont commençait l'entretien sapait son échafaudage par la base et le mettait dans un grand embarras.

Cependant il fallait s'expliquer et s'expliquer vite.

Il balbutia :

— Le représentant de la maison Brown et Sydney, qui vous a demandé pour moi cette entrevue, ne vous a-t-il rien dit, monsieur ?...

— Il m'a dit que les traites tirées par moi, acceptées par vous, et présentées par lui, n'avaient pas été payées hier, — répliqua Lionel froidement, — et que, cédant à vos pressantes instances, il s'était engagé à surseoir aux poursuites pendant vingt-quatre heures.

— Ne vous a-t-il pas appris en même temps le nouveau malheur qui frappe ma maison ?

— Ce malheur me frappe comme vous, puisqu'il vous empêche de faire honneur à votre signature...

— Vous le voyez, monsieur, la fatalité m'accable...

— En affaires, monsieur, je n'admets point la fatalité ! — interrompit Lionel. — Les catastrophes qui vous atteignent sont le résultat de votre inexpérience ou de votre folie ! — Si vous aviez pris la précaution si simple, si élémentaire, de faire assurer vos navires, vous auriez sauvegardé les intérêts de ceux qui vous accordaient une confiance bien mal justifiée...

Mercuzza tressaillit et baissa la tête.

— Vous avez raison, monsieur, — murmura-t-il avec une humilité de commande, — j'ai été très imprudent, très coupable, je le reconnais... mais si dure que soit la leçon elle sera profitable, et l'avenir...

Lionel interrompit de nouveau l'ex-commandeur.

— L'avenir !... — répéta-t-il d'un ton de poignante ironie. — Avez-vous donc un avenir ?

— Cela dépend de vous, monsieur, et je ne désespère pas de vous démontrer qu'au lieu de m'accabler ainsi que vous le faites vous devez me tendre la main...

— Comment ?

— J'ai fait face à mes échéances de la fin du mois..... — J'ai tout payé sauf les traites remises par vous au représentant de la maison Brown et Sydney...

— Soyez juste... Devais-je m'attendre à me voir réclamer hier le montant de ces traites ?

— Oui, puisqu'elles étaient payables à vue...

— Sans doute, mais votre intérêt, — (vous me l'avez dit vous-même à Paris, chez Martial Dereyne), — vous défendait de les faire présenter à l'improviste et toutes à la fois.

— Je suis seul juge de mon intérêt, monsieur... j'ai usé de mon droit.

— Qui le conteste? — Seulement ce droit me tue ! — Votre incompréhensible rigueur entraîne pour moi la ruine absolue, et pour vous la perte d'une somme énorme... — Je ne vous demande pas d'ouvrir de nouveau votre caisse pour me soutenir, mais je vous supplie de ne point m'accabler... — Il suffirait d'un mot de vous pour que la maison Brown et Sydney m'accorde de longs délais... — Le malheur qui me frappe fera naître beaucoup de pitié, et, je l'espère, quelque sympathie... — Il reste à ma maison des ressources facilement réalisables, pourvu qu'on me laisse le temps de les réaliser... — En me voyant debout encore après d'effroyables catastrophes, mon crédit renaîtra... — Je lutterai sans trêve, sans relâche, et à force de courage je triompherai... — Mon salut et ma perte dépendent de vous... de vous seul... — Ne me perdez pas, monsieur ! — Je vous en conjure à genoux, les mains jointes, les yeux pleins de larmes, sauvez-moi !.

Mercuzza, joignant la pantomime aux paroles avec une remarquable habileté de comédien, et convaincu d'ailleurs qu'il ne pouvait trouver quelque chance de réussite que dans une éloquence entraînante, ployait les genoux, tendait les mains, et de grosses larmes coulaient sur son visage aux tons bistrés.

Lionel Warton parut hésiter.

L'Espagnol ne respirait plus.

— Eh bien ! soit ! — dit tout à coup le pseudo-nabab, — je vous sauverai...

Mercuzza sentit son cœur se dilater brusquement.

Il avait réussi !

— Ah ! monsieur, — balbutia-t-il, — ma reconnaissance éternelle...

— Je vous sauverai, — répéta Lionel, — mais à une condition.

— Quelle qu'elle soit, je l'accepte d'avance...

— En êtes-vous bien sûr ? — demanda le maître du logis avec une intonation railleuse inaperçue de l'Espagnol qui s'écria :

— J'espère, monsieur, que vous n'en doutez pas ! — Que faut-il faire ?

Lionel regarda son interlocuteur bien en face et répondit :

— Ce qu'il faut faire? — Tout simplement me donner la preuve que vous vous nommez Juan de Funcal.

Étourdi par ce coup auquel il ne s'attendait point, Mercuzza changea de visage et chancela, mais il se raidit, s'efforça de dominer son émotion, de cacher son trouble et, payant d'audace, répliqua :

— Sans doute je vous comprends mal...

— Vous me comprenez bien...

— Auriez-vous la pensée, monsieur, de contester que le nom que je porte soit bien à moi?

— J'ai cette pensée, puisque je vous invite à me prouver qu'il vous appartient.

— Je le ferai sans peine...

— Comment?

Les nègres jetèrent le corps dans le fond du canot et s'éloignèrent de la plage.

— En écrivant au corrégidor de la bourgade de Puycerda, près Grenade, mon pays natal, et en me faisant envoyer par lui mes papiers de famille...

— Et de ces papiers résultera la preuve que vous êtes un Funcal?

— Assurément! — Le doute à cet égard serait une insulte pour moi...

— Vous mentez, monsieur! — dit Lionel d'une voix vibrante. — Le dernier des Funcal est mort depuis cinq ans! La famille est éteinte!...

— C'est une erreur... — balbutia le misérable.

— Démentez donc ce document authentique émané de l'ambassade d'Espagne à qui je m'étais adressé pour obtenir des renseignements...

Lionel prit sur la table l'enveloppe dont nous avons signalé le large cachet rouge, en tira une lettre officielle, la mit sous les yeux de l'armateur écrasé, tremblant, dont les prunelles vacillaient, et poursuivit :

— Maintenant que je vous ai dit qui vous n'étiez pas, je vais vous dire qui vous êtes... — Écoutez ces quelques lignes que tout Paris a sous les yeux ce soir.

Le pseudo-nabab laissa retomber la lettre, prit et déploya le journal et lut tout haut :

« *La police espagnole avait, depuis plusieurs années, perdu les traces d'un dangereux coquin échappé des prisons de Madrid et qu'on supposait mort. — Elle vient d'apprendre que ce malfaiteur, dont le nom véritable est* RUIZ CALZADA, *ayant trouvé moyen de prendre passage à bord d'un navire et de débarquer à Porto-Rico, s'était fait admettre sous le pseudonyme de* MERCUZZA, *avec le titre et les fonctions de commandeur des nègres, dans l'habitation d'un planteur immensément riche, et qu'enfin aujourd'hui, affublé d'un grand nom dont le dernier légitime possesseur n'existe plus depuis cinq années, le nom de* FUNCAL, *il s'est fait armateur au Havre avec des capitaux dont l'origine est inconnue et par conséquent plus que suspecte. — L'extradition vient d'être accordée par notre gouvernement, et à l'heure où paraîtra ce journal il est probable que la police aura mis la main sur le prodigieux scélérat qui s'est appelé tour à tour* RUIZ CALZADA, JOSÉ MERCUZZA, JUAN DE FUNCAL, *et dont le bagne terminera la trop longue odyssée.* »

Lionel avait fini.

Il posa le journal sur la table et demanda :

— Eh bien ! qu'en dites-vous ?

Vaincu, terrassé, défaillant, Mercuzza crut se voir les menottes aux poignets, entouré de gendarmes, traîné dans une prison française en attendant qu'il fût rendu au bagne espagnol.

Une telle vision l'affola.

Il se laissa tomber aux genoux de Lionel en murmurant :

— Grâce, monsieur !... ne me livrez pas !... Je ne vous ai rien fait...

— Vous avez accepté mon argent et vous avez signé vos reçus d'un nom qui n'était pas le vôtre ! — Vous ne méritez aucune pitié...

— Oui je suis un infâme et je vous ai trompé, — poursuivit Mercuzza, — mais que vous importe ?... vous êtes si riche ! Laissez-moi fuir...

— Lâche ! — S'il vous restait un peu de cœur vous vous tueriez pour échapper au bagne... — Prenez cette arme et faites justice !

La main de Lionel désignait le révolver.

— Non... non... non... — balbutia l'Espagnol.

— Si le courage vous manque, voulez-vous que je vous tue?

— Je veux vivre... ne me tuez pas... accordez-moi ma grâce...

— Ta grâce! — répéta Lionel dont la physionomie devint farouche et la voix sifflante. — Ce n'est pas à moi seul qu'il faut la demander!

Mercuzza s'était relevé d'un bond et, livide d'effroi, reculait devant le regard implacable fixé sur lui.

— A qui donc? — fit-il.

— A mes sœurs Carmen et Marie! aux enfants de Noëmi, ta victime! aux vierges martyres tombées sanglantes sous ton fouet, bourreau!...

Mercuzza, fou de terreur, n'avait plus figure humaine.

Une lueur soudaine et sinistre traversa son esprit, comme un éclair illumine un ciel sombre.

— Cora! — cria-t-il, en délire. — Vous êtes Cora!!

— Oui, Cora, qui te tient et qui va se venger...

— Non! — répliqua le misérable, dont l'épouvante galvanisa soudain l'énergie. — Cora, qui va mourir!

Et, bondissant comme un tigre jusqu'à la table, il saisit le révolver à crosse d'ébène et fit feu sur la jeune fille dont trois pas tout au plus le séparaient.

XLI

Un bruit sec, qu'aucune détonation ne suivit, fut l'unique résultat de la tentative de Mercuzza.

L'arme n'était point chargée.

Cora, tirant de sa poche un second révolver et ajustant froidement l'Espagnol, lui dit :

— N'avance pas, ou tu es mort!

Inutile menace ; — le bandit que paralysait désormais la certitude de son impuissance, n'avait plus la force de faire un mouvement.

— A moi!... — cria la jeune fille.

Une porte latérale s'ouvrit, et deux nègres appartenant à l'équipage de Jupiter franchirent le seul du salon.

Sur un geste de leur maîtresse ils s'approchèrent de Mercuzza et lui passèrent une corde autour du corps sans qu'il fît mine de tenter la moindre résistance.

— Menez cet homme où vous savez... — commanda Mˡˡᵉ Bernier.

Les nègres entraînèrent Mercuzza qui se soutenait à peine.

Ils lui firent traverser la salle à manger et le vestibule et atteignirent la porte de l'escalier conduisant aux caves.

Cora les suivait.

En voyant devant lui les marches sombres, l'ex-associé de Martial Dereyne voulut reculer. — Ses dents claquaient. — Une sueur glacée mouillait son front.

Les nègres le contraignirent à descendre, l'un tirant sur la corde qui le garrottait, l'autre le poussant par derrière.

Au bout de l'escalier Mercuzza se trouva en pleine lumière dans une sorte de vaste crypte dont une douzaine de piliers massifs soutenaient la voûte.

Cette crypte était le résultat des travaux exécutés dans les caves par ordre de Cora, après l'acquisition de la Villa des Falaises.

L'Espagnol promena autour de lui des regards effarés et presqu'aussitôt ferma les yeux, comme pour échapper à quelque vision sinistre.

Il venait de voir un groupe composé de Carmen, de Marie, de Dolorès et du docteur Jocelyn.

Derrière ce groupe se trouvaient Jupiter et une poignée de noirs dont il connaissait les visages et dont il savait les noms, car tous venaient de Guayanila, tous l'exécraient, il en était sûr.

Ces nègres tenaient des torches. Les lueurs vacillantes de la résine projetaient l'ombre des piliers sur le sol sablonneux.

Jean Renaud, qu'un intervalle de quelques pas séparait des jeunes filles, croisait les bras sur sa poitrine à côté d'une table sur laquelle se trouvaient une feuille de papier, un encrier et une plume.

Le prisonnier tremblait de tous ses membres. — Son visage exprimait la lâcheté dans ce qu'elle a de plus vil, et la terreur atteignant son paroxysme.

Ses jambes fléchissaient sous le poids de son corps. — Il serait tombé si l'un des noirs ne l'avait soutenu.

Cora vint se placer en face de lui.

— Mercuzza, — lui dit-elle avec un sang-froid terrible, — (car entre vos noms vrais ou faux, c'est celui-là que je choisis) — vous nous reconnaissez bien tous... — Voici mes sœurs dont le sang a coulé sous les lanières de votre fouet, voici les filles du grand et bon vieillard qui vous donnait un asile dans sa maison, et dont vous payiez les bienfaits par l'ingratitude et par la haine... — Vous complotiez la ruine de cette famille qui vous tendait généreusement la main!... — Ma mère est morte, tuée par vous, et vous avez été complice de l'assassinat de mon père !...

Mercuzza releva la tête :

— Accusation menteuse!... — répliqua-t-il d'une voix rauque et brisée. — En frappant Noémi je faisais mon devoir... j'obéissais à l'homme que je croyais le maître... — Quant à la mort de Richard Bernier, personne n'en était coupable... Un accident n'est pas un crime...

Jean Renaud s'avança et dit :

— Je soutiens qu'il y a eu crime, que vous avez été complice, et je le prouverai ! — Vous n'avez point frappé, mais vous avez laissé frapper !... — Vous n'aviez pas chargé l'arme homicide, mais vous saviez que de cette arme allait sortir la mort de votre bienfaiteur !... — Est-ce vrai ?

En entendant la voix qui venait de parler, l'ex-commandeur tourna ses yeux effarés vers le faux mulâtre, et après l'avoir regardé pendant une seconde balbutia :

— Michel Servan ! !...

— Est-ce vrai ? — répéta Jean Renaud.

— Je nie. Je nie avec indignation !...

— Adonis, viens ici... — commanda l'évadé de *la Dorade*.

L'un des nègres sortit du groupe et s'approcha.

— Dis-nous ce que tu sais... ce que tes yeux ont vu... ce que tes oreilles ont entendu... — poursuivit Jean Renaud.

— J'étais au Morne-Rouge, à dix pas du señor Dereyne, quand il a épaulé son rifle... — commença le nègre Adonis. — Je l'ai vu viser avec soin et presser la détente... — J'ai vu le patron tomber...

— Et tu es sûr qu'il est tombé sous le feu de Martial Dereyne ?

— J'en suis sûr. — Je vous l'ai déjà dit et je vous l'ai déjà prouvé...

— Répète-le et prouve-le de nouveau...

— Le señor Mercuzza s'est approché du señor Dereyne, lui a mis la main sur l'épaule, et j'ai entendu ces mots : — *Mes compliments, señor! Voilà une balle qui vaut quarante millions !*

— Eh bien ! — demanda Jean Renaud à l'Espagnol, — la preuve est-elle faite, et nierez-vous encore ?

— Toujours !... — Quelle valeur attachez-vous à la parole d'un nègre?... — D'ailleurs, en admettant qu'un crime ait été commis, j'en serais innocent... Je ne l'avais pas conseillé...

— Vous ne l'avez pas dénoncé ! — Votre silence vous en faisait complice...

— Martial Dereyne est le seul coupable...

— Soyez tranquille, il sera puni...

Jean Renaud saisit l'Espagnol par le poignet et le traîna jusqu'à la table.

— Écrivez ! — ordonna-t-il en désignant du geste la feuille, et en trempant la plume dans l'encre.

— Quoi? Que voulez-vous que j'écrive?...

— Cette déclaration : — *J'atteste que Martial Dereyne a tué sous mes yeux volontairement, au Morne-Rouge, d'un coup de carabine, son oncle Richard Bernier dont il convoitait l'héritage...* — et signez de ce nom de Mercuzza que vous portiez alors !...

— Si j'écris, aurai-je ma grâce ?

— Écrivez ! — répéta Jean Renaud. — Écrivez, et hâtez-vous ! — Vous voyez bien que nous attendons !...

L'Espagnol, se raccrochant à un dernier espoir de pardon, prit la plume que lui tendait le faux mulâtre, et d'une main tremblante écrivit et signa.

— Et maintenant que j'ai obéi, — balbutia-t-il, — qu'allez-vous faire de moi ?

— Vous juger !

— La loi vous le défend !

— Tu es hors la loi ! — répliqua Jean Renaud en haussant les épaules.

— Vous n'êtes pas des juges !

— Nous sommes des vengeurs ! — dit Cora.

Puis, se tournant vers les témoins de cette scène effrayante, elle reprit :

— J'accuse cet homme de s'être rendu complice de l'assassinat de mon père par ses conseils et par son silence ! — Je l'accuse d'avoir été le bourreau de mes sœurs, le meurtrier de ma mère ! — Quel châtiment mérite cet homme ?

— La mort ! — répondit Jean Renaud. — Quiconque a tué doit mourir !

— La mort ! — répétèrent toutes les voix à l'exception de celles de Marie et de Dolorès.

Les jeunes filles, se serrant l'une contre l'autre, livides, frémissantes, n'avaient pas répondu.

Si légitime que fût la vengeance, ces enfants ne se sentaient point le courage de prononcer un arrêt de mort.

— Je ne veux pas mourir ! — balbutia le prisonnier dans un râle. — Vous n'avez pas le droit de me tuer ! — Votre prétendue vengeance est un crime... — Mon cadavre criera contre vous !... — A votre tour vous serez accusés, jugés et condamnés !

— Vous êtes fou, Mercuzza ! — répondit Cora d'un ton farouche. — Que m'importait votre ruine ? — Si je l'ai payée deux millions, si j'ai commandé l'incendie de vos navires à mon fidèle Jupiter, si j'ai fait insérer dans un journal du soir l'article que je vous lisais tout à l'heure, c'est pour que personne ne pût douter de votre fuite ou de votre suicide... Et personne n'en doutera !...

— « *N'ayant plus en perspective que la misère et l'infamie,* — dira-t-on, — *il s'est tué ou il s'est sauvé. — Il a bien fait !...* » — Et ce sera votre oraison funèbre ! — Comprenez-vous cela, Mercuzza ?

Le bandit baissa la tête sans répondre.

Il comprenait.

Cora poursuivit, en s'adressant à ceux qui l'entouraient :

— L'arrêt est prononcé, l'infâme va payer de sa vie le sang versé par lui... — il mourra, mais comment doit-il mourir ?

— Comme est morte Noëmi ! — répondit Jean Renaud. — Le fouet fera justice.

— Oui, oui, le fouet... — crièrent les nègres. — C'était son arme favorite !... Il aimait s'en servir pour frapper les esclaves... — Il est juste qu'à son tour il soit frappé ! !

Mercuzza se tordait les mains.

— Non... — dit-il d'une voix brisée. — Non, vous ne ferez pas cela! M'infliger un pareil supplice serait trop lâche et trop cruel ! — Mourir sous le fouet, c'est hideux...

— C'est sous le fouet qu'est morte ma mère ! — répondit la vengeresse, les sourcils contractés et les yeux pleins d'éclairs. — Bourreau, souviens-toi donc et tais-toi !

Puis elle ajouta :

— A l'œuvre, Jupiter, cet homme t'appartient !...

Deux nègres s'approchèrent de l'Espagnol et lui maintinrent les bras tandis que Jupiter, fendant d'un coup de couteau ses vêtements depuis le cou jusqu'à la ceinture, et les arrachant ensuite, découvrait la maigre poitrine et les épaules anguleuses du scélérat qui, se laissant tomber à genoux, murmura presque machinalement, car la terreur anéantissait ses facultés :

— Grâce !... ayez pitié... Faites-moi grâce !...

— Ma mère et mes sœurs demandaient grâce ! — dit Cora. — Tu as été sans pitié pour elles... — On sera sans pitié pour toi...

Jupiter et Toby tenaient chacun un fouet de cuir aux lanières dures et tranchantes.

Cora fit un signe convenu.

Ce fut Jupiter qui le premier leva son arme, et d'un mouvement rapide et nerveux lança les courroies sifflantes.

Toby frappa immédiatement après.

Un hurlement de douleur jaillit du gosier de l'Espagnol.

Jupiter et Toby continuèrent à frapper en alternant leurs coups.

Mercuzza hurlait toujours.

La chair meurtrie se tuméfiait; — des sillons se creusèrent; — le sang jaillit, éclaboussant les tortureurs d'une rosée couleur de pourpre.

Mercuzza se tordait comme un épileptique dans sa crise. — Il se serait roulé sur la terre battue comme les tronçons disjoints d'un serpent, si deux bras vigoureux ne l'avaient maintenu.

— Frappez encore ! — répétait Cora prise d'une sorte de délire. — Frappez toujours ! Frappez plus fort !

Les clameurs aiguës de Mercuzza ébranlaient la voûte. — Les lanières tombaient sans relâche, enlevant des lambeaux de chair.

Le sang ruisselait, formant sur le sol une large mare d'un rouge sombre.

Jean Renaud restait impassible.

De petits frissons nerveux couraient sur l'épiderme du docteur Jocelyn.

Les narines des nègres se dilataient, leurs yeux étincelaient de joie à la vue du supplice de leur ennemi.

Carmen contemplait l'affreux spectacle avec une ardeur curieuse mêlée de beaucoup d'épouvante.

Marie et Dolorès effarées cachaient leur visage dans leurs mains et s'efforçaient de ne pas entendre les cris du misérable...

XLII

En assistant au supplice de Mercuzza, Marie se sentait défaillir.

Si juste, si mérité que fût le châtiment, elle ne pouvait chasser de son âme une sorte de pitié pour cet homme dont le sang coulait sous ses yeux et dont les hurlements d'agonie retentissaient à ses oreilles.

Mais sa défaillance venait surtout de la pensée que Léopold se trouverait fatalement enveloppé dans la vengeance de Cora, et que pour lui, comme pour quiconque faisait partie de la famille de Martial Dereyne, cette vengeance serait implacable.

Les nègres cependant continuaient à frapper.

Les forces de l'Espagnol s'en allaient avec son sang. — Sa voix s'éteignait dans sa gorge. — Il ne criait plus, il râlait.

Tout à coup son visage devint d'un rouge sombre. — Ses yeux tournèrent dans leurs orbites, ne laissant plus voir que le blanc du globe.

Cora fit un signe.

Les deux nègres lâchèrent à la fois les bras de Mercuzza.

L'ex-armateur, cessant d'être soutenu, s'abattit la face contre terre ; un tressaillement suprême agita ses membres, puis le corps se raidit et ne remua plus.

Le docteur Jocelyn, se penchant vers lui, appuya sa main sur le côté gauche de sa poitrine.

— Eh bien ! — demanda Cora Bernier.

— Eh bien ! maître, justice est faite... — répondit le médecin mulâtre. — Il est mort.

— Mort ! — répéta la vengeresse, puis elle ajouta : — C'est le second déjà ! et le plus criminel n'est pas encore puni, mais le moment est proche !!! — Oh ! mon père assassiné, oh ! ma mère tombée sous les coups de ce bourreau, serez-vous contents de votre fille ?

En ce moment Marie poussa un faible gémissement, appuya sa tête pâlie sur l'épaule de sa cousine effrayée, et perdit connaissance.

— Au secours ! — cria Dolorès. — Marie se trouve mal !...

— C'est bien étrange ! murmura la comtesse. — Que supposes-tu ?...

Jocelyn courut à la jeune fille et lui fit respirer des sels qui la ranimèrent à demi.

— Ce ne sera rien, — dit-il, — mais il faut l'éloigner, afin que ce spectacle effrayant ne frappe plus ses yeux quand ils se rouvriront...

Robinson souleva dans ses bras l'enfant presque inanimée et l'emporta hors de la crypte.

Carmen et Dolorès la suivirent.

— Faites ce que j'ai commandé... — reprit Lionel Warton.

Jupiter et Toby enveloppèrent alors le cadavre de Mercuzza dans des toiles goudronnées qui ne laissaient pas une goutte de sang filtrer au dehors ; puis le sinistre paquet fut ficelé comme une momie.

Le pseudo-nabab se tournant vers Pierre Landry lui demanda :

— La voiture est-elle prête ?

— Oui, maître... — répondit l'homme au tatouage.

— Qu'on y porte le corps...

Deux nègres prirent le cadavre et gagnèrent l'escalier qui conduisait au rez-de-chaussée.

Lionel Warton les suivit après avoir dit à Pierre Landry :

— J'ai promis de vous venger de Rose Bonchamp et de Martial Dereyne... je tiendrai ma promesse...

L'ex-forçat s'inclina, silencieux et frissonnant.

La dépouille funèbre de Mercuzza avait été placée sur une des banquettes de la voiture venue de Paris.

Cora et Jocelyn s'assirent en face.

Jean Renaud s'installa sur le siège, ayant Jupiter auprès de lui, et prit les guides.

Pierre Landry ouvrit la porte. — La voiture partit au grand trot, mais au lieu de se diriger vers le Havre elle gagna la route d'Étretat.

Au sommet de la côte ardue qui domine la ville, elle prit à gauche un chemin pratiqué à travers champs, et ne tarda pas à atteindre la falaise où elle fit halte.

Un de ces sentiers escarpés et à peine praticables, qu'en Normandie on appelle des *valleuses* et que les bouleversements de l'écorce terrestre ont taillés dans le granit des falaises, permettait de descendre jusqu'à la grève où la mer calme déferlait sur les galets avec un bruit doux et monotone.

Deux nègres attendaient au point culminant de cette valleuse.

Ils chargèrent le cadavre sur leurs épaules et s'engagèrent avec leur fardeau dans les méandres du sentier presque à pic.

Cora, Jean Renaud et Jupiter descendaient derrière eux.

Jocelyn restait seul près de la voiture.

On atteignit la grève.

A cent mètres tout au plus de la falaise un canot, monté par des noirs de l'équipage du sloop *le Vengeur*, se balançait sur la crête des petites vagues.

Un coup de sifflet de Jupiter le fit approcher.

Les nègres se mirent dans l'eau jusqu'aux hanches et jetèrent le corps dans le fond de ce canot où se trouvait déjà une forte chaîne terminée à chacune de ses extrémités par un boulet.

On attacha cette chaîne aux pieds du cadavre et le canot s'éloigna de la plage.

Au bout de dix minutes on stoppa et la sonde apprit aux matelots qu'ils navi-guaient sur une profondeur de cent pieds au moins.

L'endroit était bon.

L'abîme s'entr'ouvrit, puis se referma sur la dépouille mortelle du señor Mercuzza !

. . . .

Une heure plus tard la voiture franchissait de nouveau la grille de la villa d'Ingouville.

Marie, étendue sur son lit par les soins de Carmen et de Dolorès, avait repris connaissance et, brisée de fatigue, elle s'était endormie en pleurant.

Cora donna ses instructions à Jocelyn qui devait retourner immédiatement à Paris, et qui repartit en effet par un des premiers trains du matin, avec Car-men, Marie, Dolorès et Robinson.

La vengeresse et Jean Renaud restèrent seuls au Havre, mais ils se propo-saient de regagner à leur tour Paris le soir même.

Léopold Dereyne, nous l'avons dit, après avoir erré à travers la ville pendant une partie de la nuit, avait fini par demander un lit dans un hôtel pour y goûter un repos indispensable qui lui permît de continuer le lendemain des recherches sur le résultat desquelles, nous devons l'avouer, il ne comptait que médiocrement.

Quand un rayon de soleil entrant par la fenêtre de sa chambre à neuf heures du matin le tira de son sommeil lourd, sa bien-aimée Marie Bernier, ou plutôt Mary Warton, roulait depuis longtemps déjà vers la grande ville à une vitesse de quarante kilomètres à l'heure.

L'étudiant se leva, honteux d'avoir si longtemps dormi, et courut au chemin de fer où il espérait obtenir quelques renseignements.

Cet espoir fut déçu.

Aucun employé ne put répondre d'une façon satisfaisante à ses questions multiples.

Aucun signalement ne se rapportait à celui (si caractéristique et si facile à reconnaître) de Lionel Warton et de ses cousines.

A onze heures Léopold entra dans un café et déjeuna légèrement. — Il n'avait aucun appétit mais il fallait bien se soutenir...

Un peu après midi une inspiration lui traversa l'esprit.

Il se souvint tout à coup que Lionel Warton avait sinon commandité, du moins soutenu de ses capitaux l'associé de Martial Dereyne ; — il ignorait que cette association eût été dissoute quelques jours auparavant.

Selon toute apparence, M. de Funcal l'aiderait à trouver Lionel Warton dont il ne pouvait, croyait-il, ignorer la présence au Havre.

Il prit donc le chemin de la maison du quai d'Orléans, avec la ferme confiance qu'il y recueillerait les renseignements vivement souhaités, et vainement cher-chés ailleurs.

Les bureaux étaient ouverts, mais un trouble inouï, une confusion inextricable y régnaient.

Deux heures auparavant, M. de Funcal ne sonnant point son valet de chambre et ne paraissant pas, on avait craint que quelque malheur ne fût arrivé et l'on s'était décidé à faire ouvrir par un serrurier la porte de l'appartement.

Dans cet appartement, personne.

Le lit intact prouvait jusqu'à l'évidence que l'armateur ne s'était point couché — du moins chez lui — la nuit précédente.

On ne supposa d'abord rien de fâcheux, et l'on fit nombre de plaisanteries épicées sur les bonnes fortunes du patron.

Le caissier cependant se grattait la tête et ne disait mot.

Il savait que M. de Funcal avait à payer le matin même une somme importante, et il s'étonnait de son absence que n'expliquait pas du tout, selon lui, une aventure galante à laquelle il ne croyait guère.

A mesure que passait le temps sans que l'armateur reparût, des symptômes d'inquiétude commençaient à se manifester et ne tardèrent point à prendre de fort grosses proportions.

Bientôt le bruit se répandit que les deux navires *le Petit-Havre* et *le François I*[er] avaient péri par l'incendie en pleine mer, comme avant eux *le Tancarville* et *le Morlaisien*, et que M. de Funcal était avisé depuis la veille de ce double sinistre.

Une nouvelle de ce genre ouvrait le champ à toutes les conjectures, et l'on ne se fit pas faute d'imaginer et d'affirmer les choses les plus contradictoires et les plus fantaisistes.

Vers midi un huissier se présenta, porteur de traites d'une valeur de neuf cent mille francs.

Le caissier répondit qu'il n'avait pas de fonds.

L'huissier signifia son protêt et déclara qu'il allait immédiatement assigner en déclaration de faillite.

A partir de ce moment la rumeur publique, ne se fondant plus sur des conjectures plus ou moins vraisemblables, mais sur une certitude absolue — (celle de la ruine de la maison Funcal) — devint bruyante et presque menaçante.

Tous les gens à qui l'armateur devait quelque chose, — à quelque titre que ce fût — se rassemblèrent devant le logis du quai d'Orléans et s'agitèrent avec force invectives et récriminations, comme si l'effet de cette agitation et de ces invectives pouvait avantageusement modifier l'avenir des créances compromises.

Chose singulière et qui manque rarement de se produire en semblable occurrence, les gens auxquels il était dû le moins criaient plus fort que les gros créanciers.

Ce fut un bien autre tapage quand on se passa de main en main deux ou trois exemplaires du journal parisien du soir, dénonçant M. de Funcal comme un dangereux malfaiteur évadé des prisons de Madrid.

Léopold Dereyne, arrivant au quai d'Orléans, traversa ces groupes enfiévrés et tumultueux.

Sa préoccupation était si grande qu'il s'aperçut à peine de ces rassemblements et n'en soupçonna point la cause.

Il franchit le seuil de la maison et entra dans le cabinet du caissier qu'il connaissait de longue date comme ayant rempli pendant des années les mêmes fonctions près de Martial Dereyne, son père.

Le caissier parut très surpris.

— Monsieur Léopold ! — s'écria-t-il. — Ah ! par exemple, s'il y a quelqu'un que je ne m'attendais pas à voir aujourd'hui, on peut dire que c'est vous !

XLIII

— Je suis au Havre tout à fait en passant... — répondit Léopold à l'exclamation du caissier.

— Quand êtes-vous arrivé ?

— Cette nuit.

— Et quand repartirez-vous ?

— Peut-être aujourd'hui, peut-être seulement demain... — Cela dépend des circonstances... — Puis-je parler à M. de Funcal ?

— Parler à M. de Funcal !... — répéta le caissier dont la surprise se changeait en stupeur.

— Mais, sans doute... — qu'y a-t-il d'étonnant à cela ?...

— Ah çà ! monsieur Léopold, vous ne savez donc rien ?

— Absolument rien...

— Je vais alors vous apprendre une mauvaise nouvelle : Les paiements sont suspendus... la maison se trouve en pleine déconfiture et le patron a disparu.

— Disparu !... M. de Funcal ! — répéta l'étudiant stupéfait.

— Depuis hier au soir.

— Où peut-il être ?

— Bien malin qui le saura ! — Ou il a pris la fuite, ou il se cache, ou il s'est suicidé...

— Il était donc ruiné sans ressources ?

— Oh ! absolument... La faillite sera déclarée d'une heure à l'autre, et nul espoir de se relever,... — Plus de capitaux, plus de confiance, et par conséquent plus de crédit... — On parle en outre d'un journal de Paris qui prétend que le patron était un pur et simple filou et ne s'appelait point de Funcal.

— Ah çà! mais, — reprit Léopold, — cette catastrophe doit entraîner pour mon père des pertes considérables.

— M. Dereyne ne perd pas un sou.

— Impossible, puisqu'il est associé!

— Il ne l'est plus... — Comment ignorez-vous cela?

— Mon père ne m'a jamais rien dit de ses affaires...

— Eh bien, depuis quelques jours, depuis son voyage à Paris, M. de Funcal se trouvait seul à la tête de la maison...

— Il avait donc désintéressé mon père?...

— Non pas lui, mais un jeune homme, un riche étranger, qui s'était chargé du remboursement de M. Dereyne et sur qui retombe la perte.

— Comment s'appelle cet étranger?

— Lionel Warton.

Léopold tressaillit en entendant prononcer ce nom.

— Avez-vous vu, hier ou aujourd'hui, M. Warton? — demanda-t-il vivement.

— Non... et je doute qu'il soit au Havre, mais je n'ai que trop vu ses traites, présentées d'abord à Funcal par le représentant de la maison Sidney et Brown de la Trinité, et ensuite, hélas! à ma caisse par l'huissier Jacquinot.

L'amoureux de Marie ne questionna pas davantage et, certain de ne pouvoir obtenir aucune information utile, quitta le cabinet du caissier et se dirigea machinalement vers le centre de la ville, la tête basse et découragé.

Il suivait le trottoir de la rue de Paris et s'absorbait dans ses réflexions mélancoliques; une main se posa sur son épaule et une voix bien connue dit à son oreille :

— Ma parole d'honneur, j'hésite à vous reconnaître! — Est-ce bien vous, mon cher Léopold, ou suis-je abusé par quelque ressemblance?

L'étudiant se retourna et vit en face de lui les visages souriants de Lionel Warton et de Doménico Séballa.

— Vous ne vous trompez pas... — balbutia-t-il, — c'est bien moi, cher monsieur Lionel...

Il allait ajouter : — « *Et très étonné de vous rencontrer ici...* » Mais sa candeur recula devant un si gros mensonge.

Le châtelain de Saint-Ouen reprit :

— Vous avez lu sans doute hier, à Paris, certain journal du soir, et vous êtes venu aussitôt au Havre, vous assurer par vos propres yeux de l'écroulement de la maison Funcal...

Léopold fit une réponse ambiguë que Lionel était libre d'interpréter à sa guise.

— L'écroulement est complet... — poursuivit le pseudo-nabab. — Il paraît que ce gredin de Funcal était un évadé des prisons espagnoles... — Où avait-il pris de l'argent pour se mettre dans les affaires? Voilà ce qu'on ignore et ce qu'on ne saura peut-être jamais... — Se voyant démasqué, il a dû se jeter à l'eau ou se faire sauter la cervelle en quelque lieu désert.. — Un de ces jours on retrouvera son corps, car je ne crois guère à sa fuite... — C'était un filou très habile... — Il avait su m'inspirer une confiance à peu près illimitée... — Bref j'ai été sa dupe, fort heureusement pour M. votre père dont j'ai pris la place, et dont j'ai sans le savoir sauvegardé les intérêts...

— Mais vous, monsieur Warton, — demanda Léopold, — vous perdez beaucoup d'argent?

Lionel fit un geste d'insouciance.

— Deux millions deux cent mille francs environ... — répondit-il.

— C'est colossal!

— Laissez donc!! — répliqua Lionel en riant. — C'est une bagatelle, au contraire... une simple bagatelle... pour moi du moins... — Autre chose : — Je suis parti si brusquement que je n'ai pu vous aviser de mon départ... — Êtes-vous allé à Saint-Ouen, hier?...

— J'y suis allé... j'ai questionné...

— Que vous a-t-on répondu?...

— Que le château était désert et qu'on ignorait le but de votre voyage et la durée probable de votre absence...

— On ne vous disait que la vérité...

— Me permettez-vous de vous demander des nouvelles de Mlle Warton?

— Mes cousines se portent le mieux du monde...

— Sont-elles au Havre avec vous?

— Elles y étaient ce matin encore.

— Et maintenant? — balbutia Léopold.

— Maintenant un train de grande vitesse les ramène à Paris.

— Mlles Warton retournent à Saint-Ouen? — s'écria l'étudiant avec joie.

— Oui, et nous les y rejoindrons ce soir même, Doménico Séballa et moi, car nos affaires sont terminées et nous allons partir à notre tour.

Après un silence, Lionel ajouta :

— Quelque motif sérieux vous retient-il ici?

— Aucun, — répondit Léopold.

— Eh bien, faites le voyage en notre compagnie... — Le temps nous semblera plus court à tous les trois.

— Je vous remercie de me l'avoir proposé, et j'accepte avec empressement.

Une heure après, Cora, Jean Renaud et le plus jeune fils de Martial Dereyne montaient dans un wagon réservé.

A la gare Saint-Lazare on se sépara et Lionel, serrant la main de Léopold, l'engagea chaudement à venir à Saint-Ouen dès le lendemain.

Le jeune homme promit, et courut aussitôt chez son frère Georges afin de le prévenir du prompt retour de Mlles Warton et de leur cousin.

En arrivant au château Lionel trouva sa plus jeune sœur souffrante.

On se souvient que la pauvre enfant s'était évanouie dans les bras de Carmen après avoir assisté au châtiment terrible de Mercuzza.

La chère mignonne était trop frêle pour affronter des émotions pareilles. — Son organisation délicate, sa nature de sensitive, avaient subi un ébranlement funeste. — L'âme et le corps souffraient en même temps.

Il lui faudrait plusieurs jours pour se remettre; elle le sentait bien, et elle s'en réjouissait presque. — Son état maladif lui permettant de ne point quitter sa chambre, elle éloignerait momentanément de Léopold le péril qui planait sur la tête du jeune homme...

— Je l'aime et je l'attire dans un piège, — se répétait Marie sans cesse avec douleur, avec épouvante, — et cependant pour le sauver je donnerais ma vie!... Mourir pour lui, voilà le seul bonheur que je puisse espérer!

— Et la pensée du sacrifice germait et grandissait dans cette âme ingénue, dans ce cœur généreux...

Quittons pour un instant le château des *filles de bronze* et prions nos lecteurs de nous accompagner à l'hôtel de la rue Saint-Dominique.

Il était un peu plus de midi.

La comtesse douairière, son fils Gontran et sa belle-fille déjeunaient dans une salle à manger du plus pur style Louis XIII.

Seule l'ex-Blanche Hervieux faisait honneur à tous les mets d'un plantureux repas.

Gontran, que l'étrange attitude de sa femme à son égard commençait à inquiéter un peu plus qu'il ne voulait se l'avouer à lui-même, ne mangeait que du bout des dents.

La comtesse Amélie, habituellement douée d'un robuste appétit (que justifiaient sa vitalité puissante et la chaleur de son jeune sang), très gourmande en outre, très raffinée dans sa gourmandise et tenant en haute estime les exquises jouissances dont la cuisine savante est la source, suçait dédaigneusement une aile de perdreau, ou dépouillait distraitement la patte charnue et rosée d'une écrevisse de la Meuse, ce qui équivalait pour elle à ne pas manger du tout.

Elle était très changée depuis trois ou quatre jours, la comtesse Amélie, mais non moins belle, plus belle encore peut-être.

Une pâleur ambrée, uniformément répandue sur son visage, remplaçait la faible coloration de son teint.

Le violent incarnat de ses lèvres humides, que mordillaient de seconde en seconde ses petites dents d'ivoire, tranchait sur cette pâleur.

Sous ses paupières se dessinait ce cercle d'azur d'une délicatesse infinie qui fait sourire les hommes quand il estompe le contour des beaux yeux d'une jolie femme, surtout lorsque cette jolie femme est depuis peu de temps en puissance d'amant ou de mari.

Elle se hâta de tremper sa main dans l'eau pure et glacée...

Quatre jours auparavant, — le soir où pour la première fois il s'était joint aux visiteurs habituels de l'hôtel de Lasseny — Lionel, en sentant la comtesse s'appuyer sur son bras avec une morbidesse provocante et l'envelopper des flammes voluptueuses de son regard, avait murmuré le vers célèbre :

C'est Vénus tout entière à sa proie attachée !

Il ne se trompait pas.

Depuis la rencontre à laquelle nous avons fait assister nos lecteurs, rue du Rocher, près du fauteuil du paralytique, Amélie Dereyne, devenue comtesse de Lasseny, appartenait tout entière à cette Vénus dont la plus grande joie, — (selon la *Belle-Hélène*), — est de mettre les femmes à mal et de jouer de mauvais tours aux maris...

> Dis-moi, Vénus, pourquoi t'amuses-tu
> A faire ainsi cascader ma vertu ?...

En d'autres termes, la comtesse Amélie s'était éprise à première vue de Lionel Warton avec toute l'impétuosité de sa nature ardente et toute la fougue de son cerveau mal équilibré.

Elle se sentait *mordue au cœur*, nous l'avons entendue le dire elle-même. — Elle en perdait la tête. — Elle en devenait folle...

A la suite de la réception à l'hôtel de la rue Saint-Dominique, réception dont nous racontions un peu plus haut les moindres incidents, Amélie, sûre de sa beauté et convaincue — (non sans raison) — qu'aucun homme ne pouvait se soustraire à sa domination victorieuse, comptait le lendemain voir accourir Lionel, et s'était mise sous les armes.

Le lendemain s'écoula sans amener la visite attendue.

Le surlendemain, il en fut de même.

Après avoir égrené toutes les suppositions, épuisé toutes les conjectures, Amélie, désolée, furieuse, ne se possédant plus, sentant qu'une crise de nerfs était inévitable, et serait terrible si cet état d'intolérable incertitude se prolongeait, résolut de savoir tout de suite à quoi s'en tenir.

Elle écrivit à son frère aîné ces deux lignes :

« *J'ai besoin de te voir à l'instant, quitte donc tout et viens.* »

En remettant au valet de chambre de Gontran ce billet laconique, elle lui dit :

— Allez chez M. Georges... — Allez chez l'agent de change dont il est l'associé... — Allez à la Bourse... — Allez partout... — Trouvez mon frère... — Ramenez-le... — Ne rentrez pas sans lui...

XLIV

Au bout d'une heure et demie le valet de chambre reparut.

— Eh bien ? — lui demanda fiévreusement la jeune femme.

— J'ai trouvé M. Georges Dereyne à la Bourse, — répondit-il, — et je lui ai remis le billet de madame.

— Pourquoi ne vous accompagne-t-il pas ?

— M. Georges m'a chargé de dire à madame la comtesse qu'avant une demi-heure il serait ici.

Au bout d'un quart d'heure en effet Georges arriva.

Son visage était si pâle, ses traits bouleversés exprimaient une telle inquiétude, qu'Amélie, malgré ses préoccupations personnelles, ne put faire autrement que de remarquer ces symptômes et s'écria :

— Il se passe quelque chose de grave, n'est-ce pas?

— Oui... — Depuis quarante-huit heures j'ai la tête à l'envers.

— Pourquoi?

— Je suis, tu le sais, ou plutôt j'étais le fiancé officiel de la cousine de Lionel Warton.

Amélie tressaillit.

Son frère allait lui parler de Lionel, le premier, sans qu'il fût nécessaire de l'interroger.

— Je sais cela... — dit-elle vivement. — Ton mariage est-il rompu?

— J'en ai peur... — Il se produit un fait inouï, auquel je ne puis trouver aucune explication vraisemblable...

— Quel est ce fait? Ne me laisse pas languir...

— Le lendemain de ton jour de réception, Lionel Warton et ses cousines ont quitté Saint-Ouen...

Un cri de stupeur et d'angoisse fut près de s'échapper des lèvres de la comtesse.

— Parti! — balbutia-t-elle atterrée. — Il est parti!

— Oui.

— Pour où?

— Je n'en sais rien...

— Quand doit-il revenir?

— Je l'ignore...

— Et tu n'étais pas prévenu de ce départ?...

— Non... — je ne l'ai su qu'en me présentant au château... On me traite en indifférent; tu le vois, en visiteur banal... — C'est par un valet que j'apprends une nouvelle de cette importance!!!

— As-tu questionné ce valet?

— Certes oui!!! — J'ai voulu mettre dans ses mains tout ce que j'avais d'or sur moi... — il a refusé d'accepter et de répondre... — « *Mon maître*, — m'a-t-il dit, — *ne me rend pas de comptes...* » Ou il est sincère, ou il a reçu l'ordre de se taire, et il obéit ponctuellement...

— C'est bien étrange!... — murmura la comtesse; — que supposes-tu?

— Rien de plausible, et mon esprit se perd en conjectures folles...

— Lionel Warton peut-il avoir quelque motif de rompre un mariage qu'il annonçait lui-même à nos amis dans les salons de cet hôtel?

Georges secoua la tête.

— Aucun... — répliqua-t-il. — Ne cherche pas, tu ne pourrais trouver... — l'énigme est insoluble... — Je me débats dans les ténèbres et j'appelle en vain la lumière... — Je suis brisé... — je deviens fou...

Amélie prit les mains de son frère et d'un ton de pitié sincère lui demanda :

— Laura Warton est donc bien belle ?

— Aussi belle que Lionel est beau...

— Et tu l'adores ? — continua la jeune femme dont pendant une seconde un flot de sang colora le visage.

— Je l'aime, oui, — répondit Georges, — et puis elle a six millions de dot...

La comtesse de Lasseny haussa les épaules et sourit.

— Tu penses aux millions de la dot au moment où disparaît la fiancée !... — répliqua-t-elle. — Ah ! me voilà tranquille sur l'état de ton cœur... — la blessure n'est pas dangereuse...

— La raillerie est cruelle ! — murmura l'associé d'agent de change. — Suis-je assez riche pour dédaigner la splendide fortune que m'apportait Laura ?... — Les jolies femmes sont nombreuses, les dots de six millions sont rares ! — Croyant ce mariage certain, j'ai fait des dépenses que mes seules ressources ne me permettaient pas... — l'hôtel, l'ameublement, les chevaux, les voitures, ont absorbé ce que je possède et plus encore... — Si le mariage manque, ma position est compromise.

— L'argent !... toujours l'argent !... — dit Amélie qui, n'entendant rien aux affaires, ne songeait plus à plaindre son frère.

— Ah ! oui, toujours l'argent ! — répéta ce dernier. — Le Roi du monde ! Sa Majesté l'Argent !

— Allons donc ! tu blasphèmes ! — s'écria la comtesse. — Le Roi du monde, c'est l'amour ! Son Altesse l'Amour !

— Idées de femme romanesque ! — murmura Georges. — Tu ne me comprends pas...

— Je te comprends très bien, au contraire... — Ton mariage manqué équivaut à une baisse imprévue à la Bourse, amenant pour toi de grosses pertes. — Tu te relèveras avec la hausse. — Ton portefeuille est en jeu, je le vois bien, mais non ton cœur. — Attends d'ailleurs pour te désoler. — Qui t'affirme que M. Warton soit parti sans esprit de retour ?

— Rien ne l'affirme assurément, mais ce mystérieux départ est suspect... — Il ressemble tant à une fuite...

— Peut-être seras-tu rassuré demain...

Le jeune homme, pour toute réponse, poussa un long soupir et fit un geste d'incrédulité.

Au bout d'un instant il reprit :

— Mais c'est assez nous occuper de moi... — Pourquoi ce billet si pressant? — qu'as-tu donc à me dire?

Sachant ce qu'elle voulait savoir, Amélie n'avait plus besoin d'interroger.

— En vérité, — répondit-elle, — je ne m'en souviens guère... — tes inquiétudes et ton chagrin m'ont fait oublier tout... — Je suis si bonne sœur!... — Il s'agissait, je crois, de chercher le moyen d'éloigner de mon père cette impudente créature dont la présence est un scandale...

— Rose Bonchamp?...

— Rose Bonchamp, oui, c'est son nom, je m'en souviens...

— Le moyen est trouvé... — Un conseil de famille, rassemblé par mes soins, provoquera l'interdiction; quand l'interdiction sera prononcée nous serons les seuls maîtres, et nous chasserons l'ex-servante devenue maîtresse en titre, et qui pis est vieille maîtresse...

L'entretien du frère et de la sœur dura quelques moments encore, puis l'associé d'agent de change quitta l'hôtel de Lasseny en promettant d'y revenir dès qu'il saurait quelque chose de nouveau.

Le saisissement causé par l'annonce inattendue du départ de Lionel s'était dissipé vite, et la jeune comtesse se sentait moins agitée qu'avant la visite de son frère. — Voici pourquoi :

Les blessures faites à l'amour-propre sont tout particulièrement cuisantes. — Or, l'amour-propre d'Amélie ne souffrait plus.

Le grand crime de Lionel était de n'être point venu rue Saint-Diminique où l'attendait Mᵐᵉ de Lasseny.

L'alibi dûment prouvé par le témoignage de Georges justifiait le jeune homme.

Son absence, il est vrai, semblait inexplicable, mais peut-être s'expliquerait-elle de la façon la plus simple du monde.

Il fallait s'armer de patience et ne rien préjuger.

La comtesse s'efforça de prendre sur elle et d'imposer le calme à son cerveau en même temps qu'à ses nerfs.

Elle n'y réussit pas longtemps, et au moment où nous venons de la retrouver assise à la table de famille, entre son mari et sa belle-mère, son état de nervosisme physique et d'hystérie morale prenait des proportions effrayantes.

— Je sens, — pensait-elle avec effroi, — que d'une minute à l'autre je vais éclater en sanglots et dire des choses insensées...

Quoique penchant la tête à demi sur sa poitrine, elle voyait les yeux de Gontran fixés sur elle.

Leur expression, tout à la fois passionnée et inquiète, l'irritait au lieu de la toucher.

— Pourquoi me regarde-t-il ainsi? — se demandait-elle rageusement. — Qu'y a-t-il de commun, sauf le nom, entre cet homme et moi?... — Il était comte, il était riche... — Son titre et sa fortune ont payé ma beauté radieuse et ma jeunesse en fleur... — Je me méprise pour m'être vendue, et je le hais pour m'avoir achetée...

Sans doute la physionomie de la jeune femme devenait étrange tandis que ces idées de révolte à outrance traversaient son esprit, car la comtesse douairière lui dit soudainement :

— A quoi donc pensez-vous, ma chère?

Amélie fit un mouvement brusque comme une personne qu'on éveille en sursaut et frissonna de tout son corps.

La question de l'ex-Blanche Hervieux, quoique n'ayant rien d'insolite, suffisait à provoquer une explosion.

La fille de Martial Dereyne releva la tête.

De ses prunelles d'un vert sombre jaillit sur sa belle-mère un regard vipérin.

Elle allait répondre et, pour la première fois sans doute montrer les griffes aiguës que depuis son mariage elle dissimulait.

Le temps lui manqua.

Le valet de chambre ouvrit la porte de la salle à manger et annonça :

— Monsieur Georges Dereyne...

L'associé d'agent de change entra d'un pas vif, salua la comtesse douairière, embrassa Amélie sur le front et serra la main de Gontran.

Une transformation complète s'était opérée depuis l'avant-veille dans l'attitude et dans la physionomie du jeune homme.

L'expression de fatigue, d'angoisse, de découragement, empreinte sur ses traits avait disparu.

Son front rayonnait de joie, ses yeux étincelaient de bonne humeur, sa bouche souriait.

Amélie le regardait avec stupeur et le reconnaissait à peine tant la métamorphose était surprenante et complète.

— Ah çà! mon cher Georges, quel bonheur inespéré vous arrive? — s'écria Gontran.

— Combien de millions viens-tu de gagner? — ajouta la jeune comtesse.

— Vous voyez en moi un homme absolument heureux! — répondit le fils aîné de Martial.

— Nous avons hâte de partager votre joie... — reprit Gontran. — Mettez-nous vite au fait...

— Vous y serez en quatre mots : — Le grand jour est fixé!...

— Quel grand jour?

— Celui de la signature de mon contrat de mariage avec Laura Warton...

Amélie ressentit une commotion si vive que sans le savoir elle se trouva debout.

— M. Lionel est revenu? — s'écria-t-elle.

La douairière, lui lançant à son tour un regard venimeux, demanda :

— Comment donc saviez-vous qu'il était parti, ma chère?

— Par mon frère Georges que cette absence intéressait, madame... — répondit Amélie en croisant l'éclair de son regard avec l'éclair des yeux de Blanche.

Georges reprit :

— Depuis hier au soir il est réinstallé à Saint-Ouen avec ses cousines ; il m'a fait prévenir aussitôt par Léopold qui (chose bizarre) arrivait du Havre en sa compagnie, car il était au Havre, tout simplement, pour les affaires de M. de Funcal. — Elles n'allaient pas bien, les affaires ! — M. de Funcal a suspendu ses paiements d'abord, et s'est jeté à l'eau ou brûlé la cervelle, on ne sait pas au juste. — Lionel perd deux ou trois millions, mais il s'en moque pas mal. — Il m'a fait les plus courtoises excuses au sujet de son départ imprévu et nous avons choisi le jour... — D'aujourd'hui en trois semaines nous signons au château, c'est absolument convenu... — Vous allez, d'un moment à l'autre, recevoir des invitations pour le dîner et pour la soirée... — Maintenant, adieu... on m'attend dans dix endroits... — Tout un monde d'emplettes à faire !... — Je me sauve !... à bientôt...

Et Georges s'éloigna, comme il était venu, d'un pas précipité.

XLV

L'associé d'agent de change avait à peine quitté depuis cinq minutes la salle à manger quand le valet de chambre y rentra, portant sur un plateau d'argent deux larges enveloppes satinées.

L'une était adressée à la douairière et l'autre au jeune ménage.

La première contenait ces lignes :

Monsieur Lionel Warton prie madame la comtesse Blanche de Lasseny de lui faire l'honneur de venir dîner au château de Saint-Ouen, le jeudi 16 octobre 1853, à sept heures.

La seconde, identique pour la forme, adressait la même invitation au comte et à la comtesse Gontran de Lasseny.

Le visage d'Amélie devint radieux, ses prunelles étincelèrent.

La jeune femme, comprenant qu'il fallait donner un prétexte à cette joie si vive et si manifeste, s'écria :

— Ce dîner sera certainement suivi d'une fête !... — Quel bonheur !... — Mon rêve était de voir le château de Saint-Ouen dont on raconte tant de merveilles, et de le voir illuminé, bruyant, plein de mouvement et d'éclat...

— Bah ! — répliqua l'ex-Blanche Hervieux d'un ton dénigrant, — la rumeur publique exagère toujours... — Il ne faut croire que la moitié de ce qu'on dit...

— D'ailleurs qui les a vues, ces merveilles?...

— Mais tous les invités de M. Warton, ce me semble... — reprit vivement Amélie.

— Ces invités sont-ils connaisseurs en fait de vrai luxe? — Entre nous, j'en doute un peu, ma chère...

— Pourquoi donc en doutez-vous, madame?

— La famille Warton étant étrangère ne saurait avoir des relations bien nombreuses et bien brillantes à Paris... — Quelles gens reçoit-on au château de Saint-Ouen?...

— On y reçoit mes frères, madame... — fit Amélie du ton le plus âpre.

— Assurément, ma chère, j'apprécie M. Georges et M. Léopold, mais il ne sont ni gentilshommes, ni artistes; or, selon moi les gentilshommes et les artistes sont les seuls juges compétents en matière de haute élégance...

La jeune comtesse se mordit les lèvres jusqu'au sang.

— Eh bien! madame, — répondit-elle ensuite d'une voix brève et tremblante, avec un sourire mauvais, — on ne saurait récuser votre compétence, puisque personne n'ignore que *les Hervieux, vos nobles ancêtres, se trouvaient aux Croisades...* — Vous jugerez par vos propres yeux, et je prendrai très humblement conseil de votre *vieille* expérience...

Amélie souligna par l'intonation les mots que nous venons de souligner nous-mêmes.

La douairière rougit et pâlit tour à tour, mais feignit de ne point comprendre l'épigramme à double tranchant, et répliqua d'un ton qu'elle cherchait à rendre calme :

— Vous auriez tort, ma chère, de compter sur les conseils de ma vieille expérience... Je vous les donnerais volontiers, le cas échéant, car vous en avez vraiment grand besoin, mais je déclinerai sans aucun doute l'invitation de M. Lionel Warton...

— Vous n'irez pas au château de Saint-Ouen?... — s'écria la jeune comtesse.

— Assurément non...

— Vous ne signerez pas au contrat de mariage de mon frère?...

— C'est mon projet, et tenez pour certain que M. Georges se passera le mieux du monde de ma signature...

Amélie, sans prononcer un mot, se tourna vers son mari et lui lança un regard foudroyant, comme pour le rendre responsable des procédés de la douairière.

Gontran comprit ce regard et, ne voulant pas augmenter par son silence l'irritation de sa femme, il se décida, — quoique fort à contre-cœur, — à intervenir.

— Permettez-moi d'espérer, ma mère, — dit-il, — que vous réfléchirez...

— A quoi donc? — demanda l'ex-Blanche Hervieux.

— A un refus que rien ne motive et sur lequel vous reviendrez, j'en suis convaincu.

— Je viendrai moi-même en rendre compte à madame la comtesse.

La douairière secoua la tête.

Le comte reprit :

— Vous n'avez aucun motif d'abstention..

— En es-tu sûr? — interrompit Blanche.

— Si vous en avez, puis-je les connaître?

— Pourquoi non? — D'abord M. Lionel Warton m'est antipathique...

— Antipathique? — répéta Gontran très étonné.

— Autant qu'on le puisse être...

— Mais vous vous êtes montrée charmante pour lui quand Georges vous l'a présenté chez mon beau-père, et vous l'avez accueilli de la façon la plus gracieuse dans votre salon...

— Que prouve cela ? — Une courtoisie banale, voilà tout... — Ce jeune homme étant mon hôte, et de plus ton invité, pouvais-je le mal accueillir ?

— Que lui reprochez-vous ?

— Oh ! mon Dieu, absolument rien... — Ma répulsion est tout instinctive... — Il te paraît charmant, il me semble suspect... — Je le devine hostile et je lui trouve des airs d'aventurier.

— Un aventurier, lui !... — dit Gontran en souriant.

— Pourquoi non ?

— Vous oubliez qu'il possède cinquante ou soixante millions.

— Te les a-t-il montrés, ces millions ?... — On ne connaît sa fortune que par le bruit public, ce qui veut dire qu'on ne la connaît pas...

— Pardonnez-moi, ma mère... Je sais positivement qu'un crédit à peu près illimité est ouvert à Lionel Warton sur la première maison de banque de Paris... — Ce n'est pas un *on-dit*, c'est une certitude...

— Il est riche, soit ! — Tant mieux pour lui... Que m'importe ?... Pour ne point aller à Saint-Ouen j'ai d'autres raisons...

— Lesquelles ?

— Mesdemoiselles Warton...

— Comment ? — Que voulez-vous dire ?... Expliquez-vous, ma mère... je ne vous comprends pas...

— Il me déplairait fort d'entrer en relations avec ces personnes excentriques qu'on appelle les *filles de bronze*, dont le Paris viveur s'occupe beaucoup trop, et qui ne pourraient franchir le seuil d'une seule maison bien posée... — Enfin je me défie des prétendues cousines...

Amélie se leva, livide.

— Vous oubliez, madame, — dit-elle d'une voix tremblante, — vous oubliez que l'une des *prétendues cousines* sera dans trois semaines la femme de mon frère...

— Ce mariage n'est pas encore fait... — répondit la douairière.

— Il se fera, soyez-en sûre...

— Tant pis pour votre frère alors...

— Pourquoi tant pis, madame ?

— Parce que M. Georges est fort à plaindre d'épouser pour sa dot une fille de sang mêlé, surtout quand tout le monde ignore d'où vient l'argent de cette dot.

— Gontran, — cria la jeune comtesse, — laisserez-vous madame insulter ainsi mon frère, en outrageant la famille qui va devenir la sienne !

— Ma mère, — commença Gontran, — ma mère... je vous en supplie...

— Je ne veux insulter personne... — interrompit la douairière. — Est-ce ma faute, à moi, si la vérité est une injure ?...

— L'entendez-vous !... — reprit Amélie en saisissant le bras de son mari et en le serrant à le rompre entre ses mains nerveuses. — L'entendez-vous !... elle continue !... — imposez-lui silence !

— Eh ! le puis-je ? — balbutia le jeune homme désespéré, comprenant avec épouvante que la discorde s'installait à son foyer pour ne plus le quitter. — Elle est injuste, mais c'est ma mère...

Amélie repoussa Gontran en l'enveloppant tout entier d'un regard d'écrasant dédain.

— Vous prétendez m'aimer ! — lui dit-elle, — et vous ne comprenez pas qu'on m'insulte en insultant les miens ! et vous ne savez pas me défendre ! — Vous êtes lâche ! — Je vous cède la place...

Hautaine, méprisante, paraissant ne pas même entendre son mari qui la suppliait de rester, la jeune femme traversa le salon et se dirigea vers une des portes.

Elle allait l'atteindre.

Cette porte s'ouvrit et le valet de chambre annonça :

— M. Lionel Warton...

On devine que ce nom, jeté à l'improviste au milieu de la scène à laquelle nous venons d'assister, produisit un véritable coup de théâtre.

Amélie s'arrêta, prise d'une émotion violente. — La pâleur de ses joues se teignit de pourpre. — Son cœur oppressé se dilata. — Pour la seconde fois depuis qu'elle connaissait Lionel elle se sentit dans une atmosphère de flamme.

En ce moment elle oubliait jusqu'à l'existence d'un mari détesté et d'une belle-mère odieuse.

Gontran, lui, se réjouit de l'arrivée de Lionel.

Cette visite inattendue lui permettait de reculer une explication avec sa mère, explication devenue indispensable et qui, malgré tout son respect filial, ne pouvait manquer d'être orageuse.

La douairière ne songeait plus qu'à étudier l'attitude d'Amélie et de Lionel en présence, car sa nature corrompue avait l'instinct du mal et comprenait qu'une force mystérieuse poussait la femme de son fils vers le cousin des *filles de bronze.*

Lionel, immobile sur le seuil, jetait un coup d'œil rapide aux personnages réunis dans le salon.

Certains indices infaillibles lui prouvaient qu'une scène violente venait d'avoir lieu ; il devinait que sa personnalité avait été le motif ou tout au moins le prétexte de cette scène.

Gontran se dirigea vers lui en s'écriant avec une joie sincère :

— Soyez le bienvenu, cher monsieur !...

— Suis-je réellement le bienvenu ?... — demanda Lionel en souriant, après avoir salué les deux femmes.

— J'espère que vous n'en doutez pas...

— Je puis arriver mal à propos et je serais très heureux de recevoir de vous l'assurance du contraire...

— Je vous la donne...

— Si je demandais une preuve ?...

— Je tâcherais de vous la donner...

— Faites-le donc...

— Et, comment ?...

— Permettez-moi d'offrir à Mme la comtesse un objet absolument sans valeur, souvenir matériel de la soirée charmante où j'ai pu satisfaire un caprice de jolie femme en cueillant une fleur d'un coup de pistolet !...

— Certes, — répondit Gontran, — je vous le permets...

Lionel tira de sa poche un écrin qu'il présenta respectueusement à Amélie en lui disant :

— Alors, madame la comtesse, ouvrez vous-même...

La jeune femme pressa le ressort, souleva le couvercle et poussa un cri d'admiration joyeuse.

Sur le velours bleu de l'écrin se voyaient trois fleurs de *Danaées* en émail, si merveilleusement imitées qu'elles paraissaient vivantes.

Quelques petits diamants, attachés aux pétales, simulaient des gouttes de rosée.

Deux des fleurs formaient des boucles d'oreilles.

La troisième était montée en broche.

Rien ne se pouvait imaginer de plus exquis, mais aussi rien de plus simple, et la simplicité même du présent le rendait acceptable.

Pour Amélie et pour elle seule le don de ces fleurs offrait un sens mystérieux.

Dans le jardin d'hiver, — elle ne l'oubliait point, — Lionel avait dit :

— *Les fleurs de* DANAÉES, *qu'on nomme ainsi pour faire allusion au filles de* DANAUS *qui tuèrent leurs maris la première nuit de leurs noces...*

Voilà ce qu'à coup sûr le jeune homme voulait lui rappeler.

Elle lança un long regard à Lionel. — Ce regard signifiait clairement :

— J'ai compris et je me souviens.

XLVI

— Cher monsieur Lionel, — dit Gontran, — ceci est d'une galanterie merveilleuse!

— Vous faites preuve d'un goût exquis ! — ajouta la douairière en enveloppant d'un regard significatif sa belle-fille et le visiteur. — Je lis dans les yeux d'Amélie l'enthousiasme sincère que lui causent ces charmants bijoux...

— Je les admire assurément, — répliqua la jeune comtesse avec aplomb, — mais le souvenir qui s'y rattache les rend surtout précieux pour moi... et c'est de tout mon cœur que je remercie monsieur Lionel d'avoir pensé à me les offrir...

Le pseudo-nabab s'inclina.

Un silence de quelques secondes suivit les dernières paroles d'Amélie.

Lionel le rompit en demandant :

— Avez-vous vu Georges Dereyne?

— Il était ici il y a dix minutes, et littéralement fou de joie... — répliqua Gontran.

— Vous savez, par conséquent, que nous avons pris jour pour la signature du contrat?

— Oui, et je crois inutile de vous affirmer que nous avons chaudement et sincèrement félicité Georges de son bonheur...

— Il aura tout le bonheur qu'il mérite, j'en suis persuadé... — répondit Lionel en souriant, puis il continua : — J'ai eu l'honneur de vous adresser des invitations...

— Que nous avons reçues tout à l'heure... — dit le comte.

— Et que nous acceptons... — fit Amélie avec feu.

Lionel s'inclina de nouveau en répliquant :

— Croyez à ma vive gratitude... — J'étais certain d'avance que je pouvais compter sur vous tous...

La douairière intervint, et le fit en ces termes :

— Comptez sur mon fils et sur ma belle-fille, monsieur Warton, mais non sur moi. — Je décline, quoique avec regret, votre gracieuse invitation. — Je ne pourrai me rendre au château de Saint-Ouen...

— Quoi ! madame la comtesse, — s'écria le pseudo-nabab, — vous ne signerez pas au contrat du frère de Mme de Lasseny ?

— Non, monsieur...

— Permettez-moi d'espérer que, d'ici à trois semaines, cette résolution désolante se sera modifiée...

— N'espérez point... — Elle est irrévocable...

— Eh! madame la comtesse, rien n'est irrévocable sous le soleil, surtout pour la plus charmante moitié du genre humain!... — Un roi de France n'a-t-il pas écrit jadis sur une vitre du château de Chambord :

Souvent femme varie!

— Je ne varie jamais, moi! — répliqua hautainement la douairière.

— Tant pis, madame! — Si vous nous manquiez, ce que je refuse encore d'admettre, je ne serais pas seul à déplorer votre absence...

— Je crois que vous vous trompez, monsieur...

— Pourquoi donc?

— Aucun des gens que vous connaissez ne me connaît... — Nous vivons, vous et moi, dans des mondes différents...

— C'est possible, madame la comtesse, mais si différents que soient ces mondes ils se touchent par certains points... — Je devais servir de trait d'union entre vous et l'un de mes amis qui, ayant entendu beaucoup parler de vous, brûle du désir de vous être présenté.

Blanche de Lasseny, sans répondre, fit une moue dédaigneuse.

Lionel poursuivit :

— Si mon ami brigue un tel honneur, ce n'est pas seulement pour avoir la joie de mettre à vos pieds ses hommages... — Il souhaite s'entretenir avec vous d'une personne que vous avez connue jadis l'un et l'autre, paraît-il...

L'ex-Blanche Hervieux fronça les sourcils.

— Une personne? — répéta-t-elle

— Oui, madame...

— Un homme?

— Non, une femme... — Une femme comblée de vos bienfaits... — Une protégée à vous...

— Le nom de cette femme?...

— Claire Bonchamp...

Malgré son empire sur elle-même, la douairière tressaillit et changea de visage.

— Ce nom ne vous rappelle-t-il rien, madame la comtesse? — continua Lionel.

— Rien de précis... — fit Blanche d'une voix altérée, — mais il ne m'est pas inconnu...

— Claire Bonchamp!... — s'écria la comtesse Amélie. — Est-ce que cette femme serait une parente de la servante-maîtresse qui s'est emparée de mon père, qui le domine, et contraint ses enfants à s'éloigner de lui?

— Nous ne pouvons que le supposer... — répondit Lionel. — La similitude des noms ne prouve pas grand'chose...

— Pouvez-vous, — demanda la douairière dont l'agitation augmentait visiblement, — pouvez-vous me donner sur cette Claire Bonchamp quelques détails qui m'aident à fixer mes souvenirs?...

— Hélas! non, madame. — Ce n'est pas moi qui connais la personne en question. — Je ne sais absolument rien sur son compte, mais ce qui m'est impossible serait facile pour mon ami... « — *Si madame la comtesse de Lasseny avait oublié Claire Bonchamp,* — me disait-il hier, — *il me suffirait de quelques mots pour lui rafraîchir la mémoire... J'ai une importante nouvelle à lui apprendre...* »

— Ce sont les paroles de votre ami?

— Ses propres paroles...

— Comment s'appelle-t-il?

— Son nom ne vous apprendrait rien... — Vous n'avez jamais entendu parler de lui.

— En vérité, monsieur Lionel, — fit l'ex-Blanche Hervieux avec un rire qui sonnait faux, — je ne serais point fille d'Ève si je n'étais un peu curieuse, et tout ceci surexcite ma curiosité.

— Il est bien facile de la satisfaire, madame.

— Ne pouvez-vous amener ici votre ami?

— Hélas ! non...

— Pourquoi donc?

— Il est à la fois très original et très entêté. — Désirant vous être présenté sur un terrain neutre, il refuserait de me suivre à votre hôtel. J'avais cru pouvoir lui promettre qu'il aurait l'honneur de se rencontrer avec vous à Saint-Ouen. Il y compte et n'en démordra point. Si vous êtes vraiment désireuse de connaître les choses intéressantes qu'il prétend avoir à vous dire, revenez sur votre décision...

— J'en ai presque envie... — murmura la douairière en minaudant.

— N'hésitez pas...

— Eh bien, je n'hésite plus !...

— Vous me ferez l'honneur de dîner au château?...

— Oui...

— Et vous ne changerez point d'avis?...

— Je vous le promets...

— Je suis fier et reconnaissant de cette promesse... — répondit Lionel en portant à ses lèvres avec galanterie la main fort belle encore de Mᵐᵉ Blanche de Lasseny.

La comtesse Amélie avait suivi d'une façon très attentive les péripéties de cette petite scène intime.

Cinq minutes après avoir obtenu gain de cause, ainsi que nous venons de le voir, le pseudo-nabab se leva et prit congé de la douairière et de sa belle-fille.

Gontran, désirant retarder le plus possible la double et inévitable explication qu'il devait avoir avec sa femme et avec sa mère, — explication vraisemblable-ment orageuse, — ne songeait qu'à s'éloigner.

— Vous allez au boulevard ? — demanda-t-il à son visiteur.

— Oui.

— M'offrez-vous une place dans votre voiture?

— Certes! et vous me ferez grand plaisir en l'acceptant...

Lionel et le comte quittèrent ensemble l'hôtel de la rue Saint-Dominique.

Aussitôt après leur départ, Blanche et Amélie se tournèrent le dos sans échanger une parole et regagnèrent leurs appartements respectifs.

La jeune comtesse, après avoir poussé les verrous de sa chambre à coucher, ouvrit l'écrin de velours bleu et couvrit de baisers les fleurs d'émail absolument semblables, sauf le parfum, aux fleurs dont elles étaient la copie.

— Ah! — balbutia-t-elle avec une sorte de fiévreux délire, — j'étais folle de craindre son indifférence... — Le don de ces fleurs, joint au souvenir qui s'y rattache, n'est-il pas le plus explicite des aveux? — Impossible d'en douter, il m'aime!

Elle appuya de nouveau contre ses lèvres avides de baisers le présent de Lionel, et poursuivit comme en extase :

— Il m'aime... il m'aime... il m'aime!... Et dans quelques jours je serai chez lui, dans sa maison, près de lui, pour toute une soirée... Peut-être pour toute une nuit! Là je pourrai me suspendre à son bras et murmurer à son oreille ces mots charmants qu'on ne dit qu'à celui qu'on aime... Car je l'aime, lui! Je l'adore!

Après un instant de silence Amélie continua, les sourcils contractés et le regard farouche :

— Qu'ai-je fait? — Un rêve d'ambition, un rêve absurde a perdu ma vie! — Le titre de comtesse et deux ou trois millions m'ont follement tourné la tête! — Je me suis enchaînée à un homme que je n'aime pas, que je ne puis aimer, à un homme dépourvu de toute énergie, qui s'incline devant sa mère et me laisse humilier par elle sans lui répondre, sans me défendre! Et je suis là chose de cet homme, je suis son esclave!

Amélie s'assit ou plutôt tomba sur un siège.

Son front baissé, son visage assombri, ses bras pendant le long de son corps, exprimaient un immense découragement.

Elle demeura quelques minutes dans cette attitude, puis elle releva peu à peu la tête, et le feu diabolique de ses prunelles d'un vert sombre s'alluma de nouveau sous les palissades des longs cils.

— Si j'avais rencontré Lionel avant de rencontrer Gontran, — poursuivit-elle, — quelle différence! — Je serais à lui! à lui seul! — Je me donnerais à lui sans réserve! Il me prodiguerait toutes les joies, tous les bonheurs, tous les délires!... — et ce serait possible encore si j'étais libre...

Deux fois de suite elle répéta :

— Si j'étais libre!... si j'étais libre!...

La lueur de ses prunelles devenait sinistre.

Elle avait croisé ses deux bras sur sa poitrine bondissante. — Des plis pro-

. — Parle, chérie, poursuivit Carmen, fais-moi vite tes confidences.

fonds rayaient l'ivoire mat de son front. — Le cercle d'azur s'élargissait autour de ses paupières.

— Libre! — dit-elle tout à coup presqu'à voix haute. — Pourquoi non? — L'esclave qui trouve chez son maître oppression, brutalité, tyrannie, n'a-t-il pas le droit de révolte et le devoir de secouer un joug trop lourd sous lequel il succombe? — Cet homme, ce mari, ce maître que la loi m'a donné, n'est-il pas un tyran? — Puis-je accepter, docile et résignée, un avenir où tout m'épouvante?

— Puis-je étouffer le cri de mon cœur? — Puis-je imposer silence aux voix de ma jeunesse? — Puis-je éteindre l'amour qui me brûle? — S'il faut porter des chaînes, je prétends du moins les choisir! — Je veux bien être esclave, mais de l'homme que j'aime et non du maître que je hais!

XLVII

La comtesse Amélie, en proie à une surexcitation croissante, avait quitté son siège et fiévreuse, haletante, les narines dilatées, les nerfs tendus à se rompre, elle allait et venait dans sa chambre, foulant les tapis d'Orient d'un pas irrégulier dont l'allure tantôt rapide et tantôt ralentie témoignait du désordre de son esprit.

Ce n'était pas le cœur qui parlait chez elle en ce moment, c'était la voix des sens excités par les instincts de sa nature ardente et perverse.

La passion féline la dominait tout entière et troublait littéralement sa raison.

La pensée d'un crime ne l'épouvantait point. — Le meurtre lui semblait légitime s'il était l'unique moyen de supprimer l'obstacle odieux qui la séparait du bonheur.

Peu à peu cependant le calme revint dans son esprit, mais un calme sinistre, plus effrayant que ne l'avaient été sa colère et son délire.

Cet apaisement de son corps et de son âme résultait d'une décision prise.

La jeune comtesse quitta sa chambre qui se trouvait au premier étage de l'hôtel, descendit au rez-de-chaussée, traversa les salons et gagna le jardin d'hiver où Lionel Warton, quelques jours auparavant, avait expliqué devant un auditoire de jolies femmes les propriétés vénéneuses de la flore des tropiques.

La comtesse douairière s'étant enfermée dans son appartement, Amélie de Lasseny ne courait aucun risque d'être surprise par elle.

Elle s'assura qu'aucun jardinier, aucun valet, cachés dans les massifs luxuriants, ne pouvaient l'épier et, sûre d'être seule, elle s'approcha du mancenillier et brisa l'un de ses rameaux.

A l'instant même un suc laiteux, d'un blanc jaunâtre, s'échappa de la blessure de l'arbre et coula goutte à goutte.

Une de ces gouttes tomba sur la main gauche d'Amélie.

La jeune femme éprouva aussitôt une sensation d'âcre chaleur, comme si quelque caustique violent désorganisait son épiderme.

Elle se hâta de tremper sa main dans l'eau pure et glacée qui remplissait la vasque de marbre rouge, mais l'impression produite par le toxique végétal n'en subsista pas moins pendant plus de dix minutes, jointe à un véritable engourdissement de l'avant-bras.

— Lionel avait dit vrai! — murmura la jeune comtesse. — Ceci fera de l'esclave une femme affranchie!

Puis, complètement rassérénée, elle remonta chez elle du pas le plus tranquille et le visage presque souriant.

« *Bon chien chasse de race!* » — dit un vieux proverbe.

Une fois de plus ce proverbe trouvait son application.

Martial Dereyne aurait eu le droit de se montrer fier de sa fille!

Tandis que se passaient ces choses, la comtesse douairière n'était point du tout dans une situation enviable et sa préoccupation, quoique d'une nature toute différente, égalait celle de sa belle-fille.

— Ah! — pensait l'ex Blanche Hervieux, — que j'avais bien raison de me défier de ce Lionel Warton... de deviner en lui un ennemi!... — Son hostilité n'est plus douteuse! Le nom de *Claire Bonchamp* prononcé par lui est une déclaration de guerre! Mais de qui tient-il un secret que je croyais inconnu de tous, et dont il veut, je n'en puis douter, se servir contre moi? — Qui donc le fait agir? Qui donc, après vingt-cinq ans, évoque ainsi le passé, et dans quel but vient-on troubler ma vie? — Est-ce un chantage qui se prépare? — Le plus simple bon sens se refuse à l'admettre si Lionel Warton, — comme on l'affirme, — est cinquante fois millionnaire... — Mais si ce n'est cela, qu'est-ce donc? — Ah! certes oui, j'irai au château de Saint-Ouen, puisque là je verrai le péril face à face! — Connaissant mes ennemis, je pourrai du moins les combattre!

En ce moment le monologue de la douairière fut interrompu.

On frappait doucement à la porte de sa chambre à coucher.

— Entrez... — fit-elle.

Un valet de chambre se présenta.

— Que voulez-vous? — lui demanda Blanche.

— Madame la comtesse, c'est une visite.

— Oubliez-vous la consigne que je vous ai donnée moi-même tout à l'heure? — Je ne reçois pas...

— C'est ce que j'ai dit au visiteur, mais il insiste beaucoup pour être reçu et j'ai cru devoir prévenir madame la comtesse...

— Et ce visiteur?

— Un monsieur d'un certain âge, que je n'ai jamais vu; il semble très respectable!

— A-t-il dit son nom?

— Je lui ai demandé sa carte... Par le plus grand hasard du monde il avait oublié les siennes; il m'a prié de lui donner un morceau de papier et il a écrit quelques mots.

La douairière prit le papier des mains du valet de chambre, y jeta les yeux et devint mortellement pâle.

Elle venait de lire, tracée d'une grosse écriture, cette courte phrase :

« *De la part de Claire Bonchamp.* »

L'ex-Blanche Hervieux possédait une nature de trempe exceptionnelle et l'avait prouvé plus d'une fois.

Elle eut la force de se dominer ; — nul symptôme autre que son extrême pâleur ne trahit la violence de son émotion.

Comme elle demeurait immobile et muette, semblant réfléchir, le valet de chambre demanda :

— Faut-il répéter que madame la comtesse ne peut recevoir?

— Au contraire... — répondit Blanche d'un ton aussi calme que s'il s'agissait de la visite la plus indifférente. — Faites entrer ce monsieur dans le petit salon... — Je vais descendre...

Le domestique disparut.

— Allons, — murmura la douairière restée seule, — j'aime autant cela ! — Rien n'est plus pénible que l'incertitude ! — Je vais savoir tout de suite à quoi m'en tenir, car évidemment voici l'ennemi...

Elle se regarda dans une glace, passa sur son visage une houppe imprégnée de veloutine rose, se composa une physionomie impénétrable, et descendit au petit salon pour rejoindre le visiteur qui venait d'y être introduit.

— Si je l'ai vu déjà, — se disait-elle chemin faisant, — je le reconnaîtrai du premier coup d'œil ; mais l'ai-je déjà vu ?...

Elle se posait cette question en mettant la main sur le bouton de la serrure.

La porte à peine ouverte, elle se répondit :

— Je ne le connais pas...

Le visiteur s'inclina devant la douairière d'une façon très respectueuse mais gauche et contrainte.

Ceci d'ailleurs n'avait rien d'étonnant, l'ex-Blanche Hervieux étant fort imposante et l'inconnu paraissant timide.

C'était un homme d'une soixantaine d'années, de taille moyenne, au visage glabre et blafard.

Les mèches longues et raides d'une chevelure grisonnante tombaient sur sa cravate blanche très haute et très empesée.

Des lunettes aux verres légèrement bleus protégeaient ou plutôt cachaient ses yeux ; — il portait des vêtements amples et noirs, semblables par la coupe au costume des *clergymen* anglais ou américains, et tenait de la main gauche un chapeau bas de forme à larges ailes.

Plus la douairière étudiait cette figure originale, plus elle se croyait certaine de la voir en ce moment pour la première fois de sa vie.

De la main elle désigna un siège au visiteur, et lui dit :

— Vous avez insisté pour me voir, monsieur, et, supposant que vous aviez peut-être des communications intéressantes à me faire, je n'ai pas voulu vous évincer... — Asseyez-vous, je vous prie.

L'inconnu posa son chapeau par terre à côté de lui, écarta les pans de sa longue redingote noire et s'installa sur l'extrême bord d'un fauteuil.

Blanche reprit avec une indifférence trop accusée pour être sincère :

— Les quelques mots tracés par vous sur ce papier ont piqué d'autant plus vivement ma curiosité que je ne les comprends pas... — Vous venez de la part de Claire Bonchamp?... Qu'est-ce que c'est que Claire Bonchamp?

— Madame la comtesse le sait bien...

— Je ne le sais pas du tout, au contraire... — il me semble que ce nom ne m'est point inconnu, mais il ne me rappelle rien de distinct.

— C'est que sans doute les souvenirs de madame la comtesse ne remontent pas assez haut. — Reportez-vous de vingt-cinq ans en arrière...

— Eh bien?

— Eh bien! — dans ce temps-là vous n'aviez pas encore épousé le comte de Lasseny, et vous vous appeliez, de votre nom de famille, Blanche Hervieux.

— Tout le monde sait cela! — dit la douairière avec un intraduisible mouvement d'épaules.

L'inconnu reprit :

— J'oserai prier humblement madame la comtesse de ne pas jouer au fin avec moi, et de se bien mettre dans la tête que je suis ici dans son intérêt.

— Dans mon intérêt! — répéta Blanche.

— Positivement; vous en aurez bientôt la preuve, aussi me permettrai-je d'adresser quelques questions à madame la comtesse...

— Des questions à moi!! — s'écria la douairière. — A quel titre, je vous prie, me questionneriez-vous?

— Que madame la comtesse me pardonne... Ce sera, si elle le veut bien, à titre d'ami...

— Un ami! — Vous, monsieur!! — Mais je ne vous connais pas!

— Que madame la comtesse soit paisible, elle me connaîtra tout à l'heure... J'ai même dans ma folle idée qu'elle sera fort aise d'avoir fait ma connaissance, car je puis lui rendre de très grands services...

— Je déteste les énigmes, monsieur... — Expliquez-vous...

— *Illico*, madame la comtesse, *illico*... mais je vous supplie très respectueusement de ne pas m'en vouloir si je touche un point délicat, excessivement délicat...

— Eh! monsieur, allez droit au but!

— J'y vais par le plus court chemin : — Il y a vingt-cinq ans, quand vous vous nommiez Blanche Hervieux, Claire Bonchamp était sage-femme et tenait une maison d'accouchement à Vincennes. — Commencez-vous à vous souvenir.

Mme de Lasseny fit de la tête un signe affirmatif.

L'inconnu reprit en mettant une sourdine à sa voix :

— Les souvenirs, madame la comtesse, comme les amoureux, vont deux par deux... l'un ramène l'autre... — Votre mémoire rafraîchie doit vous rappeler l'établissement de Claire... — C'est là que vous avez mis au monde certain enfant mâle... c'est là...

— Vous m'insultez, monsieur !... — interrompit Blanche avec un très grand air de dignité blessée.

— Ah ! madame, telle n'est pas mon intention !... — Je me suis excusé d'avance... — Je rappelle les faits, tout bonnement...

— Les faits que vous rappelez sont faux !... — Vous êtes mal renseigné...

— Croyez-vous?

— Je l'affirme...

— Et si je vous citais les dates?... Si je vous donnais les détails les plus minutieux?

— Je dirais que vous vous trompez, qu'on a surpris votre bonne foi, et que ces dates et ces détails s'appliquent à quelque autre femme...

L'inconnu se leva.

— Puisque madame la comtesse n'a pas confiance en moi, — fit-il en saluant, — il ne me reste qu'à me retirer... C'est ce que je vais faire ! — Ne pouvant vous servir malgré vous, je laisse vos ennemis maîtres de la situation et je vous abandonne à ceux qui ont juré de vous perdre ! — Adieu, madame la comtesse... je suis votre bien humble serviteur, de tout mon cœur...

<h2 style="text-align:center">XLVIII</h2>

Le visiteur inconnu se dirigeait vers la porte.

Blanche de Lasseny l'arrêta du geste.

— Madame la comtesse me fait l'honneur de me rappeler? — demanda-t-il en revenant sur ses pas.

— Oui...

— Aux ordres de madame la comtesse...

— Vous avez parlé, je crois, d'ennemis...

— Sans doute.

— Quels sont-ils?

— Des gens qui comme moi savent votre secret mais qui, n'étant pas animés comme moi d'intentions bienveillantes, veulent se servir de ce secret pour vous perdre. — Ces gens-là cherchent votre fils et, quand ils l'auront trouvé, ils s'en feront une arme contre vous.

L'ex-Blanche Hervieux n'avait plus une goutte de sang dans les veines. Elle eut cependant la force de sourire.

— Ah çà ! mais, — balbutia-t-elle d'une voix mal assurée, — c'est tout un roman que vous me racontez là.

— Ce n'est point un roman, vous le savez bien, madame la comtesse... — répliqua le singulier visiteur. — C'est une histoire absolument vraie...

— Espérez-vous me prouver cela ? — N'ai-je pas la certitude que vous êtes dans l'erreur !

— A quoi bon jouer l'incrédulité ? — Votre visage dément vos paroles. — Regardez-vous dans une glace... — Vous aurez peur de votre image en la voyant si pâle.

Après un instant d'hésitation la douairière demanda :

— Mais enfin, vous qui m'avez imposé votre présence... Vous qui me tenez un si étrange langage, qui êtes-vous?...

— Je vous l'ai dit, madame la comtesse, je suis un ami.

— Comment me le prouverez-vous?

— Je le répète : en vous rendant, avec un entier dévouement et une discrétion absolue, de signalés services...

— Services désintéressés?

L'inconnu sourit à son tour.

— Le désintéressement n'est pas de ce monde, — répondit-il, — et ceux qui en parlent le plus sont ceux qui le prodiguent le moins...

— Vous voulez alors que je vous achète?...

— Le mot est brutal, mais coupe court à toute équivoque...

— Combien prétendez-vous me vendre votre appui?

— Très cher, par l'excellente raison que vous ne pouvez vous en passer. Nous discuterons à loisir le chiffre tout à l'heure. — Est-ce marché conclu en principe ?

— Non, car ce pourrait être un marché de dupe... — Vous m'avez affirmé que vous saviez beaucoup de choses... Vous ne l'avez point prouvé...

— C'est juste... — Ce que je n'ai point fait, je vais le faire... Veuillez donc m'accorder trois minutes d'attention... — Il y a vingt-cinq ans, au mois d'octobre 1828, vous étiez en passe de conclure un brillant mariage, de devenir comtesse de Lasseny et millionnaire, mais une circonstance singulièrement inopportune pouvait faire tout échouer... — La sage-femme Claire Bonchamp vous offrit dans sa maison de Vincennes un mystérieux asile... — Est-ce vrai ?

— Continuez...

— Là, vous êtes accouchée deux mois plus tard d'un fils né de votre liaison avec M. Fernand Strény... — Vous voyez, madame la comtesse, que les noms mêmes me sont familiers...

— Après?... — dit la douairière d'un ton impérieux.

L'inconnu poursuivit :

— L'enfant qui vous gênait avant sa naissance ne vous gênait pas moins après, et vous avez donné vingt mille francs à la sage-femme pour le faire disparaître... — Vous voyez que je précise le chiffre...

— Eh bien? — interrompit l'ex-Blanche Hervieux. — La sage-femme a gagné son argent... L'enfant est mort...

— C'est ce qui vous trompe...

— J'ai vu son corps inanimé !...

— Ce n'était pas le corps de votre fils... — Un nommé Jean Renaud, un récidiviste, un bandit, avait pour des motifs que j'ignore conseillé à Claire Bonchamp, qu'il dominait à cette époque, de mettre votre rejeton en nourrice, ce qui fut fait, et rien n'empêche de supposer qu'au moment où j'ai l'honneur de vous parler le gaillard est vivant et bien portant. — Or, ceux que tout à l'heure j'appelais vos ennemis recherchent non seulement l'enfant mais le père. — Il est facile de deviner pourquoi...

— Ils ne les trouveront pas ! — s'écria Blanche.

— Pardonnez-moi, madame la comtesse, ils les trouveront...

— Impossible !... — Qui leur apprendrait le nom du père?...

— Ils le savent déjà...

— Comment?

— Vous souvenez-vous qu'à l'époque de la rupture vous aviez chargé Claire de remettre à votre amant une lettre de vous, en même temps qu'une alliance dans laquelle son nom et le vôtre se trouvaient gravés?...

— Eh bien? ..

— Eh bien! Claire Bonchamp, au lieu d'envoyer la bague à son adresse, trouva plus simple de la conserver... — Un jour elle me la confia...

— Alors, vous avez cette alliance?

— Malheureusement je ne l'ai plus...

— Qu'est-elle devenue?

— On me l'a volée.

— Qui?

— L'un des hommes en question... l'un de vos ennemis.

— Le nom de cet homme?

— Je l'ignore...

— Allons donc !... c'est invraisemblable !... c'est inadmissible !...

— J'affirme à madame la comtesse que rien n'est plus vrai !... — Je connais le personnage sans savoir son nom, mais il est aisément reconnaissable, et quand il faudra suivre sa piste la besogne sera facile... — C'est un homme de couleur...

— Lionel Warton !... — s'écria la comtesse.

— Je ne sais, — répliqua l'inconnu, — mais s'il porte le nom que vous dites, je parierais que c'est pour en cacher un autre...

— Vous sonneriez pendant deux heures que ça ne servirait à rien...

— Lequel?

— Je vous le dirai plus tard, quand j'aurai une certitude... — Jusqu'à présent je n'ai que des soupçons...

— Enfin, — reprit Mme de Lasseny, — comment cet homme, quel qu'il soit, prouverait-il que j'ai eu un fils il y a vingt-cinq ans? — S'appuyerait-il sur le témoignage de Claire Bonchamp?

— Pauvre Claire... — murmura l'inconnu en donnant à sa voix fêlée une intonation mélancolique. — Vous n'avez rien à redouter d'elle... — On n'invoquera pas son témoignage contre vous... — Elle est morte...

— Morte!... — répéta la douairière — qui vous l'a dit?

— J'assistais à ses derniers moments... C'est à l'Hôtel-Dieu, dans la salle numéro 22 — les deux cocottes, madame la comtesse — qu'elle a cessé de vivre...

— Alors il ne reste aucune preuve?

— Je crois qu'il en reste une.

— De quelle nature?

— Eh! mon Dieu, de la nature la plus compromettante... — Claire avait la mauvaise habitude de tenir note, jour par jour, sur une sorte de livre-journal, de tout ce qui se passait dans sa maison de santé... — Le procès-verbal détaillé de votre accouchement occupe sans le moindre doute sa place dans ces notes, ainsi que le nom du village où l'on a mis l'enfant en nourrice, et peut-être aussi la copie, sinon l'original, de la lettre de rupture écrite par vous à Fernand Strény et conservée par la sage-femme en même temps que l'alliance...

— Et, — demanda la comtesse d'une voix que l'émotion rendait tremblante, — ce livre est au pouvoir de mes ennemis?...

— Je doute qu'il y soit déjà, mais j'ai la certitude qu'ils le cherchent...

— Le trouveront-ils?

— C'est possible, car ils soupçonnent la cachette.

— Cette cachette, vous la connaissez?

— Parfaitement... L'agenda ou le livre-journal, comme il vous plaira de l'appeler, est dans le tiroir secret d'un vieux secrétaire que Claire avait chez elle...

— Et ce secrétaire?...

— Vendu par autorité de justice avec le reste du mobilier de l'établissement après les malheurs judiciaires de la pauvre Claire, et acheté par la sage-femme qui lui succédait...

— Ne peut-on pas acquérir le meuble et s'emparer du livre?...

— On le peut... ou plutôt je le peux... et mon intervention dans cette circonstance sera la preuve d'un dévouement qui vous appartient tout entier...

— Achetez!... achetez vite!...

— J'aurai l'honneur de faire observer à madame la comtesse qu'il me manque pour cela *le nerf de la guerre*...

— Autrement dit l'argent, n'est-ce pas?...

— Positivement.

— Veuillez m'attendre... Je reviens.

L'ex-Blanche Hervieux quitta le petit salon.

Le visiteur employa consciencieusement le temps de son absence à examiner les tableaux et les objets d'art, et à se demander quelle somme en bonne monnaie ayant cours représentaient ces *inutilités*.

La douairière reparut, tenant à la main des billets de banque.

— Voici cinq mille francs... — fit-elle.

— A valoir sur les premiers frais ? — dit vivement l'inconnu.

— C'est ainsi que je l'entends.

— Et c'est ainsi que j'accepte cette bagatelle... Maintenant nous pouvons jouer cartes sur table... — Quelles sont les offres de madame la comtesse?

— Le jour où vous m'apporterez le livre-journal contenant les notes de Claire Bonchamp compromettantes pour moi, je vous remettrai quinze mille francs, auxquels j'en ajouterai dix mille si vous m'apprenez le véritable nom de l'ennemi inconnu qui voudrait susciter autour de moi un scandale effroyable.

— En tout, vingt-cinq mille... — murmura l'inconnu.

— Sans compter les billets de banque que vous venez de recevoir...

— Ajoutez-y cinq mille et nous serons d'accord...

— Soit, je consens...

— Madame la comtesse, c'est plaisir de traiter une affaire avec vous!

— Mettez-vous à l'œuvre sans perdre une minute.

— J'agirai dès aujourd'hui.

— Et s'il se produisait quelque fait nouveau, ayez soin que j'en sois informée sans retard...

— Je viendrais moi-même, sur-le-champ, en rendre compte à madame la comtesse.

L'inconnu s'était levé. — Il salua respectueusement et quitta le salon, puis l'hôtel.

De l'autre côté de la rue, en face de la porte cochère, stationnait un fiacre à un cheval.

Dans ce fiacre un jeune homme maigre, à figure imberbe et vieillotte, fumait des cigarettes et paraissait s'ennuyer beaucoup.

L'inconnu se dirigea vers ce fiacre, ouvrit la portière et monta dans l'intérieur, après avoir dit au cocher :

— Rue des Lavandières-Sainte-Opportune, n° 7 bis, mon bonhomme, et du train ! — Il y a un fort pourboire.

La voiture partit au grand trot.

Remy Chomin, que nos lecteurs ont depuis longtemps reconnu sous son déguisement, reprit en s'adressant au jeune homme imberbe :

— Tu t'ennuyais à m'attendre, hein, le Gosse?

— Je me *faisais vieux*, c'est positif!... tu n'en finissais pas!...

— Qu'est-ce que tu veux, il fallait le temps.

— T'as vu le comtesse?

— Je la quitte.

— Elle te gobe?

— Je suis présentement son homme de confiance...

— Alors l'affaire marche comme il faut?

— Si elle marche? — Dis donc qu'elle court!... et du coup je nous vois des rentes!...

XLIX

Pendant toute la durée de l'entretien que nous avons mis sous les yeux de nos lecteurs la comtesse douairière avait fait à peu près bonne contenance, mais aussitôt qu'elle se trouva seule, ses forces la trahirent et son semblant d'énergie l'abandonna.

Elle se laissa tomber presque anéantie sur une chaise longue, cacha son visage entre ses mains, fondit en larmes et balbutia d'une voix basse et brisée :

— Cet homme, cet ennemi qui tout à coup, après si longtemps, exhume le secret de honte enfoui dans la nuit du passé, qui est-il donc?... — Lionel War-ton? — Impossible! Il est trop jeune! — et pourtant, s'il ne savait rien, il n'au-rait pas prononcé devant moi le nom de cette sage-femme dont j'achetais la complicité menteuse il y a vingt-cinq ans!!!

L'ex-Blanche Hervieux se frappa la poitrine et se tordit les mains.

— Vingt-cinq ans! — reprit-elle, — un siècle! — A peine si je me souve-nais! et l'on va m'accabler peut-être sous les preuves du crime inconnu! — C'est horrible! — Accusée devant mon fils! Forcée de courber la tête et de rougir en sa présence! — Je n'y survivrais pas... — Quel châtiment, mon Dieu!!!

Les sanglots de la comtesse éclatèrent.

Nos lecteurs savent déjà que son épouvante était bien fondée et qu'un danger terrible la menaçait.

Remy Chomin pouvait-il conjurer ce danger?

Un prochain avenir nous l'apprendra.

*
* *

La surveillance très active dont était l'objet le petit hôtel de la rue du Rocher habité par Martial Dereyne ne se ralentissait point.

Jean Renaud, obéissant aux ordres de Cora, étudiait et faisait étudier les agissements de Rose Bonchamp.

De même que le pseudo Lionel Warton, il trouvait la conduite de l'ex-femme de charge prodigieusement habile.

La vieille maîtresse ne négligeait rien de ce qui pouvait et devait mettre en ses mains avides la fortune tout entière de Martial.

Elle conduisait sa barque avec une adresse consommée.

Une double question se posait à l'esprit de Jean Renaud.

— Rose est-elle assez forte pour agir seule? — se demandait-il. — A-t-elle, au contraire, un conseiller expérimenté dont elle suit les inspirations?

L'évadé de *la Dorade* voulut avoir la clef de l'énigme.

Tout le monde connaît l'axiome fameux dont on attribue la paternité tantôt à un lieutenant criminel, tantôt à un vieux juge d'instruction, et qui se formule ainsi :

— *Cherchez la femme!*...

Quatre-vingt-dix-neuf fois sur cent cet axiome est fondé, lorsqu'il s'agit d'un homme convaincu ou accusé de quelque crime dont les mobiles n'apparaissent point de façon très nette.

Lorsqu'au contraire une femme est en jeu, il faut modifier la formule et dire :

— *Cherchez l'homme!*...

C'est ce que fit Jean Renaud.

Depuis une semaine il savait que presque chaque soir, vers onze heures, lorsque Martial Dereyne était endormi, la garde-malade se glissait furtivement hors de l'hôtel pour n'y rentrer que le lendemain matin dès l'aube.

Certain soir, il guetta lui-même.

Il vit Rose Bonchamp gagner la station de fiacres voisine de la gare du Havre.

Elle monta en voiture et donna une adresse.

Jean Renaud prit un milord et dit au cocher :

— Suivez votre camarade et, quand il s'arrêtera, faites halte à trente pas de lui... — Dix francs l'heure...

— Entendu, mon bourgeois, et je souhaite, à ce prix-là, que mon camarade me fasse trotter toute la nuit...

Le fiacre de Rose gagna les hauteurs de Montmartre et s'arrêta, rue des Abbesses, devant une maison qui nous est connue.

Le faux mulâtre vit Rose Bonchamp descendre de voiture, payer la course, sonner à une porte qui s'ouvrit pour la laisser passer et se referma derrière elle.

L'ex-femme de charge ne reparut pas.

Elle avait d'ailleurs renvoyé son véhicule ; donc elle passerait la nuit dans le logis en question.

Jean Renaud regagna Paris, mais il se promit de revenir à Montmartre le lendemain de grand matin, et il se tint parole.

Avant sept heures et demie, il était de retour rue des Abbesses.

Une laitière allait de porte en porte, déposant à droite et à gauche ses boîtes de fer-blanc pleines d'un liquide plus ou moins pur.

— Madame, — lui demanda Jean Renaud, — auriez-vous la complaisance de me dire qui demeure dans cette maison?

Et il désignait la porte par laquelle Rose avait disparu la veille au soir.

— C'est une de mes pratiques... — répondit la laitière.

— Qui s'appelle?

— M. René Mattifet.

L'évadé de *la Dorade* tressaillit en entendant ce nom.

La laitière continua :

— Un homme d'affaires joliment malin, qui sait son métier mieux qu'un avocat ou même qu'un huissier, c'est connu dans Montmartre et dans les Batignolles... — Il oblige aussi les gens qui ont besoin d'argent, quand ils sont solvables, bien entendu... — Enfin, c'est un bon garçon, sauf qu'il écorche un peu le pauvre monde à ce qu'on dit, mais ça ne me regarde pas...

— Grand merci, madame...

— Bien à votre service, monsieur...

Et la laitière s'éloigna.

Un sourire de satisfaction s'épanouit sur les lèvres du faux mulâtre, tandis qu'il la suivait des yeux machinalement.

— René Mattifet! — murmura-t-il. — Allons, le hasard fait les choses à merveille! — Le drôle que je cherchais, et sur lequel je ne parvenais pas à mettre la main, est justement l'amant de Rose! — Je ne m'étonne plus de l'habileté de la gaillarde! Elle est entre bonnes mains! Tudieu! quel couple modèle! — C'est ce qu'il faut d'ailleurs... René Mattifet nous servira!

Retournons de quelques heures en arrière et résumons sommairement ce qui s'était dit la veille au soir, dans la maison de la rue des Abbesses, entre l'agent d'affaires et sa maîtresse.

Mattifet attendait Rose.

Il l'accueillit de façon très chaude, avec force démonstrations de tendresse ; puis, après cinq minutes données au sentiment, il lui dit :

— Parlons présentement de choses sérieuses... — Où en sont nos affaires? — As-tu sondé le terrain, comme je te l'avais recommandé?

— Oui, mon chéri... — répliqua Rose.

— Eh bien?

— Eh bien! le vieux gêneur a été pris d'une turlutaine...

— Laquelle?

— Il veut faire son testament.

— Va-t-il donc plus mal?

— Non; mais sachant par moi que ses enfants songent à le faire interdire, il voudrait les déshériter en me laissant tout.

— Par testament?

— Bien entendu...

— Et tu crois ça?

— Dame!... il me semble...

René Mattifet se mit à rire en haussant les épaules.

— Ou Martial Dereyne se moque de toi, — répliqua-t-il, — ou il n'a plus sa tête à lui...

— Comment cela?

— Le père de famille n'a le droit de disposer que d'une part d'enfant, ton infirme sait cela aussi bien que moi... — Or Martial Dereyne a trois enfants, donc il ne pourrait te laisser qu'un quart...

— Tu en es sûr?

— Parbleu! c'est la loi...

— Voilà une loi joliment bête!..

— Un testament ne peut donc nous convenir...

— Il n'en fera pas, je m'en charge... Je le mets au défi d'avoir une volonté malgré moi, et c'est heureux...

— Martial Dereyne, depuis la liquidation et le règlement de comptes, a-t-il chargé toi ou toute autre personne d'acheter des valeurs avec ses capitaux?

— Non

— Alors, les six cent mille francs restent intacts?

— Oui...

— Sous ta main?

— Toujours, puisqu'ils sont dans un secrétaire dont j'ai la clef... — La voilà, cette clef... — Tu penses bien, mon petit homme chéri, que je ne m'en sépare jamais...

Mattifet baissa la tête et garda le silence pendant quelques secondes, en tournant ses pouces à la façon des gens qui s'absorbent dans une méditation profonde.

— Je parie que je sais à quoi tu penses! — s'écria Rose que ce mutisme ennuyait.

L'agent d'affaires attacha sur elle un regard interrogateur.

— Tu te dis, — poursuivit Rose, — que puisque j'ai la clef de la caisse, il n'y a qu'à prendre les paquets de billets de banque, à les joindre à mon magot personnel et au tien, et à filer avec pour aller t'attendre en Belgique, en Suisse ou en Angleterre.

Mattifet secoua la tête.

— C'est ça qui serait une sottise!... — répliqua-t-il.

— Pourquoi donc?

— Parce que trois personnes au moins savent que Martial Dereyne a reçu, ou plutôt que tu as reçu pour lui six cent mille francs...

— Lionel Warton et les deux notaires, c'est juste... — Inutile de parler de M. de Funcal puisqu'il a jugé à propos de se supprimer lui-même.

— Eh bien! — continua Mattifet, — si tu donnais suite au joli projet de filer à l'étranger, il ne faudrait pas vingt-quatre heures pour s'apercevoir que le magot a filé en même temps que toi... — Naturellement on t'accuserait de l'avoir emporté, et on aurait l'indélicatesse de porter plainte contre toi.

— Je m'en ficherais pas mal... — je serais loin...

— Et l'extradition, ma fille, dont tu ne parles pas! — On l'obtiendrait, dans l'espèce, le plus facilement du monde, et on te ramènerait bel et bien à Paris pour te juger, ce qui te ferait passer de fort vilains quarts d'heure...

— Sapristi! je ne savais pas tout ça...

— Aussi, je m'empresse de te l'apprendre...

— Il nous faut cette fortune cependant! — Avec ce que j'ai déjà et ce que tu possèdes de ton côté, nous serons riches... Nous ferons figure...

— Oui, pardieu! il nous la faut, et sois tranquille, nous l'aurons...

— Comment?

— C'est ce que je cherchais tout à l'heure quand tu m'as interrompu fort mal à propos...

— Ne me garde pas rancune, mon chéri... — Je croyais bien dire... — Cherche encore. — Me voici muette.

L'agent d'affaires se replongea dans sa méditation, dont il sortit brusquement pour donner un grand coup de poing sur la table.

— Tu as trouvé? — demanda Rose.

— Oui.

— Et le moyen est bon?

— Infaillible... — Tu vas voir... — Mais d'abord que penses-tu de l'état de Martial Dereyne, et combien de temps, selon toi, reste-t-il à vivre au bonhomme?

L

— Combien il lui reste de temps à vivre? — répéta Rose.

— Oui. — C'est essentiel à savoir...

— Mais c'est bien difficile à dire. — Le médecin affirme qu'il n'ira pas loin... Il prétend que la paralysie fait des progrès rapides et qu'elle atteindra bientôt le cerveau, ce qui sera la fin. — Moi je ne m'y fie point. — Martial est bâti à chaux et à sable... Je le crois fort capable de durer plus longtemps qu'on ne pense, faisant toujours mine de partir d'une minute à l'autre pour l'autre monde, et en définitive ne partant jamais.

— Eh bien! — dit René Mattifet du ton le plus naturel, comme s'il parlait d'une chose toute simple, — je crois que dans ce cas on pourrait l'aider un peu...

— L'aider à quoi? — demanda Rose.

— Mais, *à se décider*... puisqu'il ne se décide pas...

— Et comment?

— C'est toi, m'as-tu dit, qui lui verses ses tisanes?

— Quel bon vent vous amène ? dit-il à Jean Renaud.

— Sans doute... — Après ?
— Dame ! il me semble que tu dois comprendre...
L'ex-femme de charge tressaillit.
— Le poison ! — s'écria-t-elle avec une certaine épouvante.
— Pourquoi non ?
— Et le danger que tu oublies !
— Il n'existe que pour les naïfs qui ne savent pas s'y prendre.

— Tu en es certain?

— Parbleu! — Une goutte de *brucine* aujourd'hui... deux demain... puis trois, puis quatre, et ainsi de suite. — Avant un mois Martial Dereyne aura quitté la terre pour un monde meilleur. — Quand nous en serons là je fournirai la drogue...

Rose demanda :

— Celle dont tu parles ne laisse donc pas de traces?

— La brucine? — Aucune... du moins dans l'état où se trouve le malade... — l'ombre même d'un soupçon ne saurait naître... — La mort semblera d'autant plus naturelle qu'elle est attendue d'un jour à l'autre par le médecin lui-même.

— Tu as beau être un malin, mon cher, — répliqua Rose, — tu oublies qu'en supprimant Dereyne tu ne supprimes point l'obstacle... — Aussitôt après la mort les enfants fouilleront partout et, ne trouvant pas les six cent mille francs, m'accuseront de les avoir pris...

— Ils les trouveront... — dit Mattifet en souriant.

Rose regarda d'un air ahuri son amant qui continua :

— Oui, certes, ils les trouveront, mais sous forme de liasses d'actions de toute nature, représentant au taux d'émission deux cent mille écus pour le moins, et valant en bloc quinze cents francs... — Ça se fait dans les faillites les plus honorables pour simuler un actif absent... — C'est fort ingénieux et très pratique... — Martial Dereyne aura fait de mauvais placements... Ça ne te regarde pas... On n'a rien à te dire...

Rose, ne pouvant se maîtriser, sauta au cou de Mattifet qu'elle embrassa sur les deux joues en s'écriant :

— Tiens! tu es un amour d'homme!! — On est toujours certain de se tirer d'affaire pour peu que tu t'en mêles! — Procure-toi la drogue en question... Je m'en servirai quand tu voudras...

. . . .

Jean Renaud, de retour à Saint-Ouen, raconta à Lionel Warton la découverte qu'il venait de faire.

Le pseudo-nabab répondit en souriant :

— L'enthousiasme avec lequel Rose Bonchamp parle de ce personnage m'avait fait deviner à peu près le rôle qu'il joue auprès d'elle... — Vous connaissez le Mattifet depuis longtemps?

— Depuis très longtemps...

— Et vous avez de lui mauvaise opinion?...

— C'est un drôle de la pire espèce qui cache une corruption effroyable sous une apparence de *haute respectabilité*, comme disent les Anglais... — Je le sais capable de tout... de tout absolument...

— Digne associé de Rose! — murmura la vengeresse qui presque aussitôt ajouta : — Il me vient une pensée qui m'effraie...

— Laquelle, maître ?

— Martial Dereyne a chez lui six cent mille francs en billets de banque... Les deux misérables pourraient fort bien hâter sa mort pour s'emparer de son argent et m'enlever ainsi ma vengeance... — Le croyez-vous comme moi ?

— Oui, maître. — Évidemment ils sont capables de l'empoisonner et, puisque vous voulez qu'il vive, je crois qu'il sera prudent de veiller sur lui...

— On veillera... — répondit Lionel.

*
* *

Depuis son retour du Havre, Marie ne quittait point sa chambre.

Elle avait gardé le lit pendant plusieurs jours, et la science profonde, les soins assidus et dévoués de Jocelyn, ne parvenaient qu'à peine à combattre les suites de l'ébranlement physique et moral de la jeune fille.

La pauvre mignonne pensait sans cesse avec terreur et avec désespoir à Léopold, une des victimes promises à la vengeance de Cora.

Elle aurait voulu sauver l'étudiant, fût-ce au prix de sa propre vie, mais elle n'admettait pas la pensée de trahir sa sœur, et cette lutte incessante entre son amour et son devoir, ou du moins ce qu'elle considérait comme son devoir, la brisait.

Personne ne soupçonnait cette lutte dont l'âme angélique de l'adorable enfant était le théâtre. — Ni Cora, ni Carmen, ni Dolorès ne devinaient la cause véritable et l'intensité réelle des souffrances qu'elle endurait.

Le docteur Jocelyn ordonnait des distractions.

Marie refusait avec douceur mais avec obstination de se laisser distraire.

Elle n'avait pu cependant trouver de prétexte plausible pour décliner l'offre d'une promenade dans le parc en compagnie de sa sœur Carmen.

Cora, tout entière à l'œuvre terrible qui l'absorbait, remarquait à peine l'altération de la santé de Marie, que cependant elle aimait de toutes ses forces, et, croyant cette altération sans gravité, n'y attachait que peu d'importance.

Carmen au contraire était effrayée de la tristesse croissante de sa jeune sœur et de son abattement progressif.

Comprenant que quelque chose d'anormal déterminait une crise dont elle ne pouvait s'expliquer la nature, elle prit la résolution de suivre les instincts de sa tendresse et d'interroger Marie.

Les deux jeunes filles marchaient lentement et en silence sous les tilleuls séculaires de la terrasse qui dominait les deux bras de la Seine et l'île de Gennevilliers.

L'enfant, très faible, s'appuyait sur Carmen.

Celle-ci s'arrêta tout à coup.

— N'es-tu pas fatiguée, chère mignonne? — demanda-t-elle.

— Un peu... — répondit Marie avec un sourire mélancolique.

Carmen la conduisit à un banc de jardin qui se trouvait près d'elles, et reprit :

— Repose-toi quelques minutes...

— Je ne demande pas mieux, car c'est tout au plus si mes jambes peuvent me soutenir... — Qu'est devenu le temps où je courais pendant des heures entières sur les mornes de Guayanila? — ajouta-t-elle en soupirant.

Carmen fit asseoir sa sœur, s'assit à côté d'elle et lui prit les deux mains.

— Regarde-moi, chérie... — lui dit-elle au bout d'un instant.

Marie tourna vers la fiancée de Georges Dereyne son visage amaigri. — Un nouveau et pâle sourire effleura ses lèvres décolorées, tandis qu'elle demandait d'une voix mal affermie :

— Pourquoi veux-tu que je te regarde?

— Parce que tes yeux charmants ne sauraient mentir, si ta bouche ne répond pas franchement à mes questions.

— Tes questions?... Tu vas donc me questionner?

— Oui.

— Que veux-tu savoir?

— Je veux savoir pourquoi tu souffres...

— Mais, je ne souffre plus... — interrompit Marie.

— Je veux savoir, — continua Carmen, — pourquoi ta tristesse augmente et pourquoi tu te caches pour pleurer...

La plus jeune fille de Richard Bernier tressaillit en entendant ces paroles.

Carmen sentit les mains de sa sœur frissonner entre les siennes.

L'enfant fit violence à son émotion et balbutia :

— Tu t'exagères ma tristesse et tu crois voir dans mes yeux des larmes chimériques... — Pour pleurer il faut des motifs, et tu sais que je n'en ai pas... — J'ai été souffrante pendant quelques jours, c'est vrai... — Notre ami Jocelyn vous a expliqué les causes d'un malaise qui n'avait rien de grave, et qui d'ailleurs n'existe plus qu'à peine... — J'ai ressenti une secousse violente... — Le sang versé, les cris d'agonie, m'ont fait peur et m'ont fait mal... — L'impression a été vive, mais elle s'efface aujourd'hui et je serai bientôt remise.

— Marie, chère Marie, — dit Carmen après un silence, — tu me trompes, ou plutôt tu veux me tromper... C'est en vain...

— Je t'assure... — murmura l'enfant.

— Tes paroles n'ont pas leur accent habituel de sincérité... — interrompit Carmen. — Ton âme est bien trempée, je le sais... — La peine du talion, atteignant sous tes yeux l'un des bourreaux de notre mère, n'a pu produire un tel effet sur toi... — Tu me caches quelque chose...

— Je te jure...

— A quoi bon jurer? à quoi bon mentir? — Tu détournes de moi tes regards, ne pouvant les rendre complices du mensonge de tes lèvres! — Que me caches-tu donc? — N'as-tu plus confiance en moi? — Pourquoi me refuser l'aveu de tes chagrins? — Ma tendresse pour toi me donne le droit de les partager... — Ne résiste plus, chère mignonne... Ouvre-moi ton cœur... dis-moi tout...

En disant ce qui précède Carmen avait pris sa sœur dans ses bras; elle attirait sur sa poitrine sa jolie tête brune aux yeux de gazelle, et couvrait de baisers ses joues, son front et ses cheveux.

Marie, profondément remuée, violemment émue, sanglotait.

— Parle, chérie, — poursuivit Carmen. — Fais-moi vite tes confidences. — Tu verras comme ça soulage...

L'enfant comprima ses sanglots, essuya ses paupières, rendit à sa sœur baisers pour baisers et balbutia :

— Eh bien, oui! je vais parler... je vais t'ouvrir mon cœur et te dévoiler mon âme...

Elle s'interrompit.

— Je t'écoute, chérie... — dit vivement Carmen; — j'ai hâte de te consoler...

— Oui, — continua Marie, — la mort de Mercuzza m'a remplie d'épouvante... Elle a fait naître en moi un doute terrible qui me torture... qui me tue...

— Un doute?... — répéta Carmen.

— Oui.

— Lequel?

— Après avoir assisté au jugement, à la condamnation, à l'exécution de ce misérable... après avoir vu son sang jaillir jusque sur nos mains, je me suis demandé si Dieu permet à la créature de se faire ainsi justice et de rendre le mal pour le mal? — Je me suis demandé si nous n'étions pas des bourreaux au lieu d'être des juges, et si le condamné, quel que fût le crime commis, n'était pas une victime?

— Tais-toi, ma sœur! — s'écria Carmen. — Tais-toi, je t'en supplie!!! tu blasphèmes! — Quel tribunal avait jugé notre père, tué par la balle d'un assassin? — Quel tribunal avait condamné notre mère, morte sous les coups de Mercuzza? — Et nous serions des criminels quand nous frappons à notre tour? — Allons donc!!! — Nous accomplissons une œuvre de justice et non de haine!!! — Nous payons la dette de sang!... — C'est notre droit, ma sœur, et c'est notre devoir!!!

LI

Carmen, en disant ce qui précède, s'était animée peu à peu et parlait d'une voix vibrante.

— Quand je t'écoute, ma sœur, je pense comme toi, — balbutia Marie, — et ma haine pour les infâmes est égale à la tienne, mais, lorsque je suis seule avec ma conscience, je me dis que les crimes commis étaient prévus et punis par les lois et qu'il fallait nous adresser aux tribunaux pour obtenir vengeance...

— Eh! — répliqua Carmen, — il existe des crimes que les juges ne peuvent ni comprendre, ni punir... — il existe des châtiments que n'inflige pas la justice humaine et qui doivent être infligés.

— Que les coupables soient punis, je l'admets .. — poursuivit Marie; — mais de quel droit frapper des innocents qui ne sont point complices des crimes commis par leur père?

— Qu'avions-nous fait à Martial Dereyne et à Mercuzza, nous les filles innocentes des innocentes victimes? — s'écria Carmen.

Marie baissa la tête sans répondre, et de grosses larmes roulèrent sur ses joues comme s'égrènent les perles d'un collier.

Carmen la contempla pendant une seconde et reprit :

— Sœur chérie, il y a quelque chose que tu ne me dis pas, et je veux tout savoir. — Tu trembles pour quelqu'un que notre vengeance menace... — Pour qui? — Dis-moi pour qui?

— Non, — balbutia la pauvre mignonne, en proie à un effarement véritable et presque folle de confusion en pensant qu'on pourrait deviner le secret de son cœur. — Non, je ne tremble pour personne... Ne crois rien, ne suppose rien... J'étais faible et je deviens forte... J'aurai la résignation... j'aurai le courage... J'aurai la haine qui vous anime...

En ce moment Cora, arrivant de Paris et portant comme toujours le costume masculin de Lionel Warton, vint rejoindre ses sœurs sur la terrasse.

Marie, en la voyant, sentit grandir son trouble.

— Bonjour, chérie, — lui dit Cora en se penchant vers elle et en l'embrassant au front. — Te trouves-tu mieux aujourd'hui?

— Oui, petite sœur... répliqua l'enfant en rendant à la vengeresse le baiser qu'elle venait de recevoir.

Cora tourna ses yeux vers Carmen pour la questionner du regard.

Carmen répondit tout haut à cette interrogation muette :

— Oui, elle va mieux... du moins au physique...

— Mais le moral?

— Toujours sombre et triste

— Pourquoi?

— L'impression produite par le supplice de Mercuzza ne peut s'effacer... — Marie frissonne en se disant qu'il nous reste à frapper plus d'une fois avant d'atteindre la dernière étape.

— Mignonne, — demanda la sœur aînée en embrassant de nouveau Marie, — faiblirais-tu?

— Je ne faiblis pas, mais j'ai peur... — dit l'enfant d'une voix mourante.

Cora reprit :

— Songe à notre père assassiné, à notre mère martyrisée sous nos yeux jusqu'à la mort! Songe à Carmen, songe à toi-même, et ne tremble plus!... — Notre tâche est une œuvre sainte et nous n'aurons le droit de nous reposer qu'après l'avoir accomplie jusqu'au bout!... — Souviens-toi, ma sœur, et sois forte!

Marie quitta son banc, fiévreuse, les yeux égarés, et murmura :

— Je serai forte... Je serai forte! — Je te jure que je serai forte...

Un bruit de pas se fit entendre, et presque aussitôt Robinson apparut au détour d'une allée.

— Qu'y a-t-il? — lui demanda Cora.

— Maître, — répondit le valet de chambre, — c'est M. Léopold Dereyne. — Il sait que vous êtes au château, car il paraît qu'en venant de Paris à Saint-Ouen sa voiture suivait la vôtre. — Il insiste pour être reçu afin d'avoir de votre bouche des nouvelles de Mlle Mary qu'il croit très souffrante.

L'enfant, en entendant ces mots, sentit son cœur se gonfler et ses joues pâles devenir pourpres.

Lionel eut un sourire étrange.

— Eh bien! mais, — dit-il, — rien de plus facile que de le rassurer, ce cher ami, puisque Marie est en état de le recevoir...

Il ajouta, en s'adressant à Robinson :

— Amène ici M. Léopold...

— Oui, maître.

Le nègre s'éloigna

Cora reprit :

— Le moment est venu, sœur chérie, de tenir ta parole et de prouver ta force. — Le plus jeune fils de l'infâme Dereyne doit être frappé comme les autres, tu le sais bien, et c'est par son amour que je veux et que tu dois vouloir le conduire à sa perte...

Marie, redevenue mortellement pâle, s'était laissée retomber sur le banc et se sentait presque défaillante.

Il fallait cependant cacher son trouble à Cora.

Elle y parvint, mais non sans peine.

Robinson reparut guidant Léopold dont le visage amaigri et les traits altérés portaient l'empreinte des jours sans repos et des nuits sans sommeil.

En voyant Marie, à peine reconnaissable sous son masque livide, avec ses paupières rougies qu'entourait un sillon de bistre, le jeune homme fut au moment de s'élancer vers elle et de tomber à ses genoux.

La présence de Cora et de Carmen, ou plutôt de Lionel et de Laura Warton, arrêta son élan.

L'émotion d'ailleurs le paralysait à demi. — Il salua silencieusement.

Lionel lui serra la main et lui dit :

— Soyez le bien accueilli, mon cher Léopold... — Je suis enchanté de vous voir... — Vous êtes venu plus d'une fois au château, je le sais, mais toujours en mon absence, et Mary, fatiguée par son voyage au Havre, était trop souffrante pour quitter sa chambre... — Aujourd'hui — vous le voyez par vos propres yeux — elle est presque complètement remise... — Rien ne l'empêchera donc de vous recevoir lorsque vous arriverez à Saint-Ouen avant mon retour de Paris...

Un tel accueil était encourageant. — Léopold, malgré son trouble, balbutia quelques phrases de gratitude.

Il aurait donné tout au monde pour se trouver seul avec Mary, à qui depuis si longtemps il n'avait pu adresser une parole.

Son vœu fut exaucé plus vite qu'il n'aurait osé le croire.

Carmen, obéissant à un signe de Cora, s'éloigna la première, et la vengeresse à son tour, prétextant des ordres à donner, se dirigea vers les écuries.

Léopold ne profita point d'abord d'un tête-à-tête qu'il espérait à peine.

Pendant quelques secondes il demeura debout, immobile et muet devant la jeune fille qui n'osait pas lever les yeux sur lui.

En contemplant avec une attention anxieuse les joues creuses, les lèvres décolorées de Marie, et deux larmes encore suspendues à ses longs cils, une immense douleur envahit son âme.

Que de chagrins il avait fallu pour altérer si profondément ce virginal et charmant visage !...

Léopold se laissa glisser aux pieds de l'enfant, et balbutia avec des sanglots dans la voix :

— Mary... chère Mary... vous avez souffert... cruellement souffert... et quoi qu'on en dise vous souffrez encore, je le vois bien... — Mary, ma bien-aimée, mon cher et doux amour, je veux savoir ce qui vous fait souffrir...

— Oh ! taisez-vous ! taisez-vous !... — Ne parlez pas ainsi ! — dit vivement la jeune fille en posant ses deux petites mains sur les lèvres frémissantes de l'étudiant. — Si l'on vous entendait...

Léopold saisit et couvrit de baisers les mains que Marie n'eut pas la force de lui retirer, et répondit :

— Si l'on m'entendait ? — Eh bien ! qu'importe ?...

— Je ne partirai pas sans vous, répliqua-t-il.

— Ne dites pas cela !... — reprit l'enfant tout effarée. — Encore une fois, je vous en supplie, taisez-vous !...

— Mais pourquoi ?

— Parce qu'il le faut...

— Ce n'est pas répondre... — Pourquoi le faut-il ?

Marie garda le silence.

— Quand l'univers saurait que je vous aime et supposerait que vous m'aimez, où serait le mal? — poursuivit Léopold avec feu. — N'êtes-vous pas maîtresse de vous? — N'êtes-vous pas libre de me donner votre cœur en échange du mien, qui est absolument à vous?... — Quelle puissance humaine pourrait empêcher ces deux cœurs de battre l'un pour l'autre?... — Oui, je vous aime, et je suis fier de vous aimer... et je dirais avec orgueil mon amour au monde entier, comme je le dirai tout à l'heure à Lionel Warton, votre cousin et votre tuteur, en lui demandant votre main...

— Oh! — s'écria Marie avec une immense terreur. — C'est cela surtout qu'il ne faut pas faire...

— Que craignez-vous donc?... — Croyez-vous que votre cousin refuserait d'agréer ma recherche?... — Mais pour cela il faudrait un prétexte et ce prétexte n'existe point... — Pourquoi me trouverait-il indigne de vous, puisqu'il accorde votre sœur à mon frère?... — Pourquoi me défendre de parler?... Est-ce de vous que vient l'obstacle? — Me suis-je abusé en croyant à votre tendresse que je désirais avec tant d'ardeur? Ai-je pris mes illusions pour des réalités? — Si vous ne m'aimez pas, il faut me le dire... — Si j'ai fait un rêve, il faut m'éveiller... — Mieux vaut recevoir tout de suite le coup de grâce que de mourir à petit feu... — Tuez-moi s'il le faut, mais, au nom du ciel, tuez-moi vite !

Tandis que Léopold disait ces choses, les yeux de Marie fixés sur lui exprimaient un tel égarement que le jeune homme se demanda si la folie ne s'emparait pas de sa bien-aimée.

— Mon Dieu! — murmura-t-il, — qu'avez-vous?... — l'expression de vos regards est étrange... On croirait que je vous fais peur...

La pauvre enfant, chancelante, à bout de forces mais non pas à bout de courage, ne parut pas entendre cette question.

— Léopold, — fit-elle d'une voix lente, brisée, à peine distincte, — je vous ai dit un jour (l'avez-vous oublié?) qu'il fallait vous armer de patience, que le temps seul pourrait aplanir peut-être les obstacles qui se dressent entre nous, mais à la condition que vous obéiriez à mes volontés et que vous suivriez mes conseils... — Vous me l'avez promis... vous me l'avez juré... — Est-ce vrai ?

— C'est vrai...

— Eh bien! vous vous êtes parjuré... vous avez oublié votre parole... vous avez désobéi à mes volontés... vous n'avez point suivi mes conseils! — En agissant ainsi, savez-vous ce que vous faites, Léopold ? — Vous me tuez !

— Mary... Mary... — commença l'étudiant.

— Si vous voulez que je vive, — interrompit la jeune fille, — accordez-moi ce que j'ai vainement sollicité il y a quelques semaines... — Pour la seconde fois je vous le demande, pour la seconde fois je vous en supplie, partez, quittez Paris, éloignez-vous de moi jusqu'au jour où je vous écrirai de revenir... — Il est temps encore aujourd'hui, mais bientôt il sera trop tard... — Par pitié, Léopold, si ce n'est par amour, cédez à ma prière ! — Partez ! — Faut-il, pour l'obtenir, vous le demander à genoux ?...

— M'éloigner de vous, c'est mourir, et je veux vivre !... — répliqua l'étudiant. — Je ne partirai pas sans vous !...

Marie se tordit les mains.

— Ah ! le malheureux ! — balbutia-t-elle avec désespoir. — Il se perd et rien au monde ne pourra le sauver !... — j'ai beau lui crier que l'abîme est là... — il ne voit pas... il n'entend pas, il ne comprend pas !... — et moi je sens que ma tête s'égare et que je deviens folle... ou que je vais mourir...

Les scènes émouvantes auxquelles nos lecteurs viennent d'assister avaient épuisé complètement le peu de forces qui restaient à Marie.

La pauvre mignonne s'était presque agenouillée devant Léopold en tendant vers lui ses mains suppliantes, et n'avait rien obtenu.

De ses deux bras elle battit l'air comme pour chercher un point d'appui. — Elle poussa un long soupir, ferma les yeux, et serait tombée à la renverse si l'étudiant ne l'avait soutenue sur sa poitrine.

— J'obéirai, Mary... — dit-il alors à son oreille. — J'obéirai, puisqu'il le faut pour que vous soyez heureuse. — Je partirai, dussé-je en mourir... — Qu'importe que je meure pourvu que vous viviez...

Il attendait une réponse qui ne vint pas, qui ne pouvait venir. — La tête de Marie ballottait sur son épaule. — La jeune fille était évanouie.

Léopold, pris d'une terreur soudaine, frissonna de la nuque aux talons et se mit à crier :

— Au secours !... au secours !... — Mary se meurt ! Mary est morte.

LII

Lionel Warton venant des écuries, et le docteur Jocelyn arrivant de Paris, causaient ensemble près du perron.

Ils entendirent les cris de Léopold, ses appels aux secours.

Tous deux se précipitèrent vers l'endroit d'où partaient ces cris et ces appels.

Ils virent Marie étendue sans connaissance sur le banc, et l'étudiant à genoux devant elle.

La vengeresse devenue livide fit un geste de terreur et de désespoir.

— Rassurez-vous, elle est vivante... — dit Jocelyn vivement, puis il demanda, en soulevant la jeune fille dans ses bras :

— Que s'est-il donc passé, monsieur ?

— Mlle Mary s'est évanouie tout à coup... — répondit Léopold effaré.

— Mais, pourquoi ?

— Je l'ignore...

— Pauvre enfant... — murmura le docteur, et il prit rapidement, chargé de son léger fardeau, le chemin de l'habitation.

Lionel et Léopold le suivaient en silence, absorbés l'un et l'autre dans leurs pensées dont il nous paraît superflu d'indiquer la sombre nature.

— Est-ce dangereux, monsieur le docteur?... — balbutia l'étudiant au moment où Jocelyn allait pénétrer dans le vestibule.

— Non...— répliqua le médecin mulâtre, — une syncope et pas autre chose...

— Vous me le jurez?...

— Je vous le jure.

Le jeune homme respira plus librement.

— Je comptais vous retenir à dîner, mon cher Léopold, — lui dit Lionel, — mais cet incident imprévu et douloureux ne me laisse point la liberté d'esprit nécessaire pour remplir les devoirs de l'hospitalité...

— Je le comprends trop bien, — fit l'étudiant, — et je pars...

Il ajouta d'une voix à peine distincte :

— Mais comment aurai-je des nouvelles de Mlle Mary?...

— Je vous promets de vous en envoyer ce soir... — D'ailleurs vous avez entendu... le docteur n'est point inquiet...

Malgré cette affirmation qui confirmait les paroles de Jocelyn, Léopold s'éloigna nullement rassuré, en se promettant de revenir le lendemain de très bonne heure si Lionel oubliait sa promesse.

Mary fut étendue sur son lit et une médication énergique ne tarda point à la ranimer.

Le docteur noir lui fit prendre quelques gouttes d'une potion calmante et dit :

— Elle n'a plus besoin que de repos... — Laissons-la dormir...

Ensuite il sortit de la chambre en emmenant avec lui Carmen, Dolorès et Cora.

— Mais, enfin, qu'a-t-elle donc? — demanda celle-ci

— Dois-je vous dire la vérité? — fit Jocelyn.

— Oui, quelle qu'elle soit...

— Eh bien! les émotions subies ont été trop violentes pour la nature délicate de la pauvre mignonne, et je vois apparaître les premiers symptômes d'une maladie de cœur...

— Docteur, — s'écria la vengeresse, — on triomphe sans peine d'un mal pris à ses débuts, n'est-ce pas?

— Oui sans doute, — si rien ne vient aggraver ce mal et rendre nuls les efforts de la science...

— Cher Jocelyn, vous sauverez ma sœur, vous me le promettez?

— Je le tenterai du moins, et je réussirai avec l'aide de Dieu...

Au moment où se refermaient les portes de la chambre de Marie, l'enfant se souleva dans son lit, joignit les mains et murmura :

— Ma mort seule, je le vois bien, peut sauver Léopold... — Je suis prête à mourir...

*
* *

Jean Renaud ne perdait point son temps.

Lancé par dévouement au milieu des complications et des intrigues dont les fils se multiplaient autour de lui, il aimait cette existence fiévreuse où son infatigable activité se donnait librement carrière.

Martial Dereyne et ses deux fils étaient pris sans le savoir dans les filets tendus par Cora.

La comtesse Amélie avait fait le premier pas vers sa perte et ne s'arrêterait plus.

C'était surtout de la comtesse douairière qu'il fallait s'occuper désormais, et Jean Renaud n'avait pas besoin qu'on stimulât son ardeur car il existait, nous le savons, un compte à régler entre lui et l'ex-Blanche Hervieux.

La mère de Gontran de Lasseny ne manquait ni d'intelligence, ni de résolution, ni d'énergie.

A coup sûr, quand elle se sentirait attaquée, elle se défendrait vigoureusement.

Il importait donc d'entamer la lutte contre elle avec de telles armes, avec un tel entassement de preuves, qu'elle fût accablée du premier coup et réduite à l'impuissance.

Le *livre-journal* de Claire Bonchamp pouvait être en cette occurrence prodigieusement utile.

Or on supposait, nous l'avons dit, que ce livre devait se trouver dans le tiroir secret d'un secrétaire faisant partie des meubles de la maison d'accouchement de Vincennes, meubles vendus en bloc, après l'arrestation et la condamnation de Claire Bonchamp, à la sage-femme acquéreur de son établissement.

Les démarches faites jusqu'à ce jour pour retrouver Fernand Strény et le fils de Laurent Raymond étaient restées sans résultat.

En désespoir de cause Jean Renaud, ou pour mieux dire Doménico Séballa, s'était adressé, de la part de Lionel Warton, à un haut employé de la Préfecture de police, et il attendait.

Mais en ce qui concernait le volume renfermant les notes prises au jour le jour par Claire Bonchamp, il ne comptait que sur lui-même et il se rendit à Vincennes.

Il connaissait la rue ; — il connaissait la maison ; — il connaissait le meuble ; — il connaissait le secret du meuble...

Les choses, selon toute apparence, devaient aller sur des roulettes.

L'immeuble dont Claire avait été jadis locataire se trouvait dans une petite rue aboutissant au bois et généralement fort peu fréquentée.

Lorsque l'évadé de *la Dorade* arriva devant la porte, il leva la tête et chercha machinalement le tableau allégorique qui devait se trouver à la hauteur du premier étage.

Ce tableau, présent à son esprit comme s'il l'avait vu deux heures auparavant, représentait une belle dame coiffée d'un chapeau rose à plumes blanches, vêtue d'une toilette à la dernière mode de 1830, et portant entre ses bras un poupon gros et gras.

Sur le premier plan s'étalait un chou colossal.

Évidemment, dans l'esprit du peintre, la belle dame venait de ramasser ce superbe poupon sous ce chou phénomène.

Jean Renaud fit un mouvement de surprise.

Le tableau-enseigne ne se trouvait plus à la place que si longtemps il avait occupée.

Que signifiait cela?

La maison était toujours debout, mais est-ce que par hasard l'établissement n'existerait plus?

Ce devait être pour le faux mulâtre une cruelle déception.

Ne voulant pas rester plus longtemps dans l'incertitude il s'approcha de la porte et sonna.

Personne ne vint.

Il agita de nouveau le cordon.

La porte resta close, malgré les appels réitérés de la sonnette.

A cinquante pas de la demeure silencieuse et probablement déserte se trouvait une petite boutique de marchand de vins.

Attiré par le carillon dont nous connaissons la cause, le patron sortit, et voyant un inconnu aux prises avec la cloche lui cria :

— Hé! monsieur...

Jean Renaud se retourna.

— Vous sonneriez pendant deux heures que ça ne servirait à rien... — reprit le marchand de vins. — On ne vous répondra pas...

— Est-ce que la maison n'est plus habitée? — demanda le faux mulâtre.

— Elle est habitée par un concierge-jardinier, mais il est à Paris en ce moment.

L'évadé de *la Dorade* se rapprocha de son interlocuteur, le salua et lui dit :

— C'était bien dans cette maison que se trouvait un établissement spécial pour les femmes en couches?

— Oui, monsieur.

— Est-ce que l'établissement en question a été transféré ailleurs?

— Non, monsieur... — il n'existe plus.

— Depuis quand?

— Depuis que la sage-femme, Mme Lamberty, est morte.

— Et quand est-elle morte?

— Il y a un an... — Elle faisait assez mal ses affaires... Les loyers étaient arriérés... — On a vendu tout, et le propriétaire, qui est un fort passementier de la rue Saint-Denis, a repris sa maison pour l'habiter bourgeoisement tous les dimanches.

— Et, — murmura Jean Renaud abasourdi, — vous dites qu'on a vendu?

— Oui, monsieur...

— Aux enchères sans doute... Les meubles ont été emportés à droite et à gauche par différents acquéreurs?

— Non, monsieur, ça a été acheté en bloc par un brave homme qui a déjeuné chez moi le jour de la vente...

— Un brocanteur de Paris, je suppose?

— C'est ce qui vous trompe... — Un collègue... un marchand de vin comme moi, qui voulait joindre à son commerce un petit hôtel garni...

— Dans Paris?

— Ça, par exemple, je n'en sais rien... il me l'a dit, bien sûr, mais je l'ai oublié.

— Est-ce cet homme qui a enlevé lui-même le mobilier?...

— Non, monsieur... — Ce sont les voitures d'un grand déménageur...

— Quel déménageur?

— Je ne me souviens pas du nom, mais j'ai lu sur les bâches que l'établissement était place Saint-Sulpice...

— Et vous dites qu'il y a un an?...

— Oui, monsieur... — Oh! pour ça je ne peux pas me tromper... — C'était le jour du terme et je payais mon propriétaire...

— Grand merci de votre complaisance, monsieur... — fit Jean Renaud en s'éloignant pour rejoindre dans la grande rue de Vincennes la voiture qui l'avait amené.

Il donna l'ordre de le conduire place Saint-Sulpice, et une heure après il entrait dans le bureau d'une maison de déménagements très connue.

Un employé lui demanda le but de sa visite. — S'agissait-il d'un mobilier à transporter à la campagne ou même en province?

— Non, monsieur, — répliqua Jean Renaud, — je viens vous prier de me donner un renseignement au sujet d'une chose qui m'intéresse...

LIII

L'employé mit sa plume derrière son oreille et attendit une explication.

— Je désirerais savoir, — poursuivit Jean Renaud, — où ont été transportés les meubles pris par vos voitures il y a un an, dans une maison d'accouchement, située à Vincennes, et dont la propriétaire venait de mourir...

— Une maison d'accouchement?... à Vincennes?... il y a un an?... — répéta l'employé avec une surprise manifeste.

— Oui.

— Ah! par exemple, voilà qui est singulier.

— La question que je vous adresse?...

— Oh! pas le moins du monde... Elle est toute simple au contraire...

— Quoi donc, alors?

— Figurez-vous, monsieur, qu'on est venu me demander hier juste le même renseignement que vous réclamez aujourd'hui de moi...

Le faux mulâtre fronça le sourcil, non sans inquiétude.

— Ah! — fit-il, — on est venu hier?

— Oui, monsieur... peut-être venait-on de votre part...

— Nullement... — je n'ai envoyé personne... — C'était une femme, sans doute?

— Non monsieur, mais un commissionnaire médaillé... — il avait une note écrite...

— Et vous lui avez répondu?...

— Ce que je vais vous répondre à vous-même.

L'employé, tout en parlant, prit dans un casier l'un des registres de l'année précédente, l'étala sur son bureau, l'ouvrit, en feuilleta rapidement les pages et lut à haute voix :

« *Le 15 octobre, pour le compte de M. Fournier, prendre des meubles à Vincennes, rue ***, numéro ***, pour les conduire barrière de Fontainebleau, route d'Ivry, numéro 74. — Trois voitures. — Reçu soixante francs.* »

Jean Renaud avait tiré de sa poche un agenda et écrivait au crayon sur une page blanche.

— Vous avez bien dit *barrière de Fontainebleau*, route d'Ivry?—demanda-t-il.

— Numéro 74, oui, monsieur... — C'était afin de monter un petit hôtel garni.

—Et le nom du propriétaire par les ordres de qui le déménagement a été opéré?

— M. *Fournier.*

— Merci de votre complaisance, monsieur...

— Mais comment donc... Tout à votre service...

Le faux mulâtre sortit du bureau et se dirigea vers la voiture qui l'avait amené. Tout en marchant la tête basse, il murmurait :

— On est venu demander des renseignements!... — Ce prétendu commissionnaire était Remy Chomin en personne — (ce que je crois probable) — ou tout au moins un homme envoyé par lui... — L'ancien ami de Rose Bonchamp a dû s'aboucher avec la ci-devant Blanche Hervieux, aujourd'hui comtesse de Lasseny, et c'est pour elle qu'il travaille... — Voilà des gaillards dangereux et qui vont mettre à coup sûr de fort jolis bâtons dans nos roues... — Je veux savoir tout de suite à quoi m'en tenir...

Amélie se servit pour ouvrir cette porte de la clef dont elle avait eu soin de se munir.

Il remonta dans le coupé, referma la portière et dit au cocher :

— *Barrière de Fontainebleau... — Route d'Ivry, numéro 74... et du train...* — Je suis pressé.

A l'endroit indiqué, la voiture fit halte.

Jean Renaud descendit.

La maison garnie, de fort piteuse apparence, annexée à l'établissement de marchand de vins, était en pleine déconfiture.

Sur la porte close et sur l'un des volets fermés se voyaient deux affiches jaunes disant à peu près ceci :

VENTE PAR AUTORITÉ DE JUSTICE APRÈS FAILLITE,

« D'un bon et nombreux mobilier garnissant une maison à usage d'hôtel « meublé : lits et couchettes, literie, rideaux, sièges, tables, armoires et buffets, « pendules, descentes de lit, porcelaines, verreries, batterie de cuisine, bou- « teilles vides et nombre d'autres objets dont l'énumération et la désignation « serait trop longue.

« La vente aura lieu rue Drouot, hôtel des Ventes, par le ministère de « M° Boulouze, commissaire-priseur, le 29 octobre 1853, à une heure. »

L'évadé de *la Dorade* entra dans une boutique de fruitière voisine de la maison close.

— C'est bien à côté que se trouvait l'établissement de M. Fournier? — demanda-t-il.

— Oui, monsieur... — répliqua la fruitière. — Un brave homme s'il en fut, M. Fournier... — Il était trop bon enfant et ne refusait jamais de crédit... — On a saisi chez lui à la requête des créanciers et du syndic de la faillite, et après-demain on vendra aux enchères, pour presque rien peut-être, des meubles qu'il avait payés en bon argent comptant il y a un an tout au plus...

— Merci, madame...

— Si par hasard vous désiriez parler à M. Fournier, quoiqu'il soit dans le chagrin, je pourrais vous donner son adresse.

— Je n'en ai nul besoin, n'ayant rien à lui dire...

Jean Renaud remonta en voiture pour la troisième fois et donna l'ordre de le conduire à l'Hôtel des ventes.

— Toujours la déveine!! — murmurait-il chemin faisant. — La mort de l'une et la faillite de l'autre se liguent contre moi!! — Remy Chomin qui m'a vu au Père-Lachaise est sur la piste de la vérité... — Il connaît le meuble, qui sait s'il ne trouvera pas moyen de l'enlever en me devançant?... — Qu'il prenne garde à lui s'il brouille par trop mes cartes, — car celles-ci sont les miennes, — et je veux gagner la partie!!

Le cheval, comme tous ceux de l'écurie de Lionel Warton, était un trotteur hors ligne.

Jean Renaud trouvait cependant qu'il n'allait pas assez vite.

Il aurait voulu lutter avec la vapeur et dépasser le train de la malle des Indes.

Enfin la voiture s'arrêta rue Drouot, et l'évadé de *la Dorade* franchit le seuil de l'hôtel des commissaires-priseurs.

Très peu familier avec un établissement qui, surtout depuis quelques années, joue un rôle énorme dans l'existence des collectionneurs d'objets d'art et de curiosités de toute nature, il monta au premier étage et visita successivement plusieurs salles où avaient lieu soit des expositions, soit des ventes de tableaux, de porcelaines et de faïences anciennes, de tapisseries, de chinoiseries, de meubles précieux.

Rien de tout cela ne ressemblait aux bois de lit d'acajou, aux couchettes de noyer et aux autres objets sans élégance et sans valeur artistique qui avaient appartenu à Claire Bonchamp.

Le faux mulâtre s'adressa à un gardien, ancien militaire, dont la tunique portait une demi-douzaine de décorations.

— Monsieur, — lui demanda-t-il, — auriez-vous la complaisance de me dire où se fait l'exposition d'un mobilier qui doit se vendre après-demain?

Le gardien répondit par cette question.

— Est-ce un riche mobilier?

— Oh! pas le moins du monde. — Ce sont de pauvres meubles bien simples, vendus par autorité de justice après faillite d'un hôtel garni...

Le gardien eut aux lèvres un sourire vaguement ironique.

L'ignorance absolue de son interlocuteur lui paraissait incompréhensible.

— Monsieur, — répliqua-t-il, — les ventes par autorité de justice, sauf les cas très rares où il s'agit de mobiliers luxueux, ne sont point précédées d'une exposition, surtout d'une exposition de deux jours — (particulière le premier, publique le second) — et n'ont pas lieu au premier étage... Les meubles saisis se vendent généralement sans evposition préalable, soit dans la cour même de l'hôtel, soit dans les salles du rez-de-chaussée... — Vous saurez à quoi vous en tenir après-demain, jour de la vente, en arrivant ici de bonne heure...

— Merci de ces renseignements, monsieur... — reprit Jean Renaud. — Au risque d'abuser de votre complaisance, je vais en solliciter un de plus...

— Lequel?

— Celui-ci : — En attendant la vente, où se trouvent les meubles saisis?

— Soit dans les magasins du sous-sol, soit empilés dans un coin de la cour et protégés par une barrière mobile...

Le faux mulâtre remercia de nouveau et descendit.

Il ne pouvait songer à franchir le seuil des magasins.

— Sous quel prétexte en aurait-il demandé l'accès? — Quel moyen d'expliquer sa curiosité singulière et de l'empêcher de paraître suspecte?...

Mais rien ne l'empêchait d'explorer la cour sans obstacle et sans contrôle, et c'est ce qu'il fit.

Ainsi que le lui avait dit le surveillant au premier étage, bon nombre d'humbles mobiliers poudreux, plus ou moins délabrés, étaient entassés le long des murailles, à droite et à gauche de l'escalier conduisant à la galerie du rez-de-chaussée.

Ces mobiliers se ressemblaient tous dans leur absolue banalité. — Ils avaient, les uns comme les autres, le même aspect vulgaire et misérable.

— Si quelque objet ne vient pas guider mes souvenirs, je ne m'y reconnaîtrai certainement pas... — pensa Jean Renaud.

Soudain il tressaillit et sourit en même temps.

Le fil conducteur si vivement souhaité s'offrait à l'improviste.

Au-dessus d'un amoncellement de matelas jetés sur des sièges empilés, il venait de voir, dans un cadre de bois peint en jaune et orné d'un filet noir, une caricature politique faisant partie jadis du mobilier de Claire Bonchamp.

Cette caricature — (parfaitement inoffensive en somme et dont beaucoup de gens se souviennent encore aujourd'hui) — obtenait, quelques années après 1830, un grand succès d'hilarité.

C'était le portrait ou plutôt la charge du roi Louis-Philippe.

Une grosse poire, encadrée d'énormes favoris, avait la prétention de représenter la figure du monarque.

— Évidemment les meubles saisis sont là... — se dit le faux mulâtre. — Reste à savoir si le secrétaire, qui seul nous intéresse, n'a pas été vendu à quelque époque antérieure...

Quoique fort gêné par la barrière destinée à protéger les meubles contre les attouchements des curieux, Jean Renaud passa en revue le mieux qu'il put les objets destinés à subir le surlendemain le feu des enchères.

Sa persévérance fut récompensée.

Il aperçut, caché à demi sous une brassée de rideaux de cretonne jaunis, décolorés, pitoyables, il aperçut, disons-nous, un vieux petit secrétaire Louis XVI assez joli, mais en mauvais état.

Le marbre était ébréché, — la marqueterie s'écaillait par places, — le vert-de-gris rongeait les cuivres dédorés.

La clef se trouvait à la serrure du panneau se rabattant et destiné à servir de tablette pour écrire.

Un intervalle de trois pieds à peine séparait Jean Renaud du meuble si vivement convoité.

Le faux mulâtre, étant de haute taille, avait les bras remarquablement longs.

Il commença par promener son regard dans toutes les directions.

Deux ventes à la criée attiraient les curieux à l'autre bout de la cour. — Personne ne faisait attention à lui.

S'appuyant de la main gauche sur la barrière mobile il se pencha, fit tourner la clef, et la tablette s'abattit.

Jean Renaud s'arrêta, regarda de nouveau autour de lui et, certain de n'être point remarqué, plongea sa main droite dans l'ouverture.

Deux minutes plus tard il accostait un commissionnaire de l'hôtel et lui demandait :

— Où ces meubles doivent-ils se vendre après-demain?

— Salle numéro 11, — répondit le commissionnaire.

LIV

Jean Renaud avait deviné juste.

Le personnage à médaille, signalé comme ayant demandé des renseignements place Saint-Sulpice au sujet du déménagement de Vincennes, était Remy Chomin lui-même.

Le vieux bandit, revêtu du costume de clergyman, portant le chapeau à larges bords et les lunettes bleues, quittait l'hôtel des ventes dix minutes avant l'heure où l'évadé de *la Dorade* y entrait lui-même, et se présentait rue Saint-Dominique à l'hôtel de Lasseny.

L'ex-Blanche Hervieux le reçut immédiatement. — Elle avait hâte de savoir.

— Eh bien! monsieur? — lui demanda-t-elle avec anxiété.

— Madame la comtesse — répondit-il — je puis me flatter de n'avoir point perdu mon temps... — j'ai fait des courses multipliées... — Je me suis *mis en quatre*, comme disent les gens sans éducation...

— Avez-vous découvert quelque chose ?

— Oui, madame la comtesse, et quelque chose de très important...

— Parlez vite...

Remy Chomin raconta par le menu ce que nos lecteurs savent déjà, ou du moins ce qu'ils ont deviné certainement, ses démarches à Vincennes, puis à l'agence de déménagements, puis à la barrière de Fontainebleau, où il avait appris que les meubles saisis allaient se vendre rue Drouot.

— Et vous êtes sûr que le secrétaire se trouve parmi ces meubles ? — fit vivement la douairière.

— Absolument sûr.

— Vous l'avez vu ?...

— Vu et reconnu...

— Pourquoi ne l'avez-vous pas acheté sur-le-champ ?

— Parce que la vente publique ne doit avoir lieu qu'après-demain, ainsi que je viens d'avoir l'honneur de le dire à madame la comtesse...

— Qu'importait cela ?... — Il fallait en offrir tout de suite le double de ce qu'il vaut...

— Les règlements s'y opposent...

— On peut les faire fléchir... — la clef d'or ouvre toutes les portes...

— Excepté celle-là... — Personne n'a le droit de vendre à l'amiable un objet saisi... — La loi le défend... — Aucun commissaire-priseur ne consentirait à s'y prêter... — Si la chose eût été possible, elle serait faite...

— Eh bien ! il fallait vous approcher du meuble, l'ouvrir sous prétexte de l'examiner — (ce doit être permis) — presser le ressort du tiroir secret et vous emparer adroitement des papiers que renferme ce tiroir...

— Ah ! j'y ai bien pensé... — mais il y a un obstacle insurmontable...

— Lequel ?

— Je ne connais pas le secret.

— Mais alors, — s'écria Mme de Lasseny, — tout est compromis... perdu peut-être...

— Je ne partage point cette inquiétude...

— Ne comprenez-vous pas que nos ennemis sont probablement sur la même piste que nous ?...

— C'est probable, en effet.

— Ils achèteront le secrétaire et je me trouverai à leur discrétion.

— Eh ! madame la comtesse, la vente étant publique nous leur tiendrons tête, et nous l'emporterons sur eux.

— Comment ?

— Par une surenchère... — Je serai là et je me porterai comme acquéreur...

— Songez qu'il me faut ce meuble !

— Jusqu'à quelle somme devrai-je le pousser ?

— Je ne vous fixe pas de limite... — Quelque prix qu'il atteigne, je veux l'avoir...

— C'est entendu... — Mais on me demandera sans doute une garantie pour le paiement...

— Je vous rejoindrai à l'hôtel des commissaires-priseurs, avec une liasse de billets de banque et un carnet de chèques. — Aussitôt après l'adjudication, je paierai.

— Comme cela tout ira le mieux de monde...

— A quelle heure commencera la vente ?

— A une heure précise, dans la salle numéro 11.

— J'y serai, et vous me garderez une place à côté de vous.

— C'est entendu... — Je suis de madame la comtesse le bien humble serviteur, de tout mon cœur.

Les choses étant ainsi convenues Remy Chomin se retira, laissant la douairière un peu rassurée.

Jean Renaud, après avoir quitté l'Hôtel des ventes, se rendit rue du Colysée, où il trouva Jocelyn venant de faire sa visite quotidienne à l'infirmerie de la Roquette.

Le médecin en chef qui, nous le savons, s'était absenté pour affaires de famille, avait été obligé d'écrire à la Préfecture dans le but d'obtenir une prolongation de congé, et avait en même temps avisé le docteur noir du retard apporté à son retour.

Jocelyn s'était bien gardé d'aller offrir ses services à l'hôtel de Lasseny. — Il attendait qu'on le fît appeler si sa présence devenait nécessaire.

— Quel bon vent vous amène ? — demanda-t-il en serrant la main de Jean Renaud.

— Cher docteur, j'ai besoin de vous... — répondit ce dernier.

— Pour qui ?

— Pour moi-même...

— Seriez-vous malade, par hasard ?

— Malade ? — Jamais ! — C'est contre mes principes, et je ne transige pas avec eux !...

— Je vous approuve fort ! — Quoi qu'il en soit je suis à vos ordres... — De quoi s'agit-il ?

— Je voudrais aller à la campagne pour deux ou trois jours... — répliqua le faux mulâtre en riant.

— Est-ce que par hasard, la vie fiévreuse que vous menez à Paris vous fatigue ?

— Elle m'enchante, au contraire ! — Je trouve un plaisir d'artiste à diriger les péripéties du drame où nous jouons le rôle de la fatalité dans le théâtre antique...

— Alors vous avez des affaires personnelles ?

— Précisément.

— C'est tout naturel, mais je ne comprends guère pourquoi vous semblez me demander en quelque sorte l'autorisation de vous éloigner.

— Ainsi vous ne devinez pas ?

— Non, pas du tout...

— Je vais donc mettre les points sur les I. — Vous pouvez, m'avez-vous dit, m'enlever mon teint de mulâtre ?

— Rien de plus facile.

— Eh bien ! mon cher docteur, il est nécessaire, dans l'intérêt de notre œuvre, que Doménico Séballa disparaisse momentanément et redevienne Michel Servan !...

— Vous voulez blanchir ?

— Oui.

— Mais vous allez courir mille dangers en reprenant votre apparence véritable ! — Souvenez-vous que vous êtes un condamné politique... — Un agent de police peut vous mettre la main au collet...

— N'ayez crainte... — je prendrai mes précautions...

— Enfin, vous m'affirmez que c'est nécessaire ?...

— Indispensable même...

— Alors ce sera fait.

— Combien vous faut-il de temps pour me *débronzer ?*

— Il y a quatre mois il m'aurait fallut trois jours... — Une nouvelle découverte me permet d'atteindre en douze heures le même résultat... — J'agirai ce soir à Saint-Ouen... — Demain matin vous aurez repris le visage d'un Européen.

— A merveille... — Comment se porte le citoyen Blancheton devenu Jacques Hervieux ?

— Beaucoup mieux, au physique et au moral... — Dans quelques jours on lui fera sa leçon, et le maître pourra se servir de lui...

— C'est ce qu'il faut, car le moment approche... — Je vous quitte... — A ce soir, au château.

— A ce soir...

Et les deux hommes se séparèrent, après l'échange d'une nouvelle poignée de main.

*
* *

Le lendemain de la scène émouvante à laquelle nous avons fait assister nos lecteurs et qui s'était terminée par l'évanouissement de Marie, Léopold Dereyne, n'osant aller à Saint-Ouen, se rendit de bonne heure au tir de l'avenue d'Antin où il espérait rencontrer Lionel Warton et où il le rencontra en effet.

La figure du pseudo-nabab avait son expression habituelle, ce qui dissipa quelque peu les alarmes de l'étudiant au sujet de sa bien-aimée.

— Cher monsieur Warton, — dit-il, — je vous supplie de me rassurer, car j'ai passé une nuit terrible... — M^{ne} Marie va bien aujourd'hui, n'est-ce pas ?

— Sans cela, serais-je ici ? — répliqua Lionel. — Ma cousine est complètement remise d'une indisposition toute passagère... — Venez ce soir dîner avec nous et vous vous assurerez par vos propres yeux qu'elle n'a jamais été mieux portante... — Viendrez-vous ?

Léopold poussa un gros soupir.

— Dieu sait que je le voudrais... — dit-il. — Malheureusement, c'est impossible...

— Pourquoi donc ?

— J'ai promis de dîner chez ma sœur la comtesse de Lasseny... — Amélie est très bonne pour moi et je craindrais de la blesser en lui manquant de parole.

— Je vous approuve absolument... — la famille avant tout !

Léopold soupira de nouveau. — Il ne paraissait pas convaincu.

Lionel reprit :

— Mais au moins, si vous ne pouvez dîner ce soir à Saint-Ouen, vous pouvez déjeuner ce matin avec moi au *café Riche*... — à moins que quelque cours de l'École de droit ne réclame votre présence.

— Je ne vais plus aux cours... — balbutia l'étudiant.

— Alors, vous acceptez?

— Bien volontiers.

— Dans ce cas, partons... je vous emmène.

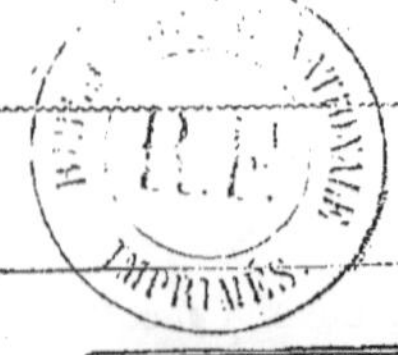

La comtesse monta en voiture et le cocher fouetta son cheval éreinté.

Le pseudo-nabab et le plus jeune fils de Martial quittèrent le tir de Gastinne-Renette et montèrent en voiture.

— On soupe et l'on joue cette nuit rue de Londres, — poursuivit Lionel chemin faisant ; — viendrez-vous ?

— Georges y sera-t-il ? — demanda l'étudiant.

— Il m'a promis de n'y pas manquer...

— J'irai donc en sortant de chez ma sœur... mais je ne jouerai pas...

— Pour quel motif cette abstention?

Léopold garda le silence.

Lionel sourit.

— Je crois comprendre... — dit-il ensuite. — Je sais que votre père conserve malgré son état maladif le maniement de votre fortune et qu'il vous tient un peu serré... — Si vous avez besoin d'argent, permettez-moi d'être votre banquier. — Vous me ferez plaisir en puisant dans ma bourse...

— Merci, mille fois, de cette offre gracieuse, — répliqua vivement Léopold, — mais pour rien au monde je n'emprunterais...

— Quoi! même à moi qui suis votre ami?...

— Même à vous...

Lionel n'insista pas et reprit :

— Je fais courir dimanche à Chantilly... — J'ai deux chevaux engagés, *Blue-Devil* et *Miss Love*... — Tout le high-life sera là... — Vous y verra-t-on?

— Je l'espère...

Après cette question et cette réponse le silence s'établit.

Léopold se demandait si le moment n'était pas favorable pour entamer l'entretien qu'il se proposait d'avoir avec le châtelain de Saint-Ouen au sujet de Mary.

Il allait parler, mais il se souvint de l'épouvante et de la douleur de la jeune fille lorsqu'il avait manifesté l'intention de s'adresser à Lionel et de lui demander la main de se cousine.

— Je n'oserai jamais désobéir à Mary... — se dit-il.

Et les paroles prêtes à s'échapper de ses lèvres rentrèrent dans sa gorge aride.

La voiture s'arrêta devant le *Café Riche*.

Onze heures et demie venaient de sonner et les salles étaient presque pleines.

Lambert Massol déjeunait solitairement.

— Vous me servirez là... — commanda Lionel à l'un des garçons en désignant une table voisine de celle du vaudevilliste.

LV

Après un échange de poignées de main Lionel Warton et Lambert Massol se mirent à causer de choses indifférentes, tandis que Léopold, selon l'inévitable coutume des amoureux de vingt ans, rêvait à son idole.

Parmi les clients du *Café Riche* se trouvaient bon nombre de boursiers.

Quatre ou cinq de ces messieurs occupaient une table placée presque en face de nos trois personnages et parlaient d'affaires d'argent, de primes, de reports, etc., etc.

Un gros garçon d'une trentaine d'années, très blond de cheveux, très blanc de peau, avec des yeux d'un bleu de faïence et de longs favoris en nageoires, fit une entrée bruyante et vint les rejoindre.

Ce nouveau venu, fort élégant mais d'une élégance prétentieuse, le monocle enchâssé dans l'arcade sourcilière, le chapeau sur l'oreille, était à première vue superlativement désagréable.

Il parlait beaucoup et très haut, au moins autant pour la galerie que pour ceux auxquels il s'adressait, et semblait désireux par-dessus tout d'attirer l'attention sur sa personne.

Lionel Warton et le vaudevilliste, absorbés dans leur causerie, ne s'occupaient pas de lui et ne songeaient point à l'écouter.

— Je vous donne ma parole d'honneur, messieurs, — disait-il avec un fort accent tudesque, — que ces bruits de guerre avec lesquels on a révolutionné la Bourse étaient une pure et simple manœuvre, un véritable attrape-nigauds, et seront officiellement démentis aujourd'hui... — Je m'en doutais, moi, très malin, et j'ai pris mes mesures en conséquence... — Tant pis pour les maisons qui se sont laissé pincer pour de fortes sommes, et il y en a!

— Ces maisons sont-elle connues? — demanda l'un des auditeurs du gros garçon aux yeux de faïence.

— Oui, du moins trois ou quatre... — La plus éprouvée est celle de***
Et il nomma un agent de change.

— Tiens! — fit un des jeunes gens, — alors Georges Dereyne est compromis dans cette débâcle puisqu'il est l'associé de la maison.

En entendant prononcer le nom de Georges, Lionel, Massol et Léopold devinrent attentifs.

— Parbleu! — répliqua le gros garçon, — je le crois bien qu'il est compromis!
— S'agit-il d'une perte très considérable?
— Sept ou huit cent mille francs, au moins...
— Dans ce cas, Georges Dereyne est coulé...
— Bah! — reprit le narrateur, — c'est fait depuis longtemps... — un peu plus, un peu moins, qu'importe? puisqu'il ne marchait plus que sur son crédit, et encore cahin-caha...

Léopold fit un geste d'impatience.

Lionel lui mit la main sur le bras, en murmurant à son oreille :

— Silence!

Le gros garçon poursuivit :

— Mais qu'est-ce que vous voulez que ça lui fasse? — il s'en fiche pas mal! — le gaillard va remonter sur sa bête et se trouvera dans quelques jours plus riche que jamais...

— Comment cela?..
— Par son mariage...
— Dereyne se marie!

— Vous ne le saviez pas? C'est pourtant le bruit de la Bourse.

— Et qui épouse-t-il?

— Une des demoiselles de Saint-Ouen. — Je dis *demoiselles*, parce que je suis un homme très chic, et que je gaze en parlant des femmes! — Les *filles de bronze* — (c'est leur sobriquet) — ont pas mal de millions, la chose est positive, mais quel argent drôlement gagné? — Ces aventurières étant jolies, les riches planteurs se montraient généreux, et les petits ruisseaux font les grandes rivières! — (je gaze toujours et plus que jamais!) — Georges Dereyne, remis à flot par une dot dont l'origine n'a rien de mystérieux, ne peut plus se noyer désormais! — Quelle que soit la débâcle, il est *sûr de nager entre deux eaux!* Vous comprenez ça!

Et le gros garçon accentua son *mot de la fin* par un rire guttural.

Léopold furieux se leva brusquement et voulut s'élancer.

Lionel le saisit par le bras et le contraignit à se rasseoir.

— Ceci me regarde! — lui dit-il avec autorité.

Puis, quittant sa place d'un air très calme, il se dirigea vers la table où pérorait l'homme à l'accent tudesque

Il lui toucha l'épaule.

Le narrateur malencontreux se retourna surpris.

Léopold et Massol attendaient, pâles tous les deux, tremblants d'émotion, et prêts à intervenir s'il le fallait.

— Hein! qu'est-ce que c'est? pourquoi me touchez-vous? — demanda le gros garçon d'un ton rogue.

— Monsieur, — fit Lionel toujours impassible et maître de lui, — vous venez de parler en des termes inqualifiables des châtelaines de Saint-Ouen que vous nommez les *filles de bronze...*

— Oui, après?

— Auriez-vous, par hasard, l'honneur de les connaître?

Le gros garçon se leva, et toisant Lionel de la tête aux pieds s'écria :

— J'ai dit ce qu'il m'a plu de dire... — A quel propos vous en mêlez-vous, et de quel droit vous permettez-vous de m'interroger?

— Je suis le cousin de mesdemoiselles Warton que vous insultez, monsieur! — répliqua Lionel dont l'apparente froideur ne se démentait point. — J'ai donc le droit et le devoir de vous dire et de vous prouver que vous êtes un lâche, un calomniateur et un drôle! — Je vous le dis et je vous le prouve!

En même temps, de sa petite main dégantée le pseudo-nabab soufffletait les deux larges joues du rustre!

— *Der Teufel!!* — hurla ce dernier en devenant cramoisi de fureur.

Et il se rassembla pour bondir, le poing levé, sur son frêle agresseur.

Mais déjà Léopold Dereyne et Lambert Massol l'avaient saisi par les deux bras, et malgré ses efforts le contraignaient à l'immobilité, tandis que ses amis lui répétaient :

— Une lutte à coups de poings !... — un combat de crocheteurs !... fi donc !

— Il me faut son sang ! — s'écria-t-il, — et je l'aurai !

— Monsieur, — dit impérieusement Lionel, — vous allez rétracter vos calomnies abjectes devant tous ceux qui les ont entendues...

— Je ne rétracterai rien ! — interrompit le drôle.

— Alors, nous nous battrons...

— C'est ce que je veux... et je vous tuerai !

— Peut-être... — répliqua Lionel avec un étrange sourire. — Voici ma carte, — ajouta-t-il.

— Et voici la mienne.

Lionel jeta les yeux sur la cartes de son adversaire et lut: *Jacob Schuler* et, entre parenthèses : *De Berlin*.

— J'aurais dû m'en douter... — murmura-t-il. — La courtoisie allemande !

Puis, tout haut :

— MM. Léopold Dereyne et Lambert Massol, que voici, me feront l'honneur d'être mes témoins...

Le juif prussien répondit en désignant ses compagnons :

— Deux de ces messieurs seront les miens...

— Alors ces messieurs peuvent s'aboucher sur-le-champ... — reprit Lionel. — L'affaire sera réglée sans retard...

Un cabinet fut mis à la disposition des quatre témoins dont l'entretien dura tout au plus dix minutes.

Au bout de ce temps Lambert Massol vint retrouver Lionel qui prenait son café en lisant un journal et ne semblait pas le moins du monde préoccupé.

— Voici ce qui est convenu, sauf votre approbation... — lui dit-il à voix basse.

— Allez, j'écoute.

— Votre adversaire se prétendant insulté réclame le choix des armes... Mais sa prétention peut se discuter très bien car, s'il est vrai qu'il a reçu des soufflets, la première insulte venait de lui...

— Je ne discute rien... — J'accepte.

— Dans ce cas il choisit le pistolet de tir.

— Je l'aurais choisi moi-même.

— Les deux armes seront chargées, — on se battra à trente pas, avec le droit pour chacun des adversaires de faire cinq pas en avant.

— A merveille... — Quand aura lieu la rencontre ?

— Demain.

— A quelle heure ?

— A huit heures du matin...

— Où ?

— Dans le bois de Vincennes, près du restaurant de la *Porte Jaune*.

— Très bien... — Veuillez dire aux témoins de ce Berlinois que vous êtes d'accord avec eux sur tous les points...

Les choses étant ainsi réglées Jacob Schuler, la mine farouche et ses favoris blonds hérissés, quitta le *Café Riche* sans saluer son adversaire, ce qui fit hausser dédaigneusement les épaules à ce dernier.

— Ainsi donc, cher monsieur Lionel, — murmura Léopold dont la pâleur trahissait l'émotion, — c'est bien vrai, vous vous battez demain?

— Mais, oui... — répondit le pseudo-nabab en souriant, — est-ce que cette idée vous préoccupe?

— Beaucoup, je l'avoue...

— Pourquoi?...

— Parce que vous allez exposer votre vie pour châtier un drôle...

— Ce drôle ne pouvait rester impuni, vous le savez comme moi... — La cause que je défends est juste et je ne cours aucun danger, j'en ai la conviction absolue... — Donc ne vous étonnez pas de mon calme, et gardez-vous de prendre pour de l'héroïsme ce qui n'est que de la confiance...

— Cependant, — poursuivit Léopold, — la réunion qui devait avoir lieu ce soir dans votre hôtel de la rue de Londres sera décommandée, je pense...

— En aucune façon...

— Quoi! vous passerez la nuit à jouer au baccarat ou au lansquenet quand vous devez vous battre presqu'au point du jour?...

— Le mieux du monde...

— Mais ne craignez-vous point la fatigue?...

— Je suis infatigable...

— L'agitation nerveuse?...

— Mes nerfs sont à l'épreuve, et vous verrez si ma main tremble en tenant un pistolet... — Donc ne parlons plus de mon duel... renouvelez-moi la promesse de venir rue de Londres en sortant de chez madame votre sœur... et amenez votre beau-frère le comte de Lasseny, qui d'ailleurs est invité déjà.

— Ah! certes, je vous le promets.

— Je compte aussi sur vous, mon cher Massol, — reprit Lionel. — Nous ne quitterons les tables de jeu que pour aller sur le terrain... Une rencontre en costume de soirée, ce sera très original et tout à fait charmant.

— C'est une *situation*... — répliqua le vaudevilliste. — Je la mettrai dans une pièce en trois actes que j'écris pour le Gymnase...

— Et que nous irons applaudir, mes cousines et moi! — dit Lionel en riant.

*
* *

En quittant le *Café Riche* et les deux jeunes gens qui devaient l'assister le lendemain au bois de Vincennes, la vengeresse regagna Saint-Ouen.

— Le docteur Jocelyn est-il au château? — demanda-t-elle à Robinson.

— Oui, maître.

— Dans son appartement?

— Non, maître; — je crois l'avoir vu tout à l'heure entrer au salon...

Robinson ne se trompait pas.

Cora Bernier trouva en effet le docteur noir au salon, mais sa surprise fut grande en ne le trouvant pas seul.

Jocelyn était en compagnie d'un personnage de haute taille et de forte carrure, inconnu de la jeune fille et qui mérite assurément les honneurs d'un croquis rapide.

LVI

Le personnage inconnu de Cora avait un visage rubicond, couronné par une chevelure courte et crépue d'un blond ardent, et encadré dans les massifs de superbes favoris roux.

Son col de chemise, très haut et raide comme du carton de Bristol, arrivait au niveau de ses oreilles écarlates.

Sur son complet de drap quadrillé il portait en sautoir un étui de maroquin renfermant une énorme jumelle.

De larges souliers carrés à fortes semelles, de petites guêtres grises et des gants de peau de chien rouge complétaient son costume d'Anglais cosmopolite faisant le tour du monde.

Il ne manquait point de distinction et toute sa personne offrait un indiscutable cachet de *haute respectabilité*, comme disent nos voisins d'outre-Manche.

Cora, quoique surprise de la présence de cet étranger, lui rendit son salut avec une parfaite courtoisie.

— Maître, — fit Jocelyn en souriant, — je sollicite l'autorisation de vous présenter M. Williams Dickson, Esquire, gentleman distingué, et propriétaire de Dickson-Parck, dans le Midland...

— Un de vos anciens amis, sans doute? — demanda la jeune fille.

— *Aoh! yes, sir...* — répliqua le visiteur.

— Alors, monsieur, — reprit Cora dans l'anglais le plus pur, — soyez le bienvenu au château de Saint-Ouen... — Les amis de mon cher docteur sont chez moi.

Williams Dickson, — employant à son tour l'idiome dont le pseudo-nabab venait de se servir, — exprima chaleureusement la gratitude que lui faisait éprouver cet excellent accueil puis, aussitôt après, poursuivit en bon français et sans le moindre accent :

— Puisque vous ne m'avez pas reconnu, maître, qui donc pourrait me reconnaître?

— Michel Servan ! — murmura Lionel stupéfait.

— En personne... — répondit Jean Renaud. — Jocelyn m'a blanchi en douze heures, et je me suis fait en dix minutes la tête que vous voyez...

— Vous seriez un acteur de premier ordre, mon ami ! — s'écria Lionel.

— Je l'ai pensé plus d'une fois...

— Mais pourquoi ce travestissement singulier ?...

— Pour une foule de raisons que j'aurai l'honneur de vous soumettre dans un instant... — Permettez-moi d'abord de vous demander s'il y a du nouveau ?...

— Il y en a beaucoup... — Je me bats en duel demain matin...

Jean Renaud et Jocelyn firent à la fois un geste de stupeur.

— Vous vous battez en duel ! — répéta l'évadé de *la Dorade*. — Est-ce sérieux ?

— Parfaitement... — Au pistolet... à huit heures... au bois de Vincennes... près du restaurant de la *Porte Jaune*...

— Avec qui, bon Dieu ?

— Avec un drôle qui se nomme Jacob Schuler et que j'ai souffleté.

— A quel propos ?

Lionel raconta rapidement la scène du *Café Riche*.

— Il fallait dédaigner les ineptes calomnies de ce pleutre qui ne s'adressait point à vous !... — reprit Jean Renaud.

— Je ne le pouvais pas... Je ne le devais pas... — Pour Léopold Dereyne et pour Lambert Massol je suis un homme... je me déshonorerais à leurs yeux en laissant insulter Mlles Warton — mes cousines — en ma présence...

— Mais si ce duel allait mal tourner...

— Si j'étais tuée, n'est-ce pas ? Je n'en crois rien, mais tout est possible... — Eh bien ! dans ce cas, c'est à vous, mes amis, que je confierais la tâche de mener jusqu'au bout l'œuvre que nous avons commencée ensemble et, la vengeance accomplie, le soin de veiller sur mes sœurs... — Je vous laisserai même à ce sujet des instructions écrites, et j'ai la confiance absolue que vous les exécuterez religieusement... — Ne répondez pas... c'est inutile... Je suis sûre de vous... Jocelyn m'accompagnera sur le terrain... — les soins d'un médecin peuvent être indispensables.

— Pas pour vous, maître, je l'espère... — dit vivement le docteur noir.

— Je l'espère aussi, — répliqua Lionel en souriant, — mais il est bon de tout prévoir...

Puis, s'adressant à Jean Renaud, le pseudo-nabab ajouta :

— On jouera cette nuit rue de Londres... — J'aurai besoin de vous...

— J'y serai, maître, et Williams Dickson remplacera sans désavantage Doménico Séballa...

— Je vous expliquerai le rôle que je vous destine.

— Quel qu'il soit je l'accepte, et vous serez content de moi, je vous le promets...

Le fils de Martial gagnait déjà une douzaine de mille francs.

— Autre chose, et ceci vous regarde, cher docteur... — Si d'aujourd'hui en
trois jours l'ex-Blanche Hervieux, maintenant comtesse douairière de Lasseny,
ne vous a pas fait appeler rue Saint-Dominique, je vous présenterai moi-même
au comte Gontran, le mari d'Amélie Dereyne, et je le prierai d'avoir en vous
une confiance sans bornes...

— Puis-je vous demander pourquoi? — murmura Jocelyn.

— Parce qu'on va commettre un crime à l'hôtel de Lasseny, et que vous seul pourrez, sinon l'empêcher de s'accomplir, du moins en paralyser les effets.

— Un crime ! — répétèrent à la fois Jean Renaud et le médecin mulâtre.

— Oui.

— Lequel ?

— Un empoisonnement... — On essayera de tuer le comte, et je ne veux pas qu'il meure....

— Si cela dépend de moi, maître, il ne mourra pas... — Mais, prévoyant le crime, que ne l'empêchez-vous ?...

— Il faut qu'il s'accomplisse, et vous allez savoir ponrquoi...

Laissons Lionel Warton en conférence avec ces deux incarnations du dévouement qui se nommaient Jean Renaud et Jocelyn, et prions nos lecteurs de nous accompagner à l'hôtel de la rue Saint-Dominique où nous savons que Léopold Dereyne dînait chez sa sœur avant de se rendre rue de Londres.

Rien ne pressait l'étudiant, les soirées de jeu ne commençant guère qu'à onze heures et demie ou minuit.

Le dîner réunissait une quinzaine de personnes ; quelques amis devaient venir ensuite prendre une tasse de thé.

On quitta la table vers neuf heures.

Léopold s'était bien gardé de dire un seul mot de l'événement du jour... — Il devinait par instinct la malveillance de la douairière à l'endroit de Lionel Warton et des châtelaines de Saint-Ouen, et il redoutait ses commentaires

Depuis dix minutes tout au plus on était au salon quand arriva l'un des habitués de l'hôtel, un charmant garçon qui, s'il n'eût été millionnaire, se serait sans aucun doute lancé dans *le reportage*, car il avait la prétention d'être l'homme le mieux informé de Paris.

— Vous savez la nouvelle ? — s'écria-t-il après avoir salué Amélie et sa belle-mère et serré la main de Gontran.

— Quelle nouvelle ?... — demanda le jeune comte.

— Vous avez entendu parler du duel ? du fameux duel ?

— Quel duel ?

— Mais alors, vous ignorez tout !...

— Tout absolument...

— Est-ce possible ? — Cette ignorance de votre part me semble d'autant plus inouïe que le héros de l'aventure est de vos bons amis...

— De grâce, expliquez-vous... — L'un de mes amis s'est battu ?...

— Pas encore, mais il se battra demain matin...

— De qui parlez-vous ?...

— De l'homme à la mode, parbleu !... Du gentleman archi-millionnaire...

— De Lionel Warton en un mot...

La comtesse Amélie devint pâle.

— M. Warton va se battre ?... — balbutia-t-elle.

— Oui, madame... — Demain matin... — Mais comment votre frère Léopold ne vous a-t-il pas raconté cela?... — il assistait tantôt à la provocation, et il doit être un des témoins du jeune nabab.

— Est-ce vrai? — demanda fiévreusement Amélie.

— C'est vrai... — répondit l'étudiant en baissant la tête et en rougissant.

— Et tu ne nous as rien dit!!

— M. Warton m'avait prié de garder le silence...

— Ce n'est pas une raison! — A quel propos se bat-il? — Pour une femme?

— Ah! non, par exemple!

— Enfin, pourquoi?

— Pour corriger l'insolence d'un drôle, d'une sorte de boursier allemand nommé Jacob Schuler, qui méritait cent fois les deux soufflets qu'il a reçus...

— Il faut t'arracher les paroles! — reprit la comtesse en piétinant d'impatience. — Ne vois-tu pas que tu nous fais mourir à petit feu? — Tu étais là... tu as tout vu... tout entendu... tu sais tout... — Dis ce qui s'est passé... n'oublie rien...

Léopold ainsi poussé dans ses retranchements raconta de façon sommaire la scène du matin, en atténuant autant que possible la crudité cynique des injures adressées par le Prussien à Georges Dereyne et aux châtelaines de Saint-Ouen.

Un éclair brilla dans les prunelles de l'ex-Blanche Hervieux.

— Si ce Lionel Warton en qui je sens un ennemi pouvait être tué, — pensa-t-elle avec une joie haineuse, — quelle délivrance!

Elle s'empressa d'ajouter tout haut, en regardant sa belle-fille :

— Il me semble, ma chère amie, que l'alliance de votre frère avec cette famille Warton pourra grossir notablement sa fortune, mais n'ajoutera pas grand'chose à la considération dont il jouit.

La jolie comtesse allait répondre avec aigreur à cette attaque mal déguisée. Son mari ne lui en laissa pas le temps.

— Je crois, ma mère, que vous avez tort... — dit-il. — L'insulte d'un abject drôle ne saurait atteindre ni mon beau-frère, ni mesdemoiselles Warton dont la réputation est inattaquable... — Lionel s'est conduit en galant homme... en homme de cœur... Tout le monde approuvera sa tenue si correcte, et l'estime que j'éprouvais déjà pour lui grandit encore...

La douairière se contenta de hausser les épaules.

Gontran reprit :

— Quelle est l'arme choisie?...

— Le pistolet... — répliqua Léopold.

— Alors le Prussien peut écrire son testamment ce soir, car, pour peu que Lionel le veuille, il ne rentrera pas vivant à Paris demain.

Amélie se souvint de la prodigieuse adresse du pseudo-nabab.

Elle respira plus librement et les couleurs revinrent à ses joues.

Le comte poursuivit :

— Je conseillerai cependant à notre ami de faire feu dès le signal donné, sans attendre la balle de son adversaire... — Un maladroit, servi par le hasard, peut être dangereux...

La comtesse pâlit et frissonna de nouveau.

Gontran reprit :

— J'avais promis à Lionel d'aller souper à son petit hôtel de la rue de Londres et de risquer quelques louis au baccarat mais, puisqu'il se bat demain, il est clair que la réunion n'aura pas lieu...

— C'est ce qui vous trompe... — répliqua Léopold, — on soupera, et après souper on jouera jusqu'au matin ; M. Warton m'a donné mission de vous rappeler votre promesse... — Il compte absolument sur vous et j'ai pris l'engagement de vous amener...

— Nous irons donc ensemble... — Je me souviens du nom de la rue, mais j'ai oublié le numéro de l'hôtel...

— N° 17... — fit Léopold, — je donnerai l'adresse à votre cocher.

Amélie prêtait l'oreille avec une attention avide.

— Je ne veux pas qu'on le tue... — pensait-elle. — Il ne faut pas qu'il se batte !...

LVII

— C'est un étrange jeune homme que Lionel Warton, — reprit Gontran. — Tout autre à sa place aurait des préoccupations, sinon des inquiétudes, et tâcherait de prendre un repos nécessaire avant une rencontre de ce genre... — Lui, au contraire, semble ne pas songer au péril... — il va passer joyeusement la nuit avec ses amis, jusqu'au moment de se rendre à Vincennes pour y tuer ou pour y mourir !... — On ne saurait lui refuser une force d'âme incomparable !...

— Bah ! — répliqua la comtesse douairière — c'est un original, voilà tout... — Il veut se singulariser, faire parler de lui, se poser enfin *excentricman*, comme disent les Anglais... — C'est à mes yeux un assez mince mérite...

Les prunelles d'Amélie étincelèrent.

— Pourquoi donc attaquez-vous toujours M. Warton, ma mère? — demanda-t-elle avec animation.

— Peut-être parce que vous le défendez trop, ma chère... — répondit ironiquement l'ex-Blanche Hervieux.

— Je préfère mon rôle au vôtre, ma mère...

— J'en suis bien convaincue, ma chère, mais ce n'est pas une raison pour qu'il soit préférable..

Ces répliques échangées d'un ton aigre-doux menaçaient de se prolonger, et le dialogue courait grand risque de s'envenimer.

Amélie jugea prudent et sage d'y couper court en ne répondant pas.

Et le combat finit faute de combattants.

A onze heures et demie du soir Gontran de Lasseny reconduisait jusqu'au vestibule de l'hôtel ses derniers invités.

En rentrant dans le salon il dit à Léopold, resté seul avec sa sœur et la douairière :

— J'ai donné l'ordre d'atteler... — Dans cinq minutes nous pourrons partir...

En effet, avant que les cinq minutes fussent écoulées, le valet de chambre annonça :

— La voiture de monsieur le comte est prête.

Gaston baisa la main de sa mère et les joues un peu pâles d'Amélie.

— A quel heure reviendrez-vous ?... — lui demanda la jeune femme.

— Je n'en sais rien... — répondit-il. — Probablement fort tard... — Je veux rester le plus longtemps possible avec Lionel qui m'est très sympathique et que peut-être je ne reverrai pas vivant, ce dont j'aurais peine à me consoler... — Dormez d'un bon sommeil ; je ne vous réveillerai point à mon retour et j'irai droit à mon appartement.

Le comte et Léopold prirent ensemble le chemin de la rue de Londres.

— Bonsoir, ma mère... — fit Amélie d'un ton glacial.

— Bonsoir, ma chère... — répliqua Blanche de Lasseny en touchant du bout des lèvre le front que sa bru lui tendait machinalement.

Puis les deux femmes se séparèrent et Amélie remonta chez elle.

Sa camériste l'attendait.

— Déshabillez-moi vite, Julie, — lui dit-elle, — je tombe de sommeil.,.

En quelques secondes la robe de faille grise à longue traîne fut enlevée, laissant voir les bras ronds, les épaules tombantes et la naissance des seins orgueilleux d'Amélie.

Un peignoir flottant, qu'une large ceinture attachait à la taille, remplaça la toilette de soirée.

Déjà la femme de chambre portait la main sur le peigne d'ivoire retenant à grand'peine les masses opulentes de la chevelure parfumée.

Amélie détourna vivement la tête.

— Inutile... — dit-elle. — Je me décoifferai moi-même.

— Madame la comtesse n'a plus besoin de moi?

— Non... Vous pouvez vous retirez...

La camériste quitta la chambre.

Aussitôt seule, la fille de Martial Dereyne alla fermer sa porte à double tour, revint s'asseoir ou plutôt tomber sur une chaise longue faisant face à la cheminée et, sans quitter des yeux le cadran d'une adorable pendule de vieux Saxe, elle s'absorba dans une rêverie profonde dont il nous semble facile de deviner la nature, et que pour ce motif nous n'analyserons pas.

Les douze coups de minuit sonnèrent, puis la demie.

Quand le marteau frappa sur le timbre Amélie se leva brusquement, en femme dont la décision est prise.

Elle éteignit les bougies de ses candélabres, sauf une seule.

Ceci fait elle se dirigea vers une fenêtre, écarta les rideaux et jeta au dehors un coup d'œil investigateur.

Aucune lumière ne brillait derrière les vitres des différents étages de l'hôtel. On en pouvait conclure que la douairière et tous les serviteurs étaient endormis.

Amélie ouvrit le tiroir d'un chiffonnier, y prit une clef dans la poche de son peignoir, en même temps que son porte-monnaie qui contenait quelques pièces d'or.

Elle jeta sur ses épaules une grande pelisse de couleur sombre, tombant presque jusqu'à ses pieds.

Elle attacha sur sa jolie tête un chapeau noir muni d'un voile de dentelle très épais, cachant le visage comme un *loup*.

Elle mit des gants noirs, éteignit la dernière bougie, sortit de sa chambre par le cabinet de toilette communiquant avec l'escalier de service, descendit au rez-de-chaussée, traversa les salons déserts, gagna les serres aux coupoles vitrées, puis le jardin vaste et ombreux qui, nous le savons, s'étendait jusqu'à la rue voisine.

Une petite porte, à demi cachée sous les lierres dont les guirlandes lui faisaient un cadre pittoresque, trouait la muraille de clôture.

Amélie se servit pour ouvrir cette porte de la clef dont elle avait eu soin de se munir.

Elle en franchit le seuil et la referma derrière elle.

Nous ignorons si la jeune femme, en se voyant seule à cette heure nocturne dans une rue solitaire, ressentit un mouvement d'inquiétude ou de frayeur, mais nous pouvons affirmer que son attitude ne décela rien de pareil.

Après s'être orientée pendant deux ou trois secondes, elle prit d'un pas rapide le chemin de la rue du Bac dont une courte distance la séparait, et que par conséquent elle atteignit très vite.

Quelques passants attardés circulaient encore le long des trottoirs.

Des voitures de maître passaient rapides avec leurs lanternes flamboyantes.

La jeune comtesse, à demi cachée dans l'encoignure d'une porte, attendit.

Au bout de cinq minutes elle vit un coupé de régie émerger lentement des profondeurs de la rue du Bac, du côté de la rue du Cherche-Midi, et se diriger vers le Pont-Royal.

Amélie, quittant son poste d'observation, héla le cocher qui fit halte aussitôt.

— Qu'est-ce qu'il y a pour votre service, ma petite dame?... — demanda-t-il,

— Je vous offre quarante francs si vous voulez me conduire, m'attendre et me ramener ici...

— Hein? vous dites?...

— Je dis quarante francs.

— Ça me va bigrement; mais, vous savez, on a vu des gens qui promettaient beaucoup et qui, lorsqu'il s'agissait de tenir, n'avaient pas de monnaie... je veux être payé d'avance.

Amélie ouvrit son porte-monnaie et fit sonner l'or qu'il contenait.

— Voici un louis... — répliqua-t-elle. — Au retour je vous en donnerai un second.

— C'est entendu... — Où allons-nous?

— Rue de Londres, numéro 17...

— La course est bonne... Le poulet d'Inde ne se tient plus sur ses pattes, mais nous y serons tout de même dans une demi-heure...

La comtesse monta légèrement en voiture et le cocher fouetta son cheval éreinté.

Nous précéderons M_me de Lasseny à l'hôtel de la rue de Londres.

Il était une heure et quart du matin... — Les convives venaient de quitter la salle à manger pour le salon de jeu.

Jamais les parties n'avaient offert, dès le début, une telle animation.

Le maître du logis semblait non seulement insouciant mais joyeux.

La faconde inépuisable, le baragouin comique et les saillies naïves d'un Anglais présenté à ses hôtes par Lionel sous le nom de Wiliams Dickson, mettaient tout le monde en gaieté.

L'insulaire, ayant pour adversaire Georges Dereyne, jouait gros jeu, perdait coup sur coup, et prenait son parti de la mauvaise chance avec une philosophie merveilleuse.

Il était le premier à rire de sa déveine.

Le fils aîné de Martial gagnait déjà une douzaine de mille francs et se promettait bien de ne pas s'arrêter en si beau chemin.

Pour des motifs que nous ne tarderons pas à connaître il entrait dans les plans de Jean Renaud de se laisser battre cette nuit-là.

Gontran de Lasseny, très joueur et fort indifférent au gain ou à la perte, taillait une banque de baccarat, et ses *abattages* successifs décavaient tous les ponts.

L'or et les billets de banque s'entassaient devant lui, ce qui faisait dire à Lambert Massol:

— Si le proverbe est vrai, ce cher comte ne doit pas être follement heureux en amour!

La déveine de l'Anglais continuait sans intermittences.

Il perdit un dernier coup.

— Votre revanche, monsieur... — fit Georges avec empressement. — Vous convient-il de jouer quitte ou double?...

Williams Dickson se leva en riant.

— *Aoh!* — s'écria-t-il, — cette chose ne convenait pas du toot à moâ... — je havais trop mauvaise chance contre voô, master Dereyne... — Je perdrais le *inexpressible* de moâ... — Je devais à voô, sur pérole, vingt-cinq mille francs, que mon ami Lionel Warton prêtera à moâ pour payer voô...

— Je vais vous signer un chèque, mon ami... — dit Lionel.

— Vous plaisantez!... — répliqua Georges, tandis que le maître du logis écrivait trois lignes sur une feuille de son carnet. — La parole de l'honorable M. Dickson me suffit amplement et je ne veux pas autre chose.

— *Aoh! yes!* — interrompit l'Anglais prétendu, — je remercié boocoup... boocoup... Mais je volé payer toot de souite... et si je empruntais le chèque de mon ami, si je hâvais pas de grosses banknotes dedans le portefeuille de moâ, ce été le résioultat d'un petit anecdote toot à fait curieux et véritablement stioupéfiant qui été arrivé à moâ...

— Une anecdote? — répéta Georges.

— *Aoh! yes!* un petit aventure...

— Racontez-nous ça, monsieur Dickson... — dirent plusieurs voix.

L'Anglais ne se fit pas prier.

— Je sortais de l'hôtel de moâ, Rivoli-Street, — commença-t-il; — et je marchais toot dioucement avec les pieds de moâ pour amener le personne de moâ chez l'honorable Lionel Warton, l'ami de moâ... Toot à coup, au coin de Castiglione-Street et de Vendôme-Square, je havais reçu dans le thorax de moâ le personne d'une gentleman qui ne regardait pas devant les pieds de loui... — Le carambolage de nos fit pirouetter loui, et pirouetter aussi moâ... — Dans le pirouettement le chaîne de montre de moâ se prit dans un bouton de l'ulster de loui...

— C'était un pur et simple filou!... — s'écria Georges.

— Nô! Je disé à voo... ce été une gentleman.

— Cependant la montre...

— Attendez, *if you please*... laissez expliquer moâ... — Après le pirouettement, je regardai le gentleman.

« — *Aoh!* — que je fis, — Sir William Leisterbury!

« Il regarda moâ.

« — Aoh! — qu'il fit, — l'honorable Williams Dickson!...

« Ce été une connaissance très confortable de moâ...

« Il prit le main de moâ... — je pris le main de loui, et je demandai où il allait sans regarder devant les pieds de loui. — Il répondit :

« — Je vais cassé la tête de moâ...

— Lionel, tu ne te battras pas, car ma vie c'est ta vie, et je veux que tu vives !...

« — Casser le tête de voô !!...

« — *Aoh ! yes !*

« — Pourquoi cette cassement ?

« — Je havais emprunté cinquante mille francs que, sur l'honneur de moâ, je devais payer cette matin. — Je havais télégraphié au banquier de moâ pour envoyer l'argent. — L'argent il était pas venu. — Je souis déshonoré et je vais faire sauter le cervelle de moâ.

« Je répondis à loui :

« — Il faut rien faire sauter... où demeurait le prêteur de vôo ?

« Il répondit à moâ :

« — A Montmartre, rue des Nonnes... non... des Abbesses...

— Tiens ! — dit un jeune homme en interrompant le prolixe récit de Williams Dickson. — A Montmartre... rue des Abbesses... Un prêteur d'argent... — je parie qu'il s'agit de René Mattifet.

L'Anglais fit un signe affirmatif.

— *Aoh ! yes !* — Voô gagneriez le guégeure, sir, — reprit-il. — L'honorable usurier de moâ se nomme véritablement René Mattifet.

LVIII

Williams Dickson poursuivit :

— Natiourellement je logeai mon honorable ami sir Humbert Leiterbury dedans une petite fiacre, je montai aussi dedans, et je conduisis loui à Montmartre, rue des Abbesses, où je payai les cinquante mille francs à René Mattifet... — Bref l'ami de moâ n'a pas cassé la tête de loui mais il a vidé la bourse de moâ, ce qui été pas le même chose.

— Bravo ! — dit en riant l'un des joueurs. — Un hourrah pour l'honorable Williams Dickson.

Et les invités crièrent en chœur, à la manière anglaise :

— Hip !... bip !... hourrah !...

Georges Dereyne avait écouté ce qui précède avec une attention profonde.

— Ah ça ! — demanda-t-il, — cet homme d'affaires, ce René Mattifet dont vous parlez, est donc assez riche pour disposer de sommes importantes ?

— Ce été ioune capitéliste très confortèble, — répliqua Williams Dickson. — Il avé prêté plus de deux cent mille francs à l'ami de moâ...

Le jeune homme élégant, que son visage pâle et sa petite toux sèche et fréquente dénonçaient comme ayant usé et abusé de la vie, s'empressa d'ajouter :

— René Mattifet, un charmant garçon ! — Il faut être associé d'agent de change, et par conséquent millionnaire, comme notre ami Georges Dereyne, pour n'avoir jamais entendu parler de Mattifet. — Je ne sais d'où lui vient son argent, mais il remue de gros capitaux. — Il m'a prêté, à moi, soixante-quinze mille francs que je lui ai remboursés sur l'héritage de ma tante, et le petit baron Percival lui doit cent mille francs qu'il va lui rembourser sur l'héritage de son oncle. — Aimable tout à fait, ce bon René ! — Très coulant en affaires ! — De relations faciles ! — Dame ! il fait payer ça, vous comprenez, mais quoi de plus juste ? — D'ailleurs, quand on en a besoin, l'argent n'est jamais trop cher...

Cora, qui ne perdait pas de vue Georges Dereyne, le vit tirer de sa poche un agenda et tracer quelques mots au crayon.

Elle devina qu'il venait d'écrire le nom et l'adresse de René Mattifet, et elle échangea un coup d'œil rapide avec Williams Dickson.

Ce dernier tendit à Georges le chèque signé par Lionel.

Le fiancé de Paula Warton répéta qu'un paiement si prompt était bien inutile, mais finit néanmoins par glisser dans son agenda le précieux chiffon.

Le jeu, un instant interrompu par le récit humoristique de l'Anglais, reprit avec une animation nouvelle.

Georges s'assit à la table de baccarat et se mit à ponter contre la banque de son beau-frère Gontran de Lasseny.

La demie après une heure du matin sonnait aux pendules du petit hôtel quand un valet de pied entra dans le salon, s'approcha du maître du logis et lui parla tout bas.

Lionel fit un mouvement brusque. — Une expression d'étonnement se peignit sur son visage.

Il attendit quelques secondes, se leva, rejoignit le domestique dans le vestibule et lui dit :

— Ainsi, la personne qui désire me parler est une dame?...

— Oui, monsieur...

— Une dame jeune?

— Je le crois, à en juger par sa tournure et par le timbre de sa voix, car un voile épais cache sa figure.

— Lui avez-vous demandé son nom?

— Oui, monsieur; — cette dame refuse de le dire, mais elle affirme qu'il est de très haute importance qu'elle parle à monsieur cette nuit même... — La communication pouvant être sérieuse en effet, j'ai cru devoir prévenir monsieur.

— Où avez-vous conduit cette personne ?

— Dans le boudoir qui touche à la chambre à coucher...

— C'est bien...

Puis Lionel, fort intrigué, ne devinant pas quelle pouvait être cette inconnue qui sollicitait une entrevue au milieu de la nuit et s'obstinait à cacher son nom, franchit le seuil du boudoir où la visiteuse l'attendait.

C'était une petite pièce décorée et meublée de façon fort galante par un tapissier artiste à qui Doménico Séballa avait donné carte blanche, et qui croyait travailler pour un jeune homme à bonnes fortunes.

Des étoffes d'Orient anciennes, brodées de soies aux tons très doux rehaussées de vieil or, tendaient les murailles et le plafond.

Un divan bas, large comme un lit, garni de grands coussins en guise d'oreillers, et deux ou trois chauffeuses amplement capitonnées, semblaient attendre et provoquer les causeries sans fin des amoureux.

Quatre grands miroirs de Venise, encadrés de cristal aux facettes multico-lores, occupaient chacun des quatre panneaux.

Ces miroirs étaient destinés sans doute à reproduire sous tous leurs aspects les jolies têtes brunes et blondes qui viendraient se poser sur la poitrine du maître du logis.

Dans ce boudoir, foulant de ses pieds charmants l'épais tapis de Smyrne, la comtesse Amélie de Lasseny debout, immobile, cachée sous sa dentelle comme sous un masque, comprimant de sa main droite les battements impé-tueux de son cœur, avait les yeux tournés vers la porte prête à s'ouvrir.

Ni la décision, ni l'audace ne lui manquaient, nous le savons ; cependant elle éprouvait quelque trouble en commençant à se rendre compte de l'incroyable excentricité de sa démarche.

Assurément elle ne regrettait rien, mais elle s'étonnait d'avoir osé.

Lionel entra.

Le trouble d'Amélie, au lieu de grandir à sa vue se dissipa comme par enchantement, et son aplomb lui revint tout entier.

— Quand je sortirai d'ici, — pensa-t-elle, — j'aurai un maître, mais qn'ai-je à craindre d'un servage où l'esclave sera la maîtresse ?...

— Vous avez insisté, madame, pour être cette nuit même admise auprès de moi... — dit Lionel en saluant. — Mes habitudes de courtoisie m'ont fait céder à votre requête, qui pouvait cependant me paraître insolite... —Permettez-moi de vous demander, madame, qui j'ai l'honneur de recevoir.

Pour toute réponse Amélie, d'un geste rapide et gracieux, leva son voile et découvrit son visage.

Lionel tressaillit.

— Vous, madame ! — balbutia-t-il. — Vous ! chez moi ! à cette heure !

— Oui, — répliqua la jeune femme en souriant. — Oui, c'est bien moi, à cette heure, et chez vous...

— Quelle folie et quelle imprudence !

— Imprudence et folie ? Pourquoi ?

— Votre mari est ici ! — L'ignorez-vous ?

— Je le sais et c'est pour cela que je suis bien tranquille... — Puisqu'il joue au baccarat rue de Londres, il ne peut s'apercevoir que j'ai quitté la rue Saint-Dominique...

— S'il pénétrait dans cette pièce à l'improviste ?... s'il vous surprenait ? quel scandale !

— Vous avez raison... — répondit la comtesse avec un nouveau sourire. — Je vais rendre une surprise impossible.

Et se dirigeant vers la porte qui donnait accès dans le boudoir, elle poussa d'une main ferme les verrous intérieurs.

Rien de plus significatif que cet acte si simple.

Un homme en aurait à l'instant compris le sens et la portée, et se serait dit :

— Voici la contre-partie du fameux tableau de Fragonard : *Le Verrou!* — Ce sera piquant!

Mais Cora était une jeune fille chaste d'esprit autant que de corps, et ne pouvait deviner certaines impudeurs à peine vraisemblables. — A coup sûr elle n'ignorait point que sous son costume masculin elle avait inspiré des sentiments très vifs à la fille de Martial Dereyne, mais elle ne soupçonnait pas qu'une femme jeune et charmante, une femme bien élevée, une femme du monde, pût s'offrir ainsi brusquement, ou pour mieux dire brutalement, au mépris de toute décence et de toute dignité.

— Enfin, madame la comtesse, — reprit le pseudo-Lionel, — cette visite nocturne, à laquelle j'étais si loin de m'attendre et qui me cause autant de surprise que d'orgueil, a certainement une cause grave...

— Elle en a une, et la plus grave de toutes... — répondit Amélie.

— Puis-je la connaître?

— Vous le pouvez et vous le devez... — Je suis venue pour vous empêcher de jouer votre vie dans un duel absurde et odieux...

— Quoi ! — s'écria Lionel — vous savez?

— Que vous devez vous battre au pistolet avec un cuistre allemand, à huit heures, au bois de Vincennes, près du restaurant de la *Porte Jaune*, oui...

— Mais, qui vous a dit?

— Ce duel est le bruit de Paris... Chez moi, ce soir, tout le monde en parlait.

— Vous comprenez alors combien est sérieux le motif de cette rencontre ?

— Sérieux!... — répliqua la comtesse en haussant les épaules. — Une parole ridicule, dite dans un café, par un drôle qui ne s'adressait point à vous ! — Voilà ce que vous appelez un motif sérieux ! Allons donc !

— Songez qu'on calomniait votre frère et qu'on insultait mes cousines...

— Mlles Warton sont trop au-dessus de toute attaque pour avoir besoin d'être défendues, et quant à mon frère Georges, s'il se trouve offensé, il peut fort bien se défendre lui-même !

Cette logique féminine fit naître un sourire involontaire sur les lèvres de Lionel qui reprit :

— Vous ignorez sans doute, madame, que j'ai souffleté l'insulteur...

— Vous l'avez souffleté !! — s'écria vivement Amélie.

— Sur les deux joues !...

— Bravo !! — Vous vengiez du même coup vos cousines et mon frère... — vous n'avez rien à réclamer...

— Aussi, je ne réclame rien... Mais mon adversaire ne veut pas garder ses soufflets, et je dois me tenir à sa disposition.

— Allons donc! — répéta la comtesse. — Pour être agréable à ce drôle, vous risqueriez de recevoir une balle dans la tête... — C'est ça qui serait insensé !

— C'est une dette d'honneur !

— Vous ne la paierez pas, voilà tout !

— Chère madame, vous figurez-vous vraiment que ce soit possible?.

— Possible et facile... — On ne saurait vous forcer à vous battre...

— Sans doute, mais si demain matin je ne me battais point, demain à midi Paris entier dirait que je suis un lâche, et vingt personnes, avant le soir, vous l'auraient répété.

— Vous savez bien que je ne les croirais pas.

— D'autres les croiraient.

— Que vous importe l'opinion des indifférents et des sots?

— Eh! madame, je n'accepte pas le mépris de mes ennemis!... — Je veux le respect de tous!...

— Ainsi, par amour-propre, vous irez à la mort?...

— Toutes les chances ne sont pas contre moi... — D'ailleurs la certitude même d'un dénouement funeste ne me ferait pas hésiter...

— Si vous mouriez, qui donc protégerait vos cousines?...

— Mlles Warton, grâce au ciel, peuvent se passer de moi... — Les millions qu'elles possèdent leur assurent une indépendance absolue...: — Dans quelques jours l'aînée sera la femme de Georges, qui deviendra son protecteur légitime... — Si je mourais, elles auraient un gros chagrin, pleureraient beaucoup, croiraient leur douleur inguérissable, se consoleraient ensuite et finiraient par oublier... — L'apaisement d'abord... l'oubli après... — C'est la loi commune et personne ne peut s'y soustraire...

LIX

Mme de Lasseny attacha sur Lionel un long regard.

La physionomie du pseudo-nabab exprimait une inébranlable résolution.

— Allons, — pensa la jeune comtesse, — vaincre ne sera point facile, et je vaincrai pourtant... il le faut... je le veux...

Elle ajouta tout haut, en portant la main tour à tour à son front et à sa poitrine :

— La chaleur est étouffante ici... je me sens suffoquée...

— Je vais donner de l'air à cette pièce en ouvrant cette fenêtre... — dit Lionel.

— C'est inutile... — répliqua vivement Amélie, — n'ouvrez pas...

En un tour de main elle enleva son chapeau, se dépouilla de la longue pelisse de soie qui l'enveloppait tout entière, et se trouva tête nue, vêtue simplement de son peignoir mal attaché.

— Ah ! je suis mieux ainsi... — murmura-t-elle en poussant un soupir de soulagement, — je respire...

Lionel, sans deviner encore où la visiteuse en voulait venir, pensait au vers mis par Racine sur les lèvres de Phèdre brûlée d'incestueux désirs :

Que ces vains ornements, que ces voiles me pèsent!

Amélie continua :

— Que me disiez-vous tout à l'heure ? — Croyez-vous vraiment qu'on se console et qu'on oublie si vite ?

— Je le crois, oui, madame... — La vie serait un long supplice si l'on devait pleurer sans fin chaque fois qu'un lien de famille est brisé par la mort...

— Eh ! qui vous parle des liens de famille ? — reprit la comtesse impétueusement. — Que sont-ils à côté des liens du cœur ?... — Si vous mouriez demain vos cousines se consoleraient peut-être, la femme qui vous aime ne se consolerait pas..

— La femme qui m'aime... — répéta Lionel avec un indéfinissable sourire, — existe-t-elle ?

— Elle existe... vous le savez bien...

Lionel secoua la tête.

— Et vous la connaissez... — acheva la comtesse.

— Vous vous trompez, madame, je ne la connais pas...

— Je dis que vous la connaissez et que vous connaissez aussi son amour ! — poursuivit Amélie. — Je dis que dès le premier jour où le hasard vous a mis face à face, dès la première minute où ses yeux ont rencontré vos yeux, vous avez compris qu'elle allait vous aimer... vous avez deviné qu'elle vous aimait déjà... — Je dis que vous avez tout fait pour encourager sa tendresse, pour aviver le feu qui la brûlait !... — Votre voix prenait en lui parlant des intonations molles et caressantes, vos regards cherchaient ses regards et descendaient jusqu'à son cœur, votre main tremblait en touchant la sienne, allumant dans son sang des fièvres inconnues... — Et vous l'avez partagé, cet amour ! — Le don des fleurs mystérieuses, des fleurs d'émail, des fleurs de Danaées, futile souvenir pour les indifférents, n'était-il pas pour moi le plus clair des aveux ?

— Quoi ! — s'écria Lionel avec une apparente stupeur, — cette femme...

— Cette femme, — interrompit la jeune comtesse, — pourquoi feignez-vous de l'ignorer ? C'est moi ! Moi qui vous aime. — Moi qui, sans hésiter, suis venue plaider ici la cause de mon bonheur en péril !... — Moi qui tombe à vos pieds pour vous dire : — Lionel, tu ne te battras pas, car ma vie c'est ta vie, et je veux que tu vives !...

Amélie, joignant la pantomime aux paroles, se laissa tomber à genoux devant le pseudo-nabab et lui saisit les mains qu'elle appuya contre ses lèvres.

Sa chevelure, dénouée dans ses brusques mouvements, ruisselait sur ses épaules presque nues et sur sa gorge dévoilée par le peignoir entr'ouvert.

Dans ce désordre voluptueux, dans cet affolement des sens, elle était splendidement belle, et le chaste Joseph n'aurait résisté qu'à grand'peine à cette enivrante Putiphar.

Un immense dégoût, une répulsion profonde s'emparèrent de Lionel en présence de tant d'impudence et de cynisme. — Son être entier se révolta. — Il lui sembla que les lèvres d'Amélie mettaient une souillure à ses mains. — Son premier mouvement fut de la repousser avec mépris, avec indignation; mais il se souvint du rôle qu'il s'était tracé et reconquit la présence d'esprit nécessaire pour jouer ce rôle jusqu'au bout.

— Relevez-vous, madame... — Relevez-vous, je vous en supplie... — dit-il d'une voix basse et tremblante, en se penchant vers Amélie qu'il attira doucement à lui.

— Ai-je gagné ma cause? — demanda la comtesse, — renoncez-vous à ce duel?...

— Hélas! — murmura le prétendu jeune homme. — Pourquoi sollicitez-vous de moi la seule chose qu'il me soit impossible de vous accorder?...

Mme de Lasseny se releva d'un bond.

— Vous refusez? — s'écria-t-elle.

— Il le faut.

— Vous vous battrez?...

— Je le dois...

— Mes prières sont vaines!... — Mes supplications restent inutiles!... Rien ne prévaut contre votre volonté!

— Rien ne prévaut contre mon honneur, et mon honneur est en jeu.

— En venant ici j'ai fait le sacrifice du mien!! — Ne pouvez-vous me sacrifier le vôtre?

— Je peux tout, excepté cela...

— C'est qu'alors vous ne m'aimez pas!

— Je vous aime, madame, mais j'ai la certitude que vous cesseriez de m'aimer demain si je me déshonorais aujourd'hui...

— Je vous aimerais toujours... je vous aimerais cent fois plus encore...

— Vous vous trompez en croyant cela.

— Mon Dieu!... que faut-il pour vous convaincre?... que faire?... que dire?

— Ne faites rien! Je ne peux pas, je ne veux pas être convaincu...

— Ainsi le duel aura lieu quand même et malgré tout?...

— Oui, madame.

Amélie regarda la pendule et reprit :

— Il est trois heures du matin... — A quelle heure partirez-vous pour le bois de Vincennes?

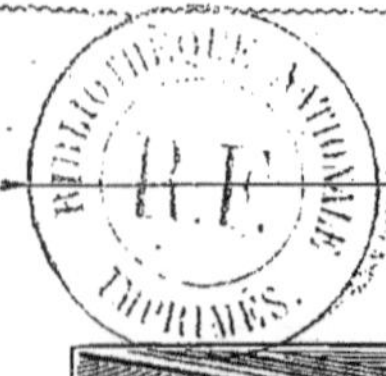

Rose Bonchamp laissa tomber dans le verre une goutte du contenu...

— A sept heures...

— Eh bien ! non, tu ne partiras pas, car tu seras endormi sur mon sein quand sonnera l'heure du départ...

Et la comtesse, jetant ses bras autour des épaules de Lionel, l'étreignit avec une violence de passion irrésistible et chercha ses lèvres en murmurant :

— Je t'adore et je suis à toi...

Le rôle du pseudo-nabab devenait insoutenable si la marche de cette étrange scène ne se modifiait sans retard.

Lionel recula brusquement en dénouant l'étreinte des bras voluptueux qui l'enlaçaient.

Amélie le regarda stupéfaite.

Elle se savait si belle et si désirable qu'aucune humiliation ne se mêlait à son étonnement.

— Vous me repoussez... — balbutia-t-elle, — et tout à l'heure vous m'avez dit : *Je vous aime !*

— Je l'ai dit, et c'est vrai... Je vous aime...

— Et cependant vous me repoussez !! — répéta la comtesse.

— Écoutez-moi, madame... — reprit Lionel, — le moment est venu d'une explication que j'aurais voulu reculer, mais que les circonstances m'imposent... — Oui, j'en conviens, je n'ai pas lutté contre la domination que votre beauté radieuse exerçait sur mon cœur... Je me sentais entraîné vers vous et je m'abandonnais... Je sentais d'ailleurs que toute résistance serait vaine car le courant était irrésistible... — Aujourd'hui je vous appartiens comme vous m'appartenez, et nos âmes sont unies indissolublement...

Lionel se tut pendant une seconde.

Amélie, ne comprenant pas grand'chose à cette quintessence de sentiments raffinés, se demandait :

— Où veut-il en venir ?... — J'attendais de lui des baisers et non pas des paroles !

Il reprit :

— Oui, nos âmes sont unies, mais notre union ne saurait devenir plus complète... — Il existe entre nous un obstacle...

— Un obstacle ? — répéta la jeune femme.

— Insurmontable...

— Lequel ?...

— Le comte de Lasseny.

— Comment ? — Je ne vous comprends pas...

— On n'est point le maître de son cœur, mais on est le maître de ses actes... — continua Lionel. — L'idée du partage me fait horreur, et je me suis juré de n'être jamais l'amant d'une femme à qui un autre homme que moi aurait le droit de dire : Je t'aime !! — Or, M. de Lasseny a ce droit.

— Le comte est mon mari ! — répondit Amélie.

— Qu'importe ? — Je sais qu'ils sont nombreux ceux à qui ma façon d'envisager les choses du cœur semblerait insensée ! — Je suis un excentrique peut-être, mais ni mon amour, ni mon orgueil n'admettent les droits du mari, ce tyran donné par la loi, vous l'avez dit vous-même ! — La femme dont je serai l'amant doit n'appartenir qu'à moi seul !

— Alors, si j'étais libre ? — murmura la comtesse haletante.

— A quoi bon supposer l'impossible ?...

— L'impossible ? pourquoi l'impossible ?

— Vous ne pouvez conquérir votre liberté que par le veuvage...

— Eh bien ?

— Le comte est jeune et fort...

— Combien on en a vu partir en pleine jeunesse, en pleine force...

— C'est vrai... la mort frappe au hasard...

— Enfin, si j'étais veuve ?...

— Je serais tout à vous qui ne seriez qu'à moi...

— C'est ce que je voulais savoir ! — s'écria Mme de Lasseny. — Va donc te battre puisqu'il le faut, mais souviens-toi que je t'adore et défends bien ta vie qui m'appartient...

Elle s'enveloppa dans sa pelisse avec rapidité ; elle tordit sur sa tête sa longue chevelure aux tons de cuivre dont son chapeau contint à peine les masses révoltées.

— Adieu, — dit-elle, — ou plutôt au revoir... Je serai bientôt libre...

Elle saisit des deux mains la tête de Lionel, lui mit un baiser sur les lèvres sans qu'il pût s'en défendre, puis, abaissant son voile, se dirigea vers la porte, tira les verrous et sortit.

En sentant la bouche d'Amélie effleurer la sienne, Cora Bernier avait tressailli comme au contact d'un reptile.

Pendant quelques secondes l'étonnement la paralysa, elle qui ne s'étonnait de rien.

A plusieurs reprises, avec un immense dégoût, elle passa son mouchoir sur sa figure qui lui semblait flétrie par le baiser de la comtesse.

— Ah ! misérable créature, — murmura-t-elle enfin, — que tu es bien digne de ton père ! — Le sang qui coule dans tes veines est du sang d'assassin ! — Martial Dereyne tuait pour s'enrichir... — Tu vas tuer pour satisfaire un caprice de ta luxure ! — Race de meurtriers ! Race infâme ! — Heureusement Dieu est juste et je veille ! — Gontran vivra malgré ton crime, et c'est toi qui seras frappée !

Cora, par un effort inouï de volonté, chassa les pensées noires qui l'obsédaient.

Elle se regarda dans un des grands miroirs de Venise occupant les quatre panneaux du boudoir ; — elle rasséréna son visage assombri et regagna le salon de jeu où son retour fut accueilli par des plaisanteries gauloises au sujet des jolies femmes qui venaient le relancer au milieu de la nuit.

— Bah ! — s'écria en riant Gontran de Lasseny. — Notre ami Lionel a vingt-cinq ans à peine ! — Il faut que jeunesse se passe ! !

— Vous avez raison, cher comte, — répondit le pseudo-nabab en souriant.

Georges Dereyne était en train de perdre au baccarat ce qu'il venait de gagner à l'écarté à l'Anglais Williams Dickson.

LX

Amélie, en sortant de l'hôtel, regagna sa voiture et donna l'ordre au cocher de la reconduire à l'endroit où il l'avait prise, c'est-à-dire au point d'intersection de la rue du Bac et de la rue Saint-Dominique.

Tandis que la voiture roulait, elle se pelotonna dans un des angles et se mit à rêver tout éveillée.

D'abord un sourire de Ménade entr'ouvrit ses lèvres pourpres et découvrit ses dents éblouissantes.

Elle pensait à Lionel que son imagination délirante lui montrait à ses genoux ou plutôt dans ses bras.

Quelques secondes plus tard un nuage obscurcit sa figure ; — ses yeux se voilèrent ; — ses sourcils contractés creusèrent un pli sur son front pur.

Elle venait de voir l'image de Gontran, son mari, son maître, se dresser ainsi qu'une barrière entre elle et celui qu'elle aimait.

Un frisson convulsif passa sur sa chair.

Ses mains s'étendirent machinalement, comme pour repousser une apparition odieuse.

— Je ne me trompais pas ! — dit-elle presque à voix haute. — J'avais compris le sens mystérieux des fleurs de Danaées. — Lionel, ardemment épris de moi, n'admet pas de rival !... — Il est jaloux des droits d'un mari !... — il veut que je sois veuve... il m'ordonne d'être libre... — j'obéirai au maître que mon cœur se donne ! — je serai libre, car je serai veuve.

La jeune femme s'abandonnait à sa rêverie si menaçante pour le comte Gontran de Lasseny.

Le fiacre l'interrompit en s'arrêtant à l'endroit désigné.

Amélie descendit, donna au cocher la pièce d'or promise, gagna la rue parallèle à la rue Saint-Dominique, rouvrit la porte pratiquée dans la muraille d'enceinte, traversa le jardin, franchit le seuil de l'hôtel et regagna son appartement sans que personne eût constaté ou même soupçonné son absence.

Rentrée chez elle, son premier soin fut de se débarrasser de sa pelisse et de son chapeau ainsi qu'elle l'avait fait chez Lionel, mais au lieu de les jeter sur un meuble, elle eut soin de les reporter à leur place habituelle, afin que sa femme de chambre ne s'aperçût point qu'ils avaient été complices de quelque sortie nocturne et clandestine.

Elle quitta son peignoir de couleur claire pour en revêtir un autre plus sombre. — Elle mit dans sa poche un petit flacon de cristal et un canif dont elle se servait au pensionnat pour tailler ses plumes ; elle alluma un bougeoir, redescendit au rez-de-chaussée par l'escalier de service, gagna de nouveau le vestibule, traversa les salons et pénétra dans le jardin

Au moment de s'enfoncer sous la voûte que formaient les végétations entrelacées, elle s'arrêta, prêta l'oreille et, faisant de sa main une sorte de réflecteur, jeta les yeux autour d'elle.

Tout était silencieux et calme comme deux heures auparavant, au moment de son départ.

Cette immobilité absolue, ce profond silence que troublait seul le murmure doux et monotone du filet d'eau tombant dans la vasque de marbre rouge, lui donnèrent une sécurité complète.

Elle se dirigea d'un pas rapide, par une allée sinueuse pratiquée entre les massifs, vers l'extrémité du jardin d'hiver voisine du tir au pistolet.

A la voir glisser ainsi parmi les arbustes et les plantes aux formes bizarres éclairées vaguement par la lumière qu'elle portait, on l'eût prise pour une apparition fantastique suivant un feu follet dans sa course.

Un peu avant d'arriver au tir, Amélie s'arrêta.

Elle se trouvait en face d'une caisse carrée de grande dimension, de laquelle émergeait un arbuste ou plutôt un arbre au feuillage pâle.

De jolis fruits roses, ressemblant beaucoup à la pomme d'api des potagers d'Europe, tranchaient çà et là sur ce feuillage.

Nos lecteurs ont déjà reconnu cet arbre.

C'était le mancenillier qui quelques soirs auparavant avait servi de prétexte au petit cours de toxicologie végétale fait par Lionel Warton devant un auditoire de jolies femmes.

La comtesse regarda l'arbre meurtrier.

Quoiqu'il ne fût pas de très haute taille elle n'en pouvait atteindre que les basses branches, et c'est aux rameaux les plus jeunes, par conséquent les plus élevés, qu'elle voulait demander leur sève.

Elle jeta de nouveau les yeux autour d'elle et vit à quelques pas, dans une allée voisine, une de ces échelles doubles roulantes que la plus légère secousse met en mouvement et dont se servent les jardiniers dans les serres, où l'on ne peut appuyer contre les vitrages les montants d'une échelle ordinaire.

Amélie la poussa vers l'arbre, gravit quelques échelons puis, quand elle se trouva à une hauteur suffisante, elle ouvrit le canif qu'elle avait apporté, incisa presque au niveau de la tige trois ou quatre rameaux naissants, et attendit.

Son attente fut courte.

Au bout de quelques secondes une goutte laiteuse apparut sur chacune des incisions et grossit rapidement.

Lorsque ces gouttes furent au moment de se détacher, Amélie les reçut dans son flacon; — d'autres se reformèrent aussitôt, qu'elle recueillit de même.

Avant qu'un quart d'heure se fût écoulé, le récipient de cristal était à demi plein.

La comtesse le referma, le glissa dans son corsage, descendit les échelons qu'elle venait de gravir, fit rouler l'échelle à la place où les jardiniers l'avaient laissée, et reprit pour la seconde fois le chemin de son appartement où elle arriva sans encombre et où elle s'enferma.

Retirant alors le flacon de sa cachette embaumée elle l'approcha de la lumière et le regarda avec un étrange sourire.

— Que de choses et de grandes choses sous ces frêles parois de cristal! — murmura-t-elle. — La mort! la liberté! l'amour!

Le flacon disparut ensuite dans le tiroir d'un meuble dont la clef ne quittait jamais Mme de Lasseny qui, brisée de fatigue, se mit au lit vers cinq heures du matin, presque au moment où le jour allait paraître, et s'endormit d'un profond sommeil.

*
* *

Rose Bonchamp, — nous croyons l'avoir indiqué plus haut d'une façon suffisamment explicite, — prenait l'habitude de quitter mystérieusement l'hôtel de l'ex-armateur, deux ou trois fois par semaine, quand le valet de chambre et la cuisinière étaient couchés.

Elle se faisait conduire à Montmartre et passait le reste de la soirée et une partie de la nuit près de René Mattifet, son ami de cœur, son mari futur.

Presque au moment où la comtesse Amélie s'endormait rue Saint-Dominique Rose Bonchamp se réveillait rue des Abbesses et s'empressait de se lever et de s'habiller pour retourner prendre ses fonctions de garde-malade à côté de Martial Dereyne.

L'agent d'affaires, très matinal, était depuis longtemps levé et classait des dossiers dans la pièce étroite et poudreuse qui lui servait de cabinet de travail.

Rose, coiffée, chaussée, gantée, son chapeau sur la tête, et tenant de la main gauche le petit sac en cuir de Russie où elle mettait son corset roulé dans un journal du soir, ouvrit la porte de ce cabinet et entra.

— Tu pars? — lui demanda Mattifet.

— Oui, mon chéri. — Hélas! il le faut. — Mon bonheur est ici, tu le sais bien! — Sans toi, je suis comme une pigeonne dont on a mangé le pigeon aux petits pois... — Je sens un vide énorme et je roucoule avec mélancolie... — Mais il faut penser à l'avenir, pas vrai, et avaler sans mot dire bien des couleuvres? — Je viens donc, mon chéri, t'embrasser sur les *œils* et te demander si tu as décidé quelque chose...

— Oui, — répondit René.

— Quoi? — reprit Rose.

— Il faut agir.

— Quand?

— Dès aujourd'hui...

— C'est bon, j'agirai... — Donne-moi ce que tu sais...

Mattifet quitta son siège, ouvrit un tiroir, y prit une petite fiole enveloppée de papier bleu, pas beaucoup plus grande que le flacon de la comtesse Amélie, et tendit cette fiole à Rose qui la mit dans son sac.

— Alors tu crois, — fit-elle ensuite, — que ça suffira pour en finir?...

— Ça suffirait pour envoyer dans un monde meilleur trois ou quatre gaillards plus solides que Martial Dereyne...

— Comment ça s'emploie-t-il?

— De la façon du monde la plus simple... — il me semblait te l'avoir déjà dit...

— C'est possible, mais j'ai oublié...

— Écoute donc, et souviens-toi : — Une goutte aujourd'hui...

— Bon!...

— Demain, deux...

— Parfait!

— Pendant deux jours rien, et après ces deux jours quatre gouttes...

— Et ensuite?

— Ensuite, nous verrons. — Je te donnerai des instructions nouvelles si c'est nécessaire...

— Et rien à craindre de la justice? — Tu sais comme elle est bégueule, la justice...

— Absolument rien...

— Tu en es sûr?

— Oui. — Le poison que tu emportes tue sans laisser de traces...

— C'est ce qu'il faut... — A bientôt, mon grand chien-chien...

— A bientôt, ma grosse poulette...

Après avoir échangé ces petits noms d'amitié accompagnés de baisers sonores, les deux misérables se séparèrent.

— Il sera bientôt riche, grâce à moi, mon René, cet amour d'homme! — se disait Rose Bonchamp en s'éloignant.

— Oui vraiment, la brucine est un poison commode! — pensait Mattifet resté seul. — C'est lui qui me débarrassera de cette vieille folle de Rose quand je tiendrai l'argent.

L'ex-femme de charge prit à la barrière une voiture qui la conduisit rue du Rocher.

Le valet de chambre et la cuisinière faisaient la grasse matinée depuis la maladie du maître, ce qui permit à Rose de rentrer sans être vue.

Elle quitta sa toilette de ville pour une robe de chambre, glissa la petite fiole dans sa poche et franchit le seuil de l'appartement de Martial avec autant de précautions qu'en avait pris la comtesse Amélie pour aller recueillir dans le jardin d'hiver le poison qui devait tuer son mari...

Dereyne, étendu sur le dos et les yeux fermés, dormait d'un profond sommeil.

Rose s'approcha du lit.

Sur la table de nuit se trouvait, comme d'habitude, une carafe de tisane et un verre.

Ce verre était à demi plein.

Rose Bonchamp déboucha la fiole donnée par Mattifet, et d'une main qui ne tremblait pas laissa tomber dans le verre une goutte de son contenu.

Martial fit un mouvement.

La garde-malade fit disparaître la fiole sous la guimpe de son plantureux corsage.

Le paralytique ouvrit les yeux.

Rose aussitôt se pencha vers lui, et l'embrassa du bout des lèvres en lui disant d'un ton câlin :

— Je viens voir, mon ami, si vous avez dormi d'un bon sommeil?

Les paupières de Martial s'abaissèrent affirmativement.

— Alors, — reprit Rose, — vous vous trouvez mieux ce matin?...

Même réponse.

— Ah! que vous me rendez contente! — s'écria la maîtresse de René Mattifet. — Vite, buvez un verre de votre potion, et vous serez tout à fait bien, c'est moi qui vous le dis!...

LXI

Rose Bonchamp passa le bras droit sous les épaules du paralytique pour le soulever, puis elle prit de la main gauche le verre qu'elle venait de remplir jusqu'aux bords, et l'approcha des lèvres de Martial qui le vida d'un trait.

Ses yeux remercièrent Rose de sa sollicitude.

L'hypocrite créature remit le verre sur la table et, après avoir arrangé les oreillers, laissa retomber doucement la tête de Martial.

Elle l'embrassa de nouveau sur le front en lui disant d'un ton enfantin :

— Là, maintenant, cher bon ami, il faut faire dodo, bien gentiment, une heure ou deux... — Je viendrai vous éveiller moi-même quand il sera temps de déjeuner.

Ensuite elle sortit de la chambre, calme, contente d'elle-même et le sourire aux lèvres.

L'œuvre de mort était commencée.

Retournons à l'hôtel de la rue de Londres.

On avait joué jusqu'au point du jour, mais à six heures du matin il ne restait plus dans le salon que Lionel Warton, Léopold Dereyne, Lambert Massol et le docteur noir.

Au troisième coup une double détonation retentit.

Un peu avant sept heures nos quatre personnages prirent place dans un landau qui les attendait à la porte et qui partit à la plus vive allure de ses grands trotteurs anglo-normands.

On arriva de dix minutes en avance près du restaurant de la *Porte Jaune*, lieu du rendez-vous.

Jacob Schuler (de Berlin) ne se mit d'ailleurs point en retard, et à huit heures moins cinq minutes descendit d'une voiture de louage avec ses témoins, non moins Allemands et non moins boursiers que lui.

Les adversaires échangèrent un salut et prirent le chemin d'une allée voisine, très propice pour un duel au pistolet.

Des deux côtés on avait apporté des armes.

On tira au sort pour savoir desquelles on se servirait, le hasard favorisa Jacob Schuler.

Lionel Warton et le Berlinois furent placés à trente pas l'un de l'autre, un pistolet chargé à la main.

Ils devaient faire feu au signal convenu, à moins que l'un d'eux n'usât de son droit après avoir essuyé le feu de son adversaire, et ne parcourût un espace de cinq pas avant de riposter.

Jacob Schuler était pâle. — Un cercle de bistre entourait ses orbites. — Un tressaillement nerveux agitait ses paupières et ses lèvres.

Ayant appris par hasard dans la soirée que Lionel Warton était un tireur de premier ordre, il avait peur, effroyablement peur.

Par avance il lui semblait se voir étendu sur la mousse, sanglant, inanimé, une balle dans la tête ou dans la poitrine.

Malheureusement, après avoir reçu des soufflets en plein *Café Riche*, reculer était chose impossible, à moins de s'exposer aux railleries sans fin et aux quolibets incessants de tous ses collègues de la Bourse.

Donc il allait de l'avant, mais sans la moindre conviction, et — (pour emprunter une expression pittoresque au langage populaire) — *comme un chien qu'on porte à la chasse.*

Lionel Warton, aussi calme qu'aux Champs-Élysées chez Gastinne-Renette, ou dans le tir du jardin d'hiver de l'hôtel de Lasseny, attendait le signal.

Le témoin désigné par le sort frappa trois coups de suite dans ses mains.

Au troisième coup une seule détonation retentit.

Jacob Schuler abaissa son pistolet fumant.

Le pseudo-nabab restait debout et le sourire aux lèvres.

Il fit cinq pas en avant et s'arrêta.

— Tirez ! mais tirez donc ! — crièrent les témoins du Prussien.

Ce dernier s'efforçait de sembler résolu, mais il tremblait de tous ses membres et de grosses gouttes de sueur perlaient sur son front livide.

— Je tirerai, — répondit Lionel, — mais uniquement pour prouver à monsieur que je lui fais grâce.

Une hirondelle passait au-dessus de l'allée, théâtre de la rencontre.

Lionel leva son arme sans presque viser, et pressa la détente.

La pauvre hirondelle tomba morte aux pieds du Prussien terrifié.

Le pseudo-nabab s'approcha de lui.

— Vous le voyez, monsieur, — dit-il, — je n'avais qu'à vouloir pour vous tuer... — En convenez-vous ?...

— J'en conviens... — balbutia Schuler.

— Convenez-vous que vous avez eu tort de porter atteinte par des propos calomnieux à la bonne renommée de Mlles Warton que vous n'avez pas l'honneur de connaître ?

— J'en conviens... — répéta l'Allemand.

— Regrettez-vous cette conduite inconsidérée ?

— Je la regrette.

— Regrettez-vous également d'avoir tenté de nuire à la considération de M. Georges Dereyne ?

— Certes, monsieur, et j'aurais fait cet aveu plus tôt, mais mon honneur me défendait de paraître reculer devant le péril...

— C'est bien... — Je n'en voulais pas davantage... — Vos témoins et les miens répéteraient au besoin les paroles qu'ils viennent d'entendre... — Adieu, monsieur ; que ceci vous serve de leçon... — Messieurs, je vous salue...

Lionel prit le bras de Lambert Massolpuis, suivi de Léopold et de Jocelyn, il regagna le landau, jeta ses deux témoins sur le boulevard des Italiens et regagna Saint-Ouen avec le docteur noir.

Au moment de se séparer du plus jeune fils de Martial Dereyne, il lui avait dit :

— Mon cher Léopold voulez-vous me rendre un service ?

— J'espère que vous n'en doutez pas ?

— Je n'en doute pas, c'est vrai.

— De quoi s'agit-il ?

— Tout simplement d'aller rue Saint-Dominique apprendre l'heureuse issue de ce duel à votre beau-frère, qui m'a témoigné cette nuit beaucoup d'intérêt et m'a fait promettre de le rassurer le plus tôt possible. — Chargez-vous d'acquitter ma parole.

— Regardez la chose comme faite.

Léopold s'empressa de se rendre à l'hôtel de Lasseny, et Gontran se hâta de raconter à sa femme que Lionel, sain et sauf, venait de se conduire avec la plus chevaleresque générosité en épargnant un adversaire qui ne méritait aucune pitié.

Deux heures plus tard on parlait dans tout Paris du duel de la Porte Jaune, et la sympathie qu'inspirait généralement le cousin des *filles de bronze* grandissait encore.

Dans l'après-midi Georges Dereyne vint à Saint-Ouen.

Cette visite avait un double but : — Faire sa cour de fiancé à Paula Warton, et remercier Lionel qui, somme toute, s'était battu le matin pour son compte.

Le pseudo-nabab l'attendait, le retint à dîner et lui dit :

— Vous ne serez pas seul avec nous... — J'attends d'un moment à l'autre votre adversaire de la nuit passée, mon ami Williams Dickson...

— Un très galant homme qui n'est pas heureux à l'écarté... — fit Georges en souriant.

— Vous lui avez gagné vingt-cinq ou trente mille francs, je crois.

— Oui, mais je n'ai pas su les garder... — le baccarat m'a fait rendre gorge, et j'ai dû endosser au profit d'un plus heureux que moi le chèque remis par vous à M. Dickson pour s'acquitter...

— Vous êtes joueur comme les cartes, mon cher Georges... — fit Lionel en riant. — Je comprends la passion du jeu, et je la partage dans une certaine mesure, mais elle est bien dangereuse et je vous engage à rompre avec elle aussitôt après votre mariage... — Il ne faut pas risquer de ruiner ma cousine, que diable !...

— Ah ! — s'écria l'associé d'agent de change avec chaleur, — dès que l'adorable Paula sera ma femme, je ne toucherai plus une carte ! — Je me suis juré cela à moi-même et je tiendrai mon serment.

— Bravo ! — J'aime à vous voir aussi carré dans vos résolutions, et je suis convaincu que ma cousine sera très heureuse avec vous.

Rien en apparence ne pouvait entraver désormais le mariage de Georges et de Paula Warton. — L'immense fortune de la jeune fille paraissait acquise au fiancé puisque, moins de trois semaines plus tard, un bon contrat bien en règle lui donnerait le droit de disposer à sa guise de cette fortune.

En réalité la situation du fils aîné de Martial Dereyne était effroyablement difficile.

Ruiné de fond en comble — (et même plus que ruiné puisque, son actif étant nul, la dette le débordait) — il se voyait dans la nécessité absolue de faire de grandes dépenses, la corbeille de noces devant être digne d'une fiancée six fois millionnaire.

Georges ne s'était point inquiété d'abord de ces détails.

Il comptait trouver partout un très ample crédit, et ses prévisions avaient paru dans le premier moment se réaliser.

Sa qualité d'associé d'agent de change et la richesse princière de la future Mme Dereyne inspiraient une confiance à peu près sans bornes. — Les marchands ne demandaient qu'à lui vendre les choses les plus belles et les plus chères. — Ils savaient trop bien vivre pour parler d'un paiement prochain. — Ils s'estimaient heureux d'avoir à faire de grosses fournitures donnant lieu à de plantureux mémoires, et trouvaient naturel d'accorder terme et délai.

— Les choses iront sur des roulettes... — se disait Georges en se frottant les mains, et en voyant plus que jamais l'avenir à travers un prisme couleur de rose.

Un beau jour, et pour ainsi dire d'une heure à l'autre, tout changea.

Les fournisseurs, très chauds la veille, devinrent subitement plus froids que glace, sans qu'il fût possible à Georges de deviner la cause de ce brusque revirement.

Certes ces industriels voulaient vendre et feraient de leur mieux pour satisfaire un client aussi distingué, mais les temps étaient durs, les affaires difficiles, les banquiers soupçonneux, les escompteurs rapaces ; bref, ils ne pouvaient traiter que contre argent comptant, ou du moins contre une somme représentant au moins les deux tiers de la valeur des objets vendus.

— Sauf le cas, — ajoutaient-ils, — où M. Lionel Warton consentirait à donner sa garantie, car la garantie de M. Lionel Warton vaut des billets de banque.

Or, cette garantie, Georges ne pouvait la demander, et cela pour une foule de raisons péremptoires que nous jugeons superflu d'énumérer...

Le plus splendide avenir que pût rêver le jeune homme allait-il donc s'écrouler au dernier moment, faute d'une corbeille de mariage ?...

Ce n'est pas tout.

Les fournisseurs dont les livraisons avaient eu lieu, tapissiers, carrossiers, marchands de chevaux, etc., et qui s'étaient contentés de la promesse d'un paiement prochain, devinrent intraitables comme si quelque mystérieuse influence les faisait agir.

Ils demandaient, ils exigeaient même des acomptes avec une insistance médiocrement polie et, n'obtenant rien, ils menaçaient d'envoyer du papier timbré, ou — (chose plus effrayante encore) — de s'adresser à Lionel Warton et de lui demander si leurs factures seraient soldées le lendemain de la noce, sur la fortune personnelle de sa cousine...

LXII

Bref il fallait de l'argent à Georges Dereyne, il lui en fallait à tout prix et sans le moindre retard.

Aussi nous l'avons vu prendre l'adresse de René Mattifet, l'homme d'affaires escompteur de la rue des Abbesses, en état, disait-on, de prêter une forte somme.

Le fils aîné de Martial avait assez d'empire sur lui-même pour cacher ses préoccupations à tous les yeux, sauf à ceux de Lionel et, quand Paula vint le rejoindre au salon, il se montra près d'elle galant et empressé, comme il convenait à un fiancé bien épris.

Un peu avant l'heure du dîner arriva Jean Renaud sous les traits de Williams Dickson, esquire, propriétaire de Dickson-Park dans le Midland.

L'Anglais apocryphe qui jouait son rôle avec une perfection dont Brasseur, Dupuis ou Berthelier auraient été jaloux, serra chaudement les mains de son adversaire de la nuit précédente et se félicita de la rencontre.

A table il fut étourdissant d'humour britannique et, après avoir fait honneur dans les proportions les plus larges aux grands vins de la cave du château, il annonça que le lendemain il comptait partir pour *le Souisse*, et que son absence durerait au moins un mois.

— Comment, — s'écria Lionel, — vous quittez Paris après-demain?...

— *Aoh! yes...*

— Je vous croyais très amateur des choses du sport.

— Je été boocoup... boocoup... *aoh! yes.*

— Et vous ne seriez pas à Chantilly dimanche? — J'ai deux chevaux engagés, *Blue Devil* et *Miss Lowe*... Mon entraîneur me promet un succès... — J'espérais que vous en seriez témoin...

— *Aoh!* je regretté véritablement... Je souis peiné toot à fait, mais je avé donné rendez-vous à sir Arthur Lesling, un honorable ami de moâ, sur la plus haute étage de le Mont-Blanc...

— En ce cas je n'ose insister...

Dans les hasards de la conversation — hasards fort habilement combinés sans doute — Lionel parla de l'agent de change dont Georges était l'associé.

— Vôos été le associé?... — fit l'Anglais.

— Oui, cher monsieur, tout à votre service...

— Je volé, alors, véritablement, demander une petite service à vôos...

— Disposez de moi... — De quoi s'agit-il ?

— Donnez à moâ, *if you please*, l'adresse de vôos... — J'irai demain faire le petit visite à vôos...

— Voici ma carte... — J'aurai le plaisir de vous attendre jusqu'à midi.

Le lendemain, à onze heures, Williams Dickson arrivait rue de la Chaussée-d'Antin, tenant sous le bras gauche un volumineux portefeuille de maroquin noir.

Après les premiers compliments il tira de ce portefeuille des liasses de titres, et il expliqua qu'il priait Georges de vouloir bien, en sa qualité d'intéressé dans une charge d'agent de change, prendre en dépôt pendant son absence des actions nominatives de chemin de fer, représentant une somme de trois cent vingt mille francs, et les enfermer dans sa caisse où elles seraient beaucoup plus en sûreté qu'au fond de la valise d'un touriste.

— Je m'en chargerai volontiers pour vous obliger, — répondit le fils de Martial.

— *Aoh! yes!* vôos obligerez moâ boocoup.

— Ces actions représentent, m'avez-vous dit, trois cent vingt mille francs?...

— *Yes...* — Comptez...

Georges feuilleta rapidement les titres que l'Anglais tirait du portefeuille et étalait devant lui.

— C'est parfaitement exact... — reprit-il. — Je vais vous faire un reçu.

— Je volé bienne, pour le régularité de le opération, quoique je havais toote confiance...

Le fiancé de Laura écrivit et signa un reçu bien en règle que Williams Dickson mit dans son portefeuille à la place qu'occupaient les titres un instant auparavant, puis il se répandit en protestations de gratitude, serra les mains de Georges à lui faire craquer les phalanges, et se retira.

Il alla s'attabler à la *Maison d'Or*, se fit servir un déjeuner copieux, arrosé de deux bouteilles, l'une de Pontet-Canet, l'autre du merveilleux La Tâche-Romanée du clos fameux de Jules Régnier, de Dijon, prit son café brûlant, dégusta deux ou trois petits verres de fine champagne, alluma un cigare d'une grande marque de la Havane, et fit un tour sur le boulevard pour aider à la digestion.

Vers une heure il gagna la rue Drouot, et entra dans l'hôtel des commissaires-priseurs.

C'était le jour désigné pour la vente des meubles achetés à Vincennes par le marchand de vin logeur de la route d'Ivry, et saisis après faillite.

Williams Dickson, ou plutôt Jean Renaud, franchit le seuil de la salle numéro 11, la première à droite dans la galerie du rez-de-chaussée, en entrant par la rue Drouot.

La salle numéro 11 est vaste, mais exclusivement consacrée à des ventes de mobiliers qui sont rarement luxueux.

Les amateurs millionnaires de tableaux, d'objets d'art, de bibelots précieux, ne s'y donnent jamais rendez-vous.

Au moment de l'arrivée de Jean il y avait déjà beaucoup de monde.

Le banc le plus voisin de la rangée de tables séparant le public de l'espace réservé au bureau du commissaire-priseur et de son greffier, et où circulent le crieur et les commissionnaires de l'hôtel, était occupé par les gens dont le métier est de suivre les ventes par autorité de justice, offrant généralement de *bons coups* à faire, c'est-à-dire des objets mobiliers à acheter bien au-dessous de leur valeur réelle, et parfois presque pour rien.

Marchands de meubles d'occasion, marchandes à la toilette, auvergnats jargonnant un *charabia* incompréhensible, brocanteurs sordides entassant dans des boutiques poudreuses des objets disparates, qui semblent invendables et qui pourtant trouvent des acquéreurs, se livraient à des colloques animés, en attendant l'ouverture de la séance.

Le faux Anglais se faufila à travers la foule et vint se placer derrière ce banc, dans un angle, près du mur de gauche.

Il examina très attentivement ceux qui l'avaient précédé et ne parut pas découvrir ce qu'il cherchait, car une sorte de désappointement se peignit sur sa figure.

Le commissaire-priseur fit son entrée, suivi de son greffier, par la porte des magasins situés derrière les salles et dont une consigne rigoureuse interdit l'accès au public ; — il prit place au bureau, sortit d'une serviette d'avocat différents papiers qu'il étala devant lui, donna quelques ordres au crieur et aux commissionnaires, frappa deux petits coups avec son marteau d'ivoire à manche d'ébène, et dit, ou plutôt bredouilla la phrase sacramentelle :

— Messieurs, la vente commence... — Elle sera faite au comptant... — Les adjudicataires paieront cinq centimes par franc en sus du prix d'adjudication...

Les commissionnaires firent alors passer sur les tables des lots de menu bric-à-brac qui ne valaient pas grand'chose et se vendaient à des prix dérisoires.

Quelques objets d'une valeur plus appréciable quoiqu'encore minime vinrent ensuite, et c'est à peine si les prix montèrent.

Les enchères ne marchaient pas, malgré les louables efforts du crieur qui s'enrouait à vanter le mérite transcendant des plus misérables loques.

La vente s'annonçait mal. — Les ventes ont leurs destins ! — Le succès en ces matières est une affaire de concurrence. — Si la concurrence fait défaut, c'est un désastre pour le vendeur.

La batterie de cuisine, la vaisselle, la verrerie, les lithographies mal encadrées qui faisaient l'ornement des chambres garnies, s'adjugeaient sans la moindre lutte pour des sommes insignifiantes.

Jean Renaud commençait à trouver le temps long et, malgré le flegme imposé par son travestissement d'insulaire, il donnait malgré lui quelques signes d'impatience.

Le défilé d'une dizaine de lits de noyers ou d'acajou, *munis de leur literie*, acheva de mettre sa patience à une rude épreuve.

Enfin le crieur public fit entendre ces mots :

— Nous allons vendre un secrétaire... un joli secrétaire en très bon état.

Les commissionnaires prirent le meuble en question et le placèrent bien en vue du public sur l'une des tables formant la séparation.

Le crieur continua :

— Examinez, messieurs... — C'est un secrétaire Louis XVI... garni de cuivres de l'époque, avec son dessus en marbre... le tout en parfait état... — Le panneau s'abaisse... — Dix tiroirs à l'intérieur... — Un joli meuble, messieurs, et garanti du temps... — Il y a de l'argent à gagner pour l'acquéreur en redorant les cuivres... on le vendrait cher aux amateurs de meubles anciens au premier étage... — Ici, nous donnons tout pour rien... — Y a-t-il marchand à cent cinquante francs ?

Personne ne répondit.

— Y a-t-il marchand à cent francs ? — reprit le crieur.

Même silence.

— Y a-t-il marchand à quatre-vingt ? — Messieurs, ne parlez pas tous à la fois...

Un rire universel accueillit cette plaisanterie qui ne manque jamais son effet.

Sans se décourager, et tout en riant lui-même, le crieur poursuivit :

— Tonnerre! — s'écria-t-il. — Nous sommes volés!... volés par cet Anglais.....

— Y a-t-il marchand à soixante?

— Marchand à trente-cinq... — répondit un brocanteur.

— Trente-six... — fit une voix enrouée qui partait de l'extrémité opposée du banc, tout près de la muraille de droite.

Jean Renaud tressaillit, se pencha vivement et jeta un regard sur l'enché-risseur.

C'était un personnage qu'il n'avait pas remarqué d'abord, un petit vieux malpropre et mal vêtu, à barbe inculte, et coiffé sous son chapeau râpé d'un bonnet de soie noire descendant sur ses oreilles.

A côté de lui se tenait une femme très simplement vêtue mais de tournure élégante. — Un voile épais cachait son visage.

L'évadé de *la Dorade* ne reconnut positivement ni l'un ni l'autre, mais avec son instinct presqu'infaillible il devina Remy Chomin et la comtesse Blanche de Lasseny.

Un sourire d'une expression indéfinissable passa sur ses lèvres.

— Quarante... — dit le brocanteur.

— Quarante-cinq... — répliqua le petit vieux.

La lutte entre ces deux amateurs se prolongea par sommes minimes jusqu'à quatre-vingt-dix francs.

Lorsque l'enchère atteignit ce chiffre le brocanteur lâcha prise.

— Quatre-vingt-dix francs... — répéta le commissaire-priseur. — C'est bien vu, bien entendu? — Pas de regrets ? — Personne ne dit mot ? — Vu ? — non ? — vu? — Je vais adjuger...

Et il leva son marteau d'ivoire.

Jean Renaud eut un nouveau sourire.

— Cent francs, — fit-il d'une voix très nette, avant que le marteau ne fût retombé.

Remy Chomin et la femme voilée se tournèrent vers lui et le regardèrent avec attention, en se demandant quel pouvait être cet homme d'apparence britannique qu'ils ne connaissaient pas et qui allait sur leurs brisées. — Était-ce un ennemi ? — Connaissait-il le secret du meuble? — Cela paraissait peu probable.

— Cent francs... — s'écria le commissaire-priseur. — C'est par monsieur, à droite, pas par vous à gauche... — Cent francs... on a dit cent francs... suivez... — Le secrétaire vaut beaucoup mieux... nous en avions demandé cent cinquante francs et ce n'était pas cher.

— Poussez donc! — murmura la dame voilée à l'oreille du petit vieillard.

— Cent cinq francs, — dit ce dernier.

— Cent cinquante, — riposta l'Anglais.

— Cent cinquante-cinq.

— Deux cents.

— Deux cent cinq.

— Cinq cents.

— Cinq cent cinq.

— Mille francs.

Ces enchères invraisemblables se succédaient avec une rapidité vertigineuse.

— Les spectateurs de cette lutte ne cachaient point leur ahurissement. — Le commissaire-priseur semblait fort inquiet.

LXIII

Après le chiffre de mille francs, formulé par l'Anglais, il se fit un silence.

Le commissaire-priseur se composa une physionomie solennelle et dit d'un ton péremptoire :

— Si c'est une plaisanterie, messieurs, elle est du plus mauvais goût et pourrait entraîner pour vous, sachez-le bien, de sérieuses conséquences.

— *Aoh!* — répliqua l'Anglais — ce été pas un plaisanterie... — je havais envie de le petite secrétaire... — Adjugez à moâ, *if vous please*, et je payé voôs toot de souite...

Un murmure entremêlé de ricanements courut dans la foule.

— C'est un original... — dirent les uns.

— C'est un toqué... — répliquèrent les autres.

L'offre du paiement immédiat avait complètement rassuré le commissaire-priseur.

L'arc froncé de ses sourcils s'était détendu.

Il souriait.

— Nous avons marchand à mille francs, — reprit-il, — une fois... deux fois... trois fois... est-ce bien vu? — Je vais adjuger...

— *Aoh! yes...* — appuya Williams Dickson — adjugez à moâ...

— Mille cinq francs... — lança le petit vieux.

— Quinze cents... — répliqua l'Anglais.

— Quinze cent cinq.

— Deux mille.

— Deux mille cinq francs.

L'Anglais laissa s'écouler deux ou trois secondes, et reprit d'une voix de fausset :

— Dix mille...

Ce chiffre formidable (étant donnée la piètre valeur de l'objet en vente) changea l'étonnement en stupéfaction.

Personne n'en croyait ses oreilles, et le commissaire-priseur pas plus que les autres.

— Encore une fois messieurs... — commença-t-il.

L'Anglais lui coupa la parole en agitant au-dessus de sa tête une liasse importante de billets de banque, et en s'écriant :

— Adjugez... adjugez à moâ et je payé voô toot de souite...

— Dix mille cinq francs... — fit Remy Chomin d'une voix étranglée.

— Quinze mille... — riposta Jean Renaud.

— Quinze mille cinq francs...

— Vingt mille...

— Vingt mille cinq francs...

— Vingt-cinq mille...

— Vingt-cinq mille cinq francs...

Nouveau silence.

On ne chuchotait même plus dans la foule... — Chacun s'absorbait dans une stupeur inexprimable.

— Quelle vacation! — pensait le commissaire-priseur. — Sabre de bois, quelle vacation!...

Il ajouta tout haut :

— Vingt-cinq mille cinq francs... —Le meuble est joli, messieurs, voyez-le... — il vaut l'argent... — Une fois, deux fois, trois fois, personne ne dit mot?.., pas de regrets?... je vais adjuger...

— Enfin! —murmura sous son voile la comtesse Blanche de Lasseny.

—Attendez... — dit Jean Renaud, —je demandé à revoir le petite secrétaire...

Il escalada lestement le banc, puis la table, sauta dans l'enceinte réservée, s'approcha du vieux meuble et l'examina avec son lorgnon comme il aurait fait d'un tableau de maître.

— *Aoh!* — s'écria-t-il tout à coup avec un brusque haut-le-corps.

— Quoi? — qu'est-ce que c'est? —. demanda le commissaire-priseur.

— Il manqué le petite roulette du pied gauche... — répliqua le faux Anglais, — je voulé plus de loui...

Et il regagna sa place avec un flegme tout britannique au milieu d'un immense éclat de rire de l'auditoire.

— Adjugé pour ving-cinq mille cinq francs... — dit le commissaire-priseur, et un coup de marteau d'ivoire termina sa phrase.

— Ce été véritablement un peu cher, à cause de le petite roulette... — murmura Williams Dickson.

Puis il sortit gravement de la salle, escorté par un éclat de rire non moins retentissant que le premier.

En voyant l'Anglais renoncer à la lutte, Mme de Lasseny éprouva un mouvement de joie remplacé presque aussitôt par une poignante angoisse.

— Que signifie tout cela? — se demanda-t-elle. — Quelle comédie a joué cet homme? — Dans quel piège suis-je tombée?

Le crieur s'approcha du petit vieux :

— Votre carte, monsieur, s'il vous plaît... — lui dit-il, — et un acompte... c'est l'usage...

Remy Chomin tendit une carte que la douairière venait de lui remettre, et répliqua :

— Donnez-moi le bordereau... — Je solde et j'enlève...

Le commissaire-priseur, après avoir regardé la carte, jeta un coup d'œil surpris sur la dame voilée assise à côté de l'acquéreur, puis donna ordre à son greffier de dresser le bordereau.

La somme à payer s'élevait avec les frais au chiffre de *vingt-six mille deux cent cinquante francs cinq centimes*

L'ex-Blanche Hervieux tira de sa poche un portefeuille bourré de billets de banque, et immédiatement après quitta la salle numéro 11 à son tour.

Cinq minutes après Remy Chomin vint la rejoindre dans la cour où elle l'attendait.

Un commissionnaire l'accompagnait portant le secrétaire qui fut placé sur un fiacre, et ce fiacre conduisit à l'hôtel de la rue Saint-Dominique la comtesse escortée de l'ancien ami de Claire Bonchamp.

Grande fut la surprise des valets quand ils reçurent l'ordre de monter dans l'appartement de la douairière ce vieux meuble poudreux et disloqué, et quand ils virent l'étrange mine et le costume plus étrange encore du compagnon de leur maîtresse.

Mais qu'importaient les commentaires de ses gens à Blanche de Lasseny dominée par une poignante préoccupation ?

Une fois dans sa chambre avec Rémy Chomin elle ferma les portes à clef.

— Ouvrez ce meuble... — dit-elle ensuite impérieusement... — J'ai hâte de savoir si mes craintes sont fondées...

— Vos craintes ?... — répéta le vieux bandit. — Mme la comtesse me permettra-t-elle de lui demander quelles craintes ?...

— Ouvrez ! — répéta Blanche au lieu de répondre. — Ouvrez vite !...

Remy fit jouer le panneau qui s'abaissa.

— Le secret !... — Cherchez le secret !... — reprit la comtesse.

Les tiroirs furent enlevés l'un après l'autre et posés sur le tapis, puis le voleur émérite explora de la main toutes les cavités, toutes les cloisons.

— Rien... — murmura-t-il.

— Cherchez mieux ! — s'écria Blanche avec impatience, — il existe certainement un ressort... — Trouvez-le !...

— Du calme, madame la comtesse... — Je le trouverai, mais il faut le temps... — Au besoin je démolirais le secrétaire... Nous en avons le droit... il est payé...

— Plus de vingt-six mille francs !... — fit la douairière avec amertume.

— Une bagatelle pour vous !...

— Ah ! je ne les regretterai pas si vous m'avez dit vrai.

— J'ai dit vrai ; vous en aurez la preuve...

— Cherchez donc au lieu de parler !

Remy Chomin allongea le bras de nouveau et palpa minutieusement les cloisons intérieures, promenant ses doigts sur chaque millimètre de bois, appuyant sur chaque nœud.

Cet examen fut long et ne donna d'abord aucun résultat.

— Mon Dieu ! — fit la douairière d'une voix qui sifflait entre ses dents serrées, — si vos souvenirs vous avaient mal servi... si ce n'était pas ce meuble...

— Impossible, — ma mémoire est bonne, — du premier coup je l'ai reconnu...

— Et cependant vous ne trouvez rien !

— Ah ! — s'écria Remy tout à coup.

— Qu'y a-t-il ? — balbutia la comtesse qui ne respirait plus.

— Je sens quelque chose...

— Quoi ?

— Un bouton mobile... — Je parierais tout ce qu'on voudrait que j'ai la main sur le ressort!... Seulement faut-il tirer ou pousser ?

Il poussa d'abord et rien ne bougea. Il donna une forte secousse. — On entendit un craquement. Une des parois du secrétaire s'enfonça, démasquant un double fond.

— Nous y sommes ! — dit Remy Chomin triomphant.

La douairière se pencha sans répondre et plongea ses deux mains dans le tiroir secret.

— Vide ! — balbutia-t-elle avec un désappointement immense. — Il est vide!

— Pas possible !

— Voyez-vous-même...

— Ah ! sacrebleu ! pas de chance !...

Le vieux coquin fouilla à son tour.

— Un papier... — dit-il.

— Un papier... — répéta la comtesse, — un indice peut-être... — Donnez vite...

Remy Chomin lui tendit sa trouvaille.

C'était un carré de papier à lettre pas beaucoup plus grand qu'une carte de visite.

Quelques mots s'y trouvaient écrits au crayon.

Blanche jeta les yeux sur ces mots ; — elle pâlit aussitôt ; — l'effroi se peignit dans son regard ; — un tremblement convulsif agita ses membres ; — elle se laissa tomber sur un siège et le papier s'envola de ses mains.

Remy le ramassa.

Il lut à haute voix :

JACQUES HERVIEUX

Vincennes, le 29 décembre 1828.

— Tonnerre ! — s'écria-t-il. — Nous sommes volés !... volés par cet Anglais qui n'est pas plus Anglais que moi ! Il connaissait le secret ! il avait ouvert le meuble avant la vente !.. il se moquait de nous!...

Mme de Lasseny s'était relevée, les narines frémissantes, les yeux flamboyants.

— Mais quel est-il donc, cet homme? — demanda-t-elle avec rage.

— Cet homme, madame la comtesse, c'est l'ennemi!... — répliqua Remy Chomin. — Ce faux Anglais, j'en suis sûr à présent, c'est le faux mulâtre dont je soupçonne le vrai nom, dont je devine le visage... — Entre lui et moi la lutte est engagée... — Il m'a *roulé* deux fois, car il est rudement fort et bigrement malin, mais avant quinze jours je saurai qui il est... — Il croit vous tenir aujourd'hui, madame la comtesse, eh bien! si je ne me trompe pas, ce n'est plus vous qui tremblerez... c'est lui qui demandera grâce !

— Avant quinze jours ? — balbutia la douairière.

— Avant quinze jours, — répéta Remy Chomin. — J'ai bien l'honneur d'être votre humble serviteur, de tout mon cœur...

Et le bandit quitta la chambre, puis l'hôtel.

LXIV

En sortant de la salle numéro 11 Jean Renaud, ou plutôt Williams Dickson, monta dans une voiture de place et se fit conduire à Montmartre, rue des Abesses.

Il descendit à la porte de l'homme d'affaires et sonna.

La femme de ménage vint lui ouvrir.

René Mattifet venait de rentrer et reçut le faux Aglais dans son cabinet.

— Ce fils d'Albion m'est inconnu... — se dit-il après l'avoir examiné avec une attention défiante, car l'amant de Rose Bonchamp se défiait de tout le monde, et pour cause...

Il désigna de la main un siège placé près de son bureau.

— Veuillez vous asseoir, monsieur, — dit-il à son visiteur, — et m'apprendre le motif qui vous amène chez moi.

— *Aoh! yes!* — répliqua Jean Renaud, continuant à jouer son rôle avec un talent de premier ordre. — Je venais apporter de l'argent à vôo...

L'homme d'affaires regarda l'Anglais d'un air étonné.

— Vous m'apportez de l'argent? — répéta-t-il.

— *Yes.*

— Pour le compte d'un tiers, alors? — reprit Mattifet.

— No... — Ce été pour le propre compte de moâ...

— Cependant, — poursuivit l'amant de Rose Bonchamp, — n'ayant jamais eu, jusqu'à ce jour, l'occasion de me rencontrer avec vous, je n'ai certainement rien à vous réclamer...

— *Aoh! yes...* — je devais pas un penny à vôo...

— Quel est donc cet argent dont vous parlez ?... — Expliquez-vous clairement, je vous en prie, car il existe sans doute entre nous quelque malentendu...

— Ce été une chose toute simple... — je apporté à vôo vingt mille livres sterling...

— Cinq cent mille francs ! — s'écria Mattifet.

— Yes, en un petite chèque à vue et au porteur sür le maison ***, de Laffitte-Street... Voici le petite chèque...

— A merveille, mais je comprends de moins en moins... — Pourquoi me remettez-vous ce chèque ? quelle est la destination de l'argent ?

— Un ami de moâ il été dedans le embarras un peu, beaucoup, fort... — répliqua l'Anglais. — Il osé pas demander à moâ le somme qui fésé défaut à loui... — Je été certaine que il viendra s'adresser à vôo, et je disé à vôo de obliger loui jusqu'à conquiourrence de le somme de cinq cent mille francs, en faisant signer à loui des petites reconnaissances que vôo remettrez entre les mains de moâ... — Comprenez-vous maintenant ?

— Très bien... — Vous déposez dans ma caisse l'argent qu'on viendra m'emprunter... — Vous vous servez de moi pour obliger votre ami sans qu'il s'en doute... — Vous devenez mon bailleur de fonds à son intention...

— *Aoh! yes...*

— C'est très naturel en effet... — Je servirai purement et simplement d'intermédiaire, chose qui se fait tous les jours.

L'Anglais se frotta les mains.

Mattifet poursuivit :

— Il ne me reste plus qu'à vous demander quels seront mes petits bénéfices dans une opération si honorable, et qui prouve jusqu'à l'évidence la délicatesse de vos sentiments...

— Je donne à vôo ving-cinq mille francs... — voici un autre petit chèque.

— Vingt-cinq mille francs ! — s'écria René. — Vous êtes généreux, monsieur... monsieur ? au fait comment vous appelez-vous ?...

— Williams Dickson, esquire... — répondit Jean Rénaud. — Propriétaire de Dickson-Park, dedans le Midland.

— Comptez, monsieur Dickson, que vos intentions seront scrupuleusement remplies... — Quel taux d'intérêt devrai-je exiger ? — Dix ou douze, je pense... — On pourrait peut-être aller jusqu'à quinze.

— *Aoh! no!!...* Demandez à l'ami de moâ cinq pour cent... pas une penny de plus...

— Le taux légal ! Peste ! vous êtes un ami comme on en voit peu ! — Devrai-je prêter les cinq cent mille francs en une seule fois?

— Je été Williams Dickson-sudjet anglais.

— *No !* — Le première fois vôo donnerez deux cent mille... le seconde fois trois cent mille.

— Demanderai-je des billets à courte ou à longue échéance ? Accorderai-je trois mois, six mois ou davantage ?

— Trois mois, ce était siouffisant...

— Me contenterai-je d'une simple signature, sans garantie, sans dépôt ?

— Le première fois *yes...* le seconde, *no...*

— J'exigerai donc un dépôt pour garantir le prêt de trois cents mille francs ?

— *Aoh ! yes...*

— Votre ami pourra-t-il satisfaire à cette exigence ?

— *Aoh ! yes !* — répéta l'Anglais...

— Il ne me reste qu'à vous prier de m'apprendre le nom de l'emprunteur.

— Georges Dereyne...

Mattifet tressaillit visiblement.

— Georges Dereyne ! — dit-il avec stupeur. — L'associé d'agent de change ?

Jean Renaud fit un signe affirmatif et demanda :

— Vôo connaissez loui ?

— Seulement pour en avoir entendu souvent parler, — répliqua Mattifet. — Je le savais un peu gêné, mais non pas au point de recourir à l'emprunt, ce qui est grave dans sa position presque officielle... — On affirme qu'il va faire un mariage très riche.

— Ce été le vérité... Aussi je oblige loui sans le moindre inquiétude. — Je recommande à vôo le secret...

— Soyez tranquille, monsieur. — Si la discrétion n'existait pas, je l'aurais inventée. — Elle est d'ailleurs pour moi un devoir professionnel... — Je fais un peu d'escompte, par obligeance pure, mais je suis surtout homme de loi... — Le contentieux, les affaires litigieuses, voilà ma spécialité.

Williams Dickson se leva.

— Je reviendrai voir vôo, — dit-il. — Je sohète le bonjour à vôo.

Et il fit mine de se diriger vers la porte.

— Attendez donc, monsieur, — s'écria René Mattifet, — vous oubliez quelque chose.

— Quelle été cette chose ?

— De prendre le reçu de cinq cent vingt-cinq mille francs que je vais écrire et vous donner...

L'Anglais prétendu secoua la tête.

— Aoh, no ! — répliqua-t-il. — Ce été inioutile.

— Comment, inutile ?

— Toot à fait...

— Mais, monsieur, c'est une fortune que vous mettez dans mes mains avec une confiance que j'ai peine à m'expliquer, car enfin vous ne me connaissez pas.

Un malicieux sourire vint aux lèvres de Williams Dickson.

— Je connaissais... — répliqua-t-il, — je connaissais...

— Vraiment ? — fit l'homme de loi très étonné et encore plus inquiet.

— Oui, parbleu, et depuis longtemps, — reprit Jean Renaud en bon français, sans le moindre accent britannique, ce qui redoubla la stupeur de l'ami de

Rose, — et j'ai la certitude que M. René Mattifet ne songera même pas à prendre le train des caissiers et à gagner Bruxelles avec mon argent, d'abord parce que la somme est minime pour lui qui rêve des millions, ensuite parce qu'il sait qu'en cas de fuite de sa part, on obtiendrait une extradition immédiate, surtout si l'on avait soin d'avertir le préfet de police et le procureur impérial que René Mattifet n'est autre qu'un certain clerc de notaire condamné jadis à cinq ans de réclusion pour vol qualifié et qui se nomme René Tessandier... — N'est-ce pas votre avis, cher monsieur ?

En entendant ces paroles auxquelles il s'attendait si peu, l'homme de loi était devenu pâle comme un mort.

Un tremblement convulsif agitait ses mains.

— Oh ! par pitié, monsieur, — dit-il d'une voix suppliante, — ne rappelez ni ce passé maudit, ni ce nom flétri que je croyais aujourd'hui oublié du monde entier... — Je ne vous ai jamais fait de mal, ne me perdez pas !

— Je ne songe guère à vous perdre, puisque je vous témoigne une confiance illimitée et que je vous apporte des fonds... — répliqua Jean Renaud en souriant.

— Enfin vous possédez mon secret, — poursuivit l'homme d'affaires, — et vous menacez de vous en servir...

— Je m'en servirais si vous abusiez de ma confiance ! Or vous déclarez vous-même que cette hypothèse est inadmissible...

— Certes !

— Donc que pouvez-vous craindre? — Absolument rien.

— C'est vrai... — murmura René Mattifet, puis après un court silence il ajouta : — Enfin vous avez besoin de moi...

— Oui...

— Eh bien ! vous trouverez en moi un serviteur intelligent et fidèle, obéissant à la moindre de vos volontés, quelle qu'elle soit.

— J'y compte.

— Mais ne troublez pas mon existence nouvelle par une épée de Damoclès planant incessamment sur ma tête... — Sans la certitude de votre mutisme je n'aurais plus une heure de repos, plus une minute de sommeil...

— Vivez calme et dormez en paix... je me tairai si vous êtes docile...

— Je serai votre esclave.

— C'est ce qu'il faut !...

— En vous servant de moi pour prêter de l'argent à Georges Dereyne, vous avez un but mystérieux?...

— C'est probable...

— Ce but n'est point d'obliger ce jeune homme?...

— Qu'en savez-vous?...

— Je suis assez malin, croyez-le, pour deviner ce qu'on ne me dit pas... —

Vous êtes l'ennemi du fils aîné de Martial Dereyne... Vous voulez sa perte...

— Pourquoi supposez-vous cela?... — demanda Jean Renaud surpris d'une perspicacité si grande.

— Je ne suppose pas, je suis sûr, et je vous servirai d'autant plus volontiers que cet associé d'agent de change ne m'inspire aucune sympathie... — Faudra-t-il vous prévenir quand il sera venu pour un premier emprunt?

— C'est inutile, je le saurai avant qu'il soit sorti de chez vous, et vous recevrez ma visite ou tout au moins mes ordres.

— Je les attendrai pour agir.

— C'est bien.

— Maintenant, monsieur, me permettez-vous de vous adresser une question?

— Je vous le permets à coup sûr, mais je n'ai garde de prendre l'engagement d'y répondre... — Enfin, cette question?

— Vous que je ne connais pas et qu'il me semble voir aujourd'hui pour la première fois de ma vie, vous qui savez mon nom, mon passé, mon secret, qui êtes-vous?...

Jean Renaud se mit à rire, et prenant l'accent britannique, répondit:

— Je été Williams Dickson, sudjet anglais... — Je sôhétai le bonne jour à vôo.

Il s'inclina devant l'homme d'affaires avec la raideur caractéristique d'un fils d'Albion, prit son chapeau, sortit du cabinet poudreux, puis de la maison, et regagna la voiture qui l'attendait dans la rue des Abbesses.

Mattifet resté seul se demanda à plusieurs reprises:

— Quel est cet homme?

Mais il interrogea vainement sa mémoire; il fouilla vainement la nuit du passé: — sa mémoire fut infidèle; les ténèbres restèrent insondables.

— Peu m'importe, après tout, l'identité de ce faux Anglais... — se dit l'agent d'affaires. — Il ne veut pas me perdre puisqu'il me prévient du péril qu'entraînerait une trahison, puisqu'il paie largement ma collaboration à une œuvre de haine contre Georges Dereyne... — D'un côté le danger, de l'autre le profit... — Nulle hésitation n'est possible. — Mon intérêt est de servir cet inconnu, quel qu'il soit, et je le servirai.

Le lendemain, dans la matinée, Georges Dereyne se présentait rue des Abbesses.

La démarche qu'il allait tenter, — peut-être sans résultat, — auprès d'un escompteur de bas étage, lui causait une humiliation profonde, mais acculé complètement il devait, comme le nageur imprudent qui se noie, se raccrocher à toute branche.

C'était l'heure où Mattifet donnait audience à ses clients.

Une demi-douzaine d'individus, dont la mise et la mine annonçaient de petits négociants fort gênés et n'ayant de crédit chez aucun banquier, faisaient antichambre sur les chaises de paille de la première pièce.

On entendait dans le cabinet de René des murmures de voix suivis de bruits d'écus.

— Asseyez-vous, monsieur, et attendez... — dit la femme de ménage à Georges, — vous passerez à votre tour...

L'attente, d'ailleurs, ne fut pas bien longue.

L'ami de Rose, connaissant le prix du temps, ne se dépensait point en paroles avec ses emprunteurs habituels.

Au bout d'une demi-heure Georges se trouva seul.

Cinq minutes encore s'écoulèrent, puis le dernier client se retira et le jeune homme put franchir le seuil du cabinet de l'usurier.

LXV

Il est presqu'inutile d'affirmer à nos lecteurs que René Mattifet connaissait de vue depuis très longtemps le fils aîné de Martial Dereyne

Néanmoins il n'en laissa rien paraître.

Saluant le visiteur avec courtoisie il lui désigna le siège placé près de son bureau et lui dit :

— Vous venez me parler d'affaires, monsieur?

— Oui, — répondit Georges.

— Affaires litigieuses? — Procès à suivre? Recouvrements difficiles à opérer?

— Rien de tout cela.

— Alors expliquez-vous, s'il vous plaît, sans ambages et sans périphrases. — Mes instants sont comptés... — *Times is money.*

— Je serai très bref; mais avant de vous apprendre le motif qui m'amène, je souhaite obtenir de vous la promesse d'un silence absolu sur ma visite...

— Eh! monsieur, — répliqua Mattifet en souriant, — aux demandes du genre de la vôtre mes confrères ont l'habitude de répondre : *C'est ici le tombeau des secrets !* — Je vous dirai, moi, tout simplement, que la discrétion la plus absolue m'est imposée par ma profession même... — Une parole inconsidérée me causerait un irréparable préjudice en m'enlevant la confiance de ma clientèle... — Mon intérêt vous garantit donc mon silence... Vous pouvez parler sans crainte...

— C'est ce que je vais faire... et d'abord sachez qui je suis : — Je me nomme Georges Dereyne.

Mattifet salua de nouveau.

— Vous êtes le fils de M. Martial Dereyne, ex-armateur au Havre? — demanda-t-il.

— Oui, monsieur.

— Vous avez un intérêt dans la charge de M. ***, agent de change?

— Parfaitement... — Je vois, monsieur, que je ne suis pas tout à fait un inconnu pour vous...

— Certains détails, lorsqu'ils concernent des individualités en vue comme la vôtre, ne sont ignorés de personne... — Veuillez continuer, monsieur Dereyne, ou plutôt commencer, car j'ignore toujours ce qui vous amène...

— C'est juste... — répondit Georges. — Voici le fait : — Abusé sottement par des bruits menteurs courant à la Bourse, j'ai fait des pertes qui, sans compromettre sérieusement ma position, me causent un gêne momentanée...

— Vous avez perdu une grosse somme ces jours derniers en jouant à la baisse sur la nouvelle d'une guerre chimérique... — interrompit René Mattifet.

— Vous le savez? — s'écria Georges stupéfait.

— Cela vous étonne?...

— Un peu...

— Cependant rien n'est plus simple... — Je vois tant de monde!... — Sans sortir de mon cabinet je suis au courant de tout ce qui se passe à la Bourse. .

— Alors vous êtes au fait de ce qui me concerne?

— Très bien...

— Vous n'ignorez pas que ma situation financière est bonne.

Mattifet sourit.

— Je suis, au contraire, parfaitement certain qu'elle est mauvaise...

— Que dites-vous là, monsieur?

— La vérité littérale... — Ne vous donnez pas la peine de nier, ce serait inutile... — Toutes les paroles du monde ne parviendraient point à détruire un fait! Or, le fait en question est indiscutable... — Vous êtes ruiné, et même un peu plus que ruiné...

— Mais, monsieur... — commença Georges en se cabrant.

— Ruiné! Ruiné! Ruiné! — interrompit de nouveau l'agent d'affaires, — et vous venez, comme tant d'autres, me demander de vous ouvrir ma caisse et de vous tirer du marécage où vous vous êtes embourbé jusqu'au cou, et où vous le serez bientôt jusque par-dessus la tête...

Après cette dernière phrase Mattifet garda le silence pendant un instant.

Georges songeait à se lever, à mettre son chapeau, et à s'en aller sans ajouter un mot.

L'ami de Rose Bonchamp reprit :

— Bref, il vous faut un sauveteur, et vous avez compté sur moi pour vous remettre à flot. — Pourquoi ne le ferais-je pas ?...

A cette conclusion inattendue Georges leva les yeux sur René avec une expression de stupeur qui n'échappa point à ce dernier.

— Vous vous demandez si je perds la tête ou si je me moque de vous... — reprit-il en souriant de nouveau. — Ni l'un, ni l'autre, je vous assure. — J'ai tout mon bon sens et je me garderais de railler sottement. — Votre position est détestable, je l'ai dit et je le répète, — voilà pour le présent, — mais votre avenir est beau et l'homme le plus prudent peut vous obliger sans courir des risques absurdes...

— Mon avenir? — répéta le fils de Martial.

— Sans doute... — Votre mariage...

— Quoi! vous savez aussi?...

— Que vous devez, à bref délai, épouser une des belles cousines du richissime Lionel Warton... Que votre contrat se signera dans quelques jours au château de Saint-Oueu, et que vous palperez une dot de six millions... — Oui, parbleu! je sais cela et, le sachant, je suis prêt à servir dans la mesure de mes moyens un gentleman charmant et sympathique comme vous...

Georges respira librement, son visage s'épanouit

Il bénit du fond du cœur sa bonne étoile qui l'avait conduit à Montmartre, rue des Abbesses, chez René Mattifet.

— Croyez, monsieur, — fit-il avec effusion, — que je m'estimerai très heureux de reconnaître la bienveillance exceptionnelle de votre accueil, et que ma plus vive reconnaissance vous est dès à présent acquise...

— Votre reconnaisance, monsieur? — répliqua René. — Vous ne m'en devez aucune... — Si vous n'aviez en perspective les millions de la dot de Mlle Warton je ne vous prêterais pas un sou... — Les affaires sont les affaires, que diable!... Un homme sage ne compromet point de gaieté de cœur son argent ou celui des autres!... Combien vous faut-il?...

Georges parut se consulter.

— Soyez modéré dans votre demande... — poursuivit Mattifet. — J'attends, il est vrai, des rentrées prochaines, mais pour le moment ma caisse est assez mal garnie...

Le fils de Martial sentit un petit frisson courir sur son épiderme.

La précaution oratoire de Mattifet lui causait une extrême inquiétude.

— Sa caisse est mal garnie pour le moment... — se dit-il. — Tout à l'heure il offrira de me prêter mille écus!...

— Eh bien? — demanda l'escompteur — ce chiffre?...

— Deux cent mille francs... — murmura Georges d'une voix tremblante.

Il s'attendait à un brusque haut-le-corps de René.

Ce dernier répondit, en souriant pour la troisième fois :

— Je vois avec plaisir, monsieur et cher nouveau client, que vous êtes raisonnable et que vos prétentions n'ont rien d'exagéré...

Le fiancé de Laura Warton en croyait à peine ses oreilles.

— Ainsi, ces deux cent mille francs? — reprit-il.

— Sont à votre disposition...

— Et quand me les remettrez-vous?...

— Dans cinq minutes... — Avec moi, jamais de retard... Une affaire consentie est une affaire faite... — Vous me réglerez la somme en deux billets à quatre-vingt-dix jours... — Cela vous convient-il ?

— Admirablement et, quant à la question de la prime et des intérêts, nous ne la discuterons même pas. — J'accepte votre chiffre les yeux fermés, quel qu'il soit.

— Je ne veux pas la moindre prime, — répliqua Mattifet d'un air très digne, — et les intérêts seront de cinq pour cent.

— Par mois ?...

— Non, monsieur, par an !... — Ah çà ! mais, on croirait que cela vous étonne...

— Et l'on aurait bien raison de le croire ! — s'écria Georges. — Je n'aurais jamais trouvé des conditions pareilles chez aucun banquier, et j'étais loin de m'attendre...

— Je comprends... je comprends... — interrompit René. — On vous avait dit : — *Mattifet de la rue des Abbesses, un usurier de la pire espèce ! il écorche ses clients jusqu'au vif !* — Et vous êtes venu vous faire écorcher ! — Vous saurez désormais à quoi vous en tenir... — Si vous le voulez absolument j'accepterai pour ma maîtresse quelque bijou coquet, sans grande valeur, mais rien de plus... — Ne me remerciez pas... — Voici du papier timbré... Préparez vos effets, je vais compter les billets de banque...

Dix minutes plus tard Georges Dereyne remontait en voiture, emportant dans ses poches avec une indicible allégresse diverses liasses de papier Garat représentant la somme de cent quatre-vingt-dix-sept mille cinq cents francs.

Le cas n'ayant point été prévu par Williams Dickson, René Mattifet prenait soin de retenir l'intérêt à cinq pour cent pour trois mois, de même qu'il stipulait comme épingle un bijou destiné à Rose.

En supposant que le faux Anglais fût par hasard instruit de ces détails, il ne pourrait s'en formaliser.

— Ce Mattifet est assurément la plus honnête créature que j'aie jamais rencontrée ! — murmurait Georges tandis que sa voiture descendait les hauteurs de Montmartre. — Prêter à cinq pour cent à un homme fort mal dans ses affaires, et ne lui demander que sa signature, c'est si complètement invraisemblable, si parfaitement incroyable, que personne ne le croirait et que c'est tout au plus si je le crois moi-même... — René Mattifet, la chose est positive, n'est point dans son bon sens, mais heureusement sa folie est douce !

Nos lecteurs savent quelle était la destination des deux cent mille francs empruntés à l'homme d'affaires de Montmartre.

Georges devait employer la plus forte partie de cet argent à obtenir la livraison des objets nécessaires à la corbeille de mariage de Laura Warton, et adoucir l'humeur farouche des créanciers les plus exigeants en les *arrosant* avec le reste de la somme.

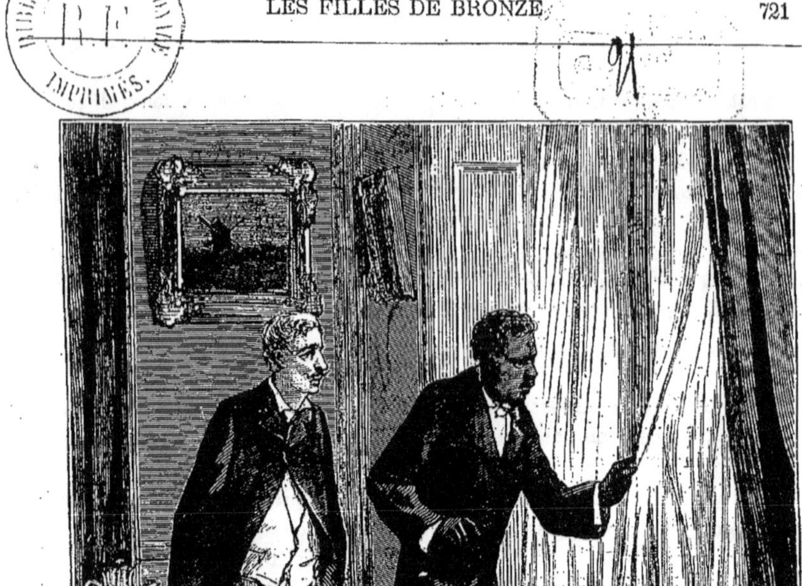

Le docteur noir s'approcha de la fenêtre et regarda dans la rue.

Dans le langage des débiteurs, *arroser* un créancier signifie lui faire prendre patience grâce à l'application calmante de quelques légers acomptes.

Mais le fils de Martial était joueur dans toute la force du terme, et ce serait mal connaître un joueur que de le supposer capable d'employer au paiement des dettes les plus urgentes un argent qui peut dans ses mains, — il en est du moins convaincu, — se doubler, se décupler, se centupler en quelques heures.

Les pertes successives et énervantes du jeune homme avaient momentanément diminué l'attraction que le tapis vert exerçait sur lui.

A la passion fort mal récompensée qu'il éprouvait pour la *Dame de pique* et pour la *Dame de cœur* se mêlait une sorte d'épouvante superstitieuse.

Georges aurait hésité peut-être avant de hasarder sur une carte la meilleure part d'une somme à peine suffisante pour le tirer d'embarras et le conduire au port du salut, c'est-à-dire au mariage, mais l'écarté ou le baccarat ne sont pas les seuls moyens de sacrifier au dieu Hasard.

Le dimanche suivant devaient avoir lieu à Chantilly des courses — presque les dernières de l'année.

Lionel Warton avait deux chevaux engagés, *Blue-Devil* et *Miss Lowe*.

Un de ces pressentiments mystérieux auxquels les joueurs attachent une importance énorme et qu'ils prennent pour des *révélations* faisait croire à Georges que la victoire de *Miss Lowe* ou celle de *Blue-Devil* était absolument certaine.

L'un ou l'autre arriverait premier, mais lequel?

— Je le saurai... — se dit le jeune homme. — Je questionnerai adroitement Lionel... Je ferai causer l'entraîneur, le jockey, les palefreniers. — Ils m'apprendront sans le vouloir si le cheval a plus de chances que la jument, ou si c'est la jument qui doit l'emporter... — Maître du secret de l'écurie, je marcherai presqu'à coup sûr, je tiendrai tous les paris, je décuplerai en quelques minutes les cent mille francs engagés avec une apparente imprudence sur la casaque d'un jockey ! — C'est décidé... mes créanciers n'auront aujourd'hui que cent mille francs... — Ils attendront à lundi pour le reste...

LXVI

Le soir de ce même jour Cora prévint le docteur noir qu'elle irait le lendemain rue du Colysée.

En effet, à onze heures du matin elle descendait de voiture en compagnie de Jean Renaud, montait à l'entresol et franchissait le seuil du petit appartement que nous avons antérieurement décrit.

L'ex-condamné de la Roquette causait avec Jocelyn.

Sa convalescence avait fait des progrès si rapides depuis deux semaines qu'on pouvait le regarder comme presque complètement guéri.

Quelques jours encore d'un régime fortifiant, quelques repas composés principalement de viandes saignantes arrosées de vieux vin de Bordeaux, et Blancheton serait plus gaillard qu'avant sa maladie.

Quiconque l'aurait vu jadis, couché presque mourant sur son lit d'infirmerie, émacié, livide, les yeux hagards et brillants du feu de la fièvre, les cheveux collés au tempes par la sueur, ayant l'air de ce qu'il était, c'est-à-dire d'un pilier d'hôpital et d'un gibier du bagne, devait positivement refuser de le reconnaître.

Jamais en effet changement ne fut plus rapide et plus complet.

Blancheton conservait, il est vrai, dans son apparence quelque chose d'un peu vulgaire, mais les côtés sinistres de sa physionomie avaient entièrement disparu et sa transformation tenait du prodige.

Son visage toujours pâle, mais d'une pâleur teintée de rose, était calme et reposé — des favoris grêles, d'un blond de paille, l'encadraient et lui donnaient l'air vaguement anglais.

Les yeux que n'entouraient plus leur auréole de bistre semblaient agrandis.

Blancheton, en tenue du matin simple mais très soignée, portait sans la moindre gaucherie des habits du bon faiseur.

Sous cette mise élégante il n'avait pas l'air déguisé — son attitude et ses manières ne le signalaient point comme un de ces bandits qui grouillent dans les bouges des barrières, et qu'on est certain de voir assis, un peu plus tôt ou un peu plus tard, sur les bancs de la Cour d'assises.

Son langage, sans être celui d'un homme du monde, était convenable, presque correct, et ne trahissait point la fange dans laquelle, si peu de temps auparavant, on avait ramassé ce misérable.

Tous ces changements étaient l'œuvre du docteur noir.

Jocelyn s'était donné la tâche de modifier les manières du ressuscité, de réformer son esprit, de le refondre en quelque sorte pour le couler dans un autre moule.

Il avait réussi au delà même de ses espérances.

Nous devons ajouter que Blancheton s'était prêté de la meilleure volonté du monde à l'expérience qui devait — il le sentait bien — tourner à son profit.

Une curiosité toute naturelle dévorait l'ancien numéro 7 de l'infirmerie de la Roquette.

Blancheton interrogeait sans cesse Jocelyn.

Il voulait savoir nombre de choses :

Comment il était sorti de prison sans en avoir conscience ?

Comment il se trouvait libre ?

Pourquoi de puissants protecteurs s'étaient tout à coup occupés de lui ? — De lui, dont personne jusqu'alors n'avait pris le moindre souci...

Pourquoi le docteur le dépouillait de sa grossière écorce et s'efforçait de lui donner les dehors d'un homme bien élevé...

Il voulait savoir tout cela, nous le répétons, et plus encore, et ne se lassait pas de questionner.

Jocelyn de son côté ne se lassait pas de répondre ceci :

— Votre curiosité sera satisfaite avant peu, mais par un autre que moi... —

J'ai mission d'agir, et non de parler... — Celui dont j'exécute les ordres ne tardera pas à vous apprendre lui-même quels sont ses projets sur vous...

Au moment où Cora et Jean Renaud montaient à l'entresol, le docteur mulâtre disait au ressuscité :

— Le moment approche... — Vous allez voir votre protecteur...

— Quand? — demanda Blancheton.

— Aujourd'hui même...

— Ce matin ou ce soir?

— Ce matin... dans quelques instants...

— Eh bien! vrai, cher docteur, — s'écria le jeune homme en se frottant les mains, — je n'en suis pas fâché... — Entre nous, le temps commençait à me paraître bigrement long!...

— Vous trouviez-vous malheureux ici, par hasard? — fit Jocelyn d'un ton de reproche.

— Malheureux ici? — répliqua Blancheton. — Ah! non, par exemple, pas si sot!... Et croyez que j'en suis reconnaissant!... — Vous m'avez soigné vous m'avez guéri, je suis bien vivant au lieu d'être dans le trou des fosses communes... — C'est déjà gentil, ça, et je sais l'apprécier...

— Vous manque-t-il quelque chose? — reprit le mulâtre.

— Rien du tout... — Je mange à mon appétit de bonnes choses dont je ne savais pas même les noms... — Je bois à ma soif du vrai vin, fait avec du vrai raisin, mûri dans de vraies vignes... — Je fume des cigares d'ambassadeur, moi qui ne connaissais que les *voyoutellas* et les *infectados*... — Je dors dans des draps fins, sur des matelas où l'on enfonce... — Je suis nippé en linge, j'ai des habits neufs faits exprès pour moi et des bottines vernies, mon rêve!... — J'ai un moricaud qui me cuisine des petits plats et qui me parle nègre tout le temps comme dans les *mélos* du boulevard : — *Petit blanc, mon bon maître, oh! petit blanc si doux...* — J'ai même des louis d'or que vous m'avez donnés, dans un porte-monnaie qui sent bon et dont vous m'avez fait cadeau, car vous me criblez de prévenances, je vous rends cette justice!... — J'aurais donc grand tort de me plaindre et je ne me plains point, mais...

Blancheton s'interrompit :

— Mais? — répéta Jocelyn avec un accent interrogatif.

— Mais je ne peux pas sortir, donc je suis toujours en prison... — acheva le ressuscité en reprenant, sans le vouloir et sans le savoir, un accent canaille, — or la prison a beau être douce... il n'en faut plus!... — Je réclame la clef des champs... et, n'ayez crainte, on peut me lâcher, je reviendrai de bon cœur à la niche... seulement j'ai besoin d'air...

— Votre protecteur vous délivrera s'il le veut... répondit Jocelyn.

— Aussi me tarde-t-il bigrement de le voir...

En ce moment le timbre de l'antichambre résonna.

Le docteur noir s'approcha de la fenêtre et regarda dans la rue.

— La voiture est là... — dit-il. — Celui que vous attendez arrive.

Et il courut ouvrir.

Lionel Warton et Jean Renaud franchirent le seuil.

Blancheton les salua en se disant :

— Tiens ! il paraît que j'ai deux protecteurs ! — Abondance de bien ne nuit pas...

Après avoir rendu le salut, Lionel prit son lorgnon et étudia de la tête aux pieds le ressuscité qui supporta sans le moindre embarras cet examen minutieux.

— Mes compliments, cher docteur ! — fit ensuite le pseudo-nabab, — mes compliments sincères ! — Voici un élève qui me paraît avoir merveilleusement profité de vos leçons... — Quelle métamorphose depuis le jour où je l'ai vu à Saint-Ouen, avec une mine de brute et de bandit ! — Il est inadmissible que ce cocodès d'agréable tournure soit le condamné Blancheton qu'attendaient les gardes-chiourmes du bagne !

Blancheton baissa les yeux malgré lui et devint écarlate.

— Ne rougissez pas, jeune homme... — lui dit Lionel. — On ne saurait se dissimuler que Blancheton était un affreux drôle, mais qu'est-ce que ça peut vous faire ? — Le passé de Blancheton ne vous regarde pas, puisque Blancheton est mort...

— Mort ! — répéta le condamné stupéfait.

— Et enterré, parfaitement.

— C'est impossible !

— Vous faut-il une preuve ?

— Une preuve ? Ah ! oui, par exemple ! — Donnez-moi une preuve de la mort de Blancheton... Je serai bien aise de voir ça...

Lionel tira de sa poche un carnet et prit une feuille de papier timbré qu'il tendit à son interlocuteur en disant :

— Voici l'acte de décès.

Blancheton saisit le papier d'un main tremblante et le parcourut des yeux.

A mesure qu'il avançait dans sa lecture son visage devenait plus pâle et des gouttes de sueur perlaient sur son front.

Quand il eut achevé, il balbutia :

— Qu'est-ce que ça signifie ? — Cet acte paraît en règle... Je lis que je suis mort et cependant... cependant...

— Jeune homme, — interrompit Lionel, — asseyez-vous et causons... Je vais répondre aux questions que vous adressiez sans relâche et sans résultat à mon cher ami le docteur... — Je vais vous expliquer comment il se fait que Blancheton soit mort et que vous soyez vivant, et pourquoi vous êtes vivant... M'écoutez-vous ?

— Ah ! de toutes mes oreilles !...

— D'abord, que croyez-vous être ?

— Dame... il me semble...

— Ne cherchez pas, je vais vous l'apprendre... — interrompit de nouveau Lionel. — Vous êtes tout simplement un mort évadé de sa tombe...

— Vous avez des manières de dire les choses qui donnent le frisson... — murmura le ressuscité.

— Laissons de côté toute fantasmagorie... — reprit Lionel. — Rien n'est plus simple que ce qui se passe... seulement il faut avoir le mot de l'énigme... — Ce mot, le voici...

Et le pseudo-nabab raconta brièvement ce que nos lecteurs savent déjà.

— Comprenez-vous?... — demanda-t-il ensuite.

— Certes ! et vous aviez raison de l'affirmer tout à l'heure, je suis un évadé de la tombe...

— Maintenant, il s'agit de nous entendre...

— Je ne demande pas mieux...

— Votre situation est singulière... — Vous arrivez au monde comme un enfant qui vient de naître et vous n'occupez aucune place sur un état civil quelconque... — Légalement vous n'existez pas encore... — Nous ne pouvons aller déclarer à la mairie votre naissance, puisque vous paraissez avoir vingt-cinq ans... — on trouverait sans doute que nous avons trop longtemps attendu...

Blancheton sourit.

— C'est probable... — répliqua-t-il.

— Cependant il vous faut un nom... — poursuivit Lionel.

— Ça n'est pas difficile à trouver... — On n'a qu'à prendre le premier venu...

— A quoi cela servirait-il, sans acte de naissance à l'appui?... — demanda le pseudo-nabab avec ironie.

— Mieux vaudrait en avoir un, j'en conviens, mais le moyen?...

— Soyez tranquille, en vous donnant le nom on vous donnera l'acte de naissance en même temps...

— Faux, bien entendu?

— Tout ce qu'il y a de plus vrai ! — Indiscutable pour tout le monde, même pour vous....

— C'est-à-dire que vous me mettrez dans la peau d'un autre?

— Positivement.

— Si cet autre réclame?...

— N'ayez crainte... il ne réclamera pas, et pour cause... il est mort...

— Mais on l'a connu quand il vivait?

— Personne!.... — Et le nom qu'il aurait eu le droit de porter n'a pas été inscrit sur sa tombe...

— Tout un roman, alors?...

— Un de ces romans inconnus qu'on rencontre à chaque pas dans la réalité...

— Enfin, ça ne me regarde ni peu ni beaucoup, et je porterai volontiers le nom qu'il vous plaira que je porte... — Quel est celui que vous me destinez?...

LXVII

— Je vous le dirai tout à l'heure... — répliqua Lionel, — mais d'abord réfléchissez, et apprenez-moi quel serait le maximum de vos désirs et le *nec plus ultra* de votre ambition s'il dépendait de vous seul d'arranger votre avenir...

— Inutile de réfléchir... — répondit le ressuscité. — Pour être parfaitement heureux, deux choses me suffiraient...

— Lesquelles?

— Six mille francs de rentes et rien à craindre de la police.

Lionel sourit.

— En vérité, jeune homme, — fit-il, — votre idéal est par trop modeste! — Je vous propose mieux que cela...

— Quoi? que m'offrez-vous donc?

— Vingt-cinq mille livres de rentes, et une somme de cinquante mille francs, une fois payée, pour premiers frais d'installation dans un joli appartement de garçon.

— Ça me va beaucoup... ça me va même énormément... mais la police?

— Je vous garantis une sécurité absolue... — A quel titre d'ailleurs la préfecture s'occuperait-elle de vos affaires?... — Blancheton est mort... — Vous n'avez rien de commun avec lui...

— C'est juste... je ne pensais plus à cela! — Je suis votre homme, mais en échange de la position que vous me donnerez que comptez-vous exiger de moi?...

— Qu'une fois l'*avatar* accompli, vous poursuiviez hautement la reconnaissance de vos droits...

— A qui demanderai-je cette reconnaissance?...

— A votre mère d'abord...

— Et si elle refuse d'admettre les droits en question?

— Vous vous adresserez aux tribunaux en réclamant justice... — La recherche de la maternité n'est point interdite... — Vous aurez dans les mains des preuves indiscutables que vos assertions sont fondées... — Comprenez-vous?

— Je comprends que je vais jouer le rôle d'un enfant naturel...

— C'est parfaitement cela.

— Ma prétendue mère ne connaît donc pas son fils?

— Elle ne l'a vu qu'à l'heure de sa naissance et croit qu'il a vécu seulement quelques jours.

— Très bien... — Aurai-je aussi un père?

— Sans doute...

— Me ferez-vous faire sa connaissance ?

— Aussitôt que nous l'aurons retrouvé, oui...

— Bref, je serai à la tête d'une famille au grand complet. — Ça me semblera drôle, à moi qui n'en ai pas l'habitude...

— Acceptez-vous ?

— Parbleu ! si j'accepte ? je le crois fichtre bien !... — Mais pour soutenir agréablement mon rôle il me faudra ces preuves convaincantes dont vous parliez...

— Nous vous les donnerons, et je vous répète que personne au monde n'aura l'idée de les discuter.

— Suis-je changé au point d'être méconnaissable ?

— Non, pas absolument.

— Ah ! diable !

— Mais ceci importe peu... — reprit Lionel. — Le décès de Blancheton ayant été constaté légalement on ne pourrait que signaler une ressemblance accidentelle et très vague entre ce pauvre garçon et vous... — D'ailleurs un abîme sépare le condamné mort à la Roquette et le brillant gentleman que vous allez être.

L'idée de devenir un *brillant gentleman* fit sourire le ressuscité.

— Comment m'appellerai-je ? — demanda-t-il.

— Jacques Hervieux... — répondit le pseudo-nabab.

— Cela sonne assez bien... — Avec un nom pareil on peut se présenter n'importe où...

— Et voici votre acte de naissance... — ajouta Lionel en tirant de sa poche une seconde feuille de papier timbré... — Vous avez été déclaré à la mairie de Vincennes, vous le voyez, comme fils de Blanche Hervieux et de père inconnu.

Blancheton jeta les yeux sur la feuille.

— C'est bien en règle... — dit-il d'un air soucieux, — mais quelque chose me chiffonne...

— Quoi ?

— Les champignons seuls éclosent et grandissent en une nuit sans qu'on s'en étonne... Or, j'ai vingt-cinq ans... Des gens curieux et indiscrets voudront peut-être savoir où s'est passée ma vie...

— Hors de France, répondrez-vous à ces curieux. — Vous apprendrez par cœur un petit roman très vraisemblable composé à votre intention... — il vous suffira de le débiter d'un air naturel et convaincu... — Des instructions spéciales vous seront données, et je suis certain qu'intelligent comme vous l'êtes vous jouerez votre personnage à merveille...

— Je ferai de mon mieux... — Dans tous les cas vous me trouverez docile, et je servirai consciencieusement vos projets sans même vous demander quel en est le but...

— Mes soupçons étaient fondés... On empoisonne ce misérable !...

— En échange de ce zèle et de cette soumission vous aurez une fortune assurée et le plus brillant avenir...

Blancheton soupira d'un air mélancolique.

— Qu'y a-t-il? — lui demanda Lionel.

— La fortune... l'avenir... — murmura l'ex-condamné, — c'est très bien ..

— mais je m'ennuie bigrement ici !

— Vous voudriez sortir?

— Ah! oui!

— Eh bien! sortez tant qu'il vous plaira... — Vous êtes libre...

— Vrai de vrai?

— Oui, parbleu! vous n'avez même jamais été prisonnier... — On vous retenait ici par intérêt pour vous... Vous étiez faible encore... en outre, il importait de nous entendre avant toute chose pour vous éviter quelque imprudence... — Vous avez maintenant la bride sur le cou, mais je vous recommande une réserve absolue... — Évitez les endroits où vous pourriez rencontrer quelques-unes de vos anciennes connaissances... ne vous liez avec personne... causez peu... ne prononcez jamais votre nom et ne parlez pas de votre naissance... — Je me réserve de vous présenter moi-même à un certain nombre de mes amis, ce qui constituera pour vous un petit cercle de relations agréables... — Je tiendrai mes promesses... N'oubliez pas les vôtres et que jamais une idée de trahison ne germe dans votre esprit car, pour vous replonger dans la tombe d'où je vous ai tiré, il me suffirait de le vouloir...

Blancheton frissonna malgré lui en entendant ces mots.

— Trahir! — s'écria-t-il — jamais de la vie!... — Mon intérêt vous répond de moi!

— C'est vrai, — fit Lionel avec un sourire.

Le ressuscité demanda :

— Continuerai-je à loger dans cette maison?

— Oui, jusqu'au moment très prochain où l'installation dont on va s'occuper dès aujourd'hui pour vous sera complète...

Blancheton poursuivit :

— Quand verrai-je la... la personne dont je suis le fils?

— Dans une douzaine de jours...

— Par qui lui serai-je présenté?

— Vous vous présenterez vous-même au milieu d'une fête...

— Où donc?

— Chez moi... au château de Saint-Ouen...

— Qu'aurai-je à dire à... à cette personne?...

— Ne vous inquiétez pas de cela... Votre leçon sera faite d'avance... vous n'aurez qu'à la réciter...

Lionel, Jean Renaud et Jocelyn quittèrent l'entresol de la rue du Colysée, laissant Blancheton libre d'agir à sa guise.

— Maître, — demanda le docteur noir en descendant l'escalier, — que pensez-vous de ce jeune drôle?

— Je pense qu'il sera dans nos mains un instrument docile, et c'est tout ce qu'il faut, — répliqua le pseudo-nabab. — Il nous l'a dit tout à l'heure avec un cynisme inconscient, son intérêt nous répond de lui.

Le même jour, vers les dix heures du soir, la vengeresse et le docteur noir attendaient Jean Renaud dans le salon du petit hôtel de la rue de Londres.

L'évadé de *la Dorade* vint les rejoindre.

— Maître, — dit-il, — depuis neuf heures je faisais le guet rue du Rocher...
— Je viens de suivre Rose Bonchamp... — Je l'ai vue monter en fiacre. — Je l'ai entendue donner l'ordre au cocher de la conduire à Montmartre... Elle est en ce moment rue des Abbesses chez René Mattifet. — Rien ne nous empêche d'agir...

— Allons... — répliqua Lionel. — A moins que mon instinct me serve mal aujourd'hui, nous allons avoir la preuve que mes soupçons étaient bien fondés...

De la rue de Londres à la rue du Rocher, la distance n'est pas longue.

Nos trois personnages la franchirent à pied et pénétrèrent, grâce à une clef que Jean Renaud tira de sa poche, dans l'hôtel contigu à celui qu'habitait Martial Dereyne.

Ils montèrent au premier étage et gagnèrent la chambre du fond, celle où l'ouverture pratiquée dans le mur mitoyen était cachée d'un côté par une haute glace et de l'autre par une bibliothèque.

Jean Renaud ouvrit la mystérieuse issue comme il l'avait fait la nuit où Remy Chomin et le Gosse s'étaient introduits dans l'hôtel de Martial pour essayer de mettre la main sur les neuf cent mille francs touchés par Rose Bonchamp chez le banquier de la rue Laffitte.

Seulement, au lieu de s'aventurer presque à tâtons, il se servit d'une petite lanterne à réflecteur pouvant fournir soit une clarté pâle, soit une lueur vive et brillante, et au lieu de laisser Cora entrer seule il la suivit avec Jocelyn.

La première pièce qu'ils traversèrent était inhabitée, nous le savons.

L'une des portes donnait accès dans la chambre à coucher du paralytique.

L'évadé de *la Dorade* fit jouer sans bruit le bouton de la serrure.

La porte tourna sur ses gonds.

La veilleuse que le valet de chambre avait l'habitude d'allumer chaque soir était éteinte.

Les reflets de la lanterne presque close tracèrent une raie lumineuse sur le tapis et semblèrent inonder de sang tout frais les rideaux d'un rouge sombre.

Pendant une seconde la vengeresse, près de franchir le seuil, s'arrêta.

Un bruit bizarre frappait son oreille.

Ce bruit rauque et sifflant ressemblait à un râle d'agonie et partait de la couche de Martial Dereyne.

Sans se préoccuper de trahir sa présence, Cora Bernier traversa vivement la chambre, s'approcha du lit, souleva l'un des rideaux et dirigea la clarté de sa lanterne sur le visage de l'ex-armateur.

Ce visage était effrayant.

Les traits gonflés et presque méconnaissables se contractaient comme sous les morsures d'une effroyable douleur.

Les yeux ouverts au point de paraître arrondis n'avaient pas de regards. — Ils roulaient dans leurs orbites charbonnées.

De la bouche entr'ouverte s'échappait le râle qui tout d'abord avait attiré l'attention de Cora.

Chose plus étrange encore, et même tout à fait incompréhensible , les membres de Martial, ces membres que la paralysie raidissait comme des barres de fer, avaient recouvré leur souplesse et se tordaient en des convulsions tétaniques.

La jeune fille sentit un frisson passer sur sa chair.

— Docteur, — dit-elle en se retournant à demi, — venez vite.

Jocelyn s'empressa d'obéir à cet appel et s'avança suivi de Jean Renaud.

Cora mit de nouveau le visage de Martial en pleine lumière.

— Regardez... regardez... — poursuivit-elle.

La crise atteignait son maximum d'intensité.

Les dents du moribond se heurtaient. — Une écume rougeâtre apparaissait sur ses lèvres.

Le docteur noir se pencha vers le corps.

— Mes soupçons étaient fondés, n'est-ce pas? — lui demanda la vengeresse. — On empoisonne ce misérable?...

LXVIII

Après un examen qui dura tout au plus une minute, Jocelyn répondit :

— Maître, vous ne vous trompiez pas.

— L'œuvre est commencée? — reprit Cora.

— Oui, et je vous assure que les meurtriers n'ont point ménagé le poison.

— Alors, Martial Dereyne est perdu?

— Non. — Par un hasard providentiel l'assassin, en croyant lui donner la mort, lui rendait la vie et le mouvement...

— Expliquez-vous, mon ami, je ne vous comprends pas... — dit la jeune fille stupéfaite.

Jocelyn trempa l'un de ses doigts dans le verre à moitié plein placé sur la table de nuit, et fit tomber sur le bout de sa langue une gouttelette de liquide.

— C'est bien ce que je supposais... — dit-il ensuite. — C'est par la *brucine* qu'on veut tuer Martial Dereyne, c'est la brucine qu'on lui verse à haute dose, mais l'empoisonneuse et son complice ignorent que la paralysie est le résultat d'un toxique dont la brucine est l'antidote. — Le misérable souffre horrible- ment, mais sa souffrance n'est point dangereuse et quelques gouttes du même poison suffiraient pour lui rendre la parole, en même temps que l'usage de ses membres...

— Et il y a des gens qui refusent de croire à la Providence ! — murmura Jean Renaud. — Quels idiots !

— Dieu est juste ! — il n'aurait pas permis que ma vengeance me fût volée, car cet homme m'appartient... — dit la jeune fille.

— Je vais enrayer la crise, — reprit le docteur noir.

Il tira de sa poche une sorte de trousse qu'il portait toujours sur lui et dont les compartiments renfermaient une demi-douzaine de petits flacons de cristal parmi lesquels il en choisit un.

Ce flacon était aux trois quarts plein de la liqueur aux reflets d'émeraude dont nous avons vu Cora se servir à deux reprises.

Jocelyn le déboucha.

Il prit la cuillère de vermeil placée près du verre, il y versa quelques gouttes d'eau puis une seule goutte de la liqueur verte et, écartant avec une spatule tirée de sa trousse les mâchoires contractées de Martial, il fit couler dans la gorge le contenu de la cuillère.

Le résultat ne se fit pas attendre.

Au bout d'un instant l'expression de douleur aiguë empreinte sur le visage de l'ex-armateur s'amoindrit et disparut bientôt tout à fait.

Les yeux se fermèrent.

Le râle cessa de se faire entendre, les membres redevinrent inertes.

— Il ne souffre plus ? — demanda la jeune fille.

— Non... — Il dort d'un sommeil presque cataleptique qui se prolongera jusque bien avant dans la matinée...

— Et au réveil ?

— Au réveil, il se retrouvera dans la situation où il était avant l'empoisonnement. — La brucine avait vaincu la paralysie. — Mon toxique anéantit l'effet de la brucine, et la paralysie va plus que jamais enchaîner le corps. — Vous savez ce que vous voulez savoir, maître... — Nous avons fait ce que nous devions faire. — Rien ne nous retient plus ici, nous pouvons partir...

Cora ne bougea pas. — Elle réfléchissait.

— Partir ! — répéta-t-elle au bout d'un instant, partir quand le hasard nous donne le moyen de rendre plus solides les chaînes qui font de Rose Bonchamp et de Mattifet nos esclaves ! — Non ! Non ! — Nous connaissons la main qui verse le poison, et le poison lui-même doit être ici caché. — Il nous le faut. — Ce sera la preuve matérielle du crime !

— C'est vrai, — s'écria Jocelyn,

— Fouillons la maison, — appuya Jean Renaud. — Personne ne troublera nos recherches. — Les domestiques dorment au second étage, et Rose Bonchamp est rue des Abbesses.

Le docteur noir jeta un regard autour de la chambre.

— Les meubles sont fermés, — dit-il, — comment les ouvrir ?

L'évadé de *la Dorade* secoua la tête et répliqua :

— Inutile de songer à l'effraction... — Le poison n'est point dans cette chambre, je vous en réponds... — Je connais mieux les femmes que vous ne les connaissez, ami Jocelyn, les ayant pratiquées beaucoup, pour mon malheur... — Rose est une coquine très adroite ; elle sait par instinct, comme le savait par réflexion le héros de certain roman bien connu d'Edgard Poë, que les objets les mieux cachés sont ceux qui n'ont pas l'air d'être cachés du tout...

— Vous pourriez avoir raison... — fit le médecin mulâtre.

— J'ai raison certainement... — Vous en aurez la preuve... — Où est la chambre de la drôlesse ?

— Près de celle-ci, sans doute, — répondit Cora. — Cherchons.

En même temps elle ouvrait une porte et pénétrait dans une pièce coquettement meublée.

De violentes émanations d'*eau de Mousseline* et de *bouquet du Jockey-Club* flottaient dans l'atmosphère lourde.

De petites mules enrubannées reposaient sur une peau de tigre au pied du lit.

Deux ou trois robes et un peignoir traînaient accrochés aux patères.

— Nous y sommes... — dit Jean Renaud. — Cette créature adore les odeurs capiteuses... — On la suivrait à la piste de ses parfums !... Maître, confiez-moi la lanterne pour commencer l'exploration et, rapportez-vous-en à moi, elle sera bien faite...

La besogne du reste semblait facile, les clefs étant sur tous les meubles.

Les tiroirs furent minutieusement passés en revue les uns après les autres sans résultat.

— Il est invraisemblable pourtant que Rose aille rejoindre le Mattifet avec du poison dans ses poches ! — reprit l'évadé de *la Dorade*. — Visitons le cabinet de toilette.

Ce cabinet, contigu à la chambre à coucher, était de dimensions restreintes et fort en désordre. Sur une table de marbre blanc surmontée d'une glace biscautée et garnie de porcelaines d'une grande richesse de décor mais d'un goût médiocre, se trouvaient des flacons de parfums, des boîtes de savons, des boîtes à poudre de riz, des godets de blanc et de rouge, des houppes, des estompes, des crayons noirs et bleus, des pattes de lièvre, enfin l'arsenal indispensable aux femmes d'un certain âge pratiquant avec conviction un maquillage nécessaire.

Jean Renaud passa les flacons en revue et les approcha l'un après l'autre de ses narines.

Il ouvrit successivement toutes les boîtes.

— Rien de suspect ! — dit-il. — C'est drôle ! — Allons-nous faire buisson creux ? — Ah ! j'oubliais le tiroir de la toilette... — C'est là qu'est notre dernière chance...

Le tiroir contenait un fouillis de vieux sachets, de rubans fanés, de dentelles jaunies.

Sous ce fatras une boîte d'écaille pleine de gants défraîchis attira l'attention de Jean Renaud qui, avec un instinct de policier, souleva ces gants et mit la main sur une petite fiole enveloppée de papier bleu et ne sortant certainement pas de chez un parfumeur en renom.

— Ah! pour le coup, — s'écria-t-il, — je crois que voilà le pot aux roses!... — Mon cher docteur, examinez un peu cela.

Et il tendit la petite fiole à Jocelyn.

Ce dernier la déboucha, l'approcha de ses narines, humecta l'extrémité de son doigt avec le liquide qu'elle contenait et dégusta ce liquide du bout de la langue, comme il avait déjà fait dans la chambre à coucher du paralytique.

— Eh bien? — demanda Jean Renaud.

— Vous ne vous trompez pas... — c'est la *brucine* avec laquelle on empoisonne Martial Dereyne... — Maître, que faut-il faire maintenant?

— Prenez ce flacon, — répondit Cora, — et partons...

— Où allons-nous?...

— A Montmartre, chez Mattifet...

— Ah! comme vous avez raison! — dit l'évadé de *la Dorade* en se frottant les mains, — il est bon de battre le fer pendant qu'il est chaud!

Un peu avant minuit un fiacre s'arrêta dans la rue des Abbesses en face du petit jardin entourant la maison de René Mattifet.

L'homme d'affaires et Rose Bonchamp, après avoir soupé en tête à tête et vidé deux bouteilles de vin de Champagne, venaient de remonter au premier étage et faisaient des projets d'avenir et de fortune dans lesquels les six cent mille francs de Martial Dereyne jouaient un rôle important.

— Il me semble que j'entends une voiture s'arrêter à la porte... — dit Rose tout à coup.

— C'est peu probable... — répliqua Mattifet,

— Tu n'attends personne?

— Qui diable veux-tu que j'attende à minuit?...

Un violent coup de sonnette retentit soudain.

Les deux complices tressaillirent.

— C'est bien ici qu'on vient... — reprit Rose, — qui ça peut-il être?

— Quelqu'un qui se trompe de porte...

— Alors tu ne vas pas répondre?

— Non.

— Si c'était?...

— Quoi?

— La police...

— Es-tu folle!! — Je n'ai rien à craindre... absolument rien... — dit l'agent d'affaires avec une assurance que démentaient sa pâleur et le tremblement de sa voix.

Un second coup de sonnette, plus énergique encore que le premier, interrompit le dialogue des deux complices.

En même temps on frappait vigoureusement contre la porte vermoulue.

— J'ai peur... — balbutia Rose. — Si on venait nous arrêter...

— A quel propos?

— Tu le sais bien... l'affaire de la rue du Rocher...

— Impossible ! C'est tout au plus s'il y a commencement d'exécution...

Le carillon continuait. — La porte craquait.

Mattifet prit un parti brusque.

— Je vais voir... — dit-il.

— Prends garde. — Ne vaudrait-il pas mieux nous sauver?

— Par où ? —Aucune issue. — Si c'est la police, nous sommes pris.

L'agent d'affaires descendit au rez-de-chaussée et gagna le jardin.

Aussitôt que de la rue on entendit quelqu'un sortir de la maison le carillon cessa.

Rose effarée ouvrit la fenêtre derrière la persienne close et prêta l'oreille.

— Qui donc, — s'écria Mattifet d'un ton qu'il voulait rendre menaçant, — qui donc se permet de troubler à pareille heure par un vacarme inconvenant le sommeil d'un citoyen paisible, et de vouloir de force entrer dans la maison ?

Une voix très calme, —celle de Jean Renaud, — demanda avec une exquise politesse :

— Est-ce à monsieur René Mattifet que j'ai le plaisir de parler?

— A lui-même...

La voix poursuivit :

— Eh bien ! monsieur Mattifet, nous ne songeons pas le moins du monde à entrer de force chez vous, et si nous vous avons réveillé — (ce dont nous vous présentons nos excuses) — c'est qu'il y avait urgence absolue... Veuillez donc ouvrir de bonne grâce et ne point nous contraindre à recommencer bien malgré nous le tapage indécent dont vous vous plaignez à bon droit, et qui ne manquerait pas d'amener à la longue l'intervention des sergents de ville... — Vous ne tenez pas à l'intervention des sergents de ville, je suppose...

— Je refuse d'ouvrir à des inconnus... — Qui êtes-vous?

— Nous sommes des gens animés à votre égard des meilleures intentions...

— Que voulez-vous ?...

— Obtenir de votre bienveillance une entrevue immédiate avec une charmante personne à laquelle nous venons annoncer une nouvelle qui l'intéresse; — nouvelle grave:—M. Martial Dereyne vient de mourir subitement dans son hôtel de la rue du Rocher...

Rose avait entendu.

Elle poussa un faible cri derrière la persienne.

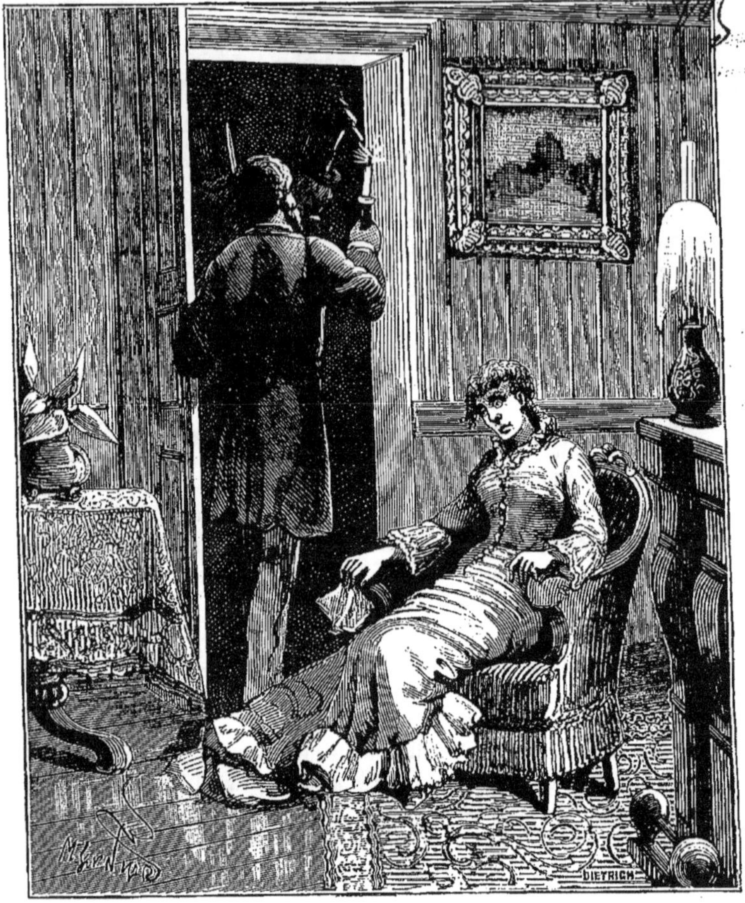

Mattifet, un bougeoir à la main, éclaira les trois visiteurs jusqu'à la porte.

Troisième partie. — DIEU DISPOSE...

I

René Mattifet, bouleversé par la nouvelle d'une catastrophe qu'il ne croyait
pas devoir être si prochaine, et surtout par la manière incompréhensible pour

lui dont cette nouvelle arrivait à Montmartre, craignant en outre qu'un agent de police quelconque ne fût attiré rue des Abbesses par le bruit d'une discussion prolongée, ouvrit la porte du jardin dans lequel nos trois personnages entrèrent aussitôt.

Joselyn passa le dernier et referma la porte.

— Monsieur Mattifet, — dit Lionel, — vous avez eu raison d'éviter tout éclat fâcheux, vous en aurez bientôt la preuve. — Veuillez maintenant nous conduire auprès de Mme Rose Bonchamp.

— Mme Bonchamp n'est pas ici, messieurs... — répliqua l'homme d'affaires en s'efforçant de reprendre un peu de sang-froid.

— Pardonnez-moi de vous contredire... — Il vous déplaît de compromettre une dame, et ce sentiment délicat vous honore, mais toute dénégation serait inutile. — Nous sommes bien renseignés. De plus, nous avons entendu tout à l'heure le petit cri d'effroi poussé par Mme Bonchamp derrière la persienne qui la cache.

— Mais, messieurs... — commença Mattifet.

— Ah! finissons-en, je vous prie ! — interrompit Lionel impérieusement.

A cette minute précise la porte du rez-de-chaussée s'ouvrit et Rose parut sur le seuil, un flambeau à la main.

Elle était pâle sous son maquillage mais dominait son émotion.

— Ah ! — fit-elle d'un ton qu'elle cherchait à rendre dégagé, — je ne me trompais pas... — Il m'avait bien semblé reconnaître la voix de mes bons amis MM. Lionel Warton et Doménico Séballa... — René, faites entrer ces messieurs... — J'ai hâte de savoir ce qui les amène...

L'agent d'affaires ne pouvait désormais se retrancher derrière un faux-fuyant quelconque.

Force lui fut d'introduire les visiteurs nocturnes dans le cabinet de travail contigu à la salle à manger.

— J'ose espérer, messieurs, — dit Rose en minaudant, — que ma présence ici ne fait point naître en votre esprit de suppositions malséantes à mon sujet... — René Mattifet est mon proche parent, et je viens quelquefois le soir m'entretenir avec lui de mes petits intérêts pécuniaires.

— Nous ne supposons absolument rien, madame... — répliqua Lionel.

— A la bonne heure... — Bref, le motif de votre visite ?...

— L'ignorez-vous ?

— Tout à fait.

— Nous venons de l'apprendre à monsieur, cependant, et vous écoutiez.

— J'entendais le bruit des voix, mais sans distinguer les paroles.

— Eh bien ! madame, M. Dereyne, dont vous étiez la garde-malade, est mort tout à coup.

— Mort ! lui !... Martial !... — s'écria Rose avec une terreur et un saisissement admirablement joués. — Est-ce possible, mon Dieu !..

— C'est possible et certain... — D'ailleurs c'était prévu... — Le poison a fait son œuvre...

Rose leva les bras et les mains vers le plafond en répétant d'un air effaré :

— Le poison ! — Que signifie cela, monsieur Lionel ?... Songez-vous bien à ce que vous dites !... — Ce pauvre Martial n'avait pas d'ennemis. — Qui donc l'aurait empoisonné ?...

— Vous, madame.

— Moi ! moi ! moi ! — répéta Rose à trois reprises. — Une telle accusation !... — Je dédaigne d'y répondre ! c'est de la folie pure !

L'ex-femme de charge essaya de moduler un éclat de rire ironique, emprunté au répertoires des théâtres du boulevard.

Elle n'en eut pas la force. — Ses dents claquaient. — Elle était au moment de se trouver mal.

— Vous, — poursuivit Lionel, — sous l'inspiration de Mattifet, votre digne amant, et avec le poison fourni par lui.

L'usurier de la rue des Abbesses essaya de faire bonne contenance et n'y réussit guère.

Ses mains tremblaient. — De grosses gouttes de sueur perlaient sur son front.

— Il est des lois, — balbutia-t-il, — des lois qui protègent l'honnête homme contre l'insulte et la calomnie. — Je les invoquerai et, en attendant, je vous somme de quitter cette maison, sinon...

Lionel lui coupa la parole en répliquant :

— La *brucine* est un poison sûr, monsieur Mattifet, et vous en connaissez les mérites... Faut-il vous dire d'où vient la fiole, enveloppée de papier bleu, cachée dans une boîte à gants au fond d'un tiroir du cabinet de toilette de Mme Bonchamp !

L'autorité avec laquelle Lionel formulait l'accusation, et les détails précis qui l'accompagnaient, terrifièrent les deux misérables.

Ils se sentirent pris et démasqués.

René s'avouait vaincu.

Rose, avec son entêtement inintelligent, voulait néanmoins lutter encore.

Elle croisa ses deux bras sur sa robuste poitrine, prit une attitude de poissarde et s'écria d'une voix rauque :

— Savez-vous, monsieur Warton, que nous sommes bien bons enfants, Mattifet et moi, de vous écouter ! — Tout ça, c'est des mensonges ! — Et d'abord, comment sauriez-vous que M. Dereyne est mort?... — Je démonte la sonnette tous les soirs... — Les portes sont fermées... — J'ai la clef dans ma poche... — Qui donc vous a ouvert ?

— Je dirai cela, madame, au juge qui m'interrogera lorsque j'aurai dénoncé le crime... — répondit Lionel. — Vous lui direz à votre tour par quelle autre main que la vôtre a été empoisonné Martial Dereyne, et vous lui expliquerez la présence dans votre tiroir du flacon de brucine fourni par M. Mattifet... — Si vos explications lui semblent concluantes, peut-être éviterez-vous l'échafaud...

Ce dernier mot produisit un effet foudroyant sur l'infâme créature.

Elle se laissa tomber à genoux et tendit vers le pseudo-nabab ses mains suppliantes, en balbutiant avec des gémissements sourds et des sanglots étouffés :

— Grâce, au nom du ciel ! — Ayez pitié de moi... — Je ne vous ai rien fait... — Ne me perdez pas...

— Grâce ? — répéta Lionel d'un ton d'écrasant mépris. — Pour obtenir cette grâce vous seriez l'un et l'autre prêts à tout, n'est-ce pas ?

— Prêts à tout... Oui... Oui... Oui... — répondirent à la fois Rose et René.

— Eh bien ! nous vous ferons grâce, — poursuivit Lionel, — grâce à tous deux, mais parce que Martial Dereyne est vivant encore !... — Dieu nous a permis d'arriver près de lui à temps pour le sauver... — S'il avait succombé, c'est la police qui serait chez vous à cette heure ! — Nous ne dénoncerons pas votre crime inutile, nous ne vous livrerons point à la justice des hommes, vous laissant à celle de Dieu, mais cela aux conditions que je vais vous dire.

— Parlez... parlez... — dit Rose d'une voix méconnaissable. — Quelles que soient ces conditions, nous les acceptons d'avance...

— Demain matin, ou plutôt ce matin, car il est minuit passé, — reprit le pseudo-nabab, — vous retournerez rue de Londres...

L'ex-femme de charge fit un signe affirmatif.

— Une médication habile a détruit l'effet du poison, — continua Lionel. — Vous retrouverez donc M. Dereyne dans l'état où il était avant votre tentative avortée... — Il ne faut pas que cette tentative se renouvelle... — La vie de Martial Dereyne doit vous être sacrée...

— Ah! — répliqua Rose, — soyez tranquille!... — Je la prolongérais aux dépens de la mienne!...

— Vous feriez d'autant mieux, — ajouta la vengeresse, — que si M. Dereyne mourait subitement, je vous ferais arrêter sans retard...

L'amie de René Mattifet se mit à trembler.

— Ce serait une grande injustice... — bégaya-t-elle. — Martial n'est plus jeune... il est paralysé... il peut lui arriver malheur sans que j'y sois pour rien...

— Tant pis pour vous... — Ce que vous avez fait légitime tous les soupçons... — Quiconque a commis un premier crime en doit commettre un autre... — Veillez jour et nuit sur le malade, et au moindre symptôme alarmant ne perdez ni une heure, ni une minute, appelez-moi.

— Je vous appellerai souvent, car j'aurai toujours peur...

— J'y compte ! — Si vous ne craigniez rien, vous n'obéiriez pas... — Autre chose, et ceci s'adresse à monsieur Mattifet comme à vous... — A partir de cette nuit vous allez avoir tous les deux une idée fixe, celle de quitter Paris pour vous soustraire à ma domination et d'aller vous cacher à l'étranger... — Ne niez pas... — Je vous connais assez pour être sûr que vous y pensez déjà !... — Eh bien ! je vous conseille charitablement de ne donner aucune suite aux projets de ce genre qui germeront dans votre cerveau... — Au moment où je vous parle, une surveillance occulte vous environne et ne vous quittera plus. — A la première tentative de fugue vous seriez arrêtés.

— Ça ne serait pas juste ! — fit à son tour René Mattifet avec amertume. — Votre police particulière peut se méprendre sur mes intentions les plus innocentes et, si je monte en chemin de fer pour aller dîner à Enghien, se figurer que je pars pour Bruxelles et me mettre la main au collet.

— Tant pis pour vous ! — répondit Lionel. — Je le disais à Mme Bonchamp, — je vous le dis à votre tour : — Soyez prudent, gardez-vous de toute démarche qui puisse sembler suspecte, et privez-vous, jusqu'à nouvel ordre, d'aller dîner à la campagne...

— Bref, — murmura l'agent d'affaires, — je suis prisonnier dans Paris...

— Absolument, mais à qui la faute ? — Cela d'ailleurs ne vaut-il pas mieux que d'être prisonnier dans une cellule de la Roquette ou de la Conciergerie ?...

Mattifet ne répondit pas.

— Jurez-vous de m'obéir ? — reprit Lionel.

— Je le jure, — murmura Rose d'une voix tremblante.

— Je le jure aussi... — répéta René. — Puisque je ne peux faire autrement... — ajouta-t-il tout bas.

— Nous vous laissons... — Souvenez-vous ! — Votre salut est entre vos mains.

— Vous oubliez quelque chose, maître... — dit Jean Renaud.

— Quoi donc ?

— De recommander à M. Mattifet une obéissance aveugle aux instructions de l'honorable Williams Dickson, esquire...

En entendant ce nom Mattifet tressaillit ; il regarda l'évadé de *la Dorade* avec un étonnement profond et se demanda :

— Comment ce mulâtre est-il au fait des intentions de l'Anglais vrai ou faux au sujet de Georges Dereyne ? — Tous ces gens-là se tiennent donc ?

Puis, à haute voix :

— Les ordres de l'honorable Williams Dickson seront exécutés à la lettre, — fit-il.

— C'est bien... reconduisez-nous...

Mattifet, un bougeoir à la main, éclaira très obséquieusement les trois visiteurs jusqu'à la porte donnant sur la rue, et ne regagna sa maison que lorsqu'il les eut vus remonter en voiture et s'éloigner.

Il trouva Rose presque renversée sur un siège.

— Dans quelles mains sommes-nous? — balbutia-t-elle effarée. — Quels sont ces gens que je croyais connaître et qu'en réalité je ne connais pas?

Mattifet répondit :

— Ces gens sont des vengeurs... Pour des motifs que j'ignore ils ont juré la perte de la famille Dereyne, et nous avons failli leur arracher une des victimes désignées par leur haine.

— Nous les servions en tuant Martial.

— Ce n'est pas leur avis... Ils veulent le tuer autrement ou le laisser vivre pour souffrir.

— Obéirons-nous?

— Il le faut bien. — D'ailleurs que nous importe?

— Mais les six cent mille francs de Martial?

— Tout vient à point à qui sait attendre... — Patience.

II

Georges Dereyne s'empressa de réaliser l'ingénieux projet que nous avons vu naître et grandir dans son esprit, rue des Abbesses, au moment où Mattifet venait de lui remettre, en échange de ses billets à trois mois, une somme de deux cent mille francs — sauf l'escompte.

Il employa la moitié de cette somme à faire prendre patience aux plus pressants de ses créanciers et il conserva l'autre moitié pour tenter la fortune à Chantilly.

A mesure qu'approchait le jour des courses, Georges s'affermissait de plus en plus dans sa résolution de hasarder cent mille francs sur l'encolure de l'un des chevaux engagés par Lionel Warton, *Blue-Devil* ou *Miss Lowe*.

— Certes, — se disait-il, — je pourrais tailler une grosse banque de baccarat ou ponter vigoureusement, soit à mon cercle, soit rue de Londres, mais pour quadrupler le capital restreint dont je dispose il me faudrait un certain nombre de coups heureux, et je ne puis me dissimuler qu'en ce moment *la guigne* me poursuit autour du tapis vert... — Je perdrais *les inexpressibles de mod*, comme dit en son baragouin cet original de Williams Dickson... — Cette guigne ne s'entêtera point sans doute à me persécuter sur le turf... — Les chevaux de Lionel, payés en Angleterre des sommes fabuleuses, sont tout à fait de premier ordre, mais presque inconnus en France où ils n'ont jamais couru... — Moi, j'ai confiance... — Je crois que l'un d'eux sera vainqueur... — Si je tiens pour celui-là contre *le champ*, dans des conditions qui ne sauraient manquer d'être particulièrement favorables, mes bénéfices atteindront des proportions énormes... J'aurai plus d'argent qu'il ne m'en faut immédiatement et, une fois ma position liquidée, j'entrerai à pleines voiles dans le port du mariage où nul désastre financier ne sera possible... — Seulement — (quoique la sagesse des nations soit d'un avis contraire) — je prétends mettre tous mes œufs dans le même panier au lieu de diviser mes chances... — Je parierai donc, soit pour *Miss Lowe*, soit pour *Blue-Devil*... — Comment savoir lequel est le meilleur? — Bah! je n'irai point à mon but par quatre chemins... — Mieux vaut s'adresser à Dieu qu'à ses saints, je questionnerai Lionel.

Le même jour, après avoir apporté à Laura Warton son bouquet quotidien et dîné au château de Saint-Ouen, Georges Dereyne, passant son bras sous celui du maître du logis, l'emmena un peu à l'écart.

— Qu'avez-vous donc de mystérieux à me dire, mon cher Georges? — fit Lionel en souriant.

— J'ai à vous demander un renseignement de grande importance... ou plutôt un conseil d'ami.

— Pour vous?

— Non, pas pour moi personnellement, mais pour un camarade auquel je porte un vif intérêt...

— Vous m'intriguez!... — De quoi s'agit-il?

— Des courses de dimanche...

— Ceci ne m'apprend rien... — Expliquez-vous...

— Je vais le faire... — Le camarade en question a subi des pertes importantes et se trouve dans une position momentanément difficile... — il lui reste cependant une somme assez ronde qu'il serait désireux de quintupler en une après-midi, ce qui le remettrait à flot...

Tout en parlant, Georges regardait Lionel.

Ce dernier resta impassible et rien n'indiquait qu'il devinât ce qu'on attendait de lui.

Le fiancé de Laura poursuivit :

— Mon ami se figure que les chevaux engagés par vous lui porteront bonheur. — Sa confiance est absolue, et j'avoue que je la partage. — Mais il voudrait savoir si vous lui conseillez de mettre ses paris sur *Miss Lowe* ou sur *Blue-Devil*.

Lionel sourit de nouveau.

— Comment s'appelle cet ami dont vous êtes l'interprète? — demanda-t-il.

— Il m'a fait promettre de ne pas le nommer...

— Très bien... — Son nom d'ailleurs importe peu, et je vais vous répondre comme si vous m'interrogiez pour votre propre compte : — Je refuse absolument de donner un conseil en semblable occurrence...

— Pourquoi?

— Parce que la responsabilité morale qu'entraînerait ce conseil est inacceptable pour moi... — Les courses sont un jeu de hasard où les plus malins se ruinent en prenant des probabilités pour des certitudes... — Je crois avoir des chances de succès, sans cela je ne ferais pas courir, mais je m'illusionne peut-être sur la valeur de mes chevaux et, même en supposant que cette valeur existe, le meilleur cheval du monde peut tomber boiteux au moment d'arriver le premier et se faire battre par une haridelle... Certes, le cas échéant, ce ne serait point ma faute, mais si j'avais encouragé quelqu'un à parier pour mon cheval, ce quelqu'un pourrait me dire : *Votre conseil me coûte un peu cher !...*

— Mon ami n'aurait garde de vous parler ainsi...

— N'insistez pas, mon cher Georges, ce serait inutile et, si votre ami vous écoute, engagez-le fortement à mettre vingt-cinq louis, soit sur *Miss Lowe*, soit sur *Blue-Devil*, ça flattera mon amour-propre, ça intéressera pour lui la partie et, quoi qu'il arrive, si ça ne peut l'enrichir, ça ne pourra l'obérer... — l'argent qu'on ne perd pas est de l'argent qu'on gagne...

Il était clair comme le jour qu'on n'obtiendrait rien de Lionel. — Le fils aîné de Martial le comprit et n'insista point, mais il se dit que Doménico Séballa, vivant au château de Saint-Ouen dans l'intimité quotidienne du jeune nabab, devait savoir à quoi s'en tenir, et que peut-être il serait possible, avec beaucoup de diplomatie, de tirer de lui quelque chose.

Il y parvint en effet, plus facilement qu'il n'aurait osé le croire.

— Avez-vous l'intention formelle de parier pour l'un des chevaux de Lionel ? — lui demanda le faux mulâtre.

— Oui.

— Si je refuse de vous répondre, vous parierez quand même ?...

— Je vous en donne ma parole d'honneur.

— Pour lequel ?

— Je n'en sais rien... — je prendrai au hasard...

— Autant vaut augmenter vos chances... — Tous les paris de Lionel seront sur *Blue-Devil*... — Faites votre profit du renseignement et gardez-le pour vous...

— Merci mille fois, je serai muet...

L'indication donnée par Doménico Séballa était, on le comprend, d'une importance énorme, les paris du maître impliquant sa confiance absolue dans la supériorité du cheval qui porte sa fortune.

Georges résolut néanmoins de contrôler cette indication à l'aide d'un autre témoignage.

Il se rendit aux écuries, glissa un billet de cinq cents francs entre les doigts d'un groom et obtint les confidences suivantes ;

Blue-Devil se trouvait en parfaite condition.

Il faisait preuve chaque jour, pendant les galops d'entraînement, d'une vitesse de locomotive.

Miss Lowe, quoique *bien dans sa forme*, ne pouvait suivre son train.

Le groom, dont la bonne foi était évidente, ne doutait pas que le *prix de la Reine-Blanche* ne fût pour le cheval anglais l'occasion d'un triomphe.

— En de telles conditions, dit-il, je renonce à traiter.

L'associé d'agent de change reprit le chemin de Paris, très joyeux, et cette fois complètement rassuré pour l'avenir.

Il aurait donné beaucoup pour se trouver à l'après-midi de ce dimanche où ses embarras devaient finir. — Il lui semblait sentir frissonner dans ses poches, trop étroites pour les contenir, les liasses soyeuses de billets de banque.

Pendant le trajet qui lui parut court, Georges se livra à des calculs très compliqués, que nous nous garderons bien de reproduire, sur la *cote* probable des chevaux engagés dans le prix de la Reine-Blanche.

Blue-Devil, mal connu, serait peu recherché, pour ne pas dire dédaigné. Georges tiendrait pour lui contre les parieurs et sa victoire inattendue quintuplerait au moins les cent mille francs engagés.

— Cent mille francs !! — répéta le jeune homme au moment où ce chiffre s'offrit à sa pensée. — Qu'est-ce que cela ? — Ah ! si je pouvais jeter cent mille écus sur le tapis vert du champ de courses, quelle fortune ! ! — Je me trouverais en un instant presqu'aussi riche que Paula ! !

Lancé sur cette pente, Georges ne s'arrêta plus.

— L'occasion qui se présente est unique... — poursuivit-il. — Pourquoi n'essayerais-je pas de me procurer les trois cent mille francs qu'il me faudrait comme enjeu ?... — Pourquoi n'irais-je pas les demander à René Mattifet?... — Cet homme s'est montré facile... — Il paraissait trouver mon premier emprunt singulièrement modeste... — Il m'a parlé de rentrées prochaines qui mettraient dans sa caisse d'importants capitaux... — Qu'est-ce que je risque, après tout?... — Ce qui peut m'arriver de pire est d'essuyer un refus poli, car il est homme du monde, ce René Mattifet... — J'irai demain à Montmartre.

Le fils de Martial Dereyne fit des rêves d'or toute la nuit; le matin il continua à rêver les yeux ouverts en regardant l'avenir à travers un prisme éblouissant, et à neuf heures précises il descendait de voiture rue des Abbesses et sonnait à la porte du jardin.

La femme de ménage vint ouvrir, et l'ayant reconnu l'introduisit sur-le-champ auprès de l'homme d'affaires qui par hasard se trouvait seul dans son cabinet.

L'ami de Rose était un gaillard trop intelligent pour ne s'être pas remis bien vite de la terreur causée à lui et à sa complice par la visite nocturne de Lionel et des deux mulâtres, maîtres tous les trois du secret de son passé, et connaissant le nouveau crime qu'il venait de commettre.

Peu lui importait qu'on eût des armes contre lui, pourvu qu'on n'en fît point usage.

Or, il avait la certitude absolue qu'aussi longtemps qu'il obéirait aux mystérieux ennemis de la famille Dereyne il n'aurait rien à craindre.

Bien plus, on se servirait de lui comme d'un instrument utile, d'un rouage indispensable ; on lui payerait largement les services rendus.

Donc Mattifet vivait en paix de ce côté, et nul souci, nulle préoccupation, ne venaient s'ajouter à ses préoccupations et à ses soucis habituels.

Au moment où Georges franchit le seuil du cabinet poudreux, l'homme d'affaires se souvint des recommandations faites par Williams Dickson au sujet d'un nouvel emprunt.

— Voici, — pensa-t-il, — un étourneau qui vient se jeter bénévolement dans les filets de l'oiseleur... — tant pis pour lui...

Tout en monologuant ainsi, Mattifet se leva pour saluer Georges, appela sur ses lèvres son plus gracieux sourire, désigna de la main un siège au visiteur et lui dit :

— Quel bon vent vous amène, cher monsieur Dereyne ? — Devanceriez-vous par hasard l'époque convenue pour le paiement, et viendriez-vous retirer vos billets ?

Georges secoua la tête en riant, s'assit et répliqua :

— Ma foi non, cher monsieur Mattifet... — Le motif de ma visite n'est point celui que vous supposez...

— Quel est-il donc ?

— Ne le devinez-vous pas ?

— Je cherche en vain... à moins cependant qu'il ne s'agisse d'un nouvel emprunt... ce qui me paraît invraisemblable...

— Invraisemblable ou non, ne cherchez plus... — vous avez trouvé...

Mattifet fit un geste de surprise.

— Vous avez besoin d'argent?... — s'écria-t-il. — Déjà !

— Oui.

— D'une grosse somme ?

— Hélas ! oui.

— Est-il possible que vous ayez en quelques jours dévoré deux cent mille francs ! — Tudieu ! quel appétit !

— Je n'ai rien dévoré du tout ! — répliqua Georges.

— A quoi donc les deux cent mille francs ont-ils servi ?

— A boucher des trous très profonds. — Ah ! je dois être riche, cher monsieur Mattifet, si le proverbe est vrai : — *Qui paie ses dettes s'enrichit !*

— Bref, aujourd'hui, que vous faudrait-il ?

— J'ose à peine le dire...

— Bah ! formulez un chiffre...

— Eh bien !... trois cent mille francs...

III

— Trois cent mille francs ! — répéta l'agent d'affaires en levant les mains et les yeux vers le plafond. — Miséricorde ! une fortune !... — Me permettez-vous de vous adresser une question très indiscrète?

— Certes ! — répondit Georges.

— Et vous ne vous en formaliserez point?

— En aucune façon...

— Eh bien ! pourquoi cent mille écus vous sont-ils nécessaires?

L'associé d'agent de change trouva cette curiosité non seulement très indiscrète, mais fort impertinente, et fut au moment de le laisser voir.

La réflexion l'arrêta.

En se donnant le dangereux plaisir de remettre Mattifet vertement à sa place, il s'aliénerait la bonne volonté de l'escompteur et toute tentative d'emprunt nouveau deviendrait inutile.

Il répliqua donc en grimaçant un sourire :

— Ce que vous me demandez là, cher monsieur, m'oblige à m'entretenir avec vous des petites affaires de mon futur ménage... — Il est indispensable, vous le comprenez, d'offrir une corbeille splendide à la fiancée qui m'apporte en dot six millions, et je dois, quoique simple bourgeois, faire princièrement les choses... — Or, les diamants et les dentelles sont hors de prix !... J'ai en outre à payer, lundi prochain, cent mille francs sur l'hôtel de la rue du Cirque acheté tout exprès pour y loger ma lune de miel... — C'est à peine, vous le voyez, si cent mille écus me permettront de faire face à de si impérieuses et si pressantes nécessités...

Après un silence qui parut à Georges de mauvais augure, Mattifet reprit :

— Bref, faute de trois cent mille francs, votre mariage serait compromis ?...

— J'en ai peur...

— Et, — continua l'agent d'affaires, — vous êtes sûr de toucher six millions le jour de la signature du contrat ?

— J'en suis sûr. — Le contrat stipulant le régime de la communauté, la dot me sera remise en un chèque sur la maison *** dépositaire des capitaux de Mlle Warton...

— Je sais que la fortune est ample, et que le crédit de Lionel Warton est à peu près illimité... — Assurément vous ne pouviez rêver une plus belle affaire... — Il serait pénible pour vous, très pénible, d'échouer si près du port...

— Venez-moi en aide...

— D'un autre côté, la somme est lourde; — poursuivit Mattifet. — Vous me devez déjà deux cent mille francs.

— Je les payerai, vous le savez bien.

— Pardieu ! je l'espère et j'y compte; mais si vous veniez à mourir, ou si Mlle Warton, changeant d'avis tout à coup, refusait de vous épouser — les femmes sont capricieuses ! — ma créance serait bien malade.

— C'est impossible...

— Tout est possible !... — Assez de phrases. — Allons au but. — Je consens à vous obliger, — seulement...

Mattifet s'arrêta.

— Seulement ? — répéta Georges.

— Je veux des garanties.

— Lesquelles ?

— Un dépôt d'actions ou d'obligations cotées à la Bourse et représentant une somme au moins égale à celle que vous demandez...

Le fils aîné de Martial Dereyne haussa les épaules.

— Eh ! cher monsieur, — s'écria-t-il, — si je possédais les valeurs dont vous exigez le dépôt, je les vendrais purement et simplement et n'aurais nul besoin de m'adresser à vous pour un emprunt...

Mattifet sourit et répliqua :

— Je crois que vous me comprenez mal. — Vous êtes associé d'agent de change, il est inadmissible que vous n'ayez pas dans votre caisse des liasses de valeurs excellentes...

— J'en ai certainement... mais elles ne m'appartiennent pas...

— Qu'importe? — Je ne vous demanderai point si les valeurs remises entre vos mains sont à vous ou à vos clients...

— En faisant usage de ces valeurs, je commettrais un abus de confiance!

— Bien innocent, vous en conviendrez, puisque vous auriez la certitude matérielle de me rembourser dans une quinzaine de jours et de retirer vos titres.

— C'est l'intention frauduleuse qui constitue l'abus de confiance ; or vous agiriez avec une entière bonne foi, vous ne causeriez de préjudice à qui que ce soit, et personne ne se douterait du moyen employé par vous pour sortir d'embarras...

— Vous oubliez une chose : le client dont j'aurais emprunté les titres à son insu pourrait venir me les réclamer à l'improviste...

— C'est peu probable.

— Soit, mais vous l'avez dit vous-même, tout est possible.

— Cherchez si parmi vos clients quelques-uns sont absents de Paris et n'y doivent revenir qu'après votre mariage.

Georges pensa aussitôt à Williams Dickson.

L'Anglais était en Suisse, son retour n'aurait lieu que dans un mois au plus tôt, et le contrat serait signé dans quinze jours.

— Accepteriez-vous des actions nominatives? — demanda le jeune homme.

— Sans doute, mais comme elles seraient sans valeur entre mes mains, il faudrait m'apporter en même temps un mot signé du propriétaire et ainsi conçu : *J'autorise M. Georges Dereyne à remettre à M. Mattifet, capitaliste, demeurant à Montmartre, rue des Abbesses, les actions et obligations dont les numéros suivent, comme garantie d'un prêt de trois cent mille francs consenti à M. Georges Dereyne, et je promets, si ce dernier ne faisait point honneur à ses engagements, d'opérer au profit de M. Mattifet le transfert des valeurs désignées plus haut, dans un délai de huit jours après le non-paiement des billets souscrits par M. Georges Dereyne.*

L'associé d'agent de change se leva.

— En de telles conditions, — dit-il, — je renonce à traiter...

— Quoi! vous n'avez aucun ami ayant assez de confiance en vous pour consentir à vous rendre un service si simple et si peu compromettant ?

— Des amis ? j'en ai dix qui feraient cela sans hésiter... — murmura Georges, — mais il ne me plaît point de m'adresser à eux...

— A votre aise... — Peut-être réfléchirez-vous...

— Mes réflexions sont faites et mon parti est pris...

— Très bien... Écoutez néanmoins ce que je vais vous dire... — Les rentrées dont je vous parlais l'autre jour se sont opérées. — J'ai des capitaux disponibles... — Je tiendrai donc trois cent mille francs à votre disposition jusqu'à mardi prochain, si par hasard vous changiez d'avis... — Mercredi seulement je disposerai de mes fonds.

— Croyez à toute ma gratitude... — répliqua Georges. — Je suis reconnaissant de votre offre, mais je ne changerai pas d'avis.

— Comment ferez-vous donc pour vous tirer d'affaire?

— Je compte sur le hasard qui me viendra peut-être en aide.

— C'est vrai, vous êtes joueur... — Si la dame de pique vous est favorable, tant mieux... — Dans le cas contraire, souvenez-vous que je puis remplacer le hasard...

Georges quitta la maison de la rue des Abbesses et rejoignit la voiture qui l'avait amené.

— Il reviendra... — se dit Mattifet resté seul, — il reviendra m'apporter en garantie des titres qui ne sont pas à lui, et peut-être même mieux encore... — J'ai joué consciencieusement mon rôle et je crois que les ennemis de la famille Dereyne seront contents de moi...

*
* *

Le dimanche si impatiemment attendu par le fiancé de Laura Warton était arrivé et les courses de Chantilly promettaient d'être brillantes.

Il faisait un de ces temps d'automne doux et pleins d'un charme inexprimable, qui sont le souriant adieu de la nature prête à s'engourdir dans le long sommeil de l'hiver.

Le disque du soleil, dissipant de légères vapeurs semblables à des voiles de gaze, inondait de rayons tièdes l'hippodrome situé au milieu de cette forêt belle entre toutes, que les tons pourprés et dorés des feuillages rendaient plus belle encore, derrière ces écuries légendaires qui ont appartenu au prince de Condé.

Des milliers de curieux, Parisiens pour la plupart, amenés depuis l'aube par les trains spéciaux qui se succédaient sans relâche, inondaient les avenues, les pelouses et les tribunes.

Les membres du Jockey et des grands cercles, l'aristocratie de bon aloi, les millionnaires de tous les mondes, les étoiles de ce qu'on appelait alors la *haute bicherie*, les *jolis crevés* et les *cocodès* qu'on nomme aujourd'hui les *gommeux*, les petits *gigolos*, amis de cœur des *Amandas* de 1853, se pressaient, se coudoyaient, attirés vers un même but par la passion du sport ou par la fièvre du jeu.

Bon nombre de braves bourgeois, dépourvus de tout prestige et désirant néanmoins jeter un peu de poudre aux yeux de leurs contemporains, croyaient de la meilleure foi du monde appartenir au high-life parce qu'ils se rendaient à Chantilly.

Dans l'enceinte du pesage circulaient des grands seigneurs, des boursiers, des jockeys, des entraîneurs et des propriétaires de chevaux.

Plus loin, les bookmakers et les parieurs de toute condition et de toute apparence, les uns prêts à mettre mille louis sur l'encolure d'un cheval, les autres à parier cent sous, pour le favori, contre *le champ*.

C'était, dans ce cadre splendide, un amusant pêle-mêle, un va-et-vient vif et joyeux, un fouillis de toilettes claires constituant le spectacle le plus pittoresque.

La comtesse Blanche de Lasseny et sa belle-fille la comtesse Amélie, occupaient deux places au premier rang de l'une des tribunes voisines de l'enceinte du pesage.

Amélie, délicieusement belle et séduisante dans une toilette dont l'élégance hardie n'avait pourtant rien de trop excentrique, offrait un teint plus coloré que de coutume, comme si le feu d'une fièvre intérieure chassait son sang de son cœur à ses joues.

Une teinte de bistre estompait les contours de ses paupières.

Son regard obstiné fouillait les groupes pour y chercher Lionel et ne le trouvait pas.

Le pseudo-nabab était auprès de ses chevaux *Blue-Devil* et *Miss Lowe,* causant avec son entraîneur et avec Lambert Massol et Octave Richard.

Une main se posa sur son épaule.

Il se retourna et tressaillit en voyant Gontran de Lasseny debout à côté de lui et lui adressant son meilleur sourire.

Lionel sentit son cœur se serrer.

Le changement survenu depuis deux jours dans l'apparence du jeune comte était effrayant.

Son visage, habituellement pâle, était maintenant livide et marbré de tons verdâtres.

La pupille de ses yeux se dilatait d'une façon étrange. Une sorte de tremblement nerveux agitait ses lèvres.

— Qu'avez-vous donc, cher monsieur de Lasseny? — s'écria Lionel en serrant la main du mari d'Amélie Dereyne.

Gontran parut étonné.

— Mais je n'ai rien... — répondit-il. — Pourquoi me demandez-vous cela ?

— Vous paraissez souffrant...

— C'est vrai, j'ai mauvaise mine, mais ma mine est trompeuse. — La nuit dernière je n'ai pu dormir, persécuté par une soif inextinguible, et j'ai peut-être un peu de fièvre aujourd'hui, mais au fond je ne me suis jamais mieux porté.

— Merci d'ailleurs de votre intérêt.

— Je vous affirme qu'il est sincère ! Êtes-vous seul à Chantilly ?

— Non... — Ma mère et ma femme m'ont accompagné... Elles sont là-bas au premier rang de la première tribune.

— J'irai dans un instant présenter mes respects à ces dames... — murmura Lionel.

Il ajouta tout bas :

— La comtesse Amélie a commencé son petit travail. — Il est grand temp que j'intervienne...

IV

— C'est, je crois, la première fois que vous faites courir ? — reprit Gontran

— Vous ne vous trompez pas... — répondit Lionel.

— Votre cœur doit battre bien fort ?

— Mais non, pas trop, je vous assure...

— Quoi ! le triomphe vous laisserait insensible ?

— De même que la défaite me laisserait calme, oui, mon cher comte...

— C'est invraisemblable, cela !...

— Pourquoi ?

— Parce que vous devez, tout comme un autre, avoir de l'amour-propre...

— J'en ai plus qu'un autre peut-être, mais je le place ailleurs que dans la victoire d'un cheval... Si les jambes nerveuses de *Miss Lowe* ou de *Blue-Devil* et l'adresse de mes jockeys remportent un prix, cela prouvera que les bêtes sont de bonne race et que l'entraîneur est un habile homme; mais cela n'ajoutera rien à mon propre mérite, vous en conviendrez volontiers... — Je n'aurai par conséquent aucun sujet de m'enorgueillir.

— Montez-vous donc une écurie de courses par spéculation ?

— Ma foi, non. — La perte et le gain, je vous l'affirme, me sont aussi indifférents l'un que l'autre... — Je suis trop riche pour aimer l'argent...

— Cependant vous avez un but en faisant courir ?

— Sans doute...

— Lequel ?

— Celui d'occuper mon oisiveté... — Le sport tient sa place dans ma vie, à côté de l'équitation, de l'escrime, du tir au pistolet, du spectacle et du baccarat... Je fais de lui une distraction élégante et pas autre chose...

— C'est le prix de la Reine-Blanche que doivent disputer vos chevaux ?

— *Blue-Devil*, oui... — *Miss Lowe* est engagée dans la première course.

— Pour lequel faut-il parier ?

— Je n'en sais rien, et si je croyais le savoir je me garderais de vous le dire, le meilleur juge en ces matières n'étant point infaillible... — Vous êtes

Dom Gigadas arrivait au poteau salué par les acclamations enthousiastes.

libre de perdre votre argent, mais je ne me rendrai point complice de la fortune adverse en vous conseillant mal à propos... — Suivez votre inspiration, mon cher comte...

— Mlles Warton sont-elles ici ?

— Non. — La plus jeune de mes cousines étant un peu souffrante, ses sœurs ont refusé de la laisser seule...

— Cette absence doit désoler Georges ?

Lionel secoua la tête en souriant et répliqua :

— Il est désolé peut-être, mais il ne le montre guère... — Votre beau-frère est joueur, et pour le joueur la femme la plus jolie et la plus aimée ne passe qu'après le jeu... — Georges Dereyne, que vous voyez aller et venir au milieu des groupes, un carnet d'une main, un crayon de l'autre, s'occupe d'engager des paris et ne songe guère à sa fiancée... — Il est vrai que Laura n'est point à Chantilly, et vous savez le proverbe : *Loin des yeux, loin du cœur !*...

— Sur ce, mon cher comte, je vous quitte pour un instant et je vais faire ma cour à Mmes de Lasseny...

— Allez... Je vous attendrai ici avec MM. Massol et Richard...

Lionel prit le chemin de la tribune où se trouvaient la douairière et sa bru.

La comtesse Amélie, qui l'avait enfin découvert au milieu de la foule, eut grand'peine à contenir un mouvement de joie en le voyant se diriger de son côté.

Blanche de Lasseny, nous le savons, regardait le pseudo-nabab comme son ennemi personnel, mais se sentait sous sa dépendance et s'était résignée à feindre jusqu'au moment, prochain peut-être, où elle aurait dans les mains les armes nécessaires pour se défendre et pour attaquer à son tour.

Elle l'accueillit donc d'une façon toute bienveillante et presque familière, l'âme remplie de haine et le sourire aux lèvres.

La jeune comtesse, sûre d'être épiée par sa belle-mère, fut d'abord moins expansive mais, lorsque ses yeux se levaient sur le visiteur, le rayon de feu jaillissant de leurs longs cils disait avec une éloquence muette l'état de ses sens et de son cœur...

Il lui fallut pourtant se mêler à la conversation et répondre à une interrogation directe.

— Avez-vous vu votre frère Georges ?... — lui demanda Lionel.

— Georges et Léopold, oui, — répondit-elle. — Tout à l'heure ils étaient près de nous l'un et l'autre... — Léopold, je ne sais pourquoi, a l'air d'une âme en peine, ou plutôt d'une âme dépareillée qui cherche sa moitié et ne la trouve pas... — Quant à Georges, je lui crois aujourd'hui du vif-argent dans les veines, il ne peut se tenir en place et couvre son carnet de chiffres... il parie sans relâche et contre tout le monde... Au train dont il va, il gagnera tout à l'heure des sommes effrayantes... à moins qu'il ne les perde...

— Espérons que la chance lui sera favorable... — fit Lionel. — Savez-vous quels chevaux il prend ?

— Un seul... et qui vous appartient... — répliqua la comtesse Amélie. — Est-ce vous qui lui avez donné le conseil de parier pour *Blue-Devil ?*

— Je m'en suis bien gardé ! — s'écria le pseudo-nabab avec un geste de vive dénégation. — J'ai même absolument refusé de lui répondre au sujet du mérite de mes chevaux ! — Je regarde comme une folie, quand on ne possède pas une fortune énorme, d'engager beaucoup d'argent sur une casaque de jockey.

— *Blue-Devil*, néanmoins, est un cheval de grand mérite ? — reprit la jeune femme.

— Sans doute, mais il peut trouver son maître.

— Quel autre, selon vous, aurait chance de gagner le prix de la Reine-Blanche ?

— Pour n'en citer qu'un, *Dom Gigadas*, au comte de Lagrange.

— Bref, vous trouvez Georges imprudent ?

— Autant qu'on le puisse être, et je souhaite que cette imprudence ne lui coûte pas horriblement cher.

— Eh bien ! tant pis pour lui... — fit la comtesse d'un ton insouciant, ce ne sera ni votre faute, ni la mienne.

Puis, changeant brusquement de conversation, elle ajouta :

— Il m'a semblé que tout à l'heure vous étiez avec Gontran...

— Vous ne vous trompiez pas... — Il m'attend et je vais le rejoindre... — Voulez-vous que je vous l'envoie ?

— Non... non... — dit Amélie en riant, — gardez-le... Reviendrez-vous nous voir ?

— Oui, certes, si vous me le permettez...

— Nous vous le permettons.

Une cloche se mit à sonner, annonçant la première course, et les gendarmes de Chantilly s'efforcèrent de faire évacuer la piste, opération qui présente, sur tous les hippodromes, de notables difficultés.

— Allez donc... — reprit la jeune femme. — Mais d'abord, complimentez-moi, s'il vous plaît, au sujet de ma toilette.

— Elle est ravissante... — Je le pensais...

— Il ne suffisait pas de le penser... il fallait le dire... — Et mes boucles d'oreilles, les reconnaissez-vous ?...

En formulant cette question, Amélie désignait du bout du doigt les fleurs de danaées suspendues aux lobes délicats de ses oreilles mignonnes.

— Je les reconnais, oui, madame, et je suis orgueilleux de l'honneur que vous daignez faire à ces humbles bijoux...

— Je me souviens... — murmura la comtesse d'une voix si basse que Lionel seul entendit ces trois mots dont le sens était clair pour lui.

Un petit frisson passa sur son épiderme. — Il salua sans répondre et quitta la tribune.

La comtesse Blanche se pencha vers sa belle-fille.

— Il me semble, ma chère, — lui dit-elle, — que vous êtes étrangement coquette avec ce jeune homme... — Vous finirez par vous compromettre...

La comtesse Amélie répliqua en lançant à la douairière un coup d'œil venimeux :

— Ceci, ma mère, regarde mon mari ! — Je n'ai rien à me reprocher, mais si vous me trouvez coupable, rien ne vous empêche de me dénoncer à lui... — Entre votre affirmation et la mienne, il choisira...

A cinquante pas de la tribune Doménico Séballa attendait Lionel.

— Eh bien ? — lui demanda ce dernier.

— Ce que vous aviez prévu se réalise, maître... — répondit le faux mulâtre. — Georges Dereyne est engagé pour des sommes qu'il ne pourra payer si *Blue-Devil* n'arrive par premier.

Lionel sourit.

— Et comme il lui faudra de l'argent, — poursuivit Jean Renaud, — il ira demain matin rue des Abbesses, à Montmartre, porter en garantie à ce bon René Mattifet le dépôt de Williams Dickson... *Aoh! yes!*

La vengeresse sourit de nouveau.

— Tout cela est fort bien combiné... — murmura-t-elle. — Mais la signature qu'il ne connaît pas... — Osera-t-il?...

— Il osera... — J'ai pris mes mesures... — Georges Dereyne, en rentrant ce soir, trouvera chez lui une lettre de Genève...

Un son de cloche se fit entendre pour la seconde fois. — Les chevaux parurent. — Ils étaient dix, parmi lesquels se trouvait *Miss Lowe*.

Une grande agitation se manifesta aussitôt. — Un long murmure courut sur les ondulations de la foule, et quand le drapeau rouge s'abaissa, donnant le signal du départ, ce murmure se changea en un véritable mugissement.

Miss Lowe, la jument de Lionel Warton, arriva première au poteau, gagnant de deux longueurs.

Des applaudissements éclatèrent, quoique dans les solennités hippiques la première course, considérée comme une sorte de lever de rideau, n'ait aux yeux des sportsmen qu'une importance relative.

— Ah! si j'avais su! — pensa Georges qui n'avait pas engagé sur la jument le moindre billet de mille francs. — Mais bah!... — *Blue-Devil* vaut mieux encore et ce premier succès est d'un heureux augure...

A cette course en succédèrent deux autres dont nous ne nous occuperons pas, les intérêts divers de nos personnages n'étant point en jeu.

On attendait avec impatience le moment où les chevaux d'élite des grandes écuries se disputeraient le prix de la Reine-Blanche.

Ce moment allait arriver.

Lionel se dirigea vers l'endroit où des grooms promenaient en main les champions qui, la tête basse, marchaient d'un pas régulier, allongé et pour ainsi dire automatique.

L'un ou l'autre, par instant, relevait sa fine encolure, regardait ses rivaux avec une expression d'impatience, et faisait entendre un hennissement prolongé.

Un grand nombre de parieurs et de connaisseurs examinaient attentivement ce défilé et faisaient à voix haute des observations élogieuses ou critiques.

Le cheval du comte de Lagrange, *Dom Gigadas*, vainqueur dans des courses importantes en France et en Angleterre, avait de nombreux fanatiques. — La grande majorité croyait à son succès. — On le prenait à une cote très élevée.

Blue-Devil, au contraire, malgré la beauté de ses formes, représentait l'inconnu, et n'avait en conséquence qu'un nombre très restreint de partisans.

Ceci n'ébranlait point la foi de Georges. — Le triomphe de *Miss Lowe*, sur laquelle personne ne comptait, avait changé ses présomptions en certitudes. — Il supputait déjà les sommes fabuleuses qu'il allait empocher, et déplorait amèrement de n'avoir pu tripler le chiffre de ses paris.

Un peu avant d'atteindre le *promenoir* des chevaux de courses, Lionel tira de la poche de son gilet un morceau de sucre et l'un de ces flacons minuscules que quelques personnes portent en breloque à leur chaîne de montre.

Il déboucha ce flacon et fit tomber sur le sucre deux ou trois gouttes du liquide incolore qu'il contenait, liquide préparé par Jocelyn la veille au soir, dans un but que nous connaîtrons bientôt.

S'approchant ensuite de *Blue-Devil* il lui adressa en anglais des paroles d'encouragement, caressa son encolure satinée où le réseau des veines se dessinait en saillie, et finit par lui présenter le morceau de sucre que le cheval saisit avidement et fit craquer entre ses dents robustes.

La cloche retentit, annonçant qu'on allait procéder à l'opération du pesage, puis les chevaux, au nombre de douze, sortirent de l'enceinte pour se rendre sur la piste.

Les jockeys étaient en selle.

Celui de Lionel portait une casaque mi-partie rouge et noire — (couleur de deuil et couleur de sang) — et une cape rouge à visière noire.

Après un court galop d'essai, les douze concurrents se rangèrent devant les tribunes, attendant le signal.

Trois faux départs eurent lieu successivement.

Enfin, le *starter* abaissa son drapeau rouge et les coureurs s'élancèrent, *Dom Gigadas* et *Blue-Devil* en tête, les autres en peloton, à une longueur des deux premiers.

Ceci ne signifiait rien. — Souvent, au début d'une course, les habiles jockeys ménagent les meilleurs chevaux en les retenant volontairement.

A deux cents mètres des tribunes *Blue-Devil* dépassa d'une encolure *Dom Gigadas*.

Cela ne prouvait rien encore, l'avance perdue étant trop faible pour ne pouvoir être regagnée, mais la lutte néanmoins semblait désormais circonscrite entre le cheval de Lionel et celui du comte de Lagrange, qui tous deux distançaient de plus en plus leurs rivaux dont le peloton, compact d'abord, se désagrégeait rapidement.

V

Depuis les tribunes toutes les lorgnettes suivaient avec un intérêt croissant la lutte de vitesse des deux vaillants champions.

A trois cents mètres du point de départ, *Blue-Devil* prit sur son rival un avantage considérable, sinon décisif.

En quelques foulées prodigieuses, il le distança de plus de quatre longueurs, et la casaque rouge et noire apparut en avant, tout à fait isolée.

Le cheval de Lionel galopait de manière à triompher de ses adversaires par l'incomparable énergie de son train, et à les égrener derrière lui comme les perles d'un collier dont le fil est brisé.

Cette façon de mener la course est brillante, mais pleine de péril si l'animal ne réunit point le *fond* à la rapidité, car alors il s'épuise longtemps avant d'avoir achevé son parcours, et les chevaux ménagés d'abord le rejoignent et le dépassent.

Mais *Blue-Devil* se déployait d'une manière si puissante et si sûre, sans efforts apparents et par conséquent sans fatigue, qu'on ne pouvait supposer rien de pareil.

Sa victoire éclatante ne semblait désormais douteuse à personne. — Ceux qui avaient parié contre lui considéraient leur argent comme perdu et faisaient fort triste mine.

Georges Dereyne se donnait beaucoup de mal pour se montrer gentleman accompli et triompher modestement.

L'avance de *Blue-Devil* augmentait toujours.

En vain le jokey de *Dom Gigadas* cerclait sa monture de coups de cravache, lui labourait les flancs de coups d'éperon.

L'écrasante supériorité du cheval de Lionel s'affirmait de plus en plus et ne laissait aucun espoir au meilleur de ses concurrents.

La course n'offrait plus d'intérêt, tant le résultat en était prévu d'avance et paraissait infaillible.

Tout à coup — à trois cents mètres à peine du poteau d'arrivée — *Blue-Devil* faiblit brusquement du devant, butta sur la pelouse comme si ses sabots rencontraient un obstacle invisible, et faillit s'abattre.

Son jockey le soutint et l'enleva de nouveau, mais le cheval, atteint d'un malaise subit, n'avait plus le même train.

Sa robe satinée, presque sèche jusqu'à ce moment, se marbra de larges plaques de sueur ; il fouetta l'air de sa queue et donna les signes de détresse et de fatigue auxquels les gens du métier ne se trompent jamais.

Cela dura quelques secondes à peine puis, malgré les coups de cravache et les coups d'éperon, il n'avança plus que par élans irréguliers et finit par s'arrêter tout à fait en tremblant sur ses jambes raidies.

Pendant ce temps *Dom Gigadas* arrivait au poteau, salué par les acclamations enthousiastes de tous ceux qui, ayant parié pour lui, portaient, cinq minutes auparavant, le deuil de leur argent.

Georges Dereyne perdait les cent mille francs qu'il possédait plus deux cent mille francs qu'il ne possédait pas et qu'il fallait payer dans les quarante-huit heures, sous peine d'être considéré au cercle, à la Bourse et sur le boulevard, comme un vulgaire filou, ce qui nécessairement rendrait son mariage impossible.

Tandis que le fils aîné de Martial contemplait d'un œil effaré l'écroulement de ses rêves d'or, une demi-douzaine de vétérinaires présents aux courses s'élançaient sur la piste et se dirigeaient vers *Blue-Devil* que son jockey ramenait par la bride et qui marchait avec beaucoup de peine.

Lionel les avait précédés et leur demanda quel mal soudain et bizarre avait ainsi frappé son cheval.

Le plus autorisé des vétérinaires répondit, après un court examen :

— Une simple congestion, monsieur, et de la nature la plus bénigne... — Il suffira de saigner *Blue-Devil* tout de suite pour le tirer d'affaire, et j'en suis enchanté, car c'est un rude cheval qui sans son accident aurait battu *Dom Gigadas* haut la main !..

*
* *

Georges Dereyne avait cru de la meilleure foi du monde gagner cinq cent mille francs.

Au lieu de cela, il en perdait trois cent mille.

Cette différence — et les conséquences qu'elle entraînait fatalement à sa suite — n'étaient point faites pour lui inspirer des pensées couleur de rose, aussi retournait-il à Paris en proie à un découragement profond, voyant l'avenir en noir et songeant à se brûler la cervelle.

— C'est même ce que j'aurais de mieux à faire, — murmurait-il, — car enfin le suicide est une solution...

Au moment où l'associé d'agent de change rentrait chez lui la tête basse, son valet de chambre lui remit une lettre arrivée dans la journée et portant le cachet et le timbre-poste de la Confédération Helvétique.

L'adresse était tracée d'une grande écriture raide et anguleuse.

Georges déchira machinalement l'enveloppe, déploya la feuille de papier qu'elle renfermait et tressaillit en voyant la signature de WILLIAMS DICKSON, ESQ.

Chacune des lettres de cette signature effrait au moins deux centimètres de hauteur.

Le paraphe en forme de vrille n'avait rien de compliqué.

L'honorable Williams Dickson écrivait quelques lignes datées de Genève, et dont nous ne reproduirons pas le mauvais français, pour prier Georges d'envoyer par lettre chargée une somme de mille francs à un fournisseur que l'Anglais avait oublié de payer avant son départ et dont il donnait le nom et l'adresse.

Son absence, — ajoutait-il, — qui dans l'origine ne devait durer qu'un mois, se prolongerait d'une façon presque indéfinie, car après avoir escaladé les cimes du Mont-Blanc il irait faire un tour à Milan, à Florence, à Rome, à Naples et à Venise, avec son ami qui ne connaissait pas l'Italie.

Georges alluma des bougies, s'assit devant son bureau et resta pendant un quart d'heure immobile, les yeux fixés sur la lettre de l'Anglais.

Quant il releva la tête, l'expression de son visage s'était absolument modifiée.

Le regard restait sombre, il est vrai, et le pli creusé entre les sourcils ne s'effaçait point; mais toute trace de découragement avait disparu.

Georges venait de prendre un parti.

— Demain, — murmura-t-il, — j'aurai payé mes dettes de jeu, et il me restera cent mille francs pour les derniers frais de la corbeille... Je suis sauvé... mais à quel prix?

Il se répondit :

— Au prix d'une action que les gens à préjugés étroits regardent comme un crime, mais qui, dans la situation où je me trouve, n'est ni coupable, ni dangereuse... — En mettant en gage les titres qui me sont confiés, en signant du nom de l'Anglais la garantie exigée par Mattifet, je ne fais de tort à personne puisque Williams Dickson est absent pour plus de deux mois et qu'avant quinze jours j'aurai dans les mains les six millions de la dot de Paula et le million promis par Lionel... Je retirerai la garantie, et Williams Dickson ne se doutera jamais de l'immense service qu'il m'aura rendu !... — Je ne puis hésiter d'ailleurs, car c'est la seule issue...

A peu près à la même heure où Georges recevait des mains de son valet de chambre la lettre de l'Anglais, Lionel rentrait à Saint-Ouen, où Robinson lui remettait une dépêche ainsi conçue :

« Paris de Rouen. — Lionel Warton, Saint-Ouen. — Quittons Rouen aujourd'hui. — Dans cinq jours, sloop le Vengeur *sera amarré Saint-Ouen, en face terrasse du château.*

« JUP. »

— Lisez... — dit la vengeresse en tendant le télégramme à Jean Renaud qui, après l'avoir parcouru du regard, se contenta de répondre :

— Jupiter est un bon serviteur...

Le lendemain, à neuf heures du matin, une voiture de place s'arrêtait rue

Tous deux portaient des guenilles de mendiants Ils s'installèrent à proximité de la grille.

des Abbesses, et Georges Dereyne, portant sous son bras un grand portefeuille ministre bourré de papiers, descendait de cette voiture et sonnait à la porte.

La femme de ménage qui prenait l'habitude de le voir le reçut comme un ami de la maison.

— Bien le bonjour, mon cher monsieur... — lui dit-elle. — Ah ! vous commencez à connaître le chemin de chez nous ! — Je vais vous faire entrer ; mais il faudra vous asseoir et attendre un moment, monsieur a du monde avec lui...

L'attente de Georges ne fut pas longue.

Au bout de dix minutes Mattifet ouvrit la porte de son cabinet.

Il était seul, et cependant le fils de Martial n'avait vu sortir personne.

— Comment! c'est vous, monsieur Dereyne! — s'écria l'agent d'affaires. — Que le diable m'emporte si je m'attendais à vous voir ce matin!...

— Pourquoi donc?

— Lors de notre dernière entrevue, rien ne pouvait me faire espérer une visite aussi prompte... — Vous refusiez de façon péremptoire mes offres de service!... — Est-ce que par hasard vous auriez changé d'avis?

— J'en ai changé... — Je viens vous demander les trois cent mille francs que je refusais l'autre jour... — Les tenez-vous toujours à ma disposition?...

— Sans doute! — Je vous avais dit: — *Jusqu'à mardi*... et je n'ai qu'une parole... — De votre côté vous vous souvenez, je pense, des conditions auxquelles notre affaire est possible, et vous les acceptez?...

— Ma présence en est la preuve... — Je vous apporte des titres...

— Pour quelle somme?

— Trois cent cinquante mille francs, environ...

— De quelle nature sont ces titres?

— Actions de chemins de fer...

— Au porteur?

— Nominatives.

— Ainsi, vous vous êtes décidé à obtenir la garantie d'un de vos amis?

— Il le fallait bien, puisque c'était l'unique moyen de me procurer un argent indispensable...

— Comment se nomme votre ami?

— Williams Dickson... — répondit Georges d'une voix légèrement altérée.

— Je le connais... — Un homme charmant.

— Avez-vous fait des affaires avec lui?

— Non pas... Étant très riche il n'a nul besoin de moi, mais il est venu ici payer une somme assez ronde pour un autre Anglais de ses amis qui se trouvait dans un embarras momentané... — Je croyais qu'il devait quitter Paris...

— Pour un voyage de quelques semaines, oui... — Il est parti pour Genève hier au soir, après m'avoir remis les titres et la garantie.

— Voyons les titres d'abord, — nous examinerons la garantie tout à l'heure.

— Elle est conçue presque littéralement dans les termes indiqués par vous...

— C'est ce qu'il fallait. — Ma grande habitude des affaires me permet de dire beaucoup de choses en peu de mots...

Mattifet compta les actions et prit note des numéros.

Ensuite il lut à haute voix ces quelques lignes écrites sur une feuille de papier timbré :

« J'autorise monsieur Georges Dereyne à remettre à monsieur René Mattifet, capitaliste, demeurant à Montmartre, rue des Abbesses, comme garantie d'un prêt de trois cent mille francs consenti par lui, les actions nominatives dont les numéros suivent, et je promets, si monsieur Georges Dereyne ne faisait point honneur à ses engagements, d'opérer au profit de monsieur Mattifet le transfert des valeurs désignées plus haut, dans un délai de huit jours après le non-paiement des billets souscrits par monsieur Georges Dereyne. »

Suivaient l'énumération des valeurs, la date, et la signature de WILLIAMS DICKSON.

— C'est parfaitement en règle ! — fit René Mattifet. — Voici du papier timbré... — Signez-moi séance tenante trois billets de cent mille francs chacun, à un mois de date, et je vous remettrai votre argent.

VI

Cinq minutes plus tard René Mattifet échangeait des liasses de billets de banque contre les billets de Georges Dereyne, garantis par le dépôt des titres appartenant à Williams Dickson, et par l'engagement écrit de ce dernier.

— Le sort en est jeté ! — pensa l'homme d'affaires en attachant sur le fils de Martial un regard ironique. — Ce malheureux fou se livre pieds et poings liés aux ennemis qui veulent sa perte... — ils le tiennent bien désormais et ne le lâcheront plus !

Puis il ajouta tout haut, avec un sourire d'une expression indéfinissable :

— Espérons, cher monsieur Dereyne, que d'ici à votre mariage vous n'aurez plus besoin d'argent.

— Vous pouvez en jurer ! — s'écria Georges tout joyeux. — Voici ma dernière dette !

— Je le souhaite pour vous...

— On croirait presque que vous en doutez !

— Comment en douterais-je, puisque dans peu de jours vous serez six fois millionnaire ? — Je vous souhaite une heureuse union...

— Grand merci... — Vous recevrez bientôt ma visite, car je n'attendrai pas l'échéance pour retirer les titres que je laisse aujourd'hui dans vos mains...

— À votre aise... — Ils seront à toute heure à votre disposition contre remboursement.

Georges se retira et René Mattifet voulut l'accompagner jusqu'à sa voiture qui stationnait dans la rue des Abbesses.

Dès que l'agent d'affaires eut quitté son cabinet, une porte située au fond de la pièce s'ouvrit doucement et Jean Renaud, ou plutôt Doménico Séballa, sortant de la chambre à coucher, s'assit devant le bureau, à la place qu'occupait habituellement le maître du logis.

Ce dernier rentra.

— Vous avez entendu l'entretien ? — demanda-t-il.

— Je n'en perdais pas un mot...

— Les choses se sont passées selon vos prévisions.

— Il ne pouvait en être autrement.

— Êtes-vous content de moi?

— Sans doute, et je suis sûr de l'être toujours de même... — Votre intérêt me répond de vous...

— Avez-vous des recommandations à me faire et des ordres à me donner?

— Immédiatement, non, sauf celui-ci : — Ne vous éloignez point de Paris... — Il importe que vous soyez toujours sous ma main. — Ne faites aucune démarche suspecte et n'oubliez pas qu'une surveillance très active vous entoure à toute heure...

Jean Renaud semblait prendre un malin plaisir à rappeler à René Mattifet son état de dépendance absolue.

L'agent d'affaires murmura du ton le plus humble :

— Je n'oublie rien... — Que dois-je faire des titres, des billets et de la garantie?

— J'emporte toutes ces paperasses... — Ce n'est pas dans vos mains qu'elles seront utiles... — répondit le faux mulâtre.

Et il s'éloigna à son tour de la maison de la rue des Abbesses.

. . . .

Les jours succédaient aux jours.

Voici quelle était, une semaine environ avant l'époque fixée pour la signature du contrat, la situation de nos principaux personnages.

Georges, grâce aux cent mille francs qui lui restaient après le paiement de ses paris, avait complété les achats destinés à la corbeille de mariage.

Ses créanciers, dont une intervention mystérieuse paraissait avoir calmé la méchante humeur, ne parlaient plus d'envoyer du papier timbré, ni de s'adresser à Lionel Warton.

En somme, ils laissaient Georges tranquille.

Ceci suffisait au jeune homme qui, parfaitement accueilli d'ailleurs à Saint-Ouen, par sa fiancée et par son cousin futur, croyait absolument impossible qu'un obstacle quelconque pût désormais l'empêcher de conduire sa barque à bon port.

Le pseudo-nabab et le faux mulâtre ne l'excitaient point à jouer. — Les soirées de la rue de Londres étaient interrompues.

Mary Warton, ou plutôt Marie Bernier, en proie à la tristesse profonde, insurmontable, dont nous connaissons la cause, sentait se développer en elle le germe de la maladie de cœur qui la minait lentement. — Elle en cachait de son mieux les progrès, espérant ne pas en guérir.

— Ma mort sera le salut de Léopold... — se disait-elle pour se donner le courage de souffrir en silence.

Et la persuasion qu'elle était condamnée appelait sur ses lèvres pâlies un sourire mélancolique.

L'étudiant venait chaque jour passer quelques heures à Saint-Ouen, mais il ne voyait Marie qu'en présence de Carmen et de Dolorès ; — la jeune fille se contraignait pour paraître indifférente et froide avec lui ; — il ne pouvait lui dire à quel point cette froideur et cette indifférence le blessaient cruellement.

Bref, les pauvres enfants souffraient l'un par l'autre, et cachaient tous les deux avec héroïsme leurs douleurs muettes et poignantes.

En rentrant à l'hôtel de la rue Saint-Dominique, le soir des courses de Chantilly, le jeune comte Gontran de Lasseny, dont Lionel avait constaté la mine inquiétante dans l'enceinte du pesage, se trouva mal tout à coup sans cause appréciable.

Cet évanouissement ne dura que quelques minutes, mais il suffit pour épouvanter la comtesse douairière qui, nous le savons, adorait son fils.

Elle se souvint de la lettre que lui avait écrite son médecin attitré (lequel était en même temps médecin en chef de la Roquette), pour lui recommander un jeune confrère d'un éminent savoir et digne de toute sa confiance.

Cette lettre donnait l'adresse du docteur Joë Simnel, rue du Colysée.

La comtesse Blanche, — quoique Gontran soutînt que son malaise essentiellement passager ne devait causer aucune inquiétude — fit monter un domestique en voiture et lui donna l'ordre d'attendre le médecin toute la nuit s'il le fallait, et de le ramener.

Jocelyn, par un heureux hasard, se trouvait précisément à son pied-à-terre parisien où il causait avec Blancheton devenu Jacques Hervieux.

Il tressaillit en apprenant que la douairière — ex-Blanche Hervieux — les faisait appeler auprès de son fils.

— La vengeresse avait bien prévu que cet appel ne tarderait point, — se dit-il.

Et il s'empressa d'accompagner le valet de chambre.

Gontran refusant avec obstination de se considérer comme malade, Jocelyn le trouva debout et constata du premier coup d'œil que l'œuvre du poison végétal était commencée.

Mais, docile aux instructions de Lionel, qui ne voulait pas que la comtesse Amélie prît l'alarme en se croyant devinée, il cacha sa découverte avec autant de soin qu'un autre en aurait mis à dissimuler son ignorance.

— Le malaise de monsieur le comte ne me semble point grave... — dit-il après un examen prolongé. — La cause déterminante de ce malaise ne m'apparaît pas d'une façon bien nette, j'en conviens... — je crois cependant devoir l'attribuer à quelques légers désordres de l'estomac, faciles à combattre, et dont nous triompherons sans peine... — j'apporterai demain une potion sur le résultat de laquelle je compte absolument.

— Mais, ce soir, ne ferez-vous rien ? — demanda la douairière. — C'est ce soir même, c'est tout de suite, qu'il importe de soulager mon fils... — Il ne faut pas qu'une seconde défaillance succède à la première...

Gontran affirma en riant que rien de ce genre n'était à craindre.

Blanche insista.

Jocelyn se fit apporter ce qu'il fallait pour préparer du thé puis, quand il eut versé le breuvage odorant dans une tasse de vermeil, il tira d'une poche de son pardessus la trousse élégante dont nous avons déjà parlé et que garnissaient deux rangées de petits flacons montés en argent.

L'un de ces flacons contenait un antidote destiné à combattre le toxique végétal administré à Gontran par Amélie.

Jocelyn fit tomber quelques gouttes du liquide dans l'infusion brûlante sucra modérément, remua pour opérer le mélange et dit au jeune comte en lui présentant la tasse :

— Buvez, je vous prie, monsieur... — Ceci suffira, j'en suis sûr, pour vou procurer un bon sommeil...

Gontran sourit et vida la tasse d'un seul trait.

Presqu'aussitôt l'altération de son visage s'atténua ; ses joues pâles se teintèrent légèrement de rose.

— Mais voyez donc ! — s'écria la douairière enchantée. — L'effet produit par ce breuvage est merveilleux ! — Votre savoir est infaillible ! !

— Madame la comtesse, — répliqua modestement Jocelyn, — un classique n'a-t-il pas dit :

A vaincre sans péril on triomphe sans gloire !

Le mal que j'avais à combattre n'a point opposé de résistance...

— Demain je doublerai la dose... — pensait la fille de Martial Dereyne, tandis que ces paroles s'échangeaient devant elle.

Elle doubla la dose en effet, mais le lendemain le médecin mulâtre vint à l'hôtel avec la potion qu'il avait préparée, et l'espace qui séparait Gontran de la tombe ne parut pas s'amoindrir beaucoup ce jour-là.

En dehors des inquiétudes ressenties un instant à l'endroit de son fils, mais promptement et presque complètement dissipées, la comtesse douairière avait de cruels soucis, de poignantes préoccupations.

Une indicible angoisse remplissait ses jours d'amertume et troublait le sommeil de ses nuits.

Des inconnus, des ennemis, possédaient le secret de son passé et la menaçaient d'exhumer, au bout de vingt-cinq ans, ce fils dont elle n'admettait point l'existence puisqu'elle avait payé sa mort.

Elle attendait avec une anxiété fébrile le soir de la signature du contrat, puisque ce soir-là, à Saint-Ouen, elle connaîtrait la volonté de ses ennemis, leurs intentions à son égard, et les armes dont ils comptaient se servir...

La comtesse Amélie, — mais pour des motifs d'une nature bien différente, — n'attendait pas cette soirée avec moins d'impatience et moins de fièvre.

Remy Chomin, après l'exploration infructueuse du petit meuble ayant appartenu à la sage-femme de Vincennes et payé si cher à l'Hôtel des Ventes, meuble où le mystérieux ennemi avait railleusement laissé sa carte, comme une menace et un défi, sous forme d'un carré de papier à lettre portant ces mots tracés au crayon : *Jacques Hervieux. — Vincennes, le* 28 *décembre* 1828, — Remy Chomin, disons-nous, s'était écrié en parlant de son concurrent de la rue Drouot :

— Cet homme, madame la comtesse, ce faux Anglais, c'est le faux mulâtre dont je soupçonne le vrai nom, dont je devine le vrai visage. — Entre lui et moi la lutte est engagée ! — Il m'a *roulé* deux fois, car il est rudement fort et bigrement malin, mais avant quinze jours je saurai qui il est ! — Il croit vous tenir aujourd'hui, madame la comtesse ; eh bien, si je ne me trompe pas, avant quinze jours ce n'est plus vous qui tremblerez ! C'est lui qui demandera grâce !...

Aussi Remy Chomin cherchait avec ardeur, aidé consciencieusement par le Gosse, mais les deux bandits arrivaient d'autant moins à un résultat qu'ils s'entêtaient à *quêter* sur la piste de l'Anglais Williams Dickson — comme on dit en termes de vénerie — et que l'évadé de *la Dorade* avait déjà repris l'apparence de Doménico Séballa.

Cette chasse infructueuse aurait pu se prolonger indéfiniment, mais le hasard voulut que Remy Chomin, vêtu en commissionnaire — (il affectionnait ce déguisement pour courir Paris), — vît un jour le faux mulâtre monter dans un coupé de maître devant le perron de Tortini.

Il le reconnut immédiatement et se dit :

— Ce noir de fumée mauvais teint et l'englishman aux favoris rouges, c'est un seul et même individu, et cet individu doit être Jean Renaud... — Si c'est lui, si j'en ai la preuve, et si je trouve moyen de savoir où le repincer, notre affaire sera dans le sac et je lui paierai toutes mes dettes, avec les intérêts !...

Remy Chomin courut après le coupé qui filait rapidement ; il l'atteignit, il se cramponna de son mieux à l'arrière-train, s'assit tant bien que mal sur un des ressorts, dans une position singulièrement incommode et périlleuse, et laissa la voiture l'emporter.

VII

Jean Renaud retournait à Saint-Ouen.

C'est assez dire que la course parut effroyablement longue à Remy Chomin, qui ne se maintenait pas sans peine en équilibre et courait risque de tomber à chaque cahot.

Au moment d'atteindre la grille du parc la voiture s'arrêta.

Remy Chomin sauta lestement à terre et se dirigea vers le cabaret borgne où nous avons vu Léopold faire le guet lors du départ de M{{lle}} Warton pour le Havre.

La grille s'ouvrit.

Le coupé s'engagea dans l'avenue.

Tout en se faisant servir une *chopine* de vin blanc, le voleur émérite questionna le cabaretier et apprit que le moricaud aux cheveux blancs était le parent et le commensal du richissime personnage qui menait si grand train au château de Saint-Ouen.

— Est-il jeune ou vieux, ce richissime personnage? — demanda-t-il

— Tout jeune, et joli comme une fille. — S'il a vingt-cinq ans, c'est le bout du monde.

Le vieux gredin se gratta l'oreille en se disant tout bas :

— Ah çà ! mais ce joli jeune homme pourrait bien être le beau garçon que j'ai failli *refroidir* d'un coup de couteau entre les épaules, certaine nuit où ce mulâtre de contrebande nous a fait tort, au Gosse et à moi, d'un magot de neuf cent mille francs... — Tout ça me paraît bigrement suspect !... — Qu'est-ce qu'ils manigancent donc ensemble?... — Il faudra savoir... — J'aurai l'œil et, présentement que je tiens la piste, je ne la lâcherai plus !

Remy Chomin reprit le chemin de Paris, mais le lendemain de bonne heure il revenait à Saint-Ouen en compagnie du Gosse.

Tous deux portaient des guenilles de mendiants.

Le Gosse, affublé d'une perruque brune, s'était muni d'une clarinette enrouée dont il tirait de lamentables *couacs*.

La moitié du visage de Remy disparaissait sous un large bandeau noir.

Ils s'installèrent à proximité de la grille, demandant l'aumône aux rares passants.

Vers onze heures la grille s'ouvrit. — Un phaéton à deux chevaux sortit rapidement.

Lionel conduisait, ayant à côté de lui Doménico Séballa.

Ce dernier jeta quelque monnaie aux deux quémandeurs et tressaillit imperceptiblement. — Il ne les reconnaissait pas d'une façon positive, mais leur attitude lui paraissait louche.

Les rameurs mirent pied à terre et gravirent la berge.

— Voilà des têtes qui me sont connues... — pensa-t-il. — Ces gens-là sont ici non pour mendier mais pour *moucharder*...

Au bout d'une, ou deux secondes un souvenir traversa son esprit et l'évadé de la *Dorade* tressaillit de nouveau.

Remy Chomin et son digne associé!... — murmura-t-il. — J'avais deviné juste. — Ils font de l'espionnage au bénéfice de l'ex-Blanche Hervieux. — Il faudra d'un moment à l'autre me débarrasser d ces drôles qui deviennent dangereux!

Dangereux, assurément ils l'étaient, et beaucoup!...

Si Remy Chomin parvenait à constater l'identité de Jean Renaud, il lui suffirait d'un mot pour mettre l'ancien forçat dans une situation effroyable, et ce mot il n'hésiterait pas à le dire...

Il est vrai qu'à bord du navire d'où le forçat s'était échappé on n'avait pu mettre en doute le suicide accompli par lui, et on l'avait porté comme mort; mais les complications que ferait naître une dénonciation de Remy Chomin n'en seraient pas moins inextricables et de nature à créer les plus fâcheux embarras non seulement à lui, Jean Renaud, mais à Cora et à ses sœurs, que le dévouement à leur cause d'un galérien évadé compromettrait de façon très grave.

Aussi le faux mulâtre résolut d'agir dès qu'il en trouverait l'occasion, et d'éloigner définitivement de sa route des adversaires trop perspicaces.

Lorsque le phaéton eut disparu dans un nuage de poussière, Remy Chomin se tourna vers le Gosse.

— Eh bien? — lui demanda-t-il.

— Eh bien, — répondit le jeune voleur, — c'est parfaitement le bonhomme en pain d'épice du cabaret de la *Fanchonnette* et de la rue du Pas-de-la-Mule...

— Est-ce aussi ton Anglais de l'Hôtel des Ventes?

— En personne véritable et naturelle...

— Et le petit jeune homme?...

— C'est le moucheron de la rue du Rocher...

— Alors tu es fixé?

— Oui. — Il ne me reste plus qu'une chose à prouver.

— Laquelle?

— C'est que le faux mulâtre, l'Anglais de pacotille et le forçat Jean Renaud sont trois têtes dans un seul bonnet.

— Le prouveras-tu?

— Parbleu!

— Bientôt?

— Avant quinze jours, comme je l'ai promis à la dame... — Un honnête homme n'a qu'une parole!...

Lorsque Jean Renaud revint à Saint-Ouen dans l'après-midi, les deux mendiants avaient disparu.

Nos lecteurs se souviennent-ils de la dépêche datée de Rouen, adressée par Jupiter à Lionel, et remise à ce dernier au moment de son retour des courses de Chantilly?...

Jupiter annonçait au maître que dans la soirée du cinquième jour après celui-là, le sloop le *Vengeur* viendrait jeter l'ancre dans la Seine en face du château.

Le cinquième jour, dès la nuit tombante, Cora, Jean Renaud et Jocelyn étaient aux aguets.

Quelques minutes avant neuf heures, un feu rouge brilla sur les eaux tranquilles. — Un coup de *pierrier* résonna, éveillant les échos des deux rives, un sifflement strident retentit, la machine d'une embarcation coquette battit contre vapeur, et le sloop commandé par Jupiter, stoppant juste à l'endroit indiqué, fila, par un sabord en miniature, la chaîne de son ancre.

Presque aussitôt, un canot portant à la poupe une lanterne rouge, se détacha du bord et accosta la berge en quelques coups de rames.

Jupiter était assis à l'arrière de ce canot.

Jean Renaud ouvrit une petite porte pratiquée dans la muraille d'enceinte et amena le nègre près de Lionel Warton, devant qui il s'inclina en lui prenant la main et en la portant respectueusement à ses lèvres.

— Maître, — dit-il en même temps, — vous nous avez enjoint de venir, nous voici... — Commandez, nous obéirons...

— Je sais, brave et fidèle ami, qu'en toute occasion je puis compter sur toi... — répliqua Lionel,

— La vie de l'esclave est au maître.

— Mais tu n'es plus esclave.

— Pardonnez-moi, maître, je le suis... je le serai toujours. — Mon corps est affranchi sans doute, mais mon cœur est enchaîné par la reconnaissance et ne veut pas être libre.

Cora, vivement émue, prit la main de Jupiter et la serra cordialement dans les siennes.

— L'équipage du *Vengeur* est au complet? — demanda-t-elle ensuite.

— Oui, et mes douze matelots vous sont aussi dévoués que moi-même... — Ils iraient cette nuit, sans hésiter, sur un signe de vous, mettre le feu au grand Paris,

— Je ne leur imposerai rien de semblable! — dit la jeune fille en souriant de cette preuve excentrique de dévouement absolu. — Le moment où j'aurai besoin de vous tous est proche peut-être... — Patience...

Quatre jours seulement, désormais, précédaient la soirée si impatiemment attendue où la signature du contrat de mariage de Georges Dereyne et de Paula Warton devait réunir au château de Saint-Ouen la plus grande partie des personnages de notre récit.

Dans l'après-midi du premier de ces quatre jours, Jean se rendit à Montmartre, chez René Mattifet, et lui donna des instructions détaillées en le chargeant de les transmettre sans retard à Rose Bonchamp, ce que Mattifet promit de faire.

Il tint parole car le lendemain matin, vers neuf heures, l'ex-femme de charge tout habillée et le chapeau sur la tête entra dans la chambre du paralytique qui venait d'ouvrir les yeux et dont l'état restait identique. — Il nous semble superflu d'affirmer que la tentative d'empoisonnement ne se renouvelait pas.

Rose l'embrassa sur le front et lui adressa au sujet de sa santé plusieurs questions auxquelles il fit des réponses muettes, mais satisfaisantes.

— Allons, tant mieux, bon ami... — reprit Rose. — Il est positif que vous avez bonne mine ce matin et l'air tout gaillard... Maintenant j'ai quelque chose à solliciter de vous... Une permission... Ah! ah!... ça vous intrigue, hein?... ne vous fatiguez pas l'esprit à chercher. Voici ce que c'est : — Je voudrais vous quitter pendant une heure ou deux pour m'occuper de mes petites affaires d'intérêt... un placement dont on m'a parlé... un bon placement tout à fait sûr... — Consentez-vous à vous passer de moi ce matin?

— Oui... — répondirent les paupières en s'abaissant.

— Vous êtes un amour d'homme!... — je resterai dehors le moins longtemps possible... — je vais d'ailleurs appeler Baptiste et l'installer auprès de vous... — il vous fera déjeuner, vous tiendra compagnie, et vous empêchera de vous ennuyer en vous lisant les journaux.

Rose Bonchamp sonna, donna ses ordres au valet de chambre, et sortit à reculons en envoyant du bout des doigts des baisers au paralytique, et en répétant d'une voix mignarde :

— A bientôt, bon ami!... à bientôt!... — je vous promets de ne rester dehors que pendant deux petites heures...

Deux heures s'écoulèrent, puis trois, puis quatre.

Rose ne revenait pas.

Le visage de Martial Dereyne, quoique la paralysie rendît ses lignes rigides, exprimait une inquiétude voisine de l'angoisse.

On connaît la puissance de l'habitude. — Pour les malades surtout elle est souveraine.

L'ex-armateur avait la conviction absolue, quoiqu'irraisonnée, qu'il ne pouvait se passer de Rose.

Depuis le commencement de sa maladie, cette créature l'avait entouré de tels soins qu'il ne doutait plus ni de son affection profonde ni de son dévouement sincère.

Pourquoi donc l'absence de Rose se prolongeait-elle ainsi?...

Martial ne pouvait le deviner, et sa violente agitation intérieure contrastait avec l'immobilité de son corps.

Vers deux heures un landau fermé s'arrêta rue du Rocher, devant le petit hôtel du paralytique.

Un grand valet de pied nègre, taillé en hercule, se trouvait sur le siège près du cocher.

Il s'empressa d'ouvrir la portière.

Lionel Warton descendit et agita vigoureusement, à la manière anglaise, la sonnette de l'hôtel.

Le valet de chambre accourut.

— Soyez le bienvenu, monsieur! — s'écria-t-il en reconnaissant le visiteur. — Votre présence calmera sans doute mon pauvre maître, qui semble bien tourmenté.

— Tourmenté, pourquoi? — demanda le pseudo-nabab.

— Parce que Mme Rose est sortie ce matin en promettant de rentrer vite, et comme le temps passe, et que Mme Rose ne rentre pas, mon pauvre maître se fait du mal. — Je vois bien ça, quoiqu'il ne souffle mot.

— Conduisez-moi près de M. Dereyne, — dit Lionel.

— Venez, monsieur. — Je passe le premier pour vous annoncer...

VIII

Le masque du paralytique, nous le répétons, exprimait l'angoisse, malgré la rigidité de ses lignes.

Un pli creusé entre les sourcils par la tension des nerfs assombrissait le regard.

Les paupières palpitaient.

Au moment de l'entrée de Lionel, une sorte de lueur indéfinissable jaillit des prunelles de Martial.

Le pseudo-nabab s'assit à côté du grand fauteuil où gisait l'ex-armateur comme une masse inerte, et dit :

— Mon cher monsieur Dereyne, je ne viens pas vous voir aujourd'hui dans le but unique de constater les progrès de votre retour à la santé... — En diverses circonstances de votre vie, je le sais, vous avez fait preuve d'une grande force d'âme... — Appelez à votre aide toute votre énergie morale, tout votre courage, car je vais vous apprendre une fâcheuse nouvelle...

Martial frissonna visiblement.

Sa bouche était muette, mais ses yeux fixes interrogeaient.

Lionel reprit :

— Mme Rose Bonchamp, dont les bons soins vous sont si précieux, vous a quitté ce matin pour une course d'affaires...

— Oui... — dirent les paupières.

— Son absence devait être courte... — poursuivit le visiteur.

Les paupières s'abaissèrent de nouveau affirmativement.

— Le retard inexplicable qui se produit vous inquiète, et volontiers vous accuseriez Mme Bonchamp d'avoir oublié l'heure... — Malheureusement il n'en est rien... — Votre dame de compagnie n'est point capable de distraction, et c'est elle qui m'envoie près de vous après m'avoir écrit un mot pour me prévenir de l'accident.

La pâleur de Martial augmentait. — Des gouttelettes de sueur perlaient sur ses tempes.

— J'ai dit : l'*accident*, — continua Lionel. — Voici l'explication de ce mot...
— En montant en voiture pour revenir ici, Mme Bonchamp a fait une chute dont les conséquences sont déplorables... — La pauvre femme s'est cassé la jambe... — Ne voulant pas, dans cet état, se faire ramener chez vous où sa présence ne serait plus utile, elle a donné l'ordre de la conduire à son domicile particulier, et deux chirurgiens habiles sont venus sans retard lui prodiguer les premiers soins...

Une larme se détacha des paupières humides du paralytique et roula sur sa joue livide.

— Ne vous affligez pas outre mesure, cher monsieur Dereyne, — s'écria Lionel. — Je viens de chez Mme Bonchamp et je vous certifie qu'elle ne court aucun danger... — La fracture étant simple est facile à réduire. — Les chirurgiens questionnés par moi m'ont répondu que dans un mois l'intéressante blessée serait sur pied ; ce n'est donc, vous le voyez, qu'une affaire de patience, mais toute chose imprévue entraîne des complications sans nombre et nous nous trouvons en face d'une difficulté... — Il s'agit de remplacer auprès de vous pendant un mois votre garde-malade... — Avez-vous à me désigner une personne de confiance ? — Dois-je prendre le dictionnaire pour conférer avec vous à ce sujet ?

Les paupières de Martial restèrent immobiles.

Elles répondaient : — *Non.*

Lionel reprit :

— Votre valet de chambre est-il capable de vous soigner seul ?

Même réponse négative.

— Léopold, votre plus jeune fils, se dévouerait avec empressement, j'en suis convaincu... — Voulez-vous que je le fasse appeler ?

— Non, — dirent les paupières pour la troisième fois.

— Et sans doute, — continua Lionel, — il vous déplairait qu'une personne étrangère fût introduite dans votre maison ?...

Les paupières s'abaissèrent vivement à deux reprises.

— Alors, cher monsieur Dereyne, il me reste à vous soumettre une idée qui m'est venue, et je serais étonné si mon projet ne vous agréait pas... Je vais faire partie de votre famille, par alliance, puisque dans quatre jours votre fils Georges et ma cousine Paula signeront leur contrat de mariage... — Vous seriez heureux, n'est-ce pas, d'assister à cette petite fête de famille ?...

— Oui... oui... oui... — répondirent les paupières.

— Je propose donc, au lieu de vous abandonner dans la triste solitude de cet hôtel désert, de vous emmener avec moi à Saint-Ouen, où vous serez entouré de soins affectueux qui hâteront l'époque de votre guérison... — Acceptez-vous ?...

Les paupières battirent avec enthousiasme.

— Puisqu'il en est ainsi, rien ne nous empêche de partir sur-le-champ...
— Voyez-vous quelque obstacle à ce départ immédiat?

— Non, — répondirent les yeux.

Le valet de chambre accourut, et à son grand étonnement reçut l'ordre de remplir une valise de linge et de vêtements de son maître, et de la porter dans un landau qui stationnait devant la porte.

— Si vous avez ici des valeurs, il faut les mettre en lieu sûr... — dit le pseudo-nabab, tandis que Baptiste préparait la valise.

Signe affirmatif du paralytique.

— Ces valeurs se trouvent-elles dans un meuble de cette chambre?

— Oui.

— Dans l'armoire à glace?

— Non.

— Dans le chiffonnier?

— Non.

— Dans un tiroir du bureau?

— Non.

— Dans le secrétaire?

— Oui.

— La clef du secrétaire est-elle sur vous?

— Oui.

— Dans la poche de votre robe de chambre?

— Non.

— Dans celle de votre gilet?

— Oui.

Lionel fouilla Martial Dereyne, prit la clef, ouvrit le secrétaire, en retira les liasses de billets de banque sur lesquelles nous savons que Rose Bonchamp et René Mattifet avaient jeté leur dévolu, et plaça ces liasses dans une sacoche de voyage dont il avait passé la courroie autour du cou de Martial.

Un ample paletot fut boutonné sur cette sacoche.

Le valet de chambre vint annoncer qu'il avait mis la valise dans le landau.

Lionel posa sur la table de nuit une quinzaine de pièces d'or.

— Monsieur Dereyne, — dit-il, — vous constitue le gardien de l'hôtel et me charge de vous laisser ceci pour vivre en son absence...

— Monsieur s'en va donc? — s'écria Baptiste stupéfait.

— Oui, j'emmène votre maître. — Si son absence se prolongeait, vous viendriez demander des instructions nouvelles au château de Saint-Ouen...

— Bien, monsieur...

— Allez chercher le valet de pied qui accompagne mon cocher, et remontez avec lui.

Une minute plus tard, le nègre parut.

C'était un colosse taillé en hercule, nous le répétons.

— Cupidon, — lui dit Lionel en espagnol, tout en désignant Martial, — prends dans tes bras monsieur, qui ne peut se mouvoir, et porte-le jusqu'à la voiture avec les plus grandes précautions.

Le nègre, dont un bon sourire découvrit les dents plus blanches que l'ivoire, souleva le paralytique sans le plus petit effort, sortit de la chambre et descendit avec son fardeau dont il semblait ne pas sentir le poids.

Lionel prit place à côté de Martial sur la banquette du fond, et la voiture partit pour Saint-Ouen.

*
* *

Le grand jour de la signature du contrat était arrivé.

Le dîner ne devait réunir qu'une vingtaine de convives, mais plus de cent personnes avaient reçu des invitations pour la soirée.

Le temps étant très doux encore et très beau, quoique la saison fût bien avancée; on faisait dans le parc les apprêts d'une illumination promettant de dépasser en éclat celle de la première fête à laquelle nos lecteurs ont assisté.

On s'occupait aussi d'un feu d'artifice que le célèbre Ruggieri installait sur la berge de la Seine, en face de la terrasse aux arbres séculaires.

Naturellement ces préparatifs surexcitaient la curiosité des gens du pays.

Bon nombre de flâneurs, paysans, mariniers, ouvriers des fabriques, formaient un cordon sur le bord de la Seine, partageant leur admiration entre les charpentes du feu d'artifice et le sloop à la coquille noire, aux sabords rouges et à la cheminée rouge et noire.

Quelques promeneurs en canot venaient rôder autour du sloop et s'extasiaient sur l'élégance de ses formes et la correction de sa tenue, correction dont les embarcations de l'État offrent seules, habituellement, d'irréprochables modèles.

Jean Renaud causait avec Jupiter sur le pont du petit navire, tout en examinant les travaux et surtout les curieux.

Un lourd *bachot*, monté par deux hommes qui ressemblaient à des pêcheurs, passa pour la troisième fois à quelques mètres du sloop.

Cette persistance, et l'inexplicable manœuvre de ces deux hommes qui ne pêchaient point et n'avaient pas l'air de promeneurs, attirèrent l'attention de Jean Renaud et ne tardèrent pas à lui devenir suspects.

— Qu'est-ce que c'est que ces paroissiens-là? — se demanda-t-il, — et que signifie le va-et-vient auquel ils se livrent comme une sentinelle qui fait les cent pas?...

Pour les meilleures raisons du monde l'évadé de *la Dorade* se défiait un peu de tout.

Très intrigué, vaguement inquiet, mais ne voulant point le paraître, il gagna

Amélie, diaboliquement belle, était joyeuse et rayonnante.

l'entre-pont du sloop, et par un *hublot* pratiqué dans le bordage il suivit du regard les étranges canotiers.

Ils étaient assis pour manier les avirons, et des chapeaux de paille à larges bords cachaient les trois quarts de leurs visages.

— Je ne sais pourquoi, mais voilà deux gaillards qui ne me disent rien de bon, — murmura Jean Renaud en remontant sur le pont.

Le bachot marchait contre le courant.

A deux cents mètres plus haut il accosta la rive.

Les rameurs mirent pied à terre, amarrèrent solidement leur embarcation à un pieu, et gravirent la berge assez escarpée dans cet endroit.

Ils ne portaient plus leurs chapeaux de paille et s'étaient coiffés de casquettes plates à visières rabattues.

Une cotte bleue, un bourgeron de même couleur et une ceinture rouge constituaient leur équipement.

Jean Renaud les suivait des yeux, et Dieu sait si sa vue était perçante.

— Oh ! oh ! — fit-il en les voyant escalader la berge, le premier d'une allure vive et souple, le second avec lenteur et difficulté. — Voilà deux hommes qui ne sont pas du même âge, — l'un est jeune et leste, l'autre déjà vieux et surtout usé... — si c'étaient Remy Chomin et le Gosse, parole d'honneur, je n'en serais qu'à moitié surpris ! — Jupiter.

— Maître ?

— Passe-moi une lunette.

Le nègre détacha la lunette marine suspendue à l'arrière, près du gouvernail, et l'apporta.

Jean Renaud, se dissimulant derrière la cheminée de la machine, mit au point l'instrument et prit pour objectif les deux hommes à casquettes plates et à ceintures rouges.

Ils venaient de s'arrêter et se retournaient pour jeter un dernier coup d'œil au sloop. — Se croyant protégés par la distance, il ne cachaient plus leurs visages.

L'évadé de *la Dorade* les examina pendant la dixième partie d'une seconde, puis, faisant rentrer les uns dans les autres les tubes de la lunette désormais inutile, il murmura :

— Je ne m'étais pas trompé... Ce sont eux ! — Ils méditent assurément quelque chose, mais quoi ? — Enfin, je serai sur mes gardes et, comme dit le vieux proverbe : — *un homme averti en vaut deux !...*

IX

Jean Renaud s'était servi de la lunette marine pour examiner la figure des deux gredins, mais une fois leur identité constatée bien et dûment, sa vue perçante lui suffit pour ne rien perdre de leurs faits et gestes.

Arrivés sur le chemin de halage, Remy Chomin et le Gosse, coupant au plus court à travers champs, se dirigèrent vers le saut-de-loup qu'ils longèrent pendant une centaine de pas et dans lequel ils finirent par descendre.

L'évadé de *la Dorade* cessa de les apercevoir.

— Ou je me trompe fort, — se dit-il, — ou ces honnêtes gens sont en quête d'un endroit propice à l'escalade... — Donc, ils se proposent, une fois l'obscurité venue, de pénétrer dans le parc et de tenter quelque chose contre moi, car ils ne peuvent songer au vol au milieu d'une fête... — Que vont-ils *manigancer?* Je n'en sais rien, et ne le devine pas ; mais, encore une fois, je serai sur mes gardes...

Et il répéta mentalement :

— *Un homme averti en vaut deux!*

Le moment est venu d'expliquer à nos lecteurs les projets du vieux misérable et de son jeune associé.

Remy Chomin, promu à la dignité d'homme de confiance de la comtesse Blanche de Lasseny, avait appris par elle qu'une fête devait avoir lieu au château de Saint-Ouen, et que pendant cette fête un des ennemis inconnus de l'ex-Blanche Hervieux se démasquerait.

— Si vous êtes vraiment habile, — avait ajouté la douairière, — vous trouverez un moyen adroit de vous mêler, sous un déguisement quelconque, aux invités qui sont nombreux... — Vous ne me perdrez pas de vue... — Vous surveillerez le personnage que vous verrez me conduire à l'écart et s'entretenir longuement avec moi... — Vous saurez qui il est, et peut-être les suppositions dont vous m'avez parlé se changeront-elles en certitude... — Si vous ne vous êtes pas trompé et si vous me donnez le moyen d'attaquer à mon tour les imprudents qui me menacent, la récompense sera large et dépassera vos rêves!...

Remy Chomin promit de réussir et prit ses mesures en conséquence.

Rejoignons-le dans le saut-de-loup, où Jean Renaud venait de le voir descendre en compagnie du Gosse.

Il fit halte en un lieu où les tiges tordues et dénudées d'un vieux lierre rampaient sur les murailles de clôture comme des serpents malades.

— Qu'est-ce que tu dis de ça ? — demanda-t-il, en désignant du geste cette sorte de treillage naturel.

— Je dis que c'est aussi commode qu'une échelle double, — répliqua le Gosse, — et qu'on peut entrer là-dedans comme chez soi, la canne à la main... — Seulement...

Il s'interrompit.

— Seulement ? — répéta Remy Chomin.

— Je ne suis pas capon, — reprit le voleur imberbe, — mais, tu sais, chacun a ses petites faiblesses... — Moi, j'ai peur des pièges à loup... — On est pincé et ça vous casse une patte ou deux, ce qui détériore le physique...

Remy Chomin haussa les épaules.

— Tais-toi donc, animal bête ! — fit-il avec ironie. — Ça fait pitié de penser combien tu connais peu les habitudes de la belle société !... Ces avenues, ces allées, ces sentiers, ces bosquets, tout ça va être garni ce soir de gens de la haute, messieurs et dames, se promenant à la fraîche sous les ombrages et

recherchant la solitude pour se conter fleurette en catimini ! — Te figures-tu
qu'on les invite pour leur endommager les tibias ? — Il n'y a pas plus de pièges
à loup dans le parc que dans mon œil. — Nous n'avons rien à craindre.

Le Gosse secoua la tête avec mélancolie.

— Possible... — répliqua-t-il. — Mais qu'est-ce que tu veux ?... C'est plus fort
que moi... Ce parc-là me tracasse la jugeotte...

— Bon ! — Tu passais ton temps à m'appeler *taffeur*, et v'là qu'aujourd'hui
c'est toi qui as le *trac*...

— Fiche-toi de Bibi si ça t'amuse... il est sûr et certain que je n'ai pas confiance...

— Que crains-tu donc ? qu'est-ce qui pourrait nous arriver ?...

— Si nous étions reconnus...

— Reconnus !... oh ! la ! la !... quand nous serons en *godillots* vernis[1], en
grimpants noirs[2], en gilets blancs avec des cravates idem, des *sifflets d'ébène*[3],
des *réchauffantes* frisées[4], des gants passés à la benzine, des gibus à ressorts
sous le bras et des carreaux de vitre sur l'œil !... — Nos amantes ne nous
reconnaîtraient pas ! — D'ailleurs, faut pas être suffisants... T'imagines-tu
qu'au milieu de tout ce beau monde on fera attention à nous ?... — Jamais de la
vie ! Nos avantages naturels et physionomistes passeront inaperçus.

— Mais enfin, — demanda le Gosse, — c'est donc bien nécessaire d'aller
nous fourrer là-dedans ?

— C'est plus que nécessaire. — C'est indispensable.

— Pourquoi ?

— Parce que la comtesse de Lasseny, tu sais, l'ancienne pensionnaire de
Claire Bonchamp, m'a donné rendez-vous. — Elle compte sur moi, la chère
dame, et pour rien au monde je ne lui manquerais de parole... Honneur au
sexe ! D'ailleurs, c'est ce soir que je trouverai moyen de m'assurer si mon faux
mulâtre est bien le fameux Jean Renaud.

— Comment que tu feras ?

— Tu verras... — C'est mon affaire de moyenner ça, et ça sera décisif.

— Eh bien ! ma vieille, allons-y, et si nous *écopons*[5], tant pis !... — Est-ce
positivement par ici que nous entrerons ?...

— Oui, puisque voilà l'échelle...

— Et même voilà la rampe... — ajouta le Gosse en désignant un saule
pleureur planté sur la lisière du parc, et laissant pendre ses branches flexibles
presque jusqu'au fond du saut-de-loup...

1. *Godillots*, souliers.
2. *Grimpants*, pantalons.
3. *Sifflets*, habits.
4. *Réchauffantes*, perruques.
5. *Écoper*, éprouver quelque désagrément.

— Oui, ce sera facile, mais comme il fera noir, il s'agit de s'arranger pour retrouver l'endroit...

— Et le moyen?...

— Le blanc, ça se voit dans la nuit... Attends un peu...

Remy Chomin tira de sa poche un morceau de papier, et à l'aide d'une ficelle l'attacha solidement à l'une des branches du saule pleureur.

— La chose est faite, — dit-il ensuite. — Maintenant filons et qu'on ne nous voie plus rôder par ici.

— Filons... — répéta le Gosse.

Les deux bandits revinrent sur leurs pas, sortirent du saut-de-loup, descendirent sur la berge, gagnèrent leur bateau, se coiffèrent de nouveau de larges chapeaux de paille qui cachaient leurs figures, prirent le large et redescendirent la Seine, sans courir de bordées autour du sloop comme ils l'avaient fait antérieurement.

Ils atterrirent à un kilomètre plus loin, puis, après avoir payé la location de leur bateau, ils remontèrent jusqu'à Saint-Ouen et entrèrent chez un marchand de vins-logeur, dans l'établissement duquel ils avaient déposé le matin une valise assez lourde.

— Nous revoici, mon brave... — dit Remy Chomin au maître du logis. — Il nous faudrait une chambre pour cette nuit... — Avez-vous ça?

— Parfaitement, monsieur...

— Eh bien! faites-la voir... — Nous y porterons notre valise et nous nous reposerons un brin, car nous avons les bras engourdis à force d'avoir *turbiné* les avirons...— Pendant ce temps, vous nous confectionnerez un bon petit dîner, matelotte bien poivrée, côtelettes sur le gril et omelette au lard...

— Vous serez contents...

Le marchand de vins conduisit ses nouveaux clients à la chambre qu'il leur destinait et se retira.

Dès qu'ils furent seuls, Remy Chomin ouvrit la valise, en tira deux costumes de cérémonie tout neufs, achetés la veille dans un de ces vastes magasins de confections qui couvrent les murailles de Paris et des grandes villes de France, de leurs affiches fatigantes.

Il étala les costumes sur le lit.

— Examine-moi un peu ça! — fit-il ensuite avec une satisfaction manifeste. — Crois-tu que nous serons distingués!...

— C'est-à-dire, — répliqua le Gosse, — qu'il ne tiendra qu'aux gens de nous prendre pour des ambassadeurs des pays étrangers, ou pour de forts marchands de bœufs retirés des affaires après fortune faite... — En attendant, *grillons-en une.*

Les deux gredins bourrèrent leurs courtes pipes amplement culottées, tandis qu'on préparait le repas auquel ils se promettaient de faire honneur.

Retournons un peu en arrière.

Au moment où Jean Renaud avait vu Remy Chomin et le Gosse disparaître dans le saut-de-loup, il s'était fait conduire à terre par le you-you du sloop et il avait regagné le parc.

Il suivit d'abord la terrasse du bord de l'eau puis, ayant soin de se tenir toujours à l'abri des massifs, il longea le saut-de-loup et il arriva à proximité de l'endroit où les deux hommes faisaient halte, juste à temps pour voir Remy Chomin attacher un morceau de papier blanc à l'une des branches du saule pleureur.

— Bon! — pensa le faux mulâtre, — je connais ce vieux *truc!* — L'escalade est projetée, et c'est par là qu'entreront les gredins... C'est bon à savoir...

Il prit alors le chemin du château où tous les préparatifs étaient terminés, mais il n'y passa que le temps nécessaire pour aller dans sa chambre chercher un de ces sifflets de forte taille dont on fait usage à bord des navires pour donner des ordres aux matelots, et dont les notes aiguës dominent le fracas de la tempête.

L'évadé de *la Dorade* traversa rapidement le parc et se rendit sur la terrasse du bord de l'eau.

En face de lui le sloop immobile reflétait sa coquille noire et ses bordages couleur de sang dans les eaux calmes de la Seine.

Le pont était maintenant désert.

Jean Renaud approcha de ses lèvres le sifflet dont il tira un son prolongé.

A l'instant même le trappillon d'une écoutille fut soulevé et la tête de Jupiter apparut.

L'évadé de *la Dorade* siffla de nouveau, à huit reprises différentes, en laissant un intervalle de quelques secondes après chaque modulation.

Quand il eut achevé, deux ou trois minutes s'écoulèrent, puis Jupiter, dont le visage d'ébène et la chevelure laineuse apparaissaient toujours au niveau du pont, répondit par un seul coup de sifflet strident; tout rentra dans le silence et Jean Renaud s'éloigna.

A sept heures moins un quart arrivèrent les premières voitures dans lesquelles se trouvaient la comtesse douairière, la comtesse Amélie, Gontran de Lasseny, Georges et Léopold Dereyne.

On devait se mettre à table à sept heures précises.

La lecture et la signature du contrat auraient lieu à dix heures et demie, quand le plus grand nombre des invités seraient réunis.

Le feu d'artifice viendrait ensuite, suivi lui-même d'une petite sauterie, bal improvisé et sans prétention.

Un musicien se trouvait là par hasard.

Il s'installerait au piano et jouerait des quadrilles, des polkas et des valses.

Danserait qui voudrait danser...

Après le petit bal on souperait, et la joyeuse fête du contrat se prolongerait jusqu'au matin...

Quelques mots au sujet de Martial Dereyne nous semblent nécessaires avant de commencer le récit d'une soirée fertile en événements.

Le paralytique était depuis trois jours au château, et menait une existence isolée dont il semblait se trouver fort bien.

Il occupait au premier étage une vaste chambre située admirablement. — Depuis le grand fauteuil placé près de la fenêtre il voyait le parc, et, de l'autre côté du parc, les horizons d'un paysage un peu uniforme mais charmant.

Nous croyons superflu d'affirmer que mesdemoiselles Warton ne mettaient point les pieds dans cette chambre.

Lorsque Jocelyn en devait franchir le seuil, il s'affublait d'une barbe postiche qui le rendait méconnaissable.

Le service était fait par des mulâtres que Martial n'avait jamais vus, ou du moins jamais remarqués pendant son séjour à Guayanila.

Il était convenu qu'à dix heures du soir on descendrait le paralytique dans son fauteuil et que, pour ne pas être donné en spectacle aux indifférents, il assisterait à la lecture du contrat dans un petit salon voisin du salon principal...

X

Lionel Warton, assisté de Doménico Séballa, recevait les invités à l'entrée des salons.

La famille de Lasseny arriva la première.

La comtesse douairière s'efforçait de cacher l'immense préoccupation qui l'obsédait ; mais, malgré sa grande habitude du monde, elle n'y parvenait qu'à demi.

Gontran, très pâle, les yeux caves et brillant d'un éclat fébrible au fond de leurs orbites charbonnés, semblait plus faible et plus souffrant encore qu'aux courses de Chantilly.

Amélie, diaboliquement belle, était joyeuse et rayonnante.

L'idée de se trouver dans la maison de Lionel Warton, de Lionel qu'elle idolâtrait avec toutes les ardeurs de sa nature perverse, l'enivrait littéralement.

Elle lui sourit avec amour, tandis que Jean Renaud lançait un regard plein de haine à l'ex-Blanche Hervieux qui ne faisait pas attention à lui.

Georges et Léopold Dereyne descendirent de voiture quelques minutes après leur sœur et leur beau-frère.

On les entoura, — Georges surtout, car il était le héros de la fête, et chacun eut pour lui une parole de félicitation, plus ou moins sincère en réalité, mais très cordiale en apparence.

Assurément Léopold avait une nature trop parfaite pour être jaloux de son frère, et cependant chaque félicitation adressée à ce dernier lui brisait le cœur.

Georges allait être l'heureux possesseur de Paula qu'il aimait, tandis que lui, Léopold, était obligé de refouler au fond de son cœur, de cacher à tous les regards, l'ardente passion qu'il éprouvait pour Mary.

— Il cherchait des yeux la jeune fille et, ne la voyant pas, l'idée qu'elle était sans doute plus malade lui traversa l'esprit.

Effrayé par cette pensée il s'approchait de Doménico Séballa pour le questionner ; — il n'en eut pas le temps.

Les deux sœurs et leur cousine Dolorès entraient dans le salon.

Georges et Léopold s'élancèrent au-devant d'elles et offrirent leur bras, l'un à sa fiancée, l'autre à la maîtresse de son cœur, puis Lionel présenta ses cousines à la douairière et à la comtesse Amélie, et ensuite présenta Gontran aux jeunes filles.

Amélie et Gontran trouvèrent mesdemoiselles Warton ravissantes.

Blanche de Lasseny fut bien forcée de s'avouer qu'elles étaient *agréables* ou tout au moins *passables*; mais elle ne se fit pas cet aveu sans amertume.

Les trois *cousines* de Lionel portaient des toilettes d'une élégance exquise et d'une idéale simplicité.

Pas un bijou, — pas même de boucles d'oreilles.

Pour toute parure une fleur naturelle dans les cheveux et une autre au corsage.

Jocelyn, qui n'était pas allé depuis la veille à l'hôtel de la rue Saint-Dominique, s'approcha du comte et de la comtesse de Lasseny et demanda des nouvelles de sa santé à Gontran, qui répondit :

— Votre potion, mon cher docteur, a fait merveille... — Je ne souffre presque plus... — C'est à peine si j'éprouve à la poitrine un sentiment de chaleur vive... simple irritation qui passera...

— Docteur, — fit Amélie, — je ne m'attendais pas au plaisir de vous rencontrer ici... — Vous connaissez donc M. Warton?

— Je suis son médecin, madame, — répondit Jocelyn, — et de plus son ami d'enfance.

La comtesse fit un imperceptible mouvement de joie et son visage s'empourpra.

— Le médecin de Lionel et son ami, — se dit-elle, — tant mieux!! — S'il soupçonnait, il ne trahirait pas!!!

Les portes de la salle à manger s'ouvrirent et le maître d'hôtel annonça le dîner.

Lionel plaça Blanche de Lasseny à sa droite et la comtesse Amélie à sa gauche.

— Je veux être libre ! donc, il faut que mon mari meure.

La jeune femme trouva moyen de murmurer à son oreille :

— Vous m'avez mise du côté de votre cœur... — Merci...

Georges était nécessairement le voisin de Laura.

Léopold s'assit auprès de Mary.

— Ayez pitié de moi, mademoiselle... — lui dit-il tout bas. — Permettez-moi d'espérer que mon tour viendra et que j'aurai, comme mon frère, ma part de bonheur...

Mary ne répondit pas, ou plutôt répondit par un soupir, en même temps qu'une larme furtive roulait sur sa joue. — La pauvre enfant, quoiqu'elle ne connût point le détail des projets de la Vengeresse, devinait une partie de la vérité. — Quelque chose de terrible se préparait, elle en était sûre; — il lui semblait entendre gronder la foudre sur la tête menacée de Georges; — elle songeait avec épouvante que le *tour de Léopold viendrait*, ainsi que lui-même venait de le dire naïvement!

Nous ne parlerons point des savantes recherches du menu, ni des merveilleuses délicatesses de l'exécution.

Lucullus dînait chez Lucullus.

Le repas cependant ne fut point gai, malgré les efforts de Lionel et de Doménico Séballa pour l'animer.

La douairière s'absorbait dans une muette angoisse, en songeant à l'entrevue qu'elle souhaitait avec ardeur, et qu'elle redoutait à la fois.

Amélie songeait à son amour que la présence de sa belle-mère condamnait momentanément au silence.

Léopold songeait à son profond chagrin.

Nous savons quelle était la nature des pensées de Marie.

Georges s'occupait exclusivement de Carmen et, tout en admirant sa beauté, songeait surtout aux six millions qu'elle apportait dans sa jolie main. — Il songeait aussi un peu, de temps en temps, à ces actions qui ne lui appartenaient pas, et à cette fausse signature, enfermées dans le coffre-fort de René Mattifet.

Hâtons-nous d'ajouter qu'il chassait au plus vite ce souvenir importun, sans pouvoir l'empêcher de revenir.

Bref, il régnait autour de la table une sorte de contrainte, que les grands vins versés amplement ne dissipèrent tout à fait qu'au moment du dessert.

Un dîner s'achève vite quand la causerie joyeuse ne fait pas trouver les heures courtes.

A huit heures et demie les convives du château de Saint-Ouen quittèrent la salle à manger.

L'atmosphère étant ce soir-là d'une douceur exceptionnelle, on avait ouvert les portes-fenêtres qui des salons conduisaient au parc.

Un orchestre invisible, placé sur la terrasse lointaine, envoyait aux échos des mélodies douces et voilées.

La comtesse Amélie, s'approchant d'une des portes, tourna les yeux vers les horizons illuminés dont l'aspect rappelait certaines décorations prestigieuses des grands théâtres de féeries.

— Ah! que c'est joli! — s'écria-t-elle. — Venez voir tout cela de près...

Et, saisissant le bras de Lionel, elle l'entraîna dans le parc jusqu'à l'endroit où pour la première fois Georges Dereyne avait balbutié à l'oreille de Carmen ou plutôt de Laura ces trois mots : — *Je vous aime !*

Amélie, s'arrêtant à cette place, murmura d'une voix que la marche rapide et peut-être l'émotion rendaient un peu tremblante :

— Lionel, vous m'avez dit — (vous en souvenez-vous?) — que vous seriez à moi le jour où, libre enfin, je ne serais qu'à vous...

— Je m'en souviens... — répliqua le pseudo-nabab. — Il est des choses qu'on n'oublie pas... qu'on n'oublie jamais...

— Et pensez-vous toujours de même?

— Toujours...

— Alors, si je venais vous dire : *Me voici telle que vous vouliez que je sois... je n'ai plus qu'un seul maître et ce maître c'est vous... Prenez-moi!...* Vous n'hésiteriez pas?

— Ah! — s'écria Lionel, — l'heure la plus belle de ma vie serait l'heure où ce rêve se réaliserait!

— Bien vrai?

— Je vous le jure...

— Même si, pour me rendre libre, j'avais commis un crime...

— Un crime! — répéta la Vengeresse avec un geste d'effroi digne d'un grand acteur.

— Oubliez-vous, — fit Amélie vivement, — que la mort de Gontran peut seule briser ma chaîne?... — Or je veux être libre! — Donc il faut que mon mari meure!...

— Vous l'avez condamné?

— Sans peur et sans pitié, oui!... Il est un ennemi puisqu'il est un obstacle!... — Mais si mon crime devait être inutile... si vous me repoussiez avec horreur parce que j'aurais passé sur un cadavre pour venir à vous, il ne me resterait qu'à mourir?...

— Que parlez-vous de mourir! — s'écria Lionel d'un ton d'exaltation passionnée dont il était impossible qu'Amélie ne fût point la dupe. — Ce crime prétendu, que j'appelle moi la juste revanche de l'esclave reprenant ses droits, fera de nous deux complices autant que deux amants, et rivera pour toujours la chaîne indissoluble! — Sois libre, Amélie, sois libre et viens! — C'est ton droit parce que tu m'aimes! C'est ton devoir parce que je t'adore! — Qui donc oserait dire que tu n'es point dans le cas de légitime défense? — Qui donc a commencé la guerre? — N'est-ce pas cette créature odieuse, cette comtesse Blanche de Lasseny, qui, jalouse de ta jeunesse et de ta beauté, de ta grâce et de ton esprit, s'est déclarée ton ennemie et se sert contre toi d'un arsenal d'armes déloyales!..

— Elle t'exècre! Son but unique est d'éloigner de toi son fils; et ce fils, ton mari, qui devait te protéger, te défendre, te venger, courbe la tête devant sa mère et lâchement te laisse insulter... — Ces gens sont l'ennemi et contre eux tout est légitime! — C'est la guerre! — Chacun pour soi! Affranchis-toi et viens!

— Ah! oui, je la hais, cette femme! — dit Amélie les dents serrées et les

narines frémissantes. — Je la hais, autant que lui... — plus que lui peut-être...
— Elle me fait peur...

— Que crains-tu donc?

— Qu'elle ne devine et, quand je serai libre et heureuse, qu'elle ne m'accuse!

— T'accuser!... Elle?... la comtesse Blanche de Lasseny qui s'appelait autrefois Blanche Hervieux?... — L'oserait-elle?

— Elle oserait tout...

— Veux-tu qu'elle soit à ta merci?...

— Certes, je le voudrais!

— Veux-tu la réduire à se taire si elle songeait seulement à parler?

— Comment?

— En la menaçant d'opposer, à l'accusation portée par elle, une accusation non moins terrible.

— Ah! — s'écria violemment Amélie, — ah! si c'était possible!

— C'est possible, et tu en auras bientôt la preuve...

En ce moment on entendit craquer le sable de l'allée où se trouvaient Amélie et Lionel.

— Silence... — fit ce dernier. — On approche... — Venez, madame...

Tous deux reprirent le chemin du château.

A vingt pas de l'endroit où l'entretien qui précède avait eu lieu, ils se croisèrent avec Mary, timidement appuyée au bras de Léopold.

— Petite cousine, la soirée fraîchit... — dit le pseudo-nabab à la jeune fille.
— Notre cher docteur ne serait pas content s'il vous savait ici...

— Nous allons rentrer... — répliqua Léopold. — Nous jetons seulement un coup d'œil sur les illuminations du parc.

— Et vous choisissez pour cela une avenue bien sombre... — reprit Lionel en riant. — Mes compliments!

Puis il passa, emmenant Amélie.

Le plus jeune fils de Martial Dereyne les suivit du regard jusqu'à ce qu'ils eussent disparu au tournant de l'allée.

— Vous voyez bien que je ne me trompais pas... — fit-il ensuite. — Vous voyez bien que votre cousin, qui est en même temps votre tuteur, accepte et protège mon amour puisqu'il ne s'irrite point de nos tête-à-tête... — Laissez-moi donc vous demander cette grâce que je vous ai demandée si souvent déjà, et toujours en vain... Accordez-moi l'autorisation d'aller trouver Lionel Warton et de lui dire : *J'aime Mlle Mary, ou plutôt je l'adore! je vous jure de la rendre heureuse... Donnez-la moi pour femme!...*

— Taisez-vous! taisez-vous! — balbutia la jeune fille en cachant son visage dans ses mains... — L'espoir ne nous est pas permis... — Un abîme nous sépare et la mort seule pourrait nous unir...

XI

Tandis que Léopold cherchait à comprendre le sens des paroles de Mary Warton, paroles étranges et inexplicables pour lui, et sollicitait de la jeune fille une explication qu'il ne devait pas, qu'il ne pouvait pas obtenir, Remy Chomin et le Gosse, après avoir passé quelques minutes, l'oreille au guet, dans les ténèbres du saut-de-loup, afin de s'assurer qu'autour d'eux la solitude était complète, escaladèrent la muraille d'enceinte à l'endroit que le papier attaché à la branche du saule pleureur leur avait fait reconnaître, et s'engagèrent au milieu des massifs qui bordaient ce côté du parc.

Les deux bandits, coiffés de perruques blondes et de chapeaux gibus, cachaient leurs vêtements de soirée sous des pantalons de toile à voile et sous de larges blouses bleues.

Blouses et pantalons devaient préserver de toute souillure et de tout accroc les toilettes de cérémonie, pendant l'escalade, et pourraient aussi servir, en cas d'alerte, de costumes de rechange ou plutôt de déguisements.

Remy Chomin s'arrêta.

— S'agit présentement de faire peau neuve, — dit-il à voix basse, — et de nous mettre sur notre trente-et-un de gens comme il faut... de bourgeois huppés.

— Où laisserons-nous nos frusques de prolétaires? — demanda le Gosse.

— Dans ce fourré... sous cette touffe... — répliqua Remy. — Quand nous aurons fait notre besogne nous partirons d'ici par le même chemin et nous les reprendrons en passant.

— Allons-y!

Les misérables se dépouillèrent des grossiers vêtements qui servaient d'enveloppe à leurs élégances.

Chacun d'eux fit un paquet qu'il déposa sous la touffe de verdure puis, de chenilles devenus papillons brillants — (ils le croyaient du moins) — ils sortirent du taillis en se garant des branches qui pouvaient déranger l'harmonie de leurs toilettes, gagnèrent une allée droite et se dirigèrent vers le château.

— Mazette, plus que ça d'éclairage!! — dit le Gosse à l'oreille de Remy Chomin, en voyant les lumières innombrables scintillant de tous côtés dans le parc.

— Il est positif que c'est soigné et qu'on n'a pas fait ce soir des économies de bouts de chandelles! — répliqua le voleur émérite.

— On croirait qu'on a dévalisé les becs de gaz des boulevards, depuis la Madeleine jusqu'à la Bastille...

— Plus de réflexions, petit... Musèle ton grelot! v'là du monde chic... — On pourrait t'entendre, et tu ne possèdes pas les finesses de la langue...

Les deux hommes approchaient du château; — quelques invités se promenaient en fumant autour de la pelouse, devant les portes-fenêtres ouvertes au grand large.

Remy Chomin, se glissant derrière les caisses des orangers gigantesques placés de distance en distance, arriva sans attirer l'attention jusqu'auprès de l'une de ces fenêtres et, caché par un groupe, essaya de découvrir la comtesse Blanche de Lasseny dans les salons dont il hésitait à franchir le seuil, malgré ce qu'il appelait sa *tenue d'homme du grand monde.*

— Je n'aurais qu'à me trouver nez à nez avec le patron de la case, — pensait-il, — il ne se souviendrait pas de m'avoir invité, et peut-être bien qu'il appellerait sa valetaille pour me faire faire la conduite à coups de balai... — Inutile de risquer l'aventure... — Un peu plus tôt ou un peu plus tard l'occasion se présentera de signaler ma présence à la dame...

Remy Chomin ne se trompait pas et l'occasion ne se fit guère attendre.

Au bout de quelques minutes il vit l'ex-Blanche Hervieux, causant avec une autre dame, se diriger du côté de la porte près de laquelle il se trouvait.

Quand elle fut à dix pas de lui elle s'arrêta, causant toujours.

Remy Chomin, s'écartant un peu du groupe qui le masquait aux regards, eut soin de se laisser voir.

La douairière tressaillit en le reconnaissant puis, rompant presqu'aussitôt la conversation entamée, quitta son interlocutrice, sortit du salon et passa devant son émissaire sans paraître le voir.

— Bigrement rouée, la petite mère ! — pensa Remy, et il la suivit, en ayant soin de conserver sa distance.

Quant l'ex-Blanche Hervieux lui parut suffisamment éloignée des oreilles indiscrètes, il murmura d'une voix très basse mais cependant distincte :

— Mam' la comtesse, je suis là...

— Je le sais bien... — répliqua la douairière sans s'arrêter et sans se retourner. — Y a-t-il du nouveau?...

— Pas encore... — je ne fais presque que d'arriver... — je tenais à vous avertir de ma présence.

Blanche demanda :

— Je voudrais savoir si l'homme dont vous m'avez parlé est ici...

— Facile à reconnaître, le particulier... — C'est un mulâtre...

— J'en ai vu ce soir au moins deux.

— Et vous désireriez connaître celui que je soupçonne?...

— Oui...

— Ça peut se faire très bien... — Demi-tour à gauche, mam' la comtesse, et en avant arrche ! — Retournez du côté de la case et embossez-vous dans l'ouverture d'une des portes. — Je vous y rejoindrai tout à l'heure, sans avoir l'air; je ne vous adresserai pas la parole, mais si le particulier plus ou moins bon teint se balade dans les salons, je vous le montrerai...

Les choses se passèrent conformément au programme que Remy Chomin venait de tracer.

La comtesse Blanche, son éventail ouvert à la main, s'arrêta sur le seuil d'une porte-fenêtre, comme pour jouir du coup d'œil de la fête.

Le vieux bandit se plaça derrière elle et dit du ton d'un homme qui se parle à lui-même :

— Là-bas... au fond... à droite... ce grand mulâtre à cheveux blancs qui jabotte avec un jeune homme, c'est lui...

— L'Anglais de l'Hôtel des Ventes? — murmura la comtesse stupéfaite, en regardant Jean Renaud qui parlait à Lambert Massol.

— Positivement... — Ah! le mâtin, — s'il est bien l'homme que je crois, — n'a pas son pareil pour se faire une tête!

— Sachez donc à quoi vous en tenir.

— Parbleu! on est ici pour ça...

En ce moment Lionel Warton sortit d'un petit jardin d'hiver de construction récente, rempli de plantes et d'arbustes des climats chauds et servant d'annexe à l'un des salons.

Il chercha des yeux la douairière, et l'ayant aperçue il se dirigea de son côté.

— C'est le maître, — fit vivement Blanche de Lasseny, — il ne faut pas qu'il nous voie.

Remy Chomin, sachant cela à merveille, avait déjà disparu.

L'ex-Blanche Hervieux accueillit le pseudo-nabab avec son plus gracieux sourire.

— Heureusement vous voici, cher monsieur Lionel... — dit-elle. — J'allais me mettre à votre recherche.

— Je suis heureux d'avoir prévenu votre désir, madame la comtesse... Permettez-moi de vous demander ce qui me procurait l'honneur d'être ainsi recherché par vous...

— Je voulais vous rappeler qu'étant fille d'Ève, par conséquent curieuse, je souhaite vivement connaître le mot de certaine énigme qui préoccupe mon esprit depuis quelques jours. — Vous m'avez affirmé qu'un de vos amis avait les choses les plus intéressantes du monde à m'apprendre.

— Je l'ai dit, je le répète, et rien n'est plus vrai...

— Votre ami est ici ce soir?...

— Oui, madame...

— Qu'attendez-vous pour me le présenter?

— Un ordre de vous...

— Eh bien! cet ordre, je vous le donne, et j'y joins une prière...

— Si la chose que vous me demandez est possible, regardez-la comme faite...

— Elle est possible et facile...

— De quoi s'agit-il?

— Je voudrais que mon entretien avec votre ami n'ait pas de témoins... — Je souhaiterais causer en toute liberté et sans craindre des interruptions importunes...

— J'y avais songé déjà... — répondit Lionel. — Veuillez prendre mon bras...

— Où me conduisez-vous?

— A la serre que je quitte et que tout à l'heure j'ai laissée déserte...

— Mais, votre ami?

— Le voici qui vient à nous...

En effet Jean Rénaud, appelé par un signe de Lionel, s'avançait à la rencontre de nos deux personnages.

— Est-ce ce mulâtre à cheveux blancs? — demanda la douairière.

— Lui-même...

Mme de Lasseny vit alors que Remy Chomin ne s'était point trompé en désignant le mulâtre vrai ou faux comme le mystérieux ennemi aux incarnations multiples.

Elle devint aussitôt calme et maîtresse d'elle-même.

— Ce qu'il faut avant tout, — pensait-elle, — c'est du sang-froid... — Voilà donc mon adversaire... — Je vais enfin savoir ce qu'il veut, et la présence d'esprit ne me manquera pas pour me défendre et pour attaquer...

Jean Renaud s'inclinait devant la douairière.

— Madame la comtesse, — dit Lionel, — j'ai l'honneur de vous présenter le señor Doménico Séballa, mon parent, mon ami, mon guide... — Il sollicite de vous l'honneur d'une audience...

— Que j'accorde avec empressement... — répliqua Mme de Lasseny en souriant.

Jean Renaud prit le bras que Lionel venait de quitter et conduisit Blanche du côté de la serre, dont la porte s'ouvrit devant eux et se referma quand ils l'eurent franchie.

Une atmosphère tiède et parfumée les enveloppait.

La lumière, filtrant à travers des globes de cristal dépoli suspendus dans les feuillages, était faible, voilée, mystérieuse.

Cependant la comtesse prit soin de se placer du côté où l'ombre flottante offrait le moins de transparence.

Elle ne voulait pas que son interlocuteur pût découvrir sur son visage le reflet des émotions qu'elle allait peut-être éprouver.

En entrant dans la serre Jean Renaud regarda la comtesse ainsi qu'il l'avait déjà regardée au moment où elle gravissait le perron du château.

La haine et le mépris débordaient dans ses yeux.

Il conduisit silencieusement sa compagne jusqu'auprès d'un banc de verdure placé sous un groupe de palmiers.

— Madame la comtesse, — dit-il, — veuillez vous asseoir...

Le faux mulâtre ne sourcilla pas, si violente et si naturelle que fût son émotion.

Blanche s'assit avec cette grâce coquette que certaines femmes conservent longtemps encore après que leur jeunesse est passée.

Puis brusquement, allant droit au but sans circonlocutions, sans ambages, elle entama l'entretien.

— Monsieur Lionel Warton, votre parent, monsieur, — dit-elle, — m'a prévenue que vous aviez à me parler de choses intéressantes pour moi.

— En effet, oui, madame... — répliqua Jean Renaud.

— Il s'agit, paraît-il, d'une personne que j'ai connue jadis...

— Claire Bonchamp, oui, madame...

— Voulez-vous, monsieur, que je vous dise ma pensée tout entière ?...

— Je serai très heureux de la connaître, en supposant, bien entendu, que ce soit votre pensée vraie...

— Eh bien ! selon moi, monsieur, Claire Bonchamp n'est qu'un prétexte, un nom mis en avant pour exciter ma curiosité et m'amener à une entrevue que vous auriez difficilement obtenue sans cela... — Que me voulez-vous ? — Je ne sais, mais je devine en vous un ennemi...

Jean Renaud eut un étrange sourire.

— Pourquoi serais-je votre ennemi ? — demanda-t-il.

— Je l'ignore puisque je ne vous connais pas, mais je suis sûre que vous me l'apprendrez vous-même tout à l'heure. — Peu m'importe d'ailleurs votre haine, elle ne peut-être un danger pour moi... Je ne crains rien... Je ne crains personne...

L'évadé de la *Dorade* sourit de nouveau.

— Vous pourriez prendre la devise du chevalier Bayard, — répliqua-t-il ensuite, — *Sans peur et sans reproche!* — Une belle devise, madame la comtesse, et noblement portée !

XII

Un silence succéda aux dernières paroles prononcées par Jean Renaud.

La douairière, blessée dans son orgueil par l'ironie si peu voilée de son interlocuteur, fit un geste de colère et fut au moment de répondre avec une hauteur méprisante.

Mais elle voulait savoir. — Elle dompta la révolte de tout son être, et reprit d'un ton qu'elle s'efforçait de rendre calme :

— Il me semble, monsieur, que vous vous égarez... — J'attends ce que vous avez à dire à la comtesse de Lasseny...

— A la comtesse de Lasseny, rien, madame, — répliqua Jean Renaud ; — beaucoup de choses, au contraire, à celle qui fut Blanche Hervieux...

— La distinction est subtile !

— Peut-être, mais elle est nécessaire...

— Soit ! — je l'accepte et j'attends...

— Et moi je vais droit au but... — Vous vous souvenez, madame, de cette Claire Bonchamp que vous avez connue...

— Je l'ai connue, oui, pour mon malheur ! — Claire Bonchamp était une de ces sages-femmes perverses qui veulent édifier leur fortune non par le travail, mais par le crime.

— Eh ! madame, — interrompit le faux mulâtre, — il n'y a pas que les sages-femmes qui calculent ainsi...

Blanche fronça les sourcils, mais elle ne releva point le mot et poursuivit :

— Dans tous les cas, son calcul était faux... il l'a conduite en Cour d'assises, où ses mérites ont reçu leur juste récompense !...

— C'est vrai, et tandis que les portes d'une prison se fermaient sur la malheureuse, ses complices vivaient libres et sans remords.

— Avait-elle des complices ?... — Je l'ignore.

— J'en pourrais au moins citer une, et vous ne me démentirez pas, car cette complice, madame, c'était vous...

La comtesse allait interrompre. — Jean Renaud ne lui en laissa pas le temps.

— Vous, — continua-t-il, — vous qui donniez une grosse somme à Claire Bonchamp pour qu'elle supprimât sans pitié l'enfant qui venait de naître...

— Eh ! monsieur, ce sont les femmes pareilles à Claire Bonchamp qui poussent au crime de pauvres jeunes filles inconscientes et affolées comme était Blanche Hervieux à cette époque... — Il ne s'agissait pas d'ailleurs de tuer l'enfant, mais de le faire disparaître, ce qui était une faute, une faute grave, j'en conviens, mais non un crime...

— Vous vous trompez, madame !... — Blanche Hervieux, à la veille de contracter un brillant mariage, voulait anéantir toute trace d'un passé d'erreurs... — Elle payait à Claire Bonchamp, non la disparition de son fils mais sa mort !

— C'est faux ! — répliqua la comtesse. — Je pourrais discuter... — A quoi bon ? — Gardez votre opinion dont je n'ai nul souci !... — Comment possédez-vous le secret de Blanche Hervieux ? — Par Claire Bonchamp, sans doute.. — Pourquoi venez-vous, au bout de vingt-cinq ans, exhumer un scandale qui n'aurait point d'écho, et menacer une femme qui ne vous a rien fait ?... — Est-ce une tentative de chantage ? — Elle serait vaine autant que honteuse, car Claire Bonchamp est morte ; — à vos affirmations la comtesse de Lasseny répondrait : — *Vous mentez !*... — Et on la croirait !

— Non, madame, on ne la croirait pas... — Nul démenti ne tient contre des preuves, et j'en ai...

— Des preuves !... — répéta la douairière avec angoisse. — Vous avez des preuves ?

— Indiscutables...

— Lesquelles ?

— Je pourrais vous le cacher... je veux bien vous l'apprendre... — D'abord une sorte de journal écrit au jour le jour par Claire Bonchamp, journal dont vous connaissez bien l'importance puisque vous avez acheté vingt-cinq mille francs le meuble qui l'avait contenu... et qui le contenait encore, croyez-vous... — Or un ami à moi, l'honorable Williams Dickson, s'en était emparé la veille de la vente, tout exprès pour me le donner...

Mme de Lasseny haussa les épaules.

— Quelle preuve peut renfermer un journal? — répliqua-t-elle.

— Le récit détaillé de l'accouchement, les propres paroles de la mère dénaturée sollicitant le crime...

— Et tout cela écrit par une morte!! — s'écria la douairière avec un éclat de rire qu'elle voulait rendre moqueur, mais qui sonnait faux. — Vous appelez cela des preuves INDISCUTABLES. — Vous avez raison dans ce sens qu'elles ne valent pas la peine d'être discutées...

— Ainsi, madame la comtesse, celles-là ne vous paraissent pas suffisantes?...

— Non, en vérité !

— J'en ai une autre...

— Écrite encore?

— Non point écrite, mais vivante...

— Je ne vous comprends pas...

— C'est cependant bien simple... — Cette preuve, c'est l'enfant lui-même...

— Ah! — fit Blanche de Lasseny avec dédain. — Enfin nous y voici, et le chantage commence... — J'étais prévenue, monsieur... je m'attendais à ce que je viens d'entendre... Vous n'oubliez qu'une chose...

— Laquelle?

— C'est que l'enfant est mort...

— Qui vous l'a dit?

— Claire Bonchamp.

— Elle mentait.

— Dans quel but?

— Dans le but de toucher le prix d'un crime qu'elle n'osait pas commettre.

— Ce n'est pas elle qui mentait, c'est vous qui voulez me tromper.

— Vous direz cela à votre fils, quand il se présentera devant vous, son acte de naissance à la main !

— Son acte de naissance... — répéta Blanche stupéfaite.

— Oui, madame.

— Il n'existe pas...

— Vous le croyez, mais c'est une erreur... — Vous en aurez la preuve par vos propres yeux.

— En d'autres termes, un enfant supposé sera porteur d'un acte faux !

— Eh! madame, cela ne soutiendrait pas l'examen... Votre fils a été inscrit sur les registres de l'état civil, à la mairie de Vincennes, le 28 décembre 1828, sous le nom de *Jacques Hervieux*, né de Blanche Hervieux et de père inconnu...

— Cette déclaration existe?

— Rien de plus facile que de vous en assurer demain matin en allant à Vincennes...

— Qui l'a faite?...

— Claire Bonchamp.

— Elle me trahissait donc !

— Était-ce vous trahir que de ne pas étrangler votre enfant ? — La phrase est imprudente, madame !

— Eh ! monsieur, qui vous parle d'un crime ? — C'est en faisant inscrire mon nom sur les registres d'une mairie, c'est en rendant ma honte officielle et indéniable, que la sage-femme me trahissait.

— Elle obéissait à la loi qui veut que tout enfant soit déclaré vingt-quatre heures au plus tard après sa naissance...

— Enfin, cet enfant qu'on me disait mort et qui, s'il faut vous en croire, est vivant, qu'est-il devenu ?

— La sage-femme me l'a confié.

— A vous ! — s'écria la douairière.

— A moi, oui, madame la comtesse... — Je me suis intéressé tout de suite à ce pauvre petit être condamné par sa mère. — Je l'ai fait élever hors de France...

Pour la seconde fois depuis le début de l'entretien, l'ex-Blanche Hervieux essaya de cacher son trouble en riant d'un rire contraint.

— Cela n'est point mal inventé, — fit-elle ensuite, — et ce petit roman me paraît ingénieux, quoique péchant un peu par la vraisemblance... — Mais il faut en finir, car notre tête-à-tête a duré bien longtemps... — Admettons que ce qui n'est qu'un jeu de votre esprit fertile soit la réalité... — Admettons que les choses se soient passées comme vous le dites... — Démasquez vos batteries... — Montrez votre objectif... — Vous n'avez pas du tout la mine d'un saint Vincent de Paul... — Vous ne vous êtes point fait par humanité pure le protecteur d'un enfant inconnu qui ne vous était rien...

— Quel était mon but alors, s'il vous plaît, madame la comtesse?... — demanda Jean Renaud en souriant...

— Votre but? — reprit Blanche, qui commençait à perdre son sang-froid. — Vous étiez le complice de Claire Bonchamp, vous possédiez tous deux mon secret, et vous comptiez me le faire payer bien cher... — Aujourd'hui vous allez m'offrir d'acheter votre silence et je l'achèterai, et vous ramasserez seul le tas d'or, salaire de ce honteux marché...

— N'essayez pas de me blesser, madame, — interrompit Jean Renaud d'un ton calme et d'une voix grave, — vous l'essayeriez en vain. — Les millions de Lionel Warton, dont je dispose à ma guise, me cuirassent contre vos insultes. — Pourquoi j'ai fait ce que j'ai fait? — Vous voulez le savoir et je vais vous l'apprendre... — Claire Bonchamp, sortant de prison, est morte misérable sur un lit d'hôpital, tandis que vous, madame la comtesse, vous, plus coupable qu'elle, vous vivez, heureuse et riche, dans le monde qui vous admire et qui vous respecte... — Claire Bonchamp est morte en me faisant promettre de rappeler votre fils en France, à Paris... en me faisant jurer de vous apprendre qu'il est vivant et porte votre nom... — J'ai tenu mon serment... — C'est à moi maintenant de vous demander ce que vous allez faire...

— Ah! — pensa Blanche de Lasseny — je vais d'abord me venger des humiliations et des injures que cet homme m'inflige depuis un quart d'heure!

Puis, avec une de ces audaces inouïes dont les femmes irritées sont seules capables, elle répliqua :

— Vous m'interrogez, monsieur... — C'est bien, et je ne refuse pas de répondre... Mais à qui doit s'adresser ma réponse? — Est-ce au señor Doménico Séballa, le parent de Lionel Warton? Est-ce à l'Anglais Williams Dickson? — Est-ce enfin à Jean Renaud, ex-amant de Claire Bonchamp et forçat évadé?

Le faux mulâtre ne sourcilla pas, si violente et si naturelle que fût son émotion.

— Madame la comtesse, — dit-il d'un ton froid, — j'ai l'honneur de compter au nombre de mes amis l'honorable Williams Dickson, mais je ne sais quel est ce Jean Renaud dont vous parlez... — Je me nomme Doménico Séballa et j'attends votre réponse...

— Elle sera bien simple, monsieur... — J'ai pris le plus vif plaisir à vos imaginations romanesques et j'apprécie comme il convient les ressources de votre esprit, mais je refuse de croire un seul mot de ce que vous m'avez raconté... — Le fils de Blanche Hervieux n'existe plus depuis vingt-cinq ans... Vous tenteriez en vain de le ressusciter...

— Il est vivant, madame... — interrompit Jean Renaud.

— N'insistez pas, monsieur... — Ma curiosité est satisfaite... — Je n'ai plus rien à apprendre de vous... — Je me reprocherais de vous accaparer quand tous les invités de votre parent Lionel Warton vous réclament sans doute... — Je vous cède la place, monsieur Doménico Séballa, et vais rejoindre mon fils unique le comte Gontran de Lasseny.

La comtesse Blanche avait quitté le banc de verdure sur lequel elle était assise.

Elle salua de la main son interlocuteur d'un air parfaitement dédaigneux et se dirigea vers la porte de la serre.

Jean Renaud la suivit sans faire la moindre tentative pour la retenir et sans prononcer une parole pour essayer de nouveau d'ébranler son incrédulité réelle ou feinte.

Un vrai coup de théâtre se produisit alors.

Au moment où la douairière ouvrait la porte vitrée qui mettait la serre en communication avec le grand salon, le valet de chambre Robinson, paraissant sur le seuil de la grande entrée de ce salon, annonçait :

— Monsieur Jacques Hervieux...

Blanche, terrifiée, pâlit et recula.

Jean Renaud se trouvait derrière elle.

— Vous voyez bien, madame, — lui dit-il à voix basse, — vous voyez bien qu'il existe...

XIII

Foudroyée par la surprise et par la terreur, Blanche de Lasseny chancelait.

— Vous vous soutenez à peine, — ajouta Jean Renaud, — prenez mon bras, madame...

La douairière défaillante s'appuya sur le faux mulâtre, qui poursuivit :

— Jacques Hervieux est revenu pour retrouver sa mère...

— Ah! taisez-vous ! taisez-vous ! — balbutia la marâtre.

— Pour retrouver sa mère, — répéta Jean Renaud, — et pour apprendre le nom de son père...

— Sait-il que sa mère s'appelle aujourd'hui la comtesse de Lasseny ? — demanda Blanche d'une voix brisée.

— Il ne le sait pas encore...

— Mais vous le lui direz ?...

— Je le lui dirai, oui, madame...

La misérable créature sentait sa raison l'abandonner. — Ce qui se passait en ce moment lui faisait l'effet d'un cauchemar.

Elle essaya de lutter contre l'évidence.

— Non... non... — murmura-t-elle avec une sorte d'égarement, — tout cela est impossible... tout cela est insensé... c'est une comédie infâme...

— Une comédie, croyez-vous ? — répliqua l'évadé de la *Dorade*. — Une tragédie plutôt, dont le dénouement sera terrible, et vous le savez si bien que vous avez peur...

— Peur ! — répéta Blanche en relevant la tête, — moi !... jamais !...

— Pourquoi donc tremblez-vous ainsi ?

La comtesse retira son bras dont le frémissement la trahissait.

Le faux mulâtre, la saluant profondément, s'éloigna.

A la minute précise où la serre restait vide, la comtesse Amélie sortit, comme une blanche apparition, d'un massif de verdure derrière lequel elle s'était cachée.

La jeune femme avait tout entendu, et son visage exprimait une joie farouche.

— Ainsi, — dit-elle presqu'à voix haute, — cette douairière rigide, cette prude impérieuse qui prétend régler ma conduite et m'imposer ses volontés, était une fille perdue et faisait tuer son enfant ! — Qu'ai-je à craindre d'elle désormais ? — Si elle osait m'accuser d'un crime, je lui fermerais la bouche en lui jetant le sien au visage !

Et la comtesse Amélie sortit de la serre à son tour.

Tandis que le valet de chambre annonçait Jacques Hervieux, Gontran, qui se trouvait au fumoir avec d'autres jeunes gens, rentrait dans le grand salon pour rejoindre sa femme, mais soudain une douleur étrange, intolérable, lui traversa la poitrine comme une lame de fer rouge.

Son visage se décomposa ; il appuya ses deux mains sur son cœur en poussant un cri sourd.

Blanche de Lasseny entendit ce cri.

Elle reconnut la voix de son fils qu'elle adorait et s'élança vers lui en fendant les groupes d'invités qui se pressaient autour de Gontran.

En le voyant livide, le front couvert de sueur, les yeux enfoncés dans leurs orbites, elle reçut un coup si rude que ses forces — bien ébranlées déjà par la scène à laquelle nos lecteurs ont assisté — l'abandonnèrent complètement.

Elle fut tout près de se trouver mal.

Lionel la vit chanceler.

— Monsieur Hervieux, — dit-il à un grand jeune homme blond et maigre qui se trouvait à côté de lui, — soutenez donc Mme de Lasseny...

Le ci-devant Blancheton s'empressa.

En entendant le nom prononcé par Lionel, en entendant ces mots : *Soutenez donc Mme de Lasseny*, en voyant le jeune homme s'avancer vers elle, la comtesse, prise d'une épouvante folle, irraisonnée, recula, les bras raidis et tendus en avant comme pour repousser un spectre, et serait tombée à la renverse si Jocelyn ne s'était trouvé fort à point derrière elle et ne l'avait soutenue.

La crise aiguë et la défaillance de Gontran n'avaient duré que quelques secondes, laissant à leur place une douleur sourde et une excessive tension des muscles.

— Mon ami, — demanda-t-elle hypocritement, — qu'avez-vous ?...

— Rien qui doive vous inquiéter... — répondit le jeune homme, — un malaise qui m'a surpris et que j'aurais dû cacher mieux...

Il ajouta, en s'adressant à Lionel :

— Cher monsieur Warton, pardonnez-moi le trouble que j'apporte si mal à propos dans votre maison... et donnez l'ordre, je vous en prie, de faire avancer ma voiture...

— Quoi ! — s'écria le pseudo-nabab, — vous songez à partir !...

— Il le faut...

— Mais la signature du contrat ?...

— Elle aura lieu sans nous... — Vous le voyez, ma mère est presqu'évanouie, il faudra la porter jusqu'au landau, et moi-même je souffre... je souffre beaucoup...

— Ne pourrais-je rester ? — demanda très audacieusement Amélie. — Mon frère me ramènerait...

— Si vous aviez le malheur d'appeler à l'aide, l'ordre est donné de vous faire sauter le crâne.

— C'est impossible... — répondit Gontran.

— Pourquoi ?

— Vos soins, chère Amélie, seront utiles à ma mère...

— C'est juste ! — murmura la jeune comtesse avec un sourire plein d'amertume. — Mme de Lasseny est souffrante... Je dois me sacrifier...

— Amélie... — fit le comte d'un ton de timide reproche, — ce que vous dites est mal...

— Pourquoi cette leçon ? — J'obéis... — Que pouvez-vous me demander de plus ?...

Cinq minutes après ces paroles échangées, Gontran, sa mère et sa femme reprenaient le chemin de Paris, mais non sans qu'Amélie eût trouvé le moyen de lancer à Lionel un regard brûlant d'amour.

L'incident qui précède avait *jeté un froid* parmi les invités.

Cette impression fâcheuse ne tarda point d'ailleurs à s'effacer complètement.

On attendait avec impatience la signature du contrat qui, nous le savons, devait être suivie d'un feu d'artifice, d'un petit bal et d'un lunch.

Georges, d'instant en instant, jetait les yeux sur sa montre et sur les pendules.

Dans une demi-heure il serait millionnaire !

Cette demi-heure lui semblait interminable.

Déjà les superbes valets de pied nègres, que Rose Bonchamp comparait naguère aux cent-gardes avec une admiration légitime, installaient au centre du grand salon une table et des fauteuils pour les notaires.

Déjà Lionel avait fait transporter le paralytique dans un petit salon voisin, d'où il pouvait sinon tout voir, du moins tout entendre.

Il était dix heures du soir.

Rejoignons Remy Chomin et le Gosse.

Les deux bandits, qui sentaient grandir leur hardiesse ou plutôt leur impudence en voyant que personne ne faisait attention à eux, s'étaient à plusieurs reprises glissés dans les salons, et jusque dans la salle à manger où les attirait un buffet chargé de toutes sortes de choses exquises et de grands vins de Bordeaux, de Bourgogne et de Champagne.

Remy Chomin, toujours pratique et songeant au solide, n'avait point dédaigné, malgré son costume d'*homme du monde*, de glisser dans ses poches une demi-douzaine de couverts d'argent.

Le Gosse s'était empressé de suivre cet exemple, mais en jetant son dévolu sur de petites cuillères de vermeil qui lui semblaient plus portatives.

Ils ne perdaient point de vue cependant le but principal de leur expédition au château de Saint-Ouen, et guettaient le moment de s'approcher du señor Doménico Séballa dans des conditions favorables.

Cette occasion se présenta bientôt.

Remy Chomin poussa le coude du Gosse et lui montra le faux mulâtre racontant quelque chose au milieu d'un groupe, près d'une des portes-fenêtres ouvrant sur le parc.

— Allons-y... — lui dit-il en même temps à l'oreille. — Voici l'instant... voici le moment... — Arrivons derrière lui sans avoir l'air de rien, et tu verras comment ça se joue...

— Allons-y... — répéta le Gosse.

Les honorables personnages sortirent du salon par une autre porte et se rapprochèrent des invités formant cercle autour de Doménico Séballa et l'écoutant.

Ils se placèrent au dernier rang du cercle.

Le narrateur leur tournait le dos.

Remy Chomin se fit un porte-voix avec ses deux mains et, profitant d'un intervalle de silence, il lança ces trois mots :

— Hé ! Jean Renaud...

Le faux mulâtre n'était pas sur ses gardes.

— Hein ? — murmura-t-il en se retournant, surpris par son nom ainsi prononcé à l'improviste.

Mais cet oubli de la situation n'eut que la durée d'un éclair. — Il venait de tomber dans le piège. — Il ne lui restait qu'à faire bonne contenance et, sans paraître se préoccuper de l'incident, sans chercher même à l'expliquer, il reprit du ton le plus naturel la narration commencée.

Le Gosse et Remy Chomin battaient prudemment en retraite... — ils se faufilaient parmi les promeneurs et gagnaient l'abri du parc.

Aussitôt qu'ils eurent atteint une allée obscure, Remy Chomin s'arrêta :

— Eh bien ! fiston, — demanda-t-il, — qu'en dis-tu ?... — Crois-tu que le bonhomme s'est laissé pincer, si malin qu'il soit, et qu'il a répondu d'entraînement ?... C'était bien manigancé, pas vrai, et bien exécuté ?...

— Épatant ! ma vieille, épatant ! ! ! — répliqua le Gosse. — Le vieux truc a beau être usé, il fait son petit effet tout comme un neuf qui n'aurait jamais servi... — Ainsi donc, tu l'avais reconnu sous son cirage ?... — C'est bien Jean Renaud... le vrai Jean Renaud... le fameux Jean Renaud !...

— Oui, le forçat qui s'est échappé de Cayenne comme il s'échappait du bagne en France... — Demain la comtesse Blanche de Lasseny nous paiera cher cette découverte... — Elle sera si contente qu'elle ne marchandera pas !.... — Elle n'a plus rien à craindre... — Ce n'est pas Jean Renaud, présentement, qui la tient... C'est elle qui tient Jean Renaud...

— Il est sûr et certain, ma vieille, que ça vaut de l'argent....

— Aussi je me charge de lui extirper une jolie somme... sans douleur...

— Nous n'avons plus rien à faire ici ?

— Non.

— Alors, filons...

Tandis que le Gosse prononçait ce dernier mot, un coup de sifflet aigu, partant du château, déchira l'air.

— Qu'est-ce que c'est que ça ? — murmura Remy Chomin.

— Un coup de sifflet, parbleu !

— Oui, mais qu'est-ce qu'il signifie ?...

— Rien du tout... On appelle Azor... — Azor... c'est un moricaud quelconque... — Je me suis laissé dire que dans le pays des noirs de fumée on faisait manœuvrer ces animaux là en sifflant, comme on fait manœuvrer chez nous les pioupious en tambourinant... — C'est le climat qui veut ça...

Cette explication, si logique et si claire, rassura complètement Remy Chomin, en supposant même que quelque inquiétude se fût glissée dans son esprit.

— Regagnons illico, — dit-il, — la porte de sortie où nous avons laissé nos effets de rechange, et recollons-nous-les sur le torse afin de ménager nos frusques de cérémonie... Qui sait !... Peut-être bien que nous aurons avant peu l'occasion de fréquenter encore le grand monde... — Il me va, le grand monde !... Les *consommations* sont de première qualité... As-tu remarqué ça ?

— Et pas chères... — oui, ma vieille... — répondit le Gosse.

Les bandits gagnèrent rapidement l'endroit par lequel ils s'étaient introduits dans le parc.

Ils venaient de s'engager au milieu des taillis quand tout à coup, sans qu'ils eussent même le temps de pousser un cri, ils furent renversés et garrottés étroitement, avec un bâillon sur la bouche et un bandeau sur les yeux.

Des bras vigoureux les saisirent ensuite et les soulevèrent.

Les nègres de l'équipage du *Vengeur* venaient d'exécuter l'ordre donné par Jean Renaud à Jupiter avant la fête.

XIV

Les nègres qui venaient d'exécuter les ordres de Jean Renaud étaient au nombre de huit.

Huit robustes matelots contre deux hommes saisis à l'improviste, il n'en fallait pas tant.

Mais le fameux mulâtre l'avait voulu ainsi, afin de n'avoir point à compter avec le hasard.

Cinq minutes plus tard Remy Chomin et le Gosse, ficelés comme des saucissons, et portés par les pieds et les épaules jusqu'au canot, arrivaient au sloop.

On les hissa à bord, on les descendit à fond de cale, toujours bâillonnés et les mains liées derrière le dos.

Là, Jupiter leur fit ce petit discours :

— Si vous trouviez moyen, mauvais gueux, de vous débarrasser des grelins et des lanières de toile à voile qui vous forcent à rester tranquilles et vous rendent muets comme des poissons, et si vous aviez le malheur d'appeler à l'aide et de vous révolter, ça serait tant pis pour vous... L'ordre est donné de vous faire sauter le crâne en cas de mutinerie, et je vous garantis que ça ne serait pas long... Bonsoir.

Puis Jupiter regagna le pont après avoir fermé le panneau derrière lui et placé sur ce panneau un nègre en faction, le révolver à la main.

Personne au château — (sauf Lionel Warton et Doménico Séballa) — ne se doutait des faits accomplis si rapidement et sans bruit sur le bord de la Seine.

Le temps avait passé, — trop lentement au gré de Georges Dereyne, — mais enfin il avait passé.

L'heure fixée pour la signature du contrat sonnait enfin.

Le notaire de la famille Dereyne et celui de Lionel Warton s'installèrent devant la table apportée pour eux au milieu du grand salon.

Les invités affluèrent aussitôt autour de cette table, curieux d'entendre lire un contrat dans lequel les millions devaient scintiller à chaque ligne.

Quelques-uns prirent possession des sièges disposés en demi-cercle.

Le plus grand nombre préféra se tenir debout le plus près possible des portes-fenêtres, presqu'en dehors par conséquent des trente degrés de chaleur d'une atmosphère embrasée par les innombrables bougies des lustres et des girandoles.

Georges Dereyne, assis au premier rang à côté de Paula Warton, ne pouvait cacher sa joie.

Il serra furtivement, avec une véritable ivresse, la main de sa fiancée qui venait de jeter à Lionel un singulier regard.

Le notaire du pseudo-nabab déploya le contrat, libellé sur parchemin avec un grand luxe de majuscules et une rare perfection de calligraphie.

— Hum ! — fit-il en tournant la première page.

Cet *hum !* indiquait l'ouverture de la séance et commandait l'attention.

Un silence profond s'établit aussitôt. — Le notaire toussa de nouveau pour s'éclaircir la voix et commença immédiatement sa lecture.

L'acte n'était ni bien long ni bien compliqué : — il stipulait le régime de la communauté entre les futurs époux et spécifiait comme apports de Georges la part qu'il était censé posséder encore dans la charge d'agent de change, et de plus l'hôtel acheté par lui rue du Cirque mais sur lequel il n'avait jusqu'à ce jour payé que des acomptes.

Il était dit ensuite que Mlle Paula Warton se constituait en dot une somme de six millions, représentée par un chèque à vue, de pareille somme, sur la maison de banque ***, chèque qui devait être remis après la signature du contrat au mari futur, administrateur des biens de la communauté.

Le simple énoncé de ce chiffre magique : SIX MILLIONS, et la vue de ce carré de papier rose qui se changerait le lendemain en une montagne de billets de banque, produisirent sur les assistants une sensation profonde.

De petites exclamations sincèrement admiratives s'échangèrent de bouche à oreille.

Plusieurs furent au moment d'applaudir, tant il est vrai qu'à notre époque où le vent des révolutions renverse les trônes et brise les couronnes, Sa Majesté l'Argent conserve son prestige et ne perd pas un seul de ses fidèles.

La lecture s'acheva au milieu d'un murmure d'enthousiasme.

Ce fut ensuite à qui viendrait complimenter Laura Warton et serrer les mains de Georges Dereyne.

L'homme qui doit se réveiller le lendemain à la tête d'une fortune de plus de trois cent mille livres de rentes est un personnage considérable selon le monde, et l'on ne saurait qu'être fier d'obtenir une place dans son intimité.

Aussi les poignées de mains étaient-elles superlativement chaleureuses, et les simples connaissances disaient d'une voix émue au fils de Martial :

— Ah! cher ami, si vous saviez combien je suis heureux de votre bonheur! Jamais félicitations, n'en doutez pas, ne furent plus sincères !

Cette fièvre de sympathie se calma peu à peu, et le brouhaha du premier moment s'éteignit.

Le notaire, se levant et trempant dans l'encre une plume de dimension superbe, fit comprendre du geste plutôt que de la voix qu'il était temps de procéder aux formalités de la signature.

Les invités furent d'autant plus volontiers de cet avis, que le feu d'artifice, la sauterie au piano et le lunch les attendaient ensuite.

— A vous, monsieur Dereyne... — dit le notaire en s'adressant à Georges, et il lui tendit la plume en ajoutant à demi-voix : — A tout seigneur, tout honneur !

Le fils de Martial sentit son cœur bondir.

C'était donc vrai ! — le rêve se réalisait... — la fortune était là.... — il allait la saisir. — Rien au monde, désormais, ne pouvait se placer entre la coupe et les lèvres !

Georges prit la plume d'une main fiévreuse. — Il signa toutes les pages que le notaire lui dit de signer, il parapha tous les renvois.

— Est-ce bien réel? — se demandait-il en traçant machinalement son nom. — C'est trop beau! — Je fais un songe et je vais m'éveiller...

Laura, debout et le sourire aux lèvres, — un étrange sourire! — attendait.

Son fiancé lui tendit la plume...

Elle se pencha sur la table pour signer — mais elle ne signa pas.

Le bruit des pas de plusieurs personnes retentissait au dehors.

La jeune fille se redressa, souriant toujours et prêtant l'oreille.

Soudain, une grande rumeur se fit dans le salon.

Georges devint pâle comme un mort.

Les chapeaux bordés et les baudriers jaunes d'une demi-douzaine de gendarmes apparaissaient sur le seuil des portes-fenêtres.

En même temps un personnage vêtu de noir, cravaté de blanc, et portant autour de la taille une écharpe tricolore, insigne de ses fonctions de commissaire de police, s'avança rapidement au milieu des invités qui s'écartaient stupéfaits sur son passage.

Deux hommes, facilement reconnaissables pour des agents en bourgeois, venaient derrière lui.

Il fit halte auprès de la table.

— Au nom de la loi, — commanda-t-il, — que personne ne sorte...

— Monsieur, — lui dit le pseudo-nabab en s'approchant de lui, — je suis Lionel Warton et vous êtes chez moi. — Permettez-moi de vous demander le motif de votre présence dans ma maison...

— Monsieur Warton, — répliqua le commissaire en saluant, — je regrette d'avoir à remplir un devoir douloureux... — Je viens, en vertu d'un mandat d'amener dont je suis porteur, procéder à une arrestation...

— Une arrestation! — répéta Lionel. — Ici! — Ce doit être une erreur...

— Malheureusement non...

— Qui cherchez-vous?

— Georges Dereyne...

Paula, poussant un gémissement sourd, se laissa tomber sur un siège et parut s'évanouir.

— Georges Dereyne! — s'écria le châtelain de Saint-Ouen. — Ah! je le disais bien, c'est une erreur! — Celui que vous nommez ne peut être coupable... — De quoi l'accuse-t-on?

— Du double crime d'abus de confiance et de faux! — Il a déposé chez un escompteur, en garantie d'un prêt de trois cent mille francs, des titres qui ne lui appartenaient pas, et en même temps que les titres un acte dont la signature est fausse... Tout cela résulte de la plainte d'un Anglais parfaitement honorable, M. Williams Dickson... Tout cela est prouvé...

— Prouvé! — répéta Lionel. — Permettez-moi de n'en rien croire. — Georges Dereyne est innocent, je l'affirme!

— Je souhaite pour lui qu'il se justifie devant le magistrat instructeur, et je le somme, au nom de la loi, de se nommer et de me suivre.

Lionel jeta un coup d'œil autour de lui.

L'associé d'agent de change, songeant à son salut après le premier moment de stupeur, s'était glissé à travers les groupes jusqu'auprès de la porte du petit salon où se trouvait le paralytique.

— C'est bien, monsieur, — dit alors le pseudo-nabab, vous faites votre devoir... — M. Georges Dereyne, fort de sa conscience pure, vous suivra sans résistance, j'en ai la conviction... — je vais le prévenir de ce qui se passe.

Et, sans attendre la réponse du commissaire, Lionel se perdit à son tour dans la foule en se dirigeant comme avait fait Georges vers le petit salon.

Le commissaire voulait le suivre, mais Doménico Séballa se trouva comme par hasard sur son passage et, par un mouvement d'une maladresse singulièrement adroite, trouva moyen de l'arrêter pendant quelques secondes.

Ces quelques secondes suffirent à Lionel pour rejoindre Georges qu'il poussa dans le petit salon dont il ouvrit brusquement la porte où il entra derrière lui.

Le paralytique, inerte comme un cadavre dans son grand fauteuil, avait tout entendu.

Il tourna vers son fils un regard plein d'une effroyable angoisse.

Lionel saisit Georges par le poignet avec une force nerveuse inouïe et lui dit à voix basse :

— Vous êtes un misérable, mais il ne me plaît pas qu'on vous arrête dans ma maison... — Décidez vous-même de votre sort... Vous trouverez dans ce meuble deux pistolets et un portefeuille... — Le portefeuille contient vingt-cinq mille francs... les pistolets sont chargés... — Si vous avez le courage de vivre en vous cachant pour éviter le bagne, le contenu du portefeuille vous permettra de fuir... — Sinon, prenez un pistolet...

Ayant ainsi parlé Lionel rentra dans le grand salon, ferma la porte à double tour et mit la clef dans sa poche.

— Monsieur ! — lui cria le commissaire qui ne parvenait qu'à grand'peine à se frayer un chemin à travers les groupes effarés, — prenez garde à la responsabilité qui vous incombe !... je vous somme...

Il n'acheva pas.

Une détonation retentissant dans la pièce voisine lui coupa la parole.

— Vous avez entendu, monsieur... — dit Lionel. — Le coupable n'a pas voulu survivre à son honneur... — Justice est faite... — Il ne vous reste qu'à constater la mort volontaire de Georges Dereyne. — Voici la clef...

Le commissaire, suivi de ses agents, se hâta d'ouvrir la porte.

La fumée remplissait le petit salon... — Le pistolet déchargé gisait à terre.

Personne ne se trouvait d'ailleurs dans cette pièce, sauf le paralytique presque sans connaissance.

Le portefeuille n'était plus là.

Georges Dereyne avait disparu, après avoir fait feu pour gagner quelques minutes en simulant un suicide.

— Je lui laisse la vie, mais je lui prends l'honneur !... — murmura tout bas la jeune fille en échangeant un regard avec Jean Renaud. — Le père m'a déshonorée... j'ai déshonoré le fils... — C'était mon droit et c'était mon devoir !...

— Une minute plus tard J.-B. Coquelet faisait son entrée et saluait profondément.....

XV

Le commissaire de police, très mécontent du résultat négatif de sa tentative d'arrestation, donna l'ordre aux agents de fouiller le château, tandis que les gendarmes faisaient une battue dans le parc.

Perquisition et battue furent inutiles.

On ne découvrit point celui qu'on cherchait.

Évidemment Georges Dereyne avait eu le temps de gagner les taillis et trouvé le moyen de sortir du parc par le saut-de-loup.

— Il nous échappe cette nuit, mais on le rattrapera toujours !... — s'écria le commissaire pour masquer sa déconvenue. — Monsieur Warton, — ajouta-t-il, — vous vous êtes compromis gravement en favorisant la fuite d'un inculpé... J'adresserai mon rapport à qui de droit...

— Eh! monsieur, — répliqua Lionel, — toute personne en pleine possession de son bon sens refusera d'admettre que j'aie couvert de ma protection un misérable qui me trompait d'une manière infâme... — On signait dans ce salon le contrat de mariage de Georges Dereyne avec ma cousine au moment où vous franchissiez la grille du château et, si vous étiez arrivé cinq minutes plus tard, le gredin aurait dans sa poche, à l'heure qu'il est, six millions...

— Six millions!... — s'écria le magistrat qu'éblouissait ce chiffre imposant.

— Voici le chèque...

Et Lionel mit le carré de papier rose sous les yeux du commissaire qui s'inclina sans en avoir conscience devant la majesté de l'argent.

— Il est certain, monsieur, — dit-il avec un sourire, — que nous venons de vous rendre un signalé service, mais nous avons en même temps porté le trouble dans votre fête, et je vous prierais d'agréer à ce sujet mes excuses si je n'étais pas ici le représentant de la justice et de la loi, qui sont partout chez elles...

Ayant ainsi parlé le commissaire salua et partit en emmenant son monde.

Il nous semble superflu d'affirmer qu'après ce qui venait d'avoir lieu il ne pouvait être question ni de feu d'artifice, ni de bal, ni de lunch.

Le départ des gens de police fut le signal de ce qu'on pourrait appeler un véritable *sauve-qui-peut*.

En moins de cinq minutes les invités avaient quitté les salons et se mettaient à la recherche de leurs voitures.

Un seul ne suivit point l'exemple de cette désertion générale.

Ce fut Léopold Dereyne.

Le visage livide, les paupières rougies, le cœur gros, le plus jeune fils de Martial s'approcha timidement de Lionel resté dans le grand salon avec Doménico Séballa et le docteur noir.

On avait emporté Carmen qui continuait à jouer l'évanouissement, — Marie et Dolorès s'étaient retirées en même temps.

— Comment, vous n'êtes point parti ! — s'écria le pseudo-nabab avec une feinte surprise.

— Je suis resté, — balbutia l'étudiant, — parce que j'avais à vous adresser une question...

— A moi ?...

— Oui, monsieur Lionel, à vous... car vous seul pouvez y répondre...

— Parlez donc...

— Ce n'est pas à moi qu'il appartient de juger mon frère, — poursuivit Léopold, — et, s'il pouvait être défendu, mon devoir serait de le défendre ; mais je comprends que vous éprouviez à son sujet une irritation profonde...

— Dites une profonde douleur !... — interrompit Lionel. — Ah ! comme il m'a trompé, moi qui croyais en lui !... — Son amour prétendu pour ma cousine n'était qu'une honteuse spéculation... — A qui se fier, mon Dieu ?...

Léopold baissa la tête, et pendant quelques secondes il sembla n'avoir plus le courage de parler.

— J'attends... — lui dit Lionel.

Le jeune homme poursuivit alors, d'une voix de plus en plus basse, de plus en plus tremblante :

— Je porte un nom qui doit maintenant vous être odieux... Un nom qui vous rappellera sans cesse un mauvais souvenir... — Je n'oserai donc plus me présenter ici sans votre autorisation formelle... mais, cette autorisation, me l'accorderez-vous ?

— Et pourquoi vous la refuserai-je, mon cher Léopold? — répliqua le châtelain de Saint-Ouen d'un ton plein de bienveillance.

— Mais, il me semble...

— Quoi ?... Que vous semble-t-il ?... Achevez...

— La faute de mon frère...

— Vous ne pouvez en être solidaire... — interrompit de nouveau Lionel. — Les fautes sont personnelles... — Votre frère est déshonoré, mais votre honneur reste intact... — Venez nous voir, mon cher ami, venez le plus souvent possible... Vous serez toujours le bien accueilli dans ma maison...

En même temps le pseudo-nabab tendait sa main à Léopold qui la saisit, la serra avec effusion entre les siennes, et très ému se mit à pleurer.

— Merci, monsieur Lionel, — balbutia-t-il en se détournant pour cacher ses larmes, merci de tout mon cœur... vous êtes bon...

Et il s'enfuit.

— Pauvre enfant, — murmura Jean Renaud en le suivant des yeux, — lui aussi sera frappé... — Est-ce juste ?... — Qu'a-t-il fait ?

Si bas que ces paroles eussent été prononcées, Cora les avait entendues.

Elle répondit :

— Il porte au front la tache originelle... — il est fils de l'assassin de mon père, du meurtrier de ma mère, du bourreau de mes sœurs... — il paiera la dette de sa race... — J'ai juré, je tiendrai mon serment ! — Je crois mon œuvre juste et sainte... Si je me trompe, que Dieu m'éclaire... — Je n'accepte que lui pour juge ! ! !

En ce moment Robinson franchit le seuil.

— Que me veux-tu ? — lui demanda la vengeresse.

— Jupiter est là, — fit le nègre, — et voudrait parler au maître...

— Qu'il entre.

Jupiter parut et dit :

— Maître, je viens chercher des ordres...

— A quel propos ?...

— A propos des deux prisonniers...

La physionomie de Cora exprimait l'étonnement.

L'évadé de la *Dorade* intervint.

— Maître, — dit-il, — je vais vous expliquer ce qui vous semble obscur...

Et il raconta brièvement la tentative de Remy Chomin et du Gosse, mais en ayant soin de substituer le nom de *Michel Servan* à celui de *Jean Renaud* prononcé par Remy Chomin.

— Je comprends... — fit la vengeresse, — l'heure était venue d'en finir avec ces misérables qui poussaient trop loin l'audace... Où sont-ils ?

— A bord du sloop... — répondit Jupiter.

— Bien attachés ?

— Oui, maître, et jetés à fond de cale comme des boucauts de sucre ou de tabac... — Pas de danger qu'ils crient, ils ont un bâillon sur la bouche. Présentement, que faut-il faire ?

Cora se tourna vers Jean Renaud.

— C'est vous surtout que cela regarde... — lui dit-elle. — Commandez, je vous donne plein pouvoir...

— Merci, maître, et toi, Jupiter, écoute.

La physionomie mobile du nègre affirma son attention.

— Tu vas mettre à l'instant la machine sous pression...: — poursuivit Jean Renaud. — Dans deux heures tu quitteras Saint-Ouen avec tes prisonniers... — Tu iras jusqu'au Havre, tu prendras la mer, tu courras des bordées en rade, sans perdre de vue les côtes et tu attendras de nouvelles instructions.

— Comment les recevrai-je ?

— Chaque jour le canot te conduira à terre... — Tu iras à l'*Hôtel du Bras noir* où tu es connu, et c'est là que je t'adresserai une dépêche... — Souviens-toi que tu me réponds des deux hommes... — Nous serions sous le coup d'un immense danger s'ils devenaient libres sans mon ordre...

— Alors, — demanda Jupiter, — si malgré la surveillance qui ne se ralentira ni une heure, ni une minute, ils tentaient de fuir ? — S'ils essayaient de donner l'éveil et de trahir leur présence à bord ?

— C'est bien simple... — à la première tu leur ferais comprendre qu'ils se mettent en péril par leur imprudence... — à la seconde tu les jetterais à la mer avec un boulet au pied... — Tu as compris ?

— J'ai compris et j'obéirai.

Jupiter alla faire allumer le feu de la chaudière, et deux heures plus tard le sloop noir et rouge, virant de bord, s'éloignait de Saint-Ouen à toute vapeur.

Remy Chomin et le Gosse commençaient un voyage qui n'était point du tout pour eux un voyage d'agrément.

Dès que le nègre eut quitté le salon où l'entretien précédent venait d'avoir lieu, Lionel reprit en s'adressant à Jocelyn :

— Vous avez assisté, cher docteur, à la crise effrayante de Gontran de Lasseny... — Pendant près d'une minute, j'en conviens franchement, j'ai eu peur... — Que pensez-vous de l'état de ce jeune homme?

— Je pense que l'empoisonneuse est habile et surtout d'une incroyable audace... — Au risque de se perdre en attirant sur elle les soupçons elle veut en finir vite, et elle agit en conséquence...

— Mais vous combattez le poison, vous, docteur?...

— Je combats de mon mieux... je lutte... et je ne suis pas le plus fort... Je me trouve en face de résultats que je ne prévoyais pas, que je ne m'explique pas, et qui me déconcertent!... — Ce n'est point un traitement qu'il s'agit d'appliquer, c'est un problème qu'il faut résoudre, et la solution de ce problème m'échappe encore...

— Docteur, vous m'épouvantez!... — fit vivement Cora. — Si Gontran venait à mourir je croirais que c'est moi qui l'ai tué!... — Est-il perdu?...

— Il est en danger, mais non perdu...

— A tout prix il faut le sauver!...

— Nous le sauverons, quand nous devrions pour cela employer les grands moyens...

— Qu'appelez-vous les grands moyens, cher docteur?

— Permettez-moi, maître, de ne vous en parler que demain... — J'ai besoin du reste de la nuit pour combiner un plan qui n'existe encore dans mon esprit qu'à l'état d'ébauche...

— Soit... — à demain...

*
* *

Ni la comtesse douairière, ni son fils, ni sa belle-fille, n'avaient assisté, nous le savons, à la descente de police au château de Saint-Ouen.

De retour à l'hôtel de la rue Saint-Dominique l'ex-Blanche Hervieux passa une nuit terrible.

Ce fils, dont au début de l'entretien avec Doménico Séballa elle niait absolument l'existence, ce misérable bâtard abandonné par elle et condamné, vivait malgré cet arrêt de mort!

Elle avait entendu prononcer son nom... — le nom qu'elle portait autrefois...

Elle l'avait vu s'avancer vers elle, comme un fantôme et comme un remords surgissant des ténèbres du passé, au bout de vingt-cinq ans!...

Et, au moment où cet enfant maudit reparaissait à l'improviste, Gontran, son fils bien-aimé, chancelait sous les coups d'un mal étrange et mystérieux qui semblait attaquer la vie dans ses sources mêmes...

Une douleur immense, un immense scandale, une honte effroyable, menacent à la fois la comtesse de Lasseny.

Un *tolle* général va s'élever contre elle dans ce monde où elle passait hautaine et dédaigneuse, et ce sont les gens de Saint-Ouen qui en auront donné le signal.

Quel est donc ce Lionel Warton, si riche et si redoutable?

Quel est surtout ce Doménico Séballa, ce mulâtre aux bizarres allures, qui fouille les consciences et pour qui le passé n'a point de secrets?

Remy Chomin, sans doute, lui dira le lendemain le nom de cet homme, et si cet homme est Jean Renaud, le forçat évadé, elle n'aura plus rien à craindre et pourra menacer à son tour.

Aussi avec quelle fiévreuse impatience la comtesse douairière, levée presque dès le point du jour, attendait Remy Chomin!

L'associé du Gosse ne vint pas.

Nous savons qu'il avait pour cela les meilleures raisons du monde.

Seulement, dans la matinée, un commissionnaire apporta rue Saint-Dominique une lettre pour l'ex-Blanche Hervieux qui déchira l'enveloppe et lut avec stupeur ces mots :

« Madame la Comtesse,

« Le forçat Jean Renaud est mort, j'en ai la preuve. — Le mulâtre Doménico Séballa est bien ce qu'il paraît être... — Tenez-vous sur vos gardes, c'est un conseil que je vous offre en échange de l'argent que vous m'avez donné. — La partie devient dangereuse et je quitte le jeu. — A bon entendeur, salut.

« Votre respectueux serviteur,

« REMY CHOMIN. »

Blanche de Lasseny frissonna tandis que le papier s'échappait de ses mains tremblantes.

La situation lui parut désespérée.

Son unique allié désertait sa cause, la voyant perdue d'avance...

Le misérable, après avoir promis de la sauver, la laissait seule et sans armes en face de ses puissants et implacables ennemis...

XVI

Le lendemain Paris entier s'occupait de la scène émouvante dont le château de Saint-Ouen avait été le théâtre, et qu'Octave Richard ne manqua point de raconter dans son journal avec de grands détails, en ayant soin seulement de remplacer les noms par des initiales transparentes.

L'apparition de la police venant, au milieu d'une fête, arrêter un jeune homme élégant et connu, au moment où ce jeune homme signait le contrat de mariage qui le faisait seigneur et maître d'une adorable fille et d'une dot de six millions, avait ce fumet quelque peu mélodramatique cher aux Parisiens, amateurs de spectacles par excellence et raffolant des drames de la vie réelle qui leur rappellent ceux du boulevard.

Toutes les sympathies, naturellement, allaient à Lionel Warton.

On le plaignait d'avoir été trompé d'une façon indigne par un homme en qui il avait toute confiance et pour l'honneur duquel il s'était battu quelques jours auparavant avec le boursier prussien du *Café Riche*.

Georges Dereyne paraissait d'autant plus odieux qu'on ne se rendait pas compte des entraînements presqu'irrésistibles qu'il avait subis, et des trames ourdies avec une machiavélique habileté pour le faire tomber dans le piège.

Chacun se vantait — de la meilleure foi du monde — d'avoir prévu et prédit depuis longtemps que le fils aîné de Martial Dereyne finirait mal.

Qu'était-il devenu ?

On ne s'en inquiétait guère.

On désirait néanmoins que la police vînt à bout de le retrouver, non pour que justice fût faite, mais pour ne pas perdre les émotions d'un procès très curieux, très parisien.

Hâtons-nous d'ajouter que, selon toute apparence, quinze jours plus tard la grande ville devait oublier cette aventure, et revenons à nos personnages.

Martial Dereyne, cloué sur son fauteuil par la paralysie, avait reçu une formidable secousse, mais certaine potion que Jocelyn se hâta de préparer calma l'ébranlement du système nerveux, et rétablit à peu près l'équilibre.

L'ex-armateur demeurait pour un temps indéterminé l'hôte du château de Saint-Ouen.

Quarante-huit heures après la soirée du contrat, Cora, ou plutôt Lionel Warton, car ce nom devenait le sien dès qu'elle endossait son costume d'homme, se trouvait à Saint-Ouen, dans son cabinet, et disait à Jean Renaud :

— Il me semble, mon ami, que les renseignements promis se font bien attendre.

— C'est vrai, maître, — répliqua l'évadé de la *Dorade*, — je vais aller à Paris tout à l'heure et m'informer de la cause de ce retard.

A ce moment précis une voiture de place s'arrêtait devant le perron.

Un petit homme de soixante-cinq à soixante-six ans, au corps sec, aux yeux vifs et intelligents, vêtu proprement mais sans recherche, descendit de cette voiture.

— Messieurs Lionel Warton et Domenico Séballa? — demanda-t-il à Robinson qui vint l'accueillir et lui répondit :

— Mon maître et le parent de mon maître sont au château, mais je ne sais s'ils pourront recevoir...

— Portez-leur ma carte, — reprit le petit homme, — ils me recevront certainement.

Robinson prit le carré de carton porcelaine, le posa sur un plateau de vermeil et entra dans le cabinet.

Lionel jeta les yeux sur la carte et lut tout haut :

— J.-B. Coquelet. — *Rue de Jérusalem.* — Je ne connais pas, dit-il ensuite.

— Je connais, moi, maître!... — fit vivement Jean Renaud. — C'est le personnage dont le retard vous étonnait tout à l'heure...

— Vous en êtes sûr?

— Absolument.

— Robinson, amène ici ce monsieur...

— Oui, maître.

Une minute plus tard J.-B. Coquelet faisait son entrée et saluait profondément, mais sans exagération d'obséquiosité.

— Monsieur, — lui dit Lionel, — vous venez sans doute nous apporter les notes que M. le préfet de police a bien voulu permettre de puiser dans les archives de la Préfecture?

— En effet, messieurs...

— Veuillez vous asseoir... — Nous attendions avec impatience votre visite ou des nouvelles envoyées par vous...

J.-B. Coquelet répondit, en prenant un siège :

— Eh! monsieur, dans notre partie on ne va pas toujours aussi vite qu'on voudrait aller... et souvent les résultats obtenus sont bien peu de chose relativement à la peine qu'on s'est donnée pour les obtenir...

— Auriez-vous donc échoué? — fit Lionel inquiet.

— Permettez-moi, monsieur, de procéder par ordre... c'est dans mes habitudes, et je crois que la méthode est une chose inappréciable.

En conséquence J.-B. Coquelet mit son pince-nez d'écaille, tira de sa poche un portefeuille et exhiba divers papiers qu'il étala devant lui sur l'extrémité du bureau près duquel il était assis.

— J'ai reçu mission, — dit-il ensuite, — de m'enquérir :

« 1° De ce qu'avait été jadis et de ce qu'était devenu un certain Laurent Raymond, disparu depuis plusieurs années;

— Que signifient ces allures mystérieuses? Vas-tu me confier un secret.....

« 2° De retrouver, si possible, la trace du nommé Armand Raymond, fils du précédent;

« 3° De savoir si un certain Fernand Strény était vivant ou mort, et, en cas de vie, de ne négliger rien pour découvrir son adresse actuelle, ou tout au moins le moyen d'entrer en communication avec lui.

« C'était bien cela, n'est-ce pas, messieurs?

Lionel Warton et Doménico Séballa firent un signe affirmatif.

Le petit homme sec poursuivit :

— J'ose dire que j'ai rempli mon mandat avec la conscience et le zèle que j'apporte à toutes choses généralement quelconques, car je suis l'homme du devoir et de la conscience, oui, messieurs, et ce sera mon orgueil et ma consolation dans la médiocrité, quand on m'aura mis à la retraite, ce qui ne tardera guère.

« Or j'ai consulté moi-même, laborieusement, scrupuleusement, les pièces dans lesquelles j'espérais découvrir une indication, un renseignement, relatifs aux personnes dont j'avais mission de chercher les traces...

— Et, — demanda Lionel, — avez-vous réussi?

J.-B. Coquelet ajusta son pince-nez.

— Procédons par ordre, s'il vous plaît, — répliqua-t-il, — et d'abord occupons-nous de *Laurent Raymond* qui dans mes recherches occupe le numéro 1... — Me permettez-vous de vous lire-moi-même les notes obtenues?

— Certes! — s'écria Lionel.

— Elles ne sont pas longues, d'ailleurs, et ne vous prendront que peu de temps. — Je commence.

Il lut tout haut :

— « *Laurent-Bernard Raymond*, né à Lancy, petit village des environs de Blois, fit des études assez brillantes au collège de cette dernière ville. — Orphelin, maître à vingt ans d'une fortune considérable, qu'on évaluait à plus de six cent mille francs, il vint à Paris où il se lança dans la politique... — Ses opinions étaient celles d'un révolutionnaire exalté... — Il se lia avec les meneurs du parti républicain, se compromit dans plusieurs complots et compromit en même temps que lui son plus intime ami... » — Or, cet ami était précisément l'une des personnes dont vous voulez retrouver la piste : *Fernand Strény*.

— Lui-même.

— C'est prodigieux! — appuya Lionel.

— Non, — fit J.-B. Coquelet, — c'est tout simplement singulier... — Vous ignoriez cette intimité des deux hommes?

— Oui.

— Mais vous connaissiez les opinions politiques de Laurent Raymond?

— Nous en avions entendu parler...

— J'insiste sur ce point parce que ces opinions rendent vraisemblable une catastrophe inexpliquée à laquelle nous arriverons tout à l'heure. — Je reprends :

« Laurent Raymond se maria jeune. — Il épousa une demoiselle Clémentine-Aimée Dorsay... »

Lionel tressaillit.

— Dorsay! — s'écria-t-il avec une émotion facile à comprendre.

— Oui... Clémentine-Aimée Dorsay... — Que trouvez-vous d'étonnant à cela?

La Vengeresse avait repris son sang-froid.

— Absolument rien... — répondit-elle. — Continuez.

— Laurent Raymond adorait sa femme... — Elle accoucha d'un fils et mourut, ce qui faillit rendre fou le pauvre jeune homme... — Il surmonta cependant la crise et se jeta plus que jamais dans la politique pour s'étourdir... — Quand son fils Armand eut l'âge, il le mit en pension aux Batignolles...

— A l'institution Bénistan... — interrompit Jean Renaud.

— Tiens, vous savez cela !

— Comme vous voyez.

— Et savez-vous encore autre chose ?

— Non.

— Tant pis, car je ne pourrai pas vous en apprendee bien long. — En 1844 Laurent Raymond disparut, et sa trace est, depuis ce jour, absolument perdue...

— Comment explique-t-on cette disparition soudaine ?

— Par la mort...

— Il y aurait un acte mortuaire...

— Il n'y en a pas, et c'est facile à comprendre, si ce qu'on suppose est la vérité...

— Que suppose-t-on ?

— Que Laurent Raymond, qu'on savait riche et qui portait habituellement sur lui de fortes sommes, a été attiré dans quelque piège sous prétexte de conciliabule politique, dépouillé, assassiné, et qu'on a fait disparaître son corps...

— C'est possible et vraisemblable en effet... — dit Lionel, dont l'imagination évoquait le cadavre enterré sous le vieux sycomore d'Ingouville.

— Et son fils ? — demanda Jean Renaud.

— Enlevé du pensionnat des Batignolles... — répliqua J.-B. Coquelet.

— Par qui ?

— Par un ami de son père.

— Le nom de cet ami !

— Impossible de le découvrir.

— Alors, vous ne savez rien sur l'enfant ?

— Rien ! Rien ! Rien ! Piste effacée... — L'enfant est mort aussi peut-être...

— Quoi qu'il en soit, de ce côté l'enquête n'aboutit point... — dit Lionel.

— Hélas !

— Espérons que nous serons plus heureux avec Fernand Strény...

J.-B. Coquelet secoua la tête.

— N'espérez pas cela... — murmura-t-il.

— Quoi ! trace perdue aussi ?

— Oui, monsieur... — Peu de temps après la disparition de Laurent Raymond, Fernand Strény disparaît à son tour... — Peut-être, se sachant compromis, a-t-il changé de nom... peut-être s'est-il expatrié... peut-être a-t-il cessé de vivre...

— Tout cela est possible... — murmura Lionel, — et je vois bien qu'il ne faut pas compter renouer le fil rompu... mais je ne puis me résigner à perdre tout espoir relativement au fils de Laurent Raymond. — Cherchez encore... ne vous lassez pas...

— Me permettez-vous, monsieur, de vous donner un petit conseil?... — fit l'employé de la Préfecture en ôtant son pince-nez et en mettant son portefeuille dans sa poche.

— Je vous le permets et je vous en prie...

— Eh bien! voici ce qui se pratique tous les jours en Angleterre avec succès, et ce que vous pourriez très bien essayer à Paris. — Faites insérer dans les principaux journaux une note ainsi conçue :

« *Toute personne ayant connu Laurent Raymond, originaire du département de Loir-et-Cher, ou son fils Armand Raymond, ou, en cas de mort de l'un et de l'autre, leurs héritiers, est priée d'en donner avis sans le moindre retard à maître***, notaire à Paris. — Il s'agit d'un héritage.* »

— Je suis convaincu, monsieur, — poursuivit J.-B. Coquelet, — qu'avant huit jours, grâce à cette note, vous serez sur les traces du jeune homme que vous cherchez...

XVII

— L'idée est excellente, monsieur! — s'écria Lionel Warton

— Je n'ai pas le droit d'en revendiquer la paternité, puisque depuis longtemps déjà le *Times* et les autres feuilles anglaises publient chaque jour des avis de ce genre, — répondit J.-B. Coquelet ; — mais elle est pratique et je ne doute pas qu'un peu plus tôt ou un peu plus tard les journaux parisiens inaugurent un système de *Petites correspondances* qui sera très goûté...

— Merci cent fois de votre conseil, — reprit le châtelain de Saint-Ouen, — nous allons le suivre sans retard...

— Et vous ferez bien... — il ne me reste présentement, messieurs, qu'à vous offrir mes civilités, mais avant de m'éloigner je tiens à vous dire que je reste tout à votre disposition, et que, si par un hasard improbable il m'arrivait quelque renseignement relatif aux choses qui vous intéressent, je me hâterais de vous l'apporter...

— J'en serais très reconnaissant... — fit Lionel.

J.-B. Coquelet, reconduit jusqu'à son fiacre par le maître de la maison et par Doménico Séballa, quitta le château.

— Maître, — demanda le faux mulâtre à Lionel quand il se trouva seul avec lui, — croyez-vous réellement que le conseil soit bon?

— Certes, je le crois et j'enferai mon profit dès demain non seulement pour Armand Raymond, mais pour Fernand Strény...

Jean Renaud fronça le sourcil.

— Fernand Strény!... — répéta-t-il. — Vous placerez le nom de Fernand Strény dans la note envoyée aux journaux?...

— Sans doute, puisque nous voulons retrouver cet homme, ou tout au moins savoir ce qu'il est devenu.

— N'y voyez-vous pas un danger?

— Lequel?

— La note mystérieuse tombant sous les yeux de l'ex-Blanche Hervieux, — (et elle y tombera sans aucun doute), — lui donnera forcément l'éveil. — Or, je la crois capable de tout, même d'un crime, pour entraver la réussite de nos projets.

— C'est vrai... — Du reste, Jacques Hervieux nous suffira si Strény nous manque... Mais le danger signalé par vous cessera d'exister quand il sera simplement question de Laurent Raymond et de son fils... — Martial Dereyne ne peut lire un journal...

— Lui, non, mais Rose Bonchamp aura sans doute connaissance de la note et le nom de Laurent Raymond ravivera ses souvenirs...

— Que nous importe? — Rose Bonchamp est notre esclave... — Nous pouvons d'un mot la conduire au pied de l'échafaud... — Elle le sait et, domptée par la terreur, certaine d'ailleurs de son impuissance, elle ne tentera rien contre nous... — Je vais rédiger la note à l'instant, vous l'emporterez à Paris, vous la ferez copier et vous la remettrez vous-même aux principaux journaux.

— A la *Presse*, au *Constitutionnel*, au *Siècle*, aux *Débats* et à la *Patrie*... — répondit le faux mulâtre. — Comptez qu'elle paraîtra demain.

Lionel écrivit quelques lignes, conformes aux indications de l'employé de la Préfecture, et Jean Renaud qu'une voiture attendait partit.

Un quart d'heure après son départ arriva Jocelyn qui avait passé la nuit à Paris.

Il alla sur-le-champ trouver Lionel.

— Maître, — lui dit-il, — vous vous doutiez bien qu'un sérieux motif m'empêchait de venir...

— Je le devinais...

— J'ai passé la nuit à l'hôtel de Lasseny, près du jeune comte...

— Comment va-t-il?

— Mal... — Les crises se succèdent... Les remèdes énergiques employés par moi enrayent à peine l'effet du poison... — La comtesse Blanche, sur ma demande, a provoqué ce matin une consultation de mes confrères, choisis parmi les plus habiles...

— Eh bien! qu'ont-ils dit?...

— Il ont formulé tous des avis différents, ce qui est une manière comme une autre d'avouer qu'ils ne comprennent rien à la maladie... — Bref le danger est tel que je crois le moment venu d'employer les grands moyens dont je vous parlais hier...

— Et au sujet desquels vous avez refusé de vous expliquer...

— Je vais le faire à présent! — Vous comprenez, maître, que le jeune comte, éperdûment épris de sa misérable femme, désire qu'elle soit auprès de lui le plus souvent possible et tient à recevoir de sa jolie main blanche tous les breuvages... — La comtesse Amélie use et abuse de cette situation!... — Comment voulez-vous qu'un médecin puisse lutter contre un monstre aux doux yeux qui verse le poison cinq ou six fois par heure?...

— C'est vrai... — murmura Lionel. — La comtesse Amélie est une créature absolument diabolique... — Mais arrivons aux grands moyens... — Quels sont-ils?

— Désarmer la comtesse en cuirassant le comte...

— Comment?

— Pour guérir certaines blessures envenimées on y porte le fer et le feu... — On fait rugir de douleur le patient, mais on le sauve... — C'est ainsi que nous devons agir avec Gontran de Lasseny... — Il faut tout lui dire... — il faut briser ses illusions... — il faut que son idole lui apparaisse telle qu'elle est, une scélérate, une infâme, une empoisonneuse. — Sachant cela il pourra lutter... et la lutte sera le salut...

— C'est vrai, mais croira-t-il?

— Il ne croira rien sans preuve... Donc il faudra prouver... Mais la preuve est facile...

— Et, — fit Lionel, — qui se chargera de porter à Gontran ce coup terrible?...

— Vous, maître...

— Moi... — répéta le pseudo-nabab avec un petit frisson. — Pourquoi moi plutôt que vous?

— Pourquoi? — répondit Jocelyn. — Parce que M. de Lasseny m'arrêterait dès les premiers mots, tandis qu'il vous écoutera... — D'ailleurs c'est votre devoir de parler... — C'est par amour pour vous que la comtesse Amélie empoisonne son mari... — En vous taisant vous deviendriez complice de l'assassinat...

— C'est bien... — dit Lionel d'une voix sourde, — je parlerai.

— Autre chose... — reprit le docteur mulâtre. — J'ai rencontré ce matin Léopold Dereyne ; je l'ai trouvé très abattu et très sombre...

— Il devine sans doute qu'un malheur plane aussi sur sa tête... — murmura le châtelain de Saint-Ouen.

— En somme cela m'importerait peu, quoique la situation de ce jeune homme me semble intéressante, — poursuivit Jocelyn, — mais ce malheur qu'il devine ne l'atteindra pas seul...

— Qui donc atteindrait-il avec lui?

— Votre plus jeune sœur.

Lionel fit un mouvement brusque.

— C'est impossible ! — s'écria-t-il.

— C'est possible et c'est certain, je l'affirme ! — continua le médecin mulâtre. — En frappant Léopold, vous frapperez Marie...

— Mais, docteur, vous admettez donc que Marie aime Léopold?

— Je l'admets...

— Et moi je le nie !... — Non, la fille de Richard Bernier et de Noémi, les victimes, ne peut aimer le fils de Martial Dereyne, le bourreau.

— Est-ce que la passion raisonne ? — Est-ce que les Montaigus et les Capulets n'étaient pas ennemis? — Est-ce que Roméo et Juliette ne se sont pas aimés?

— Je refuse de vous croire !

— Maître, vous avez tort! — J'ai constaté chez votre jeune sœur, je vous l'ai dit déjà, les symptômes d'une maladie de cœur à son début... — Le danger n'est pas grave encore, mais les maladies du cœur font des progrès inouïs quand une circonstance quelconque vient activer leur marche... — Marie Bernier est frêle et nerveuse... — Sa nature de sensitive n'est pas remise encore de l'ébranlement causé par le supplice de Mercuzza... — il faut du calme à la pauvre enfant... — Pour vivre, elle a besoin d'être heureuse... — Un choc nouveau pourrait la tuer... — Prenez garde !...

Lionel avait écouté la tête basse.

— Non! — Non! — répéta-t-il, — non! je ne vous crois pas! — Puis il ajouta avec une sorte d'emportement farouche : — Et d'ailleurs, plutôt que de voir Marie lâchement amoureuse du fils de l'assassin, je voudrais la voir morte!

— C'est un vœu qui sera peut-être exaucé bientôt... — murmura Jocelyn.

La conversation ne se prolongea pas plus longtemps.

Robinson vint annoncer que le phaéton du châtelain attendait devant le perron. — Lionel mit ses gants et son chapeau, monta dans la légère voiture, rendit la main aux deux steppers alezans dont chacun valait dix mille francs, et qui partirent au grand trot dans la direction de Paris.

Le pseudo-nabab était invité à déjeuner, à midi, au Moulin-Rouge, par un jeune homme qu'il rencontrait souvent au tir de Gastinne-Renette, et qu'il avait reçu plusieurs fois à Saint-Ouen, — le comte de Fiefville.

Il s'agissait d'un déjeuner de garçons. — Lambert Massol et Octave Richard devaient s'y trouver, et peut-être aussi Jacques Hervieux.

C'était surtout afin de se rendre compte de l'attitude de ce dernier dans le monde des jeunes gens que Lionel avait accepté l'invitation.

Après avoir rejoint les boulevards par la rue de Clichy et la rue de la Chaussée-d'Antin, il s'engagea dans la rue Royale.

Comme il tournait à droite pour gagner les Champs-Élysée par la place de la Concorde, le quart avant midi sonnait aux horloges de la ville.

A cette minute précise une voiture de place découverte faisait halte devant le portail du ministère de la marine.

Cette voiture était occupée par deux hommes du même âge — vingt-cinq à vingt-six ans — l'un en habit bourgeois, l'autre en uniforme de lieutenant de marine.

Le phaéton de Lionel passa rapidement.

Le lieutenant ne fit aucune attention à l'élégant gentleman qui conduisait, mais il remarqua les chevaux et s'écria :

— Le merveilleux attelage ! — A qui appartient-il ?

— A un charmant garçon prodigieusement riche et fort excentrique... — Tu ne dois pas le connaître car il est arrivé à Paris depuis ton départ... — répondit le compagnon du marin.

— Et ce charmant garçon, si riche et si excentrique, se nomme ?

— Lionel Warton... le cousin des *Filles de Bronze...*

— C'est vrai, je ne le connais pas... — Qu'est-ce que c'est que les *Filles de Bronze ?*

— Je te dirai cela plus tard... Présentement, dépêchons-nous... — Il est midi moins un quart, le déjeuner de Fiefville est pour midi précis, et la rossinante qui nous traîne mettra plus d'un quart d'heure pour aller d'ici au Moulin-Rouge.

— Il ne me faut que cinq minutes... — dit le lieutenant.

Les deux jeunes gens descendirent de leur voiture et entrèrent dans la cour du ministère.

Le marin, en homme à qui les êtres sont familiers, traversa cette cour, gravit à droite un petit escalier et s'arrêta en face d'une porte à côté de laquelle étaient tracés sur les murs ces mots :

FEUILLES DE ROUTE ET PERMISSIONS

Le lieutenant ouvrit cette porte et entra, toujours suivi de son ami.

Ils se trouvèrent dans une vaste salle garnie de pupitres devant lesquels travaillaient des employés, les uns en costume civil ; les autres portant l'uniforme des grades inférieurs de la marine.

A une petite table séparée des autres écrivait un sous-officier.

Le lieutenant se dirigea vers ce dernier qui leva la tête, fit le salut militaire et demanda :

— Qu'y a-t-il pour votre service, mon lieutenant ?

Cora, brisée par la lutte terrible, chancelait presque évanouie...

— Je viens chercher ma feuille de route.

— Vous étiez en permission ?

— Permission de quinze jours.

— Signée où ?

— A Toulon.

— Vous l'avez déposée ici pour le *visa* de la place ?

— Tout en arrivant, oui.

— Votre nom, s'il vous plaît, mon officier ?

Le lieutenant répondit :

— Armand-Raymond Dorsay.

— Très bien...

L'employé prit dans un carton une chemise de papier renfermant, par ordre de date, plusieurs feuilles ornées des cachets administratifs.

Il chercha.

— *Armand-Raymond Dorsay...* — lut-il à haute voix. — Nous y voilà... — Vous partez ce soir pour retourner à Toulon ?

— Ce soir même.

— Voici, mon lieutenant... C'est visé, vous êtes en règle...

— Merci.

Armand Dorsay, — notre ancienne connaissance de Guayanila, — mit la permission dans son portefeuille et rejoignit avec son ami la voiture qui devait les conduire au Moulin-Rouge.

XVIII

Une dizaine des invités du comte de Fiefville étaient réunis dans un grand salon du restaurant de l'avenue d'Antin.

Parmi ces jeunes gens se trouvaient Octave Richard, Lambert Massol et Jacques Hervieux...

Ce dernier, depuis que Lionel Warton l'avait présenté à quelques hommes de sa connaissance, se lançait avec une parfaite désinvolture dans le monde des viveurs où l'on se montre volontiers fort accueillant, par la raison qu'en somme ces amitiés faciles contractées autour d'une table de baccarat, sur les champs de courses, dans les cabinets particuliers des cabarets à la mode, ou dans les boudoirs des *belles-petites*, sont essentiellement éphémères et n'engagent absolument à rien.

Jacques Hervieux, introduit par le speudo-nabab, était considéré comme un gentleman un peu bizarre, assez mal élevé, mais très honorable.

Sa bizarrerie, son éducation négligée, certaines expressions dont il faisait parfois usage et qui n'étaient pas d'un heureux choix, s'expliquaient par un long séjour à l'étranger.

Il était ou du moins semblait riche ; — il avait un bon tailleur, de jolis chevaux, et ne manquait ni de gaieté, ni d'esprit naturel...

Que pouvait-on lui demander de plus ?

L'entrée de Lionel dans le cabinet fut saluée par de bruyantes acclamations et toutes les mains se tendirent pour serrer la sienne.

— Me suis-je fait attendre ? — demanda-t-il.

— Nullement... — répondit le comte de Fiefville. — Vous n'avez pas même usé du quart d'heure de grâce, car c'est tout au plus s'il est midi... — D'ailleurs vous n'arrivez pas le dernier... Nous attendons encore deux convives... — Acceptez un verre de Xérès pour vous ouvrir l'appétit.

Lionel se déganta, prit le verre que lui présentait son amphitryon, trempa ses lèvres dans le liquide couleur de topaze brûlée, puis, s'approchant de Jacques Hervieux, lui dit à demi-voix :

— Venez à Saint-Ouen le plus tôt possible... — J'ai à causer avec vous...

Dix minutes s'écoulèrent et personne n'ignore combien, en pareille circonstance, les minutes de l'attente semblent longues.

— Ah! — s'écria M. de Fiefville, — notre ami Laugier est définitivement en retard... — c'est probablement la faute de la marine impériale...

— La marine impériale? — répéta le pseudo-nabab. — M. Laugier n'est pas marin, que je sache...

— Non, mais il doit amener avec lui une de nos connaissances, un lieutenant de vaisseau, charmant garçon que nous aimons tous et qui repart ce soir pour Toulon après avoir passé quelques jours à Paris, en permission.

La Vengeresse ouvrit la bouche pour demander le nom de ce lieutenant.

Mais elle se ravisa.

A quoi bon questionner puisqu'elle était certaine de ne pas connaître ce nom?

La porte du salon s'ouvrit.

— Pardonnez-nous, messieurs, — dit sur le seuil le jeune homme qu'on appelait Laugier, — nous sommes coupables, mais nous plaiderons les circonstances atténuantes...

Et il s'avança suivi d'Armand Dorsay.

La foudre tombant aux pieds de Cora n'aurait pas produit sur elle autant d'effet que la vue du lieutenant.

Elle devint mortellement pâle et appuya la main gauche sur son cœur qui lui semblait près d'éclater.

De l'autre main elle se cramponnait à un meuble pour se soutenir, car ses jambes fléchissaient sous elle.

Tout le monde s'occupant des nouveaux venus, personne ne remarqua ce trouble et cette émotion.

— Nous voici au complet, — s'écria Lambert Massol, — et les naturels du radeau de la *Méduse* étaient moins affamés que nous... — Au nom de l'humanité, mon bon ami Fiefville, donnez le signal, et qu'on se mette à table, sinon je me connais, je suis capable de dévorer quelqu'un...

Lionel appelant à son secours l'énergie surhumaine qu'il lui fallait pour ne point se trahir, avait caché son trouble et dominé son émotion.

Le sang-froid et la présence d'esprit lui revinrent même d'une façon si complète qu'il arracha du doigt annulaire de sa main gauche l'anneau d'argent oxydé trouvé dans la fouille de la Seine, et le glissa dans la poche de son gilet.

Puis il attendit, l'âme bouleversée mais le visage impassible.

— A table, oui, mon cher Massol, — répondit l'amphitryon, — mais d'abord vous me permettrez de présenter l'un à l'autre deux de nos amis qui se rencontrent pour la première fois.

Le moment redoutable était venu.

Cora sentit son cœur cesser de battre et ses lèvres trembler.

Elle eut la force cependant de faire bonne contenance.

Le comte de Fiefville prit l'officier par le bras et, l'amenant près de la Vengeresse, il dit :

— Mon cher Lionel, M. Armand Dorsay, lieutenant de vaisseau... — Mon cher Armand, M. Lionel Warton, seigneur suzerain d'un nombre incalculable de millions.

Le pseudo-nabab qui s'attendait à la présentation s'inclina en murmurant quelques paroles indistinctes, mais Armand stupéfait, les yeux fixés sur le visage du jeune homme, et retrouvant dans ce visage les traits de celle qu'il aimait, était littéralement changé en statue.

Toute présence d'esprit lui fit défaut. — Il perdait la notion de la réalité.

Déjà ce mutisme incompréhensible et cette stupeur inexplicable étonnaient les invités du comte.

Cora sentit qu'il fallait mettre fin à une scène embarrassante.

Elle rompit le silence et dit avec un sourire :

— Il me semble lire dans vos yeux quelque surprise, monsieur, et cependant, ainsi que vient de l'affirmer mon ami Fiefville, nous nous rencontrons aujourd'hui pour la première fois. — Est-ce que vous connaissez une personne qui me ressemble ?

Cette question rompit le charme sous lequel se trouvait Armand.

— Ah ! — s'écria-t-il, — c'est plus qu'une ressemblance ! — Le même visage ! les mêmes yeux ! la même voix ! C'est à croire que vous êtes la personne elle-même.

— Un jeune homme ?

— Non... une jeune fille...

— Alors, monsieur, — fit Cora avec un nouveau sourire, — vous pouvez jurer hardiment que ce n'est pas moi !...

Avons-nous besoin d'affirmer qu'un éclat de rire général, — auquel Armand seul ne s'associa pas, — accueillit la réponse de Lionel Warton.

On se mit à table.

Chacun s'installa selon sa fantaisie en choisissant ses voisins.

Cora eut soin de se placer loin du lieutenant, c'est-à-dire de l'autre côté de la table.

L'officier de marine resta d'abord silencieux, préoccupé, ne sachant ce qu'il mangeait, buvant avec distraction, ne pouvant détacher ses regards de la figure de Lionel qui les attirait comme l'aimant attire l'acier.

— Monsieur, — dit-il tout à coup, — me permettez-vous de vous adresser une question?

— Certes, monsieur, et j'y répondrai bien volontiers... — Cette question?

— La voici : De quel pays êtes-vous originaire?...

— De Calcutta, et je suis le propre neveu du principal banquier de cette ville...

— Vous n'avez jamais habité Porto-Rico?

— Jamais... mais je l'ai visité. — J'y ai un parent assez proche, du côté de ma mère qui était Française...

— Un parent?... — répéta Armand Dorsay, le cœur palpitant.

— Oui. — Le notaire Sigismond Leroy, mon oncle.

— Sigismond Leroy! — s'écria l'officier de marine. — Je le connais beaucoup, — il était le notaire d'une famille qui daignait m'accueillir avec bienveillance à Guayanila.

— J'ai passé quelques heures avec mon oncle à Guayanila, — reprit Lionel. — Est-ce de la famille Bernier que vous voulez parler?

— C'est bien de la famille Bernier... — Alors. monsieur, vous avez vu le planteur et ses filles?

— Sans doute.

— Vous souvenez-vous de l'aînée?

— Il me semble que oui... — Elle se nommait?

— Cora... — dit Armand d'une voix tremblante.

— Cora.. oui... c'est cela... — Je me souviens...

— Eh bien! monsieur, — poursuivit le lieutenant, — vous ne devez plus trouver étrange ma surprise en vous voyant, car c'est à Mlle Cora Bernier que vous ressemblez d'une façon si prodigieuse... — On a dû constater cette ressemblance à Guayanila.

— Peut-être, en effet, mais je n'oserais l'affirmer... — Songez, monsieur, que cinq ans se sont écoulés depuis ce court voyage... — Si ma mémoire n'est point infidèle, la fille aînée du planteur était presqu'une enfant encore à cette époque.

— C'est vrai... — murmura l'officier, puis après un silence il continua : — Avez-vous appris, par votre oncle, la mort tragique de M. Bernier?

Cora pâlit en répondant :

— Non, monsieur...

— Comptez-vous, dans un temps prochain, visiter de nouveau Sigismond Leroy?...

— Ce n'est pas impossible, mais rien n'est moins certain...

— Moi je vais retourner dans la mer des Antilles...

— Bientôt?

— Oui. — Je pars aujourd'hui même pour Toulon... — l'embarquement sera sans doute immédiat et l'aviso l'*Éclair* ira reprendre le poste d'observation qu'il occupait il y a quelques mois... — S'il vous convient de me donner des lettres pour le notaire de Porto-Rico et pour Mlles Bernier, je serai très heureux de leur porter de vos nouvelles, car j'irai certainement à Guayanila...

— Où vous attire Mlle Cora qui ne peut manquer d'être belle puisque notre ami Lionel est son vivant portrait? — dit en souriant M. de Fiefville.

— Très belle, oui, mon cher comte! splendidement belle... — répliqua le lieutenant avec exaltation.

— En seriez-vous épris, par hasard?

— Je l'aime de toute mon âme, de tout mon cœur, de toutes mes forces!...

Pour la première fois depuis la tragédie de Guayanila, la Vengeresse éprouva une sensation délicieuse. — Elle baissa les yeux pour cacher le rayon de flamme qui s'en échappait, tandis qu'un flot de sang montait de son cœur à ses joues.

L'officier de marine, qui la regardait avidement, reprit :

— Vous ne m'avez pas dit, monsieur, si ma proposition vous agrée?

— Elle m'agrée beaucoup, et j'en suis reconnaissant... — répliqua Lionel. — Je n'ai pas l'honneur de connaître assez Mlles Bernier pour me permettre de leur écrire, mais je vous ferai tenir une lettre pour mon oncle, puisque vous m'offrez si gracieusement de vous en charger... — Vous partez aujourd'hui, monsieur?

— Ce soir, pour Marseille, par le train poste de 7 heures 45 minutes.

— Un de mes gens vous portera ma lettre...

— Je l'attendrai au buffet de la gare...

— Et je vous prierai, quand vous verrez Mlles Bernier, d'être auprès d'elles l'interprète de mes respectueux hommages.

A partir de ce moment la conversation devint générale, et Armand Dorsay se plongea dans une rêverie que les joyeux propos échangés autour de lui n'interrompaient qu'à peine.

Le déjeuner s'acheva.

Lionel, prétextant un rendez-vous d'affaires, parla de se retirer quand le café, les liqueurs et les cigares prirent la place du dessert.

Armand Dorsay s'approcha de lui.

— Nous avons des amis communs à Paris et loin de Paris... — dit-il. — Voulez-vous me donner la main?

La Vengeresse hésita.

Elle sentait un frisson courir sur sa chair.

Cette étreinte si naturelle que lui demandait le jeune homme l'épouvantait.

— Elle craignait de manquer de force et de se trahir quand la main d'Armand Dorsay toucherait la sienne.

Cependant elle ne pouvait refuser.

— La voici... — répondit-elle.

Et, tandis qu'elle livrait sa main dsoite, elle remarqua que les yeux de l'officier restaient fixés sur sa main gauche, celle où la bague d'argent aurait dû se trouver.

— Adieu, monsieur... — murmura d'une voix triste Armand Dorsay.

— Pourquoi adieu? — Peut-être nous reverrons-nous un jour...

— Je le désire, mais je n'ose l'espérer.

— Je vous souhaite un heureux voyage. — Ce soir la lettre pour mon oncle vous sera remise à la gare.

Et Lionel sortit, après avoir distribué des poignées de main à la ronde.

Il était temps.

La Vengeresse venait d'user la dernière parcelle de son énergie. — Les forces et la volonté lui manquaient à la fois.

Elle descendit l'escalier lentement, en se soutenant à la rampe.

Quand elle fut assise dans son phaéton, son cœur trop gonflé déborda et deux larmes brûlantes roulèrent sur ses joues pâles.

— Et cependant, — murmura-t-elle, — je devrais être heureuse... — Il ne m'a point oubliée... il m'aime encore et plus que jamais...

XIX

Quelques minutes après le départ de Lionel, Armand Dorsay dont la préoccupation semblait grandir et qui, les yeux fixés sur une rosace du plafond qu'évidemment il ne voyait pas, s'isolait au milieu de la réunion joyeuse, se leva brusquement, prit par le bras son ami Laugier et l'entraîna dans l'embrasure d'une fenêtre.

— Ah çà! mon cher Armand, — demanda le jeune homme, — que signifient ces allures mystérieuses? — Vas-tu me confier un secret?

— Au moment où nous allions descendre de voiture à la porte du ministère de la marine, — répliqua le lieutenant, — tu m'as parlé de Lionel Warton...

— Comment, c'est à lui que tu penses!

— Oui.

— Est-ce que la ressemblance en question te préoccupe toujours?

Armand fit un signe affirmatif et continua:

— Lionel Warton, m'as-tu dit, est le cousin des *Filles de Bronze*... — Que signifie cela?

— Cela signifie que le jeune nabab est arrivé des plus lointains pays avec ses trois cousines, merveilleusement jolies toutes les trois, mais beaucoup moins blanches que des Parisiennes... — On les a surnommées *les filles de bronze* à cause de la nuance de leur teint.

— Elles sont trois ?... — demanda vivement Armaud.

— Comme les trois Grâces, comme les trois Vertus théologales, comme les trois Parques... comme les trois sorcières de Macbeth... oui, mon cher... — répondit en souriant M. Laugier.

— Sais-tu leurs noms ?

— Très bien... — Elles s'appellent Laura, Mary et Perly Warton...

— Depuis quand cette famille est-elle en France ?

— Depuis quatre ou cinq mois... — je ne saurais te donner exactement la date...

— Où demeurent Lionel Warton et ses cousines ?...

— Au château de Saint-Ouen...

— Ils habitent cette vieille demeure abandonnée ! — s'écria le lieutenant au comble de la surprise.

— Oui, mais ils en ont fait une merveille, un rêve, un enchantement ! — Ce c'est plus un château, c'est une résidence princière où d'ailleurs ils mènent train de princes ! — Vingt chevaux dans les boxes, sans compter les pur-sang de l'écurie des courses... — Ving-cinq ou trente valets, tous du plus beau noir ; un médecin mulâtre spécialement attaché à la famille ; pour chambellan, maire du palais, grand maître des cérémonies, un autre superbe mulâtre, parent du maître du logis et répondant au nom pittoresque de Doménico Séballa...

— Tu dis que les serviteurs sont des nègres ?

— De premier choix, d'un magnifique ébène et garanti bon teint.

— Merci, et adieu.

— Tu nous quittes ?

— Il le faut...

— Tu devais passer avec moi le reste de la journée... tu me l'avais promis...

— C'est vrai, mais une démarche oubliée... une visite très importante et d'où mon avenir peut dépendre, me réclame impérieusement... Excuse-moi donc si je te manque de parole, et ne dis rien... je pars à l'anglaise... Nous nous retrouverons ce soir à la gare si tu viens me serrer la main...

Et le lieutenant, sans même attendre la réponse de son ami, sortit du restaurant et, longeant l'avenue d'Antin, se mit en quête d'une voiture.

Rejoignons Cora.

La jeune fille, en quittant le Moulin-Rouge, était retournée directement à Saint-Ouen.

Le trouble de son esprit, la surexcitation de ses nerfs, ne diminuaient point — au contraire.

En arrivant au château elle gagna son appartement ; ses larmes longtemps contenues inondèrent son visage ; elle se laissa tomber à genoux devant un

Le nègre tendit la lettre de Cora au lieutenant.

crucifix d'ivoire suspendu à la muraille, et au milieu de ses sanglots elle
balbutia presque à voix haute :

— Mon Dieu, je vous rends grâce de m'avoir donné le courage et de m'avoir
permis de ne pas me trahir !... — Mon Dieu, vous lisez dans mon âme et vous
savez ce qui se passe dans mon cœur où règne Armand Dorsay !... — Sans votre
protection, mon Dieu, je serais tombée dans les bras de ce fidèle ami en lui
criant : — « *Vous ne vous trompez pas !... C'est moi !... Je suis Cora que vous*

aimez encore et qui vous aime plus que jamais!! » Si j'avais fais cela, j'étais perdue... je le sens bien... — Un moment de faiblesse me conduisait fatalement à l'oubli des serments de haine, et je n'avais plus d'énergie pour accomplir ma terrible tâche...

La jeune fille se releva en essuyant ses larmes.

— Pauvre Armand, — murmura-t-elle, — comme il m'aime ! — Et pourtant il sait tout... il connaît le secret de honte qui creuse entre nous un abîme... — La vengeance suffira-t-elle à combler cet abîme ? — Le châtiment de l'infâme Dereyne me rendra-t-il l'honneur perdu ? — Ah ! l'expiation doit être effrayante, car le crime était monstrueux et la souillure est ineffaçable !

Après un instant de sombre silence, Cora reprit :

— Quand j'aurai tenu la promesse faite à Guayanila sur deux tombes... quand j'aurai rendu le mal pour le mal à la race odieuse du bourreau... quand tous auront été punis et quand il me sera permis de relever enfin la tête, si Armand veut toujours de moi, quel sera mon devoir?... — Dieu le sait.. — Mais à quoi bon chercher le mot de l'énigme terrible?... — Le temps n'est pas venu d'interroger le sphinx...

La jeune fille s'assit près d'une fenêtre donnant sur le parc et laissa son esprit s'abandonner à une rêverie d'une nature toujours triste, mais cependant moins amère que les réflexions précédentes.

— J'ai promis, — balbutia-t-elle, — j'ai promis de lui confier une lettre pour Sigismond Leroy... il attendra cette lettre, il la recevra... mais ce n'est pas au notaire que j'écrirai... c'est à lui... Lorsqu'il aura quitté le port, il saura qu'il ne s'était pas trompé... il saura que Lionel Warton est bien Cora Bernier, et que Cora l'aime toujours... il retournera dans la mer des Antilles... il ira à Guayanila si plein de souvenirs.. il suivra lentement, la tête basse et le cœur serré, ces sentiers où nous marchions l'un à côté de l'autre confiants dans l'avenir... Au lieu d'y trouver le bonheur il n'y trouvera que solitude et désolation... Pauvre Armand!... Pauvre Armand!...

Cora, pendant quelques minutes, resta muette, immobile, le regard vague et noyé.

Elle semblait s'abandonner à une prostration complète.

Tout à coup elle secoua la tête comme quelqu'un qui s'éveille, chassa la torpeur qui l'envahissait, fit deux ou trois fois le tour de la chambre, s'assit à son bureau, prit une plume et traça rapidement quelques lignes sur une feuille de papier à lettre.

Elle plia cette feuille, l'enferma dans une enveloppe qu'elle scella d'un cachet de cire rouge aux initiales de Lionel Warton, puis sur cette enveloppe elle traça ces mots d'une longue et ferme écriture :

Monsieur le lieutenant Armand Dorsay
A bord de l'aviso *l'Eclair.*

Et plus bas, entre parenthèses et en gros caractères :

POUR ÊTRE OUVERTE SEULEMENT EN PLEINE MER.

Cora venait de tracer ces derniers mots quand on frappa doucement à la porte de la chambre.

— Entrez ! — dit la jeune fille en se tournant à demi.

La porte s'ouvrit. — Jean Renaud, ganté et le chapeau à la main, franchit le seuil.

— Maître, j'arrive de Paris, — fit-il, — vos ordres sont exécutés...

— Vous êtes allé aux journaux ?

— Oui.

— Quand passera la note ?

— Demain.

Cora fit un mouvement qui mit son visage en pleine lumière.

— Maître, — s'écria le faux mulâtre avec un accent d'inquiétude, — qu'avez-vous donc ?

— Pourquoi me demandez-vous cela, mon ami ?

— Vos paupières sont gonflées et rougies... — il me semble que des traces de larmes à peine essuyées sillonnent vos joues... — Vous avez pleuré ?...

— J'ai pleuré, c'est vrai... — répondit Cora.

— Maître, que s'est-il passé ?

— Je l'ai revu...

— Qui ?

— Lui... Armand Dorsay...

— Le lieutenant Dorsay ! Ah ! je comprends tout !... Vous a-t-il parlé ?

— Oui.

— Mais alors, malgré votre déguisement masculin, il a dû vous reconnaître ?...

— Ah ! certes, il me reconnaissait !... — répliqua la jeune fille. — J'ai pu détourner ses soupçons, mais vous devez comprendre ce qu'il m'a fallu de courage pour ne pas me trahir...

— Je le comprends et je vous admire ! — Ainsi vous avez joué jusqu'au bout votre rôle de Lionel Warton ?

— Avec une vérité qui m'étonnait moi-même.

— Vous avez laissé M. Dorsay convaincu qu'il était dupe d'une ressemblance fortuite ?

— Sans doute.

Jean Renaud toucha du bout du doigt la lettre placée sur le bureau et don l'adresse avait frappé ses yeux.

— Et, — reprit-il en souriant, — c'est pour le confirmer dans cette croyance que vous lui écrivez...

— Non... — C'est pour le désabuser au contraire, et lui dire que je ne l'ai pas oublié... que je ne l'oublierai jamais...

— N'est-ce pas dangereux ?

— En aucune façon... — Cette lettre ne sera remise à Armand Dorsay qu'au moment de son départ, et j'ai tracé sur l'enveloppe la recommandation de briser le cachet seulement en pleine mer.

— Le lieutenant obéira-t-il ?

— J'en suis sûre ! — Oh ! je le connais bien ! — il est incapable d'ouvrir, avant le moment indiqué, un pli confié à son honneur.

A cette minute précise la porte de la chambre s'ouvrit brusquement sans qu'on eût frappé, et Robinson, en proie à un effarement indicible, entra comme une bombe.

— Qu'y a-t-il ? — demanda Cora stupéfaite.

— Maître, — balbutia le nègre d'une voix étranglée, — je l'ai vu... je l'ai reconnu... C'est lui... c'est bien lui... Il descend de voiture devant le perron... J'ai envoyé Domingo, qu'il ne connaît pas, lui répondre...

— De qui parles-tu ?

— De lui... de l'officier de marine... du lieutenant Armand Dorsay...

— Armand ! — s'écria la Vengeresse, — ici ! !

— Qu'y vient-il chercher ? — murmura Jean Renaud.

— Vite, Robinson, — dit Cora, — préviens mes sœurs... préviens Jocelyn s'il est au château, et que personne ne se montre pendant la visite du lieutenant...

— Maître, qu'allez-vous faire ?

— Recevoir Armand Dorsay...

— Ne faiblirez-vous pas ?...

— Soyez sans crainte... je réponds de moi... — Allez... je vous suis...

Deux ou trois minutes plus tard, Lionel Warton entrait dans le grand salon où l'officier de marine attendait.

La physionomie et l'attitude du visiteur exprimaient le trouble, l'indécision, l'embarras. — On le sentait gêné, mécontent de lui-même, et inquiet du résultat de sa démarche au moins singulière.

Lionel s'avança le sourire aux lèvres, la main tendue.

— En vérité, monsieur Dorsay, — dit-il de la façon la plus courtoise et la plus accueillante, — je suis heureux d'être revenu juste à temps pour vous recevoir... — Laissez-moi vous remercier d'une visite que je n'espérais pas si prompte...

— Ah ! — balbutia le lieutenant d'une voix tremblante, — pas de banalités entre nous, je vous en supplie... — Je sais trop combien ma visite peut vous

sembler étrange... — Je ne voulais pas venir... J'ai lutté contre moi-même...
— lutte inutile, puisque me voilà !... — Je suis venu pour obtenir de vous un
entretien sérieux, décisif, dont vous devinez assurément la nature et le but...

— Mais non... mais non... — répliqua le pseudo-nabab du ton le plus
naturel. — Je ne devine absolument rien, et je vous prie de m'expliquer bien
vite ce que je ne comprends pas du tout... Mais d'abord, cher monsieur Dorsay,
asseyez-vous, s'il vous plaît... On est fort mal debout pour causer... — Voyez,
je vous donne l'exemple...

Et Lionel s'installa dans un fauteuil avec un admirable sang-froid.

XX

Le sang-froid du châtelain de Saint-Ouen, et son attitude qui n'offrait rien
de contraint, décuplaient l'embarras d'Armand Dorsay, embarras que nous
avons déjà signalé.

Son regard, habituellement plein de franchise et de calme assurance, semblait en ce moment incertain, hésitant. — Tantôt il se fixait sur le visage de
Lionel, et tantôt il s'en détournait avec une sorte d'épouvante.

Un tremblement léger agitait les lèvres du jeune homme. — Sa figure
expressive et sympathique, brunie par la réverbération du soleil sur les vagues
et par les vents du large, rougissait et pâlissait tour à tour.

— Cher monsieur Dorsay, — fit au bout d'une ou deux secondes le pseudo-
nabab en souriant, — n'oubliez pas que j'attends de vous une explication
tout amicale...

Armand fit un appel à son courage défaillant.

— Cette explication peut être bien simple... — répliqua-t-il en s'efforçant
de dominer son agitation ; — pour la rendre complète un seul mot suffira...

Il s'interrompit.

— Prononcez donc ce mot... — dit Lionel.

— Ce n'est pas moi qui le prononcerai, car il sera votre réponse à cette question : — Vous nommez-vous véritablement Lionel Warton ?...

L'interlocuteur de l'officier de marine fit un geste de surprise et s'écria :

— Ah çà ! lieutenant, quelle mouche vous pique, et pourquoi semblez-vous
mal convaincu de l'authenticité de mon état civil ?... — Oui, cent fois oui, mille
fois oui, je me nomme Lionel Warton...

— L'affirmeriez-vous sur l'honneur ?

Lionel, les sourcils froncés, se leva.

— Vous allez un peu loin, cher monsieur, — dit-il d'un ton sérieux, — car enfin vous paraissez douter de ma parole, et c'est une chose que je n'admets pas volontiers...

— Eh bien! oui, c'est vrai, j'en doute... — répliqua le jeune homme impétueusement.

— Que signifie cela?

— Que je ne vous crois pas... que je ne peux pas vous croire... — reprit Armand avec des larmes dans la voix. — Ne cherchez plus à m'abuser en me cachant votre nom véritable!... — Est-ce qu'entre nous une erreur est possible?... Est-ce que votre voix ne fait pas vibrer dans mon cœur toutes les cordes du souvenir?... Est-ce que vos yeux n'ont plus ce regard qui m'enivrait et qui m'enivre encore? Est-ce que vos traits ont changé depuis l'époque où la main dans la main nous suivions les sentiers de Guayanila? — Non, vous n'êtes pas Lionel Warton... vous êtes Cora Bernier... vous êtes la femme que j'aime!...

— Vous m'avez défendu de vous suivre et de tenter de vous revoir jusqu'au jour où vous seriez vengée de ceux qui vous ont fait tant de mal... — Ai-je désobéi? — Vous savez bien que non!... — Je ne vous cherchais pas... Le hasard seul nous a réunis... — J'ai bien le droit de profiter de ce hasard pour vous dire : — Plus que jamais je vous adore!... — Répondez-moi que vous ne m'avez point oublié... Répondez-moi que vous m'aimez toujours... Cora, chère Cora, je vous en supplie, je vous le demande à mains jointes... je vous le demande à genoux...

Le lieutenant, en disant ce qui précède, se laissa tomber à genoux et joignit les mains.

Cora sentit son cœur bondir et ses yeux se voiler.

Elle fut au moment de répondre :

— Oui, c'est moi, cher Armand, c'est bien moi... moi qui vous aime autant que vous m'aimez...

Mais, cette fois encore, sa volonté domina son émotion.

Elle se recula vivement.

— Dans tout ceci, monsieur, — dit-elle d'une voix altérée, — l'absurde le dispute à l'odieux... — Je veux bien croire que vous n'êtes pas fou, mais tout au moins vous êtes en délire...

Armand devenu très pâle serra son front brûlant entre ses mains tremblantes.

— En délire... — répéta-t-il.

— Eh ! — répliqua la Vengeresse, — si vous jouissiez de tout votre sang-froid vous chasseriez une illusion dont la flagrante insanité saute aux yeux! — Vous cesseriez d'être dupe d'une prétendue ressemblance au sujet de laquelle vous avez dû ce matin être amplement édifié... — Prendre Lionel Warton, que je suis, pour Cora Bernier, que je ne suis pas, est le fait d'un esprit troublé et d'un cerveau mal en équilibre... — Relevez-vous, monsieur, je vous prie...

L'officier de marine obéit.

— Elle ne m'aime plus!... — balbutia-t-il en se relevant et en étouffant les sanglots qui montaient à ses lèvres. — Elle ne m'aime plus!

— Revenez à vous, monsieur... — poursuivit Cora qu'un profond attendrissement envahissait malgré ses efforts. — Réfléchissez... calmez-vous...

— Je suis désespéré, — interrompit Armand, — mais je suis calme, absolument calme, et très capable de réflexion et de raisonnement. En voulez-vous la preuve : — Vous êtes Lionel Warton, soit!... — Mais alors comment expliquer que vous ayez près de vous trois jeunes filles dont l'une vous ressemble autant que Dolorès ressemblait à Cora? — Comment expliquer qu'un médecin mulâtre soit attaché à votre maison?... — Qui sont donc ces jeunes filles sinon Carmen et Marie, les deux sœurs de Cora, et l'orpheline Dolorès!... — On a pu changer les noms, je le sais, mais on n'a pu changer les visages... — Quel est ce médecin noir, s'il n'est le docteur Jocelyn?... — Et votre parent, le señor Doménico Séballa, n'est-il point ce Michel Servan, ce fidèle et dévoué serviteur dont on se souvient à Guayanila, et dont on a fait un mulâtre pour le rendre méconnaissable?...

Cora ne s'attendait point à trouver tant de logique dans l'affolement manifeste du jeune homme.

— Le hasard seul... — murmura-t-elle.

Armand l'interrompit.

— Ah! c'est cruel! — dit-il avec emportement. — Comment ai-je mérité de vous servir de jouet?... — Ayez le courage de me dire que vous ne m'aimez plus, chassez-moi, mais n'essayez pas de m'abuser par un mensonge qui tromperait à peine un indifférent!... — Est-il possible qu'en quelques mois votre cœur soit ainsi changé?... — Est-il possible que l'oubli des serments vous soit venu si vite?... — Pourquoi cette défiance de moi?... Craignez-vous que je ne prétende entraver votre œuvre, enrayer votre vengeance?... — Dites un mot, un seul, et au lieu de partir ce soir j'enverrai demain ma démission au ministre, je ferai litière de ma volonté, de ma raison, de mon libre arbitre, et je deviendrai dans vos mains un instrument docile, une arme pour frapper vos ennemis!... — Voulez-vous de moi, dites?... Voulez-vous?...

En parlant ainsi Armand était vraiment en proie à une sorte de fiévreux délire. — Ses yeux tantôt lançaient des flammes et tantôt se mouillaient de larmes. Des gouttes de sueur coulaient sur son front.

Cora brisée par une émotion qu'il est plus facile de comprendre que d'analyser, fit un suprême effort.

— Monsieur Dorsay, — répliqua-t-elle d'une voix lente et grave, — je vous plains de toute mon âme... — L'illusion que vous vous obstinez à prendre pour la réalité vous fait cruellement souffrir, je le vois... — je voudrais apporter un soulagement à votre douleur sincère et par conséquent touchante... — Je ne

puis, hélas ! que vous répéter : *Une ressemblance étrange cause votre chagrin...
— je ne suis point Cora Bernier... Je suis Lionel Warton...*

Armand s'écria avec un geste égaré :

— Une pareille ressemblance est impossible.

— Vous avez la preuve du contraire...

— Si je me trompe, c'est donc que je suis fou !...

— Non, mais vous subissez l'effet d'un mirage qui vous abuse...

— Dieu sait que je voudrais le croire !...

— Croyez-le donc, car c'est la vérité...

Un silence assez long suivit ces dernières paroles, puis le lieutenant releva la tête qu'il avait penchée sur sa poitrine.

— Allons, — murmura-t-il d'une voix sourde, — je me trompais, il faut bien l'admettre... — Cora ne serait pas sans pitié... Cora ne me laisserait point partir ainsi !... — J'étais injuste en la croyant parjure... — Je calomniais son cœur en le croyant de marbre... — Cela m'a fait beaucoup souffrir... — Puissiez-vous, monsieur, ne jamais souffrir ainsi !... — Il me reste à vous demander pardon d'une erreur involontaire et à prendre congé de vous...

Armand était debout, prêt à partir, et il essuyait de nouvelles larmes qui coulaient sur ses joues.

La Vengeresse s'approcha de lui et serra doucement l'une de ses mains.

— Monsieur Dorsay, — lui dit-elle, — toutes mes sympathies, tous mes vœux vous accompagneront dans un lointain voyage... — Ne les dédaignez pas, quoiqu'ils viennent d'un nouvel ami... — Vous retournerez à Guayanila, peut-être Mlle Bernier vous y aura-t-elle précédé...

— Le croyez-vous ? — demanda vivement l'officier.

— Je ne crois rien, ne sachant rien, mais un pressentiment me dit que c'est possible, et que rien n'est changé dans le cœur de Cora...

Si vagues que fussent ces quelques mots ils produisirent un effet presque magique, et ramenèrent un calme relatif dans l'esprit bouleversé d'Armand.

Lionel reprit :

— Quand vous êtes arrivé, j'allais écrire la lettre dont vous voulez bien vous charger pour mon parent Sigismond Leroy... — Ainsi que c'est convenu je vous l'enverrai ce soir au buffet de la gare de Lyon...

— Je l'attendrai et la remettrai fidèlement.

Armand jeta un dernier coup d'œil sur le beau visage impassible de Lionel Warton, poussa un long soupir et sortit en comprimant les battements de son cœur.

La Vengeresse aurait voulu le reconduire jusqu'au perron. — Elle n'en eut pas la force.

A peine l'officier avait-il quitté le salon que Jean Renaud ouvrit une porte latérale et entra.

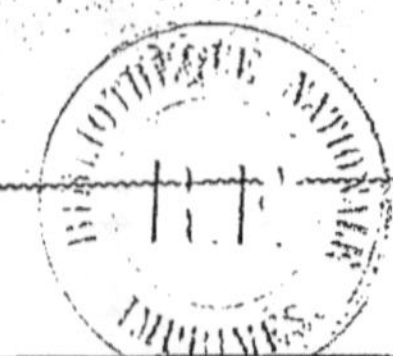

Cette escalade achevée, il s'arrêta et prêta l'oreille.

Il était temps.

Cora — brisée par la lutte terrible que sa volonté et son cœur venaient de se livrer — chancelait presque évanouie.

Jean Renaud la reçut dans ses bras.

— Pauvre et noble enfant!... — murmura-t-il en la plaçant sur un fauteuil, — quel courage!... — Elle a juré, elle tiendra son serment de vengeance!... — Dût-elle mourir à la tâche, elle ne reculera pas!...

La crise que subissait la jeune fille fut de courte durée.

Le faux mulâtre lui fit respirer un flacon d'alcali volatil qui la ranima presqu'aussitôt.

Elle passa ses mains sur son front, comme si elle sortait d'un long sommeil, et promena un regard vague autour du salon.

Ses yeux rencontrèrent Jean Renaud.

La présence de son fidèle allié réveilla ses souvenirs.

— Vous avez entendu? — demanda-t-elle.

— Presque tout...

— Comprenez-vous ce que j'ai dû souffrir?

— Oui... — j'admirais votre héroïsme.

— Armand m'a dit que je ne l'aimais plus!... — Comme il se trompe! — je ne l'ai jamais tant aimé! — Croyez-vous qu'il s'éloigne avec la conviction que je suis bien Lionel?

— Je crois qu'il doute du témoignage de ses sens et de la lucidité de son esprit, mais qu'il n'est pas convaincu...

— Eh bien! ce soir, il cessera de douter... — Voulez-vous me rendre un service, mon ami?

— Maître, vous savez bien que je suis tout à vous...

— Je vous donnerai la lettre écrite pour Armand Dorsay qui, je vous l'ai dit, quitte Paris ce soir par le train de 7 heures 15 minutes. — Jusqu'au moment de son départ il attendra cette lettre au buffet. — Vous prendrez avec vous un de nos serviteurs, vous vous ferez conduire à la gare, vous ne remettrez pas la lettre vous-même, mais vous veillerez à ce qu'elle soit remise en mains propres.

— Maître, comptez sur moi.

On frappa discrètement à la porte.

Jean Renaud alla ouvrir.

Robinson parut.

Il portait une carte sur un plateau de vermeil.

Le faux mulâtre prit la carte et lut tout haut ce nom :

— JACQUES HERVIEUX...

— Déjà lui!... — fit la Vengeresse. — Robinson, amène-le...

— Oui, maître... — répondit le nègre.

XXI

Robinson disparut et revint au bout d'un instant pour introduire dans le salon le condamné de la Roquette.

— Je ne vous attendais pas aujourd'hui, cher monsieur, — dit Lionel à ce dernier. — Je supposais que vous resteriez jusqu'au soir au Moulin-Rouge, en joyeuse compagnie.

— J'avais compris que vous désiriez me voir le plus tôt possible... — répliqua Jacques Hervieux.

— Vous ne vous trompiez pas...

— Et j'ai pensé qu'il fallait quitter tout pour me rendre sans retard à votre appel...

— Vous avez eu raison... — Soyez le bienvenu, asseyez-vous et causons.

Jacques Hervieux s'installa dans un large fauteuil, croisa ses jambes avec désinvolture et prit une pose attentive.

— Cher monsieur, — commença Lionel, — vous me rendrez cette justice que jusqu'à présent je n'ai point abusé des droits que me donnent certaines conventions intervenues entre nous et qu'il me semble superflu de remettre sous vos yeux... — Sauf le soir où par mon ordre vous êtes venu faire ici une courte apparition, vous avez disposé sans contrôle de tout votre temps...

— Il est certain, — répliqua Jacques Hervieux, — que je vous coûte très cher et que jusqu'à présent je vous suis inutile...

— Cet état de choses va cesser...

— Tant mieux ! — ça me fera plaisir de gagner l'argent que je touche... — De quoi s'agit-il ?

— Vous souvenez-vous par le menu des instructions que je vous ai données relativement à la comtesse douairière de Lasseny ?

— Ex-Blanche Hervieux... mon honorable mère... — fit le bandit d'un ton comique.

Il ajouta en se touchant le front, avec le geste de Chénier montant sur l'échafaud :

— Je n'ai rien oublié. — Tout est là... — Voulez-vous un spécimen de la façon dont j'aborderai l'entretien quand sera venu le moment d'entrer en scène ?

— Inutile. — Je m'en rapporte à vous, et j'ajoute que le moment est proche...

— Très bien... — la consigne, s'il vous plaît ?

— Vous irez demain faire une visite à l'hôtel de Lasseny...

— C'est entendu... mais si la comtesse refusait de me recevoir ?...

— Elle ne refusera pas.

— Je le crois comme vous... Cependant, mieux vaut tout prévoir... — Faudrait-il insister et menacer d'un peu de scandale ?...

— Non... — Vous viendriez me trouver et je vous dicterais une lettre.

— C'est que mon écriture est légèrement... Comment dirais-je ?

— Fantaisiste ? — fit Lionel en souriant.

— Oui, fantaisiste, c'est bien cela.

— Ne vous inquiétez point de ce détail, nous aviserons... — Autre chose...

— Dès aujourd'hui vous allez devenir amoureux...

— Amoureux!... répéta Jacques avec un gros rire, — ça me va beaucoup!...
— Et de qui, s'il vous plaît?

— D'une de mes cousines...

— Ça me va de plus en plus! — Mlles Warton sont jolies comme des cœurs toutes les trois, et je serais fort embarrassé s'il fallait choisir.

— Vous n'aurez pas cette peine... — interrompit Lionel d'un ton de froid dédain. — Je désignerai moi-même l'héroïne de la comédie que je prépare, car vous comprenez bien qu'il s'agit d'un rôle à jouer et pas d'autre chose...

— Tant pis... — murmura Jacques Hervieux. — Enfin, cette personne?

— C'est ma cousine Mary...

— La plus jeune des trois?...

— Oui.

— Adorable, mademoiselle Mary! — Adorable! parole d'honneur! — Les déclarations me viendront d'elles-mêmes sur les lèvres... — Ça me gênera bien un peu de savoir que je ne dois pas être pris au sérieux, mais je serai quand même sentimental et romanesque à faire pâlir d'aise les plus forts *jeunes-premiers* de n'importe quel théâtre... fût-ce des Batignolles ou de Montparnasse!... — Quand commencerai-je à faire la cour?

— Aujourd'hui, car je vous garde à dîner.

— A dîner! — s'écria Jacques. — Mais je sors de table!

— C'est ce qu'il faut, — votre manque d'appétit sera mis sur le compte de l'amour qui vous brûle...

— Tiens, c'est une idée, ça, et pas bête!

— Vous me flattez... — dit Lionel avec ironie. — Souvenez-vous, — ajouta-t-il au bout d'un instant, — qu'il conviendra d'abonder dans mon sens, quelles que soient les choses que vous m'entendiez dire à votre sujet.

— J'abonderai... soyez tranquille.

— En attendant le dîner, allons faire un tour dans le parc où je vous donnerai des conseils utiles.

— Je suis à vos ordres.

Jean Renaud, muet témoin de l'entretien qui précède, s'était levé.

— Mon cher Lionel, — dit-il, — je vais à Paris m'acquitter du message dont vous m'avez chargé.

— Et je vous en remercie d'avance... — répliqua le châtelain. — Vous savez où est la lettre?. .

— Dans votre chambre, sur votre bureau...

— C'est bien cela...

— Je vais la prendre et je pars...

Tandis que l'évadé de la *Dorade* donnait l'ordre d'atteler un coupé et prévenait le nègre Toby de se tenir prêt à l'accompagner, Lionel et Jacques Hervieux se dirigeaient ensemble vers la terrasse du bord de l'eau.

Depuis le jour où pour la première fois la plus jeune sœur de Cora s'était dit avec épouvante qu'elle serait fatale à celui qui l'aimait, et qu'on se servirait d'elle pour le perdre comme on s'était servi de Carmen pour perdre Georges Dereyne, depuis ce jour, nous le répétons, elle songeait à faire à l'étudiant le sacrifice de sa vie, elle voulait mourir afin qu'il fût sauvé...

Parfois l'idée du suicide traversait son esprit. — Elle pensait qu'il serait facile de s'emparer de l'un des poisons gardés par Jocelyn dans son laboratoire, et grâce à ce poison d'en finir vite et sans souffrances...

Mais la douce mignonne, se souvenant qu'elle était chrétienne, reculait, non devant la mort, mais devant le crime qu'il faudrait commettre pour mourir...

Puis, avec un triste sourire, elle se demandait :

— A quoi bon hâter l'heure déjà si prochaine? — Ne suffit-il pas de laisser agir sans le combattre le mal qui s'est emparé de moi et que je nie de peur qu'on le guérisse?... — Chaque jour mon cœur trop gonflé devient plus douloureux. — Chaque jour amoindrit la distance qui me sépare du but auquel j'aspire...

Elle était bien changée, la pauvre enfant.

Ses lèvres pâles oubliaient le sourire; — ses regards perdaient leur éclat; — son visage amaigri offrait sans cesse une expression douloureuse et ses yeux se cernaient à force de pleurer.

Les mystères du cœur féminin sont insondables! — C'est un lieu commun de l'affirmer. — Marie redoutait les visites de Léopold; — quand il se présentait au château elle faisait répondre qu'elle était souffrante afin de ne pas le recevoir, et voilà que tout à coup elle cessa de vouloir mourir, parce que le plus jeune fils de Martial n'était pas venu à Saint-Ouen depuis deux jours.

Alors, au lieu de se répéter sans cesse avec angoisse : — *Son amour le mène à sa perte!...* — elle se demanda avec une angoisse non moins grande : — *Est-il possible qu'il ne m'aime plus?*

A partir du moment où ce doute poignant se fut emparé de son esprit, elle passa des heures à l'une des fenêtres de sa chambre, explorant du regard les lointaines allées du parc, cherchant vainement sous les futaies la silhouette élégante de l'étudiant.

Dans l'après-midi du troisième jour le supplice de l'attente incessamment déçue devint intolérable.

— Pourquoi donc m'a-t-il oubliée si vite? — balbutiait Marie. — Quand je serai morte pour lui, ne songera-t-il pas à pleurer sur ma tombe?...

Soudain son cœur cessa de battre.

Elle venait d'entendre des pas d'homme fouler le sable près du château, et il lui semblait que l'un de ces pas était celui de Léopold.

Avec une vivacité dont son jeune corps miné par le chagrin et par la souffrance ne semblait plus capable, elle bondit auprès de la fenêtre ouverte et se pencha pour voir au dehors.

Lionel passait avec Jacques Hervieux sous la croisée et prenait le chemin de la terrasse. — C'étaient leurs pas qu'elle avait entendus.

Le front de Marie s'assombrit. — Ses yeux se mouillèrent.

Elle rentra découragée dans sa chambre, se laissa tomber sur un siège et cacha son visage inondé de larmes entre ses deux petites mains.

Quelques minutes s'écoulèrent, puis on frappa doucement à la porte de la chambre.

Marie tressaillit mais ne bougea point.

Que lui importait la personne qui se tenait là, dehors, attendant une réponse? — Que pouvait-on avoir à lui dire qui valût la peine d'être écouté?

On frappa de nouveau, et plus fort que la première fois.

La jeune fille essuya ses yeux et dit avec impatience :

— Entrez...

La porte tourna sur ses gonds et une vieille négresse, attachée comme femme de chambre au service des jeunes filles, parut sur le seuil.

L'absence de toute préoccupation coquette chez Marie faisait de ce service une véritable sinécure en ce qui la concernait...

— C'est toi, Agar... — dit la mignonne. — Pourquoi viens-tu? — Je ne t'ai pas appelée. — Que me veux-tu?

La négresse posa silencieusement un doigt sur ses lèvres, entra et referma la porte derrière elle.

— Que signifie tout cela? — reprit Marie. — A quel propos ces airs mystérieux?

Aux Antilles les négresses vieillies dans une famille conservent l'habitude de tutoyer les jeunes filles qu'elles ont tenues enfants entre leurs bras.

Cela ne choque et ne surprend personne.

Agar s'approcha de Marie, et balbutia en joignant les mains :

— Maîtresse, tu souffres, tu pleures! — Tu n'as donc plus confiance en ta pauvre esclave qui te chantait de si belles chansons pour t'endormir dans ton berceau?

— Tu te trompes, Agar... Tu te trompes doublement, — répondit la mignonne, — je ne songe point à pleurer et j'ai toujours confiance en toi...

La négresse effleura du bout du doigt la joue pâle de Marie.

— Tes larmes n'ont pas eu le temps de sécher, — répliqua-t-elle. — Tu souffres.

— Non.

— Alors pourquoi pleures-tu?

— Parce que je languis en France et que je regrette Guayanila...

— Maîtresse, tu voudrais en vain me cacher la vérité... — Tu souffres parce que tu aimes...

— Tais-toi! oh! tais-toi vite! — dit Marie toute tremblante. — Si mes sœurs t'entendaient...

Agar secoua la tête.

— Personne n'entendra... — dit-elle. — Cora tout au bout du parc... Bien loin... — Carmen et Dolorès enfermées dans leurs chambres... — Tu es bien seule, je le savais, et j'en ai profité pour venir...

— Encore une fois, que me veux-tu?

— Te rendre heureuse...

— Heureuse! — répéta Marie avec un soupir, — et comment?

— Tu es triste, maîtresse, parce que tu n'as pas vu depuis trois jours celui que ton cœur aime, et son absence cause ton chagrin... — Eh bien, il ne faut plus avoir de chagrin... — Il pense à toi... il t'aime... il est venu!...

— Tu en es sûre? — demanda vivement Marie dont le cœur battait à se rompre.

— Oui, mais l'ordre était donné par Cora de lui dire qu'on ne recevra personne au château pendant quelques jours... — Alors il a attendu près de la grille... et, comme je sortais du parc pour aller au village, il s'est approché et il a voulu me donner une lettre pour toi et une pièce d'or pour moi...

— Eh bien? — demanda Marie haletante.

— Eh bien, maîtresse, j'ai pris la lettre, mais j'ai refusé la pièce d'or...

XXII

— Tu as une lettre... — répéta la jeune fille dont les joues devinrent brûlantes et les yeux étincelants. — Tu as une lettre de Léopold!... Oh! donne, ma bonne Agar, donne vite!

— Tiens, maîtresse...

Et la vieille femme tendit à Marie une enveloppe grossière qu'elle tira du corsage de sa robe.

L'enfant la saisit d'une main fiévreuse et fut au moment de l'appuyer contre ses lèvres; — sa modestie de vierge l'arrêta, mais son visage rayonnait de joie.

— Ah! chère maîtresse, — dit Agar, les paupières humides, — j'étais bien sûre que tu souffrais... — Je ne me trompais pas, puisque voilà ton chagrin passé et qu'au lieu de pleurer tu souris...

Marie n'écoutait plus la négresse.

Ses yeux étaient fixés avidement sur la lettre dont elle brûlait de connaître le contenu, mais qu'elle n'osait ouvrir tant qu'elle ne serait pas seule.

Agar continua:

— Tu comprends bien, maîtresse, que je voulais d'abord refuser, mais le pauvre jeune homme semblait malheureux comme toi... il avait aussi les yeux rouges... — on voyait bien qu'il venait de pleurer... Il suppliait... Il me disait de la même voix dont on parle au bon Dieu qu'il ne lui resterait qu'à mourir si je refusais de te remettre sa lettre. — J'hésitais toujours cependant... — C'est alors qu'il m'offrit la pièce d'or... J'eus pitié de lui... Je refusai l'or, je pris la lettre... — J'ai bien fait, n'est-ce pas ?

Marie avait entendu ces derniers mots.

— Oui... Oui... — dit-elle. — Tu as bien fait, mais tu seras discrète ?

— Ah! maîtresse, on pourrait me menacer de la mort pour me faire parler, on ne tirerait pas un mot de moi... — Me crois-tu capable de trahir ton secret, moi qui t'ai vue toute petite ?... moi qui te regardais comme mon enfant à tel point que Noëmi, ta mère, était presque jalouse... et je t'aime toujours autant, quoique tu sois grande à présent... — Ah! tu peux te fier à moi !

— Merci, ma bonne Agar...

— Pourquoi me remercies-tu ?

— Parce que tu m'aimes...

— Je n'ai point de mérite à cela... — J'ai besoin de t'aimer comme de respirer l'air du ciel et de me réchauffer aux rayons du soleil...

La jeune fille, depuis un instant semblait agitée.

Ses lèvres remuaient. — On voyait qu'elle voulait parler, et cependant elle restait silencieuse.

Enfin elle prit un parti et balbutia d'une voix tremblante :

— Ma bonne Agar, tu ne m'as pas tout dit...

— Qu'ai-je oublié ? — demanda la négresse surprise.

— De m'apprendre si Léopold attend une réponse...

— C'est vrai, — répliqua vivement Agar, — j'oubliais ça... — Eh bien ! le jeune homme espère que tu lui répondras... — Tu pourras adresser ta lettre chez lui, et je me chargerai de la mettre à la poste...

— C'est bien — j'aviserai... — Maintenant laisse-moi seule, et prends garde qu'on ne soupçonne que nous avons un secret à nous deux.

— Maîtresse, sois sans inquiétude; — je suis une pauvre femme ignorante, mais j'ai l'instinct qu'il faut pour cacher ce qu'on ne doit point savoir... — Es-tu contente de moi ?

— Oui...

— Alors je ne désire plus rien.

Agar sortit.

Marie, restée seule, ferma sa porte à double tour et vint s'asseoir près de la fenêtre.

Libre alors d'agir à sa guise elle appuya passionnément la lettre de Léopold contre ses lèvres, puis elle déchira l'enveloppe et lut les lignes suivantes :

« Mademoiselle, ou plutôt ma bien-aimée Mary,

« Depuis le soir de cette fête si tristement finie je vis loin de vous, et je me « meurs du chagrin de ne point vous voir...

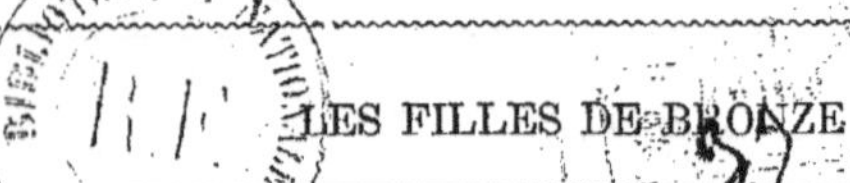

Léopold, abandonnant l'abri des arbustes, eut soin de se mettre en vue.

« Que se passe-t-il donc?

« Lionel Warton, questionné par moi au sujet de l'opportunité de mes
« visites après un scandale qui rejaillissait fatalement sur le nom que je porte,
« m'a répondu que, les fautes étant personnelles, je serais, comme par le passé,
« bien accueilli au château de Saint-Ouen.

« Il semblait sincère ; — cependant je suis venu sonner deux fois de suite à
« la grille ; — deux fois de suite on m'a répondu que momentanément on ne

« recevait personne, et qu'aucune exception ne pouvait être faite en ma faveur...

« À quoi bon ce mensonge puisqu'aujourd'hui même, un peu après le
« moment où on m'évinçait, un officier de marine s'étant présenté n'a pas eu
« de peine à triompher d'une consigne inflexible pour moi seul?...—Je l'ai vu,
« car c'est sur la table grossière d'un cabaret de Saint-Ouen que je vous écris...

« Quoi qu'il en soit, je ne puis, ma bien-aimée Mary, vivre davantage sans
« vous voir...

« Ne prenez point ceci pour une de ces phrases banales dont l'exagération
« sonne le creux.

« Si je devais être séparé plus longtemps de vous, je perdrais la raison, ou
« je demanderais à la mort un asile contre la souffrance...

« Vous ne voulez pas que je devienne fou ? — Vous ne voulez pas que je
« meure ?

« Eh bien ! la nuit prochaine, entre minuit et une heure du matin, je trou-
« verai moyen d'entrer dans le parc et de venir sous votre fenêtre...

« Là j'imiterai, à trois reprises, le chant du hibou...

« Si vous m'aimez un peu, faites-moi comprendre que vous m'attendiez et
« que vous savez que je suis là... — Laissez-moi vous voir, fût-ce de loin... —
« Laissez-moi vous parler, ne fût-ce qu'une minute... — Laissez-moi vous
« entendre, dussiez-vous ne prononcer qu'un seul mot.

« À vous mon cœur, à vous mon âme, à vous toute ma vie...

« Léopold. »

Marie avait achevé.

Elle pressa de nouveau le papier contre sa bouche et ferma les yeux.

Alors une illusion lui montra l'étudiant à ses genoux. Il lui sembla qu'elle
entendait battre le cœur du jeune homme, et qu'elle appuyait ses lèvres sur son
front incliné.

C'était un mirage, mais pendant quelques secondes ce mirage eut un
étrange cachet de réalité et rendit la douce mignonne absolument heureuse.

Le son de la cloche annonçant le dîner vint l'arracher à l'extase où elle se
plongeait.

Elle quitta son siège, l'œil radieux, le visage coloré.

Un changement complet s'était fait en elle.

On aurait eu grand'peine à croire en ce moment qu'un mal presque inguérissable attaquait chez elle les sources mêmes de la vie.

— Il ne se présentera plus au château... — balbutia-t-elle. — Il fera bien...
— Si Cora, cessant de le voir, allait l'oublier... — Mais il viendra la nuit... —
Quelle imprudence ! quelle folie ! — Les nègres qui font le guet sont armés, et
leur consigne est inflexible : ordre de tirer sur quiconque, dans les ténèbres,
leur paraîtrait suspect... — Mon Dieu ! si Léopold se laissait surprendre... s'il
allait se faire tuer...

Les réflexions de Marie devenaient lugubres et son visage s'assombrissait.

On heurta vivement à la porte.

— Qui est là ? — demanda-t-elle.

— Moi, Carmen...

— Entre, ma sœur...

— Je ne peux pas, la porte résiste.

Marie courut ouvrir.

Carmen poursuivit :

— Je viens te chercher... — N'as-tu pas entendu la cloche ?...

— Je l'ai entendue et j'allais descendre...

— Pourquoi t'étais-tu donc enfermée ?

— Je me sentais souffrante et j'ai voulu dormir...

— Vas-tu mieux maintenant ?

— Oui, beaucoup mieux.

— Viens vite alors.

— Je te suis...

Les deux sœurs, — que Dolorès rejoignit dans l'escalier, — descendirent au salon où les attendait Lionel Warton, en compagnie de Jacques Hervieux.

Ce dernier, pliant son échine souple et collant son bras droit sur sa maigre poitrine, tandis que de la main gauche il tenait son chapeau, salua trois fois de suite en parfait *gandin* — (c'est ainsi qu'on appelait les *gommeux* de ce temps-là).

— Chères cousines, — dit Lionel, — vous avez entrevu monsieur, l'autre soir, mais les événements se sont pressés de telle sorte que je n'ai pu vous le présenter ainsi que j'en avais le désir... — Je répare cette omission : — Monsieur Jacques Hervieux, un nouvel ami sur lequel je compte absolument, et j'ai pour cela de bonnes raisons...

Les trois jeunes filles s'inclinèrent.

— Ce cher Lionel a bien raison de compter sur moi, mesdemoiselles, — dit le louche personnage avec un incroyable contentement de lui-même, — rien n'égale mon dévouement pour lui... si ce n'est mon admiration pour vous... admiration sans bornes... comme votre beauté...

Carmen, Marie et Dolorès échangèrent un regard.

Cette galanterie brusque et banale, ce compliment vulgaire, leur causaient une sorte de stupeur.

— D'où sort ce monsieur ?... — se demandaient-elles *in petto*.

Lionel, lui, semblait enchanté.

— Charmant, le madrigal ! — s'écria-t-il, — tout à fait charmant !... Ah ! mon cher Jacques, vous avez les vraies traditions du temps où l'on savait parler aux jeunes filles ! — Dois-je abuser de vos confidences ? Vous me faites signe que non... Ah bah ! je passe outre quand même... Apprenez donc, mesdemoiselles mes cousines, que ce gentleman est épris de l'une de vous, très sérieusement épris, — et qu'une demande en mariage est imminente... — Devinez à laquelle des trois s'adressent les vœux de mon ami...

Les jeunes filles baissèrent les yeux sans répondre.

Elles ne paraissaient point flattées des visées amoureuses et matrimoniales qui s'étaient si soudainement emparées de Jacques Hervieux.

Ce dernier, poussant un long soupir, prit une physionomie de circonstance.

— C'est mal, ce que vous avez fait là, mon cher Lionel... — balbutia-t-il. — Vous me contraignez à parler plus vite que je n'aurais voulu... — Vous me posez tout d'abord en prétendant; vos charmantes cousines vont se défier de moi, me trouver gauche et ridicule, et n'auront pardieu pas tort!... — Je serai pourtant le plus malheureux des hommes, vous le savez bien, si Mlle Mary me refuse la permission de mettre à ses jolis pieds mes respectueux et tendres hommages...

— Vous venez de vous trahir, mon cher Jacques! — fit Lionel en riant. — Mary sait maintenant que vos respectueux et tendres hommages, comme vous le dites si bien, s'adresseront à elle!

— Qu'elle daigne les agréer, — reprit l'ex-condamné de la Roquette, — et je n'aurai plus rien à envier sur la terre... Mon bonheur dépassera même mon espérance!!!

En entendant ce qui précède, la pauvre mignonne devint successivement rouge comme une grenade et pâle comme une morte...

Elle sentait naître un nouveau péril, mais un péril entouré de ténèbres, car elle n'admettait pas une minute que Cora pût songer sérieusement à la jeter dans les bras de cet inconnu prétentieux, vulgaire et répulsif.

Soudain les ténèbres se dissipèrent.

Mary devina le plan de sa sœur.

La Vengeresse, plus que jamais décidée à ensevelir Léopold sous l'écroulement de la famille Dereyne, voulait torturer d'abord le jeune homme par la jalousie, en lui montrant auprès de celle qu'il aimait un rival assidu devant qui s'ouvraient au grand large les portes fermées pour lui.

Léopold, à coup sûr, n'accepterait point cette situation, témoignerait énergiquement sa colère au rival trop favorisé, et Cora se servirait de ce rival pour frapper l'étudiant, comme elle s'était servie du faux Anglais Williams Dickson pour déshonorer Georges Dereyne attiré dans le piège par Carmen.

— Tu comptes sans moi, ma sœur!... — pensa la jeune fille. — Je ne serai plus la complice de ta vengeance! — La vie de Léopold est menacée... Si faible que je sois, je lutterai pour lui! — Je consens à mourir, mais je veux qu'il vive!

Et, dominant son trouble, commandant à son émotion, sentant l'impérieuse nécessité d'endormir la Vengeresse en n'offrant à ses projets aucune résistance apparente, elle releva la tête et parut sourire aux dernières paroles de Jacques Hervieux.

Cora observait sa jeune sœur avec une attention inquiète.

La première défaillance de Mary ne lui avait point échappé, mais cette défaillance pouvait s'attribuer à la surprise.

En la voyant redevenir calme et souriante d'une façon si rapide et si complète, Cora se dit :

— Michel Servan et Jocelyn se trompent... J'étais bien sûre que la fille de Richard Bernier et de Noémi ne pouvait pas aimer un des fils de Martial Dereyne !...

Le maître d'hôtel vint annoncer que le dîner était servi, et Jacques Hervieux offrit son bras à Mary pour la conduire à la salle à manger.

XXIII

A l'heure où la famille Warton se mettait à table au château de Saint-Ouen, une voiture de remise arrivait à la gare du chemin de fer de Lyon, côté de départ.

Un officier de marine, qui n'était autre qu'Armand Dorsay, descendit de cette voiture, prit son billet, fit enregistrer la valise composant tout son bagage, entra au buffet et demanda un verre de Xérès.

Le lieutenant paraissait agité, nerveux, inquiet.

Ses yeux se tournaient sans cesse vers la porte, et chaque fois que s'ouvrait cette porte il tressaillait visiblement.

Depuis dix minutes environ il attendait, quand un nègre en livrée de fantaisie, tenant une lettre à la main, franchit le seuil du restaurant, jeta autour de lui un coup d'œil, et voyant l'officier se dirigea vers lui.

Armand fit quelques pas à sa rencontre.

— Est-ce moi que vous cherchez, mon ami ?... — demanda-t-il.

— Oui, messié, si vous appelé le lieutenant Dorsay...

— C'est mon nom, et je vous attendais... — Vous avez quelque chose à me remettre ?...

— Oui, messié, de la part de maître à moi...

— Donnez...

— Voici petit écrit...

Le nègre, en qui nos lecteurs ont reconnu Toby, tendit la lettre de Cora au lieutenant, et rejoignit Jean Renaud qui depuis le dehors, à travers les vitrages du buffet, avait assisté à la courte scène qui précède.

Armand, avant de serrer la missive dans son portefeuille, regarda l'adresse et tressaillit en lisant son nom sur l'enveloppe.

— Mais ce n'est point au notaire de Porto-Rico que ceci est adressé ! —

murmura-t-il avec un vif mouvement de joie, — c'est à moi!... — Ah! je ne m'abusais pas!... Lionel Warton était Cora, et je vais en avoir la preuve...

Il s'apprêtait à déchirer l'enveloppe, mais il s'arrêta soudain en voyant les quelques mots tracés au-dessous de son nom :

POUR ÊTRE OUVERTE SEULEMENT EN PLEINE MER.

— Ce papier me brûle les doigts... — reprit-il. — Je sens bien que ma destinée est dans cette lettre... mais celle qui l'a écrite se fie à mon honneur pour respecter sa volonté... — je suis un homme d'honneur... j'obéirai, quoiqu'il m'en coûte... — En pleine mer seulement je romprai ce cachet...

Une sonnerie annonça la fermeture des guichets, qui précède de cinq minutes le départ de chaque train.

Armand Dorsay serra la lettre et gagna la salle d'attente.

Quelques instants plus tard la vapeur l'emportait vers Marseille.

*
* *

Nous prions nos lecteurs de nous accompagner ce même jour, à onze heures du soir, à l'hôtel de la rue Saint-Dominique.

Le mal étrange dont nous avons vu Gontran subir les premières atteintes faisait des progrès rapides.

Une consultation des plus célèbres médecins de Paris avait eu lieu, nous le savons, et nous savons aussi que ces princes de la science n'étaient point parvenus à se mettre d'accord.

Une tristesse profonde régnait à l'hôtel de Lasseny.

Les domestiques, qui tous aimaient leur jeune maître, laissaient l'angoisse se peindre sur leurs visages bouleversés. — Ils parlaient à voix basse et marchaient à pas sourds.

Gontran était étendu sur le lit à colonnes torses de sa chambre à coucher.

Son visage amaigri, ses traits tirés, ses yeux caves, son regard éteint, lui donnaient l'aspect d'un homme dont les jours sont comptés.

Deux flambeaux éclairaient la chambre, conjointement avec un grand feu qui brûlait dans la cheminée quoiqu'on n'atteignît pas encore la fin du mois d'octobre et que la température au dehors fût d'une douceur exceptionnelle, mais le malade, dévoré cependant par la fièvre, avait le corps glacé.

La comtesse Blanche de Lasseny était assise au chevet de son fils dont elle tenait une des mains dans les siennes. — La comtesse Amélie, debout et immobile au pied du lit, avait les yeux fixés sur Gontran.

Celui-ci, d'instant en instant, tournait la tête vers la jeune femme et ses lèvres pâlies lui souriaient.

— Si tu voulais, cher enfant, — disait la douairière, — nous provoquerions pour demain une consultation nouvelle des plus célèbres médecins...

— A quoi bon ? — demanda le malade d'une voix faible et singulièrement changée. — Ils n'ont rien compris à mon mal.

— Peut-être maintenant le comprendraient-ils mieux...

Le comte secoua la tête en murmurant :

— Je ne crois plus à la science.

Un sanglot mal étouffé s'échappa de la poitrine de l'ex-Blanche Hervieux.

— Mon Dieu, ma mère, — dit vivement Amélie, — n'inquiétez donc pas Gontran ! Savez-vous bien qu'à vous entendre, et qu'à vous voir vous désoler ainsi, il pourrait se croire en danger, ce qui, grâce au ciel, n'est pas vrai.

— Amélie a raison, ma mère, — reprit le jeune comte, — je vous assure que vos larmes me font beaucoup de mal.

— Si tu savais ce que j'éprouve en te voyant souffrir...

— Amélie ne souffre pas moins que vous, ma mère, et pourtant elle reste calme...

Blanche de Lasseny ne répondit point, mais la contraction de son visage, accompagnée d'un mouvement d'épaules intraduisible, répondit pour elle.

— Je me contiens, madame... — s'écria la fille de Martial Dereyne à qui ce mouvement n'avait point échappé... — Je me fais violence... — Vous n'avez pas le monopole de la tendresse, croyez-le, et j'aime mon mari autant que vous aimez votre fils... — Si Gontran devait mourir la force me manquerait, je le sens bien, pour vivre sans lui.

La figure livide de Gontran devint rayonnante.

— Vous êtes mes anges gardiens... — balbutia-t-il. — Vous m'aimez toutes les deux de toute votre âme, et c'est à vous que je devrai mon salut...

La pendule sonna onze heures.

— Ma mère, — reprit Amélie, — il est tard... et Gontran a besoin de repos...

— C'est-à-dire que vous m'engagez à me retirer ?

— Non, ma mère. — Mais à quoi bon deux garde-malades ? — Je veillerai près de mon mari, et tenez pour certain que les soins ne lui manqueront pas.

— Je me retire, — dit la douairière. — Les droits de la femme, je le sais, priment les droits de la mère. — Je ne veux pas vous contraindre à me le rappeler...

Blanche quitta son siège.

Elle se pencha vers son fils, l'embrassa sur le front et sur les deux joues, et se dirigea majestueusement vers la porte.

— Bonsoir, ma mère... — fit Amélie du ton le plus sec.

— Bonsoir, ma fille... — répliqua la douairière avec une raideur égale.

Puis elle sortit.

— Cher Gontran, — dit la comtesse quand la porte se fut refermée, — je crois qu'il est temps de prendre une dose de la potion préparée par le docteur Joë Simnel... — Le voulez-vous?...

— Je veux tout ce que tu veux, chère bien-aimée... — murmura le malade.

Dans la chambre à coucher tendue de *verdures* des Flandres encadrées de chêne noir se trouvait, presqu'au chevet du lit, la porte d'un cabinet de toilette métamorphosé en une sorte de pharmacie depuis que Gontran était malade.

Amélie, un flambeau à la main, entra dans ce cabinet en laissant la porte ouverte.

Un grand miroir de Venise, placé sur la cheminée en face du lit et un peu incliné, reflétait presque entièrement l'intérieur de la petite pièce.

Gontran, las de conserver toujours la même position, venait de se retourner sur le côté droit et d'appuyer sa tête sur son bras.

Il aperçut dans la glace la silhouette d'Amélie au fond du cabinet de toilette, et son regard charmé ne quitta plus la jeune femme dont aucun mouvement ne lui échappait.

Il la vit d'abord verser dans un gobelet de vermeil une partie du liquide que renfermait une fiole de la plus honnête apparence.

C'était la potion ordonnée par le docteur.

Ceci fait, elle fouilla dans la poche de sa robe.

Elle en tira un petit flacon de cristal pareil à ceux qui renferment des sels anglais ou des parfums subtils.

Elle déboucha ce flacon et laissa tomber dans la potion une goutte de son contenu, puis le flacon soigneusement refermé reprit sa place.

Gontran éprouva un moment de surprise, mais à cette surprise ne se mêlait aucune défiance.

La jeune comtesse sortit du cabinet de toilette, le gobelet à la main, et se dirigea vers le lit.

Gontran eut la force de se soulever à demi puis, souriant, la regarda venir.

Elle était calme et souriait comme lui.

— Buvez, mon ami... — dit-elle de sa voix douce et musicale en lui présentant le gobelet. — C'est le repos... C'est le sommeil...

Au moment d'approcher le breuvage de ses lèvres, le comte demanda :

— Qu'as-tu donc mis dans cette potion?...

Amélie stupéfaite eut un frisson qui fit trembler sa main.

— Moi? — balbutia-t-elle avec un trouble qu'elle ne parvenait pas à cacher. — Ce que j'ai mis?...

— Oui.

— Je ne sais pas ce que vous voulez dire...

— Mais, si... — je t'ai vue, dans cette glace, tirer un flacon de ta poche, et mêler au breuvage une goutte du liquide dont je te demande le nom...

Amélie souleva la tapisserie qui l'avait cachée et entra dans la chambre.

Amélie jeta vivement un regard effaré sur le miroir de Venise qui venait de la trahir.

Elle vit s'y refléter l'intérieur du cabinet, éclairé par le flambeau resté sur une table.

Gontran l'avait surprise, — il était impossible de le nier.

Donc il fallait mentir, et mentir vite, sous peine d'éveiller le soupçon.

Or, du soupçon à la certitude, la distance serait vite franchie.

La fille de Martial Dereyne était vigoureusement trempée.

Avec la rapidité de l'étincelle électrique elle reconquit son sang-froid, sa présence d'esprit, son aplomb, et répondit:

— Je comprenais mal... j'oubliais... — J'ai versé dans votre breuvage une goutte de laudanum, ainsi que l'a prescrit le docteur et, le laudanum étant un poison, je le porte toujours sur moi de crainte d'une erreur possible.

Gontran n'insista pas.

Cette explication lui semblait toute naturelle.

Il vida le gobelet d'un trait.

— Chère Amélie, — dit-il ensuite, — sais-tu qu'en ce moment je me trouve heureux d'avoir souffert... de souffrir encore...

— Pourquoi? — demanda la jeune femme.

— Figure-toi que, par instants, avant ma maladie, il me semblait te voir indifférente et froide... J'avais des terreurs folles de n'être plus aimé, et je me sentais malheureux, oh! profondément malheureux... Mais après les mille preuves de tendresse infinie, de dévouement sans bornes, que tu viens de me donner, mes yeux s'ouvrent, je suis rassuré, et je ne douterai plus! Oh! non jamais!... jamais!!

— Vous aviez bien tort de douter de moi, mon ami, — répondit Amélie, — car sans hésiter je donnerais la moitié de mon existence, s'il le fallait pour prolonger la vôtre.

— Ah! — murmura Gontran avec une sorte d'extase, — que cela me fait de bien de t'entendre parler ainsi... — C'est la vie...

— Maintenant, mon ami, — dit la jeune femme, — soyez très calme, et dormez... Il le faut... Je le veux...

— Je vais obéir, ma chérie. — Vois, ma tête repose déjà sur l'oreiller... Mes yeux se ferment... Un baiser... puis je vais dormir...

— C'est cela... et que Dieu vous donne un bon sommeil...

Amélie regagna le cabinet de toilette dont cette fois elle ferma la porte, mais elle ne replaça le gobelet de vermeil dans le nécessaire qu'après l'avoir trempé dans l'eau pure et soigneusement essuyé.

— Si sa passion pour moi ne l'aveuglait pas, j'étais prise!!! — murmura-t-elle. — Une autre fois je serai plus prudente... — maintenant, d'ailleurs, le dénouement ne peut tarder beaucoup... Oh! Lionel... Lionel adoré... l'heure approche...

Elle rentra dans la chambre du malade, éteignit les bougies des flambeaux et alluma une veilleuse dont la lueur pâle dissipait à peine l'obscurité et laissait de grandes ombres flotter et s'épaissir aux angles de la vaste pièce.

Ceci fait, la comtesse s'assit au chevet du lit et attendit en silence pendant dix minutes environ.

La respiration du jeune comte était régulière, mais bruyante.

— Dormez-vous, Gontran ? — demanda la fille de Martial Dereyne à voix basse.

Elle n'obtint aucune réponse.

Alors elle se leva doucement, marcha sur la pointe des pieds, et gagna la chambre voisine où on lui avait dressé un lit.

Sans même se déshabiller elle se jeta sur ce lit et, brisée de fatigue, elle ne tarda pas à s'endormir.

XXIV

Vers dix heures du soir le ci-devant Blancheton s'était retiré, conduit jusqu'à la grille du parc par Lionel Warton, et les jeunes filles avaient regagné leurs appartements.

Marie, nous le savons, avait trouvé la force de cacher son trouble et sa douleur en apprenant que Jacques Hervieux allait se montrer assidu près d'elle et se poser en prétendant avec l'autorisation de Cora.

La vengeresse, abusée par le courage de sa jeune sœur, s'était affermie de plus en plus dans la conviction que Marie n'aimait point Léopold et que les suppositions de Jocelyn à cet égard ne reposaient sur aucune base sérieuse.

La pauvre enfant, une fois seule dans sa chambre et n'ayant plus besoin de composer son visage et son attitude, laissa librement éclater ses sanglots longtemps contenus.

Les larmes abondantes, ruisselant sur ses joues comme une pluie d'orage, amenèrent à leur suite sinon un apaisement complet, du moins une détente relative.

Le sang-froid et la faculté de réfléchir revinrent à Marie qui prit une résolution soudaine.

— Plus que jamais Cora veut perdre Léopold... — se dit-elle. — Eh bien ! moi, je veux le sauver ! — il doit venir cette nuit... je maudissais son imprudence... je la bénis maintenant... — Je veillerai, et quand le signal m'avertira de sa présence j'irai le rejoindre dans le parc, — il faudra bien qu'il m'écoute, qu'il me croie et qu'il m'obéisse... — Ensuite, n'ayant plus à trembler pour lui, je laisserai ma destinée s'accomplir.

Marie, quittant son siège, s'approcha de la fenêtre dont elle souleva les rideaux.

Un clair de lune magnifique illuminait le parc, mettant de longues coulées d'argent sous les futaies mystérieuses.

Tout semblait endormi.

Les sifflements du chemin de fer troublaient seuls, par intervalles, le grand silence de la nuit.

La jeune fille, sans s'inquiéter de la brise rafraîchie qui venait la frapper au visage, s'assit près de la croisée entr'ouverte et murmura :

— J'attendrai...

Elle le voulait, mais au bout d'une heure la fatigue fut plus forte que la volonté...

Sa jolie tête brune s'appuya sur le dossier de son fauteuil.

Elle s'endormit d'un profond sommeil.

.   .   .   .

Minuit venait de sonner au clocher de Saint-Ouen quand Léopold se glissa dans le saut-de-loup que nous connaissons, puis, s'aidant du vieux lierre qui une fois déjà lui avait servi d'échelle, gravit le mur d'enceinte et se trouva dans le parc.

Cette escalade achevée, il s'arrêta et prêta l'oreille.

N'entendant aucun bruit suspect il se dirigea vers le château, en ayant soin de se tenir dans l'ombre des massifs et de marcher avec précaution, pour ne point faire craquer sous ses pieds les feuilles sèches que les matinées fraîches de l'automne enlevaient aux arbres séculaires.

Il ne tarda point à atteindre la vaste pelouse découverte qui régnait autour du château.

Là, il se blottit tant bien que mal derrière une corbeille d'arbustes aux feuillages touffus, et il leva les yeux vers la façade.

Aucune lumière ne brillait derrière les vitrages obscurs.

Une seule fenêtre restait entr'ouverte.

Léopold la connaissait bien... — c'était celle de la chambre de Mary.

— C'est pour m'entendre mieux qu'elle n'a point fermé sa croisée... — se dit-il. — Elle m'attend !...

Et une immense joie fit bondir son cœur.

Au bout de quelques secondes il approcha ses deux mains de sa bouche et fit entendre ce hululement doux et mélancolique qui est le chant d'appel du hibou.

Si discret que fût ce signal, Marie, malgré son sommeil, en eut la perception distincte.

Elle ouvrit les yeux.

— J'ai dormi... — murmura-t-elle, — il est là...

Le hululement retentit de nouveau.

La jeune fille se leva, ouvrit tout à fait la fenêtre et, se penchant sur la barre d'appui, regarda.

Léopold, abandonnant alors l'abri de la corbeille d'arbustes, eut soin de se mettre en vue.

Les deux mots : — « ATTENDEZ-MOI. » — arrivèrent jusqu'à lui à travers l'espace, mais il les devina plutôt qu'il ne les entendit, tant la voix de la pauvre mignonne était faible et tremblante.

En même temps la fenêtre se ferma sans bruit.

Quatre ou cinq minutes s'écoulèrent, puis une porte de service s'ouvrit au rez-de-chaussée et Marie parut sur le seuil.

La blanche lumière de la lune l'enveloppait comme un nimbe et lui donnait l'aspect d'une apparition fantastique.

Au lieu d'aller droit à Léopold la jeune fille se dirigea vers les prochains massifs qu'elle atteignit bien vite, et sa gracieuse silhouette s'effaça dans la pénombre.

L'étudiant la rejoignit et, lui prenant les mains, balbutia ces phrases sans suite où se peignait d'une façon irrécusable le désordre de son esprit :

— Vous m'avez attendu... Vous êtes venue... Vous m'aimez donc... Comment vous témoigner ma joie et ma reconnaissance!... Oh! Mary... chère Mary... si vous saviez combien vous me rendez heureux... Si vous saviez...

Marie l'interrompit brusquement et dégagea ses mains.

— Je vous ai attendu et je suis venue, et si vous ne m'aviez pas écrit j'allais moi-même vous écrire et vous appeler, — fit-elle d'une voix qui ne ressemblait point à son organe habituel. — J'ai à vous apprendre des choses qui ne souffrent aucun retard et d'où votre avenir dépend... Je vais savoir si véritablement vous m'aimez... — Oh! ne m'interrompez pas... — Ni protestations, ni discussions, ni paroles inutiles!... — Cette entrevue est périlleuse pour moi... Elle ne doit durer que quelques instants car je serais perdue si l'on s'apercevait que j'ai quitté ma chambre... Écoutez-moi donc attentivement, et répondez-moi sans phrases... — Vous vous souvenez que déjà, à maintes reprises, je vous ai supplié de quitter Paris...

— Et j'ai refusé... — murmura l'étudiant.

— Vous avez refusé, — reprit Marie, — mais cette fois vous ne refuserez plus... — Léopold, un péril, un malheur, nous menacent tous les deux... — Je ne vous dis pas: — Fuyez ce péril! car vous êtes un homme et vous avez le droit de pousser le courage jusqu'à la témérité. — Je vous dis : « *Je suis une enfant et j'ai peur... — Sauvez-moi du danger qui m'épouvante et que vous ne pouvez éloigner qu'en vous éloignant vous-même ! !* » — Ne le voulez-vous pas?...

— Mais ce péril est donc sérieux?... — demanda Léopold.

— Quand je vous l'affirme sur l'honneur, en doutez-vous?...

— D'où vient-il?

— Vous savez bien que je ne puis vous le dire. C'est plus que le secret d'une famille... — c'est le secret d'une tombe...

— Le secret d'une tombe... — répéta Léopold stupéfait. — Et ce secret renferme une menace pour vous et pour moi?

— Pour tous les deux, oui... Mais dans quelques semaines au plus tard le péril aura cessé d'exister, je serai devenue libre... — C'est pour cela qu'il faut partir. — Me croyez-vous?...

— Je vous crois toujours. Et, cette absence, combien de temps devrait-elle durer?

— Un mois peut-être.

— Où faudrait-il aller?

— Peu importe... — En Angleterre... en Suisse... en Belgique... sous un nom supposé, afin qu'on ne puisse suivre vos traces.

— M'éloigner de vous, chère Mary, me briserait le cœur... j'obéirais pourtant... mais l'obéissance est impossible...

— Pourquoi?

— Parce que je ne dispose pas encore de la fortune de ma mère... Je ne suis qu'un pauvre étudiant... ma bourse mal garnie me défend impérieusement tout voyage.

— N'est-ce que cela?...

— Mais, il me semble... — commença Léopold.

— Cet obstacle n'en est pas un... — interrompit Marie. — Demain vous recevrez par la poste trois ou quatre billets de mille francs...

— Qui me les enverra?...

— Moi... Vous savez bien que je suis riche...

— Ne faites pas cela! oh! ne faites pas cela! je vous en supplie... — dit vivement Léopold, — je refuserais... je refuse...

— Pour quel motif?

— Accepter l'argent d'une femme... d'une jeune fille... y songez-vous!...

— Et vous dites m'aimer!! — Allons donc! — il n'y a de place, dans votre âme, que pour l'orgueil!! — Eh bien! soit! — Restez à Paris... Déclinez l'offre qui me sauve... Je serai perdue, mais vous éviterez tout froissement à votre vanité!... — Adieu... Nous ne devons plus nous revoir...

Et Marie, quittant l'ombre du massif, fit quelques pas dans la direction du château.

— Restez... restez... je vous en supplie... — balbutia Léopold. — J'obéirai... — J'accepte...

— Et vous n'hésiterez plus? — fit la jeune fille en s'arrêtant.

— Je vous le promets... — Je n'aurai désormais d'autre volonté que la vôtre, quelle qu'elle soit... — Quand faut-il partir?

— Aussitôt que ma lettre sera dans vos mains, si vous le pouvez...

— Je partirai, je vous le promets, mais vous ne me laisserez pas sans nouvelles de vous... — Ce serait m'imposer un supplice au-dessus de mes forces.

— Vous aurez de mes nouvelles.

— Comment?

— Vous m'écrirez à Saint-Ouen, poste restante, et vous adresserez vos lettres à ma vieille servante *Agar*... — Vous souviendrez-vous de ce nom?

— Certes

— Quand je saurai où vous écrire et le nom que vous aurez pris, je ne vous ferai point attendre ma réponse... — Où pensez-vous aller?

— En Angletere.

— Par Boulogne ou par le Havre?

— Par le Havre, où je m'arrêterai peut-être un jour ou deux... — Mais vous me jurez, chère Mary, de ne pas m'oublier?...

— Sur la mémoire de mon père, je vous le jure!... — C'est un serment sacré... — Et maintenant, séparons-nous... Au revoir, Léopold... — Adieu...

— Mary, — balbutia l'étudiant, — ne me direz-vous pas un autre adieu plus doux, un adieu qui me laisse au cœur un souvenir...

Pour toute réponse, la jeune fille s'appuya sur l'épaule de Léopold qui la saisit dans ses bras, la pressa contre son cœur avec une fièvre de passion ardente et chaste à la fois, et couvrit de baisers ses joues humides de larmes.

Enfin la chère mignonne se dégagea de cette étreinte amoureuse, la première qu'elle eût jamais subie, et dit d'une voix brisée :

— Tu peux partir à présent... — je t'aime...

— Et tu m'aimeras toujours?

— Aussi longtemps que je vivrai...

— Et tu seras à moi?

— A toi ou à personne... — A toi ou à la tombe...

— Mary, je pars... encore un baiser...

— Soit, mais plus qu'un...

Léopold en prit vingt et s'enfuit, pour avoir le courage de n'en pas prendre cent.

— Oh! Mary... Mary... — répétait-il en bondissant à travers les massifs, car si grande était son ivresse qu'il ne songeait plus à se cacher, — Mary, chère Mary, comme je t'aime...

La jeune fille restée seule regagna son appartement. — Sa marche était lente et inégale. — La réaction s'opérant, toute énergie physique et morale disparaissait. — Elle se sentait brisée de corps et d'âme, et cependant heureuse à la pensée que le sacrifice accompli sauverait Léopold.

Arrivée dans sa chambre elle se laissa tomber à genoux.

— Oh! mon père, oh! ma mère, — dit-elle presque à voix haute, — pardonnez-moi si je trahis la cause de la vengeance. — J'ai lutté, — j'ai été vaincue... — J'aime celui qu'il faudrait haïr!... j'ai juré que je serais à lui ou à la tombe! — je tiendrai mon serment!... — Pardonnez-moi donc si je meurs pour le sauver...

XXV

Le lendemain du jour où Lionel Warton avait reçu la visite de J.-B. Coquelet, employé à la Préfecture de police, et où l'évadé de *la Dorade* avait porté aux principaux journaux de Paris la note relative à Laurent Raymond et à son fils, Rose Bonchamp, pelotonnée dans une chauffeuse de son appartement de la rue Pigalle où elle s'était réinstallée après le départ de Martial Dereyne pour Saint-Ouen, lisait la *Patrie*.

Après avoir dévoré le feuilleton de Ponson du Terrail qui jouissait à cette époque d'une grande popularité, et parcouru les nouvelles diverses, elle s'apprêtait à replier la feuille de M. Delmarre, ancien garde du corps du roi Charles X, quand elle tressaillit tout à coup.

Ses yeux venaient de tomber sur ce nom : LAURENT RAYMOND.

Comment ce nom oublié de tout le monde se trouvait-il dans un journal?

Elle lut avidement, devint très pâle et frissonna.

— *Laurent Raymond!*... — murmura-t-elle. — On cherche Laurent Raymond ou son fils... — Pourquoi?...

C'était un coup de foudre!...

Si l'on s'occupait ainsi de Laurent Raymond et de son fils, on allait donc fouiller le passé afin de découvrir ce qu'ils étaient devenus...

L'ex-femme de charge revit en moins d'une seconde l'épouvantable scène de la villa des Falaises, l'homme désigné par elle à la mort, étranglé par Martial et enseveli au fond du jardin.

Elle revit les six cent mille francs partagés entre elle et son complice.

Elle se souvint du reçu de Martial qu'on n'avait pas trouvé dans le portefeuille et qui certainement était enterré avec le cadavre.

Si la justice, mise sur les traces du crime, ordonnait une exhumation, ce reçu serait contre Martial et contre elle-même la plus indiscutable des preuves.

— L'échafaud! — balbutia la misérable créature. — C'est l'échafaud!

Elle s'habilla en toute hâte, sortit, prit une voiture, et se fit conduire à Montmartre chez René Mattifet.

Ce dernier travaillait dans son cabinet.

Rose entra comme une bombe.

— Ah çà! mais, qu'as-tu donc? — s'écria l'homme d'affaires en la voyant livide. — Est-ce qu'il se passe quelque chose d'anormal?

— Lis... — répondit la visiteuse en lui tendant le journal déployé, et en rayant du bout de son ongle l'endroit où se trouvait la note.

Mattifet lut à haute voix :

« *Toute personne ayant connu Laurent Raymond, originaire du département de Loir-et-Cher, ou son fils Armand Raymond, ou, en cas de mort de l'un et de*

— Ah ! cria-t-elle, entraînée par la fureur. . je voudrais le voir mort !

*l'autre, leurs héritiers, est priée d'en donner avis, sans le moindre retard, à M⁰ Pestel,
notaire à Paris, rue de la Paix, numéro 3. — Il s'agit d'un héritage..»*

— Eh bien ! quoi ? — fit-il ensuite en relevant la tête. — C'est une annonce
pour une succession vacante. J'ai vu plus d'une fois dans les journaux des
insertions de ce genre... — D'où vient ton émotion ? Serais-tu parente de ces
Raymond au degré successible et rêves-tu de mettre a main sur l'héritage ? —
Bonne affaire !

— Il s'agit bien d'héritage, — répliqua Rose d'une voix sourde, — il s'agit pour moi de la cour d'assises, de la prison, de l'échafaud peut-être...

— Tonnerre! que signifie cela?... — Tu me fais frissonner...

— C'est que je tremble moi-même...

Et Rose, presque défaillante, se laissa tomber sur un siège.

— Allons, allons, — reprit René, — un peu d'énergie, que diable! — Il ne s'agit pas de s'évanouir, mais de s'expliquer! — J'attends...

L'ex-femme de charge raconta d'une voix à peine distincte, tant elle était brisée par l'émotion, le drame de la villa d'Ingouville.

— Sapristi! — murmura l'homme d'affaires quand elle eut achevé. — La chose paraît sérieuse en effet, néanmoins il ne faut pas s'épouvanter trop vite et surtout perdre la tête... — Il résulte pour moi des termes de la note qu'on ignore la fin tragique de Laurent Raymond et qu'on n'est même pas certain qu'il soit mort...

— Peut-être... mais on cherche la piste, et si on la trouve je suis perdue.

— On cherche, c'est évident... — Trouvera-t-on? C'est douteux. — Le seul moyen de nous guider dans ces ténèbres est de savoir d'abord par qui l'insertion est faite et qui, par conséquent, a un intérêt quelconque à se mettre en rapport avec Laurent Raymond, ou avec son fils, ou du moins avec des personnes les ayant connus l'un ou l'autre...

— C'est vrai... — Comment savoir cela?

— En allant chez le notaire, tout bonnement.

— Vas-y donc sans perdre une minute, car je suis sur le gril. — Mais, j'y songe, si c'était une manœuvre pour attirer dans quelque piège ceux qui ont dépouillé Laurent Raymond.

— Est-ce que ça me regarde? — répliqua Mattifet. — Qu'ai-je à craindre? — Je suis blanc comme neige. — Étant homme d'affaires, ma démarche n'offre rien de suspect, puisque par état je dois être à l'affût des successions vacantes... Donc rassure-toi, du moins en ce qui me concerne.

René quitta son fauteuil de maroquin vert, prit son chapeau, sa canne, ses gants, et son grand portefeuille toujours bourré de paperasses.

— Tu pars? — demanda Rose.

— Oui. — Mon absence ne sera pas longue... — Avant une heure je saurai si le péril est grave et d'où vient ce péril... — Tu m'attends ici, je pense?

— D'autant plus que je n'aurais pas la force de m'en aller... — Je suis anéantie...

— Du courage...

— Je n'en ai pas... Je n'en veux pas avoir...

Mattifet sortit, laissant l'ex-femme de charge en proie à des transes mortelles.

Au bout d'une heure à peine il revint.

L'inquiétude se lisait sur son visage sombre.

— Eh bien? — demanda Rose qui ne respirait plus. — Vas-tu me rassurer?

— Non.

— Que t'a-t-on dit chez le notaire?

— Que quiconque aurait des renseignements à donner devrait se mettre en rapport avec Lionel Warton, au château de Saint-Ouen.

— Lionel Warton!... — s'écria Rose avec une angoisse grandissante. — Lui!...

— Lui! — reprit Mattifet. — Lui qui poursuit de sa haine les membres de la famille Dereyne...

— Il sait tout, alors! — il connaît le crime commis jadis par Martial et par moi!...

— Que dis-tu?

— Je dis, — poursuivit Rose terrifiée, — je dis qu'il a fait acheter la villa des Falaises par Doménico Séballa, son âme damnée, son autre lui-même... — Je dis qu'il a déterré le cadavre, qu'il a trouvé le reçu, et qu'il cherche le fils ou les héritiers pour écraser Martial Dereyne en mettant dans leurs mains la preuve de l'assassinat et du vol... — J'étais complice, on le prouvera...

— Comment?

— Lionel Warton a dans les mains le reçu de trois cent mille francs que m'a signé Martial Dereyne la nuit de l'assassinat, et qui représentait une part des dépouilles de Laurent Raymond... — Je suis perdue, tu le vois bien... — Il faut fuir...

— Fuir! — répliqua Mattifet en haussant les épaules. — Allons donc! — Ignores-tu que Lionel Warton nous fait surveiller par sa police particulière?... — Ta fuite serait un aveu... — Tu serais arrêtée avant d'avoir passé la frontière...

— Quel parti prendre, alors?...

— Attendre et chercher...

— Chercher quoi?

— Le moyen de creuser une contre-mine. — Le moyen d'annihiler celui qui te menace...

— Celui-là, c'est Lionel Warton...

— Parbleu! le chef, la tête et le bras des vengeurs! — Mais si la tête ne pensait plus... Si le bras retombait inerte... Si le chef était supprimé... on supprimerait le péril en même temps que lui.

— Tu oserais cela? — balbutia Rose.

— Pourquoi pas? — Nous sommes tous les deux sous la dépendance de ce mystérieux personnage, et cette dépendance me pèse... — Je rêve de m'en affranchir...

— Mais, Lionel Warton supprimé, il resterait encore Doménico Séballa, qui, possédant tous ses secrets, n'est pas moins dangereux que lui.

— Eh bien! Doménico Séballa partagerait le sort de Lionel.

— Un double crime !... — murmura Rose.

— Est-ce un crime de se défendre ? — Frapper qui vous menace est un droit... — le droit de la guerre...

— Le danger est pressant...

— Raison de plus pour le conjurer vite... — J'y vais songer... — Rassure-toi donc, et laisse-moi... — Quand mon esprit travaille il faut que je sois seul...

Rose Bonchamp, sinon rassurée, du moins calmée par l'attitude énergique de l'homme d'affaires, quitta la rue des Abbesses tandis que Mattifet, les coudes sur la table et la tête dans ses mains, cherchait.

*
* *

La nuit de Gontran de Lasseny avait été mauvaise.

Sous l'influence de la goutte de poison mêlée par Amélie au lieu de laudanum à la potion calmante, il s'était réveillé vers une heure du matin en proie à d'indicibles tortures.

Mais rien n'égalait le courage ou plutôt le stoïcisme du jeune homme et, plutôt que de réveiller la comtesse qu'il savait endormie dans la chambre voisine, il avait souffert en silence.

La douairière, après une longue insomnie causée par le chagrin, le remords, et les angoisses dont nous connaissons les causes multiples, s'était levée dès le point du jour.

Vers huit heures et demie elle vint visiter son fils qui s'efforça de lui sourire pour la rassurer, mais l'ex-Blanche Hervieux, croyant voir sur ce visage défait l'empreinte des doigts crochus de la mort, ne put retenir ses larmes.

— Comment, — dit-elle d'une voix mal affermie, — tu es seul !... on te laisse seul !... Amélie devrait être là, puisqu'elle s'était chargée de veiller cette nuit...

— N'accusez pas Amélie, ma mère... — répliqua Gontran. — La pauvre enfant voulait rester près de moi, mais la voyant vaincue par la fatigue, je l'ai suppliée de prendre un peu de repos. — Elle résistait encore, j'ai ordonné... — Pouvait-elle me désobéir ?... — D'ailleurs je n'avais besoin de rien... et je souffrais de la voir brisée...

— Comme tu l'aimes ! — murmura Blanche avec une amertume mal dissimulée.

— Tendrement... passionnément... oui, ma mère... — et c'est mon devoir.

— Est-ce aussi ton bonheur ?...

— Oui, ma mère, c'est mon bonheur... Je connais bien Amélie... — Je la connais mieux que vous, car vous avez, je ne sais pourquoi, des préjugés contre elle... — la chère femme mérite d'être aimée comme je l'aime... je vous le jure... elle mériterait d'être aimée plus encore si c'était possible... C'est un ange !

La douairière ne répondit pas et, détournant la conversation, demanda :

— La nuit a-t-elle été calme ?

— Non, pas absolument...

— Tu as souffert ?

— Par intermittences, oui.

— Tu avais pris ta potion hier au soir, cependant !

— De la main d'Amélie, oui, ma mère.

— Comment te trouves-tu ce matin ?...

— La souffrance fait trêve, mais je me sens très faible...

— Avant d'entrer chez toi j'ai envoyé prévenir le docteur Joë Simnel que je le priais de venir de bonne heure.

— Vous avez bien fait.

— Tu as confiance en lui ?

— Je le trouve charmant, ce mulâtre. — Je le vois toujours avec plaisir... Mais vous savez que je ne crois plus à la science... Je deviens un peu fataliste. — S'il est écrit que je dois mourir, rien ne pourra me sauver.

La comtesse Blanche joignit les mains :

— Que parles-tu de mourir ! — s'écria-t-elle. — Pourquoi prononces-tu ces paroles lugubres ? Tu n'es même pas en danger.

— Je le souhaite, ma mère, car il fait bon vivre quand on est jeune, quand on aime et quand on est aimé. — Mais personne ne voit clair dans ma maladie et les médecins ne sont point du tout d'accord à son sujet, il serait donc téméraire d'affirmer que je ne suis pas en péril.

Les sanglots de la douairière éclatèrent.

— Je vous en supplie, ma mère, — reprit Gontran, — ne pleurez plus et écoutez-moi... — J'ai besoin de toute votre attention... Je souhaite vivre, je vous le répète, mais Dieu m'a condamné peut-être et, en prévision d'une mort sinon probable, du moins possible, je veux vous parler de ma femme...

La portière de tapisserie qui séparait la chambre à coucher de Gontran de la pièce voisine trembla légèrement.

Cachée par cette tenture, Amélie écoutait l'entretien du fils et de la mère...

XXVI

Gontran reprit :

— Vous avez fait tout ce qui dépendait de vous pour empêcher mon mariage avec Amélie Dereyne dont j'étais passionnément épris ; vous avez eu beaucoup de peine à me pardonner mon obstination à passer outre, et aujourd'hui encore vous conservez des préventions aveugles contre celle qui porte mon nom...

— Mais... — commença la douairière.

— Je vous en prie, laissez-moi continuer, — interrompit le jeune comte. —

Je ne récrimine pas, je constate... — Ma pauvre chère Amélie vous est antipathique, cela saute aux yeux... Vous ne négligez aucune occasion de le lui prouver et je suis obligé sans cesse de m'interposer entre vous et elle... — Si je vous parle de ces choses, dont jusqu'à ce jour et jusqu'à cette heure je ne vous avais jamais parlé, c'est pour en arriver à ceci : — Certes, je crois ma guérison possible, mais elle n'est rien moins que certaine... — Admettons donc pendant un instant que je suis au plus mal et que je vais mourir... — Eh bien ! je vous supplie, ma mère, d'oublier vos griefs quand je ne serai plus là, de chasser vos préventions, de vaincre vos antipathies, et de reporter sur ma veuve toute la tendresse que vous aviez pour moi... — Me promettez-vous cela, ma mère ?

— Ah ! — s'écria l'ex-Blanche Hervieux, — c'est impossible, je le sens bien !

— Il faut pourtant que ce soit possible si vous voulez que je meure en paix.

— Mais tu vivras !

— Raison de plus pour me satisfaire, puisqu'en ce cas vous ne serez point engagée par votre promesse.

Pendant quelques secondes la douairière lutta contre elle-même, et les contractions de son visage prouvèrent que le combat était rude, mais pouvait-elle accueillir par un refus obstiné ce qui, peut-être, était la prière suprême d'un mourant ?

Elle résolut de promettre, — sauf à ne pas tenir.

— Eh bien ! soit... — murmura-t-elle d'une voix sourde... — Puisque tu le veux j'imposerai silence à des répulsions sans doute injustes... — Je m'efforcerai d'aimer Amélie pour l'amour de toi...

— Merci, ma mère... — dit Gontran avec une joie vive... — Vous me rendez heureux... bien heureux ! — Il me reste à traiter maintenant un autre côté de la question d'avenir... — Amélie, quand elle est devenue ma femme, était sinon pauvre, du moins dans une situation modeste... — Sa dot de quatre cent mille francs ne lui permettrait pas de conserver ses habitudes d'élégance et de luxe... Or, la comtesse de Lasseny ne doit point déchoir... — Vous avez deux millions, vous, ma mère, et de plus la jouissance de cet hôtel, vous êtes riche... — J'ai donc l'intention de laisser à Amélie ma fortune entière...

— Ta fortune entière !... — répéta Blanche stupéfaite. — As-tu bien réfléchi ?...

— J'ai bien réfléchi, oui, ma mère, — interrompit Gontran de nouveau, — et ma résolution étant irrévocable il serait inutile de la combattre... — Si je vous ai parlé de mes volontés c'est pour vous éviter toute surprise quand viendra l'heure de leur réalisation... — Je me propose aujourd'hui même de dicter mon testament, car ma main affaiblie ne pourrait tenir une plume... — On ira prévenir le notaire de notre famille que je désire le voir dans l'après-midi et, comme il faut, je crois, deux témoins, je m'adresserai à un ancien et à un nouvel ami, le comte de Fiefville et Lionel Warton... — Ni l'un ni l'autre ne refuseront de me rendre le grand service que j'attends d'eux...

Le nom de Lionel Warton frappa la douairière comme un coup de massue, mais elle n'osa répliquer et courba la tête.

— Voilà tout ce que j'avais à vous dire et la fatigue arrive, — poursuivit le comte d'une voix presque indistincte; — je vais me reposer un peu... — Embrassez-moi, ma mère...

Blanche se pencha sur le lit et embrassa son fils, non pas froidement à coup sûr, mais avec moins de tendresse qu'à l'ordinaire.

De même qu'elle n'avait pu pardonner à Gontran son mariage avec la fille de l'armateur, elle ne lui pardonnait pas de ne songer qu'à cette bru détestée, et surtout de disposer en sa faveur d'une fortune qui lui rendrait le veuvage léger.

Mais la résolution du jeune comte étant manifeste, elle sentait bien qu'il serait inutile de la combattre.

Quelques secondes de silence succédèrent aux dernières paroles de Gontran, puis Amélie souleva la portière de tapisserie qui l'avait cachée jusqu'à ce moment et entra dans la chambre.

Gontran la vit franchir le seuil et son visage devint radieux.

Amélie lui posa les lèvres sur le front puis, s'asseyant auprès de lui, joua la comédie de l'affliction avec une effrayante habileté.

L'observateur le plus perspicace n'aurait pu deviner que cette jolie main avait, quelques heures auparavant, versé du poison à ce malade dont elle arrangeait les oreillers et les couvertures avec une sollicitude si touchante.

Sur ces entrefaites arriva Jocelyn que la douairière avait envoyé prévenir.

— Comment me trouvez-vous ce matin, docteur? — lui demanda le comte en souriant.

— Je ne constate dans votre état aucun changement notable, soit en bien, soit en mal... — répondit le mulâtre après un examen rapide.

— J'ai cependant souffert cette nuit... beaucoup souffert... et je souffre encore... — J'éprouve en ce moment des vertiges très pénibles...

— Permettez-moi de passer dans la pièce voisine... — dit Jocelyn; — je vais préparer un breuvage qui vous soulagera, je l'espère. .

— Docteur, voulez-vous que je vous accompagne et que je vous aide? — demanda la comtesse Amélie.

— Merci, madame, mais c'est inutile... je n'ai besoin de personne.

Et Jocelyn gagna le cabinet transformé en pharmacie.

Il ne referma point la porte.

De la place où elle était assise au chevet du lit, la fille de Martial Dereyne frémit au souvenir de la nuit précédente en voyant le grand miroir de Venise fleréter les mouvements du médecin mulâtre.

Gontran prit le breuvage et se sentit un peu ranimé.

— Mon cher docteur, — fit-il, — votre intention est-elle d'aller à Saint-Ouen ce matin?...

— Non, car je sais que M. Lionel Warton doit venir à Paris...

— Le verrez-vous?

— C'est possible... c'est même probable. — Désirez-vous me charger pour lui d'un message?

— Oui.

— J'irai donc le trouver au café Riche, où il déjeunera certainement... — Que faudra-t-il lui dire?

— Qu'ayant à solliciter de lui un service, je le prie de vouloir bien m'accorder une heure, aujourd'hui même.

— Comptez que votre commission sera faite et que M. Warton, dont je connais la profonde sympathie pour vous, s'empressera d'accourir.

Jocelyn regarda la pendule.

Elle indiquait dix heures.

— Je vous quitte, — dit-il, — pour aller au café Riche attendre ou retrouver notre ami...

— Reviendrez-vous tantôt?

— J'accompagnerai M. Warton ici... — Je veux juger par mes propres yeux de l'effet du breuvage que je vous ai versé...

Le médecin allait sortir.

Le valet de chambre entra :

— Monsieur Lionel Warton, — dit-il, — vient prendre des nouvelles, et serait très heureux s'il était admis un instant près de monsieur le comte...

— Certes, je le recevrai! — s'écria le malade. — Amenez-le bien vite !...

Lionel parut.

Amélie lui lança un regard de feu en se disant tout bas :

— Il vient s'assurer que je serai bientôt libre...

Nous ne reproduirons point les banalités par lesquelles débuta l'entretien, et qui nécessairement roulèrent sur la maladie du comte et sur les probabilités d'une guérison plus ou moins prochaine.

Le pseudo-nabab se demandait comment, sans exciter la défiance d'Amélie, il pourrait solliciter de M. de Lasseny un entretien particulier.

Son étonnement fut très grand quand il entendit Gontran prier sa mère et sa femme de le laisser seul avec Lionel.

Ni l'une ni l'autre ne semblèrent surprises — (nous savons pourquoi) — et se retirèrent aussitôt.

— Puis-je rester? — demanda Jocelyn.

— Assurément... — répondit le comte.

— Dénoncez-moi donc, madame, si vous l'osez ! Mais vous n'oserez pas, car je suis le vengeur !
je suis le châtiment.

— D'autant plus que votre présence sera tout à l'heure indispensable... — ajouta Lionel Warton.

Ce fut au tour de Gontran d'éprouver quelque surprise.

Il ne questionna point cependant.

— Cher monsieur Lionel, — dit-il, — je veux réclamer de vous un service...

— Quel qu'il soit, je suis à vos ordres...

— J'ai fait prier le notaire de ma famille de venir tantôt recevoir l'expression de mes dernières volontés et si, comme je le crois, mais sans en être sûr, la loi exige la présence de deux témoins, je solliciterai votre assistance.

— Vous allez faire votre testament!!! — s'écria Lionel.

— Oui. — Je désire que ma femme possède après moi toute ma fortune.

— Très bien...

— Je suis certain que vous m'approuvez...

— Nous causerons de cela tout à l'heure... — Avez-vous, mon cher comte, une autre communication à me faire?

— Non, aucune...

— Eh bien! moi, j'ai beaucoup de choses à vous apprendre, et des choses d'un grand intérêt. — Mais permettez-moi d'abord de m'assurer que personne ne peut nous entendre.

Et Lionel alla fermer à double tour les portes extérieures des trois pièces qui communiquaient avec la chambre à coucher. — Grâce à cette précaution il serait superflu de se mettre aux aguets et de coller son oreille aux serrures; on n'entendrait pas même le murmure des voix.

Contran regardait faire avec stupeur.

Lionel revint.

— Mon cher comte, — dit-il, en prenant la main amaigrie de M. de Lasseny et en la serrant dans les siennes, — il importe de vous mettre au courant de la situation, et je vais le faire aussi rapidement que possible... — Sans ma visite de ce matin — (visite convenue avec le docteur qui jouait un rôle en paraissant ne point m'attendre) — vous seriez mort avant huit jours... — Considérez-vous présentement comme un homme hors de péril... — Vous ne comprenez pas?...

— Non.

— Patience... — Je vais m'expliquer... — De quelle maladie vous croyez-vous atteint?

— Comment le saurais-je puisqu'à cet égard les médecins ne sont pas d'accord?...

— C'est juste... — Vous souvenez-vous de ma première visite à l'hôtel de Lasseny?

— Je ne pouvais pas l'oublier...

— Vous vous souvenez alors de la séance au tir et de la causerie dans le jardin d'hiver?...

— Parfaitement.

— Je fis devant vos invités, — poursuivit Lionel, — une sorte de petite conférence au sujet des propriétés vénéneuses de divers arbustes et plantes rares dont j'avais sous les yeux des échantillons... — Les dames m'écoutaient avec une attention bien flatteuse, surtout quand je parlais du légendaire mancenillier dont l'ombre est innocente, mais dont le suc laiteux recèle un poison qui tue d'une façon foudroyante dans les contrées chaudes où il conserve toute sa force et qui, sous les climats tempérés comme le nôtre, tue lentement, mais à coup sûr, quand on répète souvent les doses... — J'ai dit tout cela, mais je n'ai point parlé des symptômes caractéristiques de l'empoisonnement par la sève du mancenillier... — Les voici : — Tout d'abord douleurs musculaires et contractions intolérables de la poitrine... Les jambes semblent s'amollir et sont prises de tremblement à des intervalles assez rapprochés... — La vue se trouble... Le sang s'appauvrit... — Une angoisse morale indicible se joint à la souffrance physique... — La tête du malade s'emplit de bruits étranges... — Des vertiges le font chanceler s'il est debout et lui persuadent, s'il est couché, que les murailles de sa chambre tournent autour de lui et que son lit s'agite comme un canot secoué par les vagues.

— Mais, — balbutia le comte avec un commencement de terreur, — tous les symptômes que vous venez de décrire, je les ai éprouvés, je les éprouve...

— Il en est un bien autrement significatif encore, — continua Lionel sans tenir compte de l'interruption.

— Lequel? — demanda vivement M. de Lasseny.

— Celui qui est en quelque sorte la signature du poison, — celui qui ne peut tromper, et qui constitue à lui seul une preuve irrécusable de l'action du mancenillier.

— Encore une fois, lequel? — répéta Gontran.

— Les ongles du malade, surtout auprès de leurs racines, prennent une teinte d'un violet pâle...

Gontran rejeta d'un mouvement brusque la couverture qui cachait ses mains et regarda ses ongles.

— Ah!... — s'écria-t-il effaré. — La teinte d'un violet pâle, la voilà !...

— Pardieu, cher comte, — répliqua Lionel, — ceci ne doit point vous surprendre, puisque le poison qu'on vous donne est la sève du mancenillier...

XXVII

Gontran se soulevant à demi, le visage décomposé soudain par l'angoisse plus qu'il ne l'avait été jusqu'à ce moment par la souffrance, attacha sur Lionel un regard d'une étrange acuité qui semblait vouloir descendre jusqu'au fond de l'âme de son interlocuteur.

— Le poison qu'on me donne est la sève du mancenillier... — répéta-t-il d'une voix sourde.

— Oui, cher comte, — répondit Lionel.

— C'est impossible!... Je ne vous crois pas... Je n'ai point d'ennemi... personne n'a d'intérêt à me tuer...

— Vous avez un ennemi qui désire votre mort pour des motifs d'un ordre particulier...

— Vous le connaissez?...

— Je le connais.

— Nommez-le donc.

— C'est pour cela que je suis venu, mais d'abord armez-vous de courage, faites appel à votre énergie, car vous allez recevoir un coup terrible...

— A quoi bon ces précautions oratoires? — dit le comte avec impatience. — Mon corps est faible mais mon âme est forte — quel est cet ennemi?

Hésiter ou reculer était impossible.

Lionel ne fit ni l'un ni l'autre, mais on ne brise pas de sang-froid le cœur d'un galant homme.

Aussi ce fut d'une voix presque tremblante que le pseudo-nabab répondit :

— La comtesse Amélie...

Gontran, galvanisé, bondit.

— Calomnie! — s'écria-t-il. — Quiconque formule sans preuves une telle accusation est un lâche...

— Aussi je vais prouver, ou plutôt nous allons prouver... — répliqua Lionel. — A vous, docteur, de parler le premier.

Jocelyn prit la parole et rendit compte de ses observations depuis le premier jour où il avait été appelé à l'hôtel de la rue Saint-Dominique.

Son récit fut si clair, ses déductions s'enchaînèrent avec une telle logique que M. de Lasseny vaincu n'essaya même pas de se révolter contre l'évidence.

Le médecin mulâtre termina par ses mots :

— Maintenant que vous êtes averti, soyez sur vos gardes, observez, et vous ne tarderez guère à voir la comtesse vous verser le poison.

Hélas! Gontran avait déjà vu.

Il se souvint des mouvements reflétés la nuit précédente dans le grand miroir de Venise — il se souvint du flacon mystérieux; — il se souvint du trouble de la jeune femme, et le mot de l'énigme sombre lui fut révélé.

Le malheureux cacha son visage dans ses mains ; pendant quelques secondes on put voir de grosses larmes couler entre ses doigts.

— Êtes-vous convaincu? — demanda Lionel, saisi d'une pitié profonde.

Gontran releva la tête, et au lieu de répondre interrogea.

— Mais pourquoi cette haine? — balbutia-t-il. — Pourquoi ce crime? — La folie seule pourrait expliquer tant d'infamie stérile, tant d'inutile scélératesse.

— Madame de Lasseny n'est point folle... malheureusement pour elle... — répondit le châtelain de Saint-Ouen. — Vous êtes son mari, par conséquent son maître, c'est pour cela qu'elle vous hait... Elle veut être libre, c'est pour cela qu'elle vous tue...

— Libre! — répéta le comte avec amertume. — Étais-je donc un tyran, moi qui me faisais une joie d'obéir à ses volontés et de deviner ses caprices?... Je la laissais maîtresse absolue... — De quelle liberté plus grande avait-elle donc besoin?...

— De la liberté sans limites et sans contrôle que donne le veuvage... — La comtesse Amélie voulait disposer à sa guise de son cœur et de sa personne... Elle aimait... Elle aime encore...

Gontran fit un soubresaut. — Ses dents claquaient. — Sa figure prit une expression effrayante.

Amélie aimant un autre homme, cela lui semblait plus monstrueux qu'Amélie versant le poison...

Il aurait pardonné l'assassinat peut-être; — il ne pouvait pardonner la trahison.

— Prouvez!... — cria-t-il d'une voix presque pareille à un râle. — Prouvez!... qui aime-t-elle?

— Moi... — répliqua Lionel.

Gontran tressaillit de nouveau et demanda :

— Elle vous l'a dit?...

— Elle a fait mieux elle me l'a prouvé.

— Comment?

Le comte déchirait sa chair avec ses ongles sans en avoir conscience.

— Le soir où vous m'avez fait l'honneur de vous réunir à mes amis, rue de Londres, la comtesse est venue me trouver. — Tandis que vous étiez au salon, elle était dans ma chambre...

M. de Lasseny croisa ses bras sur sa poitrine amaigrie. — Un feu sombre jaillit de ses yeux caves.

— Monsieur Lionel Warton, — dit-il, — livrer le secret d'une femme qui fait de vous son complice, si odieuse que soit cette femme, est l'acte d'un misérable. — Ah! vous receviez la comtesse dans votre chambre, tandis que j'étais dans votre salon, et vous osez me rendre confident d'un pareil outrage!... — Monsieur Lionel Warton, je vous le dis en face, vous êtes un lâche! — Si peu de temps qu'il me reste à vivre, si faible que je sois, je trouverai le temps et la force de vous souffleter, de vous traîner sur le terrain, et de vous casser la tête ou de vous trouer le cœur.

La vengeresse sourit tristement.

— Monsieur de Lasseny, — demanda-t-elle, — voulez-vous m'engager votre parole d'honneur de ne révéler à personne au monde, en quelque circonstance que ce soit, le secret que je vais vous confier?

— Que m'importe ce secret?

— Il vous importe beaucoup, croyez-moi...

— Eh bien ! sur mon honneur, je vous jure le silence...

— Je puis parler alors, et je vais le faire... — Le crime existe, mais non l'outrage... — Mme de Lasseny s'égare en croyant aimer Lionel Warton... — Je suis une jeune fille et je me nomme Cora Bernier...

. . . .

Il nous paraît inutile de sténographier la suite d'un entretien que nos lecteurs connaîtront par ses résultats, et qui se prolongea longuement.

Quand, au bout de près d'une heure, Lionel et Jocelyn songèrent au départ, les dernières paroles du docteur à Gontran furent celles-ci :

— Surtout, monsieur le comte, n'oubliez pas de prendre en cachette d'heure en heure un des globules contenus dans le flacon que je vous ai remis, et vous n'aurez plus rien à craindre.

Pendant ce temps Lionel, après avoir serré dans son portefeuille un papier couvert de quelques lignes d'une écriture toute fraîche, portait sur une table éloignée un buvard et un encrier dont on venait de se servir.

Le comte, anéanti par les émotions d'une scène si longue et si poignante, laissa retomber sa tête en arrière et ferma les yeux.

Il ressemblait à un cadavre exhumé de sa tombe.

— Vous êtes brisé... — lui dit Cora.

— Le cœur, l'âme et le corps sont brisés, c'est vrai... — répondit-il. — J'ai grand besoin d'un peu de repos...

— Nous vous laissons...

Gontran entr'ouvrit ses paupières et tendit à Lionel une main défaillante, en balbutiant :

— Merci... — Vous venez de me rendre un grand et terrible service... — Maintenant, que je vive ou que je meure, justice sera faite...

Lionel et Jocelyn, en quittant la chambre du malade, se rendirent au salon où la douairière et sa belle-fille les attendaient.

— Eh bien ? — demanda vivement l'ex-Blanche Hervieux, tandis que la jeune femme cherchait à lire dans les yeux de Lionel qui cette fois demeurèrent impénétrables.

— J'ai pu constater une amélioration réelle, — répondit le docteur noir. — M. de Lasseny a surtout besoin de repos après une nuit très agitée... On fera bien de le laisser dormir pendant quelques heures... — Le danger n'étant point pressant, M. le comte renonce à s'occuper aujourd'hui de son testament, et m'a chargé de vous l'apprendre ; — il sera temps d'y songer demain.

Un éclair de triomphe illumina le visage de la douairière, tandis qu'un désappointement profond se lisait sur les traits d'Amélie qui, aussitôt après le départ de Lionel, courut s'enfermer dans son appartement.

Vers les deux heures de l'après-midi le valet de chambre, portant une carte sur un plateau, entra dans le salon

— Uu visiteur pour madame la comtesse... — dit-il.

La douairière prit la carte.

Elle tressaillit en lisant ce nom : JACQUES HERVIEUX.

— Je ne puis recevoir... — répondit-elle vivement en s'efforçant de cacher son trouble.

Le domestique sortit, mais au bout d'une minute il reparut.

— Qu'y a-t-il encore ? — demanda Blanche de Lasseny d'une voix sèche.

— Ce monsieur insiste beaucoup... — reprit le valet de chambre. — Il affirme que madame la comtesse regretterait de ne pas l'avoir reçu.

La douairière prit son parti brusquement.

Elle pensa que le mieux, en une telle occurrence, était d'en finir tout de suite, et elle donna l'ordre d'introduire l'importun visiteur.

Fort émue, mais néanmoins décidée à lutter vigoureusement, la comtesse attendit debout.

Une sourde colère et de poignantes appréhensions l'agitaient ; — elle restait cependant maîtresse d'elle-même, du moins en apparence

Le ci-devant Blancheton, tiré à quatre épingles, frisé au petit fer, cravaté de bleu saphir et merveilleusement ganté, fit une entrée digne et souriante, puis s'inclina d'une façon qui n'avait rien de trop gauche.

Mme de Lasseny lui rendit, de son air le plus imposant, un salut très sommaire et lui dit :

— C'est vous, monsieur, qui vous nommez Jacques Hervieux ?

— Oui, madame, et j'ai eu déjà l'honneur de me rencontrer avec vous...

— Je ne m'en souviens pas...

— Je vais rafraîchir votre mémoire... — La rencontre dont je parle eut lieu au château de Saint-Ouen, chez M. Lionel Warton.

— C'est possible, mais était-ce une raison pour mettre tant d'insistance à me voir en un moment où de tristes préoccupations m'absorbent ?... — Quel motif vous poussait, monsieur, à cette inopportune insistance ?

— Je vais vous l'apprendre...

— Ce sera court, n'est-ce pas ?

— Autant que possible, oui, madame la comtesse. — Je vous demande néanmoins la permission de m'asseoir et je vous engage à en faire autant...

L'ancien condamné de la Roquette se plongea dans un fauteuil, croisa les jambes et continua :

— Le nom que vous avez lu sur ma carte aurait pu, ce me semble, vous faire comprendre le but de ma visite...

— En aucune façon, monsieur... — répliqua la douairière, tremblant mais payant d'audace.

— Ce nom cependant est le vôtre.

— Je m'appelle la comtesse de Lasseny...

— Mais vous vous appeliez autrefois Blanche Hervieux.

— Que vous importe cela, monsieur ?

— Il m'importe beaucoup, madame, et vous le savez bien... — Pourquoi jouer au fin avec moi ?... — Vous ne m'attendiez pas aujourd'hui, c'est vrai, mais depuis bien des jours vous êtes avertie qu'un jeune homme, fruit d'un moment d'erreur et singulièrement négligé par sa mère depuis vingt-cinq ans, viendra vous trouver pour vous dire : — *Me voici, causons...*

La comtesse se mordit les lèvres et prit une physionomie dédaigneuse.

— Ainsi, monsieur Jacques Hervieux, — fit-elle, — vous venez recommencer la comédie que certain mulâtre, votre compère, m'a jouée dernièrement au château de Saint-Ouen. — La première représentation n'ayant pas obtenu le moindre succès, à quoi bon s'il vous plaît en donner une seconde ?

Jacques Hervieux salua.

— Ah ! — dit-il. — Vous trouvez que c'est une comédie... — Une comédie, ça doit être gai... — Alors nous allons rire un peu...

<h1 style="text-align:center">XXVIII</h1>

— Monsieur Jacques Hervieux (si tel est véritablement le nom que vous portez), — fit la douairière, — vous m'avez imposé votre présence et je la subis, mais toute patience a des limites, ne l'oubliez pas... — Cet entretien ne peut s'éterniser... — Allez droit au but... — Que me voulez-vous et qu'avez-vous à me dire ?...

L'ex-condamné de la Roquette répliqua :

— J'ai à vous dire que je suis votre fils, ainsi que le prouve un acte de naissance en bonne et due forme dont je mettrai copie légalisée sous vos yeux quand bon vous semblera... — Voilà pour le premier point ; quand au second, je veux savoir de quelle nature seront à l'avenir nos rapports, et surtout quelle attitude vous comptez prendre vis-à-vis de moi...

La comtesse de Lasseny, violemment agitée et craignant de se compromettre par une parole imprudente, ne répondit pas.

Blancheton continua :

— Résumons la situation... — C'est facile et ce sera court : — Il est avéré que vous avez mis au monde un enfant naturel il y a vingt-cinq ans, et qu'après l'avoir mis au monde il vous a convenu de le supprimer. — Cet enfant, c'était moi... — La sage-femme à qui vous aviez payé ma mort ne s'est pas senti le courage de me tordre le cou... — Elle a reculé devant le crime qui ne vous épouvantait point, vous, ma mère... — Elle m'a laissé vivre et m'a mis en nourrice après m'avoir fait légalement inscrire à la mairie de Vincennes. —

— Fuyez... fuyez, je vous en conjure ; qu'on ne vous surprenne pas ici.

Le tribunal auquel je fournirai la preuve de ces choses n'hésitera point à déclarer que je suis le fils de Blanche Hervieux et de père inconnu... — Aucune discussion n'est possible à cet égard... — Un homme charitable s'est chargé de m'élever — j'ai appris par lui que vous étiez ma mère — je suis venu, et je vous trouve aussi dure, aussi cruelle pour moi, que vous l'étiez au jour de ma naissance !

— Comment voulez-vous que je sois, monsieur ?... — balbutia la comtesse.

Blancheton sourit.

— En effet, — poursuivit-il, — c'est embarrassant... — Vous croyiez votre premier enfant si bien mort, et depuis si longtemps, que vous aviez fini par l'oublier, et voilà tout à coup cet enfant qui reparaît, non pour vous bénir, mais pour vous demander compte de votre conduite à son égard... — Je comprends qu'il soit très difficile de lui répondre et je vais vous aider : — Admettez-vous que je sois votre fils ?

— Je n'en sais rien... je ne vous connais pas...

— Niez-vous l'authenticité des preuves que j'apporte ? Me prenez-vous pour un faussaire et pour un imposteur ?

— Je ne nie rien... je n'affirme rien... je ne vous connais pas, voilà tout, et je ne veux pas vous connaître...

— Vous ne voulez pas ! — C'est bientôt dit... mais j'ai des droits, ma mère...

— Des droits ? — répéta Blanche, croyant entrevoir une issue à son effroyable situation. — On peut vous les acheter... — Est-ce de l'argent qu'il vous faut ?...

— Il m'en faudra sans doute ; — aujourd'hui ce n'est pas de cela qu'il s'agit... — Grâce aux gens qui m'ont élevé je vis comme un homme riche, mais vous êtes ma mère et je veux qu'on le sache.

— Eh ! — s'écria la comtesse, — en supposant que ce soit vrai, puis-je en convenir ? — Cent fois non ! Ce serait publier ma honte ! Ne me demandez pas cela !

— Est-ce que je vous ai demandé à naître ? — répliqua Blancheton. — Fille orgueilleuse et sans cœur, pour épouser le comte de Lasseny vous avez sacrifié votre enfant !... Un enfant que son père aurait peut-être aimé... et vous ne vivez maintenant que pour votre fils légitime ! — Eh bien ! madame, je prétends que ce fils, le comte Gontran de Lasseny, sache que je suis son frère... Je ne vous demande pas le nom de mon père... Je sais que la recherche de la paternité est interdite par la loi, mais je suis votre fils, j'ai le droit de le dire à tous, et la volonté de vous contraindre à le répéter avec moi ! Ce sera votre châtiment...

L'ex-Blanche Hervieux écoutait, pâle d'épouvante. — Elle balbutia :

— Ah ! c'est horrible, ce que vous exigez !... — Comment ne comprenez-vous pas que c'est impossible !... — Quoi, j'irais jeter de la boue sur le nom de Lasseny, sur ce nom qui appartient à mon fils Gontran et qu'il croit sans tache ! — Jamais ! — Jamais ! — J'ai été criminelle, oui, c'est vrai... — L'orgueil m'entraînait... — J'étais jeune et presque inconsciente... — Cette faute... Ce crime... Je les déplore, je m'en repens, mais ils sont oubliés... Oui, je suis votre mère, je l'avoue... je conviens de tout... — Je vous ferai riche... — Que voulez-vous de plus ?

— Je veux que le monde sache que ma mère est vivante et se nomme la comtesse de Lasseny... — Je vais me marier.... j'épouse une jeune fille qui vous est connue, Mary Warton, la créole millionnaire. — Je veux votre consentement maternel à cette union... je veux que vous signiez comme étant ma mère sur le registre des mariages.

— Jamais ! — dit pour la seconde fois la douairière affolée ; — jamais !... plutôt mourir...

— Vous ne mourrez point et vous ferez ce que je demande.

— Ayez pitié de moi !

— Même si je le voulais je ne le pourrais pas... — Pour me marier je dois porter mes papiers à la mairie... — Mon acte de naissance contient le nom de ma mère, et je ne puis produire son acte de décès puisque vous êtes vivante... — Votre consentement m'est indispensable...

— Mais ce serait la honte, et Paris entier n'aurait plus que du mépris pour moi !

— Alors, — dit Blancheton en ricanant, — je devrais, pour vous éviter ce mépris, renoncer au bonheur ! Non, ma mère ! vous signerez à mon mariage.

Mme de Lasseny se laissa presque tomber à genoux en s'écriant :

— Ah ! pour moi, pour mon fils, ne me condamnez pas à cet affreux supplice ! évitez-moi cette ignominie !

— Pour votre fils légitime ! — répliqua l'ex-condamné. — Vous figurez-vous que je m'intéresse à lui par hasard ? — Il porte le nom de son père, et moi, je ne connais pas le mien... — Encore une fois, ma mère, vous signerez à mon mariage...

— Je refuse...

— A quoi cela vous servira-t-il ? — Je vous ferai signifier par deux notaires des actes respectueux et je passerai outre, mais le monde entier saura ce que vous avez fait, ce que vous faites encore. — Titre, tendresse, fortune, vous donnez tout au fils légitime. — Il ne reste rien au fils naturel, sauf la vengeance... — C'est ma part... Je la revendique aujourd'hui... je la revendiquerai demain devant les tribunaux en réclamant justice...

Mme de Lasseny se leva, les dents serrées, les yeux pleins d'éclairs.

— Ah ! — cria-t-elle entraînée par la fureur, — maudit sois-tu, enfant de ma honte ! — Que je te hais !... Je voudrais te voir mort !

— Comme autrefois ! — répondit Jacques Hervieux. — Merci, ma mère, je m'en souviendrai !

Et il sortit.

Pendant les premières minutes qui suivirent son départ, la douairière fut en proie à un véritable accès de folie.

Elle se meurtrissait la poitrine en murmurant des phrases interrompues.

— Il est venu, — disait-elle, — il est venu me parler du passé... du crime... et m'apporter le désespoir et la honte au moment où Gontran se meurt ! C'est un raffinement dans la haine et dans la vengeance!... Quels sont donc les ennemis implacables qui réveillent ainsi ces fantômes de ma jeunesse et les jettent sur mon chemin pour me perdre? — Lionel Warton... Doménico Séballa... Ce sont eux! — Mais que leur ai-fait, à ces hommes? Je veux le savoir... — Eux seuls ont déchaîné la foudre... Eux seuls pourront l'arrêter peut-être...

Mᵐᵉ de Lasseny frappa sur un timbre, donna l'ordre d'atteler et monta dans son appartement pour revêtir une toilette sombre.

Une heure plus tard sa voiture s'arrêtait devant le perron du château de Saint-Ouen.

Jean Renaud, qui se promenait dans le parc avec Jocelyn, reconnut de loin la douairière et dit à son compagnon :

— Le dénouement approche.

L'ex-Blanche Hervieux fut introduite sur-le-champ et Lionel, revenu de Paris après sa visite à Gontran, se hâta de la rejoindre au salon.

En voyant les yeux rougis de la comtesse et son visage décomposé encore humide de larmes, Cora crut qu'un malheur venait d'arriver et demanda vivement:

— Est-ce que le comte est plus mal?

— Il ne s'agit pas de mon fils, monsieur... — murmura Blanche que les sanglots étouffaient, — il s'agit de moi.

— De vous, madame! — dit Cora qui comprit alors le but de la visite.

— Oui, de moi... — répéta Mᵐᵉ de Lasseny en tombant à genoux. — De moi qui viens vous demander grâce... — Ayez enfin pitié — ne me frappez pas plus longtemps.

— En vérité, madame, — répondit le pseudo-nabab, — je ne puis vous comprendre... — à quel propos me demandez-vous grâce et pitié? — Que supposez-vous donc?

— N'est-ce pas vous qui m'avez envoyé Jacques Hervieux? — murmura Blanche d'une voix étranglée.

— Jacques Hervieux? — Vous l'avez vu ce matin?

— Je suis montée en voiture pour venir ici au moment où il sortait de chez moi.

— Je devine à peu près ce qui s'est passé... mais je n'y suis pour rien, ou du moins pour fort peu de chose... — C'est une affaire qui regarde tout particulièrement le señor Doménico Séballa.

— Et le señor Doménico Séballa va répondre à madame la comtesse de Lasseny... — dit Jean Renaud en ouvrant à l'improviste la porte du salon et en se montrant sur le seuil.

Blanche se tourna vers lui.

— Ainsi, monsieur, — fit-elle, — c'est de vous qu'il dépend de m'épargner la honte et le scandale?

— De quelle honte et de quel scandale parlez-vous, madame la comtesse? — répliqua Jean Renaud.

— Ne le savez-vous pas?

— Je sais que votre fils est allé vous sommer de le reconnaître comme tel, et de l'assister de votre présence au jour de son mariage. — Où est la honte? — Où est le scandale? — Votre fils réclame un droit, rien de plus.

L'ex-Blanche Hervieux se tordait les bras.

— Mais c'est l'opprobre pour le nom de Lasseny, que je porte! — s'écria-t-elle, — c'est le déshonneur pour moi!

— Il fallait prévoir cela il y a vingt-cinq ans, quand vous payiez à Claire Bouchamp, la sage-femme, le meurtre de votre enfant!

— Serez-vous impitoyable pour mon repentir? — Gontran se meurt... — Mettrez-vous une souillure sur la tombe de mon fils?...

— L'autre aussi était votre fils et vous avez mis un crime sur son berceau... — C'est le châtiment!

— Le châtiment! Toujours ce mot! Mais de quel droit me l'infligez-vous?... Cet enfant a vécu et grandi par vos soins, vous l'avez dit! — Quel intérêt vous poussait à vous occuper de lui? Quel besoin aviez-vous de lui parler de sa mère? — Il est des secrets de famille que personne n'exhume du passé où ils dorment! — Qui vous a créé justicier? — Que vous ai-je fait, à vous, pour que vous vous acharniez à ma perte après vingt-cinq ans écoulés?

— Ce que vous m'avez fait, madame? — répéta Jean Renaud avec un accent de profonde haine. — Vous voulez le savoir et je vais vous l'apprendre...

— Ah! — dit la comtesse Blanche, — c'est vous qui êtes mon ennemi!...

— Oui, madame...

— Et cependant, je ne vous connais pas...

— Attendez! Vous souvenez-vous d'Étienne Renaud?

— Étienne Renaud... — balbutia la douairière avec hésitation.

— Remontez de quinze ans en arrière! — poursuivit l'évadé de *la Dorade*. — Vous étiez mariée depuis dix ans, pas encore veuve, splendidement belle, et non moins corrompue qu'au temps où vous vous nommiez Blanche Hervieux... — Étienne Renaud était un enfant de vingt ans à peine, honnête, courageux, plein d'avenir... — il commençait sa carrière chez l'architecte du comte de Lasseny, votre mari. — Cet enfant vous inspira un caprice d'une heure ou d'une semaine, et vous fîtes de lui votre amant...

— C'est un mensonge odieux... — répliqua la comtesse avec une sorte de râle.

— Laissez-moi continuer... — Le comte de Lasseny surprit, au milieu de la nuit, ce jeune homme dans votre chambre... Il fallait vous justifier à tout prix, et vous fîtes passer l'amant pour un voleur... — On arrêta le malheureux, on instruisit son affaire, on l'envoya sur la sellette de la cour d'assises et, reconnu coupable de vol avec escalade, la nuit, dans une maison habitée, il fut condamné à dix ans de travaux forcés...

— Condamné! — s'écria Cora. — Infamie!

Blanche de Lasseny détournait la tête.

— Il vous suffisait pour le sauver de dire aux juges : — *Il est innocent!* - reprit Jean Renaud. — Mais la femme qui faisait tuer son enfant pouvait bien envoyer son amant aux galères... — Étienne comptait sur la parole de cette femme qui lui avait juré qu'elle obtiendrait son acquittement... — Il ne se défendit pas... — Lorsqu'il se vit au bagne il était trop tard pour parler... — Il espéra sa grâce... — Il aimait toujours et plus que jamais... — Il voulait revoir sa maîtresse... Il ne doutait point qu'elle ne fît en sa faveur des démarches couronnées de succès. — Quand il eut la certitude que la femme adultère ne songeait même plus à lui, quand il eut la preuve qu'elle s'applaudissait d'être débarrassée pour toujours d'un chétif amoureux qui, prétendant sans doute s'imposer, allait devenir importun, il trouva trop dur de traîner pendant dix ans le boulet des galériens, il se tua en maudissant la comtesse de Lasseny!

Blanche se laissa tomber à genoux.

— Pitié... — fit-elle avec désespoir.

Jean Renaud continua :

— Un homme fut témoin de l'agonie du suicidé, reçut ses confidences suprêmes et jura de le venger... — Cet homme, c'était moi, madame, et l'enfant perdu par vous, l'innocent, le forçat martyr, Étienne Renaud, était mon frère !!

XXIX

— Votre frère !... c'était votre frère... — balbutia la comtesse Blanche en se relevant épouvantée. — Qui donc êtes-vous ?

— Je suis Jean Renaud, l'ancien amant de la sage-femme de Vincennes ! — répondit l'évadé de *la Dorade*, — Jean Renaud qui n'a sauvé votre fils que pour l'armer un jour contre vous !... Ah ! je vous livre mon secret ! — Dénoncez-moi aux juges et je dirai aux juges : — *La comtesse de Lasseny, cette femme si fière de son nom, de son titre, de sa fortune, a commis ou voulu commettre le plus hideux des crimes, l'infanticide, quand elle se nommait Blanche Hervieux !...* et je le prouverai... — Dénoncez-moi donc, madame, si vous l'osez ! Mais vous n'oserez pas, car je suis le vengeur ! je suis le châtiment !

La douairière reculait terrifiée sous le regard de Jean Renaud.

Elle atteignit l'une des parois du salon et la longea, chancelante, en se soutenant aux murailles, en se cramponnant aux tentures.

Ses mains, comme des mains d'aveugle, cherchaient une issue pour la fuite.

— Un égarement complet se lisait sur son visage...

Elle rencontra la porte, l'ouvrit machinalement, se précipita au dehors et disparut.

— Vous avez vengé votre frère, — murmura Cora Bernier, stupéfaite de tout ce qu'elle venait d'apprendre, — mais cette femme peut vous perdre...

Le faux mulâtre secoua la tête.

— Je ne m'appelle plus ni Jean Renaud, ni Michel Servan, maître... — répondit-il. — L'évadé de *la Dorade* est bien mort et je suis, grâce à vous, Doménico Séballa, votre parent... — Je ne crains rien... — Cette femme d'ailleurs ne parlera pas...

. . . .

Vers cinq heures du soir on annonça Jacques Hervieux, qui venait rendre compte à Lionel Warton de sa visite à l'hôtel de la rue Saint-Dominique.

Le châtelain de Saint-Ouen écouta son récit, le complimenta de la façon brillante dont il avait su jouer un rôle difficile et lui dit :

— Vous dînerez à Saint-Ouen, et ce soir vous nous accompagnerez à l'Opéra. — Sachant que vous deviez venir, j'ai fait prendre une loge.

Pendant le dîner, l'ex-condamné de la Roquette se montra fort galant auprès de Mary, sans que celle-ci parût s'inquiéter beaucoup de ces galanteries intempestives.

Sûre d'avoir deviné le plan de Cora, peu lui importaient les déclarations ampoulées d'un personnage éminemment suspect qu'elle ne prenait point au sérieux.

Elle croyait Léopold absent de Paris depuis la veille, par conséquent loin de tout péril.

Cela lui suffisait, et c'est avec une insouciance presque joyeuse qu'elle s'habilla pour aller à l'Opéra.

Léopold, parfaitement décidé à obéir à celle qu'il aimait, avait reçu en temps utile la lettre mise à la poste par la négresse Agar et renfermant des billets de banque.

Ne voulant pas quitter Paris sans payer dans le quartier qu'il habitait quelques petites dettes d'étudiant, il avait retardé son départ d'un jour et comptait prendre le soir même, à la gare du Havre, le train de dix heures et demie.

Vers neuf heures il allait sortir, sa valise à la main, pour héler le premier fiacre qu'il verrait passer à vide.

Sa concierge l'arrêta.

— Une lettre pour vous, monsieur... — lui dit-elle ; — le facteur vient de l'apporter à l'instant...

En réalité la lettre était dans la case du jeune homme depuis quatre heures de l'après-midi.

Léopold la prit et regarda la suscription tracée d'une écriture inconnue et qui lui sembla contrefaite.

Il s'approcha du bec de gaz éclairant la loge, déchira l'enveloppe et lut :

« Cher monsieur,

« De deux choses l'une :
« Où vous avez renoncé de bonne grâce à vos visées amoureuses et matrimoniales à l'endroit de la richissime Mary Warton, où vous êtes supplanté.
« Dans le premier cas, je n'ai rien à dire...
« Dans le second, je vous préviens charitablement que votre heureux rival, dont le cousin Lionel encourage la candidature et qui ne déplaît point, paraît-il, à la petite cousine, se nomme Jacques Hervieux...
« Le mariage aura lieu prochainement.
« Quoi qu'il en soit, vous avez eu raison de vous retirer, Jacques Hervieux étant peu patient de son naturel, mettant volontiers le poing sur la hanche, et dégainant comme un raffiné du temps jadis...
« Il était sage de battre en retraite. — Je vous félicite d'y avoir songé. — Rien de plus désagréable que de recevoir un joli coup d'épée tout au travers du corps, et rien de plus malsain...
« Donc, tous mes compliments au sujet de votre prudence, cher monsieur...

« Un inconnu qui s'intéresse à vous. »

« P.-S. Le châtelain de Saint-Ouen, ses trois cousines et le fiancé officiel de Mary Warton iront ce soir à l'Opéra dans une loge d'entre-colonnes.
« A bon entendeur, salut. »

Quand Léopold eut achevé la lecture du billet anonyme dont il nous semble facile de deviner l'auteur et le but — (étant donnés les projets de Cora, à qui Jacques Hervieux servait de complice inconscient) — il devint si pâle que la concierge s'écria :
— Est-ce que vous venez de recevoir une mauvaise nouvelle, monsieur ?... — On croirait qu'il ne vous reste plus une goutte de sang dans les veines et que vous allez tomber malade...
L'étudiant secoua la tête et se raidit.
— Ce n'est rien... — répondit-il, — un étourdissement...
Puis, s'efforçant de dominer l'émotion qui le paralysait, il remonta chez lui, jeta sa valise dans un coin, échangea son chapeau de voyage contre un chapeau de ville, redescendit, sortit, prit une voiture mais, au lieu de se faire conduire à la gare, donna l'ordre de le mener à l'Opéra.
Vingt minutes plus tard il se blottissait dans l'ombre d'une baignoire et s'assurait du premier regard que la lettre anonyme n'avait point menti.
Les filles de bronze occupaient en effet le premier rang d'une loge d'entre-colonnes.
Derrière elles se trouvaient Lionel Warton et Jacques Hervieux.

Marie bondit jusqu'à la fenêtre... En ce moment une détonation retentit.

Ce dernier se penchait d'un air sentimental et conquérant vers Mary pour lui parler bas.

Que pouvait-il lui dire ainsi? — Les choses les plus tendres du monde, il semblait impossible d'en douter.

Or, Mary l'écoutait sans la moindre colère. — Un moment arriva même où Jacques Hervieux s'empara de son bouquet, qu'il ne lui rendit qu'après en avoir longuement respiré le parfum.

Léopold fut près de pousser un cri de rage, de s'élancer vers cette loge, de s'en faire ouvrir la porte et de provoquer l'impudent personnage qui se permettait de courtiser Mary sous ses yeux...

La réflexion l'arrêta.

A quoi servirait un scandale public ?

Évidemment à rien, sinon à le faire appréhender au corps par les agents de la force publique, et conduire au violon d'abord, et ensuite en police correctionnelle...

Le jeune homme sortit du théâtre la tête absolument à l'envers. — Il lui semblait faire un mauvais rêve.

L'air rafraîchi, frappant son visage, lui rendit le sentiment de la réalité.

Il monta dans une voiture découverte.

— Où allons-nous, bourgeois ?... — lui demanda le cocher.

— A Saint-Ouen...

— A cette heure-ci, jamais de la vie !... — C'est hors Paris, Saint-Ouen, vous ne pouvez pas me forcer...

— Combien demandez-vous pour m'y conduire?...

— Vingt-cinq francs...

— Les voici...

— Hue ! cocotte...

Une heure après, c'est-à-dire à onze heures et demie, Léopold atteignait le but de sa course, descendait de voiture, se gardait bien de sonner à la grille et s'introduisait dans le parc par le saut-de-loup, ainsi qu'il l'avait déjà fait deux fois.

Il avait remarqué, non loin du pavillon occupé par le jardinier, une sorte de hangar sous lequel se trouvaient toutes sortes d'instruments d'horticulture, et de grandes échelles destinées à la taille des arbres.

Il décrocha l'une de ces échelles, en ayant soin de la choisir à la fois longue et légère, la cacha derrière un massif de fleurs à proximité de l'habitation et attendit.

A minuit un quart il entendit la grille de l'avenue tourner sur ses gonds, puis les grands carrossiers de Lionel amenèrent le landau jusqu'au bas des degrés du perron.

Le pseudo-nabab et les trois jeunes filles rentrèrent au château dont les valets de pied nègres refermèrent les portes derrière eux.

Des nuages épais couvrant le ciel rendaient la nuit très sombre.

Léopold vit scintiller des lumières derrière les fenêtres de la façade.

Il laissa s'écouler une demi-heure.

Les fenêtres devinrent obscures l'une après l'autre. — Une faible lueur continuace pendant d'éclairer celles de Marie.

L'étudiant, soulevant alors son échelle, l'appuya contre la muraille et gravit les échelons.

Marie avait quitté en quelques minutes sa toilette de soirée pour revêtir un peignoir de nuit, elle avait allumé une veilleuse, éteint les bougies, et maintenant, agenouillée aux pieds du crucifix, elle demandait à Dieu d'éloigner de Léopold tout danger, et de faire naître et grandir la pensée du pardon dans l'âme de Cora.

Soudain, au milieu de sa prière, elle tressaillit.

Un coup faible, mais très distinct, frappé sur l'une des vitres de sa croisée, arrivait à son oreille.

Elle se leva, en proie à une terreur indicible.

Un nouveau coup se fit entendre.

Marie allait prendre la fuite.

Une pensée terrifiante lui traversant l'esprit l'arrêta.

Quel autre que Léopold pouvait être là, sur le balcon, à pareille heure? — Quel autre pouvait entreprendre, avec une si folle imprudence, d'attirer son attention?

Ainsi donc l'étudiant, qu'elle croyait au Havre, n'avait point quitté Paris.

Un frisson courut sur sa chair, mais au lieu de fuir elle s'approcha de la fenêtre et elle écouta.

Une voix faible prononça ces trois mots:

— Oui, c'est moi...

Marie, d'une main tremblante, ouvrit à demi.

L'étudiant se glissa dans la chambre par l'entre-bâillement.

— Ainsi, c'est vous... — balbutia la mignonne d'un ton de douloureux reproche. — Malgré votre promesse, vous m'avez désobéi! — Vous n'êtes point parti! — C'est mal!

— Je suis resté et j'ai bien fait! — répondit le jeune homme avec amertume. — Je sors de l'Opéra. — Je connais vos projets nouveaux... Je vous apporte mes compliments et viens vous demander quel jour vous comptez devenir la femme de M. Jacques Hervieux.

— Léopold... Léopold... — reprit Marie en joignant les mains. — Qui vous a dit?

— Peu importe cela! — Vous voyez bien que je sais tout!... — Répondez-moi! J'attends...

— Que répondre, mon Dieu?... Je vous jure...

— Ne jurez pas! — interrompit l'étudiant. — Assez de faussetés, assez d'hypocrisie! — Vous figurez-vous par hasard que je peux croire encore? — J'ai eu foi en votre amour et vous m'avez trompé!... J'ai eu foi en votre parole et vous m'avez menti!... — Les périls qui, disiez-vous, me menaçaient, et que j'attirais sur vous, mensonges!... — Le prétendu secret de famille, mensonge

encore! — Ce départ de Paris, nécessaire pour éloigner de vous un grand danger et vous garder à ma tendresse aveugle, mensonge toujours!... — Et moi,
naïf et stupide amoureux, je ne doutais de rien!... Je croyais à tout, même à ce
dramatique serment juré sur la tombe de votre mère! — J'étais fou! Oui, j'étais
fou, et vous avez dû rire de moi... Mais aujourd'hui je suis guéri complètement,
et me voici, et je vous dis : — *J'ai vu! — Je sais!... — Je ne croirai plus!*

Marie écoutait en silence, le cœur brisé, l'âme en proie à une incommensu-
rable douleur.

— Ainsi, — répondit-elle au bout d'un instant, d'une voix que les sanglots
étouffaient, — ainsi j'ai joué une comédie odieuse pour vous abuser, pour me
railler de vous, pour vous faire souffrir!... — J'ai lutté... j'ai pleuré... j'ai prié...
j'ai souffert... tout cela n'était que mensonge!... — Quand je voulais éloigner
le péril imminent qui vous menaçait, je jouais une comédie!... — Quand je passais mes nuits en prières pour demander à Dieu la force de vous repousser et
le courage de ne vous point aimer, je mentais à Dieu et à moi-même!... Et
lorsque j'espérais enfin avoir vaincu la fatalité en faisant le sacrifice de ma vie,
quand je croyais toucher au but, je vous entends me crier avec colère, avec mépris : — *Vous m'avez menti sans cesse! Vous m'avez trompé toujours! Je ne vous
croirai plus!* — Oh! mon Dieu, Seigneur mon Dieu, que vous me frappez cruellement!...

Et la pauvre enfant éperdue, cachant son pâle visage dans ses deux petites
mains, laissa couler ses larmes et n'essaya même pas de contenir ses sanglots.

XXX

— Mais ce mariage?... ce mariage?... — murmura Léopold au bout d'un instant. — Que signifie ce mariage?...

Marie releva la tête à demi, et prononça ces mots en pleurant:

— Je ne répondrai pas... vous ne me croyez plus...

— Ah! je ne demande qu'à vous croire! — reprit le fils de Martial en saisissant les mains de la jeune fille; — et je vous croirai, je vous le jure, si vous
n'entourez pas vos réponses de mystère... si vous me dites toute la vérité...

— La vérité!... — je vous l'ai dite... et vous avez répliqué que je mentais...

— Ne saviez-vous pas que Lionel Warton songeait à vous marier avec
Jacques Hervieux?

— Je le savais...

— Et vous me l'aviez caché!...

— Pour éviter ce qui arrive!... — J'étais bien sûre, si je parlais, que vous
ne partiriez pas...

— Alors, — s'écria l'étudiant d'un ton farouche, — alors vous auriez épousé cet homme?...

— Ah! — murmura la pauvre enfant avec désespoir, en se tordant les bras. — Vous savez que je vous aime... j'ai juré sur la tombe de ma mère que je ne serais jamais à un autre qu'à vous!... et vous me demandez si j'aurais épousé cet homme!... — Quel immense mépris avez-vous donc pour moi?...

— J'ai tort, oui, je l'avoue, j'a tort, — dit vivement Léopold, — mais est-ce ma faute à moi si ma raison s'égare et si je ne sais plus distinguer la vérité du mensonge?... Mary, je deviens fou!... ayez pitié de moi... expliquez-moi ce qui se passe...

— J'en ai déjà trop dit, — balbutia la jeune fille, — et je ne puis rien expliquer... — J'ai fait tout au monde pour vous éloigner, et vous ne m'avez pas obéi!... Je renonce à la lutte... Que notre destinée s'accomplisse... — Soyons perdus tous deux...

— Eh bien! Mary, ne m'expliquez rien, mais jurez-moi du moins que vous n'aimez pas Jacques Hervieux!

— Est-ce que je puis aimer un autre que vous?

— Alors on vous l'impose, cet odieux rival qui veut me voler mon honneur! — Vous gardez le silence... C'est donc vrai... Ah! je le tuerai...

— Oh! non... non... pas cela! — s'écria Marie avec un effarement indicible, en entourant Léopold de ses bras, — je vous défends de vous battre avec lui... il vous tuerait...

— Je le tuerai... — répéta l'étudiant, — ou, s'il me tue, je ne souffrirai plus...

La jeune fille allait répondre et supplier.

Elle n'en eut pas le temps.

On frappait à sa porte.

Pâle d'émotion, Marie chancela, et c'est à peine si elle est eut la force de murmurer :

— Fuyez... fuyez... je vous en conjure... — Au moins qu'on ne vous surprenne pas ici.

Léopold s'élança sur le balcon puis, saisissant des deux mains les montants de l'échelle, se laissa glisser jusqu'au sol avec la rapidité de la foudre et s'enfuit.

Pour la seconde fois on ébranla la porte.

Marie — (sans même songer dans son trouble à fermer la fenêtre) — se traîna jusqu'à l'huis et fit tourner la clef dans la serrure.

La vieille négresse Agar se tenait sur le seuil.

— Que me veux-tu, bonne Agar? — demanda l'enfant rassurée par sa vue.

— Maîtresse, — répondit la fidèle servante, — un habitant du village est venu tout à l'heure prévenir les gardiens qu'un homme s'était glissé dans le parc en escaladant le saut-de-loup... — Les gardiens organisent une battue et posent des sentinelles... — Impossible que l'homme s'échappe... — Si par hasard c'était Léopold Dereyne, et si tu savais où il se cache, il faudrait l'empêcher de sortir, car les gardiens ont l'ordre de tirer sur lui...

Marie bondit jusqu'à la fenêtre et se pencha au dehors comme si ses regards avaient pu sonder les ténèbres.

En ce moment une détonation retentit dans le parc, suivie presque aussitôt d'une seconde.

La pauvre mignonne poussa un faible cri, appuya la main sur son cœur qu'une souffrance aiguë traversait ainsi qu'un fer rouge, et tomba sans connaissance entre les bras de la vieille Agar qui la porta sur son lit en se disant tout bas :

— Je la soignerai seule... Il ne faut pas appeler à l'aide... Il ne faut pas qu'on sache...

Au bout de deux heures seulement Marie revint à elle-même et vit Agar veillant près de sa couche.

Elle ouvrait la bouche pour l'interroger.

La négresse parla la première.

— Rassure-toi, maîtresse, — lui dit-elle à voix basse, — je me suis informée... — les serviteurs de Cora ont tiré deux coups de fusil sur le fugitif, mais ils ne l'ont pas atteint, et Léopold Dereyne (si c'est lui) a gagné Paris sain et sauf...

Marie remercia d'un regard et d'un sourire la fidèle négresse, puis elle laissa retomber sa tête sur l'oreiller et ferma de nouveau les yeux.

Le lendemain — ou pour mieux dire le matin de ce même jour — la vengeresse, un peu avant le déjeuner, causait dans le salon avec Jean Renaud.

Robinson parut, portant une carte sur un plateau.

— Maître, — dit-il, — recevez-vous ?

Lionel Warton regarda la carte et ne put retenir une exclamation de surprise et de joie.

— Qu'y a-t-il donc ? — demanda l'évadé de *la Dorade*.

— Voyez...

Jean Renaud prit la carte à son tour et lut :

« FERNAND STRÉNY ! »

— C'est Dieu qui nous l'envoie !... — reprit la vengeresse. — Robinson, introduis ce visiteur.

— Quel hasard l'amène ? — pensait le faux mulâtre.

Robinson annonça :

— Monsieur Fernand Strény...

Le châtelain de Saint-Ouen fit deux pas au-devant de lui.

L'ex-amant de Blanche Hervieux était un homme grand et mince, très distingué de visage et de manières ; — il pouvait avoir cinquante ans, mais il aurait semblé plus jeune sans sa barbe épaisse et grisonnante et ses cheveux presque blancs.

Les trois personnages se saluèrent.

— Est-ce à monsieur Lionel Warton que j'ai l'honneur de parler ?... — demanda Fernand Strény.

— Oui, monsieur... — répondit Cora. — Prenez un siège, je vous en prie, et veuillez m'expliquer le motif de votre visite...

Le nouveau venu salua pour la seconde fois, s'assit et répliqua :

— Ce motif est bien simple... — J'habite depuis plusieurs années la campagne aux environs de Blois... — J'ai eu connaissance, hier seulement, d'une annonce insérée dans plusieurs journaux, entre autres dans le *Constitutionnel*... Je suis parti pour Paris à l'instant même... — Arrivé cette nuit, je me suis rendu ce matin chez M. Pestel, notaire, rue de la Paix, n° 3, et c'est lui qui m'envoie à vous, car ma visite est relative à l'héritage du fils de Laurent Raymond...

— Vous savez ce qu'est devenu ce fils ? — s'écria Lionel.

— Oui, monsieur, je l'ai vu il y a quelques jours, et je lui communiquerai le plus tôt possible les renseignements que vous voudrez bien me donner au sujet de la fortune de son père... — Cette fortune existe donc ?

— Oui, monsieur...

— Elle est entre vos mains ?

— Non, mais je possède toutes les pièces et tous les documents nécessaires pour faire restituer au fils un héritage que sans doute il croyait perdu...

— Complètement perdu, oui, monsieur, car moi-même, l'intime ami de Laurent Raymond, j'ignore à l'heure qu'il est où et comment mon ami est mort il y a neuf ans, époque de sa disparition, et ce que sa fortune est devenue...

— Je vous indiquerai tout cela... — reprit Lionel. — Les renseignements que j'ai recueillis m'ont appris votre intimité avec Laurent Raymond dont vous partagiez les idées et les aspirations politiques...

— Ces renseignements étaient exacts...

— Sans doute, mais ils mentaient en ajoutant que vous étiez mort...

— L'erreur, quoique manifeste, — fit Strény en souriant, — ne m'étonne pas outre mesure car, ainsi que j'avais l'honneur de vous le dire il n'y a qu'un instant, j'habite la campagne et je vis loin du monde parisien et des agitations de la politique... — Quand disparaît un boulevardier endurci comme je l'étais jadis, on explique sa disparition en disant qu'il est mort...

— N'avez-vous point cherché les traces de Laurent Raymond ? — demanda Lionel.

— Je les ai cherchées beaucoup, au contraire, mais mes démarches sont restées sans résultat. — Ce que je n'ai pu savoir, vous, monsieur, le savez-vous ?

— Je le sais, et je vous raconterai tout à l'heure la fin terrible de votre ami, mais d'abord permettez-moi de vous adresser quelques questions...

— Je suis prêt à répondre...

— Laurent Raymond avait un fils ?... — demanda Lionel...

— Oui... — un enfant plein d'avenir en pension aux Batignolles...

Jean Renaud intervint.

— A la pension Bénistan... — dit-il.

— Quoi ! — s'écria Strény, — vous connaissiez ce détail ?

— Comme vous voyez, mais nous ne connaissons pas autre chose... — A l'institution Bénistan nous avons perdu la piste...

— Naturellement, car aussitôt après la mystérieuse disparition de son père j'ai retiré le jeune garçon, j'ai achevé son éducation, j'ai voulu faire de lui un honnête homme, un homme distingué, un homme utile... — et, grâce à Dieu, j'ai réussi !... — Aujourd'hui, dans la marine impériale, on cite avec éloges le nom du lieutenant Armand Raymond Dorsay !

— Armand Raymond Dorsay ! — répéta la vengeresse, pâlissant et rougissant tour à tour, en proie à une écrasante émotion que Jean Renaud partageait d'ailleurs. — C'est bien le nom que vous venez de prononcer ?

— Oui, monsieur, mais je dois ajouter qu'on l'appelle seulement Armand Dorsay, du nom de sa mère... — Je l'ai voulu ainsi craignant que, sous le régime impérial, le nom du conspirateur républicain ne jetât sur l'aspirant de marine une défaveur imméritée... — Armand Dorsay, en permission ces jours derniers, est venu passer quarante-huit heures avec moi, dans mon ermitage campagnard, avant de se rendre à Paris...

Cora, levant les mains et les yeux vers le ciel, s'écria comme en délire :

— Ainsi c'est lui !... lui le fils de Laurent Raymond ! — Ah ! justice de Dieu, tu n'es pas un vain mot !

— Que voulez-vous dire, monsieur ? — demanda Fernand Strény, stupéfait à son tour.

— Ayez patience, monsieur... — répondit Lionel, dont l'exaltation s'était brusquement éteinte. — Je vous expliquerai tout, je vous le répète, mais plus tard... Je puis cependant vous apprendre à l'instant que je donnerai à Armand Dorsay des armes contre les infâmes qui ont assassiné son père...

— Assassiné !... — murmura Strény douloureusement. — Assassiné !...

— Pour lui voler six cent mille francs... — acheva le pseudo-nabab.

— Le nom de ces infâmes, monsieur ? leur nom ?

— Oh ! soyez tranquille, vous le saurez ; mais c'est Armand Dorsay qui doit le connaître d'abord... — Il faut qu'il soit prévenu... qu'il revienne...

— S'il est en mer, sera-ce possible ?...

— Tout est possible ! — On obtiendra une permission et je fréterai un bâtiment pour aller le chercher au bout du monde...

Il a pénétré de force dans ma chambre, où je dormais d'un excellent sommeil...

— Cette permission, comment l'avoir ?

— Je m'en charge.

— Vous connaissez Armand, sans doute, car vous paraissez lui porter un bien vif intérêt...

— Je le connais en effet, oui, monsieur, et l'intérêt qu'il m'inspire est immense...

Strény se leva.

— Les intérêts de mon pupille sont en bonnes mains, je le vois, — dit-il, — et j'en suis très heureux... — Il ne me reste qu'à vous donner mon adresse à Paris, à prendre congé de vous, et à attendre vos ordres...

— Il vous reste autre chose à faire, monsieur... — dit Jean Renaud, qui jusqu'à ce moment était resté le témoin muet de l'entretien qui précède... — il vous reste à apprendre un terrible secret!... — Nous vous avons cherché beaucoup, monsieur Fernand Strény... autant que nous cherchions le fils de Laurent Raymond...

— Qu'aviez-vous donc à me dire?...

— Nous avions à vous mettre sur les traces d'une action monstrueuse dont vous avez été la victime à votre insu...

— Une action monstrueuse!... — répéta Strény qui marchait de surprise en stupeur.

— Un crime, oui!... — Un crime commis contre vous... Et vous avez le droit et le devoir de châtier l'auteur de ce crime!...

XXXI

Les paroles de Jean Renaud tombaient comme des coups de masse sur la tête de Fernand Strény et mettaient le trouble dans son esprit.

Il balbutia :

— Je cherche vainement à vous comprendre, monsieur... — De quel crime commis contre moi parlez-vous donc? — Quel coupable faut-il châtier?

Au lieu de répondre le faux mulâtre interrogea.

— En 1828, — fit-il, — vous habitiez la rue de Valois-Palais-Royal, n'est-ce pas?

— Oui...

— Et vous étiez l'amant d'une jeune fille que vous aimiez jusqu'à la folie?...

Une ride profonde se creusa sur le front de Strény ; ses sourcils se contractèrent.

Mais il dompta l'émotion qui s'emparait de lui et répliqua d'une voix qu'il voulait rendre ferme :

— C'est vrai... j'adorais cette jeune fille... — J'avais eu son premier amour ; je m'étais juré qu'elle serait ma femme. — Dieu sait avec quelle immense joie j'aurais tenu mon serment !

Et Strény passa la main sur ses yeux qui se remplissaient de larmes.

Jean Renaud poursuivit :

— J'évoque en vous de pénibles souvenirs, monsieur ; je rouvre une blessure mal cicatrisée, je le sais, mais j'agis avec la conscience d'accomplir un devoir...

— Plus la blessure sera saignante et douloureuse, mieux vous comprendrez la grandeur du crime et la nécessité d'une éclatante vengeance!

— Vous m'épouvantez ! — s'écria Strény. — Qu'allez-vous donc m'apprendre ?

— Une trahison infâme...

— De qui ?

— Ne m'interrogez pas et laissez-moi m'expliquer à ma guise. — Votre maîtresse se nommait Blanche Hervieux...

— Comment le savez-vous ?

— Patience !... — Vous ignorez ce que cette jeune fille est devenue ?...

— Je ne l'ai jamais su...

— Comment est-ce possible ?

— J'appartenais à une société secrète dont tous les membres avaient prêté serment d'obéissance absolue et d'inviolable discrétion... — Je reçus du comité directeur l'ordre de me rendre à l'étranger dans un but politique, et la défense d'annoncer mon départ à qui que ce fût, sans exception... — Je partis... — Mon voyage dura plus de deux mois, et pendant ces deux mois, lié par ma parole, je laissai Blanche Hervieux sans nouvelles... — A mon retour je courus chez la pauvre enfant... — elle avait disparu... — Je fouillai Paris avec désespoir, avec rage, je fis tout au monde pour retrouver sa trace, mais en vain...

— Qu'avez-vous supposé ?...

— Que Blanche Hervieux, voyant qu'elle serait bientôt mère et prenant mon absence inexpliquée pour un abandon brutal et lâche, n'avait pas eu le courage de vivre avec la honte et s'était suicidée... — Ce sera mon éternel désespoir et mon remords impérissable !...

— Votre maîtresse ignorait donc que vous aviez l'intention de l'épouser ?

— Elle le savait... je le lui avais dit... mais elle a dû croire que je mentais en parlant ainsi... et les apparences ne lui donnaient que trop raison... — La fatalité m'a refusé le triste bonheur de prier au moins sur sa tombe...

— Cette tombe n'existe pas... — répliqua Jean Renaud. — Blanche Hervieux ne s'est point suicidée...

— Vivante ? Elle est vivante ? — s'écria Fernand Strény en joignant les mains.

— Elle est vivante, — répéta le faux mulâtre, — et ce crime dont je vous parlais, c'est elle qui l'a commis...

— Impossible !!! Blanche était un ange !...

— Quand vous aurez entendu ce qu'il me reste à vous apprendre, vous saurez à quoi vous en tenir sur les ailes de cet ange !... — Avant votre départ pour l'étranger, Blanche Hervieux songeait déjà à se séparer de vous et à disparaître...

— Pourquoi ? — Ne m'aimait-elle pas ?

— D'abord elle ne vous aimait pas, ensuite elle enviait fort peu l'honneur de partager votre nom modeste en même temps que votre humble fortune... — Ses visées étaient plus ambitieuses... Elle rêvait un titre, elle rêvait des millions, et elle avait enfin trouvé l'homme qui pouvait réaliser son rêve. — Cet homme se nommait le comte de Lasseny...

Pâle, respirant à peine, le visage contracté, Strény écoutait Jean Renaud. Ce dernier poursuivit :

— Le comte de Lasseny, un libertin et presqu'un vieillard, s'éprit de la beauté de Blanche et surtout de sa vertu menteuse... — Elle sut irriter ses désirs par une résistance calculée... — il voulait la posséder à tout prix et lui offrit sa main, que naturellement elle accepta...

— Non ! je ne vous crois pas ! — dit Strény avec violence. — On vous a trompé, monsieur !... Blanche était grosse de plusieurs mois au moment de mon départ et ne pouvait abuser personne !

— Attendez donc ! — répliqua Jean Renaud. — Nous touchons à la honte... nous arrivons au crime... — Ainsi que vous le dites fort bien, Blanche Hervieux ne pouvait abuser personne, à moins qu'elle ne réussît à cacher les suites de sa première faute... — Elle était rusée et perverse comme un vieux galérien, cette fille aux grands yeux naïfs... — Elle fit croire à M. de Lasseny qu'elle allait passer quelques semaines en Bretagne, auprès de sa famille, et elle se mit en pension dans l'établissement d'une sage-femme de Vincennes où elle accoucha d'un fils...

— Un fils ! — répéta Fernand Strény. — Un fils !... — Mon fils, alors ?

— Votre fils, oui, monsieur.

— Achevez, je vous en supplie... Vous allez me rendre fou !

— J'achève, mais, croyez-moi, faites appel à tout votre sang-froid, à tout votre courage, à toute votre force, vous en aurez besoin... — Blanche Hervieux offrit de payer vingt mille francs, le lendemain de son mariage, à la sage-femme Claire Bonchamp, à condition que celle-ci *supprimerait* votre fils.

Jean Renaud appuya sur le mot : *supprimerait*, pour lui donner son véritable sens et sa valeur entière.

— Ah ! murmura Strény, — je vous entends, mais à coup sûr je vous comprends mal... — Blanche n'a pas voulu cela... Blanche n'a pas fait tuer son enfant !!!

— Elle a prononcé l'arrêt de mort... Elle a conclu le marché... elle a payé le prix convenu...

— Et la sage-femme a consenti ??...

— Assurément !!... — Pourquoi cette créature vénale et corrompue aurait-elle eu plus de cœur que la mère dénaturée qui lui commandait le crime ?

— Mais tout cela est horrible !... tout cela est monstrueux !... Je suis en plein cauchemar...

— Tout cela est réel... — répliqua Jean Renaud. — Vous en aurez la preuve...

En disant ce qui précède, le faux mulâtre ouvrit un meuble, y prit un portefeuille assez volumineux, et de ce portefeuille tira des papiers qu'il étala sur une table.

— Ainsi mon fils est mort !... — dit Strény avec un sanglot.

— Il serait mort sans la pitié d'un amant de la sage-femme qui, saisi de compassion, résolut de sauver l'enfant et le fit inscrire à Vincennes sur les registres de l'état civil sous le nom de Jacques Hervieux, fils de Blanche Hervieux et de père inconnu. — Jacques Hervieux est vivant...

— Vivant! — s'écria Fernand Strény les mains jointes, les yeux pleins de larmes de joie. — Ah! cette bonne nouvelle me fait tout oublier, me console de tout!... — Que son sauveur soit cent fois béni! — Nommez-le-moi... Je veux lui témoigner ma gratitude sans bornes et lui prouver ma reconnaissance.

— Cet homme n'existe plus depuis bien des annnées... — répondit Jean Renaud.

— Et mon fils, où est-il?

— Je l'ignore, mais Blanche Hervieux, aujourd'hui veuve du comte de Lasseny et mère d'un fils légitime sur qui se concentrent ses tendresses, sait ce qu'est devenu le bâtard condamné par elle et ne refusera point de vous l'apprendre si vous le lui demandez...

— Oh! misérable... misérable femme! — Mais la preuve de tout cela, monsieur, vous me l'avez promise...

— Je vais vous la donner...

Jean Renaud prit les papiers étalés sur la table et poursuivit :

— Voici d'abord, écrit et signé par Claire Bonchamp, le procès-verbal des conventions intervenues entre elle et Blanche Hervieux... — Voici l'acte de naissance de votre fils... — Voici une lettre que vous écrivait votre maîtresse en vous renvoyant l'anneau donné par vous et dans lequel sont gravés vos deux noms, avec la date de votre premier baiser... — Enfin, voici l'anneau lui-même...

Et l'évadé de *la Dorade* tendait à Fernand Strény chacune des preuves irrécusables à mesure qu'il les énumérait.

— Ah! Blanche Hervieux, comtesse de Lasseny, — murmura l'ancien ami de Laurent Raymond avec une intonation effrayante, — il faudra bien que tu me dises où est mon fils...

— Allez donc le lui demander...

— Son adresse, monsieur?...

— Rue Saint-Dominique-Saint-Germain... hôtel de Lasseny.

— J'y vais... — Merci, monsieur, merci de ce que vous avez fait pour moi... — Quand je saurai où est mon fils, je reviendrai, et nous parlerons d'Armand Dorsay.

Strény, pâle de colère et de haine, le regard étincelant d'un feu sombre, sortit du salon d'un pas rapide mais en chancelant comme un homme ivre.

Jean Renaud le suivait des yeux.

— Ah! — s'écria-t-il triomphant, — mon frère sera vengé!...

Le bruit inattendu d'un sanglot lui fit tourner la tête. — Il vit Cora pleurant en se tordant les mains.

— Maître, — demanda-t-il stupéfait, — qu'avez-vous ?...

— Qu'avons-nous fait ? qu'avons-nous fait ? — balbutia la jeune fille avec désespoir.

— Nous avons préparé de justes représailles...

— Ne comprenez-vous pas que nous sommes infâmes ?

Le faux mulâtre regarda son interlocutrice avec un étonnement immense. Il ne comprenait pas, en effet.

— Est-ce donc une infamie d'appeler le châtiment sur la tête du coupable ?

— Ce n'est pas le coupable, c'est l'innocent que nous atteignons !

— Comment ?

— Cet homme à l'âme noble, au cœur généreux, ce Fernand Strény, le père adoptif du lieutenant Dorsay que j'aime, devient notre victime, notre dupe et notre jouet ! — Nous lui infligeons la plus effroyable des hontes... Nous lui donnons pour fils un misérable, un voleur, le rebut des bagnes ! — Qu'avons-nous fait ?

La lumière envahit l'esprit de Jean Renaud.

Il cacha son visage entre ses mains en disant d'une voix étranglée :

— Vous avez raison, maître !... — C'est horrible !

— Mais à quoi bon de stériles regrets ? — reprit vivement Cora. — Il faut à tout prix empêcher les conséquences de notre œuvre. — Il faut que Fernand Strény ne retrouve jamais le bandit qu'il appellerait son fils...

— Comment empêcher une rencontre inévitable entre deux hommes dont l'un cherche l'autre ?...

— En expédiant Jacques Hervieux ou plutôt Blancheton à l'étranger, avec une grosse somme et la promesse d'une forte pension, mais à la condition expresse qu'il ne reviendra point en France...

— Consentira-t-il à partir ?...

— Je le défie de refuser... — Si je l'abandonne il est sans ressources, et l'existence des maisons centrales et des bagnes l'épouvante à présent... — Voyez-le dès aujourd'hui, chargez-vous de négocier avec lui, et que son départ soit immédiat...

— Que faudra-t-il donner ? — que faudra-t-il promettre ?

— Les circonstances vous répondront mieux que moi... Je vous laisse carte blanche.

Jean Renaud allait sortir.

Robinson entra.

— Maître, — dit-il, — M. Jacques Hervieux descend de voiture et monte les degrés du perron. — Je viens chercher vos ordres...

Cora et Jean Renaud échangèrent un regard, puis la vengeresse répondit :

— Il faut le recevoir. — Amène-le...

XXXII

Robinson introduisit Jacques Hervieux.

L'ex-condamné de la Roquette entra, tenant de la main gauche avec un chic suprême sa canne et son chapeau ; le lorgnon sur le nez ; l'air prétentieux et fat ; la physionomie superlativement désobligeante.

Bref, une tête à souffleter.

— Vous arrivez fort à propos, cher monsieur, — lui dit Lionel Warton. — Mon parent Doménico Séballa s'apprêtait à vous aller trouver à Paris, ayant à vous faire une communication importante...

— Fort bien, — répliqua Blancheton, — vous m'apprendrez de quoi il s'agit quand je vous aurai dit ce qui m'amène... — Figurez-vous qu'il se passe des choses énormes, qui vont vous intéresser beaucoup...

— En vérité... — fit le pseudo-nabab d'un ton dédaigneux.

— Jugez-en... — Je me bats demain et, ma parole d'honneur, vous m'en voyez ravi !... Un duel... c'est ça qui pose un homme dans le monde !...

Lionel tressaillit.

— Vous vous battez ! — s'écria-t-il.

— Parfaitement...

— Avec qui ?

— Avec Léopold Dercyne, parbleu !...

— A quel propos ?...

— Ce gamin a su, j'ignore comment, qu'on parlait dans Paris de mon prochain mariage avec votre charmante cousine, mademoiselle Mary Warton, dont il paraît qu'il est fort toqué !... — Il est venu chez moi ce matin, il a piétiné sur la consigne, bousculé mon domestique, et pénétré de force jusque dans ma chambre où je dormais d'un excellent sommeil... — Là il a mené grand tapage, me signifiant qu'il fallait renoncer à l'union projetée ou me battre avec lui, et comme je refusais avec énergie, me contentant de l'envoyer promener bel et bien, il a levé sa canne et l'a laissé retomber sur mon dos !.. Le dos d'un homme sans armes !... C'est lâche !...

— Quelle est l'arme choisie ? — demanda Lionel

— Étant l'offensé, j'avais le choix... — J'ai choisi l'épée...

— Mais c'est à peine si vous savez tenir un fleuret...

— Naturellement, puisqu'avant de m'endormir Blancheton et de me réveiller Jacques Hervieux je n'avais jamais mis les pieds dans une salle d'armes ; mais je connais le chausson, la boxe et le bâton sur le bout du doigt. — Ça me servira...

— Je me figure d'ailleurs que le petit jeune homme ne doit pas être plus malin que moi... — Enfin, à l'épée je défendrai ma peau tant bien que mal, tandis qu'au pistolet une balle vous arrive dans la tête sans dire gare, et bon voyage la compagnie !

— Venez dans la salle d'armes, — dit Lionel, — nous allons voir ce que vous savez faire... — Vous tirerez avec Doménico Séballa et je jugerai les coups.

Un instant après, Jacques Hervieux et Jean Renaud mettaient habit bas, revêtaient le plastron, cachaient leur visage sous le masque, et l'assaut commençait.

L'inexpérience de l'ex-Blancheton était absolue, mais cette inexpérience même faisait de lui un adversaire fort à craindre.

Il n'observait aucune règle, se servait de son épée ainsi que d'un sabre ou d'un bâton, rampant comme un serpent, bondissant comme un singe, frappant à tort et à travers, mais sans relâche et vigoureusement.

S'il n'était pas tué du premier coup il pouvait déconcerter le jeu du plus habile tireur.

— En voilà assez... — dit Lionel au bout de trois minutes.

— Eh bien ! que pensez-vous de mon procédé ? — demanda Blancheton en ôtant son masque.

— Je pense, — répliqua le pseudo-nabab, — que, si votre poignet est plus solide que celui de votre adversaire, vous avez chance de vous en tirer...

— Pour ce qui est du poignet, j'en dégotterais dix comme ce petit Léopold... Aussi, vous le voyez, je suis bien tranquille...

— C'est d'une âme énergique !... — Avez-vous déjeuné ?

— Non.

— Je vous garde... — Reposez-vous sur ce divan en fumant un cigare, j'ai quelques recommandations à faire à Doménico Séballa qui part pour Paris... Je vous rejoindrai dans cinq minutes...

Cora prit le bras de Jean Renaud et sortit avec lui de la salle d'armes.

— Maître, — demanda le faux mulâtre en souriant, — je vais donc à Paris quand même ?

— Oui.

— Qu'aurai-je à faire ?

— Vous irez chez Léopold Dereyne avec deux fleurets que vous emporterez d'ici... Si le jeune homme est absent vous l'attendrez, vous lui mettrez un fleuret dans la main et vous lui montrerez comment il doit s'y prendre pour lutter contre Jacques Hervieux...

— Quoi, vous voulez ?...

— Je veux qu'il se défende... — Je veux qu'il soit l'instrument dont se servira le destin pour défaire ce que nous avons fait, et pour rouvrir la tombe d'où nous avons tiré Blancheton...

*
* *

— Otez votre veston, prenez ce fleuret, et en garde !

Rejoignons Fernand Strény.

En quittant Cora et Jean Renaud, après le long entretien auquel nos lecteurs ont assisté, l'ancien amant de Blanche Hervieux ne se souvenait assurément ni de Laurent Raymond, ni d'Armand Dorsay, ni des motifs de son voyage à Paris.

On lui avait parlé de son ex-maîtresse.

On lui avait dit que de sa liaison avec cette indigne créature un fils était né, et que ce fils vivait...

Il ne pensait plus qu'à ce fils... — Il ne souhaitait plus que deux choses: retrouver l'enfant et punir la mère...

Fernand Strény promit au cocher de la voiture de louage qui le ramenait à Paris une gratification princière s'il brûlait le pavé depuis Saint-Ouen jusqu'à la rue Saint-Dominique.

Le cocher fit de son mieux pour gagner la prime. — Le cheval étant à son maître, il n'avait — (à son point de vue) — nulle raison pour le ménager.

Les coups de fouet, prodigués sans mesure et sans trêve, donnèrent des ailes au pauvre animal qui ne s'arrêta, haletant, blanc d'écume, aux trois quarts fourbu, que devant l'hôtel dont nous avons à plus d'une reprise franchi le seuil.

Durant le trajet, Fernand Strény, brûlé par une fièvre violente, n'avait pas senti sa colère s'apaiser ; — au contraire, à mesure qu'il se rapprochait de l'ex-Blanche Hervieux, son ressentiment grandissait.

Quand la voiture fit halte il jeta au cocher la somme promise, sauta sur le trottoir et, voyant ouverte devant lui une haute porte cochère d'où venait de sortir un coupé de maître, s'élança dans la cour.

Le concierge l'arrêta au passage en lui criant:

— Hé ! monsieur, où allez-vous ?

— C'est bien ici que demeure le comtesse Blanche de Lasseny ? — demanda le visiteur.

— Oui, monsieur...

— Eh bien ! je vais la voir...

— Mme la comtesse ne reçoit pas, M. le comte, son fils, étant en ce moment très malade...

— Ah ! son fils, M. le comte, est en ce moment très malade... — répéta Strény avec une sombre ironie.

— Hélas ! oui, monsieur...

— Et Mme la comtesse, à cause de cela, ne reçoit pas ?

— Non, monsieur...

— Elle me recevra pourtant, moi !...

Puis, sans s'occuper davantage du concierge stupéfait, Fernand Strény traversa la cour et gravit les marches du perron monumental conduisant au grand vestibule.

Ce vestibule était désert.

La maladie de Gontran désorganisait la maison... — le service ne se faisait plus avec la régularité habituelle, et les valets de pied désertaient les banquettes.

Ne trouvant personne pour l'introduire, Strény ouvrit au hasard la porte qui lui faisait face, traversa un premier salon, ouvrit une seconde porte, et s'arrêta sur le seuil d'un autre salon plus vaste.

Au fond de cette pièce une femme vêtue de noir, assise ou plutôt couchée sur un fauteuil immense, pleurait, le visage dans les mains.

C'était la comtesse douairière.

Au bruit léger que fit la porte en tournant sur ses gonds Blanche leva la tête, et tressaillit en voyant cet homme immobile, dont le visage était livide et les yeux étincelants.

Elle le contempla pendant une ou deux secondes avec une stupeur qui se changea bien vite en épouvante.

Alors elle se dressa d'un bond, fit deux pas en avant, les yeux toujours fixés sur le visiteur, puis elle recula terrifiée, les bras tendus comme pour repousser l'apparition, et d'une voix étranglée elle cria :

— Lui ! Lui !... Fernand Strény !...

— Vous m'avez reconnu, madame... — dit le nouveau venu lentement, avec une sorte d'effort. — Cela fait honneur à votre mémoire !... — Toute explication est inutile entre nous, n'est-ce pas ? — Votre pâleur et votre effroi me prouvent que vous savez pourquoi je suis ici et quel compte nous avons à régler... — J'irai droit au but : — Qu'est devenu l'enfant né le 29 décembre 1828 ?... Qu'avez-vous fait de mon fils ?...

Cette question fut pour Blanche un coup de foudre et porta au plus haut point le désordre de son cerveau déjà très ébranlé.

Elle garda le silence et se mit à trembler de tout son corps.

— Répondez-moi, madame, — commanda Strény en haussant la voix. — Répondez-moi ! il le faut ! — Je le veux !

— Parlez plus bas... — murmura la comtesse en étendant les mains vers lui avec un geste suppliant. — Parlez plus bas... mon fils se meurt !...

— Je ne vous parle pas de votre fils, je vous parle du mien ! — poursuivit Strény. — Que m'importe la vie où la mort de l'enfant du comte de Lasseny ? — Je vous parle de mon fils à moi... de celui que vous avez condamné, de celui dont vous avez payé la mort, et qui a vécu malgré vous... — Je vous parle de l'enfant inscrit à la mairie de Vincennes sous le nom de Jacques Hervieux, fils de Blanche Hervieux et de père inconnu... — Voici l'acte ! — Le père inconnu... c'était moi !... — Madame, qu'avez-vous fait de mon fils ?...

La comtesse de Lasseny se laissa tomber à genoux et dit d'une voix brisée et qui ressemblait à un râle :

— Grâce !... Pardonnez-moi !... Je me repens...

Strény la saisit par les bras pour la relever et répliqua :

— Qu'avez-vous besoin de mon pardon et que me fait votre repentir ? — Ce qu'il me faut, c'est une réponse !... — Je veux mon fils ! où est mon fils ?

— Je ne sais pas...

— C'est impossible...

— Je vous jure que je ne sais pas...

— Tu ne sais pas où est mon fils ?...

— Non...

— Tu l'as vu, cependant?... tu le connais?... tu lui as parlé?...

— Il est venu, la haine dans le cœur... l'injure et la menace aux lèvres... Il a voulu me déshonorer aux yeux du monde!... il a voulu me contraindre à déclarer hautement que j'étais sa mère... — C'était impossible... Je l'ai chassé...

— Tu as chassé ton fils !...

— J'ai chassé mon ennemi... Je n'ai qu'un fils... celui qui se nomme Gontran de Lasseny et qui se meurt...

Un accès de rage indicible s'empara de Strény.

— Prends garde, misérable créature! — dit-il d'une voix stridente et serrant les poignets de la comtesse à les briser. — Prends garde! — Si tu refuses de me répondre, si tu refuses de m'apprendre où est mon enfant à moi, je vais t'entraîner au chevet de ton fils qui se meurt, et devant lui te jeter tes crimes au visage, et lui apprendre qu'il avait pour frère un bâtard, dont leur mère à tous deux a voulu et payé la mort !... Répondras-tu maintenant? — Où est mon fils ?

Blanche se tordit les bras en balbutiant d'une voix changée et avec un accent étrange :

— Je ne sais pas... — Je ne sais pas... Vous voyez bien que je ne sais pas...

— Viens donc !

Strény souleva et saisit par les épaules son ancienne maîtresse afin de la pousser en avant et de la contraindre à lui servir de guide.

Un long sanglot s'échappa des lèvres de la comtesse de Lasseny et ce sanglot s'acheva dans un éclat de rire.

L'ex-Blanche Hervieux se laissa tomber sur un siège. — Un égarement complet se lisait dans ses regards.

— Le comte de Lasseny veut m'épouser... — dit-elle d'une voix lente et monotone. — Vous entendez, sage-femme... mais pour être riche et comtesse il faut que je sois vierge, et je vais être mère... — J'ai besoin de vous, sage-femme... — Supprimez l'enfant qui doit naître... le bâtard de Fernand Strény... et je vous donnerai vingt mille francs... vingt mille francs... vingt mille francs...

Puis dix fois, vingt fois, cent fois de suite, la malheureuse répéta : *vingt mille francs ! vingt mille francs !*

Strény la regardait avec épouvante.

Elle était folle...

XXXIII

Après avoir échapé aux balles des gardiens noirs du parc de Saint-Ouen, Léopold avait regagné Paris et, dès le matin, s'était rendu au logis de Jacques Hervieux pour le provoquer.

Rentré chez lui dans l'après-midi il écrivit une longue lettre d'adieu à Mary Warton, lettre qui devait être mise à la poste par un de ses témoins s'il succombait dans le duel du lendemain.

Un violent coup de sonnette l'interrompit.

Il ouvrit la porte de son modeste logis d'étudiant, et grande fut sa surprise quand il vit apparaître Doménico Séballa, portant sur son bras gauche un paquet long et mince enveloppé d'une serge verte.

— Vous, ici, monsieur ! — s'écria-t-il.

— Oui, moi, — répondit le faux mulâtre. — Ça vous étonne, je le comprends, mais inutile de me questionner... — Nous n'avons pas de temps à perdre... Je vais donc vous expliquer tout de suite et sans phrases ce qui m'amène... — Vous vous battez demain matin avec le nommé Jacques Hervieux...

— Quoi, vous savez ?...

— Eh oui ! parbleu !... — interrompit Jean Renaud. — Nous venons d'avoir à Saint-Ouen la visite de ce monsieur...

— Ce monsieur... — répéta Léopold. — Ah çà ! vous n'êtes donc point de ses amis, monsieur Séballa ?

— Il me porte effroyablement sur les nerfs, tandis que vous m'êtes très sympathique... — Donc entre vous et lui je ne puis hésiter... et je n'hésite pas...

— A quel propos ?...

— Vous allez voir... Êtes-vous d'une jolie force à l'épée ?...

— Ni jolie, ni médiocre... absolument nulle... — C'est à peine si j'ai mis cinq ou six fois les pieds dans une salle d'armes...

— Je m'en doutais, et j'arrive avec des fleurets...

— Pourquoi faire ?

— Pour vous donner une leçon qui vous empêche d'être soit embroché, soit assommé par votre adversaire, car il joue de l'épée comme un autre joue du bâton...

— Ce Jacques Hervieux est-il de première force ?

— Il n'en sait pas plus long que vous, mais il a un poignet d'enfer et une souplesse de chat-tigre... Je viens de faire assaut avec lui et, si je ne vous mettais en garde contre son jeu de garçon boucher, je ne donnerais pas cent sous de votre peau !

— M. Lionel Warton connaît-il votre démarche ?...

— Parfaitement.

— Il me porte donc quelque intérêt ?...

— Il vous en porte même beaucoup et serait désolé, je vous l'affirme, si vous étiez tué par Jacques Hervieux...

— Cependant...

— Pas un mot de plus ! — interrompit pour la seconde fois Jean Renaud. — Je vous répète que le temps nous presse... — Otez votre veston, prenez ce fleuret, et en garde ! — Allons !... une ! deux !

Et l'évadé de *la Dorade* faisait des appels du pied droit.

Léopold obéit sans répliquer.

La leçon dura une heure.

Au bout de cette heure l'étudiant suait à grosses gouttes et se sentait brisé, mais il était en état de se défendre contre ce que Jean Renaud appelait un *jeu de garçon boucher*.

— Voilà qui va bien, — dit le faux mulâtre, — et je crois que vous pourrez vous en tirer assez proprement... — Autre chose : — Arrangez-vous de façon à ce qu'un de vos témoins vous manque... — Je le remplacerai...

— Quoi, vous voulez ?

— Je veux être là, parbleu ! et je suis certain que ma présence vous affermira le moral.

— Je préviendrai Massol... —.murmura Léopold, incapable de résister à la réelle fascination que Jean Renaud exerçait sur lui, comme d'ailleurs sur tous ceux qu'il voulait dominer.

Le lendemain, quelques minutes avant huit heures, trois voitures arrivaient successivement à l'endroit convenu, et s'arrêtaient à l'entrée d'une avenue déserte, voisine du *Restaurant de Madrid* très à la mode à cette époque.

Jacques Hervieux, ses témoins et un médecin descendirent de la première.

La seconde amenait Léopold Dereyne et Octave Richard.

Les stores de la troisième s'abaissèrent dès que le faux mulâtre en eut refermé la portière.

L'ex-Blancheton, grisé par les fumées de la gloire qu'il croyait d'avance acquise et qui serait pour lui le résultat d'un duel heureux, avait une tenue déplorable.

Il se donnait une physionomie belliqueuse ou plutôt insolente, parlant haut, ricanant à tout propos et hors de tout propos, dans le but de bien démontrer sa complète liberté d'esprit...

— Tiens ! tiens ! — s'écria-t-il en voyant Jean Renaud. — Que diable venez-vous faire ici, cher monsieur Séballa ?...

— Je remplace un des témoins de M. Dereyne, cher monsieur Hervieux.

— Témoin de mon adversaire ? Vous ! Ah bah !

— Pourquoi non ?

— Je croyais que nous étions bons amis.

— Assister un gentleman contre vous n'est pas un crime de lèse-amitié...

— Turlututu !... Vous aurez beau dire, non, ce n'est pas gentil !! — Du reste, vous savez, je m'en fiche comme de Colin-Tampon !!

Octave Richard et les deux témoins de Jacques Hervieux se regardaient.

Le langage du ci-devant Blancheton leur causait une véritable stupeur.

— Si vous le voulez bien, messieurs, — dit Jean Renaud, — faisons vite.

On avait apporté deux paires d'épées.

Les choses devant se passer d'une façon absolument correcte, on tira au sort pour savoir desquelles on se servirait, quoique, vu les circonstances, cela fût sans importance.

Le sort désigna les épées de Jacques Hervieux, qui s'écria avec un rire grossier :

— Hein ! la veine c'est ça, la veine ! — Elle commence ! — Croyez-vous que je sois chançard !

— Cher monsieur, — lui dit à l'oreille un de ses témoins, — tout cela est d'un goût douteux... — Songez que nous sommes sur le terrain et que peut-être un homme va mourir...

Jacques Hervieux ébaucha un geste d'insouciance mais ne répondit pas.

Les deux jeunes gens mirent bas redingotes et gilets, ne conservant que le pantalon et la chemise.

Ils furent placés à la distance voulue et ils engagèrent le fer d'une façon qu'un professeur d'escrime aurait trouvée presque suffisante.

— Allez, messieurs !... — dit à haute voix Doménico Séballa.

Rarement duel fut plus court et moins fertile en péripéties.

Jacques Hervieux, plein de confiance dans son talent de bâtonniste émérite, et sûr de la vigueur de son poignet, se servit tout d'abord de son épée ainsi que d'un gourdin et la fit voltiger avec une rapidité vertigineuse autour de la tête de Léopold, pour l'étourdir et le frapper ensuite à sa guise en choisissant l'endroit.

Sans la leçon de Jean Renaud, l'étudiant aurait couru le plus sérieux danger, mais il s'attendait à ce début et porta vivement la pointe de son arme au visage de l'ex-Blancheton qui dut interrompre son moulinet pour ébaucher une parade.

Léopold rassembla vivement son bras, puis le détendit à la façon d'un ressort d'acier.

L'épée lancée comme un javelot entra jusqu'à la garde dans la poitrine de Jacques Hervieux, et la traversant de part en part sortit entre les deux épaules.

Le ressuscité de la Roquette ne poussa pas même un cri.

Ses yeux s'agrandirent démesurément et roulèrent dans leurs orbites tandis qu'un flot de sang jaillissait de sa bouche; il lâcha son arme et tomba lourdement à la renverse, toujours traversé par l'épée de Léopold comme le papillon cloué dans un cadre par l'épingle du collectionneur.

— Eh bien? — demanda Jean Renaud au médecin qui se penchait sur le corps et qui répondit :

— Il est mort...

— Vous êtes certain, docteur, qu'on ne peut même essayer de le sauver?

— Absolument certain... il a été tué raide.

— Alors il faut porter le cadavre de ce malheureux dans sa voiture et donner l'ordre à son cocher de le ramener à Paris...

Tandis que la calèche s'approchait au pas des chevaux pour recevoir le corps, Jean Renaud se disait tout bas :

— Impossible de le plaindre!... C'était un affreux drôle... — Mieux vaut d'ailleurs la mort que le bagne... — Il a fait un beau rêve de quelques semaines... — Il meurt d'un coup d'épée tandis que l'échafaud l'aurait tôt ou tard réclamé!... — Il ne méritait pas tant de chance!

L'équipage de Jacques Hervieux s'éloigna lentement avec son lugubre fardeau.

Le faux mulâtre prit Léopold par le bras, l'emmena un peu à l'écart et lui dit :

— Qu'allez-vous faire maintenant?...

— Eh! le sais-je? — balbutia l'étudiant à qui la pensée qu'il venait de tuer un homme causait une épouvante mêlée d'horreur.

— Voulez-vous me permettre de vous donner un bon conseil et me promettre de le suivre?...

Léopold fit un signe d'assentiment.

— Ce duel va faire quelque bruit... — poursuivit Jean Renaud. — Il peut entraîner pour vous de fâcheuses conséquences et tout au moins d'incalculables ennuis... — Le parquet affiche en ce moment une grande rigueur à l'endroit des duellistes, surtout quand il y a mort d'homme... — Il est probable que vous seriez arrêté préventivement, ce qui n'est pas gai... sans compter qu'il faudrait expliquer les motifs de la rencontre, chose particulièrement désobligeante quand il y a de l'amour sous jeu... (N'êtes-vous point de mon avis?...) Bref, croyez-moi, quittez Paris, et pendant votre absence on arrangera l'affaire.

— Vous devez avoir raison... — murmura le fils de Martial.

— J'ai raison certainement... — Partez... non pas demain, mais ce soir...

— Où irai-je?

— Au Havre... où vous vous installerez sous un nom de fantaisie à l'*Hôtel de l'Amirauté*, afin d'éviter toute poursuite...

— Pourquoi au Havre plutôt qu'ailleurs?

— Je vais commettre une indiscrétion en vous répondant, mais vous me promettez le secret?...

— Ah! je vous le jure !

— J'ai cru comprendre que la présence de Mlle Mary Warton ne vous était point indifférente... Me suis-je trompé?

Une jeune femme à demi nue apparut sur un balcon avec un petit enfant.

Léopold devint pourpre et se tut.

Le faux mulâtre continua :

— Eh bien ! Lionel Warton et ses cousines seront au Havre dans quatre ou cinq jours...

— Bien vrai?

— Je vous en donne ma parole... Mais si le Havre vous déplaît, rien ne vous empêche d'aller ailleurs.

— Ah! — s'écria l'étudiant, je partirai ce soir...

— Alors, je ne vous dis pas : *Adieu...* je vous dis : *A bientôt*, car moi aussi je serai au Havre...

Léopold serra très affectueusement la main de Jean Renaud et remonta dans son fiacre avec Octave Richard.

Le faux mulâtre s'approcha du landau qui l'avait amené.

L'un des stores se souleva, laissant apparaître le visage de Lionel Warton.

— Maître, — demanda Jean Renaud, — vous avez tout vu?

— Oui... tout... La main d'un de mes ennemis a réparé le mal dont nous étions les auteurs inconscients...

— Léopold n'est point votre ennemi...

— Il est de la race maudite...

— Vous ne pardonnerez donc jamais?

— Jamais... — Je n'en ai pas le droit! — Que va faire à présent le fils de Martial?

— Suivre le conseil que je viens de lui donner par votre ordre...

— Il part pour le Havre?

— Ce soir...

— C'est bien... — dit Cora d'un ton farouche. — Il y verra son père et sa sœur. — Je leur prépare à tous une fête de famille à la villa des Falaises...

XXXIV

Lionel Warton, en revenant à Paris, se fit conduire rue Laffitte, chez son banquier.

Ce banquier était non seulement l'un des plus riches capitalistes du monde, mais un homme politique, et jouissait à ce double titre d'une influence considérable.

Le pseudo-nabab lui fit remettre sa carte et fut au bout de quelques minutes introduit dans son cabinet.

— Soyez le bienvenu, mon cher client, — dit le banquier en lui tendant la main avec un sourire. — A quel motif dois-je le plaisir de vous voir ce matin? Vous faut-il deux ou trois millions?

La vengeresse secoua la tête et répondit :

— Non, cher monsieur, ce n'est pas cela. — Je viens vous demander un service.

— De quelle nature?

— J'ai besoin de votre haute protection.

— Pour vous?

— Pour un autre moi-même... un ami... presque un frère... — Cet ami, qui

se nomme Armand Raymoud Dorsay, est lieutenant à bord de l'aviso l'*Éclair*
de la marine impériale... — **Il a quitté** Paris depuis quarante-huit heures pour
rejoindre son navire à Toulon où il doit s'embarquer d'un moment à l'autre...
— Or, j'ai appris seulement hier que sa présence au Havre était nécessaire pour
entrer en possession d'un héritage considérable dont il ignorait l'existence.

— Bref, — demanda le banquier, — il faudrait à votre ami l'autorisation
immédiate de quitter son poste et de se rendre au Havre?

— Précisément.

— S'il est encore à Toulon, rien de plus facile... — S'il est en mer ce sera
plus long, mais il n'en reviendra pas moins dans le plus bref délai... — Je vais
vous donner une lettre pour le ministre de la marine... — Vous la porterez
vous-même et tout sera fait selon vos désirs.

— Ah! — s'écria Lionel avec effusion. — Comment vous remercier?

— Ne me remerciez pas et répétez-moi le nom du lieutenant, celui de l'aviso
et celui du port d'embarquement.

— *Armand Raymond Dorsay*... — L'Éclair. — *Toulon*.

Cinq minutes plus tard Cora, emportant la courte lettre que le célèbre banquier venait d'écrire, et de contre-signer sur l'enveloppe, se rendait au ministère de la marine où toutes les portes s'ouvraient devant elle, y compris celle
du secrétaire particulier qui s'empressa d'entrer dans le cabinet de Son Excellence avec la missive.

Il reparut porteur d'un carré de papier sur lequel se trouvaient ces mots :
« *Permission de deux mois accordée au lieutenant Armand Raymond Dorsay,
de l'aviso l'Éclair. — Ordre de télégraphier à Toulon sur-le-champ.* »

Et, plus bas, la signature du ministre.

— Monsieur, — dit le secrétaire à Lionel, — voici ce que vous souhaitez.
— Je vais vous faire conduire au chef de bureau qui expédiera télégraphique-
ment la permission...

Le chef de bureau accueillit Lionel avec une parfaite courtoisie et promit de
ne pas perdre un instant.

— Je vais passer une dépêche au commissaire de la Marine et à l'Amirauté,
— ajouta-t-il. — Dans une heure le lieutenant Dorsay aura sa permission, car
j'ai transmis hier au commandant de l'*Éclair* l'ordre de ne pas quitter Toulon
avant d'avoir reçu des instructions nouvelles... — Je vous engage à télégraphier
de votre côté au lieutenant pour le prévenir. — Votre télégramme arrivera certainement avant le nôtre qui doit passer par la filière administrative...

— Merci de ce conseil, monsieur ; je vais le suivre... — répondit Lionel qui se
rendit au plus prochain bureau télégraphique et expédia la dépêche suivante :
« *Recevrez dans une heure permission de deux mois. — Partez ce soir même ;
— traversez Paris sans vous arrêter, descendez au Havre à l'hôtel de la Bourse et
attendez. — Vous pouvez ouvrir la lettre remise à Paris. — Lionel* WARTON. »

Cette dépêche partie, la vengeresse poussa un long soupir d'allégement, fit arrêter sa voiture sur le boulevard pour prendre Jean Renaud qui l'attendait et donna l'ordre de toucher à Saint-Ouen.

— Maître, — lui dit Robinson tandis qu'il gravissait les degrés du perron, — quelqu'un est là...

— Qui donc ?

— Le visiteur d'hier, M. Fernand Strény... — Il désirait si fort vous voir... il a tant insisté pour attendre, que je n'ai pu le congédier... — Ai-je eu tort ?

— Non... tu as bien fait...

Lionel lança un regard significatif à Jean Renaud et lui fit signe de le suivre au salon où il rejoignit Fernand Strény.

Ce dernier vint à leur rencontre d'un air agité, fiévreux.

— Vous excuserez mon indiscrétion, monsieur, du moins je l'espère, quand vous en connaîtrez les motifs... — dit-il au châtelain, qui répondit avec empressement :

— Il n'y a point d'indiscrétion, monsieur, par conséquent nul besoin d'excuses... Je suis très heureux de vous voir... — J'ignorais malheureusement votre adresse à Paris, sans cela je serais allé chez vous ce matin...

Strény salua.

— Savez-vous ce qui se passe à l'hôtel de Lasseny ? — demanda-t-il.

— Non...·j'ai eu depuis hier d'importantes préoccupations, et de ce côté je suis sans nouvelles... — Avez-vous vu la comtesse de Lasseny ?...

— J'ai vu celle qui fut Blanche Hervieux... — répondit Strény d'une voix sombre.

— Eh bien ?

— Eh bien ! ma présence, mes reproches, la terreur peut-être, et peut-être aussi les remords, ont troublé la raison de la misérable femme... — Elle est folle...

— Folle ! — s'écrièrent à la fois Cora et Jean Renaud.

— Oui, — répliqua Strény, — et soyez certains que sa démence est de celles qu'on ne peut guérir... — C'est le châtiment, c'est justice, mais la folie est venue trop vite. — Blanche, à qui je demandais mon fils avec des larmes et des menaces, ne m'a pas répondu... et cependant je veux mon fils... — Je crains de m'égarer si je le cherche seul... je viens vous conjurer de chercher avec moi...

— Monsieur Strény, — dit Lionel, — nous avons à causer longuement... — J'ai beaucoup de choses à vous apprendre...

— Au sujet de mon fils ?

— Au sujet de Jacques Hervieux, oui...

— Parlez, monsieur, je vous en supplie... parlez vite... j'ai hâte de vous entendre... je brûle de savoir...

— Armez-vous alors de patience, car c'est tout un récit qu'il me faudra vous faire et ce récit ne saurait être court...

— Commencez-le... — J'écoute...

En ce moment la porte s'ouvrit et Marie, pâle comme un spectre, enveloppée dans un long peignoir blanc, les cheveux épars sur ses épaules, les yeux brillants du feu de la fièvre, entra dans le salon.

Elle essayait de marcher vite, on le voyait ou plutôt on le devinait, mais, hélas ! la pauvre mignonne chancelait à chaque pas.

Lionel voulut s'élancer à sa rencontre. — Elle l'arrêta du geste.

— Je sais tout, sauf un nom... — dit-elle d'une voix brisée, douloureuse à entendre. — Toby qui conduisait ta voiture a parlé... Agar a répété les paroles de Toby... — Tu viens d'assister à un duel. — L'un des deux combattants est tombé raide mort. — Est-ce Léopold ?... Est-ce Jacques Hervieux ?

Fernand Strény s'était dressé, livide, et il attendait, comme Marie, la réponse à cette question : — *Est-ce Léopold ? Est-ce Jacques Hervieux ?*

— Ce n'est pas Léopold... — dit brusquement Lionel.

— C'est donc l'autre ! — cria Strény avec un accent de rage et de désespoir, tandis qu'un long sanglot soulevait sa poitrine. — On a tué mon fils !... on a tué mon fils !...

— Séchez vos larmes, monsieur ! — commanda Lionel en saisissant les mains du premier amant de Blanche. — Aussi vrai que je crois en Dieu, aussi vrai que vous êtes un honnête homme, celui que vous pleurez n'était pas votre fils...

— Jacques Hervieux n'était pas mon fils ! — répéta Fernand Strény en regardant son interlocuteur avec effarement.

— Non ! cent fois non !... — répondit Lionel.

— Qu'était-il donc ?

— Un étranger pour vous...

— Alors vous m'avez menti hier ?...

— Oui.

— Comment voulez-vous que je vous croie ? — Hier, dites-vous, c'était le mensonge... — D'où me viendra la preuve qu'aujourd'hui c'est la vérité ?...

— Vous allez le savoir... — Ce que vous me demandez, c'est justement ce que j'allais vous dire.

Lionel raconta à Fernand Strény tous les faits que nos lecteurs connaissent déjà... — Il ne lui cacha ni la mort de son véritable fils, déposé à l'hospice des Enfants trouvés, envoyé dans un village et s'éteignant pour ainsi dire avant d'avoir vécu, ni la façon fort peu correcte dont on avait métamorphosé Blancheton en Jacques Hervieux pour se venger de la comtesse de Lasseny.

A mesure que parlait le châtelain de Saint-Ouen, l'ancien ami de Laurent Raymond sentait s'évaporer sa douleur.

Quand Lionel eut achevé, Strény ne souffrait plus, ou du moins il ne restait au fond de son âme qu'une vague amertume au souvenir de la trahison de cette Blanche qu'il avait tant aimée.

— Et maintenant, — poursuivit le pseudo-nabab, — n'oubliez pas qu'il vous reste un fils d'adoption... l'enfant à qui vous avez servi de père... l'enfant dont vous avez fait un homme... le lieutenant Armand Dorsay...

— Vous avez raison ! — s'écria Fernand Strény en serrant à son tour les deux mains de Lionel. — Celui-là est le fils de mon cœur, je l'aime de toutes mes forces et je n'ai jamais mieux compris qu'aujourd'hui la profondeur de cette affection... — Que je serais heureux de pouvoir l'embrasser !

— Vous le pourrez bientôt...

— Quand?

— Dans cinq jours.,.

— A Paris?

— Non, au Havre...

— Comment sera-ce possible?

— Je suis allé ce matin au ministère de la marine... — L'autorisation de quitter pour deux mois son poste a été expédiée par le télégraphe au lieutenant qui grâce au ciel était encore à Toulon...

— Qu'irai-je faire au Havre ? — demanda Fernand Strény.

— Venger Laurent Raymond et restituer au fils la fortune volée sur le cadavre du père...

— Y serez-vous aussi, vous, monsieur ?...

— J'y serai ! nous y serons tous !

*
* *

Nous avons laissé Armand Dorsay montant dans le train express pour aller rejoindre son poste à bord de l'aviso l'*Éclair*.

La lettre confiée à son honneur, et dont il ignorait le contenu, lui causait un trouble inexprimable.

Il aurait donné sans regret une année de sa vie pour pouvoir rompre à l'instant le frêle cachet qui fermait cette enveloppe, mais sa loyauté le condamnait à subir avec héroïsme le supplice de l'incertitude.

— Heureusement, — se disait-il, — je n'ai pas longtemps à souffrir... — Avant quarante-huit heures nous aurons levé l'ancre.

Une déception l'attendait à l'arrivée.

On venait de recevoir contre-ordre.

L'aviso, au lieu de prendre le large, devait attendre des instructions nouvelles en stationnant dans la rade de Toulon.

Armand fut singulièrement mortifié de ce retard, et depuis deux jours il s'abandonnait sans résistance à l'ennui le plus lourd, à la plus noire mélancolie, quand il reçut la dépêche de Lionel.

Après avoir lu cette dépêche il poussa un cri de joie, déchira la mystérieuse enveloppe dont il avait enfin le droit de connaître le contenu, et dévora les lignes suivantes :

« *Votre cœur ne vous trompait pas... — Lionel Warton est bien Cora Bernier...* — *Cora qui vous aime toujours et ne cessera jamais de vous aimer...*

« *Vous m'avez trouvée cruelle, n'est-ce pas ? — Vous étiez bien injuste!...*

« *En vous voyant souffrir, mon cœur se brisait, mais le devoir m'ordonnait de persévérer... — Plutôt que de faillir, je serais morte...*

« *Armand, cher Armand, aimez-moi comme je vous aime et gardez l'espérance car, si Dieu le permet, nous nous reverrons à Guayanila...*

« Cora. »

L'officier pressa le papier sur ses lèvres avec une ardeur inexprimable, en balbutiant une foule de choses que nos lecteurs devinent et qu'il nous semble, par conséquent, superflu de reproduire.

Il fut interrompu dans son fiévreux monologue par un matelot chargé de le prévenir qu'on le demandait à l'Amirauté.

Il y courut.

La dépêche du ministère de la marine était arrivée, et la permission bien en règle, revêtue des signatures et des timbres de rigueur, l'attendait.

Le soir même il montait dans le rapide.

Obéissant à l'ordre donné il ne fit que traverser Paris, prit son repas au restaurant de la gare Saint-Lazare, partit par le premier train, et descendit au Havre à l'hôtel de la *Bourse* que la dépêche indiquait.

XXXV

En arrivant à l'*Hôtel de la Bourse*, Armand Dorsay était littéralement brisé de fatigue.

On le mit en possession d'une chambre confortable située au troisième étage.

Il ferma sa porte à clef, s'étendit avec délices dans un bon lit et s'endormit presqu'aussitôt avec l'image de Cora dans le cœur et le nom de Cora sur les lèvres.

L'*Hôtel de la Bourse*, très bien tenu et fort en vogue, regorgeait de voyageurs.

Les maîtres de la maison et les domestiques, surmenés toute la journée par un surcroît de besogne, s'étaient couchés dès qu'ils avaient cru pouvoir le faire sans porter préjudice aux intérêts de leur clientèle.

A une heure du matin tout le monde dormait dans l'hôtellerie, y compris le portier et le garçon de veille ; seulement ceux-ci, épuisés comme les autres, ronflaient sur leurs chaises au lieu de ronfler dans leurs lits.

Soudain ce cri terrible : « *Au feu !...* » retentit au dehors, et des coups violents frappés contre la grande porte et les volets du rez-de-chaussée les réveillèrent en sursaut.

Ahuri, tremblant, effaré, entendant les cris et les coups, mais sans se rendre exactement compte de ce qui se passait, le concierge courut ouvrir en demandant :

— Eh bien ! quoi ? qu'est-ce qu'il y a ?...

— Le feu est chez vous... — lui répondit-on.

— Miséricorde ! — balbutia-t-il, en proie à une indicible terreur. — La maison brûle ! sauve qui peut !

Le garçon de veille, à demi suffoqué par la fumée, poussait de sourds gémissements.

Plusieurs personnes venues du dehors s'étaient élancées dans les escaliers et heurtaient aux portes des chambres du premier étage pour éveiller les voyageurs.

Les fenêtres du second éclataient déjà ; — l'incendie grandissant éclairait la rue.

Des exclamations de terreur retentissaient. — Des gens mal éveillés et fous d'épouvante, tenant leurs vêtements sur leurs bras, erraient dans les couloirs, cherchant une issue qu'ils ne trouvaient point.

Le maître de l'hôtel réclamait les pompes de la ville, et comme elles n'arrivaient pas se répandait en imprécations furibondes.

La foule s'amassait ; — le feu, activé par la brise, gagnait rapidement.

Le troisième étage était tout entier la proie des flammes, dont les langues rouges léchaient déjà la toiture.

Tant bien que mal on organisait le sauvetage. — Un certain nombre de voyageurs échappaient l'un après l'autre au danger. — D'autres disparaissaient.

Un jeune homme très alerte, doué d'un sang-froid bien rare en une telle occurrence, se multipliait. — On le voyait partout où retentissait un appel au secours.

Ce jeune homme, d'une charmante figure et d'une taille moyenne, pouvait avoir environ vingt ans. — Il faisait preuve d'une vigueur musculaire et d'une énergie morale qui semblaient incompatibles avec sa nature délicate et presque féminine.

— Il y a encore des voyageurs au troisième étage... — criait-on de toutes parts.

Une jeune femme à demi-nue apparut sur un balcon avec un petit enfant de

Il trouva moyen de se pendre dans son cachot la veille du départ de la chaîne.

trois ans. Elle attachait à la barre d'appui du balcon des draps qu'elle avait noués bout à bout et tordus pour en faire une corde.

A la vue de cette femme une immense clameur s'éleva de la foule toujours grossissante.

Le jeune homme dont nous avons parlé venait de bondir au milieu de la fumée; il gravissait l'escalier presque croulant sous une pluie d'étincelles et sous une grêle de brandons.

D'une seconde à l'autre, l'incendie devait lui couper la retraite ; cependant il avançait toujours, comme inconscient du péril ; — il atteignit le troisième étage ; — les planchers carbonisés craquaient sous ses pieds ; il marcha sur les poutres ; — les semelles de ses bottines fumaient ; — ses mains se couvraient de grosses ampoules ; il ne s'en apercevait pas et il pénétra dans la chambre où se trouvaient la jeune mère et son enfant.

Armand Dorsay l'avait précédé et tentait déjà leur sauvetage.

— C'est Dieu qui vous amène, monsieur ! — s'écria-t-il. — J'aurais échoué seul !... à deux, nous réussirons...

L'inconnu, sans répondre, aida l'officier de marine.

Ils attachèrent l'enfant sur les épaules de la mère et, nouant l'extrémité des draps autour du corps de celle-ci, ils la laissèrent descendre lentement.

Cent bras se tendaient vers elle et la reçurent saine et sauve.

Armand Dorsay et le jeune homme échangèrent un regard ému, puis le lieutenant dit d'une voix calme :

— Tâchons maintenant de nous en tirer, et pour cela ne perdons pas une seconde, car le toit va crouler sur nous...

A peine achevait-il cette phrase que sa prédiction se réalisa, du moins en partie. — Une poutre ardente se détachant du plafond l'atteignit à la tête, et le renversa sanglant sur le plancher.

A l'intérieur aucune issue ne restait praticable, l'escalier n'existant plus qu'à l'état de fournaise.

La fenêtre et les draps accrochés au balcon offraient seuls une faible chance de salut.

— Si je l'abandonne, il est mort... — murmura l'inconnu en regardant Armand Dorsay. — Est-il impossible de le sauver ? — Je le tenterai du moins...

Il se pencha vers le lieutenant, qui n'avait pas perdu tout à fait connaissance, et lui dit :

— Prenez-moi par le cou, monsieur... vite... et tenez ferme...

Le lieutenant se souleva et noua ses bras autour du cou de l'héroïque jeune homme qui, se traînant vers la fenêtre avec son fardeau, franchit le balcon, saisit des deux mains les draps qu'il enroula autour de ses deux jambes afin d'éviter une glissade que le poids des deux hommes rendait inévitable, et descendit lentement, accompagné par les clameurs de la foule ivre d'admiration.

Brusquement ces clameurs enthousiastes se changèrent en cris d'épouvante.

Les draps atteints en dix endroits par le feu venaient de se rompre, et les deux hommes tombaient d'une hauteur de quatre mètres sur le pavé de la rue.

Ils y restèrent étendus sans mouvement.

On s'empressa de les relever et de les porter dans une pharmacie voisine où se trouvaient déjà plusieurs victimes de l'incendie.

Un médecin appelé en toute hâte leur prodiguait ses soins.

En ce moment les pompes arrivaient, — un peu tard.

Armand Dorsay avait une entaille au front. — Le médecin déclara que cette blessure n'offrait aucune gravité. — Une simple application d'eau fraîche suffit à rappeler le lieutenant à lui-même.

Sa première pensée, sa première parole, furent pour celui à qui il devait la vie.

On le lui montra, toujours sans connaissance, tandis que le médecin lui palpait les membres afin de constater s'il n'existait aucune fracture.

— Docteur, — s'écria-t-il, — rassurez-moi, je vous en supplie... — Il n'est pas mort, n'est-ce pas?

— Il est vivant, mais atteint fortement... — répondit le médecin. — L'épaule gauche est démise... et je vais essayer de remettre les choses en ordre.

En même temps il commençait l'opération. — Une douleur aiguë, profonde, intolérable, ranima le jeune homme qui, poussant une sourde plainte, ouvrit les yeux et prononça ces mots :

— L'officier de marine?

Armand s'avança et lui prit la main.

L'inconnu eut un sourire aux lèvres et un éclair de joie dans les yeux, puis il s'évanouit de nouveau.

Au dehors une double chaîne fonctionnait sans relâche et les secours se multipliaient, mais la lutte commencée tardivement était trop inégale. — On dut se borner à sauver les maisons voisines. — A quatre heures du matin, les quatre étages s'effondraient dans les caves. — De l'*Hôtel de la Bourse* il ne restait que des débris fumants.

L'inconnu, dont l'épaule avait été fort adroitement remise par le docteur, sortit enfin de son deuxième évanouissement.

Il souffrait toujours beaucoup, mais il pouvait parler.

Armand Dorsay, assis à côté de lui, le soutenait.

— Mon cher enfant, — lui dit le docteur, — vous voilà hors d'affaire... — Vous n'avez plus besoin que de ménagements... — Il faut prendre du repos... le sommeil achèvera la cure... — Où demeurez-vous?

— A l'*Hôtel de l'Amirauté*...

— Aurez-vous la force de marcher jusque-là?

— Je le pense...

Et le jeune homme se soulevant, non sans un peu de peine, fit quelques pas, appuyé sur le bras d'Armand Dorsay.

— A merveille, — dit le médecin avec un sourire, — aucune douleur dans les jambes... tout ira bien... — Quant à vous, lieutenant, vous n'avez besoin que d'un bon lit, et je vous engage à vous occuper sans retard de vous en procurer un, puisque celui dans lequel vous aviez commencé la nuit n'existe plus...

— Eh bien, mais, — fit vivement le jeune homme, — rien de plus simple... — il y a justement une chambre libre à côté de la mienne à l'*Hôtel de l'Amirauté*. — Je pense que le lieutenant voudra bien s'en accommoder... Nous n'aurons qu'une porte à ouvrir pour être ensemble.

— Certes, je ne vous quitterai pas!! — répondit l'officier de marine.

— Et j'irai vous voir demain tous les deux... — reprit le docteur. — Comment vous nommez-vous, lieutenant?

— Armand Dorsay...

— Et vous, mon jeune ami?

L'inconnu eut un instant d'hésitation, puis il murmura :

— Léopold Neuville.

— C'est entre nous à la vie, à la mort, mon cher Léopold! — fit Armand en serrant les mains de son sauveur qui répéta :

— A la vie! à la mort! Oui, certes!

— Deux bonnes amitiés qui hâteront la guérison des blessés! — ajouta le docteur en riant ; — à demain, messieurs.

Le pharmacien donna l'ordre à l'un de ses aides d'accompagner les jeunes gens jusqu'à leur logis.

La foule attendait la sortie des vaillants compagnons. — Des hourrahs frénétiques les accueillirent et ils furent portés en triomphe pour ainsi dire à l'*Hôtel de l'Amirauté*.

Armand Dorsay, malgré sa fatigue, ne se coucha pas tout de suite. — Il pensait à la catastrophe où il avait failli périr. — Ses bagages étaient perdus mais heureusement son portefeuille, resté dans sa poche et contenant deux ou trois billets de banque, lui évitait l'affreux embarras de se voir sans argent dans une ville où il ne connaissait personne.

Sa pensée revenait sans cesse avec reconnaissance à ce jeune homme qui l'avait presque miraculeusement sauvé au péril de sa vie, et il se sentait pris pour lui d'une soudaine et vive affection.

Enfin la lassitude triompha des fièvres de son esprit. — Il se jeta tout habillé sur le lit et s'endormit d'un lourd sommeil.

Il fut réveillé par la visite du médecin.

— Je vois avec plaisir que vous allez à merveille... — dit ce dernier. — Je viens vous prendre pour visiter votre nouvel ami Léopold Neuville.

— Merci de cette bonne pensée, docteur. — Venez.

Léopold ne dormait pas.

— Soyez les bienvenus, messieurs, — dit-il avec un charmant sourire ; — je suis heureux de vous voir.

Et il leur tendit les mains.

— Souffrez-vous? — demanda le docteur.

— Un peu — une douleur sourde dans l'épaule gauche...

— C'était inévitable et ça ne sera rien. — Voyons. — Pas la moindre enflure... — Ne songez plus à ce bobo! — Remuez le moins possible, voilà mon unique recommandation... — Vous pouvez du reste quitter votre lit et je ne vous mets point à la diète. — Mangez donc de grand appétit...

Les deux jeunes gens dejeunèrent ensemble, et tout en déjeunant se jurèrent pour la seconde fois une éternelle amitié, une de ces amitiés que rien ne brise, que rien ne dénoue, même l'absence.

— Car, hélas! — ajouta le lieutenant, — j'ai peur que nous ne soyons bientôt séparés.

— Pourquoi? — demanda Léopold.

— Je suis marin... Une fois ma permission expirée, je reprendrai la mer.

— Resterez-vous quelque temps au Havre?

— Je ne sais pas... Cela dépendra d'un rendez-vous qui m'y est assigné... — Et vous?

— Ma réponse sera pareille à la vôtre... Je ne sais pas...

— Eh bien! qu'importe? De loin comme de près nous penserons l'un à l'autre... — Nous nous écrirons souvent, et un jour viendra où nous serons de nouveau réunis... — Je bois à notre amitié!

— A notre amitié! — répéta Léopold en approchant son verre de celui du lieutenant.

Dans l'après-midi Armand Dorsay alla visiter les décombres de *l'Hôtel de la Bourse*.

Près de ces décombres on avait installé, dans une maisonnette en planches, un invalide de la marine chargé de répondre aux personnes qui viendraient demander quelques renseignements sur les voyageurs logés à l'hôtel au moment de l'incendie.

Le lieutenant fit inscrire sur un registre *ad hoc* son nom et sa nouvelle adresse.

Trois jours s'écoulèrent...

XXXVI

Retournons de trois jours en arrière; — voyons ce qui se passait au château de Saint-Ouen et à l'hôtel de la rue Saint-Dominique tandis qu'Armand Dorsay et Léopold Dereyne se rencontraient au Havre, et menons par les plus courts chemins nos lecteurs au dénouement de ce long récit.

L'ex-Blanche Hervieux, comtesse de Lasseny, ayant été conduite à la maison de santé du docteur Blanche par les soins de Jocelyn, il était impossible de laisser ignorer au jeune comte l'ébranlement profond que venaient de subir les facultés mentales de sa mère.

Le médecin mulâtre le mit donc au courant des faits accomplis, seulement il eut soin de lui laisser croire qu'on se trouvait en face d'une surexcitation passagère, et se garda bien de lui dire que la folie de la comtesse était inguérissable.

Amélie ne comprenait absolument rien à ce qui se passait sous ses yeux et s'étonnait de son insuccès relatif.

Continuant avec une persévérance diabolique son métier de Locuste conjugale, et ne soupçonnant pas que le comte, après chaque dose de poison versée par elle, absorbait l'antidote donné par Jocelyn, elle s'étonnait de le voir vivant encore quand depuis bien des jours il devait être mort.

— Comme c'est long! — murmurait l'infâme créature. — Quand donc se décidera-t-il à me rendre libre?

A cette lassitude impatiente se joignait une angoisse douloureuse.

Lionel Warton ne mettait plus les pieds à l'hôtel. — Deux fois Amélie lui avait écrit sans recevoir de réponse.

Pourquoi cet éloignement?... — Pourquoi ce silence?

Cent fois par jour, la comtesse se posait ce problème insoluble, et parvenait à peine à se rassurer en se disant :

— Il attend que tout soit fini...

L'état du comte parut cependant s'aggraver brusquement le troisième jour.

Le soir de ce jour Jocelyn déclara que, trouvant le jeune homme au plus mal, il veillerait lui-même près de lui, et il passa la nuit en effet sur un fauteuil au pied du lit.

Quand la comtesse, au point du jour, entra dans la chambre, elle fut frappée du changement survenu depuis la veille au soir. — Des phénomènes comateux se manifestaient. — Le malade était plongé dans un engourdissement dont rien ne pouvait le tirer. — La respiration s'entendait à peine et Gontran ressemblait beaucoup plus à un cadavre qu'à un vivant.

Amélie, tout en imposant à son visage une expression profondément triste, tressaillait d'une joie farouche en se répétant :

— Je vais être veuve... enfin!

Jocelyn s'était levé.

La comtesse se tourna vers lui.

— Docteur, comment va mon pauvre Gontran ce matin? — lui demanda-t-elle d'une voix attendrie et très basse.

Le médecin répondit par un geste d'une muette éloquence qui confirmait les prévisions d'Amélie.

En ce moment un domestique entra, apportant une dépêche sur un plateau de vermeil.

— Pour monsieur le docteur... — dit-il

Puis il se retira.

Jocelyn déchira l'enveloppe, jeta les yeux sur la dépêche et la tendit à Mme de Lasseny qui, après avoir lu à son tour, pâlit et rougit successivement.

Lionel Warton demandait au docteur des nouvelles immédiates du malade.

— Je vais répondre, — murmura le médecin noir.

Il s'assit devant une petite table servant de bureau, traça quelques mots, puis se dirigea vers la cheminée et mit la main sur le cordon de la sonnette.

Amélie l'arrêta par cette question :

— Qu'allez-vous faire?

— Sonner le valet de chambre pour qu'il porte ceci au télégraphe...

— On finirait par éveiller le comte en entrant ici... — Donnez-moi la réponse, je vais l'envoyer.

— Mais, madame...

— Donnez, vous dis-je...

Jocelyn ne pouvait résister à une volonté si formelle, il céda.

Aussitôt hors de vue, la jeune femme lut avidement les lignes suivantes :

« Lionel Warton. — Château de Saint-Ouen.

« Rien ne peut désormais sauver le comte. — Il ne lui reste pas quarante-huit heures à vivre; — il mourra sans reprendre connaissance.

« JOE SIMNEL. »

Amélie poussa un long soupir d'allégement, et frappant sur un timbre dit au valet qui se présenta :

— Cette dépêche au télégraphe... vite !...

A trois heures de l'après-midi un nègre en livrée apporta une lettre pour Mme de Lasseny qui reconnut l'écriture et le cachet, et dont le visage s'illumina d'une joie surhumaine tandis qu'elle lisait ceci :

« Dès aujourd'hui vous êtes libre, puisque demain vous serez veuve. — Je
« tiendrai ma promesse comme vous avez tenu la vôtre. — *Je serai tout à*
« *vous qui ne serez qu'à moi...*

« Je sollicite de vous cependant une dernière preuve de tendresse... —
« Sacrifiez-moi l'agonie de cet homme que je hais profondément parce que
« vous lui avez appartenu... — Partez ce soir pour le Havre par le train de
« 6 heures 30 minutes. — Ayez sur le visage un voile assez épais pour qu'il
« soit impossible de vous reconnaître. — En arrivant en gare montez dans un
« coupé attelé de deux chevaux noirs conduit par un mulâtre. — Ce coupé
« vous conduira à l'*Hôtel de Paris* où l'appartement numéro 2 est retenu pour
« vous. — On vous accueillera sans vous adresser une question, et là vous
« attendrez celui qui se dit avec une ardeur égale à la vôtre,

« Votre LIONEL. »

— Ah ! certes, oui, je partirai ! ! — fit Amélie presqu'à voix haute après avoir couvert la lettre de baisers. — Lionel me connaît bien... — il ne doute pas de mon obéissance ! — M'aime-t-il autant que je l'aime ? — Se dit-il comme moi : — *Une heure dans ses bras, et puis mourir après !!*

Au château de Saint-Ouen on achevait les préparatifs d'un départ imminent, et les ordres étaient donnés de faire vendre le mobilier, les objets d'art, les chevaux et les voitures aussitôt après ce départ.

Lionel depuis deux jours donnait l'hospitalité à Fernand Strény qui devait l'accompagner au Havre où d'impérieux motifs — encore inconnus de lui — rendaient sa présence nécessaire.

L'ancien ami de Laurent Raymond savait cependant qu'au Havre il verrait Armand Dorsay, et que ce dernier rentrerait en possession de la fortune volée, mais il ignorait comment.

Martial Dereyne, il nous semble presque superflu de l'affirmer, n'avait point quitté le château de Saint-Ouen.

Il était toujours et plus que jamais paralysé, sans force et sans voix, ne vivant que par le regard et par la pensée.

Depuis la soirée de la signature du contrat, terminée par la catastrophe qui nous est connue, il avait changé beaucoup. — Une sombre tristesse s'emparait de lui, l'existence de cadavre à laquelle il se voyait condamné lui semblait intolérable, et parfois de grosses larmes roulaient sur son visage immobile.

— Cher monsieur Dereyne, — lui dit Lionel, — les médecins affirment que l'air natal et les exhalaisons salines de la mer qui déferle sur les galets des côtes normandes pourront hâter votre guérison... — Si incertain que soit cet espoir, sa réalisation ne nous semble pas impossible... — Nous devons tout essayer et je vous emmène au Havre.

Cette nouvelle, cette espérance, auraient dû remplir de joie le vieillard.

Il n'en fut rien. — Un pressentiment sombre harcela son esprit, tandis qu'un frisson pareil au *souffle* dont parle l'Écriture, effleurait sa chair.

En quittant Martial Dereyne, Lionel alla rejoindre Jean Renaud, qui l'attendait au salon.

— Mon ami, — lui dit-il, — allez à Paris, je vous prie, ou plutôt à Montmartre, rue des Abbesses... — Il faut que Rose Bonchamp soit au Havre demain ; — si par hasard elle refusait de s'y rendre, servez-vous de Mattifet pour la contraindre...

— J'y vais, maître...

En ce moment se fit entendre le bruit d'une voiture qui s'arrêtait devant le perron.

L'évadé de la *Dorade* s'approcha d'une fenêtre, regarda au dehors et poussa une exclamation d'étonnement.

Elle monta dans la voiture attelée de deux chevaux noirs que conduisait un cocher mulâtre.

— Qui vient là ? — demanda Lionel.

— Rose Bonchamp en personne... — répondit Jean Renaud.

— Que vient-elle faire ici ?

— Nous allons le savoir, car elle viole la consigne avec un entrain superbe et Robinson ne peut l'empêcher de passer.

En effet, l'ancienne maîtresse de Martial Dereyne bouscula le valet de chambre qui venait de parlementer avec elle, fit irruption dans le salon et se précipita aux genoux de Lionel en joignant les mains et en s'écriant avec un véritable affolement :

— Pardonnez-moi, monsieur, je vous en supplie !... Protégez-moi !... sauvez-moi !...

— Eh ! chère madame, — dit le châtelain très surpris, — que vous arrive-t-il et pourquoi semblez-vous sous le coup d'une effroyable terreur ?...

Rose n'écoutait pas.

— J'ai commis des actions abominables, — poursuivit-elle, — je m'en accuse, je m'en repens... — A tout péché miséricorde... — Pardonnez-moi... — Ayez pitié de moi... — Sauvez-moi !...

— De quoi faut-il vous sauver ?

— D'un péril mortel.

— Qui vous menace ?

— Mattifet.

— Il n'est donc plus votre intime ami ?

— Hélas ! aujourd'hui j'y vois trop clair !... — Il ne faisait semblant de m'aimer que pour me dépouiller à son aise... — J'ai eu l'imprudence de lui confier mon petit magot tout en billets de banque... il ne veut plus me le rendre... — Je suis sûre qu'il songe à se défaire de moi en m'empoisonnant, quoiqu'il jure ses grands dieux de m'épouser aussitôt qu'il aura supprimé tout danger, en vous supprimant vous-même...

Lionel se mit à rire :

— En me supprimant ! — répéta-t-il, — Ce bon Mattifet compte donc tenter quelque chose contre moi ?

— Oui, et c'est là ce qui me fait peur, car s'il manque son coup et s'il se laisse prendre il est capable de dire que je suis sa complice, ce qui n'est pas vrai — vous en avez la preuve ! — C'est pour cela que je viens le dénoncer... — Est-ce que je le dénoncerais si j'étais d'accord avec lui ?...

— Évidemment non... — Voyons, chère madame, poussez jusqu'au bout vos confidences ; — que doit-il essayer, ce bon Mattifet ?...

— De s'introduire ici ce soir après s'être fait une tête de nègre pour ressembler à vos domestiques et n'exciter aucune défiance... — De s'approcher de vous à la faveur de ce déguisement quand vous serez seul, de vous enfoncer un couteau entre les épaules et ensuite, si c'est possible, d'en faire autant à mon excellent ami Doménico Séballa que voilà... — Tel est le plan de Mattifet et vous voyez qu'il est assez malin et très joliment combiné... — Je vous sauve la vie, monsieur Lionel ; rendez-moi la pareille...

— Je ne serai point ingrat, — répondit le châtelain ; — mais êtes-vous sûre que Mattifet viendra ce soir ?

— Hélas ! oui, je n'en suis que trop sûre... — quand je l'ai quitté, il était installé devant un miroir avec du noir de fumée, de l'huile, des pinceaux, et je ne sais combien de drogues, en train de se composer une tête... — Il avait déjà l'air d'un vrai moricaud.

Rose s'interrompit.

— Ah ! mon Dieu... Ah ! mon Dieu... — fit-elle d'une voix étrange en portant ses deux mains sur le creux de son estomac, tandis que son visage décomposé, pâlissant sous le fard, exprimait une douleur atroce

Ensuite, elle balbutia dans un râle :

— Le scélérat n'a pas perdu de temps ! — Je vous ai dit tout à l'heure qu'il m'empoisonnerait !... c'est fait...

Jean Renaud questionna Rose. — Il résulta de ses réponses que l'empoisonnement par la *brucine* prise à très forte dose était indiscutable.

L'évadé de *la Dorade* alla chercher un contrepoison sur l'une des tables du laboratoire de Jocelyn, et l'ex-femme de charge, momentanément soulagée, fut conduite dans une chambre, où elle se coucha sans même avoir la force et le courage de se déshabiller.

Rose Bonchamp n'avait pas menti.

René Mattifet arriva le soir, un peu après la tombée de la nuit, déguisé et grimé de manière à produire une illusion complète.

Malheureusement pour lui, tout le monde était sur ses gardes.

Il importait de prendre le misérable en flagrant délit d'assassinat. — On le laissa donc libre d'agir, mais au moment où il levait un couteau pour frapper Lionel Warton, quatre bras vigoureux le saisirent; on lui arracha son arme; on lui lia les bras au corps et on le cadenassa dans une cave sans issue, en attendant qu'on l'expédiât sous bonne garde au parquet sous son nom véritable de *René Tessandier* et avec un petit dossier bien complet, ce qui eut lieu le lendemain.

Disons tout de suite que convaincu d'une foule de crimes, et notamment d'avoir en dernier lieu empoisonné Rose Bonchamp, il fut condamné aux travaux forcés à perpétuité; mais il n'alla point au bagne et trouva moyen de se pendre dans son cachot la veille du départ de la chaîne.

Au début de l'instruction, et après avoir eu le temps d'accuser Mattifet, l'ex-maîtresse et l'ex-complice de Martial Dereyne mourut dans d'horribles douleurs.

La justice de Dieu se chargeait de venger Laurent Raymond...

XXXVII

Dans la soirée du quatrième jour un jeune homme, vêtu avec une élégante simplicité et descendant à pied des hauteurs d'Ingouville, s'adressa, près de la place du théâtre, à un passant de figure bienveillante et le pria de lui indiquer l'*Hôtel de la Bourse*.

Le passant regarda non sans surprise ce jeune homme — qui n'était autre que Lionel Warton — et s'écria :

— On voit, monsieur, que vous n'êtes pas du Havre, sans cela vous sauriez que l'*Hôtel de la Bourse* n'existe plus....

— Depuis quand, monsieur, s'il vous plaît ?

— Dans la nuit du quatrième jour avant celui-ci il a été détruit par un incendie qui n'en a pas laissé pierre sur pierre...

Cora Bernier devint horriblement pâle.

— La nuit du quatrième jour avant celui-ci... — répéta-t-elle d'une voix altérée.

— Oui, monsieur, — reprit l'habitant du Havre, — et malheureusement il il n'y a pas que des pertes matérielles à déplorer... — l'incendie a fait des victimes... plusieurs victimes... — Six personnes étrangères à la ville ont disparu dans les flammes, et d'autres encore auraient péri de même sans un brave jeune homme qui s'est conduit avec un tel courage qu'on voulait le lendemain le porter en triomphe...

La vengeresse, songeant qu'Armand Dorsay se trouvait peut-être au nombre des morts, sentait ses jambes fléchir et sa vue se troubler.

— Comment savoir les noms des victimes ? — balbutia-t-elle.

— Oh ! rien de plus facile... — on a dressé sur le lieux même du sinistre un abri pour un gardien chargé de répondre à toutes les questions... — ce n'est pas loin d'ici... Au bout de la rue, à gauche, vous verrez les décombres.

— Merci, monsieur.

Et Cora se dirigea vivement vers le lieu désigné. — Une effroyable angoisse lui serrait le cœur. — Elle aurait voulu s'attacher des ailes aux talons pour arriver plus vite. — Qu'allait-elle apprendre ? — Quel coup terrible était au moment de la frapper ?.

Elle atteignit la cabane dans laquelle un invalide de la marine dormait à côté d'un registre.

Sur une planche de cette cabane, le mot : *Renseignements* était écrit en grosses lettres.

Cora réveilla l'invalide.

— Monsieur, — lui dit-elle, — j'ai le plus grand intérêt à savoir si une personne de ma connaissance qui devait se trouver à l'*Hôtel de la Bourse* il y a quatre jours, est sortie saine et sauve de la maison en feu.

Le gardien demanda :

— Comment s'appelle la personne ?

— Le lieutenant de navire Armand Dorsay...

— Inutile de feuilleter mon registre, — dit le gardien, — ce nom m'est connu.

La fille de Richard Bernier n'avait plus une goutte de sang dans les veines.

— A-t-il péri? — murmura-t-elle d'une voix faible comme un souffle.

— Non, monsieur, grâce à Dieu! — il était plus qu'aux trois quarts perdu quand il a été sauvé d'une façon quasi-miraculeuse, on peut bien le dire, par un bien brave jeune homme qui venait déjà d'arracher aux flammes une femme et un enfant.

La vengeresse respira librement et reprit :

— Pouvez-vous m'apprendre où M. Dorsay est allé loger?

— A l'*Hôtel de l'Amirauté*, monsieur.

Cora mit un louis dans la main de l'invalide et se dirigea vers l'hôtel où nos lecteurs doivent se souvenir qu'elle était descendue en arrivant en France.

— Le lieutenant de marine Armand Dorsay demeure ici, n'est-ce pas? — dit-elle au concierge.

— Oui, monsieur.

— Est-il chez lui?

— Je ne l'ai pas vu sortir... Monsieur peut monter... — Chambre n° 17, au deuxième étage.

La vengeresse gravit rapidement les deux étages, mais en face de la porte elle fit halte, appuyant la main sur son cœur pour en comprimer les battements, tandis que des larmes d'émotion s'échappaient de ses yeux.

— C'est donc bien vrai, — murmura-t-elle, — la joie fait peur!... — Allons, du courage...

Et elle frappa.

— Entrez... — répondit la voix d'Armand.

Cora ouvrit et s'arrêta sur le seuil.

Le lieutenant, assis devant une petite table, écrivait sous la clarté d'une lampe.

Il tourna la tête, reconnut dans la pénombre le visage pâle de la jeune fille, poussa un cri, se leva, bondit jusqu'à elle, la saisit dans ses bras et la serra passionnément contre sa poitrine, en murmurant :

— C'est vous... enfin, c'est vous!... je vous revois... je vous tiens sur mon cœur, vous êtes libre... Vous m'aimez... je vous adore, et nous ne nous quitterons plus.

— Non, je ne suis pas libre, mon ami, — répondit Cora d'une voix grave. — L'œuvre de ma vengeance est encore incomplète...

— Toujours cette vengeance à laquelle vous n'avez pas voulu m'associer et que je maudis parce qu'elle nous sépare...

— Aujourd'hui j'ai besoin de vous pour frapper le dernier coup... — Voilà pourquoi vous êtes au Havre... Voilà pourquoi votre père adoptif s'y trouve également.

— Vous avez amené Fernand Strény?

— Oui... et je vais vous apprendre ce qu'il sait déjà, quel est l'homme qui vous a volé votre fortune après avoir tué votre père...

— Cet homme est ici? — s'écria le lieutenant.

— Il est ici.

— Et il se nomme?

— Martial Dereyne.

Armand poussa un rugissement de fureur.

— Martial Dereyne! — répéta-t-il, — Martial le bandit! l'assassin de votre père, le bourreau de votre mère, l'infâme qui jetait vos sœurs sous le fouet de son complice Mercuzza et qui vous outrageait vous-même...

— Lui... — répéta Cora.

— Il est aussi l'assassin de mon père?

— De votre père dont il était l'ami... Et vous allez savoir comment.

Puis la vengeresse raconta brièvement ce qui s'était passé dans la nuit du 20 mai 1844 à la villa d'Ingouville.

Armand, la poitrine haletante, les poings crispés, les yeux hagards, écoutait.

— Ah! mon père... — fit-il ensuite d'une voix sourde et sifflante, — comme je te vengerai!...

— C'est à moi qu'appartient la vengeance, — répondit Cora; — mais soyez tranquille, vous en serez témoin, et si profonde et juste que soit votre haine, elle sera satisfaite!... Je frapperai Martial Dereyne comme j'ai frappé Reymundez le syndic des noirs, comme j'ai frappé Georges Dereyne, Blanche Hervieux comtesse de Lasseny, et j'atteindrai en même temps le frère de Georges et d'Amélie, le dernier rejeton de cette race maudite.

— Ah! celui-là, — murmura le lieutenant d'une voix suppliante, — celui-là, vous me l'abandonnerez, je vous le demande au nom de notre amour! — N'est-il pas juste que je rende au fils un peu du mal que m'a fait le père?...

En ce moment s'ouvrit la porte de communication pratiquée entre les deux chambres, et le sauveur du lieutenant parut.

— Monsieur Dorsay, — dit-il d'une voix triste mais calme, — ce fils qui doit expier les fautes de son père, c'est moi... — Vous pouvez me frapper, je ne me défendrai pas, car je trouve que votre vengeance est juste.

— Lui! — s'écria Cora en reculant d'un pas.

— Léopold Neuville! — fit Armand stupéfait.

— Non, mais Léopold Dereyne, le dernier rejeton d'une race maudite... — J'ai tout entendu...

— Léopold Dereyne... — répéta l'officier de marine avec un véritable égarement. — Mon sauveur! Lui à qui je dois de vous revoir aujourd'hui! lui à qui j'ai juré une impérissable amitié!

— Que dites-vous? — balbutia la vengeresse effarée.

Armand expliqua en quelques mots ce qui s'était passé à l'*Hôtel de la Bourse*.

Cora l'écoutait pensive et le front assombri.

Le jeune homme attendait, profondément remué, mais impassible en apparence.

— J'ai fait ce que vous auriez fait à ma place, — dit-il quand Armand eut achevé, — vous ne me devez aucune reconnaissance et je vous dégage du serment d'amitié prêté par vous. — J'ai tout entendu, je le répète. — Je sais à présent que je suis le fils d'un assassin, d'un bourreau, d'un voleur... — Croyez-vous, sachant cela, que je tienne beaucoup à vivre ? Supprimez le dernier rejeton de la race maudite... — Ce sera moins un acte de vengeance qu'un acte de pitié !

Léopold se tut.

Le lieutenant avait les yeux pleins de larmes.

— Monsieur Dereyne, — dit Cora d'un ton glacial, — vous avez risqué votre vie pour sauver celle d'Armand d'Orsay... il vous en sera tenu compte... Éloignez-vous... disparaissez... on ne vous cherchera pas...

Le plus jeune fils de Martial croisa ses bras sur sa poitrine et répondit :

— Je reste et j'attends.

*
* *

Depuis la veille au soir la comtesse Amélie de Lasseny occupait à l'*Hôtel de Paris* l'appartement numéro 2.

Les minutes lui semblaient des heures et les heures lui semblaient des siècles.

Certes elle ne songeait guère à Gontran empoisonné par elle, agonisant, mort peut-être dans l'hôtel de la rue Saint-Dominique.

Elle croyait d'instant en instant voir entrer Lionel, et cette attente toujours déçue, cet espoir trompé sans cesse, allumaient le sang de ses veines et lui donnaient une fièvre violente, fièvre d'impatience, fièvre d'angoisse, fièvre d'amour aussi, s'il est permis de donner ce doux nom d'amour à la passion malsaine, à l'appétit purement physique qui dévorait la jeune femme.

Chaque fois qu'on frappait à sa porte elle tressaillait d'une façon presque convulsive, secouée dans toutes les fibres de son être, et se préparait à s'élancer sur la poitrine de Lionel comme une panthère affolée de désirs.

La présence de quelque femme de service venant prendre ses ordres jetait de l'eau glacée sur l'incendie de ses sens et de son cerveau.

Vers onze heures du soir une servante entra.

— Madame, — dit-elle, — le mulâtre qui vous a amenée hier vient d'arriver avec une voiture. — Il attend... — Voici une lettre qu'il porte pour vous.

La comtesse Amélie déchira l'enveloppe.

La lettre ne contenait qu'un seul mot, celui-ci : Venez. — Et la signature : Lionel.

— Enfin ! — murmura la jeune femme dont les lèvres se mouillèrent comme à la pensée d'un fruit savoureux, tandis qu'une lueur phosphorescente jaillissait de ses prunelles aux reflets d'émeraude.

Elle attacha rapidement son chapeau de voyage sur ses cheveux couleur de feu, s'enveloppa dans un grand châle des Indes, quitta son appartement et monta dans la voiture attelée de deux chevaux noirs que conduisait un cocher mulâtre.

Cette voiture partit au trot le plus rapide et prit le chemin d'Ingouville.

Martial Dereyne en arrivant au Havre, au milieu de la nuit précédente, par un train spécial que Lionel Warton avait commandé, ne s'était pas rendu compte d'abord de l'endroit où on le conduisait.

Le matin seulement, et après avoir dormi pendant quelques heures, il s'aperçut ou plutôt il devina qu'il était à la villa des Falaises.

Une angoisse inexprimable, une terreur inouïe, s'emparèrent aussitôt de lui. — Sa poitrine fut soudainement oppressée ; sa respiration devint pénible ; les battements de son cœur se ralentirent.

Une multitude d'interrogations auxquelles il ne pouvait répondre assiégèrent son esprit.

Que se passait-il ?

Pourquoi l'avoir amené dans cette demeure pleine du souvenir de son crime? — La pensée qu'à l'autre bout du jardin le cadavre de Laurent Raymond reposait sous le vieux sycomore, faisait courir un frisson sur sa chair.

Il se rassura cependant un peu en se souvenant que Rose Bonchamp, quelques mois auparavant, avait vendu la villa à Doménico Séballa, le parent de Lionel Warton.

Cette acquisition expliquait tout ; — et ce qui l'avait tant épouvanté d'abord pouvait être en définitive la chose du monde la plus simple et la moins inquiétante.

En voyant à Lionel une physionomie calme et souriante comme de coutume, l'ex-armateur se rassura tout à fait.

Il occupait au rez-de-chaussée une assez vaste pièce parallèle au salon.

Par les deux fenêtres de cette pièce on apercevait le jardin que bordait la falaise grise, dont le vieux sycomore géant atteignait presque le sommet.

Vers deux heures de l'après-midi le pseudo-nabab apporta à Martial Dereyne une potion préparée par Jocelyn.

– Buvez ceci... — lui dit-il. — J'attends de cette potion des résultats qui vous étonneront vous-même...

Le paralytique obéit passivement — (ainsi que d'ailleurs il faisait toujours) — et but jusqu'à la dernière goutte...

Cinq minutes après avoir vidé la tasse que Lionel lui présentait, il s'endormait d'un profond sommeil...

— Non... non ! balbutia Martial. — Ne fouillez pas, laissez le mort dormir en paix...

XXXVIII

Dans la pièce voisine de celle où dormait Martial Dereyne, Cora, pensive, attendait.

La nuit était venue depuis longtemps déjà.

Une seule lampe éclairait faiblement la vengeresse.

Les douze bougies des deux candélabres allumés par Robinson entouraient au contraire d'une lueur vive le fauteuil sur lequel reposait l'ex-armateur.

Jean Renaud vint rejoindre Cora.

— Maître, — lui dit-il, — je vous apporte des nouvelles... — Georges Dereyne, après avoir échappé, grâce à vous, à la police de Paris, a été reconnu à son passage ici par d'anciens employés de la maison de son père au moment où il prenait passage sur un steamer transatlantique appareillant pour New-York. — Son départ n'a point été inquiété... — Peut-être les vingt-cinq mille francs emportés du château de Saint-Ouen lui serviront-ils à refaire sa fortune en Amérique...

La vengeresse haussa les épaules.

— Que m'importe? — dit-elle. — Je l'ai déshonoré publiquement, — il ne peut revenir en France sans s'exposer au bagne, — il a payé sa part de la dette, et cela me suffit.

— Autre chose, — poursuivit l'évadé de la *Dorade*, — je viens de voir Jupiter... — Selon vos intentions il a soldé le passage de Remy Chomin et du Gosse à bord d'un navire en partance... — Une fois arrivé à Odessa, lieu de sa destination, le capitaine débarquera ces gredins, en leur remettant à chacun deux mille francs... — Ils deviendront ce qu'ils pourront.

Cora n'écoutait plus Jean Renaud.

Il lui semblait qu'un léger bruit venait de se faire entendre dans la pièce voisine, — celle où se trouvait le paralytique, — et elle prêtait l'oreille à ce bruit.

Elle quitta son siège, s'approcha d'un panneau au centre duquel on avait pratiqué à l'aide d'une vrille une étroite ouverture, et elle appliqua l'un de ses yeux à cette ouverture.

Après avoir regardé pendant le quart d'une seconde elle tressaillit puis, revenant à Jean Renaud, lui donna vivement et à voix basse des instructions et des ordres.

Martial Dereyne venait de se réveiller.

L'aveuglante clarté des bougies placées juste en face de lui blessa ses yeux à peine ouverts; ses paupières clignotantes s'abaissèrent sur ses prunelles; — il fit machinalement une tentative pour détourner la tête.

A sa profonde surprise, le mouvement voulu s'exécuta. — Ses muscles ne refusaient plus d'obéir; — il sentait s'assouplir et se relâcher les liens qui depuis si longtemps retenaient ses membres captifs...

Il lui semblait qu'avec un effort il pourrait se mouvoir et parler; — il appuya ses mains aux bras de son fauteuil, arc-bouta ses jambes et se trouva debout.

Ses lèvres agitées s'entr'ouvrirent alors, et d'une voix rauque mais parfaitement distincte il prononça ces mots:

— C'est donc vrai! Je ne rêve pas!... Je marche... Je parle... Je suis guéri...

Et une joie immense, une joie délirante, envahit tout son être.

Cette joie fut de courte durée.

La porte s'ouvrit et le misérable éprouva une sensation atroce en voyant entrer non plus Lionel Warton, mais Cora Bernier, vêtue du costume de son sexe et portant le grand deuil...

Du premier coup d'œil il reconnut sa victime de Guayanila, et reculant effaré devant cette apparition, il retomba dans son fauteuil en balbutiant :

— C'est elle !...

Cora n'était pas seule.

Carmen, Marie et Dolorès la suivaient ; derrière les jeunes filles des nègres aux regards menaçants formaient un demi-cercle, et derrière les nègres de mystérieuses figures se cachaient dans la pénombre.

L'aînée des trois sœurs marcha lentement jusqu'à Martial et lui dit d'une voix plus effrayante en son calme terrible que des cris de colère :

— Oui, vous avez raison, c'est moi !... — Vous ne vous trompiez point à Paris quand il vous semblait me deviner sous mon costume masculin... — Vous étiez au moment de me reconnaître tout à fait, je ne le voulais pas... — Il me fallait vous tenir entre mes mains, sous mes talons, garrotté, impuissant, vaincu, et je vous ai envoyé la paralysie ! — Aujourd'hui je touche à l'heure si ardemment souhaitée, si longtemps attendue, où ma vengeance sera complète !... Aujourd'hui j'arrive à vous, après avoir passé sur les vôtres ! — Assassin de mon père, meurtrier de ma mère, bourreau de mes sœurs, réglons nos comptes !...

En entendant la jeune fille prononcer le mot : *assassin*, Martial se redressa et voulut bégayer un commencement de protestation.

Cora l'interrompit.

— A quoi bon nier ? — s'écria-t-elle. — Qui voulez-vous convaincre ? — Adonis était près de vous au Morne-Rouge ! Adonis a tout vu, il a tout entendu, mais ce n'est pas assez, et nous avons un autre témoignage... — Voici l'aveu du crime écrit et signé par votre complice Mercuzza dont vous aviez fait votre associé pour payer son silence !! — Comme les créanciers de ce misérable vous avez cru Mercuzza-Funcal en fuite !... — Allons donc ! — Mercuzza est mort !

— Mort dans les caves de la maison où nous sommes !... Mort sous le fouet comme il avait fait mourir ma mère ! — Il a payé sa part de la dette du sang dont le syndic des noirs, votre complice aussi, avait soldé là-bas le premier acompte.

Martial Dereyne, tremblant de tous ses membres, baissait la tête avec effarement.

L'aînée des trois sœurs reprit :

— Il me fallait une vengeance digne de votre infamie !... Le tour des vôtres arrivait... J'ai fait de votre fils Georges un faussaire et vous allez voir ce que j'ai fait de votre fille...

Cora, s'interrompant, appela :

— Amélie !... Amélie !...

Une porte latérale tourna sur ses gonds et la comtesse de Lasseny, qui puis un instant attendait dans la chambre voisine, s'élança, croyant se trouver ule avec Lionel Warton et prête à tomber dans ses bras.

A la vue de ces lumières, de ce monde, et surtout de Cora vêtue en jeune le, Amélie s'arrêta frappée de stupeur et se croyant le jouet d'un songe.

— J'en ai fait une empoisonneuse ! — poursuivit la vengeresse. — Cette custe doublée de Messaline, affolée par une passion malsaine et chimérique, sassinait lentement son mari...

— Mensonge !... mensonge ! — cria la comtesse.

— Voici la déclaration écrite par moi et signée par le comte de Lasseny ! oici le procès-verbal rédigé jour par jour par le docteur Jocelyn...

Amélie répéta :

— Mensonge ! — Vous avez juré de me perdre, mais je m'inscris en faux ntre la signature d'un mort...

En ce moment Gontran de Lasseny, arrivé lui aussi au Havre par un train écial, écarta les nègres qui le cachaient, et parut en pleine lumière.

— Le mort est vivant, — dit-il, — et le vivant affirme... — Empoisonneuse, i vu ! !...

— Et d'ailleurs qu'on la fouille... — répliqua Cora Bernier ; — on trouvera poison sur elle !

La vengeresse fit un signe.

Jupiter et Toby s'avançaient.

— On ne me touchera pas ! — s'écria la comtesse avec un accent de rage dicible. — Je défends qu'on me touche !...

Avec la rapidité de l'éclair, elle tira de son corsage un petit flacon encore demi plein ; elle en avala d'un trait le contenu et tomba raide sur le rquet.

— Jocelyn, — commanda la fille aînée de Richard Bernier, — soignez cette mme et sauvez-la... — Il ne faut pas qu'elle meure... Elle appartient à la stice.

On emporta la comtesse inanimée.

Gontran la suivit d'un regard à la fois sombre et presque attendri.

— Qui sait, — murmura-t-il au moment où disparaissait le corps charmant la jeune femme, — peut-être se repentira-t-elle et peut-être pourrai-je rdonner... — Il me semble que je l'aime encore...

Derrière Gontran de Lasseny se trouvaient Armand Dorsay et Fernand rény.

Cora prit par la main le lieutenant et l'amena jusqu'auprès du fauteuil où l'ex-mateur gisait anéanti.

— Monsieur Dereyne, — dit-elle, — nous n'avons pas fini !... — Je vous présente Armand Raymond !...

Martial tressaillit.

— Armand Raymond... — balbutia-t-il, en levant des yeux effarés sur l'officier de marine.

— Oui, le fils de Laurent Raymond, vous savez bien, Laurent Raymond, votre ami, que vous avez assassiné dans la maison où nous voici, pendant la nuit du 20 mai 1844, afin de lui voler la fortune qu'il venait, confiant, remettre entre vos mains...

Le misérable Dereyne sentit une sueur froide mouiller ses cheveux et ses tempes.

Son cerveau ne pouvait contenir les pensées terribles qui l'assaillaient toutes à la fois. — Une douleur aiguë lui traversa le crâne. — Ce fut comme un coup de maillet. — Il porta les mains à son front.

— C'est faux... — bégaya-t-il d'une voix étranglée, — tout cela est faux... — De quel Laurent Raymond parlez-vous ? De quel assassinat? — Je ne sais pas ce que vous voulez dire...

— Voilà le reçu de six cent mille francs... il est écrit et signé par vous... — dit la vengeresse.

— C'est un faux !

— Vous niez votre signature ?

— Je la nie !

— Niez-vous aussi l'assassinat?

— Certes !

— Répondez donc à Pierre Landry que voilà... à Pierre Landry votre ancien employé qui vous épiait... qui vous a vu recevoir l'argent... qui vous a vu signer le reçu... qui vous a vu étrangler Laurent Raymond, et partager ses dépouilles avec votre digne maîtresse, Rose Bonchamp...

— Pierre Landry sort du bagne... — répliqua l'ex-armateur, — on ne discute pas les affirmations d'un forçat...

— Nous avons un autre témoin... — répliqua Cora.

— Quel témoin?

— Le cadavre de votre victime... — Venez...

Martial tremblait ; ses dents se heurtaient, il était évidemment hors d'état de marcher...

Sur un signe de la vengeresse deux nègres le soulevèrent dans leurs bras et, sortant avec lui de la villa, le portèrent au fond du jardin, au pied du sycomore, près de la muraille de granit formée par la falaise.

Là ils cessèrent de le soutenir et le vieillard tomba sur ses genoux.

On alluma des torches et les noirs formèrent un cercle autour de l'arbre séculaire.

— Montrez-la place... — dit Cora à Pierre Landry.

L'ex-galérien obéit.

Jupiter et Toby étaient armés de pioches.

Ils commencèrent à creuser la terre.

— Non... non... — balbutia Martial d'une voix rauque et brisée, — ne fouillez pas... laissez le mort dormir en paix...

— Ainsi vous avouez?

— J'avoue... — Je demande pardon à Dieu... j'invoque la pitié des hommes...

Armand Dorsay s'avança.

— Vous repentez-vous? — demanda-t-il.

— Je me repens... — Je donnerais ma vie pour effacer mes crimes...

— Si vous comprenez votre infamie, — continua le lieutenant, — si vous avez horreur de vous-même, et si vos remords sont sincères, je me souviens du Dieu fait homme qui pardonnait à ses bourreaux en mourant sur la croix... — Au nom de mon père, je vous pardonne...

Martial essaya de se dresser et il y parvint, mais à peine sur ses jambes il chancela comme un fiévreux de la campagne romaine ; il voulut parler, mais il lui fut impossible de prononcer une parole. — Son visage s'empourpra ; ses yeux devinrent hagards ; il porta les mains à son front, puis à sa gorge, et poussant un cri rauque il s'abattit sur la terre fraîchement remuée.

Jocelyn se pencha sur le corps.

— Une attaque d'apoplexie vient de le foudroyer, — dit-il après un court examen. — Il est mort !

— Mort ! — répéta la vengeresse... — Vous voyez bien que Dieu ne lui pardonnait pas !... et maintenant, de cette famille maudite, un seul membre reste impuni...

Marie interrompit sa sœur en tombant à ses genoux et, tendant vers elle ses mains suppliantes, balbutia :

— Si tu dois frapper celui-là, frappe-moi donc aussi... — Je l'aime !

— Tu l'aimes ! — répéta la vengeresse avec une stupeur effrayée, — lui ! le fils de l'assassin !

— Il est innocent, et je l'aime...

— Le frère du faussaire et de l'empoisonneuse !

— Je l'aime ! Est-ce ma faute, à moi? Je l'aime!

— Ah! tu ne m'aimes plus, alors ! ! !

— Je t'aime à donner ma vie pour toi, mais je l'aime à mourir pour lui ! Ceux que nous pleurons sont assez vengés... — Pardonne !...

Armand Dorsay prit les deux mains de Cora dans les siennes et dit tout bas :

— Sans lui je ne vivrais plus... — Pour l'amour de moi, pardonnez... — D'ailleurs il a renié déjà le nom de l'assassin... — Sa mère était une sainte... il a pris le nom de sa mère et s'appelle aujourd'hui Léopold Neuville...

— Allons, je suis vaincue, — murmura la jeune fille en relevant Marie. — Prends-le... je te le donne...

La douce mignonne poussant un cri de joie, tomba dans les bras du docteur noir, ferma ses beaux yeux et perdit connaissance.

D'un bond Cora fut auprès d'elle.

— Elle n'est pas morte, n'est-ce pas? — balbutia-t-elle avec épouvante.

— Évanouie seulement, — répondit Jocelyn, — et vous venez de la sauver. — Je vous l'ai dit un jour — (vous en souvenez-vous?) — pour vivre il lui faut du bonheur...

Armand Dorsay se pencha de nouveau vers Cora.

— Et moi, chère bien-aimée, — demanda-t-il, — quand serai-je heureux?

— Quoi! — balbutia la vengeresse, — vous persistez donc, malgré tout, à m'offrir votre nom sans tache?

— Vous n'étiez pas coupable et vous étiez martyre! — Votre malheur vous rend plus grande et plus sainte à mes yeux! — J'aimerais mieux mourir que de vivre sans vous... — Dois-je vivre ou mourir?

Cora, lentement, appuya sa tête sur l'épaule de l'officier, et répondit :

— Vivez!...

Le lendemain la comtesse Amélie mourut, malgré les soins de Jocelyn, — heureusement pour Gontran.

Le surlendemain les trois sœurs, Jean Renaud, le docteur noir et Léopold NEUVILLE s'embarquaient à bord du sloop commandé par Jupiter et prenaient à travers les flots le chemin de Guayanila.

Le nom du sloop avait été changé, — il ne s'appelait plus LE VENGEUR, il s'appelait LE PARDON !

FIN

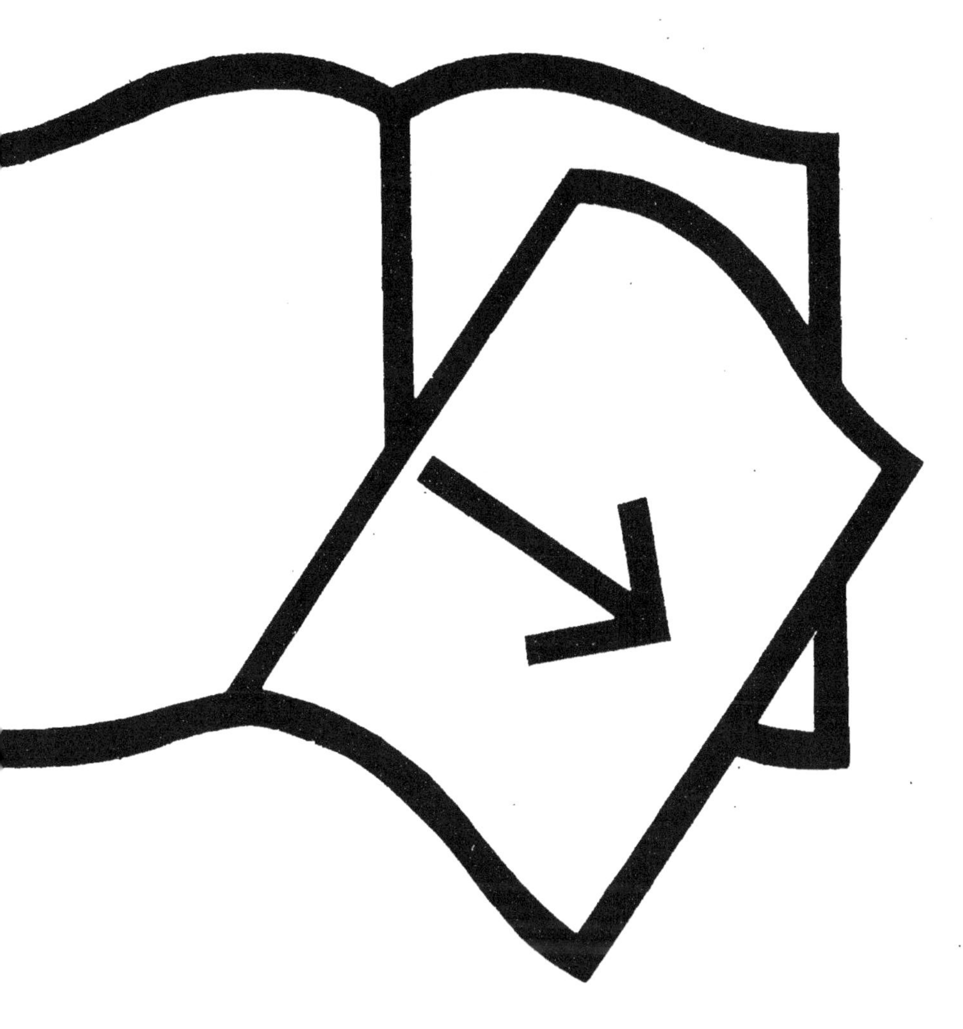

Documents manquants (pages, cahiers...)

NF Z 43-120-13

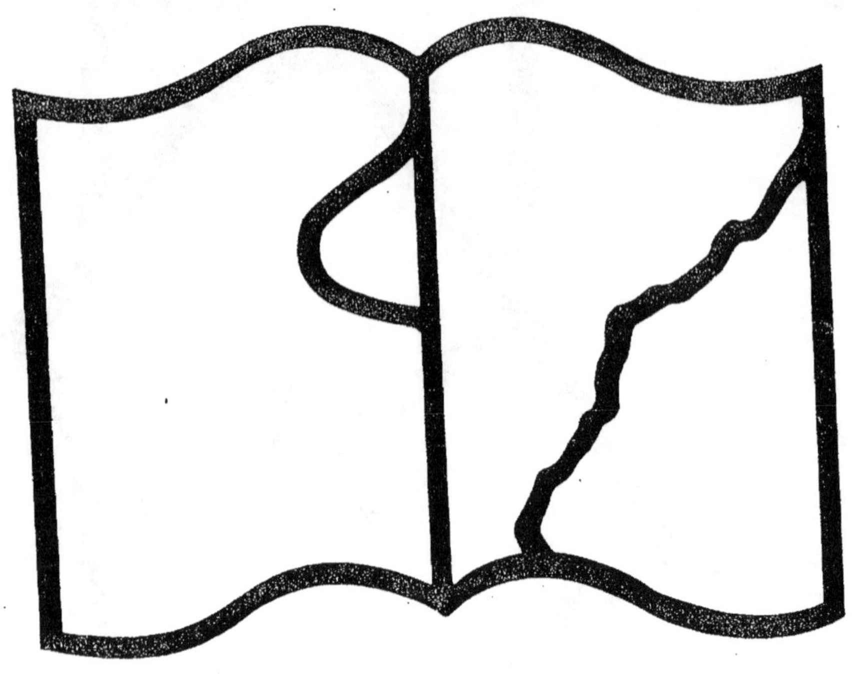

Texte détérioré — reliure défectueuse

NF Z 43-120-11

www.ingramcontent.com/pod-product-compliance
Lightning Source LLC
Chambersburg PA
CBHW070919100726
47908CB00001B/32